ILLUSIONS
PERDUES

BALZAC

dans la même collection

HONORÉ DE BALZAC

ILLUSIONS PERDUES

Édition établie
par
Philippe BERTHIER

Publié avec le concours du
Centre national des Lettres.

GF-Flammarion

© FLAMMARION, 1990, Paris, pour cette édition.
ISBN 2-08-070158-0

INTRODUCTION

Pour Victor-Henry Debidour †.

Trois romans en un seul, dont la rédaction s'étale sur sept ans (1836-1843), et que continuera une suite d'égale ampleur (*Splendeurs et Misères des courtisanes*) : *Illusions perdues* intimide d'abord par ses proportions, par l'importance aussi que lui attribuait Balzac lui-même au sein de *La Comédie humaine* (« l'œuvre capitale dans l'œuvre [1] »), par le nombre et le poids des enjeux soulevés (confrontation morale de la province et de Paris, étude d'un couple, analyse du fonctionnement de la librairie et de la presse, exposé technique de problèmes industriels, méditation sur les obstacles auxquels se heurte le génie, dénonciation de certains abus juridiques, et bien d'autres aspects encore, qui veinent la pâte romanesque, tour à tour ou en même temps, de psychologie, philosophie, poésie, sociologie, économie, politique, droit financier...), au point que certains ont éprouvé quelque peine à en ressentir l'unité, pourtant réelle, mais donnée dans l'enchevêtrement mouvant, ou la complexité prismatique, d'un morceau d'univers saisi, écrit, offert à lire dans une fondamentale multidimensionnalité. Récit d'un apprentissage du monde tel qu'il est, dont le titre, suffisamment éloquent, induit d'emblée la trajectoire générale, *Illusions perdues*, qui va du picaresque au métaphysique, double sans cesse l'observation par le symbole et enracine le constat dans le mythe, échappe au compartimentage étroit du « genre » et à la définition précise d'un « sujet » ; trilogie faite de beaucoup plus de trois romans — roman d'un ou de plusieurs amours, roman d'une amitié, roman d'une ou de multiples ambitions, roman du journalisme, roman d'une invention, roman d'Angoulême à Paris et de Paris à Angoulême, roman du pur et de l'impur — qui, à partir d'un protagoniste situé dans certaines conditions concrètes, décrit tout simplement (si l'on ose dire) la

---

1. *Lettres à Mme Hanska*, éd. du Delta, t. II, p. 172 (2 mars 1843).

découverte des mécanismes sinon de « la » vie (quoique), d'une certaine vie du moins, ici et maintenant, c'est bien une œuvre archétypique, traçant de manière exemplaire le parcours négatif qui avait été, depuis Chateaubriand, et sera encore, jusqu'à Flaubert et Zola au moins, celui d'un certain XIXe siècle : l'initiation, par la souffrance et l'échec, à la dure loi du réel. « Désinitiation » serait sans doute plus juste, puisque, contrairement à l'augmentation d'être produite par l'épiphanie initiatique, Balzac montre que la révélation du sens moderne ne s'accomplit que sur le mode de la perte. Savoir, c'est tuer l'innocence de la foi en la justesse et l'efficacité des désirs ; la connaissance ne s'acquiert qu'au prix de la ruine de ce qu'on avait rêvé de soi et pour soi, et seuls les cyniques tirent leur épingle du jeu : Balzac se propose bien déjà ce que voudra *L'Éducation sentimentale*, démoraliser, crever les baudruches, rappeler à l'ordre cruel de la vérité contemporaine, déniaiser et prendre acte de la désertion des valeurs.

Le plus immédiat, le plus évident, ce qui a vectorisé le projet initial, une fois de plus chez Balzac, c'est l'intention de revenir à ce qui constitue l'une des lignes de force les plus nettes (et les plus décisivement neuves) de son entreprise : le tableau systématiquement comparé, dialectiquement articulé en deux volets non moins puissamment contrastés que solidaires, de la vie en province et de la vie à Paris. Tel était d'abord, ainsi qu'en fait foi la Préface de ce qui n'était pas encore la première partie, le propos de l'ouvrage : l'existence provinciale, par son immuabilité, sa routine, son entropie, sa nécrose, son incapacité congénitale à rafraîchir son stock d'idées, son enkystement dans des réflexes de non-pensée, aboutit à une sorte de myopie et de racornissement de l'esprit, incapable de bousculer des certitudes automatiques. Prisonnier d'une monade où ne pénètre pas l'oxygène d'un air nouveau, l'être de province est le plus dogmatique qui soit, parce que jamais visité par le doute, qui naît de la comparaison, et c'est aussi celui qui se repaît le plus d'illusions, parce qu'aucun élément extérieur ne vient jamais menacer l'image commode qu'il a besoin de se faire des autres et de lui-même. Le concept de départ est donc simple : montrer comment Paris, révélateur sans pitié, étalon et pierre de touche des capacités réelles, parce qu'à chaque instant tout y bouge, s'y mesure et s'y reclasse, dissipe les mirages provinciaux et remet chacun à sa place, en élargissant brusquement un horizon borné. Changeant de site, les êtres vont brutalement changer de visage, de même qu'ils verront autrui autrement. Soumis d'un seul coup à des influx aussi intenses qu'inédits, le paysage qui semblait fixé *ne varietur* subira d'irréparables modifications. Se « désangoulêmer » à Paris, et par Paris, c'est se désintoxiquer des habitudes qu'on prenait pour une nature, creuser d'un seul coup des perspectives dont on n'avait pas l'idée, rétablir les proportions et le mouvement dans un système caractérisé par son monolithisme suffisant et sa compacte inertie.

C'est introduire en toutes choses un principe ravageur de critique et de relativité, s'apercevoir — et d'abord à ses dépens — que le terrible saut qualitatif, la formidable mutation non pas seulement topographique, mais ontologique, opérée en venant s'installer à Paris, bouleverse de fond en comble le cadastre social et moral sur lequel on avait vécu. Ce qu'on prenait pour imposant se révèle minuscule ; ce qu'on avait pris pour une essence intemporelle, Paris le remet en jeu et le rend distancié, déformé, dévalué. Dessillé, le regard du souriceau comprend avec stupeur et amertume que les Olympes qui bornent son État n'étaient que taupinières. Cela s'appelle devenir adulte. Dépucelage éprouvant : le refuser, comme la plupart, c'est se vouer à demeurer toute sa vie dans l'infantilisme et l'ignorance ; l'affronter, c'est se promettre à des séismes intérieurs qui, de la *Weltanschauung* angoumoisine, ne laisseront plus rien subsister.

L'Angoulême d'*Illusions perdues* est évidemment emblématique de la province balzacienne en ce que c'est la géologie même qui manifeste sa stratification constitutive. Peu importent les vérifications sur le terrain ; l'Angoulême réelle, comme on l'a suggéré plausiblement [1], s'est vue peut-être ici contaminée de Sancerre. Ce qui compte, c'est que le roman impose une structure en étagement, une superposition d'espaces étanches, la domination d'une ville haute où se coagule jusqu'à saturation l'élixir immobile du sens monarchiste, religieux, administratif et judiciaire — l'Acropole des Pouvoirs — sur une ville basse péjorativement ravalée à l'indignité d'un faubourg, mais qui a pour elle l'avenir parce que c'est là que passent les voies de circulation et que se développent l'industrie et le commerce (en même temps, malheureusement, que les funestes maximes du libéralisme). Dispositif presque didactique, tant il est typique d'un bétonnage de la société en cercles sans porosité ni sas assurant les échanges ou passages de l'un à l'autre, où chacun est défini une fois pour toutes et a priori par son lieu de naissance sans possibilité d'en sortir. Balzac souligne avec une force exceptionnelle le sourcilleux embastionnement de la « Casbah » supérieure, et observe en ethnologue tous les moyens, massifs ou subtils, par lesquels elle s'acharne à préserver l'intouchable pureté de sa substance. Son idéal est au fond d'arrêter la durée, dans la contemplation narcissique de sa primauté, en bouchant toutes les issues par où pourrait fuir la précieuse quintessence, s'infiltrer aussi le ferment exogène qui la compromettrait. Surplombant superbement l'Histoire, la Ville Haute se claquemure pour se maintenir *entre soi*, sans comprendre qu'elle se condamne par là même à la stagnation endogamique et donc au déclin. Les forces vives, méprisées, s'activent dans les régions basses : les sublimités de l'empyrée n'entendent pas cette rumeur si vulgaire, qui travaille pour le temps (et pour qui le temps travaille) ; dans les nuages, une Jérusalem céleste s'arrime au roc inactuel de la vérité — et des

1. R. Chollet, Bibliothèque de la Pléiade, pp. 11-12.

profits — du Trône et de l'Autel. Balzac dénonce vigoureusement le « royalisme inintelligent », dont l'esprit de caste exacerbe les envies qui exploseront en juillet 1830, et la cascade de mépris qui rebondit à tous les niveaux d'un univers paralysé. La Restauration, c'est d'abord ce refus du mixte, ce hérissement de chicanes et de ponts-levis pour décourager les approches, le suicidaire isolement dans sa différence, la conviction que s'ouvrir c'est déchoir, l'implacable logique de l'exclusion. Entre « les différents mondes du monde » qui s'anathématisent mutuellement, aucune fluidité ni compénétration, mais la juxtaposition, extérieurement paisible, sourdement hostile, de blocs incompatibles. Passer de la ville haute à la ville basse ou réciproquement, c'est franchir d'invisibles « abîmes moraux » dont une loi immémoriale semble maintenir la béance : à chacun son ghetto. Malheur aux « ilotes », aux « parias », qui, placés par le sort dans une position subalterne et mortifiante pour leur ambition, aspirent à être accueillis au sein de la sphère suprême ! Ce désir d'élévation, qui est aussi désir de métissage, est contre nature, et c'est ce que se chargera bientôt de leur faire comprendre la « chimie des milieux », en les expulsant, comme par une réaction d'autodéfense instinctive qui élimine les corps étrangers et renforce les barrages immunitaires du groupe menacé dans son identité.

Tel Lucien qui, dans la pétrification d'Angoulême, va introduire un principe de trouble et de désorganisation, c'est-à-dire de vie, de risque et d'imprévu. Par son origine même, il est aberrant, au confluent contradictoire de deux lignées qui s'excluent : entre son père, ancien chirurgien-major des armées républicaines (on songe au premier mentor de Julien Sorel) et sa noble mère, le mariage est impensable, il a pourtant lieu, à la faveur des circonstances troublées, et le fruit de cette union paradoxale ne se remettra jamais de ce déséquilibre fondateur qui le voue à l'insatisfaction et à la dissonance. Mécontent d'être Chardon, rêvant à recouvrer sa gloire de Rubempré, Lucien végète dans les fonds de l'Houmeau et se vit d'emblée comme déchu. Sa place naturelle est avec l'élite sommitale, mais pour la rejoindre, il lui faut raturer la moitié de sa filiation, faire oublier l'apothicairerie paternelle. Une lecture d'*Illusions perdues* à partir des scénarios du « roman familial » n'aurait aucune peine à montrer comment, après avoir renié son père biologique, avec les encouragements successifs de Louise de Bargeton (qui professe complaisamment la théorie des droits imprescriptibles, de l'égoïsme sacré du génie s'auto-engendrant, splendidement libre de tous liens familiaux), puis de ses « amis » parisiens, et à la différence de David Séchard (lequel, malgré le calvaire que lui fait endurer son géniteur, restera jusqu'au bout un fils comme on n'en voit plus), Lucien s'acharne à tout miser sur le Nom de la Mère, jusqu'à solliciter du Roi qu'il lui permette de le porter, le monarque devenant ainsi son Père symbolique. Toute sa carrière, et son échec, pourrait s'expliquer par un fantasme de parthénogenèse, comme si sa mère n'avait pas eu besoin d'un homme — et surtout de cet homme-là, roturier — pour le concevoir. Rentré abattu à Angoulême, il ne peut se défendre encore d'un pincement de plaisir à constater que le patronyme abhorré a été effacé par le successeur au fronton de la pharmacie : même en ce moment où il a tout perdu, il reste incurablement parricide. Et nul doute que cette négativité originaire de l'instance paternelle ne soit décisive pour expliquer, sur un certain plan (non exclusif d'autres influences), la défaillance en lui de la masculinité : fils d'une vierge à laquelle il s'identifie imaginairement, il sera toujours en quête d'un père de substitution ; malheureusement pour lui, plutôt que Louis XVIII, ce sera Vautrin, qui, lui, a de la virilité à revendre et, en toute logique, de cette femme sans homme, fera aussi sa maîtresse.

Mais à ce premier décalage susceptible de perturber l'ordre des espaces, à cette claudication entre deux régions sans contact, s'ajoute une autre semence dangereuse, dont le développement va en effet se révéler catastrophique : la poésie est éclose en ce sein qu'une injustice des dieux condamne à respirer dans un morne faubourg. Un rayon d'En-Haut, de bien plus haut que les hauts d'Angoulême, s'est posé sur la tête de cet exclu, en proie au mal être, et qui ne professe des idées subversives que pour se consoler de ce que la société où il serait reconnu ne lui réserve pas de place : dès qu'elle fera mine de s'intéresser à lui, son pseudo-républicanisme fondra au soleil des espérances nobiliaires offertes aux patriciens de l'esprit. En attendant, Lucien pâtit, victime d'une maldonne, et c'est le « génie », transcendant par définition à tout préjugé social (ne souffle-t-il pas où il veut ?), qui va lui servir de passeport et de talisman pour arriver comme par enchantement au saint des saints où l'attend la Fée du Poète. A sa manière, Louise est aussi une déclassée, elle ne se sent pas faite pour son lieu de vie, et c'est fondamentalement ce qui, par-delà les gouffres sociaux, la rapproche de Lucien, amorçant l'esquisse de ce qui pourrait être une redistribution des valeurs d'après des critères qui ne seraient plus ceux de la naissance. Épouse mûrissante d'un imbécile qui a vingt ans de plus qu'elle et ne l'a sans doute jamais touchée (et pour cause : M. de Bargeton est « endommagé par ses dissipations amoureuses »), cultivant le souvenir, qui la rend ô combien intéressante, d'un grand sentiment chevaleresque et chaste, prématurément fauché par la mort, Louise glisse sur la pente du pré-bovarysme et, incontestablement douée, réellement cultivée et tout à fait frustrée, investit dans un enthousiasme logomachique pour la Beauté toute l'énergie dont elle se sent encore bouillonnante, et que comprime la mesquinerie du cadre provincial. Très entourée mais plus encore solitaire, cherchant autour d'elle sans le trouver un interlocuteur à son altitude, elle vit dans le mariage et dans le monde comme dans un monastère, à la fois ridicule par son affectation et authentique par son dédain des conventions, son goût et son besoin de l'esthétique, tout ce qui l'élève d'emblée au-dessus des misérables préoccupations de ses commensaux, au nom d'une certaine idée de la vie. « Bel arbre gâté par le gui », Louise a évidemment le tort de se prendre pour Mme de Staël, à qui elle emprunte ses poses de

Sibylle et ses turbans, et de projeter sur la réalité, pour la transfigurer, des stéréotypes littéraires, ou des rôles en toc parce que trop grands pour elle : on ne convoque pas impunément, dans un salon de préfecture, les figures obsédantes de Corinne, de Béatrix ou de Laure, et il arrive que, derrière elles, ce soit plutôt la comtesse d'Escarbagnas qu'on voie se profiler [1].

Mais il n'empêche : malgré le phébus très « années vingt » dont elle se gargarise, Louise n'est pas Philaminte, ni même Mme Verdurin. Si la couleur de ses bas tire assez nettement sur l'indigo, son exagération tient à son paysage : il est si plat qu'elle en rajoute dans le lyrisme, et surtout elle tombe dans l'excès parce qu'elle s'épanche dans le vide, en l'absence de partenaires qui, en lui renvoyant la balle, réguleraient ses ferveurs, les rendraient signifiantes et productives. Victime elle aussi, elle est prédestinée à flamber pour Lucien, sur qui elle cristallise aussitôt la vignette romantique du poète inconnu non moins que génial — et incarné, ce qui ne gâte rien, dans la plus séduisante enveloppe —, image si gratifiante par les prestigieux *exempla* dont elle peuple et orne la mémoire de ceux à qui la littérature importe (seule de son espèce à Angoulême, Louise lit, vit de lire, et cela ne lui sera pas ôté) : il sera pêle-mêle et tour à tour Hugo, Chateaubriand, Chatterton, Byron, Scott, Pétrarque et Dante — pourquoi lésiner ? — et quant à elle, Muse et Madone, reposant sur ses genoux un front lourd de chefs-d'œuvre futurs, elle veillera maternellement, angéliquement, amoureusement sur les travaux de son protégé, qu'elle fécondera de sa présence, de sa foi en lui et de sa noble tendresse. Quelle plus glorieuse et « courtoise » assomption ? Quelle plus comblante imitation de l'art par la vie ? Louise et Lucien, le couple impossible pour le monde, s'arrachent aux sottises du monde pour planer ensemble dans l'azur extatique où baignent les cimes de l'humanité. On peut (on doit) en rire, et Balzac ne se prive pas d'instiller dans les rhapsodies du sublime départemental le vinaigre de quelques fortes gouttes d'ironie ; mais il n'en reste pas moins que, dans cet élan d'une femme séparée de son contexte par une indiscutable supériorité, et qui, spontanément et profondément aimantée par l'exercice gratuit de la pensée, brave l'opinion en s'instituant (avec toute la mauvaise foi et les alibis qu'on voudra, camouflant un intérêt moins idéaliste) celle par qui le triomphe d'un artiste pauvre et obscur adviendra, il y a le mouvement assez pathétique, malgré le pathos, d'une personne qui tente de saisir sa dernière chance d'échapper à l'onanisme spirituel auquel la voue la médiocrité ambiante et, au-delà de certains traits indubitablement comiques, témoigne — maladroitement — pour un sens transcendant qui, dans ce monde-là, ne reçoit pas le moindre droit de cité. Mme de Bargeton est sans doute emphatique, mais dans le Sahara culturel charentais, elle fait tout de même sourdre une source, dans un environnement disgracié elle mène le bon combat. Plus tard, à

---

1. Le nom de la propriété de son père, l'Escarbas, n'est évidemment pas choisi au hasard.

Paris, elle abandonnera l'esprit pour la mondanité, elle trahira. À Angoulême, elle sauve l'honneur.

Nulle part n'est plus sensible ce double aspect de Louise, indissociable (son exaltation rhétorique, qui fait sourire, émane d'un besoin existentiel de signification qui, lui, n'a rien de risible et lui confère une marque de véritable distinction) que dans la mémorable grand-messe poétique organisée chez elle pour présenter Lucien, en snobant magnifiquement le qu'en dira-t-on[1]. Balzac y rend à merveille l'ambivalence des deux protagonistes, bien sûr entachés l'un et l'autre des petitesses ou naïvetés inséparables du milieu où ils vivent, mais l'un et l'autre communiant en certaines hautes valeurs dont ils professent, à leurs dépens, l'urgence et la nécessité. Parmi une assemblée symbolique de ganaches, où semble s'être donné rendez-vous un échantillonnage complet du zoo provincial, la ménagerie de toutes ses envieuses nullités, on assiste vraiment à la mise à mort rituelle du Poète jeté aux bêtes, sagitté comme saint Sébastien sous les dards envenimés d'une méchanceté obtuse, pantelant des traits que la bêtise épaisse lui décoche pour se venger de ce don qu'elle pressent obscurément et ne lui pardonne pas. Angoulême n'a pas besoin de poètes (surtout quand ils viennent de l'Houmeau). Refus à triple détente, puisque, par une réaction en chaîne, il atteint non seulement André Chénier récemment redécouvert, mais Lucien et, au-delà, Balzac lui-même, qui a prêté sa propre plume aux amoureux émois de son héros : on saisit là admirablement le mélange, difficile à doser, de distance amusée et de connivence définitive entre l'auteur et son personnage, car certes Balzac se moque de l'amphigouri collégien auquel il a non moins que Lucien succombé, mais rien ne peut occulter le fait que Lucien, en se faisant le truchement d'un créateur oublié, en essayant à son tour de tirer les premiers accords d'une lyre novice, incarne, face aux éternels Philistins, l'éternel martyre de l'Esprit en exil dans un monde qui n'en a cure : l'albatros, déjà et toujours... Littéralement, avec sa poésie « standard », ni meilleure ni pire que celle que produit l'air du temps, avec celle de Chénier surtout, qui, elle, porte le sceau du génie, Lucien parle une langue que le gratin charentais n'entend pas et ne veut pas entendre, sourd à tout ce qui troue l'opacité utilitaire de l'être-là pour y ouvrir la brèche « inutile » de l'être-ailleurs, de l'être-davantage ou de l'être-autrement. L'artiste est un parasite, un gêneur, il n'a pas *lieu d'être* dans une société où l'avoir règne en maître : ses chimères ne font pas sens quand les seuls enjeux sont ceux, tangibles, d'une politique et d'une morale des intérêts. Il détonne, il se désolidarise et, par là même, disqualifie et invalide un « ordre » dont son abstention manifeste sur quel désordre essentiel il s'est fondé. On le lui fait payer : curare et ciguë. Thème inépuisable du romantisme, et vécu par Lucien non pas cette fois sur le mode suspect de l'attitude littéraire, mais véritablement comme un supplice où saignent les fibres les plus

1. Cf. notre article *Homère aux cochons*, in *Hommage à la mémoire de Ernest Pascal, Cahiers des Études anciennes*, Québec, Université Laval, 1990.

précieuses de son être, les plus intimes, en proie à l'agression idiote de la non-pensée. Il y a, sans forcer la note, quelque chose de religieux et même de christique dans cette élimination par le monde de celui qui est venu lui apporter la lumière, et qui n'en a pas été reçu ; et que ce soit l'évêque, le seul (avec les Rastignac) à avoir écouté Lucien, et mieux, à l'avoir compris — il n'est pas milieu si déshérité qui n'ait tout de même ses *happy few* — qui, touchant le front du jeune homme où il lit comme une fatalité de couronnes d'épines, le sacre poète, c'est-à-dire saint et souffrant, est un signe. Tout ce qui monte converge. Zizine et Lolotte (on se croirait chez Mme de Guermantes, et d'ailleurs on y est) resteront toujours à barboter dans leur mare. Les grandioses couplets successifs de Lucien et de Louise, orchestrant, et avec quel vibrato, ce que c'est qu'être poète, définissant la vocation et le terrible labeur du génie, compatissant aux douleurs des malheureux nés « avec quelque chose *là* », qui meurent à petit feu, asphyxiés, empêchés par la basse-cour provinciale de déployer l'immense envergure de leurs ailes, tout cela est fort ampoulé sans doute, mais aussi parfaitement juste et parfaitement beau, Balzac y adhère absolument. Dans leur défense et illustration des droits sacrés de l'art, la gaucherie de Lucien, la prétention de Louise s'estompent, transfigurées par la noblesse et l'authenticité de la cause qu'elles servent. *Margaritas ante porcos :* « voilà le monde ! » Première illusion perdue par Lucien, qui, d'une certaine manière, contient déjà la promesse de toutes celles qui suivront.

Il est donc clair, après l'échec de l'ordalie poétique, le meurtre de l'individu déviant par le groupe, qu'Angoulême et tout ce qui lui ressemble (c'est-à-dire tout ce qui n'est pas Paris) est mortel à l'activité de l'esprit. S'enfuir est une question de simple survie — à quoi s'ajoute, sans qu'on en parle, le besoin de coucher, impossible à satisfaire au milieu de l'espionnage méticuleux de la province ; quoique — ou parce que — platonisant à outrance, Lucien et sa Naïs adorée en sont au point de nouer des liens plus concrets. Mais il s'agit de tout autre chose (du moins veut-on se le faire croire) que d'une banale fuite d'amants, avec son romanesque pour femmes de chambre. Il y va de beaucoup plus : de l'éclosion du talent, qui ne peut se produire que sous l'influence du « soleil moral » de la capitale. Il faut s'y exposer si l'on veut devenir qui l'on est, épanouir ses virtualités, entrer dans la marche du siècle, prendre sa place parmi les célébrités de la France d'aujourd'hui. Rêve increvable, inusable miroir aux alouettes où s'inscrit magiquement une vision à l'efficacité garantie : Paris sera toujours Paris, le mythe fonctionne à plein, et c'est seulement à Paris, centre actif de tous les pouvoirs et de tous les talents, plexus frémissant de toutes les énergies nationales, qu'on peut décisivement s'imposer à l'attention du pays, de l'Europe et du monde. Pour quelqu'un qui a des ambitions un peu hautes, et se sent incompris dans son village, l'appel d'air vers le théâtre de toutes les gloires est irrésistible. En montrant à Lucien, du fond du trou arriéré où ils piétinent et s'ennuient, la *fata morgana* lumineuse, tantalisante, de la Ville absolue, creuset de tous les possibles, Louise est la sirène même de la modernité. Tous les chemins des provinces profondes n'en finiront pas de drainer vers Paris tous ceux qui, modelés par une séculaire attraction centralisatrice et fascinés par l'exemple admirable et mortel de Napoléon, viendront y tenter leur chance, y triompher ou sombrer. Phénomène clé de *La Comédie humaine* et qui est au cœur d'*Illusions perdues*, que cette permanente anabase, cette saignée annuelle de mille jeunes hommes qui paient tribut au minotaure parisien, montent de leurs vieux terroirs, laissent leur famille (qui mise tout sur eux, à quitte ou double), et plongent hardiment dans le maelström, où la plupart seront engloutis. Les conséquences politiques, économiques, sociales, morales de ce vampirisme de la capitale, qui suce implacablement les moelles vives de la nation (et singulièrement en sa moitié méridionale, restée en marge ou en retard), sont incalculables : une tête monstrueusement hypertrophiée ne cesse de se développer en appauvrissant le corps qui l'engraisse. Tout se passe comme si une loi de l'époque, impossible à maîtriser, amenait inéluctablement, comme une pompe aspirante, mais jamais refoulante, le flux de tous ceux qui sont doués, ou croient l'être, tous ceux qui ressentent le besoin de faire quelque chose de leur cerveau ou de leur nom, à Paris comme unique champ possible et pensable de leur activité. Ce tropisme de l'élite génère aux yeux de Balzac d'effrayants déséquilibres qui ne vont cesser de s'aggraver, et dont l'histoire de Lucien va montrer, dans l'ordre intellectuel, les ravages. Les historiens ont confirmé de reste la lucidité du diagnostic sur une situation qui est bien l'un des traits structurants de la France contemporaine : et si l'on commence seulement à tâcher prudemment d'y remédier, c'est que presque à la fin du XXe, le XIXe siècle est toujours là et a même encore de beaux jours devant lui.

  « À Paris ! » Tel est donc bien le soupir tchékhovien, avant d'être le cri de conquistador, de ceux qui veulent agir, faire et se faire, ne prennent pas leur parti de mourir sans avoir vécu. La vraie vie est absente : elle est à Paris. Le seul nom de Paris, prononcé par Louise, donne à Lucien l'impression que son cerveau a grandi de moitié ; diastole immédiate, par quoi se gonfle, se réchauffe et s'éclaire l'énorme vouloir-vivre d'une jeunesse morfondue dans le système amoindrissant, coercitif de la province, et à qui, depuis 1815, la gérontocratie au pouvoir n'a rien à proposer. Toute la deuxième partie du roman va s'attacher cruellement à faire retomber ce soufflé imaginaire, à illustrer le mensonge et la facticité de cette dilatation. Être parisien, selon un mot connu, ce n'est pas y être, c'est *en* être : et c'est bien là toute la question.
  On verrait volontiers un symbole dans le fait que les deux fugitifs descendent dans un hôtel situé rue de l'Échelle : convocation ascensionnelle, bien sûr, mais aussi rappel de ce qui différencie essentiellement la province de Paris, le changement complet de

proportions. Il va falloir réviser l'échelle des valeurs, s'adapter à des mesures dont on n'avait pas idée. Mesures topographiques : on s'y égare, les distances sont telles qu'il faut recourir à des transports dispendieux. Mesures pécuniaires : un dîner au restaurant peut coûter un mois d'existence à Angoulême. Mesures de la mode : une simple promenade aux Tuileries fait comprendre à l'Apollon local qu'il est mis comme un porteur d'eau ; à peine a-t-il tâché d'y remédier que, gaupé dans une fausse élégance (l'idée de l'élégance parisienne telle qu'on la fantasme à Angoulême), il arbore les grâces d'un garçon de noces. Mesures des manières, les plus subtiles et les plus dirimantes peut-être : il y a un art pour une femme de porter son mouchoir en montant un escalier, pour un homme de se tenir dans une loge de théâtre, et malheur à celui qui enfreint le code non écrit régissant, dans ses moindres nuances, le comportement en société ; pas d'indulgence propédeutique pour les solécismes ou barbarismes de conduite commis par le Huron récemment débarqué dans ce « singulier pays » dont il lui faut apprendre la langue. Montrer du doigt quelqu'un en public, comme le fait Lucien, c'est du suicide : cette immense minuscule chose lui vaut immédiatement sentence d'exclusion. Ignorant les lois d'une science dont tous les articles sont rigoureusement spécifiés, il accumule sans s'en douter les bévues impardonnables, et ne comprend pas pourquoi on l'abandonne. Dépourvu du mode d'emploi de la machine énorme dans laquelle il est venu se jeter, il reste hors jeu, sans pouvoir pénétrer ce qui se passe autour de lui, en proie à ce malaise — qui sera celui d'Alice, autre exploratrice désorientée — de vertigineuses distorsions, comme dans un labyrinthe de miroirs déformants : ce qui se trouvait géant à Angoulême rapetisse en un éclair, tandis que décor et enjeux grandissent incroyablement. L'impression dominante est celle d'une cauchemardesque diminution de soi-même, allant jusqu'au sentiment de l'anéantissement. Cornaquée par le baron du Châtelet et Mme d'Espard (laquelle, par un effet typique de déboîtement télescopique, est aussi supérieure à Paris que l'était à Angoulême Mme de Bargeton), Louise, dotée de fines antennes et de moyens financiers que Lucien n'a pas, s'en tirera vite et bien, et parviendra avec une enviable aisance à manier cet idiolecte particulier qu'un Chardon de la Charente, ou du Danube, aussi « poète » soit-il, aura toujours du mal à maîtriser. On n'est pas pour rien Nègrepelisse : bas bleu peut-être, sang bleu certainement. L'effet de cette éducation à deux vitesses ne tarde pas à se faire sentir sur le couple, et d'autant plus que, prudente sous ses airs émancipés, Naïs n'avait encore rien accordé d'irréparable au sigisbée : ayant rapidement compris que ce nigaud lyrique, dont la beauté et les alexandrins ne rachètent pas la roture, sera pour elle un boulet dans la brillante carrière où elle brûle de s'élancer, elle le plante là, et tel était bien l'aboutissement du premier projet balzacien, montrer comment Paris vient semer le trouble entre des êtres que la vie provinciale maintenait en pleine illusion sur eux-mêmes. Louise décristallise sur Lucien, Lucien décristallise sur Louise : d'abord dans l'anonymat de cette chambre d'hôtel où son charisme angoumoisin semble avoir éventé son parfum, ensuite auprès de sa cousine, dont l'éclat fait pâlir les atours réputés parisiens qui ornaient l'Arthénice de la rue du Minage. Tous deux se renient silencieusement, abjurent l'image idéalisée qu'ils avaient entretenue l'un de l'autre. Pour la première fois relativisés, abîmés, et ce n'est pas seulement l'amour qui ne s'en remet pas, mais bien sûr aussi l'amour-propre, dans la révélation effarée qu'on a pu si sottement s'abuser par une construction délirante, à laquelle le besoin de se donner de soi-même un reflet flatteur a activement participé. Dure pédagogie que celle de Paris : l'autosatisfaction et le narcissisme n'y résistent pas parce que, pour qui arrive de sa campagne, la capitale inflige le premier véritable choc avec l'Autre.

L'évidence de son infériorité, qui lui éclate au visage avec d'autant plus de violence que jusqu'alors tout avait conspiré à cultiver son complexe de supériorité, déstabilise profondément Lucien, plus exactement le détruit, le ramène à une sorte de *tabula rasa* à partir de laquelle il devra tout rebâtir autour de lui et en lui, tout redéfinir, et pour commencer l'idée qu'il se fait de lui-même, de sa situation, de ses potentialités. Il s'aperçoit qu'il avait follement échafaudé des nuages, que la donne n'est pas du tout ce qu'il avait cru. Paris lui administre donc l'expérience d'un retour à un néant originel, d'où il pourra peut-être faire sortir quelque chose qui, cette fois, sera fondé. Angoulême est laissé derrière soi, sans esprit de retour, comme le lieu d'une fantasmagorie infantile, le temps d'un jeu prépubertaire que la réalité n'avait pas encore perturbé de ses intimations. Paris déchire en quelques jours ces vapeurs et révèle leur imposture : disloqués ces beaux châteaux insubstantiels, il ne reste plus que la difficile nécessité de se faire adulte, à partir de ce qu'on a et de ce qu'on est, dans l'âpreté du chacun pour soi. Dépouillé, dénudé comme après un naufrage, Lucien, au cœur de la grouillante mégalopole, en découvre le noyau de solitude : après René, avant bien d'autres, il va lui falloir traverser ces steppes, y errer en quête de sens. La soirée à l'Opéra a valeur emblématique : apothéose de la liturgie sociale, elle réunit bien sûr « tout Paris » (c'est-à-dire les quelques centaines de personnes qui sont Paris), pour mieux mettre à la porte l'intrus, qui subit ici sa seconde exécution, beaucoup plus radicale encore que la première, lors de la solennité littéraire de l'hôtel de Bargeton. « Tout Angoulême » l'avait ostracisé ; il y avait possibilité d'appel à Paris. Cette fois, c'est l'instance suprême qui prononce contre lui, et le verdict de cette brillante assemblée, fleur et tribunal de la socialité, le rejette définitivement dans les ténèbres extérieures du « vaste désert d'hommes » auquel font ironiquement allusion les théâtrales retrouvailles de Châtelet et de Montriveau, jadis perdus ensemble dans les sables de l'Arabie... Le plus aride n'est pas toujours où l'on croit. Ainsi, Balzac annonce, derrière les enivrantes giclées de lumière, de luxe, de plaisir et d'esprit, sous la merveilleuse musique des apparences, ce qui se creuse de froid, d'implacable, d'inhumain dans le sourire de ce monde. Le point extrême de cette réduction ontologique opérée sur lui par Paris, Lucien l'atteint aux Champs-

Élysées (!), lorsque, congédié par Louise, marchant sans but et contemplant la parade des beaux équipages (en une scène qui, de *L'Éducation sentimentale* à *La Curée*, n'a pas fini de faire des petits), il reste saisi, et foudroyé sur son trottoir, non seulement par la feinte indifférence de son ex-Muse, mais surtout par le non-regard de Mme d'Espard, qui ne l'évite pas, simplement lui refuse la consistance, le traverse comme s'il était transparent : il comprend que pour elle et ses pairs, il n'existe plus, il n'a jamais existé. Néantisé, volatilisé, réexpédié aux limbes d'où il n'aurait jamais dû essayer de sortir, le prodige du Sud-Ouest va devoir (se) recommencer à zéro.

Ce qui signe la singularité de Lucien par rapport à son compatriote Rastignac qui l'a précédé à Paris et dont le destin accompagne le sien en contrepoint dissonant, c'est que pour lui Paris est avant tout la Mecque de l'ambition littéraire. La gloire, l'amour, bien sûr — banalement si l'on peut dire —, mais avec et par l'écriture. Le sacre de l'écrivain ne saurait avoir lieu que là où sont concentrés ceux qui donnent à la plume (et à qui elle donne) *lettres de noblesse :* et l'on sait combien cette thématique est sensible au ci-devant Chardon. Arriver donc (obsession unanime), mais, plus que par le lit des duchesses, par du noir sur du blanc. En cela, Lucien résume toute cette classe de jeunes intellectuels qui se déversent intarissablement sur la capitale dans l'espoir que la production de leurs méninges y « percera », font confiance à la poésie et au roman pour qu'adviennent leurs rêves de fortune. La littérature se monnaiera, avec le succès, en reconnaissance sociale, en aisance économique et donc en pouvoir, mais c'est le saint désir du Beau, la vocation à concevoir et écrire des chefs-d'œuvre, qui sont premiers et désintéressés. Plus dure sera la chute, lorsque, des hauteurs pérennes où il s'imaginait qu'il allait dignement travailler, en attendant la récompense due au labeur exigeant de sa conscience d'artiste, Lucien va se trouver précipité dans la quotidienneté du plumitif besogneux, obligé de se vendre pour survivre. Toute la seconde partie d'*Illusions perdues* radiographie cette prostitution, parfois brillante, fondamentalement sordide, mais c'est l'ensemble du roman qui, d'une certaine manière, peut être considéré comme l'odyssée de l'imprimé.

La pensée n'est rien, en effet, elle n'existe tout simplement pas sans le support qui l'objective et la diffuse, et là est sans doute ce qui assure l'unité profonde d'une œuvre où l'on ne voit pas toujours immédiatement, surtout dans la troisième partie, au-delà des déterminations psychologiques et des péripéties de l'action, ce qui articule les recherches techniques de David Séchard et les tribulations d'écrivain raté de son beau-frère. En fait, elles sont puissamment solidaires. En s'acharnant à découvrir le moyen de fabriquer du papier d'excellente qualité à moitié coût, l'inventeur a conscience de répondre à une réquisition spécifiquement contemporaine : on peut trouver longuette, et surtout déplacée en pleine oaristys champêtre, la digression historico-industrielle dans laquelle il se lance, mais elle est justifiée car elle souligne que, pour répondre aux besoins prodigieusement multipliés de la discussion des idées dans la civilisation actuelle, il est de nécessité vitale que l' « Esprit du Siècle », caractérisé par l'explosion de l'opinion, la fringale de l'expression individuelle, trouve à sa disposition des moyens matériels pour s'exprimer et se répandre. La modernité est de plus en plus papyrophage, comme le curieux Biren dont Carlos Herrera narrera l'histoire à Lucien [1] : il faut pouvoir la nourrir, ce à quoi, chacun dans son ordre, David et Lucien s'emploient également. Leur double activité est complémentaire : l'un écrit, l'autre s'occupe de ce qui permettra à l'écrit de rayonner davantage. Et Balzac de glisser quelques signes qui indiquent combien les deux amis, apparemment si opposés, travaillent au fond à la même cause, en soulignant le lien entre le problème d'imprimerie auquel s'affronte David et celui, médical, auquel s'intéressa jadis le père de Lucien ; c'est donc ce dernier, originellement destiné aux sciences, qui mettra David sur la voie de la réussite, non seulement en lui suggérant une idée qu'avait eue son père, mais en entrant lui-même dans la composition du nouveau papier, sous les espèces ironiques de ce *chardon* dont il essaie en vain de se débarrasser, mais qui est en lui, qui est lui. De même et inversement, loin d'être un spécialiste enfermé dans son savoir et ses préoccupations étroitement techniciennes, David est un homme cultivé, prédisposé à la poésie — c'est lui qui apporte Chénier à Lucien —, un artiste refoulé, ou décalé, qui ne se contente pas de faire du papier, mais se montre profondément pénétré de l'importance ou de la beauté de ce que ce papier véhicule. Ainsi, Balzac établit le rapport entre ses deux pôles romanesques, le « côté de chez David » et le « côté de chez Lucien », Angoulême et Paris, deux faces d'une unique question, qui est celle de la circulation culturelle, de la propagation et de la commercialisation des produits intellectuels. Ce qui induit un effet de mise en abyme, puisque *Illusions perdues* représente en somme les conditions de sa propre existence [2]. C'est ici le lieu de rappeler une fois pour toutes de quel poids d'expérience autobiographique tout cela est lesté : entre 1825 et 1828, Balzac a lui-même « traversé tous les métiers du livre [3] » ; éditeur, imprimeur, fondeur de caractères, il a tâté de près (et jusqu'à la faillite) de ce que signifie et suppose transformer la pensée d'un homme en objet pour qu'elle aille

1. On est tenté d'y lire un symbole retourné : dévorer du papier, comme l'a fait jusqu'alors Lucien au sens figuré, est un vice que seule la beauté fait pardonner ; Carlos invite donc son disciple à répudier l'exercice de l'esprit, qui lui a mal réussi, au profit de satisfactions plus incarnées.

2. J. Neefs, *Illusions perdues : représentations de l'acte romanesque*, in *Le Roman de Balzac*. Études réunies par R. Le Huenen et P. Perron, Didier, 1980 (p. 119).

3. R. Chollet, *Balzac journaliste. Le tournant de 1830*, Klincksieck, 1983 (p. 30).

inséminer la pensée des autres. Le reportage sur le fonctionnement de l'atelier Séchard ne relève pas de l'exotisme sociologique, il émane d'un professionnel qui sait de quoi il parle et connaît mieux que quiconque par quelles voies concrètes s'incarnent et vont à la rencontre du public les conceptions de l'esprit. Et puisque nous évoquons d'un mot les sources personnelles qui irriguent *Illusions perdues,* sources évidentes et bien dégagées par la critique[1], qu'il suffise de redire ici que tout l'itinéraire que Lucien va effectuer à travers les méandres compliqués de ce qui s'imprime à Paris, Balzac l'a parcouru avant lui[2], et que tout, absolument tout, depuis le restaurant pour jeunes bohèmes, la vache enragée dans les chambres mal chauffées où l'on médite l'œuvre géniale, les journées studieuses, fiévreuses, à la Bibliothèque, les sollicitations vaines et les négociations pour vendre sa prose, jusqu'à l'organisation complexe de la librairie et de la presse, dans ses réseaux qui se voient et surtout ceux qui ne se voient pas, tout ce qui fait l'implacable règle du jeu mais aussi le folklore de ce topos désormais bien établi (et définitivement consacré par *Illusions perdues*) : les-débuts-littéraires-à-Paris, Balzac l'a vécu pour son compte, même s'il ne l'a pas vécu comme Lucien, étant, lui, arrivé dans la capitale dès l'âge de quinze ans ; et s'il s'est ingénié à brouiller les pistes, démarquer le linge, condenser ou mixer les modèles, les allusions, les références, pour donner à son propos valeur synthétique, portée générale, éviter de le ravaler à un simple répertoire « à clefs », le minutieux démontage du grand appareil n'en repose pas moins sur une auscultation directe, de l'intérieur, grâce à quoi Balzac offre ici un document formidable, et de première main (par-delà l'indice de réfraction et la transposition propres à une écriture qui accomplit la réalité en mythe) sur ce que c'est, tout simplement, à Paris, sous la Restauration, et même plus tard, que d'être admis au privilège de déposer sa pensée sur des feuilles imprimées, et de gagner sa vie avec ça.

Pour le guider dans son tortueux voyage, et selon les règles les mieux éprouvées des scénarios d'aventures initiatiques, Lucien rencontre un mentor auquel il s'attache et qui l'adjure en vain de renoncer à la terrible expédition : il sait ce qu'il en coûte de la tenter, mais sait aussi que pareils avertissements ne sont jamais

---

1. Cf. M. Bardèche, édition du Club de l'Honnête homme (pp. 174 sq.) ; P. Barbéris, *Balzac et le mal du siècle,* Gallimard, 1970, t. I (pp. 412-413) ; R. Chollet, dans sa riche Introduction à l'édition de la Bibliothèque de la Pléiade.

2. Plutôt *après,* si l'on considère la chronologie interne du roman. Lucien est censé travailler dans la presse en 1821-1822 ; l'activité journalistique de Balzac se déploie surtout en 1822, 1824, 1830 ; du moins le croyait-on jusqu'aux recherches récentes d'Annemarie Kleinert — cf. en particulier *Die reale Entsprechung des « petit journal » in Balzacs Illusions perdues,* in *Lendemains,* 43-44, 1986 — qui montre que Balzac aurait très plausiblement collaboré au *Journal des Dames et des Modes* dès 1819 et jusqu'en 1822. De toute manière, les premiers essais littéraires d'Honoré remontent à 1820, et ses premières publications sous pseudonyme à 1822.

écoutés. Lousteau a été ce qu'est Lucien aujourd'hui ; Lucien deviendra ce qu'est devenu Lousteau, et lorsque engagé par le petit journal, il verra arriver timidement un jeune homme inconnu qui sollicite à son tour son admission, il se verra en lui tel qu'il était lui-même avant de recevoir son sésame. Eternel retour, processus fatal, qui jette inévitablement les phalènes à la flamme qui les détruira. Il ne s'agit donc pas pour Balzac, en créant Lousteau [1], d'une simple facilité d'exposition, d'un fil commode pour faire présenter par quelqu'un qui sait à quelqu'un qui ne sait pas les divers milieux de la littérature parisienne successivement parcourus, mais d'un diagnostic pessimiste et de fond sur le gâchis de toute une génération. L'exemple d'autrui ne sert à rien. Plus fort que toutes les dissuasions est le besoin puéril d'essayer ses forces, la conviction absurde de réussir là où tant d'autres se sont fracassés : mouvement qui n'est pas seulement celui de mirages individuels, mais le vouloir-vivre, transcendant à toutes les déceptions et tous les échecs, d'une jeunesse qui demande à la plume, puisqu'elle ne peut plus le demander à l'épée, de lui forger un destin. La grande leçon de Lousteau au Luxembourg sera perdue ; elle trace à l'avance, avec une clairvoyance prophétique, l'entier programme réservé au Cortès que Lucien se flatte d'être, et sera suivie point par point. Lucien va repasser partout où son camarade l'a précédé, précédant d'autres Lucien qu'il essaiera à son tour inutilement de convaincre de retourner à leur Angoulême : on ne peut rien contre un phénomène toujours recommencé, dont la nécessité semble si impérieuse qu'elle ressortit à l'instinct. Lousteau avait pourtant loyalement (ou pour écarter un possible concurrent) essayé de décourager le novice, en lui représentant la mécanique piranésienne de rouages, pivots, chaînes et volants par laquelle il serait forcément broyé s'il s'aventurait dans le dédale : *ad augusta per angusta,* et l'allée de l'Observatoire prend nettement des airs de Père-Lachaise [2] pour un Lucien que la tombée de neige des admonitions de Lousteau n'a pu refroidir et qui, fouetté par « l'horrible poésie des difficultés », jette lui aussi son gant au monstre parisien qu'il se jure de dompter.

C'est peut-être la découverte du théâtre qui, matériellement, vérifie au plus près les prédictions « machinistes » de Lousteau : et fort logiquement, puisqu'il n'existe que par et pour la fabrication d'une illusion. Accueilli dans les coulisses du Panorama-Dramatique, Lucien y surprend le désordre, la grossièreté, la saleté qui se cachent derrière les décors les plus somptueux ; après le spectacle, les actrices, « comme des papillons rentrés dans leurs larves », redeviennent ce qu'elles sont, de pauvres filles toujours en chasse du prince russe ou du marchand de cirage anglais à « faire » pour pouvoir mener la vie délicieuse ; la féerie, désenchantée, avoue ses dessous hideux : le froid, l'obscurité, le vide, voilà ce qui se donne à voir quand la magie de la scène a cessé d'opérer. La fascination du

1. Cf. P. Barbéris, *Le Monde de Balzac,* Arthaud, 1973 (pp. 405-408).
2. Cf. la fin du *Père Goriot* et le défi de Rastignac.

théâtre, comme celle du monde, est un beau mensonge entretenu par un savant système de treuils, de poulies, de contrepoids et de trompe-l'œil, et c'est cet envers brusquement révélé, cette sinistre cuisine, dont le triomphe est son abolition dans une apparence merveilleusement désincarnée et gratuite, que Lucien va expérimenter systématiquement dans les sphères de l'activité de l'esprit à Paris. Accessoirement, le théâtre, avec ses trafics d'influence ou d'argent autour des pièces, des rôles, des billets, ses succès comme ses fours artificiellement achetés, apparaît, même si ce n'est pas sur ce milieu que Balzac fait porter ses analyses les plus approfondies (parce que, semble-t-il, il le connaît moins bien), comme quelque chose de radicalement faussé, de gangrené par des intérêts qui n'ont rien à voir avec ceux de l'art. La valeur intrinsèque des œuvres, le talent « objectif » des interprètes sont totalement pervertis, parce que situés sur un échiquier de pouvoirs, pris dans un lacis d'enjeux économiques, politiques, érotiques qui en fait de simples instruments au service de causes étrangères à l'esthétique. Premier exemple d'une *dénaturation* qui est la marque distinctive, le sceau même de la pratique intellectuelle à Paris.

Beaucoup plus fouillée et à peu près exhaustive, l'enquête sur les diverses variétés de libraires, dont on voit clairement qu'elle se développe selon les meilleurs principes balzaciens de la « physiologie », avec ses catégories, ses classes et ses familles héritées de la taxinomie des sciences naturelles. Les différents spécimens, des plus prestigieux aux plus misérables, en passant par les plus douteux, tour à tour examinés par l'impétrant en mal d'éditeur, dessinent un paysage complet de la spécialité et ramènent violemment au réel, au concret des fourches caudines par quoi il faut inévitablement passer pour voir ses chefs-d'œuvre s'élancer au-devant des lecteurs. Entre l'effusion solitaire, divinement libre, de la pensée sur le vierge papier, et sa circulation sous forme de produits manufacturés que des amateurs se procureront en y mettant le prix, il y a ces intermédiaires obligés, tout-puissants puisqu'ils peuvent refuser ou accorder l'existence aux livres, les tuer dans l'œuf ou leur assurer l'envol. Ces gens, qui ne créent rien par eux-mêmes, deviennent, par leur position stratégique, les arbitres de la création, et comme leur souci primordial n'est évidemment pas d'offrir de la beauté, ou de la vérité, à l'humanité, mais beaucoup plus immédiatement, de faire la plus grande et la plus rapide fortune possible avec leurs publications, on comprend très vite que les considérations qui déterminent leurs choix éditoriaux relèvent avant tout de calculs commerciaux. Aussi Lucien tombe-t-il des nues lorsque, avec la modeste fierté du Walter Scott français, il pousse la porte de ses premiers libraires et, au lieu des hauts débats sur les tendances actuelles du roman qu'il espère sans doute trouver là comme dans leur lieu naturel, il n'entend qu'une litanie de chiffres, impitoyablement scandés comme l'*ultima ratio* du métier : elle lui fait comprendre sans ménagement qu'un ouvrage est avant tout une marchandise, à acheter bon marché et à vendre le plus cher possible, ce que Dauriat, le libraire fashionable, véritable « ministre de la

littérature », confirmera avec toute son autorité à Lucien, en lui
expliquant qu'un livre, c'est essentiellement une affaire ; or, plus un
livre est beau, moins il se vend tout de suite, et quand on a risqué
des capitaux, il est impossible d'attendre les consolations d'une
lointaine postérité. On ne peut pas sortir du théorème fort simple,
d'après lequel une rame de papier blanc, qui vaut quinze francs,
vaut, imprimée, selon le succès, ou cent sous, ou cent écus ; et voilà
pourquoi un manuscrit a d'autant plus de chances d'être publié qu'il
est médiocre, et donc susceptible de plaire à une masse de lecteurs
peu exigeants, ou bien l'œuvre d'un homme activement soutenu par
une clique de journalistes qui la « pufferont » adroitement et
sauront la faire vendre. Non seulement le mérite ne fait donc rien à
la chose, mais il constitue un très sérieux handicap. On décide de
publier ou de ne pas publier pour des raisons qui n'ont rien à voir
avec la valeur de textes que d'ailleurs on lit en diagonale, ou pas du
tout. Dauriat achètera *Les Marguerites* à Lucien sans les avoir
effeuillées, uniquement pour le désarmer, l'empêcher de nuire dans
les journaux au succès du livre de Nathan ; il s'empressera de les
serrer dans son herbier secret parce que la poésie est invendable.
Quant à *L'Archer de Charles IX*, il verra le jour pour la seule raison
que son auteur est journaliste (cela facilitera la réclame dans la
presse), et parce que ses éditeurs véreux comptent sur la première
vente pour passer le cap d'une fin de mois difficile. On est fort loin
des splendides désincarnations de la pensée pure. Que Dauriat, le
pacha de la profession, ait son officine au Palais-Royal, c'est-à-dire
en plein souk, est d'ailleurs suffisamment éloquent.

Mais c'est bien évidemment la presse qui, dans la seconde partie
d'*Illusions perdues*, focalise sur elle l'essentiel du propos balzacien —
la presse, intimement liée au sort du théâtre et de la librairie par la
puissance de la critique, qui s'exerce quotidiennement dans ses
colonnes et décide souverainement du succès ou de l'échec, et donc
en définitive de l'argent à gagner ou à perdre : l'Argent, le fond de
la langue ici comme partout. Là est vraiment le terrain crucial sur
lequel Balzac entend se placer, et d'emblée en position polémique ;
Lucien n'est plus — la Préface en 1839 en témoigne — un individu
vivant des mésaventures singulières, mais un type en proie à un
phénomène exemplaire : le jeune homme du XIXe siècle face à « la
grande plaie de ce siècle, le journalisme ». Et de revendiquer la
primauté dans la dénonciation des mœurs d'une presse qui « horriblement
comiques » d'une presse qui, détenant le pouvoir, a les moyens de
se venger de ses détracteurs, et s'en sert. On le vit de reste à l'accueil
que certains organes réservèrent à *Un grand homme de province à
Paris*[1]. Balzac salue la Préface pionnière de *Mademoiselle de Maupin*

---

1. Le compte rendu le plus caractéristique, parce que le plus indigné, fut
celui de Jules Janin dans la *Revue de Paris* de juillet 1839. Il avait sans doute
quelques motifs de se sentir visé... Conseillant à son lecteur d'emprunter les
« bottes imperméables des égoutiers » pour se hasarder dans la fange
accumulée à plaisir par Balzac, il proteste au nom de toute la corporation

de Gautier (1834), où celui-ci, proposant de faire « la critique des critiques », définissait les journaux comme « des espèces de courtiers et de maquignons qui s'interposent entre les artistes et le public », et s'en prenait à l'hypocrisie et à l'envie des journalistes, envisagés comme des ratés le plus souvent malhonnêtes. Mais Gautier ne relève pas vraiment les trafics de tous ordres qui fleurissent à l'intérieur des journaux, et c'est bien là-dessus que Balzac, excipant de son indépendance à l'égard d'un système auquel il n'aurait rien demandé (et il est persuadé d'en avoir payé le prix), entend faire porter l'essentiel de son étude au vitriol.

Lorsqu'il entre pour la première fois au « petit journal », Lucien, qui croit pénétrer dans le temple où officient, avec une sérénité supérieure, les prêtres de la « sainte critique », est tout de suite dégrisé : désordre, improvisation, récriminations sordides et corruption, dans une espèce de fuite en avant au jour le jour, soumise aux incessants aléas et aux impératifs de *combinazioni* économico-politiques plus ou moins clandestines. Avant le Maupassant de *Bel-Ami*, Balzac est le premier à montrer la quotidienneté d'une rédaction. Dans ce monde d'un cynisme théorisé, les idées ne valent que par ce qu'on peut en tirer d'avantages concrets, et il s'agit donc en priorité, non pas de croire en quoi que ce soit, mais de se ménager partout des appuis efficaces : Finot ignore encore si son journal sera ultra, mais veut rester bien en sous-main avec les libéraux ; mieux, ou pire, il prévoit déjà de se faire racheter par le gouvernement. Impossible de montrer plus clairement que le lancement de ce nouveau titre est une opération purement spéculative, montée non pas pour défendre des idées quelconques, mais uniquement pour faire des bénéfices. Tel est d'ailleurs le fond (sans fond) du journalisme selon Balzac : les idées sont interchangeables, parce qu'elles ne sont rien, elles n'ont pas de rapport organique et vivant à la vérité, elles sont de simples instruments au gré des circonstances. Là est sans doute le vice suprême de la presse qui, par mercantilisme, vend chaque jour son âme, en dispose selon les nœuds d'intérêts toujours mouvants qui s'y emmêlent, dans un complet insouci de la substance et du sens, soumis aux plus

---

insultée : « ... lorsqu'on a eu pour son confrère M. de Chateaubriand lui-même, M. Royer-Collard, M. Guizot, cet héroïque Armand Carrel, M. Villemain et M. de Lamennais en personne ; lorsque cette grande magistrature de la presse est exercée par les plus hautes intelligences, par les esprits les plus élevés, par les plumes les plus distinguées de l'Europe ; lorsque, depuis 1789 seulement, tous les principes sur lesquels repose la société moderne ont été fondés, défendus et sauvés par le journal, cela est triste de voir sa noble et chère profession attaquée, même dans ses ténèbres, même dans ses accessoires les plus futiles et les plus inaperçus, et attaquée par quoi je vous prie ? Par un livre sans style, sans mérite et sans talent ! » (p. 165). Baudelaire affirmera que « jamais la critique française n'a pardonné à Balzac *Le grand Homme de province à Paris* » (*E. A. Poe, sa vie et ses ouvrages*, 1852 ; in E. Poe, *Œuvres en prose*, Bibliothèque de la Pléiade, 1951, p. 1019).

impudentes trahisons. Lousteau se voit lui-même comme « un acrobate », capable de contorsionner sa pensée avec d'autant plus de virtuosité qu'il n'a pas de pensée propre, mais seulement les pensées qu'il faut avoir, tactiquement, dans un certain contexte, à un certain moment, en vue d'un certain but à atteindre, toujours étranger au sujet. La démonstration la plus magistrale de la plasticité requise du journaliste, homme à toutes mains, est administrée à Lucien successivement par Lousteau et Blondet, sous les espèces des deux prodigieuses tartines symétriques et opposées qu'ils lui proposent d'écrire sur le livre de Nathan : à la charge proclassique, libérale, en faveur de l'idée et du style contre l'image, répond en diptyque la défense de l'image, le plaidoyer royaliste et romantique, l'un et l'autre volets étant brossés avec autant d'étourdissant panache et s'annulant réciproquement par une égale force de conviction. Effet strictement rhétorique, puisque la conviction est précisément la grande absente de ce cliquetis de phrases, qui n'ont pour seul critère que le prix dont on les paiera. Possédant toutes les ficelles lui permettant de soutenir avec un semblable aplomb et une chaleur aussi factice le pour et le contre, le journaliste peut même s'offrir le luxe d'un troisième article, œcuménique celui-là, où il mêlera les deux points de vue antagonistes. Bilan : quatre cents francs dans la semaine, et le plaisir d'avoir écrit la vérité quelque part ! Faut-il en rire ? Faut-il en pleurer ? Ce que Balzac dénonce, c'est qu'à travers cet automatisme journalistique, cette machine à mots qui ne sont plus que des mots, et qui se met d'elle-même à tourner pour dire n'importe quoi sur n'importe quoi (automatisme très sensible chez un Lousteau, lequel « article » oralement à la demande, part au quart de tour et ne tombe jamais en panne), ce n'est plus le grain de la vérité qui est moulu, mais le vent du sophisme. La théorie ô combien ingénieuse de Blondet, selon laquelle il faudrait tout considérer sous sa forme binaire, chaque idée ayant son envers et son endroit, autorise de changer de certitude comme on change de défroque, tout s'équivalant dans une insignifiance généralisée sous les travestissements intéressés de ces Fregoli de la signification. Si tout est également vrai et faux, c'est que rien n'est vrai, la vérité est devenue une balle dont on joue et non plus le repère intangible auquel on s'attache. Et comme la tentation est grande de raffiner dans l'exploit, le numéro de cirque, de s'abandonner à la surenchère pour vérifier l'étendue de ses pouvoirs, on en arrive bientôt naturellement — si l'on ose dire, s'agissant d'une activité si fondamentalement artificielle et contre-nature — à tenter la gageure non plus seulement de mettre sur le même plan, comme réversibles et indifféremment pertinents, le vrai et le faux, mais de piétiner sciemment le vrai au profit du faux, de faire délibérément passer le faux pour le vrai : ce que Lucien, qui apprend vite, réussira lorsque, ayant vu à l'Ambigu une pièce qu'il juge réellement bonne, il s'amusera à l'éreinter pour éprouver la souplesse de sa plume ; là est le fin du fin du renversement sophistique : détruire une belle œuvre, en faire réussir une mauvaise. Malheureusement (là encore, si l'on peut dire), l'Ambigu ayant pris la sage précaution de souscrire vingt abonnements au journal, lequel est donc tenu à beaucoup d'indulgence, le compte rendu de Lucien sera très édulcoré : la justice passe un peu, mais encore par d'étranges chemins... Les dégâts intimes et publics seront autrement dévastateurs lorsque, pris au piège de sa versatilité, Lucien *devra*, pour complaire à ses « amis » politiques, dire du mal du chef-d'œuvre de d'Arthez[1]. Il paiera cher alors sa frivolité.

Il y a donc pour Balzac une pathologie de la pensée contaminée par l'exercice d'un journalisme soumis à toutes les pressions, lieu de toutes les provocations et des plus éhontés tripotages. Plus Lucien avance dans le labyrinthe miné de la presse, plus il s'enfonce dans ce brillant marécage, plus il est ligoté, étranglé par l'écheveau qui s'y enchevêtre jusqu'au vertige : Finot, Lousteau, Florine, Matifat, Nathan et tous les autres sont finalement pris dans les horreurs d'un chantage mutuel, et Balzac déchaîne jusqu'à l'écœurement la chorégraphie compliquée de ces manœuvres où le sexe, l'argent, l'ambition s'imbriquent dans une fiévreuse bacchanale, implacable sous les sourires carthaginois de la camaraderie. Mais les séductions de la puissance sont si irrésistibles ! Cette chose légère, avec laquelle on trace des caractères inconsistants sur un morceau de papier, est si ravageuse... Comment s'étonner qu'on ne puisse se retenir d'en user, d'en mésuser ? Car s'il est quelque chose dont Balzac est intimement persuadé, c'est que la presse, avec ses effroyables abus, est une forme nouvelle, inéluctable, typiquement contemporaine, du pouvoir, dont il faut prendre acte et contre laquelle on ne peut rien : la *Préface* insiste sur l'absurdité des poursuites (le feu grégeois du journal renaîtra toujours de ses cendres), on ne peut endiguer avec des interdictions ce débordement permanent, cette inondation mercurielle de la pensée imprimée, qui est l'un des traits spécifiques de la modernité. L' « électricité sociale » dont parlera Chateaubriand est un phénomène définitif, contre lequel on ne peut rien. La presse est un *corps conducteur* d'une efficacité redoutable dont Balzac, à proportion même des périls qu'il y distingue, ressent d'évidence la fascinatrice attraction.

Déjà Lucien, chez Dauriat, n'en était pas revenu de voir Nathan, auteur d'un chef-d'œuvre, se découvrir et s'humilier devant Blondet, qui n'a rien publié mais dispose d'une tribune où il pourra prononcer sur le livre de Nathan : il garde donc son chapeau sur la tête. Lousteau devient lyrique lorsque, pour éblouir le néophyte, il évoque les cent personnes qui imposent des opinions à la France, et tiennent à leur merci l'ensemble de la vie intellectuelle du pays. Encore n'est-on qu'à l'aurore de développements insoupçonnés : dans dix ans, vaticine Finot avec enthousiasme, tout sera soumis à la publicité, c'est-à-dire que « la pensée éclairera tout... » Est-on jamais allé aussi loin que Balzac, par ce propos d'une terrifiante ironie, et par toute la deuxième partie d'*Illusions perdues* (dont Maurice Bardèche dit très justement que depuis un siècle et demi,

---

1. Cf. la lettre VIII dans les *Lettres d'un voyageur* de G. Sand, parue dans la *Revue des Deux Mondes* du 15 novembre 1836.

non seulement on ne l'a pas dépassée, mais on n'a même pas réussi à la refaire [1]), pour dénoncer la faillite d'une mission ? Au dîner chez Florine, il nourrit de sa propre vision l'amère tirade de Claude Vignon : la presse est devenue un moyen pour les partis, un grenouillage sans foi ni loi. Il ne s'agit pas d'aider à comprendre, mais simplement de flatter juteusement des opinions ; les journaux seront dirigés par des gens de plus en plus médiocres et cyniques ; et les talents, de plus en plus lâches et hypocrites, se vautreront à l'encan d'actionnaires imbéciles à qui ils serviront la soupe. On croirait entendre Fellini parler de la télévision, et d'ailleurs n'est-ce pas le même problème médiatique ? « La plaie est incurable, elle sera de plus en plus maligne et insolente, et plus le mal sera grand, plus il sera toléré... » Idées que Balzac reprendra encore dans sa *Monographie de la presse parisienne* (1842), où il l'accuse d'avoir choisi « l'argent à empocher » plutôt que « le gouvernement de la plus belle partie de l'intelligence [2] ». Telles sont les conséquences perverses d'une conquête qui aurait pu être libératrice, et qu'on a dévoyée en outil de mensonge et de lucre. Phénomène typiquement parisien (tous les journaux sont à Paris, et quand ils n'y sont pas, ils ne valent pas mieux que ceux qui y sont : à preuve les magouilles de Petit-Claud autour du journal libéral d'Angoulême), et au-delà, typiquement français, parce qu'organiquement lié à l'effervescence intellectuelle, au jet mousseux des idées qui est l'un des traits caractéristiques de la nation. Chez Florine, le ministre de Prusse se félicite que l'Allemagne n'ait pas de journaux, mais c'est la rançon de la lourdeur teutonne, congénitalement incapable de vivacité et de saillie spirituelle, engoncée dans son effroyable sérieux. L'une des choses qui étourdissent d'abord Lucien (et où il va bientôt jouer sa partie avec une remarquable facilité), c'est le luxe, la rapidité, le pétillement des trouvailles et des reparties, la pyrotechnie des paradoxes et des formules — derrière laquelle (toujours l'envers du décor) Balzac désigne les carcasses toujours hideuses [3] —, le plaisir, auquel nul ne sait résister, du bon mot. Un verre de xérès est déclaré préférable au génie de d'Arthez, un article joliment troussé révèle un « homme de cœur », etc. Bulles d'un logos irresponsable qui ne sait plus ce que penser veut dire, et d'où le lest du vrai s'est absenté. Les chansons à boire dont Lucien, au chevet de Coralie, paiera le salaire de la mort, marqueront la terrible vengeance des mots quand ils ont, par jeu, été dénoyautés de leur sens.

Prestiges faisandés de l' « esprit », spécialité nationale, comme on sait de reste. Et c'est pourquoi toute répression est vaine : comme la vapeur dans une machine à soupape, l'esprit français trouvera toujours à s'exprimer. Face à la presse, le pouvoir a toujours tout à perdre, et la France est annulée jusqu'au jour où le journal sera mis

---

1. *Une lecture de Balzac*, Les Sept Couleurs, 1964 (p. 142). Sur l'actualité d'une analyse toujours valable du « quatrième pouvoir », cf. l'éditorial de Jean Daniel dans *Le Nouvel Observateur* du 28 août 1987.
2. T. 24 des *Œuvres complètes*, Club de l'Honnête homme, 1956 (p. 431).
3. *Ibid.* (p. 438).

hors la loi : point de vue d'autant plus autorisé qu'exprimé par les journalistes eux-mêmes, qui s'étonnent qu' « un gouvernement abandonne la direction des idées à des drôles comme eux ! » C'est cela qui est tragique, au fond, sous les arabesques délicieuses ou l'invention enragée d'un esprit jamais en repos : c'est que, par sa critique permanente, il rend tout gouvernement impossible. Balzac y reviendra dans la *Monographie* : « Cet *Hoax* perpétuel contre les hommes et les choses se continue depuis dix ans avec autant de verve que d'effronterie. Il n'épargne ni l'âge, ni le sexe, ni les royautés, ni les femmes, ni les œuvres de talent, ni les hommes de génie. Il amoindrit le pouvoir, les conspirations, les actes les plus graves ; il ébrécherait le granit, il entame les diamants ! [...]. Relisez ces citations prises au hasard, mais qui sont des chefs-d'œuvre de plaisanterie... et frémissez [1] ! » La « maladie chronique » a, de proche en proche, gagné l'ensemble du corps social : « Elle a soumis la royauté, l'industrie privée, la famille, les intérêts ; enfin, elle a fait de la France entière une petite ville où l'on s'inquiète plus du *qu'en dira-t-on* que des intérêts du pays [2] ». Entretenant volontairement à leur profit une cacophonie babélique, les journaux paralysent toute action à long terme, empêchent tout consensus autour d'un dessein cohérent. Au lieu d'analyser lucidement les problèmes, de dégager les moyens d'y remédier, ils ne se préoccupent que de contredire et d'amuser, et le salubre esprit critique s'abâtardit dans le stérile esprit de critique. Au lieu de rassembler la substance, de contribuer à l'homogénéiser, pour la rendre plus solide et plus vivante, la presse l'émiette, la dissout dans la pulvérulence de l'ironie. Ainsi les journaux apparaissent-ils comme des vampires qui dévoreront tout. La métaphore du chancre s'impose. Blücher l'avait prédit, en contemplant la tumeur fuligineuse qui respire au pied de Montmartre : « la France ne mourra que de *ça* ». Balzac ausculte là non seulement les méfaits de l'hydrocéphalie parisienne, mais l'aboutissement de ce progressif démusèlement des appétits du moi en quoi se résume d'après lui (comme pour toute la pensée réactionnaire) l'histoire moderne depuis le XVIIIᵉ siècle au moins, et devenu sans remède avec la Révolution. Lorsque Merlin proclame burlesquement : « Bossuet aujourd'hui serait journaliste ! », au-delà de l'hénaurmité scandaleuse, il énonce là une profonde vérité ; l'irréligion de la presse (le principe de non-respect qui l'anime) est bien devenue la Religion de la modernité, et le grotesque baptême journalistique, reçu par Lucien des mains pontificales de Finot, est bien le sacrement du non-sens en quoi s'affirme le sens contemporain. À une époque où, comme le dit Balzac dans sa *Préface*, le souverain est partout, excepté sur le trône, la presse est donc désignée comme l'instrument privilégié de la maîtrise et du pouvoir ; il y a décidément quelque chose de pourri au royaume de la Pensée, dont le sceptre est tombé dans les tentacules de cette

---

1. *Ibid.* (pp. 453-454).
2. *Ibid.* (p. 457).

hydre multiple, dont rien ne semble devoir arrêter la prolifération.

Au soir de la longue et folle journée où il a surpris tous ces arcanes, Lucien a eu au fond la seule réaction saine : il a vomi. Dans une formule classique, Lukàcs a défini *Illusions perdues* comme « l'épopée tragi-comique de la *capitalisation de l'esprit*[1] », de la transformation en marchandise de la littérature, et avec elle de toute idéologie ; et l'on n'a évidemment pas manqué de remarquer que Balzac a illustré le processus de « monétisation des mots » juste avant que Marx ne commence à le théoriser[2]. Les convergences sont évidentes, irréfutables. Mais il ne faut pas oublier que si le XIXe siècle en est là, ce n'est pas seulement à cause des banquiers, mais d'abord à cause de Voltaire, et surtout il faut faire sa part, essentielle chez Balzac, à la nostalgie (qu'on sait inutile) d'un monde encore en ordre où le Beau, le Vrai seraient sources de communion, où l'Unité n'aurait été ni lacérée ni profanée. C'est le sentiment poignant de cet exil, de cette fatalité moderne de la compromission et des mains sales, qui arrache à Lousteau, le loustic pourtant bronzé, cette larme qui peut-être le rachète et par laquelle Pierre Barbéris a raison de le voir rejoindre fraternellement Lorenzaccio[3] — « et j'étais bon ! J'avais le cœur pur... » Cette larme, Lucien la versera plus tard, à son tour, le calice bu jusqu'à la lie. En attendant, son camarade lui livre l'axiome de base qui explique tout du monde où il ne réussira pas à le détourner de s'élancer : chacun y est ou corrupteur ou corrompu. Toute réputation est une putain couronnée, et dans cette « cuve en fermentation » que, du même geste que Blücher, il lui montre fumant au déclin du jour — avec un sentiment déjà si baudelairien de la monstruosité de la Ville-Léviathan, ses abysses infinis d'horreur et de merveilles, de saintetés et de souillures —, tout s'achète et se vend, les degrés de gloire sont mesurés par les degrés de prostitution. Le Palais-Royal est bien le lieu qui résume l'universel racolage : dans le fabuleux morceau de bravoure où il évoque ce coin d'un Paris disparu, Balzac ne se borne pas à faire œuvre d'archéologue ou d'historien, il dresse les tréteaux, dans l'obscène et gai capharnaüm des désirs, du troc où la Pensée est contrainte à s'encanailler. Rien de plus tristement drôle que Lucien, emporté par le torrent humain des Galeries de Bois, accroché par les créatures, noyé dans le bazar où s'exhibent dans leur chaos bigarré les objets et les êtres, tous d'une égale vénalité, et serrant frileusement contre lui, de peur qu'on ne le lui vole, comme une innocence, le manuscrit de ses candides *Marguerites* qu'il va proposer à Dauriat : en ce temple de la défloration, la Muse florale comprendra vite ce qu'on attend d'elle ; si elle n'accepte pas d'entrer au lupanar, elle n'aura qu'à remonter à tire-d'aile au Parnasse, intacte mais inconnue à jamais et fleurissant déserte. Ce monde ne sait plus ce que c'est que la virginité, et la

---

1. *Balzac et le réalisme français*, Maspero, 1967 (p. 50).
2. M. Kanes, *Balzac's Comedy of words*, Princeton University Press, 1975 (p. 244).
3. *Le Monde de Balzac, loc. cit.* (p. 404).

vieille Bérénice, dont le nom est pourtant tout un programme de grandeur littéraire, se mue en péripatéticienne d'occasion pour procurer à son maître les vingt francs qui lui permettront de ne pas regagner à pied Angoulême : boucle bouclée, du bordel au bordel, sinistrement. Le fantastique du Palais-Royal, avec son *chiaroscuro* de bivouac bohémien ou de coupe-gorge napolitain, est celui d'une caverne infernale où les ténèbres se trouent de folles lueurs, où l'or brasille dans l'ombre. Le luminisme déchiqueté du tableau manifeste l'incohérence luxurieuse d'un monde en charpie, achemine aussi vers l'entrevision des prestiges maudits de Walpurgis. Faust reviendra hanter la fin du roman, mais il est déjà là, regardant, fasciné, avec Dante.

   Lucien, on s'en souvient, avait, il n'y a pas si longtemps, rêvé du Paradis poétique où il célébrerait, extasié, le culte d'une Béatrix. La référence avait beaucoup servi à Angoulême, pour dédouaner de son insoupçonnable spiritualisme des élans plus profanes. Mais à Paris *La Divine Comédie* se venge, et rappelle qu'avant l'ascension dans les éthers il faut affronter la traversée des infernaux palus. Fulgence Ridal avait prévenu l'aspirant journaliste : la presse est un abîme d'iniquités, on ne peut le franchir que comme Dante protégé par Virgile : le psychopompe de Lucien sera Lousteau — on a les Virgile qu'on peut. Mais Virgile était prémuni par la pureté de son génie contre la contagion des miasmes ambiants, tandis que Lousteau, contaminé dans les moelles, est partie prenante, souffrante, des tourments infligés aux damnés, et son « effroyable lamentation » du Luxembourg est celle du supplicié attaché pour toujours à la fatalité du châtiment. Rien de plus émouvant que l'évocation — dans laquelle Balzac se projette intensément — de ces personnages imaginaires (Adolphe, Corinne, Manon... ajoutons-y Lucien), de ces mondes créés par l'écrivain en s'arrachant les viscères, en faisant, par un prodigieux effort, « concurrence à l'état civil », et que le milieu littéraire, par jalousie, incurie, bêtise, ignore, oublie ou tue : telle est la torture spéciale de Lousteau dans sa *bolge*, d'être voué à exécuter ces basses œuvres en n'oubliant jamais qu'elles le sont. Il se définit lui-même comme un « démon », et bien sûr son Enfer est un enfer qui n'a rien de métaphysique, c'est un Enfer du réel, de l'ici-et-maintenant, la géhenne du Système, mais Balzac lui donne des prolongements métaphoriques, qui l'inscrivent dans un horizon plus vaste, dépassant celui des simples conditions matérielles où il est enduré : et c'est pourquoi *Un grand homme de province à Paris* n'est pas seulement un dossier sur l'aliénation de la pensée par le capitalisme bourgeois, mais aussi (d'aucuns diront : surtout) un poème. Lors de la soirée de son exclusion inaugurale à l'Opéra, contemplant les logettes pourpre et or où la ruche aristocratique étale son miel savoureux, tout en écoutant sans comprendre l'Enfer de Salieri (car ce soir-là, comme par hasard, on joue *Les Danaïdes*, et Lucien, naïvement, de se laisser absorber par la splendeur du cinquième acte : lui aussi aura un cinquième acte, non moins infernal, quoique moins décoratif — « heureux ceux qui trouvent l'Enfer ici-bas ! » —, et « l'étrange gouffre » parisien n'aura rien à envier pour lui au supplice du barathre sans fond imparti sur la scène aux filles de Danaos), il s'était écrié : « Voilà donc mon royaume ! Voilà le monde que je dois dompter ! », c'est-à-dire qu'il avait cédé sans partage au vertige auquel, sur la montagne où le Malin le tentait, Jésus s'était arraché. Plus tard, prêtant l'oreille au perfide conseil du duc de Rhétoré (« ne soyez libéral que pour vendre avec avantage votre royalisme »), uniquement préoccupé de redevenir Rubempré, il s'abandonnera une autre fois, pour sa perte, au magnifique spectacle des grandeurs de ce monde. Comme sur les images d'Épinal destinées à l'édification, sa trajectoire s'accomplit au long d'une succession de carrefours symboliques où il choisira toujours la voie descendante, plus fleurie, plus immédiatement « payante » : toujours écartelé entre les appels divergents du haut et du bas, de la facilité et de la sublimité, il finira immanquablement par succomber et tomber du côté où il penche. La tentation de saint Lucien sera sans suspense, résistance ni lutte véritable. Ève le dira : son frère est un ange « qu'il ne faut pas tenter » — un de ces anges dont l'Enfer est pavé.

Ce n'est pas que des puissances tutélaires n'essaient d'arracher leur proie aux agents du malheur : l'âme de Lucien est un enjeu qu'on se dispute entre deux registres antagonistes, comme dans un mystère médiéval. Dans ce paysage manichéen, Coralie occupe une position ambiguë : fleur du bourbier, elle participe à l'abjection générale, puisque théâtreuse et donc impure par définition, mais elle y échappe par les trésors d'amour vrai et d'abnégation qu'elle répand sur son adoré avec une abondance de Madeleine ; avec sa fin chrétienne sur fond de chant d'oiseau, ils lui vaudront sans doute le pardon du Seigneur. Selon les plus sûres traditions de sa corporation, le sentiment lui a refait une virginité, et Balzac fait bonne (trop bonne ?) mesure pour nous émouvoir avec le cliché romantique de la fille au grand cœur, rédimée par les sacrifices auxquels la conduit un total dévouement. Coralie est à la fois prostituée, sainte et martyre, et l'on avouerait sa perplexité devant cette improbable assomption si elle ne gardait certains traits qui la maintiennent vivante : son extrême jeunesse, sa frivolité, sa sensualité ophidienne surtout, par laquelle elle détruit Lucien autant qu'elle le console. Lui offrant chaque soir les peu résistibles blandices d'une sexualité experte transcendée par la sincérité d'un attachement passionné, Coralie contribue à le fixer dans sa vocation au plaisir le plus immédiat. Simple, généreuse, héroïque même autant qu'on voudra (car engager son amant à devenir ministériel, se dire prête à se donner à des Lupeaulx pour qu'il reçoive son ordonnance, et finalement accepter pour le sauver de revenir en secret à Camusot sont autant de modes du suicide), il n'en reste pas moins que c'est à cause d'elle, des voluptés désintéressées qu'elle lui prodigue, et devant lesquelles il est toujours sans défense, que Lucien manquera sa chance historique de rentrer en grâce auprès de Mme de Bargeton et d'échapper définitivement à la bohème dorée dans laquelle il croupit. En un sens, la pauvrette n'y est certes pour rien, et l'impossibilité qu'il éprouve de rompre avec elle fait leur éloge à tous deux, mais cet être amphibie, qui navigue entre l'ange et la Fornarina, n'a sans doute, malgré ses vertus paradoxales et ses admirables intentions, pas été son meilleur adjuvant.

Intensément et plénièrement positive, quoiqu'au bout du compte prenant acte de son impuissance, l'influence qu'aurait pu exercer sur un être moins flou que Lucien le Cénacle groupé autour de ce d'Arthez que Balzac — en lui prêtant certains de ses propres travaux et certaines de ses propres idées — charge, au milieu du pandémonium, de témoigner pour la beauté et surtout la pureté d'une Idée qui a su ne pas se laisser éclabousser. On ne précise pas comment d'Arthez a réussi à publier son grand livre, mais apparemment en refusant toute compromission, en se maintenant sourcilleusement en dehors de tous les réseaux du marché intellocrate. Contrairement à la foule des agités, qu'affole la préoccupation du succès éphémère, avec les profits qu'il entraîne, il professe la nécessité de la dure et fertile patience, de l'austère réclusion où s'investissent à long terme et sédimentent dans la solitude, le face-à-face rigoureux avec soi, les données d'œuvres fortes qui arriveront à la postérité : au kaléidoscope enfiévré de la foire, il oppose le chaste silence, la fidélité à elle-même de la petite lumière qui veille à sa fenêtre, travailleuse, dans la nuit où d'autres se dissipent au lieu de créer. Il y a un moment où Lucien, à la croisée des chemins, hésite comme un Hercule (qu'il n'est guère) entre la voie ardue du labeur ascétique et les aménités du désir, entre d'Arthez et Lousteau. Pour entrer en contact avec celui-ci, Lucien « reniera » celui-là, comme il a renié David pour suivre Mme de Bargeton, comme il rira en entendant Coralie traiter de *jobards* les gens du Cénacle, que pourtant il aime et admire, mais dont le « puritanisme » le gêne, parce qu'il condamne le mode de vie qu'il a embrassé. Ce n'est évidemment pas un hasard si l'un des buts majeurs du groupe est la création d'un journal qui prendrait pour devise : justice et vérité, et consacrerait ses efforts à enrichir la réflexion de fond sur les grands problèmes, en les examinant du point de vue le plus élevé et le plus impartial. Cette moralisation du journalisme, qui, au lieu d'être la pire des choses, pourrait être la meilleure, conçu comme un sacerdoce et non plus l'ébrouement carnassier dans une jungle d'intérêts parasites, invalide complètement « l'usage fatal » que Lucien est jugé faire de son esprit. Un idéal de concentration et de gravité s'oppose à une pratique de gaspillage et de superficialité, et le crachat qu'au terme, ou presque, de son chemin de croix Lucien essuiera du doux Michel Chrestien (trompé peut-être sur le détail, mais non sur le sens général de son activité), pour avoir indignement abusé de cet instrument au service du bien et du vrai que devrait être une plume, exprime avec toute l'intransigeance et le mépris possibles le rejet sans appel de celui qui a failli. Il est d'ailleurs frappant que, dès le début, Lucien ait été jaugé par le Cénacle comme manquant d'assiette et tendre à toutes les séductions.

Le Cénacle est fait d'apports extrêmement hétérogènes (l'intérêt pour le saint-simonisme et le socialisme[1] s'y mêle à la fascination récurrente pour la société secrète, la franc-maçonnerie fraternelle d'initiés inconnus remuant dans l'ombre d'immenses enjeux), et on serait fort en peine, au-delà de la « spécialité » que Balzac a pris soin d'attribuer à chacun de ses membres, comme pour offrir et couvrir le paradigme complet de l'Intelligence, de dégager la cohérence d'une doctrine. Quoi de commun entre le monarchisme de d'Arthez et le républicanisme de Chrestien ? Et pourtant, ils ne s'excluent pas (contrairement à ce qui se passe chaque jour sur l'estrade politique, où les adversaires aboient leurs slogans et s'anathématisent à qui mieux mieux), mais ils partagent la confiance, la tolérance d'une *sodalitas* qui, sans abolir les divergences d'opinions, manifeste en acte qu'elles sont peu de chose si la bonne foi de chacun sait s'ouvrir à l'autre, dans l'échange d'une estime et d'une affection réciproques. On a dit très justement[2] que le Cénacle était l'expression de la volonté de synthèse de Balzac, et en ce sens il rejoint bien un mythe philosophique comme celui de *Séraphîta*, mais vécu au quotidien, à Paris, aujourd'hui, dans les gestes très simples d'amis qui s'entraident et se savent d'accord sur l'essentiel. Ce qui cimente la fratrie du *Bund* est infiniment plus fort que ce qui pourrait la diviser, et c'est une certaine réquisition de vertu, doublée d'un certain nombre de refus. Balzac en rajoute quelque peu dans l'angélisme, et souligne, d'un trait qu'on peut trouver indiscret, le caractère sublime de l'existence menée par la pléiade de ces neuf esprits que rien de bas ne vient jamais effleurer : c'est qu'il s'agit d'indiquer que, comme des apôtres, tout en étant dans le monde, en quelque sorte ils ne sont pas du monde. Il y a évidemment, et explicitement, dans ce roman où Dieu brille par son absence, quelque chose d'évangélique dans leur façon de ne pas se compromettre avec les procédés du troupeau, d'affirmer une différence, de poser d'autres valeurs et d'œuvrer pour qu'elles adviennent. La connotation religieuse du nom qu'ils se sont choisi en dit assez du reste sur leur volonté de convertir (et l'on daubera, bien sûr, chez Coralie ou en d'autres lieux de ce genre, sur l'extravagance ésotérique de leurs préoccupations). Il ne s'agit nullement de fonder un culte quelconque, ni d'établir on ne sait quel dogme, mais si convertir le monde signifie le détourner des idoles auxquelles il se consacre pour lui révéler des horizons plus profonds et plus justes, c'est bien de conversion qu'il faut parler pour qualifier l'ambition du Cénacle.

Tous ces talents si divers se reconnaissent dans la communauté d'une utopie qu'il serait vain d'essayer de situer sur l'échiquier des partis. Le Cénacle n'est pas un phalanstère idéologique ni un club de militants ; il n'est ni de droite ni de gauche, il est ailleurs et surtout au-dessus : au-dessus du marigot hors duquel il voudrait

---

1. Cf. P. Barbéris, *Mythes balzaciens*, A. Colin, 1972 (pp. 82-85, 109-115, 217-221).
2. O. Nishio, *La Signification du Cénacle dans la Comédie humaine de Balzac*, Tokyo, France Tosho, 1980 (p. 175).

contribuer à extirper la société moderne, en la rappelant à l'ordre des hautes vocations dont elle étouffe la voix, en lui rendant de l'âme. Et c'est pourquoi la question du comment est secondaire : il est tout à fait loisible, comme d'ailleurs Balzac ne s'en prive pas, de trouver « sans bases » l'immense entreprise saint-simonienne, de juger difficilement praticable l'humanitarisme de Léon Giraud ou le projet de fédération européenne à la Michel Chrestien. Mais ce qui compte, c'est le mouvement par lequel tous ces esprits s'arrachent ensemble à ce que le monde contemporain assigne de matériel à l'ambition et à l'activité humaines, leur protestation contre la réduction de la vie à l'assouvissement des appétits, leur désignation d'un sens supérieur, ontologiquement plus comblant, à trouver. Grands entre ces grands, deux membres du Cénacle se détachent des autres et s'inscrivent en figures symboliques des extrêmes où peut conduire ce dégoût de la médiocrité, cette soif de l'absolu : Louis Lambert, l'absent si présent, abîmé dans la folie (qui guette toujours, aux confins calcinés du génie), et Michel Chrestien, le pur rêveur égalitaire, dont le nom appelle à l'amour universel, et que Balzac le royaliste, au-delà de tout ce qui les sépare, aime pour sa non-violence, sa mort de martyr au service d'une noble idée, sous les balles de « quelque négociant » : encore et toujours l'Esprit contre les choses, la Pensée contre les affaires. Penser véritablement (et non jouer à penser, comme font les journalistes) *engage*, et peut conduire là où Louis et Michel se sont engloutis, victimes d'une faculté à laquelle ils ont cru et se sont donnés jusqu'au bout. Lucien, homme des demi-mesures, des demi-efforts et des demi-convictions, l'homme du « tout tout de suite » et surtout du « tout pour moi », n'a pas sa place parmi ces Célestes, dont la charité sans phrases d'abord le réconforte, avant que leurs avertissements et leurs reproches ne viennent, comme les masques dans *Don Giovanni*, importuner ses fêtes d'apostat. Ces Anges auront échoué avec lui, comme ils échoueront plus généralement dans le monde. Même s'ils y conquièrent une certaine influence et s'en font respecter, ils n'en réformeront pas fondamentalement le fonctionnement détraqué. Le Cénacle se dispersera. Ses membres agiront chacun dans sa sphère, certains très éminemment, mais il n'y aura plus ce coude à coude juvénile de bataillon sacré. La pesanteur de la vie... Reste que la mansarde de d'Arthez est l'unique oasis de signification dans cette Arabie pétrée qu'on appelle Paris, et qu'elle n'aura pas en vain rassemblé, malgré son inefficacité relative, cette élite spirituelle (car il s'agit au fond plus de spiritualité que d'intellectualité) qui, enfouie dans la pâte sociale, continue d'y veiller comme un levain riche de potentialités. Le Cénacle n'est pas là par besoin de symétrie, ou pour équilibrer du « bon » côté les pulsions négatives. Dans le rapport de forces établi, il est clair qu'il ne fait pas le poids. Mais il marque la possibilité inchoative, la nécessité de redéfinir complètement les relations entre les êtres, leurs moyens et leurs fins. Parti de l'exposé d'une poétique, d'Arthez s'élève naturellement à un credo éthique, parce qu'écrire (mais aussi peindre, exercer la médecine, etc.) est une responsabilité, une question de conscience. *Conscience :* maître-mot du Cénacle. Ainsi, de la technique de la fabrication du papier (dont David continue de s'occuper à Angoulême) aux attitudes existentielles par lesquelles une poignée d'amis ont tous à cœur de se situer et d'agir sans déchoir, et jusqu'à ces régions terribles, indicibles, où Lambert est aspiré par le feu de l'Esprit, il y a logique profonde et continuité, dynamique ascensionnelle de la pensée et de la lumière. Dix justes eussent suffi à sauver Sodome. Neuf n'y parviendront certainement pas. Mais avec leur dixième compagnon, resté sur les bords de la Charente (car David eût été à sa place au Cénacle), ils ouvrent en pointillé la perspective optative d'un salut.

Tandis que le faux grand homme de province s'effrite à Paris, le vrai grand homme resté en province ne cesse d'y grandir, dans le combat où il affirme sans jamais la démentir l'opiniâtreté du travail au service d'une découverte géniale, et pratique tout l'éventail des vertus filiale, conjugale, fraternelle avec une décourageante exemplarité, redoublée par la présence à ses côtés d'Ève, que Proust jugeait insignifiante [1] et qui ne l'est certes pas (ne serait-ce qu'au plan de sa seule activité romanesque, décisive), mais dont on se contentera de dire qu'elle est dans toute sa perfection, peut-être en effet trop... parfaite, le modèle de la « femme forte » selon l'Écriture : à eux deux, ces anges gardiens entendent protéger leur Lucien dans ses tribulations parisiennes, mais les deux univers sont étanches et ne communiquent que par brèves bouffées, celles qu'apportent les rares lettres circulant dans un sens ou dans l'autre. Le couple sublime fera davantage que le maximum pour sauver celui à qui il a tout donné, mais la distance géographique creuse une autre distance, irréparablement : bientôt, ne se voyant plus, vivant des histoires de plus en plus divergentes dans des milieux qui n'ont plus rien en commun, on ne se *reconnaît* plus, on n'a plus rien à se dire. Pour pouvoir aider Lucien, ils sont trop loin, trop différents de ce qu'il est devenu ; et en eux, lui ne se retrouve plus. Balzac ne néglige rien pour renforcer le caractère démonstratif de l'opposition entre les principes désinvoltes de la dissipation à Paris et les « religions de la province », pieusement entretenues par une famille qui vit ses heures joyeuses (accordailles) ou douloureuses (malédiction paternelle et harcèlement judiciaire) sous le signe d'une sensibilité dont l'humidité emprunte beaucoup à Greuze et à sa dramaturgie domestique. Déjà la soirée au bord de l'eau, où les cœurs s'épanchaient au sein de la vaste complicité naturelle, illustrait éloquemment *a contrario* l'artificialité à laquelle, au même moment, Lucien sacrifiait par vanité dans le salon Bargeton. Par la suite, le divorce ne cessera de s'aggraver, David et Ève toujours plus nobles dans leur amour face à un Lucien toujours plus douteux et instable. Air connu : là où la province enracine les forts (côté positif de son immobilisme, par ailleurs funeste), Paris dissout les faibles. David, qui d'ailleurs n'est pas niaiseux, a, malgré l'écran de son

---

1. *Sainte-Beuve et Balzac*, in *Contre Sainte-Beuve*, Bibliothèque de la Pléiade (p. 278).

admirative tendresse, tout à fait bien jugé son ami : « Tu nous oublieras ». Et il connaît Paris, il y a vu les gendelettres et pris leur mesure. Dans tous les sens du mot, il en est *revenu*. Rien de ce qui arrivera à Lucien ne l'étonnera vraiment.

Nous savons que Balzac a rédigé la troisième partie d'*Illusions perdues* dans une grande hâte, avec beaucoup de difficultés et en proie à une énorme fatigue. Certains critiques[1] trouvent qu'on y perd de vue l'enjeu du roman, à savoir le lien possible ou non entre la Pensée et le monde matériel. Il est certain que le lecteur se trouve emporté dans l'embrouillamini d'un feuilleton juridico-financier dont il est peu de dire que Balzac n'abrège pas les péripéties, sous prétexte d'analyser à fond, et sur un cas concret, les absurdes « atrocités » auxquelles peut donner lieu l'application la plus stricte de la loi. Edmond de Goncourt disait à ce propos que Balzac était le premier à faire de la littérature avec ce qui n'en est pas[2] : ces insupportables et interminables manœuvres, contre-manœuvres et roueries de chicaniers s'entortillant autour de David Séchard, entraînées par leur dynamique propre, se chargent d'un vouloir-exister autonome et prolifèrent exponentiellement d'une manière monstrueuse, qui serait comique si leur enjeu n'était pas précisément de ligoter et d'anéantir, sous l'implacable et tatillon crescendo de leur persécution, sous la multiplication épique du papier timbré, l'élan du génie en marche vers sa trouvaille — laquelle, répétons-le, est en relation directe avec ce qui a été partout soulevé dans le reste du roman : le problème de la diffusion intellectuelle. Bien que se jouant en des sphères topographiquement éloignées et moralement aux antipodes l'une de l'autre, la partie que livrent chacun de son côté Lucien et David est bien fondamentalement *une*. Là est la cohérence de la trilogie (et non pas seulement, comme le dit Balzac dans sa Préface, parce qu'à la fin tout le personnel se retrouve, ayant chacun perdu assez d'illusions pour justifier le titre d'ensemble). L'échec de Julien est patent. Beaucoup plus ambigu le sort de David.

Certes, c'est lui qui attire sur lui toute la lumière, par la vigueur de son combat et son obstination visionnaire. Face à la coalition agressive des malins, il incarne la grandeur solitaire du Penseur, il est une sorte de d'Arthez technicien. Il ne quête pas la pierre philosophale comme Balthazar Claës (*La Recherche de l'Absolu*), et sa chimie n'a rien d'alchimique ni de métaphysique, mais le fait qu'il consacre ses efforts à une amélioration industrielle ne compromet nullement le caractère intrinsèquement « poétique » de sa démarche, que Balzac prend le plus grand soin d'expurger de toute avidité mercantile, voire de simple habileté gestionnaire. La main adroite de David est au service de l'Idée, non du profit. *Les Deux Poètes* Lucien et David poursuivent la même Poésie par des chemins différents, l'un et l'autre seront victimes au fond sinon des mêmes calculateurs, du moins des mêmes calculs d'un monde qui courbe

1. M. Kanes, *op. cit.* (p. 254).
2. *Journal*, Fasquelle, 1956, t. III, p. 39 (30 juillet 1879).

l'inspiration sous le joug de la « Realpolitik ». Le *naïf* (au nom prédestiné) s'affronte aux habiles : pur comme tout véritable inventeur, David sera mis à mort symboliquement, après Lucien chez Bargeton et pour les mêmes raisons, par une société qui ne supporte les poètes qu'à condition de les récupérer, de les utiliser ou de les confisquer. Le déchaînement de l'hostilité autour de lui ne s'explique pas seulement par le contexte circonstanciel défavorable où l'a placé l'avarice de son père, mais par la jalousie et la haine « structurelles » que suscite, dans un univers par définition esclave des intérêts, ce signe de contradiction intolérable que constitue la présence d'un chercheur désintéressé. La fin bourgeoise et paisible de David, après tant de traverses, est évidemment le contraire d'un triomphe. De même que Lucien et Lousteau, qui avaient rêvé de vivre des amours sublimes et d'écrire d'impérissables chefs-d'œuvre, se sont rabattus sur les petites actrices et les petits articles, lui qui a révolutionné la fabrication du papier consacre désormais, au sein du bonheur familial, les loisirs que lui vaut son honnête aisance au passe-temps entomologique : ce n'est certes pas déshonorant, mais il y a loin de cet estimable hobby au « buisson d'Horeb » de l'Invention, qui a failli le dévorer — on saisit là tout ce qui rapproche le « pratique » David du « mystique » Louis Lambert — et auquel il a renoncé, après avoir immensément engraissé les Cointet. Balzac avoue dans la Préface n'avoir pas voulu souligner la « mélancolie profonde » de David dix ans après — peut-être pour mieux différencier son sort final de celui de Lucien, illustrer une fois de plus l'alternative de *La Peau de chagrin* : vivre intensément, mais brièvement, ou s'abstenir pour se prolonger ? Mais l'amertume est bien présente, chez celui qui ne peut apparaître que comme un vaincu [1]. Balzac prétend (toujours dans la Préface) que le sens général d'*Illusions perdues* n'est pas à chercher ailleurs que dans un plaidoyer pour la famille... Il est permis de douter, sinon de l'intention consciente, du moins de ses dessous subconscients (car les joies du foyer sont évidemment moins productrices d'écriture que les égarements du fils prodigue), et surtout du résultat. David, englué à Angoulême, ne fait pas réellement envie, malgré sa femme, ses enfants et son joli domaine (à cause d'eux ?), et Lucien, malgré ses malheurs à Paris, reste auréolé du magnétisme des abîmes. Si David, celui qui ne part pas, ou plus, face à celui qui repartira toujours (un peu comme Seurel face au Grand Meaulnes), jouit matériellement d'une relative *happy end*, il est clair que la captation dont son idée a été l'objet, entraînant l'abandon de sa vocation et la fermeture de toute perspective créatrice dans son horizon (qui le coule définitivement comme actant romanesque : il ne peut plus rien lui arriver, rien ne peut plus arriver par lui), scelle pour lui, qui dès le début avait été dit assombri par un profond sentiment de « néant social », une forme de mort douce et digne à laquelle, malgré son indignité (à cause d'elle ?), Lucien échappe passionné-

---

1. P. Nykrog, *La Pensée de Balzac dans La Comédie humaine*, Copenhague, Munksgaard, 1965 (p. 298).

ment. Dans l'économie de l'énergie et de la fascination fictionnelles, la vertu provinciale paie décidément beaucoup moins que les vices parisiens : moralité immorale de l'art qui, quel que soit son propos édifiant, trouve toujours meilleure pâture au fond limoneux des Enfers que dans l'insipidité du Paradis.

Lucien n'est pas Antée, la terre natale ne peut rien pour lui. Après une brève flambée d'espoir à l'occasion d'un second « bal de têtes », comme eût dit Proust, à l'ex-hôtel de Bargeton, il ne lui reste plus qu'à se laisser boire par le gour maternel de la Charente, où il abolira le sillage de son infécondité. Mais, à la dernière minute, un *diabolus ex machina* choit comme un aérolithe pour l'arracher au destin d'Ophélie : foudroyante péripétie qui relance à plein régime un moteur qu'on eût dit exténué et près de s'arrêter dans un dernier soupir, mais, au-delà du coup de théâtre apparemment imprévisible, est postulée par les nécessités du futur antérieur auquel Balzac s'est lui-même condamné[1] ; mais rebondissement qui, une fois réservée la part de l'arbitraire providentiel du romancier faisant se croiser les chemins de Lucien et de Carlos exactement au lieu et au moment voulus pour remplir son dessein, était de longue main appelé et obéit à une logique psychologique et poétique qu'il faut restituer.

« Par qui serais-je aimé ? » Ce cri de Lucien, resté seul au Père-Lachaise après l'enterrement de Coralie, s'impose évidemment en écho à celui qu'ici même avait poussé Rastignac *(Le Père Goriot)*. Dans sa Préface, Balzac invite à « superposer » Rastignac qui triomphe et Lucien qui échoue : superposition explicite dans les dernières pages, avec le pèlerinage de Carlos *ad limina* de cette réussite et d'un amour impossible, qu'il va essayer de recommencer avec un nouveau partenaire. Là où Rastignac jette un défi et se jure offensivement de parvenir, en bandant tous les ressorts d'une ambition d'acier, Lucien abandonné à son isolement s'imagine encore et toujours comme objet d'un amour, et non sujet d'une volonté. Incurablement passif, offert à l'affectivité d'autrui et attendant qu'elle le prenne en charge, espérant tout de l'extérieur, dont le regard seul le fait exister. Le malheur de Lucien est venu précisément d'avoir été trop aimé, de n'avoir eu qu'à paraître pour susciter des attachements absolus. Celui d'abord de sa mère et de sa sœur (mère *bis*), qui ne se proposent d'autre but dans l'existence que de favoriser celle de leur idole : non seulement elles ne sont pas

---

1. N'oublions pas qu'il a publié *La Torpille*, où l'on assiste aux nouvelles aventures de Lucien revenu à Paris, riche et, semble-t-il, arrivé grâce à Carlos Herrera, dès 1838, soit cinq ans avant que le désespéré n'ait rencontré son « sauveur » ! De même, en 1843, Balzac écrit à la fois *David Séchard*, où Lucien est défait, et *Esther*, où il triomphe derechef. Tout se passe donc comme si le présent du protagoniste n'était en fait que le *rattrapage* d'un avenir déjà fixé.

choquées que Lucien quitte Angoulême dans les malles d'une femme mariée, mais elles en sont ravies, parce qu'elles l'ont « élevé pour elle » (*sic*) ! On n'est pas plus généreux. Elles recueilleront plus tard les fruits amers d'un égocentrisme qu'elles ont aveuglément encouragé, totalement abîmées dans le culte inconsidéré d'un être qu'elles n'ont jamais vu comme il était, mais comme elles avaient éperdument besoin qu'il fût : dans le champ de ruines d'illusions qui jonchent la fin du roman, les lambeaux du fantasme qu'elles s'étaient fabriqué ne sont pas les moins désolants. Habitué à la cajolerie de ces deux femmes à sa dévotion, qui lui semble aller de soi et exigible comme de droit naturel, Lucien trouve en David, le robuste (en qui Balzac, se projetant nettement, accumule les signes de la force virile), une troisième femme prête à tout pour le servir : le manuscrit de Saché indique de manière significative que David est devant Lucien comme Eugénie Grandet devant son cousin, et le bœuf fait cause commune avec Ève et sa mère (lui-même a des traits maternels) pour tout subordonner à l'envol du volatile chéri — l'aigle, le cygne, qui se réduiront à l'humble chardonneret. Le premier geste de cette amitié ardente est d'offrir de l'argent : maillon inaugural d'une longue chaîne sacrificielle et oblative, qui amènera la catastrophe par amour mal placé, mal pensé. Avec cette triade soumise, adorante, Lucien commande « en femme qui se sait aimée », usant et abusant du coquet despotisme auquel autorise la certitude de n'être jamais détrôné. A l'égard de Louise, Lucien se trouve en situation d'immense infériorité d'âge, d'expérience et de position, mais les flatteries dont il est l'objet caressent en lui l'espoir de la combler (privilèges du génie !), et son désir, maintenu dans les bornes de l'enthousiasme verbal, est empêché de développer ses virtualités dynamiques, il est créateur de phrases et non d'actions. C'est Mme de Bargeton qui arrache Lucien à Angoulême, le remorque à Paris : elle l'enlève, comme Carlos l'enlèvera ; Lucien ne décide pas, il se laisse embarquer. Dans la capitale, c'est lui qui est choisi par Coralie (et non l'inverse), lors de la fameuse soirée du Panorama-Dramatique où l'actrice manifeste publiquement qu'elle a jeté son dévolu sur lui ; il se contente de ne pas résister, heureux d'avoir retrouvé, comme à Angoulême, deux femmes à ses pieds (Bérénice n'étant pas en reste de dévouement). Que Coralie, entretenue par Camusot, l'entretienne lui-même, en lui donnant de l'argent pour réparer ses pertes de jeu, l'humilie très fugacement, et il a vite fait d'en prendre son parti au nom de « cet amour maternel que ces sortes de femmes mêlent à leurs passions... ». Problématique psychologie professionnelle, mais bien commode pour excuser à l'avance toutes les démissions... Ainsi, tout au long de son parcours, Lucien est caractérisé à la fois par son incapacité à sortir de lui-même, la faiblesse de sa charpente et son manque d'autonomie : dans sa lettre d'adieu, il se définira comme un être « intermittent », un zéro auquel il faut un chiffre devant lui pour valoir quelque chose. L'une des formes de son drame, c'est qu'il a toujours eu « la chance » de rencontrer des gens disposés à s'amoindrir pour qu'il grandisse, au lieu d'être obligé de croître tout seul. Enfant, donc, inguérissablement (et que le fils de David et Ève se prénomme Lucien est un aveu terrible : l'autre Lucien a toujours été leur bébé), avec tout ce que cette juvénilité dont il joue traîne après soi d'intuable grâce adolescente — et c'est pourquoi, quels que soient ses manquements, Lucien reste aimable, sa beauté n'est pas achetée comme celle de Dorian Gray par un assassinat de l'âme, mais témoigne pour une innocence, une fraîcheur dont ses faiblesses et son irresponsabilité n'auront tout de même pas eu complètement raison. Enfant débilité par l'amour qu'on ne peut pas ne pas lui porter, comme tant d'autres par celui que nul ne leur aura donné. Quant à Carlos, il lui prouvera sans réplique qu'il ne sait rien, qu'il n'est rien, et qu'il ne commencera à être quelque chose que lorsqu'il aura été pris en main par quelqu'un. Ainsi l'abbé héritera-t-il d'un être à asseoir sur de nouvelles fondations. Il va reprendre, sur d'autres bases et avec d'autres moyens, autrement plus mâles et drastiques, la tâche de faire exister Lucien à laquelle, avant lui, s'était consacrée une succession de femmes, préparant ses voies sans le savoir.

Que Carlos ne paraisse pas *ex abrupto*, comme il semble, mais vienne en réalité de loin, obscurément inscrit par des annonciateurs dont il prendra le relais en accomplissant leurs promesses, c'est ce qu'on constate encore à propos de deux théories dont, dans sa grande homélie pédagogique, il se fera le héraut convaincant. Théorie de la procuration d'abord : lorsque Carlos, courbé dans la boue, trouvera sa joie à œuvrer incognito pour le bonheur éclatant de son protégé, à qui il délègue toute la jouissance de sa vie — « j'aime à me dévouer, j'ai ce vice-là » —, il a déjà été précédé par David qui, dans l'ombre, se réserve de goûter, à travers son double idéal, la gloire et les honneurs qui l'attendent. Théorie du scrupule ensuite : lorsque la détergente démonstration du faux prêtre exhorte le catéchumène à considérer le monde tel qu'il est, c'est-à-dire à constater la mort de la morale, à prendre acte des règles de la bouillotte sociale, et donc à ne respecter que la forme tout en ne voyant dans les hommes que des instruments, il tient là un discours que Lucien a déjà entendu dans la bouche de Lousteau ; si l'on veut être un « aventurier intellectuel », il faut en vouloir crânement les moyens, mépriser les alarmes de la conscience, définie comme « un de ces bâtons que chacun prend pour battre son voisin et dont il ne se sert jamais pour lui », et utiliser les autres comme des outils pour arriver au succès, justification suprême et valeur absolue ; là encore, le journaliste avait fait le lit du pseudo-ambassadeur, et renforcé les prédispositions de l'intéressé (signalées par Balzac dès le début) à cette « dépravation particulière aux diplomates », qui professent que, « quelque honteux qu'ils soient », tous les procédés sont légitimes pourvu qu'ils réussissent. Plus secrètement, un semis de signes proleptiques ménage la possibilité, et creuse presque l'attente que Carlos viendra combler : Balzac, en situant d'emblée Lucien entre l'infamie des bagnes et les palmes du génie, le Sinaï et Gomorrhe, profile déjà sur lui l'ombre finale de la Conciergerie, à laquelle un forçat homosexuel évadé, que Genet aurait pu inventer, essaiera en vain de l'arracher; reprise et déplacement, effrayante actualisation surtout de la métaphore de Claude Vignon pour désigner l'horreur de la presse où il va traîner son boulet : « je suis dans le bagne, et l'arrivée d'un nouveau forçat me fait plaisir ». L'essai de suicide avec le châle de Coralie pressent l'espagnolette où Lucien se pendra, aboutissement prophétisé dans la lettre de d'Arthez à Ève : pour quelques années de vie luxueuse, il signerait demain un pacte avec le démon, et si jamais il rencontre un mauvais ange, il ira jusqu'au bout de l'Enfer. Dans un ultime message aux siens, il regrettera de n'avoir pu contracter « un mariage avec une volonté forte, impitoyable », qui seul serait parvenu à le faire signifier. Il ne sait pas que, suscité moins par un hasard de voyage que par les besoins d'une nature morale et tout un réseau en suspension, insistant, d'idées et d'images qui rendent son approche nécessaire et comme fatale, vont précipiter et prendre corps, paraîtra bientôt devant lui, pour lui, celui qui de tout temps *devait* venir.

Il est venu. Et d'un regard sur ce jeune homme à la beauté surhumaine, avec ses fleurs d'amour et de mélancolie, il comprend qu'il tient en lui sa dernière chance, comme lui-même sera la dernière chance de Lucien. L'époustouflant numéro qu'il lui sert, il l'a déjà, dans une existence antérieure, rodé avec Rastignac, chez maman Vauquer : sans succès. Eugène n'avait besoin de personne pour se mettre en orbite et conquérir Paris, il avait foi en ses propres moyens. Lucien est la cire idéale : molle, prête à se laisser pétrir — et d'ailleurs il n'a plus le choix. Pêcheur d'homme, Vautrin arrache au néant de la noyade, à ce néant au quotidien qu'est l'inconsistance dont il a vécu, ou cru vivre, un être en pleine débâcle, qui n'a pas su faire fructifier ses dons, faute d'un point d'application, de l'ancrage dans un vouloir, d'une logistique matérielle qu'il lui offre comme par magie (magie qui trouve, nous l'avons vu, un terrain tout ensemencé). Pour se rendre indispensable avec évidence, il faut commencer par faire place nette définitivement, en cet esprit encore entravé, des dernières traces de préjugés provinciaux, décaper sa vision du monde de tous les empoissements idéalistes qui la déforment encore, le mettre nu devant la machine nue. *Illusions perdues* qui, d'un bout à l'autre, a révélé les rouages cachés dont le jeu fait mouvoir dans les coulisses la flatteuse illusion qu'on prend pour la réalité, trouve son couronnement dans ce sermon sur la grand-route où l'abbé Herrera ne laisse rien subsister des faux-semblants entretenus par les hommes pour (se) faire croire qu'ils sont vertueux. Les véritables causes des événements sont toujours scandaleuses, le seul carburant de l'Histoire est la passion de triompher à n'importe quel prix ; le veau d'or est le dieu de la société, l'éthique un leurre et les lois un paravent. Dans le maquis des intérêts, l'individu n'a pour devoir que de tirer les marrons du feu, de se revancher autant qu'il le peut d'un système truqué jusque dans les moelles, sans ces misérables restrictions mentales qui montrent simplement qu'il n'a rien compris. Anti-Béatitudes, contre-Credo qui serait nihiliste s'il ne se doublait d'un violent appel à construire, au milieu des décombres des pseudo-valeurs, la cellule, double et unique, forte et radieuse, d'un couple masculin qui, dans le sarcastique non-sens universel, fera sens par sa prégnance irréfragable et son intense transfusion. Là est l'obsession qui fait encore bander le bandit vieillissant : le trouvera-t-il enfin, ce partenaire jeune et docile avec lequel il pourra créer cette monade duelle où s'épanouirait, comme dans *Venise sauvée* (il a des lettres), l'énergie d'une fraternité amoureuse, conquérante, vivant glorieusement sa morale inversée, et invertie, sur les débris des fausses morales sociales dont elle dénonce l'hypocrisie en la retournant ? *Venise sauvée*, monde sauvé : il s'agit bien, en pervertissant la perversion institutionnelle, d'arracher à la vie la possibilité d'un monstrueux salut.

Comprenons bien que, découvrant en Lucien « une proie longtemps et inutilement cherchée », Carlos ne songe pas à lever un giton, mais à posséder un être. Possession totale qui doit commencer par celle du corps : à l'auberge de Poitiers, Lucien donnera la « grande preuve d'obéissance » exigée, il s'abandonnera à l'étreinte que sa morphologie gracile (et singulièrement ces hanches féminines qui divertirent tant Jules Janin) semblait appeler, mais il n'est pas homosexuel, et là sera d'ailleurs en partie l'échec de Vautrin [1]. Possession spirituelle surtout, car Lucien est invité à appartenir à son amant « comme la créature au créateur, comme le corps à l'âme », à se plonger dans un amour démiurgique qui le façonnera et vivra de lui à travers lui. Ce pacte faustien, conclu « d'homme à démon », explicitement marqué de caïnisme et de satanisme, et que Lucien accepte à la vue de l'or — « je suis à vous ! » — peut être lu comme la métaphore de celui du romancier lui-même avec les enfants de son imaginaire [2] ; on y reconnaît aussi, quêté par d'autres moyens, le grand rêve unitaire de Balzac, l'utopie androgynique dont l'amitié de David et Lucien portait déjà quelques traits et que, dans sa mansarde, d'Arthez poursuivait à sa manière en essayant de suturer les connaissances humaines. Mais Lucien cède, magnétisé, à l'immédiat appât de la sauvegarde pour lui (plus question de suicide) et pour les siens (qui recevront, d'ailleurs symboliquement trop tard, les quinze mille francs d'un « sacrifice » au fond inutile) ; a-t-il mesuré l'enjeu de complétude ontologique auquel Carlos le convie ? Il est permis d'en douter. Vautrin, dans une solitude à deux, poursuivra l'idéal d'une érotique intégrale — au sens philosophique — que sa moitié d'orange, beaucoup moins platonicienne, ne partagera jamais avec lui. Malentendu donc, et dernière illusion perdue, que cette rencontre qu'on dirait pourtant écrite dans les astres, et dont Lucien semble avoir eu dès l'origine un pressentiment, lisible dans son sourire, qui est celui des « anges tristes ». Entraîné par désespoir, faiblesse, « délicatesse » — au sens rimbaldien — dans une aventure luciférienne, c'est-à-dire au fond

---

1. Cf. notre étude *Balzac du côté de Sodome*, in *L'Année balzacienne*, 1979.
2. Cf. Gaétan Picon, préface à l'édition Folio, Gallimard, 1974 (p. 15) ; A. Béguin, *Balzac lu et relu*, Seuil, 1965 (p. 175).

mystique, dont les données le dépassent, aspiré comme un fétu par la trombe d'une subjugante volonté de puissance, il efface l'ardoise et repart sur nouveaux frais à l'assaut de Paris — comme Vautrin lui-même, qui, lui aussi, « recommence » —, ayant cette fois abdiqué toute ambition intellectuelle, uniquement captivé par la fortune et le pouvoir. *Illusions perdues*, du côté de Lucien mais non certes de Vautrin (en qui se réfugie finalement la seule charge motrice de spiritualité, fût-elle dévoyée, incomprise de son destinataire et au bout du compte inefficace, léguée par le roman), signe la défaite de l'art et l'élimination de la pensée au profit de la simple convoitise du désir.

Ainsi cet épisode final, loin d'être une pièce rapportée, une sorte d'addendum invraisemblable et postiche, permettant à Balzac de faire le joint avec l'histoire, déjà conçue et en partie rédigée, des aventures ultérieures de Lucien, apparaît-il bien comme le cerveau auquel aboutissent toutes les fibres de l'œuvre[1]. En ce lieu où Mauriac, remué par « le dialogue horrible » dont il subissait l'emprise corruptrice « avec une virulence presque surnaturelle, dans une atmosphère de passion trouble et de rêve que la poésie perce de ces traits brûlants dont le roman seul est capable », voyait « le plus haut lieu, en France, de la géographie romanesque[2] », se nouent les fils complexes entretissés au long d'une trilogie où, derrière le dessein de décrire les mœurs contemporaines en action et d'éclairer un pan de « l'histoire tragique de la jeunesse depuis trente ans » (Préface de 1843), Balzac, en balayant un champ immense qui va de la sociologie la plus pratique à la métaphysique la plus rêveuse, pose et se pose une seule et même question, celle de la possibilité de la signification dans le monde moderne. Perdre ses illusions, c'est certainement une loi de la vie au XIXᵉ siècle, siècle fondamentalement déstabilisé, où rien ne va plus de soi, où l'on est bousculé entre les contradictions d'un sens éclaté, rongé par le soupçon et l'envie ; une loi de « la vie » tout court sans doute. Mais mettre cette perte en mots, c'est peut-être déjà la réparer : *Illusions perdues*, texte retrouvé, sens regagné. En disant, et par le seul fait de dire, à la fois la vulgaire empoigne du réel dans la France révolutionnée et l'insatisfaction congénitale (non moins que romantique) d'un être toujours trop grand pour lui, dont l'existence est vouée à la déception et qui ne trouvera pas l'incarnation des chimères qu'il ne cessera pourtant jamais de s'inventer, Balzac conjure la négativité du monde, substitue la présence et la joie de l'écrivain à la tristesse des anges exilés.

Philippe BERTHIER.

1. R. Chollet, Introduction à l'édition de la Bibliothèque de La Pléiade (p. 104).
2. *Mémoires intérieurs*, Flammarion, 1959 (p. 148).

HISTOIRE DU TEXTE

Première partie

Les Deux Poètes ont paru en 1837 sous le titre d'*Illusions perdues*, dont on trouve la première mention à l'automne 1833 : l'œuvre, jumelée avec *Fragments d'histoire générale (Les Héritiers Boirouge)*, doit constituer le tome IV des *Scènes de la vie de province*. Balzac songe donc à un texte court. Il prend du retard avec l'éditeur (Mme Béchet), qui le met en demeure par huissier : le contrat a été signé le 20 octobre 1833, l'ouvrage devait sortir avant le 15 février 1836. Balzac se retire à Saché le 20 juin 1836 et rédige jusqu'à la fin de la promenade au bord de la Charente (« manuscrit de Saché »). Le 9 août, Mme Béchet cède ses droits à Werdet, qui donne un délai à Balzac (jusqu'au 10 décembre). Le volume est publié le 2 février 1837.

Le manuscrit se trouve à la Bibliothèque de l'Institut (fonds Lovenjoul), avec des épreuves corrigées par Balzac.

Édition originale, sous le titre *Illusions perdues*, dans la première édition des *Scènes de la vie de province*, t. IV ; c'est le t. VIII des *Études de mœurs au XIXᵉ siècle*, Werdet, in -8°.

Seconde édition, dans la Bibliothèque Charpentier, *Scènes de la vie de province*, nouvelle édition revue et corrigée, première série (avec *Les Célibataires, La Femme abandonnée*), 1839, in-12. La Préface est supprimée, ainsi que la division en chapitres.

Troisième édition, dans *La Comédie humaine*, t. VIII ; *Scènes de la vie de province*, t. IV. *Illusions perdues*. Première partie. *Les Deux Poètes*, Furne, 1843, in-8°.

L'exemplaire dit « Furne corrigé » donne le dernier état des intentions de Balzac. C'est ce texte que nous reproduisons (pour les trois parties).

Dans les deux premières éditions, le texte de la Première partie allait jusqu'aux mots « sans amis, sans protecteurs » (cf. note 199). Furne découpe autrement et fait passer dans la Deuxième partie la fin du texte de 1837 et 1839.

Deuxième partie

Balzac rédige fin décembre 1836 la Préface de la Première partie, avant même qu'elle ne soit achevée. Mais il sait déjà que le titre d'*Illusions perdues* coiffera un ensemble plus large, dont le roman publié chez Werdet ne sera que le début.

Le 12 novembre 1838, signature d'un contrat avec l'éditeur Souverain : le manuscrit devait être remis le 15 janvier 1839. Le 4 juin, *La Presse* publie le chapitre intitulé *Comment se font les petits journaux* et un grand fragment du suivant (*Le Souper*). L'ouvrage est mis en vente le 13.

Le manuscrit d'*Un grand homme de province à Paris* se trouve à la Bibliothèque de l'Institut (fonds Lovenjoul) avec des épreuves corrigées par Balzac.

Édition originale, sous le titre *Un grand homme de province à Paris*, *Scènes de la vie de province*, chez Hippolyte Souverain, 2 vol. in-8°, 1839. Préface en tête du t. I, et division en chapitres.

Seconde édition dans *La Comédie humaine*, *Scènes de la vie de province*, t. IV, *Illusions perdues*. Deuxième partie. *Un grand homme de province à Paris*, Furne, 1843, in-8°. La Préface a disparu, ainsi que les chapitres.

Troisième partie

En avril-mai 1839, dans la Préface d'*Un grand homme de province à Paris*, le dernier épisode de la trilogie est désigné pour la première fois sous le titre *Les Souffrances de l'inventeur*. Balzac le propose par la suite en vain à plusieurs journaux.

Le 16 novembre 1842, un banquier nommé Loquin a acheté à Balzac *David Séchard*, pour le revendre à l'éditeur Dumont. En même temps, on compose le t. VIII de Furne, pour lequel Balzac utilise comme copie les bonnes feuilles de Dumont. Le 9 juin 1843, *David Séchard* commence à paraître en feuilleton dans *L'État*, tandis que Balzac peine encore sur la fin. Le t. VIII de *La Comédie humaine* paraît en juillet 1843.

Le manuscrit a disparu.

Feuilleton de *L'État* : *David Séchard ou les Souffrances de l'inventeur*, du 9 au 19 juin 1843 (sauf le 15). *L'État* ayant sombré, la publication est continuée par *Le Parisien-L'État* du 27 juillet au 14 août (texte divisé en chapitres et deux parties).

Édition Dumont (composée antérieurement à l'édition Furne, quoique publiée postérieurement) : *David Séchard*, 2 vol. in-8°, 1844. Mêmes divisions et Préface.

Édition dans *La Comédie humaine*, t. VIII ; *Scènes de la vie de province*, t. IV, *Illusions perdues*. Troisième partie. *Eve et David*, Furne, 1843, in-8°. Préface et chapitres ont disparu.

Furne corrigé : *Les Souffrances de l'inventeur.*

A la suite du découpage Furne, les dernières pages d'*Un grand homme de province à Paris* sont devenues les premières des *Souffrances de l'inventeur* (cf. note 533).

ILLUSIONS PERDUES

Première partie

PRÉFACE DE LA PREMIÈRE ÉDITION[1]
1837

En trois années, de décembre 1833 à décembre 1836, l'auteur aura publié les douze volumes qui composent les trois premières séries des *Études de mœurs au XIX*ᵉ *siècle*. En terminant cette première édition, il lui sera pardonné de faire observer que les ouvrages réimprimés et les inédits ont nécessité un travail égal, car de ceux-là, la plupart ont été refaits ; il en est où tout a été renouvelé, le sujet comme le style. Il est probable que les trois autres séries, les *Scènes de la vie politique*, les *Scènes de la vie militaire* et les *Scènes de la vie de campagne*, ne demanderont pas un plus grand laps de temps ; ainsi, ceux qui s'intéressent à cette entreprise pourront bientôt voir toutes ses proportions, et comprendre par la seule exposition des cadres les immenses détails qu'elle comporte.

Si l'auteur revient sur la pensée générale de son œuvre, il y est en quelque sorte contraint par la manière dont elle se présente, et qui subit des critiques immméritées.

Quand un écrivain a entrepris une description complète de la société, vue sous toutes ses faces, saisie dans toutes ses phases, en partant de ce principe que l'état social adapte tellement les hommes à ses besoins et les déforme si bien que nulle part les hommes n'y sont semblables à eux-mêmes, et qu'elle a créé autant d'*espèces* que de *professions* ; qu'enfin l'Humanité sociale présente autant de variétés que la Zoologie[2], ne doit-on pas faire crédit à un auteur aussi courageux d'un peu d'attention et d'un peu de patience ? Ne saurait-il être admis au bénéfice accordé à la science, à laquelle on permet, alors qu'elle fait ses monographies, un laps de temps en harmonie avec la grandeur de l'entreprise ? Ne peut-il avancer pied à pied dans son œuvre, sans être

tenu d'expliquer, à chaque nouveau pas, que le nouvel
ouvrage est une pierre de l'édifice, et que toutes les pierres
doivent se tenir et former un jour un vaste édifice ? Enfin,
n'y a-t-il pas de grands avantages à la faire connaître en
détail, quand l'ensemble est aussi considérable ? En effet, ici
chaque roman n'est qu'un chapitre du grand roman de la
société. Les personnages de chaque histoire se meuvent dans
une sphère qui n'a d'autre circonscription que celle même de
la société. Quand un de ces personnages se trouve, comme
M. de Rastignac dans *Le Père Goriot*, arrêté au milieu de sa
carrière, c'est que vous devez le retrouver dans *Profil de
marquise*, dans *L'Interdiction*, dans *La Haute Banque*, et
enfin dans *La Peau de chagrin*[3], agissant dans son époque
suivant le rang qu'il y a pris et touchant à tous les
événements auxquels les hommes qui ont une haute valeur
participent en réalité. Cette observation s'applique à presque
tous les personnages qui figurent dans cette longue histoire
de la société : les personnages éminents d'une époque ne
sont pas aussi nombreux qu'on peut le croire, et il n'y en
aura pas moins de mille[4] dans cette œuvre qui, au premier
aperçu, doit avoir vingt-cinq volumes, dans sa partie la plus
descriptive il est vrai ; ainsi, sous ce rapport, elle sera fidèle.

L'auteur avoue donc de bonne grâce qu'il lui est difficile
de savoir où doit s'arrêter un ouvrage, quand, par la manière
dont il se publie, il est impossible de le déterminer en entier
tout d'abord. Cette observation est nécessaire en tête des
Illusions perdues, dont ce volume ne contient que l'introduction. Le plan primitif n'allait pas plus loin ; mais quand à
l'exécution tout a changé, la tomaison inexorable était
arrêtée, et la spéculation ne pouvait pas attendre ; il lui a
donc fallu s'arrêter à la limite qu'il avait posée lui-même à
l'œuvre. Il ne s'agissait d'abord que d'une comparaison
entre les mœurs de la province et les mœurs de la vie
parisienne ; il avait attaqué ces illusions que l'on se forme les
uns sur les autres en province par le défaut de comparaison,
et qui produiraient des catastrophes réelles si, pour leur
bonheur, les gens de province ne s'habituaient pas tellement
à leur atmosphère et aux heureux malheurs de leur vie qu'ils
souffrent partout ailleurs, et que Paris surtout leur déplaît.
Pour son compte, l'auteur a souvent admiré la bonne foi
avec laquelle ces provinciaux vous présentent une femme
assez sotte comme un bel esprit, et quelque laideron pour
une femme ravissante... Mais en peignant avec complaisance
l'intérieur d'un ménage et les révolutions d'une pauvre

imprimerie de province; en laissant prendre à ce tableau autant d'étendue qu'il en a dans l'exposition, il est clair que le champ s'est agrandi malgré l'auteur. Quand on copie la nature, il est des erreurs de bonne foi : souvent, en apercevant un site, on n'en devine pas tout d'abord les véritables dimensions; telle route paraissait d'abord être un sentier, le vallon devient une vallée, la montagne facile à franchir à l'œil a voulu tout un jour de marche. Ainsi les *Illusions perdues* ne doivent plus seulement concerner un jeune homme qui se croit un grand poète et la femme qui l'entretient dans sa croyance et le jette au milieu de Paris, pauvre et sans protection. Les rapports qui existent entre Paris et la province, sa funeste attraction, ont montré à l'auteur le jeune homme du XIXᵉ siècle sous une face nouvelle : il a pensé soudain à la grande plaie de ce siècle, au journalisme qui dévore tant d'existences, tant de belles pensées, et qui produit d'épouvantables réactions dans les modestes religions de la vie de province. Il a pensé surtout aux plus fatales illusions de cette époque, à celles que les familles se font sur les enfants qui possèdent quelques-uns des dons du génie, sans avoir la volonté qui lui donne un sens, sans posséder les principes qui répriment ses écarts. Le tableau s'est donc étendu. Au lieu d'une face de la vie individuelle, il s'agit d'une des faces les plus curieuses de ce siècle, d'une face prête à s'user, comme s'est usé l'Empire; aussi faut-il se hâter de la peindre pour que ce qui est vivant ne devienne pas un cadavre sous les yeux même du peintre. L'auteur croit qu'il y a là une grande mais difficile tâche. En dévoilant les mœurs intimes du journalisme, il fera rougir plus d'un front; mais il expliquera peut-être bien des dénouements inexpliqués dans plus d'une existence littéraire qui donnait de belles espérances et qui a mal fini. Puis les succès honteux de quelques hommes médiocres se trouveront justifiés aux dépens de leurs protecteurs et peut-être aussi de la nature humaine. Quand l'auteur pourra-t-il achever sa toile? il l'ignore, mais il l'achèvera. Déjà cette difficulté s'est présentée plusieurs fois, soit pour *Louis Lambert*, soit pour *L'Enfant maudit*, soit pour *Le Chef-d'œuvre inconnu*[5]; et chaque fois sa patience n'a point été en défaut, mais bien celle du public à qui ces détails sont, disons-le, parfaitement indifférents; il veut ses livres, sans s'inquiéter de la manière dont ils se produisent.

Paris, 15 janvier 1837.

Deuxième partie

PRÉFACE DE LA PREMIÈRE ÉDITION[6]
1839

Un grand homme de province à Paris est la suite de *Illusions perdues*, l'introduction de cette scène, la plus longue peut-être de toutes celles qui composeront les *Études de mœurs*. L'auteur éprouve encore une fois le déplaisir d'annoncer que ce tableau n'est pas fini. Il reste une troisième partie de *Illusions perdues*. Le départ du héros, son séjour à Paris sont en quelque sorte les deux premières journées d'une trilogie que complétera le retour en province. Cette dernière partie aura pour titre *Les Souffrances de l'inventeur*, et paraîtra de manière à ne pas laisser refroidir l'intérêt que les personnages de ce drame ont pu faire naître. Les principaux acteurs se retrouveront d'ailleurs au dénouement avec la ponctualité classique en usage dans l'ancien théâtre, ayant tous perdu assez d'illusions pour que le titre commun aux trois parties de l'œuvre soit justifié.

L'auteur a-t-il rempli les promesses de l'avertissement qui précède *Illusions perdues* ? on en jugera. Les journalistes ne pouvaient pas plus que les autres professions échapper à la juridiction de la comédie. Pour eux, peut-être eût-il fallu quelque nouvel Aristophane et non la plume d'un écrivain peu satirique ; mais ils inspirent à la littérature une si grande crainte, que ni le Théâtre, ni l'Iambe[7], ni le Roman, ni le Poème comique n'ont osé les traîner au tribunal où le ridicule *castigat ridendo mores*[8]. Une seule fois M. Scribe essaya cette tâche dans sa petite pièce du *Charlatanisme*, qui fut moins un tableau qu'un portrait[9]. Le plaisir que causa cette spirituelle ébauche fit concevoir à l'auteur le mérite d'une peinture plus ample. Une autre fois, M. de Latouche aborda la question des mœurs littéraires[10], mais il attaquait moins le journalisme qu'une de ces coalitions formées au profit d'un système, et dont la durée est subordonnée à l'obscurité des talents enrégimentés : une fois célèbres, les coalisés ne peuvent plus s'entendre : disciplinés pendant le combat, les Pégases se battent au râtelier de la gloire. Cet homme d'esprit ne fit d'ailleurs qu'un article épigrammatique, et néanmoins suffisant, il a eu la gloire de doter la langue d'un mot qui restera, celui de *Camaraderie*, devenu depuis le titre d'une comédie en cinq actes[11]. Ainsi donc, l'auteur a le mérite d'une action d'autant plus courageuse qu'elle a effrayé plus de monde. Comment, par un temps où chacun va cherchant des sujets neufs, aucune plume n'ose-t-elle s'exercer sur les mœurs horriblement comiques de la Presse, les seules originales de notre siècle. L'auteur manquerait cependant à la justice, s'il oubliait de mentionner la magnifique préface d'un livre magnifique, *Mademoiselle de Maupin*[12], où M. Théophile Gautier est entré, fouet en main, éperonné, botté comme Louis XIV à son fameux lit de justice[13], au plein cœur du journalisme. Cette œuvre de verve comique, disons mieux, cet acte de courage a prouvé le danger de l'entreprise. Le livre, une des plus artistes, des plus verdoyantes, des plus pimpantes, des plus vigoureuses compositions de notre époque, d'une allure si vive, d'une tournure si contraire au commun de nos livres, a-t-il eu tout son succès ? en a-t-on suffisamment parlé ? L'un des rares articles qui le fustigèrent fut plutôt dirigé contre la parcimonie du libraire, qui refusait des exemplaires au journal, que contre le jeune et audacieux auteur. Le public ignore combien de maux accablent la littérature dans sa transformation commerciale. Depuis l'époque à laquelle est pris le sujet de cette scène, les malheurs que l'auteur a voulu peindre se sont aggravés. Autrefois, le journalisme imposait la librairie en nature : il lui demandait une certaine quantité d'exemplaires qui, d'après le nombre des feuilles périodiques, n'allait pas à moins d'*une centaine*, en outre du paiement des articles après lesquels courait indéfiniment le libraire, sans pouvoir souvent les voir paraître, et qui, multiplié par le total des journaux, faisait une somme considérable. Aujourd'hui ce double impôt s'est augmenté du prix exorbitant des annonces, qui coûtent autant que la fabrication même du livre, et qui profitent à la contrefaçon belge[14]. Or, comme rien n'est changé aux habitudes financières de certaines critiques, il en est deux ou trois, pas davantage, qui peuvent être partiales ou haineuses, mais qui sont désintéressées, il s'ensuit que les journaux ne sont pas moins funestes à l'existence des écrivains modernes que le vol permanent commis à leur préjudice par la Belgique. Croyez-vous que de nobles esprits, que beaucoup d'âmes indignées aient applaudi à la préface de M. Théophile Gautier ? Le monde a-t-il honoré, célébré la comique poésie avec laquelle ce poète a dépeint la profonde corruption, l'immoralité de ces sycophantes [15] qui se plaignent de la corruption, de l'immoralité du pouvoir ? Quelle épouvantable chose que la tiédeur des honnêtes gens, ils s'occupent de leurs blessures et traitent en ennemis les médecins ! Le monde regarde cette délicieuse arabesque comme dangereuse, quand il ne craint pas d'exposer aux regards quelque Léda de Gérard, quelque Bacchante de Girodet, qui est cependant en peinture ce qu'est le livre en poésie.

Les mœurs du Journal constituent un de ces sujets immenses qui veulent plus d'un livre et plus d'une préface. Ici, l'auteur a peint les commencements de la maladie, arrivée aujourd'hui à tous ses développements. En 1821, le Journal était dans sa robe d'innocence, comparé à ce qu'il est en 1839 [16]. Mais si l'auteur n'a pu embrasser la plaie dans toute son étendue, il l'a, du moins, abordée sans terreur. Il a usé des bénéfices de sa position. Il appartient au très petit nombre de ceux qui n'ont point de remerciements à faire au journalisme : il ne lui a jamais rien demandé, il a fait son chemin sans s'appuyer sur ce bâton pestiféré, l'un de ses avantages est d'avoir constamment méprisé cette hypocrite tyrannie, de n'avoir imploré d'aucune plume aucun article, de n'avoir jamais immolé dans d'inutiles réclames d'immortels écrivains pour en faire le piédestal d'un livre qui, par le temps actuel, n'a pas six semaines à vivre. Il a enfin le droit, chèrement acheté, de regarder en face ce cancer qui dévorera peut-être le pays. Probablement, à propos de ceci, plusieurs diront que l'auteur simule des blessures pour attirer sur lui quelque intérêt, et que pour lui tout est douceur. Eh bien, encore à son sujet, la calomnie et la diffamation étaient telles que la police correctionnelle, saisie par un de ses libraires d'un article où l'on attaquait une opération utile à la littérature contemporaine, un effort de la librairie française qui regimbe contre la Belgique, déployait toute la rigueur des lois à l'encontre d'un petit journal [17]. Les magistrats ont appris quelle est l'impuissance de la presse. Le libraire a prouvé l'existence de quatre éditions, imprimées toutes en caractères et dans des imprimeries différentes, du *Médecin de campagne*, livre qui ne compte pas une seule approbation dans quelque journal que ce soit, tandis que l'auteur attend encore une seconde édition d'*Eugénie Grandet*, celle de ses œuvres avec laquelle les critiques essayent d'étouffer les autres par des louanges exagérées. Le journal a tout dit sur l'auteur. L'auteur a supporté, dans un procès assez connu [18], tout ce que pouvaient les auteurs contre un des leurs ; ainsi, quelle blessure nouvelle lui ferait-on après avoir attaqué sans succès sa personne, son caractère, sa bonne comme sa mauvaise fortune, ses mœurs et ses prétendus ridicules ? Qu'on ne croie pas cependant que la passion, un désir de vengeance ou quelque sentiment mauvais l'ait inspiré dans l'exécution de l'œuvre présente. Il avait le droit de faire des portraits, il s'est tenu dans les généralités. Le journalisme joue d'ailleurs un si grand rôle dans l'histoire des mœurs contemporaines, qu'il aurait peut-être été taxé plus tard de pusillanimité, s'il avait omis cette scène du grand drame qui se joue en France. À beaucoup de lecteurs, ce tableau pourra paraître chargé ; mais qu'on le sache, tout est d'une réalité désespérante, et tout néanmoins a été adouci dans ce livre dont la portée est d'ailleurs restreinte par la nature du sujet. Il ne s'agit ici que de l'influence dépravante du journal sur des âmes jeunes et poétiques, des difficultés qui attendent les débutants et qui gisent plus dans l'ordre moral que dans l'ordre matériel. Non seulement le journal tue beaucoup de jeunesse et de talents, mais il sait enterrer ses morts dans le plus profond secret, il ne jette jamais de fleurs sur leurs tombes, il ne verse de larmes que sur ses défunts abonnés. Répétons-le ! le sujet a l'étendue de l'époque elle-même. Le Turcaret de Lesage, le Philinte et le Tartuffe de Molière, le Figaro de Beaumarchais et le Scapin du vieux théâtre, tous ces types s'y trouveraient agrandis de la grandeur de notre siècle où le souverain est partout, excepté sur le trône, où chacun traite en son nom, veut se faire centre sur un point de la circonférence, ou roi dans un coin obscur. Quelle belle peinture serait celle de ces hommes médiocres, engraissés de trahisons, nourris de cervelles bues, ingrats envers leurs invalides, répondant aux souffrances qu'ils ont faites par d'affreuses railleries, à l'abri de toute attaque derrière leurs remparts de boue, et toujours prêts à jeter une part d'os à quelque mâtin dont la gueule paraît armée de canines suffisantes, et dont la voix aboie en mesure ! L'auteur a dû négliger bien des détails, renoncer à plusieurs personnages : l'œuvre eût dépassé les bornes, et d'ailleurs, sa position lui ordonnait d'éviter les personnalités. Mais ce livre empêchât-il seulement un jeune poète, une belle âme, vivant au fond de la province, au milieu d'une famille aimée, de venir augmenter le nombre des damnés de l'enfer parisien qui se battent à coups d'encrier, se jettent à la tête leurs œuvres avortées, et s'arrachent la fourche pour faner à l'envi l'un de l'autre les fleurs les plus délicates, ce livre aurait fait une bonne action. N'est-ce pas beaucoup pour un livre, aujourd'hui que les livres naissent, vivent et meurent comme ces insectes de l'Hypanis, dont les mœurs ont fourni peut-être le premier de tous les articles de journaux à je ne sais quel Grec[19]? Cette œuvre conservera-t-elle quelques illusions à des gens heureux, l'auteur en doute : la jeunesse a contre elle la jeunesse ; le talent de province a contre lui la vie de province dont la monotonie fait aspirer tout homme d'imagination aux dangers de la vie parisienne. Il en est de Paris pour eux comme de la bataille pour les soldats, tous se flattent le matin d'être en vie le soir, les morts ne se comptent que le lendemain. Les Lucien sont comme les fumeurs qui, dans une mine à mofettes[20], allument leur pipe, malgré les défenses. Les abîmes ont leur magnétisme. Au moins apprendra-t-on ici que la constance et la rectitude sont encore plus nécessaires peut-être que le talent pour conquérir une noble et pure renommée.

Paris, avril 1839.

Troisième partie

PRÉFACE DE L'ÉDITION DUMONT[21]
1843

L'ouvrage que voici est la troisième partie de *Illusions perdues* : la première a paru sous ce titre, la seconde s'est appelée *Un grand homme de province à Paris*, cette dernière partie termine l'œuvre assez longue où la vie de province et la vie parisienne contrastent ensemble ; ce qui devait faire de ce livre la dernière scène des *Scènes de la vie de province*.

Il y a trois causes, d'une action perpétuelle, qui unissent la province à Paris : l'ambition du noble, l'ambition du négociant enrichi, l'ambition du poète. L'esprit, l'argent et le grand nom viennent chercher la sphère qui leur est propre. *Le Cabinet des Antiques*[22] et *Illusions perdues* offrent l'histoire de l'ambition du jeune noble et du jeune poète. Il reste à faire l'histoire du bourgeois enrichi à qui sa province déplaît, qui ne veut pas rester au milieu de témoins de ses commencements et espère être un personnage à Paris.

Quant au mouvement politique, à l'ambition du député,

c'est une Scène qui appartient aux *Scènes de la vie politique*, et presque terminée ; elle est intitulée *Le Député à Paris* [23].

Une fois la peinture du bourgeois de province à l'étroit chez lui faite, il ne manquera plus que peu de chose aux *Scènes de la vie de province* pour être complètes, et dès à présent, il est facile d'apercevoir les lacunes à remplir. C'est d'abord le tableau d'une ville de garnison frontière, celui d'un port de mer, celui d'une ville où le théâtre est une cause de désordre, et où les comédiens et comédiennes de Paris viennent faire leur récolte [24]. Enfin, la province ne serait pas encore achevée, si l'on ne montrait pas l'effet qu'y produisent les Parisiens novateurs qui viennent s'y fixer avec le plan d'y faire du bien [25].

Ces quatre ou cinq Scènes ne sont que des détails, mais qui permettent de peindre quelques figures typiques oubliées.

Dans cette longue entreprise, un oubli compromettrait les travaux déjà faits. En voulant copier la société tout entière et la reproduisant, si l'auteur négligeait un détail, on l'accuserait alors d'en avoir pris certains autres. Ainsi, certains critiques lui diraient : Vous avez une prédilection pour les personnages immoraux, ou pour les tableaux scandaleux, puisque vous nous offrez telle ou telle figure, en oubliant le contraste que produirait à l'âme le portrait bienfaisant de telle ou telle autre.

Ce reproche ne peut s'adresser aujourd'hui à *Illusions perdues,* et la vie de David Séchard et de sa femme, au fond de la province, est une opposition violente aux mœurs parisiennes.

Il n'est pas inutile de faire observer que *David Séchard,* quoique terminant un ouvrage qui comprend près de six volumes, offre un tout en lui-même, qui, bien que lié aux précédents ouvrages, s'en détache entièrement de manière à ne pas rendre indispensable la connaissance des événements antérieurs. Il a fallu d'immenses efforts littéraires pour pouvoir encadrer le mouvement littéraire de la vie parisienne dans deux tableaux de la vie de province, celui qui commence et celui qui termine *Illusions perdues.* Mais peut-être l'intérêt social y est-il puissant, car on voit, du moins l'auteur l'espère, comment vient l'expérience dans la vie, et la soudure de la vie de province à la vie parisienne était bien la place où devait se trouver ce grand enseignement. C'est de l'ensemble de cet ouvrage, jusqu'à présent le plus considérable des *Études de mœurs*, que ressortent ses préceptes et sa morale. Aussi ne peut-il être parfaitement jugé que sous sa forme, et lu dans son entier, comme il est dans *La Comédie humaine* dont il forme le tome VIII[26].

La première partie, *Illusions perdues*, a paru en 1835[27], *Un grand homme de province* fut publié en 1839, et c'est en 1843 que se publie le dernier fragment. Peu de personnes voudront croire que ces huit années aient été nécessaires pour je ne dis pas exécuter ce long ouvrage, mais en disposer les masses et en trouver les incidents. Aujourd'hui, entre ceux de l'auteur qui l'ont le plus occupé, celui-là est déjà le préféré par quelques personnes ; mais maintenant on peut en reconnaître les difficultés.

Il y aura, dans la superposition du caractère de Rastignac qui réussit à celui de Lucien qui succombe, la peinture sur de grandes proportions d'un fait capital dans notre époque, l'ambition qui réussit, l'ambition qui tombe, l'ambition jeune, l'ambition au début de la vie.

Paris est comme la forteresse enchantée à l'assaut de laquelle toutes les jeunesses de la province se préparent ; aussi, dans cette histoire de nos mœurs en action, les personnages du jeune vicomte de Portenduère (*Ursule Mirouët*), du jeune comte d'Esgrignon[28] et celui de Lucien sont-ils les parallèles nécessaires de ceux d'Émile Blondet, de Rastignac, de Lousteau, de d'Arthez, de Bianchon, etc. Dans la comparaison des moyens, des volontés, du succès, il y a l'histoire tragique de la jeunesse depuis trente ans. Aussi l'auteur n'a-t-il cessé de répéter qu'il s'agissait bien moins, relativement à la question morale, de la partie que du tout, de la figure que du groupe.

Il y a dans David Séchard une mélancolie profonde que l'auteur a négligé de faire sortir. Athanase Granson (dans *La Vieille Fille*) se jette à l'eau, il ne se résigne pas ; David Séchard, aimé par une femme d'un caractère simple et fier, accepte la vie calme et pure de la province en reléguant le sceptre de ses espérances, de sa fortune. L'auteur a hésité à le montrer, à dix ans de son abdication, ayant un regret au milieu de son avide bonheur ! Les gens intelligents achèveront cette figure dans leur pensée, et les autres y auraient vu de l'ingratitude envers Ève Chardon. Il y a, dans la comparaison de ces deux figures des *Scènes de la vie de province*, un plaidoyer pour la famille. C'est d'ailleurs le sens général des *Illusions*.

Il n'y a que les esprits d'élite, les gens d'une force

herculéenne auxquels il soit permis de quitter le toit protecteur de la famille pour aller lutter dans l'immense arène de Paris.

Si tant de stupides accusations ne se renouvelaient pas chaque jour, et ne trouvaient pas de dignes et vertueux bourgeois assez peu instruits pour les porter à la tribune, et à la face du pays[29], l'auteur se serait bien volontiers dispensé d'écrire cette préface.

L'énergie de la protestation sera toujours ici égale à la violence des attaques.

Il faut que les quatre cents législateurs dont jouit la France sachent que la littérature est au-dessus d'eux. Que la Terreur, que Napoléon, que Louis XIV, que Tibère, que les pouvoirs les plus violents, comme les institutions les plus fortes, disparaissent devant l'écrivain qui se fait la voix de son siècle. Ce fait-là s'appelle Tacite, s'appelle Luther, s'appelle Calvin, s'appelle Voltaire, Jean-Jacques, il s'appelle Chateaubriand, Benjamin Constant, Staël, il s'appelle aujourd'hui JOURNAL. Voltaire et les encyclopédistes ont brisé les jésuites qui recommençaient les Templiers, et qui étaient la plus grande puissance parasite des temps modernes. Si quinze hommes de talent se coalisaient en France, et avaient un chef qui pût valoir Voltaire, la plaisanterie qu'on nomme le gouvernement constitutionnel, et qui a pour base la perpétuelle intronisation de la médiocrité, cesserait bientôt.

Une des plus grandes erreurs de ce temps-ci, est la poursuite en matière de presse. Vous pouvez supprimer, à grand-peine, un journal, vous ne supprimerez jamais l'écrivain. Le mot *écrivain* est pris ici dans une acception collective (qu'on ne s'y trompe pas). Vous poursuivez les œuvres, elles renaissent, l'écrivain déborde avec sa pensée par mille publications. En d'autres termes, un gouvernement n'a que deux partis à prendre : accepter le combat ou le rendre impossible. La Charte de Louis-Philippe a créé le combat.

Ces quelques mots sont une réponse suffisante aux législateurs qui, à propos de quelques pièces de cent sous, se sont amusés à juger, du haut de la tribune, des livres qu'ils ne comprenaient pas, et à passer de l'état de législateurs à celui infiniment plus amusant d'académiciens. Que la parole leur soit maintenue dans l'intérêt de nos plaisirs.

Un jour le sénat romain discuta sur la grande question de savoir à quelle sauce on mettrait un turbot[30], constatons que dans sa séance de... juin 1843, la Chambre des députés a été saisie de la question de savoir si *Les Mystères de Paris*[31] étaient ou non un aliment sain ou malsain pour les abonnés du *Journal des Débats*.

Quand Charles Quint avait commis une faute, il envoyait une chaîne d'or au Voltaire de ce temps-là, l'Arétin, et un jour l'Arétin dit en recevant une chaîne : « Elle est bien légère pour une si lourde faute[32]. » La littérature a beaucoup perdu à l'établissement de deux Chambres ; il y a trop de souverains.

Nous répéterons ici à l'honorable député qui a mis la littérature en accusation à propos des deux cent mille francs que ce député croit donner à la littérature, que la littérature n'en touche pas deux liards (ils ne sont pas encore supprimés, malgré la loi qui a la prétention d'établir le système décimal), et que si la littérature en touchait quelque chose, elle trouverait les *encouragements* beaucoup trop chers, s'ils devaient être accompagnés de discours en langue auvergnate. Et nous terminerons ces humbles remontrances par une simple observation dont la portée est de nature à frapper le censeur austère de la littérature contemporaine. Il est, lui comme ses quatre cents collègues, le produit immédiat du *Contrat social* et de l'*Émile,* qui furent brûlés par la main du bourreau en vertu d'un arrêt du Parlement de Paris[33].

ILLUSIONS PERDUES

À MONSIEUR VICTOR HUGO [34]

Vous qui, par le privilège des Raphaël et des Pitt étiez déjà grand poète à l'âge où les hommes sont encore si petits [35], vous avez, comme Chateaubriand, comme tous les vrais talents, lutté contre les envieux embusqués derrière les colonnes, ou tapis dans les souterrains du Journal. Aussi désiré-je que votre nom victorieux aide à la victoire de cette œuvre que je vous dédie, et qui, selon certaines personnes, serait un acte de courage autant qu'une histoire pleine de vérité. Les journalistes n'eussent-ils donc pas appartenu, comme les marquis, les financiers, les médecins et les procureurs, à Molière et à son Théâtre? Pourquoi donc La Comédie humaine, *qui* castigat ridendo mores, *excepterait-elle une puissance, quand la Presse parisienne n'en excepte aucune?*

Je suis heureux, monsieur, de pouvoir me dire ainsi

Votre sincère admirateur et ami,

DE BALZAC.

PREMIÈRE PARTIE

LES DEUX POÈTES

À l'époque où commence cette histoire, la presse de Stanhope et les rouleaux à distribuer l'encre ne fonctionnaient pas encore dans les petites imprimeries de province[36]. Malgré la spécialité qui la met en rapport avec la typographie parisienne, Angoulême[37] se servait toujours des presses en bois, auxquelles la langue est redevable du mot faire gémir la presse, maintenant sans application. L'imprimerie arriérée y employait encore les balles en cuir frottées d'encre, avec lesquelles l'un des pressiers tamponnait les caractères. Le plateau mobile où se place la *forme* pleine de lettres sur laquelle s'applique la feuille de papier était encore en pierre et justifiait son nom de *marbre*[38]. Les dévorantes presses mécaniques ont aujourd'hui si bien fait oublier ce mécanisme[39], auquel nous devons, malgré ses imperfections, les beaux livres des Elzévir, des Plantin, des Alde et des Didot[40], qu'il est nécessaire de mentionner les vieux outils auxquels Jérôme-Nicolas Séchard portait une superstitieuse affection; car ils jouent leur rôle dans cette grande petite histoire.

Ce Séchard était un ancien compagnon pressier, que dans leur argot typographique les ouvriers chargés d'assembler les lettres appellent un Ours. Le mouvement de va-et-vient, qui ressemble assez à celui d'un ours en cage, par lequel les pressiers se portent de l'encrier à la presse et de la presse à l'encrier, leur a sans doute valu ce sobriquet. En revanche, les Ours ont nommé les compositeurs des Singes, à cause du continuel exercice que font ces messieurs pour attraper les lettres dans les cent cinquante-deux petites cases où elles sont contenues. À la désastreuse époque de 1793, Séchard,

âgé d'environ cinquante ans, se trouva marié. Son âge et son
mariage le firent échapper à la grande réquisition qui
emmena presque tous les ouvriers aux armées. Le vieux
pressier resta seul dans l'imprimerie dont le maître, autrement dit le Naïf, venait de mourir en laissant une veuve sans
enfant. L'établissement parut menacé d'une destruction
immédiate : l'Ours solitaire était incapable de se transformer
en Singe ; car, en sa qualité d'imprimeur, il ne sut jamais ni
lire ni écrire[41]. Sans avoir égard à ses incapacités, un
représentant du peuple, pressé de répandre les beaux décrets
de la Convention, investit le pressier du brevet de maître
imprimeur, et mit sa typographie en réquisition. Après avoir
accepté ce périlleux brevet, le citoyen Séchard indemnisa la
veuve de son maître en lui apportant les économies de sa
femme, avec lesquelles il paya le matériel de l'imprimerie à
moitié de la valeur. Ce n'était rien. Il fallait imprimer sans
faute ni retard les décrets républicains. En cette conjoncture
difficile, Jérôme-Nicolas Séchard eut le bonheur de rencontrer un noble Marseillais qui ne voulait ni émigrer pour ne
pas perdre ses terres, ni se montrer pour ne pas perdre sa
tête, et qui ne pouvait trouver de pain que par un travail
quelconque. M. le comte de Maucombe[42] endossa donc
l'humble veste d'un prote[43] de province : il composa, lut et
corrigea lui-même les décrets qui portaient la peine de mort
contre les citoyens qui cachaient des nobles ; l'Ours devenu
Naïf les tira, les fit afficher ; et tous deux ils restèrent sains et
saufs. En 1795, le grain de la Terreur étant passé, Nicolas
Séchard fut obligé de chercher un autre maître Jacques qui
pût être compositeur, correcteur et prote. Un abbé, depuis
évêque sous la Restauration et qui refusait alors de prêter le
serment, remplaça le comte de Maucombe jusqu'au jour où
le Premier Consul rétablit la religion catholique. Le comte et
l'évêque se rencontrèrent plus tard sur le même banc de la
Chambre des pairs. Si en 1802 Jérôme-Nicolas Séchard ne
savait pas mieux lire et écrire qu'en 1793, il s'était ménagé
d'assez belles *étoffes*[44] pour pouvoir payer un prote. Le
compagnon si insoucieux de son avenir était devenu très
redoutable à ses Singes et à ses Ours. L'avarice commence
où la pauvreté cesse. Le jour où l'imprimeur entrevit la
possibilité de se faire une fortune, l'intérêt développa chez
lui une intelligence matérielle de son état, mais avide,
soupçonneuse et pénétrante. Sa pratique narguait la théorie.
Il avait fini par toiser d'un coup d'œil le prix d'une page et
d'une feuille selon chaque espèce de caractère. Il prouvait à

ses ignares chalands que les grosses lettres coûtaient plus cher à remuer que les fines ; s'agissait-il des petites, il disait qu'elles étaient plus difficiles à manier. La *composition* étant la partie typographique à laquelle il ne comprenait rien, il avait si peur de se tromper qu'il ne faisait jamais que des marchés léonins. Si ses compositeurs travaillaient à l'heure, son œil ne les quittait jamais. S'il savait un fabricant dans la gêne, il achetait ses papiers à vil prix et les emmagasinait. Aussi dès ce temps possédait-il déjà la maison où l'imprimerie était logée depuis un temps immémorial. Il eut toute espèce de bonheur : il devint veuf et n'eut qu'un fils ; il le mit au lycée de la ville, moins pour lui donner de l'éducation que pour se préparer un successeur ; il le traitait sévèrement afin de prolonger la durée de son pouvoir paternel ; aussi, les jours de congé, le faisait-il travailler à la casse[45] en lui disant d'apprendre à gagner sa vie pour pouvoir un jour récompenser son pauvre père, qui se saignait pour l'élever. Au départ de l'abbé, Séchard choisit pour prote celui de ses quatre compositeurs que le futur évêque lui signala comme ayant autant de probité que d'intelligence. Par ainsi, le bonhomme fut en mesure d'atteindre le moment où son fils pourrait diriger l'établissement, qui s'agrandirait alors sous des mains jeunes et habiles. David Séchard fit au lycée d'Angoulême les plus brillantes études. Quoiqu'un Ours, parvenu sans connaissances ni éducation, méprisât considérablement la science, le père Séchard envoya son fils à Paris pour y étudier la haute typographie ; mais il lui fit une si violente recommandation d'amasser une bonne somme dans un pays qu'il appelait le paradis des ouvriers, en lui disant de ne pas compter sur la bourse paternelle, qu'il voyait sans doute un moyen d'arriver à ses fins dans ce séjour *au pays de Sapience.* Tout en apprenant son métier, David acheva son éducation à Paris. Le prote des Didot devint un savant. Vers la fin de l'année 1819, David Séchard quitta Paris sans y avoir coûté un rouge liard[46] à son père, qui le rappelait pour mettre entre ses mains le timon des affaires. L'imprimerie de Nicolas Séchard possédait alors le seul journal d'annonces judiciaires qui existât dans le département, la pratique de la préfecture et celle de l'évêché, trois clientèles qui devaient procurer une grande fortune à un jeune homme actif.

Précisément à cette époque, les frères Cointet, fabricants de papiers, achetèrent le second brevet d'imprimeur à la résidence d'Angoulême, que jusqu'alors le vieux Séchard avait su réduire à la plus complète inaction, à la faveur des crises militaires qui, sous l'Empire, comprimèrent tout mouvement industriel ; par cette raison, il n'en avait point fait l'acquisition, et sa parcimonie fut une cause de ruine pour la vieille imprimerie. En apprenant cette nouvelle, le vieux Séchard pensa joyeusement que la lutte qui s'établirait entre son établissement et les Cointet serait soutenue par son fils, et non par lui. « J'y aurais succombé, se dit-il ; mais un jeune homme élevé chez MM. Didot s'en tirera. » Le septuagénaire soupirait après le moment où il pourrait vivre à sa guise. S'il avait peu de connaissances en haute typographie, en revanche il passait pour être extrêmement fort dans un art que les ouvriers ont plaisamment nommé la soûlographie, art bien estimé par le divin auteur du *Panta-gruel*, mais dont la culture, persécutée par les sociétés dites de *tempérance*, est de jour en jour plus abandonnée. Jérôme-Nicolas Séchard, fidèle à la destinée que son nom lui avait faite[47], était doué d'une soif inextinguible. Sa femme avait pendant longtemps contenu dans de justes bornes cette passion pour le raisin pilé, goût si naturel aux Ours que M. de Chateaubriand l'a remarqué chez les véritables ours de l'Amérique[48] ; mais les philosophes ont observé que les habitudes du jeune âge reviennent avec force dans la vieillesse de l'homme. Séchard confirmait cette loi morale : plus il vieillissait, plus il aimait à boire. Sa passion laissait sur sa physionomie oursine des marques qui la rendaient originale ; son nez avait pris le développement et la forme d'un A majuscule corps de triple canon[49], ses deux joues veinées ressemblaient à ces feuilles de vigne pleines de gibbosités violettes, purpurines et souvent panachées ; vous eussiez dit d'une truffe monstrueuse enveloppée par les pampres de l'automne. Cachés sous deux gros sourcils pareils à deux buissons chargés de neige, ses petits yeux gris, où pétillait la ruse d'une avarice qui tuait tout en lui, même la paternité, conservaient leur esprit jusque dans l'ivresse. Sa tête chauve et déceouronnée, mais ceinte de cheveux grisonnants qui frisottaient encore, rappelait à l'imagination les Cordeliers[50] des *Contes de La Fontaine*. Il était court et ventru comme beaucoup de ces vieux lampions qui consomment plus d'huile que de mèche ; car les excès en toute chose poussent le corps dans la voie qui lui est propre. L'ivrogne-rie, comme l'étude, engraisse encore l'homme gras et maigrit l'homme maigre. Jérôme-Nicolas Séchard portait depuis trente ans le fameux tricorne municipal, qui dans quelques provinces se retrouve encore sur la tête du tambour

de la ville. Son gilet et son pantalon étaient en velours
verdâtre. Enfin, il avait une vieille redingote brune, des bas
de coton chinés et des souliers à boucles d'argent. Ce
costume où l'ouvrier se retrouvait encore dans le bourgeois
convenait si bien à ses vices et à ses habitudes, il exprimait si
bien sa vie, que ce bonhomme semblait avoir été créé tout
habillé : vous ne l'auriez pas plus imaginé sans ses vêtements
qu'un oignon sans sa pelure. Si le vieil imprimeur n'eût pas
depuis longtemps donné la mesure de son aveugle avidité,
son abdication suffirait à peindre son caractère. Malgré les
connaissances que son fils devait rapporter de la grande
école des Didot, il se proposa de faire avec lui la bonne
affaire qu'il ruminait depuis longtemps. Si le père en faisait
une bonne, le fils devait en faire une mauvaise. Mais, pour le
bonhomme, il n'y avait ni fils ni père, en affaires. S'il avait
d'abord vu dans David son unique enfant, plus tard il y vit
un acquéreur naturel de qui les intérêts étaient opposés aux
siens : il voulait vendre cher, David devait acheter à bon
marché ; son fils devenait donc un ennemi à vaincre. Cette
transformation du sentiment en intérêt personnel, ordinairement lente, tortueuse et hypocrite chez les gens bien élevés,
fut rapide et directe chez le vieil Ours, qui montra combien
la soûlographie rusée l'emportait sur la typographie instruite. Quand son fils arriva, le bonhomme lui témoigna la
tendresse commerciale que les gens habiles ont pour leurs
dupes : il s'occupa de lui comme un amant se serait occupé
de sa maîtresse ; il lui donna le bras, il lui dit où il fallait
mettre les pieds pour ne pas se crotter ; il lui avait fait
bassiner son lit, allumer du feu, préparer un souper. Le
lendemain, après avoir essayé de griser son fils durant un
plantureux dîner, Jérôme-Nicolas Séchard, fortement aviné,
lui dit un : « *Causons d'affaires ?* » qui passa si singulièrement entre deux hoquets, que David le pria de remettre les
affaires au lendemain. Le vieil Ours savait trop bien tirer
parti de son ivresse pour abandonner une bataille préparée
depuis si longtemps. D'ailleurs, après avoir porté son boulet
pendant cinquante ans, il ne voulait pas, dit-il, le garder une
heure de plus. Demain son fils serait le Naïf.

Ici peut-être est-il nécessaire de dire un mot de l'établissement. L'imprimerie, située dans l'endroit où la rue de
Beaulieu débouche sur la place du Mûrier[51], s'était établie
dans cette maison vers la fin du règne de Louis XIV. Aussi
depuis longtemps les lieux avaient-ils été disposés pour
l'exploitation de cette industrie. Le rez-de-chaussée formait

une immense pièce éclairée sur la rue par un vieux vitrage, et par un grand châssis sur une cour intérieure. On pouvait d'ailleurs arriver au bureau du maître par une allée. Mais en province les procédés de la typographie sont toujours l'objet d'une curiosité si vive, que les chalands aimaient mieux entrer par une porte vitrée pratiquée dans la devanture donnant sur la rue, quoiqu'il fallût descendre quelques marches, le sol de l'atelier se trouvant au-dessous du niveau de la chaussée. Les curieux, ébahis, ne prenaient jamais garde aux inconvénients du passage à travers les défilés de l'atelier. S'ils regardaient les berceaux formés par les feuilles étendues sur des cordes attachées au plancher[52], ils se heurtaient le long des rangs de casses, ou se faisaient décoiffer par les barres de fer qui maintenaient les presses. S'ils suivaient les agiles mouvements d'un compositeur grappillant ses lettres dans les cent cinquante-deux cassetins de sa casse, lisant sa copie, relisant sa ligne dans son composteur en y glissant une interligne, ils donnaient dans une rame de papier trempé chargée de ses pavés, ou s'attrapaient la hanche dans l'angle d'un banc; le tout au grand amusement des Singes et des Ours. Jamais personne n'était arrivé sans accident jusqu'à deux grandes cages situées au bout de cette caverne, qui formaient deux misérables pavillons sur la cour, et où trônaient d'un côté le prote, de l'autre le maître imprimeur. Dans la cour, les murs étaient agréablement décorés par des treilles qui, vu la réputation du maître, avaient une appétissante couleur locale. Au fond et adossé au noir mur mitoyen, s'élevait un appentis en ruine où se trempait et se façonnait le papier. Là, était l'évier sur lequel se lavaient avant et après le tirage les formes, ou, pour employer le langage vulgaire, les planches de caractères; il s'en échappait une décoction d'encre mêlée aux eaux ménagères de la maison, qui faisait croire aux paysans venus les jours de marché que le diable se débarbouillait dans cette maison. Cet appentis était flanqué d'un côté par la cuisine, de l'autre par un bûcher. Le premier étage de cette maison, au-dessus duquel il n'y avait que deux chambres en mansardes, contenait trois pièces. La première, aussi longue que l'allée, moins la cage du vieil escalier de bois, éclairée sur la rue par une petite croisée oblongue, et sur la cour par un œil-de-bœuf, servait à la fois d'antichambre et de salle à manger. Purement et simplement blanchie à la chaux, elle se faisait remarquer par la cynique simplicité de l'avarice commerciale : le carreau sale n'avait

jamais été lavé ; le mobilier consistait en trois mauvaises
chaises, une table ronde et un buffet situé entre deux portes
qui donnaient entrée dans une chambre à coucher et dans un
salon ; les fenêtres et la porte étaient brunes de crasse ; des
papiers blancs ou imprimés l'encombraient la plupart du
temps ; souvent le dessert, les bouteilles, les plats du dîner
de Jérôme-Nicolas Séchard se voyaient sur les ballots. La
chambre à coucher, dont la croisée avait un vitrage en plomb
qui tirait son jour de la cour, était tendue de ces vieilles
tapisseries que l'on voit en province le long des maisons au
jour de la Fête-Dieu. Il s'y trouvait un grand lit à colonnes
garni de rideaux, de bonnes grâces [53] et d'un couvre-pieds en
serge rouge, deux fauteuils vermoulus, deux chaises en bois
de noyer et en tapisserie, un vieux secrétaire, et sur la
cheminée un cartel. Cette chambre, où se respirait une
bonhomie patriarcale et pleine de teintes brunes, avait été
arrangée par le sieur Rouzeau, prédécesseur et maître de
Jérôme-Nicolas Séchard. Le salon, modernisé par feu
Mme Séchard, offrait d'épouvantables boiseries peintes en
bleu de perruquier ; les panneaux étaient décorés d'un
papier à scènes orientales, coloriées en bistre sur un fond
blanc ; le meuble [54] consistait en six chaises garnies de basane
bleue dont les dossiers représentaient des lyres. Les deux
fenêtres grossièrement cintrées, et par où l'œil embrassait la
place du Mûrier, étaient sans rideaux ; la cheminée n'avait ni
flambeaux, ni pendule, ni glace. Mme Séchard était morte
au milieu de ses projets d'embellissement, et l'Ours, ne
devinant pas l'utilité d'améliorations qui ne rapportaient
rien, les avait abandonnées. Ce fut là que, *pede titubante*,
Jérôme-Nicolas Séchard amena son fils, et lui montra sur la
table ronde un état du matériel de son imprimerie dressé
sous sa direction par le prote.

« Lis cela, mon garçon, dit Jérôme-Nicolas Séchard en
roulant ses yeux ivres du papier à son fils et de son fils au
papier. Tu verras quel bijou d'imprimerie je te donne.

— Trois presses en bois maintenues par des barres en fer,
à marbre en fonte...

— Une amélioration que j'ai faite, dit le vieux Séchard en
interrompant son fils.

— Avec tous leurs ustensiles : encriers, balles et bancs,
etc., seize cents francs ! Mais, mon père, dit David Séchard
en laissant tomber l'inventaire, vos presses sont des sabots
qui ne valent pas cent écus, et dont il faut faire du feu.

— Des sabots ?... s'écria le vieux Séchard, des sabots ?...

Prends l'inventaire et descendons ! Tu vas voir si vos
inventions de méchante serrurerie manœuvrent comme ces
bons vieux outils éprouvés. Après, tu n'auras pas le cœur
d'injurier d'honnêtes presses qui roulent comme des voitures en poste, et qui iront encore pendant toute ta vie sans
nécessiter la moindre réparation. Des sabots ! Oui, c'est des
sabots où tu trouveras du sel pour cuire des œufs ! des sabots
que ton père a manœuvrés pendant vingt ans, et qui lui ont
servi à te faire ce que tu es. »

Le père dégringola l'escalier raboteux, usé, tremblant,
sans y chavirer ; il ouvrit la porte de l'allée qui donnait dans
l'atelier, se précipita sur la première de ses presses sournoi-
sement huilées et nettoyées, il montra les fortes jumelles [55]
en bois de chêne frotté par son apprenti.

« Est-ce là un amour de presse ? » dit-il.

Il s'y trouvait le *billet de faire-part* d'un mariage. Le vieil
Ours abaissa la frisquette sur le tympan [56], le tympan sur le
marbre qu'il fit rouler sous la presse ; il tira le barreau,
déroula la corde pour ramener le marbre, releva tympan et
frisquette avec l'agilité qu'aurait mise un jeune Ours. La
presse ainsi manœuvrée jeta un si joli cri que vous eussiez dit
d'un oiseau qui serait venu heurter à une vitre et se serait
enfui.

« Y a-t-il une seule presse anglaise capable d'aller ce train-
là ? » dit le père à son fils étonné.

Le vieux Séchard courut successivement à la seconde, à la
troisième presse, sur chacune desquelles il fit la même
manœuvre avec une égale habileté. La dernière offrit à son
œil troublé de vin un endroit négligé par l'apprenti ;
l'ivrogne, après avoir notablement juré, prit le pan de sa
redingote pour la frotter, comme un maquignon qui lustre le
poil d'un cheval à vendre.

« Avec ces trois presses-là, sans prote, tu peux gagner tes
neuf mille francs par an, David. Comme ton futur associé, je
m'oppose à ce que tu les remplaces par ces maudites presses
en fonte qui usent les caractères. Vous avez crié miracle à
Paris en voyant l'invention de ce maudit Anglais, un ennemi
de la France, qui a voulu faire la fortune des fondeurs. Ah !
vous avez voulu des Stanhope ! merci de vos Stanhope qui
coûtent chacune deux mille cinq cents francs, presque deux
fois plus que valent mes trois bijoux ensemble, et qui vous
échinent la lettre par leur défaut d'élasticité. Je ne suis pas
instruit comme toi, mais retiens bien ceci : la vie des
Stanhope est la mort du caractère. Ces trois presses te feront

un bon user[57], l'ouvrage sera proprement *tirée*, et les Angoumoisins ne t'en demanderont pas davantage. Imprime avec du fer ou avec du bois, avec de l'or ou de l'argent, ils ne t'en paieront pas un liard de plus.

— *Item*, dit David, cinq milliers de livres de caractères, provenant de la fonderie de M. Vaflard[58]... » À ce nom, l'élève des Didot ne put s'empêcher de sourire.

« Ris, ris ! Après douze ans, les caractères sont encore neufs. Voilà ce que j'appelle un fondeur ! M. Vaflard est un honnête homme qui fournit de la matière dure ; et, pour moi, le meilleur fondeur est celui chez lequel on va le moins souvent.

— Estimés dix mille francs, reprit David en continuant. Dix mille francs, mon père ! mais c'est à quarante sous la livre, et MM. Didot ne vendent leur cicéro[59] neuf que trente-six sous la livre. Vos têtes de clous[60] ne valent que le prix de la fonte, dix sous la livre.

— Tu donnes le nom de têtes de clous aux Bâtardes, aux Coulées, aux Rondes[61] de M. Gillé[62], anciennement imprimeur de l'Empereur, des caractères qui valent six francs la livre, des chefs-d'œuvre de gravures achetés il y a cinq ans, et dont plusieurs ont encore le blanc de la fonte, tiens ! » Le vieux Séchard attrapa quelques cornets pleins de *sortes*[63] qui n'avaient jamais servi et les montra.

« Je ne suis pas savant, je ne sais ni lire ni écrire, mais j'en sais encore assez pour deviner que les caractères d'écriture de la maison Gillé ont été les pères des Anglaises de tes MM. Didot. Voici une *ronde*, dit-il en désignant une casse et y prenant un M, une *ronde* de cicéro qui n'a pas encore été dégommée. »

David s'aperçut qu'il n'y avait pas moyen de discuter avec son père. Il fallait tout admettre ou tout refuser, il se trouvait entre un non et un oui. Le vieil Ours avait compris dans l'inventaire jusqu'aux cordes de l'étendage. La plus petite ramette, les ais[64], les jattes, la pierre et les brosses à laver, tout était chiffré avec le scrupule d'un avare. Le total allait à trente mille francs, y compris le brevet de maître imprimeur et l'achalandage[65]. David se demandait en lui-même si l'affaire était ou non faisable. En voyant son fils muet sur le chiffre, le vieux Séchard devint inquiet ; car il préférait un débat violent à une acceptation silencieuse. En ces sortes de marchés, le débat annonce un négociant capable qui défend ses intérêts. « *Qui tope à tout*, disait le vieux Séchard, *ne paye rien*. » Tout en épiant la pensée de son fils, il fit le dénombrement des méchants ustensiles nécessaires à l'exploitation d'une imprimerie en province; il amena successivement David devant une presse à satiner[66], une presse à rogner pour faire les ouvrages de ville[67], et lui en vanta l'usage et la solidité.

« Les vieux outils sont toujours les meilleurs, dit-il. On devrait en imprimerie les payer plus cher que les neufs, comme cela se fait chez les batteurs d'or. »

D'épouvantables vignettes représentant des Hymens, des Amours, des morts qui soulevaient la pierre de leurs sépulcres en décrivant un V ou un M, d'énormes cadres à masques pour les affiches de spectacles, devinrent, par l'effet de l'éloquence avinée de Jérôme-Nicolas, des objets de la plus immense valeur. Il dit à son fils que les habitudes des gens de province étaient si fortement enracinées, qu'il essaierait en vain de leur donner de plus belles choses. Lui, Jérôme-Nicolas Séchard, avait tenté de leur vendre des almanachs meilleurs que *Le Double Liégeois*[68] imprimé sur du papier à sucre! eh bien, le vrai *Double Liégeois* avait été préféré aux plus magnifiques almanachs. David reconnaîtrait bientôt l'importance de ces vieilleries, en les vendant plus cher que les plus coûteuses nouveautés.

« Ha! ha! mon garçon, la province est la province, et Paris est Paris. Si un homme de l'Houmeau[69] t'arrive pour faire faire son billet de mariage, et que tu le lui imprimes sans un Amour avec des guirlandes, il ne se croira point marié, et te le rapportera s'il n'y voit qu'un *M*, comme chez tes MM. Didot, qui sont la gloire de la typographie, mais dont les inventions ne seront pas adoptées avant cent ans dans les provinces. Et voilà. »

Les gens généreux font de mauvais commerçants. David était une de ces natures pudiques et tendres qui s'effraient d'une discussion, et qui cèdent au moment où l'adversaire leur pique un peu trop le cœur. Ses sentiments élevés et l'empire que le vieil ivrogne avait conservé sur lui le rendaient encore plus impropre à soutenir un débat d'argent avec son père, surtout quand il lui croyait les meilleures intentions; car il attribua d'abord la voracité de l'intérêt à l'attachement que le pressier avait pour ses outils. Cependant, comme Jérôme-Nicolas Séchard avait eu le tout de la veuve Rouzeau pour dix mille francs en assignats, et qu'en l'état actuel des choses trente mille francs étaient un prix exorbitant, le fils s'écria : « Mon père, vous m'égorgez! »

— Moi qui t'ai donné la vie?... dit le vieil ivrogne en

levant la main vers l'étendage. Mais, David, à quoi donc
évalues-tu le brevet ? Sais-tu ce que vaut le Journal d'Annonces à dix sous la ligne, privilège qui, à lui seul, a rapporté
cinq cents francs le mois dernier ? Mon gars, ouvre les livres,
vois ce que produisent les affiches et les registres de la
préfecture, la pratique de la mairie et celle de l'évêché ! Tu
es un fainéant qui ne veut pas faire sa fortune. Tu
marchandes le cheval qui doit te conduire à quelque beau
domaine comme celui de Marsac. »

À cet inventaire était joint un acte de société entre le père
et le fils. Le bon père louait à la société sa maison pour une
somme de douze cents francs, quoiqu'il ne l'eût achetée que
six mille livres, et il s'y réservait une des deux chambres
pratiquées dans les mansardes. Tant que David Séchard
n'aurait pas remboursé les trente mille francs, les bénéfices
se partageraient par moitié ; le jour où il aurait remboursé
cette somme à son père, il deviendrait seul et unique
propriétaire de l'imprimerie. David estima le brevet, la
clientèle et le journal, sans s'occuper des outils ; il crut
pouvoir se libérer et accepta ces conditions. Habitué aux
finasseries de paysan, et ne connaissant rien aux larges
calculs des Parisiens, le père fut étonné d'une si prompte
conclusion.

« Mon fils se serait-il enrichi ? se dit-il, ou invente-t-il en
ce moment de ne pas me payer ? » Dans cette pensée, il le
questionna pour savoir s'il apportait de l'argent, afin de le
lui prendre en acompte. La curiosité du père éveilla la
défiance du fils. David resta boutonné jusqu'au menton. Le
lendemain, le vieux Séchard fit transporter par son apprenti
dans la chambre au deuxième étage ses meubles qu'il
comptait faire apporter à sa campagne par les charrettes qui
y reviendraient à vide. Il livra les trois chambres du premier
étage tout[70] nues à son fils, de même qu'il le mit en
possession de l'imprimerie sans lui donner un centime pour
payer les ouvriers. Quand David pria son père, en sa qualité
d'associé, de contribuer à la mise nécessaire à l'exploitation
commune, le vieux pressier fit l'ignorant. Il ne s'était pas
obligé, dit-il, à donner de l'argent en donnant son imprimerie ; sa mise de fonds était faite. Pressé par la logique de son
fils, il lui répondit que, quand il avait acheté l'imprimerie à
la veuve Rouzeau, il s'était tiré d'affaire sans un sou. Si lui,
pauvre ouvrier dénué de connaissances, avait réussi, un
élève de Didot ferait encore mieux. D'ailleurs David avait
gagné de l'argent qui provenait de l'éducation payée à la

sueur du front de son vieux père, il pouvait bien l'employer aujourd'hui.

« Qu'as-tu fait de tes *banques*[71] ? lui dit-il en revenant à la charge afin d'éclaircir le problème que le silence de son fils avait laissé la veille indécis.

— Mais n'ai-je pas eu à vivre, n'ai-je pas acheté des livres ? répondit David indigné.

— Ah ! tu achetais des livres ? tu feras de mauvaises affaires. Les gens qui achètent des livres ne sont guère propres à en imprimer », répondit l'Ours.

David éprouva la plus horrible des humiliations, celle que cause l'abaissement d'un père : il lui fallut subir le flux de raisons viles, pleureuses, lâches, commerciales par lesquelles le vieil avare formula son refus. Il refoula ses douleurs dans son âme, en se voyant seul, sans appui, en trouvant un spéculateur dans son père que, par curiosité philosophique, il voulut connaître à fond. Il lui fit observer qu'il ne lui avait jamais demandé compte de la fortune de sa mère. Si cette fortune ne pouvait entrer en compensation du prix de l'imprimerie, elle devait au moins servir à l'exploitation en commun.

« La fortune de ta mère ? dit le vieux Séchard, mais c'était son intelligence et sa beauté ! »

À cette réponse, David devina son père tout entier, et comprit que, pour en obtenir un compte, il faudrait lui intenter un procès interminable, coûteux et déshonorant. Ce noble cœur accepta le fardeau qui allait peser sur lui, car il savait avec combien de peines il acquitterait les engagements pris envers son père.

« Je travaillerai, se dit-il. Après tout, si j'ai du mal, ce bonhomme en a eu. Ne sera-ce pas d'ailleurs travailler pour moi-même ? »

« Je te laisse un trésor », dit le père inquiet du silence de son fils.

David demanda quel était ce trésor.

« Marion », dit le père.

Marion était une grosse fille de campagne indispensable à l'exploitation de l'imprimerie : elle trempait le papier et le rognait, faisait les commissions et la cuisine, blanchissait le linge, déchargeait les voitures de papier, allait toucher l'argent et nettoyait les tampons. Si Marion eût su lire, le vieux Séchard l'aurait mise à la composition.

Le père partit à pied pour la campagne. Quoique très

heureux de sa vente, déguisée sous le nom d'association, il était inquiet de la manière dont il serait payé. Après les angoisses de la vente, viennent toujours celles de la réalisation. Toutes les passions sont essentiellement jésuitiques. Cet homme, qui regardait l'instruction comme inutile, s'efforça de croire à l'influence de l'instruction. Il hypothéquait ses trente mille francs sur les idées d'honneur que l'éducation devait avoir développées chez son fils. En jeune homme bien élevé, David suerait sang et eau pour payer ses engagements, ses connaissances lui feraient trouver des ressources, il s'était montré plein de beaux sentiments, il payerait ! Beaucoup de pères, qui agissent ainsi, croient avoir agi paternellement, comme le vieux Séchard avait fini par se le persuader en atteignant son vignoble situé à Marsac, petit village à quatre[72] lieues d'Angoulême. Ce domaine, où le précédent propriétaire avait bâti une jolie habitation, s'était augmenté d'année en année depuis 1809, époque où le vieil Ours l'avait acquis. Il y échangea les soins du pressoir contre ceux de la presse, et il était, comme il le disait, depuis trop longtemps dans les vignes pour ne pas s'y bien connaître. Pendant la première année de sa retraite à la campagne, le père Séchard montra une figure soucieuse au-dessus de ses échalas ; car il était toujours dans son vignoble, comme jadis il demeurait au milieu de son atelier. Ces trente mille francs inespérés le grisaient encore plus que la purée septembrale[73], il les maniait idéalement entre ses pouces. Moins la somme était due, plus il désirait l'encaisser. Aussi, souvent accourait-il de Marsac à Angoulême, attiré par ses inquiétudes. Il gravissait les rampes du rocher sur le haut duquel est assise la ville, il entrait dans l'atelier pour voir si son fils se tirait d'affaire. Or les presses étaient à leurs places. L'unique apprenti, coiffé d'un bonnet de papier, décrassait les tampons. Le vieil Ours entendait crier une presse sur quelque billet de faire-part, il reconnaissait ses vieux caractères, il apercevait son fils et le prote, chacun lisant dans sa cage un livre que l'Ours prenait pour des épreuves. Après avoir dîné avec David, il retournait alors à son domaine de Marsac en ruminant ses craintes. L'avarice a comme l'amour un don de seconde vue sur les futurs contingents, elle les flaire, elle les pressent. Loin de l'atelier où l'aspect de ses outils le fascinait en le reportant aux jours où il faisait fortune, le vigneron trouvait chez son fils d'inquiétants symptômes d'inactivité. Le nom de *Cointet frères* l'effarouchait, il le voyait dominant celui de *Séchard et fils.* Enfin le vieillard sentait le vent du malheur. Ce pressentiment était juste : le malheur planait sur la maison Séchard. Mais les avares ont un dieu. Par un concours de circonstances imprévues, ce dieu devait faire trébucher dans l'escarcelle de l'ivrogne le prix de sa vente usuraire. Voici pourquoi l'imprimerie Séchard tombait, malgré ses éléments de prospérité. Indifférent à la réaction religieuse que produisait la Restauration dans le gouvernement, mais également insouciant du Libéralisme, David gardait la plus nuisible des neutralités en matière politique et religieuse. Il se trouvait dans un temps où les commerçants de province devaient professer une opinion afin d'avoir des chalands, car il fallait opter entre la pratique des Libéraux et celle des Royalistes. Un amour qui vint au cœur de David et ses préoccupations scientifiques, son beau naturel l'empêchèrent d'avoir cette âpreté au gain qui constitue le vrai commerçant, et qui lui eût fait étudier les différences qui distinguent l'industrie provinciale de l'industrie parisienne. Les nuances si tranchées dans les départements disparaissent dans le grand mouvement de Paris. Les frères Cointet se mirent à l'unisson des opinions monarchiques, ils firent ostensiblement maigre, hantèrent la cathédrale, cultivèrent les prêtres, et réimprimèrent les premiers livres religieux dont le besoin se fit sentir. Les Cointet prirent ainsi l'avance dans cette branche lucrative, et calomnièrent David Séchard en l'accusant de libéralisme et d'athéisme. Comment, disaient-ils, employer un homme qui avait pour père un septembriseur [74], un ivrogne, un bonapartiste, un vieil avare qui devait tôt ou tard laisser des monceaux d'or ? Ils étaient pauvres, chargés de famille, tandis que David était garçon et serait puissamment riche ; aussi n'en prenait-il qu'à son aise, etc. Influencés par ces accusations portées contre David, la Préfecture et l'Évêché finirent par donner le privilège de leurs impressions aux frères Cointet. Bientôt ces avides antagonistes, enhardis par l'incurie de leur rival, créèrent un second Journal d'Annonces. La vieille imprimerie fut réduite aux impressions de la ville, et le produit de sa feuille d'annonces diminua de moitié. Riche de gains considérables réalisés sur les livres d'église et de piété, la maison Cointet proposa bientôt aux Séchard de leur acheter leur journal, afin d'avoir les annonces du département et les insertions judiciaires sans partage. Aussitôt que David eut transmis cette nouvelle à son père, le vieux vigneron, épouvanté déjà par les progrès de la maison Cointet, fondit de Marsac sur la place du Mûrier avec la rapidité du corbeau qui a flairé les cadavres d'un champ de bataille.

« Laisse-moi manœuvrer les Cointet, ne te mêle pas de cette affaire », dit-il à son fils.

Le vieillard eut bientôt deviné l'intérêt des Cointet, il les effraya par la sagacité de ses aperçus. Son fils commettait une sottise qu'il venait empêcher, disait-il. « Sur quoi reposera notre clientèle, s'il cède notre journal ? Les avoués, les notaires, tous les négociants de l'Houmeau seront libéraux ; les Cointet ont voulu nuire aux Séchard en les accusant de libéralisme, ils leur ont ainsi préparé une planche de salut, les annonces des Libéraux resteront aux Séchard ! Vendre le journal ?... mais autant vendre matériel et brevet. » Il demandait alors aux Cointet soixante mille francs de l'imprimerie pour ne pas ruiner son fils : il aimait son fils, il défendait son fils. Le vigneron se servit de son fils comme les paysans se servent de leurs femmes : son fils voulait ou ne voulait pas, selon les propositions qu'il arrachait une à une aux Cointet, et il les amena, non sans efforts, à donner une somme de vingt-deux mille francs pour le *Journal de la Charente*. Mais David dut s'engager à ne jamais imprimer quelque journal que ce fût, sous peine de trente mille francs de dommages-intérêts. Cette vente était le suicide de l'imprimerie Séchard ; mais le vigneron ne s'en inquiétait guère. Après le vol vient toujours l'assassinat. Le bonhomme comptait appliquer cette somme au payement de son fonds ; et, pour la palper, il aurait donné David par-dessus le marché, d'autant plus que ce gênant fils avait droit à la moitié de ce trésor inespéré. En dédommagement, le généreux père lui abandonna l'imprimerie, mais en maintenant le loyer de la maison aux fameux douze cents francs. Depuis la vente du journal aux Cointet, le vieillard vint rarement en ville, il allégua son grand âge ; mais la raison véritable était le peu d'intérêt qu'il portait à une imprimerie qui ne lui appartenait plus. Néanmoins il ne put entièrement répudier la vieille affection qu'il portait à ses outils. Quand ses affaires l'amenaient à Angoulême, il eût été très difficile de décider qui l'attirait le plus dans sa maison, ou de ses presses en bois ou de son fils, auquel il venait par forme demander ses loyers. Son ancien prote, devenu celui des Cointet, savait à quoi s'en tenir sur cette générosité paternelle ; il disait que ce fin renard se ménageait ainsi le droit d'intervenir dans les affaires de son fils, en devenant créancier privilégié par l'accumulation des loyers.

L'incurie de David Séchard avait des causes qui peindront le caractère de ce jeune homme. Quelques jours après son installation dans l'imprimerie paternelle, il avait rencontré l'un de ses amis de collège, alors en proie à la plus profonde misère. L'ami de David Séchard était un jeune homme, alors âgé d'environ vingt et un ans, nommé Lucien Chardon, et fils d'un ancien chirurgien-major des armées républicaines mis hors de service par une blessure. La nature avait fait un chimiste de M. Chardon père, et le hasard l'avait établi pharmacien à Angoulême. La mort le surprit au milieu des préparatifs nécessités par une lucrative découverte à la recherche de laquelle il avait consumé plusieurs années d'études scientifiques. Il voulait guérir toute espèce de goutte. La goutte est la maladie des riches, et les riches payent cher la santé quand ils en sont privés. Aussi le pharmacien avait-il choisi ce problème à résoudre parmi tous ceux qui s'étaient offerts à ses méditations. Placé entre la science et l'empirisme, feu Chardon comprit que la science pouvait seule assurer sa fortune : il avait donc étudié les causes de la maladie, et basé son remède sur un certain régime qui l'appropriait à chaque tempérament. Il mourut pendant un séjour à Paris, où il sollicitait l'approbation de l'Académie des sciences, et perdit ainsi le fruit de ses travaux. Pressentant sa fortune, le pharmacien n'avait rien négligé pour l'éducation de son fils et de sa fille, en sorte que l'entretien de sa famille dévora constamment les produits de sa pharmacie. Ainsi non seulement il laissa ses enfants dans la misère, mais encore, pour leur malheur, il les avait élevés dans l'espérance de destinées brillantes qui s'éteignirent avec lui. L'illustre Desplein [75], qui lui donna des soins, le vit mourir dans des convulsions de rage. Cette ambition eut pour principe le violent amour que l'ancien chirurgien portait à sa femme, dernier rejeton de la famille de Rubempré [76], miraculeusement sauvée par lui de l'échafaud en 1793. Sans que la jeune fille eût voulu consentir à ce mensonge, il avait gagné du temps en la disant enceinte. Après s'être en quelque sorte créé le droit de l'épouser, il l'épousa malgré leur commune pauvreté. Ses enfants, comme tous les enfants de l'amour, eurent pour tout héritage la merveilleuse beauté de leur mère, présent si souvent fatal quand la misère l'accompagne. Ces espérances, ces travaux, ces désespoirs si vivement épousés avaient profondément altéré la beauté de Mme Chardon, de même

que les lentes dégradations de l'indigence avaient changé ses
mœurs; mais son courage et celui de ses enfants égala leur
infortune. La pauvre veuve vendit la pharmacie, située dans
la Grand-Rue de l'Houmeau[77], le principal faubourg d'Angoulême. Le prix de la pharmacie lui permit de se constituer
trois cents francs de rente, somme insuffisante pour sa
propre existence; mais elle et sa fille acceptèrent leur
position sans en rougir, et se vouèrent à des travaux
mercenaires. La mère gardait les femmes en couches, et ses
bonnes façons la faisaient préférer à toute autre dans les
maisons riches, où elle vivait sans rien coûter à ses enfants,
tout en gagnant vingt sous par jour. Pour éviter à son fils le
désagrément de voir sa mère dans un pareil abaissement de
condition, elle avait pris le nom de Mme Charlotte. Les
personnes qui réclamaient ses soins s'adressaient à M. Postel, le successeur de M. Chardon. La sœur de Lucien
travaillait chez une très honnête femme, considérée à
l'Houmeau, nommée Mme Prieur, blanchisseuse de fin, sa
voisine, et gagnait environ quinze sous par jour. Elle
conduisait les ouvrières, et jouissait dans l'atelier d'une
espèce de suprématie qui la sortait un peu de la classe des
grisettes. Les faibles produits de leur travail, joints aux trois
cents livres de rente de Mme Chardon, arrivaient environ à
huit cents francs par an, avec lesquels ces trois personnes
devaient vivre, s'habiller et se loger. La stricte économie de
ce ménage rendait à peine suffisante cette somme, presque
entièrement absorbée par Lucien. Mme Chardon et sa fille
Ève croyaient en Lucien comme la femme de Mahomet crut
en son mari[78]; leur dévouement à son avenir était sans
bornes. Cette pauvre famille demeurait à l'Houmeau dans
un logement loué pour une très modique somme par le
successeur de M. Chardon, et situé au fond d'une cour
intérieure, au-dessus du laboratoire. Lucien y occupait une
misérable chambre en mansarde. Stimulé par un père qui,
passionné pour les sciences naturelles, l'avait d'abord poussé
dans cette voie, Lucien fut un des plus brillants élèves du
collège d'Angoulême, où il se trouvait en Troisième lorsque
Séchard y finissait ses études.

Quand le hasard fit rencontrer les deux camarades de
collège, Lucien, fatigué de boire à la grossière coupe de la
misère, était sur le point de prendre un de ces partis
extrêmes auxquels on se décide à vingt ans. Quarante francs
par mois que David donna généreusement à Lucien en
s'offrant à lui apprendre le métier de prote, quoiqu'un prote

lui fût parfaitement inutile, sauva[79] Lucien de son désespoir. Les liens de cette amitié de collège ainsi renouvelés se
resserrèrent bientôt par les similitudes de leurs destinées et
par les différences de leurs caractères. Tous deux, l'esprit
gros de plusieurs fortunes, ils possédaient cette haute
intelligence qui met l'homme de plain-pied avec toutes les
sommités, et se voyaient jetés au fond de la société. Cette
injustice du sort fut un nœud puissant. Puis tous deux
étaient arrivés à la poésie par une pente différente. Quoique
destiné aux spéculations les plus élevées des sciences naturelles, Lucien se portait avec ardeur vers la gloire littéraire ;
tandis que David, que son génie méditatif prédisposait à la
poésie, inclinait par goût vers les sciences exactes. Cette
interposition[80] des rôles engendra comme une fraternité
spirituelle. Lucien communiqua bientôt à David les hautes
vues qu'il tenait de son père sur les applications de la Science
à l'Industrie, et David fit apercevoir à Lucien les routes
nouvelles où il devait s'engager dans la littérature pour s'y
faire un nom et une fortune. L'amitié de ces deux jeunes
gens devint en peu de jours une de ces passions qui ne
naissent qu'au sortir de l'adolescence. David entrevit bientôt
la belle Ève, et s'en éprit, comme se prennent les esprits
mélancoliques et méditatifs. L'*Et nunc et semper et in secula
seculorum* de la liturgie[81] est la devise de ces sublimes poètes
inconnus dont les œuvres consistent en de magnifiques
épopées enfantées et perdues entre deux cœurs ! Quand
l'amant eut pénétré le secret des espérances que la mère et la
sœur de Lucien mettaient en ce beau front de poète, quand
leur dévouement aveugle lui fut connu, il trouva doux de se
rapprocher de sa maîtresse en partageant ses immolations et
ses espérances. Lucien fut donc pour David un frère choisi.
Comme les Ultras qui voulaient être plus royalistes que le
Roi, David outra la foi que la mère et la sœur de Lucien
avaient en son génie, il le gâta comme une mère gâte son
enfant. Durant une de ces conversations où, pressés par le
défaut d'argent qui leur liait les mains, ils ruminaient,
comme tous les jeunes gens, les moyens de réaliser une
prompte fortune en secouant tous les arbres déjà dépouillés
par les premiers venus sans en obtenir de fruits, Lucien se
souvint de deux idées émises par son père. M. Chardon avait
parlé de réduire de moitié le prix du sucre par l'emploi d'un
nouvel agent chimique, et de diminuer d'autant le prix du
papier, en tirant de l'Amérique certaines matières végétales
analogues à celles dont se servent les Chinois et qui coûtaient

peu. David, qui connaissait l'importance de cette question agitée déjà chez les Didot, s'empara de cette idée en y voyant une fortune, et considéra Lucien comme un bienfaiteur envers lequel il ne pourrait jamais s'acquitter.

Chacun devine combien les pensées dominantes et la vie intérieure des deux amis les rendaient impropres à gérer une imprimerie. Loin de rapporter quinze à vingt mille francs, comme celle des frères Cointet, imprimeurs-libraires de l'Évêché, propriétaires du *Courrier de la Charente*, désormais le seul journal du département, l'imprimerie de Séchard fils produisait à peine trois cents francs par mois, sur lesquels il fallait prélever le traitement du prote, les gages de Marion, les impositions, le loyer ; ce qui réduisait David à une centaine de francs par mois. Des hommes actifs et industrieux auraient renouvelé les caractères, acheté des presses en fer, se seraient procuré dans la librairie parisienne des ouvrages qu'ils eussent imprimés à bas prix ; mais le maître et le prote, perdus dans les absorbants travaux de l'intelligence, se contentaient des ouvrages que leur donnaient leurs derniers clients. Les frères Cointet avaient fini par connaître le caractère et les mœurs de David, ils ne le calomniaient plus ; au contraire, une sage politique leur conseillait de laisser vivoter cette imprimerie, et de l'entretenir dans une honnête médiocrité, pour qu'elle ne tombât point entre les mains de quelque redoutable antagoniste ; ils y envoyaient eux-mêmes les ouvrages dits de ville. Ainsi, sans le savoir, David Séchard n'existait, commercialement parlant, que par un habile calcul de ses concurrents. Heureux de ce qu'ils nommaient sa manie, les Cointet avaient pour lui des procédés en apparence pleins de droiture et de loyauté ; mais ils agissaient, en réalité, comme l'administration des Messageries, lorsqu'elle simule une concurrence pour en éviter une véritable.

L'extérieur de la maison Séchard était en harmonie avec la crasse avarice qui régnait à l'intérieur, où le vieil Ours n'avait jamais rien réparé. La pluie, le soleil, les intempéries de chaque saison avaient donné l'aspect d'un vieux tronc d'arbre à la porte de l'allée, tant elle était sillonnée de fentes inégales. La façade, mal bâtie en pierres et en briques mêlées sans symétrie, semblait plier sous le poids d'un toit vermoulu surchargé de ces tuiles creuses qui composent toutes les toitures dans le midi de la France. Le vitrage vermoulu était garni de ces énormes volets maintenus par les épaisses traverses qu'exige la chaleur du climat. Il eût été difficile de trouver dans tout Angoulême une maison aussi lézardée que celle-là qui ne tenait plus que par la force du ciment. Imaginez cet atelier clair aux deux extrémités, sombre au milieu, ses murs couverts d'affiches, brunis en bas par le contact des ouvriers qui y avaient roulé depuis trente ans, son attirail de cordes au plancher, ses piles de papier, ses vieilles presses, ses tas de pavés à charger les papiers trempés, ses rangs de casses, et au bout les deux cages où, chacun de leur côté, se tenaient le maître et le prote ; vous comprendrez alors l'existence des deux amis.

En 1821, dans les premiers jours du mois de mai, David et Lucien étaient près du vitrage de la cour au moment où, vers deux heures, leurs quatre ou cinq ouvriers quittèrent l'atelier pour aller dîner. Quand le maître vit son apprenti fermant la porte à sonnette qui donnait sur la rue, il emmena Lucien dans la cour, comme si la senteur des papiers, des encriers, des presses et des vieux bois lui eût été insupportable. Tous deux s'assirent sous un berceau d'où leurs yeux pouvaient voir quiconque entrerait dans l'atelier. Les rayons du soleil qui se jouaient dans les pampres de la treille caressèrent les deux poètes en les enveloppant de sa lumière comme d'une auréole. Le contraste produit par l'opposition de ces deux caractères et de ces deux figures fut alors si vigoureusement accusé, qu'il aurait séduit la brosse d'un grand peintre. David avait les formes que donne la nature aux êtres destinés à de grandes luttes, éclatantes ou secrètes. Son large buste était flanqué par de fortes épaules en harmonie avec la plénitude de toutes ses formes. Son visage, brun de ton, coloré, gras, supporté par un gros cou, enveloppé d'une abondante forêt de cheveux noirs, ressemblait au premier abord à celui des chanoines chantés par Boileau[82] ; mais un second examen vous révélait dans les sillons des lèvres épaisses, dans la fossette du menton, dans la tournure d'un nez carré, fendu par un méplat tourmenté, dans les yeux surtout ! le feu continu d'un unique amour, la sagacité du penseur, l'ardente mélancolie d'un esprit qui pouvait embrasser les deux extrémités de l'horizon, en en pénétrant toutes les sinuosités, et qui se dégoûtait facilement des jouissances tout idéales en y portant les clartés de l'analyse[83]. Si l'on devinait dans cette face les éclairs du génie qui s'élance, on voyait aussi les cendres auprès d'un volcan ; l'espérance s'y éteignait dans un profond sentiment du néant social où la naissance obscure et le défaut de fortune maintiennent tant d'esprits supérieurs. Auprès du pauvre imprimeur, à qui son état, quoique si voisin de l'intelligence, donnait des nausées, auprès de ce Silène lourdement appuyé sur lui-même qui buvait à longs traits dans la coupe de la science et de la poésie, en s'enivrant afin d'oublier les malheurs de la vie de province, Lucien se tenait dans la pose gracieuse trouvée par les sculpteurs pour le Bacchus indien [84]. Son visage avait la distinction des lignes de la beauté antique : c'était un front et un nez grecs, la blancheur veloutée des femmes, des yeux noirs tant ils étaient bleus, des yeux pleins d'amour, et dont le blanc le disputait en fraîcheur à celui d'un enfant. Ces beaux yeux étaient surmontés de sourcils comme tracés par un pinceau chinois et bordés de longs cils châtains. Le long des joues brillait un duvet soyeux dont la couleur s'harmoniait à celle d'une blonde chevelure naturellement bouclée. Une suavité divine respirait dans ses tempes d'un blanc doré. Une incomparable noblesse était empreinte dans son menton court, relevé sans brusquerie. Le sourire des anges tristes errait sur ses lèvres de corail rehaussées par de belles dents. Il avait les mains de l'homme bien né, des mains élégantes, à un signe desquelles les hommes devaient obéir et que les femmes aiment à baiser. Lucien était mince et de taille moyenne. À voir ses pieds, un homme aurait été d'autant plus tenté de le prendre pour une jeune fille déguisée, que, semblable à la plupart des hommes fins, pour ne pas dire astucieux, il avait les hanches conformées comme celles d'une femme. Cet indice, rarement trompeur, était vrai chez Lucien, que la pente de son esprit remuant amenait souvent, quand il analysait l'état actuel de la société, sur le terrain de la dépravation particulière aux diplomates qui croient que le succès est la justification de tous les moyens, quelque honteux qu'ils soient. L'un des malheurs auxquels sont soumises les grandes intelligences, c'est de comprendre forcément toutes choses, les vices aussi bien que les vertus.

Ces deux jeunes gens jugeaient la société d'autant plus souverainement qu'ils s'y trouvaient placés plus bas, car les hommes méconnus se vengent de l'humilité de leur position par la hauteur de leur coup d'œil. Mais aussi leur désespoir était d'autant plus amer qu'ils allaient ainsi plus rapidement là où les portait leur véritable destinée. Lucien avait beaucoup lu, beaucoup comparé, David avait beaucoup pensé, beaucoup médité. Malgré les apparences d'une santé vigoureuse et rustique, l'imprimeur était un génie mélancolique et maladif, il doutait de lui-même ; tandis que Lucien, doué d'un esprit entreprenant, mais mobile, avait une audace en désaccord avec sa tournure molle, presque débile, mais pleine de grâces féminines. Lucien avait au plus haut degré le caractère gascon, hardi, brave, aventureux, qui s'exagère le bien et amoindrit le mal, qui ne recule point devant une faute s'il y a profit, et qui se moque du vice s'il s'en fait un marchepied. Ces dispositions d'ambitieux étaient alors comprimées par les belles illusions de la jeunesse, par l'ardeur qui le portait vers les nobles moyens que les hommes amoureux de gloire emploient avant tous les autres. Il n'était encore aux prises qu'avec ses désirs et non avec les difficultés de la vie, avec sa propre puissance et non avec la lâcheté des hommes, qui est d'un fatal exemple pour les esprits mobiles. Vivement séduit par le brillant de l'esprit de Lucien, David l'admirait tout en rectifiant les erreurs dans lesquelles le jetait la furie française. Cet homme juste avait un caractère timide en désaccord avec sa forte constitution, mais il ne manquait point de la persistance des hommes du Nord. S'il entrevoyait toutes les difficultés, il se promettait de les vaincre sans se rebuter ; et, s'il avait la fermeté d'une vertu vraiment apostolique, il la tempérait par les grâces d'une inépuisable indulgence. Dans cette amitié déjà vieille, l'un des deux aimait avec idolâtrie, et c'était David. Aussi Lucien commandait-il en femme qui se sait aimée. David obéissait avec plaisir. La beauté physique de son ami comportait une supériorité qu'il acceptait en se trouvant lourd et commun.

« Au bœuf l'agriculture patiente, à l'oiseau la vie insouciante, se disait l'imprimeur. Je serai le bœuf, Lucien sera l'aigle. »

Depuis environ trois ans[85], les deux amis avaient donc confondu leurs destinées si brillantes dans l'avenir. Ils lisaient les grandes œuvres qui apparurent depuis la paix sur l'horizon littéraire et scientifique, les ouvrages de Schiller, de Goethe, de lord Byron, de Walter Scott, de Jean-Paul, de Berzélius, de Davy[86], de Cuvier, de Lamartine, etc. Ils s'échauffaient à ces grands foyers, ils s'essayaient en des œuvres avortées ou prises, quittées et reprises avec ardeur. Ils travaillaient continuellement sans lasser les inépuisables forces de la jeunesse. Également pauvres, mais dévorés par l'amour de l'art et de la science, ils oubliaient la misère présente en s'occupant à jeter les fondements de leur renommée.

« Lucien, sais-tu ce que je viens de recevoir de Paris ? dit

l'imprimeur en tirant de sa poche un petit volume in-18.
Écoute ! »

David lut, comme savent lire les poètes, l'idylle d'André
de Chénier intitulée *Néère*, puis celle du *Jeune Malade*, puis
l'élégie sur le suicide, celle dans le goût ancien, et les deux
derniers ïambes.

« Voilà donc ce qu'est André de Chénier ? s'écria Lucien à
plusieurs reprises. Il est désespérant », répétait-il pour la
troisième fois quand David trop ému pour continuer lui
laissa prendre le volume.

« Un poète retrouvé par un poète ! » dit-il en voyant la
signature de la préface[87].

« Après avoir produit ce volume, reprit David, Chénier
croyait n'avoir rien fait qui fût digne d'être publié. »

Lucien lut à son tour l'épique morceau de *L'Aveugle* et
plusieurs élégies. Quand il tomba sur le fragment :

S'ils n'ont point de bonheur, en est-il sur la terre ?

il baisa le livre, et les deux amis pleurèrent, car tous deux
aimaient avec idolâtrie. Les pampres s'étaient colorés, les
vieux murs de la maison, fendillés, bossués, inégalement
traversés par d'ignobles lézardes, avaient été revêtus de
cannelures, de bossages, de bas-reliefs et des innombrables
chefs-d'œuvre de je ne sais quelle architecture par les doigts
d'une fée. La Fantaisie avait secoué ses fleurs et ses rubis sur
la petite cour obscure. La Camille d'André Chénier était
devenue pour David son Ève adorée, et pour Lucien une
grande dame qu'il courtisait. La Poésie avait secoué les pans
majestueux de sa robe étoilée sur l'atelier où grimaçaient les
Singes et les Ours de la typographie. Cinq heures sonnaient,
mais les deux amis n'avaient ni faim ni soif ; la vie leur était
un rêve d'or, ils avaient tous les trésors de la terre à leurs
pieds, ils apercevaient ce coin d'horizon bleuâtre indiqué du
doigt par l'Espérance à ceux dont la vie est orageuse, et
auxquels sa voix de sirène dit : « Allez, volez, vous échappe-
rez au malheur par cet espace d'or, d'argent ou d'azur. » En
ce moment un apprenti nommé Cérizet, un gamin de Paris
que David avait fait venir à Angoulême, ouvrit la petite
porte vitrée qui donnait de l'atelier dans la cour, et désigna
les deux amis à un inconnu qui s'avança vers eux en les
saluant.

« Monsieur, dit-il à David en tirant de sa poche un
énorme cahier, voici un mémoire que je désirerais faire
imprimer, voudriez-vous évaluer ce qu'il coûtera ?

— Monsieur, nous n'imprimons pas des manuscrits si considérables, répondit David sans regarder le cahier, voyez MM. Cointet.

— Mais nous avons cependant un très joli caractère qui pourrait convenir, reprit Lucien en prenant le manuscrit. Il faudrait que vous eussiez la complaisance de revenir demain, et de nous laisser votre ouvrage pour estimer les frais d'impression.

— N'est-ce pas à monsieur Lucien Chardon que j'ai l'honneur...

— Oui, monsieur, répondit le prote.

— Je suis heureux, monsieur, dit l'auteur, d'avoir pu rencontrer un jeune poète promis à de si belles destinées. Je suis envoyé par Mme de Bargeton. »

En entendant ce nom, Lucien rougit et balbutia quelques mots pour exprimer sa reconnaissance de l'intérêt que lui portait Mme de Bargeton. David remarqua la rougeur et l'embarras de son ami, qu'il laissa soutenant la conversation avec le gentilhomme campagnard, auteur d'un mémoire sur la culture des vers à soie, et que la vanité poussait à se faire imprimer pour pouvoir être lu par ses collègues de la Société d'agriculture.

« Hé bien, Lucien, dit David quand le gentilhomme s'en alla, aimerais-tu Mme de Bargeton ?

— Éperdument !

— Mais vous êtes plus séparés l'un de l'autre par les préjugés que si vous étiez, elle à Pékin, toi dans le Groenland.

— La volonté de deux amants triomphe de tout, dit Lucien en baissant les yeux.

— Tu nous oublieras, répondit le craintif amant de la belle Ève.

— Peut-être t'ai-je, au contraire, sacrifié ma maîtresse, s'écria Lucien.

— Que veux-tu dire ?

— Malgré mon amour, malgré les divers intérêts qui me portent à m'impatroniser chez elle, je lui ai dit que je n'y retournerais jamais si un homme de qui les talents étaient supérieurs aux miens, dont l'avenir devait être glorieux, si David Séchard, mon frère, mon ami, n'y était reçu. Je dois trouver une réponse à la maison. Mais quoique tous les aristocrates soient invités ce soir pour m'entendre lire des vers, si la réponse est négative, je ne remettrai jamais les pieds chez Mme de Bargeton. »

David serra violemment la main de Lucien, après s'être essuyé les yeux. Six heures sonnèrent.

« Ève doit être inquiète, adieu », dit brusquement Lucien.

Il s'échappa, laissant David en proie à l'une de ces émotions que l'on ne sent aussi complètement qu'à cet âge, surtout dans la situation où se trouvaient ces deux jeunes cygnes auxquels la vie de province n'avait pas encore coupé les ailes.

« Cœur d'or ! » s'écria David en accompagnant de l'œil Lucien qui traversait l'atelier.

Lucien descendit à l'Houmeau par la belle promenade de Beaulieu, par la rue du Minage et la Porte-Saint-Pierre. S'il prenait ainsi le chemin le plus long, dites-vous que la maison de Mme de Bargeton était située sur cette route. Il éprouvait tant de plaisir à passer sous les fenêtres de cette femme, même à son insu, que depuis deux mois il ne revenait plus à l'Houmeau par la Porte-Palet.

En arrivant sous les arbres de Beaulieu, il contempla la distance qui séparait Angoulême de l'Houmeau. Les mœurs du pays avaient élevé des barrières morales bien autrement difficiles à franchir que les rampes par où descendait Lucien. Le jeune ambitieux qui venait de s'introduire dans l'hôtel de Bargeton en jetant la gloire comme un pont volant entre la ville et le faubourg était inquiet de la décision de sa maîtresse comme un favori qui craint une disgrâce après avoir essayé d'étendre son pouvoir. Ces paroles doivent paraître obscures à ceux qui n'ont pas encore observé les mœurs particulières aux cités divisées en ville haute et ville basse ; mais il est d'autant plus nécessaire d'entrer ici dans quelques explications sur Angoulême, qu'elles feront comprendre Mme de Bargeton, un des personnages les plus importants de cette histoire.

Angoulême est une vieille ville, bâtie au sommet d'une roche en pain de sucre qui domine les prairies où se roule la Charente. Ce rocher tient vers le Périgord à une longue colline qu'il termine brusquement sur la route de Paris à Bordeaux, en formant une sorte de promontoire dessiné par trois pittoresques vallées. L'importance qu'avait cette ville au temps des guerres religieuses est attestée par ses remparts, par ses portes et par les restes d'une forteresse assise sur le piton du rocher. Sa situation en faisait jadis un point stratégique également précieux aux catholiques et aux calvinistes ; mais sa force d'autrefois constitue sa faiblesse aujourd'hui : en l'empêchant de s'étaler sur la Charente, ses remparts et la pente trop rapide du rocher l'ont condamnée à la plus funeste immobilité. Vers le temps où cette histoire s'y passa, le Gouvernement essayait de pousser la ville vers le Périgord en bâtissant le long de la colline le palais de la préfecture, une école de marine, des établissements militaires, en préparant des routes. Mais le Commerce avait pris les devants ailleurs. Depuis longtemps le bourg de l'Houmeau s'était agrandi comme une couche de champignons au pied du rocher et sur les bords de la rivière le long de laquelle passe la grande route de Paris à Bordeaux. Personne n'ignore la célébrité des papeteries d'Angoulême, qui, depuis trois siècles, s'étaient forcément établies sur la Charente et sur ses affluents où elles trouvèrent des chutes d'eau. L'État avait fondé à Ruelle[88] sa plus considérable fonderie de canons pour la marine. Le roulage, la poste, les auberges, le charronnage, les entreprises de voitures publiques, toutes les industries qui vivent par la route et par la rivière, se groupèrent au bas d'Angoulême pour éviter les difficultés que présentent ses abords. Naturellement les tanneries, les blanchisseries, tous les commerces aquatiques restèrent à la portée de la Charente ; puis les magasins d'eaux-de-vie, les dépôts de toutes les matières premières voiturées par la rivière, enfin tout le transit borda la Charente de ses établissements. Le faubourg de l'Houmeau devint donc une ville industrieuse et riche, une seconde Angoulême que jalousa la ville haute où restèrent le Gouvernement, l'Évêché, la Justice, l'aristocratie. Ainsi, l'Houmeau, malgré son active et croissante puissance, ne fut qu'une annexe d'Angoulême. En haut la Noblesse et le Pouvoir, en bas le Commerce et l'Argent ; deux zones sociales constamment ennemies en tout lieu ; aussi est-il difficile de deviner qui des deux villes hait le plus sa rivale. La Restauration avait depuis neuf ans aggravé cet état de choses assez calme sous l'Empire. La plupart des maisons du haut Angoulême sont habitées ou par des familles nobles ou par d'antiques familles bourgeoises qui vivent de leurs revenus, et composent une sorte de nation autochtone dans laquelle les étrangers ne sont jamais reçus. À peine si, après deux cents ans d'habitation, si après une alliance avec l'une des familles primordiales, une famille venue de quelque province voisine se voit adoptée ; aux yeux des indigènes elle semble être arrivée d'hier dans le pays. Les préfets, les receveurs généraux, les administrations qui se sont succédé depuis quarante ans, ont tenté de civiliser ces vieilles familles perchées sur leur roche comme des corbeaux défiants : les familles ont accepté leurs fêtes et leurs dîners ; mais quant à les admettre chez elles, elles s'y sont refusées constamment[89]. Moqueuses, dénigrantes, jalouses, avares, ces maisons se marient entre elles, se forment en bataillon serré pour ne laisser ni sortir ni entrer personne ; les créations du Luxe moderne, elles les ignorent ; pour elles, envoyer un enfant à Paris, c'est vouloir le perdre. Cette prudence peint les mœurs et les coutumes arriérées de ces familles atteintes d'un royalisme inintelligent, entichées de dévotion plutôt que religieuses, qui toutes vivent immobiles comme leur ville et son rocher. Angoulême jouit cependant d'une grande réputation dans les provinces adjacentes pour l'éducation qu'on y reçoit. Les villes voisines y envoient leurs filles dans les pensions et dans les couvents. Il est facile de concevoir combien l'esprit de caste influe sur les sentiments qui divisent Angoulême et l'Houmeau. Le Commerce est riche, la Noblesse est généralement pauvre. L'une se venge de l'autre par un mépris égal des deux côtés. La bourgeoisie d'Angoulême épouse cette querelle. Le marchand de la haute ville dit d'un négociant du faubourg, avec un accent indéfinissable : « C'est un homme de l'Houmeau ! » En dessinant la position de la noblesse en France et lui donnant des espérances qui ne pouvaient se réaliser sans un bouleversement général, la Restauration étendit la distance morale qui séparait, encore plus fortement que la distance locale, Angoulême de l'Houmeau. La société noble, unie alors au gouvernement, devint là plus exclusive qu'en tout autre endroit de la France. L'habitant de l'Houmeau ressemblait assez à un paria. De là procédaient ces haines sourdes et profondes qui donnèrent une effroyable unanimité à l'insurrection de 1830, et détruisirent les éléments d'un durable État social en France. La morgue de la noblesse de cour désaffectionna du trône la noblesse de province, autant que celle-ci désaffectionnait la bourgeoisie en en froissant toutes les vanités. Un homme de l'Houmeau, fils d'un pharmacien, introduit chez Mme de Bargeton, était donc une petite révolution. Quels en étaient les auteurs ? Lamartine et Victor Hugo, Casimir Delavigne et Canalis, Béranger et Chateaubriand, Villemain et M. Aignan, Soumet et Tissot, Étienne et d'Avrigny, Benjamin Constant et La Mennais, Cousin et Michaud[90], enfin les vieilles aussi bien que les jeunes illustrations littéraires, les Libéraux comme les Royalistes. Mme de Bargeton aimait les arts et les lettres, goût extravagant, manie hautement déplorée dans Angoulême, mais qu'il est nécessaire de justifier en esquissant la vie de cette femme née pour être célèbre, maintenue dans l'obscurité par de fatales circonstances et dont l'influence détermina la destinée de Lucien.

M. de Bargeton était l'arrière-petit-fils d'un Jurat[91] de Bordeaux, nommé Mirault, anobli sous Louis XIII par suite d'un long exercice en sa charge. Sous Louis XIV, son fils, devenu Mirault de Bargeton, fut officier dans les Gardes de la Porte, et fit un si grand mariage d'argent, que, sous Louis XV, son fils fut appelé purement et simplement M. de Bargeton. Ce M. de Bargeton, petit-fils de M. Mirault-le-Jurat, tint si fort à se conduire en parfait gentilhomme, qu'il mangea tous les biens de la famille , et en arrêta la fortune. Deux de ses frères, grands-oncles du Bargeton actuel, redevinrent négociants, en sorte qu'il se trouve des Mirault dans le commerce à Bordeaux. Comme la terre de Bargeton, située en Angoumois dans la mouvance du fief de La Rochefoucauld, était substituée[92], ainsi qu'une maison d'Angoulême, appelée l'hôtel de Bargeton, le petit-fils de M. de Bargeton-le-mangeur hérita de ces deux biens. En 1789 il perdit ses droits utiles[93], et n'eut plus que le revenu de la terre, qui valait environ dix mille livres de rente. Si son grand-père eût suivi les glorieux exemples de Bargeton Ier et de Bargeton II, Bargeton V, qui peut se surnommer le Muet, aurait été marquis de Bargeton ; il se fût allié à quelque grande famille, se serait trouvé duc et pair comme tant d'autres ; tandis qu'en 1805, il fut très flatté d'épouser Mlle Marie-Louise-Anaïs de Nègrepelisse[94], fille d'un gentilhomme oublié depuis longtemps dans sa gentilhommière, quoiqu'il appartînt à la branche cadette d'une des plus antiques familles du midi de la France. Il y eut un Nègrepelisse parmi les otages de saint Louis ; mais le chef de la branche aînée porte l'illustre nom d'Espard, acquis sous Henri IV par un mariage avec l'héritière de cette famille. Ce gentilhomme, cadet d'un cadet, vivait sur le bien de sa femme, petite terre située près de Barbezieux, qu'il exploitait à merveille en allant vendre son blé au marché, brûlant lui-même son vin[95], et se moquant des railleries pourvu qu'il entassât des écus, et que de temps en temps il pût amplifier son domaine. Des circonstances assez rares au fond des provinces avaient inspiré à Mme de Bargeton le goût de la musique et de la littérature. Pendant la Révolution, un abbé

Niollant, le meilleur élève de l'abbé Roze[96], se cacha dans le petit castel d'Escarbas, en y apportant son bagage de compositeur. Il avait largement payé l'hospitalité du vieux gentilhomme en faisant l'éducation de sa fille, Anaïs, nommée Naïs par abréviation, et qui sans cette aventure eût été abandonnée à elle-même ou, par un plus grand malheur, à quelque mauvaise femme de chambre. Non seulement l'abbé était musicien, mais il possédait des connaissances étendues en littérature, il savait l'italien et l'allemand. Il enseigna donc ces deux langues et le contrepoint à Mlle de Nègrepelisse ; il lui expliqua les grandes œuvres littéraires de la France, de l'Italie et de l'Allemagne, en déchiffrant avec elle la musique de tous les maîtres. Enfin, pour combattre le désœuvrement de la profonde solitude à laquelle les condamnaient les événements politiques, il lui apprit le grec et le latin, et lui donna quelque teinture des sciences naturelles. La présence d'une mère ne modifia point cette mâle éducation chez une jeune personne déjà trop portée à l'indépendance par la vie champêtre[97]. L'abbé Niollant, âme enthousiaste et poétique, était surtout remarquable par l'esprit particulier aux artistes qui comporte plusieurs prisables qualités, mais qui s'élève au-dessus des idées bourgeoises par la liberté des jugements et par l'étendue des aperçus. Si, dans le monde, cet esprit se fait pardonner ses témérités par son originale profondeur, il peut sembler nuisible dans la vie privée par les écarts qu'il inspire. L'abbé ne manquait point de cœur, ses idées furent donc contagieuses pour une jeune fille chez qui l'exaltation naturelle aux jeunes personnes se trouvait corroborée par la solitude de la campagne. L'abbé Niollant communiqua sa hardiesse d'examen et sa facilité de jugement à son élève, sans songer que ces qualités si nécessaires à un homme deviennent des défauts chez une femme destinée aux humbles occupations d'une mère de famille. Quoique l'abbé recommandât continuellement à son élève d'être d'autant plus gracieuse et modeste que son savoir était plus étendu, Mlle de Nègrepelisse prit une excellente opinion d'elle-même, et conçut un robuste mépris pour l'humanité. Ne voyant autour d'elle que des inférieurs et des gens empressés de lui obéir, elle eut la hauteur des grandes dames, sans avoir les douces fourberies de leur politesse. Flattée dans toutes ses vanités par un pauvre abbé qui s'admirait en elle comme un auteur dans son œuvre, elle eut le malheur de ne rencontrer aucun point de comparaison qui l'aidât à se juger. Le manque de compagnie est un des plus grands inconvénients de la vie de campagne. Faute de rapporter aux autres les petits sacrifices exigés par le maintien et la toilette, on perd l'habitude de se gêner pour autrui. Tout en nous se vicie alors, la forme et l'esprit. N'étant pas réprimée par le commerce de la société, la hardiesse des idées de Mlle de Nègrepelisse passa dans ses manières, dans son regard ; elle eut cet air cavalier qui paraît au premier abord original, mais qui ne sied qu'aux femmes de vie aventureuse. Ainsi cette éducation, dont les aspérités se seraient polies dans les hautes régions sociales, devait la rendre ridicule à Angoulême, alors que ses adorateurs cesseraient de diviniser des erreurs, gracieuses pendant la jeunesse seulement. Quant à M. de Nègrepelisse, il aurait donné tous les livres de sa fille pour sauver un bœuf malade ; car il était si avare qu'il ne lui aurait pas accordé deux liards au-delà du revenu auquel elle avait droit, quand même il eût été question de lui acheter la bagatelle la plus nécessaire à son éducation. L'abbé mourut en 1802, avant le mariage de sa chère enfant, mariage qu'il aurait sans doute déconseillé. Le vieux gentilhomme se trouva bien empêché de sa fille quand l'abbé fut mort. Il se sentit trop faible pour soutenir la lutte qui allait éclater entre son avarice et l'esprit indépendant de sa fille inoccupée. Comme toutes les jeunes personnes sorties de la route tracée où doivent cheminer les femmes, Naïs avait jugé le mariage et s'en souciait peu. Elle répugnait à soumettre son intelligence et sa personne aux hommes sans valeur et sans grandeur personnelle qu'elle avait pu rencontrer. Elle voulait commander, et devait obéir. Entre obéir à des caprices grossiers, à des esprits sans indulgence pour ses goûts, et s'enfuir avec un amant qui lui plairait, elle n'aurait pas hésité. M. de Nègrepelisse était encore assez gentilhomme pour craindre une mésalliance. Comme beaucoup de pères, il se résolut à marier sa fille, moins pour elle que pour sa propre tranquillité. Il lui fallait un noble ou un gentilhomme peu spirituel, incapable de chicaner sur le compte de tutelle qu'il voulait rendre à sa fille, assez nul d'esprit et de volonté pour que Naïs pût se conduire à sa fantaisie, assez désintéressé pour l'épouser sans dot. Mais comment trouver un gendre qui convînt également au père et à la fille ? Un pareil homme était le phénix des gendres. Dans ce double intérêt, M. de Nègrepelisse étudia les hommes de la province, et M. de Bargeton lui parut être le seul qui répondît à son programme. M. de Bargeton, quadragénaire fort endommagé par les dissipa-

tions amoureuses de sa jeunesse, était accusé d'une remarquable impuissance d'esprit ; mais il lui restait précisément
assez de bon sens pour gérer sa fortune, et assez de manières
pour demeurer dans le monde d'Angoulême sans y commettre ni gaucheries ni sottises. M. de Nègrepelisse expliqua
tout crûment à sa fille la valeur négative du mari modèle
qu'il lui proposait, et lui fit apercevoir le parti qu'elle en
pouvait tirer pour son propre bonheur : elle épousait des
armes déjà vieilles de deux cents ans, les Bargeton *écartèlent
d'or à trois massacres de cerf de gueules, deux et un croisés de
trois rencontres de bœuf de sable, un et deux fascé d'azur et
d'argent de six pièces, l'azur chargé de six coquilles d'or, trois,
deux et un.* Munie d'un chaperon elle conduirait à son gré sa
fortune à l'abri d'une raison sociale, et à l'aide des liaisons
que son esprit et sa beauté lui procureraient à Paris. Naïs fut
séduite par la perspective d'une semblable liberté. M. de
Bargeton crut faire un brillant mariage, en estimant que son
beau-père ne tarderait pas à lui laisser la terre qu'il
arrondissait avec amour ; mais en ce moment M. de
Nègrepelisse paraissait devoir écrire l'épitaphe de son
gendre.

Mme de Bargeton se trouvait alors âgée de trente-six ans,
et son mari en avait cinquante-huit. Cette disparité choquait
d'autant plus que M. de Bargeton semblait avoir soixante-
dix ans, tandis que sa femme pouvait impunément jouer à la
jeune fille, se mettre en rose, ou se coiffer à l'enfant.
Quoique leur fortune n'excédât pas douze mille livres de
rente, elle était classée parmi les six fortunes les plus
considérables de la vieille ville, les négociants et les administrateurs exceptés. La nécessité de cultiver leur père, dont
Mme de Bargeton attendait l'héritage pour aller à Paris, et
qui le fit si bien attendre que son gendre mourut avant lui,
força M. et Mme de Bargeton d'habiter Angoulême, où les
brillantes qualités d'esprit et les richesses brutes cachées
dans le cœur de Naïs devaient se perdre sans fruit, et se
changer avec le temps en ridicules. En effet, nos ridicules
sont en grande partie causés par un beau sentiment, par des
vertus ou par des facultés portées à l'extrême. La fierté que
ne modifie pas l'usage du grand monde devient de la roideur
en se déployant sur de petites choses au lieu de s'agrandir
dans un cercle de sentiments élevés. L'exaltation, cette vertu
dans la vertu, qui engendre les saintes, qui inspire les
dévouements cachés et les éclatantes poésies, devient de
l'exagération en se prenant aux riens de la province. Loin du

centre où brillent les grands esprits, où l'air est chargé de
pensées, où tout se renouvelle, l'instruction vieillit, le goût
se dénature comme une eau stagnante. Faute d'exercice, les
passions se rapetissent en grandissant des choses minimes.
Là est la raison de l'avarice et du commérage qui empestent
la vie de province. Bientôt, l'imitation des idées étroites et
des manières mesquines gagne la personne la plus distinguée. Ainsi périssent des hommes nés grands, des femmes
qui, redressées par les enseignements du monde et formées
par des esprits supérieurs, eussent été charmantes. Mme de
Bargeton prenait la lyre à propos d'une bagatelle, sans
distinguer les poésies personnelles des poésies publiques. Il
est en effet des sensations incomprises qu'il faut garder pour
soi-même. Certes, un coucher de soleil est un grand poème,
mais une femme n'est-elle pas ridicule en le dépeignant à
grands mots devant des gens matériels ? Il s'y rencontre de
ces voluptés qui ne peuvent se savourer qu'à deux, poète à
poète, cœur à cœur. Elle avait le défaut d'employer de ces
immenses phrases bardées de mots emphatiques, si ingénieusement nommées des *tartines* dans l'argot du journalisme qui tous les matins en taille à ses abonnés de fort peu
digérables, et que néanmoins ils avalent. Elle prodiguait
démesurément des superlatifs qui chargeaient[98] sa conversation où les moindres choses prenaient des proportions
gigantesques. Dès cette époque elle commençait à tout
*typiser, individualiser, synthétiser, dramatiser, supérioriser, ana-
lyser, poétiser, prosaïser, colossifier, angéliser, néologiser* et
tragiquer ; car il faut violer pour un moment la langue, afin
de peindre des travers nouveaux que partagent quelques
femmes. Son esprit s'enflammait d'ailleurs comme son
langage. Le dithyrambe était dans son cœur et sur ses lèvres.
Elle palpitait, elle se pâmait, elle s'enthousiasmait pour tout
événement : pour le dévouement d'une sœur grise et
l'exécution des frères Faucher, pour l'*Ipsiboé* de M. d'Arlincourt comme pour l'*Anaconda* de Lewis, pour l'évasion de
Lavalette[99] comme pour une de ses amies qui avait mis des
voleurs en fuite en faisant la grosse voix. Pour elle, tout était
sublime, extraordinaire, étrange, divin, merveilleux. Elle
s'animait, se courrouçait, s'abattait sur elle-même, s'élançait, retombait, regardait le ciel ou la terre ; ses yeux se
remplissaient de larmes. Elle usait sa vie en de perpétuelles
admirations et se consumait en d'étranges dédains. Elle
concevait le pacha de Janina, elle aurait voulu lutter avec lui
dans son sérail, et trouvait quelque chose de grand à être

cousue dans un sac et jetée à l'eau [100]. Elle enviait lady
Esther Stanhope, ce bas-bleu du désert [101]. Il lui prenait
envie de se faire sœur de Sainte-Camille et d'aller mourir de
la fièvre jaune à Barcelone en soignant les malades [102] :
c'était là une grande, une noble destinée ! Enfin, elle avait
soif de tout ce qui n'était pas l'eau claire de sa vie, cachée
entre les herbes. Elle adorait lord Byron, Jean-Jacques
Rousseau, toutes les existences poétiques et dramatiques.
Elle avait des larmes pour tous les malheurs et des fanfares
pour toutes les victoires. Elle sympathisait avec Napoléon
vaincu, elle sympathisait avec Méhémet-Ali massacrant les
tyrans de l'Égypte [103]. Enfin elle revêtait les gens de génie
d'une auréole, et croyait qu'ils vivaient de parfums et de
lumière. À beaucoup de personnes, elle paraissait une folle
dont la folie était sans danger ; mais, certes, à quelque
perspicace observateur, ces choses eussent semblé les débris
d'un magnifique amour écroulé aussitôt que bâti, les restes
d'une Jésusalem céleste, enfin l'amour sans l'amant. Et
c'était vrai. L'histoire des dix-huit premières années du
mariage de Mme de Bargeton peut s'écrire en peu de mots.
Elle vécut pendant quelque temps de sa propre substance et
d'espérances lointaines. Puis, après avoir reconnu que la vie
de Paris, à laquelle elle aspirait, lui était interdite par la
médiocrité de sa fortune, elle se prit à examiner les
personnes qui l'entouraient, et frémit de sa solitude. Il ne se
trouvait autour d'elle aucun homme qui pût lui inspirer une
de ces folies auxquelles les femmes se livrent, poussées par le
désespoir que leur cause une vie sans issue, sans événement,
sans intérêt. Elle ne pouvait compter sur rien, pas même sur
le hasard, car il y a des vies sans hasard. Au temps où
l'Empire brillait de toute sa gloire, lors du passage de
Napoléon en Espagne, où il envoyait la fleur de ses troupes,
les espérances de cette femme, trompées jusqu'alors, se
réveillèrent. La curiosité la poussa naturellement à contempler ces héros qui conquéraient l'Europe sur un mot mis à
l'ordre du jour, et qui renouvelaient les fabuleux exploits de
la chevalerie. Les villes les plus avaricieuses et les plus
réfractaires étaient obligées de fêter la Garde impériale, au-
devant de laquelle allaient les maires et les préfets, une
harangue en bouche, comme pour la Royauté. Mme de
Bargeton, venue à une redoute [104] offerte par un régiment à
la ville, s'éprit d'un gentilhomme, simple sous-lieutenant à
qui le rusé Napoléon avait montré le bâton de maréchal de
France. Cette passion contenue, noble, grande, et qui

contrastait avec les passions alors si facilement nouées et
dénouées, fut chastement consacrée par la main de la mort.
À Wagram, un boulet de canon écrasa sur le cœur du
marquis de Cante-Croix [105] le seul portrait qui attestât la
beauté de Mme de Bargeton. Elle pleura longtemps ce beau
jeune homme, qui en deux campagnes était devenu colonel,
échauffé par la gloire, par l'amour, et qui mettait une lettre
de Naïs au-dessus des distinctions impériales. La douleur
jeta sur la figure de cette femme un voile de tristesse. Ce
nuage ne se dissipa qu'à l'âge terrible où la femme
commence à regretter ses belles années passées sans qu'elle
en ait joui, où elle voit ses roses se faner, où les désirs
d'amour renaissent avec l'envie de prolonger les derniers
sourires de la jeunesse. Toutes ses supériorités firent plaie
dans son âme au moment où le froid de la province la saisit.
Comme l'hermine, elle serait morte de chagrin si, par
hasard, elle se fût souillée au contact d'hommes qui ne
pensaient qu'à jouer quelques sous, le soir, après avoir bien
dîné. Sa fierté la préserva des tristes amours de la province.
Entre la nullité des hommes qui l'entouraient et le néant,
une femme si supérieure dut préférer le néant. Le mariage et
le monde furent donc pour elle un monastère. Elle vécut par
la poésie, comme la carmélite vit par la religion. Les
ouvrages des illustres étrangers jusqu'alors inconnus qui se
publièrent de 1815 à 1821, les grands traités de M. de
Bonald et ceux de M. de Maistre [106], ces deux aigles
penseurs, enfin les œuvres moins grandioses de la littérature
française qui poussa si vigoureusement ses premiers
rameaux, lui embellirent sa solitude, mais n'assouplirent ni
son esprit ni sa personne. Elle resta droite et forte comme un
arbre qui a soutenu un coup de foudre sans en être abattu.
Sa dignité se guinda, sa royauté la rendit précieuse et
quintessenciée. Comme tous ceux qui se laissent adorer par
des courtisans quelconques, elle trônait avec ses défauts. Tel
était le passé de Mme de Bargeton, froide histoire, nécessaire à dire pour faire comprendre sa liaison avec Lucien,
qui fut assez singulièrement introduit chez elle. Pendant ce
dernier hiver, il était survenu dans la ville une personne qui
avait animé la vie monotone que menait Mme de Bargeton.
La place de directeur des contributions indirectes étant
venue à vaquer, M. de Barante [107] envoya pour l'occuper un
homme de qui la destinée aventureuse plaidait assez en sa
faveur pour que la curiosité féminine lui servît de passeport
chez la reine du pays.

M. du Châtelet, venu au monde Sixte Châtelet tout court, mais qui dès 1806 avait eu le bon esprit de se qualifier, était un de ces agréables jeunes gens qui, sous Napoléon, échappèrent à toutes les conscriptions en demeurant auprès du soleil impérial. Il avait commencé sa carrière par la place de secrétaire des commandements d'une princesse impériale. M. du Châtelet possédait toutes les incapacités exigées par sa place. Bien fait, joli homme, bon danseur, savant joueur de billard, adroit à tous les exercices, médiocre acteur de société, chanteur de romances, applaudisseur de bons mots, prêt à tout, souple, envieux, il savait et ignorait tout. Ignorant en musique, il accompagnait au piano tant bien que mal une femme qui voulait chanter par complaisance une romance apprise avec mille peines pendant un mois. Incapable de sentir la poésie, il demandait hardiment la permission de se promener pendant dix minutes pour faire un impromptu, quelque quatrain plat comme un soufflet, et où la rime remplaçait l'idée. M. du Châtelet était encore doué du talent de remplir la tapisserie dont les fleurs avaient été commencées par la princesse ; il tenait avec une grâce infinie les écheveaux de soie qu'elle dévidait, en lui disant des riens où la gravelure se cachait sous une gaze plus ou moins trouée. Ignorant en peinture, il savait copier un paysage, crayonner un profil, croquer un costume et le colorier. Enfin il avait tous ces petits talents qui étaient de si grands véhicules de fortune dans un temps où les femmes ont eu plus d'influence qu'on ne le croit sur les affaires. Il se prétendait fort en diplomatie, la science de ceux qui n'en ont aucune et qui sont profonds par leur vide ; science d'ailleurs fort commode, en ce sens qu'elle se démontre par l'exercice même de ses hauts emplois ; que voulant des hommes discrets, elle permet aux ignorants de ne rien dire, de se retrancher dans des hochements de tête mystérieux ; et qu'enfin l'homme le plus fort en cette science est celui qui nage en tenant sa tête au-dessus du fleuve des événements qu'il semble alors conduire, ce qui devient une question de légèreté spécifique. Là, comme dans les arts, il se rencontre mille médiocrités pour un homme de génie. Malgré son service ordinaire et extraordinaire auprès de l'Altesse Impériale, le crédit de sa protectrice n'avait pu le placer au Conseil d'État : non qu'il n'eût fait un délicieux maître des requêtes comme tant d'autres, mais la princesse le trouvait mieux placé près d'elle que partout ailleurs. Cependant il fut nommé baron, vint à Cassel comme envoyé extraordinaire, et y parut en effet très extraordinaire. En d'autres termes, Napoléon s'en servit au milieu d'une crise comme d'un courrier diplomatique. Au moment où l'Empire tomba, le baron du Châtelet avait la promesse d'être nommé ministre en Westphalie, près de Jérôme. Après avoir manqué ce qu'il nommait une ambassade de famille, le désespoir le prit ; il fit un voyage en Égypte avec le général Armand de Montriveau. Séparé de son compagnon par des événements bizarres, il avait erré pendant deux ans de désert en désert, de tribu en tribu, captif des Arabes qui se le revendaient les uns aux autres sans pouvoir tirer le moindre parti de ses talents. Enfin, il atteignit les possessions de l'imam de Mascate [108], pendant que Montriveau se dirigeait sur Tanger ; mais il eut le bonheur de trouver à Mascate un bâtiment anglais qui mettait à la voile, et put revenir à Paris un an avant son compagnon de voyage [109]. Ses malheurs récents, quelques liaisons d'ancienne date, des services rendus à des personnages alors en faveur, le recommandèrent au président du Conseil, qui le plaça près de M. de Barante, en attendant la première Direction libre. Le rôle rempli par M. du Châtelet auprès de l'Altesse Impériale, sa réputation d'homme à bonnes fortunes, les événements singuliers de son voyage, ses souffrances, tout excita la curiosité des femmes d'Angoulême. Ayant appris les mœurs de la haute ville, M. le baron Sixte du Châtelet se conduisit en conséquence. Il fit le malade, joua l'homme dégoûté, blasé. À tout propos, il se prit la tête comme si ses souffrances ne lui laissaient pas un moment de relâche, petite manœuvre qui rappelait son voyage et le rendait intéressant. Il alla chez les autorités supérieures, le général, le Préfet, le receveur général et l'évêque ; mais il se montra partout poli, froid, légèrement dédaigneux comme les hommes qui ne sont pas à leur place et qui attendent les faveurs du pouvoir. Il laissa deviner ses talents de société, qui gagnèrent à ne pas être connus ; puis, après s'être fait désirer, sans avoir lassé la curiosité, après avoir reconnu la nullité des hommes et savamment examiné les femmes pendant plusieurs dimanches à la cathédrale, il reconnut en Mme de Bargeton la personne dont l'intimité lui convenait. Il compta sur la musique pour s'ouvrir les portes de cet hôtel impénétrable aux étrangers. Il se procura secrètement une messe de Miroir [110], l'étudia au piano ; puis, un beau dimanche où toute la société d'Angoulême était à la messe, il extasia les ignorants en touchant l'orgue, et réveilla l'intérêt qui s'était attaché à sa personne en faisant indiscrè-

tement circuler son nom par les gens du bas clergé. Au sortir
de l'église, Mme de Bargeton le complimenta, regretta de ne
pas avoir l'occasion de faire de la musique avec lui ; pendant
cette rencontre cherchée, il se fit naturellement offrir le
passeport qu'il n'eût pas obtenu s'il l'eût demandé. L'adroit
baron vint chez la reine d'Angoulême, à laquelle il rendit des
soins compromettants. Ce vieux beau, car il avait quarante-
cinq ans, reconnut dans cette femme toute une jeunesse à
ranimer, des trésors à faire valoir, peut-être une veuve riche
en espérances à épouser, enfin une alliance avec la famille
des Nègrepelisse, qui lui permettrait d'aborder à Paris la
marquise d'Espard, dont le crédit pouvait lui rouvrir la
carrière politique. Malgré le gui sombre et luxuriant qui
gâtait ce bel arbre, il résolut de s'y attacher, de l'émonder,
de le cultiver, d'en obtenir de beaux fruits. L'Angoulême
noble cria contre l'introduction d'un giaour[111] dans la
Casbah, car le salon de Mme de Bargeton était le Cénacle
d'une société pure de tout alliage. L'évêque seul y venait
habituellement, le préfet y était reçu deux ou trois fois dans
l'an ; le receveur général n'y pénétrait point ; Mme de
Bargeton allait à ses soirées, à ses concerts, et ne dînait
jamais chez lui. Ne pas voir le receveur général et agréer un
simple directeur des contributions, ce renversement de la
hiérarchie parut inconcevable aux autorités dédaignées.
  Ceux qui peuvent s'initier par la pensée à des petitesses
qui se retrouvent d'ailleurs dans chaque sphère sociale
doivent comprendre combien l'hôtel de Bargeton était
imposant dans la bourgeoisie d'Angoulême. Quant à l'Houmeau, les grandeurs de ce Louvre au petit pied, la gloire de
cet hôtel de Rambouillet angoumoisin brillait à une distance
solaire. Tous ceux qui s'y rassemblaient étaient les plus
pitoyables esprits, les plus mesquines intelligences, les plus
pauvres sires à vingt lieues à la ronde. La politique se
répandait en banalités verbeuses et passionnées ; *La Quotidienne* y paraissait tiède, Louis XVIII y était traité de
Jacobin[112]. Quant aux femmes, la plupart sottes et sans
grâce se mettaient mal, toutes avaient quelque imperfection
qui les faussait, rien n'y était complet, ni la conversation ni
la toilette, ni l'esprit ni la chair. Sans ses projets sur Mme de
Bargeton, Châtelet n'y eût pas tenu. Néanmoins, les
manières et l'esprit de caste, l'air gentilhomme, la fierté du
noble au petit castel, la connaissance des lois de la politesse y
couvraient tout ce vide. La noblesse des sentiments y était
beaucoup plus réelle que dans la sphère des grandeurs

parisiennes ; il y éclatait un respectable attachement *quand même* aux Bourbons. Cette société pouvait se comparer, si cette image est admissible, à une argenterie de vieille forme, noircie, mais pesante. L'immobilité de ses opinions politiques ressemblait à de la fidélité. L'espace mis entre elle et la bourgeoisie, la difficulté d'y parvenir simulaient une sorte d'élévation et lui donnaient une valeur de convention. Chacun de ces nobles avait son prix pour les habitants, comme le cauris représente l'argent chez les nègres du Bambara [113]. Plusieurs femmes, flattées par M. du Châtelet et reconnaissant en lui des supériorités qui manquaient aux hommes de leur société, calmèrent l'insurrection des amours-propres : toutes espéraient s'approprier la succession de l'Altesse Impériale. Les puristes pensèrent qu'on verrait l'intrus chez Mme de Bargeton, mais qu'il ne serait reçu dans aucune autre maison. Du Châtelet essuya plusieurs impertinences, mais il se maintint dans sa position en cultivant le clergé. Puis il caressa les défauts que le terroir avait donnés à la reine d'Angoulême, il lui apporta tous les livres nouveaux, il lui lisait les poésies qui paraissaient. Ils s'extasiaient ensemble sur les œuvres des jeunes poètes, elle de bonne foi, lui s'ennuyant, mais prenant en patience les poètes romantiques, qu'en homme de l'école impériale il comprenait peu. Mme de Bargeton, enthousiasmée de la renaissance due à l'influence des lys, aimait M. de Chateaubriand de ce qu'il avait nommé Victor Hugo un enfant sublime [114]. Triste de ne connaître le génie que de loin, elle soupirait après Paris, où vivaient les grands hommes. M. du Châtelet crut alors faire merveille en lui apprenant qu'il existait à Angoulême *un autre enfant sublime,* un jeune poète qui, sans le savoir, surpassait en éclat le lever sidéral des constellations parisiennes [115]. Un grand homme futur était né dans l'Houmeau ! Le proviseur du collège avait montré d'admirables pièces de vers au baron. Pauvre et modeste, l'enfant était un Chatterton sans lâcheté politique, sans la haine féroce contre les grandeurs sociales qui poussa le poète anglais à écrire des pamphlets contre ses bienfaiteurs [116]. Au milieu des cinq ou six personnes qui partageaient son goût pour les arts et les lettres, celui-ci parce qu'il raclait un violon, celui-là parce qu'il tachait plus ou moins le papier blanc de quelque sépia, l'un en sa qualité de président de la Société d'agriculture, l'autre en vertu d'une voix de basse qui lui permettait de chanter en manière d'hallali le *Se fiato in corpo avete* [117] ; parmi ces figures fantasques, Mme de

Bargeton se trouvait comme un affamé devant un dîner de théâtre où les mets sont en carton. Aussi rien ne pourrait-il peindre sa joie au moment où elle apprit cette nouvelle. Elle voulut voir ce poète, cet ange ! elle en raffola, elle s'enthousiasma, elle en parla pendant des heures entières [118]. Le surlendemain l'ancien courrier diplomatique avait négocié par le proviseur la présentation de Lucien chez Mme de Bargeton.

Vous seuls, pauvres ilotes de province pour qui les distances sociales sont plus longues à parcourir que pour les Parisiens aux yeux desquels elles se raccourcissent de jour en jour, vous sur qui pèsent si durement les grilles entre lesquelles chacun des différents mondes du monde s'anathématise et se dit *Raca* [119], vous seuls comprendrez le bouleversement qui laboura la cervelle et le cœur de Lucien Chardon, quand son imposant proviseur lui dit que les portes de l'hôtel de Bargeton allaient s'ouvrir devant lui ! la gloire les avait fait tourner sur leurs gonds ! il serait bien accueilli dans cette maison dont les vieux pignons attiraient son regard quand il se promenait le soir à Beaulieu avec David, en se disant que leurs noms ne parviendraient peut-être jamais à ces oreilles dures à la science lorsqu'elle partait de trop bas. Sa sœur fut seule initiée à ce secret. En bonne ménagère, en divine devineresse, Ève sortit quelques louis du trésor pour aller acheter à Lucien des souliers fins chez le meilleur bottier d'Angoulême, un habillement neuf chez le plus célèbre tailleur. Elle lui garnit sa meilleure chemise d'un jabot qu'elle blanchit et plissa elle-même. Quelle joie, quand elle le vit ainsi vêtu ! combien elle fut fière de son frère ! combien de recommandations ! Elle devina mille petites niaiseries. L'entraînement de la méditation avait donné à Lucien l'habitude de s'accouder aussitôt qu'il était assis, il allait jusqu'à attirer une table pour s'y appuyer ; Ève lui défendit de se laisser aller dans le sanctuaire aristocratique à des mouvements sans gêne. Elle l'accompagna jusqu'à la porte Saint-Pierre, arriva presque en face de la cathédrale, le regarda prenant par la rue de Beaulieu, pour aller sur la Promenade où l'attendait M. du Châtelet. Puis la pauvre fille demeura tout émue comme si quelque grand événement se fût accompli. Lucien chez Mme de Bargeton, c'était pour Ève l'aurore de la fortune. La sainte créature, elle ignorait que là où l'ambition commence, les naïfs sentiments cessent. En arrivant dans la rue du Minage, les choses extérieures n'étonnèrent point Lucien. Ce Louvre tant agrandi par ses idées était une maison bâtie en pierre tendre particulière au pays, et dorée par le temps. L'aspect, assez triste sur la rue, était intérieurement fort simple : c'était la cour de province, froide et proprette ; une architecture sobre, quasi monastique, bien conservée. Lucien monta par un vieil escalier à balustres de châtaignier dont les marches cessaient d'être en pierre à partir du premier étage. Après avoir traversé une antichambre mesquine, un grand salon peu éclairé, il trouva la souveraine dans un petit salon lambrissé de boiseries sculptées dans le goût du dernier siècle et peintes en gris. Le dessus des portes était en camaïeu. Un vieux damas rouge, maigrement accompagné, décorait les panneaux. Les meubles de vieille forme se cachaient piteusement sous des housses à carreaux rouges et blancs. Le poète aperçut Mme de Bargeton assise sur un canapé à petit matelas piqué, devant une table ronde couverte d'un tapis vert, éclairée par un flambeau de vieille forme, à deux bougies et à garde-vue[120]. La reine ne se leva point, elle se tortilla fort agréablement sur son siège, en souriant au poète, que ce trémoussement serpentin émut beaucoup, il le trouva distingué. L'excessive beauté de Lucien, la timidité de ses manières, sa voix, tout en lui saisit Mme de Bargeton. Le poète était déjà la poésie. Le jeune homme examina, par de discrètes œillades, cette femme qui lui parut en harmonie avec son renom ; elle ne trompait aucune de ses idées sur la grande dame. Mme de Bargeton portait, suivant une mode nouvelle, un béret tailladé en velours noir. Cette coiffure comporte un souvenir du Moyen Âge, qui en impose à un jeune homme en amplifiant pour ainsi dire la femme ; il s'en échappait une folle chevelure d'un blond rouge, dorée à la lumière, ardente au contour des boucles[121]. La noble dame avait le teint éclatant par lequel une femme rachète les prétendus inconvénients de cette fauve couleur. Ses yeux gris étincelaient, son front déjà ridé les couronnait bien par sa masse blanche hardiment taillée ; ils étaient cernés par une marge nacrée où, de chaque côté du nez, deux veines bleues faisaient ressortir la blancheur de ce délicat encadrement. Le nez offrait une courbure bourbonienne, qui ajoutait au feu d'un visage long en présentant comme un point brillant où se peignait le royal entraînement des Condé. Les cheveux ne cachaient pas entièrement le cou. La robe, négligemment croisée, laissait voir une poitrine de neige, où l'œil devinait une gorge intacte et bien placée. De ses doigts effilés et soignés, mais un peu secs[122], Mme de

Bargeton fit au jeune poète un geste amical, pour lui indiquer la chaise qui était près d'elle. M. du Châtelet prit un fauteuil. Lucien s'aperçut alors qu'ils étaient seuls. La conversation de Mme de Bargeton enivra le poète de l'Houmeau. Les trois heures passées près d'elle furent pour Lucien un de ces rêves que l'on voudrait rendre éternels. Il trouva cette femme plutôt maigrie que maigre, amoureuse sans amour, maladive malgré sa force ; ses défauts, que ses manières exagéraient, lui plurent, car les jeunes gens commencent par aimer l'exagération, ce mensonge des belles âmes. Il ne remarqua point la flétrissure des joues couperosées sur les pommettes, et auxquelles les ennuis et quelques souffrances avaient donné des tons de brique. Son imagination s'empara d'abord de ces yeux de feu, de ces boucles éclatantes où ruisselait la lumière, de cette éclatante blancheur, points lumineux auxquels il se prit comme un papillon aux bougies. Puis cette âme parla trop à la sienne pour qu'il pût juger la femme. L'entrain de cette exaltation féminine, la verve des phrases un peu vieilles que répétait depuis longtemps Mme de Bargeton, mais qui lui parurent neuves, le fascinèrent d'autant mieux qu'il voulait trouver tout bien. Il n'avait point apporté de poésie à lire ; mais il n'en fut pas question : il avait oublié ses vers pour avoir le droit de revenir ; Mme de Bargeton n'en avait point parlé pour l'engager à lui faire quelque lecture un autre jour. N'était-ce pas une première entente ? M. Sixte du Châtelet fut mécontent de cette réception. Il aperçut tardivement un rival dans ce beau jeune homme, qu'il reconduisit jusqu'au détour de la première rampe au-dessous de Beaulieu, dans le dessein de le soumettre à sa diplomatie. Lucien ne fut pas médiocrement étonné d'entendre le directeur des contributions indirectes se vantant de l'avoir introduit, et lui donnant à ce titre des conseils.

« Plût à Dieu qu'il fût mieux traité que lui, disait M. du Châtelet. La cour était moins impertinente que cette société de ganaches. On y recevait des blessures mortelles, on y essuyait d'affreux dédains. La révolution de 1789 recommencerait si ces gens-là ne se réformaient pas. Quant à lui, s'il continuait d'aller dans cette maison, c'était par goût pour Mme de Bargeton, la seule femme un peu propre qu'il y eût à Angoulême, à laquelle il avait fait la cour par désœuvrement, et de laquelle il était devenu follement amoureux. Il allait bientôt la posséder, il était aimé, tout le lui présageait. La soumission de cette reine orgueilleuse serait la seule

vengeance qu'il tirerait de cette sotte maisonnée de hobereaux. »

Châtelet exprima sa passion en homme capable de tuer un
rival s'il en rencontrait un. Le vieux papillon impérial tomba
de tout son poids sur le pauvre poète, en essayant de
l'écraser sous son importance et de lui faire peur. Il se
grandit en racontant les périls de son voyage grossis ; mais,
s'il imposa à l'imagination du poète, il n'effraya point
l'amant.

Depuis cette soirée, nonobstant le vieux fat, malgré ses
menaces et sa contenance de spadassin bourgeois, Lucien
était revenu chez Mme de Bargeton, d'abord avec la
discrétion d'un homme de l'Houmeau ; puis il se familiarisa
bientôt avec ce qui lui avait paru d'abord une énorme
faveur, et vint la voir de plus en plus souvent. Le fils d'un
pharmacien fut pris, par les gens de cette société, pour un
être sans conséquence. Dans les commencements, si quelque gentilhomme ou quelque femme venus en visite chez
Naïs rencontraient Lucien, tous avaient pour lui l'accablante
politesse dont usent les gens comme il faut avec leurs
inférieurs. Lucien trouva d'abord ce monde fort gracieux ;
mais, plus tard, il reconnut le sentiment d'où procédaient
ces fallacieux égards. Bientôt il surprit quelques airs protecteurs qui remuèrent son fiel et le confirmèrent dans les
haineuses idées républicaines par lesquelles beaucoup de ces
futurs Patriciens préludent avec la haute société. Mais
combien de souffrances n'aurait-il pas endurées pour Naïs
qu'il entendait nommer ainsi, car entre eux les intimes de ce
clan, de même que les Grands d'Espagne et les personnages
de la *Crème* à Vienne [123] s'appelaient, hommes et femmes,
par leurs petits noms, dernière nuance inventée pour mettre
une distinction au cœur de l'aristocratie angoumoisine.

Naïs fut aimée comme tout jeune homme aime la première
femme qui le flatte, car Naïs pronostiquait un grand avenir,
une gloire immense à Lucien. Mme de Bargeton usa de toute
son adresse pour établir chez elle son poète : non seulement
elle l'exaltait outre mesure, mais elle le représentait comme
un enfant sans fortune, qu'elle voulait placer ; elle le
rapetissait pour le garder ; elle en faisait son lecteur, son
secrétaire ; mais elle l'aimait plus qu'elle ne croyait pouvoir
aimer après l'affreux malheur qui lui était advenu. Elle se
traitait fort mal intérieurement, elle se disait que ce serait
une folie d'aimer un jeune homme de vingt ans, qui par sa
position était déjà si loin d'elle. Ses familiarités étaient

capricieusement démenties par les fiertés que lui inspiraient ses scrupules. Elle se montrait tour à tour altière et protectrice, tendre et flatteuse. D'abord intimidé par le haut rang de cette femme, Lucien eut donc toutes les terreurs, les espoirs et les désespérances qui martèlent le premier amour et le mettent si avant dans le cœur par les coups que frappent alternativement la douleur et le plaisir. Pendant deux mois il vit en elle une bienfaitrice qui allait s'occuper de lui maternellement. Mais les confidences commencèrent. Mme de Bargeton appela son poète cher Lucien ; puis cher, tout court. Le poète enhardi nomma cette grande dame Naïs. En l'entendant lui donner ce nom, elle eut une de ces colères qui séduisent tant un enfant ; elle lui reprocha de prendre le nom dont se servait tout le monde. La fière et noble Nègrepelisse offrit à ce bel ange celui de ses noms qui se trouvait encore neuf, elle voulut être Louise pour lui [124]. Lucien atteignit au troisième ciel de l'amour. Un soir, Lucien étant entré pendant que Louise contemplait un portrait qu'elle serra promptement, il voulut le voir. Pour calmer le désespoir d'un premier accès de jalousie, Louise montra le portrait du jeune Cante-Croix et raconta, non sans larmes, la douloureuse histoire de ses amours, si purs et si cruellement étouffés. S'essayait-elle à quelque infidélité envers son mort, ou avait-elle inventé de faire à Lucien un rival de ce portrait ? Lucien était trop jeune pour analyser sa maîtresse, il se désespéra naïvement car elle ouvrit la campagne pendant laquelle les femmes font battre en brèche des scrupules plus ou moins ingénieusement fortifiés. Leurs discussions sur les devoirs, sur les convenances, sur la religion, sont comme des places fortes qu'elles aiment à voir prendre d'assaut. L'innocent Lucien n'avait pas besoin de ces coquetteries, il eût guerroyé tout naturellement.

« Je ne mourrai pas, moi, je vivrai pour vous », dit audacieusement un soir Lucien qui voulut en finir avec M. de Cante-Croix et qui jeta sur Louise un regard où se peignait une passion arrivée à terme.

Effrayée des progrès que ce nouvel amour faisait chez elle et chez son poète, elle lui demanda les vers promis pour la première page de son album, en cherchant un sujet de querelle dans le retard qu'il mettait à les faire. Que devint-elle en lisant les deux stances suivantes, qu'elle trouva naturellement plus belles que les meilleures du poète de l'aristocratie, Canalis ?

> *Le magique pinceau, les muses mensongères*
> *N'orneront pas toujours de mes feuilles légères*
> > *Le fidèle vélin ;*
> *Et le crayon furtif de ma belle maîtresse*
> *Me confira souvent sa secrète allégresse*
> > *Ou son muet chagrin.*
>
> *Ah ! quand ses doigts plus lourds à mes pages fanées*
> *Demanderont raison des riches destinées*
> > *Que lui tient l'avenir,*
> *Alors veuille l'Amour que de ce beau voyage*
> > *Le fécond souvenir*
> *Soit doux à contempler comme un ciel sans nuage* [125] *!*

« Est-ce bien moi qui vous les ai dictés ? » dit-elle.

Ce soupçon, inspiré par la coquetterie d'une femme qui se plaisait à jouer avec le feu, fit venir une larme aux yeux de Lucien ; elle le calma en le baisant au front pour la première fois. Lucien fut décidément un grand homme qu'elle voulut former ; elle imagina de lui apprendre l'italien et l'allemand, de perfectionner ses manières ; elle trouva là des prétextes pour l'avoir toujours chez elle, à la barbe de ses ennuyeux courtisans. Quel intérêt dans sa vie ! Elle se remit à la musique pour son poète à qui elle révéla le monde musical, elle lui joua quelques beaux morceaux de Beethoven et le ravit ; heureuse de sa joie, elle lui disait hypocritement en le voyant à demi pâmé : « Ne peut-on pas se contenter de ce bonheur ? » Le pauvre poète avait la bêtise de répondre : « Oui. »

Enfin, les choses arrivèrent à un tel point que Louise avait fait dîner Lucien avec elle dans la semaine précédente, en tiers avec M. de Bargeton. Malgré cette précaution, toute la ville sut le fait et le tint pour si exorbitant que chacun se demanda s'il était vrai. Ce fut une rumeur affreuse. À plusieurs, la Société parut à la veille d'un bouleversement. D'autres s'écrièrent : Voilà le fruit des doctrines libérales. Le jaloux du Châtelet apprit alors que Mme Charlotte, qui gardait les femmes en couches, était Mme Chardon, mère du Chateaubriand de l'Houmeau, disait-il. Cette expression passa pour un bon mot. Mme de Chandour accourut la première chez Mme de Bargeton.

« Savez-vous, chère Naïs, ce dont tout Angoulême parle ? lui dit-elle, ce petit poétriau a pour mère Mme Charlotte qui gardait il y a deux mois ma belle-sœur en couches.

— Ma chère, dit Mme de Bargeton en prenant un air tout à fait royal, qu'y a-t-il d'extraordinaire à ceci ? n'est-elle pas la veuve d'un apothicaire ? une pauvre destinée pour une demoiselle de Rubempré. Supposons-nous sans un sou vaillant ?... que ferions-nous pour vivre, nous ? comment nourririez-vous vos enfants ? »

Le sang-froid de Mme de Bargeton tua les lamentations [126] de la noblesse. Les âmes grandes sont toujours disposées à faire une vertu d'un malheur. Puis, dans la persistance à faire un bien qu'on incrimine, il se trouve d'invincibles attraits : l'innocence a le piquant du vice. Dans la soirée, le salon de Mme de Bargeton fut plein de ses amis, venus pour lui faire des remontrances. Elle déploya toute la causticité de son esprit : elle dit que si les gentilshommes ne pouvaient être ni Molière, ni Racine, ni Rousseau, ni Voltaire, ni Massillon, ni Beaumarchais, ni Diderot, il fallait bien accepter les tapissiers, les horlogers, les couteliers dont les enfants devenaient des grands hommes [127]. Elle dit que le génie était toujours gentilhomme. Elle gourmanda les hobereaux sur le peu d'entente de leurs vrais intérêts. Enfin elle dit beaucoup de bêtises qui auraient éclairé des gens moins niais, mais ils en firent honneur à son originalité. Elle conjura donc l'orage à coups de canon. Quand Lucien, mandé par elle, entra pour la première fois dans le vieux salon fané où l'on jouait au whist à quatre tables, elle lui fit un gracieux accueil, et le présenta en reine qui voulait être obéie. Elle appela le directeur des contributions M. Châtelet, et le pétrifia en lui faisant comprendre qu'elle connaissait l'illégale superfétation de sa particule. Lucien fut dès ce soir violemment introduit dans la société de Mme de Bargeton ; mais il y fut accepté comme une substance vénéneuse que chacun se promit d'expulser en la soumettant aux réactifs de l'impertinence. Malgré ce triomphe, Naïs perdit de son empire : il y eut des dissidents qui tentèrent d'émigrer. Par le conseil de M. Châtelet, Amélie, qui était Mme de Chandour, résolut d'élever autel contre autel en recevant chez elle les mercredis. Mme de Bargeton ouvrait son salon tous les soirs, et les gens qui venaient chez elle étaient si routiniers, si bien habitués à se retrouver devant les mêmes tapis, à jouer aux mêmes trictracs, à voir les gens, les flambeaux, à mettre leurs manteaux, leurs doubles souliers, leur chapeaux dans le même couloir, qu'ils aimaient les marches de l'escalier autant que la maîtresse de la maison. Tous se résignèrent à subir le chardonneret du sacré bocage, dit Alexandre de Brébian, autre bon mot. Enfin le président de la Société d'agriculture apaisa la sédition par une observation magistrale.

« Avant la révolution, dit-il, les plus grands seigneurs recevaient Duclos, Grimm, Crébillon, tous gens qui, comme ce petit poète de l'Houmeau, étaient sans conséquence ; mais ils n'admettaient point les receveurs des tailles, ce qu'est, après tout, Châtelet. »

Du Châtelet paya pour Chardon, chacun lui marqua de la froideur. En se sentant attaqué, le directeur des contributions, qui, depuis le moment où elle l'avait appelé Châtelet, s'était juré à lui-même de posséder Mme de Bargeton, entra dans les vues de la maîtresse du logis ; il soutint le jeune poète en se déclarant son ami. Ce grand diplomate dont s'était si maladroitement privé l'Empereur caressa Lucien, il se dit son ami. Pour lancer le poète, il donna un dîner où se trouvèrent le préfet, le receveur général, le colonel du régiment en garnison, le directeur de l'École de Marine, le président du tribunal, enfin toutes les sommités administratives. Le pauvre poète fut fêté si grandement que tout autre qu'un jeune homme de vingt-deux ans aurait véhémentement soupçonné de mystification les louanges au moyen desquelles on abusa de lui. Au dessert, Châtelet fit réciter à son rival une ode de Sardanapale mourant, le chef-d'œuvre du moment. En l'entendant, le proviseur du collège, homme flegmatique, battit des mains en disant que Jean-Baptiste Rousseau n'avait pas mieux fait [128]. Le baron Sixte Châtelet pensa que le petit rimeur crèverait tôt ou tard dans la serre chaude des louanges, ou que, dans l'ivresse de sa gloire anticipée, il se permettrait quelques impertinences qui le feraient rentrer dans son obscurité primitive. En attendant le décès de ce génie, il parut immoler ses prétentions aux pieds de Mme de Bargeton ; mais, avec l'habileté des roués, il avait arrêté son plan, et suivit avec une attention stratégique la marche des deux amants en épiant l'occasion d'exterminer Lucien. Il s'éleva dès lors dans Angoulême et dans les environs un bruit sourd qui proclamait l'existence d'un grand homme en Angoumois. Mme de Bargeton était généralement louée pour les soins qu'elle prodiguait à ce jeune aigle. Une fois sa conduite approuvée, elle voulut obtenir une sanction générale. Elle tambourina dans le département une soirée à glaces, à gâteaux et à thé, grande innovation dans une ville où le thé se vendait encore chez les apothicaires, comme une drogue employée contre les indi-

gestions. La fleur de l'aristocratie fut conviée pour entendre
une grande œuvre que devait lire Lucien. Louise avait caché
les difficultés vaincues à son ami, mais elle lui toucha
quelques mots de la conjuration formée contre lui par le
monde ; car elle ne voulait pas lui laisser ignorer les dangers
de la carrière que doivent parcourir les hommes de génie, et
où se rencontrent des obstacles infranchissables aux courages médiocres. Elle fit de cette victoire un enseignement.
De ses blanches mains, elle lui montra la gloire achetée par
de continuels supplices, elle lui parla du bûcher des martyrs
à traverser, elle lui beurra ses plus belles tartines et les
panacha de ses plus pompeuses expressions. Ce fut une
contrefaçon des improvisations qui déparent le roman de
Corinne [129]. Louise se trouva si grande par son éloquence,
qu'elle aima davantage le Benjamin [130] qui la lui inspirait ;
elle lui conseilla de répudier audacieusement son père en
prenant le noble nom de Rubempré, sans se soucier des
criailleries soulevées par un échange que d'ailleurs le Roi
légitimerait. Apparentée à la marquise d'Espard, une demoiselle de Blamont-Chauvry, fort en crédit à la cour, elle se
chargeait d'obtenir cette faveur. À ces mots, le Roi, la
marquise d'Espard, la cour, Lucien vit comme un feu
d'artifice, et la nécessité de ce baptême lui fut prouvée.
   « Cher petit, lui dit Louise d'une voix tendrement
moqueuse, plus tôt il se fera, plus vite il sera sanctionné. »
   Elle souleva l'une après l'autre les couches successives de
l'État social, et fit compter au poète les échelons qu'il
franchissait soudain par cette habile détermination. En un
instant, elle fit abjurer à Lucien ses idées populacières sur la
chimérique égalité de 1793, elle réveilla chez lui la soif des
distinctions que la froide raison de David avait calmée, elle
lui montra la haute société comme le seul théâtre sur lequel il
devait se tenir. Le haineux libéral devint monarchique *in
petto*. Lucien mordit à la pomme du luxe aristocratique et de
la gloire. Il jura d'apporter aux pieds de sa dame une
couronne, fût-elle ensanglantée ; il la conquerrait à tout prix,
quibuscumque viis [131]. Pour prouver son courage, il raconta
ses souffrances actuelles qu'il avait cachées à Louise,
conseillé par cette indéfinissable pudeur attachée aux premiers sentiments, et qui défend au jeune homme d'étaler ses
grandeurs, tant il aime à voir apprécier son âme dans son
incognito. Il peignit les étreintes d'une misère supportée avec
orgueil, ses travaux chez David, ses nuits employées à
l'étude. Cette jeune ardeur rappela le colonel de vingt-six

ans à Mme de Bargeton, dont le regard s'amollit. En voyant
la faiblesse gagner son imposante maîtresse, Lucien prit une
main qu'on lui laissa prendre, et la baisa avec la furie du
poète, du jeune homme, de l'amant. Louise alla jusqu'à
permettre au fils de l'apothicaire d'atteindre à son front et
d'y imprimer ses lèvres palpitantes.

« Enfant ! enfant ! si l'on nous voyait, je serais bien
ridicule », dit-elle en se réveillant d'une torpeur extatique.

Pendant cette soirée, l'esprit de Mme de Bargeton fit de
grands ravages dans ce qu'elle nommait les préjugés de
Lucien. À l'entendre, les hommes de génie n'avaient ni
frères ni sœurs, ni pères ni mères ; les grandes œuvres qu'ils
devaient édifier leur imposaient un apparent égoïsme, en les
obligeant de tout sacrifier à leur grandeur [132]. Si la famille
souffrait d'abord des dévorantes exactions perçues par un
cerveau gigantesque, plus tard elle recevrait au centuple le
prix des sacrifices de tout genre exigés par les premières
luttes d'une royauté contrariée, en partageant les fruits de la
victoire. Le génie ne relevait que de lui-même ; il était seul
juge de ses moyens, car lui seul connaissait la fin : il devait
donc se mettre au-dessus des lois, appelé qu'il était à les
refaire ; d'ailleurs, qui s'empare de son siècle peut tout
prendre, tout risquer, car tout est à lui. Elle citait les
commencements de la vie de Bernard de Palissy, de
Louis XI, de Fox [133], de Napoléon, de Christophe Colomb,
de César, de tous les illustres joueurs, d'abord criblés de
dettes ou misérables, incompris, tenus pour fous, pour
mauvais fils, mauvais pères, mauvais frères, mais qui plus
tard devenaient l'orgueil de la famille, du pays, du monde.
Ces raisonnements abondaient dans les vices secrets de
Lucien et avançaient la corruption de son cœur ; car, dans
l'ardeur de ses désirs, il admettait les moyens *a priori*. Mais
ne pas réussir est un crime de lèse-majesté sociale. Un
vaincu n'a-t-il pas alors assassiné toutes les vertus bourgeoises sur lesquelles repose la société, qui chasse avec
horreur les Marius assis devant leurs ruines [134] ? Lucien, qui
ne se savait pas entre l'infamie des bagnes et les palmes du
génie, planait sur le Sinaï des prophètes sans voir, au bas, la
mer Morte, l'horrible suaire de Gomorrhe.

Louise débrida si bien le cœur et l'esprit de son poète des
langes dont les avait enveloppés la vie de province, que
Lucien voulut éprouver Mme de Bargeton afin de savoir s'il
pouvait, sans éprouver la honte d'un refus, conquérir cette
haute proie. La soirée annoncée lui donna l'occasion de

tenter cette épreuve. L'ambition se mêlait à son amour. Il aimait et voulait s'élever, double désir bien naturel chez les jeunes gens qui ont un cœur à satisfaire et l'indigence à combattre. En conviant aujourd'hui tous ses enfants à un même festin, la Société réveille leurs ambitions dès le matin de la vie. Elle destitue la jeunesse de ses grâces et vicie la plupart de ses sentiments généreux en y mêlant des calculs. La poésie voudrait qu'il en fût autrement ; mais le fait vient trop souvent démentir la fiction à laquelle on voudrait croire, pour qu'on puisse se permettre de représenter le jeune homme autrement qu'il est au dix-neuvième siècle. Le calcul de Lucien lui parut fait au profit d'un beau sentiment, de son amitié pour David.

Lucien écrivit une longue lettre à sa Louise, car il se trouva plus hardi la plume à la main que la parole à la bouche. En douze feuillets trois fois recopiés, il raconta le génie de son père, ses espérances perdues, et la misère horrible à laquelle il était en proie. Il peignit sa chère sœur comme un ange, David comme un Cuvier futur, qui, avant d'être un grand homme, était un père, un frère, un ami pour lui ; il se croirait indigne d'être aimé de Louise, sa première gloire, s'il ne lui demandait pas de faire pour David ce qu'elle faisait pour lui-même. Il renoncerait à tout plutôt que de trahir David Séchard, il voulait que David assistât à son succès. Il écrivit une de ces lettres folles où les jeunes gens opposent le pistolet à un refus, où tourne le casuisme [135] de l'enfance, ou parle la logique insensée des belles âmes ; délicieux verbiage brodé de ces déclarations naïves échappées du cœur à l'insu de l'écrivain, et que les femmes aiment tant. Après avoir remis cette lettre à la femme de chambre, Lucien était venu passer la journée à corriger des épreuves, à diriger quelques travaux, à mettre en ordre les petites affaires de l'imprimerie, sans rien dire à David. Dans les jours où le cœur est encore enfant, les jeunes gens ont de ces sublimes discrétions. D'ailleurs peut-être Lucien commençait-il à redouter la hache de Phocion [136], que savait manier David ; peut-être craignait-il la clarté d'un regard qui allait au fond de l'âme. Après la lecture de Chénier, son secret avait passé de son cœur sur ses lèvres, atteint par un reproche qu'il sentit comme le doigt que pose un médecin sur une plaie.

Maintenant embrassez les pensées qui durent assaillir Lucien pendant qu'il descendait d'Angoulême à l'Houmeau. Cette grande dame s'était-elle fâchée ? allait-elle recevoir

David chez elle ? l'ambitieux ne serait-il pas précipité dans
son trou à l'Houmeau ? Quoique avant de baiser Louise au
front, Lucien eût pu mesurer la distance qui sépare une
reine de son favori, il ne se disait pas que David ne pouvait
franchir en un clin d'œil l'espace qu'il avait mis cinq mois à
parcourir. Ignorant combien était absolu l'ostracisme prononcé sur les petites gens, il ne savait pas qu'une seconde
tentative de ce genre serait la perte de Mme de Bargeton.
Atteinte et convaincue de s'être encanaillée, Louise serait
obligée de quitter la ville, où sa caste la fuirait comme au
Moyen Âge on fuyait un lépreux. Le clan de fine aristocratie
et le clergé lui-même défendraient Naïs envers et contre
tous, au cas où elle se permettrait une faute ; mais le crime
de voir mauvaise compagnie ne lui serait jamais remis ; car si
l'on excuse les fautes du pouvoir, on le condamne après son
abdication. Or, recevoir David, n'était-ce pas abdiquer ? Si
Lucien n'embrassait pas ce côté de la question, son instinct
aristocratique lui faisait pressentir bien d'autres difficultés
qui l'épouvantaient. La noblesse des sentiments ne donne
pas inévitablement la noblesse des manières. Si Racine avait
l'air du plus noble courtisan, Corneille ressemblait fort à un
marchand de bœufs, Descartes avait la tournure d'un bon
négociant hollandais. Souvent, en rencontrant Montesquieu
son râteau sur l'épaule, son bonnet de nuit sur la tête, les
visiteurs de La Brède le prirent pour un vulgaire jardinier.
L'usage du monde, quand il n'est pas un don de haute
naissance, une science sucée avec le lait ou transmise par le
sang, constitue une éducation que le hasard doit seconder
par une certaine élégance de formes, par une distinction
dans les traits, par un timbre de voix. Toutes ces grandes
petites choses manquaient à David, tandis que la nature en
avait doué son ami. Gentilhomme par sa mère, Lucien avait
jusqu'au pied haut courbé du Franc ; tandis que David
Séchard avait les pieds plats du Welche [137] et l'encolure de
son père le pressier. Lucien entendait les railleries qui
pleuvraient sur David, il lui semblait voir le sourire que
réprimerait Mme de Bargeton. Enfin, sans avoir précisément honte de son frère, il se promettait de ne plus écouter
ainsi son premier mouvement, et de le discuter à l'avenir.
Donc, après l'heure de la poésie et du dévouement, après
une lecture qui venait de montrer aux deux amis les
campagnes littéraires éclairées par un nouveau soleil, l'heure
de la politique et des calculs sonnait pour Lucien. En
rentrant dans l'Houmeau, il se repentait de sa lettre, il aurait

voulu la reprendre ; car il apercevait par une échappée les impitoyables lois du monde. En devinant combien la fortune acquise favorisait l'ambition, il lui coûtait de retirer son pied du premier bâton de l'échelle par laquelle il devait monter à l'assaut des grandeurs. Puis les images de sa vie simple et tranquille, parée des plus vives fleurs du sentiment ; ce David plein de génie qui l'avait si noblement aidé, qui lui donnerait au besoin sa vie ; sa mère, si grande dame dans son abaissement, et qui le croyait aussi bon qu'il était spirituel ; sa sœur, cette fille si gracieuse dans sa résignation, son enfance si pure et sa conscience encore blanche ; ses espérances, qu'aucune bise n'avait effeuillées, tout refleurissait dans son souvenir. Il se disait alors qu'il était plus beau de percer les épais bataillons de la tourbe aristocratique ou bourgeoise à coups de succès que de parvenir par les faveurs d'une femme. Son génie luirait tôt ou tard comme celui de tant d'hommes, ses prédécesseurs, qui avaient dompté la société ; les femmes l'aimeraient alors ! L'exemple de Napoléon, si fatal au dix-neuvième siècle par les prétentions qu'il inspire à tant de gens médiocres, apparut à Lucien qui jeta ses calculs au vent en se les reprochant. Ainsi était fait Lucien, il allait du mal au bien, du bien au mal avec une égale facilité. Au lieu de l'amour que le savant porte à sa retraite, Lucien éprouvait depuis un mois une sorte de honte en apercevant la boutique où se lisait en lettres jaunes sur un fond vert :

Pharmacie de POSTEL, *successeur de* CHARDON.

Le nom de son père, écrit ainsi dans un lieu par où passaient toutes les voitures, lui blessait la vue. Le soir où il franchit sa porte ornée d'une petite grille à barreaux de mauvais goût, pour se produire à Beaulieu, parmi les jeunes gens les plus élégants de la haute ville, en donnant le bras à Mme de Bargeton, il avait étrangement déploré le désaccord qu'il reconnaissait entre cette habitation et sa bonne fortune.

« Aimer Mme de Bargeton, la posséder bientôt peut-être, et loger dans ce nid à rats ! » se disait-il en débouchant par l'allée dans la petite cour où plusieurs paquets d'herbes bouillies étaient étalés le long des murs, où l'apprenti récurait les chaudrons du laboratoire, où M. Postel, ceint d'un tablier de préparateur, une cornue à la main, examinait un produit chimique tout en jetant l'œil sur sa boutique ; et s'il regardait trop attentivement sa drogue, il avait l'oreille à la sonnette. L'odeur des camomilles, des menthes, de plusieurs plantes distillées, remplissait la cour et le modeste appartement où l'on montait par un de ces escaliers droits appelés des escaliers de meunier, sans autre rampe que deux cordes. Au-dessus était l'unique chambre en mansarde où demeurait Lucien.

« Bonjour, mon fiston, lui dit M. Postel, le véritable type du boutiquier de province. Comment va notre petite santé ? Moi, je viens de faire une expérience sur la mélasse, mais il aurait fallu votre père pour trouver ce que je cherche. C'était un fameux homme, celui-là ! Si j'avais connu son secret contre la goutte, nous roulerions tous deux carrosse aujour-d'hui ! »

Il ne se passait pas de semaine que le pharmacien, aussi bête qu'il était bon homme, ne donnât un coup de poignard à Lucien, en lui parlant de la fatale discrétion que son père avait gardée sur sa découverte.

« C'est un grand malheur », répondit brièvement Lucien qui commençait à trouver l'élève de son père prodigieuse-ment commun après l'avoir souvent béni ; car plus d'une fois l'honnête Postel avait secouru la veuve et les enfants de son maître.

« Qu'avez-vous donc ? demanda M. Postel en posant son éprouvette sur la table du laboratoire.

— Est-il venu quelque lettre pour moi ?

— Oui, une qui flaire comme baume ! elle est auprès de mon pupitre sur le comptoir. »

La lettre de Mme de Bargeton mêlée aux bocaux de la pharmacie ! Lucien s'élança dans la boutique.

« Dépêche-toi, Lucien ! ton dîner t'attend depuis une heure, il sera froid, cria doucement une jolie voix à travers une fenêtre entrouverte et que Lucien n'entendit pas.

— Il est toqué [138], votre frère, mademoiselle », dit Postel en levant le nez.

Ce célibataire, assez semblable à une petite tonne d'eau-de-vie sur laquelle la fantaisie d'un peintre aurait mis une grosse figure grêlée de petite vérole et rougeaude, prit en regardant Ève un air cérémonieux et agréable qui prouvait qu'il pensait à épouser la fille de son prédécesseur, sans pouvoir mettre fin au combat que l'amour et l'intérêt se livraient dans son cœur. Aussi disait-il souvent à Lucien en souriant la phrase qu'il lui redit quand le jeune homme repassa près de lui : « Elle est fameusement jolie, votre sœur ! Vous n'êtes pas mal non plus ! Votre père faisait tout bien. »

Ève était une grande brune, aux cheveux noirs, aux yeux bleus. Quoiqu'elle offrît les symptômes d'un caractère viril, elle était douce, tendre et dévouée. Sa candeur, sa naïveté, sa tranquille résignation à une vie laborieuse, sa sagesse que nulle médisance n'attaquait, avaient dû séduire David Séchard. Aussi, depuis leur première entrevue, une sourde et simple passion s'était-elle émue entre eux, à l'allemande, sans manifestations bruyantes ni déclarations empressées. Chacun d'eux avait pensé secrètement à l'autre, comme s'ils eussent été séparés par quelque mari jaloux que ce sentiment aurait offensé. Tous deux se cachaient de Lucien, à qui peut-être ils croyaient porter quelque dommage. David avait peur de ne pas plaire à Ève, qui, de son côté, se laissait aller aux timidités de l'indigence. Une véritable ouvrière aurait eu de la hardiesse, mais une enfant bien élevée et déchue se conformait à sa triste fortune. Modeste en apparence, fière en réalité, Ève ne voulait pas courir sus au fils d'un homme qui passait pour riche. En ce moment, les gens au fait de la valeur croissante des propriétés estimaient à plus de quatre-vingt mille francs le domaine de Marsac, sans compter les terres que le vieux Séchard, riche d'économies, heureux à la récolte, habile à la vente, devait y joindre en guettant les occasions. David était peut-être la seule personne qui ne sût rien de la fortune de son père. Pour lui, Marsac était une bicoque achetée en 1810 quinze ou seize mille francs, où il allait une fois par an au temps des vendanges, et où son père le promenait à travers les vignes, en lui vantant des récoltes que l'imprimeur ne voyait jamais, et dont il se souciait fort peu. L'amour d'un savant habitué à la solitude et qui agrandit encore les sentiments en s'en exagérant les difficultés voulait être encouragé ; car, pour David, Ève était une femme plus imposante que ne l'est une grande dame pour un simple clerc. Gauche et inquiet près de son idole, aussi pressé de partir que d'arriver, l'imprimeur contenait sa passion au lieu de l'exprimer. Souvent, le soir, après avoir forgé quelque prétexte pour consulter Lucien, il descendait de la place du Mûrier jusqu'à l'Houmeau, par la Porte-Palet ; mais en atteignant la porte verte à barreaux de fer, il s'enfuyait, craignant de venir trop tard ou de paraître importun à Ève qui sans doute était couchée. Quoique ce grand amour ne se révélât que par de petites choses, Ève l'avait bien compris ; elle était flattée sans orgueil de se voir l'objet du profond respect empreint dans les regards, dans les paroles, dans les manières de David ; mais la plus grande séduction de l'imprimeur était son fanatisme pour Lucien : il avait deviné le meilleur moyen de plaire à Ève. Pour dire en quoi les muettes délices de cet amour différaient des passions tumultueuses, il faudrait le comparer aux fleurs champêtres opposées aux éclatantes fleurs des parterres. C'était des regards doux et délicats comme les lotos[139] bleus qui nagent sur les eaux, des expressions fugitives comme les faibles parfums de l'églantine, des mélancolies tendres comme le velours des mousses ; fleurs de deux belles âmes qui naissaient d'une terre riche, féconde, immuable[140]. Ève avait plusieurs fois déjà deviné la force cachée sous cette faiblesse ; elle tenait si bien compte à David de tout ce qu'il n'osait pas, que le plus léger incident pouvait amener une plus intime union de leurs âmes.

Lucien trouva la porte ouverte par Ève, et s'assit, sans lui rien dire, à une petite table posée sur un X, sans linge, où son couvert était mis. Le pauvre petit ménage ne possédait que trois couverts d'argent, Ève les employait tous pour le frère chéri.

« Que lis-tu donc là ? » dit-elle après avoir mis sur la table un plat qu'elle retira du feu, et après avoir éteint son fourneau mobile en le couvrant de l'étouffoir.

Lucien ne répondit pas. Ève prit une petite assiette coquettement arrangée avec des feuilles de vigne, et la mit sur la table avec une jatte pleine de crème.

« Tiens, Lucien, je t'ai eu des fraises. »

Lucien prêtait tant d'attention à sa lecture qu'il n'entendit point. Ève vint alors s'asseoir près de lui, sans laisser échapper un murmure ; car il entre dans le sentiment d'une sœur pour son frère un plaisir immense à être traitée sans façon.

« Mais qu'as-tu donc ? s'écria-t-elle en voyant briller des larmes dans les yeux de son frère.

— Rien, rien, Ève, dit-il en la prenant par la taille, l'attirant à lui, la baisant au front et sur les cheveux, puis sur le cou, avec une effervescence surprenante.

— Tu te caches de moi.

— Eh bien, elle m'aime !

— Je savais bien que ce n'était pas moi que tu embrassais, dit d'un ton boudeur la pauvre sœur en rougissant.

— Nous serons tous heureux, s'écria Lucien en avalant son potage à grandes cuillerées.

— Nous ? » répéta Ève. Inspirée par le même pressentiment qui s'était emparé de David, elle ajouta : « Tu vas nous aimer moins !

— Comment peux-tu croire cela, si tu me connais ? »

Ève lui tendit la main pour presser la sienne ; puis elle ôta l'assiette vide, la soupière en terre brune, et avança le plat qu'elle avait fait. Au lieu de manger, Lucien relut la lettre de Mme de Bargeton, que la discrète Ève ne demanda point à voir, tant elle avait de respect pour son frère : s'il voulait la lui communiquer, elle devait attendre ; et s'il ne le voulait pas, pouvait-elle l'exiger ? Elle attendit. Voici cette lettre.

« Mon ami, pourquoi refuserais-je à votre frère en science l'appui que je vous ai prêté ? À mes yeux, les talents ont des droits égaux ; mais vous ignorez les préjugés des personnes qui composent ma société. Nous ne ferons pas reconnaître l'anoblissement de l'esprit à ceux qui sont l'aristocratie de l'ignorance. Si je ne suis pas assez puissante pour leur imposer M. David Séchard, je vous ferai volontiers le sacrifice de ces pauvres gens. Ce sera comme une hécatombe antique. Mais, cher ami, vous ne voulez sans doute pas me faire accepter la compagnie d'une personne dont l'esprit ou les manières pourraient ne pas me plaire. Vos flatteries m'ont appris combien l'amitié s'aveugle facilement ! m'en voudrez-vous, si je mets à mon consentement une restriction ? Je veux voir votre ami, le juger, savoir par moi-même, dans l'intérêt de votre avenir, si vous ne vous abusez point. N'est-ce pas un de ces soins maternels que doit avoir pour vous, mon cher poète,

« LOUISE DE NÈGREPELISSE ? »

Lucien ignorait avec quel art le oui s'emploie dans le beau monde pour arriver au non, et le non pour amener un oui. Cette lettre fut un triomphe pour lui. David irait chez Mme de Bargeton, il y brillerait de la majesté du génie. Dans l'ivresse que lui causait une victoire qui lui fit croire à la puissance de son ascendant sur les hommes, il prit une attitude si fière, tant d'espérances se reflétèrent sur son visage en y produisant un éclat radieux, que sa sœur ne put s'empêcher de lui dire qu'il était beau.

« Si elle a de l'esprit, elle doit bien t'aimer, cette femme ! Et alors ce soir elle sera chagrine, car toutes les femmes vont te faire mille coquetteries. Tu seras bien beau en lisant ton *Saint Jean dans Pathmos* [141] ! Je voudrais être souris pour me glisser là ! Viens, j'ai apprêté la toilette dans la chambre de notre mère. »

Cette chambre était celle d'une misère décente. Il s'y trouvait un lit en noyer, garni de rideaux blancs, et au bas duquel s'étendait un maigre tapis vert. Puis une commode à dessus de bois, ornée d'un miroir, et des chaises en noyer complétaient le mobilier. Sur la cheminée, une pendule rappelait les jours de l'ancienne aisance disparue. La fenêtre avait des rideaux blancs. Les murs étaient tendus d'un papier gris à fleurs grises. Le carreau, mis en couleur et frotté par Ève, brillait de propreté. Au milieu de cette chambre était un guéridon où, sur un plateau rouge à rosaces dorées, se voyaient trois tasses et un sucrier en porcelaine de Limoges. Ève couchait dans un cabinet contigu qui contenait un lit étroit, une vieille bergère et une table à ouvrage près de la fenêtre. L'exiguïté de cette cabine de marin exigeait que la porte vitrée restât toujours ouverte, afin d'y donner de l'air. Malgré la détresse qui se révélait dans les choses, la modestie d'une vie studieuse respirait là. Pour ceux qui connaissaient la mère et ses deux enfants, ce spectacle offrait d'attendrissantes harmonies.

Lucien mettait sa cravate quand le pas de David se fit entendre dans la petite cour, et l'imprimeur parut aussitôt avec la démarche et les façons d'un homme pressé d'arriver.

« Eh bien, David, s'écria l'ambitieux, nous triomphons ! elle m'aime ! tu iras.

— Non, dit l'imprimeur d'un air confus, je viens te remercier de cette preuve d'amitié qui m'a fait faire de sérieuses réflexions. Ma vie, à moi, Lucien, est arrêtée. Je suis David Séchard, imprimeur du Roi à Angoulême, et dont le nom se lit sur tous les murs au bas des affiches. Pour les personnes de cette caste, je suis un artisan, un négociant, si tu veux, mais un industriel établi en boutique, rue de Beaulieu, au coin de la place du Mûrier. Je n'ai encore ni la fortune d'un Keller [142], ni le renom d'un Desplein, deux sortes de puissances que les nobles essaient encore de nier, mais qui, je suis d'accord avec eux en ceci, ne sont rien sans le savoir-vivre et les manières du gentilhomme. Par quoi puis-je légitimer cette subite élévation ? Je me ferais moquer de moi par les bourgeois autant que par les nobles. Toi, tu te trouves dans une situation différente. Un prote n'est engagé à rien. Tu travailles à acquérir des connaissances indispensables pour réussir, tu peux expliquer tes occupations actuelles par ton avenir. D'ailleurs tu peux demain entreprendre autre chose, étudier le droit, la diplomatie, entrer dans l'administration. Enfin tu n'es ni chiffré ni casé. Profite de ta virginité sociale, marche seul et mets la main sur les honneurs ! Savoure joyeusement tous les plaisirs, même ceux que procure la vanité. Sois heureux, je jouirai de tes succès, tu seras un second moi-même. Oui, ma pensée me permettra de vivre de ta vie. À toi les fêtes, l'éclat du monde et les rapides ressorts de ses intrigues. À moi la vie sobre, laborieuse du commerçant, et les lentes occupations de la science. Tu seras notre aristocratie, dit-il en regardant Ève. Quand tu chancelleras, tu trouveras mon bras pour te soutenir. Si tu as à te plaindre de quelque trahison, tu pourras te réfugier dans nos cœurs, tu y trouveras un amour inaltérable. La protection, la faveur, le bon vouloir des gens, divisés sur deux têtes, pourrait se lasser, nous nous nuirions à deux ; marche devant, tu me remorqueras s'il le faut. Loin de t'envier, je me consacre à toi. Ce que tu viens de faire pour moi, en risquant de perdre ta bienfaitrice, ta maîtresse peut-être, plutôt que de m'abandonner, que de me renier, cette simple chose, si grande, eh bien, Lucien, elle me lierait à jamais à toi, si nous n'étions pas déjà comme deux frères. N'aie ni remords ni soucis de paraître prendre la plus forte part. Ce partage à la Montgommery [143] est dans mes goûts. Enfin, quand tu me causerais quelques tourments, qui sait si je ne serai pas toujours ton obligé ? » En disant ces mots, il coula le plus timide des regards vers Ève, qui avait les yeux pleins de larmes, car elle devinait tout. « Enfin, dit-il à Lucien étonné, tu es bien fait, tu as une jolie taille, tu portes bien tes habits, tu as l'air d'un gentilhomme dans ton habit bleu à boutons jaunes, avec un simple pantalon de nankin ; moi, j'aurais l'air d'un ouvrier au milieu de ce monde, je serais gauche, gêné, je dirais des sottises ou je ne dirais rien du tout : toi, tu peux, pour obéir au préjugé des noms, prendre celui de ta mère, te faire appeler Lucien de Rubempré ; moi, je suis et serai toujours David Séchard. Tout te sert et tout me nuit dans le monde où tu vas. Tu es fait pour y réussir. Les femmes adoreront ta figure d'ange. N'est-ce pas, Ève ? »

Lucien sauta au cou de David et l'embrassa. Cette modestie coupait court à bien des doutes, à bien des difficultés. Comment n'eût-il pas redoublé de tendresse pour un homme qui arrivait à faire par amitié les mêmes réflexions qu'il venait de faire par ambition ? L'ambitieux et l'amoureux sentaient la route aplanie, le cœur du jeune homme et de l'ami s'épanouissait. Ce fut un de ces moments rares dans la vie où toutes les forces sont doucement tendues, où toutes les cordes vibrent en rendant des sons pleins. Mais cette sagesse d'une belle âme excitait encore en Lucien la tendance qui porte l'homme à tout rapporter à lui. Nous disons tous, plus ou moins, comme Louis XIV : l'État, c'est moi ! L'exclusive tendresse de sa mère et de sa sœur, le dévouement de David, l'habitude qu'il avait de se voir l'objet des efforts secrets de ces trois êtres, lui donnaient les vices de l'enfant de famille, engendraient en lui cet égoïsme qui dévore le noble, et que Mme de Bargeton caressait en l'incitant à oublier ses obligations envers sa sœur, sa mère et David. Il n'en était rien encore ; mais n'y avait-il pas à craindre qu'en étendant autour de lui le cercle de son ambition, il fût contraint de ne penser qu'à lui pour s'y maintenir ?

Cette émotion passée, David fit observer à Lucien que son poème de *Saint Jean dans Pathmos* était peut-être trop biblique pour être lu devant un monde à qui la poésie apocalyptique devait être peu familière. Lucien, qui se produisait devant le public le plus difficile de la Charente, parut inquiet. David lui conseilla d'emporter André de Chénier, et de remplacer un plaisir douteux par un plaisir certain. Lucien lisait en perfection, il plairait nécessairement et montrerait une modestie qui le servirait sans doute. Comme la plupart des jeunes gens, ils donnaient aux gens du monde leur intelligence et leurs vertus. Si la jeunesse, qui n'a pas encore failli, est sans indulgence pour les fautes des autres, elle leur prête aussi ses magnifiques croyances. Il faut en effet avoir bien expérimenté la vie avant de reconnaître que, suivant un beau mot de Raphaël, comprendre c'est égaler. En général, le sens nécessaire à l'intelligence de la poésie est rare en France, où l'esprit dessèche promptement la source des saintes larmes de l'extase, où personne ne veut prendre la peine de défricher le sublime, de le sonder pour en percevoir l'infini. Lucien allait faire sa première expérience des ignorances et des froideurs mondaines ! Il passa chez David pour y prendre le volume de poésie.

Quand les deux amants furent seuls, David se trouva plus embarrassé qu'en aucun moment de sa vie. En proie à mille terreurs, il voulait et redoutait un éloge, il désirait s'enfuir, car la pudeur a sa coquetterie aussi ! Le pauvre amant n'osait dire un mot qui aurait eu l'air de quêter un remerciement ; il trouvait toutes les paroles compromettantes, et se taisait en gardant une attitude de criminel. Ève, qui devinait les tortures de cette modestie, se plut à jouir de ce silence ; mais quand David tortilla son chapeau pour s'en aller, elle sourit.

« Monsieur David, lui dit-elle, si vous ne passez pas la soirée chez Mme de Bargeton, nous pouvons la passer ensemble. Il fait beau, voulez-vous aller nous promener le long de la Charente ? nous causerons de Lucien. »

David eut envie de se prosterner devant cette délicieuse jeune fille. Ève avait mis dans le son de sa voix des récompenses inespérées ; elle avait, par la tendresse de l'accent, résolu les difficultés de cette situation ; sa proposition était plus qu'un éloge, c'était la première faveur de l'amour.

« Seulement, dit-elle à un geste que fit David, laissez-moi quelques instants pour m'habiller. »

David, qui de sa vie n'avait su ce qu'était un air, sortit en chanteronnant, ce qui surprit l'honnête Postel, et lui donna de violents soupçons sur les relations d'Ève et de l'imprimeur.

Les plus petites circonstances de cette soirée agirent beaucoup sur Lucien, que son caractère portait à écouter les premières impressions. Comme tous les amants inexpérimentés, il arriva de si bonne heure que Louise n'était pas encore au salon. M. de Bargeton s'y trouvait seul. Lucien avait déjà commencé son apprentissage des petites lâchetés par lesquelles l'amant d'une femme mariée achète son bonheur, et qui donnent aux femmes la mesure de ce qu'elles peuvent exiger ; mais il ne s'était pas encore trouvé face à face avec M. de Bargeton.

Ce gentilhomme était un de ces petits esprits doucement établis entre l'inoffensive nullité qui comprend encore et la fière stupidité qui ne veut ni rien accepter ni rien rendre. Pénétré de ses devoirs envers le monde, et s'efforçant de lui être agréable, il avait adopté le sourire du danseur pour unique langage. Content ou mécontent, il souriait. Il souriait à une nouvelle désastreuse aussi bien qu'à l'annonce d'un heureux événement. Ce sourire répondait à tout par les expressions que lui donnait M. de Bargeton. S'il fallait absolument une approbation directe, il renforçait son sourire par un rire complaisant, en ne lâchant une parole qu'à la dernière extrémité. Un tête-à-tête lui faisait éprouver le seul embarras qui compliquait sa vie végétative, il était alors obligé de chercher quelque chose dans l'immensité de son vide intérieur. La plupart du temps il se tirait de peine en reprenant les naïves coutumes de son enfance : il pensait tout haut, il vous initiait aux moindres détails de sa vie ; il vous exprimait ses besoins, ses petites sensations qui, pour lui, ressemblaient à des idées. Il ne parlait ni de la pluie ni du beau temps ; il ne donnait pas dans les lieux communs de la conversation par où se sauvent les imbéciles, il s'adressait aux plus intimes intérêts de la vie. « Par complaisance pour Mme de Bargeton, j'ai mangé ce matin du veau qu'elle aime beaucoup, et mon estomac me fait bien souffrir, disait-il. Je sais cela, j'y suis toujours pris ! expliquez-moi cela ? » Ou bien : « Je vais sonner pour demander un verre d'eau sucrée, en voulez-vous un par la même occasion ? » Ou bien : « Je monterai demain à cheval, et j'irai voir mon beau-père. » Ces petites phrases, qui ne supportaient pas la discussion, arrachaient un non ou un oui à l'interlocuteur, et la conversation tombait à plat. M. de Bargeton implorait alors l'assistance de son visiteur en mettant à l'ouest son nez de vieux carlin poussif ; il vous regardait de ses gros yeux vairons d'une façon qui signifiait : *Vous dites ?* Les ennuyeux empressés de parler d'eux-mêmes, il les chérissait, il les écoutait avec une probe et délicate attention qui le leur rendait si précieux que les bavards d'Angoulême lui accordaient une sournoise intelligence, et le prétendaient mal jugé. Aussi, quand ils n'avaient plus d'auditeurs, ces gens venaient-ils achever leurs récits ou leurs raisonnements auprès du gentilhomme, sûrs de trouver son sourire élogieux. Le salon de sa femme étant toujours plein, il s'y trouvait généralement à l'aise. Il s'occupait des plus petits détails : il regardait qui entrait, saluait en souriant et conduisait à sa femme le nouvel arrivé ; il guettait ceux qui partaient, et leur faisait la conduite en accueillant leurs adieux par son éternel sourire. Quand la soirée était animée et qu'il voyait chacun à son affaire, l'heureux muet restait planté sur ses deux hautes jambes comme une cigogne sur ses pattes, ayant l'air d'écouter une conversation politique ; ou il venait étudier les cartes d'un joueur sans y rien comprendre, car il ne savait aucun jeu ; ou il se promenait en humant son tabac et soufflant sa digestion. Anaïs était le beau côté de sa vie, elle lui donnait des jouissances infinies. Lorsqu'elle jouait son rôle de maîtresse de maison, il s'étendait dans une bergère en l'admirant ; car elle parlait pour lui : puis il s'était fait un plaisir de chercher l'esprit de ses phrases ; et comme souvent il ne les comprenait que longtemps après qu'elles étaient dites, il se permettait des sourires qui partaient comme des boulets enterrés qui se réveillent. Son respect pour elle allait d'ailleurs jusqu'à l'adoration. Une adoration quelconque ne suffit-elle pas au bonheur de la vie ? En personne spirituelle et généreuse, Anaïs n'avait pas abusé de ses avantages en reconnaissant chez son mari la nature facile d'un enfant qui ne demandait pas mieux que d'être gouverné. Elle avait pris soin de lui comme on prend soin d'un manteau ; elle le tenait propre, le brossait, le serrait, le ménageait ; et se sentant ménagé, brossé, soigné, M. de Bargeton avait contracté pour sa femme une affection canine. Il est si facile de donner un bonheur qui ne coûte rien ! Mme de Bargeton, ne connaissant à son mari aucun autre plaisir que celui de la bonne chère, lui faisait faire d'excellents dîners ; elle avait pitié de lui ; jamais elle ne s'en était plainte ; et quelques personnes, ne comprenant pas le silence de sa fierté, prêtaient à M. de Bargeton des vertus cachées. Elle l'avait d'ailleurs discipliné militairement, et l'obéissance de cet homme aux volontés de sa femme était passive. Elle lui disait : « Faites une visite à monsieur ou à madame une telle », il y allait comme un soldat à sa faction. Aussi devant elle se tenait-il au port d'armes et immobile. Il était en ce moment question de nommer ce muet député. Lucien ne pratiquait pas depuis assez longtemps la maison pour avoir soulevé le voile sous lequel se cachait ce caractère inimaginable. M. de Bargeton enseveli dans sa bergère, paraissant tout voir et tout comprendre, se faisant une dignité de son silence, lui semblait prodigieusement imposant. Au lieu de le prendre pour une borne de granit, Lucien fit de ce gentilhomme un sphinx redoutable, par suite du penchant qui porte les hommes d'imagination à tout grandir ou à prêter une âme à toutes les formes, et il crut nécessaire de le flatter.

« J'arrive le premier, dit-il en le saluant avec un peu plus de respect que l'on n'en accordait à ce bonhomme.

— C'est assez naturel », répondit M. de Bargeton.

Lucien prit ce mot pour l'épigramme d'un mari jaloux, il devint rouge, et se regarda dans la glace en cherchant une contenance.

« Vous habitez l'Houmeau, dit M. de Bargeton, les personnes qui demeurent loin arrivent toujours plus tôt que celles qui demeurent près.

— À quoi cela tient-il ? dit Lucien en prenant un air agréable.

— Je ne sais pas, répondit M. de Bargeton qui rentra dans son immobilité.

— Vous n'avez pas voulu le chercher, reprit Lucien. Un homme capable de faire l'observation peut trouver la cause.

— Ah! fit M. de Bargeton, les causes finales! Hé! hé!... »

Lucien se creusa la cervelle pour ranimer la conversation qui tomba là.

« Mme de Bargeton s'habille sans doute? dit-il en frémissant de la niaiserie de cette demande.

— Oui, elle s'habille », répondit naturellement le mari.

Lucien leva les yeux pour regarder les deux solives saillantes, peintes en gris, et dont les entre-deux étaient plafonnés, sans trouver une phrase de rentrée ; mais il ne vit pas alors sans terreur le petit lustre à vieilles pendeloques de cristal, dépouillé de sa gaze et garni de bougies. Les housses du meuble avaient été ôtées, et le lampas [144] rouge montrait ses fleurs fanées. Ces apprêts annonçaient une réunion extraordinaire. Le poète conçut des doutes sur la convenance de son costume, car il était en bottes. Il alla regarder avec la stupeur de la crainte un vase du Japon qui ornait une console à guirlandes du temps de Louis XV ; puis il eut peur de déplaire à ce mari en ne le courtisant pas, et il résolut de chercher si le bonhomme avait un dada que l'on pût caresser.

« Vous quittez rarement la ville, monsieur? dit-il à M. de Bargeton vers lequel il revint.

— Rarement. »

Le silence recommença. M. de Bargeton épia comme une chatte soupçonneuse les moindres mouvements de Lucien qui troublait son repos. Chacun d'eux avait peur de l'autre.

« Aurait-il conçu des soupçons sur mes assiduités? pensa Lucien, car il paraît m'être bien hostile ! »

En ce moment, heureusement pour Lucien fort embarrassé de soutenir les regards inquiets avec lesquels M. de Bargeton l'examinait allant et venant, le vieux domestique, qui avait mis une livrée, annonça du Châtelet. Le baron entra fort aisément, salua son ami Bargeton, et fit à Lucien une petite inclination de tête qui était alors à la mode, mais que le poète trouva financièrement impertinente. Sixte du Châtelet portait un pantalon d'une blancheur éblouissante, à sous-pieds intérieurs qui le maintenaient dans ses plis. Il avait des souliers fins et des bas de fil écossais. Sur son gilet blanc flottait le ruban noir de son lorgnon. Enfin son habit noir se recommandait par une coupe et une forme parisiennes. C'était bien le bellâtre que ses antécédents annonçaient ; mais l'âge l'avait déjà doté d'un petit ventre rond assez difficile à contenir dans les bornes de l'élégance. Il teignait ses cheveux et ses favoris blanchis par les souffrances de son voyage, ce qui lui donnait un air dur. Son teint autrefois très délicat avait pris la couleur cuivrée des gens qui reviennent des Indes ; mais sa tournure, quoique ridicule par les prétentions qu'il conservait, révélait néanmoins l'agréable Secrétaire des Commandements d'une Altesse Impériale. Il prit son lorgnon, regarda le pantalon de nankin, les bottes, l'habit bleu fait à Angoulême de Lucien, enfin tout son rival. Puis il remit froidement le lorgnon dans la poche de son gilet comme s'il eût dit : « Je suis content. » Écrasé déjà par l'élégance du financier, Lucien pensa qu'il aurait sa revanche quand il montrerait à l'assemblée son visage animé par la poésie ; mais il n'en éprouva pas moins une vive souffrance qui continua le malaise intérieur que la prétendue hostilité de M. de Bargeton lui avait donné. Le baron semblait faire peser sur Lucien tout le poids de sa fortune pour mieux humilier cette misère. M. de Bargeton, qui comptait n'avoir plus rien à dire, fut consterné du silence que gardèrent les deux rivaux en s'examinant ; mais, quand il se trouvait au bout de ses efforts, il avait une question qu'il se réservait comme une poire pour la soif, et il jugea nécessaire de la lâcher en prenant un air affairé.

« Hé bien, monsieur, dit-il à du Châtelet, qu'y a-t-il de nouveau ? dit-on quelque chose ?

— Mais, répondit méchamment le directeur des contributions, le nouveau, c'est M. Chardon. Adressez-vous à lui. Nous apportez-vous quelque joli poème ? demanda le sémillant baron en redressant la boucle majeure d'une de ses faces [145] qui lui parut dérangée.

— Pour savoir si j'ai réussi, j'aurais dû vous consulter, répondit Lucien. Vous avez pratiqué la poésie avant moi.

— Bah ! quelques vaudevilles assez agréables faits par complaisance, des chansons de circonstance, des romances que la musique a fait valoir, ma grande épître à une sœur de Buonaparte [146] (l'ingrat !) ne sont pas des titres à la postérité ! »

En ce moment Mme de Bargeton se montra dans tout l'éclat d'une toilette étudiée. Elle portait un turban juif enrichi d'une agrafe orientale. Une écharpe de gaze sous laquelle brillaient les camées d'un collier était gracieusement tournée à son cou. Sa robe de mousseline peinte, à manches courtes, lui permettait de montrer plusieurs bracelets étagés sur ses beaux bras blancs. Cette mise théâtrale charma Lucien. M. du Châtelet adressa galamment à cette reine des compliments nauséabonds qui la firent sourire de plaisir, tant elle fut heureuse d'être louée devant Lucien. Elle n'échangea qu'un regard avec son cher poète, et répondit au directeur des contributions en le mortifiant par une politesse qui l'exceptait de son intimité.

En ce moment, les personnes invitées commencèrent à venir. En premier lieu se produisirent l'évêque et son grand vicaire, deux figures dignes et solennelles, mais qui formaient un violent contraste : monseigneur était grand et maigre, son acolyte était court et gras. Tous deux, ils avaient des yeux brillants, mais l'évêque était pâle et son grand vicaire offrait un visage empourpré par la plus riche santé. Chez l'un et chez l'autre les gestes et les mouvements étaient rares. Tous deux paraissaient prudents, leur réserve et leur silence intimidaient, ils passaient pour avoir beaucoup d'esprit.

Les deux prêtres furent suivis par Mme de Chandour et son mari, personnages extraordinaires que les gens auxquels la province est inconnue seraient tentés de croire une fantaisie. Le mari d'Amélie, la femme qui se posait comme l'antagoniste de Mme de Bargeton, M. de Chandour, qu'on nommait Stanislas, était un ci-devant jeune homme, encore mince à quarante-cinq ans, et dont la figure ressemblait à un crible. Sa cravate était toujours nouée de manière à présenter deux pointes menaçantes, l'une à la hauteur de l'oreille droite, l'autre abaissée vers le ruban rouge de sa croix. Les basques de son habit étaient violemment renversées. Son gilet très ouvert laissait voir une chemise gonflée, empesée, fermée par des épingles surchargées d'orfèvrerie. Enfin tout son vêtement avait un caractère exagéré qui lui donnait une si grande ressemblance avec les caricatures qu'en le voyant les étrangers ne pouvaient s'empêcher de sourire. Stanislas se regardait continuellement avec une sorte de satisfaction de haut en bas, en vérifiant le nombre des boutons de son gilet, en suivant les lignes onduleuses que dessinait son pantalon collant, en caressant ses jambes par un regard qui s'arrêtait amoureusement sur les pointes de ses bottes. Quand il cessait de se contempler ainsi, ses yeux cherchaient une glace, il examinait si ses cheveux tenaient la frisure ; il interrogeait les femmes d'un œil heureux en mettant un de ses doigts dans la poche de son gilet, se penchant en arrière et se posant de trois quarts, agaceries de coq qui lui réussissaient dans la société aristocratique de laquelle il était le beau. La plupart du temps, ses discours comportaient des gravelures comme il s'en disait au dix-huitième siècle. Ce détestable genre de conversation lui procurait quelques succès auprès des femmes, il les faisait rire. M. du Châtelet commençait à lui donner des inquiétudes. En effet, intriguées par le dédain du fat des contributions indirectes, stimulées par son affectation à prétendre qu'il était impossible de le faire sortir de son marasme, et piquées par son ton de sultan blasé, les femmes le recherchaient encore plus vivement qu'à son arrivée depuis que Mme de Bargeton s'était éprise du Byron d'Angoulême. Amélie était une petite femme maladroitement comédienne, grasse, blanche, à cheveux noirs, outrant tout, parlant haut, faisant la roue avec sa tête chargée de plumes en été, de fleurs en hiver ; belle parleuse, mais ne pouvant achever sa période sans lui donner pour accompagnement les sifflements d'un asthme inavoué.

M. de Saintot, nommé Astolphe, le président de la Société d'agriculture, homme haut en couleur, grand et gros, apparut remorqué par sa femme, espèce de figure assez semblable à une fougère desséchée, qu'on appelait Lili, abréviation d'Élisa. Ce nom, qui supposait dans la personne quelque chose d'enfantin, jurait avec le caractère et les manières de Mme de Saintot, femme solennelle, extrêmement pieuse, joueuse difficile et tracassière. Astolphe passait pour être un savant du premier ordre. Ignorant comme une carpe, il n'en avait pas moins écrit les articles Sucre et Eau-de-vie dans un dictionnaire d'agriculture, deux œuvres pillées en détail dans tous les articles des journaux et dans tous les anciens ouvrages où il était question de ces deux produits. Tout le département le croyait occupé d'un traité sur la culture moderne. Quoiqu'il restât enfermé pendant toute la matinée dans son cabinet, il n'avait pas encore écrit deux pages depuis douze ans. Si quelqu'un venait le voir, il se laissait surprendre brouillant des papiers, cherchant une note égarée ou taillant sa plume ; mais il employait en niaiseries tout le temps qu'il demeurait dans son cabinet : il y lisait longuement le journal, il sculptait des bouchons avec son canif, il traçait des dessins fantastiques sur son garde-main, il feuilletait Cicéron pour y prendre à la volée une phrase ou des passages dont le sens pouvait s'appliquer aux événements du jour ; puis le soir il s'efforçait d'amener la conversation sur un sujet qui lui permît de dire : « Il se trouve dans Cicéron une page qui semble avoir été écrite pour ce qui se passe de nos jours. » Il récitait alors son passage au grand étonnement des auditeurs, qui se redisaient entre eux : « Vraiment Astolphe est un puits de science. » Ce fait curieux se contait par toute la ville, et l'entretenait dans ses flatteuses croyances sur M. de Saintot [147].

Après ce couple, vint M. de Bartas, nommé Adrien, l'homme qui chantait les airs de basse-taille et qui avait d'énormes prétentions en musique. L'amour-propre l'avait assis sur le solfège : il avait commencé par s'admirer lui-même en chantant, puis il s'était mis à parler musique, et avait fini par s'en occuper exclusivement. L'art musical était devenu chez lui comme une monomanie ; il ne s'animait qu'en parlant de musique, il souffrait pendant une soirée jusqu'à ce qu'on le priât de chanter. Une fois qu'il avait beuglé un de ses airs, sa vie commençait : il paradait, il se haussait sur ses talons en recevant des compliments, il faisait le modeste ; mais il allait néanmoins de groupe en groupe pour y recueillir des éloges ; puis, quand tout était dit, il revenait à la musique en entamant une discussion à propos des difficultés de son air ou en vantant le compositeur.

M. Alexandre de Brebian, le héros de la sépia, le dessinateur qui infestait les chambres de ses amis par des productions saugrenues et gâtait tous les albums du département, accompagnait M. de Bartas. Chacun d'eux donnait le bras à la femme de l'autre. Au dire de la chronique scandaleuse, cette transposition était complète. Les deux femmes, Lolotte (Mme Charlotte de Brebian) et Fifine (Mme Joséphine de Bartas), également préoccupées d'un fichu, d'une garniture, de l'assortiment de quelques couleurs hétérogènes, étaient dévorées du désir de paraître Parisiennes, et négligeaient leur maison où tout allait à mal. Si les deux femmes, serrées comme des poupées dans des robes économiquement établies, offraient sur elles une exposition de couleurs outrageusement bizarres, les maris se permettaient, en leur qualité d'artistes, un laisser-aller de province qui les rendait curieux à voir. Leurs habits fripés leur donnaient l'air des comparses qui dans les petits théâtres figurent la haute société invitée aux noces.

Parmi les figures qui débarquèrent dans le salon, l'une des plus originales fut celle de M. le comte de Sénonches, aristocratiquement nommé Jacques, grand chasseur, hautain, sec, à figure hâlée, aimable comme un sanglier, défiant comme un Vénitien, jaloux comme un More, et vivant en très bonne intelligence avec M. du Hautoy, autrement dit Francis, l'ami de la maison.

Mme de Sénonches (Zéphirine) était grande et belle, mais couperosée déjà par une certaine ardeur de foie qui la faisait passer pour une femme exigeante. Sa taille fine, ses délicates proportions lui permettaient d'avoir des manières langoureuses qui sentaient l'affectation, mais qui peignaient la passion et les caprices toujours satisfaits d'une personne aimée.

Francis était un homme assez distingué, qui avait quitté le consulat de Valence et ses espérances dans la diplomatie, pour venir vivre à Angoulême auprès de Zéphirine, dite aussi Zizine. L'ancien consul prenait soin du ménage, faisait l'éducation des enfants, leur apprenait les langues étrangères, et dirigeait la fortune de M. et de Mme de Sénonches avec un entier dévouement. L'Angoulême noble, l'Angoulême administratif, l'Angoulême bourgeois avaient longtemps glosé sur la parfaite unité de ce ménage en trois personnes ; mais, à la longue, ce mystère de trinité conjugale parut si rare et si joli, que M. du Hautoy eût semblé prodigieusement immoral s'il avait fait mine de se marier. D'ailleurs, on commençait à soupçonner dans l'attachement excessif de Mme de Sénonches pour une filleule appelée Mlle de La Haye qui lui servait de demoiselle de compagnie, des mystères inquiétants ; et, malgré quelques impossibilités apparentes offertes par des dates, on trouvait des ressemblances frappantes entre Françoise de La Haye et Francis du Hautoy [148]. Quand Jacques chassait aux environs, chacun lui demandait des nouvelles de Francis, et il racontait les petites indispositions de son intendant volontaire en lui donnant le pas sur sa femme. Cet aveuglement paraissait si curieux chez un homme jaloux, que ses meilleurs amis s'amusaient à le faire poser, et l'annonçaient à ceux qui ne connaissaient pas le mystère afin de les amuser. M. du Hautoy était un précieux dandy dont les petits soins personnels avaient tourné à la mignardise et à l'enfantillage. Il s'occupait de sa toux, de son sommeil, de sa digestion et de son manger. Zéphirine avait amené son factotum à faire l'homme de petite santé : elle le ouatait, l'embéguinait [149], le médicinait ; elle l'empâtait de mets choisis comme un bichon de marquise ; elle lui ordonnait ou lui défendait tel ou tel aliment ;

elle lui brodait des gilets, des bouts de cravates et des mouchoirs ; elle avait fini par l'habituer à porter de si jolies choses qu'elle le métamorphosait en une sorte d'idole japonaise. Leur entente était d'ailleurs sans mécompte : Zizine regardait à tout propos Francis, et Francis semblait prendre ses idées dans les yeux de Zizine. Ils blâmaient, ils souriaient ensemble, et semblaient se consulter pour dire le plus simple bonjour.

Le plus riche propriétaire des environs, l'homme envié de tous, M. le marquis de Pimentel et sa femme, qui réunissaient à eux deux quarante mille livres de rente, et passaient l'hiver à Paris, vinrent de la campagne en calèche avec leurs voisins, M. le baron et Mme la baronne de Rastignac [150], accompagnés de la tante de la baronne, et de leurs filles, deux charmantes jeunes personnes, bien élevées, pauvres, mais mises avec cette simplicité qui fait tant valoir les beautés naturelles. Ces personnes, qui certes étaient l'élite de la compagnie, furent reçues par un froid silence et par un respect plein de jalousie, surtout quand chacun vit la distinction de l'accueil que leur fit Mme de Bargeton. Ces deux familles appartenaient à ce petit nombre de gens qui, dans les provinces, se tiennent au-dessus des commérages, ne se mêlent à aucune société, vivent dans une retraite silencieuse et gardent une imposante dignité. M. de Pimentel et M. de Rastignac étaient appelés par leurs titres ; aucune familiarité ne mêlait leurs femmes ni leurs filles à la haute coterie d'Angoulême, ils approchaient trop la noblesse de cour pour se commettre avec les niaiseries de la province.

Le préfet et le général arrivèrent les derniers, accompagnés du gentilhomme campagnard qui, le matin, avait apporté son mémoire sur les vers à soie chez David. C'était sans doute quelque maire de canton recommandable par de belles propriétés ; mais sa tournure et sa mise trahissaient une désuétude complète de la société : il était gêné dans ses habits, il ne savait où mettre ses mains, il tournait autour de son interlocuteur en parlant, il se levait et se rasseyait pour répondre quand on lui parlait, il semblait prêt à rendre un service domestique ; il se montrait tour à tour obséquieux, inquiet, grave, il s'empressait de rire d'une plaisanterie, il écoutait d'une façon servile, et parfois il prenait un air sournois en croyant qu'on se moquait de lui. Plusieurs fois dans la soirée, oppressé par son mémoire, il essaya de parler vers à soie ; mais l'infortuné M. de Séverac tomba sur M. de Bartas qui lui répondit musique et sur M. de Saintot qui lui cita Cicéron. Vers le milieu de la soirée, le pauvre maire finit par s'entendre avec une veuve et sa fille, Mme et Mlle du Brossard, qui n'étaient pas les deux figures les moins intéressantes de cette société. Un seul mot dira tout : elles étaient aussi pauvres que nobles. Elles avaient dans leur mise cette prétention à la parure qui révèle une secrète misère. Mme du Brossard vantait fort maladroitement et à tout propos sa grande et grosse fille, âgée de vingt-sept ans, qui passait pour être forte sur le piano ; elle lui faisait officiellement partager tous les goûts des gens à marier, et, dans son désir d'établir sa chère Camille, elle avait dans une même soirée prétendu que Camille aimait la vie errante des garnisons, et la vie tranquille des propriétaires qui cultivent leur bien. Toutes deux, elles avaient la dignité pincée, aigre-douce des personnes que chacun est enchanté de plaindre, auxquelles on s'intéresse par égoïsme, et qui ont sondé le vide des phrases consolatrices par lesquelles le monde se fait un plaisir d'accueillir les malheureux. M. de Séverac avait cinquante-neuf ans, il était veuf et sans enfants ; la mère et la fille écoutèrent donc avec une dévotieuse admiration les détails qu'il leur donna sur ses magnaneries.

« Ma fille a toujours aimé les animaux, dit la mère. Aussi, comme la soie que font ces petites bêtes intéresse les femmes, je vous demanderai la permission d'aller à Séverac montrer à ma Camille comment ça se récolte. Camille a tant d'intelligence qu'elle saisira sur-le-champ tout ce que vous lui direz. N'a-t-elle pas compris un jour la raison inverse du carré des distances ? »

Cette phrase termina glorieusement la conversation entre M. de Séverac et Mme du Brossard, après la lecture de Lucien.

Quelques habitués se coulèrent familièrement dans l'assemblée, ainsi que deux ou trois fils de famille, timides, silencieux, parés comme des châsses, heureux d'avoir été conviés à cette solennité littéraire, et dont le plus hardi causa beaucoup avec Mlle de La Haye. Toutes les femmes se rangèrent sérieusement en un cercle derrière lequel les hommes se tinrent debout. Cette assemblée de personnages bizarres, aux costumes hétéroclites, aux visages grimés, devint très imposante pour Lucien, dont le cœur palpita quand il se vit l'objet de tous les regards. Quelque hardi qu'il fût, il ne soutint pas facilement cette première épreuve, malgré les encouragements de sa maîtresse, qui déploya le faste de ses révérences et ses plus précieuses grâces en

recevant les illustres sommités de l'Angoumois. Le malaise
auquel il était en proie fut continué par une circonstance
facile à prévoir, mais qui devait effaroucher un jeune homme
encore peu familiarisé avec la tactique du monde. Lucien,
tout yeux et tout oreilles, s'entendait appeler M. de Rubempré par Louise, par M. de Bargeton, par l'évêque, par
quelques complaisants de la maîtresse du logis, et M. Chardon par la majorité de ce redouté public. Intimidé par les
œillades interrogatives des curieux, il pressentait son nom
bourgeois au seul mouvement des lèvres ; il devinait les
jugements anticipés que l'on portait sur lui avec cette
franchise provinciale, souvent un peu trop près de l'impoli-
tesse. Ces continuels coups d'épingle inattendus le mirent
encore plus mal avec lui-même. Il attendit avec impatience
le moment de commencer sa lecture, afin de prendre une
attitude qui fît cesser son supplice intérieur ; mais Jacques
racontait sa dernière chasse à Mme de Pimentel ; Adrien
s'entretenait du nouvel astre musical, de Rossini[151], avec
Mlle Laure de Rastignac ; Astolphe qui avait appris par
cœur dans un journal la description d'une nouvelle charrue
en parlait au baron. Lucien ne savait pas, le pauvre poète,
qu'aucune de ces intelligences, excepté celle de Mme de
Bargeton, ne pouvait comprendre la poésie. Toutes ces
personnes, privées d'émotions, étaient accourues en se
trompant elles-mêmes sur la nature du spectacle qui les
attendait. Il est des mots qui, semblables aux trompettes,
aux cymbales, à la grosse caisse des saltimbanques, attirent
toujours le public. Les mots beauté, gloire, poésie, ont des
sortilèges qui séduisent les esprits les plus grossiers. Quand
tout le monde fut arrivé, quand les causeries eurent cessé,
non sans mille avertissements donnés aux interrupteurs par
M. de Bargeton, que sa femme envoya comme un suisse
d'église qui fait retentir sa canne sur les dalles, Lucien se mit
à la table ronde, près de Mme de Bargeton, en éprouvant
une violente secousse d'âme. Il annonça d'une voix troublée
que, pour ne tromper l'attente de personne, il allait lire les
chefs-d'œuvre récemment retrouvés d'un grand poète
inconnu. Quoique les poésies d'André de Chénier eussent
été publiées dès 1819, personne, à Angoulême, n'avait
encore entendu parler d'André de Chénier. Chacun voulut
voir, dans cette annonce, un biais trouvé par Mme de
Bargeton pour ménager l'amour-propre du poète et mettre
les auditeurs à l'aise. Lucien lut d'abord *Le Jeune Malade*,
qui fut accueilli par des murmures flatteurs ; puis *L'Aveugle*,

poème que ces esprits médiocres trouvèrent long. Pendant sa lecture, Lucien fut en proie à l'une de ces souffrances infernales qui ne peuvent être parfaitement comprises que par d'éminents artistes, ou par ceux que l'enthousiasme et une haute intelligence mettent à leur niveau. Pour être traduite par la voix, comme pour être saisie, la poésie exige une sainte attention. Il doit se faire entre le lecteur et l'auditoire une alliance intime, sans laquelle les électriques communications des sentiments n'ont plus lieu. Cette cohésion des âmes manque-t-elle, le poète se trouve alors comme un ange essayant de chanter un hymne céleste au milieu des ricanements de l'enfer. Or, dans la sphère où se développent leurs facultés, les hommes d'intelligence possèdent la vue circumspective [152] du colimaçon, le flair du chien et l'oreille de la taupe ; ils voient, ils sentent, ils entendent tout autour d'eux. Le musicien et le poète se savent aussi promptement admirés ou incompris, qu'une plante se sèche ou se ravive dans une atmosphère amie ou ennemie. Les murmures des hommes, qui n'étaient venus là que pour leurs femmes, et qui se parlaient de leurs affaires, retentissaient à l'oreille de Lucien par les lois de cette acoustique particulière ; de même qu'il voyait les hiatus sympathiques [153] de quelques mâchoires violemment entrebâillées, et dont les dents le narguaient. Lorsque, semblable à la colombe du déluge, il cherchait un coin favorable où son regard pût s'arrêter [154], il rencontrait les yeux impatientés de gens qui pensaient évidemment à profiter de cette réunion pour s'interroger sur quelques intérêts positifs. À l'exception de Laure de Rastignac, de deux ou trois jeunes gens et de l'évêque, tous les assistants s'ennuyaient. En effet, ceux qui comprennent la poésie cherchent à développer dans leur âme ce que l'auteur a mis en germe dans ses vers ; mais ces auditeurs glacés, loin d'aspirer l'âme du poète, n'écoutaient même pas ses accents. Lucien éprouva donc un si profond découragement qu'une sueur froide mouilla sa chemise. Un regard de feu lancé par Louise, vers laquelle il se tourna, lui donna le courage d'achever ; mais son cœur de poète saignait de mille blessures.

« Trouvez-vous cela bien amusant, Fifine ? dit à sa voisine la sèche Lili qui s'attendait peut-être à des tours de force.

— Ne me demandez pas mon avis, ma chère, mes yeux se ferment aussitôt que j'entends lire.

— J'espère que Naïs ne nous donnera pas souvent des vers le soir, dit Francis. Quand j'écoute lire après mon dîner, l'attention que je suis forcé d'avoir trouble ma digestion.

— Pauvre chat, dit Zéphirine à voix basse, buvez un verre d'eau sucrée.

— C'est fort bien déclamé, dit Alexandre ; mais j'aime mieux le whist. »

En entendant cette réponse, qui passa pour spirituelle à cause de la signification anglaise du mot [155], quelques joueuses prétendirent que le lecteur avait besoin de repos. Sous ce prétexte, un ou deux couples s'esquivèrent dans le boudoir. Lucien, supplié par Louise, par la charmante Laure de Rastignac et par l'évêque, réveilla l'attention, grâce à la verve contre-révolutionnaire des *Iambes,* que plusieurs personnes, entraînées par la chaleur du débit, applaudirent sans les comprendre. Ces sortes de gens sont influençables par la vocifération comme les palais grossiers sont excités par les liqueurs fortes. Pendant un moment où l'on prit des glaces, Zéphirine envoya Francis voir le volume, et dit à sa voisine Amélie que les vers lus par Lucien étaient imprimés.

« Mais, répondit Amélie avec un visible bonheur, c'est bien simple, M. de Rubempré travaille chez un imprimeur. C'est, dit-elle en regardant Lolotte, comme si une jolie femme faisait elle-même ses robes. »

« Il a imprimé ses poésies lui-même », se dirent les femmes.

« Pourquoi s'appelle-t-il donc alors M. de Rubempré ? demanda Jacques. Quand il travaille de ses mains, un noble doit quitter son nom.

— Il a effectivement quitté le sien, qui était roturier, dit Zizine, mais pour prendre celui de sa mère, qui est noble.

— Puisque ses vers (en province on prononce *verse*) sont imprimés, nous pouvons les lire nous-mêmes », dit Astolphe.

Cette stupidité compliqua la question jusqu'à ce que Sixte du Châtelet eût daigné dire à cette ignorante assemblée que l'annonce n'était pas une précaution oratoire, et que ces belles poésies appartenaient à un frère royaliste du révolutionnaire Marie-Joseph Chénier. La société d'Angoulême, à l'exception de l'évêque, de Mme de Rastignac et de ses deux filles, que cette grande poésie avait saisis, se crut mystifiée et s'offensa de cette supercherie. Un sourd murmure s'éleva ; mais Lucien ne l'entendit pas. Isolé de ce monde odieux par l'enivrement que produisait une mélodie intérieure, il s'efforçait de la répéter, et voyait les figures comme à travers un nuage. Il lut la sombre élégie sur le suicide, celle dans le goût ancien où respire une mélancolie sublime ; puis celle où est ce vers :

Tes vers sont doux, j'aime à les répéter [156].

Enfin, il termina par la suave idylle intitulée *Néère*.

Plongée dans une délicieuse rêverie, une main dans ses boucles, qu'elle avait défrisées sans s'en apercevoir, l'autre pendant, les yeux distraits, seule au milieu de son salon, Mme de Bargeton se sentait pour la première fois de sa vie transportée dans la sphère qui lui était propre. Jugez combien elle fut désagréablement distraite par Amélie, qui s'était chargée de lui exprimer les vœux publics.

« Naïs, nous étions venues pour entendre les poésies de M. Chardon, et vous nous donnez des vers *(verse)* imprimés. Quoique ces morceaux soient fort jolis, par patriotisme ces dames aimeraient mieux le vin du cru.

— Ne trouvez-vous pas que la langue française se prête peu à la poésie ? dit Astolphe au directeur des contributions. Je trouve la prose de Cicéron mille fois plus poétique.

— La vraie poésie française est la poésie légère, la chanson, répondit du Châtelet.

— La chanson prouve que notre langue est très musicale, dit Adrien.

— Je voudrais bien connaître les vers *(verse)* qui ont causé la perte de Naïs, dit Zéphirine ; mais d'après la manière dont elle accueille la demande d'Amélie, elle n'est pas disposée à nous en donner un échantillon.

— Elle se doit à elle-même de les lui faire dire, répondit Francis, car le génie de ce petit bonhomme est sa justification.

— Vous qui avez été dans la diplomatie, obtenez-nous cela, dit Amélie à M. du Châtelet.

— Rien de plus aisé », dit le baron.

L'ancien secrétaire des commandements, habitué à ces petits manèges, alla trouver l'évêque et sut le mettre en avant. Priée par Monseigneur, Naïs fut obligée de demander à Lucien quelque morceau qu'il sût par cœur. Le prompt succès du baron dans cette négociation lui valut un langoureux sourire d'Amélie.

« Décidément ce baron est bien spirituel », dit-elle à Lolotte.

Lolotte se souvenait du propos aigre-doux d'Amélie sur les femmes qui faisaient elles-mêmes leurs robes.

« Depuis quand reconnaissez-vous les barons de l'Empire ? » lui répondit-elle en souriant.

Lucien avait essayé de déifier sa maîtresse dans une ode qui lui était adressée sous un titre inventé par tous les jeunes gens au sortir du collège. Cette ode, si complaisamment caressée, embellie de tout l'amour qu'il se sentait au cœur, lui parut la seule œuvre capable de lutter avec la poésie de Chénier. Il regarda d'un air passablement fat Mme de Bargeton, en disant : À ELLE ! Puis il se posa fièrement pour dérouler cette pièce ambitieuse, car son amour-propre d'auteur se sentit à l'aise derrière la jupe de Mme de Bargeton. En ce moment, Naïs laissa échapper son secret aux yeux des femmes. Malgré l'habitude qu'elle avait de dominer ce monde de toute la hauteur de son intelligence, elle ne put s'empêcher de trembler pour Lucien. Sa contenance fut gênée, ses regards demandèrent en quelque sorte l'indulgence ; puis elle fut obligée de rester les yeux baissés, et de cacher son contentement à mesure que se déployèrent les strophes suivantes.

À ELLE

Du sein de ces torrents de gloire et de lumière,
Où, sur des sistres d'or, les anges attentifs,
Aux pieds de Jéhova redisent la prière
   De nos astres plaintifs,

Souvent un chérubin à chevelure blonde,
Voilant l'éclat de Dieu sur son front arrêté,
Laisse aux parvis des cieux son plumage argenté,
   Et descend sur le monde.

Il a compris de Dieu le bienfaisant regard :
Du génie aux abois il endort la souffrance ;
Jeune fille adorée, il berce le vieillard
   Dans les fleurs de l'enfance ;

Il inscrit des méchants les tardifs repentirs ;
À la mère inquiète, il dit en rêve : Espère !
Et, le cœur plein de joie, il compte les soupirs
   Qu'on donne à la misère.

De ces beaux messagers un seul est parmi nous,
Que la terre amoureuse arrête dans sa route ;

Mais il pleure, et poursuit d'un regard triste et doux
La paternelle voûte.

Ce n'est point de son front l'éclatante blancheur
Qui m'a dit le secret de sa noble origine,
Ni l'éclair de ses yeux, ni la féconde ardeur
De sa vertu divine.

Mais par tant de lueur mon amour ébloui
A tenté de s'unir à sa sainte nature,
Et du terrible archange il a heurté sur lui
L'impénétrable armure.

Ah! gardez, gardez bien de lui laisser revoir
Le brillant séraphin qui vers les cieux revole;
Trop tôt il en saurait la magique parole
Qui se chante le soir!

Vous les verriez alors, des nuits perçant les voiles,
Comme un point de l'aurore, atteindre les étoiles
Par un vol fraternel :
Et le marin qui veille, attendant un présage,
De leurs pieds lumineux montrerait le passage,
Comme un phare éternel [157].

« Comprenez-vous ce calembour [158]? dit Amélie à M. du Châtelet en lui adressant un regard de coquetterie.

— C'est des vers comme nous en avons tous plus ou moins fait au sortir du collège, répondit le baron d'un air ennuyé pour obéir à son rôle de jugeur que rien n'étonnait. Autrefois nous donnions dans les brumes ossianiques. C'était des Malvina, des Fingal, des apparitions nuageuses, des guerriers qui sortaient de leurs tombes avec des étoiles au-dessus de leurs têtes [159]. Aujourd'hui, cette friperie poétique est remplacée par Jéhova, par les sistres, par les anges, par les plumes de séraphins, par toute la garde-robe du paradis remise à neuf avec les mots immense, infini, solitude, intelligence. C'est des lacs, des paroles de Dieu, une espèce de panthéisme christianisé, enrichi de rimes rares, péniblement cherchées, comme émeraude et fraude, aïeul et glaïeul, etc. Enfin, nous avons changé de latitude : au lieu d'être au nord, nous sommes dans l'orient; mais les ténèbres y sont tout aussi épaisses.

— Si l'ode est obscure, dit Zéphirine, la déclaration me semble très claire.

— Et l'armure de l'archange est une robe de mousseline assez légère », dit Francis.

Quoique la politesse voulût que l'on trouvât ostensiblement l'ode ravissante à cause de Mme de Bargeton, les femmes, furieuses de ne pas avoir de poète à leur service pour les traiter d'anges, se levèrent comme ennuyées, en murmurant d'un air glacial : *très bien, joli, parfait.*

« Si vous m'aimez, vous ne complimenterez ni l'auteur ni son ange, dit Lolotte à son cher Adrien d'un air despotique auquel il dut obéir.

— Après tout, c'est des phrases, dit Zéphirine à Francis, et l'amour est une poésie en action.

— Vous avez dit là, Zizine, une chose que je pensais, mais que je n'aurais pas aussi finement exprimée, repartit Stanislas en s'épluchant de la tête aux pieds par un regard caressant.

— Je ne sais pas ce que je donnerais, dit Amélie à du Châtelet, pour voir rabaisser la fierté de Naïs qui se fait traiter d'archange, comme si elle était plus que nous, et qui nous encanaille avec le fils d'un apothicaire et d'une garde-malade, dont la sœur est une grisette, et qui travaille chez un imprimeur.

— Puisque le père vendait des biscuits contre les vers, dit Jacques, il aurait dû en faire manger à son fils.

— Il continue le métier de son père, car ce qu'il vient de nous donner me semble de la drogue, dit Stanislas en prenant une de ses poses les plus agaçantes. Drogue pour drogue, j'aime mieux autre chose. »

En un moment chacun s'entendit pour humilier Lucien par quelque mot d'ironie aristocratique. Lili, la femme pieuse, y vit une action charitable en disant qu'il était temps d'éclairer Naïs, bien près de faire une folie. Francis, le diplomate, se chargea de mener à bien cette sotte conspiration à laquelle tous ces petits esprits s'intéressèrent comme au dénouement d'un drame, et dans laquelle ils virent une aventure à raconter le lendemain. L'ancien consul, peu soucieux d'avoir à se battre avec un jeune poète qui, sous les yeux de sa maîtresse, enragerait d'un mot insultant, comprit qu'il fallait assassiner Lucien avec un fer sacré[160] contre lequel la vengeance fût impossible. Il imita l'exemple que lui avait donné l'adroit du Châtelet quand il avait été question de faire dire des vers à Lucien. Il vint causer avec l'évêque en feignant de partager l'enthousiasme que l'ode de Lucien avait inspiré à Sa Grandeur ; puis il le mystifia en lui faisant croire que la mère de Lucien était une femme supérieure et d'une excessive modestie, qui fournissait à son fils les sujets de toutes ses compositions. Le plus grand plaisir de Lucien était de voir rendre justice à sa mère qu'il adorait. Une fois cette idée inculquée à l'évêque, Francis s'en remit sur les hasards de la conversation pour amener le mot blessant qu'il avait médité de faire dire par monseigneur. Quand Francis et l'évêque revinrent dans le cercle au centre duquel était Lucien, l'attention redoubla parmi les personnes qui déjà lui faisaient boire la ciguë à petits coups. Tout à fait étranger au manège des salons, le pauvre poète ne savait que regarder Mme de Bargeton, et répondre gauchement aux gauches questions qui lui étaient adressées. Il ignorait les noms et les qualités de la plupart des personnes présentes, et ne savait quelle conversation tenir avec des femmes qui lui disaient des niaiseries dont il avait honte. Il se sentait d'ailleurs à mille lieues de ces divinités angoumoisines en s'entendant nommer tantôt M. Chardon, tantôt M. de Rubempré, tandis qu'elles s'appelaient Lolotte, Adrien, Astolphe, Lili, Fifine. Sa confusion fut extrême quand, ayant pris Lili pour un nom d'homme, il appela M. Lili le brutal M. de Sénonches. Le Nemrod [161] interrompit Lucien par un « M. Lulu ? » qui fit rougir Mme de Bargeton jusqu'aux oreilles.

« Il faut être bien aveuglée pour admettre ici et nous présenter ce petit bonhomme, dit-il à demi-voix.

— Madame la marquise, dit Zéphirine à Mme de Pimentel à voix basse mais de manière à se faire entendre, ne trouvez-vous pas une grande ressemblance entre M. Chardon et M. de Cante-Croix ?

— La ressemblance est idéale, répondit en souriant Mme de Pimentel.

— La gloire a des séductions que l'on peut avouer, dit Mme de Bargeton à la marquise. Il est des femmes qui s'éprennent de la grandeur comme d'autres de la petitesse », ajouta-t-elle en regardant Francis.

Zéphirine ne comprit pas, car elle trouvait son consul très grand ; mais la marquise se rangea du côté de Naïs en se mettant à rire.

« Vous êtes bien heureux, monsieur, dit à Lucien M. de Pimentel qui se reprit pour le nommer M. de Rubempré après l'avoir appelé Chardon, vous ne devez jamais vous ennuyer ?

— Travaillez-vous promptement ? » lui demanda Lolotte

de l'air dont elle eût dit à un menuisier : Êtes-vous longtemps à faire une boîte ?

Lucien resta tout abasourdi sous ce coup d'assommoir ; mais il releva la tête en entendant Mme de Bargeton répondre en souriant : « Ma chère, la poésie ne pousse pas dans la tête de M. de Rubempré comme l'herbe dans nos cours.

— Madame, dit l'évêque à Lolotte, nous ne saurions avoir trop de respect pour les nobles esprits en qui Dieu met un de ses rayons. Oui, la poésie est chose sainte. Qui dit poésie, dit souffrance. Combien de nuits silencieuses n'ont pas voulues les strophes que vous admirez ! Saluez avec amour le poète qui mène presque toujours une vie malheureuse, et à qui Dieu réserve sans doute une place dans le ciel parmi ses prophètes. Ce jeune homme est un poète, ajouta-t-il en posant la main sur la tête de Lucien, ne voyez-vous pas quelque fatalité imprimée sur ce beau front ? »

Heureux d'être si noblement défendu, Lucien salua l'évêque par un regard suave, sans savoir que le digne prélat allait être son bourreau. Mme de Bargeton lança sur le cercle ennemi des regards pleins de triomphe qui s'enfoncèrent, comme autant de dards, dans le cœur de ses rivales, dont la rage redoubla.

« Ah ! Monseigneur, répondit le poète en espérant frapper ces têtes imbéciles de son sceptre d'or, le vulgaire n'a ni votre esprit, ni votre charité. Nos douleurs sont ignorées, personne ne sait nos travaux. Le mineur a moins de peine à extraire l'or de la mine que nous n'en avons à arracher nos images aux entrailles de la plus ingrate des langues. Si le but de la poésie est de mettre les idées au point précis où tout le monde peut les voir et les sentir, le poète doit incessamment parcourir l'échelle des intelligences humaines afin de les satisfaire toutes ; il doit cacher sous les plus vives couleurs la logique et le sentiment, deux puissances ennemies ; il lui faut enfermer tout un monde de pensées dans un mot, résumer des philosophies entières par une peinture ; enfin ses vers sont des graines dont les fleurs doivent éclore dans les cœurs, en y cherchant les sillons creusés par les sentiments personnels. Ne faut-il pas avoir tout senti pour tout rendre ? Et sentir vivement, n'est-ce pas souffrir ? Aussi les poésies ne s'enfantent-elles qu'après de pénibles voyages entrepris dans les vastes régions de la pensée et de la société. N'est-ce pas des travaux immortels que ceux auxquels nous devons des créatures dont la vie devient plus authentique

que celle des êtres qui ont véritablement vécu, comme la
Clarisse de Richardson, la *Camille* de Chénier, la *Délie* de
Tibulle, l'*Angélique* de l'Arioste, la *Francesca* du Dante,
l'*Alceste* de Molière, le *Figaro* de Beaumarchais, la *Rébecca*
de Walter Scott [162], le *Don Quichotte* de Cervantès ?

— Et que nous créerez-vous ? demanda du Châtelet.

— Annoncer de telles conceptions, répondit Lucien,
n'est-ce pas se donner un brevet d'homme de génie ?
D'ailleurs ces enfantements sublimes veulent une longue
expérience du monde, une étude des passions et des intérêts
humains que je ne saurais avoir faite ; mais je commence,
dit-il avec amertume en jetant un regard vengeur sur ce
cercle. Le cerveau porte longtemps...

— Votre accouchement sera laborieux, dit M. du Hautoy
en l'interrompant.

— Votre excellente mère pourra vous aider », dit
l'évêque.

Ce mot si habilement préparé, cette vengeance attendue
alluma dans tous les yeux un éclair de joie. Sur toutes les
bouches il courut un sourire de satisfaction aristocratique,
augmenté par l'imbécillité de M. de Bargeton qui se mit à
rire après coup.

« Monseigneur, vous êtes un peu trop spirituel pour nous
en ce moment, ces dames ne vous comprennent pas, dit
Mme de Bargeton qui par ce seul mot paralysa les rires et
attira sur elle les regards étonnés. Un poète qui prend toutes
ses inspirations dans la Bible a dans l'Église une véritable
mère. M. de Rubempré, dites-nous *Saint Jean dans
Pathmos*, ou *Le Festin de Balthazar*, pour montrer à
Monseigneur que Rome est toujours la *Magna parens* de
Virgile [163]. »

Les femmes échangèrent un sourire en entendant Naïs
disant les deux mots latins.

Au début de la vie, les plus fiers courages ne sont pas
exempts d'abattement. Ce coup avait envoyé tout d'abord
Lucien au fond de l'eau ; mais il frappa du pied, et revint à la
surface, en se jurant de dominer ce monde. Comme le
taureau piqué de mille flèches, il se releva furieux, et allait
obéir à la voix de Louise en déclamant *Saint Jean dans
Pathmos* ; mais la plupart des tables de jeu avaient attiré
leurs joueurs qui retombaient dans l'ornière de leurs habitudes en y trouvant un plaisir que la poésie ne leur avait pas
donné. Puis la vengeance de tant d'amours-propres irrités
n'eût pas été complète sans le dédain négatif que l'on

témoigna pour la poésie indigène, en désertant Lucien et Mme de Bargeton. Chacun parut préoccupé : celui-ci alla causer d'un chemin cantonal avec le préfet, celle-là parla de varier les plaisirs de la soirée en faisant un peu de musique. La haute société d'Angoulême, se sentant mauvais juge en fait de poésie, était surtout curieuse de connaître l'opinion des Rastignac, des Pimentel sur Lucien, et plusieurs personnes allèrent autour d'eux. La haute influence que ces deux familles exerçaient dans le département était toujours reconnue dans les grandes circonstances ; chacun les jalousait et les courtisait, car tout le monde prévoyait avoir besoin de leur protection.

« Comment trouvez-vous notre poète et sa poésie ? dit Jacques à la marquise chez laquelle il chassait.

— Mais pour des vers de province, dit-elle en souriant, ils ne sont pas mal ; d'ailleurs un si beau poète ne peut rien faire mal. »

Chacun trouva l'arrêt adorable, et l'alla répéter en y mettant plus de méchanceté que la marquise n'y en voulait mettre. Du Châtelet fut alors requis d'accompagner M. de Bartas qui massacra le grand air de Figaro. Une fois la porte ouverte à la musique, il fallut écouter la romance chevaleresque faite sous l'Empire par Chateaubriand[164], chantée par Châtelet. Puis vinrent les morceaux à quatre mains exécutés par des petites filles, et réclamés par Mme du Brossard qui voulait faire briller le talent de sa chère Camille aux yeux de M. de Séverac.

Mme de Bargeton, blessée du mépris que chacun marquait à son poète, rendit dédain pour dédain en s'en allant dans son boudoir pendant le temps que l'on fit de la musique. Elle fut suivie de l'évêque à qui son grand vicaire avait expliqué la profonde ironie de son involontaire épigramme, et qui voulait la racheter. Mlle de Rastignac, que la poésie avait séduite, se coula dans le boudoir à l'insu de sa mère. En s'asseyant sur son canapé à matelas piqué où elle entraîna Lucien, Louise put, sans être entendue ni vue, lui dire à l'oreille : « Cher ange, ils ne t'ont pas compris ! mais...

Tes vers sont doux, j'aime à les répéter. »

Lucien, consolé par cette flatterie, oublia pour un moment ses douleurs.

« Il n'y a pas de gloire à bon marché, lui dit Mme de Bargeton en lui prenant la main et la lui serrant. Souffrez,

souffrez, mon ami, vous serez grand, vos douleurs sont le prix de votre immortalité. Je voudrais bien avoir à supporter les travaux d'une lutte. Dieu vous garde d'une vie atone et sans combats, où les ailes de l'aigle ne trouvent pas assez d'espace. J'envie vos souffrances, car vous vivez au moins, vous ! Vous déploierez vos forces, vous espérerez une victoire ! votre lutte sera glorieuse. Quand vous serez arrivé dans la sphère impériale où trônent les grandes intelligences, souvenez-vous des pauvres gens déshérités par le sort, dont l'intelligence s'annihile sous l'oppression d'un azote moral et qui périssent après avoir constamment su ce qu'était la vie sans pouvoir vivre, qui ont eu des yeux perçants et n'ont rien vu, de qui l'odorat était délicat et qui n'ont senti que des fleurs empestées. Chantez alors la plante qui se dessèche au fond d'une forêt, étouffée par des lianes, par des végétations gourmandes, touffues, sans avoir été aimée par le soleil, et qui meurt sans avoir fleuri ! Ne serait-ce pas un poème d'horrible mélancolie, un sujet tout fantastique ? Quelle composition sublime que la peinture d'une jeune fille née sous les cieux de l'Asie, ou de quelque fille du désert transportée dans quelque froid pays d'Occident, appelant son soleil bien-aimé, mourant de douleurs incomprises, également accablée de froid et d'amour ! Ce serait le type de beaucoup d'existences.

— Vous peindriez ainsi l'âme qui se souvient du ciel, dit l'évêque, un poème qui doit avoir été fait jadis, je me suis plu à en voir un fragment dans le *Cantique des Cantiques*.

— Entreprenez cela, dit Laure de Rastignac en exprimant une naïve croyance au génie de Lucien.

— Il manque à la France un grand poème sacré, dit l'évêque. Croyez-moi ? la gloire et la fortune appartiendront à l'homme de talent qui travaillera pour la Religion.

— Il l'entreprendra, Monseigneur, dit Mme de Bargeton avec emphase. Ne voyez-vous pas l'idée du poème poindant[165] déjà comme une flamme de l'aurore, dans ses yeux ? »

« Naïs nous traite bien mal, disait Fifine. Que fait-elle donc ?

— Ne l'entendez-vous pas ? répondit Stanislas. Elle est à cheval sur ses grands mots qui n'ont ni queue ni tête. »

Amélie, Fifine, Adrien et Francis apparurent à la porte du boudoir, en accompagnant Mme de Rastignac qui venait chercher sa fille pour partir.

« Naïs, dirent les deux femmes enchantées de troubler

l'aparté du boudoir, vous seriez bien aimable de nous jouer quelque morceau.

— Ma chère enfant, répondit Mme de Bargeton, M. de Rubempré va nous dire son *Saint Jean dans Pathmos*, un magnifique poème biblique.

— Biblique ! » répéta Fifine étonnée.

Amélie et Fifine rentrèrent dans le salon en y apportant ce mot comme une pâture à moquerie. Lucien s'excusa de dire le poème en objectant son défaut de mémoire. Quand il reparut, il n'excita plus le moindre intérêt. Chacun causait ou jouait. Le poète avait été dépouillé de tous ses rayons, les propriétaires ne voyaient en lui rien de bien utile, les gens à prétentions le craignaient comme un pouvoir hostile à leur ignorance ; les femmes jalouses de Mme de Bargeton, la Béatrix de ce nouveau Dante, selon le vicaire général, lui jetaient des regards froidement dédaigneux.

« Voilà donc le monde ! » se dit Lucien en descendant à l'Houmeau par les rampes de Beaulieu, car il est des instants dans la vie où l'on aime à prendre le plus long, afin d'entretenir par la marche le mouvement d'idées où l'on se trouve, et au courant desquelles on veut se livrer. Loin de le décourager, la rage de l'ambitieux repoussé donnait à Lucien de nouvelles forces. Comme tous les gens emmenés par leur instinct dans une sphère élevée où ils arrivent avant de pouvoir s'y soutenir, il se promettait de tout sacrifier pour demeurer dans la haute société. Chemin faisant, il ôtait un à un les traits envenimés qu'il avait reçus, il se parlait tout haut à lui-même, il gourmandait les niais auxquels il avait eu affaire ; il trouvait des réponses fines aux sottes demandes qu'on lui avait faites, et se désespérait d'avoir ainsi de l'esprit après coup. En arrivant sur la route de Bordeaux qui serpente au bas de la montagne et côtoie les rives de la Charente, il crut voir, au clair de lune, Ève et David assis sur une solive au bord de la rivière, près d'une fabrique, et descendit vers eux par un sentier.

Pendant que Lucien courait à sa torture chez Mme de Bargeton, sa sœur avait pris une robe de percaline rose à mille raies, son chapeau de paille cousue, un petit châle de soie ; mise simple qui faisait croire qu'elle était parée, comme il arrive à toutes les personnes chez lesquelles une grandeur naturelle rehausse les moindres accessoires. Aussi, quand elle quittait son costume d'ouvrière, intimidait-elle prodigieusement David. Quoique l'imprimeur se fût résolu à parler de lui-même, il ne trouva plus rien à dire quand il donna le bras à la belle Eve pour traverser l'Houmeau. L'amour se plaît dans ces respectueuses terreurs, semblables à celles que la gloire de Dieu cause aux fidèles. Les deux amants marchèrent silencieusement vers le pont Sainte-Anne [166] afin de gagner la rive gauche de la Charente. Ève, qui trouva ce silence gênant, s'arrêta vers le milieu du pont pour contempler la rivière qui, de là jusqu'à l'endroit où se construisait la poudrerie, forme une longue nappe où le soleil couchant jetait alors une joyeuse traînée de lumière.

« La belle soirée ! dit-elle en cherchant un sujet de conversation, l'air est à la fois tiède et frais, les fleurs embaument, le ciel est magnifique.

— Tout parle au cœur, répondit David en essayant d'arriver à son amour par analogie. Il y a pour les gens aimants un plaisir infini à trouver dans les accidents d'un paysage, dans la transparence de l'air, dans les parfums de la terre, la poésie qu'ils ont dans l'âme. La nature parle pour eux.

— Et elle leur délie aussi la langue, dit Ève en riant. Vous étiez bien silencieux en traversant l'Houmeau. Savez-vous que j'étais embarrassée…

— Je vous trouvais si belle que j'étais saisi, répondit naïvement David.

— Je suis donc moins belle en ce moment ? lui demanda-t-elle.

— Non ; mais je suis si heureux de me promener seul avec vous, que… »

Il s'arrêta tout interdit et regarda les collines par où descend la route de Saintes.

« Si vous trouvez quelque plaisir à cette promenade, j'en suis ravie, car je me crois obligée à vous donner une soirée en échange de celle que vous m'avez sacrifiée. En refusant d'aller chez Mme de Bargeton, vous avez été tout aussi généreux que l'était Lucien en risquant de la fâcher par sa demande.

— Non pas généreux, mais sage, répondit David. Puisque nous sommes seuls sous le ciel, sans autres témoins que les roseaux et les buissons qui bordent la Charente, permettez-moi, chère Ève, de vous exprimer quelques-unes des inquiétudes que me cause la marche actuelle de Lucien. Après ce que je viens de lui dire, mes craintes vous paraîtront, je l'espère, un raffinement d'amitié. Vous et votre mère, vous avez tout fait pour le mettre au-dessus de sa position ; mais en excitant son ambition, ne l'avez-vous pas

imprudemment voué à de grandes souffrances ? Comment se
soutiendra-t-il dans le monde où le portent ses goûts ? Je le
connais ! il est de nature à aimer les récoltes sans le travail.
Les devoirs de société lui dévoreront son temps, et le temps
est le seul capital des gens qui n'ont que leur intelligence
pour fortune ; il aime à briller, le monde irritera ses désirs
qu'aucune somme ne pourra satisfaire, il dépensera de
l'argent et n'en gagnera pas ; enfin, vous l'avez habitué à se
croire grand ; mais avant de reconnaître une supériorité
quelconque, le monde demande d'éclatants succès. Or, les
succès littéraires ne se conquièrent que dans la solitude et
par d'obstinés travaux. Que donnera Mme de Bargeton à
votre frère en retour de tant de journées passées à ses pieds ?
Lucien est trop fier pour accepter ses secours, et nous le
savons encore trop pauvre pour continuer à voir sa société,
qui est doublement ruineuse. Tôt ou tard cette femme
abandonnera notre cher frère après lui avoir fait perdre le
goût du travail, après avoir développé chez lui le goût du
luxe, le mépris de notre vie sobre, l'amour des jouissances,
son penchant à l'oisiveté, cette débauche des âmes poétiques. Oui, je tremble que cette grande dame ne s'amuse de
Lucien comme d'un jouet : ou elle l'aime sincèrement et lui
fera tout oublier, ou elle ne l'aime pas et le rendra
malheureux, car il en est fou.

— Vous me glacez le cœur, dit Ève en s'arrêtant au
barrage de la Charente. Mais, tant que ma mère aura la force
de faire son pénible métier et tant que je vivrai, les produits
de notre travail suffiront peut-être aux dépenses de Lucien,
et lui permettront d'attendre le moment où sa fortune
commencera. Je ne manquerai jamais de courage, car l'idée
de travailler pour une personne aimée, dit Ève en s'animant,
ôte au travail toute son amertume et ses ennuis. Je suis
heureuse en songeant pour qui je me donne tant de peine, si
toutefois c'est de la peine. Oui, ne craignez rien, nous
gagnerons assez d'argent pour que Lucien puisse aller dans
le beau monde. Là est sa fortune.

— Là est aussi sa perte, reprit David. Écoutez-moi, chère
Ève. La lente exécution des œuvres du génie exige une
fortune considérable tout venue ou le sublime cynisme d'une
vie pauvre. Croyez-moi ? Lucien a une si grande horreur des
privations de la misère, il a si complaisamment savouré
l'arôme des festins, la fumée des succès, son amour-propre
a si bien grandi dans le boudoir de Mme de Bargeton,
qu'il tentera tout plutôt que de déchoir ; et les produits de

votre travail ne seront jamais en rapport avec ses besoins.

— Vous n'êtes donc qu'un faux ami ! s'écria Ève désespérée. Autrement vous ne nous décourageriez pas ainsi.

— Ève ! Ève ! répondit David, je voudrais être le frère de Lucien. Vous seule pouvez me donner ce titre, qui lui permettrait de tout accepter de moi, qui me donnerait le droit de me dévouer à lui avec le saint amour que vous mettez à vos sacrifices, mais en y portant le discernement du calculateur. Ève, chère enfant aimée, faites que Lucien ait un trésor où il puisse puiser sans honte ? La bourse d'un frère ne sera-t-elle pas comme la sienne ? Si vous saviez toutes les réflexions que m'a suggérées la position nouvelle de Lucien ! S'il veut aller chez Mme de Bargeton, le pauvre garçon ne doit plus être mon prote, il ne doit plus loger à l'Houmeau, vous ne devez plus rester ouvrière, votre mère ne doit plus faire son métier. Si vous consentiez à devenir ma femme, tout s'aplanirait : Lucien pourrait demeurer au second chez moi pendant que je lui bâtirais un appartement au-dessus de l'appentis au fond de la cour, à moins que mon père ne veuille élever un second étage. Nous lui arrangerions ainsi une vie sans soucis, une vie indépendante. Mon désir de soutenir Lucien me donnera pour faire fortune un courage que je n'aurais pas s'il ne s'agissait que de moi ; mais il dépend de vous d'autoriser mon dévouement. Peut-être un jour ira-t-il à Paris, le seul théâtre où il puisse se produire, et où ses talents seront appréciés et rétribués. La vie de Paris est chère, et nous ne serons pas trop de trois pour l'y entretenir. D'ailleurs, à vous comme à votre mère, ne faudra-t-il pas un appui ? Chère Ève, épousez-moi par amour pour Lucien. Plus tard vous m'aimerez peut-être en voyant les efforts que je ferai pour le servir et pour vous rendre heureuse. Nous sommes tous deux également modestes dans nos goûts, il nous faudra peu de chose ; le bonheur de Lucien sera notre grande affaire, et son cœur sera le trésor où nous mettrons fortune, sentiments, sensations, tout !

— Les convenances nous séparent, dit Ève émue en voyant combien ce grand amour se faisait petit. Vous êtes riche et je suis pauvre. Il faut aimer beaucoup pour passer par-dessus une semblable difficulté.

— Vous ne m'aimez donc pas assez encore ? s'écria David atterré.

— Mais votre père s'opposerait peut-être...

— Bien, bien, répondit David, s'il n'y a que mon père à

consulter, vous serez ma femme. Ève, ma chère Ève ! vous venez de me rendre la vie bien facile à porter en un moment. J'avais, hélas ! le cœur bien lourd de sentiments que je ne pouvais ni ne savais exprimer. Dites-moi seulement que vous m'aimez un peu, je prendrai le courage nécessaire pour vous parler de tout le reste.

— En vérité, dit-elle, vous me rendez toute honteuse ; mais, puisque nous nous confions nos sentiments, je vous dirai que je n'ai jamais de ma vie pensé à un autre qu'à vous. J'ai vu en vous un de ces hommes auxquels une femme peut se trouver fière d'appartenir, et je n'osais espérer pour moi, pauvre ouvrière sans avenir, une si grande destinée.

— Assez, assez, dit-il en s'asseyant sur la traverse du barrage auprès duquel ils étaient revenus, car ils allaient et venaient comme des fous en parcourant le même espace.

— Qu'avez-vous ? lui dit-elle en exprimant pour la première fois cette inquiétude si gracieuse que les femmes éprouvent pour un être qui leur appartient.

— Rien que de bon, dit-il. En apercevant toute une vie heureuse, l'esprit est comme ébloui, l'âme est accablée. Pourquoi suis-je le plus heureux ? dit-il avec une expression de mélancolie. Mais je le sais. »

Ève regarda David d'un air coquet et douteur qui voulait une explication.

« Chère Ève, je reçois plus que je ne donne. Aussi vous aimerai-je toujours mieux que vous ne m'aimerez, parce que j'ai plus de raisons de vous aimer : vous êtes un ange et je suis un homme.

— Je ne suis pas si savante, répondit Ève en souriant. Je vous aime bien...

— Autant que vous aimez Lucien ? dit-il en l'interrompant.

— Assez pour être votre femme, pour me consacrer à vous et tâcher de ne vous donner aucune peine dans la vie, d'abord un peu pénible, que nous mènerons.

— Vous êtes-vous aperçue, chère Ève, que je vous ai aimée depuis le premier jour où je vous ai vue ?

— Quelle est la femme qui ne se sent pas aimée ? demanda-t-elle.

— Laissez-moi donc dissiper les scrupules que vous cause ma prétendue fortune. Je suis pauvre, ma chère Ève. Oui, mon père a pris plaisir à me ruiner, il a spéculé sur mon travail, il a fait comme beaucoup de prétendus bienfaiteurs avec leurs obligés. Si je deviens riche, ce sera par vous. Ceci n'est pas une parole de l'amant, mais une réflexion du penseur. Je dois vous faire connaître mes défauts, et ils sont énormes chez un homme obligé de faire sa fortune. Mon caractère, mes habitudes, les occupations qui me plaisent me rendent impropre à tout ce qui est commerce et spéculation, et cependant nous ne pouvons devenir riches que par l'exercice de quelque industrie. Si je suis capable de découvrir une mine d'or, je suis singulièrement inhabile à l'exploiter. Mais vous, qui, par amour pour votre frère, êtes descendue aux plus petits détails, qui avez le génie de l'économie, la patiente attention du vrai commerçant, vous récolterez la moisson que j'aurai semée. Notre situation, car depuis longtemps je me suis mis au sein de votre famille, m'oppresse si fort le cœur que j'ai consumé mes jours et mes nuits à chercher une occasion de fortune. Mes connaissances en chimie et l'observation des besoins du commerce m'ont mis sur la voie d'une découverte lucrative. Je ne puis vous en rien dire encore, je prévois trop de lenteurs. Nous souffrirons pendant quelques années peut-être ; mais je finirai par trouver les procédés industriels à la piste desquels je ne suis pas seul, et qui, si j'arrive le premier, nous procureront une grande fortune. Je n'ai rien dit à Lucien, car son caractère ardent gâterait tout, il convertirait mes espérances en réalités, il vivrait en grand seigneur et s'endetterait peut-être. Ainsi gardez-moi le secret. Votre douce et chère compagnie pourra seule me consoler pendant ces longues épreuves, comme le désir de vous enrichir vous et Lucien me donnera de la constance et de la ténacité...

— J'avais deviné aussi, lui dit Ève en l'interrompant, que vous étiez un de ces inventeurs auxquels il faut, comme à mon pauvre père, une femme qui prenne soin d'eux.

— Vous m'aimez donc ? Ah ! dites-le-moi sans crainte, à moi qui ai vu dans votre nom un symbole de mon amour. Ève était la seule femme qu'il y eût dans le monde, et ce qui était matériellement vrai pour Adam l'est moralement pour moi[167]. Mon Dieu ! m'aimez-vous ?

— Oui, dit-elle en allongeant cette simple syllabe par la manière dont elle la prononça comme pour peindre l'étendue de ses sentiments.

— Hé bien, asseyons-nous là, dit-il en conduisant Ève par la main vers une longue poutre qui se trouvait au bas des roues d'une papeterie. Laissez-moi respirer l'air du soir, entendre les cris des rainettes, admirer les rayons de la lune qui tremblent sur les eaux ; laissez-moi m'emparer de cette nature où je crois voir mon bonheur écrit en toute chose, et qui m'apparaît pour la première fois dans sa splendeur, éclairée par l'amour, embellie par vous. Ève, chère aimée ! voici le premier moment de joie sans mélange que le sort m'ait donné ! Je doute que Lucien soit aussi heureux que je le suis. »

En sentant la main d'Ève humide et tremblante dans la sienne, David y laissa tomber une larme[168].

« Ne puis-je savoir le secret ?... dit Ève d'une voix câline.

— Vous y avez des droits, car votre père s'est occupé de cette question qui va devenir grave. Voici pourquoi. La chute de l'Empire va rendre l'usage du linge de coton presque général, à cause du bon marché de cette matière relativement au linge de fil. En ce moment le papier se fait encore avec du chiffon de chanvre et de lin ; mais cet ingrédient est cher, et sa cherté retarde le grand mouvement que la Presse française acquerra nécessairement.

« Or, on ne force pas la production du chiffon. Le chiffon est le résultat de l'usage du linge, et la population d'un pays n'en donne qu'une quantité déterminée. Cette quantité ne peut s'accroître que par une augmentation dans le chiffre des naissances. Pour opérer un changement sensible dans sa population, un pays veut un quart de siècle et de grandes révolutions dans les mœurs, dans le commerce ou dans l'agriculture. Si donc les besoins de la papeterie deviennent supérieurs à ce que la France produit de chiffon, soit du double soit du triple, il faut[169], pour maintenir le papier à bas prix, introduire dans la fabrication du papier un élément autre que le chiffon. Ce raisonnement repose sur un fait qui se passe ici. Les papeteries d'Angoulême, les dernières où se fabriqueront des papiers avec du chiffon de fil, voient le coton envahissant la pâte dans une progression effrayante. »

A une question de la jeune ouvrière, qui ne savait pas ce que voulait dire ce nom de Pot[170], David lui donna sur la papeterie des renseignements qui ne seront point déplacés dans une œuvre dont l'existence matérielle est due autant au papier qu'à la presse ; mais cette longue parenthèse entre un amant et sa maîtresse gagnera sans doute à être d'abord résumée[171].

Le papier, produit non moins merveilleux que l'impression à laquelle il sert de base, existait depuis longtemps en Chine quand, par les filières souterraines du commerce, il parvint dans l'Asie Mineure, où, vers l'an 750, selon quelques traditions, on faisait usage d'un papier de coton broyé et réduit en bouillie. La nécessité de remplacer le parchemin, dont le prix était excessif, fit trouver, par une imitation du *papier bombycien* (tel fut le nom du papier de coton en Orient), le papier de chiffon, les uns disent à Bâle, en 1170, par des Grecs réfugiés ; les autres disent à Padoue, en 1301, par un Italien nommé Pax. Ainsi le papier se perfectionna lentement et obscurément ; mais il est certain que déjà sous Charles VI on fabriquait à Paris la pâte des cartes à jouer. Lorsque les immortels Faust, Coster [172] et Gutenberg eurent inventé LE LIVRE, des artisans, inconnus comme tant de grands artistes de cette époque, approprièrent la papeterie aux besoins de la typographie. Dans ce quinzième siècle, si vigoureux et si naïf, les noms des différents formats de papier, de même que les noms donnés aux caractères, portèrent l'empreinte de la naïveté du temps. Ainsi le Raisin, le Jésus, le Colombier, le papier Pot, l'Écu, le Coquille, le Couronne, furent ainsi nommés de la grappe, de l'image de Notre Seigneur, de la couronne, de l'écu, du pot, enfin du filigrane marqué au milieu de la feuille, comme plus tard, sous Napoléon, on y mit un aigle : d'où le papier dit Grand-Aigle. De même, on appela les caractères Cicéro, Saint-Augustin, Gros-Canon, des livres de liturgie, des œuvres théologiques et des traités de Cicéron auxquels ces caractères furent d'abord employés. L'*italique* fut inventé par les Alde, à Venise : de là son nom. Avant l'invention du papier mécanique, dont la longueur est sans limites, les plus grands formats étaient le Grand-Jésus ou le Grand-Colombier ; encore ce dernier ne servait-il guère que pour les atlas ou pour les gravures. En effet, les dimensions du papier d'impression étaient soumises à celles des marbres de la presse. Au moment où David parlait, l'existence du papier continu paraissait une chimère en France, quoique déjà Denis Robert d'Essonnes eût, vers 1799, inventé pour le fabriquer une machine que depuis Didot-Saint-Léger essaya de perfectionner. Le papier vélin, inventé par Ambroise Didot, ne date que de 1780 [173]. Ce rapide aperçu démontre invinciblement que toutes les grandes acquisitions de l'industrie et de l'intelligence se sont faites avec une excessive lenteur et par des agrégations inaperçues, absolument comme procède la Nature. Pour arriver à leur perfection, l'écriture, le langage peut-être !... ont eu les mêmes tâtonnements que la typographie et la papeterie.

« Des chiffonniers ramassent dans l'Europe entière les chiffons, les vieux linges, et achètent les débris de toute

espèce de tissus, dit l'imprimeur en terminant. Ces débris,
triés par sortes, s'emmagasinent chez les marchands de
chiffons en gros, qui fournissent les papeteries. Pour vous
donner une idée de ce commerce, sachez, mademoiselle,
qu'en 1814 le banquier Cardon, propriétaire des cuves de
Buges et de Langlée, où Léorier de l'Isle essaya dès 1776 la
solution du problème dont s'occupa votre père, avait un
procès avec un sieur Proust à propos d'une erreur de deux
millions pesant de chiffons dans un compte de dix millions
de livres, environ quatre millions de francs. Le fabricant
lave ses chiffons et les réduit en une bouillie claire qui se
passe, absolument comme une cuisinière passe une sauce à
son tamis, sur un châssis en fer appelé *forme*, et dont
l'intérieur est rempli par une étoffe métallique au milieu de
laquelle se trouve le filigrane qui donne son nom au papier.
De la grandeur de la *forme* dépend alors la grandeur du
papier. Dans le temps où j'étais chez MM. Didot, on
s'occupait déjà de cette question, et l'on s'en occupe encore ;
car le perfectionnement cherché par votre père est l'une des
nécessités les plus impérieuses de ce temps-ci. Voici pourquoi. Quoique la durée du fil, comparée à celle du coton,
rende, en définitive, le fil moins cher que le coton, comme il
s'agit toujours pour les pauvres de sortir une somme
quelconque de leurs poches, ils préfèrent donner moins que
plus, et subissent, en vertu du *vae victis* [174] *!* des pertes
énormes. La classe bourgeoise agit comme le pauvre. Ainsi
le linge de fil manque. En Angleterre, où le coton a remplacé
le fil chez les quatre cinquièmes de la population, on ne
fabrique déjà plus que du papier de coton. Ce papier, qui
d'abord a l'inconvénient de se couper et de se casser, se
dissout dans l'eau si facilement qu'un livre en papier de
coton s'y mettrait en bouillie en y restant un quart d'heure,
tandis qu'un vieux livre ne serait pas perdu en y restant deux
heures. On ferait sécher le vieux livre ; et, quoique jauni,
passé, le texte en serait encore lisible, l'œuvre ne serait pas
détruite. Nous arrivons à un temps où, les fortunes dimi-
nuant par leur égalisation, tout s'appauvrira : nous vou-
drons du linge et des livres à bon marché, comme on
commence à vouloir de petits tableaux, faute d'espace pour
en placer de grands. Les chemises et les livres ne dureront
pas, voilà tout. La solidité des produits s'en va de toutes
parts. Aussi le problème à résoudre est-il de la plus haute
importance pour la littérature, pour les sciences et pour la
politique. Il y eut donc un jour dans mon cabinet une vive

discussion sur les ingrédients dont on se sert en Chine pour fabriquer le papier. Là, grâce aux matières premières, la papeterie a, dès son origine, atteint une perfection qui manque à la nôtre. On s'occupait alors beaucoup du papier de Chine, que sa légèreté, sa finesse rendent bien supérieur au nôtre, car ces précieuses qualités ne l'empêchent pas d'être consistant; et, quelque mince qu'il soit, il n'offre aucune transparence. Un correcteur très instruit (à Paris il se rencontre des savants parmi les correcteurs : Fourier et Pierre Leroux sont en ce moment correcteurs chez Lachevardière !...), donc le comte de Saint-Simon, correcteur pour le moment, vint nous voir au milieu de la discussion [175]. Il nous dit alors que, selon Kempfer et Du Halde, le *broussonatia* [176] fournissait aux Chinois la matière de leur papier tout végétal, comme le nôtre d'ailleurs. Un autre correcteur soutint que le papier de Chine se fabriquait principalement avec une matière animale, avec la soie, si abondante en Chine. Un pari se fit devant moi. Comme MM. Didot sont les imprimeurs de l'Institut, naturellement le débat fut soumis à des membres de cette assemblée de savants. M. Marcel, ancien directeur de l'imprimerie impériale, désigné comme arbitre, renvoya les deux correcteurs par-devant M. l'abbé Grosier, bibliothécaire de l'Arsenal [177]. Au jugement de l'abbé Grosier, les correcteurs perdirent tous deux leur pari. Le papier de Chine ne se fabrique ni avec de la soie ni avec le *broussonatia*; sa pâte provient des fibres du bambou triturées. L'abbé Grosier possédait un livre chinois, ouvrage à la fois iconographique et technologique, où se trouvaient de nombreuses figures représentant la fabrication du papier dans toutes ses phases, et il nous montra les tiges de bambou peintes en tas dans le coin d'un atelier à papier supérieurement dessiné. Quand Lucien m'a dit que ton [178] père, par une sorte d'intuition particulière aux hommes de talent, avait entrevu le moyen de remplacer les débris du linge par une matière végétale excessivement commune, immédiatement prise à la production territoriale, comme font les Chinois en se servant de tiges fibreuses, j'ai classé tous les essais tentés par mes prédécesseurs, et je me suis mis enfin à étudier la question. Le bambou est un roseau : j'ai naturellement pensé aux roseaux de notre pays. La main-d'œuvre n'est rien en Chine; une journée y vaut trois sous : aussi les Chinois peuvent-ils, au sortir de la forme, appliquer leur papier feuille entre des tables de porcelaine blanche chauffées, au moyen desquelles ils le

pressent et lui donnent ce lustre, cette consistance, cette
légèreté, cette douceur de satin, qui en font le premier
papier du monde. Eh bien, il faut remplacer les procédés du
Chinois au moyen de quelque machine. On arrive par des
machines à résoudre le problème du bon marché que
procure à la Chine le bas prix de sa main-d'œuvre. Si nous
parvenions à fabriquer à bas prix du papier d'une qualité
semblable à celui de la Chine, nous diminuerions de plus de
moitié le poids et l'épaisseur des livres. Un Voltaire relié,
qui, sur nos papiers vélins, pèse deux cent cinquante livres,
n'en pèserait pas cinquante sur papier de Chine. Et voilà,
certes, une conquête. L'emplacement nécessaire aux
bibliothèques sera une question de plus en plus difficile à
résoudre à une époque où le rapetissement général des
choses et des hommes atteint tout, jusqu'à leurs habitations.
À Paris, les grands hôtels, les grands appartements seront
tôt ou tard démolis ; il n'y aura bientôt plus de fortunes en
harmonie avec les constructions de nos pères. Quelle honte
pour notre époque de fabriquer des livres sans durée !
Encore dix ans, et le papier de Hollande, c'est-à-dire le
papier fait en chiffon de fil, sera complètement impossible.
Or, votre généreux frère m'a communiqué l'idée qu'avait
eue votre père d'employer certaines plantes fibreuses à la
fabrication du papier, vous voyez que si je réussis, vous
aurez droit à [179]... »

En ce moment Lucien aborda sa sœur et interrompit la
généreuse proposition de David.

« Je ne sais pas, dit-il, si vous avez trouvé cette soirée
belle, mais elle a été cruelle pour moi.

— Mon pauvre Lucien, que t'est-il donc arrivé ? » dit
Ève en remarquant l'animation du visage de son frère.

Le poète irrité raconta ses angoisses, en versant dans ces
cœurs amis les flots de pensées qui l'assaillaient. Ève et
David écoutèrent Lucien en silence, affligés de voir passer
ce torrent de douleurs qui révélait autant de grandeur que de
petitesse.

« M. de Bargeton, dit Lucien en terminant, est un
vieillard qui sera sans doute bientôt emporté par quelque
indigestion ; eh bien, je dominerai ce monde orgueilleux,
j'épouserai Mme de Bargeton ! J'ai lu dans ses yeux ce soir
un amour égal au mien. Oui, mes blessures, elle les a
ressenties ; mes souffrances, elle les a calmées ; elle est aussi
grande et noble qu'elle est belle et gracieuse ! Non, elle ne
me trahira jamais ! »

« N'est-il pas temps de lui faire une existence tranquille ? » dit à voix basse David à Ève.

Ève pressa silencieusement le bras de David, qui, comprenant ses pensées, s'empressa de raconter à Lucien les projets
qu'il avait médités. Les deux amants étaient aussi pleins
d'eux-mêmes que Lucien était plein de lui ; en sorte qu'Ève
et David, empressés de faire approuver leur bonheur,
n'aperçurent point le mouvement de surprise que laissa
échapper l'amant de Mme de Bargeton en apprenant le
mariage de sa sœur et de David. Lucien, qui rêvait de faire
faire à sa sœur une belle alliance quand il aurait saisi quelque
haute position, afin d'étayer son ambition de l'intérêt que lui
porterait une puissante famille, fut désolé de voir dans cette
union un obstacle de plus à ses succès dans le monde.

« Si Mme de Bargeton consent à devenir Mme de
Rubempré, jamais elle ne voudra se trouver être la belle-
sœur de David Séchard ! » Cette phrase est la formule nette
et précise des idées qui tenaillèrent le cœur de Lucien.
« Louise a raison ! les gens d'avenir ne sont jamais compris
par leurs familles », pensa-t-il avec amertume.

Si cette union lui eût été présentée en un moment où il
n'eût pas fantastiquement tué M. de Bargeton, il aurait sans
doute fait éclater la joie la plus vive. En réfléchissant à sa
situation actuelle, en interrogeant la destinée d'une fille belle
et sans fortune, d'Ève Chardon, il eût regardé ce mariage
comme un bonheur inespéré. Mais il habitait un de ces rêves
d'or où les jeunes gens, montés sur des *si*, franchissent
toutes les barrières. Il venait de se voir dominant la Société,
le poète souffrait de tomber si vite dans la réalité. Ève et
David pensèrent que leur frère accablé de tant de générosité
se taisait. Pour ces deux belles âmes, une acceptation
silencieuse prouvait une amitié vraie. L'imprimeur se mit à
peindre avec une éloquence douce et cordiale le bonheur qui
les attendait tous quatre. Malgré les interjections d'Ève, il
meubla son premier étage avec le luxe d'un amoureux ; il
bâtit avec une ingénue bonne foi le second pour Lucien et le
dessus de l'appentis pour Mme Chardon, envers laquelle il
voulait déployer tous les soins d'une filiale sollicitude. Enfin
il fit la famille si heureuse et son frère si indépendant que
Lucien, charmé par la voix de David et par les caresses
d'Ève, oublia sous les ombrages de la route, le long de la
Charente calme et brillante, sous la voûte étoilée et dans la
tiède atmosphère de la nuit, la blessante couronne d'épines
que la Société lui avait enfoncée sur la tête. M. de Rubempré

reconnut enfin David. La mobilité de son caractère le rejeta bientôt dans la vie pure, travailleuse et bourgeoise qu'il avait menée ; il la vit embellie et sans soucis. Le bruit du monde aristocratique s'éloigna de plus en plus. Enfin, quand il atteignit le pavé de l'Houmeau, l'ambitieux serra la main de son frère et se mit à l'unisson des heureux amants.

« Pourvu que ton père ne contrarie pas ce mariage ? dit-il à David.

— Tu sais s'il s'inquiète de moi ? le bonhomme vit pour lui ; mais j'irai demain le voir à Marsac, quand ce ne serait que pour obtenir de lui qu'il fasse les constructions dont nous avons besoin. »

David accompagna le frère et la sœur jusque chez Mme Chardon à laquelle il demanda la main d'Ève, avec l'empressement d'un homme qui ne voulait aucun retard. La mère prit la main de sa fille, la mit dans celle de David avec joie, et l'amant enhardi baisa au front sa belle promise, qui lui sourit en rougissant.

« Voilà les accordailles des gens pauvres, dit la mère en levant les yeux comme pour implorer la bénédiction de Dieu. Vous avez du courage, mon enfant, dit-elle à David, car nous sommes dans le malheur, et je tremble qu'il ne soit contagieux.

— Nous serons riches et heureux, dit gravement David. Pour commencer, vous ne ferez plus votre métier de garde-malade, et vous viendrez demeurer avec votre fille et Lucien à Angoulême. »

Les trois enfants s'empressèrent alors de raconter à leur mère étonnée leur charmant projet, en se livrant à l'une de ces folles causeries de famille où l'on se plaît à engranger toutes les semailles, à jouir par avance de toutes les joies. Il fallut mettre David à la porte ; il aurait voulu que cette soirée fût éternelle. Une heure du matin sonna quand Lucien reconduisit son futur beau-frère jusqu'à la porte Palet. L'honnête Postel, inquiet de ces mouvements extraordinaires, était debout derrière sa persienne ; il avait ouvert la croisée et se disait, en voyant de la lumière à cette heure chez Ève : « Que se passe-t-il donc chez les Chardon ?

— Mon fiston, dit-il en voyant revenir Lucien, que vous arrive-t-il donc ? Auriez-vous besoin de moi ?

— Non, monsieur, répondit le poète ; mais comme vous êtes notre ami, je puis vous dire l'affaire : ma mère vient d'accorder la main de ma sœur à David Séchard. »

Pour toute réponse, Postel ferma brusquement sa fenêtre, au désespoir de n'avoir pas demandé Mlle Chardon.

Au lieu de rentrer à Angoulême, David prit la route de Marsac. Il alla tout en se promenant chez son père, et arriva le long du clos attenant à la maison, au moment où le soleil se levait. L'amoureux aperçut sous un amandier la tête du vieil Ours qui s'élevait au-dessus d'une haie.

« Bonjour, mon père, lui dit David.

— Tiens, c'est toi, mon garçon? par quel hasard te trouves-tu sur la route à cette heure? Entre par là, dit le vigneron en indiquant à son fils une petite porte à claire-voie. Mes vignes ont toutes passé fleur[180], pas un cep de gelé! Il y aura plus de vingt poinçons[181] à l'arpent cette année; mais aussi comme c'est fumé!

— Mon père, je viens vous parler d'une affaire importante.

— Eh bien, comment vont nos presses? tu dois gagner de l'argent gros comme toi?

— J'en gagnerai, mon père, mais pour le moment je ne suis pas riche.

— Ils me blâment tous ici de fumer à mort, répondit le père. Les bourgeois, c'est-à-dire M. le marquis, M. le comte, messieurs ci et ça prétendent que j'ôte de la qualité au vin. À quoi sert l'éducation? à vous brouiller l'entende-ment. Écoute! ces messieurs récoltent sept, quelquefois huit pièces à l'arpent, et les vendent soixante francs la pièce, ce qui fait au plus quatre cents francs par arpent dans les bonnes années. Moi, j'en récolte vingt pièces et les vends trente francs, total six cents francs! Où sont les niais? La qualité! la qualité! Qu'est-ce que ça me fait, la qualité? qu'il la gardent pour eux, la qualité, MM. les marquis! pour moi, la qualité, c'est les écus. Tu dis?...

— Mon père, je me marie, je viens vous demander...

— Me demander? Quoi! rien du tout, mon garçon. Marie-toi, j'y consens; mais pour te donner quelque chose, je me trouve sans un sou. Les façons[182] m'ont ruiné! Depuis deux ans, j'avance des façons, des impositions, des frais de toute nature; le gouvernement prend tout, le plus clair va au gouvernement! Voilà deux ans que les pauvres vignerons ne font rien. Cette année ne se présente pas mal, eh bien, mes gredins de poinçons valent déjà onze francs! On récoltera pour le tonnelier. Pourquoi te marier avant les vendanges?...

— Mon père, je ne viens vous demander que votre consentement.

— Ah! c'est une autre affaire. À l'encontre de qui te maries-tu, sans curiosité?

— J'épouse Mlle Ève Chardon.

— Qu'est ce que c'est que ça? qu'est-ce qu'elle mange?

— Elle est fille de feu M. Chardon, le pharmacien de l'Houmeau.

— Tu épouses une fille de l'Houmeau, toi, un bourgeois! toi, l'imprimeur du Roi à Angoulême! Voilà les fruits de l'éducation! Mettez donc vos enfants au collège! Ah! çà, elle est donc bien riche, mon garçon? dit le vieux vigneron en se rapprochant de son fils d'un air câlin; car si tu épouses une fille de l'Houmeau, elle doit en avoir des mille et des cent! Bon! tu me payeras mes loyers. Sais-tu, mon garçon, que voilà deux ans trois mois de loyers dus[183], ce qui fait deux mille sept cents francs, qui me viendraient bien à point pour payer le tonnelier. À tout autre qu'à mon fils, je serais en droit de demander des intérêts; car, après tout, les affaires sont les affaires; mais je te les remets. Hé bien, qu'a-t-elle?

— Mais elle a ce qu'avait ma mère. »

Le vieux vigneron allait dire: « Elle n'a que dix mille francs! » Mais il se souvint d'avoir refusé des comptes à son fils, et s'écria: « Elle n'a rien! »

— La fortune de ma mère était son intelligence et sa beauté.

— Va donc au marché avec ça, et tu verras ce qu'on te donnera dessus! Nom d'une pipe, les pères sont-ils malheureux dans leurs enfants! David, quand je me suis marié, j'avais sur la tête un bonnet de papier pour toute fortune et mes deux bras, j'étais un pauvre Ours; mais avec la belle imprimerie que je t'ai *donnée*, avec ton industrie et tes connaissances, tu dois épouser une bourgeoise de la ville, une femme riche de trente à quarante mille francs. Laisse ta passion, et je te marierai, moi! Nous avons à une lieue d'ici une veuve de trente-deux ans, meunière, qui a cent mille francs de bien au soleil; voilà ton affaire. Tu peux réunir ses biens à ceux de Marsac, ils se touchent! Ah! le beau domaine que nous aurions, et comme je le gouvernerais! On dit qu'elle va se marier avec Courtois, son premier garçon, tu vaux encore mieux que lui! Je mènerais le moulin, tandis qu'elle ferait les beaux bras à Angoulême.

— Mon père, je suis engagé...

— David, tu n'entends rien au commerce, je te vois ruiné. Oui, si tu te maries avec cette fille de l'Houmeau, je me mettrai en règle vis-à-vis de toi, je t'assignerai pour me payer mes loyers, car je ne prévois rien de bon. Ah! mes pauvres presses! mes presses! il vous fallait de l'argent pour vous huiler, vous entretenir et vous faire rouler. Il n'y a qu'une bonne année qui puisse me consoler de cela.

— Mon père, il me semble que jusqu'à présent je vous ai causé peu de chagrin...

— Et très peu payé de loyers, répondit le vigneron.

— Je venais vous demander, outre votre consentement à mon mariage, de me faire élever le second étage de votre maison et de construire un logement au-dessus de l'appentis.

— Bernique, je n'ai pas le sou, tu le sais bien. D'ailleurs, ce serait de l'argent jeté dans l'eau, car qu'est-ce que ça me rapporterait? Ah! tu te lèves dès le matin pour venir me demander des constructions à ruiner un roi. Quoiqu'on t'ait nommé David, je n'ai pas les trésors de Salomon. Mais tu es fou? On m'a changé mon enfant en nourrice. En voilà-t-il un qui aura du raisin! dit-il en s'interrompant pour montrer un cep à David. Voilà des enfants qui ne trompent pas l'espoir de leurs parents : vous les fumez, ils vous rapportent. Moi, je t'ai mis au lycée, j'ai payé des sommes énormes pour faire de toi un savant, tu vas étudier chez les Didot ; et toutes ces frimes aboutissent à me donner pour bru une fille de l'Houmeau, sans un sou de dot! Si tu n'avais pas étudié, que tu fusses resté sous mes yeux, tu te serais conduit à ma fantaisie, et tu te marierais aujourd'hui avec une meunière de cent mille francs, sans compter le moulin. Ah! ton esprit te sert à croire que je te récompenserai de ce beau sentiment, en te faisant construire des palais?... Mais ne dirait-on pas en vérité que, depuis deux cents ans, la maison où tu es n'a logé que des cochons, et que ta fille de l'Houmeau ne peut pas y coucher. Ah çà! c'est donc la reine de France?

— Eh bien, mon père, je construirai le second étage à mes frais, ce sera le fils qui enrichira le père. Quoique ce soit le monde renversé, cela se voit quelquefois.

— Comment, mon gars, tu as de l'argent pour bâtir, et tu n'en as pas pour payer tes loyers? Finaud, tu ruses avec ton père! »

La question ainsi posée devint difficile à résoudre, car le bonhomme était enchanté de mettre son fils dans une position qui lui permît de ne lui rien donner tout en paraissant paternel. Aussi David ne put-il obtenir de son père qu'un consentement pur et simple au mariage et la permission de faire à ses frais, dans la maison paternelle, toutes les constructions dont il pouvait avoir besoin. Le vieil Ours, ce modèle des pères conservateurs, fit à son fils la grâce de ne pas exiger ses loyers et de ne pas lui prendre les économies qu'il avait eu l'imprudence de laisser voir. David revint triste : il comprit que dans le malheur il ne pourrait pas compter sur le secours de son père.

Il ne fut question dans tout Angoulême que du mot de l'évêque et de la réponse de Mme de Bargeton. Les moindres événements furent si bien dénaturés, augmentés, embellis, que le poète devint le héros du moment. De la sphère supérieure où gronda cet orage de cancans, il en tomba quelques gouttes dans la bourgeoisie. Quand Lucien passa par Beaulieu pour aller chez Mme de Bargeton, il s'aperçut de l'attention envieuse avec laquelle plusieurs jeunes gens le regardèrent, et saisit quelques phrases qui l'enorgueillirent.

« Voilà un jeune homme heureux, disait un clerc d'avoué nommé Petit-Claud, le camarade de collège de Lucien avec qui Lucien prenait de petits airs protecteurs et qui était laid.

— Oui, certes il est joli garçon, il a du talent, et Mme de Bargeton en est folle ! » répondait un fils de famille qui avait assisté à la lecture.

Il avait impatiemment attendu l'heure où il savait trouver Louise seule, il avait besoin de faire accepter le mariage de sa sœur à cette femme, devenue l'arbitre de ses destinées. Après la soirée de la veille, Louise serait peut-être plus tendre, et cette tendresse pouvait amener un moment de bonheur. Il ne s'était pas trompé : Mme de Bargeton le reçut avec une emphase de sentiment qui parut à ce novice en amour un touchant progrès de passion. Elle abandonna ses beaux cheveux d'or, ses mains, sa tête aux baisers enflammés du poète qui, la veille, avait tant souffert !

« Si tu avais vu ton visage pendant que tu lisais, dit-elle, car ils étaient arrivés la veille au tutoiement, à cette caresse du langage, alors que sur le canapé Louise avait de sa blanche main essuyé les gouttes de sueur qui par avance mettaient des perles sur le front où elle posait une couronne. Il s'échappait des étincelles de tes beaux yeux ! je voyais sortir de tes lèvres les chaînes d'or qui suspendent les cœurs à la bouche des poètes. Tu me liras tout Chénier, c'est le poète des amants. Tu ne souffriras plus, je ne le veux pas ! Oui, cher ange, je te ferai une oasis où tu vivras toute ta vie de poète, active, molle, indolente, laborieuse, pensive tour à tour ; mais n'oubliez jamais que vos lauriers me sont dus, que ce sera pour moi la noble indemnité des souffrances qui m'adviendront. Pauvre cher, ce monde ne m'épargnera pas plus qu'il ne t'épargne, il se venge de tous les bonheurs qu'il ne partage pas. Oui, je serai toujours jalousée, ne l'avez-vous pas vu hier ? Ces mouches buveuses de sang sont-elles accourues assez vite pour s'abreuver dans les piqûres qu'elles ont faites ? Mais j'étais heureuse ! je vivais ! Il y a si longtemps que toutes les cordes de mon cœur n'ont résonné ! »

Des larmes coulèrent sur les joues de Louise, Lucien lui prit une main, et pour toute réponse la baisa longtemps. Les vanités de ce poète furent donc caressées par cette femme comme elles l'avaient été par sa mère, par sa sœur et par David. Chacun autour de lui continuait à exhausser le piédestal imaginaire sur lequel il se mettait. Entretenu par tout le monde, par ses amis comme par la rage de ses ennemis dans ses croyances ambitieuses, il marchait dans une atmosphère pleine de mirages. Les jeunes imaginations sont si naturellement complices de ces louanges et de ces idées, tout s'empresse tant à servir un jeune homme beau, plein d'avenir, qu'il faut plus d'une leçon amère et froide pour dissiper de tels prestiges.

« Tu veux donc bien, ma belle Louise, être ma Béatrix, mais une Béatrix qui se laisse aimer ? »

Elle releva ses beaux yeux qu'elle avait tenus baissés, et dit en démentant sa parole par un angélique sourire : « Si vous le méritez... plus tard ! N'êtes-vous pas heureux ? avoir un cœur à soi ! pouvoir tout dire avec la certitude d'être compris, n'est-ce pas le bonheur ?

— Oui, répondit-il en faisant une moue d'amoureux contrarié.

— Enfant ! dit-elle en se moquant. Allons, n'avez-vous pas quelque chose à me dire ? Tu es entré tout préoccupé, mon Lucien. »

Lucien confia timidement à sa bien-aimée l'amour de David pour sa sœur, celui de sa sœur pour David, et le mariage projeté.

« Pauvre Lucien, dit-elle, il a peur d'être battu, grondé, comme si c'était lui qui se mariât ! Mais où est le mal ? reprit-elle en passant ses mains dans les cheveux de Lucien. Que me fait ta famille, où tu es une exception [184] ? Si mon père épousait sa servante, t'en inquiéterais-tu beaucoup ?

Cher enfant, les amants sont à eux seuls toute leur famille. Ai-je dans le monde un autre intérêt que mon Lucien ? Sois grand, sache conquérir de la gloire, voilà nos affaires ! »

Lucien fut l'homme du monde le plus heureux de cette égoïste réponse. Au moment où il écoutait les folles raisons par lesquelles Louise lui prouva qu'ils étaient seuls dans le monde, M. de Bargeton entra. Lucien fronça le sourcil, et parut interdit, Louise lui fit un signe et le pria de rester dîner avec eux en lui demandant de lui lire André Chénier, jusqu'à ce que les joueurs et les habitués vinssent.

« Vous ne ferez pas seulement plaisir à elle, dit M. de Bargeton, mais à moi aussi. Rien ne m'arrange mieux que d'entendre lire après mon dîner. »

Câliné par M. de Bargeton, câliné par Louise, servi par les domestiques avec le respect qu'ils ont pour les favoris de leurs maîtres, Lucien resta dans l'hôtel de Bargeton en s'identifiant à toutes les jouissances d'une fortune dont l'usufruit lui était livré. Quand le salon fut plein de monde, il se sentit si fort de la bêtise de M. de Bargeton et de l'amour de Louise, qu'il prit un air dominateur que sa belle maîtresse encouragea. Il savoura les plaisirs du despotisme conquis par Naïs et qu'elle aimait à lui faire partager. Enfin il s'essaya pendant cette soirée à jouer le rôle d'un héros de petite ville. En voyant la nouvelle attitude de Lucien, quelques personnes pensèrent qu'il était, suivant une expression de l'ancien temps, du dernier bien avec Mme de Bargeton. Amélie, venue avec M. du Châtelet, affirmait ce grand malheur dans un coin du salon où s'étaient réunis les jaloux et les envieux.

« Ne rendez pas Naïs comptable de la vanité d'un petit jeune homme tout fier de se trouver dans un monde où il ne croyait jamais pouvoir aller, dit Châtelet. Ne voyez-vous pas que ce Chardon prend les phrases gracieuses d'une femme du monde pour des avances, il ne sait pas encore distinguer le silence que garde la passion vraie du langage protecteur que lui méritent sa beauté, sa jeunesse et son talent ! Les femmes seraient trop à plaindre si elles étaient coupables de tous les désirs qu'elles nous inspirent. Il est certainement amoureux, mais quant à Naïs...

— Oh ! Naïs, répéta la perfide Amélie, Naïs est très heureuse de cette passion. À son âge, l'amour d'un jeune homme offre tant de séductions ! On redevient jeune auprès de lui, l'on se fait jeune fille, on en prend les scrupules, les manières, et l'on ne songe pas au ridicule... Voyez donc ? le fils d'un pharmacien se donne des airs de maître chez Mme de Bargeton.

— L'amour ne connaît pas ces distances-là », chanteronna Adrien.

Le lendemain, il n'y eut pas une seule maison dans Angoulême où l'on ne discutât le degré d'intimité dans lequel se trouvaient M. Chardon, *alias* de Rubempré, et Mme de Bargeton : à peine coupables de quelques baisers, le monde les accusait déjà du plus criminel bonheur. Mme de Bargeton portait la peine de sa royauté. Parmi les bizarreries de la société, n'avez-vous pas remarqué les caprices de ses jugements et la folie de ses exigences ? Il est des personnes auxquelles tout est permis : elles peuvent faire les choses les plus déraisonnables ; d'elles, tout est bienséant ; c'est à qui justifiera leurs actions. Mais il en est d'autres pour lesquelles le monde est d'une incroyable sévérité ; celles-là doivent faire tout bien, ne jamais ni se tromper, ni faillir, ni même laisser échapper une sottise ; vous diriez des statues admirées que l'on ôte de leur piédestal dès que l'hiver leur a fait tomber un doigt ou cassé le nez ; on ne leur permet rien d'humain, elles sont tenues d'être toujours divines et parfaites. Un seul regard de Mme de Bargeton à Lucien équivalait aux douze années de bonheur de Zizine et de Francis. Un serrement de main entre les deux amants allait attirer sur eux toutes les foudres de la Charente.

David avait rapporté de Paris un pécule secret qu'il destinait aux frais nécessités par son mariage et par la construction du second étage de la maison paternelle. Agrandir cette maison, n'était-ce pas travailler pour lui ? tôt ou tard elle lui reviendrait, son père avait soixante-dix-huit ans. L'imprimeur fit donc construire en colombage l'appartement de Lucien, afin de ne pas surcharger les vieux murs de cette maison lézardée. Il se plut à décorer, à meubler galamment l'appartement du premier, où la belle Ève devait passer sa vie. Ce fut un temps d'allégresse et de bonheur sans mélange pour les deux amis. Quoique las des chétives proportions de l'existence en province, et fatigué de cette sordide économie qui faisait d'une pièce de cent sous une somme énorme, Lucien supporta sans se plaindre les calculs de la misère et ses privations. Sa sombre mélancolie avait fait place à la radieuse expression de l'espérance. Il voyait briller une étoile au-dessus de sa tête ; il rêvait une belle existence en asseyant son bonheur sur la tombe de M. de Bargeton, lequel avait de temps en temps des digestions difficiles, et

l'heureuse manie de regarder l'indigestion de son dîner
comme une maladie qui devait se guérir par celle du souper.

Vers le commencement du mois de septembre, Lucien
n'était plus prote, il était M. de Rubempré, logé magnifiquement en comparaison de la misérable mansarde à lucarne où
le petit Chardon demeurait à l'Houmeau ; il n'était plus un
homme de l'Houmeau, il habitait le haut Angoulême, et
dînait près de quatre fois par semaine chez Mme de
Bargeton. Pris en amitié par Monseigneur, il était admis à
l'évêché. Ses occupations le classaient parmi les personnes
les plus élevées. Enfin il devait prendre place un jour parmi
les illustrations de la France. Certes, en parcourant un joli
salon, une charmante chambre à coucher et un cabinet plein
de goût, il pouvait se consoler de prélever trente francs par
mois sur les salaires si péniblement gagnés par sa sœur et par
sa mère ; car il apercevait le jour où le roman historique
auquel il travaillait depuis deux ans, *L'Archer de Charles
IX*[185], et un volume de poésies intitulées *Les Marguerites*,
répandraient son nom dans le monde littéraire, en lui
donnant assez d'argent pour s'acquitter envers sa mère, sa
sœur et David. Aussi, se trouvant grandi, prêtant l'oreille au
retentissement de son nom dans l'avenir, acceptait-il maintenant ces sacrifices avec une noble assurance : il souriait de sa
détresse, il jouissait de ses dernières misères. Ève et David
avaient fait passer le bonheur de leur frère avant le leur. Le
mariage était retardé par le temps que demandaient encore
les ouvriers pour achever les meubles, les peintures, les
papiers destinés au premier étage : car les affaires de Lucien
avaient eu la primauté. Quiconque connaissait Lucien ne se
serait pas étonné de ce dévouement : il était si séduisant ! ses
manières étaient si câlines ! son impatience et ses désirs, il les
exprimait si gracieusement ! il avait toujours gagné sa cause
avant d'avoir parlé. Ce fatal privilège perd plus de jeunes
gens qu'il n'en sauve. Habitués aux prévenances qu'inspire
une jolie jeunesse, heureux de cette égoïste protection que le
Monde accorde à un être qui lui plaît, comme il fait
l'aumône au mendiant qui réveille un sentiment et lui donne
une émotion, beaucoup de ces grands enfants jouissent de
cette faveur au lieu de l'exploiter. Trompés sur le sens et le
mobile des relations sociales, ils croient toujours rencontrer
de décevants sourires ; mais ils arrivent nus, chauves,
dépouillés, sans valeur ni fortune, au moment où, comme de
vieilles coquettes et de vieux haillons, le Monde les laisse à la
porte d'un salon et au coin d'une borne. Ève avait d'ailleurs

désiré ce retard, elle voulait établir économiquement les choses nécessaires à un jeune ménage. Que pouvaient refuser deux amants à un frère qui, voyant travailler sa sœur, disait avec un accent parti du cœur : « Je voudrais savoir coudre ! » Puis le grave et observateur David avait été complice de ce dévouement. Néanmoins, depuis le triomphe de Lucien chez Mme de Bargeton, il eut peur de la transformation qui s'opérait chez Lucien ; il craignit de lui voir mépriser les mœurs bourgeoises. Dans le désir d'éprouver son frère, David le mit quelquefois entre les joies patriarcales de la famille et les plaisirs du grand monde, et, voyant Lucien leur sacrifier ses vaniteuses jouissances, il s'était écrié : « On ne nous le corrompra point ! » Plusieurs fois les trois amis et Mme Chardon firent des parties de plaisir, comme elles se font en province : ils allaient se promener dans les bois qui avoisinent Angoulême et longent la Charente ; ils dînaient sur l'herbe avec des provisions que l'apprenti de David apportait à un certain endroit et à une heure convenue ; puis ils revenaient le soir, un peu fatigués, n'ayant pas dépensé trois francs. Dans les grandes circonstances, quand ils dînaient à ce qui se nomme un *restaurat*, espèce de restaurant champêtre qui tient le milieu entre le *bouchon* des provinces et la *guinguette* de Paris, ils allaient jusqu'à cent sous partagés entre David et les Chardon. David savait un gré infini à Lucien d'oublier, dans ces champêtres journées, les satisfactions qu'il trouvait chez Mme de Bargeton et les somptueux dîners du monde. Chacun voulait alors fêter le grand homme d'Angoulême.

Dans ces conjonctures, au moment où il ne manquait presque plus rien au futur ménage, pendant un voyage que David fit à Marsac pour obtenir de son père qu'il vînt assister à son mariage, en espérant que le bonhomme, séduit par sa belle-fille, contribuerait aux énormes dépenses nécessitées par l'arrangement de la maison, il arriva l'un de ces événements qui, dans une petite ville, changent entièrement la face des choses.

Lucien et Louise avaient dans du Châtelet un espion intime qui guettait avec la persistance d'une haine mêlée de passion et d'avarice l'occasion d'amener un éclat. Sixte voulait forcer Mme de Bargeton à si bien se prononcer pour Lucien, qu'elle fût ce qu'on nomme *perdue*. Il s'était posé comme un humble confident de Mme de Bargeton ; mais s'il admirait Lucien rue du Minage, il le démolissait partout ailleurs. Il avait insensiblement conquis les petites entrées chez Naïs, qui ne se défiait plus de son vieil adorateur ; mais il avait trop présumé des deux amants dont l'amour restait platonique, au grand désespoir de Louise et de Lucien. Il y a en effet des passions qui s'embarquent mal ou bien, comme on voudra. Deux personnes se jettent dans la tactique du sentiment, parlent au lieu d'agir, et se battent en plein champ au lieu de faire un siège. Elles se blasent ainsi souvent d'elles-mêmes en fatiguant leurs désirs dans le vide. Deux amants se donnent alors le temps de réfléchir, de se juger. Souvent des passions qui étaient entrées en campagne, enseignes déployées, pimpantes, avec une ardeur à tout renverser, finissent alors par rentrer chez elles, sans victoire, honteuses, désarmées, sottes de leur vain bruit. Ces fatalités sont parfois explicables par les timidités de la jeunesse et par les temporisations auxquelles se plaisent les femmes qui débutent, car ces sortes de tromperies mutuelles n'arrivent ni aux fats qui connaissent la pratique, ni aux coquettes habituées aux manèges de la passion.

La vie de province est d'ailleurs singulièrement contraire aux contentements de l'amour, et favorise les débats intellec-tuels de la passion ; comme aussi les obstacles qu'elle oppose au doux commerce qui lie tant les amants précipitent [186] les âmes ardentes en des parties extrêmes. Cette vie est basée sur un espionnage si méticuleux, sur une si grande transpa-rence des intérieurs, elle admet si peu l'intimité qui console sans offenser la vertu, les relations les plus pures y sont si déraisonnablement incriminées, que beaucoup de femmes sont flétries malgré leur innocence. Certaines d'entre elles s'en veulent alors de ne pas goûter toutes les félicités d'une faute dont tous les malheurs les accablent. La société qui blâme ou critique sans aucun examen sérieux les faits patents par lesquels se terminent de longues luttes secrètes, est ainsi primitivement complice de ces éclats ; mais la plupart des gens qui déblatèrent contre les prétendus scandales offerts par quelques femmes calomniées sans raison n'ont jamais pensé aux causes qui déterminent chez elles une résolution publique. Mme de Bargeton allait se trouver dans cette bizarre situation où se sont trouvées beaucoup de femmes qui ne se sont perdues qu'après avoir été injustement accusées.

Au début de la passion, les obstacles effraient les gens inexpérimentés ; et ceux que rencontraient les deux amants ressemblaient fort aux liens par lesquels les Lilliputiens avaient garrotté Gulliver [187]. C'était des riens multipliés qui rendaient tout mouvement impossible et annulaient les plus violents désirs. Ainsi, Mme de Bargeton devait rester toujours visible. Si elle avait fait fermer sa porte aux heures où venait Lucien, tout eût été dit, autant aurait valu s'enfuir avec lui. Elle le recevait à la vérité dans ce boudoir auquel il s'était si bien accoutumé qu'il s'en croyait le maître ; mais les portes demeuraient consciencieusement ouvertes. Tout se passait le plus vertueusement du monde. M. de Bargeton se promenait chez lui comme un hanneton sans croire que sa femme voulût être seule avec Lucien. S'il n'y avait eu d'autre obstacle que lui, Naïs aurait très bien pu le renvoyer ou l'occuper ; mais elle était accablée de visites, et il y avait d'autant plus de visiteurs que la curiosité était plus éveillée. Les gens de province sont naturellement taquins, ils aiment à contrarier les passions naissantes. Les domestiques allaient et venaient dans la maison sans être appelés ni sans prévenir de leur arrivée, par suite de vieilles habitudes prises, et qu'une femme qui n'avait rien à cacher leur avait laissé prendre. Changer les mœurs intérieures de sa maison, n'était-ce pas avouer l'amour dont doutait encore tout Angoulême ? Mme de Bargeton ne pouvait pas mettre le pied hors de chez elle sans que la ville sût où elle allait. Se promener seule avec Lucien hors de la ville était une démarche décisive : il aurait été moins dangereux de s'enfermer avec lui chez elle. Si Lucien était resté après minuit chez Mme de Bargeton, sans y être en compagnie, on en aurait glosé le lendemain. Ainsi, au-dedans comme au-dehors, Mme de Bargeton vivait toujours en public. Ces détails peignent toute la province : les fautes y sont ou avouées ou impossibles.

Louise, comme toutes les femmes entraînées par une passion sans en avoir l'expérience, reconnaissait une à une les difficultés de sa position ; elle s'en effrayait. Sa frayeur réagissait alors sur ces amoureuses discussions qui prennent les plus belles heures où deux amants se trouvent seuls. Mme de Bargeton n'avait pas de terre où elle pût emmener son cher poète, comme font quelques femmes qui, sous un prétexte habilement forgé, vont s'enterrer à la campagne. Fatiguée de vivre en public, poussée à bout par cette tyrannie dont le joug était plus dur que ses plaisirs n'étaient doux, elle pensait à l'Escarbas, et méditait d'y aller voir son vieux père, tant elle s'irritait de ces misérables obstacles.

Châtelet ne croyait pas à tant d'innocence. Il guettait les heures auxquelles Lucien venait chez Mme de Bargeton, et s'y rendait quelques instants après, en se faisant toujours accompagner de M. de Chandour, l'homme le plus indiscret de la coterie, et auquel il cédait le pas pour entrer, espérant toujours une surprise en cherchant si opiniâtrement[188] un hasard. Son rôle et la réussite de son plan étaient d'autant plus difficiles, qu'il devait rester neutre, afin de diriger tous les acteurs du drame qu'il voulait faire jouer. Aussi, pour endormir Lucien qu'il caressait et Mme de Bargeton qui ne manquait pas de perspicacité, s'était-il attaché par contenance à la jalouse Amélie. Pour mieux faire espionner Louise et Lucien, il avait réussi depuis quelques jours à établir entre M. de Chandour et lui une controverse au sujet des deux amoureux. Du Châtelet prétendait que Mme de Bargeton se moquait de Lucien, qu'elle était trop fière, trop bien née pour descendre jusqu'au fils d'un pharmacien. Ce rôle d'incrédule allait au plan qu'il s'était tracé, car il désirait passer pour le défenseur de Mme de Bargeton. Stanislas soutenait que Lucien n'était pas un amant malheureux. Amélie aiguillonnait la discussion en souhaitant savoir la vérité. Chacun donnait ses raisons. Comme il arrive dans les petites villes, souvent quelques intimes de la maison Chandour arrivaient au milieu d'une conversation où du Châtelet et Stanislas justifiaient à l'envi leur opinion par d'excellentes observations. Il était bien difficile que chaque adversaire ne cherchât pas des partisans en demandant à son voisin : « Et vous, quel est votre avis ? » Cette controverse tenait Mme de Bargeton et Lucien constamment en vue. Enfin, un jour, du Châtelet fit observer que toutes les fois que M. de Chandour et lui se présentaient chez Mme de Bargeton et que Lucien s'y trouvait, aucun indice ne trahissait de relations suspectes : la porte du boudoir était ouverte, les gens allaient et venaient, rien de mystérieux n'annonçait les jolis crimes de l'amour, etc. Stanislas, qui ne manquait pas d'une certaine dose de bêtise, se promit d'arriver le lendemain sur la pointe du pied, ce à quoi la perfide Amélie l'engagea fort.

Ce lendemain fut pour Lucien une de ces journées où les jeunes gens s'arrachent quelques cheveux en se jurant à eux-mêmes de ne pas continuer le sot métier de soupirant. Il s'était accoutumé à sa position. Le poète qui avait si timidement pris une chaise dans le boudoir sacré de la reine d'Angoulême s'était métamorphosé en amoureux exigeant. Six mois avaient suffi pour qu'il se crût l'égal de Louise, et il voulait alors en être le maître. Il partit de chez lui se promettant d'être très déraisonnable, de mettre sa vie en jeu,

d'employer toutes les ressources d'une éloquence enflam-
mée, de dire qu'il avait la tête perdue, qu'il était incapable
d'avoir une pensée ni d'écrire une ligne. Il existe chez
certaines femmes une horreur des partis pris qui fait
honneur à leur délicatesse, elles aiment à céder à l'entraînement, et non à des conventions. Généralement, personne ne
veut d'un plaisir imposé. Mme de Bargeton remarqua sur le
front de Lucien, dans ses yeux, dans sa physionomie et dans
ses manières, cet *air agité* qui trahit une résolution arrêtée :
elle se proposa de la déjouer, un peu par esprit de
contradiction, mais aussi par une noble entente de l'amour.
En femme exagérée, elle s'exagérait la valeur de sa personne.
À ses yeux, Mme de Bargeton était une souveraine, une
Béatrix, une Laure[189]. Elle s'asseyait, comme au Moyen
Âge, sous le dais du tournoi littéraire, et Lucien devait la
mériter après plusieurs victoires, il avait à effacer l'*enfant
sublime*, Lamartine, Walter Scott, Byron. La noble créature
considérait son amour comme un principe généreux : les
désirs qu'elle inspirait à Lucien devaient être une cause de
gloire pour lui. Ce *don-quichottisme* féminin est un sentiment
qui donne à l'amour une consécration respectable, elle
l'utilise, elle l'agrandit, elle l'honore. Obstinée à jouer le rôle
de Dulcinée dans la vie de Lucien pendant sept à huit ans,
Mme de Bargeton voulait, comme beaucoup de femmes de
province, faire acheter sa personne par une espèce de
servage, par un temps de constance qui lui permît de juger
son ami.

Quand Lucien eut engagé la lutte par une de ces fortes
bouderies dont se rient les femmes encore libres d'elles-
mêmes, et qui n'attristent que les femmes aimées, Louise
prit un air digne, et commença l'un de ses longs discours
bardés de mots pompeux.

« Est-ce là ce que vous m'aviez promis, Lucien ? dit-elle
en finissant. Ne mettez pas dans un présent si doux des
remords qui plus tard empoisonneraient ma vie. Ne gâtez
pas l'avenir ! Et je le dis avec orgueil, ne gâtez pas le
présent ! N'avez-vous pas tout mon cœur ? Que vous faut-il
donc ? votre amour se laisserait-il influencer par les sens,
tandis que le plus beau privilège d'une femme aimée est de
leur imposer silence ? Pour qui me prenez-vous donc ? ne
suis-je donc plus votre Béatrix ? Si je ne suis pas pour vous
quelque chose de plus qu'une femme, je suis moins qu'une
femme.

— Vous ne diriez pas autre chose à un homme que vous n'aimeriez pas, s'écria Lucien furieux.

— Si vous ne sentez pas tout ce qu'il y a de véritable amour dans mes idées, vous ne serez jamais digne de moi.

— Vous mettez mon amour en doute pour vous dispenser d'y répondre », dit Lucien en se jetant à ses pieds et pleurant.

Le pauvre garçon pleura sérieusement en se voyant pour si longtemps à la porte du paradis. Ce fut des larmes de poète qui se croyait humilié dans sa puissance, des larmes d'enfant au désespoir de se voir refuser le jouet qu'il demande.

« Vous ne m'avez jamais aimé, s'écria-t-il.

— Vous ne croyez pas ce que vous dites, répondit-elle flattée de cette violence.

— Prouvez-moi donc que vous êtes à moi », dit Lucien échevelé.

En ce moment, Stanislas arriva sans être entendu, vit Lucien à demi renversé, les larmes aux yeux et la tête appuyée sur les genoux de Louise. Satisfait de ce tableau suffisamment suspect, Stanislas se replia brusquement sur du Châtelet, qui se tenait à la porte du salon. Mme de Bargeton s'élança vivement, mais elle n'atteignit pas les deux espions, qui s'étaient précipitamment retirés comme des gens importuns.

« Qui donc est venu ? demanda-t-elle à ses gens.

— MM. de Chandour et du Châtelet », répondit Gentil, son vieux valet de chambre.

Elle rentra dans son boudoir pâle et tremblant.

« S'ils vous ont vu ainsi, je suis perdue, dit-elle à Lucien.

— Tant mieux ! » s'écria le poète.

Elle sourit à ce cri d'égoïsme plein d'amour. En province, une semblable aventure s'aggrave par la manière dont elle se raconte. En un moment, chacun sut que Lucien avait été surpris aux genoux de Naïs. M. de Chandour, heureux de l'importance que lui donnait cette affaire, alla d'abord raconter le grand événement au Cercle, puis de maison en maison. Du Châtelet s'empressa de dire partout qu'il n'avait rien vu ; mais en se mettant ainsi en dehors du fait, il excitait Stanislas à parler, il lui faisait enchérir sur les détails ; et Stanislas, se trouvant spirituel, en ajoutait de nouveaux à chaque récit. Le soir, la société afflua chez Amélie ; car le soir les versions les plus exagérées circulaient dans l'Angoulême noble, où chaque narrateur avait imité Stanislas.

Femmes et hommes étaient impatients de connaître la vérité. Les femmes qui se voilaient la face en criant le plus au scandale, à la perversité, étaient précisément Amélie, Zéphirine, Fifine, Lolotte, qui toutes étaient plus ou moins grevées de bonheurs illicites. Le cruel thème se variait sur tous les tons.

« Eh bien, disait l'une, cette pauvre Naïs, vous savez ? Moi, je ne le crois pas, elle a devant elle toute une vie irréprochable ; elle est beaucoup trop fière pour être autre chose que la protectrice de M. Chardon. Mais si cela est, je la plains de tout mon cœur.

— Elle est d'autant plus à plaindre, qu'elle se donne un ridicule affreux ; car elle pourrait être la mère de M. Lulu, comme l'appelait Jacques. Ce poétriau a tout au plus vingt-deux ans, et Naïs, entre nous soit dit, a bien quarante ans.

— Moi, disait Châtelet, je trouve que la situation même dans laquelle était M. de Rubempré prouve l'innocence de Naïs. On ne se met pas à genoux pour redemander ce qu'on a déjà eu.

— C'est selon ! dit Francis, d'un air égrillard qui lui valut de Zéphirine une œillade improbative [190].

— Mais dites-nous donc bien ce qui en est », demandait-on à Stanislas en se formant en comité secret dans un coin du salon.

Stanislas avait fini par composer un petit conte plein de gravelures, et l'accompagnait de gestes et de poses qui incriminaient prodigieusement la chose.

« C'est incroyable, répétait-on.

— À midi, disait l'une.

— Naïs aurait été la dernière que j'eusse soupçonnée.

— Que va-t-elle faire ? »

Puis des commentaires, des suppositions infinies !... Du Châtelet défendait Mme de Bargeton ; mais il la défendait si maladroitement qu'il attisait le feu du commérage au lieu de l'éteindre. Lili, désolée de la chute du plus bel ange de l'olympe angoumoisin, alla tout en pleurs colporter la nouvelle à l'évêché. Quand la ville entière fut bien certainement en rumeur, l'heureux du Châtelet alla chez Mme de Bargeton, où il n'y avait, hélas ! qu'une seule table de whist ; il demanda diplomatiquement à Naïs d'aller causer avec elle dans son boudoir. Tous deux s'assirent sur le petit canapé.

« Vous savez sans doute, dit du Châtelet à voix basse, ce dont tout Angoulême s'occupe...

— Non, dit-elle.

— Eh bien, reprit-il, je suis trop votre ami pour vous le laisser ignorer. Je dois vous mettre à même de faire cesser des calomnies sans doute inventées par Amélie, qui a l'outrecuidance de se croire votre rivale. Je venais ce matin vous voir avec ce singe de Stanislas, qui me précédait de quelques pas, lorsqu'en arrivant là, dit-il en montrant la porte du boudoir, il prétend vous avoir *vue* avec M. de Rubempré dans une situation qui ne lui permettait pas d'entrer ; il est revenu sur moi tout effaré en m'entraînant, sans me laisser le temps de me reconnaître ; et nous étions à Beaulieu, quand il me dit la raison de sa retraite. Si je l'avais connue, je n'aurais pas bougé de chez vous, afin d'éclaircir cette affaire à votre avantage ; mais revenir chez vous après en être sorti ne prouvait plus rien. Maintenant, que Stanislas ait vu de travers ou qu'il ait raison, *il doit avoir tort*. Chère Naïs, ne laissez pas jouer votre vie, votre honneur, votre avenir par un sot ; imposez-lui silence à l'instant. Vous connaissez ma situation ici ? Quoique j'y aie besoin de tout le monde, je vous suis entièrement dévoué. Disposez d'une vie qui vous appartient. Quoique vous ayez repoussé mes vœux, mon cœur sera toujours à vous, et en toute occasion je vous prouverai combien je vous aime. Oui, je veillerai sur vous comme un fidèle serviteur, sans espoir de récompense, uniquement pour le plaisir que je trouve à vous servir, même à votre insu. Ce matin, j'ai partout dit que j'étais à la porte du salon, et que je n'avais rien vu. Si l'on vous demande qui vous a instruite des propos tenus sur vous, servez-vous de moi. Je serais bien glorieux d'être votre défenseur avoué ; mais, entre nous, M. de Bargeton est le seul qui puisse demander raison à Stanislas... Quand ce petit Rubempré aurait fait quelque folie, l'honneur d'une femme ne saurait être à la merci du premier étourdi qui se met à ses pieds. Voilà ce que j'ai dit. »

Naïs remercia du Châtelet par une inclination de tête, et demeura pensive. Elle était fatiguée, jusqu'au dégoût, de la vie de province. Au premier mot de du Châtelet, elle avait jeté les yeux sur Paris. Le silence de Mme de Bargeton mettait son savant adorateur dans une situation gênante.

« Disposez de moi, dit-il, je vous le répète.

— Merci, répondit-elle.

— Que comptez-vous faire ?

— Je verrai. »

Long silence.

« Aimez-vous donc tant ce petit Rubempré ? »

Elle laissa échapper un superbe sourire, et se croisa les bras en regardant les rideaux de son boudoir. Du Châtelet sortit sans avoir pu déchiffrer ce cœur de femme altière. Quand Lucien et les quatre fidèles vieillards qui étaient venus faire leur partie sans s'émouvoir de ces cancans problématiques furent partis, Mme de Bargeton arrêta son mari, qui se disposait à s'aller coucher, en ouvrant la bouche pour souhaiter une bonne nuit à sa femme.

« Venez par ici, mon cher, j'ai à vous parler », dit-elle avec une sorte de solennité.

M. de Bargeton suivit sa femme dans le boudoir.

« Monsieur, lui dit-elle, j'ai peut-être eu tort de mettre dans mes soins protecteurs envers M. de Rubempré une chaleur aussi mal comprise par les sottes gens de cette ville que par lui-même. Ce matin, Lucien s'est jeté à mes pieds, là, en me faisant une déclaration d'amour. Stanislas est entré dans le moment où je relevais cet enfant. Au mépris des devoirs que la courtoisie impose à un gentilhomme envers une femme en toute espèce de circonstance, il a prétendu m'avoir surprise dans une situation équivoque avec ce garçon, que je traitais alors comme il le mérite. Si ce jeune écervelé savait les calomnies auxquelles sa folie donne lieu, je le connais, il irait insulter Stanislas et le forcerait à se battre. Cette action serait comme un aveu public de son amour. Je n'ai pas besoin de vous dire que votre femme est pure ; mais vous penserez qu'il y a quelque chose de déshonorant pour vous et pour moi à ce que ce soit M. de Rubempré qui la défende. Allez à l'instant chez Stanislas, et demandez-lui sérieusement raison des insultants propos qu'il a tenus sur moi ; songez que vous ne devez pas souffrir que l'affaire s'arrange, à moins qu'il ne se rétracte en présence de témoins nombreux et importants. Vous conquerrez ainsi l'estime de tous les honnêtes gens ; vous vous conduirez en homme d'esprit, en galant homme, et vous aurez des droits à mon estime. Je vais faire partir Gentil à cheval pour l'Escarbas, mon père doit être votre témoin ; malgré son âge, je le sais homme à fouler aux pieds cette poupée qui noircit la réputation d'une Nègrepelisse. Vous avez le choix des armes, battez-vous au pistolet, vous tirez à merveille.

— J'y vais, reprit M. de Bargeton qui prit sa canne et son chapeau.

— Bien, mon ami, dit sa femme émue ; voilà comme j'aime les hommes. Vous êtes un gentilhomme. »

Elle lui présenta son front à baiser, que le vieillard baisa tout heureux et fier. Cette femme, qui portait une espèce de sentiment maternel à ce grand enfant, ne put réprimer une larme en entendant retentir la porte cochère quand elle se referma sur lui.

« Comme il m'aime ! se dit-elle. Le pauvre homme tient à la vie, et cependant il la perdrait sans regret pour moi. »

M. de Bargeton ne s'inquiétait pas d'avoir à s'aligner le lendemain devant un homme, à regarder froidement la bouche d'un pistolet dirigé sur lui ; non, il n'était embarrassé que d'une seule chose, et il en frémissait tout en allant chez M. de Chandour. « Que vais-je dire ? pensait-il. Naïs aurait bien dû me faire un thème ! » Et il se creusait la cervelle afin de formuler quelques phrases qui ne fussent point ridicules.

Mais les gens qui vivent, comme vivait M. de Bargeton, dans un silence imposé par l'étroitesse de leur esprit et leur peu de portée, ont, dans les grandes circonstances de la vie, une solennité toute faite. Parlant peu, il leur échappe naturellement peu de sottises ; puis, réfléchissant beaucoup à ce qu'ils doivent dire, leur extrême défiance d'eux-mêmes les porte à si bien étudier leurs discours qu'ils s'expriment à merveille par un phénomène pareil à celui qui délia la langue à l'ânesse de Balaam [191]. Aussi M. de Bargeton se comporta-t-il comme un homme supérieur. Il justifia l'opinion de ceux qui le regardaient comme un philosophe de l'école de Pythagore [192]. Il entra chez Stanislas à onze heures du soir, et y trouva nombreuse compagnie. Il alla saluer silencieusement Amélie, et offrit à chacun son niais sourire, qui, dans les circonstances présentes, parut profondément ironique. Il se fit alors un grand silence, comme dans la nature à l'approche d'un orage. Châtelet, qui était revenu, regarda tour à tour d'une façon très significative M. de Bargeton et Stanislas, que le mari offensé aborda poliment.

Du Châtelet comprit le sens d'une visite faite à une heure où ce vieillard était toujours couché : Naïs agitait évidemment ce bras débile ; et, comme sa position auprès d'Amélie lui donnait le droit de se mêler des affaires du ménage, il se leva, prit M. de Bargeton à part et lui dit : « Vous voulez parler à Stanislas ?

— Oui, dit le bonhomme heureux d'avoir un entremetteur qui peut-être prendrait la parole pour lui.

— Eh bien, allez dans la chambre à coucher d'Amélie », lui répondit le directeur des contributions heureux de ce duel qui pouvait rendre Mme de Bargeton veuve en lui interdisant d'épouser Lucien, la cause du duel.

« Stanislas, dit du Châtelet à M. de Chandour, Bargeton vient sans doute vous demander raison des propos que vous tenez sur Naïs. Venez chez votre femme, et conduisez-vous tous deux en gentilshommes. Ne faites point de bruit, affectez beaucoup de politesse, ayez enfin toute la froideur d'une dignité britannique. »

En un moment Stanislas et du Châtelet vinrent trouver Bargeton.

« Monsieur, dit le mari offensé, vous prétendez avoir trouvé Mme de Bargeton dans une situation équivoque avec M. de Rubempré ?

— Avec M. Chardon, reprit ironiquement Stanislas qui ne croyait pas Bargeton un homme fort.

— Soit, reprit le mari. Si vous ne démentez pas ce propos en présence de la société qui est chez vous en ce moment, je vous prie de prendre un témoin. Mon beau-père, M. de Nègrepelisse, viendra vous chercher à quatre heures du matin. Faisons chacun nos dispositions, car l'affaire ne peut s'arranger que de la manière que je viens d'indiquer. Je choisis le pistolet, je suis l'offensé. »

Durant le chemin, M. de Bargeton avait ruminé ce discours, le plus long qu'il eût fait en sa vie, il le dit sans passion et de l'air le plus simple du monde. Stanislas pâlit et se dit en lui-même : « Qu'ai-je vu, après tout ? » Mais, entre la honte de démentir ses propos devant toute la ville, en présence de ce muet qui paraissait ne pas vouloir entendre raillerie, et la peur, la hideuse peur qui lui serrait le cou de ses mains brûlantes, il choisit le péril le plus éloigné.

« C'est bien. À demain », dit-il à M. de Bargeton en pensant que l'affaire pourrait s'arranger.

Les trois hommes rentrèrent, et chacun étudia leur physionomie : du Châtelet souriait, M. de Bargeton était absolument comme s'il se trouvait chez lui ; mais Stanislas se montra blême. À cet aspect quelques femmes devinèrent l'objet de la conférence. Ces mots : « Ils se battent ! » circulèrent d'oreille en oreille. La moitié de l'assemblée pensa que Stanislas avait tort, sa pâleur et sa contenance accusaient un mensonge ; l'autre moitié admira la tenue de M. de Bargeton. Du Châtelet fit le grave et le mystérieux. Après être resté quelques instants à examiner les visages, M. de Bargeton se retira.

« Avez-vous des pistolets ? » dit Châtelet à l'oreille de Stanislas qui frissonna de la tête aux pieds.

Amélie comprit tout et se trouva mal, les femmes s'empressèrent de la porter dans sa chambre à coucher. Il y eut une rumeur affreuse, tout le monde parlait à la fois. Les hommes restèrent dans le salon et déclarèrent d'une voix unanime que M. de Bargeton était dans son droit.

« Auriez-vous cru le bonhomme capable de se conduire ainsi ? dit M. de Saintot.

— Mais, dit l'impitoyable Jacques, dans sa jeunesse il était un des plus forts sous les armes. Mon père m'a souvent parlé des exploits de Bargeton.

— Bah ! vous les mettrez à vingt pas, et ils se manqueront si vous prenez des pistolets de cavalerie », dit Francis à Châtelet.

Quand tout le monde fut parti, Châtelet rassura Stanislas et sa femme en leur expliquant que tout irait bien, et que dans un duel entre un homme de soixante ans et un homme de trente-six, celui-ci avait tout l'avantage.

Le lendemain matin, au moment où Lucien déjeunait avec David, qui était revenu de Marsac sans son père, Mme Chardon entra tout effarée.

« Hé bien, Lucien, sais-tu la nouvelle dont on parle jusque dans le marché ? M. de Bargeton a presque tué M. de Chandour, ce matin à cinq heures, dans le pré de M. Tulloye, un nom qui donne lieu à des calembours. Il paraît que M. de Chandour a dit hier qu'il t'avait surpris avec Mme de Bargeton.

— C'est faux ! Mme de Bargeton est innocente, s'écria Lucien.

— Un homme de la campagne à qui j'ai entendu raconter les détails avait tout vu de dessus sa charrette. M. de Nègrepelisse était venu dès trois heures du matin pour assister M. de Bargeton ; il a dit à M. de Chandour que s'il arrivait malheur à son gendre, il se chargeait de le venger. Un officier du régiment de cavalerie a prêté ses pistolets, ils ont été essayés à plusieurs reprises par M. de Nègrepelisse. M. du Châtelet voulait s'opposer à ce qu'on exerçât les pistolets ; mais l'officier que l'on avait pris pour arbitre a dit qu'à moins de se conduire comme des enfants, on devait se servir d'armes en état. Les témoins ont placé les deux adversaires à vingt-cinq pas l'un de l'autre. M. de Bargeton, qui était là comme s'il se promenait, a tiré le premier, et logé une balle dans le cou de M. de Chandour, qui est tombé sans pouvoir riposter. Le chirurgien de l'hôpital a déclaré tout à l'heure que M. de Chandour aura le cou de travers pour le reste de ses jours. Je suis venue te dire l'issue de ce duel pour que tu n'ailles pas chez Mme de Bargeton, ou que tu ne te montres pas dans Angoulême, car quelques amis de M. de Chandour pourraient te provoquer. »

En ce moment, Gentil, le valet de chambre de M. de Bargeton, entra conduit par l'apprenti de l'imprimerie, et remit à Lucien une lettre de Louise.

« Vous avez sans doute appris, mon ami, l'issue du duel entre Chandour et mon mari. Nous ne recevrons personne aujourd'hui ; soyez prudent, ne vous montrez pas, je vous le demande au nom de l'affection que vous avez pour moi. Ne trouvez-vous pas que le meilleur emploi de cette triste journée est de venir écouter votre Béatrix, dont la vie est toute changée par cet événement et qui a mille choses à vous dire ? »

« Heureusement, dit David, mon mariage est arrêté pour après-demain ; tu auras une occasion d'aller moins souvent cher Mme de Bargeton.

— Cher David, répondit Lucien, elle me demande de venir la voir aujourd'hui ; je crois qu'il faut lui obéir, elle saura mieux que nous comment je dois me conduire dans les circonstances actuelles.

— Tout est donc prêt ici ? demanda Mme Chardon.

— Venez voir », s'écria David heureux de montrer la transformation qu'avait subie l'appartement du premier étage où tout était frais et neuf.

Là respirait ce doux esprit qui règne dans les jeunes ménages où les fleurs d'oranger, le voile de la mariée couronnent encore la vie intérieure, où le printemps de l'amour se reflète dans les choses, où tout est blanc, propre et fleuri.

« Ève sera comme une princesse, dit la mère ; mais vous avez dépensé trop d'argent, vous avez fait des folies ! »

David sourit sans rien répondre, car Mme Chardon avait mis le doigt dans le vif d'une plaie secrète qui faisait cruellement souffrir le pauvre amant : ses prévisions avaient été si grandement dépassées par l'exécution qu'il lui était impossible de bâtir au-dessus de l'appentis. Sa belle-mère ne pouvait avoir de longtemps l'appartement qu'il voulait lui donner. Les esprits généreux éprouvent les plus vives douleurs de manquer à ces sortes de promesses qui sont en quelque sorte les petites vanités de la tendresse. David

cachait soigneusement sa gêne, afin de ménager le cœur de
Lucien qui aurait pu se trouver accablé des sacrifices faits
pour lui.

« Ève et ses amies [193] ont bien travaillé de leur côté, disait
Mme Chardon. Le trousseau, le linge de ménage, tout est
prêt. Ces demoiselles l'aiment tant qu'elles lui ont, sans
qu'elle en sût rien, couvert les matelas en futaine blanche,
bordée de lisérés roses. C'est joli ! ça donne envie de se
marier. »

La mère et la fille avaient employé toutes leurs économies
à fournir la maison de David des choses auxquelles ne
pensent jamais les jeunes gens. En sachant combien il
déployait de luxe, car il était question d'un service de
porcelaine demandé à Limoges, elles avaient tâché de mettre
de l'harmonie entre les choses qu'elles apportaient et celles
que s'achetait David. Cette petite lutte d'amour et de
générosité devait amener les deux époux à se trouver gênés
dès le commencement de leur mariage, au milieu de tous les
symptômes d'une aisance bourgeoise qui pouvait passer
pour du luxe dans une ville arriérée comme l'était alors
Angoulême. Au moment où Lucien vit sa mère et David
passant dans la chambre à coucher dont la tenture bleue et
blanche, dont le joli mobilier lui était connu, il s'esquiva
chez Mme de Bargeton. Il trouva Naïs déjeunant avec son
mari, qui, mis en appétit par sa promenade matinale,
mangeait sans aucun souci de ce qui s'était passé. Le vieux
gentilhomme campagnard, M. de Nègrepelisse, cette imposante figure, reste de la vieille noblesse française, était
auprès de sa fille. Quand Gentil eut annoncé M. de
Rubempré, le vieillard à tête blanche lui jeta le regard
inquisitif d'un père empressé de juger l'homme que sa fille a
distingué. L'excessive beauté de Lucien le frappa si vivement, qu'il ne put retenir un regard d'approbation ; mais il
semblait voir dans la liaison de sa fille une amourette plutôt
qu'une passion, un caprice plutôt qu'un intérêt durable [194].
Le déjeuner finissant, Louise put se lever, laisser son père et
M. de Bargeton, en faisant signe à Lucien de la suivre.

« Mon ami, dit-elle d'un son de voix triste et joyeux en
même temps, je vais à Paris, et mon père emmène Bargeton
à l'Escarbas, où il restera pendant mon absence. Mme
d'Espard, une demoiselle de Blamont-Chauvry, à qui nous
sommes alliés par les d'Espard, les aînés de la famille des
Nègrepelisse, est en ce moment très influente par elle-même
et par ses parents. Si elle daigne nous reconnaître, je veux la

cultiver beaucoup : elle peut nous obtenir par son crédit une place pour Bargeton. Mes sollicitations pourront le faire désirer par la Cour pour député de la Charente, ce qui aidera sa nomination ici. La députation pourra plus tard favoriser mes démarches à Paris. C'est toi, mon enfant chéri, qui m'as inspiré ce changement d'existence. Le duel de ce matin me force à fermer ma maison pour quelque temps, car il y aura des gens qui prendront parti pour les Chandour contre nous. Dans la situation où nous sommes, et dans une petite ville, une absence est toujours nécessaire pour laisser aux haines le temps de s'assoupir. Mais ou je réussirai et ne reverrai plus Angoulême, ou je ne réussirai pas et veux attendre à Paris le moment où je pourrai passer tous les étés à l'Escarbas et les hivers à Paris. C'est la seule vie d'une femme comme il faut, j'ai trop tardé à la prendre. La journée suffira pour tous nos préparatifs, je partirai demain dans la nuit et vous m'accompagnerez, n'est-ce pas ? Vous irez en avant. Entre Mansle et Ruffec [195], je vous prendrai dans ma voiture, et nous serons bientôt à Paris. Là, cher, est la vie des gens supérieurs. On ne se trouve à l'aise qu'avec ses pairs, partout ailleurs on souffre. D'ailleurs Paris, capitale du monde intellectuel, est le théâtre de vos succès ! franchissez promptement l'espace qui vous en sépare ! Ne laissez pas vos idées se rancir en province, communiquez promptement avec les grands hommes qui représenteront le dix-neuvième siècle. Rapprochez-vous de la cour et du pouvoir. Ni les distinctions ni les dignités ne viennent trouver le talent qui s'étiole dans une petite ville. Nommez-moi d'ailleurs les belles œuvres exécutées en province ? Voyez au contraire le sublime et pauvre Jean-Jacques invinciblement attiré par ce soleil moral, qui crée les gloires en échauffant les esprits par le frottement des rivalités. Ne devez-vous pas vous hâter de prendre votre place dans la pléiade qui se produit à chaque époque ? Vous ne sauriez croire combien il est utile à un jeune talent d'être mis en lumière par la haute société. Je vous ferai recevoir chez Mme d'Espard ; personne n'a facilement l'entrée de son salon, où vous trouverez tous les grands personnages, les ministres, les ambassadeurs, les orateurs de la chambre, les pairs les plus influents, des gens riches ou célèbres. Il faudrait être bien maladroit pour ne pas exciter leur intérêt, quand on est beau, jeune et plein de génie. Les grands talents n'ont pas de petitesse, ils vous prêteront leur appui. Quand on vous saura haut placé, vos œuvres acquerront une immense valeur. Pour les artistes, le grand problème à résoudre est de se mettre en vue. Il se rencontrera donc là pour vous mille occasions de fortune, des sinécures, une pension sur la cassette. Les Bourbons aiment tant à favoriser les lettres et les arts ! aussi soyez à la fois poète religieux et poète royaliste. Non seulement ce sera bien, mais vous ferez fortune. Est-ce l'Opposition, est-ce le Libéralisme qui donne les places, les récompenses, et qui fait la fortune des écrivains ? Ainsi prenez la bonne route et venez là où vont tous les hommes de génie. Vous avez mon secret, gardez le plus profond silence, et disposez-vous à me suivre. Ne le voulez-vous pas ? » ajouta-t-elle étonnée de la silencieuse attitude de son amant.

Lucien, hébété par le rapide coup d'œil qu'il jeta sur Paris, en entendant ces séduisantes paroles, crut n'avoir jusqu'alors joui que de la moitié de son cerveau ; il lui sembla que l'autre moitié se découvrait, tant ses idées s'agrandirent : il se vit, dans Angoulême, comme une grenouille sous sa pierre au fond d'un marécage. Paris et ses splendeurs, Paris, qui se produit dans toutes les imaginations de province comme un Eldorado, lui apparut avec sa robe d'or, la tête ceinte de pierreries royales, les bras ouverts aux talents. Les gens illustres allaient lui donner l'accolade fraternelle. Là tout souriait au génie. Là ni gentillâtres jaloux qui lançassent des mots piquants pour humilier l'écrivain, ni sotte indifférence pour la poésie. De là jaillissaient les œuvres des poètes, là elles étaient payées et mises en lumière. Après avoir lu les premières pages de *L'Archer de Charles IX*, les libraires ouvriraient leurs caisses et lui diraient : Combien voulez-vous ? Il comprenait d'ailleurs qu'après un voyage où ils seraient mariés par les circonstances, Mme de Bargeton serait à lui tout entière, qu'ils vivraient ensemble.

À ces mots : « Ne le voulez-vous pas ? » il répondit par une larme, saisit Louise par la taille, la serra sur son cœur et lui marbra le cou par de violents baisers. Puis il s'arrêta tout à coup comme frappé par un souvenir, et s'écria : « Mon Dieu, ma sœur se marie après-demain ! »

Ce cri fut le dernier soupir de l'enfant noble et pur. Les liens si puissants qui attachent les jeunes cœurs à leur famille, à leur premier ami, à tous les sentiments primitifs, allaient recevoir un terrible coup de hache.

« Hé bien, s'écria l'altière Nègrepelisse, qu'a de commun le mariage de votre sœur et la marche de notre amour ? tenez-vous tant à être le coryphée de cette noce de bourgeois et d'ouvriers que vous ne puissiez m'en sacrifier les nobles joies ? Le beau sacrifice ! dit-elle avec mépris. J'ai envoyé ce matin mon mari se battre à cause de vous ! Allez, monsieur, quittez-moi ! je me suis trompée. »

Elle tomba pâmée sur son canapé. Lucien l'y suivit en demandant pardon, en maudissant sa famille, David et sa sœur.

« Je croyais tant en vous ! dit-elle. M. de Cante-Croix avait une mère qu'il idolâtrait, mais pour obtenir une lettre où je lui disais : *Je suis contente !* il est mort au milieu du feu. Et vous, quand il s'agit de voyager avec moi, vous ne savez point renoncer à un repas de noces ! »

Lucien voulut se tuer, et son désespoir fut si vrai, si profond, que Louise pardonna, mais en faisant sentir à Lucien qu'il aurait à racheter cette faute.

« Allez donc, dit-elle enfin, soyez discret, et trouvez-vous demain soir à minuit à une centaine de pas après Mansle. »

Lucien sentit la terre petite sous ses pieds, il revint chez David suivi de ses espérances comme Oreste l'était par ses furies [196], car il entrevoyait mille difficultés qui se comprenaient toutes dans ce mot terrible : « Et de l'argent ? » La perspicacité de David l'épouvantait si fort, qu'il s'enferma dans son joli cabinet pour se remettre de l'étourdissement que lui causait sa nouvelle position. Il fallait donc quitter cet appartement si chèrement établi, rendre inutiles tant de sacrifices. Lucien pensa que sa mère pourrait loger là, David économiserait ainsi la coûteuse bâtisse qu'il avait projeté de faire au fond de la cour. Ce départ devait arranger sa famille, il trouva mille raisons péremptoires à sa fuite, car il n'y a rien de jésuite comme un désir. Aussitôt il courut à l'Houmeau chez sa sœur, pour lui apprendre sa nouvelle destinée et se concerter avec elle. En arrivant devant la boutique de Postel, il pensa que, s'il n'y avait pas d'autre moyen, il emprunterait au successeur de son père la somme nécessaire à son séjour durant un an.

« Si je vis avec Louise, un écu par jour sera pour moi comme une fortune, et cela ne fait que mille francs pour un an, se dit-il. Or, dans six mois, je serai riche ! »

Ève et sa mère entendirent, sous la promesse d'un profond secret, les confidences de Lucien. Toutes deux pleurèrent en écoutant l'ambitieux ; et, quand il voulut savoir la cause de ce chagrin, elles lui apprirent que tout ce qu'elles possédaient avait été absorbé par le linge de table et de maison, par le trousseau d'Ève, par une multitude d'acquisitions auxquelles n'avait pas pensé David, et qu'elles étaient heureuses d'avoir faites, car l'imprimeur reconnaissait à Ève une dot de dix mille francs. Lucien leur fit alors part de son idée d'emprunt, et Mme Chardon se chargea d'aller demander à M. Postel mille francs pour un an.

« Mais, Lucien, dit Ève avec un serrement de cœur, tu n'assisteras donc pas à mon mariage ? Oh ! reviens, j'attendrai quelques jours ! Elle te laissera bien revenir ici dans une quinzaine, une fois que tu l'auras accompagnée ! Elle nous accordera bien huit jours, à nous qui t'avons élevé pour elle ! Notre union tournera mal si tu n'y es pas... Mais auras-tu assez de mille francs ? dit-elle en s'interrompant tout à coup. Quoique ton habit t'aille divinement, tu n'en as qu'un ! Tu n'as que deux chemises fines, et les six autres sont en grosse toile. Tu n'as que trois cravates de batiste, les trois autres sont en jaconas[197] commun ; et puis tes mouchoirs ne sont pas beaux. Trouveras-tu dans Paris une sœur pour te blanchir ton linge dans la journée où tu en auras besoin ? il t'en faut bien davantage. Tu n'as qu'un pantalon de nankin fait cette année, ceux de l'année dernière te sont justes, il faudra donc te faire habiller à Paris, les prix de Paris ne sont pas ceux d'Angoulême. Tu n'as que deux gilets blancs de mettables, j'ai déjà raccommodé les autres. Tiens, je te conseille d'emporter deux mille francs. »

En ce moment David, qui entrait, parut avoir entendu ces deux derniers mots, car il examina le frère et la sœur en gardant le silence.

« Ne me cachez rien, dit-il.

— Eh bien, s'écria Ève, il part avec elle.

— Postel, dit Mme Chardon en entrant sans voir David, consent à prêter les mille francs, mais pour six mois seulement, et il veut une lettre de change de toi acceptée par ton beau-frère, car il dit que tu n'offres aucune garantie. »

La mère se retourna, vit son gendre, et ces quatre personnes gardèrent un profond silence. La famille Chardon sentait combien elle avait abusé de David. Tous étaient honteux. Une larme coula dans les yeux de l'imprimeur.

« Tu ne seras donc pas à mon mariage ? dit-il, tu ne resteras donc pas avec nous ? Et moi qui ai dissipé tout ce que j'avais ! Ah, Lucien, moi qui apportais à Ève ses pauvres petits bijoux de mariée, je ne savais pas, dit-il en essuyant ses yeux et tirant des écrins de sa poche, avoir à regretter de les avoir achetés. »

Il posa plusieurs boîtes couvertes en maroquin sur la table, devant sa belle-mère.

« Pourquoi pensez-vous tant à moi ? dit Ève avec un sourire d'ange qui corrigeait sa parole.

— Chère maman, dit l'imprimeur, allez dire à M. Postel que je consens à donner ma signature, car je vois sur ta figure, Lucien, que tu es bien décidé à partir. »

Lucien inclina mollement et tristement la tête en ajoutant un moment après : « Ne me jugez pas mal, mes anges aimés. » Il prit Ève et David, les embrassa, les rapprocha de lui, les serra en disant : « Attendez les résultats, et vous saurez combien je vous aime. David, à quoi servirait notre hauteur de pensée, si elle ne nous permettait pas de faire abstraction des petites cérémonies dans lesquelles les lois entortillent les sentiments ? Malgré la distance, mon âme ne sera-t-elle pas ici ? la pensée ne nous réunira-t-elle pas ? N'ai-je pas une destinée à accomplir ? Les libraires viendront-ils chercher ici mon *Archer de Charles IX*, et *Les Marguerites* ? Un peu plus tôt, un peu plus tard, ne faut-il pas toujours faire ce que je fais aujourd'hui, puis-je jamais rencontrer des circonstances plus favorables ? N'est-ce pas toute ma fortune que d'entrer pour mon début à Paris dans le salon de la marquise d'Espard ?

— Il a raison, dit Ève. Vous-même ne me disiez-vous pas qu'il devait aller promptement à Paris ? »

David prit Ève par la main, l'emmena dans cet étroit cabinet où elle dormait depuis sept années, et lui dit à l'oreille : « Il a besoin de deux mille francs, disais-tu, mon amour ? Postel n'en prête que mille. »

Ève regarda son prétendu par un regard affreux qui disait toutes ses souffrances.

« Écoute, mon Ève adorée, nous allons mal commencer la vie. Oui, mes dépenses ont absorbé tout ce que je possédais. Il ne me reste que deux mille francs, et la moitié est indispensable pour faire aller l'imprimerie. Donner mille francs à ton frère, c'est donner notre pain, compromettre notre tranquillité. Si j'étais seul, je sais ce que je ferais ; mais nous sommes deux. Décide. »

Ève éperdue se jeta dans les bras de son amant, le baisa tendrement et lui dit à l'oreille, tout en pleurs : « Fais comme si tu étais seul, je travaillerai pour regagner cette somme ! »

Malgré le plus ardent baiser que deux fiancés aient jamais échangé, David laissa Ève abattue, et revint trouver Lucien.

« Ne te chagrine pas, lui dit-il, tu auras tes deux mille francs.

— Allez voir Postel, dit Mme Chardon, car vous devez signer tous deux le papier. »

Quand les deux amis remontèrent, ils surprirent Ève et sa mère à genoux, qui priaient Dieu. Si elles savaient combien d'espérances le retour devait réaliser, elles sentaient en ce moment tout ce qu'elles perdaient dans cet adieu ; car elles trouvaient le bonheur à venir payé trop cher par une absence qui allait briser leur vie, et les jeter dans mille craintes sur les destinées de Lucien.

« Si jamais tu oubliais cette scène, dit David à l'oreille de Lucien, tu serais le dernier des hommes. »

L'imprimeur jugea sans doute ces graves paroles nécessaires, l'influence de Mme de Bargeton ne l'épouvantait pas moins que la funeste mobilité de caractère qui pouvait tout aussi bien jeter Lucien dans une mauvaise comme dans une bonne voie. Ève eut bientôt fait le paquet de Lucien. Ce Fernand Cortès [198] littéraire emportait peu de chose. Il garda sur lui sa meilleure redingote, son meilleur gilet et l'une de ses deux chemises fines. Tout son linge, son fameux habit, ses effets et ses manuscrits formèrent un si mince paquet, que, pour le cacher aux regards de Mme de Bargeton, David proposa de l'envoyer par la diligence à son correspondant, un marchand de papier, auquel il écrirait de le tenir à la disposition de Lucien.

Malgré les précautions prises par Mme de Bargeton pour cacher son départ, M. du Châtelet l'apprit et voulut savoir si elle ferait le voyage seule ou accompagnée de Lucien ; il envoya son valet de chambre à Ruffec, avec la mission d'examiner toutes les voitures qui relaieraient à la poste.

« Si elle enlève son poète, pensa-t-il, elle est à moi. »

Lucien partit le lendemain au petit jour, accompagné de David qui s'était procuré un cabriolet et un cheval en annonçant qu'il allait traiter d'affaires avec son père, petit mensonge qui dans les circonstances actuelles était probable. Les deux amis se rendirent à Marsac, où ils passèrent une partie de la journée chez le vieil Ours ; puis le soir ils allèrent au-delà de Mansle attendre Mme de Bargeton qui arriva vers le matin. En voyant la vieille calèche sexagénaire qu'il avait tant de fois regardée sous la remise, Lucien éprouva l'une des plus vives émotions de sa vie, il se jeta dans les bras de

David, qui lui dit : « Dieu veuille que ce soit pour ton bien ! »

L'imprimeur remonta dans son méchant cabriolet, et disparut le cœur serré, car il avait d'horribles pressentiments sur les destinées de Lucien à Paris.

DEUXIÈME PARTIE

UN GRAND HOMME
DE PROVINCE À PARIS [199]

Ni Lucien, ni Mme de Bargeton, ni Gentil, ni Albertine, la femme de chambre, ne parlèrent jamais des événements de ce voyage ; mais il est à croire que la présence continuelle des gens le rendit fort maussade pour un amoureux qui s'attendait à tous les plaisirs d'un enlèvement. Lucien, qui allait en poste pour la première fois de sa vie, fut très ébahi de voir semer sur la route d'Angoulême à Paris presque toute la somme qu'il destinait à sa vie d'une année. Comme les hommes qui unissent les grâces de l'enfance à la force du talent, il eut le tort d'exprimer ses naïfs étonnements à l'aspect des choses nouvelles pour lui. Un homme doit bien étudier une femme avant de lui laisser voir ses émotions et ses pensées comme elles se produisent. Une maîtresse aussi tendre que grande sourit aux enfantillages et les comprend ; mais pour peu qu'elle ait de la vanité, elle ne pardonne pas à son amant de s'être montré enfant, vain ou petit. Beaucoup de femmes portent une si grande exagération dans leur culte, qu'elles veulent toujours trouver un dieu dans leur idole ; tandis que celles qui aiment un homme pour lui-même avant de l'aimer pour elles adorent ses petitesses autant que ses grandeurs. Lucien n'avait pas encore deviné que chez Mme de Bargeton l'amour était greffé sur l'orgueil. Il eut le tort de ne pas s'expliquer certains sourires qui échappèrent à Louise durant ce voyage, quand, au lieu de les contenir, il se laissait aller à ses gentillesses de jeune rat sorti de son trou.

Les voyageurs débarquèrent à l'hôtel du Gaillard-Bois, rue de l'Échelle, avant le jour. Les deux amants étaient si fatigués l'un et l'autre, qu'avant tout Louise voulut se coucher et se coucha, non sans avoir ordonné à Lucien de demander une chambre au-dessus de l'appartement qu'elle prit. Lucien dormit jusqu'à quatre heures du soir. Mme de Bargeton le fit éveiller pour dîner, il s'habilla précipitamment en apprenant l'heure, et trouva Louise dans une de ces ignobles chambres qui sont la honte de Paris, où, malgré tant de prétentions à l'élégance, il n'existe pas encore un seul hôtel où tout voyageur riche puisse retrouver son chez soi. Quoiqu'il eût sur les yeux ces nuages que laisse un brusque réveil, Lucien ne reconnut pas sa Louise dans cette chambre froide, sans soleil, à rideaux passés, dont le carreau frotté semblait misérable, où le meuble était usé, de mauvais goût, vieux ou d'occasion. Il est en effet certaines personnes qui n'ont plus ni le même aspect ni la même valeur, une fois séparées des figures, des choses, des lieux qui leur servent de cadre. Les physionomies vivantes ont une sorte d'atmosphère qui leur est propre, comme le clair-obscur des tableaux flamands est nécessaire à la vie des figures qu'y a placées le génie des peintres. Les gens de province sont presque tous ainsi. Puis Mme de Bargeton parut plus digne, plus pensive qu'elle ne devait l'être en un moment où commençait un bonheur sans entraves. Lucien ne pouvait se plaindre : Gentil et Albertine les servaient. Le dîner n'avait plus ce caractère d'abondance et d'essentielle bonté qui distingue la vie en province. Les plats coupés par la spéculation sortaient d'un restaurant voisin, ils étaient maigrement servis, ils sentaient la portion congrue. Paris n'est pas beau dans ces petites choses auxquelles sont condamnés les gens à fortune médiocre. Lucien attendit la fin du repas pour interroger Louise dont le changement lui semblait inexplicable. Il ne se trompait point. Un événement grave, car les réflexions sont les événements de la vie morale, était survenu pendant son sommeil.

Sur les deux heures après midi, Sixte du Châtelet s'était présenté à l'hôtel, avait fait éveiller Albertine, avait manifesté le désir de parler à sa maîtresse, et il était revenu après avoir à peine laissé le temps à Mme de Bargeton de faire sa toilette. Anaïs, dont la curiosité fut excitée par cette singulière apparition de M. du Châtelet, elle qui se croyait si bien cachée, l'avait reçu vers trois heures.

« Je vous ai suivie en risquant d'avoir une réprimande à l'Administration, dit-il en la saluant, car je prévoyais ce qui vous arrive. Mais dussé-je perdre ma place, au moins vous ne serez pas perdue, vous !

— Que voulez-vous dire ? s'écria Mme de Bargeton.

— Je vois bien que vous aimez Lucien, reprit-il d'un air tendrement résigné, car il faut bien aimer un homme pour ne réfléchir à rien, pour oublier toutes les convenances, vous qui les connaissez si bien ! Croyez-vous donc, chère Naïs adorée, que vous serez reçue chez Mme d'Espard ou dans quelque salon de Paris que ce soit, du moment où l'on saura que vous vous êtes comme enfuie d'Angoulême avec un jeune homme, et surtout après le duel de M. de Bargeton et de M. de Chandour ? Le séjour de votre mari à l'Escarbas a l'air d'une séparation. En un cas semblable, les gens comme il faut commencent par se battre pour leurs femmes, et les laissent libres après. Aimez M. de Rubempré, protégez-le, faites-en tout ce que vous voudrez, mais ne demeurez pas ensemble ! Si quelqu'un ici savait que vous avez fait le voyage dans la même voiture, vous seriez mise à l'index par le monde que vous voulez voir. D'ailleurs, Naïs, ne faites pas encore de ces sacrifices à un jeune homme que vous n'avez encore comparé à personne, qui n'a été soumis à aucune épreuve, et qui peut vous oublier ici pour une Parisienne en la croyant plus nécessaire que vous à ses ambitions. Je ne veux pas nuire à celui que vous aimez, mais vous me permettrez de faire passer vos intérêts avant les siens, et de vous dire : « Étudiez-le ! Connaissez bien toute l'importance de votre démarche. » Si vous trouvez les portes fermées, si les femmes refusent de vous recevoir, au moins n'ayez aucun regret de tant de sacrifices, en songeant que celui auquel vous les faites en sera toujours digne, et les comprendra. Mme d'Espard est d'autant plus prude et sévère qu'elle-même est séparée de son mari, sans que le monde ait pu pénétrer la cause de leur désunion[200] ; mais les Navarreins, les Blamont-Chauvry, les Lenoncourt, tous ses parents l'ont entourée, les femmes les plus collet-monté vont chez elle et l'accueillent avec respect, en sorte que le marquis d'Espard a tort. Dès la première visite que vous lui ferez vous reconnaîtrez la justesse de mes avis. Certes, je puis vous le prédire, moi qui connais Paris : en entrant chez la marquise vous seriez au désespoir qu'elle sût que vous êtes à l'hôtel du Gaillard-Bois avec le fils d'un apothicaire, tout M. de Rubempré qu'il veut être. Vous aurez ici des rivales bien autrement astucieuses et rusées qu'Amélie, elles ne manqueront pas de savoir qui vous êtes, où vous êtes, d'où vous venez, et ce que vous faites. Vous avez compté sur l'incognito, je le vois ; mais vous êtes de ces personnes pour lesquelles l'incognito n'existe point. Ne rencontrerez-vous

pas Angoulême partout ? c'est les députés de la Charente qui
viennent pour l'ouverture des Chambres ; c'est le général qui
est à Paris en congé ; mais il suffira d'un seul habitant
d'Angoulême qui vous aperçoive pour que votre vie soit
arrêtée d'une étrange manière : vous ne seriez plus que la
maîtresse de Lucien. Si vous avez besoin de moi pour quoi
que ce soit, je suis chez le receveur général, rue du
Faubourg-Saint-Honoré, à deux pas de chez Mme d'Espard.
Je connais assez la maréchale de Carigliano, Mme de Sérizy
et le président du Conseil pour vous y présenter ; mais vous
verrez tant de monde chez Mme d'Espard, que vous n'aurez
pas besoin de moi. Loin d'avoir à désirer d'aller dans tel ou
tel salon, vous serez désirée dans tous les salons. »

Du Châtelet put parler sans que Mme de Bargeton
l'interrompît : elle était saisie par la justesse de ces observations. La reine d'Angoulême avait en effet compté sur
l'incognito.

« Vous avez raison, cher ami, dit-elle ; mais comment
faire ?

— Laissez-moi, répondit Châtelet, vous chercher un
appartement tout meublé, convenable ; vous mènerez ainsi
une vie moins chère que la vie des hôtels, et vous serez chez
vous ; et, si vous m'en croyez, vous y coucherez ce soir.

— Mais comment avez-vous connu mon adresse ? dit-
elle.

— Votre voiture était facile à reconnaître, et d'ailleurs je
vous suivais. À Sèvres, le postillon qui vous a menée a dit
votre adresse au mien. Me permettrez-vous d'être votre
maréchal-des-logis ? je vous écrirai bientôt pour vous dire où
je vous aurai casée.

— Hé bien, faites », dit-elle.

Ce mot ne semblait rien, et c'était tout. Le baron du
Châtelet avait parlé la langue du monde à une femme du
monde. Il s'était montré dans toute l'élégance d'une mise
parisienne ; un joli cabriolet bien attelé l'avait amené. Par
hasard, Mme de Bargeton se mit à la croisée pour réfléchir à
sa position, et vit partir le vieux dandy. Quelques instants
après, Lucien, brusquement éveillé, brusquement habillé,
se produisit à ses regards dans son pantalon de nankin de
l'an dernier, avec sa méchante petite redingote. Il était beau,
mais ridiculement mis. Habillez l'Apollon du Belvédère ou
l'Antinoüs en porteur d'eau, reconnaîtrez-vous alors la
divine création du ciseau grec ou romain ? Les yeux
comparent avant que le cœur n'ait rectifié ce rapide juge-

ment machinal. Le contraste entre Lucien et Châtelet fut trop brusque pour ne pas frapper les yeux de Louise. Lorsque vers six heures le dîner fut terminé, Mme de Bargeton fit signe à Lucien de venir près d'elle sur un méchant canapé de calicot rouge à fleurs jaunes, où elle s'était assise.

« Mon Lucien, dit-elle, n'es-tu pas d'avis que si nous avons fait une folie qui nous tue également, il y a de la raison à la réparer ? Nous ne devons, cher enfant, ni demeurer ensemble à Paris, ni laisser soupçonner que nous y soyons venus de compagnie. Ton avenir dépend beaucoup de ma position, et je ne dois la gâter d'aucune manière. Ainsi, dès ce soir, je vais aller me loger à quelques pas d'ici ; mais tu demeureras dans cet hôtel, et nous pourrons nous voir tous les jours sans que personne y trouve à redire. »

Louise expliqua les lois du monde à Lucien, qui ouvrit de grands yeux. Sans savoir que les femmes qui reviennent sur leurs folies reviennent sur leur amour, il comprit qu'il n'était plus le Lucien d'Angoulême. Louise ne lui parlait que d'elle, de ses intérêts, de sa réputation, du monde ; et pour excuser son égoïsme, elle essayait de lui faire croire qu'il s'agissait de lui-même. Il n'avait aucun droit sur Louise, si promptement redevenue Mme de Bargeton ; et, chose plus grave ! il n'avait aucun pouvoir. Aussi ne put-il retenir de grosses larmes qui roulèrent dans ses yeux.

« Si je suis votre gloire, vous êtes encore plus pour moi, vous êtes ma seule espérance et tout mon avenir. J'ai compris que si vous épousiez mes succès, vous deviez épouser mon infortune, et voilà que déjà nous nous séparons.

— Vous jugez ma conduite, dit-elle, vous ne m'aimez pas. » Lucien la regarda avec une expression si douloureuse qu'elle ne put s'empêcher de lui dire : « Cher petit, je resterai si tu veux, nous nous perdrons et resterons sans appui. Mais quand nous serons également misérables et tous deux repoussés ; quand l'insuccès, car il faut tout prévoir, nous aura rejetés à l'Escarbas, souviens-toi, mon amour, que j'aurai prévu cette fin, et que je t'aurai proposé d'abord de parvenir selon les lois du monde en leur obéissant.

— Louise, répondit-il en l'embrassant, je suis effrayé de te voir si sage. Songe que je suis un enfant, que je me suis abandonné tout entier à ta chère volonté. Moi, je voulais triompher des hommes et des choses de vive force ; mais si je puis arriver plus promptement par ton aide que seul, je serai

bien heureux de te devoir toutes mes fortunes. Pardonne !
j'ai trop mis en toi pour ne pas tout craindre. Pour moi, une
séparation est l'avant-coureur de l'abandon ; et l'abandon,
c'est la mort.

— Mais, cher enfant, le monde te demande peu de chose,
répondit-elle. Il s'agit seulement de coucher ici, et tu
demeureras tout le jour chez moi sans qu'on y trouve à
redire. »

Quelques caresses achevèrent de calmer Lucien. Une
heure après, Gentil apporta un mot par lequel Châtelet
apprenait à Mme de Bargeton qu'il lui avait trouvé un
appartement rue Neuve-du-Luxembourg[201]. Elle se fit
expliquer la situation de cette rue, qui n'était pas très
éloignée de la rue de l'Échelle, et dit à Lucien : « Nous
sommes voisins. » Deux heures après, Louise monta dans
une voiture que lui envoyait du Châtelet pour se rendre chez
elle. L'appartement, un de ceux où les tapissiers mettent des
meubles et qu'ils louent à de riches députés ou à de grands
personnages venus pour peu de temps à Paris, était somptueux, mais incommode. Lucien retourna sur les onze
heures à son petit hôtel du Gaillard-Bois, n'ayant encore vu
de Paris que la partie de la rue Saint-Honoré qui se trouve
entre la rue Neuve-du-Luxembourg et la rue de l'Échelle. Il
se coucha dans sa misérable petite chambre, qu'il ne put
s'empêcher de comparer au magnifique appartement de
Louise. Au moment où il sortit de chez Mme de Bargeton, le
baron Châtelet y arriva revenant de chez le ministre des
Affaires étrangères, dans la splendeur d'une mise de bal. Il
venait rendre compte de toutes les conventions qu'il avait
faites pour Mme de Bargeton. Louise était inquiète, ce luxe
l'épouvantait. Les mœurs de la province avaient fini par
réagir sur elle, elle était devenue méticuleuse dans ses
comptes ; elle avait tant d'ordre, qu'à Paris, elle allait passer
pour avare. Elle avait emporté près de vingt mille francs en
un bon du receveur général, en destinant cette somme à
couvrir l'excédent de ses dépenses pendant quatre années ;
elle craignait déjà de ne pas avoir assez et de faire des dettes.
Châtelet lui apprit que son appartement ne lui coûtait que
six cents francs par mois.

« Une misère, dit-il en voyant le haut-le-corps que fit
Naïs. Vous avez à vos ordres une voiture pour cinq cents
francs par mois, ce qui fait en tout cinquante louis. Vous
n'aurez plus qu'à penser à votre toilette. Une femme qui voit
le grand monde ne saurait s'arranger autrement. Si vous

voulez faire de M. de Bargeton un receveur général, ou lui obtenir une place dans la Maison du Roi, vous ne devez pas avoir un air misérable. Ici l'on ne donne qu'aux riches. Il est fort heureux, dit-il, que vous ayez Gentil pour vous accompagner, et Albertine pour vous habiller, car les domestiques sont une ruine à Paris. Vous mangerez rarement chez vous, lancée comme vous allez l'être. »

Mme de Bargeton et le baron causèrent de Paris. Du Châtelet raconta les nouvelles du jour, les mille riens qu'on doit savoir sous peine de ne pas être de Paris. Il donna bientôt à Naïs des conseils sur les magasins où elle devait se fournir : il lui indiqua Herbault pour les toques, Juliette pour les chapeaux et les bonnets ; il lui donna l'adresse de la couturière qui pouvait remplacer Victorine ; enfin il lui fit sentir la nécessité de se *désangoulêmer*. Puis il partit sur le dernier trait d'esprit qu'il eut le bonheur de trouver.

« Demain, dit-il négligemment, j'aurai sans doute une loge à quelque spectacle, je viendrai vous prendre vous et M. de Rubempré, car vous me permettrez de vous faire à vous deux les honneurs de Paris. »

« Il a dans le caractère plus de générosité que je ne le pensais », se dit Mme de Bargeton en lui voyant inviter Lucien.

Au mois de juin, les ministres ne savent que faire de leurs loges aux théâtres : les députés ministériels et leurs commettants font leurs vendanges[202] ou veillent à leurs moissons, leurs connaissances les plus exigeantes sont à la campagne ou en voyage ; aussi, vers cette époque les plus belles loges des théâtres de Paris reçoivent-elles des hôtes hétéroclites que les habitués ne revoient plus et qui donnent au public l'air d'une tapisserie usée. Du Châtelet avait déjà pensé que, grâce à cette circonstance, il pourrait, sans dépenser beaucoup d'argent, procurer à Naïs les amusements qui affriandent le plus les provinciaux. Le lendemain, pour la première fois qu'il venait, Lucien ne trouva pas Louise. Mme de Bargeton était sortie pour quelques emplettes indispensables. Elle était allée tenir conseil avec les graves et illustres autorités en matière de toilette féminine que Châtelet lui avait citées, car elle avait écrit son arrivée à la marquise d'Espard. Quoique Mme de Bargeton eût en elle-même cette confiance que donne une longue domination, elle avait singulièrement peur de paraître provinciale. Elle avait assez de tact pour savoir combien les relations entre femmes dépendent des premières impressions ; et, quoiqu'elle se sût de force à se mettre promptement au niveau des femmes supérieures comme Mme d'Espard, elle sentait avoir besoin de bienveillance à son début, et voulait surtout ne manquer d'aucun élément de succès. Aussi sut-elle à Châtelet un gré infini de lui avoir indiqué les moyens de se mettre à l'unisson du beau monde parisien. Par un singulier hasard, la marquise se trouvait dans une situation à être enchantée de rendre service à une personne de la famille de son mari. Sans cause apparente, le marquis d'Espard s'était retiré du monde ; il ne s'occupait ni de ses affaires, ni des affaires politiques, ni de sa famille, ni de sa femme. Devenue ainsi maîtresse d'elle-même, la marquise sentait le besoin d'être approuvée par le monde ; elle était donc heureuse de remplacer le marquis en cette circonstance en se faisant la protectrice de sa famille. Elle allait mettre de l'ostentation à son patronage afin de rendre les torts de son mari plus évidents. Dans la journée même, elle écrivit à *Madame de Bargeton, née Nègrepelisse,* un de ces charmants billets où la forme est si jolie, qu'il faut bien du temps avant d'y reconnaître le manque de fond :

« Elle était heureuse d'une circonstance qui rapprochait de la famille une personne de qui elle avait entendu parler, et qu'elle souhaitait connaître, car les amitiés de Paris n'étaient pas si solides qu'elle ne désirât avoir quelqu'un de plus à aimer sur la terre ; et si cela ne devait pas avoir lieu, ce ne serait qu'une illusion à ensevelir avec les autres. Elle se mettait tout entière à la disposition de sa cousine, qu'elle serait allée voir sans une indisposition qui la retenait chez elle ; mais elle se regardait déjà comme son obligée de ce qu'elle eût songé à elle. »

Pendant sa première promenade vagabonde à travers les Boulevards et la rue de la Paix, Lucien, comme tous les nouveaux venus, s'occupa beaucoup plus des choses que des personnes. À Paris, les masses s'emparent tout d'abord de l'attention : le luxe des boutiques, la hauteur des maisons, l'affluence des voitures, les constantes oppositions que présentent un extrême luxe et une extrême misère saisissent avant tout. Surpris de cette foule à laquelle il était étranger, cet homme d'imagination éprouva comme une immense diminution de lui-même. Les personnes qui jouissent en province d'une considération quelconque, et qui y rencontrent à chaque pas une preuve de leur importance, ne s'accoutument point à cette perte totale et subite de leur valeur. Être quelque chose dans son pays et n'être rien à

Paris, sont deux états qui veulent des transitions; et ceux qui passent trop brusquement de l'un à l'autre tombent dans une espèce d'anéantissement. Pour un jeune poète qui trouvait un écho à tous ses sentiments, un confident pour toutes ses idées, une âme pour partager ses moindres sensations, Paris allait être un affreux désert. Lucien n'était pas allé chercher son bel habit bleu, en sorte qu'il fut gêné par la mesquinerie, pour ne pas dire le délabrement de son costume en se rendant chez Mme de Bargeton à l'heure où elle devait être rentrée; il y trouva le baron du Châtelet, qui les emmena tous deux dîner au *Rocher de Cancale*[203]. Lucien, étourdi de la rapidité du tournoiement parisien, ne pouvait rien dire à Louise, ils étaient tous les trois dans la voiture; mais il lui pressa la main, elle répondit amicalement à toutes les pensées qu'il exprimait ainsi. Après le dîner, Châtelet conduisit ses deux convives au Vaudeville[204]. Lucien éprouvait un secret mécontentement à l'aspect de du Châtelet, il maudissait le hasard qui l'avait conduit à Paris. Le directeur des contributions mit le sujet de son voyage sur le compte de son ambition : il espérait être nommé secrétaire général d'une administration, et entrer au Conseil d'État comme maître des requêtes; il venait demander raison des promesses qui lui avaient été faites, car un homme comme lui ne pouvait pas rester directeur des contributions; il aimait mieux ne rien être, devenir député, rentrer dans la diplomatie. Il se grandissait, Lucien reconnaissait vaguement dans ce vieux beau la supériorité de l'homme du monde au fait de la vie parisienne; il était surtout honteux de lui devoir ses jouissances. Là où le poète était inquiet et gêné, l'ancien secrétaire des commandements se trouvait comme un poisson dans l'eau. Du Châtelet souriait aux hésitations, aux étonnements, aux questions, aux petites fautes que le manque d'usage arrachait à son rival, comme les vieux loups de mer se moquent des novices qui n'ont pas le pied marin. Le plaisir qu'éprouvait Lucien, en voyant pour la première fois le spectacle à Paris, compensa le déplaisir que lui causaient ses confusions. Cette soirée fut remarquable par la répudiation secrète d'une grande quantité de ses idées sur la vie de province. Le cercle s'élargissait, la société prenait d'autres proportions. Le voisinage de plusieurs jolies Parisiennes si élégamment, si fraîchement mises, lui fit remarquer la vieillerie de la toilette de Mme de Bargeton, quoiqu'elle fût passablement ambitieuse : ni les étoffes, ni les façons, ni les couleurs n'étaient de mode. La coiffure qui le séduisait tant à Angoulême lui parut d'un goût affreux comparée aux délicates inventions par lesquelles se recommandait chaque femme. « Va-t-elle rester comme ça ? se dit-il, sans savoir que la journée avait été employée à préparer une transformation. En province il n'y a ni choix ni comparaison à faire : l'habitude de voir les physionomies leur donne une beauté conventionnelle. Transportée à Paris, une femme qui passe pour jolie en province n'obtient pas la moindre attention, car elle n'est belle que par l'application du proverbe : *Dans le royaume des aveugles, les borgnes sont rois*. Les yeux de Lucien faisaient la comparaison que Mme de Bargeton avait faite la veille entre lui et Châtelet. De son côté, Mme de Bargeton se permettait d'étranges réflexions sur son amant. Malgré son étrange beauté, le pauvre poète n'avait point de tournure. Sa redingote dont les manches étaient trop courtes, ses méchants gants de province, son gilet étriqué, le rendaient prodigieusement ridicule auprès des jeunes gens du balcon : Mme de Bargeton lui trouvait un air piteux. Châtelet, occupé d'elle sans prétention, veillant sur elle avec un soin qui trahissait une passion profonde ; Châtelet, élégant et à son aise comme un acteur qui retrouve les planches de son théâtre, regagnait en deux jours tout le terrain qu'il avait perdu en six mois. Quoique le vulgaire n'admette pas que les sentiments changent brusquement, il est certain que deux amants se séparent souvent plus vite qu'ils ne se sont liés. Il se préparait chez Mme de Bargeton et chez Lucien un désenchantement sur eux-mêmes dont la cause était Paris. La vie s'y agrandissait aux yeux du poète, comme la société prenait une face nouvelle aux yeux de Louise. À l'un et à l'autre, il ne fallait plus qu'un accident pour trancher les liens qui les unissaient. Ce coup de hache, terrible pour Lucien, ne se fit pas longtemps attendre. Mme de Bargeton mit le poète à son hôtel, et retourna chez elle accompagnée de du Châtelet, ce qui déplut horriblement au pauvre amoureux.

« Que vont-ils dire de moi ? » pensait-il en montant dans sa triste chambre.

« Ce pauvre garçon est singulièrement ennuyeux, dit du Châtelet en souriant quand la portière fut refermée.

— Il en est ainsi de tous ceux qui ont un monde de pensées dans le cœur et dans le cerveau. Les hommes qui ont tant de choses à exprimer en de belles œuvres longtemps rêvées professent un certain mépris pour la conversation,

commerce où l'esprit s'amoindrit en se monnayant, dit la
fière Nègrepelisse qui eut encore le courage de défendre
Lucien, moins pour Lucien que pour elle-même.

— Je vous accorde volontiers ceci, reprit le baron, mais
nous vivons avec les personnes et non avec les livres. Tenez,
chère Naïs, je le vois, il n'y a encore rien entre vous et lui,
j'en suis ravi. Si vous vous décidez à mettre dans votre vie un
intérêt qui vous a manqué jusqu'à présent, je vous en
supplie, que ce ne soit pas pour ce prétendu homme de
génie. Si vous vous trompez, si dans quelques jours, en le
comparant aux véritables talents, aux hommes sérieusement
remarquables que vous allez voir, vous reconnaissiez, chère
belle sirène, avoir pris sur votre dos éblouissant et conduit
au port, au lieu d'un homme armé de la lyre, un petit
singe [205], sans manières, sans portée, sot et avantageux, qui
peut avoir de l'esprit à l'Houmeau, mais qui devient à Paris
un garçon extrêmement ordinaire ? Après tout, il se publie
ici par semaine des volumes de vers dont le moindre vaut
encore mieux que toute la poésie de M. Chardon. De grâce,
attendez et comparez ! Demain, vendredi, il y a opéra, dit-il
en voyant la voiture entrant dans la rue Neuve-du-Luxembourg, Mme d'Espard dispose de la loge des Premiers
Gentilshommes de la Chambre, et vous y mènera sans doute.
Pour vous voir dans votre gloire, j'irai dans la loge de Mme
de Sérizy. On donne *Les Danaïdes* [206].

— Adieu », dit-elle.

Le lendemain, Mme de Bargeton tâcha de se composer
une mise du matin convenable pour aller voir sa cousine,
Mme d'Espard. Il faisait légèrement froid, elle ne trouva
rien de mieux dans ses vieilleries d'Angoulême qu'une
certaine robe de velours vert, garnie d'une manière assez
extravagante. De son côté, Lucien sentit la nécessité d'aller
chercher son fameux habit bleu, car il avait pris en horreur
sa maigre redingote, et il voulait se montrer toujours bien
mis en songeant qu'il pourrait rencontrer la marquise
d'Espard, ou aller chez elle à l'improviste. Il monta dans un
fiacre afin de rapporter immédiatement son paquet. En deux
heures de temps, il dépensa trois ou quatre francs, ce qui lui
donna beaucoup à penser sur les proportions financières de
la vie parisienne. Après être arrivé au superlatif de sa
toilette, il vint rue Neuve-du-Luxembourg, où, sur le pas de
la porte, il rencontra Gentil en compagnie d'un chasseur
magnifiquement emplumé.

« J'allais chez vous, monsieur ; Madame m'envoie ce petit

mot pour vous », dit Gentil qui ne connaissait pas les formules du respect parisien, habitué qu'il était à la bonhomie des mœurs provinciales.

Le chasseur prit le poète pour un domestique. Lucien décacheta le billet, par lequel il apprit que Mme de Bargeton passait la journée chez la marquise d'Espard et allait le soir à l'Opéra ; mais elle disait à Lucien de s'y trouver, sa cousine lui permettait de donner une place dans sa loge au jeune poète, à qui la marquise était enchantée de procurer ce plaisir.

« Elle m'aime donc ! mes craintes sont folles, se dit Lucien, elle me présente à sa cousine dès ce soir. »

Il bondit de joie, et voulut passer joyeusement le temps qui le séparait de cette heureuse soirée. Il s'élança vers les Tuileries en rêvant de s'y promener jusqu'à l'heure où il irait dîner chez Véry [207]. Voilà Lucien gabant [208], sautillant, léger de bonheur qui débouche sur la terrasse des Feuillants et la parcourt en examinant les promeneurs, les jolies femmes avec leurs adorateurs, les élégants, deux par deux, bras dessus bras dessous, se saluant les uns les autres par un coup d'œil en passant. Quelle différence de cette terrasse avec Beaulieu ! Les oiseaux de ce magnifique perchoir étaient autrement jolis que ceux d'Angoulême ! C'était tout le luxe de couleurs qui brille sur les familles ornithologiques des Indes ou de l'Amérique, comparé aux couleurs grises des oiseaux de l'Europe. Lucien passa deux cruelles heures dans les Tuileries : il y fit un violent retour sur lui-même et se jugea. D'abord il ne vit pas un seul habit à ces jeunes élégants. S'il apercevait un homme en habit, c'était un vieillard hors la loi, quelque pauvre diable, un rentier venu du Marais, ou quelque garçon de bureau. Après avoir reconnu qu'il y avait une mise du matin et une mise du soir, le poète aux émotions vives, au regard pénétrant, reconnut la laideur de sa défroque, les défectuosités qui frappaient de ridicule son habit dont la coupe était passée de mode, dont le bleu était faux, dont le collet était outrageusement disgracieux, dont les basques de devant, trop longtemps portées, penchaient l'une vers l'autre ; les boutons avaient rougi, les plis dessinaient de fatales lignes blanches. Puis son gilet était trop court et la façon si grotesquement provinciale que, pour le cacher, il boutonna brusquement son habit. Enfin il ne voyait de pantalon de nankin qu'aux gens communs. Les gens comme il faut portaient de délicieuses étoffes de fantaisie ou le blanc toujours irréprochable ! D'ailleurs tous les pantalons étaient à sous-pieds, et le sien se mariait très mal avec les talons de ses bottes, pour lesquels les bords de l'étoffe recroquevillée manifestaient une violente antipathie. Il avait une cravate blanche à bouts brodés par sa sœur, qui, après en avoir vu de semblables à M. du Hautoy, à M. de Chandour, s'était empressée d'en faire de pareilles à son frère. Non seulement personne, excepté les gens graves, quelques vieux financiers, quelques sévères administrateurs, ne portait de cravate blanche le matin ; mais encore le pauvre Lucien vit passer de l'autre côté de la grille, sur le trottoir de la rue de Rivoli, un garçon épicier tenant un panier sur sa tête, et sur qui l'homme d'Angoulême surprit deux bouts de cravate brodés par la main de quelque grisette adorée. À cet aspect, Lucien reçut un coup à la poitrine, à cet organe encore mal défini où se réfugie notre sensibilité, où, depuis qu'il existe des sentiments, les hommes portent la main, dans les joies comme dans les douleurs excessives. Ne taxez pas ce récit de puérilité ! Certes, pour les riches qui n'ont jamais connu ces sortes de souffrances, il se trouve ici quelque chose de mesquin et d'incroyable ; mais les angoisses des malheureux ne méritent pas moins d'attention que les crises qui révolutionnent la vie des puissants et des privilégiés de la terre. Puis ne se rencontre-t-il pas autant de douleur de part et d'autre ? La souffrance agrandit tout. Enfin, changez les termes : au lieu d'un costume plus ou moins beau, mettez un ruban, une distinction, un titre ? Ces apparentes petites choses n'ont-elles pas tourmenté de brillantes existences ? La question du costume est d'ailleurs énorme chez ceux qui veulent paraître avoir ce qu'ils n'ont pas, car c'est souvent le meilleur moyen de le posséder plus tard [209]. Lucien eut une sueur froide en pensant que le soir il allait comparaître ainsi vêtu devant la marquise d'Espard, la parente d'un premier gentilhomme de la Chambre du Roi, devant une femme chez laquelle allaient les illustrations de tous les genres, des illustrations choisies.

« J'ai l'air du fils d'un apothicaire, d'un vrai courtaud [210] de boutique ! » se dit-il à lui-même avec rage en voyant passer les gracieux, les coquets, les élégants jeunes gens des familles du faubourg Saint-Germain, qui tous avaient une manière à eux qui les rendait tous semblables par la finesse des contours, par la noblesse de la tenue, par l'air du visage ; et tous différents par le cadre que chacun s'était choisi pour se faire valoir. Tous faisaient ressortir leurs avantages par une espèce de mise en scène que les jeunes gens entendent à

Paris aussi bien que les femmes. Lucien tenait de sa mère les précieuses distinctions physiques dont les privilèges éclataient à ses yeux ; mais cet or était dans sa gangue, et non mis en œuvre. Ses cheveux étaient mal coupés. Au lieu de maintenir sa figure haute par une souple baleine, il se sentait enseveli dans un vilain col de chemise ; et sa cravate, n'offrant pas de résistance, lui laissait pencher sa tête attristée. Quelle femme eût deviné ses jolis pieds dans la botte ignoble qu'il avait apportée d'Angoulême ? Quel jeune homme eût envié sa jolie taille déguisée par le sac bleu qu'il avait cru jusqu'alors être un habit ? Il voyait de ravissants boutons sur des chemises étincelantes de blancheur, la sienne était rousse ! Tous ces élégants gentilshommes étaient merveilleusement gantés, et il avait des gants de gendarme ! Celui-ci badinait avec une canne délicieusement montée. Celui-là portait une chemise à poignets retenus par de mignons boutons d'or. En parlant à une femme, l'un tordait une charmante cravache, et les plis abondants de son pantalon tacheté de quelques petites éclaboussures, ses éperons retentissants, sa petite redingote serrée montraient qu'il allait remonter sur un des deux chevaux tenus par un tigre [211] gros comme le poing. Un autre tirait de la poche de son gilet une montre plate comme une pièce de cent sous, et regardait l'heure en homme qui avait avancé ou manqué l'heure d'un rendez-vous. En regardant ces jolies bagatelles que Lucien ne soupçonnait pas, le monde des superfluités nécessaires lui apparut, et il frissonna en pensant qu'il fallait un capital énorme pour exercer l'état de joli garçon ! Plus il admirait ces jeunes gens à l'air heureux et dégagé, plus il avait conscience de son air étrange, l'air d'un homme qui ignore où aboutit le chemin qu'il suit, qui ne sait où se trouve le Palais-Royal quand il y touche, et qui demande où est le Louvre à un passant qui répond : « Vous y êtes. » Lucien se voyait séparé de ce monde par un abîme, il se demandait par quels moyens il pouvait le franchir, car il voulait être semblable à cette svelte et délicate jeunesse parisienne. Tous ces patriciens saluaient des femmes divinement mises et divinement belles, des femmes pour lesquelles Lucien se serait fait hacher pour prix d'un seul baiser, comme le page de la comtesse de Kœnigsmarck [212]. Dans les ténèbres de sa mémoire, Louise, comparée à ces souveraines, se dessina comme une vieille femme. Il rencontra plusieurs de ces femmes dont on parlera dans l'histoire du dix-neuvième siècle, de qui l'esprit, la beauté, les amours ne seront pas moins célèbres que celles des reines du temps passé. Il vit passer une fille sublime, Mlle des Touches, si connue sous le nom de Camille Maupin, écrivain éminent, aussi grande par sa beauté que par un esprit supérieur, et dont le nom fut répété tout bas par les promeneurs et par les femmes[213].

« Ha ! se dit-il, voilà la poésie. »

Qu'était Mme de Bargeton auprès de cet ange brillant de jeunesse, d'espoir, d'avenir, au doux sourire, et dont l'œil noir était vaste comme le ciel, ardent comme le soleil ! Elle riait en causant avec Mme Firmiani, l'une des plus charmantes femmes de Paris[214]. Une voix lui cria bien : « L'intelligence est le levier avec lequel on remue le monde. » Mais une autre voix lui cria que le point d'appui de l'intelligence était l'argent. Il ne voulut pas rester au milieu de ses ruines et sur le théâtre de sa défaite, il prit la route du Palais-Royal, après l'avoir demandée, car il ne connaissait pas encore la topographie de son quartier. Il entra chez Véry, commanda, pour s'initier aux plaisirs de Paris, un dîner qui le consolât de son désespoir. Une bouteille de vin de Bordeaux, des huîtres d'Ostende, un poisson, une perdrix, un macaroni, des fruits furent le *nec plus ultra* de ses désirs. Il savoura cette petite débauche en pensant à faire preuve d'esprit ce soir auprès de la marquise d'Espard, et à racheter la mesquinerie de son bizarre accoutrement par le déploiement de ses richesses intellectuelles. Il fut tiré de ses rêves par le total de la carte qui lui enleva les cinquante francs avec lesquels il croyait aller fort loin dans Paris. Ce dîner coûtait un mois de son existence d'Angoulême. Aussi ferma-t-il respectueusement la porte de ce palais, en pensant qu'il n'y remettrait jamais les pieds.

« Ève avait raison, se dit-il en s'en allant par la galerie de pierre chez lui pour y reprendre de l'argent, les prix de Paris ne sont pas ceux de l'Houmeau. »

Chemin faisant, il admira les boutiques des tailleurs, et songeant aux toilettes qu'il avait vues le matin : « Non, s'écria-t-il, je ne paraîtrai pas fagoté comme je le suis devant Mme d'Espard. » Il courut avec une vélocité de cerf jusqu'à l'hôtel du Gaillard-Bois, monta dans sa chambre, y prit cent écus, et redescendit au Palais-Royal pour s'y habiller de pied en cap. Il avait vu des bottiers, des lingers, des giletiers, des coiffeurs au Palais-Royal où sa future élégance était éparse dans dix boutiques. Le premier tailleur chez lequel il entra lui fit essayer autant d'habits qu'il voulut en mettre, et lui persuada qu'ils étaient tous de la dernière mode. Lucien sortit possédant un habit vert, un pantalon blanc et un gilet de fantaisie pour la somme de deux cents francs. Il eut bientôt trouvé une paire de bottes fort élégante et à son pied. Enfin après avoir fait emplette de tout ce qui lui était nécessaire, il demanda le coiffeur chez lui où chaque fournisseur apporta sa marchandise. À sept heures du soir, il monta dans un fiacre et se fit conduire à l'Opéra, frisé comme un saint Jean de procession, bien gileté, bien cravaté, mais un peu gêné dans cette espèce d'étui où il se trouvait pour la première fois. Suivant la recommandation de Mme de Bargeton, il demanda la loge des Premiers Gentilshommes de la Chambre. À l'aspect d'un homme dont l'élégance empruntée le faisait ressembler à un premier garçon de noces, le contrôleur le pria de montrer son coupon.

« Je n'en ai pas.

— Vous ne pouvez pas entrer, lui répondit-on sèchement.

— Mais je suis de la société de Mme d'Espard, dit-il.

— Nous ne sommes pas tenus de savoir cela », dit l'employé qui ne put s'empêcher d'échanger un imperceptible sourire avec ses collègues du contrôle.

En ce moment une voiture s'arrêta sous le péristyle. Un chasseur, que Lucien ne reconnut pas, déplia le marchepied d'un coupé d'où sortirent deux femmes parées. Lucien, qui ne voulut pas recevoir du contrôleur quelque impertinent avis pour se ranger, fit place aux deux femmes.

« Mais cette dame est la marquise d'Espard que vous prétendez connaître, monsieur », dit ironiquement le contrôleur à Lucien.

Lucien fut d'autant plus abasourdi que Mme de Bargeton n'avait pas l'air de le reconnaître dans son nouveau plumage ; mais quand il l'aborda, elle lui sourit et lui dit : « Cela se trouve à merveille, venez ! »

Les gens du contrôle étaient redevenus sérieux. Lucien suivit Mme de Bargeton, qui, tout en montant le vaste escalier de l'Opéra, présenta son Rubempré à sa cousine. La loge des Premiers Gentilshommes est celle qui se trouve dans l'un des deux pans coupés au fond de la salle : on y est vu comme on y voit de tous côtés. Lucien se mit derrière sa cousine, sur une chaise, heureux d'être dans l'ombre[215].

« M. de Rubempré, dit la marquise d'un ton de voix flatteur, vous venez pour la première fois à l'Opéra, ayez-en tout le coup d'œil, prenez ce siège, mettez-vous sur le devant, nous vous le permettons. »

Lucien obéit, le premier acte de l'opéra finissait.

« Vous avez bien employé votre temps », lui dit Louise à l'oreille dans le premier moment de surprise que lui causa le changement de Lucien.

Louise était restée la même. Le voisinage d'une femme à la mode, de la marquise d'Espard, cette Mme de Bargeton de Paris, lui nuisait tant, la brillante Parisienne faisait si bien ressortir les imperfections de la femme de province, que Lucien, doublement éclairé par le beau monde de cette pompeuse salle et par cette femme éminente, vit enfin dans la pauvre Anaïs de Nègrepelisse la femme réelle, la femme que les gens de Paris voyaient : une femme grande, sèche, couperosée, fanée, plus que rousse, anguleuse, guindée, précieuse, prétentieuse, provinciale dans son parler, mal arrangée surtout ! En effet, les plis d'une vieille robe de Paris attestent encore du goût, on se l'explique, on devine ce qu'elle fut, mais une vieille robe de province est inexplicable, elle est risible. La robe et la femme étaient sans grâce ni fraîcheur, le velours était miroité comme le teint. Lucien, honteux d'avoir aimé cet os de seiche, se promit de profiter du premier accès de vertu de sa Louise pour la quitter. Son excellente vue lui permettait de voir les lorgnettes braquées sur la loge aristocratique par excellence. Les femmes les plus élégantes examinaient certainement Mme de Bargeton, car elles souriaient toutes en se parlant. Si Mme d'Espard reconnut, aux gestes et aux sourires féminins, la cause des sarcasmes, elle y fut tout à fait insensible. D'abord chacun devait reconnaître dans sa compagne la pauvre parente venue de province, de laquelle peut être affligée toute famille parisienne. Puis sa cousine lui avait parlé toilette en lui manifestant quelque crainte ; elle l'avait rassurée en s'apercevant qu'Anaïs, une fois habillée, aurait bientôt pris les manières parisiennes. Si Mme de Bargeton manquait d'usage, elle avait la hauteur native d'une femme noble et ce *je ne sais quoi* que l'on peut nommer la *race*. Le lundi suivant elle prendrait donc sa revanche. D'ailleurs, une fois que le public aurait appris que cette femme était sa cousine, la marquise savait qu'il suspendrait le cours de ses railleries et attendrait un nouvel examen avant de la juger. Lucien ne devinait pas le changement que feraient dans la personne de Louise une écharpe roulée autour du cou, une jolie robe, une élégante coiffure et les conseils de Mme d'Espard. En montant l'escalier, la marquise avait déjà dit à sa cousine de ne pas tenir son mouchoir déplié à la main. Le bon ou le mauvais goût tiennent à mille petites nuances de ce genre, qu'une femme d'esprit saisit promptement, et que certaines femmes ne comprendront jamais. Mme de Bargeton, déjà pleine de bon vouloir, était plus spirituelle qu'il ne le fallait pour reconnaître en quoi elle péchait. Mme d'Espard, sûre que son élève lui ferait honneur, ne s'était pas refusée à la former. Enfin il s'était fait entre ces deux femmes un pacte cimenté par leur mutuel intérêt. Mme de Bargeton avait soudain voué un culte à l'idole du jour, dont les manières, l'esprit et l'entourage l'avaient séduite, éblouie, fascinée. Elle avait reconnu chez Mme d'Espard l'occulte pouvoir de la grande dame ambitieuse, et s'était dit qu'elle parviendrait en se faisant le satellite de cet astre : elle l'avait donc franchement admirée. La marquise avait été sensible à cette naïve conquête, elle s'était intéressée à sa cousine en la trouvant faible et pauvre ; puis elle s'était assez bien arrangée d'avoir une élève pour faire école, et ne demandait pas mieux que d'acquérir en Mme de Bargeton une espèce de dame d'atour, une esclave qui chanterait ses louanges, trésor encore plus rare parmi les femmes de Paris qu'un critique dévoué dans la gent littéraire. Cependant le mouvement de curiosité devenait trop visible pour que la nouvelle débarquée ne s'en aperçût pas, et Mme d'Espard voulut poliment lui faire prendre le change sur cet émoi.

« S'il nous vient des visites, lui dit-elle, nous saurons peut-être à quoi nous devons l'honneur d'occuper ces dames...

— Je soupçonne fort ma vieille robe de velours et ma figure angoumoisine d'amuser les Parisiennes, dit en riant Mme de Bargeton.

— Non, ce n'est pas vous, il y a quelque chose que je ne m'explique pas, ajouta-t-elle en regardant le poète qu'elle regarda pour la première fois et qu'elle parut trouver singulièrement mis.

— Voici M. du Châtelet », dit en ce moment Lucien en levant le doigt pour montrer la loge de Mme de Sérizy où le vieux beau remis à neuf venait d'entrer.

À ce signe Mme de Bargeton se mordit les lèvres de dépit, car la marquise ne put retenir un regard et un sourire d'étonnement, qui disait si dédaigneusement : « D'où sort ce jeune homme ? » que Louise se sentit humiliée dans son amour, la sensation la plus piquante pour une Française, et qu'elle ne pardonne pas à son amant de lui causer. Dans ce monde où les petites choses deviennent grandes, un geste, un mot perdent un débutant. Le principal mérite des belles manières et du ton de la haute compagnie est d'offrir un ensemble harmonieux où tout est si bien fondu que rien ne choque. Ceux mêmes qui, soit par ignorance, soit par un emportement quelconque de la pensée, n'observent pas les lois de cette science, comprendront tous qu'en cette matière une seule dissonance est, comme en musique, une négation complète de l'Art lui-même, dont toutes les conditions doivent être exécutées dans la moindre chose sous peine de ne pas être.

« Qui est ce monsieur ? demanda la marquise en montrant Châtelet. Connaissez-vous donc déjà Mme de Sérizy ?

— Ah ! cette personne est la fameuse Mme de Sérizy qui a eu tant d'aventures, et qui néanmoins est reçue partout[216] !

— Une chose inouïe, ma chère, répondit la marquise, une chose inexplicable, mais inexpliquée ! Les hommes les plus redoutables sont ses amis, et pourquoi ? Personne n'ose sonder ce mystère. Ce monsieur est-il donc le lion d'Angoulême ?

— Mais M. le baron du Châtelet, dit Anaïs qui par vanité rendit à Paris le titre qu'elle contestait à son adorateur, est un homme qui a fait beaucoup parler de lui. C'est le compagnon de M. de Montriveau...

— Ah ! fit la marquise, je n'entends jamais ce nom sans penser à la pauvre duchesse de Langeais, qui a disparu comme une étoile filante[217]. Voici, reprit-elle en montrant une loge, M. de Rastignac et Mme de Nucingen[218], la femme d'un fournisseur, banquier, homme d'affaires, brocanteur en grand, un homme qui s'impose au monde de Paris par sa fortune, et qu'on dit peu scrupuleux sur les moyens de l'augmenter ; il se donne mille peines pour faire croire à son dévouement pour les Bourbons, il a déjà tenté de venir chez moi. En prenant la loge de Mme de Langeais, sa femme a cru qu'elle en aurait les grâces, l'esprit et le succès ! Toujours la fable du geai qui prend les plumes du paon !

— Comment font M. et Mme de Rastignac, à qui nous ne connaissons pas mille écus de rente, pour soutenir leur fils à Paris ? dit Lucien à Mme de Bargeton en s'étonnant de l'élégance et du luxe que révélait la mise de ce jeune homme.

— Il est facile de voir que vous venez d'Angoulême », répondit la marquise assez ironiquement sans quitter sa lorgnette.

Lucien ne comprit pas, il était tout entier à l'aspect des loges où il devinait les jugements qui s'y portaient sur Mme de Bargeton et la curiosité dont il était l'objet. De son côté, Louise était singulièrement mortifiée du peu d'estime que la marquise faisait de la beauté de Lucien. « Il n'est donc pas si beau que je le croyais ! » se disait-elle. De là, à le trouver moins spirituel, il n'y avait qu'un pas. La toile était baissée. Châtelet, qui était venu faire une visite à la duchesse de Carigliano[219], dont la loge avoisinait celle de Mme d'Espard, y salua Mme de Bargeton qui répondit par une inclination de tête. Une femme du monde voit tout, et la marquise remarqua la tenue supérieure de du Châtelet. En ce moment quatre personnes entrèrent successivement dans la loge de la marquise, quatre célébrités parisiennes.

Le premier était M. de Marsay, homme fameux par les passions qu'il inspirait, remarquable surtout par une beauté de jeune fille, beauté molle, efféminée, mais corrigée par un regard fixe, calme, fauve et rigide comme celui d'un tigre : on l'aimait, et il effrayait. Lucien était aussi beau ; mais chez lui le regard était si doux, son œil bleu était si limpide, qu'il ne paraissait pas susceptible d'avoir cette force et cette puissance à laquelle s'attachent tant les femmes. D'ailleurs rien ne faisait encore valoir le poète, tandis que de Marsay avait un entrain d'esprit, une certitude de plaire, une toilette appropriée à sa nature qui écrasait autour de lui tous ses rivaux. Jugez de ce que pouvait être dans ce voisinage Lucien, gourmé, gommé, roide et neuf comme ses habits. De Marsay avait conquis le droit de dire des impertinences par l'esprit qu'il leur donnait et par la grâce des manières dont il les accompagnait. L'accueil de la marquise indiqua soudain à Mme de Bargeton la puissance de ce personnage. Le second était l'un des deux Vandenesse, celui qui avait causé l'éclat de lady Dudley, un jeune homme doux, spirituel, modeste, qui réussissait par des qualités tout opposées à celles dont se glorifiait de Marsay et que la cousine de la marquise, Mme de Mortsauf, lui avait chaudement recommandé[220]. Le troisième était le général Montriveau, l'auteur de la perte de la duchesse de Langeais. Le quatrième était M. de Canalis, un des plus illustres poètes de cette époque, un jeune homme encore à l'aube de sa gloire, et qui, plus fier d'être gentilhomme que de son talent, se posait comme *l'attentif* de Mme d'Espard pour cacher sa passion pour la duchesse de Chaulieu. On devinait malgré ses grâces entachées déjà d'affectation l'immense ambition qui plus tard le lança dans les orages de la vie politique. Sa beauté, presque mignarde, ses manières caressantes déguisaient mal un profond égoïsme et les calculs perpétuels d'une existence alors problématique, mais le choix qu'il avait fait de Mme de Chaulieu, femme de quarante ans passés, lui valait alors les bienfaits de la Cour, les applaudissements du faubourg Saint-Germain et les injures des libéraux qui le nommaient un poète de sacristie [221].

En voyant ces quatre figures si remarquables, Mme de Bargeton s'expliqua le peu d'attention de la marquise pour Lucien. Puis quand la conversation commença, quand chacun de ces esprits si fins, si délicats, se révéla par des traits qui avaient plus de sens, plus de profondeur que ce qu'Anaïs entendait durant un mois en province ; quand surtout le grand poète fit entendre une parole vibrante où se retrouvait le positif de cette époque, mais doré de poésie, Louise comprit ce que du Châtelet lui avait dit la veille : Lucien ne fut plus rien. Chacun regardait le pauvre inconnu avec une si cruelle indifférence, il était si bien là comme un étranger qui ne savait pas la langue, que la marquise en eut pitié.

« Permettez-moi, monsieur, dit-elle à Canalis, de vous présenter M. de Rubempré. Vous occupez une position trop haute dans le monde littéraire pour ne pas accueillir un débutant. M. de Rubempré arrive d'Angoulême, il aura sans doute besoin de votre protection auprès de ceux qui mettent ici le génie en lumière. Il n'a pas encore d'ennemis qui puissent faire sa fortune en l'attaquant. N'est-ce pas une entreprise assez originale pour la tenter, que de lui faire obtenir par l'amitié ce que vous tenez de la haine ? »

Les quatre personnages regardèrent alors Lucien pendant le temps que la marquise parla. Quoique à deux pas du nouveau venu, de Marsay prit son lorgnon pour le voir ; son regard allait de Lucien à Mme de Bargeton, et de Mme de Bargeton à Lucien, en les appareillant par une pensée moqueuse qui les mortifia cruellement l'un et l'autre ; il les examinait comme deux bêtes curieuses, et il souriait. Ce sourire fut un coup de poignard pour le grand homme de province. Félix de Vandenesse eut un air charitable. Montriveau jeta sur Lucien un regard pour le sonder jusqu'au tuf.

« Madame, dit M. de Canalis en s'inclinant, je vous obéirai, malgré l'intérêt personnel qui nous porte à ne pas favoriser nos rivaux ; mais vous nous avez habitués aux miracles.

— Hé bien, faites-moi le plaisir de venir dîner lundi chez moi avec M. de Rubempré, vous causerez plus à l'aise qu'ici des affaires littéraires ; je tâcherai de racoler quelques-uns des tyrans de la littérature et les célébrités qui la protègent, l'auteur d'*Ourika*[222] et quelques jeunes poètes bien-pensants.

— Madame la marquise, dit de Marsay, si vous patronnez monsieur pour son esprit, moi je le protégerai pour sa beauté ; je lui donnerai des conseils qui en feront le plus heureux dandy de Paris. Après cela, il sera poète s'il veut. »

Mme de Bargeton remercia sa cousine par un regard plein de reconnaissance.

« Je ne vous savais pas jaloux des gens d'esprit, dit Montriveau à de Marsay. Le bonheur tue les poètes.

— Est-ce pour cela que monsieur cherche à se marier[223] ? » reprit le dandy en s'adressant à Canalis afin de voir si Mme d'Espard serait atteinte par ce mot.

Canalis haussa les épaules et Mme d'Espard, amie de Mme de Chaulieu, se mit à rire.

Lucien, qui se sentait dans ses habits comme une statue égyptienne dans sa gaine, était honteux de ne rien répondre. Enfin il dit de sa voix tendre à la marquise : « Vos bontés, madame, me condamnent à n'avoir que des succès. »

Du Châtelet entra dans ce moment, en saisissant aux cheveux l'occasion de se faire appuyer auprès de la marquise par Montriveau, un des rois de Paris. Il salua Mme de Bargeton, et pria Mme d'Espard de lui pardonner la liberté qu'il prenait d'envahir sa loge : il était séparé depuis si longtemps de son compagnon de voyage ! Montriveau et lui se revoyaient pour la première fois après s'être quittés au milieu du désert.

« Se quitter dans le désert et se retrouver à l'Opéra ! dit Lucien.

— C'est une véritable reconnaissance de théâtre », dit Canalis.

Montriveau présenta le baron du Châtelet à la marquise et la marquise fit à l'ancien secrétaire des commandements de l'Altesse Impériale un accueil d'autant plus flatteur, qu'elle l'avait déjà vu bien reçu dans trois loges, que Mme de Sérizy n'admettait que des gens bien posés, et qu'enfin il était le compagnon de Montriveau. Ce dernier titre avait une si grande valeur, que Mme de Bargeton put remarquer dans le ton, dans les regards et dans les manières des quatre personnages, qu'ils reconnaissaient du Châtelet pour un des leurs sans discussion. La conduite sultanesque tenue par Châtelet en province fut tout à coup expliquée à Naïs. Enfin du Châtelet vit Lucien, et lui fit un de ces petits saluts secs et froids par lesquels un homme en déconsidère un autre, en indiquant aux gens du monde la place infime qu'il occupe dans la société. Il accompagna son salut d'un air sardonique par lequel il semblait dire : Par quel hasard se trouve-t-il là ? Du Châtelet fut bien compris, car de Marsay se pencha vers Montriveau pour lui dire à l'oreille, de manière à se faire entendre du baron : « Demandez-lui donc quel est ce singulier jeune homme qui a l'air d'un mannequin habillé à la porte d'un tailleur. »

Du Châtelet parla pendant un moment à l'oreille de son compagnon, en ayant l'air de renouveler connaissance, et sans doute il coupa son rival en quatre. Surpris par l'esprit d'à-propos, par la finesse avec laquelle ces hommes formulaient leurs réponses, Lucien était étourdi par ce qu'on nomme le trait, le mot, surtout par la désinvolture de la parole et l'aisance des manières. Le luxe qui l'avait épouvanté le matin dans les choses, il le retrouvait dans les idées. Il se demandait par quel mystère ces gens trouvaient à brûle-pourpoint des réflexions piquantes, des reparties qu'il n'aurait imaginées qu'après de longues méditations. Puis, non seulement ces cinq hommes du monde étaient à l'aise par la parole, mais ils l'étaient dans leurs habits : ils n'avaient rien de neuf ni rien de vieux. En eux, rien ne brillait, et tout attirait le regard. Leur luxe d'aujourd'hui était celui d'hier, il devait être celui du lendemain. Lucien devina qu'il avait l'air d'un homme qui s'était habillé pour la première fois de sa vie.

« Mon cher, disait de Marsay à Félix de Vandenesse, ce petit Rastignac se lance comme un cerf-volant ! le voilà chez la marquise de Listomère[224], il fait des progrès, il nous lorgne ! Il connaît sans doute monsieur, reprit le dandy en s'adressant à Lucien mais sans le regarder.

— Il est difficile, répondit Mme de Bargeton, que le nom du grand homme dont nous sommes fiers ne soit pas venu jusqu'à lui ; sa sœur a entendu dernièrement M. de Rubempré nous lire de très beaux vers. »

Félix de Vandenesse et de Marsay saluèrent la marquise et se rendirent chez Mme de Listomère, la sœur des Vandenesse. Le second acte commença, et chacun laissa

Mme d'Espard, sa cousine et Lucien seuls. Les uns allèrent expliquer Mme de Bargeton aux femmes intriguées de sa présence, les autres racontèrent l'arrivée du poète et se moquèrent de sa toilette, Canalis regagna la loge de la duchesse de Chaulieu et ne revint plus. Lucien fut heureux de la diversion que produisait le spectacle. Toutes les craintes de Mme de Bargeton relativement à Lucien furent augmentées par l'attention que sa cousine avait accordée au baron du Châtelet, et qui avait un tout autre caractère que celui de sa politesse protectrice envers Lucien. Pendant le second acte, la loge de Mme de Listomère resta pleine de monde, et parut agitée par une conversation où il s'agissait de Mme de Bargeton et de Lucien. Le jeune Rastignac était évidemment l'*amuseur* de cette loge, il donnait le branle à ce rire parisien qui, se portant chaque jour sur une nouvelle pâture, s'empresse d'épuiser le sujet présent en en faisant quelque chose de vieux et d'usé dans un seul moment. Mme d'Espard, inquiète, savait qu'on ne laisse pas ignorer longtemps une médisance à ceux qu'elle blesse, elle attendit la fin de l'acte. Quand les sentiments se sont retournés sur eux-mêmes comme chez Lucien et chez Mme de Bargeton, il se passe d'étranges choses en peu de temps : les révolutions morales s'opèrent par des lois d'un effet rapide. Louise avait présentes à la mémoire les paroles sages et politiques que du Châtelet lui avait dites sur Lucien en revenant du Vaudeville. Chaque phrase était une prophétie, et Lucien prit à tâche de les accomplir toutes. En perdant ses illusions sur Mme de Bargeton, comme Mme de Bargeton perdait les siennes sur lui, le pauvre enfant, de qui la destinée ressemblait un peu à celle de J.-J. Rousseau, l'imita en ce point qu'il fut fasciné par Mme d'Espard ; et il s'amouracha d'elle aussitôt. Les jeunes gens ou les hommes qui se souviennent de leurs émotions de jeunesse comprendront que cette passion était extrêmement probable et naturelle. Les jolies petites manières, ce parler délicat, ce son de voix fin, cette femme fluette, si noble, si haut placée, si enviée, cette reine apparaissait au poète comme Mme de Bargeton lui était apparue à Angoulême. La mobilité de son caractère le poussa promptement à désirer cette haute protection ; le plus sûr moyen était de posséder la femme, il aurait tout alors ! Il avait réussi à Angoulême, pourquoi ne réussirait-il pas à Paris ? Involontairement et malgré les magies de l'Opéra toutes nouvelles pour lui, son regard, attiré par cette magnifique Célimène, se coulait à tout moment vers elle ; et

plus il la voyait, plus il avait envie de la voir ! Mme de
Bargeton surprit un des regards pétillants de Lucien ; elle
l'observa et le vit plus occupé de la marquise que du
spectacle. Elle se serait de bonne grâce résignée à être
délaissée pour les cinquante filles de Danaüs ; mais quand
un regard plus ambitieux, plus ardent, plus significatif que
les autres lui expliqua ce qui se passait dans le cœur de
Lucien, elle devint jalouse, mais moins pour l'avenir que
pour le passé. « Il ne m'a jamais regardée ainsi, pensa-t-elle.
Mon Dieu, Châtelet avait raison ! » Elle reconnut alors
l'erreur de son amour. Quand une femme arrive à se repentir
de ses faiblesses, elle passe comme une éponge sur sa vie,
afin d'en effacer tout. Quoique chaque regard de Lucien la
courrouçât, elle demeura calme. De Marsay revint à l'entracte en amenant M. de Listomère. L'homme grave [225] et le
jeune fat apprirent bientôt à l'altière marquise que le garçon
de noces endimanché qu'elle avait le malheur d'admettre
dans sa loge ne se nommait pas plus M. de Rubempré qu'un
juif n'a de nom de baptême. Lucien était le fils d'un
apothicaire nommé Chardon. M. de Rastignac, très au fait
des affaires d'Angoulême, avait fait rire déjà deux loges aux
dépens de cette espèce de momie que la marquise nommait
sa cousine, et de la précaution que cette dame prenait d'avoir
près d'elle un pharmacien pour pouvoir sans doute entretenir par des drogues sa vie artificielle. Enfin de Marsay
rapporta quelques-une des mille plaisanteries auxquelles se
livrent en un instant les Parisiens, et qui sont aussi
promptement oubliées que dites, mais derrière lesquelles
était Châtelet, l'artisan de cette trahison carthaginoise.

« Ma chère, dit sous l'éventail Mme d'Espard à Mme de
Bargeton, de grâce, dites-moi si votre protégé se nomme
réellement M. de Rubempré ?

— Il a pris le nom de sa mère, dit Anaïs embarrassée.

— Mais quel est le nom de son père ?

— Chardon.

— Et que faisait ce Chardon ?

— Il était pharmacien.

— J'étais bien sûre, ma chère amie, que tout Paris ne
pouvait se moquer d'une femme que j'adopte. Je ne me
soucie pas de voir venir ici des plaisants enchantés de me
trouver avec le fils d'un apothicaire ; si vous m'en croyez,
nous nous en irons ensemble, et à l'instant. »

Mme d'Espard prit un air assez impertinent, sans que
Lucien pût deviner en quoi il avait donné lieu à ce

changement de visage. Il pensa que son gilet était de mauvais goût, ce qui était vrai ; que la façon de son habit était d'une mode exagérée, ce qui était encore vrai. Il reconnut avec une secrète amertume qu'il fallait se faire habiller par un habile tailleur, et il se promit bien le lendemain d'aller chez le plus célèbre, afin de pouvoir, lundi prochain, rivaliser avec les hommes qu'il trouverait chez la marquise. Quoique perdu dans ses réflexions, ses yeux, attentifs au troisième acte, ne quittaient pas la scène. Tout en regardant les pompes de ce spectacle unique, il se livrait à son rêve sur Mme d'Espard. Il fut au désespoir de cette subite froideur qui contrariait étrangement l'ardeur intellectuelle avec laquelle il attaquait ce nouvel amour, insouciant des difficultés immenses qu'il apercevait, et qu'il se promettait de vaincre. Il sortit de sa profonde contemplation pour revoir sa nouvelle idole ; mais en tournant la tête, il se vit seul ; il avait entendu quelque léger bruit, la porte se fermait, Mme d'Espard entraînait sa cousine. Lucien fut surpris au dernier point de ce brusque abandon, mais il n'y pensa pas longtemps, précisément parce qu'il le trouvait inexplicable.

Quand les deux femmes furent montées dans leur voiture et qu'elle roula par la rue de Richelieu vers le faubourg Saint-Honoré, la marquise dit avec un ton de colère déguisée : « Ma chère enfant, à quoi pensez-vous ? mais attendez donc que le fils d'un apothicaire soit réellement célèbre avant de vous y intéresser. La duchesse de Chaulieu n'avoue pas encore Canalis, et il est célèbre, et il est gentilhomme. Ce garçon n'est ni votre fils ni votre amant, n'est-ce pas ? » dit cette femme hautaine en jetant à sa cousine un regard inquisitif et clair.

« Quel bonheur pour moi d'avoir tenu ce petit drôle à distance et de ne lui avoir rien accordé ! » pensa Mme de Bargeton.

« Eh bien, reprit la marquise qui prit l'expression des yeux de sa cousine pour une réponse, laissez-le là, je vous en conjure. S'arroger un nom illustre ?... mais c'est une audace que la société punit. J'admets que ce soit celui de sa mère ; mais songez donc, ma chère, qu'au Roi seul appartient le droit de conférer, par une ordonnance, le nom des Rubempré au fils d'une demoiselle de cette maison ; si elle s'est mésalliée, la faveur serait énorme, et pour l'obtenir, il faut une immense fortune, des services rendus, de très hautes protections. Cette mise de boutiquier endimanché prouve que ce garçon n'est ni riche ni gentilhomme ; sa figure est belle, mais il me paraît fort sot, il ne sait ni se tenir ni parler ; enfin il n'est pas *élevé*, par quel hasard le protégez-vous ? »

Mme de Bargeton, qui renia Lucien, comme Lucien l'avait reniée en lui-même, eut une effroyable peur que sa cousine n'apprît la vérité sur son voyage.

« Mais, chère cousine, je suis au désespoir de vous avoir compromise.

— On ne me compromet pas, dit en souriant Mme d'Espard. Je ne songe qu'à vous.

— Mais vous l'avez invité à venir dîner lundi.

— Je serai malade, répondit vivement la marquise, vous l'en préviendrez, et je le consignerai sous son double nom à ma porte. »

Lucien imagina de se promener pendant l'entracte dans le foyer en voyant que tout le monde y allait. D'abord aucune des personnes qui étaient venues dans la loge de Mme d'Espard ne le salua ni ne parut faire attention à lui, ce qui sembla fort extraordinaire au poète de province. Puis du Châtelet, auquel il essaya de s'accrocher, le guettait du coin de l'œil, et l'évita constamment. Après s'être convaincu, en voyant les hommes qui vaguaient dans le foyer, que sa mise était assez ridicule, Lucien vint se replacer au coin de sa loge et demeura, pendant le reste de la représentation, absorbé tour à tour par le pompeux spectacle du ballet du cinquième acte, si célèbre par son *Enfer,* par l'aspect de la salle dans laquelle son regard alla de loge en loge, et par ses propres réflexions qui furent profondes en présence de la société parisienne. « Voilà donc mon royaume ! se dit-il, voilà le monde que je dois dompter. » Il retourna chez lui à pied en pensant à tout ce qu'avaient dit les personnages qui étaient venus faire leur cour à Mme d'Espard ; leurs manières, leurs gestes, la façon d'entrer et de sortir, tout revint à sa mémoire avec une étonnante fidélité. Le lendemain, vers midi, sa première occupation fut de se rendre chez Staub, le tailleur le plus célèbre de cette époque[226]. Il obtint, à force de prières et par la vertu de l'argent comptant, que ses habits fussent faits pour le fameux lundi. Staub alla jusqu'à lui promettre une délicieuse redingote, un gilet et un pantalon pour le jour décisif. Lucien se commanda des chemises, des mouchoirs, enfin tout un petit trousseau, chez une lingère, et se fit prendre mesure de souliers et de bottes par un cordonnier célèbre. Il acheta une jolie canne chez Verdier, des gants et des boutons de chemise chez Mme Irlande[227] ;

enfin il tâcha de se mettre à la hauteur des dandies. Quand il eut satisfait ses fantaisies, il alla rue Neuve-du-Luxembourg, et trouva Louise sortie.

« Elle dîne chez Mme la marquise d'Espard, et reviendra tard », lui dit Albertine.

Lucien alla dîner dans un restaurant à quarante sous au Palais-Royal, et se coucha de bonne heure. Le dimanche, il alla dès onze heures chez Louise ; elle n'était pas levée. À deux heures il revint.

« Madame ne reçoit pas encore, lui dit Albertine, mais elle m'a donné un petit mot pour vous.

— Elle ne reçoit pas encore, répéta Lucien ; mais je ne suis pas quelqu'un...

— Je ne sais pas », dit Albertine d'un air fort impertinent.

Lucien, moins surpris de la réponse d'Albertine que de recevoir une lettre de Mme de Bargeton, prit le billet et lut dans la rue ces lignes désespérantes :

« Mme d'Espard est indisposée, elle ne pourra pas vous recevoir lundi ; moi-même je ne suis pas bien, et cependant je vais m'habiller pour aller lui tenir compagnie. Je suis désespérée de cette petite contrariété ; mais vos talents me rassurent, et vous percerez sans charlatanisme. »

« Et pas de signature ! » se dit Lucien, qui se trouva dans les Tuileries, sans croire avoir marché. Le don de seconde vue que possèdent les gens de talent lui fit soupçonner la catastrophe annoncée par ce froid billet. Il allait perdu dans ses pensées, il allait devant lui, regardant les monuments de la place Louis XV [228]. Il faisait beau. De belles voitures passaient incessamment sous ses yeux en se dirigeant vers la grande avenue des Champs-Élysées. Il suivit la foule des promeneurs et vit alors les trois ou quatre mille voitures qui, par une belle journée, affluent en cet endroit le dimanche, et improvisent un Longchamp [229]. Étourdi par le luxe des chevaux, des toilettes et des livrées, il allait toujours, et arriva devant l'Arc de Triomphe commencé [230]. Que devint-il quand, en revenant, il vit venir à lui Mme d'Espard et Mme de Bargeton dans une calèche admirablement attelée, et derrière laquelle ondulaient les plumes du chasseur dont l'habit vert brodé d'or les lui fit reconnaître. La file s'arrêta par suite d'un encombrement. Lucien put voir Louise dans sa transformation, elle n'était pas reconnaissable : les cou-

leurs de sa toilette étaient choisies de manière à faire valoir
son teint ; sa robe était délicieuse ; ses cheveux arrangés
gracieusement lui seyaient bien, et son chapeau d'un goût
exquis était remarquable à côté de celui de Mme d'Espard,
qui commandait à la mode. Il y a une indéfinissable façon de
porter un chapeau : mettez le chapeau un peu trop en
arrière, vous avez l'air effronté ; mettez-le trop en avant,
vous avez l'air sournois ; de côté, l'air devient cavalier ; les
femmes comme il faut posent leurs chapeaux comme elles
veulent et ont toujours bon air. Mme de Bargeton avait sur-
le-champ résolu cet étrange problème. Une jolie ceinture
dessinait sa taille svelte. Elle avait pris les gestes et les façons
de sa cousine ; assise comme elle, elle jouait avec une
élégante cassolette attachée à l'un des doigts de sa main
droite par une petite chaîne, et montrait ainsi sa main fine et
bien gantée sans avoir l'air de vouloir la montrer. Enfin elle
s'était faite semblable à Mme d'Espard sans la singer ; elle
était la digne cousine de la marquise, qui paraissait être fière
de son élève. Les femmes et les hommes qui se promenaient
sur la chaussée regardaient la brillante voiture aux armes des
d'Espard et des Blamont-Chauvry, dont les deux écussons
étaient adossés. Lucien fut étonné du grand nombre de
personnes qui saluaient les deux cousines ; il ignorait que
tout ce Paris, qui consiste en vingt salons, savait déjà la
parenté de Mme de Bargeton et de Mme d'Espard. Des
jeunes gens à cheval, parmi lesquels Lucien remarqua de
Marsay et Rastignac, se joignirent à la calèche pour conduire
les deux cousines au bois. Il fut facile à Lucien de voir, au
geste des deux fats, qu'ils complimentaient Mme de Bargeton sur sa métamorphose. Mme d'Espard pétillait de grâce
et de santé : ainsi son indisposition était un prétexte pour ne
pas recevoir Lucien, puisqu'elle ne remettait pas son dîner à
un autre jour. Le poète furieux s'approcha de la calèche, alla
lentement, et, quand il fut en vue des deux femmes, il les
salua : Mme de Bargeton ne voulut pas le voir, la marquise
le lorgna et ne répondit pas à son salut. La réprobation de
l'aristocratie parisienne n'était pas comme celle des souverains d'Angoulême : en s'efforçant de blesser Lucien, les
hobereaux admettaient son pouvoir et le tenaient pour un
homme ; tandis que, pour Mme d'Espard, il n'existait même
pas. Ce n'était pas un arrêt, mais un déni de justice. Un froid
mortel saisit le pauvre poète quand de Marsay le lorgna ; le
lion parisien laissa retomber son lorgnon si singulièrement
qu'il semblait à Lucien que ce fût le couteau de la guillotine.

La calèche passa. La rage, le désir de la vengeance s'emparèrent de cet homme dédaigné : s'il avait tenu Mme de Bargeton, il l'aurait égorgée ; il se fit Fouquier-Tinville [231] pour se donner la jouissance d'envoyer Mme d'Espard à l'échafaud, il aurait voulu pouvoir faire subir à de Marsay un de ces supplices raffinés qu'ont inventés les sauvages. Il vit passer Canalis à cheval, élégant comme devait l'être le plus câlin des poètes et saluant les femmes les plus jolies.

« Mon Dieu ! de l'or à tout prix ! se disait Lucien, l'or est la seule puissance devant laquelle ce monde s'agenouille. Non ! lui cria sa conscience, mais la gloire, et la gloire c'est le travail ! Du travail ! c'est le mot de David. Mon Dieu ! pourquoi suis-je ici ? mais je triompherai ! je passerai dans cette avenue en calèche à chasseur ! j'aurai des marquises d'Espard ! » En lançant ces paroles enragées, il dînait chez Hurbain [232] à quarante sous. Le lendemain, à neuf heures, il alla chez Louise dans l'intention de lui reprocher sa barbarie : non seulement Mme de Bargeton n'y était pas pour lui, mais encore le portier ne le laissa pas monter, il resta dans la rue, faisant le guet, jusqu'à midi. À midi, du Châtelet sortit de chez Mme de Bargeton, vit le poète du coin de l'œil et l'évita. Lucien, piqué au vif, poursuivit son rival ; du Châtelet, se sentant serré, se retourna et le salua dans l'intention évidente d'aller au large après cette politesse.

« De grâce, monsieur, dit Lucien, accordez-moi une seconde, j'ai deux mots à vous dire. Vous m'avez témoigné de l'amitié, je l'invoque pour vous demander le plus léger des services. Vous sortez de chez Mme de Bargeton, expliquez-moi la cause de ma disgrâce auprès d'elle et de Mme d'Espard ?

— M. Chardon, répondit du Châtelet avec une fausse bonhomie, savez-vous pourquoi ces dames vous ont quitté à l'Opéra ?

— Non, dit le pauvre poète.

— Eh bien, vous avez été desservi dès votre début par M. de Rastignac. Le jeune dandy, questionné sur vous, a purement et simplement dit que vous vous nommiez M. Chardon et non M. de Rubempré ; que votre mère gardait les femmes en couches, que votre père était en son vivant apothicaire à l'Houmeau, faubourg d'Angoulême ; que votre sœur était une charmante jeune fille qui repassait admirablement les chemises, et qu'elle allait épouser un

imprimeur d'Angoulême nommé Séchard. Voilà le monde.
Mettez-vous en vue ? il vous discute. M. de Marsay est venu
rire de vous avec Mme d'Espard, et aussitôt ces deux dames
se sont enfuies en se croyant compromises auprès de vous.
N'essayez pas d'aller chez l'une ou chez l'autre. Mme de
Bargeton ne serait pas reçue par sa cousine si elle continuait
à vous voir. Vous avez du génie, tâchez de prendre votre
revanche. Le monde vous dédaigne, dédaignez le monde.
Réfugiez-vous dans une mansarde, faites-y des chefs-d'œuvre, saisissez un pouvoir quelconque, et vous verrez le
monde à vos pieds ; vous lui rendrez alors les meurtrissures
qu'il vous aura faites là où il vous les aura faites. Plus
Mme de Bargeton vous a marqué d'amitié, plus elle aura
d'éloignement pour vous. Ainsi vont les sentiments féminins. Mais il ne s'agit pas en ce moment de reconquérir
l'amitié d'Anaïs, il s'agit de ne pas l'avoir pour ennemie, et
je vais vous en donner le moyen. Elle vous a écrit, renvoyez-
lui toutes ses lettres, elle sera sensible à ce procédé de
gentilhomme ; plus tard, si vous avez besoin d'elle, elle ne
vous sera pas hostile. Quant à moi, j'ai une si haute opinion
de votre avenir, que je vous ai partout défendu, et que dès à
présent, si je puis ici faire quelque chose pour vous, vous me
trouverez toujours prêt à vous rendre service. »
    Lucien était si morne, si pâle, si défait, qu'il ne rendit pas
au vieux beau rajeuni par l'atmosphère parisienne le salut
sèchement poli qu'il reçut de lui. Il revint à son hôtel, où il
trouva Staub lui-même, venu moins pour lui essayer ses
habits, qu'il lui essaya, que pour savoir de l'hôtesse du
Gaillard-Bois ce qu'était sous le rapport financier sa pratique
inconnue. Lucien était arrivé en poste, Mme de Bargeton
l'avait ramené du Vaudeville jeudi dernier en voiture. Ces
renseignements étaient bons. Staub nomma Lucien M. le
comte, et lui fit voir avec quel talent il avait mis ses
charmantes formes en lumière.
    « Un jeune homme mis ainsi, lui dit-il, peut s'aller
promener aux Tuileries, il épousera une riche Anglaise au
bout de quinze jours. »
    Cette plaisanterie de tailleur allemand et la perfection de
ses habits, la finesse du drap, la grâce qu'il se trouvait à lui-
même en se regardant dans la glace, ces petites choses
rendirent Lucien moins triste. Il se dit vaguement que Paris
était la capitale du hasard, et il crut au hasard pour un
moment. N'avait-il pas un volume de poésies et un magnifique roman, *L'Archer de Charles IX*, en manuscrit ? il espéra

dans sa destinée. Staub promit la redingote et le reste des habillements pour le lendemain. Le lendemain, le bottier, la lingère et le tailleur revinrent tous munis de leurs factures. Lucien ignorant la manière de les congédier, Lucien encore sous le charme des coutumes de province, les solda ; mais après les avoir payés, il ne lui resta plus que trois cent soixante francs sur les deux mille francs qu'il avait apportés à Paris : il y était depuis une semaine ! Néanmoins il s'habilla et alla faire un tour sur la terrasse des Feuillants. Il y prit une revanche. Il était si bien mis, si gracieux, si beau, que plusieurs femmes le regardèrent, et deux ou trois furent assez saisies par sa beauté pour se retourner. Lucien étudia la démarche et les manières des jeunes gens, et fit son cours de belles manières tout en pensant à ses trois cent soixante francs. Le soir, seul dans sa chambre, il lui vint à l'idée d'éclaircir le problème de sa vie à l'hôtel du Gaillard-Bois, où il déjeunait des mets les plus simples, en croyant économiser. Il demanda son mémoire en homme qui voulait déménager, il se vit débiteur d'une centaine de francs. Le lendemain, il courut au pays latin, que David lui avait recommandé pour le bon marché. Après avoir cherché pendant longtemps, il finit par rencontrer rue de Cluny [233], près de la Sorbonne, un misérable hôtel garni, où il eut une chambre pour le prix qu'il voulait y mettre. Aussitôt il paya son hôtesse du Gaillard-Bois, et vint s'installer rue de Cluny dans la journée. Son déménagement ne lui coûta qu'une course de fiacre.

Après avoir pris possession de sa pauvre chambre, il rassembla toutes les lettres de Mme de Bargeton, en fit un paquet, le posa sur sa table, et avant de lui écrire, il se mit à penser à cette fatale semaine. Il ne se dit pas qu'il avait, lui le premier, étourdiment renié son amour, sans savoir ce que deviendrait sa Louise à Paris ; il ne vit pas ses torts, il vit sa situation actuelle ; il accusa Mme de Bargeton : au lieu de l'éclairer, elle l'avait perdu. Il se courrouça, il devint fier, et se mit à écrire la lettre suivante dans le paroxysme de sa colère.

« Que diriez-vous, madame, d'une femme à qui aurait plu quelque pauvre enfant timide, plein de ces croyances nobles que plus tard l'homme appelle des illusions, et qui aurait employé les grâces de la coquetterie, les finesses de son esprit, et les plus beaux semblants de l'amour maternel pour détourner cet enfant ? Ni les promesses les plus caressantes,

ni les châteaux de cartes dont il s'émerveille ne lui coûtent ;
elle l'emmène, elle s'en empare, elle le gronde de son peu de
confiance, elle le flatte tour à tour ; quand l'enfant abandonne sa famille, et la suit aveuglément, elle le conduit au
bord d'une mer immense, le fait entrer par un sourire dans
un frêle esquif, et le lance seul, sans secours, à travers les
orages ; puis, du rocher où elle reste, elle se met à rire et lui
souhaite bonne chance. Cette femme c'est vous, cet enfant
c'est moi. Aux mains de cet enfant se trouve un souvenir qui
pourrait trahir les crimes de votre bienfaisance et les faveurs
de votre abandon. Vous pourriez avoir à rougir en rencontrant l'enfant aux prises avec les vagues, si vous songiez que
vous l'avez tenu sur votre sein. Quand vous lirez cette lettre,
vous aurez le souvenir en votre pouvoir. Libre à vous de tout
oublier. Après les belles espérances que votre doigt m'a
montrées dans le ciel, j'aperçois les réalités de la misère dans
la boue de Paris. Pendant que vous irez, brillante et adorée,
à travers les grandeurs de ce monde, sur le seuil duquel vous
m'avez amené, je grelotterai dans le misérable grenier où
vous m'avez jeté. Mais peut-être un remords viendra-t-il
vous saisir au sein des fêtes et des plaisirs, peut-être
penserez-vous à l'enfant que vous avez plongé dans un
abîme. Eh bien, madame, pensez-y sans remords ! Du fond
de sa misère, cet enfant vous offre la seule chose qui lui
reste, son pardon dans un dernier regard. Oui, madame,
grâce à vous, il ne me reste rien. Rien ! n'est-ce pas ce qui a
servi à faire le monde ? le génie doit imiter Dieu : je
commence par avoir sa clémence sans savoir si j'aurai sa
force. Vous n'aurez à trembler que si j'allais à mal ; vous
seriez complice de mes fautes. Hélas ! je vous plains de ne
pouvoir plus rien être à la gloire vers laquelle je vais tendre
conduit par le travail. »

Après avoir écrit cette lettre emphatique, mais pleine de
cette sombre dignité que l'artiste de vingt et un ans exagère
souvent, Lucien se reporta par la pensée au milieu de sa
famille : il revit le joli appartement que David lui avait
décoré en y sacrifiant une partie de sa fortune, il eut une
vision des joies tranquilles, modestes, bourgeoises qu'il avait
goûtées ; les ombres de sa mère, de sa sœur, de David
vinrent autour de lui, il entendit de nouveau les larmes qu'ils
avaient versées au moment de son départ, et il pleura lui-
même, car il était seul dans Paris, sans amis, sans protecteurs[234].

Quelques jours après, voici ce que Lucien écrivit à sa sœur :

« Ma chère Ève, les sœurs ont le triste privilège d'épouser plus de chagrins que de joies en partageant l'existence de frères voués à l'Art, et je commence à craindre de te devenir bien à charge. N'ai-je pas abusé déjà de vous tous, qui vous êtes sacrifiés pour moi ? Ce souvenir de mon passé, si rempli par les joies de la famille, m'a soutenu contre la solitude de mon présent. Avec quelle rapidité d'aigle, revenant à son nid, n'ai-je pas traversé la distance qui nous sépare pour me trouver dans une sphère d'affections vraies, après avoir éprouvé les premières misères et les premières déceptions du monde parisien ! Vos lumières ont-elles pétillé ? Les tisons de votre foyer ont-ils roulé ? Avez-vous entendu des bruissements dans vos oreilles ? Ma mère a-t-elle dit : " Lucien pense à nous ? " David a-t-il répondu : " Il se débat avec les hommes et les choses ? " Mon Ève, je n'écris cette lettre qu'à toi seule. À toi seule j'oserai confier le bien et le mal qui m'adviendront, en rougissant de l'un et de l'autre, car ici le bien est aussi rare que devrait l'être le mal. Tu vas apprendre beaucoup de choses en peu de mots : Mme de Bargeton a eu honte de moi, m'a renié, congédié, répudié le neuvième jour de mon arrivée. En me voyant, elle a détourné la tête, et moi, pour la suivre dans le monde où elle voulait me lancer, j'avais dépensé dix-sept cent soixante francs sur les deux mille emportés d'Angoulême et si péniblement trouvés. À quoi ? diras-tu. Ma pauvre sœur, Paris est un étrange gouffre : on y trouve à dîner pour dix-huit sous, et le plus simple dîner d'un *restaurat* élégant coûte cinquante francs ; il y a des gilets et des pantalons à quatre francs et quarante sous, les tailleurs à la mode ne vous les font pas à moins de cent francs. On donne un sou pour passer les ruisseaux des rues quand il pleut. Enfin la moindre course en voiture vaut trente-deux sous. Après avoir habité le beau quartier, je suis aujourd'hui hôtel de Cluny, rue de Cluny, dans l'une des plus pauvres et des plus sombres petites rues de Paris, serrée entre trois églises et les vieux bâtiments de la Sorbonne. J'occupe une chambre garnie au quatrième étage de cet hôtel, et, quoique bien sale et dénuée, je la paye encore quinze francs par mois. Je déjeune d'un petit pain de deux sous et d'un sou de lait, mais je dîne très bien pour vingt-deux sous au restaurat d'un nommé Flicoteaux, lequel est situé sur la place même de la

Sorbonne. Jusqu'à l'hiver ma dépense n'excédera pas soixante francs par mois, tout compris, du moins je l'espère. Ainsi mes deux cent quarante francs suffiront aux quatre premiers mois. D'ici là, j'aurai sans doute vendu *L'Archer de Charles IX* et *Les Marguerites*. N'ayez donc aucune inquiétude à mon sujet. Si le présent est froid, nu, mesquin, l'avenir est bleu, riche et splendide. La plupart des grands hommes ont éprouvé les vicissitudes qui m'affectent sans m'accabler. Plaute, un grand poète comique, a été garçon de moulin. Machiavel écrivait *Le Prince* le soir, après avoir été confondu parmi des ouvriers pendant la journée. Enfin le grand Cervantès, qui avait perdu le bras à la bataille de Lépante en contribuant au gain de cette fameuse journée, appelé *vieux et ignoble manchot* par les écrivailleurs de son temps, mit, faute de libraire, dix ans d'intervalle entre la première et la seconde partie de son sublime *Don Quichotte*. Nous n'en sommes pas là aujourd'hui. Les chagrins et la misère ne peuvent atteindre que les talents inconnus ; mais quand ils se sont fait jour, les écrivains deviennent riches, et je serai riche. Je vis d'ailleurs par la pensée, je passe la moitié de la journée à la bibliothèque Sainte-Geneviève, où j'acquiers l'instruction qui me manque, et sans laquelle je n'irais pas loin. Aujourd'hui je me trouve donc presque heureux. En quelques jours je me suis conformé joyeusement à ma position. Je me livre dès le jour à un travail que j'aime ; la vie matérielle est assurée ; je médite beaucoup, j'étudie, je ne vois pas où je puis être maintenant blessé, après avoir renoncé au monde où ma vanité pouvait souffrir à tout moment. Les hommes illustres d'une époque sont tenus de vivre à l'écart. Ne sont-ils pas les oiseaux de la forêt ? ils chantent, ils charment la nature, et nul ne doit les apercevoir. Ainsi ferai-je, si tant est que je puisse réaliser les plans ambitieux de mon esprit. Je ne regrette pas Mme de Bargeton. Une femme qui se conduit ainsi ne mérite pas un souvenir. Je ne regrette pas non plus d'avoir quitté Angoulême. Cette femme avait raison de me jeter dans Paris en m'y abandonnant à mes propres forces. Ce pays est celui des écrivains, des penseurs, des poètes. Là seulement se cultive la gloire, et je connais les belles récoltes qu'elle produit aujourd'hui. Là seulement les écrivains peuvent trouver, dans les musées et dans les collections, les vivantes œuvres des génies du temps passé qui réchauffent les imaginations et les stimulent. Là seulement d'immenses bibliothèques sans cesse ouvertes offrent à l'esprit des renseignements et une pâture. Enfin, à Paris, il y a dans l'air et dans les moindres détails un esprit qui se respire et s'empreint dans les créations littéraires. On apprend plus de choses en conversant au café, au théâtre pendant une demi-heure qu'en province en dix ans. Ici, vraiment, tout est spectacle, comparaison et instruction. Un excessif bon marché, une cherté excessive, voilà Paris, où toute abeille rencontre son alvéole, où toute âme s'assimile ce qui lui est propre. Si donc je souffre en ce moment, je ne me repens de rien. Au contraire, un bel avenir se déploie et réjouit mon cœur un moment endolori. Adieu, ma chère sœur, ne t'attends pas à recevoir régulièrement mes lettres : une des particularités de Paris est qu'on ne sait réellement pas comment le temps passe. La vie y est d'une effrayante rapidité. J'embrasse ma mère, David, et toi plus tendrement que jamais. »

Flicoteaux est un nom inscrit dans bien des mémoires[235]. Il est peu d'étudiants logés au quartier Latin pendant les douze premières années de la Restauration qui n'aient fréquenté ce temple de la faim et de la misère. Le dîner, composé de trois plats, coûtait dix-huit sous, avec un carafon de vin ou une bouteille de bière, et vingt-deux sous avec une bouteille de vin. Ce qui, sans doute, a empêché cet ami de la jeunesse de faire une fortune colossale, est un article de son programme imprimé en grosses lettres dans les affiches de ses concurrents et ainsi conçu : PAIN À DISCRÉTION, c'est-à-dire jusqu'à l'indiscrétion. Bien des gloires ont eu Flicoteaux pour père nourricier. Certes le cœur de plus d'un homme célèbre doit éprouver les jouissances de mille souvenirs indicibles à l'aspect de la devanture à petits carreaux donnant sur la place de la Sorbonne et sur la rue Neuve-de-Richelieu[236], que Flicoteaux II ou III avait encore respectée, avant les journées de Juillet, en leur laissant ces teintes brunes, cet air ancien et respectable qui annonçait un profond dédain pour le charlatanisme des dehors, espèce d'annonce faite pour les yeux aux dépens du ventre par presque tous les restaurateurs d'aujourd'hui. Au lieu de ces tas de gibier empaillé destinés à ne pas cuire, au lieu de ces poissons fantastiques qui justifient le mot du saltimbanque : « J'ai vu une belle carpe, je compte l'acheter dans huit jours » ; au lieu de ces primeurs, qu'il faudrait appeler *postmeurs*, exposées en de fallacieux étalages pour le plaisir des caporaux et de leurs *payses*, l'honnête Flicoteaux exposait des saladiers ornés de maint raccommodage, où des tas de pruneaux cuits réjouissaient le regard du consommateur, sûr que ce mot, trop prodigué sur d'autres affiches, *dessert*, n'était pas une charte[237]. Les pains de six livres, coupés en quatre tronçons, rassuraient sur la promesse du pain à discrétion. Tel était le luxe d'un établissement que, de son temps, Molière eût célébré, tant est drolatique l'épigramme du nom. Flicoteaux subsiste, il vivra tant que les étudiants voudront vivre. On y mange, rien de moins, rien de plus ; mais on y mange comme on travaille, avec une activité sombre ou joyeuse, selon les caractères ou les circonstances. Cet établissement célèbre consistait alors en deux salles disposées en équerre, longues, étroites et basses, éclairées l'une sur la place de la Sorbonne, l'autre sur la rue Neuve-de-Richelieu ; toutes deux meublées de tables venues de quelque réfectoire abbatial, car leur longueur a quelque chose de monastique, et les couverts y sont préparés avec les serviettes des abonnés passées dans des coulants de moiré métallique numérotés. Flicoteaux Ier ne changeait ses nappes que tous les dimanches ; mais Flicoteaux II les a changées, dit-on, deux fois par semaine dès que la concurrence a menacé sa dynastie. Ce restaurant est un atelier avec ses ustensiles, et non la salle de festin avec son élégance et ses plaisirs : chacun en sort promptement. Au-dedans, les mouvements intérieurs sont rapides. Les garçons y vont et viennent sans flâner, ils sont tous occupés, tous nécessaires. Les mets sont peu variés. La pomme de terre y est éternelle, il n'y aurait pas une pomme de terre en Irlande, elle manquerait partout, qu'il s'en trouverait chez Flicoteaux. Elle s'y produit depuis trente ans sous cette couleur blonde affectionnée par Titien, semée de verdure hachée, et jouit d'un privilège envié par les femmes : telle vous l'avez vue en 1814, telle vous la trouverez en 1840. Les côtelettes de mouton, le filet de bœuf sont à la carte de cet établissement ce que les coqs de bruyère, les filets d'esturgeon sont à celle de Véry, des mets extraordinaires qui exigent la commande dès le matin. Le femelle du bœuf y domine, et son fils y foisonne sous les aspects les plus ingénieux. Quand le merlan, les maquereaux donnent sur les côtes de l'Océan, ils rebondissent chez Flicoteaux. Là, tout est en rapport avec les vicissitudes de l'agriculture et les caprices des saisons françaises. On y apprend des choses dont ne se doutent pas les riches, les oisifs, les indifférents aux phases de la nature. L'étudiant parqué dans le quartier Latin y a la connaissance la plus exacte des Temps : il sait quand les haricots et les petits pois réussissent, quand la Halle regorge de choux, quelle salade y abonde, et si la betterave a manqué. Une vieille calomnie, répétée au moment où Lucien y venait, consistait à attribuer l'apparition des biftecks à quelque mortalité sur les chevaux. Peu de restaurants parisiens offrent un si beau spectacle. Là vous ne trouvez que jeunesse et foi, que misère gaiement supportée, quoique cependant les visages ardents et graves, sombres et inquiets n'y manquent pas. Les costumes sont généralement négligés. Aussi remarque-t-on les habitués qui viennent bien mis. Chacun sait que cette tenue extraordinaire signifie : maîtresse attendue, partie de spectacle ou visite dans les sphères supérieures. Il s'y est, dit-on, formé quelques amitiés entre plusieurs étudiants devenus plus tard célèbres, comme on le verra dans cette histoire. Néanmoins, excepté les jeunes gens du même pays réunis au même bout de table, généralement les dîneurs ont une gravité qui se déride difficilement, peut-être à cause de la catholicité du vin[238] qui s'oppose à toute expansion. Ceux qui ont cultivé Flicoteaux peuvent se rappeler plusieurs personnages sombres et mystérieux, enveloppés dans les brumes de la plus froide misère, qui ont pu dîner là pendant deux ans, et disparaître sans qu'aucune lumière ait éclairé ces farfadets parisiens aux yeux des plus curieux habitués. Les amitiés ébauchées chez Flicoteaux se scellaient dans les cafés voisins aux flammes d'un punch liquoreux, ou à la chaleur d'une demi-tasse de café bénie par un *gloria*[239] quelconque.

Pendant les premiers jours de son installation à l'hôtel de Cluny, Lucien, comme tout néophyte, eut des allures timides et régulières. Après la triste épreuve de la vie élégante qui venait d'absorber ses capitaux, il se jeta dans le travail avec cette première ardeur que dissipent si vite les difficultés et les amusements que Paris offre à toutes les existences, aux plus luxueuses comme aux plus pauvres, et qui, pour être domptés, exigent la sauvage énergie du vrai talent ou le sombre vouloir de l'ambition. Lucien tombait chez Flicoteaux vers quatre heures et demie, après avoir remarqué l'avantage d'y arriver des premiers ; les mets étaient alors plus variés, celui qu'on préférait s'y trouvait encore. Comme tous les esprits poétiques, il avait affectionné une place, et son choix annonçait assez de discernement. Dès le premier jour de son entrée chez Flicoteaux, il avait distingué, près du comptoir, une table où les physionomies des dîneurs, autant que leurs discours saisis à la volée, lui dénoncèrent des compagnons littéraires. D'ailleurs, une sorte d'instinct lui fit deviner qu'en se plaçant près du comptoir il pourrait parlementer avec les maîtres du restaurant. À la longue la connaissance s'établirait, et au jour des détresses financières il obtiendrait sans doute un crédit nécessaire. Il s'était donc assis à une petite table carrée à côté du comptoir, où il ne vit que deux couverts ornés de deux serviettes blanches sans coulant, et destinées probablement aux allants et venants. Le vis-à-vis de Lucien était un maigre et pâle jeune homme, vraisemblablement aussi pauvre que lui, dont le beau visage déjà flétri annonçait que des espérances envolées avaient fatigué son front et laissé dans son âme des sillons où les graines ensemencées ne germaient point. Lucien se sentit poussé vers l'inconnu par ces vestiges de poésie et par un irrésistible élan de sympathie.

Ce jeune homme, le premier avec lequel le poète d'Angoulême put échanger quelques paroles, au bout d'une semaine de petits soins, de paroles et d'observations échangées, se nommait Étienne Lousteau[240]. Comme Lucien, Étienne avait quitté sa province, une ville du Berry, depuis deux ans. Son geste animé, son regard brillant, sa parole brève par moments, trahissaient une amère connaissance de la vie littéraire. Étienne était venu de Sancerre[241], sa tragédie en poche, attiré par ce qui poignait Lucien : la gloire, le pouvoir et l'argent. Ce jeune homme, qui dîna d'abord quelques jours de suite, ne se montra bientôt plus que de loin en loin. Après cinq ou six jours d'absence, en retrouvant une fois son poète, Lucien espérait le revoir le lendemain ; mais le lendemain la place était prise par un inconnu. Quand, entre jeunes gens, on s'est vu la veille, le feu de la conversation d'hier se reflète sur celle d'aujourd'hui ; mais ces intervalles obligeaient Lucien à rompre chaque fois la glace, et retardaient d'autant une intimité qui, durant les premières semaines, fit peu de progrès. Après avoir interrogé la dame du comptoir, Lucien apprit que son ami futur était rédacteur d'un petit journal, où il faisait des articles sur les livres nouveaux, et rendait compte des pièces jouées à l'Ambigu-Comique, à la Gaîté, au Panorama-Dramatique. Ce jeune homme devint tout à coup un personnage aux yeux de Lucien, qui compta bien engager la conversation avec lui d'une manière un peu plus intime, et faire quelques sacrifices pour obtenir une amitié si nécessaire à un débutant. Le journaliste resta quinze jours absent. Lucien ne savait pas encore qu'Étienne ne dînait chez Flicoteaux que

quand il était sans argent, ce qui lui donnait cet air sombre et
désenchanté, cette froideur à laquelle Lucien opposait de
flatteurs sourires et de douces paroles. Néanmoins cette
liaison exigeait de mûres réflexions, car ce journaliste obscur
paraissait mener une vie coûteuse, mélangée de petits verres,
de tasses de café, de bols de punch, de spectacles et de
soupers. Or, pendant les premiers jours de son installation
dans le quartier, la conduite de Lucien fut celle d'un pauvre
enfant étourdi par sa première expérience de la vie parisienne. Aussi, après avoir étudié le prix des consommations
et soupesé sa bourse, Lucien n'osa-t-il pas prendre les
allures d'Étienne, en craignant de recommencer les bévues
dont il se repentait encore. Toujours sous le joug des
religions de la province, ses deux anges gardiens, Ève et
David, se dressaient à la moindre pensée mauvaise, et lui
rappelaient les espérances mises en lui, le bonheur dont il
était comptable à sa vieille mère, et toutes les promesses de
son génie. Il passait ses matinées à la bibliothèque Sainte-
Geneviève à étudier l'histoire. Ses premières recherches lui
avaient fait apercevoir d'effroyables erreurs dans son roman
de *L'Archer de Charles IX*. La bibliothèque fermée, il venait
dans sa chambre humide et froide corriger son ouvrage, y
recoudre, y supprimer des chapitres entiers. Après avoir
dîné chez Flicoteaux, il descendait au passage du
Commerce [242], lisait au cabinet littéraire de Blosse les œuvres
de la littérature contemporaine, les journaux, les recueils
périodiques, les livres de poésie pour se mettre au courant
du mouvement de l'intelligence, et regagnait son misérable
hôtel vers minuit sans avoir usé de bois ni de lumière. Ces
lectures changeaient si énormément ses idées, qu'il revit son
recueil de sonnets sur les fleurs, ses chères *Marguerites*, et les
retravailla si bien qu'il n'y eut pas cent vers de conservés.
Ainsi, d'abord, Lucien mena la vie innocente et pure des
pauvres enfants de la province qui trouvent du luxe chez
Flicoteaux en le comparant à l'ordinaire de la maison
paternelle, qui se récréent par de lentes promenades sous les
allées du Luxembourg en y regardant les jolies femmes d'un
œil oblique et le cœur gros de sang, qui ne sortent pas du
quartier, et s'adonnent saintement au travail en songeant à
leur avenir. Mais Lucien, né poète, soumis bientôt à
d'immenses désirs, se trouva sans force contre les séductions
des affiches de spectacle. Le Théâtre-Français, le Vaudeville, les Variétés, l'Opéra-Comique, où il allait au parterre,
lui enlevèrent une soixantaine de francs. Quel étudiant

pouvait résister au bonheur de voir Talma dans les rôles
qu'il a illustrés? Le théâtre, ce premier amour de tous les
esprits poétiques, fascina Lucien. Les acteurs et les actrices
lui semblaient des personnages imposants; il ne croyait pas à
la possibilité de franchir la rampe et de les voir familièrement. Ces auteurs de ses plaisirs étaient pour lui des êtres
merveilleux que les journaux traitaient comme les grands
intérêts de l'État. Être auteur dramatique, se faire jouer,
quel rêve caressé! Ce rêve, quelques audacieux, comme
Casimir Delavigne[243], le réalisaient! Ces fécondes pensées,
ces moments de croyance en soi suivis de désespoir agitèrent
Lucien et le maintinrent dans la sainte voie du travail et de
l'économie, malgré les grondements sourds de plus d'un
fanatique désir. Par excès de sagesse, il se défendit de
pénétrer dans le Palais-Royal, ce lieu de perdition où,
pendant une seule journée, il avait dépensé cinquante francs
chez Véry, et près de cinq cents francs en habits. Aussi
quand il cédait à la tentation de voir Fleury, Talma, les deux
Baptiste, ou Michot[244], n'allait-il pas plus loin que l'obscure
galerie où l'on faisait queue dès cinq heures et demie, et où
les retardataires étaient obligés d'acheter pour dix sous une
place auprès du bureau. Souvent, après être resté là pendant
deux heures, ces mots : « *Il n'y a plus de billets!* » retentissaient à l'oreille de plus d'un étudiant désappointé. Après le
spectacle, Lucien revenait les yeux baissés, ne regardant
point dans les rues alors meublées de séductions vivantes.
Peut-être lui arriva-t-il quelques-unes de ces aventures d'une
excessive simplicité, mais qui prennent une place immense
dans les jeunes imaginations timorées. Effrayé de la baisse
de ses capitaux, un jour où il compta ses écus, Lucien eut
des sueurs froides en songeant à la nécessité de s'enquérir
d'un libraire et de chercher quelques travaux payés. Le
jeune journaliste dont il s'était fait, à lui seul, un ami, ne
venait plus chez Flicoteaux. Lucien attendait un hasard qui
ne se présentait pas. À Paris, il n'y a de hasard que pour les
gens extrêmement répandus; le nombre des relations y
augmente les chances du succès en tout genre, et le hasard
aussi est du côté des gros bataillons. En homme chez qui la
prévoyance des gens de la province subsistait encore, Lucien
ne voulut pas arriver au moment où il n'aurait plus que
quelques écus : il résolut d'affronter les libraires.

   Par une assez froide matinée du mois de septembre, il
descendit la rue de La Harpe, ses deux manuscrits sous le
bras. Il chemina jusqu'au quai des Augustins, se promena le

long du trottoir en regardant alternativement l'eau de la
Seine et les boutiques des libraires, comme si un bon génie
lui conseillait de se jeter à l'eau plutôt que de se jeter dans la
littérature. Après des hésitations poignantes, après un
examen approfondi des figures plus ou moins tendres,
récréatives, refrognées, joyeuses ou tristes qu'il observait à
travers les vitres ou sur le seuil des portes, il avisa une
maison devant laquelle des commis empressés emballaient
des livres. Il s'y faisait des expéditions, les murs étaient
couverts d'affiches. *En vente :* LE SOLITAIRE, *par M. le
vicomte d'Arlincourt. Troisième édition.* LÉONIDE, *par Victor
Ducange ; cinq volumes in-12 imprimés sur papier fin. Prix,
12 francs.* INDUCTIONS MORALES, *par Kératry* [245].

« Ils sont heureux, ceux-là ! » s'écria Lucien.

L'affiche, création neuve et originale du fameux Ladvocat, florissait alors pour la première fois sur les murs [246].
Paris fut bientôt bariolé par les imitateurs de ce procédé
d'annonce, la source d'un des revenus publics. Enfin, le
cœur gonflé de sang et d'inquiétude, Lucien, si grand
naguère à Angoulême et à Paris si petit, se coula le long des
maisons et rassembla son courage pour entrer dans cette
boutique encombrée de commis, de chalands, de libraires !
« Et peut-être d'auteurs », pensa Lucien.

« Je voudrais parler à M. Vidal ou à M. Porchon », dit-il à
un commis.

Il avait lu sur l'enseigne en grosses lettres : VIDAL ET
PORCHON, *libraires-commissionnaires pour la France et
l'étranger.*

« Ces messieurs sont tous les deux en affaires, lui répondit
un commis affairé.

— J'attendrai. »

On laissa le poète dans la boutique où il examina les
ballots ; il resta deux heures occupé à regarder les titres, à
ouvrir les livres, à lire des pages çà et là. Lucien finit par
s'appuyer l'épaule à un vitrage garni de petits rideaux verts,
derrière lequel il soupçonna que se tenait ou Vidal ou
Porchon, et il entendit la conversation suivante.

« Voulez-vous m'en prendre cinq cents exemplaires ? je
vous les passe alors à cinq francs et vous donne double
treizième.

— À quel prix ça les mettrait-il ?

— À seize sous de moins.

— Quatre francs quatre sous, dit Vidal ou Porchon à
celui qui offrait ses livres.

— Oui, répondit le vendeur.

— En compte ? demanda l'acheteur.

— Vieux farceur ! et vous me régleriez dans dix-huit mois, en billets à un an ?

— Non, réglés immédiatement, répondit Vidal ou Porchon.

— À quel terme, neuf mois ? demanda le libraire ou l'auteur qui offrait sans doute un livre.

— Non, mon cher, à un an », répondit l'un des deux libraires-commissionnaires.

Il y eut un moment de silence.

« Vous m'égorgez ! s'écria l'inconnu.

— Mais, aurons-nous placé dans un an cinq cents exemplaires de *Léonide* ! répondit le libraire-commissionnaire à l'éditeur de Victor Ducange. Si les livres allaient au gré des éditeurs, nous serions millionnaires, mon cher maître ; mais ils vont au gré du public. On donne les romans de Walter Scott à dix-huit sous le volume, trois livres douze sous l'exemplaire, et vous voulez que je vende vos bouquins plus cher ? Si vous voulez que je vous pousse ce roman-là, faites-moi des avantages[247]. » « Vidal ! »

Un gros homme quitta la caisse et vint, une plume passée entre son oreille et sa tête.

« Dans ton dernier voyage, combien as-tu placé de Ducange ? lui demanda Porchon.

— J'ai fait deux cents *Petit Vieillard de Calais*[248] ; mais il a fallu, pour les placer, déprécier deux autres ouvrages sur lesquels on ne nous faisait pas de si fortes remises, et qui sont devenus de fort jolis *rossignols*. »

Plus tard Lucien apprit que ce sobriquet de rossignol était donné par les libraires aux ouvrages qui restent perchés sur les casiers dans les profondes solitudes de leurs magasins.

« Tu sais, d'ailleurs, reprit Vidal, que Picard prépare des romans[249]. On nous promet vingt pour cent de remise sur le prix ordinaire de librairie, afin d'organiser un succès.

— Hé bien, à un an, répondit piteusement l'éditeur foudroyé par la dernière observation confidentielle de Vidal à Porchon.

— Est-ce dit ? demanda nettement Porchon à l'inconnu.

— Oui. »

Le libraire sortit. Lucien entendit Porchon disant à Vidal : « Nous en avons trois cents exemplaires de demandés, nous lui allongerons son règlement, nous vendrons les

Léonide cent sous à l'unité, nous nous les ferons régler à six mois, et...

— Et, dit Vidal, voilà quinze cents francs de gagnés.

— Oh ! j'ai bien vu qu'il était gêné.

— Il s'enfonce ! il paye quatre mille francs à Ducange pour deux mille exemplaires[250]. »

Lucien arrêta Vidal en bouchant la petite porte de cette cage.

« Messieurs, dit-il aux deux associés, j'ai l'honneur de vous saluer. »

Les libraires le saluèrent à peine.

« Je suis auteur d'un roman sur l'histoire de France, à la manière de Walter Scott et qui a pour titre *L'Archer de Charles IX* ; je vous propose d'en faire l'acquisition ? »

Porchon jeta sur Lucien un regard sans chaleur en posant sa plume sur son pupitre. Vidal, lui, regarda l'auteur d'un air brutal, et lui répondit : « Monsieur, nous ne sommes pas libraires-éditeurs, nous sommes libraires-commissionnaires. Quand nous faisons des livres pour notre compte, ils constituent des opérations que nous entreprenons alors avec des *noms faits*. Nous n'achetons d'ailleurs que des livres sérieux, des histoires, des résumés.

— Mais mon livre est très sérieux, il s'agit de peindre sous son vrai jour la lutte des catholiques qui tenaient pour le gouvernement absolu, et des protestants qui voulaient établir la république. »

« Monsieur Vidal ! » cria un commis.

Vidal s'esquiva.

« Je ne vous dis pas, monsieur, que votre livre ne soit pas un chef-d'œuvre, reprit Porchon en faisant un geste assez impoli, mais nous ne nous occupons que des livres fabriqués. Allez voir ceux qui achètent des manuscrits, le père Doguereau[251], rue du Coq, auprès du Louvre, il est un de ceux qui font le roman. Si vous aviez parlé plus tôt, vous venez de voir Pollet, le concurrent de Doguereau, et des libraires des Galeries-de-Bois.

— Monsieur, j'ai un recueil de poésie...

— Monsieur Porchon ! cria-t-on.

— De la poésie, s'écria Porchon en colère. Et pour qui me prenez-vous ? » ajouta-t-il en lui riant au nez et disparaissant dans son arrière-boutique.

Lucien traversa le Pont-Neuf en proie à mille réflexions. Ce qu'il avait compris de cet argot commercial lui fit deviner que, pour ces libraires, les livres étaient comme des bonnets de coton pour des bonnetiers, une marchandise à vendre cher, à acheter bon marché.

« Je me suis trompé », se dit-il, frappé néanmoins du brutal et matériel aspect que prenait la littérature. Il avisa rue du Coq une boutique modeste devant laquelle il avait déjà passé, sur laquelle étaient peints en lettres jaunes, sur un fond vert, ces mots : DOGUEREAU, LIBRAIRE. Il se souvint d'avoir vu ces mots répétés au bas du frontispice de plusieurs des romans qu'il avait lus au cabinet littéraire de Blosse. Il entra non sans cette trépidation intérieure que cause à tous les hommes d'imagination la certitude d'une lutte. Il trouva dans la boutique un singulier vieillard, l'une des figures originales de la librairie sous l'Empire. Dogue-reau portait un habit noir à grandes basques carrées, et la mode taillait alors les fracs en queue de morue. Il avait un gilet d'étoffe commune à carreaux de diverses couleurs d'où pendaient, à l'endroit du gousset, une chaîne d'acier et une clef de cuivre qui jouaient sur une vaste culotte noire. La montre devait avoir la grosseur d'un oignon. Ce costume était complété par des bas drapés, couleur gris de fer, et par des souliers ornés de boucles en argent. Le vieillard avait la tête nue, décorée de cheveux grisonnants, et assez poétique-ment épars. Le père Doguereau, comme l'avait surnommé Porchon, tenait par l'habit, par la culotte et par les souliers au professeur de belles-lettres[252], et au marchand par le gilet, la montre et les bas. Sa physionomie ne démentait point cette singulière alliance : il avait l'air magistral, dogmatique, la figure creusée du maître de rhétorique, et les yeux vifs, la bouche soupçonneuse, l'inquiétude vague du libraire.

« Monsieur Doguereau ? dit Lucien.

— C'est moi, monsieur...

— Je suis auteur d'un roman, dit Lucien.

— Vous êtes bien jeune, dit le libraire.

— Mais, monsieur, mon âge ne fait rien à l'affaire.

— C'est juste, dit le vieux libraire en prenant le manus-crit. Ah, diantre ! *L'Archer de Charles IX*, un bon titre. Voyons, jeune homme, dites-moi votre sujet en deux mots.

— Monsieur, c'est une œuvre historique dans le genre de Walter Scott, où le caractère de la lutte entre les protestants et les catholiques est présenté comme un combat entre deux systèmes de gouvernement, et où le trône était sérieusement menacé. J'ai pris parti pour les catholiques[253].

— Hé ! mais, jeune homme, voilà des idées. Eh bien, je

lirai votre ouvrage, je vous le promets. J'aurais mieux aimé
un roman dans le genre de Mme Radcliffe[254] ; mais si vous
êtes travailleur, si vous avez un peu de style, de la
conception, des idées, l'art de la mise en scène, je ne
demande pas mieux que de vous être utile. Que nous faut-
il ?... de bons manuscrits.

— Quand pourrai-je venir ?

— Je vais ce soir à la campagne, je serai de retour après-
demain, j'aurai lu votre ouvrage, et s'il me va, nous
pourrons traiter le jour même. »

Lucien, le voyant si bonhomme, eut la fatale idée de sortir
le manuscrit des *Marguerites*.

« Monsieur, j'ai fait aussi un recueil de vers...

— Ah ! vous êtes poète, je ne veux plus de votre roman,
dit le vieillard en lui tendant le manuscrit. Les rimailleurs
échouent quand ils veulent faire de la prose. En prose, il n'y
a pas de chevilles, il faut absolument dire quelque chose.

— Mais, monsieur, Walter Scott a fait des vers aussi...

— C'est vrai, dit Doguereau qui se radoucit, devina la
pénurie du jeune homme, et garda le manuscrit. Où
demeurez-vous ? j'irai vous voir. »

Lucien donna son adresse, sans soupçonner chez ce
vieillard la moindre arrière-pensée, il ne reconnaissait pas en
lui le libraire de la vieille école, un homme du temps où les
libraires souhaitaient tenir dans un grenier et sous clef
Voltaire et Montesquieu mourant de faim.

« Je reviens précisément par le quartier Latin », lui dit le
vieux libraire après avoir lu l'adresse.

« Le brave homme ! pensa Lucien en saluant le libraire.
J'ai donc rencontré un ami de la jeunesse, un connaisseur
qui sait quelque chose. Parlez-moi de celui-là ! Je le disais
bien à David : le talent parvient facilement à Paris. » Lucien
revint heureux et léger, il rêvait la gloire. Sans plus songer
aux sinistres paroles qui venaient de frapper son oreille dans
le comptoir de Vidal et Porchon, il se voyait riche d'au
moins douze cents francs. Douze cents francs représentaient
une année de séjour à Paris, une année pendant laquelle il
préparerait de nouveaux ouvrages. Combien de projets bâtis
sur cette espérance ? Combien de douces rêveries en voyant
sa vie assise sur le travail ? Il se casa, s'arrangea, peu s'en
fallut qu'il ne fît quelques acquisitions. Il ne trompa son
impatience que par des lectures constantes au cabinet de
Blosse. Deux jours après, le vieux Doguereau, surpris du
style que Lucien avait dépensé dans sa première œuvre,

enchanté de l'exagération des caractères qu'admettait l'époque où se développait le drame, frappé de la fougue d'imagination avec laquelle un jeune auteur dessine toujours son premier plan, il n'était pas gâté, le père Doguereau! vint à l'hôtel où demeurait son Walter Scott en herbe. Il était décidé à payer mille francs la propriété entière de *L'Archer de Charles IX*, et à lier Lucien par un traité pour plusieurs ouvrages. En voyant l'hôtel, le vieux renard se ravisa. « Un jeune homme logé là n'a que des goûts modestes, il aime l'étude, le travail; je peux ne lui donner que huit cents francs. » L'hôtesse, à laquelle il demanda M. Lucien de Rubempré, lui répondit : « Au quatrième! » Le libraire leva le nez, et n'aperçut que le ciel au-dessus du quatrième. « Ce jeune homme, pensa-t-il, est joli garçon, il est même très beau; s'il gagnait trop d'argent, il se dissiperait, il ne travaillerait plus. Dans notre intérêt commun, je lui offrirai six cents francs; mais en argent, pas de billets. » Il monta l'escalier, frappa trois coups à la porte de Lucien, qui vint ouvrir. La chambre était d'une nudité désespérante. Il y avait sur la table un bol de lait et une flûte de deux sous. Ce dénuement du génie frappa le bonhomme Doguereau.

« Qu'il conserve, pensa-t-il, ces mœurs simples, cette frugalité, ces modestes besoins. » « J'éprouve du plaisir à vous voir, dit-il à Lucien. Voilà, monsieur, comment vivait Jean-Jacques, avec qui vous aurez plus d'un rapport. Dans ces logements-ci brille le feu du génie et se composent les bons ouvrages. Voilà comment devraient vivre les gens de lettres, au lieu de faire ripaille dans les cafés, dans les restaurants, d'y perdre leur temps, leur talent et notre argent. » Il s'assit. « Jeune homme, votre roman n'est pas mal. J'ai été professeur de rhétorique, je connais l'histoire de France; il y a d'excellentes choses. Enfin vous avez de l'avenir.

— Ah! monsieur.

— Non, je vous le dis, nous pourrons faire des affaires ensemble. Je vous achète votre roman... »

Le cœur de Lucien s'épanouit, il palpitait d'aise, il allait entrer dans le monde littéraire, il serait enfin imprimé.

« Je vous l'achète quatre cents francs, dit Doguereau d'un ton mielleux et en regardant Lucien d'un air qui semblait annoncer un effort de générosité [255].

— Le volume? dit Lucien.

— Le roman, dit Doguereau sans s'étonner de la surprise de Lucien. Mais, ajouta-t-il, ce sera comptant. Vous vous engagerez à m'en faire deux par an pendant six ans. Si le premier s'épuise en six mois, je vous payerai les suivants six cents francs. Ainsi, à deux par an, vous aurez cent francs par mois, vous aurez votre vie assurée, vous serez heureux. J'ai des auteurs que je ne paye que trois cents francs par roman. Je donne deux cents francs pour une traduction de l'anglais. Autrefois, ce prix eût été exorbitant.

— Monsieur, nous ne pourrons pas nous entendre, je vous prie de me rendre mon manuscrit, dit Lucien glacé.

— Le voilà, dit le vieux libraire. Vous ne connaissez pas les affaires, monsieur. En publiant le premier roman d'un auteur, un éditeur doit risquer seize cents francs d'impression et de papier. Il est plus facile de faire un roman que de trouver une pareille somme. J'ai cent manuscrits de romans chez moi, et n'ai pas cent soixante mille francs dans ma caisse. Hélas ! je n'ai pas gagné cette somme depuis vingt ans que je suis libraire. On ne fait donc pas fortune au métier d'imprimer des romans. Vidal et Porchon ne nous les prennent qu'à des conditions qui deviennent de jour en jour plus onéreuses pour nous. Là où vous risquez votre temps, je dois, moi, débourser deux mille francs. Si nous sommes trompés, car *habent sua fata libelli*[256], je perds deux mille francs ; quant à vous, vous n'avez qu'à lancer une ode contre la stupidité publique. Après avoir médité sur ce que j'ai l'honneur de vous dire, vous viendrez me revoir. — Vous reviendrez à moi, répéta le libraire avec autorité pour répondre à un geste plein de superbe que Lucien laissa échapper. Loin de trouver un libraire qui veuille risquer deux mille francs pour un jeune inconnu, vous ne trouverez pas un commis qui se donne la peine de lire votre griffonnage. Moi, qui l'ai lu, je puis vous y signaler plusieurs fautes de français. Vous avez mis *observer* pour *faire observer*, et *malgré que*. Malgré veut un régime direct. » Lucien parut humilié. « Quand je vous reverrai, vous aurez perdu cent francs, ajouta-t-il, je ne vous donnerai plus alors que cent écus. » Il se leva, salua, mais sur le pas de la porte il dit : « Si vous n'aviez pas du talent, de l'avenir, si je ne m'intéressais pas aux jeunes gens studieux, je ne vous aurais pas proposé de si belles conditions. Cent francs par mois ! Songez-y. Après tout, un roman dans un tiroir, ce n'est pas comme un cheval à l'écurie, ça ne mange pas de pain. À la vérité, ça n'en donne pas non plus ! »

Lucien prit son manuscrit, le jeta par terre en s'écriant : « J'aime mieux le brûler, monsieur !

— Vous avez une tête de poète », dit le vieillard[257].

Lucien dévora sa flûte, lappa son lait et descendit. Sa chambre n'était pas assez vaste, il y aurait tourné sur lui-même comme un lion dans sa cage au Jardin des Plantes. À la bibliothèque Sainte-Geneviève, où Lucien comptait aller, il avait toujours aperçu dans le même coin un jeune homme d'environ vingt-cinq ans qui travaillait avec cette application soutenue que rien ne distrait ni dérange, et à laquelle se reconnaissent les véritables ouvriers littéraires. Ce jeune homme y venait sans doute depuis longtemps, les employés et le bibliothécaire lui-même avaient pour lui des complaisances ; le bibliothécaire lui laissait emporter des livres que Lucien voyait rapporter le lendemain par le studieux inconnu, dans lequel le poète reconnaissait un frère de misère et d'espérance. Petit, maigre et pâle, ce travailleur cachait un beau front sous une épaisse chevelure noire assez mal tenue, il avait de belles mains, il attirait le regard des indifférents par une vague ressemblance avec le portrait de Bonaparte gravé d'après Robert Lefebvre[258]. Cette gravure est tout un poème de mélancolie ardente, d'ambition contenue, d'activité cachée. Examinez-la bien ? Vous y trouverez du génie et de la discrétion, de la finesse et de la grandeur. Les yeux ont de l'esprit comme des yeux de femme. Le coup d'œil est avide de l'espace et désireux de difficultés à vaincre. Le nom de Bonaparte ne serait pas écrit au-dessous, vous le contempleriez tout aussi longtemps. Le jeune homme qui réalisait cette gravure avait ordinairement un pantalon à pied dans des souliers à grosses semelles, une redingote de drap commun, une cravate noire, un gilet de drap gris, mélangé de blanc, boutonné jusqu'en haut, et un chapeau à bon marché. Son dédain pour toute toilette inutile était visible. Ce mystérieux inconnu, marqué du sceau que le génie imprime au front de ses esclaves, Lucien le retrouvait chez Flicoteaux le plus régulier de tous les habitués ; il y mangeait pour vivre, sans faire attention à des aliments avec lesquels il paraissait familiarisé, il buvait de l'eau. Soit à la bibliothèque, soit chez Flicoteaux, il déployait en tout une sorte de dignité qui venait sans doute de la conscience d'une vie occupée par quelque chose de grand, et qui le rendait inabordable. Son regard était penseur. La méditation habitait sur son beau front noblement coupé. Ses yeux noirs et vifs, qui voyaient bien et promptement, annonçaient une habitude d'aller au fond des choses. Simple en ses gestes, il avait une contenance grave. Lucien éprouvait un respect involontaire pour lui. Déjà plusieurs fois, l'un et l'autre ils s'étaient mutuellement regardés comme pour se parler à l'entrée ou à la sortie de la bibliothèque ou du restaurant, mais ni l'un ni l'autre ils n'avaient osé. Ce silencieux jeune homme allait au fond de la salle, dans la partie située en retour sur la place de la Sorbonne. Lucien n'avait donc pu se lier avec lui, quoiqu'il se sentît porté vers ce jeune travailleur en qui se trahissaient les indicibles symptômes de la supériorité. L'un et l'autre, ainsi qu'ils le reconnurent plus tard, ils étaient deux natures vierges et timides, adonnées à toutes les peurs dont les émotions plaisent aux hommes solitaires. Sans leur subite rencontre au moment du désastre qui venait d'arriver à Lucien, peut-être ne se seraient-ils jamais mis en communication. Mais en entrant dans la rue des Grès [259], Lucien aperçut le jeune inconnu qui revenait de Sainte-Geneviève.

« La bibliothèque est fermée, je ne sais pourquoi, monsieur », lui dit-il.

En ce moment Lucien avait des larmes dans les yeux, il remercia l'inconnu par un de ces gestes qui sont plus éloquents que le discours, et qui, de jeune homme à jeune homme, ouvrent aussitôt les cœurs. Tous deux descendirent la rue des Grès en se dirigeant vers la rue de La Harpe.

« Je vais alors me promener au Luxembourg, dit Lucien. Quand on est sorti, il est difficile de revenir travailler.

— On n'est plus dans le courant d'idées nécessaires, reprit l'inconnu. Vous paraissez chagrin, monsieur ?

— Il vient de m'arriver une singulière aventure », dit Lucien.

Il raconta sa visite sur le quai, puis celle au vieux libraire et les propositions qu'il venait de recevoir ; il se nomma, et dit quelques mots de sa situation. Depuis un mois environ, il avait dépensé soixante francs pour vivre, trente francs à l'hôtel, vingt francs au spectacle, dix francs au cabinet littéraire, en tout cent vingt francs ; il ne lui restait plus que cent vingt francs.

« Monsieur, lui dit l'inconnu, votre histoire est la mienne et celle de mille à douze cents jeunes gens qui, tous les ans, viennent de la province à Paris. Nous ne sommes pas encore les plus malheureux. Voyez-vous ce théâtre ? dit-il en lui montrant les cimes de l'Odéon. Un jour vint se loger, dans une des maisons qui sont sur la place, un homme de talent qui avait roulé dans des abîmes de misère ; marié, surcroît de malheur qui ne nous afflige encore ni l'un ni l'autre, à une

femme qu'il aimait ; pauvre ou riche, comme vous voudrez,
de deux enfants ; criblé de dettes, mais confiant dans sa
plume. Il présente à l'Odéon une comédie en cinq actes, elle
est reçue, elle obtient un tour de faveur, les comédiens la
répètent, et le directeur active les répétitions. Ces cinq
bonheurs constituent cinq drames encore plus difficiles à
réaliser que cinq actes à écrire. Le pauvre auteur, logé dans
un grenier que vous pouvez voir d'ici, épuise ses dernières
ressources pour vivre pendant la mise en scène de sa pièce,
sa femme met ses vêtements au Mont-de-Piété, la famille ne
mange que du pain. Le jour de la dernière répétition, la
veille de la représentation, le ménage devait cinquante francs
dans le quartier, au boulanger, à la laitière, au portier. Le
poète avait conservé le strict nécessaire : un habit, une
chemise, un pantalon, un gilet et des bottes. Sûr du succès,
il vient embrasser sa femme, il lui annonce la fin de leurs
infortunes. " Enfin il n'y a plus rien contre nous ! s'écrie-
t-il. — Il y a le feu, dit la femme, regarde, l'Odéon brûle. "
Monsieur, l'Odéon brûlait[260]. Ne vous plaignez donc pas.
Vous avez des vêtements, vous n'avez ni femme ni enfants,
vous avez pour cent vingt francs de hasard dans votre poche,
et vous ne devez rien à personne. La pièce a eu cent
cinquante représentations au théâtre Louvois. Le Roi a fait
une pension à l'auteur. Buffon l'a dit, le génie, c'est la
patience[261]. La patience est en effet ce qui, chez l'homme,
ressemble le plus au procédé que la nature emploie dans ses
créations. Qu'est-ce que l'Art, monsieur ? c'est la Nature
concentrée. »

Les deux jeunes gens arpentaient alors le Luxembourg.
Lucien apprit bientôt le nom, devenu depuis célèbre, de
l'inconnu qui s'efforçait de le consoler. Ce jeune homme
était Daniel d'Arthez, aujourd'hui l'un des plus illustres
écrivains de notre époque, et l'un des gens rares qui, selon la
belle pensée d'un poète, offrent « l'accord d'un beau talent
et d'un beau caractère[262] ».

« On ne peut pas être grand homme à bon marché, lui dit
Daniel de sa voix douce. Le génie arrose ses œuvres de ses
larmes. Le talent est une créature morale qui a, comme tous
les êtres, une enfance sujette à des maladies. La Société
repousse les talents incomplets comme la Nature emporte les
créatures faibles ou mal conformées. Qui veut s'élever au-
dessus des hommes doit se préparer à une lutte, ne reculer
devant aucune difficulté. Un grand écrivain est un martyr
qui ne mourra pas, voilà tout. Vous avez au front le sceau du

génie, dit d'Arthez à Lucien en lui jetant un regard qui l'enveloppa ; si vous n'en avez pas au cœur la volonté, si vous n'en avez pas la patience angélique, si à quelque distance du but que vous mettent les bizarreries de la destinée vous ne reprenez pas, comme les tortues en quelque pays qu'elles soient, le chemin de votre infini, comme elles prennent celui de leur cher océan, renoncez dès aujourd'hui.

— Vous vous attendez donc, vous, à des supplices ? dit Lucien.

— À des épreuves en tout genre, à la calomnie, à la trahison, à l'injustice de mes rivaux ; aux effronteries, aux ruses, à l'âpreté du commerce, répondit le jeune homme d'une voix résignée. Si votre œuvre est belle, qu'importe une première perte...

— Voulez-vous lire et juger la mienne ? dit Lucien.

— Soit, dit d'Arthez. Je demeure rue des Quatre-Vents[263], dans une maison où l'un des hommes les plus illustres, un des plus beaux génies de notre temps, un phénomène dans la science, Desplein, le plus grand chirurgien connu, souffrit son premier martyre en se débattant avec les premières difficultés de la vie et de la gloire à Paris[264]. Ce souvenir me donne tous les soirs la dose de courage dont j'ai besoin tous les matins. Je suis dans cette chambre où il a souvent mangé, comme Rousseau, du pain et des cerises, mais sans Thérèse[265]. Venez dans une heure, j'y serai. »

Les deux poètes se quittèrent en se serrant la main avec une indicible effusion de tendresse mélancolique. Lucien alla chercher son manuscrit. Daniel d'Arthez alla mettre au Mont-de-Piété sa montre pour pouvoir acheter deux falourdes[266], afin que son nouvel ami trouvât du feu chez lui, car il faisait froid. Lucien fut exact et vit d'abord une maison moins décente que son hôtel et qui avait une allée sombre, au bout de laquelle se développait un escalier obscur. La chambre de Daniel d'Arthez, située au cinquième étage, avait deux méchantes croisées entre lesquelles était une bibliothèque en bois noirci, pleine de cartons étiquetés. Une maigre couchette en bois peint, semblable aux couchettes de collège, une table de nuit achetée d'occasion, et deux fauteuils couverts en crin occupaient le fond de cette pièce tendue d'un papier écossais verni par la fumée et par le temps. Une longue table chargée de papiers était placée entre la cheminée et l'une des croisées. En face de cette cheminée, il y avait une mauvaise commode en bois d'acajou. Un tapis de hasard couvrait entièrement le carreau. Ce luxe nécessaire évitait du chauffage. Devant la table, un vulgaire fauteuil de bureau en basane rouge blanchie par l'usage, puis six mauvaises chaises complétaient l'ameublement. Sur la cheminée, Lucien aperçut un vieux flambeau de bouillotte[267] à garde-vue, muni de quatre bougies. Quand Lucien demanda la raison des bougies en reconnaissant en toutes choses les symptômes d'une âpre misère, d'Arthez lui répondit qu'il lui était impossible de supporter l'odeur de la chandelle. Cette circonstance indiquait une grande délicatesse de sens, l'indice d'une exquise sensibilité. La lecture dura sept heures. Daniel écouta religieusement, sans dire un mot ni faire une observation, une des plus rares preuves de bon goût que puissent donner les auteurs.

« Eh bien, dit Lucien à Daniel en mettant le manuscrit sur la cheminée.

— Vous êtes dans une belle et bonne voie, répondit gravement le jeune homme ; mais votre œuvre cst à remanier. Si vous voulez ne pas être le singe de Walter Scott, il faut vous créer une manière différente, et vous l'avez imité. Vous commencez, comme lui, par de longues conversations pour poser vos personnages ; quand ils ont causé, vous faites arriver la description et l'action. Cet antagonisme nécessaire à toute œuvre dramatique vient en dernier. Renversez-moi les termes du problème. Remplacez ces diffuses causeries, magnifiques chez Scott, mais sans couleur chez vous, par des descriptions auxquelles se prête si bien notre langue. Que chez vous le dialogue soit la conséquence attendue qui couronne vos préparatifs. Entrez tout d'abord dans l'action. Prenez-moi votre sujet tantôt en travers, tantôt par la queue ; enfin variez vos plans, pour n'être jamais le même. Vous serez neuf tout en adaptant à l'histoire de France la forme du drame dialogué de l'Écossais. Walter Scott est sans passion, il l'ignore, ou peut-être lui était-elle interdite par les mœurs hypocrites de son pays. Pour lui, la femme est le devoir incarné. À de rares exceptions près, ses héroïnes sont absolument les mêmes, il n'a eu pour elles qu'un seul poncif, selon l'expression des peintres. Elles procèdent toutes de Clarisse Harlowe[268] ; en les ramenant toutes à une idée, il ne pouvait que tirer des exemplaires d'un même type variés par un coloriage plus ou moins vif. La femme porte le désordre dans la société par la passion. La passion a des accidents infinis. Peignez donc les passions, vous aurez les ressources immenses dont s'est privé ce grand génie pour être lu dans toutes les familles de la prude Angleterre. En France, vous trouverez les fautes charmantes et les mœurs brillantes du catholicisme à opposer aux sombres figures du calvinisme pendant la période la plus passionnée de notre histoire. Chaque règne authentique, à partir de Charlemagne, demandera tout au moins un ouvrage, et quelquefois quatre ou cinq, comme pour Louis XIV, Henri IV, François Ier. Vous ferez ainsi une histoire de France pittoresque où vous peindrez les costumes, les meubles, les maisons, les intérieurs, la vie privée, tout en donnant l'esprit du temps, au lieu de narrer péniblement des faits connus[269]. Vous avez un moyen d'être original en relevant les erreurs populaires qui défigurent la plupart de nos rois. Osez, dans votre première œuvre, rétablir la grande et magnifique figure de Catherine que vous avez sacrifiée aux préjugés qui planent encore sur elle. Enfin peignez Charles IX comme il était, et non comme l'ont fait les écrivains protestants. Au bout de dix ans de persistance, vous aurez gloire et fortune. »

Il était alors neuf heures. Lucien imita l'action secrète de son futur ami en lui offrant à dîner chez Édon[270], où il dépensa douze francs. Pendant ce dîner Daniel livra le secret de ses espérances et de ses études à Lucien. D'Arthez n'admettait pas de talent hors ligne sans de profondes connaissances métaphysiques. Il procédait en ce moment au dépouillement de toutes les richesses philosophiques des temps anciens et modernes pour se les assimiler. Il voulait, comme Molière[271], être un profond philosophe avant de faire des comédies. Il étudiait le monde écrit et le monde vivant, la pensée et le fait. Il avait pour amis de savants naturalistes, de jeunes médecins, des écrivains politiques et des artistes, société de gens studieux, sérieux, pleins d'avenir. Il vivait d'articles consciencieux et peu payés mis dans des dictionnaires biographiques, encyclopédiques ou de sciences naturelles ; il n'en écrivait ni plus ni moins que ce qu'il en fallait pour vivre et pouvoir suivre sa pensée. D'Arthez avait une œuvre d'imagination, entreprise uniquement pour étudier les ressources de la langue. Ce livre, encore inachevé, pris et repris par caprice, il le gardait pour les jours de grande détresse. C'était une œuvre psychologique et de haute portée sous la forme du roman. Quoique Daniel se découvrît modestement, il parut gigantesque à Lucien. En sortant du restaurant, à onze heures, Lucien s'était pris d'une vive amitié pour cette vertu sans emphase, pour cette nature, sublime sans le savoir. Le poète ne discuta pas les conseils de Daniel, il les suivit à la lettre. Ce beau talent déjà mûri par la pensée et par une critique solitaire, inédite, faite pour lui non pour autrui, lui avait tout à coup poussé la porte des plus magnifiques palais de la fantaisie. Les lèvres du provincial avaient été touchées d'un charbon ardent[272], et la parole du travailleur parisien trouva dans le cerveau du poète d'Angoulême une terre préparée. Lucien se mit à refondre son œuvre.

Heureux d'avoir rencontré dans le désert de Paris un cœur où abondaient des sentiments généreux en harmonie avec les siens, le grand homme de province fit ce que font tous les jeunes gens affamés d'affection : il s'attacha comme une maladie chronique à d'Arthez, il alla le chercher pour se rendre à la bibliothèque, il se promena près de lui au Luxembourg par les belles journées, il l'accompagna tous les soirs jusque dans sa pauvre chambre, après avoir dîné près de lui chez Flicoteaux, enfin il se serra contre lui comme un soldat se pressait sur son voisin dans les plaines glacées de la Russie. Pendant les premiers jours de sa connaissance avec Daniel, Lucien ne remarqua pas sans chagrin une certaine gêne causée par sa présence dès que les intimes étaient réunis. Les discours de ces êtres supérieurs, dont lui parlait d'Arthez avec un enthousiasme concentré, se tenaient dans les bornes d'une réserve en désaccord avec les témoignages visibles de leur vive amitié. Lucien sortait alors discrètement en ressentant une sorte de peine causée par l'ostracisme dont il était l'objet et par la curiosité qu'excitaient en lui ces personnages inconnus ; car tous s'appelaient par leurs noms de baptême. Tous portaient au front, comme d'Arthez, le sceau d'un génie spécial. Après de secrètes oppositions combattues à son insu par Daniel, Lucien fut enfin jugé digne d'entrer dans ce Cénacle de grands esprits[273]. Lucien put dès lors connaître ces personnes unies par les plus vives sympathies, par le sérieux de leur existence intellectuelle, et qui se réunissaient presque tous les soirs chez d'Arthez. Tous pressentaient en lui le grand écrivain : ils le regardaient comme leur chef depuis qu'ils avaient perdu l'un des esprits les plus extraordinaires de ce temps, un génie mystique, leur premier chef, qui, pour des raisons inutiles à rapporter, était retourné dans sa province, et dont Lucien entendait souvent parler sous le nom de Louis[274]. On comprendra facilement combien ces personnages avaient dû réveiller l'intérêt et la curiosité d'un poète, à l'indication de ceux qui depuis ont conquis, comme d'Arthez, toute leur gloire ; car plusieurs succombèrent.

Parmi ceux qui vivent encore était Horace Bianchon, alors interne à l'Hôtel-Dieu, devenu depuis l'un des flambeaux de l'École de Paris, et trop connu maintenant pour qu'il soit nécessaire de peindre sa personne ou d'expliquer son caractère et la nature de son esprit. Puis venait Léon Giraud[275], ce profond philosophe, ce hardi théoricien qui remue tous les systèmes, les juge, les exprime, les formule et les traîne aux pieds de son idole, l'HUMANITÉ ; toujours grand, même dans ses erreurs, ennoblies par sa bonne foi. Ce travailleur intrépide, ce savant consciencieux, est devenu chef d'une école morale et politique sur le mérite de laquelle le temps seul pourra prononcer. Si ses convictions lui ont fait une destinée en des régions étrangères à celles où ses camarades se sont élancés, il n'en est pas moins resté leur fidèle ami. L'Art était représenté par Joseph Bridau, l'un des meilleurs peintres de la jeune École[276]. Sans les malheurs secrets auxquels le condamne une nature trop impressionnable, Joseph, dont le dernier mot n'est d'ailleurs pas dit, aurait pu continuer les grands maîtres de l'école italienne : il a le dessin de Rome et la couleur de Venise ; mais l'amour le tue et ne traverse pas que son cœur : l'amour lui lance ses flèches dans le cerveau, lui dérange sa vie et lui fait faire les plus étranges zigzags. Si sa maîtresse éphémère le rend ou trop heureux ou trop misérable, Joseph enverra pour l'exposition tantôt des esquisses où la couleur empâte le dessin, tantôt des tableaux qu'il a voulu finir sous le poids de chagrins imaginaires, et où le dessin l'a si bien préoccupé que la couleur, dont il dispose à son gré, ne s'y retrouve pas. Il trompe incessamment et le public et ses amis. Hoffmann l'eût adoré pour ses pointes poussées avec hardiesse dans le champs des Arts, pour ses caprices, pour sa fantaisie. Quand il est complet, il excite l'admiration, il la savoure, et s'effarouche alors de ne plus recevoir d'éloges pour les œuvres manquées où les yeux de son âme voient tout ce qui est absent pour l'œil du public. Fantasque au suprême degré, ses amis lui ont vu détruire un tableau achevé auquel il trouvait l'air trop peigné. « C'est trop fait, disait-il, c'est trop écolier. » Original et sublime parfois, il a tous les malheurs et toutes les félicités des organisations nerveuses, chez lesquelles la perfection tourne en maladie. Son esprit est frère de celui de Sterne, mais sans le travail littéraire. Ses mots, ses jets de pensée ont une saveur inouïe. Il est

éloquent et sait aimer, mais avec ses caprices, qu'il porte
dans les sentiments comme dans son *faire*. Il était cher au
Cénacle précisément à cause de ce que le monde bourgeois
eût appelé ses défauts. Enfin Fulgence Ridal[277], l'un des
auteurs de notre temps qui ont le plus de verve comique, un
poète insouciant de gloire, ne jetant sur le théâtre que ses
productions les plus vulgaires, et gardant dans le sérail de
son cerveau, pour lui, pour ses amis, les plus jolies scènes ;
ne demandant au public que l'argent nécessaire à son
indépendance, et ne voulant plus rien faire dès qu'il l'aura
obtenu. Paresseux et fécond comme Rossini, obligé, comme
les grands poètes comiques, comme Molière et Rabelais, de
considérer toute chose à l'endroit du Pour et à l'envers du
Contre, il était sceptique, il pouvait rire et riait de tout.
Fulgence Ridal est un grand philosophe pratique. Sa science
du monde, son génie d'observation, son dédain de la gloire,
qu'il appelle la parade, ne lui ont point desséché le cœur.
Aussi actif pour autrui qu'il est indifférent à ses intérêts, s'il
marche, c'est pour un ami. Pour ne pas mentir à son masque
vraiment rabelaisien, il ne hait pas la bonne chère et ne la
recherche point, il est à la fois mélancolique et gai. Ses amis
le nomment le *chien du régiment*, rien ne le peint mieux que
ce sobriquet. Trois autres, au moins aussi supérieurs que ces
quatre amis peints de profil, devaient succomber par
intervalles : Meyraux d'abord[278], qui mourut après avoir
ému la célèbre dispute entre Cuvier et Geoffroy-Saint-
Hilaire, grande question qui devait partager le monde
scientifique entre ces deux génies égaux, quelques mois
avant la mort de celui qui tenait pour une science étroite et
analyste contre le panthéiste qui vit encore et que l'Allemagne révère. Meyraux était l'ami de ce Louis qu'une mort
anticipée allait bientôt ravir au monde intellectuel. À ces
deux hommes, tous deux marqués par la mort, tous deux
obscurs aujourd'hui malgré l'immense portée de leur savoir
et de leur génie, il faut joindre Michel Chrestien[279],
républicain d'une haute portée qui rêvait la fédération de
l'Europe[280] et qui fut en 1830 pour beaucoup dans le
mouvement moral des saint-simoniens. Homme politique de
la force de Saint-Just et de Danton, mais simple et doux
comme une jeune fille, plein d'illusions et d'amour, doué
d'une voix mélodieuse qui aurait ravi Mozart, Weber ou
Rossini, et chantant certaines chansons de Béranger à
enivrer le cœur de poésie, d'amour ou d'espérance, Michel
Chrestien, pauvre comme Lucien, comme Daniel, comme

tous ses amis, gagnait sa vie avec une insouciance diogéni-
que. Il faisait des tables des matières pour de grands
ouvrages, des prospectus pour les libraires, muet d'ailleurs
sur ses doctrines comme est muette une tombe sur les secrets
de la mort. Ce gai bohémien de l'intelligence, ce grand
homme d'État, qui peut-être eût changé la face du monde,
mourut au cloître Saint-Merry comme un simple soldat[281].
La balle de quelque négociant tua là l'une des plus nobles
créatures qui foulassent le sol français. Michel Chrestien
périt pour d'autres doctrines que les siennes. Sa fédération
menaçait beaucoup plus que la propagande républicaine
l'aristocratie européenne[282]; elle était plus rationnelle et
moins folle que les affreuses idées de liberté indéfinie
proclamées par les jeunes insensés qui se portent héritiers de
la Convention. Ce noble plébéien fut pleuré de tous ceux qui
le connaissaient; il n'est aucun d'eux qui ne songe, et
souvent, à ce grand homme politique inconnu.

Ces neuf personnes composaient un Cénacle où l'estime et
l'amitié faisaient régner la paix entre les idées et les doctrines
les plus opposées. Daniel d'Arthez, gentilhomme picard[283],
tenait pour la Monarchie avec une conviction égale à celle
qui faisait tenir Michel Chrestien à son fédéralisme européen. Fulgence Ridal se moquait des doctrines philosophiques de Léon Giraud, qui lui-même prédisait à d'Arthez la
fin du christianisme et de la Famille. Michel Chrestien, qui
croyait à la religion du Christ, le divin législateur de
l'Égalité, défendait l'immortalité de l'âme contre le scalpel
de Bianchon, l'analyste par excellence. Tous discutaient
sans disputer. Ils n'avaient point de vanité, étant eux-mêmes
leur auditoire. Ils se communiquaient leurs travaux, et se
consultaient avec l'adorable bonne foi de la jeunesse.
S'agissait-il d'une affaire sérieuse? l'opposant quittait son
opinion pour entrer dans les idées de son ami, d'autant plus
apte à l'aider, qu'il était impartial dans une cause ou dans
une œuvre en dehors de ses idées. Presque tous avaient
l'esprit doux et tolérant, deux qualités qui prouvaient leur
supériorité. L'Envie, cet horrible trésor de nos espérances
trompées, de nos talents avortés, de nos succès manqués, de
nos prétentions blessées, leur était inconnue. Tous marchaient d'ailleurs dans des voies différentes. Aussi, ceux qui
furent admis, comme Lucien, dans leur société, se sentaient-
ils à l'aise. Le vrai talent est toujours bon enfant et candide,
ouvert, point gourmé; chez lui, l'épigramme caresse l'esprit, et ne vise jamais l'amour-propre. Une fois la première

émotion que cause le respect dissipée, on éprouvait des douceurs infinies auprès de ces jeunes gens d'élite. La familiarité n'excluait pas la conscience que chacun avait de sa valeur, chacun sentait une profonde estime pour son voisin ; enfin, chacun se sentant de force à être à son tour le bienfaiteur ou l'obligé, tout le monde acceptait sans façon. Les conversations, pleines de charmes et sans fatigue, embrassaient les sujets les plus variés. Légers à la manière des flèches, les mots allaient à fond tout en allant vite. La grande misère extérieure et la splendeur des richesses intellectuelles produisaient un singulier contraste. Là, personne ne pensait aux réalités de la vie que pour en tirer d'amicales plaisanteries. Par une journée où le froid se fit prématurément sentir, cinq des amis de d'Arthez arrivèrent ayant eu chacun la même pensée, tous apportaient du bois sous leur manteau, comme dans ces repas champêtres où, chaque invité devant fournir son plat, tout le monde donne un pâté. Tous doués de cette beauté morale qui réagit sur la forme, et qui, non moins que les travaux et les veilles, dore les jeunes visages d'une teinte divine, ils offraient ces traits un peu tourmentés que la pureté de la vie et le feu de la pensée régularisent et purifient. Leurs fronts se recommandaient par une ampleur poétique. Leurs yeux vifs et brillants déposaient d'une vie sans souillures. Les souffrances de la misère, quand elles se faisaient sentir, étaient si gaiement supportées, épousées avec une telle ardeur par tous, qu'elles n'altéraient point la sérénité particulière aux visages des jeunes gens encore exempts de fautes graves, qui ne se sont amoindris dans aucune des lâches transactions qu'arrachent la misère mal supportée, l'envie de parvenir sans aucun choix de moyens, et la facile complaisance avec laquelle les gens de lettres accueillent ou pardonnent les trahisons. Ce qui rend les amitiés indissolubles et double leur charme, est un sentiment qui manque à l'amour, la certitude. Ces jeunes gens étaient sûrs d'eux-mêmes : l'ennemi de l'un devenait l'ennemi de tous, ils eussent brisé leurs intérêts les plus urgents pour obéir à la sainte solidarité de leurs cœurs. Incapables tous d'une lâcheté, ils pouvaient opposer un *non* formidable à toute accusation, et se défendre les uns les autres avec sécurité. Également nobles par le cœur et d'égale force dans les choses de sentiment, ils pouvaient tout penser et se tout dire sur le terrain de la science et de l'intelligence ; de là, l'innocence de leur commerce, la gaieté de leur parole. Certains de se comprendre, leur esprit divaguait à l'aise ;

aussi ne faisaient-ils point de façon entre eux, ils se confiaient leurs peines et leurs joies, ils pensaient et souffraient à plein cœur. Les charmantes délicatesses qui font de la fable des DEUX AMIS un trésor pour les grandes âmes étaient habituelles chez eux. Leur sévérité pour admettre dans leur sphère un nouvel habitant se conçoit. Ils avaient trop la conscience de leur grandeur et de leur bonheur pour le troubler en y laissant entrer des éléments nouveaux et inconnus.

Cette fédération de sentiments et d'intérêts dura sans choc ni mécomptes pendant vingt années. La mort, qui leur enleva Louis Lambert, Meyraux et Michel Chrestien, put seule diminuer cette noble Pléiade[284]. Quand, en 1832, ce dernier succomba, Horace Bianchon, Daniel d'Arthez, Léon Giraud, Joseph Bridau, Fulgence Ridal allèrent, malgré le péril de la démarche, retirer son corps à Saint-Merry, pour lui rendre les derniers devoirs à la face brûlante de la Politique. Ils accompagnèrent ces restes chéris jusqu'au cimetière du Père-Lachaise pendant la nuit. Horace Bianchon leva toutes les difficultés à ce sujet, et ne recula devant aucune ; il sollicita les ministres en leur confessant sa vieille amitié pour le fédéraliste expiré. Ce fut une scène touchante gravée dans la mémoire des amis peu nombreux qui assistèrent les cinq hommes célèbres. En vous promenant dans cet élégant cimetière, vous verrez un terrain acheté à perpétuité, où s'élève une tombe de gazon surmontée d'une croix en bois noir sur laquelle sont gravés en lettres rouges ces deux noms : MICHEL CHRESTIEN. C'est le seul monument qui soit dans ce style. Les cinq amis ont pensé qu'il fallait rendre hommage à cet homme simple par cette simplicité.

Dans cette froide mansarde se réalisaient donc les plus beaux rêves du sentiment. Là, des frères tous également forts en différentes régions de la science s'éclairaient mutuellement avec bonne foi, se disant tout, même leurs pensées mauvaises, tous d'une instruction immense et tous éprouvés au creuset de la misère. Une fois admis parmi ces êtres d'élite et pris pour un égal, Lucien y représenta la Poésie et la Beauté. Il y lut des sonnets qui furent admirés. On lui demandait un sonnet, comme il priait Michel Chrestien de lui chanter une chanson. Dans le désert de Paris, Lucien trouva donc une oasis rue des Quatre-Vents.

Au commencement du mois d'octobre, Lucien, après avoir employé le reste de son argent pour se procurer un peu

de bois, resta sans ressources au milieu du plus ardent
travail, celui du remaniement de son œuvre. Daniel d'Arthez, lui, brûlait des mottes, et supportait héroïquement la
misère : il ne se plaignait point, il était rangé comme une
vieille fille, et ressemblait à un avare, tant il avait de
méthode. Ce courage excitait celui de Lucien qui, nouveau
venu dans le Cénacle, éprouvait une invincible répugnance à
parler de sa détresse. Un matin, il alla jusqu'à la rue du Coq
pour vendre *L'Archer de Charles IX* à Doguereau, qu'il ne
rencontra pas. Lucien ignorait combien les grands esprits
ont d'indulgence. Chacun de ses amis concevait les faiblesses
particulières aux hommes de poésie, les abattements qui
suivent les efforts de l'âme surexcitée par les contemplations
de la nature qu'ils ont mission de reproduire. Ces hommes si
forts contre leurs propres maux étaient tendres pour les
douleurs de Lucien. Ils avaient compris son manque d'argent. Le Cénacle couronna donc les douces soirées de
causeries, de profondes méditations, de poésies, de confidences, de courses à pleines ailes dans les champs de
l'intelligence, dans l'avenir des nations, dans les domaines
de l'histoire, par un trait qui prouve combien Lucien avait
peu compris ses nouveaux amis.

« Lucien, mon ami, lui dit Daniel, tu n'es pas venu dîner
hier chez Flicoteaux, et nous savons pourquoi. »

Lucien ne put retenir des larmes qui coulèrent sur ses
joues.

« Tu as manqué de confiance en nous, lui dit Michel
Chrestien, nous ferons une croix à la cheminée et quand
nous serons à dix [285]...

— Nous avons tous, dit Bianchon, trouvé quelque travail
extraordinaire : moi j'ai gardé pour le compte de Desplein
un riche malade, d'Arthez a fait un article pour *La Revue
encyclopédique* [286], Chrestien a voulu aller chanter un soir
dans les Champs-Élysées avec un mouchoir et quatre
chandelles ; mais il a trouvé une brochure à faire pour un
homme qui veut devenir un homme politique, et il lui a
donné pour six cents francs de Machiavel ; Léon Giraud a
emprunté cinquante francs à son libraire, Joseph a vendu
des croquis, et Fulgence a fait donner sa pièce dimanche, il a
eu salle pleine.

— Voilà deux cents francs, dit Daniel, accepte-les et
qu'on ne t'y reprenne plus.

— Allons, ne va-t-il pas nous embrasser, comme si nous
avions fait quelque chose d'extraordinaire ? » dit Chrestien.

Pour faire comprendre quelles délices ressentait Lucien au milieu de cette vivante encyclopédie d'esprits angéliques, de jeunes gens empreints des originalités diverses que chacun d'eux tirait de la science qu'il cultivait, il suffira de rapporter les réponses que Lucien reçut, le lendemain, à une lettre écrite à sa famille, chef-d'œuvre de sensibilité, de bon vouloir, un horrible cri que lui avait arraché sa détresse.

DAVID SÉCHARD À LUCIEN

« Mon cher Lucien, tu trouveras ci-joint un effet à quatre-vingt-dix jours et à ton ordre de deux cents francs. Tu pourras le négocier chez M. Métivier, marchand de papier, notre correspondant à Paris, rue Serpente. Mon bon Lucien, nous n'avons absolument rien. Ma femme s'est mise à diriger l'imprimerie, et s'acquitte de sa tâche avec un dévouement, une patience, une activité qui me font bénir le ciel de m'avoir donné pour femme un pareil ange. Elle-même a constaté l'impossibilité où nous sommes de t'envoyer le plus léger secours. Mais, mon ami, je te crois dans un si beau chemin, accompagné de cœurs si grands et si nobles, que tu ne saurais faillir à ta belle destinée en te trouvant aidé par les intelligences presque divines de MM. Daniel d'Arthez, Michel Chrestien et Léon Giraud, conseillé par MM. Meyraux, Bianchon et Ridal que ta chère lettre nous a fait connaître. À l'insu d'Ève, je t'ai donc souscrit cet effet, que je trouverai moyen d'acquitter à l'échéance. Ne sors pas de ta voie : elle est rude ; mais elle sera glorieuse. Je préférerais souffrir mille maux à l'idée de te savoir tombé dans quelque bourbier de Paris où j'en ai tant vu. Aie le courage d'éviter, comme tu le fais, les mauvais endroits, les méchantes gens, les étourdis et certains gens de lettres que j'ai appris à estimer à leur juste valeur pendant mon séjour à Paris. Enfin, sois le digne émule de ces esprits célestes que tu m'as rendus chers. Ta conduite sera bientôt récompensée. Adieu, mon frère bien-aimé, tu m'as ravi le cœur, je n'avais pas attendu de toi tant de courage.

« DAVID. »

ÈVE SÉCHARD À LUCIEN

« Mon ami, ta lettre nous a fait pleurer tous. Que ces nobles cœurs vers lesquels ton bon ange te guide le sachent : une mère, une pauvre jeune femme prieront Dieu soir et

matin pour eux ; et si les prières les plus ferventes montent
jusqu'à son trône, elles obtiendront quelques faveurs pour
vous tous. Oui, mon frère, leurs noms sont gravés dans mon
cœur. Ah ! je les verrai quelque jour. J'irai, dussé-je faire la
route à pied, les remercier de leur amitié pour toi, car elle a
répandu comme un baume sur mes plaies vives. Ici, mon
ami, nous travaillons comme de pauvres ouvriers. Mon
mari, ce grand homme inconnu que j'aime chaque jour
davantage en découvrant de moments en moments de
nouvelles richesses dans son cœur, délaisse son imprimerie,
et je devine pourquoi : ta misère, la nôtre, celle de notre
mère l'assassinent. Notre adoré David est comme Pro-
méthée dévoré par un vautour, un chagrin jaune à bec aigu.
Quant à lui, le noble homme, il n'y pense guère, il a l'espoir
d'une fortune. Il passe toutes ses journées à faire des
expériences sur la fabrication du papier ; il m'a priée de
m'occuper à sa place des affaires, dans lesquelles il m'aide
autant que le lui permet sa préoccupation. Hélas ! je suis
grosse. Cet événement, qui m'eût comblée de joie, m'attriste
dans la situation où nous sommes tous. Ma pauvre mère est
redevenue jeune, elle a retrouvé des forces pour son fatigant
métier de garde-malade. Aux soucis de fortune près, nous
serions heureux. Le vieux père Séchard ne veut pas donner
un liard à son fils ; David est allé le voir pour lui emprunter
quelques deniers afin de te secourir, car ta lettre l'avait mis
au désespoir. " Je connais Lucien, il perdra la tête, et fera
des sottises ", disait-il. Je l'ai bien grondé. Mon frère,
manquer à quoi que ce soit ?... lui ai-je répondu, Lucien sait
que j'en mourrais de douleur. Ma mère et moi, sans que
David s'en doute, nous avons engagé quelques objets ; ma
mère les retirera dès qu'elle rentrera dans quelque argent.
Nous avons pu faire ainsi cent francs que je t'envoie par les
messageries. Si je n'ai pas répondu à ta première lettre, ne
m'en veux pas, mon ami. Nous étions dans une situation à
passer les nuits, je travaillais comme un homme. Ah ! je ne
me savais pas autant de force. Mme de Bargeton est une
femme sans âme ni cœur ; elle se devait toujours, même en
ne t'aimant plus, de te protéger et de t'aider après t'avoir
arraché de nos bras pour te jeter dans cette affreuse mer
parisienne où il faut une bénédiction de Dieu pour rencontrer des amitiés vraies parmi ces flots d'hommes et d'intérêts. Elle n'est pas à regretter. Je te voulais auprès de toi
quelque femme dévouée, une seconde moi-même ; mais
maintenant que je te sais des amis qui continuent nos

sentiments, me voilà tranquille. Déploie tes ailes, mon beau génie aimé ! Tu seras notre gloire, comme tu es déjà notre amour.

« ÈVE. »

« Mon enfant chéri, je ne puis que te bénir après ce que te dit ta sœur, et t'assurer que mes prières et mes pensées ne sont, hélas ! pleines que de toi, au détriment de ceux que je vois ; car il est des cœurs où les absents ont raison, et il en est ainsi dans le cœur de

« TA MÈRE. »

Ainsi, deux jours après, Lucien put rendre à ses amis leur prêt si gracieusement offert. Jamais peut-être la vie ne lui sembla plus belle, mais le mouvement de son amour-propre n'échappa point aux regards profonds de ses amis et à leur délicate sensibilité.

« On dirait que tu as peur de nous devoir quelque chose, s'écria Fulgence.

— Oh ! le plaisir qu'il manifeste est bien grave à mes yeux, dit Michel Chrestien, il confirme les observations que j'ai faites : Lucien a de la vanité.

— Il est poète, dit d'Arthez.

— M'en voulez-vous d'un sentiment aussi naturel que le mien ?

— Il faut lui tenir compte de ce qu'il ne nous l'a pas caché, dit Léon Giraud, il est encore franc ; mais j'ai peur que plus tard il ne nous redoute.

— Et pourquoi ? demanda Lucien.

— Nous lisons dans ton cœur, répondit Joseph Bridau.

— Il y a chez toi, lui dit Michel Chrestien, un esprit diabolique avec lequel tu justifieras à tes propres yeux les choses les plus contraires à nos principes : au lieu d'être un sophiste d'idées, tu seras un sophiste d'action.

— Ah ! j'en ai peur, dit d'Arthez. Lucien, tu feras en toi-même des discussions admirables où tu seras grand, et qui aboutiront à des faits blâmables... Tu ne seras jamais d'accord avec toi-même.

— Sur quoi donc appuyez-vous votre réquisitoire ? demanda Lucien.

— Ta vanité, mon cher poète, est si grande, que tu en mets jusque dans ton amitié ! s'écria Fulgence. Toute vanité de ce genre accuse un effroyable égoïsme, et l'égoïsme est le poison de l'amitié.

— Oh ! mon Dieu, s'écria Lucien, vous ne savez donc pas combien je vous aime.

— Si tu nous aimais comme nous nous aimons, aurais-tu mis tant d'empressement et tant d'emphase à nous rendre ce que nous avions tant de plaisir à te donner ?

— On ne se prête rien ici, on se donne, lui dit brutalement Joseph Bridau.

— Ne nous crois pas rudes, mon cher enfant, lui dit Michel Chrestien, nous sommes prévoyants. Nous avons peur de te voir un jour préférant les joies d'une petite vengeance aux joies de notre pure amitié. Lis *Le Tasse* de Goethe, la plus grande œuvre de ce beau génie [287], et tu y verras que le poète aime les brillantes étoffes, les festins, les triomphes, l'éclat : eh bien, sois le Tasse sans sa folie. Le monde et ses plaisirs t'appelleront ?... reste ici. Transporte dans la région des idées tout ce que tu demandes à tes vanités. Folie pour folie, mets la vertu dans tes actions et le vice dans tes idées ; au lieu, comme te le disait d'Arthez, de bien penser et de te mal conduire. »

Lucien baissa la tête : ses amis avaient raison.

« J'avoue que je ne suis pas aussi fort que vous l'êtes, dit-il en leur jetant un adorable regard. Je n'ai pas des reins et des épaules à soutenir Paris, à lutter avec courage. La nature nous a donné des tempéraments et des facultés différentes, et vous connaissez mieux que personne l'envers des vices et des vertus. Je suis déjà fatigué, je vous le confie.

— Nous te soutiendrons, dit d'Arthez, voilà précisément à quoi servent les amitiés fidèles.

— Le secours que je viens de recevoir est précaire, et nous sommes tous aussi pauvres les uns que les autres ; le besoin me poursuivra bientôt. Chrestien, aux gages du premier venu, ne peut rien en librairie. Bianchon est en dehors de ce cercle d'affaires. D'Arthez ne connaît que les libraires de science ou de spécialités, qui n'ont aucune prise sur les éditeurs de nouveautés. Horace, Fulgence Ridal et Bridau travaillent dans un ordre d'idées qui les met à cent lieues des libraires. Je dois prendre un parti.

— Tiens-toi donc au nôtre, souffrir ! dit Bianchon, souffrir courageusement et se fier au Travail !

— Mais ce qui n'est que souffrance pour vous est la mort pour moi, dit vivement Lucien.

— Avant que le coq ait chanté trois fois, dit Léon Giraud

en souriant, cet homme aura trahi la cause du Travail pour celle de la Paresse et des vices de Paris.

— Où le travail vous a-t-il menés ? dit Lucien en riant.

— Quand on part de Paris pour l'Italie, on ne trouve pas Rome à moitié chemin, dit Joseph Bridau. Pour toi, les petits pois devraient pousser tout accommodés au beurre.

— Ils ne poussent ainsi que pour les fils aînés des pairs de France, dit Michel Chrestien. Mais, nous autres, nous les semons, les arrosons et les trouvons meilleurs. »

La conversation devint plaisante, et changea de sujet. Ces esprits perspicaces, ces cœurs délicats cherchèrent à faire oublier cette petite querelle à Lucien, qui comprit dès lors combien il était difficile de les tromper. Il arriva bientôt à un désespoir intérieur qu'il cacha soigneusement à ses amis, en les croyant des mentors implacables. Son esprit méridional, qui parcourait si facilement le clavier des sentiments, lui faisait prendre les résolutions les plus contraires.

À plusieurs reprises il parla de se jeter dans les journaux, et toujours ses amis lui dirent : « Gardez-vous-en bien.

— Là serait la tombe du beau, du suave Lucien que nous aimons et connaissons, dit d'Arthez.

— Tu ne résisterais pas à la constante opposition de plaisir et de travail qui se trouve dans la vie des journalistes ; et, résister, c'est le fond de la vertu. Tu serais si enchanté d'exercer le pouvoir, d'avoir droit de vie et de mort sur les œuvres de la pensée, que tu serais journaliste en deux mois. Être journaliste, c'est passer proconsul dans la république des lettres. Qui peut tout dire, arrive à tout faire ! Cette maxime est de Napoléon et se comprend.

— Ne serez-vous pas près de moi ? dit Lucien.

— Nous n'y serons plus, s'écria Fulgence. Journaliste, tu ne penserais pas plus à nous que la fille d'Opéra brillante, adorée, ne pense, dans sa voiture doublée de soie, à son village, à ses vaches, à ses sabots. Tu n'as que trop les qualités du journaliste : le brillant et la soudaineté de la pensée. Tu ne te refuserais jamais à un trait d'esprit, dût-il faire pleurer ton ami. Je vois les journalistes aux foyers de théâtre, ils me font horreur. Le journalisme est un enfer, un abîme d'iniquités, de mensonges, de trahisons, que l'on ne peut traverser et d'où l'on ne peut sortir pur, que protégé comme Dante par le divin laurier de Virgile. »

Plus le Cénacle défendait cette voie à Lucien, plus son désir de connaître le péril l'invitait à s'y risquer, et il commençait à discuter en lui-même : n'était-il pas ridicule de se laisser encore une fois surprendre par la détresse sans avoir rien fait contre elle? En voyant l'insuccès de ses démarches à propos de son premier roman, Lucien était peu tenté d'en composer un second. D'ailleurs, de quoi vivrait-il pendant le temps de l'écrire? Il avait épuisé sa dose de patience durant un mois de privations. Ne pourrait-il faire noblement ce que les journalistes faisaient sans conscience ni dignité? Ses amis l'insultaient avec leurs défiances, il voulait leur prouver sa force d'esprit. Il les aiderait peut-être un jour, il serait le héraut de leurs gloires!

« D'ailleurs, qu'est donc une amitié qui recule devant la complicité? demanda-t-il un soir à Michel Chrestien qu'il avait reconduit jusque chez lui, en compagnie de Léon Giraud.

— Nous ne reculons devant rien, répondit Michel Chrestien. Si tu avais le malheur de tuer ta maîtresse, je t'aiderais à cacher ton crime et pourrais t'estimer encore; mais, si tu devenais espion, je te fuirais avec horreur, car tu serais lâche et infâme par système. Voilà le journalisme en deux mots. L'amitié pardonne l'erreur, le mouvement irréfléchi de la passion; elle doit être implacable pour le parti pris de trafiquer de son âme, de son esprit et de sa pensée.

— Ne puis-je me faire journaliste pour vendre mon recueil de poésies et mon roman, puis abandonner aussitôt le journal?

— Machiavel se conduirait ainsi, mais non Lucien de Rubempré, dit Léon Giraud.

— Eh bien, s'écria Lucien, je vous prouverai que je vaux Machiavel.

— Ah! s'écria Michel en serrant la main de Léon, tu viens de le perdre. Lucien, dit-il, tu as trois cents francs, c'est de quoi vivre pendant trois mois à ton aise; eh bien, travaille, fais un second roman, d'Arthez et Fulgence t'aideront pour le plan, tu grandiras, tu seras un romancier. Moi, je pénétrerai dans un de ces *lupanars* de la pensée, je serai journaliste pendant trois mois, je te vendrai tes livres à quelque libraire de qui j'attaquerai les publications, j'écrirai les articles, j'en obtiendrai pour toi; nous organiserons un succès, tu seras un grand homme, et tu resteras notre Lucien.

— Tu me méprises donc bien en croyant que je périrais là où tu te sauveras! dit le poète.

— Pardonnez-lui, mon Dieu, c'est un enfant! » s'écria Michel Chrestien.

Après s'être dégourdi l'esprit pendant les soirées passées chez d'Arthez, Lucien avait étudié les plaisanteries et les articles des petits journaux. Sûr d'être au moins l'égal des plus spirituels rédacteurs, il s'essaya secrètement à cette gymnastique de la pensée, et sortit un matin avec la triomphante idée d'aller demander du service à quelque colonel de ces troupes légères de la Presse. Il se mit dans sa tenue la plus distinguée et passa les ponts en pensant que des auteurs, des journalistes, des écrivains, enfin ses frères futurs auraient un peu plus de tendresse et de désintéressement que les deux genres de libraires contre lesquels s'étaient heurtées ses espérances. Il rencontrerait des sympathies, quelque bonne et douce affection comme celle qu'il trouvait au Cénacle de la rue des Quatre-Vents. En proie aux émotions du pressentiment écouté, combattu, qu'aiment tant les hommes d'imagination, il arriva rue Saint-Fiacre[288] auprès du boulevard Montmartre, devant la maison où se trouvaient les bureaux du petit journal et dont l'aspect lui fit éprouver les palpitations du jeune homme entrant dans un mauvais lieu. Néanmoins il monta dans les bureaux situés à l'entresol. Dans la première pièce, que divisait en deux parties égales une cloison moitié en planches et moitié grillagée jusqu'au plafond, il trouva un invalide manchot qui de son unique main tenait plusieurs rames de papier sur la tête et avait entre ses dents le livret voulu par l'administration du Timbre[289]. Ce pauvre homme, dont la figure était d'un ton jaune et semée de bulbes rouges, ce qui lui valait le surnom de *Coloquinte,* lui montra derrière le grillage le Cerbère du journal. Ce personnage était un vieil officier décoré, le nez enveloppé de moustaches grises, un bonnet de soie noire sur la tête, et enseveli dans une ample redingote bleue comme une tortue sous sa carapace.

« De quel jour monsieur veut-il que parte son abonnement ? lui demanda l'officier de l'Empire.

— Je ne viens pas pour un abonnement », répondit Lucien. Le poète regarda, sur la porte qui correspondait à celle par laquelle il était entré, la pancarte où se lisaient ces mots : BUREAU DE RÉDACTION, et au-dessous : *Le public n'entre pas ici.*

« Une réclamation sans doute, reprit le soldat de Napoléon. Ah ! oui : nous avons été durs pour Mariette[290]. Que voulez-vous, je ne sais pas encore le pourquoi. Mais si vous demandez raison, je suis prêt, ajouta-t-il en regardant des

fleurets et des pistolets, la panoplie moderne groupée en
faisceau dans un coin.

— Encore moins, monsieur. Je viens pour parler au
rédacteur en chef.

— Il n'y a jamais personne ici avant quatre heures.

— Voyez-vous, mon vieux Giroudeau, je trouve onze
colonnes, lesquelles à cent sous pièce font cinquante-cinq
francs ; j'en ai reçu quarante, donc vous me devez encore
quinze francs, comme je vous le disais... »

Ces paroles partaient d'une petite figure chafouine, claire
comme un blanc d'œuf mal cuit, percée de deux yeux d'un
bleu tendre, mais effrayante de malice, et qui appartenait à
un jeune homme mince, caché derrière le corps opaque de
l'ancien militaire. Cette voix glaça Lucien, elle tenait du
miaulement des chats et de l'étouffement asthmatique de
l'hyène.

« Oui, mon petit milicien, répondit l'officier en retraite ;
mais vous comptez les titres et les blancs, j'ai ordre de Finot
d'additionner le total des lignes et de les diviser par le
nombre voulu pour chaque colonne. Après avoir pratiqué
cette opération strangulatoire sur votre rédaction, il s'y
trouve trois colonnes de moins.

— Il ne paye pas les blancs, l'arabe ! et il les compte à son
associé dans le prix de sa rédaction en masse [291]. Je vais aller
voir Étienne Lousteau, Vernou...

— Je ne puis enfreindre la consigne, mon petit, dit
l'officier. Comment, pour quinze francs, vous criez contre
votre nourrice, vous qui faites des articles aussi facilement
que je fume un cigare ! Eh ! vous payerez un bol de punch de
moins à vos amis, ou vous gagnerez une partie de billard de
plus, et tout sera dit !

— Finot réalise des économies qui lui coûteront bien
cher », répondit le rédacteur qui se leva et partit.

« Ne dirait-on pas qu'il est Voltaire et Rousseau ? » se dit
à lui-même le caissier en regardant le poète de province.

« Monsieur, reprit Lucien, je reviendrai vers quatre
heures. »

Pendant la discussion, Lucien avait vu sur les murs, les
portraits de Benjamin Constant, du général Foy [292], des dix-
sept orateurs illustres du parti libéral, mêlés à des caricatures contre le gouvernement. Il avait surtout regardé la
porte du sanctuaire où devait s'élaborer la feuille spirituelle
qui l'amusait tous les jours et qui jouissait du droit de
ridiculiser les rois, les événements les plus graves, enfin de

mettre tout en question par un bon mot. Il alla flâner sur les
boulevards, plaisir tout nouveau pour lui, mais si attrayant
qu'il vit les aiguilles des pendules chez les horlogers sur
quatre heures sans s'apercevoir qu'il n'avait pas déjeuné. Le
poète rabattit promptement vers la rue Saint-Fiacre, il
monta l'escalier, ouvrit la porte, ne trouva plus le vieux
militaire et vit l'invalide assis sur son papier timbré,
mangeant une croûte de pain et gardant le poste d'un air
résigné, fait au journal comme jadis à la corvée, et ne le
comprenant pas plus qu'il ne connaissait le pourquoi des
marches rapides ordonnées par l'Empereur. Lucien conçut
la pensée hardie de tromper ce redoutable fonctionnaire ; il
passa le chapeau sur la tête, et ouvrit, comme s'il était de la
maison, la porte du sanctuaire. Le bureau de rédaction offrit
à ses regards avides une table ronde couverte d'un tapis vert,
et six chaises en merisier garnies de paille encore neuve. Le
petit carreau de cette pièce, mis en couleur, n'avait pas
encore été frotté ; mais il était propre, ce qui annonçait une
fréquentation publique assez rare. Sur la cheminée, une
glace, une pendule d'épicier couverte de poussière, deux
flambeaux où deux chandelles avaient été brutalement
fichées, enfin des cartes de visite éparses. Sur la table
grimaçaient de vieux journaux autour d'un encrier où l'encre
séchée ressemblait à de la laque et décoré de plumes
tortillées en soleils. Il lut sur de méchants bouts de papier
quelques articles d'une écriture illisible et presque hiérogly-
phique, déchirés en haut par les compositeurs de l'imprimerie, à qui cette marque sert à reconnaître les articles faits.
Puis, çà et là, sur des papiers gris, il admira des caricatures
dessinées assez spirituellement par des gens qui sans doute
avaient tâché de tuer le temps en tuant quelque chose pour
s'entretenir la main. Sur le petit papier de tenture couleur
vert d'eau, il vit collés avec des épingles neuf dessins
différents faits en charge et à la plume sur *Le Solitaire*, livre
qu'un succès inouï recommandait alors à l'Europe et qui
devait fatiguer les journalistes[295]. — Le Solitaire en province, paraissant, les femmes étonne. — Dans un château, le
Solitaire, lu. — Effet du Solitaire sur les domestiques
animaux. — Chez les sauvages, le Solitaire expliqué, le plus
succès brillant obtient. — Le Solitaire traduit en chinois et
présenté, par l'auteur, de Pékin à l'empereur. — Par le
Mont-Sauvage, Élodie violée. Cette caricature sembla très
impudique à Lucien, mais elle le fit rire. — Par les
journaux, le Solitaire sous un dais promené processionnelle-

ment. — Le Solitaire, faisant éclater une presse, les Ours blesse. — Lu à l'envers, étonne le Solitaire les académiciens par des supérieures beautés. Lucien aperçut sur une bande de journal un dessin représentant un rédacteur qui tendait son chapeau, et dessous : *Finot, mes cent francs ?* signé d'un nom devenu fameux, qui ne sera jamais illustre. Entre la cheminée et la croisée se trouvaient une table à secrétaire, un fauteuil d'acajou, un panier à papier et un tapis oblong appelé *devant de cheminée;* le tout couvert d'une épaisse couche de poussière. Les fenêtres n'avaient que de petits rideaux. Sur le haut de ce secrétaire, il y avait environ vingt ouvrages déposés pendant la journée, des gravures, de la musique, des tabatières à la Charte [294], un exemplaire de la neuvième édition du *Solitaire* [295], toujours la grande plaisanterie du moment, et une dizaine de lettres cachetées. Quand Lucien eut inventorié cet étrange mobilier, eut fait des réflexions à perte de vue, que cinq heures eurent sonné, il revint à l'invalide pour le questionner. Coloquinte avait fini sa croûte et attendait avec la patience du factionnaire le militaire décoré qui peut-être se promenait sur le boulevard. En ce moment, une femme parut sur le seuil de la porte après avoir fait entendre le murmure de sa robe dans l'escalier et ce léger pas féminin si facile à reconnaître. Elle était assez jolie.

« Monsieur, dit-elle à Lucien, je sais pourquoi vous vantez tant les chapeaux de Mlle Virginie, et je viens vous demander d'abord un abonnement d'un an ; mais dites-moi ses conditions...

— Madame, je ne suis pas du journal.

— Ah !

— Un abonnement à dater d'octobre ? demanda l'invalide.

— Que réclame madame ? » dit le vieux militaire qui reparut.

Le vieil officier entra en conférence avec la belle marchande de modes. Quand Lucien, impatienté d'attendre, rentra dans la première pièce, il entendit cette phrase finale : « Mais je serai très enchantée, monsieur. Mlle Florentine [296] pourra venir à mon magasin et choisira ce qu'elle voudra. Je tiens les rubans. Ainsi tout est bien entendu : vous ne parlerez plus de Virginie, une saveteuse incapable d'inventer une forme, tandis que j'invente, moi ! »

Lucien entendit tomber un certain nombre d'écus dans la caisse. Puis le militaire se mit à faire son compte journalier.

« Monsieur, je suis là depuis une heure, dit le poète d'un air assez fâché.

— *Ils* ne sont pas venus, dit le vétéran napoléonien en manifestant un émoi par politesse. Ça ne m'étonne pas. Voici quelque temps que je ne *les* aperçois plus. Nous sommes au milieu du mois, voyez-vous. Ces lapins-là ne viennent que quand on paye du 29 au 30.

— Et M. Finot ? dit Lucien qui avait retenu le nom du directeur.

— Il est chez lui, rue Feydeau. Coloquinte, mon vieux, porte-lui tout ce qui est venu aujourd'hui en portant le papier à l'imprimerie. »

« Où se fait donc le journal ? » dit Lucien en se parlant à lui-même.

« Le journal ? dit l'employé qui reçut de Coloquinte le reste de l'argent du timbre, le journal ?... — broum ! broum ! — Mon vieux, sois demain à six heures à l'imprimerie pour voir à faire filer les porteurs. — Le journal, monsieur, se fait dans la rue, chez les auteurs, à l'imprimerie, entre onze heures et minuit. Du temps de l'Empereur, monsieur, ces boutiques de papier gâté n'étaient pas connues. Ah ! il vous aurait fait secouer ça par quatre hommes et un caporal, et ne se serait pas laissé embêter comme ceux-ci par des phrases. Mais, assez causé. Si mon neveu y trouve son compte, et que l'on écrive pour le fils de *l'autre*[297], — broum ! broum ! — après tout, ce n'est pas un mal. Ah çà, les abonnés ne m'ont pas l'air d'arriver en colonne serrée, je vais quitter le poste.

— Monsieur, vous me paraissez être au fait de la rédaction du journal.

— Sous le rapport financier, broum ! broum ! dit le soldat en ramassant les phlegmes qu'il avait dans le gosier. Selon les talents, cent sous ou trois francs la colonne de cinquante lignes à quarante lettres, sans blancs, voilà. Quant aux rédacteurs, c'est de singuliers pistolets, de petits jeunes gens dont je n'aurais pas voulu pour des soldats du train, et qui, parce qu'ils mettent des pattes de mouche sur du papier blanc, ont l'air de mépriser un vieux capitaine des dragons de la Garde Impériale, retraité chef de bataillon, entré dans toutes les capitales de l'Europe avec Napoléon... »

Lucien, poussé vers la porte par le soldat de Napoléon, qui brossait sa redingote bleue et manifestait l'intention de sortir, eut le courage de se mettre en travers.

« Je viens pour être rédacteur, dit-il, et vous jure que je

suis plein de respect pour un capitaine de la Garde
Impériale, des hommes de bronze...

— Bien dit, mon petit pékin, reprit l'officier en frappant
sur le ventre de Lucien. Mais dans quelle classe de
rédacteurs voulez-vous entrer ? » répliqua le soudard en
passant sur le ventre de Lucien et descendant l'escalier. Il ne
s'arrêta que pour allumer son cigare chez le portier. « S'il
vient des abonnements, recevez-les et prenez-en note, mère
Chollet. — Toujours l'abonnement, je ne connais que
l'abonnement, reprit-il en se tournant vers Lucien qui l'avait
suivi. Finot est mon neveu, le seul de la famille qui m'ait
adouci ma position. Aussi quiconque cherche querelle à
Finot trouve-t-il le vieux Giroudeau, capitaine aux dragons
de la Garde, parti simple cavalier à l'armée de Sambre-et-
Meuse, cinq ans maître d'armes au premier hussards, armée
d'Italie ! Une, deux, et le plaignant serait à l'ombre ! ajouta-
t-il en faisant le geste de se fendre. Or donc, mon petit, nous
avons différents corps dans les rédacteurs : il y a le rédacteur
qui rédige et qui a sa solde, le rédacteur qui rédige et qui n'a
rien, ce que nous appelons un volontaire ; enfin le rédacteur
qui ne rédige rien et qui n'est pas le plus bête, il ne fait pas
de fautes celui-là, il se donne pour un écrivain, il appartient
au journal, il nous paye à dîner, il flâne dans les théâtres, il
entretient une actrice, il est très heureux. Que voulez-vous
être ?

— Mais rédacteur travaillant bien, et partant bien payé.

— Vous voilà comme tous les conscrits qui veulent être
maréchaux de France ! Croyez-en le vieux Giroudeau, par
file à gauche, pas accéléré, allez ramasser des clous dans le
ruisseau comme ce brave homme qui a servi, ça se voit à sa
tournure. Est-ce pas une horreur qu'un vieux soldat qui est
allé mille fois à la gueule du brutal [298] ramasse des clous dans
Paris ? Dieu de Dieu, tu n'es qu'un gueux, tu n'as pas
soutenu l'Empereur ! Enfin, mon petit, ce particulier que
vous avez vu ce matin a gagné quarante francs dans son
mois. Ferez-vous mieux ? Et, selon Finot, c'est le plus
spirituel de ses rédacteurs.

— Quand vous êtes allé dans Sambre-et-Meuse, on vous a
dit qu'il y avait du danger.

— Parbleu !

— Eh bien ?

— Eh bien, allez voir mon neveu Finot, un brave garçon,
le plus loyal garçon que vous rencontrerez, si vous pouvez le
rencontrer ; car il se remue comme un poisson. Dans son

métier, il ne s'agit pas d'écrire, voyez-vous, mais de faire que les autres écrivent. Il paraît que les paroissiens aiment mieux se régaler avec les actrices que de barbouiller du papier. Oh! c'est de singuliers pistolets! À l'honneur de vous revoir. »

Le caissier fit mouvoir sa redoutable canne plombée, une des protectrices de *Germanicus*[299], et laissa Lucien sur le boulevard, aussi stupéfait de ce tableau de la rédaction qu'il l'avait été des résultats définitifs de la littérature chez Vidal et Porchon. Lucien courut dix fois chez Andoche Finot, directeur du journal, rue Feydeau, sans jamais le trouver. De grand matin, Finot n'était pas rentré. À midi, Finot était en course : « il déjeunait, disait-on, à tel café ». Lucien allait au café, demandait Finot à la limonadière, en surmontant des répugnances inouïes : Finot venait de sortir. Enfin Lucien, lassé, regarda Finot comme un personnage apocryphe et fabuleux, il trouva plus simple de guetter Étienne Lousteau chez Flicoteaux. Ce jeune journaliste expliquerait sans doute le mystère qui planait sur la vie du journal auquel il était attaché.

Depuis le jour béni cent fois où Lucien fit la connaissance de Daniel d'Arthez, il avait changé de place chez Flicoteaux : les deux amis dînaient à côté l'un de l'autre, et causaient à voix basse de haute littérature, des sujets à traiter, de la manière de les présenter, de les entamer, de les dénouer. En ce moment, Daniel d'Arthez corrigeait le manuscrit de *L'Archer de Charles IX*, il y refaisait des chapitres, il y écrivait les belles pages qui y sont, il y mettait la magnifique préface qui peut-être domine le livre, et qui jeta tant de clartés dans la jeune littérature. Un jour, au moment où Lucien s'asseyait à côté de Daniel qui l'avait attendu et dont la main était dans la sienne, il vit à la porte Étienne Lousteau qui tournait le bec-de-cane. Lucien quitta brusquement la main de Daniel, et dit au garçon qu'il voulait dîner à son ancienne place auprès du comptoir. D'Arthez jeta sur Lucien un de ces regards angéliques où le pardon enveloppe le reproche, et qui tomba si vivement dans le cœur du poète qu'il reprit la main de Daniel pour la lui serrer de nouveau.

« Il s'agit pour moi d'une affaire importante, je vous en parlerai », lui dit-il.

Lucien fut à son ancienne place au moment où Lousteau prit la sienne ; le premier, il salua, la conversation s'engagea bientôt, et fut si vivement poussée entre eux, que Lucien

alla chercher le manuscrit des *Marguerites* pendant que
Lousteau finissait de dîner. Il avait obtenu de soumettre ses
sonnets au journaliste, et comptait sur sa bienveillance de
parade pour avoir un éditeur ou pour entrer au journal. À
son retour, Lucien vit, dans le coin du restaurant, Daniel
tristement accoudé qui le regarda mélancoliquement ; mais,
dévoré par la misère et poussé par l'ambition, il feignit de ne
pas voir son frère du Cénacle, et suivit Lousteau. Avant la
chute du jour, le journaliste et le néophyte allèrent s'asseoir
sous les arbres dans cette partie du Luxembourg qui de la
grande allée de l'Observatoire conduit à la rue de l'Ouest.
Cette rue était alors un long bourbier, bordé de planches et
de marais, où les maisons se trouvaient seulement vers la rue
de Vaugirard, et ce passage était si peu fréquenté, qu'au
moment où Paris dîne, deux amants pouvaient s'y quereller
et s'y donner les arrhes d'un raccommodement sans crainte
d'y être vus. Le seul trouble-fête possible était le vétéran en
faction à la petite grille de la rue de l'Ouest, si le vénérable
soldat s'avisait d'augmenter le nombre de pas dont se
compose sa promenade monotone. Ce fut dans cette allée,
sur un banc de bois, entre deux tilleuls, qu'Étienne écouta
les sonnets choisis pour échantillons parmi *Les Marguerites*.
Étienne Lousteau, qui, depuis deux ans d'apprentissage,
avait le pied à l'étrier en qualité de rédacteur[300], et qui
comptait quelques amitiés parmi les célébrités de cette
époque, était un imposant personnage aux yeux de Lucien.
Aussi, tout en détortillant le manuscrit des *Marguerites*, le
poète de province jugea-t-il nécessaire de faire une sorte de
préface.

« Le sonnet, monsieur, est une des œuvres les plus
difficiles de la poésie. Ce petit poème a été généralement
abandonné. Personne en France n'a pu rivaliser Pétrarque[301], dont la langue, infiniment plus souple que la nôtre,
admet des jeux de pensée repoussés par notre *positivisme*
(pardonnez-moi ce mot)[302]. Il m'a donc paru original de
débuter par un recueil de sonnets. Victor Hugo a pris l'ode,
Canalis donne dans la poésie fugitive, Béranger monopolise
la Chanson, Casimir Delavigne accapare la Tragédie et
Lamartine la Méditation.

— Êtes-vous classique ou romantique ? » lui demanda
Lousteau.

L'air étonné de Lucien dénotait une si complète ignorance
de l'état des choses dans la République des Lettres, que
Lousteau jugea nécessaire de l'éclairer.

« Mon cher, vous arrivez au milieu d'une bataille acharnée, il faut vous décider promptement. La littérature est partagée d'abord en plusieurs zones ; mais nos grands hommes sont divisés en deux camps. Les Royalistes sont romantiques, les Libéraux sont classiques. La divergence des opinions littéraires se joint à la divergence des opinions politiques, et il s'ensuit une guerre à toutes armes, encre à torrents, bons mots à fer aiguisé, calomnies pointues, sobriquets à outrance, entre les gloires naissantes et les gloires déchues. Par une singulière bizarrerie, les Royalistes romantiques demandent la liberté littéraire et la révocation des lois qui donnent des formes convenues à notre littérature ; tandis que les Libéraux veulent maintenir les unités, l'allure de l'alexandrin et le thème classique. Les opinions littéraires sont donc en désaccord, dans chaque camp, avec les opinions politiques. Si vous êtes éclectique, vous n'aurez personne pour vous. De quel côté vous rangez-vous [303] ?

— Quels sont les plus forts ?

— Les journaux libéraux ont beaucoup plus d'abonnés que les journaux royalistes et ministériels ; néanmoins Canalis perce, quoique monarchique et religieux, quoique protégé par la cour et par le clergé. — Bah ! des sonnets, c'est de la littérature d'avant Boileau, dit Étienne en voyant Lucien effrayé d'avoir à choisir entre deux bannières. Soyez romantique. Les romantiques se composent de jeunes gens, et les classiques sont des perruques : les romantiques l'emporteront. »

Le mot perruque était le dernier mot trouvé par le journalisme romantique, qui en avait affublé les classiques.

« LA PÂQUERETTE ! » dit Lucien en choisissant le premier des deux sonnets qui justifiaient le titre et servaient d'inauguration.

> Pâquerettes des prés, vos couleurs assorties
> Ne brillent pas toujours pour égayer les yeux ;
> Elles disent encor les plus chers de nos vœux
> En un poème où l'homme apprend ses sympathies ·
>
> Vos étamines d'or par de l'argent serties
> Révèlent les trésors dont il fera ses dieux ;
> Et vos filets, où coule un sang mystérieux,
> Ce que coûte un succès en douleurs ressenties !
>
> Est-ce pour être éclos le jour où du tombeau
> Jésus, ressuscité sur un monde plus beau,
> Fit pleuvoir des vertus en secouant ses ailes,

Que l'automne revoit vos courts pétales blancs
Parlant à nos regards de plaisirs infidèles,
Ou pour nous rappeler la fleur de nos vingt ans [304] *?*

Lucien fut piqué de la parfaite immobilité de Lousteau pendant qu'il écoutait ce sonnet ; il ne connaissait pas encore la déconcertante impassibilité que donne l'habitude de la critique, et qui distingue les journalistes fatigués de prose, de drames et de vers. Le poète, habitué à recevoir des applaudissements, dévora son désappointement ; il lut le sonnet préféré par Mme de Bargeton et par quelques-uns de ses amis du Cénacle.

« Celui-ci lui arrachera peut-être un mot », pensa-t-il.

Deuxième sonnet
LA MARGUERITE

Je suis la marguerite, et j'étais la plus belle
Des fleurs dont s'étoilait le gazon velouté.
Heureuse, on me cherchait pour ma seule beauté,
Et mes jours se flattaient d'une aurore éternelle.

Hélas ! malgré mes vœux, une vertu nouvelle
A versé sur mon front sa fatale clarté ;
Le sort m'a condamnée au don de vérité,
Et je souffre et je meurs : la science est mortelle.

Je n'ai plus de silence et n'ai plus de repos ;
L'amour vient m'arracher l'avenir en deux mots,
Il déchire mon cœur pour y lire qu'on l'aime.

Je suis la seule fleur qu'on jette sans regret :
On dépouille mon front de son blanc diadème,
Et l'on me foule aux pieds dès qu'on a mon secret [305]*.*

Quand il eut fini, le poète regarda son aristarque, Étienne Lousteau contemplait les arbres de la pépinière.

« Eh bien ? lui dit Lucien.

— Eh bien ? mon cher, allez ! Ne vous écouté-je pas ? À Paris, écouter sans mot dire est un éloge.

— En avez-vous assez ? dit Lucien.

— Continuez », répondit assez brusquement le journaliste.

Lucien lut le sonnet suivant ; mais il le lut la mort au cœur, car le sang-froid impénétrable de Lousteau lui glaça son débit. Plus avancé dans la vie littéraire, il aurait su que, chez les auteurs, le silence et la brusquerie en pareille circonstance trahissent la jalousie que cause une belle œuvre, de même que leur admiration annonce le plaisir inspiré par une œuvre médiocre qui rassure leur amour-propre.

Trentième sonnet

LE CAMÉLIA

Chaque fleur dit un mot du livre de nature :
La rose est à l'amour et fête la beauté,
La violette exhale une âme aimante et pure,
Et le lys resplendit de sa simplicité.

Mais le camélia, monstre de la culture,
Rose sans ambroisie et lys sans majesté,
Semble s'épanouir, aux saisons de froidure,
Pour les ennuis coquets de la virginité.

Cependant, au rebord des loges de théâtre,
J'aime à voir, évasant leurs pétales d'albâtre,
Couronne de pudeur, de blancs camélias

Parmi les cheveux noirs des belles jeunes femmes
Qui savent inspirer un amour pur aux âmes,
Comme les marbres grecs du sculpteur Phidias[306].

« Que pensez-vous de mes pauvres sonnets ? demanda formellement Lucien.

— Voulez-vous la vérité ? dit Lousteau.

— Je suis assez jeune pour l'aimer, et je veux trop réussir pour ne pas l'entendre sans me fâcher, mais non sans désespoir, répondit Lucien.

— Hé bien, mon cher, les entortillages du premier annoncent une œuvre faite à Angoulême et qui vous a sans doute trop coûté pour y renoncer ; le second et le troisième sentent déjà Paris ; mais lisez-m'en un autre encore ? » ajouta-t-il en faisant un geste qui parut charmant au grand homme de province.

Encouragé par cette demande, Lucien lut avec plus de confiance le sonnet que préféraient d'Arthez et Bridau, peut-être à cause de sa couleur.

Cinquantième sonnet

LA TULIPE

Moi, je suis la tulipe, une fleur de Hollande ;
Et telle est ma beauté que l'avare Flamand

Paye un de mes oignons plus cher qu'un diamant,
Si mes fonds sont bien purs, si je suis droite et grande.

Mon air est féodal, et, comme une Yolande
Dans sa jupe à longs plis étoffée amplement,
Je porte des blasons peints sur mon vêtement :
Gueules fascé d'argent, or avec pourpre en bande ;

Le jardinier divin a filé de ses doigts
Les rayons du soleil et la pourpre des rois
Pour me faire une robe à trame douce et fine.

Nulle fleur du jardin n'égale ma splendeur,
Mais la nature, hélas ! n'a pas versé d'odeur
Dans mon calice fait comme un vase de Chine [307].

« Eh bien ? dit Lucien après un moment de silence qui lui sembla d'une longueur démesurée.

— Mon cher, dit gravement Étienne Lousteau en voyant le bout des bottes que Lucien avait apportées d'Angoulême et qu'il achevait d'user, je vous engage à noircir vos bottes avec votre encre afin de ménager votre cirage, à faire des cure-dents de vos plumes pour vous donner l'air d'avoir dîné quand vous vous promenez, en sortant de chez Flicoteaux, dans la belle allée de ce jardin, et à chercher une place quelconque. Devenez petit clerc d'huissier si vous avez du cœur, commis si vous avez du plomb dans les reins, ou soldat si vous aimez la musique militaire. Vous avez l'étoffe de trois poètes ; mais, avant d'avoir percé, vous avez six fois le temps de mourir de faim, si vous comptez sur les produits de votre poésie pour vivre. Or, vos intentions sont, d'après vos trop jeunes discours, de battre monnaie avec votre encrier. Je ne juge pas votre poésie, elle est de beaucoup supérieure à toutes les poésies qui encombrent les magasins de la librairie. Ces élégants rossignols, vendus un peu plus cher que les autres à cause de leur papier vélin, viennent presque tous s'abattre sur les rives de la Seine, où vous pouvez aller étudier leurs chants, si vous voulez faire un jour quelque pèlerinage instructif sur les quais de Paris, depuis l'étalage du père Jérôme, au pont Notre-Dame, jusqu'au Pont-Royal. Vous rencontrerez là tous les Essais poétiques, les Inspirations, les Élévations, les Hymnes, les Chants, les Ballades, les Odes, enfin toutes les couvées écloses depuis sept années, des muses couvertes de poussière, éclaboussées par les fiacres, violées par tous les passants qui veulent voir la vignette du titre. Vous ne connaissez personne, vous n'avez d'accès dans aucun journal : vos *Marguerites* resteront chastement pliées comme vous les tenez, elles n'écloront jamais au soleil de la publicité dans la prairie des grandes marges, émaillée des fleurons que prodigue l'illustre Dauriat, le libraire des célébrités, le roi des Galeries de Bois. Mon pauvre enfant, je suis venu comme vous le cœur plein d'illusions, poussé par l'amour de l'Art, porté par d'invincibles élans vers la gloire : j'ai trouvé les réalités du métier, les difficultés de la librairie et le positif de la misère. Mon exaltation, maintenant comprimée, mon effervescence première me cachaient le mécanisme du monde ; il a fallu le voir, se cogner à tous les rouages, heurter les pivots, me graisser aux huiles, entendre le cliquetis des chaînes et des volants. Comme moi, vous allez savoir que, sous toutes ces belles choses rêvées, s'agitent des hommes, des passions et des nécessités. Vous vous mêlerez forcément à d'horribles luttes, d'œuvre à œuvre, d'homme à homme, de parti à parti, où il faut se battre systématiquement pour ne pas être abandonné par les siens. Ces combats ignobles désenchantent l'âme, dépravent le cœur et fatiguent en pure perte ; car vos efforts servent souvent à faire couronner un homme que vous haïssez, un talent secondaire présenté malgré vous comme un génie. La vie littéraire a ses coulisses. Les succès surpris ou mérités, voilà ce qu'applaudit le parterre ; les moyens, toujours hideux, les comparses enluminés, les claqueurs et les garçons de service, voilà ce que recèlent les coulisses. Vous êtes encore au parterre. Il en est temps, abdiquez avant de mettre un pied sur la première marche du trône que se disputent tant d'ambitions, et ne vous déshonorez pas comme je le fais pour vivre. (Une larme mouilla les yeux d'Étienne Lousteau.) Savez-vous comment je vis ? reprit-il avec un accent de rage. Le peu d'argent que pouvait me donner ma famille fut bientôt mangé. Je me trouvai sans ressource après avoir fait recevoir une pièce au Théâtre-Français. Au Théâtre-Français, la protection d'un prince ou d'un premier gentilhomme de la chambre du Roi ne suffit pas pour faire obtenir un tour de faveur : les comédiens ne cèdent qu'à ceux qui menacent leur amour-propre. Si vous aviez le pouvoir de faire dire que le jeune premier a un asthme, la jeune première une fistule où vous voudrez, que la soubrette tue les mouches au vol, vous seriez joué demain. Je ne sais pas si dans deux ans d'ici je serai, moi qui vous parle, en état d'obtenir un semblable pouvoir : il faut trop d'amis. Où, comment et par quoi gagner mon pain, fut une

question que je me suis faite en sentant les atteintes de la
faim. Après bien des tentatives, après avoir écrit un roman
anonyme payé deux cents francs par Doguereau, qui n'y a
pas gagné grand-chose, il m'a été prouvé que le journalisme
seul pourrait me nourrir. Mais comment entrer dans ces
boutiques ? Je ne vous raconterai pas mes démarches et mes
sollicitations inutiles, ni six mois passés à travailler comme
surnuméraire et à m'entendre dire que j'effarouchais
l'abonné, quand au contraire je l'apprivoisais. Passons sur
ces avanies. Je rends compte aujourd'hui des théâtres du
boulevard, presque gratis, dans le journal qui appartient à
Finot, ce gros garçon qui déjeune encore deux ou trois fois
par mois au café Voltaire [308] (mais vous n'y allez pas !). Finot
est rédacteur en chef. Je vis en vendant les billets que me
donnent les directeurs de ces théâtres pour solder ma sous-
bienveillance au journal, les livres que m'envoient les
libraires et dont je dois parler. Enfin je trafique, une fois
Finot satisfait, des tributs en nature qu'apportent les
industries pour lesquelles ou contre lesquelles il me permet
de lancer des articles. L'*Eau carminative*, la *Pâte des
Sultanes*, l'*Huile céphalique*, la *Mixture brésilienne* [309] payent
un article goguenard vingt ou trente francs. Je suis forcé
d'aboyer après le libraire qui donne peu d'exemplaires au
journal : le journal en prend deux que vend Finot, il m'en
faut deux à vendre. Publiât-il un chef-d'œuvre, le libraire
avare d'exemplaires est assommé. C'est ignoble, mais je vis
de ce métier, moi comme cent autres ! Ne croyez pas le
monde politique beaucoup plus beau que ce monde littéraire : tout dans ces deux mondes est corruption, chaque
homme y est ou corrupteur ou corrompu. Quand il s'agit
d'une entreprise de librairie un peu considérable, le libraire
me paye, de peur d'être attaqué. Aussi mes revenus sont-ils
en rapport avec les prospectus. Quand le Prospectus sort en
éruptions miliaires [310], l'argent entre à flots dans mon
gousset, je régale alors mes amis. Pas d'affaires en librairie,
je dîne chez Flicoteaux. Les actrices payent aussi les éloges,
mais les plus habiles payent les critiques, le silence est ce
qu'elles redoutent le plus. Aussi une critique, faite pour être
rétorquée ailleurs, vaut-elle mieux et se paye-t-elle plus cher
qu'un éloge tout sec, oublié le lendemain. La polémique,
mon cher, est le piédestal des célébrités. À ce métier de
spadassin des idées et des réputations industrielles, littéraires et dramatiques, je gagne cinquante écus par mois, je
puis vendre un roman cinq cents francs, et je commence à

passer pour un homme redoutable. Quand, au lieu de vivre chez Florine aux dépens d'un droguiste qui se donne des airs de milord, je serai dans mes meubles, que je passerai dans un grand journal où j'aurai un feuilleton, ce jour-là, mon cher, Florine deviendra une grande actrice ; quant à moi, je ne sais pas alors ce que je puis devenir : ministre ou honnête homme, tout est encore possible. (Il releva sa tête humiliée, jeta vers le feuillage un regard de désespoir accusateur et terrible.) Et j'ai une belle tragédie reçue ! Et j'ai dans mes papiers un poème qui mourra ! Et j'étais bon ! J'avais le cœur pur : j'ai pour maîtresse une actrice du Panorama-Dramatique, moi qui rêvais de belles amours parmi les femmes les plus distinguées du grand monde ! Enfin, pour un exemplaire refusé par le libraire à mon journal, je dis du mal d'un livre que je trouve beau ! »

Lucien, ému aux larmes, serra la main d'Étienne.

« En dehors du monde littéraire, dit le journaliste en se levant et se dirigeant vers la grande allée de l'Observatoire où les deux poètes se promenèrent comme pour donner plus d'air à leurs poumons, il n'existe pas une seule personne qui connaisse l'horrible odyssée par laquelle on arrive à ce qu'il faut nommer, selon les talents, la vogue, la mode, la réputation, la renommée, la célébrité, la faveur publique, ces différents échelons qui mènent à la gloire, et qui ne la remplacent jamais. Ce phénomène moral, si brillant, se compose de mille accidents qui varient avec tant de rapidité, qu'il n'y a pas exemple de deux hommes parvenus par une même voie. Canalis et Nathan sont deux faits dissemblables et qui ne se renouvelleront pas. D'Arthez, qui s'éreinte à travailler, deviendra célèbre par un autre hasard. Cette réputation tant désirée est presque toujours une prostituée couronnée. Oui, pour les basses œuvres de la littérature, elle représente la pauvre fille qui gèle au coin des bornes ; pour la littérature secondaire, c'est la femme entretenue qui sort des mauvais lieux du journalisme et à qui je sers de souteneur ; pour la littérature heureuse, c'est la brillante courtisane insolente, qui a des meubles, paye des contributions à l'État, reçoit les grands seigneurs, les traite et les maltraite, a sa livrée, sa voiture, et qui peut faire attendre ses créanciers altérés. Ah ! ceux pour qui elle est, pour moi jadis, pour vous aujourd'hui, un ange aux ailes diaprées, revêtu de sa tunique blanche, montrant une palme verte dans sa main, une flamboyante épée dans l'autre, tenant à la fois de l'abstraction mythologique qui vit au fond d'un puits et de la

pauvre fille vertueuse exilée dans un faubourg, ne s'enrichis-
sant qu'aux clartés de la vertu par les efforts d'un noble
courage, et revolant aux cieux avec un caractère immaculé,
quand elle ne décède pas souillée, fouillée, violée, oubliée
dans le char des pauvres ; ces hommes à cervelle cerclée de
bronze, aux cœurs encore chauds sous les tombées de neige
de l'expérience, ils sont rares dans le pays que vous voyez à
nos pieds », dit-il en montrant la grande ville qui fumait au
déclin du jour.

Une vision du Cénacle passa rapidement aux yeux de
Lucien et l'émut, mais il fut entraîné par Lousteau qui
continua son effroyable lamentation.

« Ils sont rares et clairsemés dans cette cuve en fermentation, rares comme les vrais amants dans le monde amoureux,
rares comme les fortunes honnêtes dans le monde financier,
rares comme un homme pur dans le journalisme. L'expérience du premier qui m'a dit ce que je vous dis a été perdue,
comme la mienne sera sans doute inutile pour vous.
Toujours la même ardeur précipite chaque année, de la
province ici, un nombre égal, pour ne pas dire croissant,
d'ambitions imberbes qui s'élancent la tête haute, le cœur
altier, à l'assaut de la Mode, cette espèce de princesse
Tourandocte des *Mille et un jours* pour qui chacun veut être
le prince Calaf[311] ! Mais aucun ne devine l'énigme. Tous
tombent dans la fosse du malheur, dans la boue du journal,
dans les marais de la librairie. Ils glanent, ces mendiants, des
articles biographiques, des tartines, des faits-Paris[312] aux
journaux, ou des livres commandés par de logiques marchands de papier noirci qui préfèrent une bêtise débitée en
quinze jours à un chef-d'œuvre qui veut du temps pour se
vendre. Ces chenilles, écrasées avant d'être papillons, vivent
de honte et d'infamie, prêtes à mordre ou à vanter un talent
naissant, sur l'ordre d'un pacha du *Constitutionnel*, de *La
Quotidienne*, des *Débats*[313], au signal des libraires, à la prière
d'un camarade jaloux, souvent pour un dîner. Ceux qui
surmontent les obstacles oublient les misères de leur début.
Moi qui vous parle, j'ai fait pendant six mois des articles où
j'ai mis la fleur de mon esprit pour un misérable qui les
disait de lui, qui sur ces échantillons a passé rédacteur d'un
feuilleton : il ne m'a pas pris pour collaborateur, il ne m'a
pas même donné cent sous, je suis forcé de lui tendre la main
et de lui serrer la sienne.

— Et pourquoi ? dit fièrement Lucien.

— Je puis avoir besoin de mettre dix lignes dans son

feuilleton, répondit froidement Lousteau. Enfin, mon cher, travailler n'est pas le secret de la fortune en littérature, il s'agit d'exploiter le travail d'autrui. Les propriétaires de journaux sont des entrepreneurs, nous sommes des maçons. Aussi plus un homme est médiocre, plus promptement arrive-t-il; il peut avaler des crapauds vivants, se résigner à tout, flatter les petites passions basses des sultans littéraires, comme un nouveau venu de Limoges, Hector Merlin, qui fait déjà de la politique dans un journal du centre droit, et qui travaille à notre petit journal[314] : je lui ai vu ramasser le chapeau tombé d'un rédacteur en chef. En n'offusquant personne, ce garçon-là passera entre les ambitions rivales pendant qu'elles se battront. Vous me faites pitié. Je me vois en vous comme j'étais, et je suis sûr que vous serez, dans un ou deux ans, comme je suis. Vous croirez à quelque jalousie secrète, à quelque intérêt personnel dans ces conseils amers ; mais ils sont dictés par le désespoir du damné qui ne peut plus quitter l'Enfer. Personne n'ose dire ce que je vous crie avec la douleur de l'homme atteint au cœur et comme un autre Job sur le fumier : Voici mes ulcères !

— Lutter sur ce champ ou ailleurs, je dois lutter, dit Lucien.

— Sachez-le donc ! reprit Lousteau, cette lutte sera sans trêve si vous avez du talent, car votre meilleure chance serait de n'en pas avoir. L'austérité de votre conscience aujourd'hui pure fléchira devant ceux à qui vous verrez votre succès entre les mains ; qui, d'un mot, peuvent vous donner la vie et qui ne voudront pas le dire : car, croyez-moi, l'écrivain à la mode est plus insolent, plus dur envers les nouveaux venus que ne l'est le plus brutal libraire. Où le libraire ne voit qu'une perte, l'auteur redoute un rival : l'un vous éconduit, l'autre vous écrase. Pour faire de belles œuvres, mon pauvre enfant, vous puiserez à pleines plumées d'encre dans votre cœur la tendresse, la sève, l'énergie, et vous l'étalerez en passions, en sentiments, en phrases ! Oui, vous écrirez au lieu d'agir, vous chanterez au lieu de combattre, vous aimerez, vous haïrez, vous vivrez dans vos livres ; mais quand vous aurez réservé vos richesses pour votre style, votre or, votre pourpre pour vos personnages, que vous vous promènerez en guenilles dans les rues de Paris, heureux d'avoir lancé, en rivalisant avec l'état civil, un être nommé Adolphe, Corinne, Clarisse ou Manon, que vous aurez gâté votre vie et votre estomac pour donner la vie à cette création, vous la verrez calomniée, trahie, vendue, déportée[315] dans les lagunes de l'oubli par les journalistes, ensevelie par vos meilleurs amis. Pourrez-vous attendre le jour où votre créature s'élancera réveillée par qui ? quand ? comment ? Il existe un magnifique livre, le *pianto*[316] de l'incrédulité, *Obermann*, qui se promène solitaire dans le désert des magasins[317], et que dès lors les libraires appellent ironiquement un rossignol : quand Pâques arrivera-t-il pour lui ? personne ne le sait ! Avant tout, essayez de trouver un libraire assez osé pour imprimer *Les Marguerites* ? Il ne s'agit pas de vous les faire payer, mais de les imprimer. Vous verrez alors des scènes curieuses. »

Cette rude tirade, prononcée avec les accents divers des passions qu'elle exprimait, tomba comme une avalanche de neige dans le cœur de Lucien et y mit un froid glacial. Il demeura debout et silencieux pendant un moment. Enfin, son cœur, comme stimulé par l'horrible poésie des difficultés, éclata. Lucien serra la main de Lousteau, et lui cria : « Je triompherai !

— Bon ! dit le journaliste, encore un chrétien qui descend dans l'arène pour se livrer aux bêtes. Mon cher, il y a ce soir une première représentation au Panorama-Dramatique, elle ne commencera qu'à huit heures, il est six heures, allez mettre votre meilleur habit, enfin soyez convenable. Venez me prendre. Je demeure rue de La Harpe, au-dessus du café Servel, au quatrième étage. Nous passerons chez Dauriat d'abord. Vous persistez, n'est-ce pas ? Eh bien, je vous ferai connaître ce soir un des rois de la librairie et quelques journalistes. Après le spectacle, nous souperons chez ma maîtresse avec des amis, car notre dîner ne peut pas compter pour un repas. Vous y trouverez Finot, le rédacteur en chef et le propriétaire de mon journal. Vous savez le mot de Minette du Vaudeville : *Le temps est un grand maigre*[318] ? eh bien, pour nous le hasard est aussi un grand maigre, il faut le tenter.

— Je n'oublierai jamais cette journée, dit Lucien.

— Munissez-vous de votre manuscrit, et soyez en tenue, moins à cause de Florine que du libraire. »

La bonhomie de camarade, qui succédait au cri violent du poète peignant la guerre littéraire, toucha Lucien tout aussi vivement qu'il l'avait été naguère à la même place par la parole grave et religieuse de d'Arthez. Animé par la perspective d'une lutte immédiate entre les hommes et lui, l'inexpérimenté jeune homme ne soupçonna point la réalité des malheurs moraux que lui dénonçait le journaliste. Il ne se savait pas placé entre deux voies distinctes, entre deux systèmes représentés par le Cénacle et par le Journalisme, dont l'un était long, honorable, sûr ; l'autre semé d'écueils et périlleux, plein de ruisseaux fangeux où devait se crotter sa conscience. Son caractère le portait à prendre le chemin le plus court, en apparence le plus agréable, à saisir les moyens décisifs et rapides. Il ne vit en ce moment aucune différence entre la noble amitié de d'Arthez et la facile camaraderie de Lousteau. Cet esprit mobile aperçut dans le Journal une arme à sa portée, il se sentait habile à la manier, il la voulut prendre. Ébloui par les offres de son nouvel ami dont la main frappa la sienne avec un laisser-aller qui lui parut gracieux, pouvait-il savoir que, dans l'armée de la Presse, chacun a besoin d'amis, comme les généraux ont besoin de soldats ! Lousteau, lui voyant de la résolution, le racolait en espérant se l'attacher. Le journaliste en était à son premier ami, comme Lucien à son premier protecteur : l'un voulait passer caporal, l'autre voulait être soldat. Le néophyte revint joyeusement à son hôtel, où il fit une toilette aussi soignée que le jour néfaste où il avait voulu se produire dans la loge de la marquise d'Espard à l'Opéra ; mais déjà ses habits lui allaient mieux, il se les était appropriés. Il mit son beau pantalon collant de couleur claire, de jolies bottes à glands qui lui avaient coûté quarante francs, et son habit de bal. Ses abondants et fins cheveux blonds, il les fit friser, parfumer, ruisseler en boucles brillantes. Son front se para d'une audace puisée dans le sentiment de sa valeur et de son avenir. Ses mains de femme furent soignées, leurs ongles en amande devinrent nets et rosés. Sur son col de satin noir, les blanches rondeurs de son menton étincelèrent. Jamais un plus joli jeune homme ne descendit la montagne du pays latin.

Beau comme un dieu grec, Lucien prit un fiacre, et fut à sept heures moins un quart à la porte de la maison du café Servel. La portière l'invita à grimper quatre étages en lui donnant des notions topographiques assez compliquées. Armé de ces renseignements, il trouva, non sans peine, une porte ouverte au bout d'un long corridor obscur, et reconnut la chambre classique du quartier Latin. La misère des jeunes gens le poursuivait là comme rue de Cluny, chez d'Arthez, chez Chrestien, partout ! Mais, partout, elle se recommande par l'empreinte que lui donne le caractère du patient. Là cette misère était sinistre. Un lit en noyer, sans rideaux, au bas duquel grimaçait un méchant tapis d'occasion ; aux fenêtres, des rideaux jaunis par la fumée d'une cheminée qui n'allait pas et par celle du cigare ; sur la cheminée, une lampe Carcel[319] donnée par Florine et encore échappée au Mont-de-Piété ; puis, une commode d'acajou terni, une table chargée de papiers, deux ou trois plumes ébouriffées là-dessus, pas d'autres livres que ceux apportés la veille ou pendant la journée : tel était le mobilier de cette chambre dénuée d'objets de valeur, mais qui offrait un ignoble assemblage de mauvaises bottes bâillant dans un coin, de vieilles chaussettes à l'état de dentelle ; dans un autre, des cigares écrasés, des mouchoirs sales, des chemises en deux volumes, des cravates à trois éditions. C'était enfin un bivouac littéraire meublé de choses négatives et de la plus étrange nudité qui se puisse imaginer. Sur la table de nuit, chargée des livres lus pendant la matinée, brillait le rouleau rouge de Fumade[320]. Sur le manteau de la cheminée erraient un rasoir, une paire de pistolets, une boîte à cigares. Dans un panneau, Lucien vit des fleurets croisés sous un masque. Trois chaises et deux fauteuils, à peine dignes du plus méchant hôtel garni de cette rue, complétaient cet ameublement. Cette chambre, à la fois sale et triste, annonçait une vie sans repos et sans dignité : on y dormait, on y travaillait à la hâte, elle était habitée par force, on éprouvait le besoin de la quitter. Quelle différence entre ce désordre cynique et la propre, la décente misère de d'Arthez ?... Ce conseil enveloppé dans un souvenir, Lucien ne l'écouta pas, car Étienne lui fit une plaisanterie pour masquer le nu du Vice.

« Voilà mon chenil, ma grande représentation est rue de Bondy, dans le nouvel appartement que notre droguiste a meublé pour Florine, et que nous inaugurons ce soir. »

Étienne Lousteau avait un pantalon noir, des bottes bien cirées, un habit boutonné jusqu'au cou ; sa chemise, que Florine devait sans doute lui changer, était cachée par un col de velours, et il brossait son chapeau pour lui donner l'apparence du neuf.

« Partons, dit Lucien.

— Pas encore, j'attends un libraire pour avoir de la monnaie, on jouera peut-être. Je n'ai pas un liard ; et, d'ailleurs, il me faut des gants. »

En ce moment les deux nouveaux amis entendirent les pas d'un homme dans le corridor.

« C'est lui, dit Lousteau. Vous allez voir, mon cher, la tournure que prend la Providence quand elle se manifeste aux poètes. Avant de contempler dans sa gloire Dauriat le libraire fashionable, vous aurez vu le libraire du quai des Augustins, le libraire escompteur, le marchand de ferraille littéraire, le Normand ex-vendeur de salade. Arrivez donc, vieux Tartare ? cria Lousteau.

— Me voilà, dit une voix fêlée comme celle d'une cloche cassée.

— Avec de l'argent ?

— De l'argent ? Il n'y en a plus en librairie, répondit un jeune homme qui entra en regardant Lucien d'un air curieux.

— Vous me devez cinquante francs d'abord, reprit Lousteau. Puis voici deux exemplaires d'un *Voyage en Égypte* qu'on dit une merveille, il y foisonne des gravures, il se vendra : Finot a été payé pour deux articles que je dois faire. *Item*, deux des derniers romans de Victor Ducange, un auteur illustre au Marais. *Item*, deux exemplaires du second ouvrage d'un commençant, Paul de Kock, qui travaille dans le même genre. *Item*, deux d'*Yseult de Dole*, un joli ouvrage de province [321]. En tout cent francs, au prix fort. Ainsi vous me devez cent francs, mon petit Barbet. »

Barbet regarda les livres en en examinant les tranches et les couvertures avec soin.

« Oh ! ils sont dans un état parfait de conservation, s'écria Lousteau. Le *Voyage* n'est pas coupé, ni le Paul de Kock, ni le Ducange, ni celui-là sur la cheminée, *Considérations sur la Symbolique* [322], je vous l'abandonne, le mythe est si ennuyeux, que je le donne pour ne pas en voir sortir des milliers de mites.

— Eh bien, dit Lucien, comment ferez-vous vos articles ? »

Barbet jeta sur Lucien un regard de profond étonnement, et reporta ses yeux sur Étienne en ricanant : « On voit que monsieur n'a pas le malheur d'être homme de lettres.

— Non, Barbet, non. Monsieur est un poète, un grand poète qui enfoncera Canalis, Béranger et Delavigne. Il ira loin, à moins qu'il ne se jette à l'eau, encore irait-il jusqu'à Saint-Cloud [323].

— Si j'avais un conseil à donner à monsieur, dit Barbet, ce serait de laisser les vers et de se mettre à la prose. On ne veut plus de vers sur le quai. »

Barbet avait une méchante redingote boutonnée par un seul bouton, son col était gras, il gardait son chapeau sur la tête, il portait des souliers, son gilet entrouvert laissait voir une bonne grosse chemise de toile forte. Sa figure ronde,

percée de deux yeux avides, ne manquait pas de bonhomie ;
mais il avait dans le regard l'inquiétude vague des gens
habitués à s'entendre demander de l'argent et qui en ont. Il
paraissait rond et facile, tant sa finesse était cotonnée
d'embonpoint. Après avoir été commis, il avait pris depuis
deux ans une misérable petite boutique sur le quai, d'où il
s'élançait chez les journalistes, chez les auteurs, chez les
imprimeurs, y achetant à bas prix les livres qui leur étaient
donnés, et gagnant ainsi quelque dix ou vingt francs par
jour. Riche de ses économies, il flairait les besoins de
chacun, il espionnait quelque bonne affaire, il escomptait au
taux de quinze ou vingt pour cent, chez les auteurs gênés, les
effets des libraires auxquels il allait le lendemain acheter, à
prix débattus au comptant, quelques bons livres demandés ;
puis il leur rendait leurs propres effets au lieu d'argent. Il
avait fait ses études, et son instruction lui servait à éviter
soigneusement la poésie et les romans modernes. Il affec-
tionnait les petites entreprises, les livres d'utilité dont
l'entière propriété coûtait mille francs et qu'il pouvait
exploiter à son gré, tels que l'*Histoire de France mise à la
portée des enfants*, la *Tenue des livres en vingt leçons*, la
Botanique des jeunes filles. Il avait laissé échapper déjà deux
ou trois bons livres, après avoir fait revenir vingt fois les
auteurs chez lui, sans se décider à leur acheter leur
manuscrit. Quand on lui reprochait sa couardise, il montrait
la relation d'un fameux procès dont le manuscrit, pris dans
les journaux, ne lui coûtait rien, et lui avait rapporté deux ou
trois mille francs[324]. Barbet était le libraire trembleur, qui
vit de noix et de pain, qui souscrit peu de billets, qui
grappille sur les factures, les réduit, colporte lui-même ses
livres on ne sait où, mais qui les place et se les fait payer. Il
était la terreur des imprimeurs, qui ne savaient comment le
prendre : il les payait sous escompte et rognait leurs factures
en devinant des besoins urgents ; puis il ne se servait plus de
ceux qu'il avait étrillés, en craignant quelque piège.

« Hé bien, continuons-nous nos affaires ? dit Lousteau.

— Eh ! mon petit, dit familièrement Barbet, j'ai dans ma
boutique six mille volumes à vendre. Or, selon le mot d'un
vieux libraire, les *livres* ne sont pas des *francs*. La librairie va
mal.

— Si vous alliez dans sa boutique, mon cher Lucien, dit
Étienne, vous trouveriez sur un comptoir en bois de chêne,
qui vient de la vente après faillite de quelque marchand de
vin, une chandelle non mouchée, elle se consume alors

moins vite. À peine éclairé par cette lueur anonyme, vous apercevriez des casiers vides. Pour garder ce néant, un petit garçon en veste bleue souffle dans ses doigts, bat la semelle, ou se brasse[325] comme un cocher de fiacre sur son siège. Regardez ? pas plus de livres que je n'en ai ici. Personne ne peut deviner le commerce qui se fait là.

— Voici un billet de cent francs à trois mois, dit Barbet qui ne put s'empêcher de sourire en sortant un papier timbré de sa poche, et j'emporterai vos bouquins. Voyez-vous, je ne peux plus donner l'argent comptant, les ventes sont trop difficiles. J'ai pensé que vous aviez besoin de moi, j'étais sans le sou, j'ai souscrit un effet pour vous obliger, car je n'aime pas à donner ma signature.

— Ainsi, vous voulez encore mon estime et des remercie-ments ? dit Lousteau.

— Quoiqu'on ne paye pas ses billets avec des sentiments, j'accepterai tout de même votre estime, répondit Barbet.

— Mais il me faut des gants, et les parfumeurs auront la lâcheté de refuser votre papier, dit Lousteau. Tenez, voilà une superbe gravure, là, dans le premier tiroir de la commode, elle vaut quatre-vingts francs, elle est avant la lettre et après l'article, car j'en ai fait un assez bouffon. Il y avait à mordre sur Hippocrate refusant les présents d'Ar-taxerxès[326]. Hein ! cette belle planche convient à tous les médecins qui refusent les dons exagérés des satrapes pari-siens. Vous trouverez encore sous la gravure une trentaine de romances. Allons, prenez le tout, et donnez-moi quarante francs.

— Quarante francs ! dit le libraire en jetant un cri de poule effrayée, tout au plus vingt. Encore puis-je les perdre, ajouta Barbet.

— Où sont les vingt francs ? dit Lousteau.

— Ma foi, je ne sais pas si je les ai, dit Barbet en se fouillant. Les voilà. Vous me dépouillez, vous avez sur moi un ascendant...

— Allons, partons, dit Lousteau qui prit le manuscrit de Lucien et fit un trait à l'encre sous la corde.

— Avez-vous encore quelque chose ? demanda Barbet.

— Rien, mon petit Shylock[327]. Je te ferai faire une affaire excellente (où tu perdras mille écus, pour t'apprendre à me voler ainsi), dit à voix basse Étienne à Lucien.

— Et vos articles ? dit Lucien en roulant vers le Palais-Royal.

— Bah ! vous ne savez pas comment cela se bâcle. Quant

au *Voyage en Égypte,* j'ai ouvert le livre et lu des endroits çà et là sans le couper, j'y ai découvert onze fautes de français. Je ferai une colonne en disant que si l'auteur a appris le langage des canards gravés sur les cailloux égyptiens appelés des obélisques, il ne connaît pas sa langue, et je le lui prouverai. Je dirai qu'au lieu de nous parler d'histoire naturelle et d'antiquités, il aurait dû ne s'occuper que de l'avenir de l'Égypte, du progrès de la civilisation, des moyens de rallier l'Égypte à la France, qui, après l'avoir conquise et perdue, peut se l'attacher encore par l'ascendant moral. Là-dessus une tartine patriotique, le tout entrelardé de tirades sur Marseille, sur le Levant, sur notre commerce.

— Mais s'il avait fait cela, que diriez-vous ?

— Hé bien, je dirais qu'au lieu de nous ennuyer de politique, il aurait dû s'occuper de l'Art, nous peindre le pays sous son côté pittoresque et territorial. Le critique se lamente alors. La politique, dit-il, nous déborde, elle nous ennuie, on la trouve partout. Je regretterai ces charmants voyages où l'on nous expliquait les difficultés de la navigation, le charme des débouquements[328], les délices du passage de la Ligne, enfin ce qu'ont besoin de savoir ceux qui ne voyageront jamais. Tout en les approuvant, on se moque des voyageurs qui célèbrent comme de grands événements un oiseau qui passe, un poisson volant, une pêche, les points géographiques relevés, les bas-fonds reconnus. On redemande ces choses scientifiques parfaitement inintelligibles, qui fascinent comme tout ce qui est profond, mystérieux, incompréhensible. L'abonné rit, il est servi. Quant aux romans, Florine est la plus grande liseuse de romans qu'il y ait au monde, elle m'en fait l'analyse, et je broche mon article d'après son opinion. Quand elle a été ennuyée par ce qu'elle nomme les *phrases d'auteur,* je prends le livre en considération, et fais redemander un exemplaire au libraire qui l'envoie, enchanté d'avoir un article favorable.

— Bon Dieu ! mais la critique, la sainte critique ! dit Lucien imbu des doctrines de son Cénacle.

— Mon cher, dit Lousteau, la critique est une brosse qui ne peut pas s'employer sur les étoffes légères, où elle emporterait tout. Écoutez, laissons là le métier. Voyez-vous cette marque ? lui dit-il en lui montrant le manuscrit des *Marguerites.* J'ai uni par un peu d'encre votre corde au papier. Si Dauriat lit votre manuscrit, il lui sera certes impossible de remettre la corde exactement. Ainsi votre manuscrit est comme scellé. Ceci n'est pas inutile pour l'expérience que vous voulez faire. Encore, remarquez que vous n'arriverez pas, seul et sans parrain, dans cette boutique, comme ces petits jeunes gens qui se présentent chez dix libraires avant d'en trouver un qui leur présente une chaise... »

Lucien avait éprouvé déjà la vérité de ce détail. Lousteau paya le fiacre en lui donnant trois francs, au grand ébahissement de Lucien surpris de la prodigalité qui succédait à tant de misère. Puis les deux amis entrèrent dans les Galeries de Bois, où trônait alors la Librairie dite de Nouveautés. À cette époque, les Galeries de Bois constituaient une des curiosités parisiennes les plus illustres. Il n'est pas inutile de peindre ce bazar ignoble ; car, pendant trente-six ans, il a joué dans la vie parisienne un si grand rôle, qu'il est peu d'hommes âgés de quarante ans à qui cette description, incroyable pour les jeunes gens, ne fasse encore plaisir [329]. En place de la froide, haute et large galerie d'Orléans, espèce de serre sans fleurs, se trouvaient des baraques, ou, pour être plus exact, des huttes en planches, assez mal couvertes, petites, mal éclairées sur la cour et sur le jardin par des jours de souffrance appelés croisées, mais qui ressemblaient aux plus sales ouvertures des guinguettes hors barrière. Une triple rangée de boutiques y formait deux galeries, hautes d'environ douze pieds. Les boutiques sises au milieu donnaient sur les deux galeries dont l'atmosphère leur livrait un air méphitique, et dont la toiture laissait passer peu de jour à travers des vitres toujours sales. Ces alvéoles avaient acquis un tel prix par suite de l'affluence du monde, que malgré l'étroitesse de certaines, à peine larges de six pieds et longues de huit à dix, leur location coûtait mille écus. Les boutiques éclairées sur le jardin et sur la cour étaient protégées par de petits treillages verts, peut-être pour empêcher la foule de démolir, par son contact, les murs en mauvais plâtras qui formaient le derrière des magasins. Là donc se trouvait un espace de deux ou trois pieds où végétaient les produits les plus bizarres d'une botanique inconnue à la science, mêlés à ceux de diverses industries non moins florissantes. Une maculature [330] coiffait un rosier, en sorte que les fleurs de rhétorique étaient embaumées par les fleurs avortées de ce jardin mal soigné, mais fétidement arrosé. Des rubans de toutes les couleurs ou des prospectus fleurissaient dans les feuillages. Les débris de modes étouffaient la végétation : vous trouviez un nœud de rubans

sur une touffe de verdure, et vous étiez déçu dans vos idées
sur la fleur que vous veniez admirer en apercevant une
coque de satin qui figurait un dahlia. Du côté de la cour,
comme du côté du jardin, l'aspect de ce palais fantasque
offrait tout ce que la saleté parisienne a produit de plus
bizarre : des badigeonnages lavés, des plâtras refaits, de
vieilles peintures, des écriteaux fantastiques. Enfin le public
parisien salissait énormément les treillages verts, soit sur le
jardin, soit sur la cour. Ainsi, des deux côtés, une bordure
infâme et nauséabonde semblait défendre l'approche des
Galeries aux gens délicats ; mais les gens délicats ne reculaient pas plus devant ces horribles choses que les princes
des contes de fées ne reculent devant les dragons et les
obstacles interposés par un mauvais génie entre eux et les
princesses. Ces galeries étaient comme aujourd'hui percées
au milieu par un passage, et comme aujourd'hui l'on y
pénétrait encore par les deux péristyles actuels commencés
avant la Révolution et abandonnés faute d'argent. La belle
galerie de pierre qui mène au Théâtre-Français formait alors
un passage étroit d'une hauteur démesurée et si mal couvert
qu'il y pleuvait souvent. On la nommait Galerie Vitrée, pour
la distinguer des Galeries de Bois. Les toitures de ces bouges
étaient toutes d'ailleurs en si mauvais état, que la Maison
d'Orléans eut un procès avec un célèbre marchand de
cachemires et d'étoffes qui, pendant une nuit, trouva des
marchandises avariées pour une somme considérable. Le
marchand eut gain de cause. Une double toile goudronnée
servait de couverture en quelques endroits. Le sol de la
Galerie Vitrée, où Chevet [331] commença sa fortune, et celui
des Galeries de Bois étaient le sol naturel de Paris, augmenté
du sol factice amené par les bottes et les souliers des
passants. En tout temps, les pieds heurtaient des montagnes
et des vallées de boue durcie, incessamment balayées par les
marchands, et qui demandaient aux nouveaux venus une
certaine habitude pour y marcher.

Ce sinistre amas de crottes, ces vitrages encrassés par la
pluie et par la poussière, ces huttes plates et couvertes de
haillons au-dehors, la saleté des murailles commencées, cet
ensemble de choses qui tenait du camp des Bohémiens, des
baraques d'une foire, des constructions provisoires avec
lesquelles on entoure à Paris les monuments qu'on ne bâtit
pas, cette physionomie grimaçante allait admirablement aux
différents commerces qui grouillaient sous ce hangar impudique, effronté, plein de gazouillements et d'une gaieté folle,

où, depuis la Révolution de 1789 jusqu'à la Révolution de 1830, il s'est fait d'immenses affaires. Pendant vingt années [332], la Bourse s'est tenue en face, au rez-de-chaussée du Palais. Ainsi, l'opinion publique, les réputations se faisaient et se défaisaient là, aussi bien que les affaires politiques et financières. On se donnait rendez-vous dans ces galeries avant et après la Bourse. Le Paris des banquiers et des commerçants encombrait souvent la cour du Palais-Royal, et refluait sous ces abris par les temps de pluie. La nature de ce bâtiment, surgi sur ce point on ne sait comment, le rendait d'une étrange sonorité. Les éclats de rire y foisonnaient. Il n'arrivait pas une querelle à un bout qu'on ne sût à l'autre de quoi il s'agissait. Il n'y avait là que des libraires, de la poésie, de la politique et de la prose, des marchandes de modes, enfin des filles de joie qui venaient seulement le soir. Là fleurissaient les nouvelles et les livres, les jeunes et les vieilles gloires, les conspirations de la Tribune et les mensonges de la Librairie. Là se vendaient les nouveautés au public, qui s'obstinait à ne les acheter que là. Là, se sont vendus dans une seule soirée plusieurs milliers de tel ou tel pamphlet de Paul-Louis Courier, ou des *Aventures de la fille d'un roi*, le premier coup de feu tiré par la Maison d'Orléans sur la Charte de Louis XVIII [333]. À l'époque où Lucien s'y produisait, quelques boutiques avaient des devantures, des vitrages assez élégants ; mais ces boutiques appartenaient aux rangées donnant sur le jardin ou sur la cour. Jusqu'au jour où périt cette étrange colonie sous le marteau de l'architecte Fontaine [334], les boutiques sises entre les deux galeries furent entièrement ouvertes, soutenues par des piliers comme les boutiques des foires de province, et l'œil plongeait sur les deux galeries à travers les marchandises ou les portes vitrées. Comme il était impossible d'y avoir du feu, les marchands n'avaient que des chaufferettes et faisaient eux-mêmes la police du feu, car une imprudence pouvait enflammer en un quart d'heure cette république de planches desséchées par le soleil et comme enflammées déjà par la prostitution, encombrées de gaze, de mousseline, de papiers, quelquefois ventilées par des courants d'air. Les boutiques de modistes étaient pleines de chapeaux inconcevables, qui semblaient être là moins pour la vente que pour l'étalage, tous accrochés par centaines à des broches de fer terminées en champignon, et pavoisant les galeries de leurs mille couleurs. Pendant vingt ans, tous les promeneurs se sont demandé sur quelles têtes ces

chapeaux poudreux achevaient leur carrière. Des ouvrières
généralement laides, mais égrillardes, raccrochaient les
femmes par des paroles astucieuses, suivant la coutume et
avec le langage de la Halle. Une grisette dont la langue était
aussi déliée que ses yeux étaient actifs se tenait sur un
tabouret et harcelait les passants : « Achetez-vous un joli
chapeau, madame ? » « Laissez-moi donc vous vendre quelque chose, monsieur ? » Leur vocabulaire fécond et pittoresque était varié par les inflexions de voix, par des regards et
par des critiques sur les passants. Les libraires et les
marchandes de modes vivaient en bonne intelligence. Dans
le passage nommé si fastueusement la Galerie Vitrée, se
trouvaient les commerces les plus singuliers. Là s'établissaient les ventriloques, les charlatans de toute espèce, les
spectacles où l'on ne voit rien et ceux où l'on vous montre le
monde entier. Là s'est établi pour la première fois un
homme qui a gagné sept ou huit cent mille francs à parcourir
les foires. Il avait pour enseigne un soleil tournant dans un
cadre noir, autour duquel éclataient ces mots écrits en
rouge : *Ici l'homme voit ce que Dieu ne saurait voir. Prix :
deux sous.* L'aboyeur ne vous admettait jamais seul, ni jamais
plus de deux. Une fois entré, vous vous trouviez nez à nez
avec une grande glace. Tout à coup une voix, qui eût
épouvanté Hoffmann le Berlinois, partait comme une mécanique dont le ressort est poussé : « Vous voyez là, messieurs, ce que dans toute l'éternité Dieu ne saurait voir,
c'est-à-dire votre semblable. Dieu n'a pas son semblable ! »
Vous vous en alliez honteux sans oser avouer votre stupidité.
De toutes les petites portes partaient des voix semblables qui
vous vantaient des Cosmoramas[335], des vues de Constanti-
nople, des spectacles de marionnettes, des automates qui
jouaient aux échecs, des chiens qui distinguaient la plus
belle femme de la société. Le ventriloque Fitz-James a fleuri
là dans le café Borel avant d'aller mourir à Montmartre,
mêlé aux élèves de l'École polytechnique[336]. Il y avait des
fruitières et des marchandes de bouquets, un fameux tailleur
dont les broderies militaires reluisaient le soir comme des
soleils. Le matin, jusqu'à deux heures après midi, les
Galeries de Bois étaient muettes, sombres et désertes. Les
marchands y causaient comme chez eux. Le rendez-vous
que s'y est donné la population parisienne ne commençait
que vers trois heures, à l'heure de la Bourse. Dès que la
foule venait, il se pratiquait des lectures gratuites à l'étalage
des libraires par les jeunes gens affamés de littérature et

dénués d'argent. Les commis chargés de veiller sur les livres exposés laissaient charitablement les pauvres gens tournant les pages. Quand il s'agissait d'un in-12 de deux cents pages comme *Smarra, Pierre Schlémilh, Jean Sbogar, Jocko*[337], en deux séances il était dévoré. En ce temps-là les cabinets de lecture n'existaient pas[338], il fallait acheter un livre pour le lire ; aussi les romans se vendaient-ils alors à des nombres qui paraîtraient fabuleux aujourd'hui. Il y avait donc je ne sais quoi de français dans cette aumône faite à l'intelligence jeune, avide et pauvre. La poésie de ce terrible bazar éclatait à la tombée du jour. De toutes les rues adjacentes allaient et venaient un grand nombre de filles qui pouvaient s'y promener sans rétribution. De tous les points de Paris, une fille de joie accourait *faire son Palais*. Les Galeries de Pierre appartenaient à des maisons privilégiées qui payaient le droit d'exposer des créatures habillées comme des princesses, entre telle ou telle arcade, et à la place correspondante dans le jardin ; tandis que les Galeries de Bois étaient pour la prostitution un terrain public, le Palais par excellence, mot qui signifiait alors le temple de la prostitution. Une femme pouvait y venir, en sortir accompagnée de sa proie, et l'emmener où bon lui semblait. Ces femmes attiraient donc le soir aux Galeries de Bois une foule si considérable qu'on y marchait au pas, comme à la procession ou au bal masqué. Cette lenteur, qui ne gênait personne, servait à l'examen. Ces femmes avaient une mise qui n'existe plus ; la manière dont elles se tenaient décolletées jusqu'au milieu du dos, et très bas aussi par-devant ; leurs bizarres coiffures inventées pour attirer les regards : celle-ci en Cauchoise, celle-là en Espagnole ; l'une bouclée comme un caniche, l'autre en bandeaux lisses ; leurs jambes serrées par des bas blancs et montrées on ne sait comment, mais toujours à propos, toute cette infâme poésie est perdue. La licence des interrogations et des réponses, ce cynisme public en harmonie avec le lieu ne se retrouve plus, ni au bal masqué, ni dans les bals si célèbres qui se donnent aujourd'hui. C'était horrible et gai. La chair éclatante des épaules et des gorges étincelait au milieu des vêtements d'hommes presque toujours sombres, et produisait les plus magnifiques oppositions. Le brouhaha des voix et le bruit de la promenade formait un murmure qui s'entendait dès le milieu du jardin, comme une basse continue brodée des éclats de rire des filles ou des cris de quelque rare dispute. Les personnes comme il faut, les hommes les plus marquants y étaient coudoyés par des gens à figure patibulaire. Ces monstrueux assemblages avaient je ne sais quoi de piquant, les hommes les plus insensibles étaient émus. Aussi tout Paris est-il venu là jusqu'au dernier moment; il s'y est promené sur le plancher de bois que l'architecte a fait au-dessus des caves pendant qu'il les bâtissait. Des regrets immenses et unanimes ont accompagné la chute de ces ignobles morceaux de bois.

Le libraire Ladvocat s'était établi depuis quelques jours à l'angle du passage qui partageait ces galeries par le milieu, devant Dauriat, jeune homme maintenant oublié, mais audacieux et qui défricha la route où brilla depuis son concurrent[339]. La boutique de Dauriat se trouvait sur une des rangées donnant sur le jardin, et celle de Ladvocat était sur la cour. Divisée en deux parties, la boutique de Dauriat offrait un vaste magasin à sa librairie, et l'autre portion lui servait de cabinet. Lucien, qui venait là pour la première fois le soir, fut étourdi de cet aspect, auquel ne résistaient pas les provinciaux ni les jeunes gens. Il perdit bientôt son introducteur.

« Si tu étais beau comme ce garçon-là, je te donnerais du retour », dit une créature à un vieillard en lui montrant Lucien.

Lucien devint honteux comme le chien d'un aveugle, il suivit le torrent dans un état d'hébétement et d'excitation difficile à décrire. Harcelé par les regards des femmes, sollicité par des rondeurs blanches, par des gorges audacieuses qui l'éblouissaient, il se raccrochait à son manuscrit qu'il serrait pour qu'on ne le lui volât point, l'innocent !

« Hé bien, monsieur », cria-t-il en se sentant pris par un bras et croyant que sa poésie avait alléché quelque auteur. Il reconnut son ami Lousteau qui lui dit : « Je savais bien que vous finiriez par passer là ! » Le poète était sur la porte du magasin où Lousteau le fit entrer, et qui était plein de gens attendant le moment de parler au Sultan de la librairie. Les imprimeurs, les papetiers et les dessinateurs, groupés autour des commis, les questionnaient sur des affaires en train ou qui se méditaient.

« Tenez, voilà Finot, le directeur de mon journal; il cause avec un jeune homme qui a du talent, Félicien Vernou, un petit drôle méchant comme une maladie secrète.

— Hé bien, tu as une première représentation, mon vieux, dit Finot en venant avec Vernou à Lousteau. J'ai disposé de la loge.

— Tu l'as vendue à Braulard ?

— Eh bien, après ? tu te feras placer. Que viens-tu demander à Dauriat ? Ah ! il est convenu que nous pousserons Paul de Kock, Dauriat en a pris deux cents exemplaires et Victor Ducange lui refuse un roman. Dauriat veut, dit-il, faire un nouvel auteur dans le même genre. Tu mettras Paul de Kock au-dessus de Ducange.

— Mais j'ai une pièce avec Ducange à la Gaîté, dit Lousteau.

— Hé bien, tu lui diras que l'article est de moi, je serai censé l'avoir fait atroce, tu l'auras adouci, il te devra des remerciements.

— Ne pourrais-tu me faire escompter ce petit bon de cent francs par le caissier de Dauriat ? dit Étienne à Finot. Tu sais ! nous soupons ensemble pour inaugurer le nouvel appartement de Florine.

— Ah ! oui, tu nous traites, dit Finot en ayant l'air de faire un effort de mémoire. Hé bien, Gabusson, dit Finot en prenant le billet de Barbet et le présentant au caissier, donnez quatre-vingt-dix francs pour moi à cet homme-là. Endosse le billet, mon vieux ? »

Lousteau prit la plume du caissier pendant que le caissier comptait l'argent, et signa. Lucien, tout yeux et tout oreilles, ne perdit pas une syllabe de cette conversation.

« Ce n'est pas tout, mon cher ami, reprit Étienne, je ne te dis pas merci, c'est entre nous à la vie à la mort. Je dois présenter monsieur à Dauriat, et tu devrais le disposer à nous écouter.

— De quoi s'agit-il ? demanda Finot.

— D'un recueil de poésies, répondit Lucien.

— Ah ! dit Finot en faisant un haut-le-corps.

— Monsieur, dit Vernou en regardant Lucien, ne pratique pas depuis longtemps la librairie, il aurait déjà serré son manuscrit dans les coins les plus sauvages de son domicile. »

En ce moment un beau jeune homme, Émile Blondet, qui venait de débuter au journal des *Débats* [340] par des articles de la plus grande portée, entra, donna la main à Finot, à Lousteau, et salua légèrement Vernou.

« Viens souper avec nous, à minuit, chez Florine, lui dit Lousteau.

— J'en suis, dit le jeune homme. Mais qu'y a-t-il ?

— Ah ! il y a, dit Lousteau, Florine et Matifat le droguiste ; Du Bruel, l'auteur qui a donné un rôle à Florine pour son début ; un petit vieux, le père Cardot et son gendre Camusot ; puis Finot...

— Fait-il les choses convenablement, ton droguiste ?

— Il ne nous donnera pas de drogues, dit Lucien.

— Monsieur a beaucoup d'esprit, dit sérieusement Blondet en regardant Lucien. Il est du souper, Lousteau ?

— Oui.

— Nous rirons bien. »

Lucien avait rougi jusqu'aux oreilles.

« En as-tu pour longtemps, Dauriat ? dit Blondet en frappant à la vitre qui donnait au-dessus du bureau de Dauriat.

— Mon ami, je suis à toi.

— Bon, dit Lousteau à son protégé. Ce jeune homme, presque aussi jeune que vous, est aux *Débats*. Il est un des princes de la critique[341] : il est redouté, Dauriat viendra le cajoler, et nous pourrons alors dire notre affaire au Pacha des vignettes et de l'imprimerie. Autrement, à onze heures notre tour ne serait pas venu. L'audience se grossira de moment en moment. »

Lucien et Lousteau s'approchèrent alors de Blondet, de Finot, de Vernou, et allèrent former un groupe à l'extrémité de la boutique.

« Que fait-il ? dit Blondet à Gabusson, le premier commis qui se leva pour venir le saluer.

— Il achète un journal hebdomadaire[342] qu'il veut restaurer afin de l'opposer à l'influence de *La Minerve* qui sert trop exclusivement Eymery, et au *Conservateur* qui est trop aveuglément romantique[343].

— Payera-t-il bien ?

— Mais comme toujours... trop ! » dit le caissier.

En ce moment un jeune homme entra, qui venait de faire paraître un magnifique roman, vendu rapidement et couronné par le plus beau succès, un roman dont la seconde édition s'imprimait pour Dauriat. Ce jeune homme, doué de cette tournure extraordinaire et bizarre qui signale les natures artistes, frappa vivement Lucien.

« Voilà Nathan », dit Lousteau à l'oreille du poète de province[344].

Nathan, malgré la sauvage fierté de sa physionomie, alors dans toute sa jeunesse, aborda les journalistes chapeau bas, et se tint presque humble devant Blondet qu'il ne connaissait encore que de vue. Blondet et Finot gardèrent leurs chapeaux sur la tête.

« Monsieur, je suis heureux de l'occasion que me présente le hasard...

— Il est si troublé, qu'il fait un pléonasme, dit Félicien à Lousteau.

— ... de vous peindre ma reconnaissance pour le bel article que vous avez bien voulu me faire au *Journal des Débats*. Vous êtes pour la moitié dans le succès de mon livre.

— Non, mon cher, non, dit Blondet d'un air où la protection se cachait sous la bonhomie. Vous avez du talent, le diable m'emporte, et je suis enchanté de faire votre connaissance.

— Comme votre article a paru, je ne paraîtrai plus être le flatteur du pouvoir : nous sommes maintenant à l'aise vis-à-vis l'un de l'autre. Voulez-vous me faire l'honneur et le plaisir de dîner avec moi demain ? Finot en sera. Lousteau, mon vieux, tu ne me refuseras pas ? ajouta Nathan en donnant une poignée de main à Étienne. Ah ! vous êtes dans un beau chemin, monsieur, dit-il à Blondet, vous continuez les Dussault, les Fiévée, les Geoffroy ! Hoffmann[345] a parlé de vous à Claude Vignon, son élève, un de mes amis, et lui a dit qu'il mourrait tranquille, que le *Journal des Débats* vivrait éternellement. On doit vous payer énormément ?

— Cent francs la colonne, reprit Blondet. Ce prix est peu de chose quand on est obligé de lire les livres, d'en lire cent pour en trouver un dont on peut s'occuper, comme le vôtre. Votre œuvre m'a fait plaisir, parole d'honneur.

— Et il[346] lui a rapporté quinze cents francs, dit Lousteau à Lucien.

— Mais vous faites de la politique ? reprit Nathan.

— Oui, par-ci par-là », répondit Blondet.

Lucien, qui se trouvait là comme un embryon, avait admiré le livre de Nathan, il révérait l'auteur à l'égal d'un Dieu, et il fut stupide de tant de lâcheté devant ce critique dont le nom et la portée lui étaient inconnus. « Me conduirais-je jamais ainsi ? faut-il donc abdiquer sa dignité ! se dit-il. Mets donc ton chapeau, Nathan ? tu as fait un beau livre et le critique n'a fait qu'un article. » Ces pensées lui fouettaient le sang dans les veines. Il apercevait, de moment en moment, des jeunes gens timides, des auteurs besogneux qui demandaient à parler à Dauriat ; mais qui, voyant la boutique pleine, désespéraient d'avoir audience et disaient en sortant : « Je reviendrai. » Deux ou trois hommes politiques causaient de la convocation des Chambres et des affaires publiques au milieu d'un groupe composé de célébrités politiques. Le journal hebdomadaire duquel traitait Dauriat avait le droit de parler politique. Dans ce temps

les tribunes de papier timbré devenaient rares. Un journal
était un privilège aussi couru que celui d'un théâtre. Un des
actionnaires les plus influents du *Constitutionnel* se trouvait
au milieu du groupe politique. Lousteau s'acquittait à
merveille de son office de cicérone. Aussi, de phrase en
phrase, Dauriat grandissait-il dans l'esprit de Lucien, qui
voyait la politique et la littérature convergeant dans cette
boutique. À l'aspect d'un poète éminent y prostituant la
muse à un journaliste, y humiliant l'Art, comme la Femme
était humiliée, prostituée sous ces galeries ignobles, le grand
homme de province recevait des enseignements terribles.
L'argent! était le mot de toute énigme. Lucien se sentait
seul, inconnu, rattaché par le fil d'une amitié douteuse au
succès et à la fortune. Il accusait ses tendres, ses vrais amis
du Cénacle de lui avoir peint le monde sous de fausses
couleurs, de l'avoir empêché de se jeter dans cette mêlée, sa
plume à la main. « Je serais déjà Blondet », s'écria-t-il en lui-
même. Lousteau, qui venait de crier sur les sommets du
Luxembourg comme un aigle blessé, qui lui avait paru si
grand, n'eut plus alors que des proportions minimes. Là, le
libraire fashionable, le moyen de toutes ces existences, lui
parut être l'homme important. Le poète ressentit, son
manuscrit à la main, une trépidation qui ressemblait à de la
peur. Au milieu de cette boutique, sur des piédestaux de
bois peint en marbre, il vit des bustes, celui de Byron, celui
de Goethe et celui de M. de Canalis [347], de qui Dauriat
espérait obtenir un volume, et qui, le jour où il vint dans
cette boutique, avait pu mesurer la hauteur à laquelle le
mettait la Librairie. Involontairement, Lucien perdait de sa
propre valeur, son courage faiblissait, il entrevoyait quelle
était l'influence de ce Dauriat sur sa destinée et il en
attendait impatiemment l'apparition.

« Hé bien, mes enfants, dit un petit homme gros et gras à
figure assez semblable à celle d'un proconsul romain, mais
adoucie par un air de bonhomie auquel se prenaient les gens
superficiels. Me voilà propriétaire du seul journal hebdomadaire qui pût être acheté et qui a deux mille abonnés.

— Farceur! le Timbre en accuse sept cents, et c'est déjà
bien joli, dit Blondet.

— Ma parole d'honneur la plus sacrée, il y en a douze
cents. J'ai dit deux mille, ajouta-t-il à voix basse, à cause des
papetiers et des imprimeurs qui sont là. Je te croyais plus de
tact, mon petit, reprit-il à haute voix.

— Prenez-vous des associés? demanda Finot.

— C'est selon, dit Dauriat. Veux-tu d'un tiers pour quarante mille francs ?

— Ça va, si vous acceptez pour rédacteur Émile Blondet que voici, Claude Vignon, Scribe, Théodore Leclercq, Félicien Vernou, Jay, Jouy, Lousteau [348]...

— Et pourquoi pas Lucien de Rubempré ? dit hardiment le poète de province en interrompant Finot.

— Et Nathan ? dit Finot en terminant.

— Et pourquoi pas les gens qui se promènent ? dit le libraire en fronçant le sourcil et se tournant vers l'auteur des *Marguerites*. À qui ai-je l'honneur de parler ? dit-il en regardant Lucien d'un air impertinent.

— Un moment, Dauriat, répondit Lousteau. C'est moi qui vous amène monsieur. Pendant que Finot réfléchit à votre proposition, écoutez-moi. »

Lucien eut sa chemise mouillée dans le dos en voyant l'air froid et mécontent de ce redoutable padischah [349] de la librairie, qui tutoyait Finot quoique Finot lui dît vous, qui appelait le redouté Blondet *mon petit,* qui avait tendu royalement sa main à Nathan en lui faisant un signe de familiarité.

« Une nouvelle affaire, mon petit, s'écria Dauriat. Mais, tu le sais, j'ai onze cents manuscrits ! Oui, messieurs, criat-il, on m'a offert onze cents manuscrits, demandez à Gabusson ? Enfin j'aurai bientôt besoin d'une administration pour régir le dépôt des manuscrits, un bureau de lecture pour les examiner ; il y aura des séances pour voter sur leur mérite, avec des jetons de présence, et un secrétaire perpétuel pour me présenter des rapports. Ce sera la succursale de l'Académie française, et les académiciens seront mieux payés aux Galeries de Bois qu'à l'Institut.

— C'est une idée, dit Blondet.

— Une mauvaise idée, reprit Dauriat. Mon affaire n'est pas de procéder au dépouillement des élucubrations de ceux d'entre vous qui se mettent littérateurs quand ils ne peuvent être ni capitalistes, ni bottiers, ni caporaux, ni domestiques, ni administrateurs, ni huissiers ! On n'entre ici qu'avec une réputation faite ! Devenez célèbre, et vous y trouverez des flots d'or. Voilà, depuis deux ans, trois grands hommes de ma façon, j'ai fait trois ingrats ! Nathan parle de six mille francs pour la seconde édition de son livre qui m'a coûté trois mille francs d'articles et ne m'a pas rapporté mille francs. Les deux articles de Blondet, je les ai payés mille francs et un dîner de cinq cents francs...

— Mais, monsieur, si tous les libraires disent ce que vous dites, comment peut-on publier un premier livre ? demanda Lucien aux yeux de qui Blondet perdit énormément de sa valeur quand il apprit le chiffre auquel Dauriat devait les articles des *Débats*.

— Cela ne me regarde pas, dit Dauriat en plongeant un regard assassin sur le beau Lucien qui le regarda d'un air agréable. Moi, je ne m'amuse pas à publier un livre, à risquer deux mille francs pour en gagner deux mille ; je fais des spéculations en littérature : je publie quarante volumes à dix mille exemplaires, comme font Panckoucke et les Baudouin[350]. Ma puissance et les articles que j'obtiens poussent une affaire de cent mille écus au lieu de pousser un volume de deux mille francs. Il faut autant de peine pour faire prendre un nom nouveau, un auteur et son livre, que pour faire réussir les *Théâtres Étrangers, Victoires et Conquêtes,* ou les *Mémoires* sur la Révolution, qui sont une fortune. Je ne suis pas ici pour être le marchepied des gloires à venir, mais pour gagner de l'argent et pour en donner aux hommes célèbres. Le manuscrit que j'achète cent mille francs est moins cher que celui dont l'auteur inconnu me demande six cents francs ! Si je ne suis pas tout à fait un mécène, j'ai droit à la reconnaissance de la littérature : j'ai déjà fait hausser de plus du double le prix des manuscrits. Je vous donne ces raisons, parce que vous êtes l'ami de Lousteau, mon petit, dit Dauriat au poète en le frappant sur l'épaule par un geste d'une révoltante familiarité. Si je causais avec tous les auteurs qui veulent que je sois leur éditeur, il faudrait fermer ma boutique, car je passerais mon temps en conversations extrêmement agréables, mais beaucoup trop chères. Je ne suis pas encore assez riche pour écouter les monologues de chaque amour-propre. Ça ne se voit qu'au théâtre, dans les tragédies classiques. »

Le luxe de la toilette de ce terrible Dauriat appuyait, aux yeux du poète de province, ce discours cruellement logique.

« Qu'est-ce que c'est que ça ? dit-il à Lousteau.

— Un magnifique volume de vers. »

En entendant ce mot, Dauriat se tourna vers Gabusson par un mouvement digne de Talma : « Gabusson, mon ami, à compter d'aujourd'hui, quiconque viendra ici pour me proposer des manuscrits... Entendez-vous ça, vous autres ? dit-il en s'adressant à trois commis qui sortirent de dessous les piles de livres à la voix colérique de leur patron qui regardait ses ongles et sa main qu'il avait belle. À quiconque

m'apportera des manuscrits, vous demanderez si c'est des
vers ou de la prose. En cas de vers, congédiez-le aussitôt.
Les vers dévoreront la librairie !

— Bravo ! Il a bien dit cela, Dauriat, crièrent les journalistes.

— C'est vrai, s'écria le libraire en arpentant sa boutique
le manuscrit de Lucien à la main ; vous ne connaissez pas,
messieurs, le mal que les succès de lord Byron, de Lamartine, de Victor Hugo, de Casimir Delavigne, de Canalis et de
Béranger ont produit. Leur gloire nous vaut une invasion de
Barbares. Je suis sûr qu'il y a dans ce moment en librairie
mille volumes de vers proposés qui commencent par des
histoires interrompues, et sans queue ni tête, à l'imitation du
Corsaire et de *Lara*[351]. Sous prétexte d'originalité, les jeunes
gens se livrent à des strophes incompréhensibles, à des
poèmes descriptifs, où la jeune école se croit nouvelle en
inventant Delille[352] ! Depuis deux ans, les poètes ont pullulé
comme les hannetons. J'y ai perdu vingt mille francs l'année
dernière ! Demandez à Gabusson ? Il peut y avoir dans le
monde des poètes immortels, j'en connais de roses et de frais
qui ne se font pas encore la barbe, dit-il à Lucien ; mais en
librairie, jeune homme, il n'y a que quatre poètes : Béranger, Casimir Delavigne, Lamartine et Victor Hugo ; car
Canalis !... c'est un poète fait à coups d'articles. »

Lucien ne se sentit pas le courage de se redresser et de
faire de la fierté devant ces hommes influents qui riaient de
bon cœur. Il comprit qu'il serait perdu de ridicule, mais il
éprouvait une démangeaison violente de sauter à la gorge du
libraire, de lui déranger l'insultante harmonie de son nœud
de cravate, de briser la chaîne d'or qui brillait sur sa
poitrine, de fouler sa montre et de le déchirer. L'amour-
propre irrité ouvrit la porte à la vengeance, il jura une haine
mortelle à ce libraire auquel il souriait.

« La poésie est comme le soleil qui fait pousser les forêts
éternelles et qui engendre les cousins, les moucherons, les
moustiques, dit Blondet. Il n'y a pas une vertu qui ne soit
doublée d'un vice. La littérature engendre bien les libraires.

— Et les journalistes ! » dit Lousteau.

Dauriat partit d'un éclat de rire.

« Qu'est-ce que ça, enfin ? dit-il en montrant le manuscrit.

— Un recueil de sonnets à faire honte à Pétrarque, dit
Lousteau.

— Comment l'entends-tu ? demanda Dauriat.

— Comme tout le monde », dit Lousteau qui vit un sourire fin sur toutes les lèvres.

Lucien ne pouvait se fâcher, mais il suait dans son harnais.

« Eh bien, je le lirai, dit Dauriat en faisant un geste royal qui montrait toute l'étendue de cette concession. Si tes sonnets sont à la hauteur du dix-neuvième siècle, je ferai de toi, mon petit, un grand poète.

— S'il a autant d'esprit qu'il est beau, vous ne courrez pas de grands risques, dit un des plus fameux orateurs de la Chambre qui causait avec un des rédacteurs du *Constitutionnel* et le directeur de *La Minerve*.

— Général, dit Dauriat, la gloire, c'est douze mille francs d'articles et mille écus de dîners, demandez à l'auteur du *Solitaire*[353] ? Si M. Benjamin Constant veut faire un article sur ce jeune poète, je ne serai pas longtemps à conclure l'affaire. »

Au mot de général et en entendant nommer l'illustre Benjamin Constant, la boutique prit aux yeux du grand homme de province les proportions de l'Olympe.

« Lousteau, j'ai à te parler, dit Finot ; mais je te retrouverai au théâtre. Dauriat, je fais l'affaire, mais à des conditions. Entrons dans votre cabinet.

— Viens, mon petit ? dit Dauriat en laissant passer Finot devant lui et faisant un geste d'homme occupé à dix personnes qui attendaient ; il allait disparaître, quand Lucien, impatient, l'arrêta.

— Vous gardez mon manuscrit, à quand la réponse ?

— Mais, mon petit poète, reviens ici dans trois ou quatre jours, nous verrons. »

Lucien fut entraîné par Lousteau qui ne lui laissa pas le temps de saluer Vernou, ni Blondet, ni Raoul Nathan, ni le général Foy, ni Benjamin Constant dont l'ouvrage sur les Cent-Jours venait de paraître[354]. Lucien entrevit à peine cette tête blonde et fine, ce visage oblong, ces yeux spirituels, cette bouche agréable, enfin l'homme qui pendant vingt ans avait été le Potemkine de Mme de Staël, et qui faisait la guerre aux Bourbons après l'avoir faite à Napoléon, mais qui devait mourir atterré de sa victoire[355].

« Quelle boutique ! s'écria Lucien quand il fut assis dans un cabriolet de place à côté de Lousteau.

— Au Panorama-Dramatique, et du train ! tu as trente sous pour ta course, dit Étienne au cocher. Dauriat est un drôle qui vend pour quinze ou seize cent mille francs de livres par an, il est comme le ministre de la littérature, répondit Lousteau dont l'amour-propre était agréablement chatouillé et qui se posait en maître devant Lucien. Son avidité, tout aussi grande que celle de Barbet, s'exerce sur des masses. Dauriat a des formes, il est généreux, mais il est vain ; quant à son esprit, ça se compose de tout ce qu'il entend dire autour de lui ; sa boutique est un lieu très excellent à fréquenter. On peut y causer avec les gens supérieurs de l'époque. Là, mon cher, un jeune homme en apprend plus en une heure qu'à pâlir sur des livres pendant dix ans. On y discute des articles, on y brasse des sujets, on s'y lie avec des gens célèbres ou influents qui peuvent être utiles. Aujourd'hui, pour réussir, il est nécessaire d'avoir des relations. Tout est hasard, vous le voyez. Ce qu'il y a de plus dangereux est d'avoir de l'esprit tout seul dans son coin.

— Mais quelle impertinence ! dit Lucien.

— Bah ! nous nous moquons tous de Dauriat, répondit Étienne. Vous avez besoin de lui, il vous marche sur le ventre ; il a besoin du *Journal des Débats*, Émile Blondet le fait tourner comme une toupie. Oh ! si vous entrez dans la littérature, vous en verrez bien d'autres ! Eh bien, que vous disais-je ?

— Oui, vous avez raison, répondit Lucien. J'ai souffert dans cette boutique encore plus cruellement que je ne m'y attendais, d'après votre programme.

— Et pourquoi vous livrer à la souffrance ? Ce qui nous coûte notre vie, le sujet qui, durant des nuits studieuses, a ravagé notre cerveau ; toutes ces courses à travers les champs de la pensée, notre monument construit avec notre sang devient pour les éditeurs une affaire bonne ou mauvaise. Les libraires vendront ou ne vendront pas votre manuscrit, voilà pour eux tout le problème. Un livre, pour eux, représente des capitaux à risquer. Plus le livre est beau, moins il a de chances d'être vendu. Tout homme supérieur s'élève au-dessus des masses, son succès est donc en raison directe avec le temps nécessaire pour apprécier l'œuvre. Aucun libraire ne veut attendre. Le livre d'aujourd'hui doit être vendu demain. Dans ce système-là, les libraires refusent les livres substantiels auxquels il faut de hautes, de lentes approbations.

— D'Arthez a raison, s'écria Lucien.

— Vous connaissez d'Arthez ? dit Lousteau. Je ne sais rien de plus dangereux que les esprits solitaires qui pensent, comme ce garçon-là, pouvoir attirer le monde à eux. En fanatisant les jeunes imaginations par une croyance qui flatte la force immense que nous sentons d'abord en nous-mêmes, ces gens à gloire posthume les empêchent de se remuer à l'âge où le mouvement est possible et profitable. Je suis pour le système de Mahomet, qui, après avoir commandé à la montagne de venir à lui, s'est écrié : " Si tu ne viens pas à moi, j'irai donc vers toi ! " »

Cette saillie, où la raison prenait une forme incisive, était de nature à faire hésiter Lucien entre le système de pauvreté soumise que prêchait le Cénacle, et la doctrine militante que Lousteau lui exposait. Aussi le poète d'Angoulême garda-t-il le silence jusqu'au boulevard du Temple.

Le Panorama-Dramatique, aujourd'hui remplacé par une maison, était une charmante salle de spectacle située vis-à-vis la rue Charlot, sur le boulevard du Temple, et où deux administrations succombèrent sans obtenir un seul succès, quoique Vignol, l'un des acteurs qui se sont partagé la succession de Potier, y ait débuté, ainsi que Florine, actrice qui, cinq ans plus tard, devint si célèbre[356]. Les théâtres, comme les hommes, sont soumis à des fatalités. Le Panorama-Dramatique avait à rivaliser avec l'Ambigu, la Gaîté, la Porte-Saint-Martin et les théâtres de vaudeville[357] ; il ne put résister à leurs manœuvres, aux restrictions de son privilège et au manque de bonnes pièces. Les auteurs ne voulurent pas se brouiller avec les théâtres existants pour un théâtre dont la vie semblait problématique. Cependant l'administration comptait sur la pièce nouvelle, espèce de mélodrame comique d'un jeune auteur, collaborateur de quelques célébrités, nommé Du Bruel, qui disait l'avoir faite à lui seul. Cette pièce avait été composée pour le début de Florine, jusqu'alors comparse à la Gaîté, où depuis un an elle jouait des petits rôles dans lesquels elle s'était fait remarquer, sans pouvoir obtenir d'engagement, en sorte que le Panorama l'avait enlevée à son voisin. Coralie, une autre actrice, devait y débuter aussi. Quand les deux amis arrivèrent, Lucien fut stupéfait par l'exercice du pouvoir de la Presse.

« Monsieur est avec moi, dit Étienne au Contrôle qui s'inclina tout entier.

— Vous trouverez bien difficilement à vous placer, dit le contrôleur en chef. Il n'y a plus de disponible que la loge du directeur. »

Étienne et Lucien perdirent un certain temps à errer dans les corridors et à parlementer avec les ouvreuses.

« Allons dans la salle, nous parlerons au directeur, qui nous prendra dans sa loge. D'ailleurs je vous présenterai à l'héroïne de la soirée, à Florine. »

Sur un signe de Lousteau, le portier de l'Orchestre prit une petite clef et ouvrit une porte perdue dans un gros mur. Lucien suivit son ami, et passa soudain du corridor illuminé au trou noir qui, dans presque tous les théâtres, sert de communication entre la salle et les coulisses. Puis, en montant quelques marches humides, le poète de province aborda la coulisse, où l'attendait le spectacle le plus étrange. L'étroitesse des *portants*, la hauteur du théâtre, les échelles à quinquets, les décorations si horribles vues de près, les acteurs plâtrés, leurs costumes si bizarres et faits d'étoffes si grossières, les garçons à vestes huileuses, les cordes qui pendent, le régisseur qui se promène son chapeau sur la tête, les comparses assises, les toiles de fond suspendues, les pompiers, cet ensemble de choses bouffonnes, tristes, sales, affreuses, éclatantes ressemblait si peu à ce que Lucien avait vu de sa place au théâtre que son étonnement fut sans bornes. On achevait un gros bon mélodrame intitulé *Bertram*, pièce imitée d'une tragédie de Maturin qu'estimaient infiniment Nodier, lord Byron et Walter Scott, mais qui n'obtint aucun succès à Paris[358].

« Ne quittez pas mon bras si vous ne voulez pas tomber dans une trappe, recevoir une forêt sur la tête, renverser un palais ou accrocher une chaumière », dit Étienne à Lucien. « Florine est-elle dans sa loge, mon bijou ? dit-il à une actrice qui se préparait à son entrée en scène en écoutant les acteurs.

— Oui, mon amour. Je te remercie de ce que tu as dit de moi. Tu es d'autant plus gentil que Florine entrait ici.

— Allons, ne manque pas ton effet, ma petite, lui dit Lousteau. Précipite-toi, haut la patte ! dis-moi bien : *Arrête, malheureux !* car il y a deux mille francs de recette. »

Lucien stupéfait vit l'actrice se composant et s'écriant : *Arrête, malheureux !* de manière à le glacer d'effroi. Ce n'était plus la même femme.

« Voilà donc le théâtre, dit-il à Lousteau.

— C'est comme la boutique des Galeries de Bois et comme un journal pour la littérature, une vraie cuisine », lui répondit son nouvel ami.

Nathan parut.

« Pour qui venez-vous donc ici ? lui demanda Lousteau.

— Mais je fais les petits théâtres à *La Gazette*[359], en attendant mieux, répondit Nathan.

— Eh ! soupez donc avec nous ce soir, et traitez bien Florine, à charge de revanche, lui dit Lousteau.

— Tout à votre service, répondit Nathan.

— Vous savez, elle demeure maintenant rue de Bondy. »

« Qui donc est ce beau jeune homme avec qui tu es, mon petit Lousteau ? dit l'actrice en rentrant de la scène dans la coulisse.

— Ah ! ma chère, un grand poète, un homme qui sera célèbre. Comme vous devez souper ensemble, monsieur Nathan, je vous présente M. Lucien de Rubempré.

— Vous portez un beau nom, monsieur, dit Raoul à Lucien.

— Lucien ? M. Raoul Nathan, fit Étienne à son nouvel ami.

— Ma foi, monsieur, je vous lisais il y a deux jours, et je n'ai pas conçu, quand on a fait votre livre et votre recueil de poésies, que vous soyez si humble devant un journaliste.

— Je vous attends à votre premier livre, répondit Nathan en laissant échapper un fin sourire.

— Tiens, tiens, les Ultras et les Libéraux[360] se donnent donc des poignées de main, s'écria Vernou en voyant ce trio.

— Le matin je suis des opinions de mon journal, dit Nathan, mais le soir je pense ce que je veux, *la nuit tous les rédacteurs sont gris.*

— Étienne, dit Félicien en s'adressant à Lousteau, Finot est venu avec moi, il te cherche. Et... le voilà.

— Ah ! çà, il n'y a donc pas une place ? dit Finot.

— Vous en avez toujours une dans nos cœurs, lui dit l'actrice qui lui adressa le plus agréable sourire.

— Tiens, ma petite Florville[361], te voilà déjà guérie de ton amour. On te disait enlevée par un prince russe.

— Est-ce qu'on enlève les femmes aujourd'hui ? dit la Florville, qui était l'actrice d'*Arrête, malheureux.* Nous sommes restés dix jours à Saint-Mandé, mon prince en a été quitte pour une indemnité payée à l'Administration. Le directeur, reprit Florville en riant, va prier Dieu qu'il vienne beaucoup de princes russes, leurs indemnités lui feraient des recettes sans frais.

— Et toi, ma petite, dit Finot à une jolie paysanne qui les écoutait, où donc as-tu volé les boutons de diamants que tu as aux oreilles ? As-tu *fait* un prince indien ?

— Non, mais un marchand de cirage, un Anglais qui est

déjà parti ! N'a pas qui veut, comme Florine et Coralie, des négociants millionnaires ennuyés de leur ménage : sont-elles heureuses ?

— Tu vas manquer ton entrée, Florville, s'écria Lousteau, le cirage de ton amie te monte à la tête.

— Si tu veux avoir du succès, lui dit Nathan, au lieu de crier comme une furie : *Il est sauvé !* entre tout uniment, arrive jusqu'à la rampe et dis d'une voix de poitrine : *Il est sauvé*, comme la Pasta dit : *O ! patria* dans *Tancrède* [362]. Va donc ! ajouta-t-il en la poussant.

— Il n'est plus temps, elle rate son effet ! dit Vernou.

— Qu'a-t-elle fait ? la salle applaudit à tout rompre, dit Lousteau.

— Elle leur a montré sa gorge en se mettant à genoux, c'est sa grande ressource, dit l'actrice veuve du cirage.

— Le directeur nous donne sa loge, tu m'y retrouveras », dit Finot à Étienne.

Lousteau conduisit alors Lucien derrière le théâtre à travers le dédale des coulisses, des corridors et des escaliers jusqu'au troisième étage, à une petite chambre où ils arrivèrent suivis de Nathan et de Félicien Vernou.

« Bonjour ou bonsoir, messieurs, dit Florine. Monsieur, dit-elle en se tournant vers un homme gros et court qui se tenait dans un coin, ces messieurs sont les arbitres de mes destinées, mon avenir est entre leurs mains ; mais ils seront, je l'espère, sous notre table demain matin, si M. Lousteau n'a rien oublié...

— Comment ! vous aurez Blondet des *Débats*, lui dit Étienne, le vrai Blondet, Blondet lui-même, enfin Blondet.

— Oh ! mon petit Lousteau, tiens, il faut que je t'embrasse », dit-elle en lui sautant au cou.

À cette démonstration, Matifat, le gros homme, prit un air sérieux. À seize ans, Florine était maigre. Sa beauté, comme un bouton de fleur plein de promesses, ne pouvait plaire qu'aux artistes qui préfèrent les esquisses aux tableaux. Cette charmante actrice avait dans les traits toute la finesse qui la caractérise, et ressemblait alors à la Mignon de Goethe [363]. Matifat, riche droguiste de la rue des Lombards, avait pensé qu'une petite actrice des boulevards serait peu dispendieuse ; mais, en onze mois, Florine lui coûta soixante mille francs. Rien ne parut plus extraordinaire à Lucien que cet honnête et probe négociant posé là comme un dieu Terme dans un coin de ce réduit de dix pieds carrés, tendu d'un joli papier, décoré d'une psyché, d'un divan, de deux chaises, d'un tapis, d'une cheminée et plein d'armoires. Une femme de chambre achevait d'habiller l'actrice en Espagnole. La pièce était un imbroglio où Florine faisait le rôle d'une comtesse.

« Cette créature sera dans cinq ans la plus belle actrice de Paris, dit Nathan à Félicien.

— Ah ! çà, mes amours, dit Florine en se retournant vers les trois journalistes, soignez-moi demain : d'abord, j'ai fait garder des voitures cette nuit, car je vous renverrai soûls comme des mardi-gras. Matifat a eu des vins, oh ! mais des vins dignes de Louis XVIII, et il a pris le cuisinier du ministre de Prusse.

— Nous nous attendons à des choses énormes en voyant monsieur, dit Nathan.

— Mais il sait qu'il traite les hommes les plus dangereux de Paris », répondit Florine.

Matifat regardait Lucien d'un air inquiet, car la grande beauté de ce jeune homme excitait sa jalousie.

« Mais en voilà un que je ne connais pas ? dit Florine en avisant Lucien. Qui de vous a ramené de Florence l'Apollon du Belvédère [364] ? Monsieur est gentil comme une figure de Girodet.

— Mademoiselle, dit Lousteau, monsieur est un poète de province que j'ai oublié de vous présenter. Vous êtes si belle ce soir qu'il est impossible de songer à la civilité puérile et honnête [365]...

— Est-il riche, qu'il fait de la poésie ? demanda Florine.

— Pauvre comme Job, répondit Lucien.

— C'est bien tentant pour nous autres », dit l'actrice.

Du Bruel, l'auteur de la pièce, un jeune homme en redingote, petit, délié, tenant à la fois du bureaucrate, du propriétaire et de l'agent de change, entra soudain.

« Ma petite Florine, vous savez bien votre rôle, hein ? pas de défaut de mémoire. Soignez la scène du second acte, du mordant, de la finesse ! Dites bien : *Je ne vous aime pas,* comme nous en sommes convenus.

— Pourquoi prenez-vous des rôles où il y a de pareilles phrases ? » dit Matifat à Florine.

Un rire universel accueillit l'observation du droguiste.

« Qu'est-ce que cela vous fait, lui dit-elle, puisque ce n'est pas à vous que je parle, animal-bête ? Oh ! il fait mon bonheur avec ses niaiseries, ajouta-t-elle en regardant les auteurs. Foi d'honnête fille, je lui payerais tant par bêtise, si ça ne devait pas me ruiner.

— Oui, mais vous me regarderez en disant cela comme quand vous répétez votre rôle, et ça me fait peur, répondit le droguiste.

— Hé bien, je regarderai mon petit Lousteau », répondit-elle.

Une cloche retentit dans les corridors.

« Allez-vous-en tous, dit Florine, laissez-moi relire mon rôle et tâcher de le comprendre. »

Lucien et Lousteau partirent les derniers. Lousteau baisa les épaules de Florine, et Lucien entendit l'actrice disant : « Impossible pour ce soir. Cette vieille bête a dit à sa femme qu'il allait à la campagne.

— La trouvez-vous gentille ? dit Étienne à Lucien.

— Mais, mon cher, ce Matifat..., s'écria Lucien.

— Eh ! mon enfant, vous ne savez rien encore de la vie parisienne, répondit Lousteau. Il est des nécessités qu'il faut subir ! C'est comme si vous aimiez une femme mariée, voilà tout. On se fait une raison. »

Étienne et Lucien entrèrent dans une loge d'avant-scène, au rez-de-chaussée, où ils trouvèrent le directeur du théâtre et Finot. En face, Matifat était dans la loge opposée, avec un de ses amis nommé Camusot, un marchand de soieries qui protégeait Coralie, et accompagné d'un honnête petit vieillard, son beau-père[366]. Ces trois bourgeois nettoyaient le verre de leurs lorgnettes en regardant le parterre dont les agitations les inquiétaient. Les loges offraient la société bizarre des premières représentations : des journalistes et leurs maîtresses, des femmes entretenues et leurs amants, quelques vieux habitués des théâtres friands de premières représentations, des personnes du beau monde qui aiment ces sortes d'émotions. Dans une première loge se trouvait le directeur général et sa famille qui avait casé du Bruel dans une administration financière où le faiseur de vaudevilles touchait les appointements d'une sinécure. Lucien, depuis son dîner, voyageait d'étonnements en étonnements. La vie littéraire, depuis deux mois si pauvre, si dénuée à ses yeux, si horrible dans la chambre de Lousteau, si humble et si insolente à la fois aux Galeries de Bois, se déroulait avec d'étranges magnificences et sous des aspects singuliers. Ce mélange de hauts et de bas, de compromis avec la conscience, de suprématies et de lâchetés, de trahisons et de plaisirs, de grandeurs et de servitudes, le rendait hébété comme un homme attentif à un spectacle inouï.

« Croyez-vous que la pièce de du Bruel vous fasse de l'argent ? dit Finot au directeur.

— La pièce est une pièce d'intrigue où du Bruel a voulu faire du Beaumarchais. Le public des boulevards n'aime pas ce genre, il veut être bourré d'émotions. L'esprit n'est pas apprécié ici. Tout, ce soir, dépend de Florine et de Coralie qui sont ravissantes de grâce, de beauté. Ces deux créatures ont des jupes très courtes, elles dansent un pas espagnol, elles peuvent enlever le public. Cette représentation est un coup de cartes. Si les journaux me font quelques articles spirituels, en cas de réussite, je puis gagner cent mille écus.

— Allons, je le vois, ce ne sera qu'un succès d'estime, dit Finot.

— Il y a une cabale montée par les trois théâtres voisins, on va siffler quand même ; mais je me suis mis en mesure de déjouer ces mauvaises intentions. J'ai surpayé les claqueurs envoyés contre moi, ils siffleront maladroitement. Voilà trois négociants qui, pour procurer un triomphe à Coralie et à Florine, ont pris chacun cent billets et les ont donnés à des connaissances capables de faire mettre la cabale à la porte. La cabale, deux fois payée, se laissera renvoyer, et cette exécution dispose toujours bien le public.

— Deux cents billets [367] ! quels gens précieux ! s'écria Finot.

— Oui ! avec deux autres jolies actrices aussi richement entretenues que Florine et Coralie, je me tirerais d'affaire. »

Depuis deux heures, aux oreilles de Lucien, tout se résolvait par de l'argent. Au Théâtre comme en Librairie, en Librairie comme au Journal, de l'art et de la gloire, il n'en était pas question. Ces coups du grand balancier de la Monnaie, répétés sur sa tête et sur son cœur, les lui martelaient. Pendant que l'orchestre jouait l'ouverture, il ne put s'empêcher d'opposer aux applaudissements et aux sifflets du parterre en émeute les scènes de poésie calme et pure qu'il avait goûtées dans l'imprimerie de David, quand tous deux ils voyaient les merveilles de l'Art, les nobles triomphes du génie, la Gloire aux ailes blanches. En se rappelant les soirées du Cénacle, une larme brilla dans les yeux du poète.

« Qu'avez-vous ? lui dit Étienne Lousteau.

— Je vois la poésie dans un bourbier, dit-il.

— Eh ! mon cher, vous avez encore des illusions.

— Mais faut-il donc ramper et subir ici ces gros Matifat et

Camusot, comme les actrices subissent les journalistes, comme nous subissons les libraires.

— Mon petit, lui dit à l'oreille Étienne en lui montrant Finot, vous voyez ce lourd garçon, sans esprit ni talent, mais avide, voulant la fortune à tout prix et habile en affaires, qui, dans la boutique de Dauriat, m'a pris quarante pour cent en ayant l'air de m'obliger ?... eh bien, il a des lettres où plusieurs génies en herbe sont à genoux devant lui pour cent francs. »

Une contraction causée par le dégoût serra le cœur de Lucien qui se rappela : *Finot, mes cent francs ?* ce dessin laissé sur le tapis vert de la Rédaction.

« Plutôt mourir, dit-il.

— Plutôt vivre », lui répondit Étienne.

Au moment où la toile se leva, le directeur sortit et alla dans les coulisses pour donner quelques ordres.

« Mon cher, dit alors Finot à Étienne, j'ai la parole de Dauriat, je suis pour un tiers dans la propriété du journal hebdomadaire. J'ai traité pour trente mille francs comptant à condition d'être fait rédacteur en chef et directeur. C'est une affaire superbe. Blondet m'a dit qu'il se prépare des lois restrictives contre la presse, les journaux existants seront seuls conservés[368]. Dans six mois, il faudra un million pour entreprendre un nouveau journal. J'ai donc conclu sans avoir à moi plus de dix mille francs. Écoute-moi. Si tu peux faire acheter la moitié de ma part, un sixième, à Matifat, pour trente mille francs, je te donnerai la rédaction en chef de mon petit journal, avec deux cent cinquante francs par mois. Tu seras mon prête-nom. Je veux pouvoir toujours diriger la rédaction, y garder tous mes intérêts et ne pas avoir l'air d'y être pour quelque chose. Tous les articles te seront payés à raison de cent sous la colonne ; ainsi tu peux te faire un boni de quinze francs par jour en ne les payant que trois francs, et en profitant de la rédaction gratuite[369]. C'est encore quatre cent cinquante francs par mois. Mais je veux rester maître de faire attaquer ou défendre les hommes et les affaires à mon gré dans le journal, tout en te laissant satisfaire les haines et les amitiés qui ne gêneront point ma politique. Peut-être serai-je ministériel ou ultra, je ne sais pas encore ; mais je veux conserver, en dessous main, mes relations libérales. Je te dis tout, à toi qui es un bon enfant. Peut-être te ferais-je avoir les Chambres dans le journal où je les fais[370], je ne pourrai sans doute pas les garder. Ainsi, emploie Florine à ce petit maquignonnage, et dis-lui de

presser vivement le bouton au droguiste : je n'ai que
quarante-huit heures pour me dédire, si je ne peux pas
payer. Dauriat a vendu l'autre tiers trente mille francs à son
imprimeur et à son marchand de papier. Il a, lui, son tiers
gratis, et gagne dix mille francs, puisque le tout ne lui en
coûte que cinquante mille. Mais dans un an le recueil vaudra
deux cent mille francs à vendre à la Cour, si elle a, comme on
le prétend, le bon sens d'amortir les journaux[371].

— Tu as du bonheur, s'écria Lousteau.

— Si tu avais passé par les jours de misère que j'ai
connus, tu ne dirais pas ce mot-là. Mais dans ce temps-ci,
vois-tu, je jouis d'un malheur sans remède : je suis fils d'un
chapelier qui vend encore des chapeaux rue du Coq. Il n'y a
qu'une révolution qui puisse me faire arriver ; et, faute d'un
bouleversement social, je dois avoir des millions. Je ne sais
pas si, de ces deux choses, la révolution n'est pas la plus
facile. Si je portais le nom de ton ami, je serais dans une belle
passe. Silence, voici le directeur. Adieu, dit Finot en se
levant. Je vais à l'Opéra, j'aurai peut-être un duel demain :
je fais et signe d'un F un article foudroyant contre deux
danseuses qui ont des généraux pour amis. J'attaque, et
raide, l'Opéra.

— Ah ! bah ? dit le directeur.

— Oui, chacun lésine avec moi, répondit Finot. Celui-ci
me retranche mes loges, celui-là refuse de me prendre
cinquante abonnements. J'ai donné mon ultimatum à
l'Opéra : je veux maintenant cent abonnements et quatre
loges par mois. S'ils acceptent, mon journal aura huit cents
abonnés servis et mille payants. Je sais les moyens d'avoir
encore deux cents autres abonnements : nous serons à douze
cents en janvier...

— Vous finirez par nous ruiner, dit le directeur.

— Vous êtes bien malade, vous, avec vos dix abonnements. Je vous ai fait deux bons articles au *Constitutionnel*.

— Oh ! je ne me plains pas de vous, s'écria le directeur.

— À demain soir, Lousteau, reprit Finot. Tu me donne-
ras réponse aux Français, où il y a une première représentation ; et comme je ne pourrai pas faire l'article, tu prendras
ma loge au journal. Je te donne la préférence : tu t'es échiné
pour moi, je suis reconnaissant. Félicien Vernou m'offre de
me faire remise des appointements pendant un an et me
propose vingt mille francs pour un tiers dans la propriété du
journal ; mais j'y veux rester maître absolu. Adieu. »

« Il ne se nomme pas Finot pour rien, celui-là, dit Lucien à Lousteau.

— Oh ! c'est un pendu qui fera son chemin, lui répondit Étienne sans se soucier d'être ou non entendu par l'homme habile qui fermait la porte de la loge.

— Lui ?... dit le directeur, il sera millionnaire, il jouira de la considération générale, et peut-être aura-t-il des amis [372]...

— Bon Dieu ! dit Lucien, quelle caverne ! Et vous allez faire entamer par cette délicieuse fille une pareille négociation ? dit-il en montrant Florine qui leur lançait des œillades.

— Et elle réussira. Vous ne connaissez pas le dévouement et la finesse de ces chères créatures, répondit Lousteau.

— Elles rachètent tous leurs défauts, elles effacent toutes leurs fautes par l'étendue, par l'infini de leur amour quand elles aiment, dit le directeur en continuant. La passion d'une actrice est une chose d'autant plus belle qu'elle produit un plus violent contraste avec son entourage.

— C'est trouver dans la boue un diamant digne d'orner la couronne la plus orgueilleuse, répliqua Lousteau.

— Mais, reprit le directeur, Coralie est distraite. Votre ami *fait* Coralie sans s'en douter, et va lui faire manquer tous ses effets : elle n'est plus à ses répliques, voilà deux fois qu'elle n'entend pas le souffleur. Monsieur, je vous en prie, mettez-vous dans ce coin, dit-il à Lucien. Si Coralie est amoureuse de vous, je vais aller lui dire que vous êtes parti.

— Eh ! non, s'écria Lousteau, dites-lui que monsieur est du souper, qu'elle en fera ce qu'elle voudra, et elle jouera comme Mlle Mars [373]. »

Le directeur partit.

« Mon ami, dit Lucien à Étienne, comment ! vous n'avez aucun scrupule de faire demander par Mlle Florine trente mille francs à ce droguiste pour la moitié d'une chose que Finot vient d'acheter à ce prix-là ? »

Lousteau ne laissa pas à Lucien le temps de finir son raisonnement.

« Mais, de quel pays êtes-vous donc, mon cher enfant ? ce droguiste n'est pas un homme, c'est un coffre-fort donné par l'amour.

— Mais votre conscience ?

— La conscience, mon cher, est un de ces bâtons que chacun prend pour battre son voisin, et dont il ne se sert jamais pour lui. Ah ! ça, à qui diable en avez-vous ? Le hasard fait pour vous en un jour un miracle que j'ai attendu pendant deux ans, et vous vous amusez à en discuter les moyens ? Comment ! vous qui me paraissez avoir de l'esprit, qui arriverez à l'indépendance d'idées que doivent avoir les aventuriers intellectuels dans le monde où nous sommes, vous barbotez dans des scrupules de religieuse qui s'accuse d'avoir mangé son œuf avec concupiscence ?... Si Florine réussit, je deviens rédacteur en chef, je gagne deux cent cinquante francs de fixe, je prends les grands théâtres, je laisse à Vernou les théâtres de vaudeville, vous mettez le pied à l'étrier en me succédant dans tous les théâtres des boulevards. Vous aurez alors trois francs par colonne, et vous en écrirez une par jour, trente par mois qui vous produiront quatre-vingt-dix-francs ; vous aurez pour soixante francs de livres à vendre à Barbet ; puis vous pouvez demander mensuellement à vos théâtres dix billets, en tout quarante billets, que vous vendrez quarante francs au Barbet des théâtres, un homme avec qui je vous mettrai en relation. Ainsi je vous vois deux cents francs par mois. Vous pourriez, en vous rendant utile à Finot, placer un article de cent francs dans son nouveau journal hebdomadaire, au cas où vous déploieriez un talent transcendant ; car là on signe, et il ne faut plus rien *lâcher* comme dans le petit journal. Vous auriez alors cent écus par mois. Mon cher, il y a des gens de talent, comme ce pauvre d'Arthez qui dîne tous les jours chez Flicoteaux, ils sont dix ans avant de gagner cent écus. Vous vous ferez avec votre plume quatre mille francs par an, sans compter les revenus de la Librairie, si vous écrivez pour elle. Or, un sous-préfet n'a que mille écus d'appointements, et s'amuse comme un bâton de chaise dans son arrondissement. Je ne vous parle pas du plaisir d'aller au spectacle sans payer, car ce plaisir deviendra bientôt une fatigue ; mais vous aurez vos entrées dans les coulisses de quatre théâtres. Soyez dur et spirituel pendant un ou deux mois, vous serez accablé d'invitations, de parties avec les actrices ; vous serez courtisé par leurs amants ; vous ne dînerez chez Flicoteaux qu'aux jours où vous n'aurez pas trente sous dans votre poche, ni pas un dîner en ville. Vous ne saviez où donner de la tête à cinq heures dans le Luxembourg, vous êtes à la veille de devenir une des cent personnes privilégiées qui imposent des opinions à la France. Dans trois jours, si nous réussissons, vous pouvez, avec trente bons mots imprimés à raison de trois par jour, faire maudire la vie à un homme ; vous pouvez vous créer des rentes de plaisir chez toutes les actrices de vos théâtres, vous pouvez faire tomber une bonne

pièce et faire courir tout Paris à une mauvaise. Si Dauriat
refuse d'imprimer *Les Marguerites* sans vous en rien donner,
vous pouvez le faire venir, humble et soumis, chez vous,
vous les acheter deux mille francs. Ayez du talent, et
flanquez dans trois journaux différents trois articles qui
menacent de tuer quelques-unes des spéculations de Dauriat
ou un livre sur lequel il compte, vous le verrez grimpant à
votre mansarde et y séjournant comme une clématite. Enfin
votre roman, les libraires, qui dans ce moment vous
mettraient tous à la porte plus ou moins poliment, feront
queue chez vous, et le manuscrit, que le père Doguereau
vous estimerait quatre cents francs, sera surenchéri jusqu'à
quatre mille francs ! Voilà les bénéfices du métier de
journaliste. Aussi défendons-nous l'approche des journaux à
tous les nouveaux venus ; non seulement il faut un immense
talent, mais encore bien du bonheur pour y pénétrer. Et
vous chicanez votre bonheur !... Voyez ? si nous ne nous
étions pas rencontrés aujourd'hui chez Flicoteaux, vous
pouviez faire le pied de grue encore pendant trois ans ou
mourir de faim, comme d'Arthez, dans un grenier. Quand
d'Arthez sera devenu aussi instruit que Bayle [374] et aussi
grand écrivain que Rousseau, nous aurons fait notre fortune,
nous serons maîtres de la sienne et de sa gloire. Finot sera
député, propriétaire d'un grand journal ; et nous serons,
nous, ce que nous aurons voulu être : pairs de France ou
détenus à Sainte-Pélagie pour dettes.

— Et Finot vendra son grand journal aux ministres qui
lui donneront le plus d'argent, comme il vend ses éloges à
Mme Bastienne en dénigrant Mlle Virginie, et prouvant que
les chapeaux de la première sont supérieurs à ceux que le
journal vantait d'abord ! s'écria Lucien en se rappelant la
scène dont il avait été témoin.

— Vous êtes un niais, mon cher, répondit Lousteau d'un
ton sec. Finot, il y a trois ans, marchait sur les tiges de ses
bottes, dînait chez Tabar [375] à dix-huit sous, brochait un
prospectus pour dix francs, et son habit lui tenait sur le
corps par un mystère aussi impénétrable que celui de
l'immaculée conception : Finot a maintenant à lui seul son
journal estimé cent mille francs ; avec les abonnements payés
et non servis, avec les abonnements réels et les contributions
indirectes perçues par son oncle, il gagne vingt mille francs
par an ; il a tous les jours les plus somptueux dîners du
monde, il a cabriolet depuis un mois ; enfin le voilà demain à
la tête d'un journal hebdomadaire, avec un sixième de la

propriété pour rien, avec cinq cents francs par mois de traitement auxquels il ajoutera mille francs de rédaction obtenus gratis et qu'il fera payer à ses associés. Vous, le premier, si Finot consent à vous payer cinquante francs la feuille, serez trop heureux de lui apporter trois articles pour rien. Quand vous serez dans une position analogue, vous pourrez juger Finot : on ne peut être jugé que par ses pairs. N'avez-vous pas un immense avenir, si vous obéissez aveuglément aux haines de position, si vous attaquez quand Finot vous dira : Attaque ! si vous louez quand il vous dira : Loue ! Lorsque vous aurez une vengeance à exercer contre quelqu'un, vous pourrez rouer votre ami ou votre ennemi par une phrase insérée tous les matins à notre journal en me disant : Lousteau, tuons cet homme-là ! Vous réassassinerez votre victime par un grand article dans le journal hebdomadaire. Enfin, si l'affaire est capitale pour vous, Finot, à qui vous vous serez rendu nécessaire, vous laissera porter un dernier coup d'assommoir dans un grand journal qui aura dix ou douze mille abonnés.

— Ainsi vous croyez que Florine pourra décider son droguiste à faire le marché ? dit Lucien ébloui.

— Je le crois bien, voici l'entracte, je vais déjà lui en aller dire deux mots, cela se conclura cette nuit. Une fois sa leçon faite, Florine aura tout mon esprit et le sien.

— Et cet honnête négociant qui est là, bouche béante, admirant Florine, sans se douter qu'on va lui extirper trente mille francs !...

— Encore une autre sottise ! Ne dirait-on pas qu'on le vole ? s'écria Lousteau. Mais, mon cher, si le ministère achète le journal, dans six mois le droguiste aura peut-être cinquante mille francs de ses trente mille. Puis, Matifat ne verra pas le journal, mais les intérêts de Florine. Quand on saura que Matifat et Camusot (car ils se partageront l'affaire) sont propriétaires d'une revue, il y aura dans tous les journaux des articles bienveillants pour Florine et Coralie. Florine va devenir célèbre, elle aura peut-être un engagement de douze mille francs dans un autre théâtre. Enfin, Matifat économisera les mille francs par mois que lui coûteraient les cadeaux et les dîners aux journalistes. Vous ne connaissez ni les hommes, ni les affaires.

— Pauvre homme ! dit Lucien, il compte avoir une nuit agréable.

— Et, reprit Lousteau, il sera scié en deux par mille raisonnements jusqu'à ce qu'il ait montré à Florine l'acquisi-

tion du sixième acheté à Finot. Et moi, le lendemain je serai
rédacteur en chef, et je gagnerai mille francs par mois. Voici
donc la fin de mes misères ! » s'écria l'amant de Florine.

Lousteau sortit laissant Lucien abasourdi, perdu dans un
abîme de pensées, volant au-dessus du monde comme il est.
Après avoir vu aux Galeries de Bois les ficelles de la Librairie
et la cuisine de la gloire, après s'être promené dans les
coulisses du théâtre, le poète apercevait l'envers des
consciences, le jeu des rouages de la vie parisienne, le
mécanisme de toute chose. Il avait envié le bonheur de
Lousteau en admirant Florine en scène. Déjà, pendant
quelques instants, il avait oublié Matifat. Il demeura là
durant un temps inappréciable, peut-être cinq minutes. Ce
fut une éternité. Des pensées ardentes enflammaient son
âme, comme ses sens étaient embrasés par le spectacle de ces
actrices aux yeux lascifs et relevés par le rouge, à gorges
étincelantes, vêtues de basquines voluptueuses à plis licen-
cieux, à jupes courtes, montrant leurs jambes en bas rouges
à coins verts, chaussées de manière à mettre un parterre en
émoi. Deux corruptions marchaient sur deux lignes parallèles, comme deux nappes qui, dans une inondation, veulent
se rejoindre ; elles dévoraient le poète accoudé dans le coin
de la loge, le bras sur le velours rouge de l'appui, la main
pendante, les yeux fixés sur la toile, et d'autant plus
accessible aux enchantements de cette vie mélangée d'éclairs
et de nuages qu'elle brillait comme un feu d'artifice après la
nuit profonde de sa vie travailleuse, obscure, monotone.
Tout à coup la lumière amoureuse d'un œil ruissela sur les
yeux inattentifs de Lucien, en trouant le rideau du théâtre.
Le poète, réveillé de son engourdissement, reconnut l'œil de
Coralie qui le brûlait ; il baissa la tête, et regarda Camusot
qui rentrait alors dans la loge en face. Cet amateur était un
bon gros et gras marchand de soieries de la rue des
Bourdonnais, juge au tribunal de commerce, père de quatre
enfants, marié pour la seconde fois, riche de quatre-vingt
mille livres de rente, mais âgé de cinquante-six ans, ayant
comme un bonnet de cheveux gris sur la tête, l'air papelard
d'un homme qui jouissait de son reste, et qui ne voulait pas
quitter la vie sans son compte de bonne joie, après avoir
avalé les mille et une couleuvres du commerce[376]. Ce front,
couleur beurre frais, ces joues monastiques et fleuries
semblaient n'être pas assez larges pour contenir l'épanouis-
sement d'une jubilation superlative : Camusot était sans sa
femme, et entendait applaudir Coralie à tout rompre.

Coralie était toutes les vanités réunies de ce riche bourgeois,
il tranchait chez elle du grand seigneur d'autrefois. En ce
moment, il se croyait de moitié dans le succès de l'actrice et
il le croyait d'autant mieux qu'il l'avait soldé. Cette conduite
était sanctionnée par la présence du beau-père de Camusot,
un petit vieux, à cheveux poudrés, aux yeux égrillards, et
néanmoins très digne. Les répugnances de Lucien se
réveillèrent, il se souvint de l'amour pur, exalté qu'il avait
ressenti pendant un an pour Mme de Bargeton. Aussitôt
l'amour des poètes déplia ses ailes blanches, et mille
souvenirs environnèrent de leurs horizons bleuâtres le grand
homme d'Angoulême qui retomba dans la rêverie. La toile
se leva. Coralie et Florine étaient en scène.

« Ma chère, il pense à toi comme au Grand Turc », dit
Florine à voix basse pendant que Coralie débitait une
réplique.

Lucien ne put s'empêcher de rire, et regarda Coralie.
Cette femme, une des plus charmantes et des plus délicieuses actrices de Paris, la rivale de Mme Perrin et de
Mlle Fleuriet[377] auxquelles elle ressemblait et dont le sort
devait être le sien, était le type des filles qui exercent à
volonté la fascination sur les hommes. Coralie offrait le type
sublime de la figure juive, ce long visage ovale d'un ton
d'ivoire blond, à bouche rouge comme une grenade, à
menton fin comme le bord d'une coupe. Sous des paupières
brûlées par une prunelle de jais, sous des cils recourbés, on
devinait un regard languissant où scintillaient à propos les
ardeurs du désert. Ces yeux obombrés par un cercle olivâtre
étaient surmontés de sourcils arqués et fournis. Sur un front
brun, couronné de deux bandeaux d'ébène où brillaient
alors les lumières comme sur du vernis, siégeait une
magnificence de pensée qui aurait pu faire croire à du génie.
Mais, semblable à beaucoup d'actrices, Coralie, sans esprit
malgré son ironie de coulisses, sans instruction malgré son
expérience de boudoir, n'avait que l'esprit des sens et la
bonté des femmes amoureuses. Pouvait-on d'ailleurs s'occuper du moral, quand elle éblouissait le regard avec ses bras
ronds et polis, ses doigts tournés en fuseau, ses épaules
dorées, avec la gorge chantée par le Cantique des Cantiques,
avec un col mobile et recourbé, avec des jambes d'une
élégance adorable, et chaussées en soie rouge ? Ces beautés
d'une poésie vraiment orientale étaient encore mises en relief
par le costume espagnol convenu dans nos théâtres. Coralie
faisait la joie de la salle où tous les yeux serraient sa taille

bien prise dans sa basquine, et flattaient sa croupe andalouse qui imprimait des torsions lascives à la jupe. Il y eut un moment où Lucien, en voyant cette créature jouant pour lui seul, se souciant de Camusot autant que le gamin du paradis se soucie de la pelure d'une pomme, mit l'amour sensuel au-dessus de l'amour pur, la jouissance au-dessus du désir, et le démon de la luxure lui souffla d'atroces pensées. « J'ignore tout de l'amour qui se roule dans la bonne chère, dans le vin, dans les joies de la matière, se dit-il. J'ai plus encore vécu par la Pensée que par le Fait. Un homme qui veut tout peindre doit tout connaître. Voici mon premier souper fastueux, ma première orgie avec un monde étrange, pourquoi ne goûterais-je pas une fois ces délices si célèbres où se ruaient les grands seigneurs du dernier siècle en vivant avec des impures ? Quand ce ne serait que pour les transporter dans les belles régions de l'amour vrai, ne faut-il pas apprendre les joies, les perfections, les transports, les ressources, les finesses de l'amour des courtisanes et des actrices ? N'est-ce pas, après tout, la poésie des sens ? Il y a deux mois, ces femmes me semblaient des divinités gardées par des dragons inabordables ; en voilà une dont la beauté surpasse celle de Florine que j'enviais à Lousteau ; pourquoi ne pas profiter de sa fantaisie, quand les plus grands seigneurs achètent de leurs plus riches trésors une nuit à ces femmes-là ? Les ambassadeurs, quand ils mettent le pied dans ces gouffres, ne se soucient ni de la veille ni du lendemain. Je serais un niais d'avoir plus de délicatesse que les princes, surtout quand je n'aime encore personne ! » Lucien ne pensait plus à Camusot. Après avoir manifesté à Lousteau le plus profond dégoût pour le plus odieux partage, il tombait dans cette fosse, il nageait dans un désir, entraîné par le jésuitisme de la passion.

« Coralie est folle de vous, lui dit Lousteau en entrant. Votre beauté, digne des plus illustres marbres de la Grèce, fait un ravage inouï dans les coulisses. Vous êtes heureux, mon cher. À dix-huit ans, Coralie pourra dans quelques jours avoir soixante mille francs par an pour sa beauté. Elle est encore très sage. Vendue par sa mère, il y a trois ans, soixante mille francs, elle n'a encore récolté que des chagrins, et cherche le bonheur. Elle est entrée au théâtre par désespoir, elle avait en horreur de Marsay, son premier acquéreur ; et, au sortir de la galère, car elle a été bientôt lâchée par le roi de nos dandies, elle a trouvé ce bon Camusot qu'elle n'aime guère ; mais il est comme un père

pour elle, elle le souffre et se laisse aimer. Elle a refusé déjà
les plus riches propositions, et se tient à Camusot qui ne la
tourmente pas. Vous êtes donc son premier amour. Oh ! elle
a reçu comme un coup de pistolet dans le cœur en vous
voyant, et Florine est allée l'arraisonner [378] dans sa loge où
elle pleure de votre froideur. La pièce va tomber, Coralie ne
sait plus son rôle, et adieu l'engagement au Gymnase que
Camusot lui préparait !...

— Bah ?... pauvre fille ! dit Lucien dont toutes les vanités
furent caressées par ces paroles et qui se sentit le cœur gonflé
d'amour-propre. Il m'arrive, mon cher, dans une soirée,
plus d'événements que dans les dix-huit premières années de
ma vie. »

Et Lucien raconta ses amours avec Mme de Bargeton, et
sa haine contre le baron Châtelet.

« Tiens, le journal manque de bête noire, nous allons
l'empoigner. Ce baron est un beau de l'Empire, il est
ministériel, il nous va, je l'ai vu souvent à l'Opéra. J'aperçois
d'ici votre grande dame, elle est souvent dans la loge de la
marquise d'Espard. Le baron fait la cour à votre ex-
maîtresse, un os de seiche. Attendez ! Finot vient de
m'envoyer un exprès me dire que le journal est sans *copie*, un
tour que lui joue un de nos rédacteurs, un drôle, le petit
Hector Merlin à qui l'on a retranché ses blancs. Finot au
désespoir broche un article contre l'Opéra. Eh bien, mon
cher, faites l'article sur cette pièce, écoutez-la, pensez-y.
Moi, je vais aller dans le cabinet du directeur méditer trois
colonnes sur votre homme et sur votre belle dédaigneuse qui
ne seront pas à la noce demain...

— Voilà donc où et comment se fait le journal ? dit
Lucien.

— Toujours comme ça, répondit Lousteau. Depuis dix
mois que j'y suis, le journal est toujours sans copie à huit
heures du soir. »

On nomme, en argot typographique, copie, le manuscrit à
composer, sans doute parce que les auteurs sont censés
n'envoyer que la copie de leur œuvre. Peut-être aussi est-ce
une ironique traduction du mot latin *copia* (abondance), car
la copie manque toujours !...

« Le grand projet qui ne se réalisera jamais est d'avoir
quelques numéros d'avance, reprit Lousteau. Voilà dix
heures, et il n'y a pas une ligne. Je vais dire à Vernou et à
Nathan, pour finir brillamment le numéro, de nous prêter
une vingtaine d'épigrammes sur les députés, sur le chance-

lier *Cruzoé*[379], sur les ministres, et sur nos amis au besoin. Dans ce cas-là, on massacrerait son père, on est comme un corsaire qui charge ses canons avec les écus de sa prise pour ne pas mourir[380]. Soyez spirituel dans votre article, et vous aurez fait un grand pas dans l'esprit de Finot : il est reconnaissant par calcul. C'est la meilleure et la plus solide des reconnaissances, après toutefois celles du Mont-de-Piété !

— Quels hommes sont donc les journalistes ?... s'écria Lucien. Comment, il faut se mettre à une table et avoir de l'esprit...

— Absolument comme on allume un quinquet... jusqu'à ce que l'huile manque. »

Au moment où Lousteau ouvrait la porte de la loge, le directeur et du Bruel entrèrent.

« Monsieur, dit l'auteur de la pièce à Lucien, laissez-moi dire de votre part à Coralie que vous vous en irez avec elle après souper, ou ma pièce va tomber. La pauvre fille ne sait plus ce qu'elle dit ni ce qu'elle fait, elle va pleurer quand il faudra rire, et rira quand il faudra pleurer. On a déjà sifflé. Vous pouvez encore sauver la pièce. Ce n'est pourtant pas un malheur que le plaisir qui vous attend.

— Monsieur, je n'ai pas l'habitude d'avoir des rivaux, répondit Lucien.

— Ne lui répétez pas ce propos, s'écria le directeur en regardant l'auteur, Coralie est fille à jeter Camusot par la fenêtre, et se ruinerait très bien. Ce digne propriétaire du *Cocon d'or* donne à Coralie deux mille francs par mois, paye tous ses costumes et ses claqueurs.

— Comme votre promesse ne m'engage à rien, sauvez votre pièce, dit sultanesquement Lucien.

— Mais n'ayez pas l'air de rebuter cette charmante fille, dit le suppliant du Bruel.

— Allons, il faut que j'écrive l'article sur votre pièce, et que je sourie à votre jeune première, soit ! » s'écria le poète.

L'auteur disparut après avoir fait un signe à Coralie qui joua dès lors merveilleusement. Bouffé, qui remplissait le rôle d'un vieil alcade dans lequel il révéla pour la première fois son talent pour se grimer en vieillard[381], vint au milieu d'un tonnerre d'applaudissements dire : « *Messieurs, la pièce que nous avons eu l'honneur de représenter est de MM. Raoul et de Cursy*[382]. »

« Tiens, Nathan est de la pièce, dit Lousteau, je ne m'étonne plus de sa présence. »

« Coralie ! Coralie ! » s'écria le parterre soulevé. De la loge où étaient les deux négociants, il partit une voix de tonnerre qui cria : « Et Florine ! — Florine et Coralie ! » répétèrent alors quelques voix. Le rideau se releva, Bouffé reparut avec les deux actrices à qui Matifat et Camusot jetèrent chacun une couronne, Coralie ramassa la sienne et la tendit à Lucien. Pour Lucien, ces deux heures passées au théâtre furent comme un rêve. Les coulisses, malgré leurs horreurs, avaient commencé l'œuvre de cette fascination. Le poète, encore innocent, y avait respiré le vent du désordre et l'air de la volupté. Dans ces sales couloirs encombrés de machines et où fument des quinquets huileux, il règne comme une peste qui dévore l'âme. La vie n'y est plus ni sainte ni réelle. On y rit de toutes les choses sérieuses, et les choses impossibles paraissent vraies. Ce fut comme un narcotique pour Lucien, et Coralie acheva de le plonger dans une ivresse joyeuse. Le lustre s'éteignit. Il n'y avait plus alors dans la salle que des ouvreuses qui faisaient un singulier bruit en ôtant les petits bancs et fermant les loges. La rampe, soufflée comme une seule chandelle, répandit une odeur infecte. Le rideau se leva. Une lanterne descendit du cintre. Les pompiers commencèrent leur ronde avec les garçons de service. À la féerie de la scène, au spectacle des loges pleines de jolies femmes, aux étourdissantes lumières, à la splendide magie des décorations et des costumes neufs succédaient le froid, l'horreur, l'obscurité, le vide. Ce fut hideux.

Lucien était dans une surprise indicible.

« Eh bien, viens-tu, mon petit ? dit Lousteau de dessus le théâtre. Saute de la loge ici. »

D'un bond, Lucien se trouva sur la scène. À peine reconnut-il Florine et Coralie déshabillées, enveloppées dans leurs manteaux et dans des douillettes communes, la tête couverte de chapeaux à voiles noirs, semblables enfin à des papillons rentrés dans leurs larves.

« Me ferez-vous l'honneur de me donner le bras ? lui dit Coralie en tremblant.

— Volontiers », dit Lucien qui sentit le cœur de l'actrice palpitant sur le sien comme celui d'un oiseau quand il l'eut prise.

L'actrice, en se serrant contre le poète, eut la volupté d'une chatte qui se frotte à la jambe de son maître avec une moelleuse ardeur.

« Nous allons donc souper ensemble ! » lui dit-elle.

Tous quatre sortirent et virent deux fiacres à la porte des acteurs qui donnait sur la rue des Fossés-du-Temple[383]. Coralie fit monter Lucien dans la voiture où se trouvaient déjà Camusot et son beau-père, le bonhomme Cardot. Elle offrit la quatrième place à du Bruel. Le directeur partit avec Florine, Matifat et Lousteau.

« Ces fiacres sont infâmes ! dit Coralie.

— Pourquoi n'avez-vous pas un équipage ? répliqua du Bruel.

— Pourquoi ? s'écria-t-elle avec humeur, je ne veux pas le dire devant M. Cardot qui sans doute a formé son gendre. Croiriez-vous que, petit et vieux comme il est, M. Cardot ne donne que cinq cents francs par mois à Florentine, juste de quoi payer son loyer, sa pâtée et ses socques. Le vieux marquis de Rochegude, qui a six cent mille livres de rente, m'offre un coupé depuis deux mois. Mais je suis une artiste, et non une fille.

— Vous aurez une voiture après-demain, mademoiselle, dit gravement Camusot ; mais vous ne me l'aviez jamais demandée.

— Est-ce que ça se demande ? Comment, quand on aime une femme, la laisse-t-on patauger dans la crotte et risquer de se casser les jambes en allant à pied. Il n'y a que ces chevaliers de l'Aune[384] pour aimer la boue au bas d'une robe. »

En disant ces paroles avec une aigreur qui brisa le cœur de Camusot, Coralie trouvait la jambe de Lucien et la pressait entre les siennes, elle lui prit la main et la lui serra. Elle se tut alors et parut concentrée dans une de ces jouissances infinies qui récompensent ces pauvres créatures de tous leurs chagrins passés, de leurs malheurs, et qui développent dans leur âme une poésie inconnue aux autres femmes à qui ces violents contrastes manquent, heureusement.

« Vous avez fini par jouer aussi bien que Mlle Mars, dit du Bruel à Coralie.

— Oui, dit Camusot, mademoiselle a eu quelque chose au commencement qui la chiffonnait ; mais dès le milieu du second acte, elle a été délirante. Elle est pour la moitié dans votre succès.

— Et moi pour la moitié dans le sien, dit du Bruel.

— Vous vous battez de la chape de l'évêque[385] », dit-elle d'une voix altérée.

L'actrice profita d'un moment d'obscurité pour porter à ses lèvres la main de Lucien, et la baisa en la mouillant de pleurs. Lucien fut alors ému jusque dans la moelle de ses os. L'humilité de la courtisane amoureuse comporte des magnificences qui en remontrent aux anges.

« Monsieur va faire l'article, dit du Bruel en parlant à Lucien, il peut écrire un charmant paragraphe sur notre chère Coralie.

— Oh ! rendez-nous ce petit service, dit Camusot avec la voix d'un homme à genoux devant Lucien, vous trouverez en moi un serviteur bien disposé pour vous, en tout temps.

— Mais laissez donc à monsieur son indépendance, cria l'actrice enragée, il écrira ce qu'il voudra. Papa Camusot, achetez-moi des voitures et non pas des éloges.

— Vous les aurez à très bon marché, répondit poliment Lucien. Je n'ai jamais rien écrit dans les journaux, je ne suis pas au fait de leurs mœurs, vous aurez la virginité de ma plume...

— Ce sera drôle, dit du Bruel.

— Nous voilà rue de Bondy », dit le petit père Cardot que la sortie de Coralie avait atterré.

« Si j'ai les prémices de ta plume, tu auras celles de mon cœur », dit Coralie pendant le rapide instant où elle resta seule avec Lucien dans la voiture.

Coralie alla rejoindre Florine dans sa chambre à coucher pour y prendre la toilette qu'elle y avait envoyée. Lucien ne connaissait pas le luxe que déploient chez les actrices ou chez leurs maîtresses les négociants enrichis qui veulent jouir de la vie. Quoique Matifat, qui n'avait pas une fortune aussi considérable que celle de son ami Camusot, eût fait les choses assez mesquinement, Lucien fut surpris en voyant une salle à manger artistement décorée, tapissée en drap vert garni de clous à têtes dorées, éclairée par de belles lampes, meublée de jardinières pleines de fleurs, et un salon tendu de soie jaune relevée par des agréments bruns, où resplendissaient les meubles alors à la mode, un lustre de Thomire [386], un tapis à dessins perses. La pendule, les candélabres, le feu, tout était de bon goût. Matifat avait laissé tout ordonner par Grindot, un jeune architecte qui lui bâtissait une maison, et qui, sachant la destination de cet appartement, y mit un soin particulier [387]. Aussi Matifat, toujours négociant, prenait-il des précautions pour toucher aux moindres choses, il semblait avoir sans cesse devant lui le chiffre des mémoires, et regardait ces magnificences comme des bijoux imprudemment sortis d'un écrin.

« Voilà pourtant ce que je serai forcé de faire pour

Florentine », était une pensée qui se lisait dans les yeux du père Cardot.

Lucien comprit soudain que l'état de la chambre où demeurait Lousteau n'inquiétait guère le journaliste aimé. Roi secret de ces fêtes, Étienne jouissait de toutes ces belles choses. Aussi se carrait-il en maître de maison, devant la cheminée, en causant avec le directeur qui félicitait du Bruel.

« La copie ! la copie ! cria Finot en entrant. Rien dans la boîte du journal. Les compositeurs tiennent mon article, et l'auront bientôt fini.

— Nous arrivons, dit Étienne. Nous trouverons une table et du feu dans le boudoir de Florine. Si M. Matifat veut nous procurer du papier et de l'encre, nous brocherons le journal pendant que Florine et Coralie s'habillent. »

Cardot, Camusot et Matifat disparurent, empressés de chercher les plumes, les canifs et tout ce qu'il fallait aux deux écrivains. En ce moment une des plus jolies danseuses de ce temps, Tullia [388], se précipita dans le salon.

« Mon cher enfant, dit-elle à Finot, on t'accorde tes cent abonnements, ils ne coûteront rien à la Direction, ils sont déjà placés, imposés au Chant, à l'Orchestre et au Corps de ballet. Ton journal est si spirituel que personne ne se plaindra. Tu auras tes loges. Enfin voici le prix du premier trimestre, dit-elle en présentant deux billets de banque. Ainsi, ne m'échine pas !

— Je suis perdu, s'écria Finot. Je n'ai plus d'article de tête pour mon numéro, car il faut aller supprimer mon infâme diatribe...

— Quel beau mouvement, ma divine Laïs [389], s'écria Blondet qui suivait la danseuse avec Nathan, Vernou et Claude Vignon amené par lui. Tu resteras à souper avec nous, cher amour, ou je te fais écraser comme un papillon que tu es. En ta qualité de danseuse, tu n'exciteras ici aucune rivalité de talent. Quant à la beauté, vous avez toutes trop d'esprit pour être jalouses en public.

— Mon Dieu ! mes amis, du Bruel, Nathan, Blondet, sauvez-moi, cria Finot. J'ai besoin de cinq colonnes.

— J'en ferai deux avec la pièce, dit Lucien.

— Mon sujet en fournit une, dit Lousteau.

— Eh bien, Nathan, Vernou, du Bruel, faites-moi les plaisanteries de la fin. Ce brave Blondet pourra bien m'octroyer les deux petites colonnes de ta première page. Je cours à l'imprimerie. Heureusement, Tullia, tu es venue avec ta voiture.

— Oui, mais le duc y est avec un ministre allemand, dit-elle.

— Invitons le duc et le ministre, dit Nathan.

— Un Allemand, ça boit bien, ça écoute, nous lui dirons tant de hardiesses qu'il en écrira à sa cour, s'écria Blondet.

— Quel est, de nous tous, le personnage assez sérieux pour descendre lui parler, dit Finot. Allons, du Bruel, tu es un bureaucrate, amène le duc de Rhétoré[390], le ministre, et donne le bras à Tullia. Mon Dieu! Tullia est-elle belle ce soir!...

— Nous allons être treize! dit Matifat en pâlissant.

— Non, quatorze, s'écria Florentine en arrivant, je veux surveiller *(maie laurt querdôtte)* milord Cardot!

— D'ailleurs, dit Lousteau, Blondet est accompagné de Claude Vignon.

— Je l'ai mené boire, répondit Blondet en prenant un encrier. Ah! çà, vous autres, ayez de l'esprit pour les cinquante-six bouteilles de vin que nous boirons, dit-il à Nathan et à Vernou. Surtout stimulez du Bruel, c'est un vaudevilliste, il est capable de faire quelques méchantes pointes, poussez-le jusqu'au bon mot. »

Lucien, animé par le désir de faire ses preuves devant des personnages si remarquables, écrivit son premier article sur la table ronde du boudoir de Florine, à la lueur des bougies roses allumées par Matifat.

PANORAMA-DRAMATIQUE

Première représentation de L'Alcade *dans l'embarras*[391], *imbroglio en trois actes. — Début de Mlle Florine. — Mlle Coralie. — Bouffé.*

« On entre, on sort, on parle, on se promène, on cherche quelque chose et l'on ne trouve rien, tout est en rumeur. L'alcade a perdu sa fille et retrouve son bonnet; mais le bonnet ne lui va pas, ce doit être le bonnet d'un voleur. Où est le voleur? On entre, on sort, on parle, on se promène, on cherche de plus belle. L'alcade finit par trouver un homme sans sa fille, et sa fille sans un homme, ce qui est satisfaisant pour le magistrat, et non pour le public. Le calme renaît, l'alcade veut interroger l'homme. Ce vieil alcade s'assied dans un grand fauteuil d'alcade en arrangeant ses manches d'alcade. L'Espagne est le seul pays où il y ait des alcades attachés à de grandes manches, où se voient autour du cou des alcades ces fraises qui sur les théâtres de Paris sont la moitié de leurs fonctions. Cet alcade qui a tant trottiné d'un petit pas de vieillard poussif, est Bouffé, Bouffé le successeur de Potier, un jeune acteur qui fait si bien les vieillards qu'il a fait rire les plus vieux vieillards. Il y a un avenir de cent vieillards dans ce front chauve, dans cette voix chevrotante, dans ces fuseaux tremblants sous un corps de Géronte. Il est si vieux, ce jeune acteur, qu'il effraie, on a peur que sa vieillesse ne se communique comme une maladie contagieuse. Et quel admirable alcade ! Quel charmant sourire inquiet, quelle bêtise importante ! quelle dignité stupide ! quelle hésitation judiciaire ! Comme cet homme sait bien que tout peut devenir alternativement faux et vrai ! Comme il est digne d'être le ministre d'un roi constitutionnel ! À chacune des demandes de l'alcade, l'inconnu l'interroge ; Bouffé répond, en sorte que questionné par la réponse, l'alcade éclaircit tout par ses demandes. Cette scène éminemment comique où respire un parfum de Molière a mis la salle en joie. Tout le monde sur la scène a paru d'accord, mais je suis hors d'état de vous dire ce qui est clair et ce qui est obscur : la fille de l'alcade était là, représentée par une véritable Andalouse, une Espagnole, aux yeux espagnols, au teint espagnol, à la taille espagnole, à la démarche espagnole, une Espagnole de pied en cap, avec son poignard dans sa jarretière, son amour au cœur, sa croix au bout d'un ruban sur la gorge. À la fin de l'acte, quelqu'un m'a demandé comment allait la pièce, je lui ai dit : Elle a des bas rouges à coins verts, un pied grand comme ça, dans des souliers vernis, et la plus belle jambe de l'Andalousie ! Ah ! cette fille d'alcade, elle fait venir l'amour à la bouche, elle vous donne des désirs horribles, on a envie de sauter dessus la scène et de lui offrir sa chaumière et son cœur, ou trente mille livres de rente et sa plume. Cette Andalouse est la plus belle actrice de Paris. Coralie, puisqu'il faut l'appeler par son nom, est capable d'être comtesse ou grisette. On ne sait sous quelle forme elle plairait davantage. Elle sera ce qu'elle voudra être, elle est née pour tout faire, n'est-ce pas ce qu'il y a de mieux à dire d'une actrice au boulevard ?

« Au second acte est arrivée une Espagnole de Paris, avec sa figure de camée et ses yeux assassins. J'ai demandé à mon tour d'où elle venait, on m'a répondu qu'elle sortait de la coulisse et se nommait Mlle Florine ; mais, ma foi, je n'en ai rien pu croire, tant elle avait de feu dans les mouvements, de

fureur dans son amour. Cette rivale de la fille de l'alcade est
la femme d'un seigneur taillé dans le manteau d'Almaviva,
où il y a de l'étoffe pour cent grands seigneurs du boulevard.
Si Florine n'avait ni bas rouges à coins verts, ni souliers
vernis, elle avait une mantille, un voile dont elle se servait
admirablement, la grande dame qu'elle est ! Elle a fait voir à
merveille que la tigresse peut devenir chatte. J'ai compris
qu'il y avait là quelque drame de jalousie, aux mots piquants
que ces deux Espagnoles se sont dits. Puis, quand tout allait
s'arranger, la bêtise de l'alcade a tout rebrouillé. Tout ce
monde de flambeaux, de riches[392], de valets, de Figaros, de
seigneurs, d'alcades, de filles et de femmes, s'est remis à
chercher, aller, venir, tourner. L'intrigue s'est alors renouée
et je l'ai laissée se renouer, car ces deux femmes, Florine la
jalouse et l'heureuse Coralie, m'ont entortillé de nouveau
dans les plis de leur basquine, de leur mantille, et m'ont
fourré leurs petits pieds dans l'œil.

« J'ai pu gagner le troisième acte sans avoir fait de
malheur, sans avoir nécessité l'intervention du commissaire
de police, ni scandalisé la salle, et je crois dès lors à la
puissance de la morale publique et religieuse dont on
s'occupe tant à la Chambre des députés qu'on dirait qu'il n'y
a plus de morale en France. J'ai pu comprendre qu'il s'agit
d'un homme qui aime deux femmes sans en être aimé, ou
qui en est aimé sans les aimer, qui n'aime pas les alcades ou
que les alcades n'aiment pas ; mais qui, à coup sûr, est un
brave seigneur qui aime quelqu'un, lui-même ou Dieu,
comme pis-aller, car il se fait moine. Si vous voulez en savoir
davantage, courez au Panorama-Dramatique. Vous voilà
suffisamment prévenu qu'il faut y aller une première fois
pour se faire à ces triomphants bas rouges à coins verts, à ce
petit pied plein de promesses, à ces yeux par où filtre un
rayon de soleil, à ces finesses de femme parisienne déguisée
en Andalouse, et d'Andalouse déguisée en Parisienne ; puis
une seconde fois pour jouir de la pièce qui fait mourir de rire
sous forme de vieillard, pleurer sous forme de seigneur
amoureux. La pièce a réussi sous les deux espèces. L'auteur,
qui, dit-on, a pour collaborateur un de nos grands poètes, a
visé le succès avec une fille amoureuse dans chaque main ;
aussi a-t-il failli tuer de plaisir son parterre en émoi. Les
jambes de ces deux filles semblaient avoir plus d'esprit que
l'auteur. Néanmoins quand les deux rivales s'en allaient, on
trouvait le dialogue spirituel, ce qui prouve assez victorieusement l'excellence de la pièce. L'auteur a été nommé au

milieu d'applaudissements qui ont donné des inquiétudes à l'architecte de la salle; mais l'auteur, habitué aux mouvements du Vésuve aviné qui bout sous le lustre[393], ne tremblait pas : c'est M. de Cursy. Quant aux deux actrices, elles ont dansé le fameux boléro de Séville qui a trouvé grâce devant les pères du Concile autrefois[394] et que la censure a permis, malgré la dangereuse lasciveté des poses. Ce boléro suffit à attirer tous les vieillards qui ne savent que faire de leur reste d'amour, et j'ai la charité de les avertir de tenir le verre de leur lorgnette très limpide. »

Pendant que Lucien écrivait cette page qui fit révolution dans le journalisme par la révélation d'une manière neuve et originale[395], Lousteau écrivait un article, dit de mœurs, intitulé *L'Ex-Beau*, et qui commençait ainsi :

« Le beau de l'Empire est toujours un homme long et mince, bien conservé, qui porte un corset et qui a la croix de la Légion d'honneur. Il s'appelle quelque chose comme Potelet; et, pour se mettre bien en cour aujourd'hui, le baron de l'Empire s'est gratifié d'un *du* : il est du Potelet, quitte à redevenir Potelet en cas de révolution. Homme à deux fins d'ailleurs, comme son nom, il fait la cour au faubourg Saint-Germain après avoir été le glorieux, l'utile et l'agréable porte-queue d'une sœur de cet homme que la pudeur m'empêche de nommer. Si du Potelet renie son service auprès de l'Altesse impériale, il chante encore les romances de sa bienfaitrice intime... »

L'article était un tissu de personnalités comme on les faisait à cette époque, assez sottes, car ce genre fut étrangement perfectionné depuis, notamment par le *Figaro*. Il s'y trouvait entre Mme de Bargeton, à qui le baron Châtelet faisait la cour, et un os de seiche un parallèle bouffon qui plaisait sans qu'on eût besoin de connaître les deux personnes desquelles on se moquait. Châtelet était comparé à un héron. Les amours de ce héron, ne pouvant avaler la seiche, qui se cassait en trois quand il la laissait tomber, provoquaient irrésistiblement le rire. Cette plaisanterie, qui se divisa en plusieurs articles, eut, comme on sait, un retentissement énorme dans le faubourg Saint-Germain, et fut une des mille et une causes des rigueurs apportées à la législation de la Presse. Une heure après, Blondet, Lousteau, Lucien revinrent au salon où causaient les convives, le duc, le ministre et les quatre femmes, les trois négociants, le directeur du théâtre, Finot et les trois auteurs. Un apprenti, coiffé de son bonnet de papier, était déjà venu chercher la copie pour le journal.

« Les ouvriers vont quitter si je ne leur rapporte rien, dit-il.

— Tiens, voilà dix francs, et qu'ils attendent, répondit Finot.

— Si je les leur donne, monsieur, ils feront de la soûlographie, et adieu le journal.

— Le bon sens de cet enfant m'épouvante », dit Finot [396].

Ce fut au moment où le ministre prédisait un brillant avenir à ce gamin que les trois auteurs entrèrent. Blondet lut un article excessivement spirituel contre les romantiques. L'article de Lousteau fit rire. Le duc de Rhétoré recommanda, pour ne pas trop indisposer le faubourg Saint-Germain, d'y glisser un éloge indirect pour Mme d'Espard.

« Et vous, lisez-nous ce que vous avez fait », dit Finot à Lucien.

Quand Lucien, qui tremblait de peur, eut fini, le salon retentissait d'applaudissements, les actrices embrassaient le néophyte, les trois négociants le serraient à l'étouffer, du Bruel lui prenait la main et avait une larme à l'œil, enfin, le directeur l'invitait à dîner.

« Il n'y a plus d'enfants, dit Blondet. Comme M. de Chateaubriand a déjà fait le mot d'*enfant sublime* pour Victor Hugo, je suis obligé de vous dire tout simplement que vous êtes un homme d'esprit, de cœur et de style.

— Monsieur est du journal, dit Finot en remerciant Étienne et lui jetant le fin regard de l'exploitateur [397].

— Quels mots avez-vous faits ? dit Lousteau à Blondet et à du Bruel.

— Voilà ceux de du Bruel, dit Nathan.

« *" En voyant combien M. le vicomte d'A*** occupe le public, M. le vicomte Démosthène a dit hier : 'Ils vont peut-être me laisser tranquille* [398] *'. "*

« *" Une dame dit à un Ultra qui blâmait le discours de M. Pasquier comme continuant le système de Decazes* [399] *: 'Oui, mais il a des mollets bien monarchiques'. "*

— Si ça commence ainsi, je ne vous en demande pas davantage ; tout va bien, dit Finot. Cours leur porter cela, dit-il à l'apprenti. Le journal est un peu plaqué, mais c'est notre meilleur numéro, dit-il en se tournant vers le groupe des écrivains qui déjà regardaient Lucien avec une sorte de sournoiserie.

— Il a de l'esprit, ce gars-là, dit Blondet.

— Son article est bien, dit Claude Vignon.

— À table ! » cria Matifat.

Le duc donna le bras à Florine, Coralie prit celui de Lucien, et la danseuse eut d'un côté Blondet, de l'autre le ministre allemand.

« Je ne comprends pas pourquoi vous attaquez Mme de Bargeton et le baron Châtelet, qui est, dit-on, nommé préfet de la Charente et maître des requêtes.

— Mme de Bargeton a mis Lucien à la porte comme un drôle, dit Lousteau.

— Un si beau jeune homme ! » fit le ministre.

Le souper, servi dans une argenterie neuve, dans une porcelaine de Sèvres, sur du linge damassé, respirait une magnificence cossue. Chevet avait fait le souper, les vins avaient été choisis par le plus fameux négociant du quai Saint-Bernard, ami de Camusot, de Matifat et de Cardot. Lucien, qui vit pour la première fois le luxe parisien fonctionnant, marchait ainsi de surprise en surprise, et cachait son étonnement en homme d'esprit, de cœur et de style qu'il était, selon le mot de Blondet.

En traversant le salon, Coralie avait dit à l'oreille de Florine : « Fais-moi si bien griser Camusot qu'il soit obligé de rester endormi chez toi.

— Tu as donc *fait* ton journaliste ? répondit Florine en employant un mot du langage particulier à ces filles.

— Non, ma chère, je l'aime ! » répliqua Coralie en faisant un admirable petit mouvement d'épaules.

Ces paroles avaient retenti dans l'oreille de Lucien, apportées par le cinquième péché capital[400]. Coralie était admirablement bien habillée, et sa toilette mettait savamment en relief ses beautés spéciales ; car toute femme a des perfections qui lui sont propres. Sa robe, comme celle de Florine, avait le mérite d'être d'une délicieuse étoffe inédite nommée *mousseline de soie*, dont la primeur appartenait pour quelques jours à Camusot, l'une des providences parisiennes des fabriques de Lyon, en sa qualité de chef du *Cocon d'or*. Ainsi l'amour et la toilette, ce fard et ce parfum de la femme, rehaussaient les séductions de l'heureuse Coralie. Un plaisir attendu, et qui ne nous échappera pas, exerce des séductions immenses sur les jeunes gens. Peut-être la certitude est-elle à leurs yeux tout l'attrait des mauvais lieux, peut-être est-elle le secret des longues fidélités ? L'amour pur, sincère, le premier amour enfin, joint à l'une de ces rages fantastiques qui piquent ces pauvres créatures, et aussi l'admiration causée par la grande beauté de Lucien, donnèrent l'esprit du cœur à Coralie.

« Je t'aimerais laid et malade ! » dit-elle à l'oreille de Lucien en se mettant à table.

Quel mot pour un poète ! Camusot disparut et Lucien ne le vit plus en voyant Coralie. Était-ce un homme tout jouissance et tout sensation, ennuyé de la monotonie de la province, attiré par les abîmes de Paris, lassé de misère, harcelé par sa continence forcée, fatigué de sa vie monacale rue de Cluny, de ses travaux sans résultat, qui pouvait se retirer de ce festin brillant ? Lucien avait un pied dans le lit de Coralie, et l'autre dans la glu du Journal, au-devant duquel il avait tant couru sans pouvoir le joindre. Après tant de factions montées en vain rue du Sentier, il trouvait le Journal attablé, buvant frais, joyeux, bon garçon. Il venait d'être vengé de toutes ses douleurs par un article qui devait le lendemain même percer deux cœurs où il avait voulu mais en vain verser la rage et la douleur dont on l'avait abreuvé. En regardant Lousteau, il se disait : « Voilà un ami ! » sans se douter que déjà Lousteau le craignait comme un dangereux rival. Lucien avait eu le tort de montrer tout son esprit : un article terne l'eût admirablement servi. Blondet contrebalança l'envie qui dévorait Lousteau en disant à Finot qu'il fallait capituler avec le talent quand il était de cette force-là. Cet arrêt dicta la conduite de Lousteau qui résolut de rester l'ami de Lucien et de s'entendre avec Finot pour exploiter un nouveau venu si dangereux en le maintenant dans le besoin. Ce fut un parti pris rapidement et compris dans toute son étendue entre ces deux hommes par deux phrases dites d'oreille à oreille. « Il a du talent. — Il sera exigeant. — Oh ! — Bon ! »

« Je ne soupe jamais sans effroi avec des journalistes français, dit le diplomate allemand avec une bonhomie calme et digne en regardant Blondet qu'il avait vu chez la comtesse de Montcornet[401]. Il y a un mot de Blücher que vous êtes chargés de réaliser.

— Quel mot ? dit Nathan.

— Quand Blücher arriva sur les hauteurs de Montmartre avec Saacken, en 1814, pardonnez-moi, messieurs, de vous reporter à ce jour fatal pour vous, Saacken, qui était un brutal, dit : Nous allons donc brûler Paris ! — Gardez-vous-en bien, la France ne mourra que de ça ! répondit Blücher en montrant ce grand chancre qu'ils voyaient étendu à leurs pieds, ardent et fumeux, dans la vallée de la Seine[402]. Je bénis Dieu de ce qu'il n'y a pas de journaux dans mon pays, reprit le ministre après une pause. Je ne suis pas encore remis de l'effroi que m'a causé ce petit bonhomme coiffé de papier, qui, à dix ans, possède la raison d'un vieux diplomate. Aussi, ce soir, me semble-t-il que je soupe avec des lions et des panthères qui me font l'honneur de velouter leurs pattes.

— Il est clair, dit Blondet, que nous pouvons dire et prouver à l'Europe que Votre Excellence a vomi un serpent ce soir, qu'elle a manqué l'inoculer à Mlle Tullia, la plus jolie de nos danseuses, et là-dessus faire des commentaires sur Ève, la Bible, le premier et le dernier péché. Mais rassurez-vous, vous êtes notre hôte.

— Ce serait drôle, dit Finot.

— Nous ferions imprimer des dissertations scientifiques sur tous les serpents trouvés dans le cœur et dans le corps humain pour arriver au corps diplomatique, dit Lousteau.

— Nous pourrions montrer un serpent quelconque dans ce bocal de cerises à l'eau-de-vie, dit Vernou.

— Vous finiriez par le croire vous-même, dit Vignon au diplomate.

— Messieurs, ne réveillez pas vos griffes qui dorment, s'écria le duc de Rhétoré.

— L'influence et le pouvoir du journal n'est qu'à son aurore, dit Finot, le journalisme est dans l'enfance, il grandira. Tout, dans dix ans d'ici, sera soumis à la publicité. La pensée éclairera tout, elle...

— Elle flétrira tout, dit Blondet en interrompant Finot.

— C'est un mot, dit Claude Vignon.

— Elle fera des rois, dit Lousteau.

— Et défera les monarchies, dit le diplomate.

— Aussi, dit Blondet, si la Presse n'existait point, faudrait-il ne pas l'inventer, mais la voilà, nous en vivons.

— Vous en mourrez, dit le diplomate. Ne voyez-vous pas que la supériorité des masses, en supposant que vous les éclairiez, rendra la grandeur de l'individu plus difficile ; qu'en semant le raisonnement au cœur des basses classes, vous récolterez la révolte, et que vous en serez les premières victimes. Que casse-t-on à Paris quand il y a une émeute ?

— Les réverbères, dit Nathan ; mais nous sommes trop modestes pour avoir des craintes, nous ne serons que fêlés.

— Vous êtes un peuple trop spirituel pour permettre à quelque gouvernement que ce soit de se développer, dit le

ministre. Sans cela vous recommenceriez avec vos plumes la
conquête de l'Europe que votre épée n'a pas su garder.

— Les journaux sont un mal, dit Claude Vignon. On
pouvait utiliser ce mal, mais le gouvernement veut le
combattre. Une lutte s'ensuivra. Qui succombera ? voilà la
question.

— Le gouvernement, dit Blondet, je me tue à le crier. En
France, l'esprit est plus fort que tout, et les journaux ont de
plus que l'esprit de tous les hommes spirituels, l'hypocrisie
de Tartuffe.

— Blondet ! Blondet, dit Finot, tu vas trop loin : il y a
des abonnés ici.

— Tu es propriétaire d'un de ces entrepôts de venin, tu
dois avoir peur ; mais moi je me moque de toutes vos
boutiques, quoique j'en vive !

— Blondet a raison, dit Claude Vignon. Le Journal au
lieu d'être un sacerdoce est devenu un moyen pour les
partis ; de moyen, il s'est fait commerce ; et comme tous les
commerces, il est sans foi ni loi. Tout journal est, comme le
dit Blondet, une boutique où l'on vend au public des paroles
de la couleur dont il les veut. S'il existait un journal des
bossus, il prouverait soir et matin la beauté, la bonté, la
nécessité des bossus. Un journal n'est plus fait pour éclairer,
mais pour flatter les opinions. Ainsi, tous les journaux
seront dans un temps donné lâches, hypocrites, infâmes,
menteurs, assassins ; ils tueront les idées, les systèmes, les
hommes, et fleuriront par cela même. Ils auront le bénéfice
de tous les êtres de raison : le mal sera fait sans que personne
en soit coupable. Je serai moi Vignon, vous serez toi
Lousteau, toi Blondet, toi Finot, des Aristide, des Platon,
des Caton, des hommes de Plutarque ; nous serons tous
innocents, nous pourrons nous laver les mains de toute
infamie. Napoléon a donné la raison de ce phénomène moral
ou immoral, comme il vous plaira, dans un mot sublime que
lui ont dicté ses études sur la Convention : *Les crimes
collectifs n'engagent personne.* Le journal peut se permettre la
conduite la plus atroce, personne ne s'en croit sali personnel-
lement.

— Mais le pouvoir fera des lois répressives, dit du Bruel,
il en prépare.

— Bah ! que peut la loi contre l'esprit français, dit
Nathan, le plus subtil de tous les dissolvants.

— Les idées ne peuvent être neutralisées que par des
idées, reprit Vignon. La terreur, le despotisme peuvent

seuls étouffer le génie français, dont la langue se prête admirablement à l'allusion, à la double entente. Plus la loi sera répressive, plus l'esprit éclatera, comme la vapeur dans une machine à soupape. Ainsi, le Roi fait du bien, si le journal est contre lui, ce sera le ministre qui aura tout fait, et réciproquement. Si le journal invente une infâme calomnie, on la lui a dite. À l'individu qui se plaint, il sera quitte pour demander pardon de la liberté grande. S'il est traîné devant les tribunaux, il se plaint qu'on ne soit pas venu lui demander une rectification ; mais demandez-la-lui ? il la refuse en riant, il traite son crime de bagatelle. Enfin il bafoue sa victime quand elle triomphe. S'il est puni, s'il a trop d'amende à payer, il vous signalera le plaignant comme un ennemi des libertés, du pays et des lumières. Il dira que monsieur un tel est un voleur en expliquant comment il est le plus honnête homme du royaume. Ainsi, ses crimes, bagatelles ! ses agresseurs, des monstres ! et il peut en un temps donné faire croire ce qu'il veut à des gens qui le lisent tous les jours. Puis rien de ce qui lui déplaît ne sera patriotique, et jamais il n'aura tort. Il se servira de la religion contre la religion, de la charte contre le Roi ; il bafouera la magistrature quand la magistrature le froissera ; il la louera quand elle aura servi les passions populaires. Pour gagner des abonnés, il inventera les fables les plus émouvantes, il fera la parade comme Bobèche[403]. Le journal servirait son père tout cru à la croque au sel de ses plaisanteries, plutôt que de ne pas intéresser ou amuser son public. Ce sera l'acteur mettant les cendres de son fils dans l'urne pour pleurer véritablement[404], la maîtresse sacrifiant tout à son ami.

— C'est enfin le peuple in-folio, s'écria Blondet en interrompant Vignon.

— Le peuple hypocrite et sans générosité, reprit Vignon, il bannira de son sein le talent comme Athènes a banni Aristide[405]. Nous verrons les journaux, dirigés d'abord par des hommes d'honneur, tomber plus tard sous le gouvernement des plus médiocres qui auront la patience et la lâcheté de gomme élastique qui manquent aux beaux génies, ou à des épiciers qui auront de l'argent pour acheter des plumes. Nous voyons déjà ces choses-là ! Mais dans dix ans le premier gamin sorti du collège se croira un grand homme, il montera sur la colonne d'un journal pour souffleter ses devanciers, il les tirera par les pieds pour avoir leur place. Napoléon avait bien raison de museler la Presse. Je gagerais

que, sous un gouvernement élevé par elles, les feuilles de
l'Opposition battraient en brèche, par les mêmes raisons et
par les mêmes articles qui se font aujourd'hui contre celui du
Roi, ce même gouvernement au moment où il leur refuserait
quoi que ce fût. Plus on fera de concessions aux journalistes,
plus les journaux seront exigeants. Les journalistes parvenus
seront remplacés par des journalistes affamés et pauvres. La
plaie est incurable, elle sera de plus en plus maligne, de plus
en plus insolente ; et plus le mal sera grand, plus il sera
toléré, jusqu'au jour où la confusion se mettra dans les
journaux par leur abondance, comme à Babylone[406]. Nous
savons, tous tant que nous sommes, que les journaux iront
plus loin que les rois en ingratitude, plus loin que le plus sale
commerce en spéculations et en calculs, qu'ils dévoreront
nos intelligences à vendre tous les matins leur trois-six[407]
cérébral ; mais nous y écrirons tous, comme ces gens qui
exploitent une mine de vif-argent[408] en sachant qu'ils y
mourront. Voilà là-bas, à côté de Coralie, un jeune
homme... comment se nomme-t-il ? Lucien ! il est beau, il
est poète, et, ce qui vaut mieux pour lui, homme d'esprit ;
eh bien, il entrera dans quelques-uns de ces mauvais lieux de
la pensée appelés journaux, il y jettera ses plus belles idées, il
y desséchera son cerveau, il y corrompra son âme, il y
commettra ces lâchetés anonymes qui, dans la guerre des
idées, remplacent les stratagèmes, les pillages, les incendies,
les revirements de bord dans la guerre des *condottieri*. Quand
il aura, lui, comme mille autres, dépensé quelque beau génie
au profit des actionnaires, ces marchands de poison le
laisseront mourir de faim s'il a soif, et de soif s'il a faim.

— Merci, dit Finot.

— Mais, mon Dieu, dit Claude Vignon, je savais cela, je
suis dans le bagne, et l'arrivée d'un nouveau forçat me fait
plaisir. Blondet et moi, nous sommes plus forts que
messieurs tels et tels qui spéculent sur nos talents, et nous
serons néanmoins toujours exploités par eux. Nous avons du
cœur sous notre intelligence, il nous manque les féroces
qualités de l'exploitant. Nous sommes paresseux, contem-
plateurs, méditatifs, jugeurs : on boira notre cervelle et l'on
nous accusera d'inconduite !

— J'ai cru que vous seriez plus drôles, s'écria Florine.

— Florine a raison, dit Blondet, laissons la cure des
maladies publiques à ces charlatans d'hommes d'État.
Comme dit Charlet[409] : Cracher sur la vendange ? jamais !

— Savez-vous de quoi Vignon me fait l'effet ? dit Lousteau en montrant Lucien, d'une de ces grosses femmes de la rue du Pélican, qui dirait à un collégien : Mon petit, tu es trop jeune pour venir ici... »

Cette saillie fit rire, mais elle plut à Coralie. Les négociants buvaient et mangeaient en écoutant.

« Quelle nation que celle où il se rencontre tant de bien et tant de mal ! dit le ministre au duc de Rhétoré. Messieurs, vous êtes des prodigues qui ne pouvez pas vous ruiner. »

Ainsi, par la bénédiction du hasard, aucun enseignement ne manquait à Lucien sur la pente du précipice où il devait tomber. D'Arthez avait mis le poète dans la noble voie du travail en réveillant le sentiment sous lequel disparaissent les obstacles. Lousteau lui-même avait essayé de l'éloigner par une pensée égoïste, en lui dépeignant le journalisme et la littérature sous leur vrai jour. Lucien n'avait pas voulu croire à tant de corruptions cachées ; mais il entendait enfin des journalistes criant de leur mal, il les voyait à l'œuvre, éventrant leur nourrice pour prédire l'avenir[410]. Il avait pendant cette soirée vu les choses comme elles sont. Au lieu d'être saisi d'horreur à l'aspect du cœur même de cette corruption parisienne si bien qualifiée par Blücher, il jouissait avec ivresse de cette société spirituelle. Ces hommes extraordinaires sous l'armure damasquinée de leurs vices et le casque brillant de leur froide analyse, il les trouvait supérieurs aux hommes graves et sérieux du Cénacle. Puis il savourait les premières délices de la richesse, il était sous le charme du luxe, sous l'empire de la bonne chère ; ses instincts capricieux se réveillaient, il buvait pour la première fois des vins d'élite, il faisait connaissance avec les mets exquis de la haute cuisine ; il voyait un ministre, un duc et sa danseuse, mêlés aux journalistes, admirant leur atroce pouvoir ; il sentit une horrible démangeaison de dominer ce monde de rois, il se trouvait la force de les vaincre. Enfin, cette Coralie qu'il venait de rendre heureuse par quelques phrases, il l'avait examinée à la lueur des bougies du festin, à travers la fumée des plats et le brouillard de l'ivresse, elle lui paraissait sublime, l'amour la rendait si belle ! Cette fille était d'ailleurs la plus jolie, la plus belle actrice de Paris. Le Cénacle, ce ciel de l'intelligence noble, dut succomber sous une tentation si complète. La vanité particulière aux auteurs venait d'être caressée chez Lucien par des connaisseurs, il avait été loué par ses futurs rivaux. Le succès de son article et la conquête de Coralie étaient deux triomphes à tourner une tête moins jeune que la sienne. Pendant cette discussion, tout le monde avait remarquablement bien mangé, supérieurement bu. Lousteau, le voisin de Camusot, lui versa deux ou trois fois du kirsch dans son vin, sans que personne y fît attention, et il stimula son amour-propre pour l'engager à boire. Cette manœuvre fut si bien menée, que le négociant ne s'en aperçut pas, il se croyait dans son genre aussi malicieux que les journalistes. Les plaisanteries acerbes commencèrent au moment où les friandises du dessert et les vins circulèrent. Le diplomate, en homme de beaucoup d'esprit, fit un signe au duc et à la danseuse dès qu'il entendit ronfler les bêtises qui annoncèrent chez ces hommes d'esprit les scènes grotesques par lesquelles finissent les orgies, et tous trois ils disparurent. Dès que Camusot eut perdu la tête, Coralie et Lucien qui, durant tout le souper, se comportèrent en amoureux de quinze ans, s'enfuirent par les escaliers et se jetèrent dans un fiacre. Comme Camusot était sous la table, Matifat crut qu'il avait disparu de compagnie avec l'actrice ; il laissa ses hôtes fumant, buvant, riant, disputant, et suivit Florine quand elle alla se coucher. Le jour surprit les combattants, ou plutôt Blondet, buveur intrépide, le seul qui pût parler et qui proposait aux dormeurs un toast à l'Aurore aux doigts de rose [411].

Lucien n'avait pas l'habitude des orgies parisiennes ; il jouissait bien encore de sa raison quand il descendit les escaliers, mais le grand air détermina son ivresse qui fut hideuse. Coralie et sa femme de chambre furent obligées de monter le poète au premier étage de la belle maison où logeait l'actrice, rue de Vendôme. Dans l'escalier, Lucien faillit se trouver mal, et fut ignoblement malade.

« Vite, Bérénice, s'écria Coralie, du thé. Fais du thé !

— Ce n'est rien, c'est l'air, disait Lucien. Et puis, je n'ai jamais tant bu.

— Pauvre enfant ! c'est innocent comme un agneau », dit Bérénice, grosse Normande aussi laide que Coralie était belle.

Enfin Lucien fut mis à son insu dans le lit de Coralie. Aidée par Bérénice, l'actrice avait déshabillé avec le soin et l'amour d'une mère pour un petit enfant son poète qui disait toujours : « C'est rien ! c'est l'air. Merci, maman.

— Comme il dit bien maman ! s'écria Coralie en le baisant dans les cheveux.

— Quel plaisir d'aimer un pareil ange, mademoiselle, et

où l'avez-vous pêché ? Je ne croyais pas qu'il pût exister un homme aussi joli que vous êtes belle », dit Bérénice.

Lucien voulait dormir, il ne savait où il était et ne voyait rien, Coralie lui fit avaler plusieurs tasses de thé, puis elle le laissa dormant.

« La portière ni personne ne nous a vus, dit Coralie.

— Non, je vous attendais.

— Victoire ne sait rien.

— Plus souvent », dit Bérénice.

Dix heures après, vers midi, Lucien se réveilla sous les yeux de Coralie qui l'avait regardé dormant ! Il comprit cela, le poète. L'actrice était encore dans sa belle robe abominablement tachée et de laquelle elle allait faire une relique. Lucien reconnut les dévouements, les délicatesses de l'amour vrai qui voulait sa récompense : il regarda Coralie. Coralie fut déshabillée en un moment, et se coula comme une couleuvre auprès de Lucien. À cinq heures, le poète dormait bercé par des voluptés divines, il avait entrevu la chambre de l'actrice, une ravissante création du luxe, toute blanche et rose, un monde de merveilles et de coquettes recherches qui surpassait ce que Lucien avait admiré déjà chez Florine. Coralie était debout. Pour jouer son rôle d'Andalouse, elle devait être à sept heures au théâtre. Elle avait encore contemplé son poète endormi dans le plaisir, elle s'était enivrée sans pouvoir se repaître de ce noble amour, qui réunissait les sens au cœur et le cœur aux sens pour les exalter ensemble. Cette divinisation qui permet d'être deux ici-bas pour sentir, un seul dans le ciel pour aimer, était son absolution. À qui d'ailleurs la beauté surhumaine de Lucien n'aurait-elle pas servi d'excuse ? Agenouillée à ce lit, heureuse de l'amour en lui-même, l'actrice se sentait sanctifiée. Ces délices furent troublées par Bérénice.

« Voici le Camusot, il vous sait ici », cria-t-elle.

Lucien se dressa, pensant avec une générosité innée à ne pas nuire à Coralie. Bérénice leva un rideau. Lucien entra dans un délicieux cabinet de toilette, où Bérénice et sa maîtresse apportèrent avec une prestesse inouïe les vêtements de Lucien. Quand le négociant apparut, les bottes du poète frappèrent les regards de Coralie ; Bérénice les avait mises devant le feu pour les chauffer après les avoir cirées en secret. La servante et la maîtresse avaient oublié ces bottes accusatrices. Bérénice partit après avoir échangé un regard d'inquiétude avec sa maîtresse. Coralie se plongea dans sa causeuse, et dit à Camusot de s'asseoir dans une gondole[412] en face d'elle. Le brave homme, qui adorait Coralie, regardait les bottes et n'osait lever les yeux sur sa maîtresse.

« Dois-je prendre la mouche pour cette paire de bottes et quitter Coralie ? Ce serait se fâcher pour peu de chose. Il y a des bottes partout. Celles-ci seraient mieux placées dans l'étalage d'un bottier, ou sur les boulevards à se promener aux jambes d'un homme. Cependant, ici, sans jambes, elles disent bien des choses contraires à la fidélité. J'ai cinquante ans, il est vrai : je dois être aveugle comme l'amour. »

Ce lâche monologue était sans excuse. La paire de bottes n'était pas de ces demi-bottes en usage aujourd'hui, et que jusqu'à un certain point un homme distrait pourrait ne pas voir ; c'était, comme la mode ordonnait alors de les porter, une paire de bottes entières, très élégantes, et à glands, qui reluisaient sur des pantalons collants presque toujours de couleur claire, et où se reflétaient les objets comme dans un miroir. Ainsi, les bottes crevaient les yeux de l'honnête marchand de soieries, et, disons-le, elles lui crevaient le cœur.

« Qu'avez-vous ? lui dit Coralie.

— Rien, dit-il.

— Sonnez », dit Coralie en souriant de la lâcheté de Camusot. « Bérénice, dit-elle à la Normande dès qu'elle arriva, ayez-moi donc des crochets pour que je mette encore ces damnées bottes. Vous n'oublierez pas de les apporter ce soir dans ma loge.

— Comment ?... vos bottes ?... dit Camusot qui respira plus à l'aise.

— Eh ! que croyez-vous donc ? demanda-t-elle d'un air hautain. Grosse bête, n'allez-vous pas croire... Oh ! il le croirait ! dit-elle à Bérénice. J'ai un rôle d'homme dans la pièce de Chose, et je ne me suis jamais mise en homme. Le bottier du théâtre m'a apporté ces bottes-là pour essayer à marcher, en attendant la paire de laquelle il m'a pris mesure ; il me les a mises, mais j'ai tant souffert que je les ai ôtées, et je dois cependant les remettre.

— Ne les remettez pas si elles vous gênent, dit Camusot que les bottes avaient tant gêné.

— Mademoiselle, dit Bérénice, ferait mieux, au lieu de se martyriser, comme tout à l'heure ; elle en pleurait monsieur ! et si j'étais homme, jamais une femme que j'aimerais ne pleurerait ! elle ferait mieux de les porter en maroquin bien mince. Mais l'administration est si ladre ! Monsieur, vous devriez aller lui en commander...

— Oui, oui, dit le négociant. Vous vous levez, dit-il à Coralie.

— À l'instant, je ne suis rentrée qu'à six heures, après vous avoir cherché partout, vous m'avez fait garder mon fiacre pendant sept heures. Voilà de vos soins ! m'oublier pour des bouteilles. J'ai dû me soigner, moi qui vais jouer maintenant tous les soirs, tant que *L'Alcade* fera de l'argent. Je n'ai pas envie de mentir à l'article de ce jeune homme !

— Il est beau, cet enfant-là, dit Camusot.

— Vous trouvez ? je n'aime pas ces hommes-là, ils ressemblent trop à une femme ; et puis ça ne sait pas aimer comme vous autres, vieilles bêtes du commerce. Vous vous ennuyez tant !

— Monsieur dîne-t-il avec Madame, demanda Bérénice.

— Non, j'ai la bouche empâtée.

— Vous avez été joliment paf, hier. Ah ! papa Camusot, d'abord, moi je n'aime pas les hommes qui boivent...

— Tu feras un cadeau à ce jeune homme, dit le négociant.

— Ah ! oui, j'aime mieux les payer ainsi, que de faire ce que fait Florine. Allons, mauvaise race qu'on aime, allez-vous-en, ou donnez-moi une voiture pour que je ne perde plus de temps...

— Vous l'aurez demain pour dîner avec votre directeur, au *Rocher de Cancale*. On ne jouera pas la pièce nouvelle dimanche.

— Venez, je vais dîner », dit Coralie en emmenant Camusot.

Une heure après, Lucien fut délivré par Bérénice, la compagne d'enfance de Coralie, une créature aussi fine, aussi déliée d'esprit qu'elle était corpulente.

« Restez ici, Coralie reviendra seule, elle veut même congédier Camusot s'il vous ennuie, dit Bérénice à Lucien ; mais, cher enfant de son cœur, vous êtes trop ange pour la ruiner. Elle me l'a dit, elle est décidée à tout planter là, à sortir de ce paradis pour aller vivre dans votre mansarde. Oh ! les jaloux, les envieux ne lui ont-ils pas expliqué que vous n'aviez ni sou, ni maille, que vous viviez au quartier Latin. Je vous suivrais, voyez-vous, je vous ferais votre ménage. Mais je viens de consoler la pauvre enfant. Pas vrai, monsieur, que vous avez trop d'esprit pour donner dans de pareilles bêtises ? Ah ! vous verrez bien que l'autre gros n'a rien que le cadavre et que vous êtes le chéri, le bien-aimé, la divinité à laquelle on abandonne l'âme. Si vous saviez comme ma Coralie est gentille quand je lui fais répéter ses rôles ! un amour d'enfant, quoi ! Elle méritait bien que Dieu lui envoyât un de ses anges, elle avait le dégoût de la vie. Elle a été si malheureuse avec sa mère, qui la battait, qui l'a vendue ! Oui, monsieur, une mère, sa propre enfant ! Si j'avais une fille, je la servirais comme ma petite Coralie, de qui je me suis fait un enfant. Voilà le premier bon temps que je lui ai vu, la première fois qu'elle a été bien applaudie. Il paraît que, vu ce que vous avez écrit, on a monté une fameuse claque pour la seconde représentation. Pendant que vous dormiez, Braulard est venu travailler avec elle.

« Qui ! Braulard ? demanda Lucien qui crut avoir entendu déjà ce nom.

— Le chef des claqueurs, qui, de concert avec elle, est convenu des endroits du rôle où elle serait soignée. Quoi-qu'elle se dise son amie, Florine pourrait vouloir lui jouer un mauvais tour et prendre tout pour elle. Tout le boulevard est en rumeur à cause de votre article. Quel lit arrangé pour les amours d'un prince !... » dit-elle en mettant sur le lit un couvre-pied en dentelle.

Elle alluma les bougies. Aux lumières, Lucien étourdi se crut en effet dans un palais du *Cabinet des fées*[413]. Les plus riches étoffes du *Cocon d'or* avaient été choisies par Camusot pour servir aux tentures et aux draperies des fenêtres. Le poète marchait sur un tapis royal. Le palissandre des meubles arrêtait dans les tailles de ses sculptures des frissons de lumière qui y papillotaient. La cheminée en marbre blanc resplendissait des plus coûteuses bagatelles. La descente du lit était en cygne bordé de martre. Des pantoufles en velours noir, doublées de soie pourpre, y parlaient des plaisirs qui attendaient le poète des *Marguerites*. Une délicieuse lampe pendait du plafond tendu de soie. Partout des jardinières merveilleuses montraient des fleurs choisies, de jolies bruyères blanches, des camélias sans parfum. Partout vivaient les images de l'innocence. Comment imaginer là une actrice et les mœurs du théâtre ? Bérénice remarqua l'ébahissement de Lucien.

« Est-ce gentil ? lui dit-elle d'une voix câline. Ne serez-vous pas mieux là pour aimer que dans un grenier ? Empêchez son coup de tête », reprit-elle en amenant devant Lucien un magnifique guéridon chargé de mets dérobés au dîner de sa maîtresse, afin que la cuisinière ne pût soupçonner la présence d'un amant.

Lucien dîna très bien, servi par Bérénice dans une argenterie sculptée, dans des assiettes peintes à un louis la pièce. Ce luxe agissait sur son âme comme une fille des rues agit avec ses chairs nues et ses bas blancs bien tirés sur un lycéen.

« Est-il heureux, ce Camusot ! s'écria-t-il.

— Heureux ? reprit Bérénice. Ah ! il donnerait bien sa fortune pour être à votre place, et pour troquer ses vieux cheveux gris contre votre jeune chevelure blonde. »

Elle engagea Lucien, à qui elle donna le plus délicieux vin que Bordeaux ait soigné pour le plus riche Anglais, à se recoucher en attendant Coralie, à faire un petit somme provisoire, et Lucien avait en effet envie de se coucher dans ce lit qu'il admirait. Bérénice, qui avait lu ce désir dans les yeux du poète, en était heureuse pour sa maîtresse. À dix heures et demie, Lucien s'éveilla sous un regard trempé d'amour. Coralie était là dans la plus voluptueuse toilette de nuit. Lucien avait dormi, Lucien n'était plus ivre que d'amour. Bérénice se retira demandant : « À quelle heure demain ?

— Onze heures, tu nous apporteras notre déjeuner au lit. Je n'y serai pour personne avant deux heures. »

À deux heures le lendemain, l'actrice et son amant étaient habillés et en présence, comme si le poète fût venu faire une visite à sa protégée. Coralie avait baigné, peigné, coiffé, habillé Lucien ; elle lui avait envoyé chercher douze belles chemises, douze cravates, douze mouchoirs chez Colliau[414], une douzaine de gants dans une boîte de cèdre. Quand elle entendit le bruit d'une voiture à sa porte, elle se précipita vers la fenêtre avec Lucien. Tous deux virent Camusot descendant d'un coupé magnifique.

« Je ne croyais pas, dit-elle, qu'on pût haïr tant un homme et le luxe...

— Je suis trop pauvre pour consentir à ce que vous vous ruiniez, dit Lucien en passant ainsi sous les Fourches caudines.

— Pauvre petit chat, dit-elle en pressant Lucien sur son cœur, tu m'aimes donc bien ? — j'ai engagé monsieur, dit-elle en montrant Lucien à Camusot, à venir me voir ce matin, en pensant que nous irions nous promener aux Champs-Élysées pour essayer la voiture.

— Allez-y seuls, dit tristement Camusot, je ne dîne pas avec vous, c'est la fête de ma femme, je l'avais oublié.

— Pauvre Musot ! comme tu t'ennuieras », dit-elle en sautant au cou du marchand.

Elle était ivre de bonheur en pensant qu'elle étrennerait seule avec Lucien ce beau coupé, qu'elle irait seule avec lui au Bois ; et, dans son accès de joie, elle eut l'air d'aimer Camusot à qui elle fit mille caresses.

« Je voudrais pouvoir vous donner une voiture tous les jours, dit le pauvre homme.

— Allons, monsieur, il est deux heures », dit l'actrice à Lucien qu'elle vit honteux et qu'elle consola par un geste adorable.

Coralie dégringola par les escaliers en entraînant Lucien qui entendit le négociant se traînant comme un phoque après eux, sans pouvoir les rejoindre. Le poète éprouva la plus enivrante des jouissances : Coralie, que le bonheur rendait sublime, offrit à tous les yeux ravis une toilette pleine de goût et d'élégance. Le Paris des Champs-Élysées admira ces deux amants. Dans une allée du bois de Boulogne, leur coupé rencontra la calèche de Mmes d'Espard et de Bargeton qui regardèrent Lucien d'un air étonné, mais auxquelles il lança le coup d'œil méprisant du poète qui pressent sa gloire et va user de son pouvoir. Le moment où il put échanger par un coup d'œil avec ces deux femmes quelques-unes des pensées de vengeance qu'elles lui avaient mises au cœur pour le ronger, fut un des plus doux de sa vie et décida peut-être de sa destinée. Lucien fut repris par les Furies de l'orgueil : il voulut reparaître dans le monde, y prendre une éclatante revanche, et toutes les petitesses sociales, naguère foulées aux pieds du travailleur, de l'ami du Cénacle, rentrèrent dans son âme. Il comprit alors toute la portée de l'attaque faite pour lui par Lousteau : Lousteau venait de servir ses passions ; tandis que le Cénacle, ce Mentor collectif, avait l'air de les mater au profit des vertus ennuyeuses et de travaux que Lucien commençait à trouver inutiles. Travailler ! n'est-ce pas la mort pour les âmes avides de jouissances ? Aussi avec quelle facilité les écrivains ne glissent-ils pas dans le *farniente*, dans la bonne chère et les délices de la vie luxueuse des actrices et des femmes faciles ! Lucien sentit une irrésistible envie de continuer la vie de ces deux folles journées. Le dîner au *Rocher de Cancale* fut exquis. Lucien trouva les convives de Florine, moins le ministre, moins le duc et la danseuse, moins Camusot, remplacés par deux acteurs célèbres et par Hector Merlin accompagné de sa maîtresse, une délicieuse femme qui se faisait appeler Mme du Val-Noble [415], la plus belle et la plus élégante des femmes qui composaient alors à Paris le monde exceptionnel de ces femmes qu'aujourd'hui l'on a décemment nommées des *Lorettes* [416]. Lucien, qui vivait depuis quarante-huit heures dans un paradis, apprit le succès de son article. En se voyant fêté, envié, le poète trouva son aplomb : son esprit scintilla, il fut le Lucien de Rubempré qui pendant plusieurs mois brilla dans la littérature et dans le monde artiste. Finot, cet homme d'une incontestable adresse à deviner le talent et qui le flairait comme un ogre sent la chair fraîche, cajola Lucien en essayant de l'embaucher dans l'escouade de journalistes qu'il commandait. Lucien mordit à ces flatteries. Coralie observa le manège de ce consommateur d'esprit, et voulut mettre Lucien en garde contre lui.

« Ne t'engage pas, mon petit, dit-elle à son poète, attends, ils veulent t'exploiter, nous causerons de cela ce soir.

— Bah ! lui répondit Lucien, je me sens assez fort pour être aussi méchant et aussi fin qu'ils peuvent l'être. »

Finot, qui ne s'était sans doute pas brouillé pour les blancs avec Hector Merlin, présenta Merlin à Lucien et Lucien à Merlin. Coralie et Mme du Val-Noble fraternisèrent, se comblèrent de caresses et de prévenances. Mme du Val-Noble invita Lucien et Coralie à dîner. Hector Merlin, le plus dangereux de tous les journalistes présents à ce dîner, était un petit homme sec, à lèvres pincées, couvant une ambition démesurée, d'une jalousie sans bornes, heureux de tous les maux qui se faisaient autour de lui, profitant des divisions qu'il fomentait, ayant beaucoup d'esprit, peu de vouloir, mais remplaçant la volonté par l'instinct qui mène les parvenus vers les endroits éclairés par l'or et par le pouvoir. Lucien et lui se déplurent mutuellement. Il n'est pas difficile d'expliquer pourquoi. Merlin eut le malheur de parler à Lucien à haute voix comme Lucien pensait tout bas. Au dessert, les liens de la plus touchante amitié semblaient unir ces hommes qui tous se croyaient supérieurs l'un à l'autre. Lucien, le nouveau venu, était l'objet de leurs coquetteries. On causait à cœur ouvert. Hector Merlin seul ne riait pas. Lucien lui demanda la raison de sa raison.

« Mais je vous vois entrant dans le monde littéraire et journaliste avec des illusions. Vous croyez aux amis. Nous sommes tous amis ou ennemis selon les circonstances. Nous

nous frappons les premiers avec l'arme qui devrait ne nous servir qu'à frapper les autres. Vous vous apercevrez avant peu que vous n'obtiendrez rien par les beaux sentiments. Si vous êtes bon, faites-vous méchant. Soyez hargneux par calcul. Si personne ne vous a dit cette loi suprême, je vous la confie et je ne vous aurai pas fait une médiocre confidence. Pour être aimé, ne quittez jamais votre maîtresse sans l'avoir fait pleurer un peu ; pour faire fortune en littérature, blessez toujours tout le monde, même vos amis, faites pleurer les amours-propres : tout le monde vous caressera. »

Hector Merlin fut heureux en voyant à l'air de Lucien que sa parole entrait chez le néophyte comme la lame d'un poignard dans un cœur. On joua. Lucien perdit tout son argent. Il fut emmené par Coralie, et les délices de l'amour lui firent oublier les terribles émotions du Jeu qui, plus tard, devait trouver en lui l'une de ses victimes. Le lendemain, en sortant de chez elle et revenant au quartier Latin, il trouva dans sa bourse l'argent qu'il avait perdu. Cette attention l'attrista d'abord, il voulut revenir chez l'actrice et lui rendre un don qui l'humiliait ; mais il était déjà rue de La Harpe, il continua son chemin vers l'hôtel de Cluny. Tout en marchant, il s'occupa de ce soin de Coralie, il y vit une preuve de cet amour maternel que ces sortes de femmes mêlent à leurs passions. Chez elles, la passion comporte tous les sentiments. De pensée en pensée, Lucien finit par trouver une raison d'accepter en se disant : « Je l'aime, nous vivrons ensemble comme mari et femme et je ne la quitterai jamais ! » À moins d'être Diogène[417], qui ne comprendrait alors les sensations de Lucien en montant l'escalier boueux et puant de son hôtel, en faisant grincer la serrure de sa porte, en revoyant le carreau sale et la piteuse cheminée de sa chambre horrible de misère et de nudité ? Il trouva sur sa table le manuscrit de son roman et ce mot de Daniel d'Arthez :

« Nos amis sont presque contents de votre œuvre, cher poète. Vous pourrez la présenter avec plus de confiance, disent-ils, à vos amis et à vos ennemis. Nous avons lu votre charmant article sur le Panorama-Dramatique, et vous devez exciter autant d'envie dans la littérature que de regrets chez nous.

« DANIEL. »

« Regrets ! que veut-il dire ? » s'écria Lucien surpris du ton de politesse qui régnait dans ce billet. Était-il donc un étranger pour le Cénacle ? Après avoir dévoré les fruits délicieux que lui avait tendus l'Ève des coulisses, il tenait encore plus à l'estime et à l'amitié de ses amis de la rue des Quatre-Vents. Il resta pendant quelques instants plongé dans une méditation par laquelle il embrassait son présent dans cette chambre et son avenir dans celle de Coralie. En proie à des hésitations alternativement honorables et dépravantes, il s'assit et se mit à examiner l'état dans lequel ses amis lui rendaient son œuvre. Quel étonnement fut le sien ! De chapitre en chapitre, la plume habile et dévouée de ces grands hommes encore inconnus avait changé ses pauvretés en richesses. Un dialogue plein, serré, concis, nerveux remplaçait ses conversations qu'il comprit alors n'être que des bavardages en les comparant à des discours où respirait l'esprit du temps. Ses portraits, un peu mous de dessin, avaient été vigoureusement accusés et colorés ; tous se rattachaient aux phénomènes curieux de la vie humaine par des observations physiologiques dues sans doute à Bianchon, exprimées avec finesse, et qui les faisaient vivre. Ses descriptions verbeuses étaient devenues substantielles et vives. Il avait donné une enfant mal faite, mal vêtue, et il retrouvait une délicieuse fille en robe blanche, à ceinture, à écharpe roses, une création ravissante. La nuit le surprit, les yeux en pleurs, atterré de cette grandeur, sentant le prix d'une pareille leçon, admirant ces corrections qui lui en apprenaient plus sur la littérature et sur l'art que ses quatre années de lectures, de comparaisons et d'études. Le redressement d'un carton mal conçu, un trait magistral sur le vif en disent toujours plus que les théories et les observations.

« Quels amis ! quels cœurs ! suis-je heureux ! » s'écria-t-il en serrant le manuscrit.

Entraîné par l'emportement naturel aux natures poétiques et mobiles, il courut chez Daniel. En montant l'escalier, il se crut cependant moins digne de ces cœurs que rien ne pouvait faire dévier du sentier de l'honneur. Une voix lui disait que, si Daniel avait aimé Coralie, il ne l'aurait pas acceptée avec Camusot. Il connaissait aussi la profonde horreur du Cénacle pour les journalistes, et il se savait déjà quelque peu journaliste. Il trouva ses amis, moins Meyraux, qui venait de sortir, en proie à un désespoir peint sur toutes les figures.

« Qu'avez-vous, mes amis ? dit Lucien.

— Nous venons d'apprendre une horrible catastrophe :

le plus grand esprit de notre époque, notre ami le plus aimé, celui qui pendant deux ans a été notre lumière...

— Louis Lambert ? dit Lucien.

— Il est dans un état de catalepsie qui ne laisse aucun espoir, dit Bianchon.

— Il mourra le corps insensible et la tête dans les cieux, ajouta solennellement Michel Chrestien.

— Il mourra comme il a vécu, dit d'Arthez.

— L'amour, jeté comme un feu dans le vaste empire de son cerveau, l'a incendié, dit Léon Giraud.

— Ou, dit Joseph Bridau, l'a exalté à un point où nous le perdons de vue.

— C'est nous qui sommes à plaindre, dit Fulgence Ridal.

— Il se guérira peut-être, s'écria Lucien.

— D'après ce que nous a dit Meyraux, la cure est impossible, répondit Bianchon. Sa tête est le théâtre de phénomènes sur lesquels la médecine n'a nul pouvoir.

— Il existe cependant des agents, dit d'Arthez...

— Oui, dit Bianchon, il n'est que cataleptique, nous pouvons le rendre imbécile.

— Ne pouvoir offrir au génie du mal une tête en remplacement de celle-là ! Moi, je donnerais la mienne ! s'écria Michel Chrestien.

— Et que deviendrait la fédération européenne[418] ? dit d'Arthez.

— Ah ! c'est vrai, reprit Michel Chrestien, avant d'être à un homme on appartient à l'Humanité.

— Je venais ici le cœur plein de remerciements pour vous tous, dit Lucien. Vous avez changé mon billon en louis d'or.

— Des remerciements ! Pour qui nous prends-tu ? dit Bianchon.

— Le plaisir a été pour nous, reprit Fulgence.

— Eh bien, vous voilà journaliste ? lui dit Léon Giraud. Le bruit de votre début est arrivé jusque dans le quartier Latin.

— Pas encore, répondit Lucien.

— Ah ! tant mieux ! dit Michel Chrestien.

— Je vous le disais bien, reprit d'Arthez. Lucien est un de ces cœurs qui connaissent le prix d'une conscience pure. N'est-ce pas un viatique fortifiant que de poser le soir sa tête sur l'oreiller en pouvant se dire : " Je n'ai pas jugé les œuvres d'autrui, je n'ai causé d'affliction à personne ; mon esprit, comme un poignard, n'a fouillé l'âme d'aucun innocent ; ma plaisanterie n'a immolé aucun bonheur, elle n'a même pas troublé la sottise heureuse, elle n'a pas injustement fatigué le génie ; j'ai dédaigné les faciles triomphes de l'épigramme ; enfin je n'ai jamais menti à mes convictions ? "

— Mais, dit Lucien, on peut, je crois, être ainsi tout en travaillant à un journal. Si je n'avais décidément que ce moyen d'exister, il faudrait bien y venir.

— Oh ! oh ! oh ! fit Fulgence en montant d'un ton à chaque exclamation, nous capitulons.

— Il sera journaliste, dit gravement Léon Giraud. Ah ! Lucien, si tu voulais l'être avec nous, qui allons publier un journal où jamais la vérité ni la justice ne seront outragées, où nous répandrons les doctrines utiles à l'Humanité, peut-être...

— Vous n'aurez pas un abonné, répliqua machiavéliquement Lucien en interrompant Léon.

— Ils en auront cinq cents qui en vaudront cinq cent mille, répondit Michel Chrestien.

— Il vous faudra bien des capitaux, reprit Lucien.

— Non, dit d'Arthez, mais du dévouement.

— On dirait d'une boutique de parfumeur, s'écria Michel Chrestien en flairant par un geste comique la tête de Lucien. On t'a vu dans une voiture supérieurement astiquée, traînée par des chevaux de dandy, avec une maîtresse de prince, Coralie.

— Eh bien, dit Lucien, y a-t-il du mal à cela ?

— Tu dis cela comme s'il y en avait, lui cria Bianchon.

— J'aurais voulu à Lucien, dit d'Arthez, une Béatrix, une noble femme qui l'aurait soutenu dans la vie...

— Mais, Daniel, est-ce que l'amour n'est pas partout semblable à lui-même ? dit le poète.

— Ah ! dit le républicain, en ceci je suis aristocrate. Je ne pourrais pas aimer une femme qu'un acteur baise sur la joue en face du public, une femme tutoyée dans les coulisses, qui s'abaisse devant un parterre et lui sourit, qui danse des pas en relevant ses jupes et qui se met en homme pour montrer ce que je veux être seul à voir. Ou, si j'aimais une pareille femme, elle quitterait le théâtre, et je la purifierais par mon amour.

— Et si elle ne pouvait pas quitter le théâtre ?

— Je mourrais de chagrin, de jalousie, de mille maux. On ne peut pas arracher son amour de son cœur comme on arrache une dent. »

Lucien devint sombre et pensif. « Quand ils apprendront que je subis Camusot, ils me mépriseront », se disait-il.

« Tiens, lui dit le sauvage républicain avec une affreuse bonhomie, tu pourras être un grand écrivain, mais tu ne seras jamais qu'un petit farceur[419]. »

Il prit son chapeau et sortit.

« Il est dur, Michel Chrestien, dit le poète.

— Dur et salutaire comme le davier du dentiste, dit Bianchon. Michel voit ton avenir, et peut-être en ce moment pleure-t-il sur toi dans la rue. »

D'Arthez fut doux et consolant, il essaya de relever Lucien. Au bout d'une heure le poète quitta le Cénacle, maltraité par sa conscience qui lui criait : « Tu seras journaliste ! » comme la sorcière crie à Macbeth : « Tu seras roi. » Dans la rue, il regarda les croisées du patient d'Arthez, éclairées par une faible lumière, et revint chez lui le cœur attristé, l'âme inquiète. Une sorte de pressentiment lui disait qu'il avait été serré sur le cœur de ses vrais amis pour la dernière fois. En entrant dans la rue de Cluny par la place de la Sorbonne, il reconnut l'équipage de Coralie. Pour venir voir son poète un moment, pour lui dire un simple bonsoir, l'actrice avait franchi l'espace du boulevard du Temple à la Sorbonne. Lucien trouva sa maîtresse tout en larmes à l'aspect de sa mansarde, elle voulait être misérable comme son amant, elle pleurait en rangeant les chemises, les gants, les cravates et les mouchoirs dans l'affreuse commode de l'hôtel. Ce désespoir était si vrai, si grand, il exprimait tant d'amour, que Lucien, à qui l'on avait reproché d'avoir une actrice, vit dans Coralie une sainte bien près d'endosser le cilice de la misère. Pour venir, cette adorable créature avait pris le prétexte d'avertir son ami que la société Camusot, Coralie et Lucien rendrait à la société Matifat, Florine et Lousteau leur souper, et de demander à Lucien s'il avait quelque invitation à faire qui lui fût utile ; Lucien lui répondit qu'il en causerait avec Lousteau. L'actrice, après quelques moments, se sauva en cachant à Lucien que Camusot l'attendait en bas. Le lendemain, dès huit heures, Lucien alla chez Étienne, ne le trouva pas, et courut chez Florine. Le journaliste et l'actrice reçurent leur ami dans la jolie chambre à coucher où ils étaient maritalement établis, et tous trois ils y déjeunèrent splendidement.

« Mais, mon petit, lui dit Lousteau quand ils furent attablés et que Lucien lui eut parlé du souper que donnerait Coralie, je te conseille de venir avec moi voir Félicien

Vernou, de l'inviter, et de te lier avec lui autant qu'on peut se lier avec un pareil drôle. Félicien te donnera peut-être accès dans le journal politique où il cuisine le feuilleton, et où tu pourras fleurir à ton aise en grands articles dans le haut de ce journal. Cette feuille, comme la nôtre, appartient au parti libéral, tu seras libéral, c'est le parti populaire ; d'ailleurs, si tu voulais passer du côté ministériel, tu y entrerais avec d'autant plus d'avantages que tu te serais fait redouter. Hector Merlin et sa Mme du Val-Noble, chez qui vont quelques grands seigneurs, les jeunes dandies et les millionnaires, ne t'ont-ils pas prié, toi et Coralie, à dîner ?

— Oui, répondit Lucien, et tu en es avec Florine. »

Lucien et Lousteau, dans leur griserie du vendredi et pendant leur dîner du dimanche, en étaient arrivés à se tutoyer.

« Eh bien, nous rencontrerons Merlin au journal, c'est un gars qui suivra Finot de près ; tu feras bien de le soigner, de le mettre de ton souper avec sa maîtresse : il te sera peut-être utile avant peu, car les gens haineux ont besoin de tout le monde, et il te rendra service pour avoir ta plume au besoin.

— Votre début a fait assez de sensation pour que vous n'éprouviez aucun obstacle, dit Florine à Lucien, hâtez-vous d'en profiter, autrement vous seriez promptement oublié.

— L'affaire, reprit Lousteau, la grande affaire est consommée ! Ce Finot, un homme sans aucun talent, est directeur et rédacteur en chef du journal hebdomadaire de Dauriat, propriétaire d'un sixième qui ne lui coûte rien, et il a six cents francs d'appointements par mois. Je suis, de ce matin, mon cher, rédacteur en chef de notre petit journal. Tout s'est passé comme je le présumais l'autre soir : Florine a été superbe, elle rendrait des points au prince de Talley-rand.

— Nous tenons les hommes par leur plaisir, dit Florine, les diplomates ne les prennent que par l'amour-propre ; les diplomates leur voient faire des façons et nous leur voyons faire des bêtises, nous sommes donc les plus fortes.

— En concluant, dit Lousteau, Matifat a commis le seul bon mot qu'il prononcera dans sa vie de droguiste : L'affaire, a-t-il dit, ne sort pas de mon commerce !

— Je soupçonne Florine de le lui avoir soufflé, s'écria Lucien.

— Ainsi, mon cher amour, reprit Lousteau, tu as le pied à l'étrier.

— Vous êtes né coiffé, dit Florine. Combien voyons-nous

de petits jeunes gens qui *droguent* [420] dans Paris pendant des années sans arriver à pouvoir insérer un article dans un journal! Il en aura été de vous comme d'Émile Blondet. Dans six mois d'ici, je vous vois *faisant votre tête*, ajouta-t-elle en se servant d'un mot de son argot [421] et en lui jetant un sourire moqueur.

— Ne suis-je pas à Paris depuis trois ans, dit Lousteau et depuis hier seulement Finot me donne trois cents francs de fixe par mois pour la rédaction en chef, me paye cent sous la colonne, et cent francs la feuille à son journal hebdomadaire.

— Hé bien, vous ne dites rien?... s'écria Florine en regardant Lucien.

— Nous verrons, dit Lucien.

— Mon cher, répondit Lousteau d'un air piqué, j'ai tout arrangé pour toi comme si tu étais mon frère ; mais je ne te réponds pas de Finot. Finot sera sollicité par soixante drôles qui, d'ici à deux jours, vont venir lui faire des propositions au rabais. J'ai promis pour toi, tu lui diras non, si tu veux. Tu ne te doutes pas de ton bonheur, reprit le journaliste après une pause. Tu feras partie d'une coterie dont les camarades attaquent leurs ennemis dans plusieurs journaux, et s'y servent mutuellement.

— Allons d'abord voir Félicien Vernou », dit Lucien qui avait hâte de se lier avec ces redoutables oiseaux de proie.

Lousteau envoya chercher un cabriolet, et les deux amis allèrent rue Mandar, où demeurait Vernou, dans une maison à allée. Il y occupait un appartement au deuxième étage. Lucien fut très étonné de trouver ce critique acerbe, dédaigneux et gourmé, dans une salle à manger de la dernière vulgarité, tendue d'un mauvais petit papier briqueté, chargé de mousses par intervalles égaux, ornée de gravures à l'aqua-tinta dans des cadres dorés, attablé avec une femme trop laide pour ne pas être légitime, et deux enfants en bas âge perchés sur ces chaises à pieds très élevés et à barrière, destinées à maintenir ces petits drôles. Surpris dans une robe de chambre confectionnée avec les restes d'une robe d'indienne à sa femme, Félicien eut un air assez mécontent.

« As-tu déjeuné, Lousteau ? dit-il en offrant une chaise à Lucien.

— Nous sortons de chez Florine, dit Étienne, et nous y avons déjeuné. »

Lucien ne cessait d'examiner Mme Vernou, qui ressemblait à une bonne, grasse cuisinière, assez blanche, mais superlativement commune. Mme Vernou portait un foulard par-dessus un bonnet de nuit à brides que ses joues pressées débordaient. Sa robe de chambre, sans ceinture, attachée au col par un bouton, descendait à grands plis et l'enveloppait si mal qu'il était impossible de ne pas la comparer à une borne. D'une santé désespérante, elle avait les joues presque violettes, et des mains à doigts en forme de boudins. Cette femme expliqua soudain à Lucien l'attitude gênée de Vernou dans le monde. Malade de son mariage, sans force pour abandonner femme et enfants, mais assez poète pour en toujours souffrir, cet auteur ne devait pardonner à personne un succès, il devait être mécontent de tout, en se sentant toujours mécontent de lui-même. Lucien comprit l'air aigre qui glaçait cette figure envieuse, l'âcreté des reparties que ce journaliste semait dans sa conversation, l'acerbité de sa phrase, toujours pointue et travaillée comme un stylet.

« Passons dans mon cabinet, dit Félicien en se levant, il s'agit sans doute d'affaires littéraires.

— Oui et non, lui répondit Lousteau. Mon vieux, il s'agit d'un souper.

— Je venais, dit Lucien, vous prier de la part de Coralie... »

À ce nom, Mme Vernou leva la tête.

« À souper d'aujourd'hui en huit, dit Lucien en continuant. Vous trouverez chez elle la société que vous avez eue chez Florine, et augmentée de Mme du Val-Noble, de Merlin et de quelques autres. Nous jouerons.

— Mais, mon ami, ce jour-là nous devons aller chez Mme Mahoudeau, dit la femme.

— Eh! qu'est-ce que cela fait? dit Vernou.

— Si nous n'y allions pas, elle se choquerait, et tu es bien aise de la trouver pour escompter tes effets de librairie.

— Mon cher, voilà une femme qui ne comprend pas qu'un souper qui commence à minuit n'empêche pas d'aller à une soirée qui finit à onze heures. Je travaille à côté d'elle, ajouta-t-il.

— Vous avez tant d'imagination! répondit Lucien qui se fit un ennemi mortel de Vernou par ce seul mot.

— Eh bien, reprit Lousteau, tu viens, mais ce n'est pas tout. M. de Rubempré devient un des nôtres, ainsi pousse-le à ton journal; présente-le comme un gars capable de faire la haute littérature, afin qu'il puisse mettre au moins deux articles par mois.

— Oui, s'il veut être des nôtres, attaquer nos ennemis comme nous attaquerons les siens, et défendre nos amis, je parlerai de lui ce soir à l'Opéra, répondit Vernou.

— Eh bien, à demain, mon petit, dit Lousteau en serrant la main de Vernou avec les signes de la plus vive amitié. Quand paraît ton livre ?

— Mais, dit le père de famille, cela dépend de Dauriat, j'ai fini.

— Es-tu content ?...

— Mais oui et non...

— Nous chaufferons le succès », dit Lousteau en se levant et saluant la femme de son confrère.

Cette brusque sortie fut nécessitée par les criailleries des deux enfants qui se disputaient et se donnaient des coups de cuiller en s'envoyant de la panade par la figure.

« Tu viens de voir, mon enfant, dit Étienne à Lucien, une femme qui, sans le savoir, fera bien des ravages en littérature. Ce pauvre Vernou ne nous pardonne pas sa femme. On devrait l'en débarrasser, dans l'intérêt public bien entendu. Nous éviterions un déluge d'articles atroces, d'épigrammes contre tous les succès et contre toutes les fortunes. Que devenir avec une pareille femme accompagnée de ces deux horribles moutards ? Vous avez vu le Rigaudin de *La Maison en loterie*, la pièce de Picard[422]... eh bien, comme Rigaudin, Vernou ne se battra pas, mais il fera battre les autres ; il est capable de se crever un œil pour en crever deux à son meilleur ami ; vous le verrez posant le pied sur tous les cadavres, souriant à tous les malheurs, attaquant les princes, les ducs, les marquis, les nobles, parce qu'il est roturier ; attaquant les renommées célibataires à cause de sa femme, et parlant toujours morale, plaidant pour les joies domestiques et pour les devoirs de citoyen. Enfin ce critique si moral ne sera doux pour personne, pas même pour les enfants. Il vit dans la rue Mandar entre une femme qui pourrait faire le mamamouchi du *Bourgeois gentilhomme* et deux petits Vernou laids comme des teignes ; il veut se moquer du faubourg Saint-Germain, où il ne mettra jamais le pied, et fera parler les duchesses comme parle sa femme. Voilà l'homme qui va hurler après les jésuites, insulter la cour, lui prêter l'intention de rétablir les droits féodaux, le droit d'aînesse, et qui prêchera quelque croisade en faveur de l'égalité, lui qui ne se croit l'égal de personne. S'il était garçon, s'il allait dans le monde, s'il avait les allures des poètes royalistes pensionnés, ornés de croix de la Légion d'honneur, ce serait un optimiste. Le journalisme a mille points de départ semblables. C'est une grande catapulte mise en mouvement par de petites haines. As-tu maintenant envie de te marier ? Vernou n'a plus de cœur, le fiel a tout envahi. Aussi est-ce le journaliste par excellence, un tigre à deux mains qui déchire tout, comme si ses plumes avaient la rage.

« Il est gunophobe [423], dit Lucien. A-t-il du talent ?

— Il a de l'esprit, c'est un *Articlier*. Vernou porte des articles, fera toujours des articles, et rien que des articles. Le travail le plus obstiné ne pourra jamais greffer un livre sur sa prose. Félicien est incapable de concevoir une œuvre, d'en disposer les masses, d'en réunir harmonieusement les personnages dans un plan qui commence, se noue et marche vers un fait capital ; il a des idées, mais il ne connaît pas les faits ; ses héros seront des utopies philosophiques ou libérales ; enfin, son style est d'une originalité cherchée, sa phrase ballonnée tomberait si la critique lui donnait un coup d'épingle. Aussi craint-il énormément les journaux, comme tous ceux qui ont besoin des gourdes et des bourdes de l'éloge pour se soutenir au-dessus de l'eau.

— Quel article tu fais, s'écria Lucien.

— Ceux-là, mon enfant, il faut se les dire et jamais les écrire.

— Tu deviens rédacteur en chef, dit Lucien.

— Où veux-tu que je te jette ? lui demanda Lousteau.

— Chez Coralie.

— Ah ! nous sommes amoureux, dit Lousteau. Quelle faute ! Fais de Coralie ce que je fais de Florine, une ménagère, mais la liberté sur la montagne !

— Tu ferais damner les saints ! lui dit Lucien en riant.

— On ne damne pas les démons », répondit Lousteau.

Le ton léger, brillant de son nouvel ami, la manière dont il traitait la vie, ses paradoxes mêlés aux maximes vraies du machiavélisme parisien agissaient sur Lucien à son insu. En théorie, le poète reconnaissait le danger de ces pensées, et les trouvait utiles à l'application. En arrivant sur le boulevard du Temple, les deux amis convinrent de se retrouver, entre quatre et cinq heures, au bureau du journal, où sans doute Hector Merlin viendrait. Lucien était, en effet, saisi par les voluptés de l'amour vrai des courtisanes qui attachent leurs grappins aux endroits les plus tendres de l'âme en se pliant avec une incroyable souplesse à tous les désirs, en favorisant les molles habitudes d'où elles tirent leur force. Il avait déjà

soif des plaisirs parisiens, il aimait la vie facile, abondante et
magnifique que lui faisait l'actrice chez elle. Il trouva Coralie
et Camusot ivres de joie. Le Gymnase[424] proposait pour
Pâques prochain un engagement dont les conditions, nettement formulées, surpassaient les espérances de Coralie.

« Nous vous devons ce triomphe, dit Camusot.

— Oh ! certes, sans lui *L'Alcade* tombait, s'écria Coralie,
il n'y avait pas d'article, et j'étais encore au boulevard pour
six ans. »

Elle lui sauta au cou devant Camusot. L'effusion de
l'actrice avait je ne sais quoi de moelleux dans sa rapidité, de
suave dans son entraînement : elle aimait ! Comme tous les
hommes dans leurs grandes douleurs, Camusot abaissa ses
yeux à terre, et reconnut, le long de la couture des bottes de
Lucien, le fil de couleur employé par les bottiers célèbres et
qui se dessinait en jaune foncé sur le noir luisant de la tige.
La couleur originale de ce fil l'avait préoccupé pendant son
monologue sur la présence inexplicable d'une paire de bottes
devant la cheminée de Coralie. Il avait lu en lettres noires
imprimées sur le cuir blanc et doux de la doublure l'adresse
d'un bottier fameux à cette époque : Gay, rue de La
Michodière.

« Monsieur, dit-il à Lucien, vous avez de bien belles
bottes.

— Il a tout beau, répondit Coralie.

— Je voudrais bien me fournir chez votre bottier.

— Oh ! dit Coralie, comme c'est rue des Bourdonnais de
demander les adresses des fournisseurs ! Allez-vous porter
des bottes de jeune homme ? vous seriez joli garçon. Gardez
donc vos bottes à revers, qui conviennent à un homme
établi, qui a femme, enfants et maîtresse.

— Enfin, si monsieur voulait tirer une de ses bottes, il me
rendrait un service signalé, dit l'obstiné Camusot.

— Je ne pourrais la remettre sans crochets, dit Lucien en
rougissant.

— Bérénice en ira chercher, ils ne seront pas de trop ici,
dit le marchand d'un air horriblement goguenard.

— Papa Camusot, dit Coralie en lui jetant un regard
empreint d'un atroce mépris, ayez le courage de votre
lâcheté ! Allons, dites toute votre pensée. Vous trouvez que
les bottes de monsieur ressemblent aux miennes ? Je vous
défends d'ôter vos bottes, dit-elle à Lucien. Oui, monsieur
Camusot, oui, ces bottes sont absolument les mêmes que
celles qui se croisaient les bras devant mon foyer l'autre jour,

et monsieur caché dans mon cabinet de toilette les attendait, il avait passé la nuit ici. Voilà ce que vous pensez, hein ? Pensez-le, je le veux. C'est la vérité pure. Je vous trompe. Après ? Cela me plaît, à moi ! »

Elle s'assit sans colère et de l'air le plus dégagé du monde en regardant Camusot et Lucien, qui n'osaient se regarder.

« Je ne croirai que ce vous voudrez que je croie, dit Camusot. Ne plaisantez pas, j'ai tort.

— Ou je suis une infâme dévergondée qui dans un moment s'est amourachée de monsieur, ou je suis une pauvre misérable créature qui a senti pour la première fois le véritable amour après lequel courent toutes les femmes. Dans les deux cas, il faut me quitter ou me prendre comme je suis, dit-elle en faisant un geste de souveraine par lequel elle écrasa le négociant.

— Serait-ce vrai ? dit Camusot qui vit à la contenance de Lucien que Coralie ne riait pas et qui mendiait une tromperie.

— J'aime mademoiselle », dit Lucien.

En entendant ce mot dit d'une voix émue, Coralie sauta au cou de son poète, le pressa dans ses bras et tourna la tête vers le marchand de soieries en lui montrant l'admirable groupe d'amour qu'elle faisait avec Lucien.

« Pauvre Musot, reprends tout ce que tu m'as donné, je ne veux rien de toi, j'aime comme une folle cet enfant-là, non pour son esprit, mais pour sa beauté. Je préfère la misère avec lui, à des millions avec toi. »

Camusot tomba sur un fauteuil, se mit la tête dans les mains, et demeura silencieux.

« Voulez-vous que nous nous en allions ? » lui dit-elle avec une incroyable férocité.

Lucien eut froid dans le dos en se voyant chargé d'une femme, d'une actrice et d'un ménage.

« Reste ici, garde tout, Coralie, dit le marchand d'une voix faible et douloureuse qui partait de l'âme, je ne veux rien reprendre. Il y a pourtant là soixante mille francs de mobilier, mais je ne saurais me faire à l'idée de ma Coralie dans la misère. Et tu seras cependant avant peu dans la misère. Quelque grands que soient les talents de monsieur, ils ne peuvent pas te donner une existence. Voilà ce qui nous attend tous, nous autres vieillards ! Laisse-moi, Coralie, le droit de venir te voir quelquefois : je puis t'être utile. D'ailleurs, je l'avoue, il me serait impossible de vivre sans toi. »

La douceur de ce pauvre homme, dépossédé de tout son bonheur au moment où il se croyait le plus heureux, toucha vivement Lucien, mais non Coralie.

« Viens, mon pauvre Musot, viens tant que tu voudras, dit-elle, je t'aimerai mieux en ne te trompant point. »

Camusot parut content de n'être pas chassé de son paradis terrestre où sans doute il devait souffrir, mais où il espéra rentrer plus tard dans tous ses droits en se fiant sur les hasards de la vie parisienne et sur les séductions qui allaient entourer Lucien. Le vieux marchand matois pensa que tôt ou tard ce beau jeune homme se permettrait des infidélités, et pour l'espionner, pour le perdre dans l'esprit de Coralie, il voulait rester leur ami. Cette lâcheté de la passion vraie effraya Lucien. Camusot offrit à dîner au Palais-Royal, chez Véry, ce qui fut accepté.

« Quel bonheur, cria Coralie quand Camusot fut parti, plus de mansarde au quartier Latin, tu demeureras ici, nous ne nous quitterons pas, tu prendras pour conserver les apparences un petit appartement, rue Charlot, et vogue la galère ! »

Elle se mit à danser son pas espagnol avec un entrain qui peignit une indomptable passion.

« Je puis gagner cinq cents francs par mois en travaillant beaucoup, dit Lucien.

— J'en ai toujours autant au théâtre, sans compter les feux[425]. Camusot m'habillera toujours, il m'aime ! Avec quinze cents francs par mois, nous vivrons comme des Crésus.

— Et les chevaux, et le cocher, et le domestique ? dit Bérénice.

— Je ferai des dettes », s'écria Coralie.

Elle se remit à danser une gigue avec Lucien.

« Il faut dès lors accepter les propositions de Finot, s'écria Lucien.

— Allons, dit Coralie, je m'habille et te mène à ton journal, je t'attendrai en voiture, sur le boulevard. »

Lucien s'assit sur un sofa, regarda l'actrice faisant sa toilette, et se livra aux plus graves réflexions. Il eût mieux aimé laisser Coralie libre que d'être jeté dans les obligations d'un pareil mariage ; mais il la vit si belle, si bien faite, si attrayante, qu'il fut saisi par les pittoresques aspects de cette vie de Bohème, et jeta le gant à la face de la Fortune. Bérénice eut ordre de veiller au déménagement et à l'installation de Lucien. Puis, la triomphante, la belle, l'heureuse

Coralie entraîna son amant aimé, son poète, et traversa tout Paris pour aller rue Saint-Fiacre. Lucien grimpa lestement l'escalier, et se produisit en maître dans les bureaux du journal. Coloquinte ayant toujours son papier timbré sur la tête et le vieux Giroudeau lui dirent encore assez hypocritement que personne n'était venu.

« Mais les rédacteurs doivent se voir quelque part pour convenir du journal, dit-il.

— Probablement, mais la rédaction ne me regarde pas », dit le capitaine de la Garde impériale qui se remit à vérifier ses bandes en faisant son éternel broum! broum!

En ce moment, par un hasard, doit-on dire heureux ou malheureux? Finot vint pour annoncer à Giroudeau sa fausse abdication, et lui recommander de veiller à ses intérêts.

« Pas de diplomatie avec monsieur, il est du journal, dit Finot à son oncle en prenant la main de Lucien et la lui serrant.

— Ah! monsieur est du journal, s'écria Giroudeau surpris du geste de son neveu. Eh bien, monsieur, vous n'avez pas eu de peine à y entrer.

— Je veux y faire votre lit pour que vous ne soyez pas *jobardé* [426] par Étienne, dit Finot en regardant Lucien d'un air fin. Monsieur aura trois francs par colonne pour toute sa rédaction, y compris les comptes rendus de théâtre.

— Tu n'as jamais fait ces conditions à personne, dit Giroudeau en regardant Lucien avec étonnement.

— Il aura les quatre théâtres du boulevard, tu auras soin que ses loges ne lui soient pas *chipées*, et que ses billets de spectacle lui soient remis. Je vous conseille néanmoins de vous les faire adresser chez vous, dit-il en se tournant vers Lucien. Monsieur s'engage à faire, en outre de sa critique, dix articles Variétés d'environ deux colonnes pour cinquante francs par mois pendant un an. Cela vous va-t-il?

— Oui, dit Lucien qui avait la main forcée par les circonstances.

— Mon oncle, dit Finot au caissier, tu rédigeras le traité que nous signerons en descendant.

— Qui est monsieur? demanda Giroudeau en se levant et ôtant son bonnet de soie noire.

— M. Lucien de Rubempré, l'auteur de l'article sur *L'Alcade*, dit Finot.

— Jeune homme, s'écria le vieux militaire en frappant sur le front de Lucien, vous avez là des mines d'or. Je ne suis

pas littéraire, mais votre article, je l'ai lu, il m'a fait plaisir.
Parlez-moi de cela ! Voilà de la gaieté. Aussi ai-je dit : Ça
nous amènera des abonnés ! Et il en est venu. Nous avons
vendu cinquante numéros.

— Mon traité avec Étienne Lousteau est-il copié double
et prêt à signer ? dit Finot à son oncle.

— Oui, dit Giroudeau.

— Mets à celui que je signe avec monsieur la date d'hier,
afin que Lousteau soit sous l'empire de ces conventions. »
Finot prit le bras de son nouveau rédacteur avec un
semblant de camaraderie qui séduisit le poète, et l'entraîna
dans l'escalier en lui disant : « Vous avez ainsi une position
faite. Je vous présenterai moi-même à *mes* rédacteurs. Puis,
ce soir, Lousteau vous fera reconnaître aux théâtres. Vous
pouvez gagner cent cinquante francs par mois à notre petit
journal que va diriger Lousteau ; aussi tâchez de bien vivre
avec lui. Déjà le drôle m'en voudra de lui avoir lié les mains
en votre endroit, mais vous avez du talent, et je ne veux pas
que vous soyez en butte aux caprices d'un rédacteur en chef.
Entre nous, vous pouvez m'apporter jusqu'à deux feuilles
par mois pour ma Revue hebdomadaire, je vous les payerai
deux cents francs. Ne parlez de cet arrangement à personne,
je serais en proie à la vengeance de tous ces amours-propres
blessés de la fortune d'un nouveau venu. Faites quatre
articles de vos deux feuilles, signez-en deux de votre nom et
deux d'un pseudonyme, afin de ne pas avoir l'air de manger
le pain des autres. Vous devez votre position à Blondet et à
Vignon qui vous trouvent de l'avenir. Ainsi, ne vous
galvaudez pas. Surtout, défiez-vous de vos amis. Quant à
nous deux, entendons-nous bien toujours. Servez-moi, je
vous servirai. Vous avez pour quarante francs de loges et de
billets à vendre, et pour soixante francs de livres à *laver*[427].
Ça et votre rédaction vous donneront quatre cent cinquante
francs par mois. Avec de l'esprit, vous saurez trouver au
moins deux cents francs en sus chez les libraires qui vous
payeront des articles et des prospectus. Mais vous êtes à
moi, n'est-ce pas ? Je puis compter sur vous. »

Lucien serra la main de Finot avec un transport de joie
inouï.

« N'ayons pas l'air de nous être entendus », lui dit Finot à
l'oreille en poussant la porte d'une mansarde au cinquième
étage de la maison, et située au fond d'un long corridor.

Lucien aperçut alors Lousteau, Félicien Vernou, Hector
Merlin et deux autres rédacteurs qu'il ne connaissait pas,

tous réunis à une table couverte d'un tapis vert, devant un bon feu, sur des chaises ou des fauteuils, fumant ou riant. La table était chargée de papiers, il s'y trouvait un véritable encrier plein d'encre, des plumes assez mauvaises, mais qui servaient aux rédacteurs. Il fut démontré au nouveau journaliste que là s'élaborait le grand œuvre.

« Messieurs, dit Finot, l'objet de la réunion est l'installation en mon lieu et place de notre cher Lousteau comme rédacteur en chef du journal que je suis obligé de quitter. Mais, quoique mes opinions subissent une transformation nécessaire pour que je puisse passer rédacteur en chef de la Revue dont les destinées vous sont connues, mes convictions sont les mêmes et nous restons amis. Je suis tout à vous, comme vous serez à moi. Les circonstances sont variables, les principes sont fixes. Les principes sont le pivot sur lequel marchent les aiguilles du baromètre politique. »

Tous les rédacteurs partirent d'un éclat de rire.

« Qui t'a donné ces phrases-là ? demanda Lousteau.

— Blondet, répondit Finot.

— Vent, pluies, tempête, beau fixe, dit Merlin, nous parcourrons tout ensemble.

— Enfin, reprit Finot, ne nous embarbouillons pas dans les métaphores : tous ceux qui auront quelques articles à m'apporter retrouveront Finot. Monsieur, dit-il en présentant Lucien, est des vôtres. J'ai traité avec lui, Lousteau. »

Chacun complimenta Finot sur son élévation et sur ses nouvelles destinées.

« Te voilà à cheval sur nous et sur les autres, lui dit l'un des rédacteurs inconnus à Lucien, tu deviens Janus...

— Pourvu qu'il ne soit pas Janot[428], dit Vernou.

— Tu nous laisses attaquer nos bêtes noires ?

— Tout ce que vous voudrez ! dit Finot.

— Ah ! mais, dit Lousteau, le journal ne peut pas reculer. M. Châtelet s'est fâché, nous n'allons pas le lâcher pendant une semaine.

— Que s'est-il passé ? dit Lucien.

— Il est venu demander raison, dit Vernou. L'ex-beau de l'Empire a trouvé le père Giroudeau, qui, du plus beau sang-froid du monde, a montré dans Philippe Bridau[429] l'auteur de l'article, et Philippe a demandé au baron son heure et ses armes. L'affaire en est restée là. Nous sommes occupés à présenter des excuses au baron dans le numéro de demain. Chaque phrase est un coup de poignard.

— Mordez-le ferme, il viendra me trouver, dit Finot.

J'aurai l'air de lui rendre service en vous apaisant, il tient au Ministère, et nous accrocherons là quelque chose, une place de professeur suppléant ou quelque bureau de tabac. Nous sommes heureux qu'il se soit piqué au jeu. Qui de vous veut faire dans mon nouveau journal un article de fond sur Nathan ?

— Donnez-le à Lucien, dit Lousteau. Hector et Vernou feront des articles dans leurs journaux respectifs...

— Adieu, messieurs, nous nous reverrons seul à seul chez Barbin[430] », dit Finot en riant.

Lucien reçut quelques compliments sur son admission dans le corps redoutable des journalistes, et Lousteau le présenta comme un homme sur qui l'on pouvait compter.

« Lucien vous invite en masse, messieurs, à souper chez sa maîtresse, la belle Coralie.

— Coralie va au Gymnase, dit Lucien à Étienne.

— Eh bien, messieurs, il est entendu que nous pousserons Coralie, hein ? Dans tous vos journaux, mettez quelques lignes sur son engagement et parlez de son talent. Vous donnerez du tact, de l'habileté à l'administration du Gymnase, pouvons-nous lui donner de l'esprit ?

— Nous lui donnerons de l'esprit, répondit Merlin, Frédéric a une pièce avec Scribe.

— Oh ! le directeur du Gymnase est alors le plus prévoyant et le plus perspicace des spéculateurs, dit Vernou.

— Ah ! çà, ne faites pas vos articles sur le livre de Nathan que nous ne nous soyons concertés, vous saurez pourquoi, dit Lousteau. Nous devons être utiles à notre nouveau camarade. Lucien a deux livres à placer, un recueil de sonnets et un roman. Par la vertu de l'entrefilet ! il doit être un grand poète à trois mois d'échéance. Nous nous servirons de ses *Marguerites* pour rabaisser les Odes, les Ballades, les Méditations, toute la poésie romantique.

— Ça serait drôle si les sonnets ne valaient rien, dit Vernou. Que pensez-vous de vos sonnets, Lucien ?

— Là, comment les trouvez-vous ? dit un des rédacteurs inconnus.

— Messieurs, ils sont bien, dit Lousteau, parole d'honneur.

— Eh bien, j'en suis content, dit Vernou, je les jetterai dans les jambes de ces poètes de sacristie qui me fatiguent.

— Si Dauriat, ce soir, ne prend pas *Les Marguerites*, nous lui flanquerons article sur article contre Nathan.

— Et Nathan, que dira-t-il ? » s'écria Lucien.

Les cinq rédacteurs éclatèrent de rire.

« Il sera enchanté, dit Vernou. Vous verrez comment nous arrangerons les choses.

— Ainsi, monsieur est des nôtres? dit un des deux rédacteurs que Lucien ne connaissait pas.

— Oui, oui, Frédéric, pas de farces. Tu vois, Lucien, dit Étienne au néophyte, comment nous agissons avec toi, tu ne reculeras pas dans l'occasion. Nous aimons tous Nathan, et nous allons l'attaquer. Maintenant partageons-nous l'empire d'Alexandre. Frédéric, veux-tu les Français et l'Odéon?

— Si ces messieurs y consentent », dit Frédéric.

Tous inclinèrent la tête, mais Lucien vit briller des regards d'envie.

« Je garde l'Opéra, les Italiens et l'Opéra-Comique[431], dit Vernou.

— Eh bien, Hector prendra les théâtres de Vaudeville[432], dit Lousteau.

— Et moi, je n'ai donc pas de théâtres? s'écria l'autre rédacteur que ne connaissait pas Lucien.

— Eh bien, Hector te laissera les Variétés, et Lucien la Porte-Saint-Martin, dit Étienne. Abandonne-lui la Porte-Saint-Martin, il est fou de Fanny Beaupré[433], dit-il à Lucien, tu prendras le Cirque-Olympique en échange. Moi, j'aurai Bobino, les Funambules et Mme Saqui[434]. Qu'avons-nous pour le journal de demain?

— Rien.

— Rien.

— Rien!

— Messieurs, soyez brillants pour mon premier numéro. Le baron Châtelet et sa seiche ne dureront pas huit jours. L'auteur du *Solitaire* est bien usé.

— Sosthène-Démosthène n'est plus drôle, dit Vernou, tout le monde nous l'a pris.

— Oh! il nous faut de nouveaux morts, dit Frédéric.

— Messieurs, si nous prêtions des ridicules aux hommes vertueux de la Droite? Si nous disions que M. de Bonald pue des pieds? s'écria Lousteau.

— Commençons une série de portraits des orateurs ministériels? dit Hector Merlin.

— Fais cela, mon petit, dit Lousteau, tu les connais, ils sont de ton parti, tu pourras satisfaire quelques haines intestines. Empoigne Beugnot, Syrieys de Mayrinhac[435] et autres. Les articles peuvent être prêts à l'avance, nous ne serons pas embarrassés pour le journal.

— Si nous inventions quelques refus de sépulture, avec des circonstances plus ou moins aggravantes ? dit Hector.

— N'allons pas sur les brisées des grands journaux constitutionnels qui ont leurs *cartons aux curés* pleins de *canards* [436], répondit Vernou.

— De canards ? dit Lucien.

— Nous appelons un canard, lui répondit Hector, un fait qui a l'air d'être vrai, mais qu'on invente pour relever les Faits-Paris quand ils sont pâles. Le canard est une trouvaille de Franklin, qui a inventé le paratonnerre, le canard et la république. Ce journaliste trompa si bien les encyclopédistes par ses canards d'outre-mer que, dans l'*Histoire philosophique des Indes,* Raynal a donné deux de ces canards pour des faits authentiques.

— Je ne savais pas cela, dit Vernou. Quels sont les deux canards ?

— L'histoire relative à l'Anglais qui vend sa libératrice, une négresse, après l'avoir rendue mère afin d'en tirer plus d'argent. Puis le plaidoyer sublime de la jeune fille grosse gagnant sa cause [437]. Quand Franklin vint à Paris, il avoua ses canards chez Necker, à la grande confusion des philosophes français. Et voilà comment le Nouveau Monde a deux fois corrompu l'ancien.

— Le journal, dit Lousteau, tient pour vrai tout ce qui est probable. Nous partons de là.

— La justice criminelle ne procède pas autrement, dit Vernou.

— Eh bien, à ce soir, neuf heures, ici », dit Merlin.

Chacun se leva, se serra les mains, et la séance fut levée au milieu des témoignages de la plus touchante familiarité.

« Qu'as-tu donc fait à Finot, dit Étienne à Lucien en descendant, pour qu'il ait passé un marché avec toi ? Tu es le seul avec lequel il se soit lié.

— Moi, rien, il me l'a proposé, dit Lucien.

— Enfin, tu aurais avec lui des arrangements, j'en serais enchanté, nous n'en serions que plus forts tous deux. »

Au rez-de-chaussée, Étienne et Lucien trouvèrent Finot qui prit à part Lousteau dans le cabinet ostensible de la Rédaction.

« Signez votre traité pour que le nouveau directeur croie la chose faite d'hier », dit Giroudeau qui présentait à Lucien deux papiers timbrés.

En lisant ce traité, Lucien entendit entre Étienne et Finot une discussion assez vive qui roulait sur les produits en nature du journal[438]. Étienne voulait sa part de ces impôts perçus par Giroudeau. Il y eut sans doute une transaction entre Finot et Lousteau, car les deux amis sortirent entièrement d'accord.

« À huit heures, aux Galeries de Bois, chez Dauriat », dit Étienne à Lucien.

Un jeune homme se présenta pour être rédacteur de l'air timide et inquiet qu'avait Lucien naguère. Lucien vit avec un plaisir secret Giroudeau pratiquant sur le néophyte les plaisanteries par lesquelles le vieux militaire l'avait abusé ; son intérêt lui fit parfaitement comprendre la nécessité de ce manège, qui mettait des barrières presque infranchissables entre les débutants et la mansarde où pénétraient les élus.

« Il n'y a pas déjà tant d'argent pour les rédacteurs, dit-il à Giroudeau.

— Si vous étiez plus de monde, chacun de vous en aurait moins, répondit le capitaine. Et donc ! »

L'ancien militaire fit tourner sa canne plombée, sortit en *broum-broumant*, et parut stupéfait de voir Lucien montant dans le bel équipage qui stationnait sur les boulevards.

« Vous êtes maintenant les militaires, et nous sommes les péquins, lui dit le soldat.

— Ma parole d'honneur, ces jeunes gens me paraissent être les meilleurs enfants du monde, dit Lucien à Coralie. Me voilà journaliste avec la certitude de pouvoir gagner six cents francs par mois, en travaillant comme un cheval ; mais je placerai mes deux ouvrages et j'en ferai d'autres, car mes amis vont m'organiser un succès ! Ainsi, je dis comme toi, Coralie : Vogue la galère.

— Tu réussiras, mon petit ; mais ne sois pas aussi bon que tu es beau, tu te perdrais. Sois méchant avec les hommes, c'est bon genre. »

Coralie et Lucien allèrent se promener au bois de Boulogne, ils y rencontrèrent encore la marquise d'Espard, Mme de Bargeton et le baron Châtelet. Mme de Bargeton regarda Lucien d'un air séduisant qui pouvait passer pour un salut. Camusot avait commandé le meilleur dîner du monde. Coralie, en se sachant débarrassée de lui, fut si charmante pour le pauvre marchand de soieries qu'il ne se souvint pas, durant les quatorze mois de leur liaison, de l'avoir vue si gracieuse ni si attrayante.

« Allons, se dit-il, restons avec elle, *quand même !* »

Camusot proposa secrètement à Coralie une inscription de six mille livres de rente sur le Grand-Livre, que ne connaissait pas sa femme, si elle voulait rester sa maîtresse, en consentant à fermer les yeux sur ses amours avec Lucien.

« Trahir un pareil ange ?... mais regarde-le donc, pauvre magot[439], et regarde-toi ! » dit-elle en lui montrant le poète que Camusot avait légèrement étourdi en le faisant boire.

Camusot résolut d'attendre que la misère lui rendît la femme que la misère lui avait déjà livrée.

« Je ne serai donc que ton ami », dit-il en la baisant au front.

Lucien laissa Coralie et Camusot pour aller aux Galeries de Bois. Quel changement son initiation aux mystères du journal avait produit dans son esprit ! Il se mêla sans peur à la foule qui ondoyait dans les Galeries, il eut l'air impertinent parce qu'il avait une maîtresse, il entra chez Dauriat d'un air dégagé parce qu'il était journaliste. Il y trouva grande société, il y donna la main à Blondet, à Nathan, à Finot, à toute la littérature avec laquelle il avait fraternisé depuis une semaine ; il se crut un personnage, et se flatta de surpasser ses camarades ; la petite pointe de vin qui l'animait le servit à merveille, il fut spirituel, et montra qu'il savait hurler avec les loups. Néanmoins, Lucien ne recueillit pas les approbations tacites, muettes ou parlées sur lesquelles il comptait, il aperçut un premier mouvement de jalousie parmi ce monde, moins inquiet que curieux peut-être de savoir quelle place prendrait une supériorité nouvelle, et ce qu'elle avalerait dans le partage général des produits de la Presse. Finot, qui trouvait en Lucien une mine à exploiter, Lousteau, qui croyait avoir des droits sur lui, furent les seuls que le poète vit souriant. Lousteau, qui avait déjà pris les allures d'un rédacteur en chef, frappa vivement aux carreaux du cabinet de Dauriat.

« Dans un moment, mon ami », lui répondit le libraire en levant la tête au-dessus des rideaux verts et en le reconnaissant.

Le moment dura une heure, après laquelle Lucien et son ami entrèrent dans le sanctuaire.

« Eh bien, avez-vous pensé à l'affaire de notre ami ? dit le nouveau rédacteur en chef.

— Certes, dit Dauriat en se penchant sultanesquement dans son fauteuil. J'ai parcouru le recueil, je l'ai fait lire à un homme de goût, à un bon juge, car je n'ai pas la prétention de m'y connaître. Moi, mon ami, j'achète la gloire toute faite comme cet Anglais achetait l'amour. Vous êtes aussi grand poète que vous êtes joli garçon, mon petit, dit Dauriat. Foi d'honnête homme, je ne dis pas de libraire, remarquez ? vos sonnets sont magnifiques, on n'y sent pas le travail, ce qui est rare quand on a l'inspiration et de la verve. Enfin, vous savez rimer, une des qualités de la nouvelle école. Vos *Marguerites* sont un beau livre, mais ce n'est pas une affaire, et je ne peux m'occuper que de vastes entreprises. Par conscience, je ne veux pas prendre vos sonnets, il me serait impossible de les pousser, il n'y a pas assez à gagner pour faire les dépenses d'un succès. D'ailleurs vous ne continuerez pas la poésie, votre livre est un livre isolé. Vous êtes jeune, jeune homme ! vous m'apportez l'éternel recueil des premiers vers que font au sortir du collège tous les gens de lettres, auquel ils tiennent tout d'abord, et dont ils se moquent plus tard. Lousteau, votre ami, doit avoir un poème caché dans ses vieilles chaussettes. N'as-tu pas un poème auquel tu as cru, Lousteau ? dit Dauriat en jetant sur Étienne un fin regard de compère.

— Eh ! comment pourrais-je écrire en prose ? dit Lousteau.

— Eh bien, vous le voyez, il ne m'en a jamais parlé ; mais notre ami connaît la librairie et les affaires, reprit Dauriat. Pour moi, la question, dit-il en câlinant Lucien, n'est pas de savoir si vous êtes un grand poète ; vous avez beaucoup, mais beaucoup de mérite ; si je commençais la librairie, je commettrais la faute de vous éditer. Mais d'abord, aujourd'hui, mes commanditaires et mes bailleurs de fonds me couperaient les vivres ; il suffit que j'y ai perdu vingt mille francs l'année dernière pour qu'ils ne veuillent entendre à aucune poésie, et ils sont mes maîtres. Néanmoins la question n'est pas là. J'admets que vous soyez un grand poète, serez-vous fécond ? Pondrez-vous régulièrement des sonnets ? Deviendrez-vous dix volumes ? Serez-vous une affaire ? Eh bien, non, vous serez un délicieux prosateur ; vous avez trop d'esprit pour le gâter par des chevilles, vous avez à gagner trente mille francs par an dans les journaux, et vous ne les troquerez pas contre trois mille francs que vous donneront très difficilement vos hémistiches, vos strophes et autres ficharades !

— Vous savez, Dauriat, que monsieur est du journal, dit Lousteau.

— Oui, répondit Dauriat, j'ai lu son article ; et, dans son intérêt bien entendu, je lui refuse *Les Marguerites* ! Oui, monsieur, je vous aurai donné plus d'argent dans six mois d'ici pour les articles que j'irai vous demander que pour votre poésie invendable !

— Et la gloire ? » s'écria Lucien.

Dauriat et Lousteau se mirent à rire.

« Dame ! dit Lousteau, ça conserve des illusions.

— La gloire, répondit Dauriat, c'est dix ans de persistance et une alternative de cent mille francs de perte ou de gain pour le libraire. Si vous trouvez des fous qui impriment vos poésies, dans un an d'ici vous aurez de l'estime pour moi en apprenant le résultat de leur opération.

— Vous avez là le manuscrit ? dit Lucien froidement.

— Le voici, mon ami », répondit Dauriat dont les façons avec Lucien s'étaient déjà singulièrement édulcorées.

Lucien prit le rouleau sans regarder l'état dans lequel était la ficelle, tant Dauriat avait l'air d'avoir lu *Les Marguerites*. Il sortit avec Lousteau sans paraître ni consterné ni mécontent. Dauriat accompagna les deux amis dans la boutique en parlant de son journal et de celui de Lousteau. Lucien jouait négligemment avec le manuscrit des *Marguerites*.

« Tu crois que Dauriat a lu ou fait lire tes sonnets ? lui dit Étienne à l'oreille.

— Oui, dit Lucien.

— Regarde les scellés. »

Lucien aperçut l'encre et la ficelle dans un état de conjonction parfaite[440].

« Quel sonnet avez-vous le plus particulièrement remarqué ? dit Lucien au libraire en pâlissant de colère et de rage.

— Ils sont tous remarquables, mon ami, répondit Dauriat, mais celui sur la marguerite est délicieux, il se termine par une pensée fine et très délicate. Là, j'ai deviné le succès que votre prose doit obtenir. Aussi vous ai-je recommandé sur-le-champ à Finot. Faites-nous des articles, nous les payerons bien. Voyez-vous, penser à la gloire, c'est fort beau, mais n'oubliez pas le solide, et prenez tout ce qui se présentera. Quand vous serez riche, vous ferez des vers. »

Le poète sortit brusquement dans les Galeries pour ne pas éclater, il était furieux. « Eh bien, enfant, dit Lousteau qui le suivit, sois donc calme, accepte les hommes pour ce qu'ils sont, des moyens. Veux-tu prendre ta revanche ?

— À tout prix, dit le poète.

— Voici un exemplaire du livre de Nathan que Dauriat vient de me donner, la seconde édition paraît demain, relis cet ouvrage et broche un article qui le démolisse. Félicien Vernou ne peut souffrir Nathan dont le succès nuit, à ce qu'il croit, au futur succès de son ouvrage. Une des manies de ces petits esprits est d'imaginer que, sous le soleil, il n'y a pas de place pour deux succès. Aussi fera-t-il mettre ton article dans le grand journal auquel il travaille.

— Mais que peut-on dire contre ce livre? il est beau, s'écria Lucien.

— Ha! çà, mon cher, apprends ton métier, dit en riant Lousteau. Le livre, fût-il un chef-d'œuvre, doit devenir sous ta plume une stupide niaiserie, une œuvre dangereuse et malsaine.

— Mais comment?

— Tu changeras les beautés en défauts.

— Je suis incapable d'un pareil tour de force.

— Mon cher, un journaliste est un acrobate, il faut t'habituer aux inconvénients de l'état. Tiens, je suis bon enfant, moi! voici la manière de procéder en semblable occurrence. Attention, mon petit! Tu commenceras par trouver l'œuvre belle, et tu peux t'amuser à écrire alors ce que tu en penses. Le public se dira : Ce critique est sans jalousie, il sera sans doute impartial. Dès lors le public tiendra ta critique pour consciencieuse. Après avoir conquis l'estime de ton lecteur, tu regretteras d'avoir à blâmer le système dans lequel de semblables livres vont faire entrer la littérature française. La France diras-tu, ne gouverne-t-elle pas l'intelligence du monde entier? Jusqu'aujourd'hui, de siècle en siècle, les écrivains français maintenaient l'Europe dans la voie de l'analyse, de l'examen philosophique, par la puissance du style et par la forme originale qu'ils donnaient aux idées. Ici, tu places, pour le bourgeois, un éloge de Voltaire, de Rousseau, de Diderot, de Montesquieu, de Buffon. Tu expliqueras combien en France la langue est impitoyable, tu prouveras qu'elle est un vernis étendu sur la pensée. Tu lâcheras des axiomes, comme : Un grand écrivain en France est toujours un grand homme, il est tenu par la langue à toujours penser; il n'en est pas ainsi dans les autres pays, etc. Tu démontreras ta proposition en comparant Rabener, un moraliste satirique allemand[441], à La Bruyère. Il n'y a rien qui pose un critique comme de parler d'un auteur étranger inconnu. Kant est le piédestal de Cousin[442]. Une fois sur ce terrain, tu lances un mot qui résume et explique aux niais le système de nos hommes de génie du dernier siècle, en appelant leur littérature une *littérature idéée*. Armé de ce mot, tu jettes tous les morts illustres à la tête des auteurs vivants. Tu expliques alors que de nos jours il se produit une nouvelle littérature où l'on abuse du dialogue (la plus facile des formes littéraires), et des descriptions qui dispensent de penser. Tu opposeras les romans de Voltaire, de Diderot, de Sterne, de Lesage, si substantiels, si incisifs, au roman moderne où tout se traduit par des images, et que Walter Scott a beaucoup trop *dramatisé*. Dans un pareil genre, il n'y a place que pour l'inventeur. Le roman à la Walter Scott est un genre et non un système, diras-tu. Tu foudroieras ce genre funeste où l'on délaye les idées, où elles sont passées au laminoir, genre accessible à tous les esprits, genre où chacun peut devenir auteur à bon marché, genre que tu nommeras enfin la *littérature imagée*[443]. Tu feras tomber cette argumentation sur Nathan, en démontrant qu'il est un imitateur et n'a que l'apparence du talent. Le grand style serré du dix-huitième siècle manque à son livre, tu prouveras que l'auteur y a substitué les événements aux sentiments. Le mouvement n'est pas la vie, le tableau n'est pas l'idée ! Lâche de ces sentences-là, le public les répète. Malgré le mérite de cette œuvre, elle te paraît alors fatale et dangereuse, elle ouvre les portes du Temple de la Gloire à la foule, et tu feras apercevoir dans le lointain une armée de petits auteurs empressés d'imiter cette forme, si facile. Ici tu pourras te livrer dès lors à de tonnantes lamentations sur la décadence du goût, et tu glisseras l'éloge de MM. Étienne, Jouy, Tissot, Gosse, Duval, Jay, Benjamin Constant, Aignan, Baour-Lormian, Villemain[444], les coryphées du parti libéral napoléonien, sous la protection desquels se trouve le journal de Vernou. Tu montreras cette glorieuse phalange résistant à l'invasion des romantiques, tenant pour l'idée et le style contre l'image et le bavardage, continuant l'école voltairienne et s'opposant à l'école anglaise et allemande, de même que les dix-sept orateurs de la Gauche combattent pour la nation contre les Ultras de la Droite. Protégé par ces noms révérés de l'immense majorité des Français qui seront toujours pour l'Opposition de la Gauche, tu peux écraser Nathan dont l'ouvrage, quoique renfermant des beautés supérieures, donne en France droit de bourgeoisie à une littérature sans idées. Dès lors, il ne s'agit plus de Nathan ni de son livre, comprends-tu ? mais de la gloire de la France. Le devoir des plumes honnêtes et courageuses est de s'opposer vivement à ces importations étrangères. Là, tu flattes l'abonné. Selon toi, la France est une fine commère, il n'est pas facile de la surprendre. Si le libraire a, par des raisons dans lesquelles tu ne veux pas entrer, escamoté[445] un succès, le vrai public a bientôt fait justice des erreurs causées par les cinq cents niais qui composent son avant-garde. Tu diras qu'après avoir eu le bonheur de vendre une édition de ce livre, le libraire est bien audacieux d'en faire une seconde, et tu regretteras qu'un si habile éditeur connaisse si peu les instincts du pays. Voilà tes masses. Saupoudre-moi d'esprit ces raisonnements, relève-les par un petit filet de vinaigre, et Dauriat est frit dans la poêle aux articles. Mais n'oublie pas de terminer en ayant l'air de plaindre dans Nathan l'erreur d'un homme à qui, s'il quitte cette voie, la littérature contemporaine devra de belles œuvres. »

Lucien fut stupéfait en entendant parler Lousteau : à la parole du journaliste, il lui tombait des écailles des yeux, il découvrait des vérités littéraires qu'il n'avait même pas soupçonnées.

« Mais ce que tu me dis, s'écria-t-il, est plein de raison et de justesse.

— Sans cela, pourrais-tu battre en brèche le livre de Nathan ? dit Lousteau. Voilà, mon petit, une première forme d'article qu'on emploie pour démolir un ouvrage. C'est le pic du critique. Mais il y a bien d'autres formules ! ton éducation se fera. Quand tu seras obligé de parler absolument d'un homme que tu n'aimeras pas, quelquefois les propriétaires, les rédacteurs en chef d'un journal ont la main forcée, tu déploieras les négations de ce que nous appelons l'article de fond. On met en tête de l'article le titre du livre dont on veut que vous vous occupiez ; on commence par des considérations générales dans lesquelles on peut parler des Grecs et des Romains, puis on dit à la fin : Ces considérations nous ramènent au livre de monsieur un tel, qui sera la matière d'un second article. Et le second article ne paraît jamais. On étouffe ainsi le livre entre deux promesses. Ici, tu ne fais pas un article contre Nathan, mais contre Dauriat ; il faut un coup de pic. Sur un bel ouvrage, le pic n'entame rien, et il entre dans un mauvais livre jusqu'au cœur : au premier cas, il ne blesse que le libraire ; et dans le second, il rend service au public. Ces formes de critique littéraire s'emploient également dans la critique politique. »

La cruelle leçon d'Étienne ouvrait des cases dans l'imagination de Lucien qui comprit admirablement ce métier.

« Allons au journal, dit Lousteau, nous y trouverons nos

amis, et nous conviendrons d'une charge à fond de train contre Nathan, et ça les fera rire, tu verras. »

Arrivés rue Saint-Fiacre, ils montèrent ensemble à la mansarde où se faisait le journal, et Lucien fut aussi surpris que ravi de voir l'espèce de joie avec laquelle ses camarades convinrent de démolir le livre de Nathan. Hector Merlin prit un carré de papier, et il écrivit ces lignes qu'il alla porter à son journal :

On annonce une seconde édition du livre de M. Nathan. Nous comptions garder le silence sur cet ouvrage, mais cette apparence de succès nous oblige à publier un article, moins sur l'œuvre que sur la tendance de la jeune littérature.

En tête des plaisanteries pour le numéro du lendemain, Lousteau mit cette phrase :

Le libraire Dauriat publie une seconde édition du livre de M. Nathan ? Il ne connaît donc pas le proverbe du Palais : NON BIS IN IDEM [446]. *Honneur au courage malheureux !*

Les paroles d'Étienne avaient été comme un flambeau pour Lucien, à qui le désir de se venger de Dauriat tint lieu de conscience et d'inspiration. Trois jours après, pendant lesquels il ne sortit pas de la chambre de Coralie où il travaillait au coin du feu, servi par Bérénice, et caressé dans ses moments de lassitude par l'attentive et silencieuse Coralie, Lucien mit au net un article critique, d'environ trois colonnes, où il s'était levé à une hauteur surprenante. Il courut au journal, il était neuf heures du soir, il y trouva les rédacteurs et leur lut son travail. Il fut écouté sérieusement. Félicien ne dit pas un mot, il prit le manuscrit et dégringola les escaliers.

« Que lui prend-il ? s'écria Lucien.

— Il porte ton article à l'imprimerie ! dit Hector Merlin, c'est un chef-d'œuvre où il n'y a ni un mot à retrancher, ni une ligne à ajouter.

— Il ne faut que te montrer le chemin ! dit Lousteau.

— Je voudrais voir la mine que fera Nathan demain en lisant cela, dit un autre rédacteur sur la figure duquel éclatait une douce satisfaction.

— Il faut être votre ami, dit Hector Merlin.

— C'est donc bien ? demanda vivement Lucien.

— Blondet et Vignon s'en trouveront mal, dit Lousteau.

— Voici, reprit Lucien, un petit article que j'ai broché

pour vous, et qui peut, en cas de succès, fournir une série de compositions semblables.

— Lisez-nous cela », dit Lousteau.

Lucien leur lut alors un de ces délicieux articles qui firent la fortune de ce petit journal, et où en deux colonnes il peignait un des menus détails de la vie parisienne, une figure, un type, un événement normal, ou quelques singularités. Cet échantillon, intitulé : *Les Passants de Paris*, était écrit dans cette manière neuve et originale où la pensée résultait du choc des mots, où le cliquetis des adverbes et des adjectifs réveillait l'attention. Cet article était aussi différent de l'article grave et profond sur Nathan, que les *Lettres persanes* diffèrent de *L'Esprit des lois*.

« Tu es né journaliste, lui dit Lousteau. Cela passera demain, fais-en tant que tu voudras.

— Ah çà, dit Merlin, Dauriat est furieux des deux obus que nous avons lancés dans son magasin. Je viens de chez lui ; il fulminait des imprécations, il s'emportait contre Finot qui lui disait t'avoir vendu son journal. Moi, je l'ai pris à part, et lui ai coulé ces mots dans l'oreille : *Les Marguerites* vous coûteront cher ! Il vous arrive un homme de talent, et vous l'envoyez promener quand nous l'accueillons à bras ouverts.

— Dauriat sera foudroyé par l'article que nous venons d'entendre, dit Lousteau à Lucien. Tu vois, mon enfant, ce qu'est le journal ? Mais ta vengeance marche ! Le baron Châtelet est venu demander ce matin ton adresse, il y a eu ce matin un article sanglant contre lui, l'ex-beau a une tête faible, il est au désespoir. Tu n'as pas lu le journal ? l'article est drôle. Vois ? *Convoi du Héron pleuré par la Seiche*. Mme de Bargeton est décidément appelée l'*os de seiche* dans le monde, et Châtelet n'est plus nommé que le *baron Héron*. »

Lucien prit le journal et ne put s'empêcher de rire en lisant ce petit chef-d'œuvre de plaisanterie dû à Vernou.

« Ils vont capituler », dit Hector Merlin.

Lucien participa joyeusement à quelques-uns des bons mots et des traits avec lesquels on terminait le journal, en causant et fumant, en racontant les aventures de la journée, les ridicules des camarades ou quelques nouveaux détails sur leur caractère. Cette conversation éminemment moqueuse, spirituelle, méchante mit Lucien au courant des mœurs et du personnel de la littérature.

« Pendant que l'on compose le journal, dit Lousteau, je

vais aller faire un tour avec toi, te présenter à tous les
contrôles et à toutes les coulisses des théâtres où tu as tes
entrées ; puis nous irons retrouver Florine et Coralie au
Panorama-Dramatique où nous *folichonnerons* avec elles dans
leurs loges. »

Tous deux donc, bras dessus, bras dessous, ils allèrent de
théâtre en théâtre, où Lucien fut intronisé comme rédacteur, complimenté par les directeurs, lorgné par les actrices
qui tous avaient su l'importance qu'un seul article de lui
venait de donner à Coralie et à Florine, engagées, l'une au
Gymnase à douze mille francs par an, et l'autre à huit mille
francs au Panorama. Ce fut autant de petites ovations qui
grandirent Lucien à ses propres yeux, et lui donnèrent la
mesure de sa puissance. À onze heures, les deux amis
arrivèrent au Panorama-Dramatique où Lucien eut un air
dégagé qui fit merveille. Nathan y était, Nathan tendit la
main à Lucien qui la prit et la serra.

« Ah çà, mes maîtres, dit-il en regardant Lucien et
Lousteau, vous voulez donc m'enterrer ?

— Attends donc à demain, mon cher, tu verras comment
Lucien t'a empoigné ! Parole d'honneur, tu seras content.
Quand la critique est aussi sérieuse que celle-là, un livre y
gagne. »

Lucien était rouge de honte.

« Est-ce dur ? demanda Nathan.

— C'est grave, dit Lousteau.

— Il n'y aura donc pas de mal ? reprit Nathan. Hector
Merlin disait au foyer du Vaudeville que j'étais échiné.

— Laissez-le dire, et attendez », s'écria Lucien qui se
sauva dans la loge de Coralie en suivant l'actrice au moment
où elle quittait la scène dans son attrayant costume.

Le lendemain, au moment où Lucien déjeunait avec
Coralie, il entendit un cabriolet dont le bruit net dans sa rue
assez solitaire annonçait une élégante voiture, et dont le
cheval avait cette allure déliée et cette manière d'arrêter qui
trahit la race pure. De sa fenêtre, Lucien aperçut en effet le
magnifique cheval anglais de Dauriat, et Dauriat qui tendait
les guides à son groom avant de descendre.

« C'est le libraire, cria Lucien à sa maîtresse.

— Faites attendre », dit aussitôt Coralie à Bérénice.

Lucien sourit de l'aplomb de cette jeune fille qui s'identi-
fiait si admirablement à ses intérêts, et revint l'embrasser
avec une effusion vraie : elle avait eu de l'esprit. La
promptitude de l'impertinent libraire, l'abaissement subit

de ce prince des charlatans tenait à des circonstances presque entièrement oubliées, tant le commerce de la librairie s'est violemment transformé depuis quinze ans. De 1816 à 1827, époque à laquelle les cabinets littéraires, d'abord établis pour la lecture des journaux, entreprirent de donner à lire les livres nouveaux moyennant une rétribution, et où l'aggravation des lois fiscales sur la presse périodique fit créer l'Annonce[447], la librairie n'avait pas d'autres moyens de publication que les articles insérés ou dans les feuilletons ou dans le corps des journaux. Jusqu'en 1822, les journaux français paraissaient en feuilles d'une si médiocre étendue, que les grands journaux dépassaient à peine les dimensions des petits journaux d'aujourd'hui. Pour résister à la tyrannie des journalistes, Dauriat et Ladvocat, les premiers, inventèrent ces affiches par lesquelles ils captèrent l'attention de Paris, en y déployant des caractères de fantaisie, des coloriages bizarres, des vignettes, et plus tard des lithographies qui firent de l'affiche un poème pour les yeux et souvent une déception pour la bourse des amateurs. Les affiches devinrent si originales qu'un de ces maniaques appelés *collectionneurs* possède un recueil complet des affiches parisiennes. Ce moyen d'annonce, d'abord restreint aux vitres des boutiques et aux étalages des boulevards, mais plus tard étendu à la France entière, fut abandonné pour l'Annonce. Néanmoins l'affiche, qui frappe encore les yeux quand l'annonce et souvent l'œuvre sont oubliées, subsistera toujours, surtout depuis qu'on a trouvé le moyen de la peindre sur les murs. L'annonce, accessible à tous moyennant finance, et qui a converti la quatrième page des journaux en un champ aussi fertile pour le fisc que pour les spéculateurs, naquit sous les rigueurs du timbre, de la poste et des cautionnements. Ces restrictions inventées du temps de M. de Villèle, qui aurait pu tuer alors les journaux en les vulgarisant, créèrent au contraire des espèces de privilèges en rendant la fondation d'un journal presque impossible. En 1821, les journaux avaient donc droit de vie et de mort sur les conceptions de la pensée et sur les entreprises de la librairie. Une annonce de quelques lignes insérée aux Faits-Paris se payait horriblement cher. Les intrigues étaient si multipliées au sein des bureaux de rédaction, et le soir sur le champ de bataille des imprimeries, à l'heure où la *mise en pages* décidait de l'admission ou du rejet de tel ou tel article, que les fortes maisons de librairie avaient à leur solde un homme de lettres pour rédiger ces petits articles où il fallait faire entrer beaucoup d'idées en peu de mots. Ces journalistes obscurs, payés seulement après l'insertion, restaient souvent pendant la nuit aux imprimeries pour voir mettre sous presse, soit les grands articles obtenus, Dieu sait comme! soit ces quelques lignes qui prirent depuis le nom de *réclames*. Aujourd'hui, les mœurs de la littérature et de la librairie ont si fort changé, que beaucoup de gens traiteraient de fables les immenses efforts, les séductions, les lâchetés, les intrigues que la nécessité d'obtenir ces réclames inspirait aux libraires, aux auteurs, aux martyrs de la gloire, à tous les forçats condamnés au succès à perpétuité. Dîners, cajoleries, présents, tout était mis en usage auprès des journalistes. L'anecdote suivante expliquera mieux que toutes les assertions l'étroite alliance de la critique et de la librairie.

Un homme de haut style et visant à devenir homme d'État, dans ce temps-là jeune, galant et rédacteur d'un grand journal, devint le bien-aimé d'une fameuse maison de librairie. Un jour, un dimanche, à la campagne où l'opulent libraire fêtait les principaux rédacteurs des journaux, la maîtresse de la maison, alors jeune et jolie, emmena dans son parc l'illustre écrivain. Le premier commis, Allemand froid, grave et méthodique, ne pensant qu'aux affaires, se promenait un feuilletoniste sous le bras, en causant d'une entreprise sur laquelle il le consultait ; la causerie les mène hors du parc, ils atteignent les bois. Au fond d'un fourré, l'Allemand voit quelque chose qui ressemble à sa patronne ; il prend son lorgnon, fait signe au jeune rédacteur de se taire, de s'en aller, et retourne lui-même avec précaution sur ses pas. « Qu'avez-vous vu? lui demanda l'écrivain. — Presque rien, répondit-il. Notre grand article passe. Demain nous aurons au moins trois colonnes aux *Débats*. »

Un autre fait expliquera cette puissance des articles. Un livre de M. de Chateaubriand sur le dernier des Stuarts[448] était dans un magasin à l'état de rossignol. Un seul article écrit par un jeune homme dans le *Journal des Débats* fit vendre ce livre en une semaine. Par un temps où, pour lire un livre, il fallait l'acheter et non le louer[449], on débitait dix mille exemplaires de certains ouvrages libéraux, vantés par toutes les feuilles de l'Opposition ; mais aussi la contrefaçon belge n'existait pas encore. Les attaques préparatoires des amis de Lucien et son article avaient la vertu d'arrêter la vente du livre de Nathan. Nathan ne souffrait que dans son amour-propre, il n'avait rien à perdre, il était payé[450] ; mais

Dauriat pouvait perdre trente mille francs. En effet le commerce de la librairie dite de *nouveautés* se résume dans ce théorème commercial : une rame de papier blanc vaut quinze francs, imprimée elle vaut, selon le succès, ou cent sous ou cent écus. Un article pour ou contre, dans ce temps-là, décidait souvent cette question financière. Dauriat, qui avait cinq cents rames à vendre, accourait donc pour capituler avec Lucien. De Sultan, le libraire devenait esclave. Après avoir attendu pendant quelque temps en murmurant, en faisant le plus de bruit possible et parlementant avec Bérénice, il obtint de parler à Lucien. Ce fier libraire prit l'air riant des courtisans quand ils entrent à la cour, mais mêlé de suffisance et de bonhomie.

« Ne vous dérangez pas, mes chers amours ! dit-il. Sont-ils gentils, ces deux tourtereaux ! vous me faites l'effet de deux colombes ! Qui dirait, mademoiselle, que cet homme, qui a l'air d'une jeune fille, est un tigre à griffes d'acier qui vous déchire une réputation comme il doit déchirer vos peignoirs quand vous tardez à les ôter. » Et il se mit à rire sans achever sa plaisanterie[451]. « Mon petit », dit-il en continuant et s'asseyant auprès de Lucien... « Mademoiselle, je suis Dauriat », dit-il en s'interrompant.

Le libraire jugea nécessaire de lâcher le coup de pistolet de son nom, en ne se trouvant pas assez bien reçu par Coralie.

« Monsieur, avez-vous déjeuné, voulez-vous nous tenir compagnie ? dit l'actrice.

— Mais oui, nous causerons mieux à table, répondit Dauriat. D'ailleurs, en acceptant votre déjeuner, j'aurai le droit de vous avoir à dîner avec mon ami Lucien, car nous devons maintenant être amis comme le gant et la main.

— Bérénice ! des huîtres, des citrons, du beurre frais, et du vin de Champagne, dit Coralie.

— Vous êtes homme de trop d'esprit pour ne pas savoir ce qui m'amène, dit Dauriat en regardant Lucien.

— Vous venez acheter mon recueil de sonnets ?

— Précisément, répondit Dauriat. Avant tout, déposons les armes de part et d'autre. »

Il tira de sa poche un élégant portefeuille, prit trois billets de mille francs, les mit sur une assiette, et les offrit à Lucien d'un air courtisanesque en lui disant : « Monsieur est-il content ?

— Oui », dit le poète qui se sentit inondé par une béatitude inconnue à l'aspect de cette somme inespérée.

Lucien se contint, mais il avait envie de chanter, de

sauter, il croyait à la Lampe merveilleuse[452], aux enchan-
teurs ; il croyait enfin à son génie.

« Ainsi, *Les Marguerites* sont à moi ? dit le libraire. Mais
vous n'attaquerez jamais aucune de mes publications.

— *Les Marguerites* sont à vous, mais je ne puis engager ma
plume, elle est à mes amis, comme la leur est à moi.

— Mais, enfin, vous devenez un de mes auteurs. Tous
mes auteurs sont mes amis. Ainsi vous ne nuirez pas à mes
affaires sans que je sois averti des attaques afin que je puisse
les prévenir.

— D'accord.

— À votre gloire ! dit Dauriat en haussant son verre.

— Je vois bien que vous avez lu *Les Marguerites* », dit
Lucien.

Dauriat ne se déconcerta pas.

« Mon petit, acheter *Les Marguerites* sans les connaître est
la plus belle flatterie que puisse se permettre un libraire.
Dans six mois, vous serez un grand poète ; vous aurez des
articles, on vous craint, je n'aurai rien à faire pour vendre
votre livre. Je suis aujourd'hui le même négociant d'il y a
quatre jours. Ce n'est pas moi qui ai changé, mais vous : la
semaine dernière, vos sonnets étaient pour moi comme des
feuilles de chou, aujourd'hui votre position en a fait des
Messéniennes[453].

— Eh bien, dit Lucien que le plaisir sultanesque d'avoir
une belle maîtresse et que la certitude de son succès rendait
railleur et adorablement impertinent, si vous n'avez pas lu
mes sonnets, vous avez lu mon article.

— Oui, mon ami, sans cela serais-je venu si promptement ? Il est malheureusement très beau, ce terrible article.
Ah ! vous avez un immense talent, mon petit. Croyez-moi,
profitez de la vogue, dit-il avec une bonhomie qui cachait la
profonde impertinence du mot. Mais avez-vous reçu le
journal, l'avez-vous lu ?

— Pas encore, dit Lucien, et cependant voilà la première
fois que je publie un grand morceau de prose ; mais Hector
l'aura fait adresser chez moi, rue Charlot.

— Tiens, lis », dit Dauriat en imitant Talma dans
Manlius[454].

Lucien prit la feuille que Coralie lui arracha.

« À moi les prémices de votre plume, vous savez bien »,
dit-elle en riant.

Dauriat fut étrangement flatteur et courtisan, il craignait
Lucien, il l'invita donc avec Coralie à un grand dîner qu'il

donnait aux journalistes vers la fin de la semaine. Il emporta le manuscrit des *Marguerites* en disant à *son* poète de passer quand il lui plairait aux Galeries de Bois pour signer le traité qu'il tiendrait prêt. Toujours fidèle aux façons royales par lesquelles il essayait d'en imposer aux gens superficiels, et de passer plutôt pour un Mécène que pour un libraire, il laissa les trois mille francs sans en prendre de reçu, refusa la quittance offerte par Lucien en faisant un geste de nonchalance, et partit en baisant la main à Coralie.

« Eh bien, mon amour, aurais-tu vu beaucoup de ces chiffons-là, si tu étais resté dans ton trou de la rue de Cluny à marauder dans tes bouquins de la bibliothèque Sainte-Geneviève ? dit Coralie à Lucien qui lui avait raconté toute son existence. Tiens, tes petits amis de la rue des Quatre-Vents me font l'effet d'être de grands *jobards* ! »

Ses frères du Cénacle étaient des jobards ! et Lucien entendit cet arrêt en riant. Il avait lu son article imprimé, il venait de goûter cette ineffable joie des auteurs, ce premier plaisir d'amour-propre qui ne caresse l'esprit qu'une seule fois. En lisant et relisant son article, il en sentait mieux la portée et l'étendue. L'impression est aux manuscrits ce que le théâtre est aux femmes, elle met en lumière les beautés et les défauts ; elle tue aussi bien qu'elle fait vivre ; une faute saute alors aux yeux aussi vivement que les belles pensées. Lucien enivré ne songeait plus à Nathan, Nathan était son marchepied, il nageait dans la joie, il se voyait riche. Pour un enfant qui naguère descendait modestement les rampes de Beaulieu à Angoulême, revenait à l'Houmeau dans le grenier de Postel où toute la famille vivait avec douze cents francs par an, la somme apportée par Dauriat était le Potose[455]. Un souvenir, bien vif encore, mais que les continuelles jouissances de la vie parisienne devaient éteindre, le ramena sur la place du Mûrier. Il se rappela sa belle, sa noble sœur Ève, son David et sa pauvre mère ; aussitôt il envoya Bérénice changer un billet, et pendant ce temps il écrivit une petite lettre à sa famille ; puis il dépêcha Bérénice aux Messageries en craignant de ne pouvoir, s'il tardait, donner les cinq cents francs qu'il adressait à sa mère. Pour lui, pour Coralie, cette restitution paraissait être une bonne action. L'actrice embrassa Lucien, elle le trouva le modèle des fils et des frères, elle le combla de caresses, car ces sortes de traits enchantent ces bonnes filles qui toutes ont le cœur sur la main.

« Nous avons maintenant, lui dit-elle, un dîner tous les

jours pendant une semaine, nous allons faire un petit carnaval, tu as bien assez travaillé. »

Coralie, en femme qui voulait jouir de la beauté d'un homme que toutes les femmes allaient lui envier, le ramena chez Staub, elle ne trouvait pas Lucien assez bien habillé. De là, les deux amants allèrent au bois de Boulogne, et revinrent dîner chez Mme du Val-Noble où Lucien trouva Rastignac, Bixiou, des Lupeaulx, Finot, Blondet, Vignon, le baron de Nucingen, Beaudenord, Philippe Bridau, Conti le grand musicien, tout le monde des artistes, des spéculateurs, des gens qui veulent opposer de grandes émotions à de grands travaux, et qui tous accueillirent Lucien à merveille. Lucien, sûr de lui, déploya son esprit comme s'il n'en faisait pas commerce, et fut proclamé *homme fort*, éloge alors à la mode entre ces demi-camarades.

« Oh ! il faudra voir ce qu'il a dans le ventre », dit Théodore Gaillard[456] à l'un des poètes protégés par la cour qui songeait à fonder un petit journal royaliste appelé plus tard *Le Réveil*.

Après le dîner, les deux journalistes accompagnèrent leurs maîtresses à l'Opéra, où Merlin avait une loge, et où toute la compagnie se rendit. Ainsi Lucien reparut triomphant là où, quelques mois auparavant, il était lourdement tombé. Il se produisit au foyer donnant le bras à Merlin et à Blondet, regardant en face les dandies qui naguère l'avaient mystifié. Il tenait Châtelet sous ses pieds ! De Marsay, Vandenesse, Manerville, les lions de cette époque, échangèrent alors quelques airs insolents avec lui. Certes, il avait été question du beau, de l'élégant Lucien dans la loge de Mme d'Espard, où Rastignac fit une longue visite, car la marquise et Mme de Bargeton lorgnèrent Coralie. Lucien excitait-il un regret dans le cœur de Mme de Bargeton ? Cette pensée préoccupa le poète : en voyant la Corinne d'Angoulême, un désir de vengeance agitait son cœur comme au jour où il avait essuyé le mépris de cette femme et de sa cousine aux Champs-Élysées.

« Êtes-vous venu de votre province avec une amulette ? dit Blondet à Lucien en entrant quelques jours après vers onze heures chez Lucien qui n'était pas encore levé. Sa beauté, dit-il en montrant Lucien à Coralie qu'il baisa au front, fait des ravages depuis la cave jusqu'au grenier, en haut, en bas. Je viens vous mettre en réquisition, mon cher, dit-il en serrant la main au poète, hier, aux Italiens, Mme la comtesse de Montcornet a voulu que je vous présentasse chez elle. Vous ne refuserez pas une femme charmante, jeune, et chez qui vous trouverez l'élite du beau monde ?

— Si Lucien est gentil, dit Coralie, il n'ira pas chez votre comtesse. Qu'a-t-il besoin de traîner sa cravate dans le monde ? il s'y ennuierait.

— Voulez-vous le tenir en chartre privée [457] ? dit Blondet. Êtes-vous jalouse des femmes comme il faut ?

— Oui, s'écria Coralie, elles sont pires que nous.

— Comment le sais-tu, ma petite chatte ? dit Blondet.

— Par leurs maris, répondit-elle. Vous oubliez que j'ai eu de Marsay pendant six mois.

— Croyez-vous, mon enfant, dit Blondet, que je tienne beaucoup à introduire chez Mme de Montcornet un homme aussi beau que le vôtre ? Si vous vous y opposez, prenons que je n'ai rien dit. Mais il s'agit moins, je crois, de femme, que d'obtenir paix et miséricorde de Lucien à propos d'un pauvre diable, le plastron [458] de son journal. Le baron Châtelet a la sottise de prendre des articles au sérieux. La marquise d'Espard, Mme de Bargeton et le salon de la comtesse de Montcornet s'intéressent au Héron, et j'ai promis de réconcilier Laure et Pétrarque, Mme de Bargeton et Lucien.

— Ah ! s'écria Lucien dont toutes les veines reçurent un sang plus frais et qui sentit l'enivrante jouissance de la vengeance satisfaite, j'ai donc le pied sur leur ventre ! Vous me faites adorer ma plume, adorer mes amis, adorer la fatale puissance de la Presse. Je n'ai pas encore fait d'articles sur la Seiche et le Héron. J'irai, mon petit, dit-il en prenant Blondet par la taille, oui, j'irai, mais quand ce couple aura senti le poids de cette chose si légère ! » Il prit la plume avec laquelle il avait écrit l'article sur Nathan et la brandit. « Demain je leur lance deux petites colonnes à la tête. Après, nous verrons. Ne t'inquiète de rien, Coralie : il ne s'agit pas d'amour, mais de vengeance, et je la veux complète.

— Voilà un homme ! dit Blondet. Si tu savais, Lucien, combien il est rare de trouver une explosion semblable dans le monde blasé de Paris, tu pourrais t'apprécier. Tu seras un fier drôle, dit-il en se servant d'une expression un peu plus énergique, tu es dans la voie qui mène au pouvoir.

— Il arrivera, dit Coralie.

— Mais il a déjà fait bien du chemin en six semaines.

— Et quand il ne sera séparé de quelque sceptre que par l'épaisseur d'un cadavre, il pourra se faire un marchepied du corps de Coralie.

— Vous vous aimez comme au temps de l'âge d'or, dit
Blondet. Je te fais mon compliment sur ton grand article,
reprit-il en regardant Lucien, il est plein de choses neuves.
Te voilà passé maître. »

Lousteau vint avec Hector Merlin et Vernou voir Lucien,
qui fut prodigieusement flatté d'être l'objet de leurs attentions. Félicien apportait cent francs à Lucien pour le prix de
son article. Le journal avait senti la nécessité de rétribuer un
travail si bien fait, afin de s'attacher l'auteur. Coralie, en
voyant ce Chapitre de journalistes, avait envoyé commander
un déjeuner au *Cadran-Bleu*, le restaurant le plus voisin [459];
elle les invita tous à passer dans sa belle salle à manger quand
Bérénice vint lui dire que tout était prêt. Au milieu du repas,
quand le vin de Champagne eut monté toutes les têtes, la
raison de la visite que faisaient à Lucien ses camarades se
dévoila.

« Tu ne veux pas, lui dit Lousteau, te faire un ennemi de
Nathan ? Nathan est journaliste, il a des amis, il te jouerait
un mauvais tour à ta première publication. N'as-tu pas
L'Archer de Charles IX à vendre ? Nous avons vu Nathan ce
matin, il est au désespoir ; mais tu vas lui faire un article où
tu lui seringueras des éloges par la figure.

— Comment ! après mon article contre son livre, vous
voulez... », demanda Lucien.

Émile Blondet, Hector Merlin, Étienne Lousteau, Félicien Vernou, tous interrompirent Lucien par un éclat de
rire.

« Tu l'as invité à souper ici pour après-demain ? lui dit
Blondet.

— Ton article, lui dit Lousteau, n'est pas signé. Félicien,
qui n'est pas si neuf que toi, n'a pas manqué d'y mettre au
bas un C, avec lequel tu pourras désormais signer tes articles
dans son journal, qui est Gauche pure. Nous sommes tous
de l'Opposition. Félicien a eu la délicatesse de ne pas
engager tes futures opinions. Dans la boutique d'Hector,
dont le journal est Centre droit, tu pourras signer par un L.
On est anonyme pour l'attaque, mais on signe très bien
l'éloge.

— Les signatures ne m'inquiètent pas, dit Lucien ; mais
je ne vois rien à dire en faveur du livre.

— Tu pensais donc ce que tu as écrit ? dit Hector à
Lucien.

— Oui.

— Ah ! mon petit, dit Blondet, je te croyais plus fort !

Non, ma parole d'honneur, en regardant ton front, je te douais d'une omnipotence semblable à celle des grands esprits, tous assez puissamment constitués pour pouvoir considérer toute chose dans sa double forme. Mon petit, en littérature, chaque idée a son envers et son endroit ; personne ne peut prendre sur lui d'affirmer quel est l'envers. Tout est bilatéral dans le domaine de la pensée. Les idées sont binaires. Janus est le mythe de la critique et le symbole du génie. Il n'y a que Dieu de triangulaire ! Ce qui met Molière et Corneille hors ligne, n'est-ce pas la faculté de faire dire *oui* à Alceste et *non* à Philinte, à Octave et à Cinna ? Rousseau, dans *La Nouvelle Héloïse*, a écrit une lettre pour et une lettre contre le duel, oserais-tu prendre sur toi de déterminer sa véritable opinion ? Qui de nous pourrait prononcer entre Clarisse et Lovelace, entre Hector et Achille ? Quel est le héros d'Homère ? quelle fut l'intention de Richardson ? La critique doit contempler les œuvres sous tous leurs aspects. Enfin nous sommes de grands rapporteurs.

— Vous tenez donc à ce que vous écrivez ? lui dit Vernou d'un air railleur. Mais nous sommes des marchands de phrases, et nous vivons de notre commerce. Quand vous voudrez faire une grande et belle œuvre, un livre enfin, vous pourrez y jeter vos pensées, votre âme, vous y attacher, le défendre ; mais des articles lus aujourd'hui, oubliés demain, ça ne vaut à mes yeux que ce qu'on les paye. Si vous mettez de l'importance à de pareilles stupidités, vous ferez donc le signe de la croix et vous invoquerez l'Esprit saint pour écrire un prospectus ! »

Tous parurent étonnés de trouver à Lucien des scrupules et achevèrent de mettre en lambeaux sa robe prétexte [460] pour lui passer la robe virile des journalistes.

« Sais-tu par quel mot s'est consolé Nathan après avoir lu ton article ? dit Lousteau.

— Comment le saurais-je ?

— Nathan s'est écrié : " Les petits articles passent, les grands ouvrages restent ! " Cet homme viendra souper ici dans deux jours, il doit se prosterner à tes pieds, baiser ton ergot, et te dire que tu es un grand homme.

— Ce serait drôle, dit Lucien.

— Drôle, reprit Blondet, c'est nécessaire.

— Mes amis, je veux bien, dit Lucien un peu gris ; mais comment faire ?

— Eh bien, dit Lousteau, écris pour le journal de Merlin

trois belles colonnes où tu te réfuteras toi-même. Après avoir
joui de la fureur de Nathan, nous venons de lui dire qu'il
nous devrait bientôt des remerciements pour la polémique
serrée à l'aide de laquelle nous allions faire enlever son livre
en huit jours. Dans ce moment-ci, tu es, à ses yeux, un
espion, une canaille, un drôle; après-demain tu seras un
grand homme, une tête forte, un homme de Plutarque!
Nathan t'embrassera comme son meilleur ami. Dauriat est
venu, tu as trois billets de mille francs : le tour est fait.
Maintenant il te faut l'estime et l'amitié de Nathan. Il ne
doit y avoir d'attrapé que le libraire. Nous ne devons
immoler et poursuivre que nos ennemis. S'il s'agissait d'un
homme qui eût conquis un nom sans nous, d'un talent
incommode et qu'il fallût annuler, nous ne ferions pas de
réplique semblable; mais Nathan est un de nos amis,
Blondet l'avait fait attaquer dans *Le Mercure* pour se donner
le plaisir de répondre dans *Les Débats*[461]. Aussi la première
édition du livre s'est-elle enlevée !

— Mes amis, foi d'honnête homme, je suis incapable
d'écrire deux mots d'éloge sur ce livre...

— Tu auras encore cent francs, dit Merlin, Nathan t'aura
déjà rapporté dix louis, sans compter un article que tu peux
faire dans la Revue de Finot, et qui te sera payé cent francs
par Dauriat et cent francs par la Revue : total, vingt louis !

— Mais que dire ? demanda Lucien.

— Voici comment tu peux t'en tirer, mon enfant, répondit Blondet[462] en se recueillant. L'envie, qui s'attache à
toutes les belles œuvres, comme le ver aux bons fruits, a
essayé de mordre sur ce livre, diras-tu. Pour y trouver des
défauts, la critique a été forcée d'inventer des théories à
propos de ce livre, de distinguer deux littératures : celle qui
se livre aux idées et celle qui s'adonne aux images. Là, mon
petit, tu diras que le dernier degré de l'art littéraire est
d'empreindre l'idée dans l'image. En essayant de prouver
que l'image est toute la poésie, tu te plaindras du peu de
poésie que comporte notre langue, tu parleras des reproches
que nous font les étrangers sur le *positivisme* de notre style,
et tu loueras M. de Canalis[463] et Nathan des services qu'ils
rendent à la France en déprosaïsant son langage. Accable ta
précédente argumentation en faisant voir que nous sommes
en progrès sur le dix-huitième siècle. Invente le *Progrès* (une
adorable mystification à faire aux bourgeois) ! Notre jeune
littérature procède par tableaux où se concentrent tous les
genres, la comédie et le drame, les descriptions, les carac-

tères, le dialogue sertis par les nœuds brillants d'une intrigue intéressante. Le roman, qui veut le sentiment, le style et l'image, est la création moderne la plus immense. Il succède à la comédie qui, dans les mœurs modernes, n'est plus possible avec ses vieilles lois. Il embrasse le fait et l'idée dans ses inventions qui exigent l'esprit de La Bruyère et sa morale incisive, les caractères traités comme l'entendait Molière, les grandes machines de Shakespeare et la peinture des nuances les plus délicates de la passion, unique trésor que nous aient laissé nos devanciers. Aussi le roman est-il bien supérieur à la discussion froide et mathématique, à la sèche analyse du dix-huitième siècle. Le roman, diras-tu sentencieusement, est une épopée amusante. Cite *Corinne,* appuie-toi sur Mme de Staël. Le dix-huitième siècle a tout mis en question, le dix-neuvième est chargé de conclure ; aussi conclut-il par des réalités ; mais par des réalités qui vivent et qui marchent ; enfin il met en jeu la passion, élément inconnu à Voltaire. Tirade contre Voltaire. Quant à Rousseau, il n'a fait qu'habiller des raisonnements et des systèmes. Julie et Claire [464] sont des entéléchies [465], elles n'ont ni chair ni os. Tu peux démancher [466] sur ce thème et dire que nous devons à la paix, aux Bourbons, une littérature jeune et originale, car tu écris dans un journal Centre droit. Moque-toi des faiseurs de systèmes. Enfin tu peux t'écrier par un beau mouvement : Voilà bien des erreurs, bien des mensonges chez notre confrère ! et pourquoi ? pour déprécier une belle œuvre, pour tromper le public et arriver à cette conclusion : Un livre qui se vend ne se vend pas. *Proh pudor* [467] *!* lâche *Proh pudor !* ce juron honnête anime le lecteur. Enfin annonce la décadence de la critique ! Conclusion : Il n'y a qu'une seule littérature, celle des livres amusants. Nathan est entré dans une voie nouvelle, il a compris son époque et répond à ses besoins. Le besoin de l'époque est le drame. Le drame est le vœu d'un siècle où la politique est un mimodrame perpétuel. N'avons-nous pas vu en vingt ans, diras-tu, les quatre drames de la Révolution, du Directoire, de l'Empire et de la Restauration ? De là, tu roules dans le dithyrambe de l'éloge, et la seconde édition s'enlève. Voici comme : samedi prochain, tu feras une feuille dans notre Revue, et tu la signeras DE RUBEMPRÉ en toutes lettres. Dans ce dernier article, tu diras : Le propre des belles œuvres est de soulever d'amples discussions. Cette semaine tel journal a dit telle chose du livre de Nathan, tel autre lui a vigoureusement répondu. Tu critiques les deux critiques C. et L., tu me dis en passant une politesse à propos du premier article que j'ai fait aux *Débats*, et tu finis en affirmant que l'œuvre de Nathan est le plus beau livre de l'époque. C'est comme si tu ne disais rien, on dit cela de tous les livres. Tu auras gagné quatre cents francs dans ta semaine, outre le plaisir d'écrire la vérité quelque part. Les gens sensés donneront raison ou à C. ou à L. ou à Rubempré, peut-être à tous trois ! La mythologie, qui certes est une des plus grandes inventions humaines, a mis la Vérité dans le fond d'un puits, ne faut-il pas des seaux pour l'en tirer ? tu en auras donné trois pour un au public ! Voilà, mon enfant. Marche ! »

Lucien fut étourdi, Blondet l'embrassa sur les deux joues en lui disant : « Je vais à ma boutique. »

Chacun s'en alla à sa boutique. Pour ces hommes forts, le journal n'était qu'une boutique. Tous devaient se revoir le soir aux Galeries de Bois, où Lucien irait signer son traité chez Dauriat. Florine et Lousteau, Lucien et Coralie, Blondet et Finot dînaient au Palais-Royal, où du Bruel traitait le directeur du Panorama-Dramatique.

« Ils ont raison ! s'écria Lucien quand il fut seul avec Coralie, les hommes doivent être des moyens entre les mains des gens forts. Quatre cents francs pour trois articles ! Doguereau me les donnait à peine pour un livre qui m'a coûté deux ans de travail.

— Fais de la critique, dit Coralie, amuse-toi ! Est-ce que je ne suis pas ce soir en Andalouse, demain ne me mettrai-je pas en bohémienne, un autre jour en homme ? Fais comme moi, donne-leur des grimaces pour leur argent, et vivons heureux. »

Lucien, épris du paradoxe, fit monter son esprit sur ce mulet capricieux, fils de Pégase et de l'ânesse de Balaam. Il se mit à galoper dans les champs de la pensée pendant sa promenade au Bois, et découvrit des beautés originales dans la thèse de Blondet. Il dîna comme dînent les gens heureux, il signa chez Dauriat un traité par lequel il lui cédait en toute propriété le manuscrit des *Marguerites* sans y apercevoir aucun inconvénient ; puis il alla faire un tour au journal, où il brocha deux colonnes, et revint rue de Vendôme. Le lendemain matin, il se trouva que les idées de la veille avaient germé dans sa tête, comme il arrive chez tous les esprits pleins de sève dont les facultés ont encore peu servi. Lucien éprouva du plaisir à méditer ce nouvel article, il s'y mit avec ardeur. Sous sa plume se rencontrèrent les beautés que fait naître la contradiction. Il fut spirituel et moqueur, il s'éleva même à des considérations neuves sur le sentiment, sur l'idée et l'image en littérature. Ingénieux et fin, il retrouva, pour louer Nathan, ses premières impressions à la lecture du livre au cabinet littéraire de la cour du Commerce. De sanglant et âpre critique, de moqueur comique, il devint poète en quelques phrases finales qui se balancèrent majestueusement comme un encensoir chargé de parfums vers l'autel.

« Cent francs, Coralie ! » dit-il en montrant les huit feuillets de papier écrits pendant qu'elle s'habillait.

Dans la verve où il était, il fit à petites plumées l'article terrible promis à Blondet contre Châtelet et Mme de Bargeton. Il goûta pendant cette matinée l'un des plaisirs secrets les plus vifs des journalistes, celui d'aiguiser l'épigramme, d'en polir la lame froide qui trouve sa gaine dans le cœur de la victime, et de sculpter le manche pour les lecteurs. Le public admire le travail spirituel de cette poignée, il n'y entend pas malice, il ignore que l'acier du bon mot altéré de vengeance barbote dans un amour-propre fouillé savamment, blessé de mille coups. Cet horrible plaisir, sombre et solitaire, dégusté sans témoins, est comme un duel avec un absent, tué à distance avec le tuyau d'une plume, comme si le journaliste avait la puissance fantastique accordée aux désirs de ceux qui possèdent des talismans dans les contes arabes. L'épigramme est l'esprit de la haine, de la haine qui hérite de toutes les mauvaises passions de l'homme, de même que l'amour concentre toutes ses bonnes qualités. Aussi n'est-il pas d'homme qui ne soit spirituel en se vengeant, par la raison qu'il n'en est pas un à qui l'amour ne donne des jouissances. Malgré la facilité, la vulgarité de cet esprit en France, il est toujours bien accueilli. L'article de Lucien devait mettre et mit le comble à la réputation de malice et de méchanceté du journal ; il entra jusqu'au fond de deux cœurs, il blessa grièvement Mme de Bargeton, son ex-Laure, et le baron Châtelet, son rival.

« Eh bien, allons faire une promenade au Bois, les chevaux sont mis, et ils piaffent, lui dit Coralie ; il ne faut pas se tuer.

— Portons l'article sur Nathan chez Hector. Décidément le journal est comme la lance d'Achille qui guérissait les blessures qu'elle avait faites », dit Lucien en corrigeant quelques expressions.

Les deux amants partirent et se montrèrent dans leur splendeur à ce Paris qui, naguère, avait renié Lucien, et qui maintenant commençait à s'en occuper. Occuper Paris de soi quand on a compris l'immensité de cette ville et la difficulté d'y être quelque chose, causa d'enivrantes jouissances qui grisèrent Lucien.

« Mon petit, dit l'actrice, passons chez ton tailleur presser tes habits ou les essayer s'ils sont prêts. Si tu vas chez tes belles madames, je veux que tu effaces ce monstre de de Marsay, le petit Rastignac, les Ajuda-Pinto, les Maxime de Trailles, les Vandenesse, enfin tous les élégants. Songe que ta maîtresse est Coralie ! Mais ne me fais pas de traits, hein ? »

Deux jours après, la veille du souper offert par Lucien et Coralie à leurs amis, l'Ambigu donnait une pièce nouvelle dont le compte devait être rendu par Lucien. Après leur dîner, Lucien et Coralie allèrent à pied de la rue de Vendôme au Panorama-Dramatique, par le boulevard du Temple du côté du Café Turc, qui, dans ce temps-là, était un lieu de promenade en faveur. Lucien entendit vanter son bonheur et la beauté de sa maîtresse. Les uns disaient que Coralie était la plus belle femme de Paris, les autres trouvaient Lucien digne d'elle. Le poète se sentit dans son milieu. Cette vie était sa vie. Le Cénacle, à peine l'apercevait-il. Ces grands esprits qu'il admirait tant deux mois auparavant, il se demandait s'ils n'étaient pas un peu niais avec leurs idées et leur puritanisme. Le mot de jobards, dit insouciamment par Coralie, avait germé dans l'esprit de Lucien, et portait déjà ses fruits. Il mit Coralie dans sa loge, flâna dans les coulisses du théâtre où il se promenait en sultan, où toutes les actrices le caressaient par des regards brûlants et par des mots flatteurs.

« Il faut que j'aille à l'Ambigu faire mon métier », dit-il.

À l'Ambigu, la salle était pleine. Il ne s'y trouva pas de place pour Lucien. Lucien alla dans les coulisses et se plaignit amèrement de ne pas être placé. Le régisseur, qui ne le connaissait pas encore, lui dit qu'on avait envoyé deux loges à son journal, et l'envoya promener.

« Je parlerai de la pièce selon ce que j'en aurai entendu, dit Lucien d'un air piqué.

— Êtes-vous bête ? dit la jeune première au régisseur, c'est l'amant de Coralie ! »

Aussitôt le régisseur se retourna vers Lucien et lui dit : « Monsieur, je vais aller parler au directeur. »

Ainsi les moindres détails prouvaient à Lucien l'immensité du pouvoir du journal et caressaient sa vanité. Le directeur vint et obtint du duc de Rhétoré et de Tullia, le premier sujet, qui se trouvaient dans une loge d'avant-scène, de prendre Lucien avec eux. Le duc y consentit en reconnaissant Lucien.

« Vous avez réduit deux personnes au désespoir, lui dit le jeune homme en lui parlant du baron Châtelet et de Mme de Bargeton.

— Que sera-ce donc demain ? dit Lucien. Jusqu'à présent mes amis se sont portés contre eux en voltigeurs, mais je tire à boulet rouge cette nuit. Demain, vous verrez pourquoi nous nous moquons de Potelet. L'article est intitulé : " Potelet de 1811 à Potelet de 1821 ". Châtelet sera le type des gens qui ont renié leur bienfaiteur en se ralliant aux Bourbons. Après avoir fait sentir tout ce que je puis, j'irai chez Mme de Montcornet. »

Lucien eut avec le jeune duc une conversation étincelante d'esprit ; il était jaloux de prouver à ce grand seigneur combien Mmes d'Espard et de Bargeton s'étaient grossièrement trompées en le méprisant ; mais il montra le bout de l'oreille en essayant d'établir ses droits à porter le nom de Rubempré, quand, par malice, le duc de Rhétoré l'appela Chardon.

« Vous devriez, lui dit le duc, vous faire royaliste. Vous vous êtes montré un homme d'esprit, soyez maintenant homme de bon sens. La seule manière d'obtenir une ordonnance du Roi qui vous rende le titre et le nom de vos ancêtres maternels, est de la demander en récompense des services que vous rendrez au Château. Les Libéraux ne vous feront jamais comte ! Voyez-vous, la Restauration finira par avoir raison de la Presse, la seule puissance à craindre. On a déjà trop attendu, elle devrait être muselée. Profitez de ses derniers moments de liberté pour vous rendre redoutable. Dans quelques années, un nom et un titre seront en France des richesses plus sûres que le talent. Vous pouvez ainsi tout avoir : esprit, noblesse et beauté, vous arriverez à tout. Ne soyez donc en ce moment libéral que pour vendre avec avantage votre royalisme. »

Le duc pria Lucien d'accepter l'invitation à dîner que devait lui envoyer le ministre avec lequel il avait soupé chez Florine. Lucien fut en un moment séduit par les réflexions du gentilhomme, et charmé de voir s'ouvrir devant lui les portes des salons d'où il se croyait à jamais banni quelques mois auparavant. Il admira le pouvoir de la pensée. La Presse, l'Intelligence étaient donc le moyen de la société présente. Lucien comprit que peut-être Lousteau se repentait de lui avoir ouvert les portes du temple, il sentait déjà pour son propre compte la nécessité d'opposer des barrières difficiles à franchir aux ambitions de ceux qui s'élançaient de la province vers Paris. Un poète serait venu vers lui comme il s'était jeté dans les bras d'Étienne, il n'osait se demander quel accueil il lui ferait. Le jeune duc aperçut chez Lucien les traces d'une méditation profonde et ne se trompa point en en cherchant la cause : il avait découvert à cet ambitieux, sans volonté fixe, mais non sans désir, tout l'horizon politique comme les journalistes lui avaient montré du haut du Temple, ainsi que le démon à Jésus[468], le monde littéraire et ses richesses. Lucien ignorait la petite conspiration ourdie contre lui par les gens que blessait en ce moment le journal, et dans laquelle M. de Rhétoré trempait. Le jeune duc avait effrayé la société de Mme d'Espard en leur parlant de l'esprit de Lucien. Chargé par Mme de Bargeton de sonder le journaliste, il avait espéré le rencontrer à l'Ambigu-Comique. Ni le monde ni les journalistes n'étaient profonds, ne croyez pas à des trahisons ourdies. Ni l'un ni les autres ils n'arrêtent de plan, leur machiavélisme va pour ainsi dire au jour le jour, et consiste à toujours être là, prêts à tout, prêts à profiter du mal comme du bien, à épier les moments où la passion leur livre un homme. Pendant le souper de Florine, le jeune duc avait reconnu le caractère de Lucien, il venait de le prendre par ses vanités, et s'essayait sur lui à devenir diplomate. Lucien, la pièce jouée, courut à la rue Saint-Fiacre y faire son article sur la pièce. Sa critique fut, par calcul, âpre et mordante ; il se plut à essayer son pouvoir. Le mélodrame valait mieux que celui du Panorama-Dramatique ; mais il voulait savoir s'il pouvait, comme on le lui avait dit, tuer une bonne et faire réussir une mauvaise pièce. Le lendemain, en déjeunant avec Coralie, il déplia le journal, après lui avoir dit qu'il y éreintait l'Ambigu-Comique. Lucien ne fut pas médiocrement étonné de lire, après son article sur Mme de Bargeton et sur Châtelet, un compte rendu de l'Ambigu si bien édulcoré durant la nuit, que, tout en conservant sa spirituelle analyse, il en sortait une conclusion favorable. La pièce devait remplir la caisse du théâtre. Sa fureur ne saurait se décrire ; il se proposa de dire deux mots à Lousteau. Il se croyait déjà nécessaire, et se promettait de ne pas se laisser dominer, exploiter comme un niais. Pour établir définitivement sa puissance, il écrivit l'article où il résumait et balançait toutes les opinions émises à propos du livre de Nathan pour la Revue de Dauriat et de Finot. Puis, une fois monté, il brocha l'un de ses articles *variétés* dus au petit journal. Dans leur première effervescence, les jeunes journalistes pondent des articles avec amour et livrent ainsi très imprudemment toutes leurs fleurs. Le directeur du Panorama-Dramatique donnait la première représentation d'un vaudeville, afin de laisser à Florine et à Coralie leur soirée. On devait jouer avant le souper. Lousteau vint chercher l'article de Lucien, fait d'avance sur cette petite pièce, dont il avait vu la répétition générale, afin de n'avoir aucune inquiétude relativement à la composition du numéro. Quand Lucien lui eut lu l'un de ces petits charmants articles sur les particularités parisiennes, qui firent la fortune du journal, Étienne l'embrassa sur les deux yeux et le nomma la providence des journaux.

« Pourquoi donc t'amuses-tu à changer l'esprit de mes articles ? dit Lucien qui n'avait fait ce brillant article que pour donner plus de force à ses griefs.

— Moi ! s'écria Lousteau

— Eh bien, qui donc a changé mon article ?

— Mon cher, répondit Étienne en riant, tu n'es pas encore au courant des affaires. L'Ambigu nous prend vingt abonnements, dont neuf seulement sont servis au directeur, au chef d'orchestre, au régisseur, à leurs maîtresses et à trois copropriétaires du théâtre. Chacun des théâtres du boulevard paye ainsi huit cents francs au journal. Il y a pour tout autant d'argent en loges données à Finot, sans compter les abonnements des acteurs et des auteurs. Le drôle se fait donc huit mille francs aux boulevards. Par les petits théâtres, juge des grands ! Comprends-tu ? Nous sommes tenus à beaucoup d'indulgence.

— Je comprends que je ne suis pas libre d'écrire ce que je pense...

— Eh ! que t'importe, si tu y fais tes orges, s'écria Lousteau. D'ailleurs, mon cher, quel grief as-tu contre le théâtre ? il te faut une raison pour échiner la pièce d'hier. Échiner pour échiner, nous compromettrions le journal. Quand le journal frapperait avec justice, il ne produirait plus aucun effet. Le directeur t'a-t-il manqué ?

— Il ne m'avait pas réservé de place.

— Bon, fit Lousteau. Je montrerai ton article au directeur, je lui dirai que je t'ai adouci, tu t'en trouveras mieux que de l'avoir fait paraître. Demande-lui demain des billets,

il t'en signera quarante en blanc tous les mois et je te
mènerai chez un homme avec qui tu t'entendras pour les
placer ; il te les achètera tous à cinquante pour cent de
remise sur le prix des places. On fait sur les billets de
spectacle le même trafic que sur les livres. Tu verras un
autre Barbet, un chef de claque, il ne demeure pas loin d'ici,
nous avons le temps, viens ?

— Mais, mon cher, Finot fait un infâme métier à lever
ainsi sur les champs de la pensée des contributions indirectes. Tôt ou tard...

— Ah ! çà, d'où viens-tu ? s'écria Lousteau. Pour qui
prends-tu Finot ? Sous sa fausse bonhomie, sous cet air
Turcaret, sous son ignorance et sa bêtise, il y a toute la
finesse du marchand de chapeaux dont il est issu. N'as-tu
pas vu dans sa cage, au bureau du journal, un vieux soldat de
l'Empire, l'oncle de Finot ? Cet oncle est non seulement un
honnête homme, mais il a le bonheur de passer pour un
niais. Il est l'homme compromis dans toutes les transactions
pécuniaires. À Paris, un ambitieux est bien riche quand il a
près de lui une créature qui consent à être compromise. Il est
en politique comme en journalisme une foule de cas où les
chefs ne doivent jamais être mis en cause. Si Finot devenait
un personnage politique, son oncle deviendrait son secrétaire et recevrait pour son compte les contributions qui se
lèvent dans les bureaux sur les grandes affaires. Giroudeau,
qu'au premier abord on prendrait pour un niais, a précisément assez de finesse pour être un compère indéchiffrable. Il
est en vedette pour empêcher que nous ne soyons assommés
par les criailleries, par les débutants, par les réclamations, et
je ne crois pas qu'il y ait son pareil dans un autre journal.

— Il joue bien son rôle, dit Lucien, je l'ai vu à l'œuvre. »

Étienne et Lucien allèrent dans la rue du Faubourg-du-
Temple, où le rédacteur en chef s'arrêta devant une maison
de belle apparence.

« M. Braulard y est-il ? demanda-t-il au portier.

— Comment monsieur ? dit Lucien. Le chef des claqueurs est donc *monsieur ?*

— Mon cher, Braulard a vingt mille livres de rentes, il a
la griffe des auteurs dramatiques du boulevard qui tous ont
un compte courant chez lui, comme chez un banquier. Les
billets d'auteur et de faveur se vendent. Cette marchandise,
Braulard la place. Fais un peu de statistique, science assez
utile quand on n'en abuse pas. À cinquante billets de faveur
par soirée à chaque spectacle, tu trouveras deux cent

cinquante billets par jour ; si, l'un dans l'autre, ils valent quarante sous, Braulard paye cent vingt-cinq francs par jour aux auteurs et court la chance d'en gagner autant. Ainsi, les seuls billets des auteurs lui procurent près de quatre mille francs par mois, au total quarante-huit mille francs par an. Suppose vingt mille francs de perte, car il ne peut pas toujours placer ses billets.

— Pourquoi ?

— Ah ! les gens qui viennent payer leurs places au bureau passent concurremment avec les billets de faveur qui n'ont pas de places réservées. Enfin le théâtre garde ses droits de location. Il y a les jours de beau temps, et de mauvais spectacles. Ainsi, Braulard gagne peut-être trente mille francs par an sur cet article. Puis il a ses claqueurs, autre industrie. Florine et Coralie sont ses tributaires ; si elles ne le subventionnaient pas, elles ne seraient point applaudies à toutes leurs entrées et leurs sorties. »

Lousteau donnait cette explication à voix basse en montant l'escalier.

« Paris est un singulier pays », dit Lucien en trouvant l'intérêt accroupi dans tous les coins.

Une servante proprette introduisit les deux journalistes chez M. Braulard. Le marchand de billets, qui siégeait sur un fauteuil de cabinet, devant un grand secrétaire à cylindre, se leva en voyant Lousteau. Braulard, enveloppé d'une redingote de molleton gris, portait un pantalon à pied et des pantoufles rouges absolument comme un médecin ou comme un avoué. Lucien vit en lui l'homme du peuple enrichi : un visage commun, des yeux gris pleins de finesse, des mains de claqueur, un teint sur lequel les orgies avaient passé comme la pluie sur les toits, des cheveux grisonnants, et une voix assez étouffée.

« Vous venez, sans doute, pour Mlle Florine, et monsieur pour Mlle Coralie, dit-il, je vous connais bien. Soyez tranquille, monsieur, dit-il à Lucien, j'achète la clientèle du Gymnase, je soignerai votre maîtresse et je l'avertirai des farces qu'on voudrait lui faire.

— Ce n'est pas de refus, mon cher Braulard, dit Lousteau ; mais nous venons pour les billets du journal à tous les théâtres des boulevard : moi comme rédacteur en chef, monsieur comme rédacteur de chaque théâtre.

— Ah ! oui, Finot a vendu son journal. J'ai su l'affaire. Il va bien, Finot. Je lui donne à dîner à la fin de la semaine. Si vous voulez me faire l'honneur et le plaisir de venir, vous pouvez amener vos épouses, il y aura noces et festins, nous avons Adèle Dupuis, Ducange, Frédéric du Petit-Méré, Mlle Millot[469] ma maîtresse, nous rirons bien ! nous boirons mieux !

— Il doit être gêné, Ducange, il a perdu son procès[470].

— Je lui ai prêté dix mille francs, le succès de *Calas*[471] va me les rendre ; aussi l'ai-je chauffé ! Ducange est un homme d'esprit, il a des moyens... » Lucien croyait rêver en entendant cet homme apprécier les talents des auteurs. « Coralie a gagné, lui dit Braulard de l'air d'un juge compétent. Si elle est bonne enfant, je la soutiendrai secrètement contre la cabale à son début au Gymnase. Écoutez ? Pour elle, j'aurai des hommes bien mis aux Galeries qui souriront et qui feront de petits murmures afin d'entraîner l'applaudissement. Voilà un manège qui pose une femme. Elle me plaît, Coralie, et vous devez être content d'elle, elle a des sentiments. Ah ! je puis faire chuter qui je veux...

— Mais réglons l'affaire des billets ? dit Lousteau.

— Hé bien, j'irai les prendre chez monsieur, vers les premiers jours de chaque mois. Monsieur est votre ami, je le traiterai comme vous. Vous avez cinq théâtres, on vous donnera trente billets ; ce sera quelque chose comme soixante-quinze francs par mois. Peut-être désirez-vous une avance ? dit le marchand de billets en revenant à son secrétaire et tirant sa caisse pleine d'écus.

— Non, non, dit Lousteau, nous garderons cette ressource pour les mauvais jours...

— Monsieur, reprit Braulard en s'adressant à Lucien, j'irai travailler avec Coralie ces jours-ci, nous nous entendrons bien. »

Lucien ne regardait pas sans un étonnement profond le cabinet de Braulard où il voyait une bibliothèque, des gravures, un meuble convenable. En passant par le salon, il en remarqua l'ameublement également éloigné de la mesquinerie et du trop grand luxe. La salle à manger lui parut être la pièce la mieux tenue, il en plaisanta.

« Mais Braulard est gastronome, dit Lousteau. Ses dîners, cités dans la littérature dramatique, sont en harmonie avec sa caisse.

— J'ai de bons vins, répondit modestement Braulard. Allons, voilà mes allumeurs », s'écria-t-il en entendant des voix enrouées et le bruit de pas singuliers dans l'escalier.

En sortant, Lucien vit défiler devant lui la puante

escouade des claqueurs et des vendeurs de billets, tous gens
à casquettes, à pantalons mûrs, à redingotes râpées, à figures
patibulaires, bleuâtres, verdâtres, boueuses, rabougries, à
barbes longues, aux yeux féroces et patelins tout à la fois,
horrible population qui vit et foisonne sur les boulevards de
Paris, qui, le matin, vend des chaînes de sûreté, des bijoux
en or pour vingt-cinq sous, et qui claque sous les lustres le
soir, qui se plie enfin à toutes les fangeuses nécessités de
Paris.

« Voilà les Romains [472] ! dit Lousteau en riant, voilà la
gloire des actrices et des auteurs dramatiques. Vu de près, ça
n'est pas plus beau que la nôtre.

— Il est difficile, répondit Lucien en revenant chez lui,
d'avoir des illusions sur quelque chose à Paris. Il y a des
impôts sur tout, on y vend tout, on y fabrique tout, même le
succès. »

Les convives de Lucien étaient Dauriat, le directeur du
Panorama, Matifat et Florine, Camusot, Lousteau, Finot,
Nathan, Hector Merlin et Mme du Val-Noble, Félicien
Vernou, Blondet, Vignon, Philippe Bridau, Mariette,
Giroudeau, Cardot et Florentine, Bixiou [473]. Il avait invité
ses amis du Cénacle. Tullia la danseuse, qui, disait-on, était
peu cruelle pour du Bruel, fut aussi de la partie, mais sans
son duc, ainsi que les propriétaires des journaux où travaillaient Nathan, Merlin, Vignon et Vernou. Les convives
formaient une assemblée de trente personnes, la salle à
manger de Coralie ne pouvait en contenir davantage. Vers
huit heures, au feu des lustres allumés, les meubles, les
tentures, les fleurs de ce logis prirent cet air de fête qui prête
au luxe parisien l'apparence d'un rêve. Lucien éprouva le
plus indéfinissable mouvement de bonheur, de vanité satisfaite et d'espérance en se voyant le maître de ces lieux, il ne
s'expliquait plus ni comment ni par qui ce coup de baguette
avait été frappé. Florine et Coralie, mises avec la folle
recherche et la magnificence artiste des actrices, souriaient
au poète de province comme deux anges chargés de lui
ouvrir les portes du palais des Songes. Lucien songeait
presque. En quelques mois sa vie avait si brusquement
changé d'aspect, il était si promptement passé de l'extrême
misère à l'extrême opulence, que par moments il lui prenait
des inquiétudes comme aux gens qui, tout en rêvant, se
savent endormis. Son œil exprimait néanmoins à la vue de
cette belle réalité une confiance à laquelle des envieux
eussent donné le nom de fatuité. Lui-même, il avait changé.

Heureux tous les jours, ses couleurs avaient pâli, son regard était trempé des moites expressions de la langueur ; enfin, selon le mot de Mme d'Espard, il avait l'*air aimé*. Sa beauté y gagnait. La conscience de son pouvoir et de sa force perçait dans sa physionomie éclairée par l'amour et par l'expérience. Il contemplait enfin le monde littéraire et la société face à face, en croyant pouvoir s'y promener en dominateur. À ce poète, qui ne devait réfléchir que sous le poids du malheur, le présent parut être sans soucis. Le succès enflait les voiles de son esquif. Il avait à ses ordres les instruments nécessaires à ses projets : une maison montée, une maîtresse que tout Paris lui enviait, un équipage, enfin des sommes incalculables dans son écritoire. Son âme, son cœur et son esprit s'étaient également métamorphosés : il ne songeait plus à discuter les moyens en présence de si beaux résultats. Ce train de maison semblera si justement suspect aux économistes qui ont pratiqué la vie parisienne, qu'il n'est pas inutile de montrer la base, quelque frêle qu'elle fût, sur laquelle reposait le bonheur matériel de l'actrice et de son poète. Sans se compromettre, Camusot avait engagé les fournisseurs de Coralie à lui faire crédit pendant au moins trois mois. Les chevaux, les gens, tout devait donc aller comme par enchantement pour ces deux enfants empressés de jouir, et qui jouissaient de tout avec délices. Coralie vint prendre Lucien par la main et l'initia par avance au coup de théâtre de la salle à manger, parée de son couvert splendide, de ses candélabres chargés de quarante bougies, aux recherches royales du dessert, et au menu, l'œuvre de Chevet. Lucien baisa Coralie au front en la pressant sur son cœur.

« J'arriverai, mon enfant, lui dit-il, et je te récompenserai de tant d'amour et de tant de dévouement.

— Bah ! dit-elle, es-tu content ?

— Je serais bien difficile.

— Eh bien, ce sourire paye tout », répondit-elle en apportant par un mouvement de serpent ses lèvres aux lèvres de Lucien.

Ils trouvèrent Florine, Lousteau, Matifat et Camusot en train d'arranger les tables de jeu. Les amis de Lucien arrivaient, car tous ces gens s'intitulaient déjà les amis de Lucien. On joua de neuf heures à minuit. Heureusement pour lui, Lucien ne savait aucun jeu ; mais Lousteau perdit mille francs et les emprunta à Lucien qui ne crut pas pouvoir se dispenser de les prêter, son ami les lui demanda. À dix heures environ, Michel, Fulgence et Joseph se présentèrent.

Lucien, qui alla causer avec eux dans un coin, trouva leurs visages assez froids et sérieux, pour ne pas dire contraints. D'Arthez n'avait pu venir, il achevait son livre, Léon Giraud était occupé par la publication du premier numéro de sa Revue. Le Cénacle avait envoyé ses trois artistes qui devaient se trouver moins dépaysés que les autres au milieu d'une orgie.

« Eh bien, mes enfants, dit Lucien en affichant un petit ton de supériorité, vous verrez que le *petit farceur* peut devenir un *grand politique*.

— Je ne demande pas mieux que de m'être trompé, dit Michel.

— Tu vis avec Coralie en attendant mieux ? lui demanda Fulgence.

— Oui, reprit Lucien d'un air qu'il voulait rendre naïf. Coralie avait un pauvre vieux négociant qui l'adorait, elle l'a mis à la porte. Je suis plus heureux que ton frère Philippe qui ne sait comment gouverner Mariette, ajouta-t-il en regardant Joseph Bridau.

— Enfin, dit Fulgence, tu es maintenant un homme comme un autre, tu feras ton chemin.

— Un homme qui pour vous restera le même en quelque situation qu'il se trouve », répondit Lucien.

Michel et Fulgence se regardèrent en échangeant un sourire moqueur que vit Lucien, et qui lui fit comprendre le ridicule de sa phrase.

« Coralie est bien admirablement belle, s'écria Joseph Bridau. Quel magnifique portrait à faire !

— Et bonne, répondit Lucien. Foi d'homme, elle est angélique ; mais tu feras son portrait ; prends-la, si tu veux, pour modèle de ta Vénitienne amenée au Sénateur par une vieille femme[474].

— Toutes les femmes qui aiment sont angéliques », dit Michel Chrestien.

En ce moment Raoul Nathan se précipita sur Lucien avec une furie d'amitié, lui prit les mains et les lui serra.

« Mon bon ami, non seulement vous êtes un grand homme, mais encore vous avez du cœur, ce qui est aujourd'hui plus rare que le génie, dit-il. Vous êtes dévoué à vos amis. Enfin, je suis à vous à la vie, à la mort, et n'oublierai jamais ce que vous avez fait cette semaine pour moi. »

Lucien, au comble de la joie en se voyant pateliné par un homme dont s'occupait la Renommée, regarda ses trois amis du Cénacle avec une sorte de supériorité. Cette entrée de Nathan était due à la communication que Merlin lui avait faite de l'épreuve de l'article en faveur de son livre, et qui paraissait dans le journal du lendemain.

« Je n'ai consenti à écrire l'attaque, répondit Lucien à l'oreille de Nathan, qu'à la condition d'y répondre moi-même. Je suis des vôtres. »

Il revint à ses trois amis du Cénacle, enchanté d'une circonstance qui justifiait la phrase de laquelle avait ri Fulgence.

« Vienne le livre de d'Arthez, et je suis en position de lui être utile. Cette chance seule m'engagerait à rester dans les journaux.

— Y es-tu libre ? dit Michel.

— Autant qu'on peut l'être quand on est indispensable », répondit Lucien avec une fausse modestie.

Vers minuit, les convives furent attablés, et l'orgie commença[475]. Les discours furent plus libres chez Lucien que chez Matifat, car personne ne soupçonna la divergence de sentiments qui existait entre les trois députés du Cénacle et les représentants des journaux. Ces jeunes esprits, si dépravés par l'habitude du Pour et du Contre, en vinrent aux prises, et se renvoyèrent les plus terribles axiomes de la jurisprudence qu'enfantait alors le journalisme. Claude Vignon, qui voulait conserver à la critique un caractère auguste, s'éleva contre la tendance des petits journaux vers la personnalité, disant que plus tard les écrivains arriveraient à se déconsidérer eux-mêmes. Lousteau, Merlin et Finot prirent alors ouvertement la défense de ce système, appelé dans l'argot du journalisme la *blague,* en soutenant que ce serait comme un poinçon à l'aide duquel on marquerait le talent.

« Tous ceux qui résisteront à cette épreuve seront des hommes réellement forts, dit Lousteau.

— D'ailleurs, s'écria Merlin, pendant les ovations des grands hommes, il faut autour d'eux, comme autour des triomphateurs romains, un concert d'injures[476].

— Eh ! dit Lucien, tous ceux de qui l'on se moquera croiront à leur triomphe !

— Ne dirait-on pas que cela te regarde ? s'écria Finot.

— Et nos sonnets ! dit Michel Chrestien, ne nous vau-draient-ils pas le triomphe de Pétrarque ?

— L'or (Laure) y est déjà pour quelque chose, dit

Dauriat dont le calembour excita des acclamations générales.

— *Faciamus experimentum in anima vili*[477], répondit Lucien en souriant.

— Eh! malheur à ceux que le Journal ne discutera pas, et auxquels il jettera des couronnes à leur début! Ceux-là seront relégués comme des saints dans leur niche, et personne n'y fera plus la moindre attention, dit Vernou.

— On leur dira comme Champcenetz au marquis de Genlis, qui regardait trop amoureusement sa femme : " Passez, bonhomme, on vous a déjà donné ", dit Blondet[478].

— En France, le succès tue, dit Finot. Nous y sommes trop jaloux les uns des autres pour ne pas vouloir oublier et faire oublier les triomphes d'autrui.

— C'est en effet la contradiction qui donne la vie en littérature, dit Claude Vignon.

— Comme dans la nature, où elle résulte de deux principes qui se combattent, s'écria Fulgence. Le triomphe de l'un sur l'autre est la mort.

— Comme en politique, ajouta Michel Chrestien.

— Nous venons de le prouver, dit Lousteau. Dauriat vendra cette semaine deux mille exemplaires du livre de Nathan. Pourquoi? Le livre attaqué sera bien défendu.

— Comment un article semblable, dit Merlin en prenant l'épreuve de son journal du lendemain, n'enlèverait-il pas une édition?

— Lisez-moi l'article? dit Dauriat. Je suis libraire partout, même en soupant. »

Merlin lut le triomphant article de Lucien, qui fut applaudi par toute l'assemblée.

« Cet article aurait-il pu se faire sans le premier? » demanda Lousteau.

Dauriat tira de sa poche l'épreuve du troisième article et le lut. Finot suivit avec attention la lecture de cet article destiné au second numéro de sa Revue ; et, en sa qualité de rédacteur en chef, il exagéra son enthousiasme.

« Messieurs, dit-il, si Bossuet vivait dans notre siècle, il n'eût pas écrit autrement.

— Je le crois bien, dit Merlin. Bossuet aujourd'hui serait journaliste.

— À Bossuet II! dit Claude Vignon en élevant son verre et saluant ironiquement Lucien.

— À mon Christophe Colomb! répondit Lucien en portant un toast à Dauriat.

— Bravo! cria Nathan.

— Est-ce un surnom? demanda méchamment Merlin en regardant à la fois Finot et Lucien.

— Si vous continuez ainsi, dit Dauriat, nous ne pourrons pas vous suivre et ces messieurs, ajouta-t-il en montrant Matifat et Camusot, ne vous comprendront plus. La plaisanterie est comme le coton qui, filé trop fin, casse, a dit Bonaparte.

— Messieurs, dit Lousteau, nous sommes témoins d'un fait grave, inconcevable, inouï, vraiment surprenant. N'admirez-vous pas la rapidité avec laquelle notre ami s'est changé de provincial en journaliste?

— Il était né journaliste, dit Dauriat.

— Mes enfants, dit alors Finot en se levant et tenant une bouteille de vin de Champagne à la main, nous avons protégé tous et tous encouragé les débuts de notre amphitryon dans la carrière où il a surpassé nos espérances. En deux mois il a fait ses preuves par les beaux articles que nous connaissons : je propose de le baptiser journaliste authentiquement.

— Une couronne de roses afin de constater sa double victoire », cria Bixiou en regardant Coralie [479].

Coralie fit un signe à Bérénice qui alla chercher de vieilles fleurs artificielles dans les cartons de l'actrice. Une couronne de roses fut bientôt tressée dès que la grosse femme de chambre eut apporté des fleurs avec lesquelles se parèrent grotesquement ceux qui se trouvaient les plus ivres. Finot, le grand prêtre, versa quelques gouttes de vin de Champagne sur la belle tête blonde de Lucien en prononçant avec une délicieuse gravité ces paroles sacramentales : « Au nom du Timbre, du Cautionnement et de l'Amende, je te baptise journaliste. Que tes articles te soient légers [480] !

— Et payés sans déduction des blancs! » dit Merlin.

En ce moment Lucien aperçut les visages attristés de Michel Chrestien, de Joseph Bridau et de Fulgence Ridal qui prirent leurs chapeaux et sortirent au milieu d'un hurrah d'imprécations.

« Voilà de singuliers chrétiens? dit Merlin.

— Fulgence était un bon garçon, reprit Lousteau ; mais *ils* l'ont perverti de morale.

— Qui? demanda Claude Vignon.

— Des jeunes hommes graves qui s'assemblent dans un

musico[481] philosophique et religieux de la rue des Quatre-Vents, où l'on s'inquiète du sens général de l'Humanité..., répondit Blondet.

— Oh! oh! oh!

— ... On y cherche à savoir si elle tourne sur elle-même, dit Blondet en continuant, ou si elle est en progrès. Ils étaient très embarrassés entre la ligne droite et la ligne courbe, ils trouvaient un non-sens au triangle biblique, et il leur est alors apparu je ne sais quel prophète qui s'est prononcé pour la spirale.

— Des hommes réunis peuvent inventer des bêtises plus dangereuses, s'écria Lucien qui voulut défendre le Cénacle.

— Tu prends ces théories-là pour des paroles oiseuses, dit Félicien Vernou, mais il vient un moment où elles se transforment en coups de fusil ou en guillotine.

— Ils n'en sont encore, dit Bixiou, qu'à chercher la pensée providentielle du vin de Champagne, le sens humanitaire des pantalons et la petite bête qui fait aller le monde. Ils ramassent des grands hommes tombés, comme Vico, Saint-Simon, Fourier[482]. J'ai bien peur qu'ils ne tournent la tête à mon pauvre Joseph Bridau.

— Ils sont cause, dit Lousteau, que Bianchon, mon compatriote et mon camarade de collège, me bat froid...

— Y enseigne-t-on la gymnastique et l'orthopédie des esprits? demanda Merlin.

— Ça se pourrait, répondit Finot, puisque Bianchon donne dans leurs rêveries.

— Bah! il sera, dit Lousteau, tout de même un grand médecin.

— Leur chef visible n'est-il pas d'Arthez, dit Nathan, un petit jeune homme qui doit nous avaler tous?

— C'est un homme de génie! s'écria Lucien.

— J'aime mieux un verre de vin de xérès », dit Claude Vignon en souriant.

En ce moment, chacun expliquait son caractère à son voisin. Quand les gens d'esprit en arrivent à vouloir s'expliquer eux-mêmes, à donner la clef de leurs cœurs, il est sûr que l'Ivresse les a pris en croupe. Une heure après, tous les convives, devenus les meilleurs amis du monde, se traitaient de grands hommes, d'hommes forts, de gens à qui l'avenir appartenait. Lucien, en qualité de maître de maison, avait conservé quelque lucidité dans l'esprit : il écouta des sophismes qui le frappèrent et achevèrent l'œuvre de sa démoralisation.

« Mes enfants, dit Finot, le parti libéral est obligé de raviver sa polémique, car il n'a rien à dire en ce moment contre le gouvernement, et vous comprenez dans quel embarras se trouve alors l'Opposition. Qui de vous veut écrire une brochure pour demander le rétablissement du droit d'aînesse, afin de faire crier contre les desseins secrets de la Cour ? La brochure sera bien payée.

— Moi, dit Hector Merlin, c'est dans mes opinions.

— Ton parti dirait que tu le compromets, répliqua Finot. Félicien, charge-toi de cette brochure, Dauriat l'éditera, nous garderons le secret.

— Combien donne-t-on ? dit Vernou.

— Six cents francs ! Tu signeras : le comte C...

— Ça va ! dit Vernou.

— Vous allez donc élever le canard jusqu'à la politique ? reprit Lousteau.

— C'est l'affaire de Chabot transportée dans la sphère des idées[483], reprit Finot. On attribue des intentions au Gouvernement, et l'on déchaîne contre lui l'opinion publique.

— Je serai toujours dans le plus profond étonnement de voir un gouvernement abandonnant la direction des idées à des drôles comme nous autres, dit Claude Vignon.

— Si le ministère commet **la** sottise de descendre dans l'arène, reprit Finot, on le mène tambour battant ; s'il se pique, on envenime la question, on désaffectionne les masses. Le Journal ne risque jamais rien, là où le Pouvoir a toujours tout à perdre.

— La France est annulée jusqu'au jour où le Journal sera mis hors la loi, reprit Claude Vignon. Vous faites d'heure en heure des progrès, dit-il à Finot. Vous serez les Jésuites, moins la foi, la pensée fixe, la discipline et l'union. »

Chacun regagna les tables de jeu. Les lueurs de l'aurore firent bientôt pâlir les bougies.

« Tes amis de la rue des Quatre-Vents étaient tristes comme des condamnés à mort, dit Coralie à son amant.

— Ils étaient les juges, répondit le poète.

— Les juges sont plus amusants que ça », dit Coralie.

Lucien vit pendant un mois son temps pris par des soupers, des dîners, des déjeuners, des soirées, et fut entraîné par un courant invincible dans un tourbillon de plaisirs et de travaux faciles. Il ne calcula plus. La puissance du calcul au milieu des complications de la vie est le sceau des grandes volontés que les poètes, les gens faibles ou purement spirituels ne contrefont jamais. Comme la plupart des journalistes, Lucien vécut au jour le jour, dépensant son argent à mesure qu'il le gagnait, ne songeant point aux charges périodiques de la vie parisienne, si écrasantes pour ces bohémiens. Sa mise et sa tournure rivalisaient avec celles des dandies les plus célèbres. Coralie aimait, comme tous les fanatiques, à parer son idole ; elle se ruina pour donner à son cher poète cet élégant mobilier des élégants qu'il avait tant désiré pendant sa première promenade aux Tuileries. Lucien eut alors des cannes merveilleuses, une charmante lorgnette, des boutons en diamants, des anneaux pour ses cravates du matin, des bagues à la chevalière, enfin des gilets mirifiques en assez grand nombre pour pouvoir assortir les couleurs de sa mise [484]. Il passa bientôt dandy. Le jour où il se rendit à l'invitation du diplomate allemand, sa métamorphose excita une sorte d'envie contenue chez les jeunes gens qui s'y trouvèrent, et qui tenaient le haut du pavé dans le royaume de la fashion, tels que de Marsay, Vandenesse, Ajuda-Pinto, Maxime de Trailles, Rastignac, le duc de Maufrigneuse, Beaudenord, Manerville, etc. Les hommes du monde sont jaloux entre eux à la manière des femmes. La comtesse de Montcornet et la marquise d'Espard, pour qui le dîner se donnait, eurent Lucien entre elles, et le comblèrent de coquetteries.

« Pourquoi donc avez-vous quitté le monde ? lui demanda la marquise, il était si disposé à vous bien accueillir, à vous fêter. J'ai une querelle à vous faire ! vous me deviez une visite, et je l'attends encore. Je vous ai aperçu l'autre jour à l'Opéra, vous n'avez pas daigné venir me voir ni me saluer.

— Votre cousine, madame, m'a si positivement signifié mon congé...

— Vous ne connaissez pas les femmes, répondit Mme d'Espard en interrompant Lucien. Vous avez blessé le cœur le plus angélique et l'âme la plus noble que je connaisse. Vous ignorez tout ce que Louise voulait faire pour vous, et combien elle mettait de finesse dans son plan. Oh ! elle eût réussi, fit-elle à une muette dénégation de Lucien. Son mari, qui maintenant est mort, comme il devait mourir, d'une indigestion, n'allait-il pas lui rendre, tôt ou tard, sa liberté ? Croyez-vous qu'elle voulût être Mme Chardon ? Le titre de comtesse de Rubempré valait bien la peine d'être conquis. Voyez-vous ? l'amour est une grande vanité qui doit s'accorder, surtout en mariage, avec toutes les autres vanités. Je vous aimerais à la folie, c'est-à-dire assez pour vous épouser, il me serait très dur de m'appeler

Mme Chardon. Convenez-en ? Maintenant, vous avez vu les
difficultés de la vie à Paris, vous savez combien de détours il
faut faire pour arriver au but ; eh bien, avouez que pour un
inconnu sans fortune, Louise aspirait à une faveur presque
impossible, elle devait donc ne rien négliger. Vous avez
beaucoup d'esprit, mais quand nous aimons, nous en avons
encore plus que l'homme le plus spirituel. Ma cousine
voulait employer ce ridicule Châtelet... Je vous dois des
plaisirs, vos articles contre lui m'ont fait bien rire ! » dit-elle
en s'interrompant.

Lucien ne savait plus que penser. Initié aux trahisons et
aux perfidies du journalisme, il ignorait celles du monde ;
aussi, malgré sa perspicacité, devait-il y recevoir de rudes
leçons.

« Comment, madame, dit le poète dont la curiosité fut
vivement éveillée, ne protégez-vous pas le Héron ?

— Mais dans le monde on est forcé de faire des politesses
à ses plus cruels ennemis, de paraître s'amuser avec les
ennuyeux, et souvent on sacrifie en apparence ses amis pour
les mieux servir. Vous êtes donc encore bien neuf ?
Comment, vous qui voulez écrire, vous ignorez les tromperies courantes du monde. Si ma cousine a semblé vous
sacrifier au Héron, ne le fallait-il pas pour mettre cette
influence à profit pour vous, car notre homme est très bien
vu par le Ministère actuel ; aussi, lui avons-nous démontré
que jusqu'à un certain point vos attaques le servaient, afin
de pouvoir vous raccommoder tous deux, un jour. On a
dédommagé Châtelet de vos persécutions. Comme le disait
des Lupeaulx [485] aux ministres : Pendant que les journaux
tournent Châtelet en ridicule, ils laissent en repos le
Ministère.

— M. Blondet m'a fait espérer que j'aurais le plaisir de
vous voir chez moi, dit la comtesse de Montcornet pendant
le temps que la marquise abandonna Lucien à ses réflexions.
Vous y trouverez quelques artistes, des écrivains et une
femme qui a le plus vif désir de vous connaître, Mlle des
Touches, un de ces talents rares parmi notre sexe, et chez
qui sans doute vous irez. Mlle des Touches, Camille
Maupin, si vous voulez, a l'un des salons les plus remarquables de Paris, elle est prodigieusement riche ; on lui a dit que
vous êtes aussi beau que spirituel, elle se meurt d'envie de
vous voir. »

Lucien ne put que se confondre en remerciements, et jeta
sur Blondet un regard d'envie. Il y avait autant de différence

entre une femme du genre et de la qualité de la comtesse de
Montcornet et Coralie qu'entre Coralie et une fille des rues.
Cette comtesse, jeune, belle et spirituelle, avait, pour beauté
spéciale, la blancheur excessive des femmes du Nord; sa
mère était née princesse Scherbellof; aussi le ministre, avant
le dîner, lui avait-il prodigué ses plus respectueuses attentions. La marquise avait alors achevé de sucer dédaigneusement une aile de poulet.

« Ma pauvre Louise, dit-elle à Lucien, avait tant d'affection pour vous! j'étais dans la confidence du bel avenir
qu'elle rêvait pour vous : elle aurait supporté bien des
choses, mais quel mépris vous lui avez marqué en lui
renvoyant ses lettres! Nous pardonnons les cruautés, il faut
encore croire en nous pour nous blesser; mais l'indifférence!... l'indifférence est comme la glace des pôles, elle
étouffe tout. Allons, convenez-en? vous avez perdu des
trésors par votre faute. Pourquoi rompre? Quand même
vous eussiez été dédaigné, n'avez-vous pas votre fortune à
faire, votre nom à reconquérir? Louise pensait à tout cela.

— Pourquoi ne m'avoir rien dit? répondit Lucien.

— Eh! mon Dieu, c'est moi qui lui ai donné le conseil de
ne pas vous mettre dans sa confidence. Tenez, entre nous,
en vous voyant si peu fait au monde, je vous craignais :
j'avais peur que votre inexpérience, votre ardeur étourdie ne
détruisissent ou ne dérangeassent ses calculs et nos plans.
Pouvez-vous maintenant vous souvenir de vous-même?
Avouez-le? Vous seriez de mon opinion en voyant aujour-
d'hui votre Sosie. Vous ne vous ressemblez plus. Là est le
seul tort que nous ayons eu. Mais, en mille, se rencontre-t-il
un homme qui réunisse à tant d'esprit une si merveilleuse
aptitude à prendre l'unisson? Je n'ai pas cru que vous
fussiez une si surprenante exception. Vous vous êtes métamorphosé si promptement, vous vous êtes si facilement
initié aux façons parisiennes, que je ne vous ai pas reconnu
au bois de Boulogne, il y a un mois. »

Lucien écoutait cette grande dame avec un plaisir inexpri-
mable : elle joignait à ses paroles flatteuses un air si confiant,
si mutin, si naïf; elle paraissait s'intéresser à lui si profondément, qu'il crut à quelque prodige semblable à celui de sa
première soirée au Panorama-Dramatique. Depuis cet heureux soir, tout le monde lui souriait, il attribuait à sa
jeunesse une puissance talismanique, il voulut alors éprouver la marquise en se promettant de ne pas se laisser
surprendre.

« Quels étaient donc, madame, ses plans devenus aujour-d'hui des chimères ?

— Louise voulait obtenir du roi une ordonnance qui vous permît de porter le nom et le titre de Rubempré. Elle voulait enterrer le Chardon. Ce premier succès, si facile à obtenir alors, et que maintenant vos opinions rendent presque impossible, était pour vous une fortune. Vous traiterez ces idées de visions et de bagatelles ; mais nous savons un peu la vie, et nous connaissons tout ce qu'il y a de solide dans un titre de comte porté par un élégant, par un ravissant jeune homme. Annoncez ici devant quelques jeunes Anglaises millionnaires ou devant des héritières : *M. Chardon* ou *M. le comte de Rubempré ?* il se ferait deux mouvements bien différents. Fût-il endetté, le comte trouverait les cœurs ouverts, sa beauté mise en lumière serait comme un diamant dans une riche monture. M. Chardon ne serait pas seule-ment remarqué. Nous n'avons pas créé ces idées, nous les trouvons régnant partout, même parmi les bourgeois. Vous tournez en ce moment le dos à la fortune. Regardez ce joli jeune homme, le vicomte Félix de Vandenesse, il est un des deux secrétaires particuliers du Roi. Le Roi aime assez les jeunes gens de talent, et celui-là, quand il est arrivé de sa province, n'avait pas un bagage plus lourd que le vôtre, vous avez mille fois plus d'esprit que lui ; mais appartenez-vous à une grande famille ? avez-vous un nom ? Vous connaissez des Lupeaulx, son nom ressemble au vôtre, il se nomme Chardin ; mais il ne vendrait pas pour un million sa métairie des Lupeaulx, il sera quelque jour comte des Lupeaulx[486], et son petit-fils deviendra peut-être un grand seigneur. Si vous continuez à marcher dans la fausse voie où vous vous êtes engagé, vous êtes perdu. Voyez combien M. Émile Blondet est plus sage que vous ? il est dans un journal qui soutient le pouvoir, il est bien vu par toutes les puissances du jour, il peut sans danger se mêler avec les Libéraux, il pense bien ; aussi parviendra-t-il tôt ou tard ; mais il a su choisir et son opinion et ses protections. Cette jolie per-sonne, votre voisine[487], est une demoiselle de Troisville qui a deux pairs de France et deux députés dans sa famille, elle a fait un riche mariage à cause de son nom ; elle reçoit beaucoup, elle aura de l'influence et remuera le monde politique pour ce petit M. Émile Blondet. À quoi vous mène une Coralie ? à vous trouver perdu de dettes et fatigué de plaisirs dans quelques années d'ici. Vous placez mal votre amour, et vous arrangez mal votre vie. Voilà ce que me disait l'autre jour à l'Opéra la femme que vous prenez plaisir à blesser. En déplorant l'abus que vous faites de votre talent et de votre belle jeunesse, elle ne s'occupait pas d'elle, mais de vous.

— Ah ! si vous disiez vrai, madame ! s'écria Lucien.

— Quel intérêt verriez-vous à des mensonges ? » fit la marquise en jetant sur Lucien un regard hautain et froid qui le replongea dans le néant.

Lucien interdit ne reprit pas la conversation, la marquise offensée ne lui parla plus. Il fut piqué, mais il reconnut qu'il y avait eu de sa part maladresse et se promit de la réparer. Il se tourna vers Mme de Montcornet et lui parla de Blondet en exaltant le mérite de ce jeune écrivain. Il fut bien reçu par la comtesse qui l'invita, sur un signe de Mme d'Espard, à sa prochaine soirée, en lui demandant s'il n'y verrait pas avec plaisir Mme de Bargeton qui, malgré son deuil, y viendrait : il ne s'agissait pas d'une grande soirée, c'était sa réunion des petits jours, on serait entre amis.

« Madame la marquise, dit Lucien, prétend que tous les torts sont de mon côté, n'est-ce pas à sa cousine à être bonne pour moi ?

— Faites cesser les attaques ridicules dont elle est l'objet, qui d'ailleurs la compromettent fortement avec un homme de qui elle se moque, et vous aurez bientôt signé la paix. Vous vous êtes cru joué par elle, m'a-t-on dit, moi je l'ai vue bien triste de votre abandon. Est-il vrai qu'elle ait quitté sa province avec vous et pour vous ? »

Lucien regarda la comtesse en souriant, sans oser répondre.

« Comment pouviez-vous vous défier d'une femme qui vous faisait de tels sacrifices ! Et d'ailleurs, belle et spiri- tuelle comme elle l'est, elle devait être aimée *quand même*. Mme de Bargeton vous aimait moins pour vous que pour vos talents. Croyez-moi, les femmes aiment l'esprit avant d'ai- mer la beauté », dit-elle en regardant Émile Blondet à la dérobée.

Lucien reconnut dans l'hôtel du ministre les différences qui existent entre le grand monde et le monde exceptionnel où il vivait depuis quelque temps. Ces deux magnificences n'avaient aucune similitude, aucun point de contact. La hauteur et la disposition des pièces dans cet appartement, l'un des plus riches du faubourg Saint-Germain ; les vieilles dorures des salons, l'ampleur des décorations, la richesse sérieuse des accessoires, tout lui était étranger, nouveau ;

mais l'habitude si promptement prise des choses de luxe empêcha Lucien de paraître étonné. Sa contenance fut aussi éloignée de l'assurance et de la fatuité que de la complaisance et de la servilité. Le poète eut bonne façon et plut à ceux qui n'avaient aucune raison de lui être hostiles, comme les jeunes gens à qui sa soudaine introduction dans le grand monde, ses succès et sa beauté donnèrent de la jalousie. En sortant de table, il offrit le bras à Mme d'Espard qui l'accepta. En voyant Lucien courtisé par la marquise d'Espard, Rastignac vint se recommander de leur compatriotisme, et lui rappeler leur première entrevue chez Mme du Val-Noble. Le jeune noble parut vouloir se lier avec le grand homme de sa province en l'invitant à venir déjeuner chez lui quelque matin, et s'offrant à lui faire connaître les jeunes gens à la mode. Lucien accepta cette proposition.

« Le cher Blondet en sera », dit Rastignac.

Le ministre vint se joindre au groupe formé par le marquis de Ronquerolles, le duc de Rhétoré, de Marsay, le général Montriveau, Rastignac et Lucien.

« Très bien, dit-il à Lucien avec la bonhomie allemande sous laquelle il cachait sa redoutable finesse, vous avez fait la paix avec Mme d'Espard, elle est enchantée de vous, et nous savons tous, dit-il en regardant les hommes à la ronde, combien il est difficile de lui plaire.

— Oui, mais elle adore l'esprit, dit Rastignac, et mon illustre compatriote en vend.

— Il ne tardera pas à reconnaître le mauvais commerce qu'il fait, dit vivement Blondet, il nous viendra, ce sera bientôt un des nôtres. »

Il y eut autour de Lucien un chorus sur ce thème. Les hommes sérieux lancèrent quelques phrases profondes d'un ton despotique, les jeunes gens plaisantèrent du parti libéral.

« Il a, je suis sûr, dit Blondet, tiré à pile ou face pour la Gauche ou la Droite ; mais il va maintenant choisir. »

Lucien se mit à rire en se souvenant de sa scène au Luxembourg avec Lousteau.

« Il a pris pour cornac, dit Blondet en continuant, un Étienne Lousteau, un bretteur de petit journal qui voit une pièce de cent sous dans une colonne, dont la politique consiste à croire au retour de Napoléon, et, ce qui me semble encore plus niais, à la reconnaissance, au patriotisme de messieurs du Côté gauche. Comme Rubempré, les penchants de Lucien doivent être aristocrates ; comme journaliste, il doit être pour le pouvoir, ou il ne sera jamais ni Rubempré ni secrétaire général. »

Lucien, à qui le diplomate proposa une carte pour jouer le whist, excita la plus grande surprise quand il avoua ne pas savoir le jeu.

« Mon ami, lui dit à l'oreille Rastignac, arrivez de bonne heure chez moi le jour où vous y viendrez faire un méchant déjeuner, je vous apprendrai le whist, vous déshonorez notre royale ville d'Angoulême, et je répéterai un mot de M. de Talleyrand en vous disant que, si vous ne savez pas ce jeu-là, vous vous préparez une vieillesse très malheureuse. »

On annonça des Lupeaulx, un maître des requêtes en faveur et qui rendait des services secrets au ministère, homme fin et ambitieux qui se coulait partout. Il salua Lucien avec lequel il s'était déjà rencontré chez Mme du Val-Noble, et il y eut dans son salut un semblant d'amitié qui devait tromper Lucien. En trouvant là le jeune journaliste, cet homme qui se faisait en politique ami de tout le monde, afin de n'être pris au dépourvu par personne, comprit que Lucien allait obtenir dans le monde autant de succès que dans la littérature. Il vit un ambitieux en ce poète, et il l'enveloppa de protestations, de témoignages d'amitié, d'intérêt, de manière à vieillir leur connaissance et tromper Lucien sur la valeur de ses promesses et de ses paroles. Des Lupeaulx avait pour principe de bien connaître ceux dont il voulait se défaire, quand il trouvait en eux des rivaux. Ainsi Lucien fut bien accueilli par le monde. Il comprit tout ce qu'il devait au duc de Rhétoré, au ministre, à Mme d'Espard, à Mme de Montcornet. Il alla causer avec chacune de ces femmes pendant quelques moments avant de partir, et déploya pour elles toute la grâce de son esprit.

« Quelle fatuité ! dit des Lupeaulx à la marquise quand Lucien la quitta.

— Il se gâtera avant d'être mûr, dit à la marquise de Marsay en souriant. Vous devez avoir des raisons cachées pour lui tourner ainsi la tête. »

Lucien trouva Coralie au fond de sa voiture dans la cour, elle était venue l'attendre ; il fut touché de cette attention, et lui raconta sa soirée. À son grand étonnement, l'actrice approuva les nouvelles idées qui trottaient déjà dans la tête de Lucien, et l'engagea fortement à s'enrôler sous la bannière ministérielle.

« Tu n'as que des coups à gagner avec les Libéraux, ils conspirent, ils ont tué le duc de Berry. Renverseront-ils le

gouvernement? Jamais! Par eux, tu n'arriveras à rien;
tandis que, de l'autre côté, tu deviendras comte de Rubempré. Tu peux rendre des services, être nommé pair de
France, épouser une femme riche. Sois ultra. D'ailleurs,
c'est bon genre, ajouta-t-elle en lançant le mot qui pour elle
était la raison suprême. La Val-Noble, chez qui je suis allée
dîner, m'a dit que Théodore Gaillard fondait décidément
son petit journal royaliste appelé *Le Réveil*, afin de riposter
aux plaisanteries du vôtre et du *Miroir*. À l'entendre, M. de
Villèle et son parti seront au ministère avant un an [488]. Tâche
de profiter de ce changement en te mettant avec eux pendant
qu'ils ne sont rien encore; mais ne dis rien à Étienne ni à tes
amis qui seraient capables de te jouer quelque mauvais
tour. »

Huit jours après, Lucien se présenta chez Mme de
Montcornet, où il éprouva la plus violente agitation en
revoyant la femme qu'il avait tant aimée, et à laquelle sa
plaisanterie avait percé le cœur. Louise aussi s'était méta-
morphosée! Elle était redevenue ce qu'elle eût été sans son
séjour en province, grande dame. Il y avait dans son deuil
une grâce et une recherche qui annonçaient une veuve
heureuse. Lucien crut être pour quelque chose dans cette
coquetterie, et il ne se trompait pas; mais il avait, comme un
ogre, goûté la chair fraîche, il resta pendant toute cette
soirée indécis entre la belle, l'amoureuse, la voluptueuse
Coralie, et la sèche, la hautaine, la cruelle Louise. Il ne sut
pas prendre un parti, sacrifier l'actrice à la grande dame. Ce
sacrifice, Mme de Bargeton, qui ressentait alors de l'amour
pour Lucien en le voyant si spirituel et si beau, l'attendit
pendant toute la soirée; elle en fut pour ses frais, pour ses
paroles insidieuses, pour ses mines coquettes, et sortit du
salon avec un irrévocable désir de vengeance.

« Eh bien, cher Lucien, dit-elle avec une bonté pleine de
grâce parisienne et de noblesse, vous deviez être mon
orgueil, et vous m'avez prise pour votre première victime. Je
vous ai pardonné, mon enfant, en songeant qu'il y avait un
reste d'amour dans une pareille vengeance. »

Mme de Bargeton reprenait sa position par cette phrase
accompagnée d'un air royal. Lucien, qui croyait avoir mille
fois raison, se trouvait avoir tort. Il ne fut question ni de la
terrible lettre d'adieu par laquelle il avait rompu, ni des
motifs de la rupture. Les femmes du grand monde ont un
talent merveilleux pour amoindrir leurs torts en en plaisan-
tant. Elles peuvent et savent tout effacer par un sourire, par

une question qui joue la surprise. Elles ne se souviennent de rien, elles expliquent tout, elles s'étonnent, elles interrogent, elles commentent, elles amplifient, elles querellent, et finissent par enlever leurs torts comme on enlève une tache par un petit savonnage : vous les saviez noires, elles deviennent en un moment blanches et innocentes. Quant à vous, vous êtes bienheureux de ne pas vous trouver coupable de quelque crime irrémissible. En un moment, Lucien et Louise avaient repris leurs illusions sur eux-mêmes, parlaient le langage de l'amitié ; mais Lucien, ivre de vanité satisfaite, ivre de Coralie, qui, disons-le, lui rendait la vie facile, ne sut pas répondre nettement à ce mot que Louise accompagna d'un soupir d'hésitation : Êtes-vous heureux ? Un non mélancolique eût fait sa fortune. Il crut être spirituel en expliquant Coralie ; il se dit aimé pour lui-même, enfin toutes les bêtises de l'homme épris. Mme de Bargeton se mordit les lèvres. Tout fut dit. Mme d'Espard vint auprès de sa cousine avec Mme de Montcornet. Lucien se vit, pour ainsi dire, le héros de la soirée : il fut caressé, câliné, fêté par ces trois femmes qui l'entortillèrent avec un art infini. Son succès dans ce beau et brillant monde ne fut donc pas moindre qu'au sein du journalisme. La belle Mlle des Touches, si célèbre sous le nom de Camille Maupin, et à qui Mmes d'Espard et de Bargeton présentèrent Lucien, l'invita pour l'un de ses mercredis à dîner, et parut émue de cette beauté si justement fameuse. Lucien essaya de prouver qu'il était encore plus spirituel que beau. Mlle des Touches exprima son admiration avec cette naïveté d'enjouement et cette jolie fureur d'amitié superficielle à laquelle se prennent tous ceux qui ne connaissent pas à fond la vie parisienne, où l'habitude et la continuité des jouissances rendent si avide de la nouveauté.

« Si je lui plaisais autant qu'elle me plaît, dit Lucien à Rastignac et à de Marsay, nous abrégerions le roman...

— Vous savez l'un et l'autre trop bien les écrire pour vouloir en faire, répondit Rastignac. Entre auteurs, peut-on jamais s'aimer ? Il arrive toujours un certain moment où l'on se dit de petits mots piquants.

— Vous ne feriez pas un mauvais rêve, lui dit en riant de Marsay. Cette charmante fille a trente ans, il est vrai ; mais elle a près de quatre-vingt mille livres de rente. Elle est adorablement capricieuse, et le caractère de sa beauté doit se soutenir fort longtemps. Coralie est une petite sotte, mon cher, bonne pour vous poser ; car il ne faut pas qu'un joli garçon reste sans maîtresse ; mais si vous ne faites pas quelque belle conquête dans le monde, l'actrice vous nuirait à la longue. Allons, mon cher, supplantez Conti qui va chanter avec Camille Maupin[489]. De tout temps la poésie a eu le pas sur la musique. »

Quand Lucien entendit Mlle des Touches et Conti, ses espérances s'envolèrent.

« Conti chante trop bien », dit-il à des Lupeaulx.

Lucien revint à Mme de Bargeton, qui l'emmena dans le salon où était la marquise d'Espard.

« Eh bien, ne voulez-vous pas vous intéresser à lui ? dit Mme de Bargeton à sa cousine.

— Mais que M. Chardon, dit la marquise d'un air à la fois impertinent et doux, se mette en position d'être patronné sans inconvénient pour ses protecteurs. S'il veut obtenir l'ordonnance qui lui permettra de quitter le misérable nom de son père pour celui de sa mère, ne doit-il pas être au moins des nôtres ?

— Avant deux mois j'aurai tout arrangé, dit Lucien.

— Eh bien, dit la marquise, je verrai mon père et mon oncle qui sont de service auprès du Roi, ils parleront de vous au chancelier. »

Le diplomate et ces deux femmes avaient bien deviné l'endroit sensible chez Lucien. Ce poète, ravi des splendeurs aristocratiques, ressentait des mortifications indicibles à s'entendre appeler Chardon, quand il voyait n'entrer dans les salons que des hommes portant des noms sonores enchâssés dans des titres. Cette douleur se répéta partout où il se produisit pendant quelques jours. Il éprouvait d'ailleurs une sensation tout aussi désagréable en redescendant aux affaires de son métier, après être allé la veille dans le grand monde, où il se montrait convenablement avec l'équipage et les gens de Coralie. Il apprit à monter à cheval pour pouvoir galoper à la portière des voitures de Mme d'Espard, de Mlle des Touches et de la comtesse de Montcornet, privilège qu'il avait tant envié à son arrivée à Paris. Finot fut enchanté de procurer à son rédacteur essentiel une entrée de faveur à l'Opéra où Lucien perdit bien des soirées ; mais il appartint dès lors au monde spécial des élégants de cette époque. Si le poète rendit à Rastignac et à ses amis du monde un splendide déjeuner, il commit la faute de le donner chez Coralie ; car il était trop jeune, trop poète et trop confiant pour connaître certaines nuances de conduite : une actrice, excellente fille, mais sans éducation, pouvait-elle lui appren-

dre la vie? Le provincial prouva de la manière la plus
évidente à ces jeunes gens, pleins de mauvaises dispositions
pour lui, cette collusion d'intérêts entre l'actrice et lui que
tout jeune homme jalouse secrètement et que chacun flétrit.
Celui qui le soir même en plaisanta le plus cruellement fut
Rastignac, quoiqu'il se soutînt dans le monde par des
moyens pareils, mais en gardant si bien les apparences, qu'il
pouvait traiter la médisance de calomnie. Lucien avait
promptement appris le whist. Le jeu devint une passion
chez lui. Coralie, pour éviter toute rivalité, loin de désap-
prouver Lucien, en favorisait les dissipations avec l'aveuglement particulier aux sentiments entiers qui ne voient jamais
que le présent et qui sacrifient tout, même l'avenir, à la
jouissance du moment. Le caractère de l'amour véritable
offre de constantes similitudes avec l'enfance : il en a
l'irréflexion, l'imprudence, la dissipation, le rire et les
pleurs.

À cette époque florissait une société de jeunes gens riches
ou pauvres, tous désœuvrés, appelés *viveurs*, et qui vivaient
en effet avec une incroyable insouciance, intrépides man-
geurs, buveurs plus intrépides encore. Tous bourreaux
d'argent et mêlant les plus rudes plaisanteries à cette
existence, non pas folle, mais enragée, ils ne reculaient
devant aucune impossibilité, se faisaient gloire de leurs
méfaits, contenus néanmoins en de certaines bornes : l'esprit le plus original couvrait leurs escapades, il était
impossible de ne pas les leur pardonner. Aucun fait n'accuse
si hautement l'ilotisme auquel la Restauration avait
condamné la jeunesse. Les jeunes gens, qui ne savaient à
quoi employer leurs forces, ne les jetaient pas seulement
dans le journalisme, dans les conspirations, dans la littérature et dans l'art, ils les dissipaient dans les plus étranges
excès, tant il y avait de sève et de luxuriantes puissances
dans la jeune France. Travailleuse, cette belle jeunesse
voulait le pouvoir et le plaisir; artiste, elle voulait des
trésors; oisive, elle voulait animer ses passions; de toute
manière elle voulait une place, et la politique ne lui en faisait
nulle part. Les viveurs étaient des gens presque tous doués
de facultés éminentes; quelques-uns les ont perdues dans
cette vie énervante, quelques autres y ont résisté. Le plus
célèbre de ces viveurs, le plus spirituel, Rastignac a fini par
entrer, conduit par de Marsay, dans une carrière sérieuse où
il s'est distingué [490]. Les plaisanteries auxquelles ces jeunes
gens se sont livrés sont devenues si fameuses qu'elles ont

fourni le sujet de plusieurs vaudevilles. Lucien, lancé par Blondet dans cette société de dissipateurs, y brilla près de Bixiou, l'un des esprits les plus méchants et le plus infatigable railleur de ce temps. Pendant tout l'hiver, la vie de Lucien fut donc une longue ivresse coupée par les faciles travaux du journalisme ; il continua la série de ses petits articles, et fit des efforts énormes pour produire de temps en temps quelques belles pages de critique fortement pensée. Mais l'étude était une exception, le poète ne s'y adonnait que contraint par la nécessité : les déjeuners, les dîners, les parties de plaisir, les soirées du monde, le jeu prenaient tout son temps, et Coralie dévorait le reste. Lucien se défendait de songer au lendemain. Il voyait d'ailleurs ses prétendus amis se conduisant tous comme lui, défrayés par des prospectus de librairie chèrement payés, par des primes données à certains articles nécessaires aux spéculations hasardées, mangeant à même et peu soucieux de l'avenir. Une fois admis dans le journalisme et dans la littérature sur un pied d'égalité, Lucien aperçut des difficultés énormes à vaincre au cas où il voudrait s'élever : chacun consentait à l'avoir pour égal, nul ne le voulait pour supérieur. Insensiblement il renonça donc à la gloire littéraire en croyant la fortune politique plus facile à obtenir.

« L'intrigue soulève moins de passions contraires que le talent, ses menées sourdes n'éveillent l'attention de personne, lui dit un jour Châtelet avec qui Lucien s'était raccommodé. L'intrigue est d'ailleurs supérieure au talent : de rien, elle fait quelque chose ; tandis que la plupart du temps les immenses ressources du talent ne servent qu'à faire le malheur de l'homme. »

À travers cette vie où toujours le Lendemain marchait sur les talons de la Veille au milieu d'une orgie et ne trouvait point le travail promis, Lucien poursuivit donc sa pensée principale : il était assidu dans le monde, il courtisait Mme de Bargeton, la marquise d'Espard, la comtesse de Montcornet, et ne manquait pas une seule des soirées de Mlle des Touches ; il arrivait dans le monde avant une partie de plaisir, après quelque dîner donné par les auteurs ou par les libraires ; il quittait les salons pour un souper, fruit de quelque pari ; les frais de la conversation parisienne et le jeu absorbaient le peu d'idées et de forces que lui laissaient ses excès. Le poète n'eut plus alors cette lucidité d'esprit, cette froideur de tête nécessaires pour observer autour de lui, pour déployer le tact exquis que les parvenus doivent employer à tout instant ; il lui fut impossible de reconnaître les moments où Mme de Bargeton revenait à lui, s'éloignait blessée, lui faisait grâce ou le condamnait de nouveau. Châtelet aperçut les chances qui restaient à son rival, et devint l'ami de Lucien pour le maintenir dans la dissipation où se perdait son énergie. Rastignac, jaloux de son compatriote et qui trouvait d'ailleurs dans le baron un allié plus sûr et plus utile que Lucien, épousa la cause de Châtelet. Aussi, quelques jours après l'entrevue du Pétrarque et de la Laure d'Angoulême, Rastignac avait-il réconcilié le poète et le vieux beau de l'Empire au milieu d'un magnifique souper au *Rocher de Cancale*. Lucien, qui rentrait toujours le matin et se levait au milieu de la journée, ne savait pas résister à un amour à domicile et toujours prêt. Ainsi le ressort de sa volonté, sans cesse assoupli par une paresse qui le rendait indifférent aux belles résolutions prises dans les moments où il entrevoyait sa position sous son vrai jour, devint nul, et ne répondit bientôt plus aux plus fortes pressions de la misère. Après avoir été très heureuse de voir Lucien s'amusant, après l'avoir encouragé en voyant dans cette dissipation des gages pour la durée de son attachement et des liens dans les nécessités qu'elle créait, la douce et tendre Coralie eut le courage de recommander à son amant de ne pas oublier le travail, et fut plusieurs fois obligée de lui dire qu'il avait gagné peu de chose dans son mois. L'amant et la maîtresse s'endettèrent avec une effrayante rapidité. Les quinze cents francs restant sur le prix des *Marguerites*, les premiers cinq cents francs gagnés par Lucien avaient été promptement dévorés. En trois mois, ses articles ne produisirent pas au poète plus de mille francs, et il crut avoir énormément travaillé. Mais Lucien avait adopté déjà la jurisprudence plaisante des viveurs sur les dettes. Les dettes sont jolies chez les jeunes gens de vingt-cinq ans ; plus tard, personne ne les leur pardonne. Il est à remarquer que certaines âmes, vraiment poétiques, mais où la volonté faiblit, occupées à sentir pour rendre leurs sensations par des images, manquent essentiellement du sens moral qui doit accompagner toute observation. Les poètes aiment plutôt à recevoir en eux des impressions que d'entrer chez les autres y étudier le mécanisme des sentiments. Ainsi Lucien ne demanda pas compte aux viveurs de ceux d'entre eux qui disparaissaient, il ne vit pas l'avenir de ces prétendus amis qui les uns avaient des héritages, les autres des espérances certaines, ceux-ci des talents reconnus, ceux-là la foi la plus intrépide en leur

destinée et le dessein prémédité de tourner les lois. Lucien
crut à son avenir en se fiant à ces profonds axiomes de
Blondet : « Tout finit par s'arranger. — Rien ne se dérange
chez les gens qui n'ont rien. — Nous ne pouvons perdre que
la fortune que nous cherchons ! — En allant avec le courant,
on finit par arriver quelque part. — Un homme d'esprit qui
a pied dans le monde fait fortune quand il veut ! »

Cet hiver, rempli par tant de plaisirs, fut nécessaire à
Théodore Gaillard et à Hector Merlin pour trouver les
capitaux qu'exigeait la fondation du *Réveil,* dont le premier
numéro ne parut qu'en mars 1822[491]. Cette affaire se traitait
chez Mme du Val-Noble. Cette élégante et spirituelle
courtisane qui disait, en montrant ses magnifiques appartements : « Voilà les comptes des Mille et Une Nuits ! »
exerçait une certaine influence sur les banquiers, les grands
seigneurs et les écrivains du parti royaliste, tous habitués à
se réunir dans son salon pour traiter certaines affaires qui ne
pouvaient être traitées que là. Hector Merlin, à qui la
rédaction en chef du *Réveil* était promise, devait avoir pour
bras droit Lucien, devenu son ami intime, et à qui le
feuilleton d'un des journaux ministériels fut également
promis. Ce changement de front dans la position de Lucien
se préparait sourdement à travers les plaisirs de sa vie. Cet
enfant se croyait un grand politique en dissimulant ce coup
de théâtre, et comptait beaucoup sur les largesses ministé-
rielles pour arranger ses comptes, pour dissiper les ennuis
secrets de Coralie. L'actrice, toujours souriant, cachait sa
détresse ; mais Bérénice, plus hardie, instruisait Lucien.
Comme tous les poètes, le grand homme en herbe s'apitoyait
un moment sur les désastres, il promettait de travailler, il
oubliait sa promesse et noyait ce souci passager dans ses
débauches. Le jour où Coralie apercevait des nuages sur le
front de son amant, elle grondait Bérénice et disait à son
poète que tout se pacifiait. Mme d'Espard et Mme de
Bargeton attendaient la conversion de Lucien pour faire
demander au ministre par Châtelet, disaient-elles, l'ordonnance tant désirée sur le changement de nom. Lucien avait
promis de dédier ses *Marguerites* à la marquise d'Espard, qui
paraissait très flattée d'une distinction que les auteurs ont
rendue rare depuis qu'ils sont devenus un pouvoir. Quand
Lucien allait le soir chez Dauriat et demandait où en était
son livre, le libraire lui opposait d'excellentes raisons pour
retarder la mise sous presse. Dauriat avait telle ou telle
opération en train qui lui prenait tout son temps, on allait

publier un nouveau volume de Canalis contre lequel il ne fallait pas se heurter, les secondes *Méditations* de M. de Lamartine étaient sous presse[492], et deux importants recueils de poésie ne devaient pas se rencontrer, l'auteur devait d'ailleurs se fier à l'habileté de son libraire. Cependant les besoins de Lucien devenaient si pressants, qu'il eut recours à Finot qui lui fit quelques avances sur des articles. Quand le soir, à souper, le poète-journaliste expliquait sa situation à ses amis les viveurs, ils noyaient ses scrupules dans des flots de vin de Champagne glacé de plaisanteries. Les dettes! il n'y a pas d'homme fort sans dettes! Les dettes représentent des besoins satisfaits, des vices exigeants. Un homme ne parvient que pressé par la main de fer de la nécessité.

« Aux grands hommes, le Mont-de-Piété reconnaissant! lui criait Blondet.

— Tout vouloir, c'est devoir tout, disait Bixiou.

— Non, tout devoir, c'est avoir eu tout! » répondait des Lupeaulx.

Les viveurs savaient prouver à cet enfant que ses dettes seraient l'aiguillon d'or avec lequel il piquerait les chevaux attelés au char de sa fortune. Puis, toujours César avec ses quarante millions de dettes, et Frédéric II recevant de son père un ducat par mois[493], et toujours les fameux, les corrupteurs exemples des grands hommes montrés dans leurs vices et non dans la toute-puissance de leur courage et de leurs conceptions! Enfin la voiture, les chevaux et le mobilier de Coralie furent saisis par plusieurs créanciers pour des sommes dont le total montait à quatre mille francs. Quand Lucien recourut à Lousteau pour lui redemander le billet de mille francs qu'il lui avait prêté, Lousteau lui montra des papiers timbrés qui établissaient chez Florine une position analogue à celle de Coralie; mais Lousteau reconnaissant lui proposa de faire les démarches nécessaires pour placer *L'Archer de Charles IX*.

« Comment Florine en est-elle arrivée là? demanda Lucien.

— Le Matifat s'est effrayé, répondit Lousteau, nous l'avons perdu; mais si Florine le veut, il payera cher sa trahison! Je te conterai l'affaire. »

Trois jours après la démarche inutile faite par Lucien chez Lousteau, les deux amants déjeunaient tristement au coin du feu dans leur belle chambre à coucher; Bérénice leur avait cuisiné des œufs sur le plat dans la cheminée, car la cuisinière, le cocher, les gens étaient partis. Il était impossible de disposer du mobilier saisi. Il n'y avait plus dans le ménage aucun objet d'or ou d'argent, ni aucune valeur intrinsèque ; mais tout était d'ailleurs représenté par des reconnaissances du Mont-de-Piété formant un petit volume in-octavo très instructif. Bérénice avait conservé deux couverts. Le petit journal rendait des services inappréciables à Lucien et à Coralie en maintenant le tailleur, la marchande de modes et la couturière, qui tous tremblaient de mécontenter un journaliste capable de tympaniser leurs établissements. Lousteau vint pendant le déjeuner en criant : « Hourrah ! Vive *L'Archer de Charles IX* ! J'ai *lavé* pour cent francs de livres, mes enfants, dit-il, partageons ? »

Il remit cinquante francs à Coralie, et envoya Bérénice chercher un déjeuner substantiel.

« Hier, Hector Merlin et moi nous avons dîné avec des libraires, et nous avons préparé la vente de ton roman par de savantes insinuations. Tu es en marché avec Dauriat ; mais Dauriat lésine, il ne veut pas donner plus de quatre mille francs pour deux mille exemplaires, et tu veux six mille francs. Nous t'avons fait deux fois plus grand que Walter Scott. Oh ! tu as dans le ventre des romans incomparables ! tu n'offres pas un livre, mais une affaire ; tu n'es pas l'auteur d'un roman plus ou moins ingénieux, tu seras une collection ! Ce mot collection a porté coup. Ainsi n'oublie pas ton rôle, tu as en portefeuille : *La Grande Mademoiselle ou La France sous Louis XIV*. — *Cotillon Ier ou Les premiers jours de Louis XV*. — *La Reine et le Cardinal ou Tableau de Paris sous la Fronde*. — *Le Fils de Concini ou Une intrigue de Richelieu !*... Ces romans seront annoncés sur la couverture. Nous appelons cette manœuvre berner les succès. On fait sauter ses livres sur la couverture jusqu'à ce qu'ils deviennent célèbres, et l'on est alors bien plus grand par les œuvres qu'on ne fait pas que par celles qu'on a faites. Le *Sous presse* est l'hypothèque littéraire ! Allons, rions un peu ? Voici du vin de Champagne. Tu comprends, Lucien, que nos hommes ont ouvert des yeux grands comme tes soucoupes... Tu as donc encore des soucoupes ?

— Elles sont saisies, dit Coralie.

— Je comprends, et je reprends, reprit Lousteau. Les libraires croiront à tous tes manuscrits, s'ils en voient un seul. En librairie, on demande à voir le manuscrit, on a la prétention de le lire. Laissons aux libraires leur fatuité : jamais ils ne lisent de livres, autrement ils n'en publieraient pas tant ! Hector et moi, nous avons laissé pressentir qu'à cinq mille francs tu concéderais trois mille exemplaires en deux éditions. Donne-moi le manuscrit de *L'Archer,* après-demain nous déjeunons chez les libraires et nous les enfonçons !

— Qui est-ce ? dit Lucien.

— Deux associés, deux bons garçons, assez ronds en affaires, nommés Fendant et Cavalier. L'un est un ancien premier commis de la maison Vidal et Porchon, l'autre est le plus habile voyageur du quai des Augustins, tous deux établis depuis un an. Après avoir perdu quelques légers capitaux à publier des romans traduits de l'anglais, mes gaillards veulent maintenant exploiter les romans indigènes. Le bruit court que ces deux marchands de papier noirci risquent uniquement les capitaux des autres, mais il t'est, je pense, assez indifférent de savoir à qui appartient l'argent qu'on te donnera. »

Le surlendemain, les deux journalistes étaient invités à déjeuner rue Serpente, dans l'ancien quartier de Lucien, où Lousteau conservait toujours sa chambre rue de La Harpe ; et Lucien, qui vint y prendre son ami, la vit dans le même état où elle était le soir de son introduction dans le monde littéraire, mais il ne s'en étonna plus : son éducation l'avait initié aux vicissitudes de la vie des journalistes, il en concevait tout. Le grand homme de province avait reçu, joué, perdu le prix de plus d'un article en perdant aussi l'envie de le faire ; il avait écrit plus d'une colonne d'après les procédés ingénieux que lui avait décrits Lousteau quand ils avaient descendu de la rue de La Harpe au Palais-Royal. Tombé sous la dépendance de Barbet et de Braulard, il trafiquait des livres et des billets de théâtres ; enfin il ne reculait devant aucun éloge, ni devant aucune attaque ; il éprouvait même en ce moment une espèce de joie à tirer de Lousteau tout le parti possible avant de tourner le dos aux Libéraux, qu'il se proposait d'attaquer d'autant mieux qu'il les avait plus étudiés. De son côté, Lousteau recevait, au préjudice de Lucien, une somme de cinq cents francs en argent de Fendant et Cavalier, sous le nom de commission, pour avoir procuré ce futur Walter Scott aux deux libraires en quête d'un Scott français.

La maison Fendant et Cavalier était une de ces maisons de librairie établies sans aucune espèce de capital, comme il s'en établissait beaucoup alors, et comme il s'en établira toujours, tant que la papeterie et l'imprimerie continueront à faire crédit à la librairie, pendant le temps de jouer sept à huit de ces coups de cartes appelés publications. Alors comme aujourd'hui, les ouvrages s'achetaient aux auteurs en billets souscrits à des échéances de six, neuf et douze mois, payement fondé sur la nature de la vente qui se solde entre libraires par des valeurs encore plus longues. Ces libraires payaient en même monnaie les papetiers et les imprimeurs, qui[494] avaient ainsi pendant un an entre les mains, *gratis*, toute une librairie composée d'une douzaine ou d'une vingtaine d'ouvrages. En supposant deux ou trois succès, le produit des bonnes affaires soldait les mauvaises, et ils se soutenaient en entant livre sur livre. Si les opérations étaient toutes douteuses, ou, si, pour leur malheur, ils rencontraient de bons livres qui ne pouvaient se vendre qu'après avoir été goûtés, appréciés par le vrai public ; si les escomptes de leurs valeurs étaient onéreux, s'ils subissaient eux-mêmes des faillites, ils déposaient tranquillement leur bilan, sans nul souci, préparés par avance à ce résultat. Ainsi toutes les chances étaient en leur faveur, ils jouaient sur le grand tapis vert de la spéculation les fonds d'autrui, non les leurs. Fendant et Cavalier se trouvaient dans cette situation. Cavalier avait apporté son savoir-faire, Fendant y avait joint son industrie. Le fonds social méritait éminemment ce titre, car il consistait en quelques milliers de francs, épargnes péniblement amassées par leurs maîtresses, sur lesquels ils s'étaient attribué l'un et l'autre des appointements assez considérables, très scrupuleusement dépensés en dîners offerts aux journalistes et aux auteurs, au spectacle où se faisaient, disaient-ils, les affaires. Ces demi-fripons passaient tous deux pour habiles ; mais Fendant était plus rusé que Cavalier. Digne de son nom, Cavalier voyageait, Fendant dirigeait les affaires à Paris. Cette association fut ce qu'elle sera toujours entre deux libraires, un duel. Les associés occupaient le rez-de-chaussée d'un de ces vieux hôtels de la rue Serpente, où le cabinet de la maison se trouvait au bout de vastes salons convertis en magasins. Ils avaient déjà publié beaucoup de romans, tels que *La Tour du Nord, Le Marchand de Bénarès, La Fontaine du sépulcre, Tekeli*, les romans de Galt, auteur anglais qui n'a pas réussi en France[495]. Le succès de Walter Scott éveillait tant l'attention de la librairie sur les produits de l'Angleterre, que les libraires étaient tous préoccupés, en vrais Normands, de la conquête de l'Angleterre ; ils y cherchaient du Walter Scott, comme plus tard on devait chercher des asphaltes dans les terrains caillouteux, du bitume dans les marais, et réaliser des bénéfices sur les chemins de fer en projet. Une des plus grandes niaiseries du commerce parisien est de vouloir trouver le succès dans les analogues, quand il est dans les contraires. À Paris surtout, le succès tue le succès. Aussi sous le titre de *Les Strelitz, ou La Russie il y a cent ans*, Fendant et Cavalier inséraient-ils bravement en grosses lettres, *dans le genre de Walter Scott*. Fendant et Cavalier avaient soif d'un succès : un bon livre pouvait leur servir à écouler leurs ballots de piles, et ils avaient été affriolés par la perspective d'avoir des articles dans les journaux, la grande condition de la vente d'alors, car il est extrêmement rare qu'un livre soit acheté pour sa propre valeur, il est presque toujours publié par des raisons étrangères à son mérite. Fendant et Cavalier voyaient en Lucien le journaliste, et dans son livre une fabrication dont la première vente leur faciliterait une fin de mois. Les journalistes trouvèrent les associés dans leur cabinet, le traité tout prêt, les billets signés. Cette promptitude émerveilla Lucien. Fendant était un petit homme maigre, porteur d'une sinistre physionomie : l'air d'un Kalmouk, petit front bas, nez rentré, bouche serrée, deux petits yeux noirs éveillés, les contours du visage tourmentés, un teint aigre, une voix qui ressemblait au son que rend une cloche fêlée, enfin tous les dehors d'un fripon consommé ; mais il compensait ces désavantages par le mielleux de ses discours, il arrivait à ses fins par la conversation. Cavalier, garçon tout rond et que l'on aurait pris pour un conducteur de diligence plutôt que pour un libraire, avait des cheveux d'un blond hasardé, le visage allumé, l'encolure épaisse et le verbe éternel du commis voyageur.

« Nous n'aurons pas de discussions, dit Fendant en s'adressant à Lucien et à Lousteau. J'ai lu l'ouvrage, il est très littéraire et nous convient si bien que j'ai déjà remis le manuscrit à l'imprimerie. Le traité est rédigé d'après les bases convenues ; d'ailleurs, nous ne sortons jamais des conditions que nous y avons stipulées. Nos effets sont à six, neuf et douze mois, vous les escompterez facilement, et nous vous rembourserons l'escompte. Nous nous sommes réservé le droit de donner un autre titre à l'ouvrage, nous n'aimons pas *L'Archer de Charles IX*, il ne pique pas assez la curiosité des lecteurs, il y a plusieurs rois du nom de Charles, et dans le Moyen Âge il se trouvait tant d'archers ! Ah ! si vous disiez *Le Soldat de Napoléon !* mais *L'Archer de Charles IX* ?...

Cavalier serait obligé de faire un cours d'histoire de France pour placer chaque exemplaire en province.

— Si vous connaissiez les gens à qui nous avons affaire, s'écria Cavalier.

— *La Saint-Barthélemy* vaudrait mieux, reprit Fendant.

— *Catherine de Médicis, ou la France sous Charles IX*, dit Cavalier, ressemblerait plus à un titre de Walter Scott.

— Enfin nous le déterminerons quand l'ouvrage sera imprimé, reprit Fendant.

— Comme vous voudrez, dit Lucien, pourvu que le titre me convienne. »

Le traité lu, signé, les doubles échangés, Lucien mit les billets dans sa poche avec une satisfaction sans égale. Puis tous quatre, ils montèrent chez Fendant où ils firent le plus vulgaire des déjeuners : des huîtres, des biftecks, des rognons au vin de Champagne et du fromage de Brie ; mais ces mets furent accompagnés par des vins exquis, dus à Cavalier qui connaissait un voyageur du commerce des vins. Au moment de se mettre à table apparut l'imprimeur à qui était confiée l'impression du roman, et qui vint surprendre Lucien en lui apportant les deux premières feuilles de son livre en épreuves.

« Nous voulons marcher rapidement, dit Fendant à Lucien, nous comptons sur votre livre, et nous avons diantrement besoin d'un succès. »

Le déjeuner, commencé vers midi, ne fut fini qu'à cinq heures.

« Où trouver de l'argent ? dit Lucien à Lousteau.

— Allons voir Barbet », répondit Étienne.

Les deux amis descendirent, un peu échauffés et avinés, vers le quai des Augustins.

« Coralie est surprise au dernier point de la perte que Florine a faite, Florine ne la lui a dite qu'hier en t'attribuant ce malheur, elle paraissait aigrie au point de te quitter, dit Lucien à Lousteau.

— C'est vrai, dit Lousteau qui ne conserva pas sa prudence et s'ouvrit à Lucien. Mon ami, car tu es mon ami, toi, Lucien, tu m'as prêté mille francs et tu ne me les as encore demandés qu'une fois. Défie-toi du jeu. Si je ne jouais pas, je serais heureux. Je dois à Dieu et au diable. J'ai dans ce moment-ci les gardes du commerce à mes trousses. Enfin je suis forcé, quand je vais au Palais-Royal, de doubler des caps dangereux. »

Dans la langue des viveurs, doubler un cap dans Paris,

c'est faire un détour, soit pour ne pas passer devant un
créancier, soit pour éviter l'endroit où il peut être rencontré.
Lucien, qui n'allait pas indifféremment par toutes les rues,
connaissait la manœuvre sans en connaître le nom.

« Tu dois donc beaucoup ?

— Une misère ! reprit Lousteau. Mille écus me sauve-
raient. J'ai voulu me ranger, ne plus jouer, et, pour me
liquider, j'ai fait un peu de *chantage*.

— Qu'est-ce que le chantage ? dit Lucien à qui ce mot
était inconnu.

— Le chantage est une invention de la presse anglaise,
importée récemment en France. Les *chanteurs* sont des gens
placés de manière à disposer des journaux. Jamais un
directeur de journal, ni un rédacteur en chef, n'est censé
tremper dans le chantage. On a des Giroudeau, des Philippe
Bridau. Ces *bravi* [496] viennent trouver un homme qui, pour
certaines raisons, ne veut pas qu'on s'occupe de lui.
Beaucoup de gens ont sur la conscience des peccadilles plus
ou moins originales. Il y a beaucoup de fortunes suspectes à
Paris, obtenues par des voies plus ou moins légales, souvent
par des manœuvres criminelles, et qui fourniraient de
délicieuses anecdotes, comme la gendarmerie de Fouché
cernant les espions du préfet de police qui, n'étant pas dans
le secret de la fabrication des faux billets de la banque
anglaise, allaient saisir les imprimeurs clandestins protégés
par le ministre ; puis l'histoire des diamants du prince
Galathione, l'affaire Maubreuil, la succession Pombreton [497],
etc. Le chanteur s'est procuré quelque pièce, un document
important, il demande un rendez-vous à l'homme enrichi. Si
l'homme compromis ne donne pas une somme quelconque, le
chanteur lui montre la presse prête à l'entamer, à dévoiler
ses secrets. L'homme riche a peur, il finance. Le tour est
fait. Vous vous livrez à quelque opération périlleuse, elle
peut succomber à une suite d'articles : on vous détache un
chanteur qui vous propose le rachat des articles. Il y a des
ministres à qui l'on envoie des chanteurs, et qui stipulent
avec eux que le journal attaquera leurs actes politiques et
non leur personne, ou qui livrent leur personne et demandent grâce pour leur maîtresse. Des Lupeaulx, ce joli maître
des requêtes que tu connais, est perpétuellement occupé de
ces sortes de négociations avec les journalistes. Le drôle s'est
fait une position merveilleuse au centre du pouvoir par ses
relations : il est à la fois le mandataire de la presse et
l'ambassadeur des ministres, il maquignonne les amours-

propres, il étend même ce commerce aux affaires politiques, il obtient des journaux leur silence sur tel emprunt, sur telle concession accordés sans concurrence ni publicité dans laquelle on donne une part aux loups-cerviers[498] de la banque libérale. Tu as fait un peu de chantage avec Dauriat, il t'a donné mille écus pour t'empêcher de décrier Nathan. Dans le dix-huitième siècle où le journalisme était au maillot, le chantage se faisait au moyen de pamphlets dont la destruction était achetée par les favorites et les grands seigneurs. L'inventeur du chantage est l'Arétin, un très grand homme d'Italie qui imposait les rois comme de nos jours tel journal impose les acteurs.

— Qu'as-tu pratiqué contre le Matifat pour avoir tes mille écus ?

— J'ai fait attaquer Florine dans six journaux, et Florine s'est plainte à Matifat. Matifat a prié Braulard de découvrir la raison de ces attaques. Braulard a été joué par Finot. Finot, au profit de qui je *chantais*, a dit au droguiste que tu démolissais Florine dans l'intérêt de Coralie. Giroudeau est venu dire confidentiellement à Matifat que tout s'arrangerait s'il voulait vendre son sixième de propriété dans la Revue de Finot moyennant dix mille francs. Finot me donnait mille écus en cas de succès. Matifat allait conclure l'affaire, heureux de retrouver dix mille francs sur ses trente mille qui lui paraissaient aventurés, car depuis quelques jours Florine lui disait que la Revue de Finot ne prenait pas. Au lieu d'un dividende à recevoir, il était question d'un nouvel appel de fonds. Avant de déposer son bilan, le directeur du Panorama-Dramatique a eu besoin de négocier quelques effets de complaisance ; et, pour les faire placer par Matifat, il l'a prévenu du tour que lui jouait Finot. Matifat, en fin commerçant, a quitté Florine, a gardé son sixième, et nous voit maintenant venir. Finot et moi, nous hurlons de désespoir. Nous avons eu le malheur d'attaquer un homme qui ne tient pas à sa maîtresse, un misérable sans cœur ni âme. Malheureusement le commerce que fait Matifat n'est pas justiciable de la presse, il est inattaquable dans ses intérêts. On ne critique pas un droguiste comme on critique des chapeaux, des choses de mode, des théâtres ou des affaires d'art. Le cacao, le poivre, les couleurs, les bois de teinture, l'opium ne peuvent pas se déprécier. Florine est aux abois, le Panorama ferme demain, elle ne sait que devenir.

— Par suite de la fermeture du théâtre, Coralie débute

dans quelques jours au Gymnase, dit Lucien, elle pourra servir Florine.

— Jamais! dit Lousteau. Coralie n'a pas d'esprit, mais elle n'est pas encore assez bête pour se donner une rivale! Nos affaires sont furieusement gâtées! Mais Finot est tellement pressé de rattraper son sixième...

— Et pourquoi?

— L'affaire est excellente, mon cher. Il y a chance de vendre le journal trois cent mille francs, Finot aurait alors un tiers, plus une commission allouée par ses associés et qu'il partage avec des Lupeaulx. Aussi vais-je lui proposer un coup de chantage.

— Mais le chantage, c'est la bourse ou la vie?

— Bien mieux, dit Lousteau. C'est la bourse ou l'honneur. Avant-hier, un petit journal au propriétaire duquel on avait refusé un crédit a dit que la montre à répétition entourée de diamants appartenant à l'une des notabilités de la capitale se trouvait d'une façon bizarre entre les mains d'un soldat de la Garde royale, et il promettait le récit de cette aventure digne des *Mille et Une Nuits*. La notabilité s'est empressée d'inviter le rédacteur en chef à dîner. Le rédacteur en chef a certes gagné quelque chose, mais l'histoire contemporaine a perdu l'anecdote de la montre. Toutes les fois que tu verras la presse acharnée après quelques gens puissants, sache qu'il y a là-dessous des escomptes refusés, des services qu'on n'a pas voulu rendre. Ce chantage relatif à la vie privée est ce que craignent le plus les riches Anglais, il entre pour beaucoup dans les revenus secrets de la presse britannique, infiniment plus dépravée que ne l'est la nôtre. Nous sommes des enfants! En Angleterre, on achète une lettre compromettante cinq à six mille francs pour la revendre.

— Quel moyen as-tu trouvé d'empoigner Matifat? dit Lucien.

— Mon cher, reprit Lousteau, ce vil épicier a écrit les lettres les plus curieuses à Florine: orthographe, style, pensées, tout est d'un comique achevé. Matifat craint beaucoup sa femme; nous pouvons, sans le nommer, sans qu'il puisse se plaindre, l'atteindre au sein de ses lares et de ses pénates où il se croit en sûreté. Juge de sa fureur en voyant le premier article d'un petit roman de mœurs, intitulé *Les Amours d'un droguiste*, quand il aura été loyalement prévenu du hasard qui met entre les mains des rédacteurs de tel journal des lettres où il parle du petit

Cupidon, où il écrit *gamet* pour jamais, où il dit de Florine qu'elle l'aide à traverser le désert de la vie, ce qui peut faire croire qu'il la prend pour un chameau. Enfin, il y a de quoi désopiler la rate des abonnés pendant quinze jours dans cette correspondance éminemment drolatique. On lui donnera la peur d'une lettre anonyme par laquelle on mettrait sa femme au fait de la plaisanterie. Florine voudra-t-elle prendre sur elle de paraître poursuivre Matifat? Elle a encore des principes, c'est-à-dire des espérances. Peut-être garde-t-elle les lettres pour elle, et veut-elle une part. Elle est rusée, elle est mon élève. Mais quand elle saura que le garde du commerce n'est pas une plaisanterie, quand Finot lui aura fait un présent convenable, ou donné l'espoir d'un engagement, elle me livrera les lettres, que je remettrai contre écus à Finot. Finot remettra la correspondance à son oncle et Giroudeau fera capituler le droguiste. »

Cette confidence dégrisa Lucien, il pensa d'abord qu'il avait des amis extrêmement dangereux ; puis il songea qu'il ne fallait pas se brouiller avec eux, car il pouvait avoir besoin de leur terrible influence au cas où Mme d'Espard, Mme de Bargeton et Châtelet lui manqueraient de parole. Étienne et Lucien étaient alors arrivés sur le quai devant la misérable boutique de Barbet.

« Barbet, dit Étienne au libraire, nous avons cinq mille francs de Fendant et Cavalier à six, neuf et douze mois ; voulez-vous nous escompter leurs billets ?

— Je les prends pour mille écus, dit Barbet avec un calme imperturbable.

— Mille écus ! s'écria Lucien.

— Vous ne les trouverez chez personne, reprit le libraire. Ces messieurs feront faillite avant trois mois ; mais je connais chez eux deux bons ouvrages dont la vente est *dure,* ils ne peuvent pas attendre, je les leur achèterai comptant et leur rendrai leurs valeurs : par ce moyen, j'aurai deux mille francs de diminution sur les marchandises.

— Veux-tu perdre deux mille francs ? dit Étienne à Lucien.

— Non ! s'écria Lucien épouvanté de cette première affaire.

— Tu as tort, répondit Étienne.

— Vous ne négocierez leur papier nulle part, dit Barbet. Le livre de monsieur est le dernier coup de cartes de Fendant et Cavalier, ils ne peuvent l'imprimer qu'en laissant les exemplaires en dépôt chez leur imprimeur, un succès ne

les sauvera que pour six mois, car, tôt ou tard, ils sauteront !
Ces gens-là boivent plus de petits verres qu'ils ne vendent de
livres ! Pour moi leurs effets représentent une affaire, et vous
pouvez alors en trouver une valeur supérieure à celle que
donneront les escompteurs qui se demanderont ce que vaut
chaque signature. Le commerce de l'escompteur consiste à
savoir si trois signatures donneront chacune trente pour cent
en cas de faillite. D'abord, vous n'offrez que deux signatures, et chacune ne vaut pas dix pour cent. »

Les deux amis se regardèrent, surpris d'entendre sortir de
la bouche de ce cuistre une analyse où se trouvait en peu de
mots tout l'esprit de l'escompte.

« Pas de phrases, Barbet, dit Lousteau. Chez quel
escompteur pouvons-nous aller ?

— Le père Chaboisseau, quai Saint-Michel, vous savez, a
fait la dernière fin de mois de Fendant. Si vous refusez ma
proposition, voyez chez lui ; mais vous me reviendrez, et je
ne vous donnerai plus alors que deux mille cinq cents
francs. »

Étienne et Lucien allèrent sur le quai Saint-Michel dans
une petite maison à allée, où demeurait ce Chaboisseau, l'un
des escompteurs de la librairie, et ils le trouvèrent au second
étage dans un appartement meublé de la façon la plus
originale. Ce banquier subalterne, et néanmoins millionnaire, aimait le style grec. La corniche de la chambre était
une grecque. Drapé par une étoffe teinte en pourpre et
disposée à la grecque le long de la muraille comme le fond
d'un tableau de David, le lit, d'une forme très pure, datait
du temps de l'Empire où tout se fabriquait dans ce goût. Les
fauteuils, les tables, les lampes, les flambeaux, les moindres
accessoires, sans doute choisis avec patience chez les marchands de meubles, respiraient la grâce fine et grêle, mais
élégante de l'Antiquité. Ce système mythologique et léger
formait une opposition bizarre avec les mœurs de l'escompteur. Il est à remarquer que les hommes les plus fantasques
se trouvent parmi les gens adonnés au commerce de l'argent.
Ces gens sont, en quelque sorte, les libertins de la pensée.
Pouvant tout posséder, et conséquemment blasés, ils se
livrent à des efforts énormes pour se sortir de leur indifférence. Qui sait les étudier trouve toujours une manie, un
coin du cœur par où ils sont accessibles. Chaboisseau
paraissait retranché dans l'Antiquité comme dans un camp
imprenable.

« Il est sans doute digne de son enseigne », dit en souriant Étienne à Lucien.

Chaboisseau, petit homme à cheveux poudrés, à redingote verdâtre, gilet couleur noisette, décoré d'une culotte noire et terminé par des bas chinés et des souliers qui craquaient sous le pied, prit les billets, les examina ; puis il les rendit à Lucien gravement.

« MM. Fendant et Cavalier sont de charmants garçons, des jeunes gens pleins d'intelligence, mais je me trouve sans argent, dit-il d'une voix douce.

— Mon ami sera coulant sur l'escompte, répondit Étienne.

— Je ne prendrais ces valeurs pour aucun avantage », dit le petit homme dont les mots glissèrent sur la proposition de Lousteau comme le couteau de la guillotine sur la tête d'un homme.

Les deux amis se retirèrent ; en traversant l'antichambre, jusqu'où les reconduisit prudemment Chaboisseau, Lucien aperçut un tas de bouquins que l'escompteur, ancien libraire, avait achetés, et parmi lesquels brilla tout à coup aux yeux du romancier l'ouvrage de l'architecte du Cerceau sur les maisons royales et les célèbres châteaux de France dont les plans sont dessinés dans ce livre avec une grande exactitude [499].

« Me cédcriez-vous cet ouvrage ? dit Lucien.

— Oui, dit Chaboisseau qui d'escompteur redevint libraire.

— Quel prix ?

— Cinquante francs.

— C'est cher, mais il me le faut ; et je n'aurais pour vous payer que les valeurs dont vous ne voulez pas.

— Vous avez un effet de cinq cents francs à six mois, je vous le prendrai », dit Chaboisseau qui sans doute devait à Fendant et Cavalier un reliquat de bordereau pour une somme équivalente.

Les deux amis rentrèrent dans la chambre grecque, où Chaboisseau fit un petit bordereau à six pour cent d'intérêt et six pour cent de commission, ce qui produisit une déduction de trente francs ; il porta sur le compte les cinquante francs, prix du du Cerceau, et tira de sa caisse, pleine de beaux écus, quatre cent vingt francs.

— Ah çà ! monsieur Chaboisseau, les effets sont tous bons ou tous mauvais, pourquoi ne nous escomptez-vous pas les autres ?

— Je n'escompte pas, je me paye d'une vente », dit le bonhomme.

Étienne et Lucien riaient encore de Chaboisseau sans l'avoir compris, quand ils arrivèrent chez Dauriat où Lousteau pria Gabusson de leur indiquer un escompteur. Les deux amis prirent un cabriolet à l'heure et allèrent au boulevard Poissonnière, munis d'une lettre de recommandation que leur avait donnée Gabusson, en leur annonçant le plus bizarre et le plus étrange *particulier*, selon son expression.

« Si Samanon ne prend pas vos valeurs, avait dit Gabusson, personne ne vous les escomptera. »

Bouquiniste au rez-de-chaussée, marchand d'habits au premier étage, vendeur de gravures prohibées au second, Samanon était encore prêteur sur gages. Aucun des personnages introduits dans les romans d'Hoffmann, aucun des sinistres avares de Walter Scott ne peut être comparé à ce que la nature sociale et parisienne s'était permis de créer en cet homme, si toutefois Samanon est un homme. Lucien ne put réprimer un geste d'effroi à l'aspect de ce petit vieillard sec, dont les os voulaient percer le cuir parfaitement tanné, taché de nombreuses plaques vertes ou jaunes, comme une peinture de Titien ou de Paul Véronèse vue de près. Samanon avait un œil immobile et glacé, l'autre vif et luisant. L'avare, qui semblait se servir de cet œil mort en escomptant et employer l'autre à vendre ses gravures obscènes, portait une petite perruque plate dont le noir poussait au rouge, et sous laquelle se redressaient des cheveux blancs; son front jaune avait une attitude menaçante, ses joues étaient creusées carrément par la saillie des mâchoires, ses dents encore blanches paraissaient tirées sur ses lèvres comme celles d'un cheval qui bâille. Le contraste de ses yeux et la grimace de cette bouche, tout lui donnait un air passablement féroce. Les poils de sa barbe, durs et pointus, devaient piquer comme autant d'épingles. Une petite redingote râpée arrivée à l'état d'amadou, une cravate noire déteinte, usée par sa barbe, et qui laissait voir un cou ridé comme celui d'un dindon, annonçant peu l'envie de racheter par la toilette une physionomie sinistre. Les deux journalistes trouvèrent cet homme assis dans un comptoir horriblement sale, et occupé à coller des étiquettes au dos de quelques vieux livres achetés à une vente. Après avoir échangé un coup d'œil par lequel ils se communiquèrent les mille questions que soulevait l'existence d'un pareil personnage, Lucien et Lousteau le saluèrent en lui présentant la lettre de Gabusson et les valeurs de Fendant et Cavalier. Pendant que Samanon lisait, il entra dans cette obscure boutique un homme d'une haute intelligence, vêtu d'une petite redingote qui paraissait avoir été taillée dans une couverture de zinc, tant elle était solidifiée par l'alliage de mille substances étrangères.

« J'ai besoin de mon habit, de mon pantalon noir et de mon gilet de satin », dit-il à Samanon en lui présentant une carte numérotée.

Dès que Samanon eut tiré le bouton en cuivre d'une sonnette, il descendit une femme qui paraissait être Normande à la fraîcheur de sa riche carnation.

« Prête à monsieur ses habits, dit-il en tendant la main à l'auteur. Il y a plaisir à travailler avec vous ; mais un de vos amis m'a amené un petit jeune homme qui m'a rudement attrapé !

— On l'attrape ! » dit l'artiste aux deux journalistes en leur montrant Samanon par un geste profondément comique.

Ce grand homme donna, comme donnent les lazzaroni pour ravoir un jour leurs habits de fête au *Monte-di-Pietà*, trente sous que la main jaune et crevassée de l'escompteur prit et fit tomber dans la caisse de son comptoir.

« Quel singulier commerce fais-tu ? dit Lousteau à ce grand artiste livré à l'opium et qui retenu par la contemplation en des palais enchantés ne voulait ou ne pouvait rien créer.

— Cet homme prête beaucoup plus que le Mont-de-Piété sur les objets engageables, et il a de plus l'épouvantable charité de vous les laisser reprendre dans les occasions où il faut que l'on soit vêtu, répondit-il. Je vais ce soir dîner chez les Keller avec ma maîtresse. Il m'est plus facile d'avoir trente sous que deux cents francs, et je viens chercher ma garde-robe, qui, depuis six mois, a rapporté cent francs à ce charitable usurier. Samanon a déjà dévoré ma bibliothèque livre à livre.

— Et sou à sou, dit en riant Lousteau.

— Je vous donnerai quinze cents francs », dit Samanon à Lucien.

Lucien fit un bond comme si l'escompteur lui avait plongé dans le cœur une broche de fer rougi. Samanon regardait les billets avec attention, en examinant les dates.

« Encore, dit le marchand, ai-je besoin de voir Fendant

qui devra me déposer des livres. Vous ne valez pas grand-chose, dit-il à Lucien, vous vivez avec Coralie et vos meubles sont saisis. »

Lousteau regarda Lucien qui reprit ses billets et sauta de la boutique sur le boulevard en disant : « Est-ce le diable ? » Le poète contempla pendant quelques instants cette petite boutique, devant laquelle tous les passants devaient sourire, tant elle était piteuse, tant les petites caisses à livres étiquetés étaient mesquines et sales, en se demandant : « Quel commerce fait-on là ? »

Quelques moments après, le grand inconnu, qui devait assister, à dix ans de là, l'entreprise immense mais sans base des saint-simoniens, sortit très bien vêtu, sourit aux deux journalistes, et se dirigea vers le passage des Panoramas[500] avec eux, pour y compléter sa toilette en se faisant cirer ses bottes.

« Quand on voit entrer Samanon chez un libraire, chez un marchand de papier ou chez un imprimeur, ils sont perdus, dit l'artiste aux deux écrivains. Samanon est alors comme un croque-mort qui vient prendre mesure d'une bière.

— Tu n'escompteras plus tes billets, dit alors Étienne à Lucien.

— Là où Samanon refuse, dit l'inconnu, personne n'accepte, car il est l'*ultima ratio*[501] ! C'est un des *moutons* de Gigonnet, de Palma, Werbrust, Gobseck[502] et autres crocodiles qui nagent sur la place de Paris, et avec lesquels tout homme dont la fortune est à faire ou à défaire doit tôt ou tard se rencontrer.

— Si tu ne peux pas escompter tes billets à cinquante pour cent, reprit Étienne, il faut les échanger contre des écus.

— Comment ?

— Donne-les à Coralie, elle les présentera chez Camusot.

— Tu te révoltes, reprit Lousteau que Lucien arrêta en faisant un bond. Quel enfantillage ! Peux-tu mettre en balance ton avenir et une semblable niaiserie ?

— Je vais toujours porter cet argent à Coralie, dit Lucien.

— Autre sottise ! s'écria Lousteau. Tu n'apaiseras rien avec quatre cents francs là où il en faut quatre mille. Gardons de quoi nous griser en cas de perte, et joue !

— Le conseil est bon », dit le grand inconnu.

À quatre pas de Frascati[503], ces paroles eurent une vertu magnétique. Les deux amis renvoyèrent leur cabriolet et montèrent au jeu. D'abord ils gagnèrent trois mille francs, revinrent à cinq cents, regagnèrent trois mille sept cents francs ; puis ils retombèrent à cent sous, se retrouvèrent à deux mille francs, et les risquèrent sur Pair, pour les doubler d'un seul coup ; Pair n'avait pas passé depuis cinq coups, ils y pontèrent la somme. Impair sortit encore. Lucien et Lousteau dégringolèrent alors par l'escalier de ce pavillon célèbre, après avoir consumé deux heures en émotions dévorantes. Ils avaient gardé cent francs. Sur les marches du petit péristyle à deux colonnes qui soutenaient extérieurement une petite marquise en tôle que plus d'un œil a contemplée avec amour ou désespoir, Lousteau dit en voyant le regard enflammé de Lucien : « Ne mangeons que cinquante francs. »

Les deux journalistes remontèrent. En une heure, ils arrivèrent à mille écus ; ils mirent les mille écus sur Rouge qui avait passé cinq fois, en se fiant au hasard auquel ils devaient leur perte précédente. Noir sortit. Il était six heures.

« Ne mangeons que vingt-cinq francs », dit Lucien.

Cette nouvelle tentative dura peu, les vingt-cinq francs furent perdus en dix coups. Lucien jeta rageusement ses derniers vingt-cinq francs sur le chiffre de son âge, et gagna : rien ne peut dépeindre le tremblement de sa main quand il prit le râteau pour retirer les écus que le banquier jetait un à un. Il donna dix louis à Lousteau et lui dit : « Sauve-toi chez Véry ! »

Lousteau comprit Lucien et alla commander le dîner. Lucien, resté seul au jeu, porta ses trente louis sur Rouge et gagna. Enhardi par la voix secrète qu'entendent parfois les joueurs, il laissa le tout sur Rouge et gagna ; son ventre devint alors un brasier ! Malgré la voix, il reporta les cent vingt louis sur Noir et perdit. Il sentit alors en lui la sensation délicieuse qui succède, chez les joueurs, à leurs horribles agitations, quand, n'ayant plus rien à risquer, ils quittent le palais ardent où se passent leurs rêves fugaces. Il rejoignit Lousteau chez Véry où il se rua, selon l'expression de La Fontaine, en cuisine[504], et noya ses soucis dans le vin. À neuf heures, il était si complètement gris, qu'il ne comprit pas pourquoi sa portière de la rue de Vendôme le renvoyait rue de la Lune.

« Mlle Coralie a quitté son appartement et s'est installée dans la maison dont l'adresse est écrite sur ce papier. »

Lucien, trop ivre pour s'étonner de quelque chose, remonta dans le fiacre qui l'avait amené, se fit conduire rue de la Lune, et se dit à lui-même des calembours sur le nom de la rue. Pendant cette matinée, la faillite du Panorama-Dramatique avait éclaté. L'actrice effrayée s'était empressée de vendre tout son mobilier du consentement de ses créanciers au petit père Cardot qui, pour ne pas changer la destination de cet appartement, y mit Florentine. Coralie avait tout payé, tout liquidé et satisfait le propriétaire. Pendant le temps que prit cette opération, qu'elle appelait une *lessive*, Bérénice garnissait, des meubles indispensables achetés d'occasion, un petit appartement de trois pièces, au quatrième étage d'une maison rue de la Lune, à deux pas du Gymnase. Coralie y attendait Lucien, ayant sauvé de ce naufrage son amour sans souillure et un sac de douze cents francs. Lucien, dans son ivresse, raconta ses malheurs à Coralie et à Bérénice.

« Tu as bien fait, mon ange, lui dit l'actrice en le serrant dans ses bras. Bérénice saura bien négocier tes billets à Braulard. »

Le lendemain matin, Lucien s'éveilla dans les joies enchanteresses que lui prodigua Coralie. L'actrice redoubla d'amour et de tendresse, comme pour compenser par les plus riches trésors du cœur l'indigence de son nouveau ménage. Elle était ravissante de beauté, ses cheveux échappés de dessous un foulard tordu, blanche et fraîche, les yeux rieurs, la parole gaie comme le rayon de soleil levant qui entra par les fenêtres pour dorer cette charmante misère. La chambre, encore décente, était tendue d'un papier vert d'eau à bordure rouge, ornée de deux glaces, l'une à la cheminée, l'autre au-dessus de la commode. Un tapis d'occasion, acheté par Bérénice de ses deniers, malgré les ordres de Coralie, déguisait le carreau nu et froid du plancher. La garde-robe des deux amants tenait dans une armoire à glace et dans la commode. Les meubles d'acajou étaient garnis en étoffe de coton bleu. Bérénice avait sauvé du désastre une pendule et deux vases de porcelaine, quatre couverts en argent et six petites cuillers. La salle à manger, qui se trouvait avant la chambre à coucher, ressemblait à celle du ménage d'un employé à douze cents francs. La cuisine faisait face au palier. Au-dessus Bérénice couchait dans une mansarde. Le loyer ne s'élevait pas à plus de cent écus. Cette horrible maison avait une fausse porte cochère. Le portier logeait dans un des vantaux condamné, percé d'un croisillon par où il surveillait dix-sept locataires. Cette ruche s'appelle une maison de produit en style de notaire.

Lucien aperçut un bureau, un fauteuil, de l'encre, des plumes et du papier. La gaieté de Bérénice qui comptait sur le début de Coralie au Gymnase, celle de l'actrice qui regardait son rôle, un cahier de papier noué avec un bout de faveur bleue, chassèrent les inquiétudes et la tristesse du poète dégrisé.

« Pourvu que dans le monde on ne sache rien de cette dégringolade, nous nous en tirerons, dit-il. Après tout, nous avons quatre mille cinq cents francs devant nous ! Je vais exploiter ma nouvelle position dans les journaux royalistes. Demain, nous inaugurons *Le Réveil,* je me connais maintenant en journalisme, j'en ferai ! »

Coralie, qui ne vit que de l'amour dans ces paroles, baisa les lèvres qui les avaient prononcées. En ce moment, Bérénice avait mis la table auprès du feu, et venait de servir un modeste déjeuner composé d'œufs brouillés, de deux côtelettes et de café à la crème. On frappa. Trois amis sincères, d'Arthez, Léon Giraud et Michel Chrestien, apparurent aux yeux étonnés de Lucien qui, vivement touché, leur offrit de partager son déjeuner.

« Non, dit d'Arthez. Nous venons pour des affaires plus sérieuses que de simples consolations, car nous savons tout, nous revenons de la rue de Vendôme. Vous connaissez mes opinions, Lucien. Dans toute autre circonstance, je me réjouirais de vous voir adoptant mes convictions politiques ; mais, dans la situation où vous vous êtes mis en écrivant aux journaux libéraux, vous ne sauriez passer dans les rangs des Ultras sans flétrir à jamais votre caractère et souiller votre existence. Nous venons vous conjurer au nom de notre amitié, quelque affaiblie qu'elle soit, de ne pas vous entacher ainsi. Vous avez attaqué les Romantiques, la Droite et le Gouvernement ; vous ne pouvez pas maintenant défendre le Gouvernement, la Droite et les Romantiques.

— Les raisons qui me font agir sont tirées d'un ordre de pensées supérieur, la fin justifiera tout, dit Lucien.

— Vous ne comprenez peut-être pas la situation dans laquelle nous sommes, lui dit Léon Giraud. Le Gouvernement, la Cour, les Bourbons, le parti absolutiste, ou, si vous voulez tout comprendre dans une expression générale, le système opposé au système constitutionnel, et qui se divise en plusieurs fractions toutes divergentes dès qu'il s'agit des moyens à prendre pour étouffer la Révolution, est au moins d'accord sur la nécessité de supprimer la Presse. La fondation du *Réveil*, de *La Foudre*, du *Drapeau blanc*[505], tous journaux destinés à répondre aux calomnies, aux injures, aux railleries de la presse libérale, que je n'approuve pas en ceci, car cette méconnaissance de la grandeur de notre sacerdoce est précisément ce qui nous a conduits à publier un journal digne et grave dont l'influence sera dans peu de temps respectable et sentie, imposante et digne, dit-il en faisant une parenthèse ; eh bien, cette artillerie royaliste et ministérielle est un premier essai de représailles, entrepris pour rendre aux Libéraux trait pour trait, blessure pour blessure. Que croyez-vous qu'il arrivera, Lucien ? Les abonnés sont en majorité du Côté gauche. Dans la Presse, comme à la guerre, la victoire se trouvera du côté des gros bataillons ! Vous serez des infâmes, des menteurs, des ennemis du peuple ; les autres seront des défenseurs de la patrie, des gens honorables, des martyrs, quoique plus hypocrites et plus perfides que vous, peut-être. Ce moyen augmentera l'influence pernicieuse de la Presse, en légitimant et consacrant ses plus odieuses entreprises. L'injure et la personnalité deviendront un de ses droits publics, adopté pour le profit des abonnés et passé en force de chose jugée par un usage réciproque. Quand le mal se sera révélé dans toute son étendue, les lois restrictives et prohibitives, la censure, mise à propos de l'assassinat du duc de Berry et levée depuis l'ouverture des chambres, reviendra. Savez-vous ce que le peuple français conclura de ce débat ? il admettra les insinuations de la presse libérale, il croira que les Bourbons veulent attaquer les résultats matériels et acquis de la Révolution, il se lèvera quelque beau jour et chassera les Bourbons. Non seulement vous salissez votre vie, mais vous serez un jour dans le parti vaincu. Vous êtes trop jeune, trop nouveau venu dans la Presse ; vous en connaissez trop peu les ressorts secrets, les rubriques ; vous y avez excité trop de jalousie, pour résister au *tolle* général qui s'élèvera contre vous dans les journaux libéraux. Vous serez entraîné par la fureur des partis, qui sont encore dans le paroxysme de la fièvre ; seulement leur fièvre a passé, des actions brutales de 1815 et 1816, dans les idées, dans les luttes orales de la Chambre et dans les débats de la Presse.

— Mes amis, dit Lucien, je ne suis pas l'étourdi, le poète que vous voulez voir en moi. Quelque chose qui puisse arriver, j'aurai conquis un avantage que jamais le triomphe du parti libéral ne peut me donner. Quand vous aurez la victoire, mon affaire sera faite.

— Nous te couperons... les cheveux, dit en riant Michel Chrestien.

— J'aurai des enfants alors, répondit Lucien, et me couper la tête, ce sera ne rien couper. »

Les trois amis ne comprirent pas Lucien, chez qui ses relations avec le grand monde avaient développé au plus haut degré l'orgueil nobiliaire et les vanités aristocratiques. Le poète voyait, avec raison d'ailleurs, une immense fortune dans sa beauté, dans son esprit appuyés du nom et du titre de comte de Rubempré. Mme d'Espard, Mme de Bargeton et Mme de Montcornet le tenaient par ce fil comme un enfant tient un hanneton. Lucien ne volait plus que dans un cercle déterminé. Ces mots : « Il est des nôtres, il pense bien ! » dits trois jours auparavant dans les salons de Mlle des Touches, l'avaient enivré, ainsi que les félicitations qu'il avait reçues des ducs de Lenoncourt, de Navarreins et de Grandlieu, de Rastignac, de Blondet, de la belle duchesse de Maufrigneuse, du comte d'Esgrignon, de des Lupeaulx, des gens les plus influents et les mieux en cour du parti royaliste.

« Allons ! tout est dit, répliqua d'Arthez. Il te sera plus difficile qu'à tout autre de te conserver pur et d'avoir ta propre estime. Tu souffriras beaucoup, je te connais, quand tu te verras méprisé par ceux-là mêmes à qui tu te seras dévoué. »

Les trois amis dirent adieu à Lucien sans lui tendre amicalement la main. Lucien resta pendant quelques instants pensif et triste.

« Eh ! laisse donc ces niais-là, dit Coralie en sautant sur les genoux de Lucien et lui jetant ses beaux bras frais autour du cou, ils prennent la vie au sérieux, et la vie est une plaisanterie. D'ailleurs tu seras comte Lucien de Rubempré. Je ferai, s'il le faut, des agaceries à la chancellerie. Je sais par où prendre ce libertin de des Lupeaulx, qui fera signer ton ordonnance. Ne t'ai-je pas dit que, quand il te faudrait une marche de plus pour saisir ta proie, tu aurais le cadavre de Coralie ! »

Le lendemain, Lucien laissa mettre son nom parmi ceux des collaborateurs du *Réveil*. Ce nom fut annoncé comme une conquête dans le prospectus, distribué par les soins du ministère à cent mille exemplaires. Lucien vint au repas triomphal, qui dura neuf heures, chez Robert, à deux pas de Frascati, et auquel assistaient les coryphées de la presse royaliste : Martainville, Auger, Destains[506] et une foule d'auteurs encore vivants qui, dans ce temps-là, *faisaient de la monarchie et de la religion,* selon une expression consacrée.

« Nous allons leur en donner, aux Libéraux ! dit Hector Merlin.

— Messieurs ! répondit Nathan qui s'enrôla sous cette bannière en jugeant bien qu'il valait mieux avoir pour soi que contre soi l'autorité dans l'exploitation du théâtre à laquelle il songeait, si nous leur faisons la guerre, faisons-la sérieusement ; ne nous tirons pas des balles de liège ! Attaquons tous les écrivains classiques et libéraux sans distinction d'âge ni de sexe, passons-les au fil de la plaisanterie, et ne faisons pas de quartier.

— Soyons honorables, ne nous laissons pas gagner par les exemplaires, les présents, l'argent des libraires. Faisons la restauration du journalisme.

— Bien ! dit Martainville. *Justum et tenacem propositi virum*[507] ! Soyons implacables et mordants. Je ferai de Lafayette ce qu'il est : Gilles[508] Premier !

— Moi, dit Lucien, je me charge des héros du *Constitutionnel,* du sergent Mercier[509], des *Œuvres complètes* de M. Jouy[510], des illustres orateurs de la Gauche ! »

Une guerre à mort fut résolue et votée à l'unanimité, à une heure du matin, par les rédacteurs qui noyèrent toutes leurs nuances et toutes leurs idées dans un punch flamboyant.

« *Nous nous sommes donné une fameuse culotte monarchique et religieuse*[511] », dit sur le seuil de la porte un des écrivains les plus célèbres de la littérature romantique.

Ce mot historique, révélé par un libraire qui assistait au dîner, parut le lendemain dans *Le Miroir* ; mais la révélation fut attribuée à Lucien[512]. Cette défection fut le signal d'un effroyable tapage dans les journaux libéraux, Lucien devint leur bête noire, et fut tympanisé de la plus cruelle façon : on raconta les infortunes de ses sonnets, on apprit au public que Dauriat aimait mieux perdre mille écus que de les imprimer, on l'appela le poète sans sonnets !

Un matin, dans ce même journal où Lucien avait débuté si brillamment, il lut les lignes suivantes écrites uniquement pour lui, car le public ne pouvait guère comprendre cette plaisanterie :

Si le libraire Dauriat persiste à ne pas publier les sonnets du futur Pétrarque français, nous agirons en ennemis généreux, nous ouvrirons nos colonnes à ces poèmes qui doivent être piquants, à en juger par celui-ci que nous communique un ami de l'auteur.

Et, sous cette terrible annonce, le poète lut ce sonnet qui le fit pleurer à chaudes larmes.

> *Une plante chétive et de louche apparence*
> *Surgit un beau matin dans un parterre en fleurs ;*
> *À l'en croire, pourtant, de splendides couleurs*
> *Témoigneraient un jour de sa noble semence :*
>
> *On la toléra donc ! Mais, pour reconnaissance,*
> *Elle insulta bientôt ses plus brillantes sœurs,*
> *Qui, s'indignant enfin de ses grands airs casseurs,*
> *La mirent au défi de prouver sa naissance.*
>
> *Elle fleurit alors. Mais un vil baladin*
> *Ne fut jamais sifflé comme tout le jardin*
> *Honnit, siffla, railla ce calice vulgaire.*
>
> *Puis le maître, en passant, la brisa sans pardon ;*
> *Et le soir sur sa tombe un âne seul vint braire,*
> *Car ce n'était vraiment qu'un ignoble* CHARDON [513] !

Vernou parla de la passion de Lucien pour le jeu, et signala d'avance *L'Archer* comme une œuvre antinationale où l'auteur prenait le parti des égorgeurs catholiques contre les victimes calvinistes. En huit jours, cette querelle s'envenima. Lucien comptait sur son ami Lousteau qui lui devait mille francs, et avec lequel il avait eu des conventions secrètes ; mais Lousteau devint l'ennemi juré de Lucien. Voici comment. Depuis trois mois Nathan aimait Florine et ne savait comment l'enlever à Lousteau, pour qui d'ailleurs elle était une providence. Dans la détresse et le désespoir où se trouvait cette actrice en se voyant sans engagement, Nathan, le collaborateur de Lucien, vint voir Coralie, et la pria d'offrir à Florine un rôle dans une pièce de lui, se faisant fort de procurer un engagement conditionnel au Gymnase à l'actrice sans théâtre. Florine, enivrée d'ambition, n'hésita pas. Elle avait eu le temps d'observer Lousteau. Nathan était un ambitieux littéraire et politique, un homme qui avait autant d'énergie que de besoins, tandis que chez Lousteau les vices tuaient le vouloir. L'actrice, qui voulut reparaître environnée d'un nouvel éclat, livra les lettres du droguiste à Nathan, et Nathan les fit racheter par Matifat contre le sixième du journal convoité par Finot. Florine eut alors un magnifique appartement rue Hauteville, et prit Nathan pour protecteur à la face de tout le

journalisme et du monde théâtral. Lousteau fut si cruellement atteint par cet événement qu'il pleura vers la fin d'un
dîner que ses amis lui donnèrent pour le consoler. Dans
cette orgie, les convives trouvèrent que Nathan avait joué
son jeu. Quelques écrivains comme Finot et Vernou savaient
la passion du dramaturge pour Florine ; mais, au dire de
tous, Lucien, en maquignonnant cette affaire, avait manqué
aux plus saintes lois de l'amitié. L'esprit de parti, le désir de
servir ses nouveaux amis rendaient le nouveau royaliste
inexcusable.

« Nathan est emporté par la logique des passions ; tandis
que le grand homme de province, comme dit Blondet, cède à
des calculs ! » s'écria Bixiou.

Aussi la perte de Lucien, de cet intrus, de ce petit drôle
qui voulait avaler tout le monde, fut-elle unanimement
résolue et profondément méditée. Vernou qui haïssait
Lucien se chargea de ne pas le lâcher. Pour se dispenser de
payer mille écus à Lousteau, Finot accusa Lucien de l'avoir
empêché de gagner cinquante mille francs en donnant à
Nathan le secret de l'opération contre Matifat. Nathan,
conseillé par Florine, s'était ménagé l'appui de Finot en lui
vendant son *petit sixième* pour quinze mille francs. Lousteau,
qui perdait ses mille écus, ne pardonna pas à Lucien cette
lésion énorme de ses intérêts. Les blessures d'amour-propre
deviennent incurables quand l'oxyde d'argent y pénètre.
Aucune expression, aucune peinture ne peut rendre la rage
qui saisit les écrivains quand leur amour-propre souffre, ni
l'énergie qu'ils trouvent au moment où ils se sentent piqués
par les flèches empoisonnées de la raillerie. Ceux dont
l'énergie et la résistance sont stimulées par l'attaque,
succombent promptement. Les gens calmes et dont le thème
est fait d'après le profond oubli dans lequel tombe un article
injurieux, ceux-là déploient le vrai courage littéraire. Ainsi
les faibles, au premier coup d'œil, paraissent être les forts ;
mais leur résistance n'a qu'un temps. Pendant les premiers
quinze jours, Lucien enragé fit pleuvoir une grêle d'articles
dans les journaux royalistes où il partagea le poids de la
critique avec Hector Merlin. Tous les jours sur la brèche du
Réveil, il fit feu de tout son esprit, appuyé d'ailleurs par
Martainville, le seul qui le servît sans arrière-pensée, et
qu'on ne mit pas dans le secret des conventions signées par
des plaisanteries après boire, ou aux Galeries de Bois chez
Dauriat, et dans les coulisses de théâtre, entre les journalistes des deux partis que la camaraderie unissait secrète-

ment. Quand Lucien allait au foyer du Vaudeville, il n'était plus traité en ami, les gens de son parti lui donnaient seuls la main ; tandis que Nathan, Hector Merlin, Théodore Gaillard fraternisaient sans honte avec Finot, Lousteau, Vernou et quelques-uns de ces journalistes décorés du surnom de *bons enfants*. À cette époque, le foyer du Vaudeville était le chef-lieu des médisances littéraires, une espèce de boudoir où venaient des gens de tous les partis, des hommes politiques et des magistrats. Après une réprimande faite en certaine Chambre du Conseil, le président, qui avait reproché à l'un de ses collègues de balayer les coulisses de sa simarre, se trouva simarre à simarre avec le réprimandé dans le foyer du Vaudeville. Lousteau finit par y donner la main à Nathan. Finot y venait presque tous les soirs. Quand Lucien avait le temps, il y étudiait les dispositions de ses ennemis, et ce malheureux enfant voyait toujours en eux une implacable froideur.

En ce temps, l'esprit de parti engendrait des haines bien plus sérieuses qu'elles ne le sont aujourd'hui. Aujourd'hui, à la longue, tout s'est amoindri par une trop grande tension des ressorts. Aujourd'hui, la critique, après avoir immolé le livre d'un homme, lui tend la main. La victime doit embrasser le sacrificateur sous peine d'être passée par les verges de la plaisanterie. En cas de refus, un écrivain passe pour être insociable, mauvais coucheur, pétri d'amour-propre, inabordable, haineux, rancuneux. Aujourd'hui, quand un auteur a reçu dans le dos les coups de poignard de la trahison, quand il a évité les pièges tendus avec une infâme hypocrisie, essuyé les plus mauvais procédés, il entend ses assassins lui souhaitant le bonjour, et manifestant des prétentions à son estime, voire même à son amitié. Tout s'excuse et se justifie à une époque où l'on a transformé la vertu en vice, comme on a érigé certains vices en vertus. La camaraderie est devenue la plus sainte des libertés. Les chefs des opinions les plus contraires se parlent à mots émoussés, à pointes courtoises. Dans ce temps, si tant est qu'on s'en souvienne, il y avait du courage pour certains écrivains royalistes et pour quelques écrivains libéraux, à se trouver dans le même théâtre. On entendait les provocations les plus haineuses. Les regards étaient chargés comme des pistolets, la moindre étincelle pouvait faire partir le coup d'une querelle. Qui n'a pas surpris des imprécations chez son voisin, à l'entrée de quelques hommes plus spécialement en butte aux attaques respectives des deux partis ? Il n'y avait alors que deux partis, les royalistes et les libéraux, les romantiques et les classiques, la même haine sous deux formes, une haine qui faisait comprendre les échafauds de la Convention. Lucien, devenu royaliste et romantique forcené, de libéral et de voltairien enragé qu'il avait été dès son début, se trouva donc sous le poids des inimitiés qui planaient sur la tête de l'homme le plus abhorré des libéraux à cette époque, de Martainville, le seul qui le défendît et l'aimât. Cette solidarité nuisit à Lucien. Les partis sont ingrats envers leurs vedettes[514], ils abandonnent volontiers leurs enfants perdus. Surtout en politique, il est nécessaire à ceux qui veulent parvenir d'aller avec le gros de l'armée. La principale méchanceté des petits journaux fut d'accoupler Lucien et Martainville. Le Libéralisme les jeta dans les bras l'un de l'autre. Cette amitié, fausse ou vraie, leur valut à tous deux des articles écrits avec du fiel par Félicien au désespoir des succès de Lucien dans le grand monde, et qui croyait, comme tous les anciens camarades du poète, à sa prochaine élévation. La prétendue trahison du poète fut alors envenimée et embellie des circonstances les plus aggravantes. Lucien fut nommé le petit Judas, et Martainville le grand Judas, car Martainville était, à tort ou à raison, accusé d'avoir livré le pont du Pecq aux armées étrangères[515]. Lucien répondit en riant à des Lupeaulx que, quant à lui, sûrement il avait livré le pont aux ânes. Le luxe de Lucien, quoique creux et fondé sur des espérances, révoltait ses amis qui ne lui pardonnaient ni son équipage à bas, car pour eux il roulait toujours, ni ses splendeurs de la rue de Vendôme. Tous sentaient instinctivement qu'un homme jeune et beau, spirituel et corrompu par eux, allait arriver à tout ; aussi pour le renverser employèrent-ils tous les moyens.

Quelques jours avant le début de Coralie au Gymnase, Lucien vint bras dessus bras dessous, avec Hector Merlin, au foyer du Vaudeville. Merlin grondait son ami d'avoir servi Nathan dans l'affaire de Florine.

« Vous vous êtes fait, de Lousteau et de Nathan, deux ennemis mortels. Je vous avais donné de bons conseils et vous n'en avez point profité. Vous avez distribué l'éloge et répandu le bienfait, vous serez cruellement puni de vos bonnes actions. Florine et Coralie ne vivront jamais en bonne intelligence en se trouvant sur la même scène : l'une voudra l'emporter sur l'autre. Vous n'avez que nos journaux pour défendre Coralie. Nathan, outre l'avantage que lui donne son métier de faiseur de pièces, dispose des journaux libéraux dans la question des théâtres, et il est dans le journalisme depuis un peu plus de temps que vous. »

Cette phrase répondait à des craintes secrètes de Lucien, qui ne trouvait ni chez Nathan, ni chez Gaillard, la franchise à laquelle il avait droit ; mais il ne pouvait pas se plaindre, il était si fraîchement converti ! Gaillard accablait Lucien en lui disant que les nouveaux venus devaient donner pendant longtemps des gages avant que leur parti pût se fier à eux. Le poète rencontrait dans l'intérieur des journaux royalistes et ministériels une jalousie à laquelle il n'avait pas songé, la jalousie qui se déclare entre tous les hommes en présence d'un gâteau quelconque à partager, et qui les rend comparables à des chiens se disputant une proie : ils offrent alors les mêmes grondements, les mêmes attitudes, les mêmes caractères. Ces écrivains se jouaient mille mauvais tours secrets pour se nuire les uns aux autres auprès du pouvoir, ils s'accusaient de tiédeur ; et, pour se débarrasser d'un concurrent, ils inventaient les machines les plus perfides. Les Libéraux n'avaient aucun sujet de débats intestins en se trouvant loin du pouvoir et de ses grâces. En entrevoyant cet inextricable lacis d'ambitions, Lucien n'eut pas assez de courage pour tirer l'épée afin d'en couper les nœuds, et ne se sentit pas la patience de les démêler, il ne pouvait être ni l'Arétin, ni le Beaumarchais, ni le Fréron de son époque, il s'en tint à son unique désir : avoir son ordonnance, en comprenant que cette restauration lui vaudrait un beau mariage. Sa fortune ne dépendrait plus alors que d'un hasard auquel aiderait sa beauté. Lousteau, qui lui avait marqué tant de confiance, avait son secret, le journaliste savait où blesser à mort le poète d'Angoulême ; aussi, le jour où Merlin l'amenait au Vaudeville, Étienne avait-il préparé pour Lucien un piège horrible où cet enfant devait se prendre et succomber.

« Voilà notre beau Lucien, dit Finot en traînant des Lupeaulx avec lequel il causait devant Lucien dont il prit la main avec les décevantes chatteries de l'amitié. Je ne connais pas d'exemples d'une fortune aussi rapide que la sienne, dit Finot en regardant tour à tour Lucien et le maître des requêtes. À Paris, la fortune est de deux espèces : il y a la fortune matérielle, l'argent que tout le monde peut ramasser, et la fortune morale, les relations, la position, l'accès dans un certain monde inabordable pour certaines personnes, quelle que soit leur fortune matérielle, et mon ami...

— Notre ami, dit des Lupeaulx en jetant à Lucien un caressant regard.

— Notre ami, reprit Finot en tapotant la main de Lucien entre les siennes, a fait sous ce rapport une brillante fortune. À la vérité, Lucien a plus de moyens, plus de talent, plus d'esprit que tous ses envieux, puis il est d'une beauté ravissante ; ses anciens amis ne lui pardonnent pas ses succès, ils disent qu'il a eu du bonheur.

— Ces bonheurs-là, dit des Lupeaulx, n'arrivent jamais aux sots ni aux incapables. Hé ! peut-on appeler du bonheur, le sort de Bonaparte ? il y avait eu vingt généraux en chef avant lui pour commander les armées d'Italie, comme il y a cent jeunes gens en ce moment qui voudraient pénétrer chez Mlle des Touches, que déjà dans le monde on vous donne pour femme, mon cher ! dit des Lupeaulx en frappant sur l'épaule de Lucien. Ah ! vous êtes en grande faveur. Mme d'Espard, Mme de Bargeton et Mme de Montcornet sont folles de vous. N'êtes-vous pas ce soir de la soirée de Mme Firmiani, et demain du raout de la duchesse de Grandlieu ?

— Oui, dit Lucien.

— Permettez-moi de vous présenter un jeune banquier, M. du Tillet, un homme digne de vous, il a su faire une belle fortune et en peu de temps. »

Lucien et du Tillet se saluèrent, entrèrent en conversation, et le banquier invita Lucien à dîner. Finot et des Lupeaulx, deux hommes d'une égale profondeur et qui se connaissaient assez pour demeurer toujours amis, parurent continuer une conversation commencée, ils laissèrent Lucien, Merlin, du Tillet et Nathan causant ensemble, et se dirigèrent vers un des divans qui meublaient le foyer du Vaudeville.

« Ah çà, mon cher ami, dit Finot à des Lupeaulx, dites-moi la vérité ? Lucien est-il sérieusement protégé, car il est devenu la bête noire de tous mes rédacteurs ; et, avant de favoriser leur conspiration, j'ai voulu vous consulter pour savoir s'il ne vaut pas mieux la déjouer et le servir. »

Ici le maître des requêtes et Finot se regardèrent pendant une légère pause avec une profonde attention.

« Comment, mon cher, dit des Lupeaulx, pouvez-vous imaginer que la marquise d'Espard, Châtelet et Mme de Bargeton qui a fait nommer le baron préfet de la Charente et comte afin de rentrer triomphalement à Angoulême, pardonnent à Lucien ses attaques ? elles[516] l'ont jeté dans le parti royaliste afin de l'annuler. Aujourd'hui, tous cherchent des motifs pour refuser ce qu'on a promis à cet enfant ; trouvez-en ? vous aurez rendu le plus immense service à ces deux femmes : un jour ou l'autre, elles s'en souviendront. J'ai le secret de ces deux dames, elles haïssent ce petit bonhomme à un tel point qu'elles m'ont surpris. Ce Lucien pouvait se débarrasser de sa plus cruelle ennemie, Mme de Bargeton, en ne cessant ses attaques qu'à des conditions que toutes les femmes aiment à exécuter, vous comprenez ? il est beau, il est jeune, il aurait noyé cette haine dans des torrents d'amour, il devenait alors comte de Rubempré, la seiche lui aurait obtenu quelque place dans la maison du roi, des sinécures ! Lucien était un très joli lecteur pour Louis XVIII, il eût été bibliothécaire je ne sais où, maître des requêtes pour rire, directeur de quelque chose aux Menus-Plaisirs. Ce petit sot a manqué son coup. Peut-être est-ce là ce qu'on ne lui a point pardonné. Au lieu d'imposer des conditions, il en a reçu. Le jour où Lucien s'est laissé prendre à la promesse de l'ordonnance, le baron Châtelet a fait un grand pas. Coralie a perdu cet enfant-là. S'il n'avait pas eu l'actrice pour maîtresse, il aurait revoulu la seiche, et il l'aurait eue.

— Ainsi nous pouvons l'abattre, dit Finot.

— Par quel moyen, demanda négligemment des Lupeaulx qui voulait se prévaloir de ce service auprès de la marquise d'Espard.

— Il a un marché qui l'oblige à travailler au petit journal de Lousteau, nous lui ferons d'autant mieux faire des articles qu'il est sans le sou. Si le garde des Sceaux se sent chatouillé par un article plaisant et qu'on lui prouve que Lucien en est l'auteur, il le regardera comme un homme indigne des bontés du Roi. Pour faire perdre un peu la tête à ce grand homme de province, nous avons préparé la chute de Coralie : il verra sa maîtresse sifflée et sans rôles. Une fois l'ordonnance indéfiniment suspendue, nous plaisanterons alors notre victime sur ses prétentions aristocratiques, nous parlerons de sa mère accoucheuse, de son père apothicaire. Lucien n'a qu'un courage d'épiderme, il succombera, nous le renverrons d'où il vient. Nathan m'a fait vendre par Florine le sixième de la Revue que possédait Matifat, j'ai pu acheter la part du papetier, je suis seul avec Dauriat ; nous pouvons nous entendre, vous et moi, pour absorber ce journal au profit de la Cour. Je n'ai protégé Florine et Nathan qu'à la condition de la restitution de *mon* sixième, ils me l'ont vendu, je dois les servir ; mais, auparavant, je voulais connaître les chances de Lucien...

— Vous êtes digne de votre nom, dit des Lupeaulx en riant. Allez ! j'aime les gens de votre sorte...

— Eh bien, vous pouvez faire avoir à Florine un engagement définitif ? dit Finot au maître des requêtes.

— Oui ; mais débarrassez-nous de Lucien, car Rastignac et de Marsay ne veulent plus entendre parler de lui.

— Dormez en paix, dit Finot. Nathan et Merlin auront toujours des articles que Gaillard aura promis de faire passer, Lucien ne pourra pas donner une ligne, nous lui couperons ainsi les vivres. Il n'aura que le journal de Martainville pour se défendre et défendre Coralie : un journal contre tous, il est impossible de résister.

— Je vous dirai les endroits sensibles du ministre ; mais livrez-moi le manuscrit de l'article que vous aurez fait faire à Lucien », répondit des Lupeaulx qui se garda bien de dire à Finot que l'ordonnance promise à Lucien était une plaisanterie.

Des Lupeaulx quitta le foyer. Finot vint à Lucien ; et, de ce ton de bonhomie auquel se sont pris tant de gens, il expliqua comment il ne pouvait renoncer à la rédaction qui lui était due. Finot reculait à l'idée d'un procès qui ruinerait les espérances que son ami voyait dans le parti royaliste. Finot aimait les hommes assez forts pour changer hardiment d'opinion. Lucien et lui ne devaient-ils pas se rencontrer dans la vie, n'auraient-ils pas l'un et l'autre mille petits services à se rendre ? Lucien avait besoin d'un homme sûr dans le parti libéral pour faire attaquer les ministériels ou les ultras qui se refuseraient à le servir.

« Si l'on se joue de vous, comment ferez-vous ? dit Finot en terminant. Si quelque ministre, croyant vous avoir attaché par le licou de votre apostasie, ne vous redoute plus et vous envoie promener, ne vous faudra-t-il pas lui lancer quelques chiens pour le mordre aux mollets ? Eh bien, vous êtes brouillé à mort avec Lousteau qui demande votre tête. Félicien et vous, vous ne vous parlez plus. Moi seul, je vous reste ! Une des lois de mon métier est de vivre en bonne intelligence avec les hommes vraiment forts. Vous pourrez me rendre, dans le monde où vous allez, l'équivalent des services que je vous rendrai dans la Presse. Mais les affaires avant tout ! envoyez-moi des articles purement littéraires, ils ne vous compromettront pas, et vous aurez exécuté nos conventions. »

Lucien ne vit que de l'amitié mêlée à de savants calculs dans les propositions de Finot dont la flatterie et celle de des Lupeaulx l'avaient mis en belle humeur : il remercia Finot !

Dans la vie des ambitieux et de tous ceux qui ne peuvent parvenir qu'à l'aide des hommes et des choses, par un plan de conduite plus ou moins bien combiné, suivi, maintenu, il se rencontre un cruel moment où je ne sais quelle puissance les soumet à de rudes épreuves : tout manque à la fois, de tous côtés les fils rompent ou s'embrouillent, le malheur apparaît sur tous les points. Quand un homme perd la tête au milieu de ce désordre moral, il est perdu. Les gens qui savent résister à cette première révolte des circonstances, qui se roidissent en laissant passer la tourmente, qui se sauvent en gravissant par un épouvantable effort la sphère supérieure, sont les hommes réellement forts. Tout homme, à moins d'être né riche, a donc ce qu'il faut appeler sa fatale semaine. Pour Napoléon, cette semaine fut la retraite de Moscou. Ce cruel moment était venu pour Lucien. Tout s'était trop heureusement succédé pour lui dans le monde et dans la littérature ; il avait été trop heureux, il devait voir les hommes et les choses se tourner contre lui. La première douleur fut la plus vive et la plus cruelle de toutes, elle l'atteignit là où il se croyait invulnérable, dans son cœur et dans son amour. Coralie pouvait n'être pas spirituelle ; mais douée d'une belle âme, elle avait la faculté de la mettre en dehors par ces mouvements soudains qui font les grandes actrices. Ce phénomène étrange tant qu'il n'est pas devenu comme une habitude par un long usage, est soumis aux caprices du caractère, et souvent à une admirable pudeur qui domine les actrices encore jeunes. Intérieurement naïve et timide, en apparence hardie et leste comme doit être une comédienne, Coralie encore aimante éprouvait une réaction de son cœur de femme sur son masque de comédienne. L'art de rendre les sentiments, cette sublime fausseté, n'avait pas encore triomphé chez elle de la nature. Elle était honteuse de donner au public ce qui n'appartenait qu'à l'amour. Puis elle avait une faiblesse particulière aux femmes vraies. Tout en se sachant appelée à régner en souveraine sur la scène, elle avait besoin du succès. Incapable d'affronter une salle avec laquelle elle ne sympathisait pas, elle tremblait toujours en arrivant en scène ; et, alors, la froideur du public pouvait la glacer. Cette terrible émotion lui faisait trouver dans chaque nouveau rôle un nouveau début. Les applaudissements lui causaient une espèce d'ivresse, inutile à son amour-propre, mais indispensable à son courage : un murmure de désapprobation ou le silence d'un public distrait lui ôtaient ses moyens ; une salle pleine, attentive, des regards admirateurs et bienveillants l'électrisaient ; elle se mettait alors en communication avec les qualités nobles de toutes ces âmes, et se sentait la puissance de les élever, de les émouvoir. Ce double effet accusait bien et la nature nerveuse et la constitution du génie, en trahissant aussi les délicatesses et la tendresse de cette pauvre enfant. Lucien avait fini par apprécier les trésors que renfermait ce cœur, il avait reconnu combien sa maîtresse était jeune fille. Inhabile aux faussetés de l'actrice, Coralie était incapable de se défendre contre les rivalités et les manœuvres des coulisses auxquelles s'adonnait Florine, fille aussi dangereuse, aussi dépravée déjà que son amie était simple et généreuse. Les rôles devaient venir trouver Coralie ; elle était trop fière pour implorer les auteurs et subir leurs déshonorantes conditions, pour se donner au premier journaliste qui la menacerait de son amour et de sa plume. Le talent, déjà si rare dans l'art extraordinaire du comédien, n'est qu'une condition du succès, le talent est même longtemps nuisible s'il n'est accompagné d'un certain génie d'intrigue qui manquait absolument à Coralie. Prévoyant les souffrances qui attendaient son amie à son début au Gymnase, Lucien voulut à tout prix lui procurer un triomphe. L'argent qui restait sur le prix du mobilier vendu, celui que Lucien gagnait, tout avait passé aux costumes, à l'arrangement de la loge, à tous les frais d'un début. Quelques jours auparavant, Lucien fit une démarche humiliante à laquelle il se résolut par amour : il prit les billets de Fendant et Cavalier, se rendit rue des Bourdonnais au *Cocon d'or* pour en proposer l'escompte à Camusot. Le poète n'était pas encore tellement corrompu qu'il pût aller froidement à cet assaut. Il laissa bien des douleurs sur le chemin, il le pava des plus terribles pensées en se disant alternativement : oui ! — non ! Mais il arriva néanmoins au petit cabinet froid, noir, éclairé par une cour intérieure, où siégeait gravement non plus l'amoureux de Coralie, le débonnaire, le fainéant, le libertin, l'incrédule Camusot qu'il connaissait ; mais le sérieux père de famille, le négociant poudré de ruses et de vertus, masqué de la pruderie judiciaire d'un magistrat du tribunal de commerce, et défendu par la froideur patronale d'un chef de maison, entouré de commis, de caissiers, de cartons verts, de factures et d'échantillons, bardé de sa femme, accompagné d'une fille simplement mise. Lucien frémit de la tête aux pieds en l'abordant, car le digne négociant lui jeta le regard insolemment indifférent qu'il avait déjà vu dans les yeux des escompteurs.

« Voici des valeurs, je vous aurais mille obligations si vous vouliez me les prendre, monsieur ? dit-il en se tenant debout auprès du négociant assis.

— Vous m'avez pris quelque chose, monsieur, dit Camusot, je m'en souviens. »

Là, Lucien expliqua la situation de Coralie, à voix basse et en parlant à l'oreille du marchand de soieries, qui put entendre les palpitations du poète humilié. Il n'était pas dans les intentions de Camusot que Coralie éprouvât une chute. En écoutant, le négociant regardait les signatures et sourit, il était juge au tribunal de commerce, il connaissait la situation des libraires. Il donna quatre mille cinq cents francs à Lucien, à la condition de mettre dans son endos *valeur reçue en soieries*. Lucien alla sur-le-champ voir Braulard et fit très bien les choses avec lui pour assurer à Coralie un beau succès. Braulard promit de venir et vint à la répétition générale afin de convenir des endroits où ses romains déploieraient leurs battoirs de chair, et enlèveraient le succès. Lucien remit le reste de son argent à Coralie en lui cachant sa démarche auprès de Camusot ; il calma les inquiétudes de l'actrice et de Bérénice, qui déjà ne savaient comment faire aller le ménage. Martainville, un des hommes de ce temps qui connaissaient le mieux le théâtre, était venu plusieurs fois faire répéter le rôle de Coralie. Lucien avait obtenu de plusieurs rédacteurs royalistes la promesse d'articles favorables, il ne soupçonnait donc pas le malheur. La veille du début de Coralie, il arriva quelque chose de funeste à Lucien. Le livre de d'Arthez avait paru. Le rédacteur en chef du journal d'Hector Merlin donna l'ouvrage à Lucien comme à l'homme le plus capable d'en rendre compte : il devait sa fatale réputation en ce genre aux articles qu'il avait faits sur Nathan. Il y avait du monde au bureau, tous les rédacteurs s'y trouvaient. Martainville y était venu s'entendre sur un point de la polémique générale adoptée par les journaux royalistes contre les journaux libéraux. Nathan, Merlin, tous les collaborateurs du *Réveil* s'y entretenaient de l'influence du journal semi-hebdomadaire de Léon Giraud, influence d'autant plus pernicieuse que le langage en était prudent, sage et modéré. On commençait à parler du Cénacle de la rue des Quatre-Vents, on l'appelait une

Convention. Il avait été décidé que les journaux royalistes feraient une guerre à mort et systématique à ces dangereux adversaires, qui devinrent en effet les metteurs en œuvre de la Doctrine, cette fatale secte qui renversa les Bourbons, dès le jour où la plus mesquine des vengeances amena le plus brillant écrivain royaliste à s'allier avec elle[517]. D'Arthez, dont les opinions absolutistes étaient inconnues, enveloppé dans l'anathème prononcé sur le Cénacle, allait être la première victime. Son livre devait être *échiné*, selon le mot classique. Lucien refusa de faire l'article. Ce refus excita le plus violent scandale parmi les hommes considérables du parti royaliste venus à ce rendez-vous. On déclara nettement à Lucien qu'un nouveau converti n'avait pas de volonté ; s'il ne lui convenait pas d'appartenir à la monarchie et à la religion, il pouvait retourner à son premier camp : Merlin et Martainville le prirent à part et lui firent amicalement observer qu'il livrait Coralie à la haine que les journaux libéraux lui avaient vouée, et qu'elle n'aurait plus les journaux royalistes et ministériels pour se défendre. L'actrice allait donner lieu sans doute à une polémique ardente qui lui vaudrait cette renommée après laquelle soupirent toutes les femmes de théâtre.

« Vous n'y connaissez rien, lui dit Martainville, elle jouera pendant trois mois au milieu des feux croisés de nos articles, et trouvera trente mille francs en province dans ses trois mois de congé. Pour un de ces scrupules qui vous empêcheront d'être un homme politique, et qu'on doit fouler aux pieds, vous allez tuer Coralie et votre avenir, vous jetez votre gagne-pain. »

Lucien se vit forcé d'opter entre d'Arthez et Coralie : sa maîtresse était perdue s'il n'égorgeait pas d'Arthez dans le grand journal et dans *Le Réveil*. Le pauvre poète revint chez lui, la mort dans l'âme ; il s'assit au coin du feu dans sa chambre et lut ce livre, l'un des plus beaux de la littérature moderne. Il laissa des larmes de page en page, il hésita longtemps, mais enfin il écrivit un article moqueur, comme il savait si bien en faire, il prit ce livre comme les enfants prennent un bel oiseau pour le déplumer et le martyriser. Sa terrible plaisanterie était de nature à nuire au livre. En relisant cette belle œuvre, tous les bons sentiments de Lucien se réveillèrent : il traversa Paris à minuit, arriva chez d'Arthez, vit à travers les vitres trembler la chaste et timide lueur qu'il avait si souvent regardée avec les sentiments d'admiration que méritait la noble constance de ce vrai grand homme ; il ne se sentit pas la force de monter, il demeura sur une borne pendant quelques instants. Enfin, poussé par son bon ange, il frappa, trouva d'Arthez lisant et sans feu.

« Que vous arrive-t-il ? dit le jeune écrivain en apercevant Lucien et devinant qu'un horrible malheur pouvait seul le lui amener.

— Ton livre est sublime, s'écria Lucien les yeux pleins de larmes, et ils m'ont commandé de l'attaquer.

— Pauvre enfant, tu manges un pain bien dur, dit d'Arthez.

— Je ne vous demande qu'une grâce, gardez-moi le secret sur ma visite, et laissez-moi dans mon enfer à mes occupations de damné. Peut-être ne parvient-on à rien sans s'être fait des calus aux endroits les plus sensibles du cœur.

— Toujours le même ! dit d'Arthez.

— Me croyez-vous un lâche ? Non, d'Arthez, non, je suis un enfant ivre d'amour. »

Et il lui expliqua sa position.

« Voyons l'article », dit d'Arthez ému par tout ce que Lucien venait de lui dire de Coralie.

Lucien lui tendit le manuscrit, d'Arthez le lut, et ne put s'empêcher de sourire : « Quel fatal emploi de l'esprit ! » s'écria-t-il ; mais il se tut en voyant Lucien dans un fauteuil, accablé d'une douleur vraie. « Voulez-vous me le laisser corriger ? je vous le renverrai demain, reprit-il. La plaisanterie déshonore une œuvre, une critique grave et sérieuse est parfois un éloge, je saurai rendre votre article plus honorable et pour vous et pour moi. D'ailleurs, moi seul, je connais bien mes fautes !

— En montant une côte aride, on trouve quelquefois un fruit pour apaiser les ardeurs d'une soif horrible ; ce fruit, le voilà ! dit Lucien qui se jeta dans les bras de d'Arthez, y pleura et lui baisa le front en disant : Il me semble que je vous confie ma conscience pour me la rendre un jour !

— Je regarde le repentir périodique comme une grande hypocrisie, dit solennellement d'Arthez, le repentir est alors une prime donnée aux mauvaises actions. Le repentir est une virginité que notre âme doit à Dieu : un homme qui se repent deux fois est donc un horrible sycophante. J'ai peur que tu ne voies que des absolutions dans tes repentirs ! »

Ces paroles foudroyèrent Lucien qui revint à pas lents rue de la Lune. Le lendemain, le poète porta au journal son article, renvoyé et remanié par d'Arthez ; mais, depuis ce jour, il fut dévoré par une mélancolie qu'il ne sut pas toujours déguiser. Quand le soir il vit la salle du Gymnase pleine, il éprouva les terribles émotions que donne un début au théâtre, et qui s'agrandirent chez lui de toute la puissance de son amour. Toutes ses vanités étaient en jeu, son regard embrassait toutes les physionomies comme celui d'un accusé embrasse les figures des jurés et des juges : un murmure allait le faire tressaillir ; un petit incident sur la scène, les entrées et les sorties de Coralie, les moindres inflexions de voix devaient l'agiter démesurément. La pièce où débutait Coralie était une de celles qui tombent, mais qui rebondissent, et la pièce tomba. En entrant en scène, Coralie ne fut pas applaudie, et fut frappée par la froideur du Parterre. Dans les loges, elle n'eut pas d'autres applaudissements que celui de Camusot. Des personnes placées au Balcon et aux Galeries firent taire le négociant par des chut répétés. Les Galeries imposèrent silence aux claqueurs, quand les claqueurs se livrèrent à des salves évidemment exagérées. Martainville applaudissait courageusement, et l'hypocrite Florine, Nathan, Merlin l'imitaient. Une fois la pièce tombée, il y eut foule dans la loge de Coralie ; mais cette foule aggrava le mal par les consolations qu'on lui donnait. L'actrice revint au désespoir moins pour elle que pour Lucien.

« Nous avons été trahis par Braulard », dit-il.

Coralie eut une fièvre horrible, elle était atteinte au cœur. Le lendemain, il lui fut impossible de jouer : elle se vit arrêtée dans sa carrière, Lucien lui cacha les journaux, il les décacheta dans la salle à manger. Tous les feuilletonistes attribuaient la chute de la pièce à Coralie : elle avait trop présumé de ses forces ; elle, qui faisait les délices des boulevards, était déplacée au Gymnase ; elle avait été poussée là par une louable ambition, mais elle n'avait pas consulté ses moyens, elle avait mal pris son rôle. Lucien lut alors sur Coralie des tartines composées dans le système hypocrite de ses articles sur Nathan. Une rage digne de Milon de Crotone quand il se sentit les mains prises dans le chêne qu'il avait ouvert lui-même éclata chez Lucien, il devint blême ; ses amis donnaient à Coralie, dans une phraséologie admirable de bonté, de complaisance et d'intérêt, les conseils les plus perfides. Elle devait jouer, y disait-on, des rôles que les perfides auteurs de ces feuilletons infâmes savaient être entièrement contraires à son talent. Tels étaient les journaux royalistes serinés sans doute par

Nathan. Quant aux journaux libéraux et aux petits journaux, ils déployaient les perfidies, les moqueries que Lucien
avait pratiquées. Coralie entendit un ou deux sanglots, elle
sauta de son lit vers Lucien, aperçut les journaux, voulut les
voir et les lut. Après cette lecture, elle alla se recoucher, et
garda le silence. Florine était de la conspiration, elle en avait
prévu l'issue, elle savait le rôle de Coralie, elle avait eu
Nathan pour répétiteur. L'Administration qui tenait à la
pièce, voulut donner le rôle de Coralie à Florine. Le
directeur vint trouver la pauvre actrice, elle était en larmes
et abattue ; mais quand il lui dit devant Lucien que Florine
savait le rôle et qu'il était impossible de ne pas donner la
pièce le soir, elle se dressa, sauta hors du lit.

« Je jouerai », cria-t-elle.

Elle tomba évanouie. Florine eut donc le rôle et s'y fit une
réputation, car elle releva la pièce ; elle eut dans tous les
journaux une ovation à partir de laquelle elle fut cette grande
actrice que vous savez. Le triomphe de Florine exaspéra
Lucien au plus haut degré.

« Une misérable à laquelle tu as mis le pain à la main ! Si le
Gymnase le veut, il peut racheter ton engagement. Je serai
comte de Rubempré, je ferai fortune et t'épouserai.

— Quelle sottise ! dit Coralie en lui jetant un regard pâle.

— Une sottise ! cria Lucien. Eh bien, dans quelques jours
tu habiteras une belle maison, tu auras un équipage, et je te
ferai un rôle ! »

Il prit deux mille francs et courut à Frascati. Le malheureux y resta sept heures dévoré par des furies, le visage
calme et froid en apparence. Pendant cette journée et une
partie de la nuit, il eut les chances les plus diverses : il
posséda jusqu'à trente mille francs, et sortit sans un sou.
Quand il revint, il trouva Finot qui l'attendait pour avoir *ses
petits articles*. Lucien commit la faute de se plaindre.

« Ah ! tout n'est pas rose, répondit Finot ; vous avez fait si
brutalement votre demi-tour à gauche que vous deviez
perdre l'appui de la presse libérale, bien plus forte que la
presse ministérielle et royaliste. Il ne faut jamais passer d'un
camp dans un autre sans s'être fait un bon lit où l'on se
console des pertes auxquelles on doit s'attendre ; mais, dans
tous les cas, un homme sage va voir ses amis, leur expose ses
raisons, et se fait conseiller par eux son abjuration, ils en
deviennent les complices, ils vous plaignent, et l'on convient
alors, comme Nathan et Merlin avec leurs camarades, de se
rendre des services mutuels. Les loups ne se mangent point.

Vous avez eu, vous, en cette affaire, l'innocence d'un agneau. Vous serez forcé de montrer les dents à votre nouveau parti pour en tirer cuisse ou aile. Ainsi, l'on vous a sacrifié nécessairement à Nathan. Je ne vous cacherai pas le bruit, le scandale et les criailleries que soulève votre article contre d'Arthez. Marat est un saint comparé à vous. Il se prépare des attaques contre vous, votre livre y succombera. Où en est-il, votre roman ?

— Voici les dernières feuilles, dit Lucien en montrant un paquet d'épreuves.

— On vous attribue les articles non signés des journaux ministériels et ultras contre ce petit d'Arthez. Maintenant, tous les jours, les coups d'épingle du *Réveil* sont dirigés contre les gens de la rue des Quatre-Vents, et les plaisanteries sont d'autant plus sanglantes qu'elles sont drôles. Il y a toute une coterie politique, grave et sérieuse derrière le journal de Léon Giraud, une coterie à qui le pouvoir appartiendra tôt ou tard.

— Je n'ai pas mis le pied au *Réveil* depuis huit jours.

— Eh bien, pensez à mes petits articles. Faites-en cinquante sur-le-champ, je vous les payerai en masse ; mais faites-les dans la couleur du journal. »

Et Finot donna négligemment à Lucien le sujet d'un article plaisant contre le garde des Sceaux en lui racontant une prétendue anecdote qui, lui dit-il, courait les salons.

Pour réparer sa perte au jeu, Lucien retrouva, malgré son affaissement, de la verve, de la jeunesse d'esprit, et composa trente articles de chacun deux colonnes. Les articles finis, Lucien alla chez Dauriat, sûr d'y rencontrer Finot auquel il voulait les remettre secrètement ; il avait d'ailleurs besoin de faire expliquer le libraire sur la non-publication des *Marguerites*. Il trouva la boutique pleine de ses ennemis. À son entrée, il y eut un silence complet, les conversations cessèrent. En se voyant mis au ban du journalisme, Lucien se sentit un redoublement de courage, et se dit en lui-même comme dans l'allée du Luxembourg : « Je triompherai ! » Dauriat ne fut ni protecteur ni doux, il se montra goguenard, retranché dans son droit : il ferait paraître *Les Marguerites* à sa guise, il attendrait que la position de Lucien en assurât le succès, il avait acheté l'entière propriété. Quand Lucien objecta que Dauriat était tenu de publier ses *Marguerites* par la nature même du contrat et de la qualité des contractants, le libraire soutint le contraire et dit que judiciairement il ne pourrait être contraint à une opération qu'il jugeait mauvaise, il était seul juge de l'opportunité. Il y avait d'ailleurs une solution que tous les tribunaux admettraient : Lucien était maître de rendre les mille écus, de reprendre son œuvre et de la faire publier par un libraire royaliste.

Lucien se retira plus piqué du ton modéré que Dauriat avait pris, qu'il ne l'avait été de sa pompe autocratique à leur première entrevue. Ainsi, *Les Marguerites* ne seraient sans doute publiées qu'au moment où Lucien aurait pour lui les forces auxiliaires d'une camaraderie puissante, ou deviendrait formidable par lui-même. Le poète revint chez lui lentement, en proie à un découragement qui le menait au suicide, si l'action eût suivi la pensée. Il vit Coralie au lit, pâle et souffrante.

« Un rôle, ou elle meurt », lui dit Bérénice pendant que Lucien s'habillait pour aller rue du Mont-Blanc chez Mlle des Touches qui donnait une grande soirée où il devait trouver des Lupeaulx, Vignon, Blondet, Mme d'Espard et Mme de Bargeton.

La soirée était donnée pour Conti, le grand compositeur qui possédait l'une des voix les plus célèbres en dehors de la scène, pour la Cinti, la Pasta, Garcia, Levasseur[518], et deux ou trois voix illustres du beau monde. Lucien se glissa jusqu'à l'endroit où la marquise, sa cousine et Mme de Montcornet étaient assises. Le malheureux jeune homme prit un air léger, content, heureux ; il plaisanta, se montra comme il était dans ses jours de splendeur, il ne voulait point paraître avoir besoin du monde. Il s'étendit sur les services qu'il rendait au parti royaliste, il en donna pour preuve les cris de haine que poussaient les Libéraux.

« Vous en serez bien largement récompensé, mon ami, lui dit Mme de Bargeton en lui adressant un gracieux sourire. Allez après-demain à la chancellerie avec le Héron et des Lupeaulx, et vous y trouverez votre ordonnance signée par le Roi. Le garde des Sceaux la porte demain au château ; mais il y a conseil, il reviendra tard : néanmoins, si je savais le résultat, dans la soirée, j'enverrais chez vous. Où demeurez-vous ?

— Je viendrai, répondit Lucien honteux d'avoir à dire qu'il demeurait rue de la Lune.

— Les ducs de Lenoncourt et de Navarreins ont parlé de vous au Roi, reprit la marquise, ils ont vanté en vous un de ces dévouements absolus et entiers qui voulaient une récompense éclatante afin de vous venger des persécutions du parti libéral. D'ailleurs, le nom et le titre des Rubempré, auxquels vous avez droit par votre mère, vont devenir illustres en vous. Le Roi a dit à Sa Grandeur, le soir, de lui apporter une ordonnance pour autoriser le sieur Lucien Chardon à porter le nom et les titres des comtes de Rubempré, en sa qualité de petit-fils du dernier comte par sa mère. " Favorisons les chardonnerets du Pinde[519], a-t-il dit après avoir lu votre sonnet sur le lys dont s'est heureusement souvenu ma cousine et qu'elle avait donné au duc. — Surtout quand le Roi peut faire le miracle de les changer en aigles ", a répondu M. de Navarreins. »

Lucien eut une effusion de cœur qui aurait pu attendrir une femme moins profondément blessée que l'était Louise d'Espard de Nègrepelisse. Plus Lucien était beau, plus elle avait soif de vengeance. Des Lupeaulx avait raison, Lucien manquait de tact : il ne sut pas deviner que l'ordonnance dont on lui parlait n'était qu'une plaisanterie comme savait en faire Mme d'Espard. Enhardi par ce succès et par la distinction flatteuse que lui témoignait Mlle des Touches, il resta chez elle jusqu'à deux heures du matin pour pouvoir lui parler en particulier. Lucien avait appris dans les bureaux des journaux royalistes que Mlle des Touches était la collaboratrice secrète d'une pièce où devait jouer la grande merveille du moment, la petite Fay[520]. Quand les salons furent déserts, il emmena Mlle des Touches sur un sofa, dans le boudoir, et lui raconta d'une façon si touchante le malheur de Coralie et le sien, que cette illustre hermaphrodite[521] lui promit de faire donner le rôle principal à Coralie.

Le lendemain de cette soirée, au moment où Coralie, heureuse de la promesse de Mlle des Touches à Lucien, revenait à la vie et déjeunait avec son poète, Lucien lisait le journal de Lousteau, où se trouvait le récit épigrammatique de l'anecdote inventée sur le garde des Sceaux et sur sa femme. La méchanceté la plus noire s'y cachait sous l'esprit le plus incisif. Le Roi Louis XVIII y était admirablement mis en scène, et ridiculisé sans que le Parquet pût intervenir. Voici le fait auquel le parti libéral essayait de donner l'apparence de la vérité, mais qui n'a fait que grossir le nombre de ses spirituelles calomnies[522].

La passion de Louis XVIII pour une correspondance galante et musquée, pleine de madrigaux et d'étincelles, y était interprétée comme la dernière expression de son amour qui devenait doctrinaire : il passait, y disait-on, du fait à l'idée. L'illustre maîtresse, si cruellement attaquée par

Béranger sous le nom d'Octavie, avait conçu les craintes les plus sérieuses. La correspondance languissait. Plus Octavie déployait d'esprit, plus son amant se montrait froid et terne. Octavie avait fini par découvrir la cause de sa défaveur, son pouvoir était menacé par les prémices et les épices d'une nouvelle correspondance du royal écrivain avec la femme du garde des Sceaux. Cette excellente femme était supposée incapable d'écrire un billet, elle devait être purement et simplement l'éditeur responsable d'une audacieuse ambition. Qui pouvait être caché sous cette jupe ? Après quelques observations, Octavie découvrit que le Roi correspondait avec son ministre. Son plan est fait. Aidée par un ami fidèle, elle retient un jour le ministre à la Chambre par une discussion orageuse, et se ménage un tête-à-tête où elle révolte l'amour-propre du Roi par la révélation de cette tromperie. Louis XVIII entre dans un accès de colère bourbonienne et royale, il éclate contre Octavie, il doute ; Octavie offre une preuve immédiate en le priant d'écrire un mot qui voulût absolument une réponse. La malheureuse femme surprise envoie requérir son mari à la Chambre ; mais tout était prévu, dans ce moment il occupait la tribune. La femme sue sang et eau, cherche tout son esprit, et répond avec l'esprit qu'elle trouve. « Votre chancelier vous dira le reste », s'écria Octavie en riant du désappointement du Roi.

Quoique mensonger, l'article piquait au vif le garde des Sceaux, sa femme et le Roi. Des Lupeaulx, à qui Finot a toujours gardé le secret, avait, dit-on, inventé l'anecdote. Ce spirituel et mordant article fit la joie des Libéraux et celle du parti de Monsieur [523], Lucien s'en amusa sans y voir autre chose qu'un très agréable *canard*. Il alla le lendemain prendre des Lupeaulx et le baron du Châtelet. Le baron venait remercier Sa Grandeur. Le sieur Châtelet, nommé conseiller d'État en service extraordinaire, était fait comte avec la promesse de la préfecture de la Charente, dès que le préfet actuel aurait fini les quelques mois nécessaires pour compléter le temps voulu pour lui faire obtenir le maximum de la retraite. Le comte du Châtelet, car le *du* fut inséré dans l'ordonnance, prit Lucien dans sa voiture et le traita sur un pied d'égalité. Sans les articles de Lucien, il ne serait peut-être pas parvenu si promptement ; la persécution des Libéraux avait été comme un piédestal pour lui. Des Lupeaulx était au ministère, dans le cabinet du secrétaire général. À l'aspect de Lucien, ce fonctionnaire fit un bond d'étonnement et regarda des Lupeaulx.

« Comment ! vous osez venir ici, monsieur ? dit le secrétaire général à Lucien stupéfait. Sa Grandeur a déchiré votre ordonnance préparée, la voici ! » Il montra le premier papier venu déchiré en quatre. « Le ministre a voulu connaître l'auteur de l'épouvantable article d'hier, et voici la copie du numéro, dit le secrétaire général en tendant à Lucien les feuillets de son article. Vous vous dites royaliste, monsieur, et vous êtes collaborateur de cet infâme journal qui fait blanchir les cheveux aux ministres, qui chagrine les Centres et nous entraîne dans un abîme. Vous déjeunez du *Corsaire,* du *Miroir,* du *Constitutionnel,* du *Courrier* ; vous dînez de *La Quotidienne,* du *Réveil,* et vous soupez avec Martainville, le plus terrible antagoniste du ministère, et qui pousse le Roi vers l'absolutisme, ce qui l'amènerait à une révolution tout aussi promptement que s'il se livrait à l'extrême Gauche ? Vous êtes un très spirituel journaliste, mais vous ne serez jamais un homme politique. Le ministre vous a dénoncé comme l'auteur de l'article au Roi, qui, dans sa colère, a grondé M. le duc de Navarreins, son premier gentilhomme de service. Vous vous êtes fait des ennemis d'autant plus puissants qu'ils vous étaient plus favorables ! Ce qui chez un ennemi semble naturel, est épouvantable chez un ami.

— Mais vous êtes donc un enfant, mon cher ? dit des Lupeaulx. Vous m'avez compromis. Mmes d'Espard et de Bargeton, Mme de Montcornet, qui avaient répondu de vous, doivent être furieuses. Le duc a dû faire retomber sa colère sur la marquise, et la marquise a dû gronder sa cousine. N'y allez pas ! Attendez.

— Voici Sa Grandeur, sortez ! » dit le secrétaire général.

Lucien se trouva sur la place Vendôme, hébété comme un homme à qui l'on vient de donner sur la tête un coup d'assommoir. Il revint à pied par les boulevards en essayant de se juger. Il se vit le jouet d'hommes envieux, avides et perfides. Qu'était-il dans ce monde d'ambitions ? Un enfant qui courait après les plaisirs et les jouissances de vanité, leur sacrifiant tout ; un poète, sans réflexion profonde, allant de lumière en lumière comme un papillon, sans plan fixe, l'esclave des circonstances, pensant bien et agissant mal. Sa conscience fut un impitoyable bourreau. Enfin, il n'avait plus d'argent et se sentait épuisé de travail et de douleur. Ses articles ne passaient qu'après ceux de Merlin et de Nathan. Il allait à l'aventure, perdu dans ses réflexions ; il vit en marchant, chez quelques cabinets littéraires qui commençaient à donner des livres en lecture avec les journaux, une affiche où, sous un titre bizarre, à lui tout à fait inconnu, brillait son nom : *Par M. Lucien Chardon de Rubempré*. Son ouvrage paraissait, il n'en avait rien su, les journaux se taisaient. Il demeura les bras pendants, immobile, sans apercevoir un groupe de jeunes gens les plus élégants, parmi lesquels étaient Rastignac, de Marsay et quelques autres de sa connaissance. Il ne fit pas attention à Michel Chrestien et à Léon Giraud, qui venaient à lui.

« Vous êtes monsieur Chardon ? lui dit Michel d'un ton qui fit résonner les entrailles de Lucien comme des cordes.

— Ne me connaissez-vous pas ? » répondit-il en pâlissant.

Michel lui cracha au visage.

« Voilà les honoraires de vos articles contre d'Arthez. Si chacun dans sa cause ou dans celle de ses amis imitait ma conduite, la Presse resterait ce qu'elle doit être : un sacerdoce, respectable et respecté ! »

Lucien avait chancelé ; il s'appuya sur Rastignac en lui disant, ainsi qu'à de Marsay : « Messieurs, vous ne sauriez refuser d'être mes témoins. Mais je veux d'abord rendre la partie égale, et l'affaire sans remède. »

Lucien donna vivement un soufflet à Michel, qui ne s'y attendait pas. Les dandies et les amis de Michel se jetèrent entre le républicain et le royaliste, afin que cette lutte ne prît pas un caractère populacier. Rastignac saisit Lucien et l'emmena chez lui, rue Taitbout, à deux pas de cette scène, qui avait lieu sur le boulevard de Gand[524], à l'heure du dîner. Cette circonstance évita les rassemblements d'usage en pareil cas. De Marsay vint chercher Lucien, que les deux dandies forcèrent à dîner joyeusement avec eux au Café Anglais, où ils se grisèrent.

« Êtes-vous fort à l'épée ? lui dit de Marsay.

— Je n'en ai jamais manié.

— Au pistolet ? dit Rastignac.

— Je n'ai pas dans ma vie tiré un seul coup de pistolet.

— Vous avez pour vous le hasard, vous êtes un terrible adversaire, vous pouvez tuer votre homme », dit de Marsay.

Lucien trouva fort heureusement Coralie au lit et endormie. L'actrice avait joué dans une petite pièce et à l'improviste, elle avait repris sa revanche en obtenant des applaudissements légitimes et non stipendiés. Cette soirée, à laquelle ne s'attendaient pas ses ennemis, détermina le directeur à lui donner le principal rôle dans la pièce de Camille Maupin ; car il avait fini par découvrir la cause de l'insuccès de Coralie à son début. Courroucé par les intrigues de Florine et de Nathan pour faire tomber une actrice à laquelle il tenait, le directeur avait promis à Coralie la protection de l'Administration.

À cinq heures du matin, Rastignac vint chercher Lucien.

« Mon cher, vous êtes logé dans le système de votre rue, lui dit-il pour tout compliment. Soyons les premiers au rendez-vous, sur le chemin de Clignancourt, c'est de bon goût, et nous devons de bons exemples. — Voici le programme, lui dit de Marsay dès que le fiacre roula dans le faubourg Saint-Denis. Vous vous battez au pistolet, à vingt-cinq pas, marchant à volonté l'un sur l'autre jusqu'à une distance de quinze pas. Vous avez chacun cinq pas à faire et trois coups à tirer, pas davantage. Quoi qu'il arrive, vous vous engagez à en rester là l'un et l'autre. Nous chargeons les pistolets de votre adversaire, et ses témoins chargent les vôtres. Les armes ont été choisies par les quatre témoins réunis chez un armurier. Je vous promets que nous avons aidé le hasard : vous avez des pistolets de cavalerie. »

Pour Lucien, la vie était devenue un mauvais rêve ; il lui était indifférent de vivre ou de mourir. Le courage particulier au suicide lui servit donc à paraître en grand costume de bravoure aux yeux des spectateurs de son duel. Il resta, sans marcher, à sa place. Cette insouciance passa pour un froid calcul : on trouva ce poète très fort. Michel Chrestien vint jusqu'à sa limite. Les deux adversaires firent feu en même temps, car les insultes avaient été regardées comme égales. Au premier coup, la balle de Chrestien effleura le menton de Lucien dont la balle passa à dix pieds au-dessus de la tête de son adversaire. Au second coup, la balle de Michel se logea dans le col de la redingote du poète, lequel était heureusement piqué et garni de bougran[525]. Au troisième coup, Lucien reçut la balle dans le sein et tomba.

« Est-il mort ? demanda Michel.

— Non, dit le chirurgien, il s'en tirera.

— Tant pis, répondit Michel.

— Oh ! oui, tant pis », répéta Lucien en versant des larmes.

À midi, ce malheureux enfant se trouva dans sa chambre et sur son lit ; il avait fallu cinq heures et de grands ménagements pour l'y transporter. Quoique son état fût sans danger, il exigeait des précautions : la fièvre pouvait amener de fâcheuses complications. Coralie étouffa son désespoir et ses chagrins. Pendant tout le temps que son ami fut en danger, elle passa les nuits avec Bérénice en apprenant ses rôles. Le danger de Lucien dura deux mois. Cette pauvre créature jouait quelquefois un rôle qui voulait de la gaieté, tandis qu'intérieurement elle se disait : « Mon cher Lucien meurt peut-être en ce moment ! »

Pendant ce temps, Lucien fut soigné par Bianchon : il dut la vie au dévouement de cet ami si vivement blessé, mais à qui d'Arthez avait confié le secret de la démarche de Lucien en justifiant le malheureux poète. Dans un moment lucide, car Lucien eut une fièvre nerveuse d'une haute gravité, Bianchon, qui soupçonnait d'Arthez de quelque générosité, questionna son malade ; Lucien lui dit n'avoir pas fait d'autre article sur le livre de d'Arthez que l'article sérieux et grave inséré dans le journal d'Hector Merlin.

À la fin du premier mois, la maison Fendant et Cavalier déposa son bilan. Bianchon dit à l'actrice de cacher ce coup affreux à Lucien. Le fameux roman de *L'Archer de Charles IX*, publié sous un titre bizarre, n'avait pas eu le moindre succès. Pour se faire de l'argent avant de déposer le bilan, Fendant, à l'insu de Cavalier, avait vendu cet ouvrage en bloc à des épiciers qui le revendaient à bas prix au moyen du colportage. En ce moment le livre de Lucien garnissait les parapets des ponts et les quais de Paris. La librairie du quai des Augustins, qui avait pris une certaine quantité d'exemplaires de ce roman, se trouvait donc perdre une somme considérable par suite de l'avilissement subit du prix : les quatre volumes in-12 qu'elle avait achetés quatre francs cinquante centimes étaient donnés pour cinquante sous. Le commerce jetait les hauts cris, et les journaux continuaient à garder le plus profond silence. Barbet n'avait pas prévu ce *lavage*, il croyait au talent de Lucien ; contrairement à ses habitudes, il s'était jeté sur deux cents exemplaires ; et la perspective d'une perte le rendait fou, il disait des horreurs de Lucien. Barbet prit un parti héroïque : il mit ses exemplaires dans un coin de son magasin par un entêtement particulier aux avares, et laissa ses confrères se débarrasser des leurs à vil prix. Plus tard, en 1824, quand la belle préface de d'Arthez, le mérite du livre et deux articles faits par Léon Giraud eurent rendu à cette œuvre sa valeur, Barbet vendit ses exemplaires un par un au prix de dix francs. Malgré les précautions de Bérénice et de Coralie, il fut impossible d'empêcher Hector Merlin de venir voir son ami mourant ; et il lui fit boire goutte à goutte le calice amer de ce *bouillon*, mot en usage dans la librairie pour peindre l'opération funeste à laquelle s'étaient livrés Fendant et Cavalier en publiant le livre d'un débutant. Martainville, seul fidèle à Lucien, fit un magnifique article en faveur de l'œuvre ; mais l'exaspération était telle, et chez les libéraux, et chez les ministériels, contre le rédacteur en chef de *L'Aristarque*, de *L'Oriflamme* et du *Drapeau blanc,* que les efforts de ce courageux athlète, qui rendit toujours dix insultes pour une au libéralisme, nuisirent à Lucien. Aucun journal ne releva le gant de la polémique, quelque vives que fussent les attaques du Bravo royaliste. Coralie, Bérénice et Bianchon fermèrent la porte à tous les soi-disant amis de Lucien qui jetèrent les hauts cris ; mais il fut impossible de la fermer aux huissiers. La faillite de Fendant et de Cavalier rendait leurs billets exigibles en vertu d'une des dispositions du Code de commerce, la plus attentatoire aux droits des tiers qui sont ainsi privés des bénéfices du terme. Lucien se trouva vigoureusement poursuivi par Camusot. En voyant ce nom, l'actrice comprit la terrible et humiliante démarche qu'avait dû faire son poète, pour elle si angélique ; elle l'en aima dix fois plus, et ne voulut pas implorer Camusot. En venant chercher leur prisonnier, les gardes du commerce le trouvèrent au lit, et reculèrent à l'idée de l'emmener ; ils allèrent chez Camusot avant de prier le président du tribunal d'indiquer la maison de santé dans laquelle ils déposeraient le débiteur. Camusot accourut aussitôt rue de la Lune. Coralie descendit et remonta tenant les pièces de la procédure qui d'après l'endos avait déclaré Lucien commerçant. Comment avait-elle obtenu ces papiers de Camusot ? quelle promesse avait-elle faite ? elle garda le plus morne silence ; mais elle était remontée quasi morte. Coralie joua dans la pièce de Camille Maupin, et contribua beaucoup à ce succès de l'illustre hermaphrodite littéraire. La création de ce rôle fut la dernière étincelle de cette belle lampe. À la vingtième représentation, au moment où Lucien rétabli commençait à se promener, à manger, et parlait de reprendre ses travaux, Coralie tomba malade : un chagrin secret la dévorait. Bérénice a toujours cru que, pour sauver Lucien, elle avait promis de revenir à Camusot. L'actrice eut la mortification de voir donner son rôle à Florine. Nathan déclarait la guerre au Gymnase dans le cas où Florine ne succéderait pas à Coralie. En jouant le rôle jusqu'au dernier moment pour ne pas le laisser prendre par sa rivale, Coralie outrepassa ses forces ; le Gymnase lui avait fait quelques avances pendant la maladie de Lucien, elle ne pouvait plus rien demander à la

caisse du théâtre ; malgré son bon vouloir, Lucien était
encore incapable de travailler, il soignait d'ailleurs Coralie
afin de soulager Bérénice ; ce pauvre ménage arriva donc à
une détresse absolue, il eut cependant le bonheur de trouver
dans Bianchon un médecin habile et dévoué, qui lui donna
crédit chez un pharmacien. La situation de Coralie et de
Lucien fut bientôt connue des fournisseurs et du propriétaire. Les meubles furent saisis. La couturière et le tailleur,
ne craignant plus le journaliste, poursuivirent ces deux
bohémiens à outrance. Enfin il n'y eut plus que le pharmacien et le charcutier qui fissent crédit à ces malheureux
enfants. Lucien, Bérénice et la malade furent obligés
pendant une semaine environ de ne manger que du porc
sous toutes les formes ingénieuses et variées que lui donnent
les charcutiers. La charcuterie, assez inflammatoire de sa
nature, aggrava la maladie de l'actrice. Lucien fut contraint
par la misère d'aller chez Lousteau réclamer les mille francs
que cet ancien ami, ce traître, lui devait. Ce fut, au milieu de
ses malheurs, la démarche qui lui coûta le plus. Lousteau ne
pouvait plus rentrer chez lui rue de La Harpe, il couchait
chez ses amis, il était poursuivi, traqué comme un lièvre.
Lucien ne put trouver son fatal introducteur dans le monde
littéraire que chez Flicoteaux. Lousteau dînait à la même
table où Lucien l'avait rencontré, pour son malheur, le jour
où il s'était éloigné de d'Arthez. Lousteau lui offrit à dîner,
et Lucien accepta ! Quand, en sortant de chez Flicoteaux,
Claude Vignon, qui y mangeait ce jour-là, Lousteau, Lucien
et le grand inconnu qui remisait sa garde-robe chez Samanon
voulurent aller au café Voltaire prendre du café, jamais ils ne
purent faire trente sous en réunissant le billon qui retentissait dans leurs poches. Ils flânèrent au Luxembourg,
espérant y rencontrer un libraire, et ils virent en effet un des
plus fameux imprimeurs de ce temps auquel Lousteau
demanda quarante francs, et qui les donna. Lousteau
partagea la somme en quatre portions égales, et chacun des
écrivains en prit une. La misère avait éteint toute fierté, tout
sentiment chez Lucien ; il pleura devant ces trois artistes en
leur racontant sa situation ; mais chacun de ses camarades
avait un drame tout aussi cruellement horrible à lui dire :
quand chacun eut paraphrasé le sien, le poète se trouva le
moins malheureux des quatre. Aussi tous avaient-ils besoin
d'oublier et leur malheur et leur pensée qui doublait le
malheur. Lousteau courut au Palais-Royal, y jouer les neuf
francs qui lui restèrent sur ses dix francs. Le grand inconnu,

quoiqu'il eût une divine maîtresse, alla dans une vile maison suspecte se plonger dans le bourbier des voluptés dangereuses. Vignon se rendit au *Petit Rocher de Cancale*[526] dans l'intention d'y boire deux bouteilles de vin de Bordeaux pour abdiquer sa raison et sa mémoire. Lucien quitta Claude Vignon sur le seuil du restaurant, en refusant sa part de ce souper. La poignée de main que le grand homme de province donna au seul journaliste qui ne lui avait pas été hostile fut accompagnée d'un horrible serrement de cœur.

« Que faire ? lui demanda-t-il.

— À la guerre, comme à la guerre, lui dit le grand critique. Votre livre est beau, mais il vous a fait des envieux, votre lutte sera longue et difficile. Le génie est une horrible maladie. Tout écrivain porte en son cœur un monstre qui, semblable au taenia dans l'estomac, y dévore les sentiments à mesure qu'ils y éclosent. Qui triomphera ? la maladie de l'homme, ou l'homme de la maladie ? Certes, il faut être un grand homme pour tenir la balance entre son génie et son caractère. Le talent grandit, le cœur se dessèche. À moins d'être un colosse, à moins d'avoir des épaules d'Hercule, on reste ou sans cœur ou sans talent. Vous êtes mince et fluet, vous succomberez », ajouta-t-il en entrant chez le restaurateur.

Lucien revint chez lui en méditant sur cet horrible arrêt dont la profonde vérité lui éclairait la vie littéraire.

« De l'argent ! » lui criait une voix.

Il fit lui-même, à son ordre, trois billets de mille francs chacun à un, deux et trois mois d'échéance, en y imitant avec une admirable perfection la signature de David Séchard, il les endossa, puis, le lendemain, il les porta chez Métivier, le marchand de papier de la rue Serpente, qui les lui escompta sans aucune difficulté. Lucien écrivit quelques lignes à son beau-frère pour le prévenir de cette attaque à sa caisse, en lui promettant, selon l'usage, de faire les fonds à l'échéance. Les dettes de Coralie et celles de Lucien payées, il resta trois cents francs que le poète remit entre les mains de Bérénice, en lui disant de ne lui rien donner s'il demandait de l'argent : il craignait d'être saisi par l'envie d'aller au jeu. Lucien, animé d'une rage sombre, froide et taciturne, se mit à écrire ses plus spirituels articles à la lueur d'une lampe en veillant Coralie. Quand il cherchait ses idées, il voyait cette créature adorée, blanche comme une porcelaine, belle de la beauté des mourantes, lui souriant de deux lèvres pâles, lui montrant des yeux brillants comme le sont ceux de toutes les femmes qui succombent autant à la maladie qu'au chagrin. Lucien envoyait ses articles aux journaux; mais comme il ne pouvait pas aller dans les bureaux pour tourmenter les rédacteurs en chef, les articles ne paraissaient pas. Quand il se décidait à venir au journal, Théodore Gaillard, qui lui avait fait des avances et qui plus tard profita de ces diamants littéraires, le recevait froidement.

« Prenez garde à vous, mon cher! vous n'avez plus d'esprit, ne vous laissez pas abattre, ayez de la verve! » lui disait-il.

« Ce petit Lucien n'avait que son roman et ses premiers articles dans le ventre, s'écriaient Félicien Vernou, Merlin, et tous ceux qui le haïssaient quand il était question de lui chez Dauriat ou au Vaudeville. Il nous envoie des choses pitoyables. »

Ne rien avoir dans le ventre, mot consacré dans l'argot du journalisme, constitue un arrêt souverain dont il est difficile d'appeler, une fois qu'il a été prononcé. Ce mot, colporté partout, tuait Lucien, à l'insu de Lucien, car il eut alors *des ennuis* au-dessus de ses forces. Au milieu de ses écrasants travaux, il fut poursuivi pour les effets de David Séchard, et il eut recours à l'expérience de Camusot. L'ancien ami de Coralie eut la générosité de protéger Lucien. Cette affreuse situation dura deux mois, qui furent émaillés de beaucoup de papiers timbrés, que, selon la recommandation de Camusot, Lucien envoyait à Desroches[527], un ami de Bixiou, de Blondet et de des Lupeaulx.

Au commencement du mois d'août, Bianchon dit au poète que Coralie était perdue, elle n'avait pas plus de quelques jours à vivre. Bérénice et Lucien passèrent ces fatales journées à pleurer, sans pouvoir cacher leurs larmes à cette pauvre fille au désespoir de mourir à cause de Lucien. Par un retour étrange, Coralie exigea que Lucien lui amenât un prêtre. L'actrice voulut se réconcilier avec l'Église, et mourir en paix. Elle fit une fin chrétienne, son repentir fut sincère. Cette agonie et cette mort achevèrent d'ôter à Lucien sa force et son courage. Le poète demeura dans un complet abattement, assis dans un fauteuil, au pied du lit de Coralie, en ne cessant de la regarder, jusqu'au moment où il vit les yeux de l'actrice tournés par la main de la mort. Il était alors cinq heures du matin. Un oiseau vint s'abattre sur les pots de fleurs qui se trouvaient en dehors de la croisée, et gazouilla quelques chants. Bérénice agenouillée baisait la main de Coralie qui se refroidissait sous ses larmes. Il y avait alors onze sous sur la cheminée. Lucien sortit poussé par un désespoir qui lui conseillait de demander l'aumône pour enterrer sa maîtresse, ou d'aller se jeter aux pieds de la marquise d'Espard, du comte du Châtelet, de Mme de Bargeton, de Mlle des Touches, ou du terrible dandy de Marsay : il ne se sentait plus alors ni fierté, ni force. Pour avoir quelque argent, il se serait engagé soldat ! Il marcha de cette allure affaissée et décomposée que connaissent les malheureux, jusqu'à l'hôtel de Camille Maupin, il y entra sans faire attention au désordre de ses vêtements, et la fit prier de le recevoir.

« Mademoiselle s'est couchée à trois heures du matin, et personne n'oserait entrer chez elle avant qu'elle n'ait sonné, répondit le valet de chambre.

— Quand vous sonne-t-elle ?

— Jamais avant dix heures. »

Lucien écrivit alors une de ces lettres épouvantables où les gueux élégants ne ménagent plus rien. Un soir, il avait mis en doute la possibilité de ces abaissements, quand Lousteau lui parlait des demandes faites par de jeunes talents à Finot, et sa plume l'emportait peut-être alors au-delà des limites où l'infortune avait jeté ses prédécesseurs. En revenant imbécile et fiévreux par les boulevards, sans se douter de l'horrible chef-d'œuvre que venait de lui dicter le désespoir, il rencontra Barbet.

« Barbet, cinq cents francs ? lui dit-il en lui tendant la main.

— Non, deux cents, répondit le libraire.

— Ah ! vous avez donc un cœur.

— Oui, mais j'ai aussi des affaires. Vous me faites perdre bien de l'argent, ajouta-t-il après lui avoir raconté la faillite de Fendant et de Cavalier, faites-m'en donc gagner ? »

Lucien frissonna.

« Vous êtes poète, vous devez savoir faire toutes sortes de vers, dit le libraire en continuant. En ce moment, j'ai besoin de chansons grivoises pour les mêler à quelques chansons prises à différents auteurs, afin de ne pas être poursuivi comme contrefacteur et pouvoir vendre dans les rues un joli recueil de chansons à dix sous. Si vous voulez m'envoyer demain dix bonnes chansons à boire ou croustilleuses... là... vous savez ! je vous donnerai deux cents francs. »

Lucien revint chez lui : il y trouva Coralie étendue droit et roide sur un lit de sangle, enveloppée dans un méchant drap

de lit que cousait Bérénice en pleurant. La grosse Normande
avait allumé quatre chandelles aux quatre coins de ce lit. Sur
le visage de Coralie étincelait cette fleur de beauté qui parle
si haut aux vivants en leur exprimant un calme absolu, elle
ressemblait à ces jeunes filles qui ont la maladie des pâles
couleurs : il semblait par moments que ces deux lèvres
violettes allaient s'ouvrir et murmurer le nom de Lucien, ce
mot qui, mêlé à celui de Dieu, avait précédé son dernier
soupir. Lucien dit à Bérénice d'aller commander aux
pompes funèbres un convoi qui ne coutât pas plus de deux
cents francs, en y comprenant le service à la chétive église de
Bonne-Nouvelle. Dès que Bérénice fut sortie, le poète se mit
à sa table, auprès du corps de sa pauvre amie, et y composa
les dix chansons qui voulaient des idées gaies et des airs
populaires. Il éprouva des peines inouïes avant de pouvoir
travailler ; mais il finit par trouver son intelligence au service
de la nécessité, comme s'il n'eût pas souffert. Il exécutait
déjà le terrible arrêt de Claude Vignon sur la séparation qui
s'accomplit entre le cœur et le cerveau. Quelle nuit que celle
où ce pauvre enfant se livrait à la recherche de poésies à
offrir aux Goguettes [528] en écrivant à la lueur des cierges, à
côté du prêtre qui priait pour Coralie [529] ! Le lendemain
matin, Lucien, qui avait achevé sa dernière chanson,
essayait de la mettre sur un air alors à la mode ; en
l'entendant chanter, Bérénice et le prêtre eurent peur qu'il
ne fût devenu fou :

> *Amis, la morale en chanson*
> *Me fatigue et m'ennuie ;*
> *Doit-on invoquer la raison*
> *Quand on sert la Folie ?*
> *D'ailleurs tous les refrains sont bons*
> *Lorsqu'on trinque avec des lurons :*
> > *Épicure l'atteste.*
> *N'allons pas chercher Apollon*
> *Quand Bacchus est notre échanson ;*
> > *Rions ! buvons !*
> > *Et moquons-nous du reste.*

> *Hippocrate à tout bon buveur*
> *Promettait la centaine.*
> *Qu'importe, après tout, par malheur,*
> *Si la jambe incertaine*
> *Ne peut plus poursuivre un tendron,*

> *Pourvu qu'à vider un flacon*
> *La main soit toujours leste ?*
> *Si toujours, en vrais biberons,*
> *Jusqu'à soixante ans nous trinquons,*
> *Rions ! buvons !*
> *Et moquons-nous du reste.*
>
> *Veut-on savoir d'où nous venons,*
> *La chose est très facile ;*
> *Mais, pour savoir où nous irons,*
> *Il faudrait être habile.*
> *Sans nous inquiéter, enfin,*
> *Usons, ma foi, jusqu'à la fin*
> *De la bonté céleste !*
> *Il est certain que nous mourrons ;*
> *Mais il est sûr que nous vivons :*
> *Rions ! buvons !*
> *Et moquons-nous du reste.*

Au moment où le poète chantait cet épouvantable dernier couplet, Bianchon et d'Arthez entrèrent et le trouvèrent dans le paroxysme de l'abattement, il versait un torrent de larmes, et n'avait plus la force de remettre ses chansons au net. Quand, à travers ses sanglots, il eut expliqué sa situation, il vit des larmes dans les yeux de ceux qui l'écoutaient.

« Ceci, dit d'Arthez, efface bien des fautes !

— Heureux ceux qui trouvent l'Enfer ici-bas », dit gravement le prêtre.

Le spectacle de cette belle morte souriant à l'éternité, la vue de son amant lui achetant une tombe avec des gravelures, Barbet payant un cercueil, ces quatre chandelles autour de cette actrice dont la basquine et les bas rouges à coins verts faisaient naguère palpiter toute une salle, puis sur la porte le prêtre qui l'avait réconciliée avec Dieu retournant à l'église pour y dire une messe en faveur de celle qui avait tant aimé ! ces grandeurs et ces infamies, ces douleurs écrasées sous la nécessité glacèrent le grand écrivain et le grand médecin qui s'assirent sans pouvoir proférer une parole. Un valet apparut et annonça Mlle des Touches. Cette belle et sublime fille comprit tout, elle alla vivement à Lucien, lui serra la main, et y glissa deux billets de mille francs.

« Il n'est plus temps », dit-il en lui jetant un regard de mourant.

D'Arthez, Bianchon et Mlle des Touches ne quittèrent Lucien qu'après avoir bercé son désespoir des plus douces paroles, mais tous les ressorts étaient brisés chez lui. À midi, le Cénacle, moins Michel Chrestien qui cependant avait été détrompé sur la culpabilité de Lucien, se trouva dans la petite église de Bonne-Nouvelle, ainsi que Bérénice et Mlle des Touches, deux comparses du Gymnase, l'habilleuse de Coralie et le malheureux Camusot. Tous les hommes accompagnèrent l'actrice jusqu'au cimetière du Père-Lachaise. Camusot, qui pleurait à chaudes larmes, jura solennellement à Lucien d'acheter un terrain à perpétuité et d'y faire construire une colonnette sur laquelle on graverait : CORALIE, et dessous : *Morte à dix-neuf ans* (août 1822).

Lucien demeura seul jusqu'au coucher du soleil, sur cette colline d'où ses yeux embrassaient Paris. « Par qui serais-je aimé ? se demanda-t-il. Mes vrais amis me méprisent. Quoi que j'eusse fait, tout de moi semblait noble et bien à celle qui est là ! Je n'ai plus que ma sœur, David et ma mère ! Que pensent-ils de moi, là-bas ? »

Le pauvre grand homme de province revint rue de la Lune, où ses impressions furent si vives en revoyant l'appartement vide, qu'il alla se loger dans un méchant hôtel de la même rue. Les deux mille francs de Mlle des Touches payèrent toutes les dettes, mais en y ajoutant le produit du mobilier. Bérénice et Lucien eurent cent francs à eux qui les firent vivre pendant deux mois que Lucien passa dans un accablement maladif : il ne pouvait ni écrire, ni penser, il se laissait aller à la douleur, Bérénice eut pitié de lui.

« Si vous retournez dans votre pays, comment irez-vous ? répondit-elle à une exclamation de Lucien qui pensait à sa sœur, à sa mère et à David Séchard.

— À pied, dit-il.

— Encore faut-il pouvoir vivre et se coucher en route. Si vous faites douze lieues par jour, vous avez besoin d'au moins vingt francs.

— Je les aurai », dit-il.

Il prit ses habits et son beau linge, ne garda sur lui que le strict nécessaire, et alla chez Samanon qui lui offrit cinquante francs de toute sa défroque. Il supplia l'usurier de lui donner assez pour prendre la diligence, il ne put le fléchir. Dans sa rage, Lucien monta d'un pied chaud à Frascati, tenta la fortune et revint sans un liard. Quand il se trouva dans sa misérable chambre, rue de la Lune, il demanda le châle de Coralie à Bérénice. À quelques regards, la bonne fille comprit, d'après l'aveu que Lucien lui fit de la perte au jeu, quel était le dessein de ce pauvre poète au désespoir : il voulait se pendre.

« Êtes-vous fou, monsieur ? dit-elle. Allez vous promener et revenez à minuit, j'aurai gagné votre argent ; mais restez sur les boulevards, n'allez pas vers les quais. »

Lucien se promena sur les boulevards, hébété de douleur, regardant les équipages, les passants, se trouvant diminué, seul, dans cette foule qui tourbillonnait fouettée par les mille intérêts parisiens. En revoyant par la pensée les bords de sa Charente, il eut soif des joies de la famille, il eut alors un de ces éclairs de force qui trompent toutes ces natures à demi féminines, il ne voulut pas abandonner la partie avant d'avoir déchargé son cœur dans le cœur de David Séchard, et pris conseil des trois anges qui lui restaient. En flânant, il vit Bérénice endimanchée causant avec un homme, sur le boueux boulevard Bonne-Nouvelle, où elle stationnait au coin de la rue de la Lune.

« Que fais-tu ? dit Lucien épouvanté par les soupçons qu'il conçut à l'aspect de la Normande.

— Voilà vingt francs qui peuvent coûter cher, mais vous partirez », répondit-elle en coulant quatre pièces de cent sous dans la main du poète.

Bérénice se sauva sans que Lucien pût savoir par où elle avait passé ; car, il faut le dire à sa louange, cet argent lui brûlait la main et il voulait le rendre ; mais il fut forcé de le garder comme un dernier stigmate de la vie parisienne.

TROISIÈME PARTIE

LES SOUFFRANCES DE L'INVENTEUR

Le lendemain, Lucien fit viser son passeport[530], acheta une canne de houx, prit, à la place de la rue d'Enfer, un coucou[531] qui, moyennant dix sous, le mit à Longjumeau. Pour première étape, il coucha dans l'écurie d'une ferme à deux lieues d'Arpajon. Quand il eut atteint Orléans, il se trouva déjà bien las et bien fatigué ; mais, pour trois francs, un batelier le descendit à Tours, et pendant le trajet il ne dépensa que deux francs pour sa nourriture. De Tours à Poitiers, Lucien marcha pendant cinq jours. Bien au-delà de Poitiers, il ne possédait plus que cent sous, mais il rassembla pour continuer sa route un reste de force. Un jour, Lucien surpris par la nuit dans une plaine résolut d'y bivouaquer, quand, au fond d'un ravin, il aperçut une calèche montant une côte. À l'insu du postillon, des voyageurs et d'un valet de chambre placé sur le siège, il put se blottir derrière entre deux paquets, et s'endormit en se plaçant de manière à pouvoir résister aux cahots. Au matin, réveillé par le soleil qui lui frappait les yeux et par un bruit de voix, il reconnut Mansle, cette petite ville où, dix-huit mois[532] auparavant, il était allé attendre Mme de Bargeton, le cœur plein d'amour, d'espérance et de joie. Se voyant couvert de poussière, au milieu d'un cercle de curieux et de postillons, il comprit qu'il devait être l'objet d'une accusation ; il sauta sur ses pieds, et allait parler, quand deux voyageurs sortis de la calèche lui coupèrent la parole : il vit le nouveau préfet de la Charente, le comte Sixte du Châtelet et sa femme, Louise de Nègrepelisse.

« Si nous avions su quel compagnon le hasard nous avait donné ! dit la comtesse. Montez avec nous, monsieur. »

Lucien salua froidement ce couple en lui jetant un regard à la fois humble et menaçant, il se perdit dans un chemin de traverse en avant de Mansle, afin de gagner une ferme où il pût déjeuner avec du pain et du lait, se reposer et délibérer en silence sur son avenir. Il avait encore trois francs. L'auteur des *Marguerites*, poussé par la fièvre, courut pendant longtemps ; il descendit le cours de la rivière en examinant la disposition des lieux qui devenaient de plus en plus pittoresques. Vers le milieu du jour, il atteignit à un endroit où la nappe d'eau, environnée de saules, formait une espèce de lac. Il s'arrêta pour contempler ce frais et touffu bocage dont la grâce champêtre agit sur son âme. Une maison attenant à un moulin assis sur un bras de la rivière montrait entre les têtes d'arbres son toit de chaume orné de joubarbe. Cette naïve façade avait pour seuls ornements quelques buissons de jasmin, de chèvrefeuille et de houblon, et tout alentour brillaient les fleurs du phlox et des plus splendides plantes grasses. Sur l'empierrement retenu par un pilotis grossier, qui maintenait la chaussée au-dessus des plus grandes crues, il aperçut des filets étendus au soleil. Des canards nageaient dans le bassin clair qui se trouvait au-delà du moulin, entre les deux courants d'eau mugissant dans les vannes.Le moulin faisait entendre son bruit agaçant. Sur un banc rustique, le poète aperçut une bonne grosse ménagère tricotant et surveillant un enfant qui tourmentait des poules.

« Ma bonne femme, dit Lucien en s'avançant, je suis bien fatigué, j'ai la fièvre, et n'ai que trois francs ; voulez-vous me nourrir de pain bis et de lait, me coucher sur la paille pendant une semaine ? j'aurai eu le temps d'écrire à mes parents qui m'enverront de l'argent ou qui viendront me chercher ici.

— Volontiers, dit-elle, si toutefois mon mari le veut. Hé ! petit homme ? »

Le meunier sortit, regarda Lucien et s'ôta sa pipe de la bouche pour dire : « Trois francs, une semaine ? autant ne vous rien prendre. »

« Peut-être finirai-je garçon meunier », se dit le poète en contemplant ce délicieux paysage[533] avant de se coucher dans le lit que lui fit la meunière et où il dormit de manière à effrayer ses hôtes.

« Courtois, va donc voir si ce jeune homme est mort ou vivant, voici quatorze heures qu'il est couché, je n'ose pas y aller, dit la meunière le lendemain vers midi.

— Je crois, répondit le meunier à sa femme en achevant d'étaler ses filets et ses engins à prendre le poisson, que ce joli garçon-là pourrait bien être quelque gringalet de comédien, sans sou ni maille.

— À quoi vois-tu donc cela, petit homme ? dit la meunière.

— Dame ! ce n'est ni un prince, ni un ministre, ni un député, ni un évêque ; pourquoi ses mains sont-elles blanches comme celles d'un homme qui ne fait rien ?

— Il est alors bien étonnant que la faim ne l'éveille pas, dit la meunière qui venait d'apprêter un déjeuner pour l'hôte que le hasard leur avait envoyé la veille. Un comédien ? reprit-elle. Où irait-il ? Ce n'est pas encore le moment de la foire à Angoulême. »

Ni le meunier ni la meunière ne pouvaient se douter qu'à part le comédien, le prince et l'évêque, il est un homme à la fois prince et comédien, un homme revêtu d'un magnifique sacerdoce, le Poète qui semble ne rien faire et qui néanmoins règne sur l'Humanité quand il a su la peindre.

« Qui serait-ce donc ? dit Courtois à sa femme.

— Y aurait-il du danger à le recevoir ? demanda la meunière.

— Bah ! les voleurs sont plus dégourdis que ça, nous serions déjà dévalisés, reprit le meunier.

— Je ne suis ni prince, ni voleur, ni évêque, ni comédien, dit tristement Lucien qui se montra soudain et qui sans doute avait entendu par la croisée le colloque de la femme et du mari. Je suis un pauvre jeune homme fatigué, venu à pied de Paris ici. Je me nomme Lucien de Rubempré, et suis le fils de M. Chardon, le prédécesseur de Postel, le pharmacien de l'Houmeau. Ma sœur a épousé David Séchard, l'imprimeur de la place du Mûrier à Angoulême.

— Attendez donc ! dit le meunier. C't imprimeur-là n'est-il pas le fils du vieux malin qui fait valoir son domaine de Marsac ?

— Précisément, répondit Lucien.

— Un drôle de père, allez ! reprit Courtois. Il fait, dit-on, tout vendre chez son fils, et il a pour plus de deux cent mille francs de bien, sans compter son *esquipot* [534]. »

Lorsque l'âme et le corps ont été brisés dans une longue et douloureuse lutte, l'heure où les forces sont dépassées est suivie ou de la mort ou d'un anéantissement pareil à la mort, mais où les natures capables de résister reprennent alors des forces. Lucien, en proie à une crise de ce genre, parut près de succomber au moment où il apprit, quoique vaguement, la nouvelle d'une catastrophe arrivée à David Séchard, son beau-frère.

« Oh! ma sœur! s'écria-t-il, qu'ai-je fait, mon Dieu! Je suis un infâme. »

Puis il se laissa tomber sur un banc de bois, dans la pâleur et l'affaissement d'un mourant; la meunière s'empressa de lui apporter une jatte de lait qu'elle le força de boire; mais il pria le meunier de l'aider à se mettre sur son lit, en lui demandant pardon de lui donner l'embarras de sa mort, car il crut sa dernière heure arrivée. En apercevant le fantôme de la mort, ce gracieux poète fut pris d'idées religieuses : il voulut voir le curé, se confesser et recevoir les sacrements. De telles plaintes exhalées d'une voix faible par un garçon doué d'une charmante figure et aussi bien fait que Lucien touchèrent vivement Mme Courtois.

« Dis donc, petit homme, monte à cheval, et va donc quérir M. Marron, le médecin de Marsac; il verra ce qu'a ce jeune homme, qui ne me paraît point en bon état, et tu ramèneras aussi le curé; peut-être sauront-ils mieux que toi ce qui s'en va de cet imprimeur de la place du Mûrier, puisque Postel est le gendre de M. Marron. »

Courtois parti, la meunière, imbue comme tous les gens de la campagne de cette idée que la maladie exige de la nourriture, restaura Lucien qui se laissa faire, en s'abandonnant à de violents remords qui le sauvèrent de son abattement par la révulsion que produisit cette espèce de topique [535] moral.

Le moulin de Courtois se trouvait à une lieue de Marsac, chef-lieu de canton, situé à mi-chemin de Mansle et d'Angoulême; aussi le brave meunier ramena-t-il promptement le médecin et le curé de Marsac. Ces deux personnages avaient entendu parler de la liaison de Lucien avec Mme de Bargeton, et comme tout le département de la Charente causait en ce moment du mariage de cette dame et de sa rentrée à Angoulême avec le nouveau préfet, le comte Sixte du Châtelet, en apprenant que Lucien était chez le meunier, le médecin comme le curé éprouvèrent un violent désir de connaître les raisons qui avaient empêché la veuve de M. de Bargeton d'épouser le jeune poète avec lequel elle s'était enfuie, et de savoir s'il revenait au pays pour secourir son beau-frère, David Séchard. La curiosité, l'humanité, tout se réunissait donc pour amener promptement des secours au poète mourant. Aussi, deux heures après le départ de

Courtois, Lucien entendit-il sur la chaussée pierreuse du moulin le bruit de ferraille que rendait le méchant cabriolet du médecin de campagne. MM. Marron se montrèrent aussitôt, car le médecin était le neveu du curé. Ainsi Lucien voyait en ce moment des gens aussi liés avec le père de David Séchard que peuvent l'être des voisins dans un petit bourg vignoble[536]. Quand le médecin eut observé le mourant, lui eut tâté le pouls, examiné la langue, il regarda la meunière en souriant de manière à dissiper toute inquiétude.

« Madame Courtois, dit-il, si, comme je n'en doute pas, vous avez à la cave quelque bonne bouteille de vin, et dans votre sentineau[537] quelque bonne anguille, servez-les à votre malade qui n'a pas autre chose qu'une courbature. Cela fait, notre grand homme sera promptement sur pied !

— Ah ! monsieur, dit Lucien, mon mal n'est pas au corps, mais à l'âme, et ces braves gens m'ont dit une parole qui m'a tué en m'annonçant des désastres chez ma sœur, Mme Séchard ! Au nom de Dieu, vous qui, si j'en crois Mme Courtois, avez marié votre fille à Postel, vous devez savoir quelque chose des affaires de David Séchard !

— Mais il doit être en prison, répondit le médecin, son père a refusé de le secourir...

— En prison ! reprit Lucien, et pourquoi ?

— Mais pour des traites venues de Paris et qu'il avait sans doute oubliées, car il ne passe pas pour savoir trop ce qu'il fait, répondit M. Marron.

— Laissez-moi, je vous prie, avec M. le curé », dit le poète, dont la physionomie s'altéra gravement.

Le médecin, le meunier et sa femme sortirent. Quand Lucien se vit seul avec le vieux prêtre, il s'écria : « Je mérite la mort que je sens venir, monsieur, et je suis un bien grand misérable qui n'a plus qu'à se jeter dans les bras de la religion. C'est moi, monsieur, qui suis le bourreau de ma sœur et de mon frère, car David Séchard est un frère pour moi ! J'ai fait les billets que David n'a pas pu payer... Je l'ai ruiné. Dans l'horrible misère où je me suis trouvé, j'oubliais ce crime. Les poursuites auxquelles les billets ont donné lieu se sont apaisées par l'intervention d'un millionnaire, et j'ai cru qu'il les avait payés, il n'en serait donc rien ! »

Et Lucien raconta ses malheurs. Quand il eut achevé ce poème par une narration fiévreuse, vraiment digne d'un poète, il supplia le curé d'aller à Angoulême et de s'enquérir auprès d'Ève, sa sœur, et de sa mère, Mme Chardon, du véritable état des choses, afin qu'il sût s'il pouvait encore y remédier.

« Jusqu'à votre retour, monsieur, dit-il en pleurant à chaudes larmes, je pourrai vivre. Si ma mère, si ma sœur, si David ne me repoussent pas, je ne mourrai point ! »

L'éloquence du Parisien, les larmes de ce repentir effrayant, ce beau jeune homme pâle et quasi mourant de son désespoir, le récit d'infortunes qui dépassaient les forces humaines, tout excita la pitié, l'intérêt du curé.

« En province comme à Paris, monsieur, lui répondit-il, il ne faut croire que la moitié de ce qu'on dit : ne vous épouvantez pas d'une rumeur qui, à trois lieues d'Angoulême, doit être très erronée. Le vieux Séchard, notre voisin, a quitté Marsac depuis quelques jours ; ainsi probablement il s'occupe à pacifier les affaires de son fils. Je vais à Angoulême et reviendrai vous dire si vous pouvez rentrer dans votre famille auprès de laquelle vos aveux, votre repentir m'aideront à plaider votre cause. »

Le curé ne savait pas que, depuis dix-huit mois, Lucien s'était tant de fois repenti, que son repentir, quelque violent qu'il fût, n'avait d'autre valeur que celle d'une scène parfaitement jouée et jouée encore de bonne foi ! Au curé succéda le médecin. En reconnaissant chez le malade une crise nerveuse dont le danger commençait à se passer, le neveu fut aussi consolant que l'avait été l'oncle, et finit par déterminer son malade à se restaurer.

Le curé, qui connaissait le pays et ses habitudes, avait gagné Mansle où la voiture de Ruffec à Angoulême ne devait pas tarder à passer et dans laquelle il eut une place. Le vieux prêtre comptait demander des renseignements sur David Séchard à son petit-neveu Postel, le pharmacien de l'Houmeau, l'ancien rival de l'imprimeur auprès de la belle Ève. À voir les précautions que prit le petit pharmacien pour aider le vieillard à descendre de l'affreuse patache qui faisait alors le service de Ruffec à Angoulême, le spectateur le plus obtus eût deviné que M. et Mme Postel hypothéquaient leur bien-être sur sa succession.

« Avez-vous déjeuné, voulez-vous quelque chose ? Nous ne vous attendions point, et nous sommes agréablement surpris... »

Ce fut mille questions à la fois. Mme Postel était bien prédestinée à devenir la femme d'un pharmacien de l'Houmeau. De la taille du petit Postel, elle avait la figure rouge d'une fille élevée à la campagne ; sa tournure était commune, et toute sa beauté consistait dans une grande fraîcheur. Sa chevelure rousse, plantée très bas sur le front, ses manières et son langage approprié à la simplicité gravée dans les traits d'un visage rond, des yeux presque jaunes, tout en elle disait qu'elle avait été mariée pour ses espérances de fortune. Aussi déjà commandait-elle après un an de ménage, et paraissait-elle s'être entièrement rendue maîtresse de Postel, trop heureux d'avoir trouvé cette héritière. Mme Léonie Postel, née Marron, nourrissait un fils, l'amour du vieux curé, du médecin et de Postel, un horrible enfant qui ressemblait à son père et à sa mère.

« Hé bien, mon oncle, que venez-vous donc faire à Angoulême, dit Léonie, puisque vous ne voulez rien prendre et que vous parlez de nous quitter aussitôt entré ? »

Dès que le digne ecclésiastique eut prononcé le nom d'Ève et de David Séchard, Postel rougit, et Léonie jeta sur le petit homme ce regard de jalousie obligée qu'une femme entièrement maîtresse de son mari ne manque jamais à exprimer pour le passé, dans l'intérêt de son avenir.

« Qu'est-ce qu'ils vous ont donc fait, ces gens-là, mon oncle, pour que vous vous mêliez de leurs affaires ? dit Léonie avec une visible aigreur.

— Ils sont malheureux, ma fille, répondit le curé, qui peignit à Postel l'état dans lequel se trouvait Lucien chez les Courtois.

— Ah ! voilà dans quel équipage il revient de Paris, s'écria Postel. Pauvre garçon ! il avait de l'esprit cependant, et il était ambitieux ! Il allait chercher du grain, et il revient sans paille. Mais que vient-il faire ici ? sa sœur est dans la plus affreuse misère, car tous ces génies-là, ce David tout comme Lucien, ça ne se connaît guère en commerce. Nous avons parlé de lui au Tribunal, et, comme juge, j'ai dû signer son jugement !... Ça m'a fait un mal ! Je ne sais pas si Lucien pourra, dans les circonstances actuelles, aller chez sa sœur ; mais, en tout cas, la petite chambre qu'il occupait ici est libre, et je la lui offre volontiers.

— Bien, Postel, dit le prêtre en mettant son tricorne et se disposant à quitter la boutique après avoir embrassé l'enfant qui dormait dans les bras de Léonie.

— Vous dînerez sans doute avec nous, mon oncle, dit Mme Postel, car vous n'aurez pas promptement fini, si vous voulez débrouiller les affaires de ces gens-là. Mon mari vous reconduira dans sa carriole avec son petit cheval. »

Les deux époux regardèrent leur précieux grand-oncle s'en allant vers Angoulême.

« Il va bien tout de même pour son âge », dit le pharmacien.

Pendant que le vénérable ecclésiastique monte les rampes d'Angoulême, il n'est pas inutile d'expliquer le lacis d'intérêts dans lequel il allait mettre le pied.

Après le départ de Lucien, David Séchard, ce bœuf, courageux et intelligent comme celui que les peintres donnent pour compagnon à l'évangéliste[538], voulut faire la grande et rapide fortune qu'il avait souhaitée moins pour lui que pour Ève et pour Lucien, un soir, au bord de la Charente, assis avec Ève sur le Barrage, quand elle lui donna sa main et son cœur. Mettre sa femme dans la sphère d'élégance et de richesse où elle devait vivre, soutenir de son bras puissant l'ambition de son frère, tel fut le programme écrit en lettres de feu devant ses yeux. Les journaux, la politique, l'immence développement de la librairie et de la littérature, celui des sciences, la pente à une discussion publique de tous les intérêts du pays, tout le mouvement social qui se déclara lorsque la Restauration parut assise allait exiger une production de papier presque décuple comparée à la quantité sur laquelle spécula le célèbre Ouvrard[539] au commencement de la Révolution, guidé par de semblables motifs. Mais, en 1821, les papeteries étaient trop nombreuses en France pour qu'on pût espérer de s'en rendre le possesseur exclusif, comme fit Ouvrard qui s'empara des principales usines après avoir accaparé leurs produits. David n'avait d'ailleurs ni l'audace, ni les capitaux nécessaires à de pareilles spéculations. En ce moment, la mécanique à faire le papier de toute longueur commençait à fonctionner en Angleterre. Ainsi rien de plus nécessaire que d'adapter la papeterie aux besoins de la civilisation française qui menaçait d'étendre la discussion à tout et de reposer sur une perpétuelle manifestation de la pensée individuelle, un vrai malheur, car les peuples qui délibèrent agissent très peu. Ainsi, chose étrange ! pendant que Lucien entrait dans les rouages de l'immense machine du Journalisme, au risque d'y laisser son honneur et son intelligence en lambeaux, David Séchard, du fond de son imprimerie, embrassait le mouvement de la Presse périodique dans ses conséquences matérielles. Il voulait mettre les moyens en harmonie avec le résultat vers lequel tendait l'esprit du Siècle. Il voyait d'ailleurs si juste en cherchant une fortune dans la fabrica-

tion du papier à bas prix, que l'événement a justifié sa
prévoyance. Pendant ces quinze dernières années, le bureau
chargé des demandes de brevets d'invention a reçu plus de
cent requêtes de prétendues découvertes de substances à
introduire dans la fabrication du papier. Plus certain que
jamais de l'utilité de cette découverte, sans éclat, mais d'un
immense profit, David tomba donc, après le départ de son
beau-frère pour Paris, dans la constante préoccupation que
devait causer ce problème à qui le voulait résoudre. Comme
il avait épuisé toutes ses ressources pour se marier et pour
subvenir aux dépenses du voyage de Lucien à Paris, il se vit
au début de son mariage dans la plus profonde misère. Il
avait gardé mille francs pour les besoins de son imprimerie,
et devait un billet de pareille somme à Postel, le pharmacien.
Ainsi, pour ce profond penseur, le problème fut double : il
fallait inventer un papier à bas prix, et inventer promptement ; il fallait enfin adapter les profits de la découverte aux
besoins de son ménage et de son commerce. Or, quelle
épithète donner à la cervelle capable de secouer les cruelles
préoccupations que causent et une indigence à cacher, et le
spectacle d'une famille sans pain, et les exigences journa-
lières d'une profession aussi méticuleuse que celle de
l'imprimeur, tout en parcourant les domaines de l'inconnu,
avec l'ardeur et les enivrements du savant à la poursuite d'un
secret qui de jour en jour échappe aux plus subtiles
recherches ? Hélas ! comme on va le voir, les inventeurs ont
bien encore d'autres maux à supporter, sans compter
l'ingratitude des masses à qui les oisifs et les incapables
disent d'un homme de génie : « Il était né pour devenir
inventeur, il ne pouvait pas faire autre chose. Il ne faut pas
plus lui savoir gré de sa découverte, qu'on ne sait gré à un
homme d'être né prince ! il exerce des facultés naturelles ! et
il a d'ailleurs trouvé sa récompense dans le travail même. »

Le mariage cause à une jeune fille de profondes perturba-
tions morales et physiques ; mais, en se mariant dans les
conditions bourgeoises de la classe moyenne, elle doit de
plus étudier des intérêts tout nouveaux, et s'initier à des
affaires ; de là, pour elle, une phase où nécessairement elle
reste en observation sans agir. L'amour de David pour sa
femme en retarda malheureusement l'éducation, il n'osa pas
lui dire l'état des choses, ni le lendemain des noces, ni les
jours suivants. Malgré la détresse profonde à laquelle le
condamnait l'avarice de son père, il ne put se résoudre à
gâter sa lune de miel par le triste apprentissage de sa

profession laborieuse et par les enseignements nécessaires à la femme d'un commerçant. Aussi, les mille francs, le seul avoir, furent-ils dévorés plus par le ménage que par l'atelier. L'insouciance de David et l'ignorance de sa femme dura quatre mois ! Le réveil fut terrible. À l'échéance du billet souscrit par David à Postel, le ménage se trouva sans argent, et la cause de cette dette était assez connue à Ève pour qu'elle sacrifiât à son acquittement et ses bijoux de mariée et son argenterie. Le soir même du payement de cet effet, Ève voulut faire causer David sur ses affaires, car elle avait remarqué qu'il délaissait son imprimerie pour le problème dont il lui avait parlé naguère. Dès le second mois de son mariage, David passait la majeure partie de son temps sous l'appentis situé au fond de la cour, dans une petite pièce qui lui servait à fondre ses rouleaux. Trois mois après son arrivée à Angoulême, il avait substitué aux pelotes à tamponner les caractères l'encrier à table et à cylindre où l'encre se façonne et se distribue au moyen de rouleaux composés de colle forte et de mélasse. Ce premier perfectionnement de la typographie fut tellement incontestable, qu'aussitôt après en avoir vu l'effet, les frères Cointet l'adoptèrent. David avait adossé au mur mitoyen de cette espèce de cuisine un fourneau à bassine en cuivre, sous prétexte de dépenser moins de charbon pour refondre ses rouleaux, dont les moules rouillés étaient rangés le long de la muraille, et qu'il ne refondit pas deux fois. Non seulement il mit à cette pièce une solide porte en chêne, intérieurement garnie en tôle, mais encore il remplaça les sales carreaux du châssis d'où venait la lumière par des vitres en verre cannelé, pour empêcher de voir du dehors l'objet de ses occupations. Au premier mot que dit Ève à David au sujet de leur avenir, il la regarda d'un air inquiet et l'arrêta par ces paroles : « Mon enfant, je sais tout ce que doit t'inspirer la vue d'un atelier désert et l'espèce d'anéantissement commercial où je reste ; mais, vois-tu, reprit-il en l'amenant à la fenêtre de leur chambre et lui montrant le réduit mystérieux, notre fortune est là... Nous aurons à souffrir encore pendant quelques mois ; mais souffrons avec patience, et laisse-moi résoudre le problème d'industrie qui fera cesser toutes nos misères et que tu connais. »

David était si bon, son dévouement devait être si bien cru sur parole, que la pauvre femme, préoccupée comme toutes les femmes de la dépense journalière, se donna pour tâche de sauver à son mari les ennuis du ménage ; elle quitta donc la

jolie chambre bleue et blanche où elle se contentait de
travailler à des ouvrages de femme en devisant avec sa mère,
et descendit dans une des deux cages de bois situées au fond
de l'atelier pour étudier le mécanisme commercial de la
typographie. N'était-ce pas de l'héroïsme pour une femme
déjà grosse ? Durant ces premiers mois, l'inerte imprimerie
de David avait été désertée par les ouvriers jusqu'alors
nécessaires à ses travaux, et qui s'en allèrent un à un.
Accablés de besogne, les frères Cointet employaient non
seulement les ouvriers du département alléchés par la
perspective de faire chez eux de fortes journées, mais encore
quelques-uns de Bordeaux, d'où venaient surtout les
apprentis qui se croyaient assez habiles pour se soustraire
aux conditions de l'apprentissage. En examinant les ressources que pouvait présenter l'imprimerie Séchard, Ève n'y
trouva plus que trois personnes. D'abord Cérizet, cet
apprenti que David avait amené de Paris avec lui ; puis
Marion, attachée à la maison comme un chien de garde ;
enfin Kolb, un Alsacien, jadis homme de peine chez
messieurs Didot. Pris par le service militaire, Kolb se trouva
par hasard à Angoulême, où David le reconnut à une revue,
au moment où son temps de service expirait. Kolb alla voir
David et s'amouracha de la grosse Marion en découvrant
chez elle toutes les qualités qu'un homme de sa classe
demande à une femme : cette santé vigoureuse qui brunit les
joues, cette force masculine qui permettait à Marion de
soulever une *forme de caractères* avec aisance, cette probité
religieuse à laquelle tiennent les Alsaciens, ce dévouement à
ses maîtres qui révèle un bon caractère, et enfin cette
économie à laquelle elle devait une petite somme de mille
francs, du linge, des robes et des effets d'une propreté
provinciale. Marion, grosse et grasse, âgée de trente-six ans,
assez flattée de se voir l'objet des attentions d'un cuirassier
haut de cinq pieds sept pouces, bien bâti, fort comme un
bastion, lui suggéra naturellement l'idée de devenir imprimeur. Au moment où l'Alsacien reçut son congé définitif,
Marion et David en avaient fait un *ours* assez distingué, qui
ne savait néanmoins ni lire ni écrire. La composition des
ouvrages dits *de ville* ne fut pas tellement abondante pendant
ce trimestre que Cérizet n'eût pu y suffire. À la fois
compositeur, metteur en pages, et prote de l'imprimerie,
Cérizet réalisait ce que Kant appelle une triplicité phénomé-
nale[540] : il composait, il corrigeait sa composition, il inscri-
vait les commandes, et dressait les factures ; mais, le plus

souvent sans ouvrage, il lisait des romans, dans sa cage au fond de l'atelier, attendant la commande d'une affiche ou d'un billet de *faire-part*. Marion, formée par Séchard père, façonnait le papier, le trempait, aidait Kolb à l'imprimer, l'étendait, le rognait, et n'en faisait pas moins la cuisine, en allant au marché de grand matin.

Quand Ève se fit rendre compte du premier semestre par Cérizet, elle trouva que la recette était de huit cents francs. La dépense, à raison de trois francs par jour pour Cérizet et Kolb, qui avaient pour leur journée l'un deux et l'autre un franc, s'élevait à six cents francs. Or, comme le prix des fournitures exigées par les ouvrages fabriqués et livrés se montait à cent et quelques francs, il fut clair pour Ève que pendant les six premiers mois de son mariage, David avait perdu ses loyers, l'intérêt des capitaux représentés par la valeur de son matériel et de son brevet, les gages de Marion, l'encre, et enfin les bénéfices que doit faire un imprimeur, ce monde de choses exprimées en langage d'imprimerie par le mot *étoffes,* expression due aux draps, aux soieries employées à rendre la pression de la vis moins dure aux caractères par l'interposition d'un carré d'étoffe (le blanchet) entre la platine de la presse et le papier qui reçoit l'impression. Après avoir compris en gros les moyens de l'imprimerie et ses résultats, Ève devina combien peu de ressources offrait cet atelier desséché par l'activité dévorante des frères Cointet, à la fois fabricants de papier, journalistes, imprimeurs, brevetés de l'Évêché, fournisseurs de la Ville et de la Préfecture. Le journal que, deux ans auparavant, les Séchard père et fils avaient vendu vingt-deux mille francs, rapportait alors dix-huit mille francs par an. Ève reconnut les calculs cachés sous l'apparente générosité des frères Cointet qui laissaient à l'imprimerie Séchard assez d'ouvrage pour subsister, et pas assez pour qu'elle leur fît concurrence. En prenant la conduite des affaires, elle commença par dresser un inventaire exact de toutes les valeurs. Elle employa Kolb, Marion et Cérizet à ranger l'atelier, le nettoyer et y mettre de l'ordre. Puis, par une soirée où David revenait d'une excursion dans les champs, suivi d'une vieille femme qui lui portait un énorme paquet enveloppé de linges, Ève lui demanda des conseils pour tirer parti des débris que leur avait laissés le père Séchard, en lui promettant de diriger à elle seule les affaires. D'après l'avis de son mari, Mme Séchard employa tous les restants de papiers qu'elle avait trouvés et mis par espèces à imprimer sur deux

colonnes et sur une seule feuille ces légendes populaires
coloriées que les paysans collent sur les murs de leurs
chaumières : l'histoire du Juif-Errant, Robert le Diable, la
Belle Maguelonne[541], le récit de quelques miracles. Ève fit
de Kolb un colporteur. Cérizet ne perdit pas un instant, il
composa ces pages naïves et leurs grossiers ornements
depuis le matin jusqu'au soir. Marion suffisait au tirage.
Mme Chardon se chargea de tous les soins domestiques, car
Ève coloria les gravures. En deux mois, grâce à l'activité de
Kolb et à sa probité, Mme Séchard vendit, à douze lieues à
la ronde d'Angoulême, trois mille feuilles qui lui coûtèrent
trente francs à fabriquer et qui lui rapportèrent, à raison de
deux sous pièce, trois cents francs. Mais quand toutes les
chaumières et les cabarets furent tapissés de ces légendes, il
fallut songer à quelque autre spéculation, car l'Alsacien ne
pouvait pas voyager au-delà du département. Ève, qui
remuait tout dans l'imprimerie, y trouva la collection des
figures nécessaires à l'impression d'un almanach dit des
Bergers, où les choses sont représentées par des signes, par
des images, des gravures en rouge, en noir ou en bleu. Le
vieux Séchard, qui ne savait ni lire ni écrire, avait jadis
gagné beaucoup d'argent à imprimer ce livre destiné à ceux
qui ne savent pas lire. Cet almanach, qui se vend un sou,
consiste en une feuille pliée soixante-quatre fois, ce qui
constitue un in-64 de cent vingt-huit pages. Tout heureuse
du succès de ses feuilles volantes, industrie à laquelle
s'adonnent surtout les petites imprimeries de province,
Mme Séchard entreprit l'Almanach des Bergers sur une
grande échelle en y consacrant ses bénéfices. Le papier de
l'Almanach des Bergers, dont plusieurs millions d'exemplaires se vendent annuellement en France, est plus grossier
que celui de l'Almanach liégeois, et coûte environ quatre
francs la rame. Imprimée, cette rame, qui contient cinq
cents feuilles, se vend donc, à raison d'un sou la feuille,
vingt-cinq francs. Mme Séchard résolut d'employer cent
rames à un premier tirage, ce qui faisait cinquante mille
almanachs à placer et deux mille francs de bénéfice à
recueillir. Quoique distrait comme devait l'être un homme si
profondément occupé, David fut surpris, en donnant un
coup d'œil à son atelier, d'entendre grogner une presse, et de
voir Cérizet toujours debout composant sous la direction de
Mme Séchard. Le jour où il y entra pour surveiller les
opérations entreprises par Ève, ce fut un beau triomphe
pour elle que l'approbation de son mari, qui trouva l'affaire

de l'almanach excellente. Aussi David promit-il ses conseils pour l'emploi des encres des diverses couleurs que nécessitent les configurations de cet almanach où tout parle aux yeux. Enfin, il voulut refondre lui-même les rouleaux dans son atelier mystérieux pour aider, autant qu'il le pouvait, sa femme dans cette grande petite entreprise.

Au début de cette activité furieuse, vinrent les désolantes lettres par lesquelles Lucien apprit à sa mère, à sa sœur et à son beau-frère son insuccès et sa détresse à Paris. On doit comprendre alors qu'en envoyant à cet enfant gâté trois cents francs, Ève, Mme Chardon et David avaient offert au poète, chacun de leur côté, le plus pur de leur sang. Accablée par ces nouvelles et désespérée de gagner si peu en travaillant avec tant de courage, Ève n'accueillit pas sans effroi l'événement qui met le comble à la joie des jeunes ménages. En se voyant sur le point de devenir mère, elle se dit : « Si mon cher David n'a pas atteint le but de ses recherches au moment de mes couches, que deviendrons-nous ?... Et qui conduira les affaires naissantes de notre pauvre imprimerie ? »

L'Almanach des Bergers devait être bien fini avant le premier janvier ; mais Cérizet, sur qui roulait toute la composition, y mettait une lenteur d'autant plus désespérante que Mme Séchard ne connaissait pas assez l'imprimerie pour le réprimander, elle se contenta d'observer ce jeune Parisien. Orphelin du grand hospice des Enfants-Trouvés de Paris, Cérizet avait été placé chez MM. Didot comme apprenti. De quatorze à dix-sept ans, il fut le séide de Séchard, qui le mit sous la direction d'un des plus habiles ouvriers, et qui en fit son gamin, son page typographique ; car David s'intéressa naturellement à Cérizet en lui trouvant de l'intelligence et il conquit son affection en lui procurant quelques plaisirs et des douceurs que lui interdisait son indigence. Doué d'une assez jolie petite figure chafouine, à chevelure rousse, les yeux d'un bleu trouble, Cérizet avait importé les mœurs du gamin de Paris dans la capitale de l'Angoumois. Son esprit vif et railleur, sa malignité l'y rendaient redoutable. Moins surveillé par David à Angoulême, soit que plus âgé il inspirât plus de confiance à son mentor, soit que l'imprimeur comptât sur l'influence de la province, Cérizet était devenu, mais à l'insu de son tuteur, le don Juan en casquette de trois ou quatre petites ouvrières, et s'était dépravé complètement. Sa moralité, fille des cabarets parisiens, prit l'intérêt personnel pour unique loi. D'ailleurs, Cérizet, qui, selon l'expression populaire, devait *tirer à la conscription* l'année suivante, se vit sans carrière ; aussi fit-il des dettes en pensant que dans six mois il deviendrait soldat, et qu'alors aucun de ses créanciers ne pourrait courir après lui. David conservait quelque autorité sur ce garçon, non pas à cause de son titre de maître, non pas pour s'être intéressé à lui, mais parce que l'ex-gamin de Paris reconnaissait en David une haute intelligence. Cérizet fraternisa bientôt avec les ouvriers des Cointet, attiré vers eux par la puissance de la veste, de la blouse, enfin par l'esprit de corps, plus influent peut-être dans les classes inférieures que dans les classes supérieures. Dans cette fréquentation, Cérizet perdit le peu de bonnes doctrines que David lui avait inculquées ; néanmoins, quand on le plaisantait sur les *sabots* de son atelier, terme de mépris donné par les ours aux vieilles presses des Séchard, en lui montrant les magnifiques presses en fer, au nombre de douze, qui fonctionnaient dans l'immense atelier des Cointet, où la seule presse en bois existant servait à faire les épreuves, il prenait encore le parti de David et jetait avec orgueil ces paroles au nez des *blagueurs :* « Avec ses sabots mon naïf ira plus loin que les vôtres avec leurs bilboquets en fer d'où il ne sort que des livres de messe ! Il cherche un secret qui fera la queue[542] à toutes les imprimeries de France et de Navarre !... — En attendant, méchant prote à quarante sous, tu as pour bourgeoise une repasseuse ! lui répondait-on. — Tiens, elle est jolie, répliquait Cérizet, et c'est plus agréable à voir que les *mufles* de vos bourgeois. — Est-ce que la vue de sa femme te nourrit ? » De la sphère du cabaret ou de la porte de l'imprimerie où ces disputes amicales avaient lieu, quelques lueurs parvinrent aux frères Cointet sur la situation de l'imprimerie Séchard ; ils apprirent la spéculation tentée par Ève, et jugèrent nécessaire d'arrêter dans son essor une entreprise qui pouvait mettre cette pauvre femme dans une voie de prospérité. « Donnons-lui sur les doigts, afin de la dégoûter du commerce », se dirent les deux frères. Celui des deux Cointet qui dirigeait l'imprimerie rencontra Cérizet, et lui proposa de lire des épreuves pour eux, à tant par épreuve, pour soulager leur correcteur qui ne pouvait suffire à la lecture de leurs ouvrages. En travaillant quelques heures de nuit, Cérizet gagna plus avec les frères Cointet qu'avec David Séchard pendant sa journée. Il s'ensuivit quelques relations entre les Cointet et Cérizet, à qui l'on reconnut de grandes facultés, et qu'on plaignit d'être placé dans une situation si défavorable à ses intérêts. « Vous pourriez, lui dit un jour l'un des Cointet, devenir prote d'une imprimerie considérable où vous gagneriez six francs par jour, et avec votre intelligence vous arriveriez à vous faire intéresser un jour dans les affaires. — À quoi cela peut-il me servir d'être un bon prote ? répondit Cérizet, je suis orphelin, je fais partie du contingent de l'année prochaine, et, si je tombe au sort, qui est-ce qui me payera un homme[543] ? — Si vous vous rendez utile, répondit le riche imprimeur, pourquoi ne vous avancerait-on pas la somme nécessaire à votre libération ? — Ce ne sera toujours pas mon naïf, dit Cérizet. — Bah ! peut-être aura-t-il trouvé le secret qu'il cherche... » Cette phrase fut dite de manière à réveiller les plus mauvaises pensées chez celui qui l'écoutait ; aussi Cérizet lança-t-il au fabricant de papier un regard qui valait la plus pénétrante interrogation. « Je ne sais pas de quoi il s'occupe, répondit-il prudemment en trouvant *le bourgeois* muet, mais ce n'est pas un homme à chercher des capitaux dans son bas de casse[544] ! — Tenez, mon ami, dit l'imprimeur en prenant six feuilles du Paroissien du Diocèse et les tendant à Cérizet, si vous pouvez nous avoir corrigé cela pour demain, vous aurez demain dix-huit francs. Nous ne sommes pas méchants, nous faisons gagner de l'argent au prote de notre concurrent ! Enfin, nous pourrions laisser Mme Séchard s'engager dans l'affaire de l'Almanach des Bergers, et la ruiner ; eh bien, nous vous permettons de lui dire que nous avons entrepris un Almanach des Bergers, et de lui faire observer qu'elle n'arrivera pas la première sur la place... » On doit comprendre maintenant pourquoi Cérizet allait si lentement sur la composition de l'Almanach.

En apprenant que les Cointet troublaient sa pauvre petite spéculation, Ève fut saisie de terreur, et voulut voir une preuve d'attachement dans la communication assez hypocritement faite par Cérizet de la concurrence qui l'attendait ; mais elle surprit bientôt chez son unique compositeur quelques indices d'une curiosité trop vive qu'elle voulut attribuer à son âge.

« Cérizet, lui dit-elle un matin, vous vous posez sur le pas de la porte et vous attendez M. Séchard au passage afin d'examiner ce qu'il cache, vous regardez dans la cour quand il sort de l'atelier à fondre les rouleaux, au lieu d'achever la composition de notre almanach. Tout cela n'est pas bien, surtout quand vous me voyez, moi sa femme, respectant ses secrets et me donnant tant de mal pour lui laisser la liberté de se livrer à ses travaux. Si vous n'aviez pas perdu tant de temps, l'almanach serait fini, Kolb en vendrait déjà, les Cointet ne pourraient nous faire aucun tort.

— Eh ! madame, répondit Cérizet, pour quarante sous par jour que je gagne ici, croyez-vous que ce ne soit pas assez de vous faire pour cent sous de composition ? Mais si je n'avais pas des épreuves à lire le soir pour les frères Cointet, je pourrais bien me nourrir de son.

— Vous êtes ingrat de bonne heure, vous ferez votre chemin, répondit Ève atteinte au cœur moins par les reproches de Cérizet que par la grossièreté de son accent, par sa menaçante attitude et par l'agression de ses regards.

— Ce ne sera toujours pas avec une femme pour bourgeois, car alors le mois n'a pas souvent trente jours. »

En se sentant blessée dans sa dignité de femme, Ève jeta sur Cérizet un regard foudroyant et remonta chez elle. Quand David vint dîner, elle lui dit : « Es-tu sûr, mon ami, de ce petit drôle de Cérizet ?

— Cérizet ? répondit-il. Eh ! c'est mon gamin, je l'ai formé, je l'ai eu pour teneur de copie, je l'ai mis à la casse, enfin il me doit d'être tout ce qu'il est ! Autant demander à un père s'il est sûr de son enfant... »

Ève apprit à son mari que Cérizet lisait des épreuves pour le compte des Cointet.

« Pauvre garçon ! il faut bien qu'il vive, répondit David avec l'humilité d'un maître qui se sentait en faute.

— Oui ; mais, mon ami, voici la différence qui existe entre Kolb et Cérizet ; Kolb fait vingt lieues tous les jours, dépense quinze ou vingt sous, nous rapporte sept, huit, quelquefois neuf francs de feuilles vendues, et ne me demande que ses vingt sous, sa dépense payée. Kolb se couperait la main plutôt que de tirer le barreau d'une presse chez les Cointet, et il ne regarderait pas les choses que tu jettes dans la cour, quand on lui offrirait mille écus ; tandis que Cérizet les ramasse et les examine. »

Les belles âmes arrivent difficilement à croire au mal, à l'ingratitude, il leur faut de rudes leçons avant de reconnaî-tre l'étendue de la corruption humaine ; puis, quand leur éducation en ce genre est faite, elles s'élèvent à une indulgence qui est le dernier degré du mépris.

« Bah ! pure curiosité de gamin de Paris, s'écria donc David.

— Eh bien, mon ami, fais-moi le plaisir de descendre à l'atelier, d'examiner ce que ton gamin a composé depuis un mois, et de me dire si, pendant ce mois, il n'aurait pas dû finir notre almanach... »

Après le dîner, David reconnut que l'Almanach aurait dû être composé en huit jours ; puis en apprenant que les Cointet en préparaient un semblable, il vint au secours de sa femme : il fit interrompre à Kolb la vente des feuilles d'images et dirigea tout dans son atelier ; il mit en train lui-même une forme que Kolb dut tirer avec Marion, tandis que lui-même tira l'autre avec Cérizet, en surveillant les impressions en encres de diverses couleurs. Chaque couleur exige une impression séparée. Quatre encres différentes veulent donc quatre coups de presse. Imprimé quatre fois pour une, l'Almanach des Bergers coûte alors tant à établir, qu'il se fabrique exclusivement dans les ateliers de province où la main-d'œuvre et les intérêts du capital engagé dans l'imprimerie sont presque nuls. Ce produit, quelque grossier qu'il soit, est donc interdit aux imprimeries d'où sortent de beaux ouvrages. Pour la première fois depuis la retraite du vieux Séchard, on vit alors deux presses roulant dans ce vieil atelier. Quoique l'almanach fût, dans son genre, un chef-d'œuvre, néanmoins Ève fut obligée de le donner à deux liards, car les frères Cointet donnèrent le leur à trois centimes aux colporteurs ; elle fit ses frais avec le colportage, elle gagna sur les ventes directement faites par Kolb ; mais sa spéculation fut manquée. En se voyant devenu l'objet de la défiance de sa belle patronne, Cérizet se posa dans son for intérieur en adversaire, et il se dit : « Tu me soupçonnes, je me vengerai ! » Le gamin de Paris est ainsi fait. Cérizet accepta donc de MM. Cointet frères des émoluments évidemment trop forts pour la lecture des épreuves qu'il allait chercher à leur bureau tous les soirs et qu'il leur rendait tous les matins. En causant tous les jours davantage avec eux, il se familiarisa, finit pas apercevoir la possibilité de se libérer du service militaire qu'on lui présentait comme appât ; et, loin d'avoir à le corrompre, les Cointet entendirent de lui les premiers mots relativement à l'espionnage et à l'exploitation du secret que cherchait David.

Inquiète en voyant combien elle devait peu compter sur Cérizet et dans l'impossibilité de trouver un autre Kolb, Ève résolut de renvoyer l'unique compositeur, en qui sa seconde vue de femme aimante lui fit voir un traître ; mais comme c'était la mort de son imprimerie, elle prit une résolution virile : elle pria par une lettre M. Métivier, le correspondant de David Séchard, des Cointet et de presque tous les fabricants de papier du département, de faire mettre dans le *Journal de la Librairie,* à Paris, l'annonce suivante : « À céder, une imprimerie en pleine activité, matériel et brevet, située à Angoulême. S'adresser, pour les conditions, à M. Métivier, rue Serpente. » Après avoir lu le numéro du journal où se trouvait cette annonce, les Cointet se dirent : « Cette petite femme ne manque pas de tête, il est temps de nous rendre maîtres de son imprimerie en lui donnant de quoi vivre ; autrement, nous pourrions rencontrer un adversaire dans le successeur de David, et notre intérêt est de toujours avoir un œil dans cet atelier. » Mus par cette pensée, les frères Cointet vinrent parler à David Séchard. Ève, à qui les deux frères s'adressèrent, éprouva la plus vive joie en voyant le rapide effet de sa ruse, car ils ne lui cachèrent pas leur dessein de proposer à M. Séchard de faire des impressions à leur compte : ils étaient encombrés, leurs presses ne pouvaient suffire à leurs travaux, ils avaient demandé des ouvriers à Bordeaux, et se faisaient fort d'occuper les trois presses de David.

« Messieurs, dit-elle aux deux frères Cointet pendant que Cérizet allait avertir David de la visite de ses confrères, mon mari a connu chez MM. Didot d'excellents ouvriers probes et actifs, il se choisira sans doute un successeur parmi les meilleurs... Ne vaut-il pas mieux vendre son établissement une vingtaine de mille francs, qui nous donneront mille francs de rente, que de perdre mille francs par an au métier que vous nous faites faire ? Pourquoi nous avoir envié la pauvre petite spéculation de notre Almanach, qui d'ailleurs appartenait à cette imprimerie ?

— Eh ! pourquoi, madame, ne pas nous en avoir prévenus ? nous ne serions pas allés sur vos brisées, dit gracieusement celui des deux frères qu'on appelait le grand Cointet.

— Allons donc, messieurs, vous n'avez commencé votre almanach qu'après avoir appris par Cérizet que je faisais le mien. »

En disant ces paroles vivement, elle regarda celui qu'on appelait le grand Cointet, et lui fit baisser les yeux. Elle acquit ainsi la preuve de la trahison de Cérizet.

Ce Cointet, le directeur de la papeterie et des affaires, était beaucoup plus habile commerçant que son frère Jean, qui conduisait d'ailleurs l'imprimerie avec une grande intelligence, mais dont la capacité pouvait se comparer à celle d'un colonel ; tandis que Boniface était un général auquel Jean laissait le commandement en chef. Boniface, homme sec et maigre, à figure jaune comme un cierge et marbrée de plaques rouges, à bouche serrée, et dont les yeux avaient de la ressemblance avec ceux des chats, ne s'emportait jamais ; il écoutait avec le calme d'un dévot les plus grosses injures, et répondait d'une voix douce. Il allait à la messe, à confesse et communiait. Il cachait sous ses manières patelines, sous un extérieur presque mou, la ténacité, l'ambition du prêtre et l'avidité du négociant dévoré par la soif des richesses et des honneurs. Dès 1820, le grand Cointet voulait tout ce que la bourgeoisie a fini par obtenir à la révolution de 1830. Plein de haine contre l'aristocratie, indifférent en matière de religion, il était dévot comme Bonaparte fut montagnard. Son épine dorsale fléchissait avec une merveilleuse flexibilité devant la Noblesse et l'Administration pour lesquelles il se faisait petit, humble et complaisant. Enfin, pour peindre cet homme par un trait dont la valeur sera bien appréciée par des gens habitués à traiter les affaires, il portait des conserves [545] à verres bleus à l'aide desquelles il cachait son regard, sous prétexte de préserver sa vue de l'éclatante réverbération de la lumière dans une ville où la terre, où les constructions sont blanches, et où l'intensité du jour est augmentée par la grande élévation du sol. Quoique sa taille ne fût qu'un peu au-dessus de la moyenne, il paraissait grand à cause de sa maigreur, qui annonçait une nature accablée de travail, une pensée en continuelle fermentation. Sa physionomie jésuitique était complétée par une chevelure plate, grise, longue, taillée à la façon de celle des ecclésiastiques, et par son vêtement qui, depuis sept ans, se composait d'un pantalon noir, de bas noirs, d'un gilet noir et d'une *lévite* (le nom méridional d'une redingote) en drap couleur marron. On l'appelait le grand Cointet pour le distinguer de son frère, qu'on nommait le gros Cointet, en exprimant ainsi le contraste qui existait autant entre la taille qu'entre les capacités des deux frères, également redoutables d'ailleurs. En effet, Jean Cointet, bon gros garçon à face flamande, brunie par le soleil de l'Angoumois, petit et court, pansu comme Sancho, le sourire sur les lèvres, les épaules épaisses, produisait une opposition frappante avec son aîné. Jean ne différait pas seulement de physionomie et d'intelligence avec son frère, il professait des opinions presque libérales, il était *Centre gauche*, n'allait à la messe que les dimanches, et s'entendait à merveille avec les commerçants libéraux. Quelques négociants de l'Houmeau prétendaient que cette divergence d'opinions était un jeu joué par les deux frères.

Le grand Cointet exploitait avec habileté l'apparente bonhomie de son frère, il se servait de Jean comme d'une massue.
Jean se chargeait des paroles dures, des exécutions qui
répugnaient à la mansuétude de son frère. Jean avait le
département des colères, il s'emportait, il laissait échapper
des propositions inacceptables, qui rendaient celles de son
frère plus douces ; et ils arrivaient ainsi, tôt ou tard, à leurs
fins.

Ève, avec le tact particulier aux femmes, eut bientôt
deviné le caractère des deux frères ; aussi resta-t-elle sur ses
gardes en présence d'adversaires si dangereux. David, déjà
mis au fait par sa femme, écouta d'un air profondément
distrait les propositions de ses ennemis.

« Entendez-vous avec ma femme, dit-il aux deux Cointet
en sortant du cabinet vitré pour retourner dans son petit
laboratoire, elle est plus au fait de mon imprimerie que je ne
le suis moi-même. Je m'occupe d'une affaire qui sera plus
lucrative que ce pauvre établissement, et au moyen de
laquelle je réparerai les pertes que j'ai faites avec vous...

— Et comment ? » dit le gros Cointet en riant.

Ève regarda son mari pour lui recommander la prudence.

« Vous serez mes tributaires, vous et tous ceux qui
consomment du papier, répondit David.

— Et que cherchez-vous donc ? » demanda Benoît-Boni-
face Cointet.

Quand Boniface eut lâché sa demande d'un ton doux et
d'une façon insinuante, Ève regarda de nouveau son mari
pour l'engager à ne rien répondre ou à répondre quelque
chose qui ne fût rien.

« Je cherche à fabriquer le papier à cinquante pour cent
au-dessous du prix actuel de revient... »

Et il s'en alla sans voir le regard que les deux frères
échangèrent, et par lequel ils se disaient : « Cet homme
devait être un inventeur ; on ne pouvait pas avoir son
encolure et rester oisif ! — Exploitons-le ? disait Boniface. —
Et comment ? » disait Jean.

« David agit avec vous comme avec moi, dit Mme Séchard. Quand je fais la curieuse, il se défie sans doute de
mon nom, et me jette cette phrase qui n'est après tout qu'un
programme.

— Si votre mari peut réaliser ce programme, il fera
certainement fortune plus rapidement que par l'imprimerie,
et je ne m'étonne plus de lui voir négliger cet établissement,
reprit Boniface en se tournant vers l'atelier désert où Kolb

assis sur un ais frottait son pain avec une gousse d'ail ; mais il nous conviendrait peu de voir cette imprimerie aux mains d'un concurrent actif, remuant, ambitieux, et peut-être pourrions-nous arriver à nous entendre. Si, par exemple, vous consentiez à louer pour une certaine somme votre matériel à l'un de nos ouvriers qui travaillerait pour nous, sous votre nom, comme cela se fait à Paris, nous occuperions assez ce gars-là pour lui permettre de vous payer un très bon loyer et de réaliser de petits profits...

— Cela dépend de la somme, répondit Ève Séchard. Que voulez-vous donner ? ajouta-t-elle en regardant Boniface de manière à lui faire voir qu'elle comprenait parfaitement son plan.

— Mais quelles seraient vos prétentions ? répliqua vivement Jean Cointet.

— Trois mille francs pour six mois, dit-elle.

— Eh ! ma chère petite dame, vous parliez de vendre votre imprimerie vingt mille francs, répliqua tout doucettement Boniface. L'intérêt de vingt mille francs n'est que de douze cents francs, à six pour cent. »

Ève resta pendant un moment tout interdite, et reconnut alors tout le prix de la discrétion en affaires.

« Vous vous servirez de nos presses, de nos caractères avec lesquels je vous ai prouvé que je savais faire encore de petites affaires, reprit-elle, et nous avons des loyers à payer à M. Séchard le père qui ne nous comble pas de cadeaux. »

Après une lutte de deux heures, Ève obtint deux mille francs pour six mois, dont mille seraient payés d'avance. Quand tout fut convenu, les deux frères lui apprirent que leur intention était de faire à Cérizet le bail des ustensiles de l'imprimerie. Ève ne put retenir un mouvement de surprise.

« Ne vaut-il pas mieux prendre quelqu'un qui soit au fait de l'atelier ? » dit le gros Cointet.

Ève salua les deux frères sans répondre, et se promit de surveiller elle-même Cérizet.

« Eh bien, voilà nos ennemis dans la place ! dit en riant David à sa femme quand au moment du dîner elle lui montra les actes à signer.

— Bah ! dit-elle, je réponds de l'attachement de Kolb et de Marion ; à eux deux, ils surveilleront tout. D'ailleurs, nous nous faisons quatre mille francs de rente d'un mobilier industriel qui nous coûtait de l'argent, et je te vois un an devant toi pour réaliser tes espérances !

— Tu devais être, comme tu me l'as dit au Barrage, la

femme d'un chercheur d'inventions! » dit Séchard en serrant la main de sa femme avec tendresse.

Si le ménage de David eut une somme suffisante pour passer l'hiver, il se trouva sous la surveillance de Cérizet et, sans le savoir, dans la dépendance du grand Cointet.

« Ils sont à nous! dit en sortant le directeur de la papeterie à son frère l'imprimeur. Ces pauvres gens vont s'habituer à recevoir le loyer de leur imprimerie; ils compteront là-dessus, et ils s'endetteront. Dans six mois nous ne renouvellerons pas le bail, et nous verrons alors ce que cet homme de génie aura dans son sac, car nous lui proposerons de le tirer de peine en nous associant pour exploiter sa découverte. »

Si quelque rusé commerçant avait pu voir le grand Cointet prononçant ces mots : *en nous associant,* il aurait compris que le danger du mariage est encore moins grand à la mairie qu'au tribunal de commerce. N'était-ce pas trop déjà que ces féroces chasseurs fussent sur les traces de leur gibier? David et sa femme, aidés par Kolb et par Marion, étaient-ils en état de résister aux ruses d'un Boniface Cointet?

Quand l'époque des couches de Mme Séchard arriva, le billet de cinq cents francs envoyé par Lucien, joint au second payement de Cérizet, permit de suffire à toutes les dépenses. Ève, sa mère et David, qui se croyaient oubliés par Lucien, éprouvèrent alors une joie égale à celle que leur donnaient les premiers succès du poète, dont les débuts dans le journalisme firent encore plus de tapage à Angoulême qu'à Paris.

Endormi dans une sécurité trompeuse, David chancela sur ses jambes en recevant de son beau-frère ce mot cruel.

« Mon cher David, j'ai négocié, chez Métivier, trois billets signés de toi, faits à mon ordre, à un, deux et trois mois d'échéance. Entre cette négociation et mon suicide, j'ai choisi cette horrible ressource qui, sans doute, te gênera beaucoup. Je t'expliquerai dans quelle nécessité je me trouve, et je tâcherai d'ailleurs de t'envoyer les fonds à l'échéance.

« Brûle ma lettre, ne dis rien ni à ma sœur ni à ma mère, car je t'avoue avoir compté sur ton héroïsme bien connu de

« Ton frère au désespoir,

LUCIEN DE RUBEMPRÉ. »

« Ton pauvre frère, dit David à sa femme qui relevait alors de couches, est dans d'affreux embarras, je lui ai envoyé trois billets de mille francs, à un, deux et trois mois ; prends-en note. »

« Puis il s'en alla dans les champs afin d'éviter les explications que sa femme allait lui demander. Mais, en commentant avec sa mère cette phrase pleine de malheurs, Ève, déjà très inquiète du silence gardé par son frère depuis six mois, eut de si mauvais pressentiments que, pour les dissiper, elle se résolut à faire une de ces démarches conseillées par le désespoir. M. de Rastignac était venu passer quelques jours dans sa famille, et il avait parlé de Lucien en assez mauvais termes pour que ces nouvelles de Paris, commentées par toutes les bouches qui les avaient colportées, fussent arrivées jusqu'à la sœur et à la mère du journaliste. Ève alla chez Mme de Rastignac, y sollicita la faveur d'une entrevue avec le fils, à qui elle fit part de toutes ses craintes en lui demandant la vérité sur la situation de Lucien à Paris. En un moment, Ève apprit la liaison de son frère avec Coralie, son duel avec Michel Chrestien, causé par sa trahison envers d'Arthez, enfin toutes les circonstances de la vie de Lucien envenimées par un dandy spirituel qui sut donner à sa haine et à son envie les livrées de la pitié, la forme amicale du patriotisme alarmé sur l'avenir d'un grand homme et les couleurs d'une admiration sincère pour le talent d'un enfant d'Angoulême, si cruellement compromis. Il parla des fautes que Lucien avait commises et qui venaient de lui coûter la protection des plus hauts personnages, de faire déchirer une ordonnance qui lui conférait les armes et le nom de Rubempré.

« Madame, si votre frère eût été bien conseillé, il serait aujourd'hui dans la voie des honneurs et le mari de Mme de Bargeton ; mais que voulez-vous ?... il l'a quittée, insultée ! Elle est, à son grand regret, devenue Mme la comtesse Sixte du Châtelet, car elle aimait Lucien.

— Est-ce possible ?... s'écria Mme Séchard.

— Votre frère est un aiglon que les premiers rayons du luxe et de la gloire ont aveuglé. Quand un aigle tombe, qui peut savoir au fond de quel précipice il s'arrêtera ? La chute d'un grand homme est toujours en raison de la hauteur à laquelle il est parvenu. »

Ève revint épouvantée par cette dernière phrase qui lui traversa le cœur comme d'une flèche. Blessée dans les endroits les plus sensibles de son âme, elle garda chez elle le plus profond silence ; mais plus d'une larme roula sur les joues et sur le front de l'enfant qu'elle nourrissait. Il est si difficile de renoncer aux illusions que l'esprit de famille autorise et qui naissent avec la vie, qu'Ève se défia d'Eugène de Rastignac, elle voulut entendre la voix d'un véritable ami. Elle écrivit donc une lettre touchante à d'Arthez, dont l'adresse lui avait été donnée par Lucien, au temps où Lucien était enthousiaste du Cénacle, et voici la réponse qu'elle reçut :

« Madame,

« Vous me demandez la vérité sur la vie que mène à Paris monsieur votre frère, vous voulez être éclairée sur son avenir ; et, pour m'engager à vous répondre franchement, vous me répétez ce que vous en a dit M. de Rastignac, en me demandant si de tels faits sont vrais. En ce qui me concerne, madame, il faut rectifier, à l'avantage de Lucien, les confidences de M. de Rastignac. Votre frère a éprouvé des remords, il est venu me montrer la critique de mon livre, en me disant qu'il ne pouvait se résoudre à la publier, malgré le danger que sa désobéissance aux ordres de son parti faisait courir à une personne bien chère. Hélas, madame, la tâche d'un écrivain est de concevoir les passions, puisqu'il met sa gloire à les exprimer : j'ai donc compris qu'entre une maîtresse et un ami, l'ami devait être sacrifié. J'ai facilité son crime à votre frère, j'ai corrigé moi-même cet article *libellicide* et l'ai complètement approuvé. Vous me demandez si Lucien a conservé mon estime et mon amitié. Ici, la réponse est difficile à faire. Votre frère est dans une voie où il se perdra. En ce moment, je le plains encore ; bientôt, je l'aurai volontairement oublié, non pas tant à cause de ce qu'il a déjà fait que de ce qu'il doit faire. Votre Lucien est un homme de poésie et non un poète, il rêve et ne pense pas, il s'agite et ne crée pas. Enfin c'est, permettez-moi de le dire, une femmelette qui aime à paraître, le vice principal du Français. Ainsi Lucien sacrifiera toujours le meilleur de ses amis au plaisir de montrer son esprit. Il signerait volontiers demain un pacte avec le démon, si ce pacte lui donnait pour quelques années une vie brillante et luxueuse. N'a-t-il pas déjà fait pis en troquant son avenir contre les passagères délices de sa vie publique avec une actrice ? En ce moment, la jeunesse, la beauté, le dévouement de cette femme, car il en est adoré, lui cachent les dangers d'une situation que ni la gloire, ni le succès, ni la fortune ne font accepter par le monde. Eh bien, à chaque nouvelle séduction, votre frère ne

verra, comme aujourd'hui, que les plaisirs du moment.
Rassurez-vous, Lucien n'ira jamais jusqu'au crime, il n'en
aurait pas la force ; mais il accepterait un crime tout fait, il
en partagerait les profits sans en avoir partagé les dangers :
ce qui semble horrible à tout le monde, même aux scélérats.
Il se méprisera lui-même, il se repentira ; mais, la nécessité
revenant, il recommencerait ; car la volonté lui manque, il
est sans force contre les amorces de la volupté, contre la
satisfaction de ses moindres ambitions. Paresseux comme
tous les hommes à poésie, il se croit habile en escamotant les
difficultés au lieu de les vaincre. Il aura du courage à telle
heure, mais à telle autre il sera lâche. Et il ne faut pas plus
lui savoir gré de son courage que lui reprocher sa lâcheté,
Lucien est une harpe dont les cordes se tendent ou
s'amollissent au gré des variations de l'atmosphère. Il pourra
faire un beau livre dans une phase de colère ou de bonheur,
et ne pas être sensible au succès, après l'avoir cependant
désiré. Dès les premiers jours de son arrivée à Paris, il est
tombé dans la dépendance d'un jeune homme sans moralité,
mais dont l'adresse et l'expérience au milieu des difficultés
de la vie littéraire l'ont ébloui. Ce prestidigitateur a complètement séduit Lucien, il l'a entraîné dans une existence sans
dignité sur laquelle, malheureusement pour lui, l'amour a
jeté ses prestiges. Trop facilement accordée, l'admiration est
un signe de faiblesse : on ne doit pas payer en même
monnaie un danseur de corde et un poète. Nous avons été
tous blessés de la préférence accordée à l'intrigue et à la
friponnerie littéraire sur le courage et sur l'honneur de ceux
qui conseillaient à Lucien d'accepter le combat au lieu de
dérober le succès, de se jeter dans l'arène au lieu de se faire
un des trompettes de l'orchestre. La Société, madame, est,
par une bizarrerie singulière, pleine d'indulgence pour les
jeunes gens de cette nature ; elle les aime, elle se laisse
prendre aux beaux semblants de leurs dons extérieurs ;
d'eux, elle n'exige rien, elle excuse toutes leurs fautes, elle
leur accorde les bénéfices des natures complètes en ne
voulant voir que leurs avantages, elle en fait enfin ses enfants
gâtés. Au contraire, elle est d'une sévérité sans bornes pour
les natures fortes et complètes. Dans cette conduite, la
Société, si violemment injuste en apparence, est peut-être
sublime. Elle s'amuse des bouffons sans leur demander
autre chose que du plaisir, et les oublie promptement ;
tandis que pour plier le genou devant la grandeur, elle lui
demande de divines magnificences. À chaque chose, sa loi :

l'éternel diamant doit être sans tache, la création momenta-
née de la Mode a le droit d'être légère, bizarre et sans
consistance. Aussi, malgré ses erreurs, peut-être Lucien
réussira-t-il à merveille, il lui suffira de profiter de quelque
veine heureuse, ou de se trouver en bonne compagnie ; mais,
s'il rencontre un mauvais ange, il ira jusqu'au fond de
l'enfer. C'est un brillant assemblage de belles qualités
brodées sur un fond trop léger ; l'âge emporte les fleurs, il ne
reste un jour que le tissu ; et, s'il est mauvais, on y voit un
haillon. Tant que Lucien sera jeune, il plaira ; mais, à trente
ans, dans quelle position sera-t-il ? telle est la question que
doivent se faire ceux qui l'aiment sincèrement. Si j'eusse été
seul à penser ainsi de Lucien, peut-être aurais-je évité de
vous donner tant de chagrin par ma sincérité ; mais, outre
qu'éluder par des banalités les questions posées par votre
sollicitude me semblait indigne de vous dont la lettre est un
cri d'angoisse, et de moi dont vous faites trop d'estime, ceux
de mes amis qui ont connu Lucien sont unanimes en ce
jugement : j'ai donc vu l'accomplissement d'un devoir dans
la manifestation de la vérité, quelque terrible qu'elle soit.
On peut tout attendre de Lucien en bien comme en mal.
Telle est notre pensée, en un seul mot, où se résume cette
lettre. Si les hasards de sa vie, maintenant bien misérable,
bien chanceuse, ramenaient ce poète vers vous, usez de toute
votre influence pour le garder au sein de la famille ; car,
jusqu'à ce que son caractère ait pris de la fermeté, Paris sera
toujours dangereux pour lui. Il vous appelait, vous et votre
mari, ses anges gardiens, et il vous a sans doute oubliés ;
mais il se souviendra de vous au moment où, battu par la
tempête, il n'aura plus que sa famille pour asile, gardez-lui
donc votre cœur, madame ; il en aura besoin.

« Agréez, madame, les sincères hommages d'un homme à
qui vos précieuses qualités sont connues, et qui respecte trop
vos maternelles inquiétudes pour ne pas vous offrir ici ses
obéissances en se disant

« Votre dévoué serviteur,

« D'ARTHEZ. »

Deux jours après avoir lu cette réponse, Ève fut obligée de
prendre une nourrice, son lait tarissait. Après avoir fait un
dieu de son frère, elle le voyait dépravé par l'exercice des
plus belles facultés ; enfin, pour elle, il roulait dans la boue.
Cette noble créature ne savait pas transiger avec la probité,

avec la délicatesse, avec toutes les religions domestiques cultivées au foyer de la famille, encore si pur, si rayonnant au fond de la province. David avait donc eu raison dans ses prévisions. Quand le chagrin, qui mettait sur son front si blanc des teintes de plomb, fut confié par Ève à son mari dans une de ces limpides conversations où le ménage de deux amants peut tout se dire, David fit entendre de consolantes paroles. Quoiqu'il eût les larmes aux yeux en voyant le beau sein de sa femme tari par la douleur, et cette mère au désespoir de ne pouvoir accomplir son œuvre maternelle, il rassura sa femme en lui donnant quelques espérances.

« Vois-tu, mon enfant, ton frère a péché par l'imagination. Il est si naturel à un poète de vouloir sa robe de pourpre et d'azur, il court avec tant d'empressement aux fêtes ! Cet oiseau se prend à l'éclat, au luxe, avec tant de bonne foi que Dieu l'excuse là où la Société le condamne !

— Mais il nous tue !... s'écria la pauvre femme.

— Il nous tue aujourd'hui comme il nous sauvait il y a quelques mois en nous envoyant les prémices de son gain ! répondit le bon David qui eut l'esprit de comprendre que le désespoir menait sa femme au-delà des bornes et qu'elle reviendrait bientôt à son amour pour Lucien. Mercier disait dans son *Tableau de Paris,* il y a environ cinquante ans[546], que la littérature, la poésie, les lettres et les sciences, que les créations du cerveau ne pouvaient jamais nourrir un homme ; et Lucien en sa qualité de poète, n'a pas cru à l'expérience de cinq siècles. Les moissons arrosées d'encre ne se font (quand elles se font) que dix ou douze ans après les semailles, et Lucien a pris l'herbe pour la gerbe. Il aura du moins appris la vie. Après avoir été la dupe d'une femme, il devait être la dupe du monde et des fausses amitiés. L'expérience qu'il a gagnée est chèrement payée, voilà tout. Nos ancêtres disaient : Pourvu qu'un fils de famille revienne avec ses deux oreilles et l'honneur sauf, tout est bien...

— L'honneur !... s'écria la pauvre Ève. Hélas ! à combien de vertus Lucien a-t-il manqué !... Écrire contre sa conscience ! Attaquer son meilleur ami !... Accepter l'argent d'une actrice ! Se montrer avec elle ! Nous mettre sur la paille !...

— Oh ! cela, ce n'est rien !... » s'écria David qui s'arrêta.

Le secret du faux commis par son beau-frère allait lui échapper, et malheureusement Ève, en s'apercevant de ce mouvement, conserva de vagues inquiétudes.

« Comment rien ! répondit-elle. Et où prendrons-nous de quoi payer trois mille francs ?

— D'abord, reprit David, nous allons avoir à renouveler le bail de l'exploitation de notre imprimerie avec Cérizet. Depuis six mois les quinze pour cent que les Cointet lui allouent sur les travaux faits pour eux lui ont donné six cents francs, et il a su gagner cinq cents francs avec des ouvrages de ville.

— Si les Cointet savent cela, peut-être ne recommenceront-ils pas le bail, ils auront peur de lui, dit Ève, car Cérizet est un homme dangereux.

— Eh ! que m'importe ! s'écria Séchard, dans quelques jours nous serons riches ! Une fois Lucien riche, mon ange, il n'aura que des vertus...

— Ah ! David, mon ami, mon ami, quel mot viens-tu de laisser échapper ! En proie à la misère, Lucien serait donc sans force contre le mal ! Tu penses de lui tout ce qu'en pense M. d'Arthez ! Il n'y a pas de supériorité sans force, et Lucien est faible... Un ange qu'il ne faut pas tenter, qu'est-ce ?...

— Eh ! c'est une nature qui n'est belle que dans son milieu, dans sa sphère, dans son ciel. Lucien n'est pas fait pour lutter, je lui épargnerai la lutte. Tiens, vois ! je suis trop près du résultat pour ne pas t'initier aux moyens. » Il sortit de sa poche plusieurs feuillets de papier blanc de la grandeur d'un in-octavo, les brandit victorieusement et les apporta sur les genoux de sa femme. « Une rame de ce papier, format grand raisin, ne coûtera pas plus de cinq francs, dit-il en faisant manier les échantillons à Ève, qui laissa voir une surprise enfantine[547].

— Eh bien, comment as-tu fait ces essais ! dit-elle.

— Avec un vieux tamis en crin que j'ai pris à Marion, répondit-il.

— Tu n'es donc pas encore content ? demanda-t-elle.

— La question n'est pas dans la fabrication, elle est dans le prix de revient de la pâte. Hélas ! mon enfant, je ne suis qu'un des derniers entrés dans cette voie difficile[548]. Mme Masson, dès 1794, essayait de convertir les papiers imprimés en papier blanc ; elle a réussi, mais à quel prix ! En Angleterre, vers 1800, le marquis de Salisbury tentait, en même temps que Séguin en 1801, en France, d'employer la paille à la fabrication du papier. Notre roseau commun, l'*arundo phragmitis*[549], a fourni les feuilles de papier que tu tiens. Mais je vais employer les orties, les chardons ; car, pour maintenir le bon marché de la matière première, il faut s'adresser à des substances végétales qui puissent venir dans les marécages et dans les mauvais terrains : elles seront à vil prix. Le secret gît tout entier dans une préparation à donner à ces tiges. En ce moment mon procédé n'est pas encore assez simple. Eh bien, malgré cette difficulté, je suis sûr de donner à la papeterie française le privilège dont jouit notre littérature, en faire un monopole pour notre pays, comme les Anglais ont celui du fer, de la houille ou des poteries communes. Je veux être le Jacquard [550] de la papeterie. »

Ève se leva, mue par un enthousiasme et par une admiration que la simplicité de David excitait ; elle ouvrait ses bras et le serra sur son cœur en penchant sa tête sur son épaule.

« Tu me récompenses comme si j'avais déjà trouvé », lui dit-il.

Pour toute réponse, Ève montra sa belle figure tout inondée de larmes, et resta pendant un moment sans pouvoir parler.

« Je n'embrasse pas l'homme de génie, dit-elle, mais le consolateur ! À une gloire tombée, tu m'opposes une gloire qui s'élève. Aux chagrins que me cause l'abaissement d'un frère, tu opposes la grandeur du mari... Oui, tu seras grand comme les Graindorge, les Rouvet, les Van Robais, comme le Persan qui nous a donné la garance [551], comme tous ces hommes dont tu m'as parlé, dont les noms restent obscurs parce qu'en perfectionnant une industrie ils ont fait le bien sans éclat. »

« Que font-ils, à cette heure ?... » disait Boniface.

Le grand Cointet se promenait sur la place du Mûrier avec Cérizet en examinant les ombres de la femme et du mari qui se dessinaient sur les rideaux de mousseline ; car il venait causer tous les jours à minuit avec Cérizet, chargé de surveiller les moindres démarches de son ancien patron.

« Il lui montre, sans doute, les papiers qu'il a fabriqués ce matin, répondit Cérizet.

— De quelles substances s'est-il servi ? demanda le fabricant de papier.

— Impossible de le deviner, répondit Cérizet, j'ai troué le toit, j'ai grimpé dessus, et j'ai vu mon naïf, pendant la nuit dernière, faisant bouillir sa pâte dans la bassine en cuivre ; j'ai eu beau examiner ses approvisionnements amoncelés dans un coin, tout ce que j'ai pu remarquer, c'est que les matières premières ressemblent à des tas de filasse...

— N'allez pas plus loin, dit Boniface Cointet d'une voix pateline à son espion, ce serait improbe !... Mme Séchard vous proposera de renouveler votre bail de l'exploitation de l'imprimerie, dites que vous voulez vous faire imprimeur, offrez la moitié de ce que valent le brevet et le matériel, et si l'on y consentait, venez me trouver. En tout cas, traînez en longueur... ils sont sans argent.

— Sans un sou ! dit Cérizet.

— Sans un sou », répéta le grand Cointet. « Ils sont à moi », se dit-il.

La maison Métivier et la maison Cointet frères joignaient la qualité de banquiers à leur métier de commissionnaires en papeterie et de papetiers-imprimeurs ; titre pour lequel ils se gardaient bien d'ailleurs de payer patente. Le fisc n'a pas encore trouvé le moyen de contrôler les affaires commerciales au point de forcer tous ceux qui font subrepticement la banque à prendre patente de banquier, laquelle à Paris, par exemple, coûte cinq cents francs. Mais les frères Cointet et Métivier, pour être ce qu'on appelle à la Bourse des *marrons,* n'en remuaient pas moins entre eux quelques centaines de mille francs par trimestre sur les places de Paris, de Bordeaux et d'Angoulême. Or, dans la soirée même, la maison Cointet frères avait reçu de Paris les trois mille francs d'effets faux fabriqués par Lucien. Le grand Cointet avait aussitôt bâti sur cette dette une formidable machine dirigée, comme on va le voir, contre le patient et pauvre inventeur.

Le lendemain, à sept heures du matin, Boniface Cointet se promenait le long de la prise d'eau qui alimentait sa vaste papeterie, et dont le bruit couvrait celui des paroles. Il y attendait un jeune homme, âgé de vingt-neuf ans, depuis six semaines avoué près le tribunal de première instance d'Angoulême, et nommé Pierre Petit-Claud.

« Vous étiez au collège d'Angoulême en même temps que David Séchard, dit le grand Cointet en saluant le jeune avoué, qui se gardait bien de manquer à l'appel du riche fabricant.

— Oui, monsieur, répondit Petit-Claud en se mettant au pas du grand Cointet.

— Avez-vous renouvelé connaissance ?

— Nous nous sommes rencontrés deux fois tout au plus depuis mon retour. Il ne pouvait pas en être autrement : j'étais enfoui dans l'étude ou au Palais les jours ordinaires ; et, le dimanche ou les jours de fête, je travaillais à compléter mon instruction, car j'attendais tout de moi-même... »

Le grand Cointet hocha la tête en signe d'approbation.

« Quand David et moi nous nous sommes revus, il m'a demandé ce que je devenais. Je lui ai dit qu'après avoir fait mon droit à Poitiers, j'étais devenu premier clerc de maître Olivet, et que j'espérais un jour ou l'autre traiter de cette charge... Je connaissais beaucoup plus Lucien Chardon, qui se fait maintenant appeler de Rubempré, l'amant de Mme de Bargeton, notre grand poète, enfin le beau-frère de David Séchard.

— Vous pouvez alors aller annoncer à David votre nomination et lui offrir vos services, dit le grand Cointet.

— Cela ne se fait pas, répondit le jeune avoué.

— Il n'a jamais eu de procès, il n'a pas d'avoué, cela peut se faire », répondit Cointet qui toisait à l'abri de ses lunettes le petit avoué.

Fils d'un tailleur de l'Houmeau, dédaigné par ses camarades de collège, Pierre Petit-Claud paraissait avoir une certaine portion de fiel extravasée dans le sang. Son visage offrait une de ces colorations à teintes sales et brouillées qui accusent d'anciennes maladies, les veilles de la misère, et presque toujours des sentiments mauvais. Le style familier de la conversation fournit une expression qui peut peindre ce garçon en deux mots : il était cassant et pointu. Sa voix fêlée s'harmoniait à l'aigreur de sa face, à son air grêle, et à la couleur indécise de son œil de pie. L'œil de pie est, suivant une observation de Napoléon, un indice d'improbité. « Regardez un tel, disait-il à Las Cases à Sainte-Hélène en lui parlant d'un de ses confidents qu'il fut forcé de renvoyer pour cause de malversations, je ne sais pas comment j'ai pu m'y tromper si longtemps, il a l'œil d'une pie. » Aussi, quand le grand Cointet eut bien examiné ce petit avoué maigrelet, piqué de petite vérole, à cheveux rares, dont le front et le crâne se confondaient déjà, quand il le vit faisant déjà poser à sa délicatesse le poing sur la hanche, se dit-il : « Voilà mon homme. » En effet, Petit-Claud, abreuvé de dédains, dévoré par une corrosive envie de parvenir, avait eu l'audace, quoique sans fortune, d'acheter la charge de son patron trente mille francs, en comptant sur un mariage pour se libérer ; et, suivant l'usage, il comptait sur son patron pour lui trouver une femme, car le prédécesseur a toujours intérêt à marier son successeur, pour se faire payer sa charge. Petit-Claud comptait encore plus sur lui-même, car il ne manquait pas d'une certaine supériorité, rare en province, mais dont le principe était dans sa haine. Grande

haine, grands efforts. Il se trouve une grande différence
entre les avoués de Paris et les avoués de province, et le
grand Cointet était trop habile pour ne pas mettre à profit les
petites passions auxquelles obéissent ces petits avoués. À
Paris, un avoué remarquable, et il y en a beaucoup,
comporte un peu des qualités qui distinguent le diplomate :
le nombre des affaires, la grandeur des intérêts, l'étendue
des questions qui lui sont confiées, le dispensent de voir
dans la procédure un moyen de fortune. Arme offensive ou
défensive, la procédure n'est plus pour lui, comme autrefois,
un objet de lucre. En province, au contraire, les avoués
cultivent ce qu'on appelle dans les études de Paris la
brouille, cette foule de petits actes qui surchargent les
mémoires de frais et consomment du papier timbré. Ces
bagatelles occupent l'avoué de province, il voit des frais à
faire là où l'avoué de Paris ne se préoccupe que des
honoraires. L'honoraire est ce que le client doit, en sus des
frais, à son avoué pour la conduite plus ou moins habile de
son affaire. Le fisc est pour moitié dans les frais, tandis que
les honoraires sont tout entiers pour l'avoué. Disons-le
hardiment ! Les honoraires payés sont rarement en harmonie avec les honoraires demandés et dus pour les services que
rend un bon avoué. Les avoués, les médecins et les avocats
de Paris sont, comme les courtisanes avec leurs amants
d'occasion, excessivement en garde contre la reconnaissance
de leurs clients. Le client, avant et après l'affaire, pourrait
faire deux admirables tableaux de genre, dignes de Meisso-
nier [552], et qui seraient sans doute enchéris par des avoués
honoraires. Il existe entre l'avoué de Paris et l'avoué de
province une autre différence. L'avoué de Paris plaide
rarement, il parle quelquefois au tribunal dans les référés ;
mais, en 1822, dans la plupart des départements (depuis,
l'avocat a pullulé), les avoués étaient avocats et plaidaient
eux-mêmes leurs causes. De cette double vie, il résulte un
double travail qui donne à l'avoué de province les vices
intellectuels de l'avocat, sans lui ôter les pesantes obligations
de l'avoué. L'avoué de province devient bavard, et perd
cette lucidité de jugement, si nécessaire à la conduite des
affaires. En se dédoublant ainsi, un homme supérieur trouve
souvent en lui-même deux hommes médiocres. À Paris,
l'avoué ne se dépensant point en paroles au tribunal, ne
plaidant pas souvent le pour et le contre, peut conserver de
la rectitude dans les idées. S'il dispose la balistique du droit,
s'il fouille dans l'arsenal des moyens que présentent les

contradictions de la jurisprudence, il garde sa conviction sur l'affaire, à laquelle il s'efforce de préparer un triomphe. En un mot, la pensée grise beaucoup moins que la parole. À force de parler, un homme finit par croire à ce qu'il dit ; tandis qu'on peut agir contre sa pensée sans la vicier, et faire gagner un mauvais procès sans soutenir qu'il est bon, comme le fait l'avocat plaidant. Aussi le vieil avoué de Paris peut-il faire, beaucoup mieux qu'un vieil avocat, un bon juge. Un avoué de province a donc bien des raisons d'être un homme médiocre : il épouse de petites passions, il mène de petites affaires, il vit en faisant des frais, il abuse du Code de procédure, et il plaide ! En un mot, il a beaucoup d'infirmités. Aussi, quand il se rencontre parmi les avoués de province un homme remarquable, est-il vraiment supérieur !

« Je croyais, monsieur, que vous m'aviez mandé pour vos affaires, répondit Petit-Claud en faisant de cette observation une épigramme par le regard qu'il lança sur les impénétrables lunettes du grand Cointet.

— Pas d'ambages, répliqua Boniface Cointet. Écoutez-moi... »

Après ce mot, gros de confidences, Cointet alla s'asseoir sur un banc en invitant Petit-Claud à l'imiter.

« Quand M. du Hautoy passa par Angoulême en 1804 pour aller à Valence en qualité de consul, il y connut Mme de Sénonches, alors Mlle Zéphirine, et il en eut une fille, dit Cointet tout bas à l'oreille de son interlocuteur... Oui, reprit-il en voyant faire un haut-le-corps à Petit-Claud, le mariage de Mlle Zéphirine avec M. de Sénonches a suivi promptement cet accouchement clandestin. Cette fille, élevée à la campagne chez sa mère, est Mlle Françoise de La Haye, dont prend soin Mme de Sénonches qui, selon l'usage, est sa marraine. Comme ma mère, fermière de la vieille Mme de Cardanet, la grand-mère de Mlle Zéphirine, avait le secret de l'unique héritière des Cardanet et des Sénonches de la branche aînée, on m'a chargé de faire valoir la petite somme que M. Francis du Hautoy destina dans le temps à sa fille. Ma fortune s'est faite avec ces dix mille francs, qui se montent à trente mille francs aujourd'hui. Mme de Sénonches donnera bien le trousseau, l'argenterie et quelque mobilier à sa pupille ; moi, je puis vous faire avoir la fille, mon garçon, dit Cointet en frappant sur le genou de Petit-Claud. En épousant Françoise de La Haye, vous augmenterez votre clientèle de celle d'une grande partie de l'aristocratie d'Angoulême. Cette alliance, par la main gauche, vous ouvre un avenir magnifique... La position d'un avocat-avoué paraîtra suffisante : on ne veut pas mieux, je le sais.

— Que faut-il faire ?... dit avidement Petit-Claud, car vous avez Me Cachan pour avoué...

— Aussi ne quitterai-je pas brusquement Cachan pour vous, vous n'aurez ma clientèle que plus tard, dit finement le grand Cointet. Ce qu'il faut faire, mon ami ? eh ! mais les affaires de David Séchard. Ce pauvre diable a mille écus de billets à nous payer, il ne les payera pas, vous le défendrez contre les poursuites de manière à faire énormément de frais... Soyez sans inquiétude, marchez, entassez les incidents. Doublon, mon huissier, qui sera chargé de l'actionner, sous la direction de Cachan, n'ira pas de mainmorte... À bon écouteur, un mot suffit. Maintenant, jeune homme ?... »

Il se fit une pause éloquente pendant laquelle ces deux hommes se regardèrent.

« Nous ne nous sommes jamais vus, reprit Cointet, je ne vous ai rien dit, vous ne savez rien de M. du Hautoy, ni de Mme de Sénonches, ni de Mlle de La Haye ; seulement, quand il en sera temps, dans deux mois, vous demanderez cette jeune personne en mariage. Quand nous aurons à nous voir, vous viendrez ici, le soir. N'écrivons point.

— Vous voulez donc ruiner Séchard ? demanda Petit-Claud.

— Pas tout à fait ; mais il faut le tenir pendant quelque temps en prison...

— Et dans quel but ?...

— Me croyez-vous assez niais pour vous le dire ? si vous avez l'esprit de le deviner, vous aurez celui de vous taire.

— Le père Séchard est riche, dit Petit-Claud en entrant déjà dans les idées de Boniface et apercevant une cause d'insuccès.

— Tant que le père vivra, il ne donnera pas un liard à son fils, et cet ex-typographe n'a pas encore envie de faire tirer son billet de mort...

— C'est entendu ! dit Petit-Claud qui se décida promptement. Je ne vous demande pas de garanties, je suis avoué ; si j'étais joué, nous aurions à compter ensemble. »

« Le drôle ira loin », pensa Cointet en saluant Petit-Claud.

Le lendemain de cette conférence, le 30 avril, les frères Cointet firent présenter le premier des trois billets fabriqués par Lucien. Par malheur, l'effet fut remis à la pauvre Mme Séchard, qui, en reconnaissant l'imitation de la signature de son mari par Lucien, appela David et lui dit à brûle-pourpoint : « Tu n'as pas signé ce billet ?...

— Non ! lui dit-il. Ton frère était si pressé, qu'il a signé pour moi... »

Ève rendit le billet au garçon de caisse de la maison Cointet frères en lui disant : « Nous ne sommes pas en mesure. »

Puis, en se sentant défaillir, elle monta dans sa chambre où David la suivit.

« Mon ami, dit Ève à Séchard d'une voix mourante, cours chez MM. Cointet, ils auront des égards pour toi ; prie-les d'attendre, et d'ailleurs fais-leur observer qu'au renouvellement du bail de Cérizet ils te devront mille francs. »

David alla sur-le-champ chez ses ennemis. Un prote peut toujours devenir imprimeur, mais il n'y a pas toujours un négociant chez un habile typographe ; aussi David, qui connaissait peu les affaires, resta-t-il court devant le grand Cointet lorsque, après lui avoir, la gorge serrée et le cœur palpitant, assez mal débité ses excuses et formulé sa requête, il en reçut cette réponse : « Ceci ne nous regarde en rien, nous tenons le billet de Métivier, Métivier nous payera. Adressez-vous à M. Métivier.

— Oh ! dit Ève en apprenant cette réponse, du moment où le billet retourne à M. Métivier, nous pouvons être tranquilles. »

Le lendemain, Victor-Ange-Herménégilde Doublon, huissier de MM. Cointet, fit le protêt[553] à deux heures, heure où la place du Mûrier est pleine de monde ; et, malgré le soin qu'il eut de causer sur la porte de l'allée avec Marion et Kolb, le protêt n'en fut pas moins connu de tout le commerce d'Angoulême dans la soirée. D'ailleurs, les formes hypocrites de Me Doublon, à qui le grand Cointet avait recommandé les plus grands égards, pouvaient-elles sauver Ève et David de l'ignominie commerciale qui résulte d'une suspension de payement ? qu'on en juge ! Ici, les longueurs vont paraître trop courtes. Quatre-vingt-dix lecteurs sur cent seront affriolés par les détails suivants comme par la nouveauté la plus piquante. Ainsi sera prouvée encore une fois la vérité de cet axiome :

Il n'y a rien de moins connu que ce que tout le monde doit savoir, LA LOI[554] !

Certes, à l'immense majorité des Français, le mécanisme

d'un des rouages de la Banque, bien décrit, offrira l'intérêt
d'un chapitre de voyage dans un pays étranger. Lorsqu'un
négociant envoie de la ville où il a son établissement un de
ses billets à une personne demeurant dans une autre ville,
comme David était censé l'avoir fait pour obliger Lucien, il
change l'opération si simple d'un effet souscrit entre négociants de la même ville pour affaires de commerce en
quelque chose qui ressemble à la lettre de change tirée d'une
place sur une autre. Ainsi, en prenant les trois effets à
Lucien, Métivier était obligé, pour en toucher le montant,
de les envoyer à MM. Cointet frères, ses correspondants. De
là une première perte pour Lucien, désignée sous le nom de
commission pour change de place, et qui s'était traduite par un
tant pour cent rabattu sur chaque effet, outre l'escompte.
Les effets Séchard avaient donc passé dans la catégorie des
affaires de Banque. Vous ne sauriez croire à quel point la
qualité de banquier, jointe au titre auguste de créancier,
change la condition du débiteur. Ainsi, *en Banque* (saisissez
bien cette expression?), dès qu'un effet transmis de la place
de Paris à la place d'Angoulême est impayé, les banquiers se
doivent à eux-mêmes de s'adresser ce que la loi nomme un
compte de retour. Calembour à part, jamais les romanciers
n'ont inventé de conte plus invraisemblable que celui-là ; car
voici les ingénieuses plaisanteries à la Mascarille[555] qu'un
certain article du Code de commerce autorise, et dont
l'explication vous démontrera combien d'atrocités se
cachent sous ce mot terrible : *la légalité!*

Dès que Me Doublon eut fait enregistrer son protêt, il
l'apporta lui-même à MM. Cointet frères. L'huissier était en
compte avec ces loups-cerviers d'Angoulême, et leur faisait
un crédit de six mois que le grand Cointet menait à un an par
la manière dont il le soldait, tout en disant de mois en mois,
à ce sous-loup-cervier : « Doublon, vous faut-il de l'argent ? » Ce n'est pas tout encore ! Doublon favorisait d'une
remise cette puissante maison qui gagnait ainsi quelque
chose sur chaque acte, un rien, une misère, un franc
cinquante centimes sur un protêt!... Le grand Cointet se
mit à son bureau tranquillement, y prit un petit carré de
papier timbré de trente-cinq centimes tout en causant avec
Doublon de manière à savoir de lui des renseignements sur
l'état vrai des commerçants.

« Eh bien, êtes-vous content du petit Gannerac ?...

— Il ne va pas mal. Dame ! un roulage...

— Ah! le fait est qu'il a du tirage! On m'a dit que sa femme lui causait beaucoup de dépenses...

— À lui?... » s'écria Doublon d'un air narquois.

Et le Loup-Cervier, qui venait d'achever de régler son papier, écrivit en ronde le sinistre intitulé sous lequel il dressa le compte suivant. (Sic!)

COMPTE DE RETOUR ET FRAIS

À un effet de MILLE FRANCS, *daté d'Angoulême le dix février mil huit cent vingt-deux, souscrit par* SÉCHARD FILS, *à l'ordre de* LUCIEN CHARDON *dit de* RUBEMBRÉ *passé à l'ordre de* MÉTIVIER, *et à notre ordre, échu le trente avril dernier, protesté par* DOUBLON, *huissier, le premier mai mil huit cent vingt-deux.*

Principal	1 000
Protêt	12,35
Commission à un demi pour cent	5
Commission de courtage d'un quart %	2,50
Timbre de notre retraite et du présent	1,35
Intérêts et ports de lettres	3
	1 024,20
Change de place à un et un quart % sur 1 024,20	13,25
	1 037,45

Mille trente-sept francs quarante-cinq centimes, de laquelle somme nous nous remboursons en notre traite à vue sur MM. *Métivier, rue Serpente, à Paris, à l'ordre de M. Gannerac de l'Houmeau.*

Angoulême, le deux mai mil huit cent vingt-deux.
COINTET frères.

Au bas de ce petit mémoire, fait avec toute l'habitude d'un praticien, car il causait toujours avec Doublon, le grand Cointet écrivit la déclaration suivante :

Nous soussignés, Postel, maître pharmacien à l'Houmeau, et Gannerac, commissionnaire en roulage, négocians en cette ville, certifions que le change de notre place sur Paris est de un et un quart pour cent.

Angoulême, le trois mai mil huit cent vingt-deux.

« Tenez, Doublon, faites-moi le plaisir d'aller chez Postel et chez Gannerac, les prier de me signer cette déclaration, et rapportez-la-moi demain matin. »

Et Doublon, au fait de ces instruments de torture, s'en alla, comme s'il se fût agi de la chose la plus simple. Évidemment le protêt aurait été remis, comme à Paris, sous enveloppe, tout Angoulême devait être instruit de l'état malheureux dans lequel étaient les affaires de ce pauvre Séchard. Et de combien d'accusations son apathie ne fut-elle pas l'objet ? les uns le disaient perdu par l'amour excessif qu'il portait à sa femme ; les autres l'accusaient de trop d'affection pour son beau-frère. Et quelles atroces conclusions chacun ne tirait-il pas de ces prémisses ? on ne devait jamais épouser les intérêts de ses proches ! On approuvait la dureté du père Séchard envers son fils, on l'admirait !

Maintenant, vous tous qui, par des raisons quelconques, oubliez de *faire honneur à vos engagements*, examinez bien les procédés, parfaitement légaux, par lesquels, en dix minutes, on fait, en Banque, rapporter vingt-huit francs d'intérêt à un capital de mille francs.

Le premier article de ce *compte de retour* en est la seule chose incontestable.

Le deuxième article contient la part du fisc et de l'huissier. Les six francs que perçoit le Domaine en enregistrant le chagrin du débiteur et fournissant le papier timbré, feront vivre l'abus encore pendant longtemps ! Vous savez, d'ailleurs, que cet article donne un bénéfice d'un franc cinquante centimes au banquier à cause de la remise faite par Doublon.

La commission d'un demi pour cent, objet du troisième article, est prise sous ce prétexte ingénieux, que ne pas recevoir son payement équivaut, en banque, à escompter un effet. Quoique ce soit absolument le contraire, rien de plus semblable que de donner mille francs ou de ne pas les encaisser. Quiconque a présenté des effets à l'escompte, sait qu'outre les six pour cent dus légalement, l'escompteur prélève, sous l'humble nom de commission, un tant pour cent qui représente les intérêts que lui donne, au-dessus du taux légal, le génie avec lequel il fait valoir ses fonds. Plus il peut gagner d'argent, plus il vous en demande. Aussi faut-il escompter chez les sots, c'est moins cher. Mais en Banque y a-t-il des sots ?...

La loi oblige le banquier à faire certifier par un agent de change le taux du change. Dans les places assez malheureuses pour ne pas avoir de Bourse, l'agent de change est suppléé par deux négociants. La commission dite de courtage due à l'agent est fixée à un quart pour cent de la somme exprimée dans l'effet protesté. L'usage s'est introduit de compter cette commission comme donnée aux négociants qui remplacent l'agent, et le banquier la met tout simplement dans sa caisse. De là le troisième article[556] de ce charmant compte.

Le quatrième article comprend le coût du carré de papier timbré sur lequel est rédigé le *compte de retour* et celui du timbre de ce qu'on appelle si ingénieusement la *retraite*, c'est-à-dire la nouvelle traite tirée par le banquier sur son confrère, pour se rembourser.

Le cinquième article comprend le prix des ports de lettres et les intérêts légaux de la somme pendant tout le temps qu'elle peut manquer dans la caisse du banquier.

Enfin le change de place, l'objet même de la Banque, est ce qu'il en coûte pour se faire payer d'une place à l'autre.

Maintenant épluchez ce compte, où, selon la manière de supputer du Polichinelle de la chanson napolitaine si bien jouée par Lablache[557], quinze et cinq font vingt-deux? Évidemment la signature de MM. Postel et Gannerac était une affaire de complaisance : les Cointet certifiaient au besoin pour Gannerac ce que Gannerac certifiait pour les Cointet. C'est la mise en pratique de ce proverbe connu, *Passez-moi la rhubarbe, je vous passerai le séné*. MM. Cointet frères, se trouvant en compte courant avec Métivier, n'avaient pas besoin de faire traite. Entre eux, un effet retourné ne produisait qu'une ligne de plus au *crédit* ou au *débit*.

Ce compte fantastique se réduisait donc en réalité à mille francs dus, au protêt de treize francs, et à un demi pour cent d'intérêt pour un mois de retard, en tout peut-être mille dix-huit francs.

Si une grande maison de banque a tous les jours, en moyenne, un *compte de retour* sur une valeur de mille francs, elle touche tous les jours vingt-huit francs par la grâce de Dieu et les constitutions de la Banque, royauté formidable inventée par les juifs au douzième siècle, et qui domine aujourd'hui les trônes et les peuples. En d'autres termes, mille francs rapportent alors à cette maison vingt-huit francs par jour ou dix mille deux cent vingt francs par an. Triplez la moyenne des *comptes de retour*, et vous apercevrez un revenu de trente mille francs, donné par ces capitaux fictifs.

Aussi rien de plus amoureusement cultivé que les *comptes de retour*. David Séchard serait venu payer son effet, le trois mai, ou le lendemain même du protêt, MM. Cointet frères lui eussent dit : « Nous avons retourné votre effet à M. Métivier ! » quand même l'effet se fût encore trouvé sur leur bureau. Le *compte de retour* est acquis le soir même du protêt. Ceci, dans le langage de la banque de province, s'appelle : *faire suer les écus*. Les seuls ports de lettres produisent quelque vingt mille francs à la maison Keller qui correspond avec le monde entier, et les *comptes de retour* payent la loge aux Italiens, la voiture et la toilette de Mme la baronne de Nucingen. Le *port de lettre* est un abus d'autant plus effroyable que les banquiers s'occupent de dix affaires semblables en dix lignes d'une lettre. Chose étrange ! le fisc a sa part dans cette prime arrachée au malheur, et le Trésor public s'enfle ainsi des infortunes commerciales. Quant à la Banque, elle jette au débiteur, du haut de ses comptoirs, cette parole pleine de raison : « Pourquoi n'êtes-vous pas en mesure ? » à laquelle malheureusement on ne peut rien répondre. Ainsi le *compte de retour* est un conte plein de fictions terribles pour lequel les débiteurs, qui réfléchiront sur cette page instructive, éprouveront désormais un effroi salutaire.

Le quatre mai, Métivier reçut de MM. Cointet frères le *compte de retour* avec un ordre de poursuivre à outrance à Paris M. Lucien Chardon dit de Rubempré.

Quelques jours après, Ève reçut, en réponse à la lettre qu'elle écrivit à M. Métivier, le petit mot suivant, qui la rassura complètement.

« À M. SÉCHARD FILS, IMPRIMEUR À ANGOULÊME

« J'ai reçu en son temps votre estimée du 5 courant. J'ai compris, d'après vos explications relativement à l'effet impayé du 30 avril dernier, que vous aviez obligé votre beau-frère, M. de Rubempré, qui fait assez de dépenses pour que ce soit vous rendre service que de le contraindre à payer : il est dans une situation à ne pas se laisser longtemps poursuivre. Si votre honoré beau-frère ne payait point, je ferais fond sur la loyauté de votre vieille maison, et me dis, comme toujours,

« Votre dévoué serviteur,

« MÉTIVIER. »

« Eh bien, dit Ève à David, mon frère saura par cette poursuite que nous n'avons pas pu payer. »

Quel changement cette parole n'annonçait-elle pas chez Ève ? L'amour grandissant que lui inspirait le caractère de David, de mieux en mieux connu, prenait dans son cœur la place de l'affection fraternelle. Mais à combien d'illusions ne disait-elle pas adieu ?...

Voyons maintenant tout le chemin que fit le *compte de retour* sur la place de Paris ? Un tiers porteur, nom commercial de celui qui possède un effet par transmission, est libre, aux termes de la loi, de poursuivre uniquement celui des divers débiteurs de cet effet qui lui présente la chance d'être payé le plus promptement. En vertu de cette faculté, Lucien fut poursuivi par l'huissier de M. Métivier. Voici quelles furent les phases de cette action, d'ailleurs entièrement inutile. Métivier, derrière lequel se cachaient les Cointet, connaissait l'insolvabilité de Lucien ; mais, toujours dans l'esprit de la loi, l'insolvabilité *de fait* n'existe *en droit* qu'après avoir été constatée. On constata donc l'impossibilité d'obtenir de Lucien le payement de l'effet, de la manière suivante.

L'huissier de Métivier dénonça, le 5 mai, le *compte de retour* et le protêt d'Angoulême à Lucien, en l'assignant au tribunal de commerce de Paris pour entendre dire une foule de choses, entre autres qu'il serait condamné par corps comme négociant. Quand, au milieu de sa vie de cerf aux abois, Lucien lut ce grimoire, il recevait la signification d'un jugement obtenu contre lui par défaut au tribunal de commerce. Coralie, sa maîtresse, ignorant ce dont il s'agissait, imagina que Lucien avait obligé son beau-frère ; elle lui donna tous les actes ensemble, trop tard. Une actrice voit trop d'acteurs en huissiers dans les vaudevilles pour croire au papier timbré. Lucien eut des larmes aux yeux, il s'apitoya sur Séchard, il eut honte de son faux, et il voulut payer. Naturellement, il consulta ses amis sur ce qu'il devait faire pour gagner du temps. Mais quand Lousteau, Blondet, Bixiou, Nathan eurent instruit Lucien du peu de cas qu'un poète devait faire du tribunal de commerce, juridiction établie pour les boutiquiers, le poète se trouvait déjà sous le coup d'une saisie. Il voyait à sa porte cette petite affiche jaune dont la couleur déteint sur les portières, qui a la vertu la plus astringente sur le crédit, qui porte l'effroi dans le cœur des moindres fournisseurs, et qui surtout glace le sang dans les veines des poètes assez sensibles pour s'attacher à ces morceaux de bois, à ces guenilles de soie, à ces tas de laine coloriée, à ces brimborions appelés mobilier. Quand on vint pour enlever les meubles de Coralie, l'auteur des *Marguerites* alla trouver un ami de Bixiou, Desroches, un avoué qui se mit à rire en voyant tant d'effroi chez Lucien pour si peu de chose. « Ce n'est rien, mon cher, vous voulez gagner du temps ? — Le plus possible. — Eh bien, opposez-vous à l'exécution du jugement. Allez trouver un de mes amis, Masson, un agréé, portez-lui vos pièces, il renouvellera l'opposition, se présentera pour vous, et déclinera la compétence du tribunal de commerce. Ceci ne fera pas la moindre difficulté, vous êtes un journaliste assez connu. Si vous êtes assigné devant le tribunal civil, vous viendrez me voir, ça me regardera : je me charge de faire promener ceux qui veulent chagriner la belle Coralie. » Le vingt-huit mai, Lucien, assigné devant le tribunal civil, y fut condamné plus promptement que ne le pensait Desroches, car on poursuivait Lucien à outrance. Quand une nouvelle saisie fut pratiquée, lorsque l'affiche jaune vint encore dorer les pilastres de la porte de Coralie et qu'on voulut enlever le mobilier, Desroches, un peu sot de s'être *laissé pincer* par son confrère (telle fut son expression), s'y opposa, prétendant, avec raison d'ailleurs, que le mobilier appartenait à Mlle Coralie, et il introduisit un référé. Sur le référé, le président du tribunal renvoya les parties à l'audience, où la propriété des meubles fut adjugée à l'actrice par un jugement. Métivier, qui appela de ce jugement, fut débouté de son appel par un arrêt, le trente juillet.

Le sept août, Mᵉ Cachan reçut par la diligence un énorme dossier intitulé : MÉTIVIER CONTRE SÉCHARD ET LUCIEN CHARDON.

La première pièce était la jolie petite note suivante, dont l'exactitude est garantie, elle a été copiée.

Billet du 30 avril dernier, souscrit par Séchard fils, ordre Lucien de Rubempré (2 mai). Compte de retour :

	1 037 fr. 45 c.
(5 mai.) Dénonciation du compte de retour et du protêt avec assignation devant le tribunal de commerce de Paris, pour le 7 mai	8,75
(7 mai.) Jugement, condamnation par défaut, avec contrainte par corps	35
(10 mai.) Signification du jugement	8,50
(12 mai.) Commandement	5,50

(14 mai.) Procès-verbal de saisie 16
(18 mai.) Procès-verbal d'apposition d'affiches. 15,25
(19 mai.) Insertion au journal 4
(24 mai.) Procès-verbal de récolement précédant l'enlèvement, et contenant opposition à l'exécution du jugement par le sieur Lucien de Rubempré........................ 12
(27 mai.) Jugement du tribunal qui, faisant droit, renvoie, sur l'opposition dûment réitérée, les parties devant le tribunal civil 35
(28 mai.) Assignation à bref délai par Métivier, devant le tribunal civil avec constitution d'avoué........................ 6,50
(2 juin.) Jugement contradictoire qui condamne Lucien Chardon à payer les causes du compte de retour *et laisse à la charge du poursuivant les frais faits devant le tribunal de commerce* 150
(6 juin.) Signification dudit 10
(15 juin.) Commandement 5,50
(19 juin.) Procès-verbal tendant à saisie, et contenant opposition à cette saisie par la demoiselle Coralie, qui prétend que le mobilier lui appartient et demande d'aller en référé sur l'heure, dans le cas où l'on voudrait passer outre 20
Ordonnance du président, qui renvoie les parties à l'audience en état de référé 40
(19 juin.) Jugement qui adjuge la propriété des meubles à ladite demoiselle Coralie......... 250
(20 juin.) Appel par Métivier 17
(30 juin.) Arrêt confirmatif du jugement 250

Total........................ 889

Billet du 31 mai 1 037,45
Dénonciation à Lucien 8,75

1 046,20

Billet du 30 juin, compte de retour 1 037,45
Dénonciation à Lucien 8,75

1 046,20

Ces pièces étaient accompagnées d'une lettre par laquelle Métivier donnait l'ordre à Me Cachan, avoué d'Angoulême, de poursuivre David Séchard par tous les moyens de droit. Me Victor-Ange-Herménégilde Doublon assigna donc David Séchard, le 3 juillet, au tribunal de commerce d'Angoulême pour le payement de la somme totale de quatre mille dix-huit francs quatre-vingt-cinq centimes, montant des trois effets et des frais déjà faits. Le jour où Doublon devait lui apporter à elle-même le commandement de payer cette somme énorme pour elle, Ève reçut dans la matinée cette lettre foudroyante écrite par Métivier :

« À M. SÉCHARD FILS, IMPRIMEUR À ANGOULÊME

« Votre beau-frère, M. Chardon, est un homme d'une insigne mauvaise foi qui a mis son mobilier sous le nom d'une atrice avec laquelle il vit, et vous auriez dû, Monsieur, me prévenir loyalement de ces circonstances afin de ne pas me laisser faire des poursuites inutiles, car vous n'avez pas répondu à ma lettre du 10 mai dernier. Ne trouvez donc pas mauvais que je vous demande immédiatement le remboursement des trois effets et de tous mes débours.

« Agréez mes salutations.

« MÉTIVIER. »

En n'entendant plus parler de rien, Ève, peu savante en droit commercial, pensait que son frère avait réparé son crime en payant les billets fabriqués.

« Mon ami, dit-elle à son mari, cours avant tout chez Petit-Claud, explique-lui notre position, et consulte-le. »

« Mon ami, dit le pauvre imprimeur en entrant dans le cabinet de son camarade chez lequel il avait couru précipitamment, je ne savais pas, quand tu es venu m'annoncer ta nomination en m'offrant tes services, que je pourrais en avoir si tôt besoin. »

Petit-Claud étudia la belle figure de penseur que lui présenta cet homme assis dans un fauteuil en face de lui, car il n'écouta pas le détail d'affaires qu'il connaissait mieux que ne les savait celui qui les lui expliquait. En voyant entrer Séchard inquiet, il s'était dit : « Le tour est fait ! » Cette scène se joue assez souvent au fond du cabinet des avoués. « Pourquoi les Cointet le persécutent-ils ?... » se demandait Petit-Claud. Il est dans l'esprit des avoués de pénétrer tout aussi bien dans l'âme de leurs clients que dans celle des adversaires : ils doivent connaître l'envers aussi bien que l'endroit de la trame judiciaire.

« Tu veux gagner du temps, répondit enfin Petit-Claud à Séchard quand Séchard eut fini. Que te faut-il, quelque chose comme trois ou quatre mois ?

— Oh ! quatre mois ! je suis sauvé, s'écria David à qui Petit-Claud parut être un ange.

— Eh bien, l'on ne touchera à aucun de tes meubles, et l'on ne pourra pas t'arrêter avant trois ou quatre mois... Mais cela te coûtera bien cher, dit Petit-Claud.

— Eh ! qu'est-ce que cela me fait ? s'écria Séchard.

— Tu attends des rentrées, en es-tu sûr ?... demanda l'avoué presque surpris de la facilité avec laquelle son client entrait dans la machination.

— Dans trois mois je serai riche, répondit l'inventeur avec une assurance d'inventeur.

— Ton père n'est pas encore en pré, répondit Petit-Claud, il tient à rester dans les vignes.

— Est-ce que je compte sur la mort de mon père ?... répondit David. Je suis sur la trace d'un secret industriel qui me permettra de fabriquer sans un brin de coton un papier aussi solide que le papier de Hollande, et à cinquante pour cent au-dessous du prix de revient actuel de la pâte de coton...

— C'est une fortune, s'écria Petit-Claud qui comprit alors le projet du grand Cointet.

— Une grande fortune, mon ami, car il faudra, dans dix ans d'ici, dix fois plus de papier qu'il ne s'en consomme aujourd'hui. Le journalisme sera la folie de notre temps !

— Personne n'a ton secret ?...

— Personne, excepté ma femme.

— Tu n'as pas dit ton projet, ton programme à quelqu'un..., aux Cointet, par exemple ?

— Je leur en ai parlé, mais vaguement, je crois ! »

Un éclair de générosité passa dans l'âme enfiellée de Petit-Claud qui essaya de tout concilier, l'intérêt des Cointet, le sien et celui de Séchard.

« Écoute, David, nous sommes camarades de collège, je te défendrai ; mais, sache-le bien, cette défense à l'encontre des lois te coûtera cinq à six mille francs !... Ne compromets pas ta fortune. Je crois que tu seras obligé de partager les bénéfices de ton invention avec un de nos fabricants. Voyons ? tu y regarderas à deux fois avant d'acheter ou de faire construire une papeterie... Il te faudra d'ailleurs prendre un brevet d'invention... Tout cela voudra du temps et voudra de l'argent. Les huissiers fondront sur toi peut-être trop tôt, malgré les détours que nous allons faire devant eux...

— Je tiens mon secret ! répondit David avec la naïveté du savant.

— Eh bien, ton secret sera ta planche de salut, reprit Petit-Claud repoussé dans sa première et loyale intention d'éviter un procès par une transaction, je ne veux pas le savoir ; mais écoute-moi bien : tâche de travailler dans les entrailles de la terre, que personne ne te voie et ne puisse soupçonner tes moyens d'exécution, car ta planche te serait volée sous tes pieds... Un inventeur cache souvent un jobard sous sa peau ! Vous pensez trop à vos secrets pour pouvoir penser à tout. On finira par se douter de l'objet de tes recherches, tu es environné de fabricants ! Autant de fabricants, autant d'ennemis ! Je te vois comme le castor au milieu des chasseurs, ne leur donne pas ta peau...

— Merci, mon cher camarade, je me suis dit tout cela, s'écria Séchard ; mais je te suis obligé de me montrer tant de prudence et de sollicitude !... Il ne s'agit pas de moi dans cette entreprise. À moi, douze cents francs de rente me suffiraient, et mon père doit m'en laisser au moins trois fois autant quelque jour... Je vis par l'amour et par ma pensée !... une vie céleste... Il s'agit de Lucien et de ma femme, c'est pour eux que je travaille...

— Allons, signe-moi ce pouvoir, et ne t'occupe plus que de ta découverte. Le jour où il faudra te cacher à cause de la contrainte par corps, je te préviendrai la veille ; car il faut tout prévoir. Et laisse-moi te dire de ne laisser pénétrer chez toi personne de qui tu ne sois sûr comme de toi-même.

— Cérizet n'a pas voulu continuer le bail de l'exploitation de mon imprimerie, et de là sont venus nos petits chagrins d'argent. Il ne reste donc plus chez moi que Marion, Kolb, un Alsacien qui est comme un caniche pour moi, ma femme et ma belle-mère...

— Écoute, dit Petit-Claud, défie-toi du caniche...

— Tu ne le connais pas, s'écria David. Kolb, c'est comme moi-même.

— Veux-tu me le laisser éprouver ?...

— Oui, dit Séchard.

— Allons, adieu ; mais envoie-moi la belle Mme Séchard, un pouvoir de ta femme est indispensable. Et, mon ami, songe bien que le feu est dans tes affaires, dit Petit-Claud à son camarade en le prévenant ainsi de tous les malheurs judiciaires qui allaient fondre sur lui. »

« Me voilà donc un pied en Bourgogne et un pied en Champagne », se dit Petit-Claud après avoir reconduit son ami David Séchard jusqu'à la porte de l'étude.

En proie aux chagrins que cause le manque d'argent, en proie aux peines que lui donnait l'état de sa femme assassinée par l'infamie de Lucien, David cherchait toujours son problème ; or, tout en allant de chez lui chez Petit-Claud, il mâchait par distraction une tige d'ortie qu'il avait mise dans de l'eau pour arriver à un rouissage[558] quelconque des tiges employées comme matière de sa pâte. Il voulait remplacer les divers brisements qu'opèrent la macération[559], le tissage, ou l'usage de tout ce qui devient fil, linge, ou chiffon par des procédés équivalents. Quand il alla par les rues, assez content de sa conférence avec son ami Petit-Claud, il se trouva dans les dents une boule de pâte, il la prit sur sa main, l'étendit et vit une bouillie supérieure à toutes les compositions qu'il avait obtenues ; car le principal inconvénient des pâtes obtenues des végétaux est un défaut de liant. Ainsi la paille donne un papier cassant, quasi métallique et sonore. Ces hasards-là ne sont rencontrés que par les audacieux chercheurs des causes naturelles ! « Je vais, se disait-il, remplacer par l'effet d'une machine et d'un agent chimique l'opération que je viens de faire machinalement. » Et il apparut à sa femme dans la joie de sa croyance à un triomphe.

« Oh ! mon ange, sois sans inquiétude ! dit David en voyant que sa femme avait pleuré. Petit-Claud nous garantit pour quelques mois de tranquillité. L'on me fera des frais ; mais, comme il me l'a dit en me reconduisant : " Tous les Français ont le droit de faire attendre leurs créanciers, pourvu qu'ils finissent par leur payer capital, intérêts et frais !... " Eh bien, nous payerons...

— Et vivre ?... dit la pauvre Ève qui pensait à tout.

— Ah ! c'est vrai, répondit David en portant la main à son oreille par un geste inexplicable et familier à presque tous les gens embarrassés.

— Ma mère gardera notre petit Lucien et je puis me remettre à travailler, dit-elle.

— Ève, ô mon Ève ! s'écria David en prenant sa femme et la serrant sur son cœur, Ève ! à deux pas d'ici, à Saintes, au seizième siècle, un des plus grands hommes de la France, car il ne fut pas seulement l'inventeur des émaux, il fut aussi le glorieux précurseur de Buffon, de Cuvier, il trouva la géologie avant eux, ce naïf bonhomme! Bernard de Palissy souffrait la passion des chercheurs de secrets, mais il voyait sa femme, ses enfants, et tout un faubourg contre lui. Sa femme lui vendait ses outils... Il errait dans la campagne, incompris!... pourchassé, montré au doigt!... Mais, moi, je suis aimé...

— Bien aimé, répondit Ève avec la placide expression de l'amour sûr de lui-même.

— On peut souffrir alors tout ce qu'a souffert ce pauvre Bernard de Palissy, l'auteur des faïences d'Écouen, et que Charles IX excepta de la Saint-Barthélemy, qui fit enfin à la face de l'Europe, vieux, riche et honoré [560], des cours publics sur sa *science des terres,* comme il l'appelait.

— Tant que mes doigts auront la force de tenir un fer à repasser, tu ne manqueras de rien! s'écria la pauvre femme avec l'accent du dévouement le plus profond. Dans le temps que j'étais première demoiselle chez Mme Prieur, j'avais pour amie une petite fille bien sage, la cousine à Postel, Basine Clerget; eh bien, Basine vient de m'annoncer, en m'apportant mon linge fin, qu'elle succède à Mme Prieur, j'irai travailler chez elle!...

— Ah! tu n'y travailleras pas longtemps! répondit Séchard. J'ai trouvé... »

Pour la première fois la sublime croyance au succès, qui soutient les inventeurs et leur donne le courage d'aller en avant dans les forêts vierges du pays des découvertes, fut accueillie par Ève avec un sourire presque triste, et David baissa la tête par un mouvement funèbre.

« Oh! mon ami, je ne me moque pas, je ne ris pas, je ne doute pas, s'écria la belle Ève en se mettant à genoux devant son mari. Mais je vois combien tu avais raison de garder le plus profond silence sur tes essais, sur tes espérances. Oui, mon ami, les inventeurs doivent cacher le pénible enfantement de leur gloire à tout le monde, même à leurs femmes!... Une femme est toujours femme. Ton Ève n'a pu s'empêcher de sourire en t'entendant dire : J'ai trouvé!... pour la dix-septième fois depuis un mois. »

David se mit à rire si franchement de lui-même qu'Ève lui prit la main et la baisa saintement. Ce fut un moment délicieux, une de ces roses d'amour et de tendresse qui fleurissent au bord des plus arides chemins de la misère et quelquefois au fond des précipices.

Ève redoubla de courage en voyant le malheur redoubler de furie. La grandeur de son mari, sa naïveté d'inventeur, les larmes qu'elle surprit parfois dans les yeux de cet homme de cœur et de poésie, tout développa chez elle une force de résistance inouïe. Elle eut encore une fois recours au moyen qui lui avait déjà si bien réussi. Elle écrivit à M. Métivier d'annoncer la vente de l'imprimerie en lui offrant de le payer sur le prix qu'on en obtiendrait et en le suppliant de ne pas ruiner David en frais inutiles. Devant cette lettre sublime Métivier fit le mort, son premier commis répondit qu'en l'absence de M. Métivier il ne pouvait pas prendre sur lui d'arrêter les poursuites, car telle n'était pas la coutume de son patron en affaires. Ève proposa de renouveler les effets en payant tous les frais, et le commis y consentit, pourvu que le père de David Séchard donnât sa garantie par un aval. Ève se rendit alors à pied à Marsac, accompagnée de sa mère et de Kolb. Elle affronta le vieux vigneron, elle fut charmante, elle réussit à dérider cette vieille figure ; mais, quand, le cœur tremblant, elle parla de l'aval, elle vit un changement complet et soudain sur cette face soûlographique.

« Si je laissais à mon fils la liberté de mettre la main à mes lèvres, au bord de ma caisse, il la plongerait jusqu'au fond de mes entrailles, et il viderait tout, s'écria-t-il. Les enfants mangent tous à même dans la bourse paternelle[561]. Et comment ai-je fait, moi ? Je n'ai jamais coûté un liard à mes parents. Votre imprimerie est vide. Les souris et les rats sont seuls à y faire des impressions... Vous êtes belle, vous, je vous aime ; vous êtes une femme travailleuse et soigneuse ; mais mon fils !... Savez-vous ce qu'est David ?... Eh bien, c'est un fainéant de savant. Si je l'avais *lairré* comme on m'a *lairré*[562], sans se connaître aux lettres, et que j'en eusse fait un *ours*, comme son père, il aurait des rentes... Oh ! c'est ma croix, ce garçon-là, voyez-vous ! Et, par malheur, il est bien unique, car sa *retiration*[563] n'existera jamais ! Enfin il vous rend malheureuse... (Ève protesta par un geste de dénégation absolue.) — Oui, reprit-il en répondant à ce geste, vous avez été obligée de prendre une nourrice, le chagrin vous a tari votre lait. Je sais tout, allez ! vous êtes au tribunal et tambourinés par la ville. Je n'étais qu'un *ours*, je ne suis pas savant, je n'ai pas été prote chez MM. Didot, la gloire de la typographie ; mais jamais je n'ai reçu de papier timbré ! Savez-vous ce que je me dis en allant dans mes vignes, les soignant et récoltant, et faisant mes petites affaires ?... Je me dis : " Mon pauvre vieux, tu te donnes bien du mal, tu mets écu sur écu, tu lairreras de beaux biens, ce sera pour les huissiers, pour les avoués... ou pour les chimères... pour les idées... " Tenez, mon enfant, vous êtes mère de ce petit garçon, qui m'a eu l'air d'avoir la truffe de son grand-père au milieu du visage quand je l'ai tenu sur les fonts avec Mme Chardon, eh bien, pensez moins à Séchard qu'à ce petit drôle-là... Je n'ai confiance qu'en vous... Vous pourriez empêcher la dissipation de mes biens... de mes pauvres biens...

— Mais, mon cher papa Séchard, votre fils sera votre gloire, et vous le verrez un jour riche par lui-même et avec la croix de la Légion d'honneur à la boutonnière...

— Qué qui fera donc pour cela ? demanda le vigneron.

— Vous le verrez !... Mais, en attendant, mille écus vous ruineraient-ils ?... Avec mille écus vous feriez cesser les poursuites... Eh bien, si vous n'avez pas confiance en lui, prêtez-les-moi, je vous les rendrai, vous les hypothéquerez sur ma dot, sur mon travail...

— David Séchard est donc poursuivi ? s'écria le vigneron étonné d'apprendre que ce qu'il croyait une calomnie était vrai. Voilà ce que c'est que de savoir signer son nom !... Et mes loyers !... Oh ! il faut, ma petite fille, que j'aille à Angoulême me mettre en règle et consulter Cachan, mon avoué... Vous avez joliment bien fait de venir... Un homme averti en vaut deux ! »

Après une lutte de deux heures, Ève fut obligée de s'en aller, battue par cet argument invincible : « Les femmes n'entendent rien aux affaires. » Venue avec un vague espoir de réussir, Ève refit le chemin de Marsac à Angoulême presque brisée. En rentrant, elle arriva précisément à temps pour recevoir la signification du jugement qui condamnait Séchard à tout payer à Métivier. En province, la présence d'un huissier à la porte d'une maison est un événement ; mais Doublon venait beaucoup trop souvent depuis quelque temps pour que le voisinage n'en causât pas. Aussi Ève n'osait-elle plus sortir de chez elle, elle avait peur d'entendre des chuchotements à son passage.

« Oh ! mon frère, mon frère ! s'écria la pauvre Ève en se précipitant dans son allée et montant les escaliers, je ne puis te pardonner que s'il s'agissait de ta...

— Hélas, lui dit Séchard, qui venait au-devant d'elle, il s'agissait d'éviter son suicide.

— N'en parlons donc plus jamais, répondit-elle doucement. La femme qui l'a emmené dans ce gouffre de Paris est bien criminelle !... et ton père, mon David, est bien impitoyable !... Souffrons en silence. »

Un coup frappé discrètement arrêta quelque tendre parole sur les lèvres de David, et Marion se présenta remorquant à travers la première pièce le grand et gros Kolb.

« Madame, dit-elle, Kolb et moi nous avons su que monsieur et madame étaient bien tourmentés ; et, comme nous avons à nous deux onze cents francs d'économies, nous avons pensé qu'ils ne pouvaient pas être mieux placés qu'entre les mains de madame...

— *Te matame,* répéta Kolb avec enthousiasme.

— Kolb, s'écria David Séchard, nous ne nous quitterons jamais, porte mille francs à compte chez Cachan, l'avoué, mais en demandant une quittance ; nous garderons le reste. Kolb, qu'aucune puissance humaine ne t'arrache un mot sur ce que je fais, sur mes heures d'absence, sur ce que tu pourras me voir rapporter, et quand je t'enverrai chercher des herbes, tu sais, qu'aucun œil humain ne te voie... On cherchera, mon bon Kolb, à te séduire, on t'offrira peut-être des mille, des dix mille francs pour parler...

— *On m'ovrirait pien tes millions, queu cheu ne tirais bas une motte ! Est-ce que che nei gonnais boind la gonzigne mili-daire* [564] ?

— Tu es averti, marche, et va prier M. Petit-Claud d'assister à la remise de ces fonds chez M. Cachan.

— *Ui,* fit l'Alsacien, *chesbère edre assez riche ein chour pire lui domper sire le gazaquin, à ced ôme te chistice ! Ch'aime bas sa visache !*

— C'est un bon homme, madame, dit la grosse Marion, il est fort comme un Turc et doux comme un mouton. En voilà un qui ferait le bonheur d'une femme. C'est lui pourtant qui a eu l'idée de placer ainsi nos gages, qu'il appelle des *caches !* Pauvre homme ! s'il parle mal, il pense bien, et je l'entends tout de même. Il a l'idée d'aller travailler chez les autres pour ne nous rien coûter... »

« On deviendrait riche uniquement pour pouvoir récompenser ces braves gens-là », dit Séchard en regardant sa femme.

Ève trouvait cela tout simple, elle n'était pas étonnée de rencontrer des âmes à la hauteur de la sienne. Son attitude eût expliqué toute la beauté de son caractère aux êtres les plus stupides, et même à un indifférent.

« Vous serez riche, mon cher monsieur, vous avez du pain

de cuit, s'écria Marion, votre père vient d'acheter une ferme, il vous en fait, allez ! des rentes... »

Dans la circonstance, ces paroles, dites par Marion pour diminuer en quelque sorte le mérite de son action, ne trahissaient-elles pas une exquise délicatesse ?

Comme toutes les choses humaines, la procédure française a des vices ; néanmoins, de même qu'une arme à deux tranchants, elle sert aussi bien à la défense qu'à l'attaque. En outre, elle a cela de plaisant, que si deux avoués s'entendent (et ils peuvent s'entendre sans avoir besoin d'échanger deux mots, ils se comprennent par la seule marche de leur procédure !), un procès ressemble alors à la guerre comme la faisait le premier maréchal de Biron à qui son fils proposait au siège de Rouen un moyen de prendre la ville en deux jours. « Tu es donc bien pressé, lui dit-il, d'aller planter nos choux [565]. » Deux généraux peuvent éterniser la guerre en n'arrivant à rien de décisif et ménageant leurs troupes, selon la méthode des généraux autrichiens que le Conseil aulique ne réprimande jamais d'avoir fait manquer une combinaison pour laisser manger la soupe à leurs soldats. Me Cachan, Petit-Claud et Doublon se comportèrent encore mieux que des généraux autrichiens, ils se modelèrent sur un Autrichien de l'antiquité, sur Fabius *Cunctator* [566] !

Petit-Claud, malicieux comme un mulet, eut bientôt reconnu tous les avantages de sa position. Dès que le payement des frais à faire était garanti par le grand Cointet, il se promit de ruser avec Cachan, et de faire briller son génie aux yeux du papetier, en créant des incidents qui retombassent à la charge de Métivier. Mais, malheureusement pour la gloire de ce jeune Figaro de la Basoche [567], l'historien doit passer sur le terrain de ses exploits comme s'il marchait sur des charbons ardents. Un seul mémoire de frais, comme celui fait à Paris, suffit sans doute à l'histoire des mœurs contemporaines. Imitons donc le style des bulletins de la Grande Armée ; car, pour l'intelligence du récit, plus rapide sera l'énoncé des faits et gestes de Petit-Claud, meilleure sera cette page exclusivement judiciaire.

Assigné, le 3 juillet, au tribunal de commerce d'Angoulême, David fit défaut ; le jugement lui fut signifié le 8. Le 10, Doublon lança un commandement et tenta, le 12, une saisie à laquelle s'opposa Petit-Claud en réassignant Métivier à quinze jours. De son côté, Métivier trouva ce temps trop long, réassigna le lendemain à bref délai, et obtint, le 19, un jugement qui débouta Séchard de son opposition. Ce jugement, signifié roide le 21, autorisa un commandement le 22, une signification de contrainte par corps le 23, et un procès-verbal de saisie le 24. Cette fureur de saisie fut bridée par Petit-Claud qui s'y opposa en interjetant appel en Cour royale. Cet appel, réitéré le 15 juillet, traînait Métivier à Poitiers. « Allez ! se dit Petit-Claud, nous resterons là pendant quelque temps. » Une fois l'orage dirigé sur Poitiers, chez un avoué de Cour royale à qui Petit-Claud donna ses instructions, ce défenseur à double face fit assigner à bref délai David Séchard, par Mme Séchard, en séparation de biens. Selon l'expression du Palais, il *diligenta* de manière à obtenir son jugement de séparation le 28 juillet, il l'inséra dans le *Courrier de la Charente*, le signifia dûment, et, le 1ᵉʳ août, il se faisait par-devant notaire une liquidation des reprises de Mme Séchard qui la constituait créancière de son mari pour la faible somme de dix mille francs que l'amoureux David lui avait reconnue en dot par le contrat de mariage, et pour le payement de laquelle il lui abandonna le mobilier de son imprimerie et celui du domicile conjugal. Pendant que Petit-Claud mettait ainsi à couvert l'avoir du ménage, il faisait triompher à Poitiers la prétention sur laquelle il avait basé son appel. Selon lui, David devait d'autant moins être passible des frais faits à Paris sur Lucien de Rubempré, que le tribunal civil de la Seine les avait, par son jugement, mis à la charge de Métivier. Ce système, adopté par la Cour, fut consacré dans un arrêt qui confirma les condamnations portées au jugement du tribunal de commerce d'Angoulême contre Séchard fils, en faisant distraction d'une somme de six cents francs sur les frais de Paris, mise à la charge de Métivier, en compensant quelques frais entre les parties, eu égard à l'incident qui motivait l'appel de Séchard. Cet arrêt signifié, le 17 août, à Séchard fils, se traduisit, le 18, en un commandement de payer le capital, les intérêts, les frais dus, suivi d'un procès-verbal de saisie le 20. Là, Petit-Claud intervint au nom de Mme Séchard et revendiqua le mobilier comme appartenant à l'épouse, dûment séparée. De plus, Petit-Claud fit apparaître Séchard père devenu son client. Voici pourquoi.

Le lendemain de la visite que lui fit sa belle-fille, le vigneron était venu voir son avoué d'Angoulême, Mᵉ Cachan, auquel il demanda la manière de recouvrer ses loyers compromis dans la bagarre où son fils était engagé.

« Je ne puis pas *occuper* pour le père lorsque je poursuis le fils, lui dit Cachan, mais allez voir Petit-Claud, il est très habile, et il vous servira peut-être encore mieux que je ne le ferais... »

Au Palais, Cachan dit à Petit-Claud : « Je t'ai envoyé le père Séchard, *occupe* pour moi à charge de revanche. »

Entre avoués, ces sortes de services se rendent en province comme à Paris.

Le lendemain du jour où le père Séchard eut donné sa confiance à Petit-Claud, le grand Cointet vint voir son complice et lui dit : « Tâchez de donner une leçon au père Séchard ! Il est homme à ne jamais pardonner à son fils de lui coûter mille francs ; et ce débours séchera dans son cœur toute pensée généreuse, s'il en poussait ! »

« Allez à vos vignes, dit Petit-Claud à son nouveau client, votre fils n'est pas heureux, ne le grugez pas en mangeant chez lui. Je vous appellerai quand il en sera temps. »

Donc, au nom de Séchard, Petit-Claud prétendit que les presses étant scellées devenaient d'autant plus immeubles par destination que, depuis le règne de Louis XIV, la maison servait à une imprimerie. Cachan, indigné pour le compte de Métivier, qui, après avoir trouvé à Paris les meubles de Lucien appartenant à Coralie, trouvait encore à Angoulême les meubles de David appartenant à la femme et au père (il y eut là de jolies choses dites à l'audience), assigna le père et le fils pour faire tomber de telles prétentions. « Nous voulons, s'écria-t-il, démasquer les fraudes de ces hommes qui déploient les plus redoutables fortifications de la mauvaise foi ; qui, des articles les plus innocents et les plus clairs du Code, font des chevaux de frise pour se défendre ! et de quoi, de payer trois mille francs ! pris où... dans la caisse du pauvre Métivier. Et l'on ose accuser les escompteurs !... Dans quel temps vivons-nous !... Enfin, je le demande, n'est-ce pas à qui prendra l'argent de son voisin ?... Vous ne sanctionnerez pas une prétention qui ferait passer l'immoralité au cœur de la justice !... » Le tribunal d'Angoulême, ému par la belle plaidoirie de Cachan, rendit un jugement, contradictoire entre toutes les parties, qui donna la propriété des meubles meublants seulement à Mme Séchard, repoussa les prétentions de Séchard père et le condamna net à payer quatre cent trente-quatre francs soixante-cinq centimes de frais.

« Le père Séchard est bon, se dirent en riant les avoués, il a voulu mettre la main dans le plat, qu'il paye !... »

Le 26 août, ce jugement fut signifié de manière à pouvoir saisir les presses et les accessoires de l'imprimerie le 28 août.

On apposa les affiches !... On obtint, sur requête, un jugement pour pouvoir vendre dans les lieux mêmes. On inséra l'annonce de la vente dans les journaux, et Doublon se flatta de pouvoir procéder au récolement et à la vente le 2 septembre. En ce moment, David Séchard devait, par jugement en règle et par exécutoires levés, bien légalement, à Métivier, la somme totale de cinq mille deux cent soixante-quinze francs vingt-cinq centimes non compris les intérêts. Il devait à Petit-Claud douze cents francs et les honoraires, dont le chiffre était laissé, suivant la noble confiance des cochers qui vous ont conduit rondement, à sa générosité. Mme Séchard devait à Petit-Claud environ trois cent cinquante francs, et des honoraires. Le père Séchard devait ses quatre cent trente-quatre francs soixante-cinq centimes et Petit-Claud lui demandait cent écus d'honoraires. Ainsi, le tout pouvait aller à dix mille francs. À part l'utilité de ces documents pour les nations étrangères qui pourront y voir le jeu de l'artillerie judiciaire en France, il est nécessaire que le législateur, si toutefois le législateur a le temps de lire, connaisse jusqu'où peut aller l'abus de la procédure. Ne devrait-on pas bâcler une petite loi qui, dans certains cas, interdirait aux avoués de surpasser *en frais* la somme qui fait l'objet du procès ? N'y a-t-il pas quelque chose de ridicule à soumettre une propriété d'un centiare aux formalités qui régissent une terre d'un million ! On comprendra, par cet exposé très sec de toutes les phases par lesquelles passait le débat, la valeur de ces mots : *la forme, la justice, les frais !* dont ne se doute pas l'immense majorité des Français. Voilà ce qui s'appelle en argot de Palais mettre le feu dans les affaires d'un homme. Les caractères de l'imprimerie pesant cinq milliers[568] valaient, au prix de la fonte, deux mille francs. Les trois presses valaient six cents francs. Le reste du matériel eût été vendu comme du vieux fer et du vieux bois. Le mobilier du ménage aurait produit tout au plus mille francs. Ainsi, de valeurs appartenant à Séchard fils et représentant une somme d'environ quatre mille francs, Cachan et Petit-Claud en avaient fait le prétexte de sept mille francs de frais sans compter l'avenir dont la fleur promettait d'assez beaux fruits, comme on va le voir. Certes les praticiens de France et de Navarre, ceux de Normandie même, accorderont leur estime et leur admiration à Petit-Claud ; mais les gens de cœur n'accorderont-ils pas une larme de sympathie à Kolb et à Marion ?

Pendant cette guerre, Kolb, assis à la porte de l'allée sur

une chaise tant que David n'avait pas besoin de lui, remplissait les devoirs d'un chien de garde. Il recevait les actes judiciaires, toujours surveillés d'ailleurs par un clerc de Petit-Claud. Quand des affiches annonçaient la vente du matériel composant une imprimerie, Kolb les arrachait aussitôt que l'afficheur les avait apposées, et il courait par la ville les ôter, en s'écriant : « *Les goquins !... dourmander ein si prafe ôme ! Ed ilz abellent ça de la chistice !* » Marion gagnait pendant la matinée une pièce de dix sous à tourner une machine dans une papeterie et l'employait à la dépense journalière. Mme Chardon avait recommencé sans murmurer les fatigantes veilles de son état de garde-malade, et apportait à sa fille son salaire à la fin de chaque semaine. Elle avait déjà fait deux neuvaines, en s'étonnant de trouver Dieu sourd à ses prières, et aveugle aux clartés des cierges qu'elle lui allumait.

Le 2 septembre, Ève reçut la seule lettre que Lucien écrivit après celle par laquelle il avait annoncé la mise en circulation des trois billets à son beau-frère et que David avait cachée à sa femme.

« Voilà la troisième lettre que j'aurai eue de lui depuis son départ », se dit la pauvre sœur en hésitant à décacheter le fatal papier. En ce moment, elle donnait à boire à son enfant, elle le nourrissait au biberon, car elle avait été forcée de renvoyer la nourrice par économie. On peut juger dans quel état la mit la lecture de la lettre suivante, ainsi que David, qu'elle fit lever. Après avoir passé la nuit à faire du papier, l'inventeur s'était couché vers le jour.

« Paris, 29 août.

« Ma chère sœur,

« Il y a deux jours, à cinq heures du matin, j'ai reçu le dernier soupir d'une des plus belles créatures de Dieu, la seule femme qui pouvait m'aimer comme tu m'aimes, comme m'aiment David et ma mère, en joignant à ces sentiments si désintéressés ce qu'une mère et une sœur ne sauraient donner : toutes les félicités de l'amour ! Après m'avoir tout sacrifié, peut-être la pauvre Coralie est-elle morte pour moi ! pour moi qui n'ai pas en ce moment de quoi la faire enterrer... Elle m'eût consolé de la vie ; vous seuls, mes chers anges, pourrez me consoler de sa mort. Cette innocente fille a, je le crois, été absoute par Dieu, car elle morte chrétiennement. Oh ! Paris !... Mon Ève, Paris est à la fois toute la gloire et toute l'infamie de la France, j'y ai déjà perdu bien des illusions, et je vais en perdre encore d'autres en y mendiant le peu d'argent dont j'ai besoin pour mettre en terre sainte le corps d'un ange !

« Ton malheureux frère,

« LUCIEN. »

« P.-S. — J'ai dû te causer bien des chagrins par ma légèreté, tu sauras tout un jour, et tu m'excuseras. D'ailleurs, tu dois être tranquille : en nous voyant si tourmentés, Coralie et moi, un brave négociant à qui j'ai fait de cruels soucis, M. Camusot, s'est chargé d'arranger, a-t-il dit, cette affaire. »

« La lettre est encore humide de ses larmes ! dit-elle à David en le regardant avec tant de pitié qu'il éclatait dans ses yeux quelque chose de son ancienne affection pour Lucien.

— Pauvre garçon, il a dû bien souffrir, s'il était aimé comme il le dit », s'écria l'heureux époux d'Ève.

Et le mari comme la femme oublièrent toutes leurs douleurs, devant le cri de cette douleur suprême. En ce moment, Marion se précipita disant : « Madame, les voilà !... les voilà !...

— Qui ?

— Doublon et ses hommes, le diable, Kolb se bat avec eux, on va vendre.

— Non, non, l'on ne vendra pas, rassurez-vous ! s'écria Petit-Claud dont la voix retentit dans la pièce qui précédait la chambre à coucher, je viens de signifier un appel. Nous ne devons pas rester sous le poids d'un jugement qui nous taxe de mauvaise foi. Je ne me suis pas avisé de me défendre ici. Pour vous gagner du temps, j'ai laissé bavarder Cachan, je suis certain de triompher encore une fois à Poitiers...

— Mais combien ce triomphe coûtera-t-il ? demanda Mme Séchard.

— Des honoraires si vous triomphez, et mille francs si nous perdons.

— Mon Dieu, s'écria la pauvre Ève, mais le remède n'est-il pas pire que le mal ?... »

En entendant ce cri de l'innocence éclairée au feu judiciaire, Petit-Claud resta tout interdit, tant Ève lui parut belle. Le père Séchard, mandé par Petit-Claud, arriva sur ces entrefaites. La présence du vieillard dans la chambre à coucher de ses enfants, où son petit-fils au berceau souriait au malheur, rendit cette scène complète.

« Papa Séchard, dit le jeune avoué, vous me devez sept cents francs pour votre intervention ; mais vous les répéterez contre[569] votre fils, en les ajoutant à la masse des loyers qui vous sont dus. »

Le vieux vigneron saisit la piquante ironie que Petit-Claud mit dans son accent et dans son air en lui adressant cette phrase.

« Il vous en aurait moins coûté pour cautionner votre fils ! » lui dit Ève en quittant le berceau pour venir embrasser le vieillard...

David, accablé par la vue de l'attroupement qui s'était fait devant sa maison, où la lutte de Kolb et des gens de Doublon avait attiré du monde, tendit la main à son père sans lui dire bonjour.

« Et comment puis-je vous devoir sept cents francs ? demanda le vieillard à Petit-Claud.

— Mais parce que j'ai, d'abord, *occupé* pour vous. Comme il s'agit de vos loyers, vous êtes vis-à-vis de moi solidaire avec votre débiteur. Si votre fils ne me paye pas ces frais-là, vous me les payerez, vous... Mais, ceci n'est rien, dans quelques heures on voudra mettre David en prison, l'y laisserez-vous aller ?...

— Que doit-il ?

— Mais quelque chose comme cinq à six mille francs, sans compter ce qu'il vous doit et ce qu'il doit à sa femme. »

Le vieillard, devenu tout défiance, regarda le tableau touchant qui se présentait à ses regards dans cette chambre bleue et blanche : une belle femme en pleurs auprès d'un berceau, David fléchissant enfin sous le poids de ses chagrins, l'avoué qui peut-être l'avait attiré là comme dans un piège ; l'ours crut alors sa paternité mise en jeu par eux, il eut peur d'être exploité. Il alla voir et caresser l'enfant, qui lui tendit ses petites mains. Au milieu de tant de soins, l'enfant, soigné comme celui d'un pair d'Angleterre, avait sur la tête un petit bonnet brodé doublé de rose.

« Eh ! que David s'en tire comme il pourra, moi je ne pense qu'à cet enfant-là, s'écria le vieux grand-père, et sa mère m'approuvera. David est si savant, qu'il doit savoir comment payer ses dettes.

— Je vais vous traduire en bon français vos sentiments, dit l'avoué d'un air moqueur. Tenez, papa Séchard, vous êtes jaloux de votre fils. Écoutez la vérité ? vous avez mis

David dans la position où il est, en lui vendant votre imprimerie trois fois ce qu'elle valait, et en le ruinant pour vous faire payer ce prix usuraire. Oui, ne branlez pas la tête, le journal vendu aux Cointet, et dont le prix a été empoché par vous en entier, était toute la valeur de votre imprimerie... Vous haïssez votre fils non seulement parce que vous l'avez dépouillé, mais encore parce que vous en avez fait un homme au-dessus de vous. Vous vous donnez le genre d'aimer prodigieusement votre petit-fils pour masquer la banqueroute de sentiments que vous faites à votre fils et à votre bru qui vous coûteraient de l'argent *hic et nunc,* tandis que votre petit-fils n'a besoin de votre affection que *in extremis.* Vous aimez ce petit gars-là pour avoir l'air d'aimer quelqu'un de votre famille, et ne pas être taxé d'insensibilité. Voilà le fond de votre sac, père Séchard...

— Est-ce pour entendre ça que vous m'avez fait venir ? dit le vieillard d'un ton menaçant en regardant tour à tour son avoué, sa belle-fille et son fils.

— Mais, monsieur, s'écria la pauvre Ève en s'adressant à Petit-Claud, avez-vous donc juré notre ruine ? Jamais mon mari ne s'est plaint de son père... » Le vigneron regarda sa belle-fille d'un air sournois. « Il m'a dit cent fois que vous l'aimiez à votre manière », dit-elle au vieillard en en comprenant la défiance.

D'après les instructions du grand Cointet, Petit-Claud achevait de brouiller le père et le fils afin que le père ne fît pas sortir David de la cruelle position où il se trouvait.

« Le jour où nous tiendrons David en prison, avait dit la veille le grand Cointet à Petit-Claud, vous serez présenté chez Mme de Sénonches. »

L'intelligence que donne l'affection avait éclairé Mme Séchard, qui devinait cette inimitié de commande, comme elle avait déjà senti la trahison de Cérizet. Chacun imaginera facilement l'air surpris de David, qui ne pouvait pas comprendre que Petit-Claud connût si bien et son père et ses affaires. Le loyal imprimeur ne savait pas les liaisons de son défenseur avec les Cointet, et d'ailleurs il ignorait que les Cointet fussent dans la peau de Métivier. Le silence de David était une injure pour le vieux vigneron ; aussi l'avoué profita-t-il de l'étonnement de son client pour quitter la place.

« Adieu, mon cher David, vous êtes averti, la contrainte par corps n'est pas susceptible d'être infirmée par l'appel, il ne reste plus que cette voie à vos créanciers, ils vont la prendre. Ainsi, sauvez-vous!... Ou plutôt, si vous m'en croyez, tenez, allez voir les frères Cointet, ils ont des capitaux, et, si votre découverte est faite, si elle tient ses promesses, associez-vous avec eux ; ils sont, après tout, très bons enfants...

— Quel secret ? demanda le père Séchard.

— Mais croyez-vous votre fils assez niais pour avoir abandonné son imprimerie sans penser à autre chose ? s'écria l'avoué. Il est en train, m'a-t-il dit, de trouver le moyen de fabriquer pour trois francs la rame de papier qui revient en ce moment à dix francs...

— Encore une manière de m'attraper ! s'écria le père Séchard. Vous vous entendez tous ici comme des larrons en foire. Si David a trouvé cela, il n'a pas besoin de moi, le voilà millionnaire ! Adieu, mes petits amis, bonsoir. »

Et le vieillard de s'en aller par les escaliers.

« Songez à vous cacher », dit à David Petit-Claud qui courut après le vieux Séchard pour l'exaspérer encore.

Le petit avoué retrouva le vigneron grommelant sur la place du Mûrier, le reconduisit jusqu'à l'Houmeau, et le quitta en le menaçant de prendre un exécutoire pour les frais qui lui étaient dus, s'il n'était pas payé dans la semaine.

« Je vous paye, si vous me donnez les moyens de déshériter mon fils sans nuire à mon petit-fils et à ma bru !... » dit le vieux Séchard en quittant brusquement Petit-Claud.

« Comme le grand Cointet connaît bien son monde !... Ah ! il me le disait bien : ces sept cents francs à donner empêcheront le père de payer les sept mille francs de son fils, s'écriait le petit avoué en remontant à Angoulême. Néanmoins ne nous laissons pas *enfoncer* par ce vieux finaud de papetier, il est temps de lui demander autre chose que des paroles. »

« Eh bien, David, mon ami, que comptes-tu faire ?... dit Ève à son mari quand le père Séchard et l'avoué les eurent laissés.

— Mets ta plus grande marmite au feu, mon enfant, s'écria David en regardant Marion, je tiens mon affaire ! »

En entendant cette parole, Ève prit son chapeau, son châle, ses souliers avec une vivacité fébrile.

« Habillez-vous, mon ami, dit-elle à Kolb, vous allez m'accompagner, car il faut que je sache s'il existe un moyen de sortir de cet enfer... »

« Monsieur, s'écria Marion quand Ève fut sortie, soyez

donc raisonnable, ou madame mourra de chagrin. Gagnez de l'argent pour payer ce que vous devez, et, après, vous chercherez vos trésors à votre aise...

— Tais-toi, Marion, répondit David, la dernière difficulté sera vaincue. J'aurai tout à la fois un brevet d'invention et un brevet de perfectionnement. »

La plaie des inventeurs, en France, est le brevet de perfectionnement. Un homme passe dix ans de sa vie à chercher un secret d'industrie, une machine, une découverte quelconque, il prend un brevet, il se croit maître de sa chose ; il est suivi par un concurrent qui, s'il n'a pas tout prévu, lui perfectionne son invention par une vis, et la lui ôte ainsi des mains [570]. Or, en inventant, pour fabriquer le papier, une pâte à bon marché, tout n'était pas dit ! D'autres pouvaient perfectionner le procédé. David Séchard voulait tout prévoir, afin de ne pas se voir arracher une fortune cherchée au milieu de tant de contrariétés. Le papier de Hollande (ce nom reste au papier fabriqué tout en chiffon de fil de lin, quoique la Hollande n'en fabrique plus) est légèrement collé ; mais il se colle feuille à feuille par une main-d'œuvre qui renchérit le papier. S'il devenait possible de coller la pâte dans la cuve, et par une colle peu dispendieuse (ce qui se fait d'ailleurs aujourd'hui, mais imparfaitement encore), il ne resterait aucun perfectionnement à trouver. Depuis un mois, David cherchait donc à coller en cuve la pâte de son papier. Il visait à la fois deux secrets.

Ève alla voir sa mère. Par un hasard favorable, Mme Chardon gardait la femme du premier substitut [571], laquelle venait de donner un héritier présomptif aux Milaud de Nevers. Ève, en défiance de tous les officiers ministériels, avait inventé de consulter, sur sa position, le défenseur légal des veuves et des orphelins, de lui demander si elle pouvait libérer David en s'obligeant, en vendant ses droits ; mais elle espérait aussi savoir la vérité sur la conduite ambiguë de Petit-Claud. Le magistrat, surpris de la beauté de Mme Séchard, la reçut, non seulement avec les égards dus à une femme, mais encore avec une espèce de courtoisie à laquelle Ève n'était pas habituée. La pauvre femme vit enfin dans les yeux du magistrat cette expression que, depuis son mariage, elle n'avait plus trouvée que chez Kolb, et qui, pour les femmes belles comme Ève, est le *criterium* avec lequel elles jugent les hommes. Quand une passion, quand l'intérêt ou l'âge glacent dans les yeux d'un homme le pétillement de l'obéissance absolue qui y flambe au jeune âge, une femme entre alors en défiance de cet homme et se met à l'observer. Les Cointet, Petit-Claud, Cérizet, tous les gens en qui Ève avait deviné des ennemis, l'avaient regardée d'un œil sec et froid, elle se sentit donc à l'aise avec le substitut, qui, tout en l'accueillant avec grâce, détruisit en peu de mots toutes ses espérances.

« Il n'est pas certain, madame, lui dit-il, que la Cour royale réforme le jugement qui restreint aux meubles meublants l'abandon que vous a fait votre mari de tout ce qu'il possédait pour vous remplir de vos reprises [572]. Votre privilège ne doit pas servir à couvrir une fraude. Mais, comme vous serez admise en qualité de créancière au partage du prix des objets saisis, que votre beau-père doit exercer également son privilège pour la somme des loyers dus, il y aura, l'arrêt de la cour une fois rendu, matière à d'autres contestations, à propos de ce que nous appelons, en termes de droit, une *contribution* [573].

— Mais M. Petit-Claud nous ruine donc ?... s'écria-t-elle.

— La conduite de Petit-Claud, reprit le magistrat, est conforme au mandat donné par votre mari, qui veut, dit son avoué, gagner du temps. Selon moi, peut-être vaudrait-il mieux se désister de l'appel, et vous rendre acquéreurs à la vente, vous et votre beau-père, des ustensiles les plus nécessaires à votre exploitation, vous dans la limite de ce qui doit vous revenir, lui pour la somme de ses loyers... Mais ce serait aller trop promptement au but. Les avoués vous grugent !...

— Je serais alors dans les mains de M. Séchard père, à qui je devrais le loyer des ustensiles et celui de la maison ; mon mari n'en resterait pas moins sous le coup des poursuites de M. Métivier, qui n'aurait presque rien eu...

— Oui, madame.

— Eh bien, notre position serait pire que celle où nous sommes...

— La force de la loi, madame, appartient en définitive au créancier. Vous avez reçu trois mille francs, il faut nécessairement les rendre...

— Oh ! monsieur, nous croyez-vous donc capables de... ? »

Ève s'arrêta en s'apercevant du danger que sa justification pouvait faire courir à son frère.

« Oh ! je sais bien, reprit le magistrat, que cette affaire est obscure et du côté des débiteurs, qui sont probes, délicats, grands même !... et du côté du créancier qui n'est qu'un prête-nom... » Ève épouvantée regardait le magistrat d'un air hébété. « Vous comprenez, dit-il en lui jetant un regard plein de grosse finesse, que nous avons, pour réfléchir à ce qui se passe sous nos yeux, tout le temps pendant lequel nous sommes assis à écouter les plaidoiries de messieurs les avocats. »

Ève revint au désespoir de son inutilité. Le soir à sept heures, Doublon apporta le commandement par lequel il dénonçait la contrainte par corps. À cette heure, la poursuite arriva donc à son apogée.

« À compter de demain, dit David, je ne pourrai plus sortir que pendant la nuit [574]. »

Ève et Mme Chardon fondirent en larmes. Pour elles, se cacher était un déshonneur. En apprenant que la liberté de leur maître était menacée, Kolb et Marion s'alarmèrent d'autant plus que, depuis longtemps, ils l'avaient jugé dénué de toute malice ; et ils tremblèrent tellement pour lui, qu'ils vinrent trouver Mme Chardon, Ève et David, sous prétexte de savoir à quoi leur dévouement pouvait être utile. Ils arrivèrent au moment où ces trois êtres, pour qui la vie avait été jusqu'alors si simple, pleuraient en apercevant la nécessité de cacher David. Mais comment échapper aux espions invisibles qui, dès à présent, devaient observer les moindres démarches de cet homme, malheureusement si distrait ?

« *Si matame feut addentre ein bedit quard'hire, che fais bousser eine regonnaissanze dans le gampe ennemi*, dit Kolb, *et vis ferrez que che m'y gonnais, quoique chaie l'air d'ein Hallemante ; gomme che suis ein fraï Vrançais, chai engor te la malice.*

— Oh ! madame, dit Marion, laissez-le aller, il ne pense qu'à garder monsieur, il n'a pas d'autres idées. Kolb n'est pas un Alsacien. C'est... quoi ?... un vrai terre-neuvien !

— Allez, mon bon Kolb, lui dit David, nous avons encore le temps de prendre un parti. »

Kolb courut chez l'huissier, où les ennemis de David, réunis en conseil, avisaient aux moyens de s'emparer de lui.

L'arrestation des débiteurs est, en province, un fait exorbitant, anormal, s'il en fut jamais. D'abord, chacun s'y connaît trop bien pour que personne emploie jamais un moyen si odieux. On doit se trouver, créanciers et débiteurs, face à face pendant toute la vie. Puis, quand un commerçant, un banqueroutier, pour se servir des expressions de la province, qui ne transige guère sur cette espèce de vol légal, médite une vaste faillite, Paris lui sert de refuge. Paris est en quelque sorte la Belgique de la province : on y trouve des retraites presque impénétrables, et le mandat de l'huissier poursuivant expire aux limites de sa juridiction. En outre, il est d'autres empêchements quasi dirimants. Ainsi, la loi qui consacre l'inviolabilité du domicile règne sans exception en province ; l'huissier n'y a pas le droit, comme à Paris, de pénétrer dans une maison tierce pour y venir saisir le débiteur[575]. Le Législateur a cru devoir excepter Paris, à cause de la réunion constante de plusieurs familles dans la même maison. Mais, en province, pour violer le domicile du débiteur lui-même, l'huissier doit se faire assister du juge de paix. Or le juge de paix, qui tient sous sa puissance les huissiers, est à peu près le maître d'accorder ou de refuser son concours. A la louange des juges de paix, on doit dire que cette obligation leur pèse, ils ne veulent pas servir des passions aveugles, ou des vengeances. Il est encore d'autres difficultés non moins graves et qui tendent à modifier la cruauté tout à fait inutile de la loi sur la contrainte par corps, par l'action des mœurs qui change souvent les lois au point de les annuler. Dans les grandes villes, il existe assez de misérables, de gens dépravés, sans foi ni loi, pour servir d'espions ; mais dans les petites villes chacun se connaît trop pour pouvoir se mettre aux gages d'un huissier. Quiconque, dans la classe infime, se prêterait à ce genre de dégradation, serait obligé de quitter la ville. Ainsi, l'arrestation d'un débiteur n'étant pas, comme à Paris ou comme dans les grands centres de population, l'objet de l'industrie privilégiée des gardes du commerce, devient une œuvre de procédure excessivement difficile, un combat de ruse entre le débiteur et l'huissier dont les inventions ont quelquefois fourni de très agréables récits aux Faits-Paris des journaux. Cointet l'aîné n'avait pas voulu se montrer ; mais le gros Cointet, qui se disait chargé de cette affaire par Métivier, était venu chez Doublon avec Cérizet, devenu son prote, et dont la coopération avait été acquise par la promesse d'un billet de mille francs. Doublon devait compter sur deux de ses praticiens. Ainsi, les Cointet avaient déjà trois limiers pour surveiller leur proie. Au moment de l'arrestation, Doublon pouvait d'ailleurs employer la gendarmerie, qui, aux termes des jugements, doit son concours à l'huissier qui le requiert. Ces cinq personnes étaient donc en ce moment même réunies dans le cabinet de Mᵉ Doublon, situé au rez-de-chaussée de la maison, en suite de l'étude.

On entrait à l'étude par un assez large corridor dallé, qui formait comme une allée. La maison avait une simple porte bâtarde, de chaque côté de laquelle se voyaient les panonceaux ministériels dorés, au centre desquels on lit en lettres noires : HUISSIER. Les deux fenêtres de l'étude donnant sur la rue étaient défendues par de forts barreaux de fer. Le cabinet avait vue sur un jardin, où l'huissier, amant de Pomone[576], cultivait lui-même avec un grand succès les espaliers. La cuisine faisait face à l'étude, et derrière la cuisine se développait l'escalier par lequel on montait à l'étage supérieur. Cette maison se trouvait dans une petite rue, derrière le nouveau Palais de Justice, alors en construction, et qui ne fut fini qu'après 1830. Ces détails ne sont pas inutiles à l'intelligence de ce qui advint à Kolb. L'Alsacien avait inventé de se présenter à l'huissier sous prétexte de lui vendre son maître, afin d'apprendre ainsi quels seraient les pièges qu'on lui tendrait, et de l'en préserver. La cuisinière vint ouvrir, Kolb lui manifesta le désir de parler à M. Doublon pour affaires. Contrariée d'être dérangée pendant qu'elle lavait sa vaisselle, cette femme ouvrit la porte de l'étude en disant à Kolb, qui lui était inconnu, d'y attendre Monsieur, pour le moment en conférence dans son cabinet ; puis, elle alla prévenir son maître qu'un homme voulait lui parler. Cette expression, *un homme*, signifiait si bien un paysan, que Doublon dit : « Qu'il attende ! » Kolb s'assit auprès de la porte du cabinet.

« Ah çà ! comment comptez-vous procéder ? car si nous pouvions l'empoigner demain matin, ce serait du temps de gagné, disait le gros Cointet.

— Il n'a pas volé son nom de Naïf, rien ne sera plus facile », s'écria Cérizet.

En reconnaissant la voix du gros Cointet, mais surtout en entendant ces deux phrases, Kolb devina sur-le-champ qu'il s'agissait de son maître, et son étonnement alla croissant quand il distingua la voix de Cérizet.

« *Eine karson qui a manché son bain* », s'écria-t-il frappé d'épouvante.

« Mes enfants, dit Doublon, voici ce qu'il faut faire. Nous échelonnerons notre monde à de grandes distances, depuis la rue de Beaulieu et la place du Mûrier, dans tous les sens, de manière à suivre le Naïf, ce surnom me plaît, sans qu'il puisse s'en apercevoir, nous ne le quitterons pas qu'il ne soit entré dans la maison où il se croira caché ; nous lui laisserons quelques jours de sécurité, puis nous l'y rencontrerons quelque jour avant le lever ou le coucher du soleil.

— Mais en ce moment que fait-il ? il peut nous échapper, dit le gros Cointet.

— Il est chez lui, dit Me Doublon ; s'il sortait, je le saurais. J'ai l'un de mes praticiens sur la place du Mûrier en observation, un autre au coin du Palais, et un autre à trente pas de ma maison. Si notre homme sortait, ils siffleraient ; et il n'aurait pas fait trois pas, que je le saurais déjà par cette communication télégraphique. »

Les huissiers donnent à leurs recors le nom honnête de praticiens.

Kolb n'avait pas compté sur un si favorable hasard, il sortit doucement de l'étude et dit à la servante : « M. Doublon est occupé pour longtemps, je reviendrai demain matin de bonne heure. »

L'Alsacien, en sa qualité de cavalier, avait été saisi par une idée qu'il alla sur-le-champ mettre à exécution. Il courut chez un loueur de chevaux de sa connaissance, y choisit un cheval, le fit seller, et revint en toute hâte chez son maître, où il trouva Mme Ève dans la plus profonde désolation.

« Qu'y a-t-il, Kolb ? demanda l'imprimeur en trouvant à l'Alsacien un air à la fois joyeux et effrayé.

— *Vus êdes endourés de goquins. Le plis sire ede te gager mon maîdre. Montame a-d-elle bensé à meddre monzière quelque bart ?...* »

Quand l'honnête Kolb eut expliqué la trahison de Cérizet, les circonvallations tracées autour de la maison, la part que le gros Cointet prenait à cette affaire, et fait pressentir les ruses que méditaient de tels hommes contre son maître, les plus fatales lueurs éclairèrent la position de David.

« C'est les Cointet qui te poursuivent, s'écria la pauvre Ève anéantie, et voilà pourquoi Métivier se montrait si dur... ils sont papetiers, ils veulent ton secret.

— Mais que faire pour leur échapper ? s'écria Mme Chardon.

— *Si montame beud affoir ein bedide entroid à meddre monzière,* demanda Kolb, *che bromets de l'y gontuire zans qu'on le zache chamais.*

— N'entrez que de nuit chez Basine Clerget, répondit Ève, j'irai convenir de tout avec elle. Dans cette circonstance, Basine est une autre moi-même.

— Les espions te suivront, dit enfin David qui recouvra

quelque présence d'esprit. Il s'agit de trouver un moyen de prévenir Basine sans qu'aucun de nous y aille.

— *Montame beud y hâler*, dit Kolb. *Foissi ma gompinazion : che fais sordir affec monsière, nus emmènerons sir nos draces les sivleurs. Bentant ce demps, matame ira chez matemoiselle Clerchet, èle ne sera pas zuifie. Chai ein gefal, che prents monsière en groube ; ed, ti tiaple, si l'on nus addrabe !*

— Eh bien, adieu, mon ami, s'écria la pauvre femme en se jetant dans les bras de son mari ; aucun de nous n'ira te voir, car nous pourrions te faire prendre. Il faut nous dire adieu pour tout le temps que durera cette prison volontaire. Nous correspondrons par la poste, Basine y jettera tes lettres, et je t'écrirai sous son nom. »

À leur sortie David et Kolb entendirent les sifflements, et menèrent les espions jusqu'au bas de la porte Palet où demeurait le loueur de chevaux. Là, Kolb prit son maître en croupe, en lui recommandant de se bien tenir à lui.

« *Zifflez, zifflez, mes pons hâmis ! Che me mogue de vus dous !* s'écria Kolb. *Vus n'addraberez bas ein fieux gafalier.* »

Et le vieux cavalier piqua des deux dans la campagne avec une rapidité qui devait mettre et qui mit les espions dans l'impossibilité de les suivre, ni de savoir où ils allaient.

Ève alla chez Postel sous le prétexte assez ingénieux de le consulter. Après avoir subi les insultes de cette pitié qui ne prodigue que des paroles, elle quitta le ménage Postel, et put gagner, sans être vue, la maison de Basine, à qui elle confia ses chagrins en lui demandant secours et protection. Basine, qui pour plus de discrétion avait fait entrer Ève dans sa chambre, ouvrit la porte d'un cabinet contigu dont le jour venait d'un châssis à tabatière et sur lequel aucun œil ne pouvait avoir de vue. Les deux amies débouchèrent une petite cheminée dont le tuyau longeait celui de la cheminée de l'atelier où les ouvrières entretenaient du feu pour leurs fers. Ève et Basine étendirent de mauvaises couvertures sur le carreau pour assourdir le bruit, si David en faisait par mégarde ; elles lui mirent un lit de sangle pour dormir, un fourneau pour ses expériences, une table et une chaise pour s'asseoir et pour écrire. Basine promit de lui donner à manger la nuit ; et, comme personne ne pénétrait jamais dans sa chambre, David pouvait défier tous ses ennemis, et même la police.

« Enfin, dit Ève en embrassant son amie, il est en sûreté. »

Ève retourna chez Postel pour éclaircir quelque doute qui,

dit-elle, la ramenait chez un si savant juge du tribunal de commerce, et elle se fit reconduire par lui chez elle en écoutant ses doléances. « Si vous m'aviez épousée, en seriez-vous là ?... » Ce sentiment était au fond de toutes les phrases du petit pharmacien. Au retour, Postel trouva sa femme jalouse de l'admirable beauté de Mme Séchard, et furieuse de la politesse de son mari, Léonie fut apaisée par l'opinion que le pharmacien prétendit avoir de la supériorité des petites femmes rousses sur les grandes femmes brunes qui, selon lui, étaient, comme de beaux chevaux, toujours à l'écurie. Il donna sans doute quelques preuves de sincérité, car le lendemain Mme Postel le mignardait.

« Nous pouvons être tranquilles, dit Ève à sa mère et à Marion, qu'elle trouva, selon l'expression de Marion, encore *saisies*.

— Oh ! ils sont partis », dit Marion quand Ève regarda machinalement dans sa chambre.

« *U vaud-il nus diriger ?...* demanda Kolb quand il fut à une lieue sur la grande route de Paris.

— À Marsac, répondit David ; puisque tu m'as mis sur ce chemin-là, je vais faire une dernière tentative sur le cœur de mon père.

— *C'haimerais mié monder à l'assaut t'une padderie de ganons, barce qu'il n'a boind de cuer, mennesier fôdre bère...* »

Le vieux pressier ne croyait pas en son fils ; il le jugeait, comme juge le peuple, d'après les résultats. D'abord, il ne croyait pas avoir dépouillé David ; puis, sans s'arrêter à la différence des temps, il se disait : « Je l'ai mis à cheval sur une imprimerie, comme je m'y suis trouvé moi-même ; et lui, qui en savait mille fois plus que moi, n'a pas su marcher ! » Incapable de comprendre son fils, il le condamnait, et se donnait sur cette haute intelligence une sorte de supériorité en se disant : « Je lui conserve du pain. » Jamais les moralistes ne parviendront à faire comprendre toute l'influence que les sentiments exercent sur les intérêts. Cette influence est aussi puissante que celle des intérêts sur les sentiments. Toutes les lois de la nature ont un double effet, en sens inverse l'un de l'autre. David, lui, comprenait son père et il avait la sublime charité de l'excuser. Arrivés à huit heures à Marsac, Kolb et David surprirent le bonhomme vers la fin de son dîner qui se rapprochait forcément de son coucher.

« Je te vois par autorité de justice, dit le père à son fils avec un sourire amer.

— *Gommand, mon maîdre et fus, bouffez-vus vus rengondrer... il foyache tans les cieux et vus êdes tuchurs tans les fignes...*, s'écria Kolb indigné. *Bayez, bayez! c'edde fodre édat te bère...*

— Allons, Kolb, va-t'en, mets le cheval chez Mme Courtois afin de ne pas en embarrasser mon père, et sache que les pères ont toujours raison. »

Kolb s'en alla grommelant comme un chien qui, grondé par son maître pour sa prudence, proteste encore en obéissant. David, sans dire ses secrets, offrit alors à son père de lui donner la preuve la plus évidente de sa découverte, en lui proposant un intérêt dans cette affaire pour prix des sommes qui lui devenaient nécessaires, soit pour se libérer immédiatement, soit pour se livrer à l'exploitation de son secret.

« Eh ! comment me prouveras-tu que tu peux faire avec rien du beau papier qui ne coûte rien ? » demanda l'ancien typographe en lançant à son fils un regard aviné, mais fin, curieux, avide. Vous eussiez dit un éclair sortant d'un nuage pluvieux, car le vieil ours, fidèle à ses traditions, ne se couchait jamais sans être coiffé de nuit. Son bonnet de nuit consistait en deux bouteilles d'excellent vin vieux que, selon son expression, il *sirotait*.

« Rien de plus simple, répondit David. Je n'ai pas de papier sur moi, je suis venu par ici pour fuir Doublon ; et, me voyant sur la route de Marsac, j'ai pensé que je pourrais bien trouver chez vous les facilités que j'aurais chez un usurier. Je n'ai rien sur moi que mes habits. Enfermez-moi dans un local bien clos, où personne ne puisse pénétrer, où personne ne puisse me voir, et...

— Comment, dit le vieillard en jetant à son fils un effroyable regard, tu ne me laisseras pas te voir faisant tes opérations...

— Mon père, répondit David, vous m'avez prouvé qu'il n'y avait pas de père dans les affaires...

— Ah ! tu te défies de celui qui t'a donné la vie.

— Non, mais de celui qui m'a ôté les moyens de vivre.

— Chacun pour soi, tu as raison ! dit le vieillard. Eh bien, je te mettrai dans mon cellier.

— J'y entre avec Kolb, vous me donnerez un chaudron pour faire ma pâte, reprit David sans avoir aperçu le coup d'œil que lui lança son père, puis vous irez me chercher des tiges d'artichaut, des tiges d'asperge, des orties à dard, des roseaux que vous couperez aux bords de votre petite rivière.

Demain matin, je sortirai de votre cellier avec du magnifique papier...

— Si c'est possible..., s'écria l'Ours en laissant échapper un hoquet, je te donnerai peut-être... je verrai si je puis te donner... bah !... vingt-cinq mille francs, à la condition de m'en faire gagner autant tous les ans...

— Mettez-moi à l'épreuve, j'y consens ! s'écria David. Kolb, monte à cheval, pousse jusqu'à Mansle, achètes-y un grand tamis de crin chez un boisselier[577], de la colle chez un épicier, et reviens en toute hâte.

— Tiens, bois..., dit le père en mettant devant son fils une bouteille de vin, du pain, et des restes de viandes froides. Prends des forces, je vais t'aller faire tes provisions de chiffons verts ; car ils sont verts, tes chiffons ! j'ai même peur qu'ils ne soient un peu trop verts. »

Deux heures après, sur les onze heures du soir, le vieillard enfermait son fils et Kolb dans une petite pièce adossée à son cellier, couverte en tuiles creuses, et où se trouvaient les ustensiles nécessaires à brûler les vins de l'Angoumois qui fournissent, comme on sait, toutes les eaux-de-vie dites de Cognac.

« Oh ! mais je suis là comme dans une fabrique... voilà du bois et des bassines, s'écria David.

— Eh bien, à demain, dit le père Séchard, je vais vous enfermer, et je lâcherai mes deux chiens, je suis sûr qu'on ne vous apportera pas de papier. Montre-moi des feuilles demain, je te déclare que je serai ton associé, les affaires seront alors claires et bien menées... »

Kolb et David se laissèrent enfermer et passèrent deux heures environ à briser, à préparer les tiges, en se servant de deux madriers. Le feu brillait, l'eau bouillait. Vers deux heures du matin, Kolb, moins occupé que David, entendit un soupir tourné comme un hoquet d'ivrogne ; il prit une des deux chandelles et se mit à regarder partout ; il aperçut alors la figure violacée du père Séchard qui remplissait une petite ouverture carrée, pratiquée au-dessus de la porte par laquelle on communiquait du cellier au brûloir et cachée par des futailles vides. Le malicieux vieillard avait introduit son fils et Kolb dans son brûloir par la porte extérieure qui servait à passer les pièces pour les livrer. Cette autre porte intérieure permettait de rouler les poinçons du cellier dans le brûloir sans faire le tour par la cour.

« *Ah ! baba ! ceci n'ed bas de cheu, fus foulez vilouder fôdre vils... Safez-vus ce que vus vaides, quand fus vufez eine poudeille te bon fin ? Vus appreufez ein goquin.*

— Oh ! mon père, dit David.

— Je venais savoir si vous aviez besoin de quelque chose, dit le vigneron quasi dégrisé.

— *Et c'edde bar indérêd pir nus que affez bris eine bedide egelle ?...* dit Kolb qui ouvrit la porte après en avoir débarrassé l'entrée et qui trouva le vieillard monté sur une échelle courte, en chemise.

— Risquer votre santé ! s'écria David.

— Je crois que je suis somnambule, dit le vieillard honteux en descendant. Ton défaut de confiance en ton père m'a fait rêver, je songeais que tu t'entendais avec le diable pour réaliser l'impossible.

— *Le tiaple, c'ed fôdre bassion pire les bedits chaunets !* s'écria Kolb.

— Allez vous recoucher, mon père, dit David ; enfermez-nous si vous voulez, mais épargnez-vous la peine de revenir : Kolb va faire sentinelle. »

Le lendemain, à quatre heures, David sortit du brûloir, ayant fait disparaître toutes les traces de ses opérations, et vint apporter à son père une trentaine de feuilles de papier dont la finesse, la blancheur, la consistance, la force ne laissaient rien à désirer et qui portaient pour filigranes les marques des fils plus forts les uns que les autres du tamis de crin. Le vieillard prit ces échantillons, il y appliqua la langue en ours habitué, depuis son jeune âge, à faire de son palais une éprouvette à papiers ; il les mania, les chiffonna, les plia, les soumit à toutes les épreuves que les typographes font subir aux papiers pour en reconnaître les qualités, et quoiqu'il n'y eût rien à redire, il ne voulut pas s'avouer vaincu.

« Il faut savoir ce que ça deviendra sous presse !... dit-il pour se dispenser de louer son fils.

— *Trôle t'ome !* » s'écria Kolb.

Le vieillard, devenu froid, couvrit, sous sa dignité paternelle, une irrésolution jouée.

« Je ne veux pas vous tromper, mon père, ce papier-là me semble encore devoir encore[578] coûter trop cher, et je veux résoudre le problème du collage en cuve... il ne me reste plus que cet avantage à conquérir...

— Ah ! tu voudrais m'attraper !

— Mais, vous le dirai-je ? je colle bien en cuve, mais

jusqu'à présent la colle ne pénètre pas également ma pâte, et donne au papier le rêche d'une brosse.

— Eh bien, perfectionne ton collage en cuve, et tu auras mon argent.

— *Mon maîdre ne ferra chamais la gouleur te fodre archant !* »

Évidemment le vieillard voulait faire payer à David la honte qu'il avait bue la nuit ; aussi le traita-t-il plus que froidement.

« Mon père, dit David qui renvoya Kolb, je ne vous en ai jamais voulu d'avoir estimé votre imprimerie à un prix exorbitant, et de me l'avoir vendue à votre seule estimation ; j'ai toujours vu le père en vous. Je me suis dit : Laissons un vieillard, qui s'est donné bien du mal, qui m'a certainement élevé mieux que je ne devais l'être, jouir en paix et à sa manière du fruit de ses travaux. Je vous ai même abandonné le bien de ma mère, et j'ai pris sans murmurer la vie obérée que vous m'aviez faite. Je me suis promis de gagner une belle fortune sans vous importuner. Eh bien, ce secret, je l'ai trouvé, les pieds dans le feu, sans pain chez moi, tourmenté pour des dettes qui ne sont pas les miennes... Oui, j'ai lutté patiemment jusqu'à ce que mes forces se soient épuisées. Peut-être me devez-vous des secours !... mais ne pensez pas à moi, voyez une femme et un petit enfant !... (Là, David ne put retenir ses larmes) et prêtez-leur aide et protection. Serez-vous au-dessous de Marion et de Kolb qui m'ont donné leurs économies ? s'écria le fils en voyant son père froid comme un marbre de presse.

— Et ça ne t'a pas suffi..., s'écria le vieillard sans éprouver la moindre vergogne, mais tu dévorerais la France... Bonsoir ! moi, je suis trop ignorant pour me fourrer dans des exploitations où il n'y aurait que moi d'exploité. Le Singe ne mangera pas l'Ours, dit-il en faisant allusion à leur surnom d'atelier. Je suis vigneron, je ne suis pas banquier... Et puis, vois-tu, des affaires entre père et fils, ça va mal. Dînons, tiens, tu ne diras pas que je ne te donne rien !... »

David était un de ces êtres à cœur profond qui peuvent y repousser leurs souffrances de manière à en faire un secret pour ceux qui leur sont chers ; aussi, chez eux, quand la douleur déborde ainsi, est-ce leur effort suprême. Ève avait bien compris ce beau caractère d'homme. Mais le père vit, dans ce flot de douleur ramené du fond à la surface, la plainte vulgaire des enfants qui veulent *attraper leurs pères*, et il prit l'excessif abattement de son fils pour la honte de l'insuccès. Le père et le fils se quittèrent brouillés. David et Kolb revinrent à minuit environ à Angoulême, où ils entrèrent à pied avec autant de précautions qu'en eussent pris des voleurs pour un vol. Vers une heure du matin, David fut introduit, sans témoin, chez Mlle Basine Clerget, dans l'asile impénétrable préparé pour lui par sa femme. En entrant là, David allait y être gardé par la plus ingénieuse de toutes les pitiés, celle d'une grisette. Le lendemain matin, Kolb se vanta d'avoir fait sauver son maître à cheval, et de ne l'avoir quitté qu'après l'avoir mis dans une patache qui devait l'emmener aux environs de Limoges. Une assez grande provision de matières premières fut emmagasinée dans la cave de Basine, en sorte que Kolb, Marion, Mme Séchard et sa mère purent n'avoir aucune relation avec Mlle Clerget.

Deux jours après cette scène avec son fils, le vieux Séchard, qui se vit encore à lui vingt jours avant de se livrer aux occupations de la vendange, accourut chez sa belle-fille, amené par son avarice. Il ne dormait plus, il voulait savoir si la découverte offrait quelques chances de fortune, et pensait à veiller au grain, selon son expression. Il vint habiter, au-dessus de l'appartement de sa belle-fille, une des deux chambres en mansarde qu'il s'était réservées, et vécut en fermant les yeux sur le dénuement pécuniaire qui affligeait le ménage de son fils. On lui devait des loyers, on pouvait bien le nourrir ! Il ne trouvait rien d'étrange à ce qu'on se servît de couverts en fer étamé.

« J'ai commencé comme ça », répondit-il à sa belle-fille quand elle s'excusa de ne pas le servir en argenterie.

Marion fut obligée de s'engager envers les marchands pour tout ce qui se consommerait au logis. Kolb servait les maçons à vingt sous par jour. Enfin, bientôt il ne resta plus que dix francs à la pauvre Ève qui, dans l'intérêt de son enfant et de David, sacrifiait ses dernières ressources à bien recevoir le vigneron. Elle espérait toujours que ses chatteries, que sa respectueuse affection, que sa résignation attendriraient l'avare ; mais elle le trouvait toujours insensible. Enfin, en lui voyant l'œil froid des Cointet, de Petit-Claud et de Cérizet, elle voulut observer son caractère et deviner ses intentions ; mais ce fut peine perdue ! Le père Séchard se rendait impénétrable en restant toujours entre deux vins. L'ivresse est un double voile. À la faveur de sa griserie, aussi souvent jouée que réelle, le bonhomme

essayait d'arracher à Ève les secrets de David. Tantôt il
caressait, tantôt il effrayait sa belle-fille. Quand Ève lui
répondait qu'elle ignorait tout, il lui disait : « Je boirai tout
mon bien, *je le mettrai en viager...* » Ces luttes déshonorantes
fatiguaient la pauvre victime qui, pour ne pas manquer de
respect à son beau-père, avait fini par garder le silence. Un
jour, poussée à bout, elle lui dit : « Mais, mon père, il y a
une manière bien simple de tout avoir[579] ; payez les dettes de
David, il reviendra ici, vous vous entendrez ensemble.

— Ah ! voilà tout ce que vous voulez avoir de moi,
s'écria-t-il, c'est bon à savoir. »

Le père Séchard, qui ne croyait pas en son fils, croyait aux
Cointet. Les Cointet, qu'il alla consulter, l'éblouirent à
dessein, en lui disant qu'il s'agissait de millions dans les
recherches entreprises par son fils.

« Si David peut prouver qu'il a réussi, je n'hésiterai pas à
mettre en société ma papeterie en comptant à votre fils sa
découverte pour une valeur égale », lui dit le grand Cointet.

Le défiant vieillard prit tant d'informations en prenant
des petits verres avec les ouvriers, il questionna si bien Petit-
Claud en faisant l'imbécile, qu'il finit par soupçonner les
Cointet de se cacher derrière Métivier ; il leur attribua le
plan de ruiner l'imprimerie Séchard et de se faire payer par
lui en l'amorçant avec la découverte, car le vieil homme du
peuple ne pouvait pas deviner la complicité de Petit-Claud,
ni les trames ourdies pour s'emparer tôt ou tard de ce beau
secret industriel. Enfin, un jour, le vieillard, exaspéré de ne
pouvoir vaincre le silence de sa belle-fille et de ne pas même
obtenir d'elle de savoir où David s'était caché, résolut de
forcer la porte de l'atelier à fondre les rouleaux, après avoir
fini par apprendre que son fils y faisait ses expériences. Il
descendit de grand matin et se mit à travailler la serrure.

« Eh bien, que faites-vous donc là, papa Séchard ?... lui
cria Marion qui se levait au jour pour aller à sa fabrique et
qui bondit jusqu'à la tremperie.

— Ne suis-je pas chez moi, Marion ? fit le bonhomme
honteux.

— Ah ! çà, devenez-vous voleur sur vos vieux jours...
vous êtes à jeun, cependant... Je vas conter cela tout chaud à
madame.

— Tais-toi, Marion, dit le vieillard en tirant de sa poche
deux écus de six francs. Tiens...

— Je me tairai, mais n'y revenez pas ! lui dit Marion en le
menaçant du doigt, ou je le dirais à tout Angoulême. »

Dès que le vieillard fut sorti, Marion monta chez sa maîtresse.

« Tenez, madame, j'ai soutiré douze francs à votre beau-père, les voilà...

— Et comment as-tu fait ?...

— Ne voulait-il pas voir les bassines et les provisions de monsieur, histoire de découvrir le secret. Je savais bien qu'il n'y avait plus rien dans la petite cuisine ; mais je lui ai fait peur comme s'il allait voler son fils, et il m'a donné deux écus pour me taire... »

En ce moment, Basine apporta joyeusement à son amie une lettre de David, écrite sur du magnifique papier, et qu'elle lui remit en secret.

« Mon Ève adorée, je t'écris à toi la première sur la première feuille de papier obtenue par mes procédés. J'ai réussi à résoudre le problème du collage en cuve ! La livre de pâte revient, même en supposant la mise en culture spéciale de bons terrains pour les produits que j'emploie, à cinq sous. Ainsi la rame de douze livres emploiera pour trois francs de pâte collée. Je suis sûr de supprimer la moitié du poids des livres. L'enveloppe, la lettre, les échantillons, sont de diverses fabrications. Je t'embrasse, nous serons heureux par la fortune, la seule chose qui nous manquait. »

« Tenez, dit Ève à son beau-père en lui tendant les échantillons, donnez à votre fils le prix de votre récolte, et laissez-lui faire sa fortune, il vous rendra dix fois ce que vous lui aurez donné, car il a réussi !... »

Le père Séchard courut chez les Cointet. Là, chaque échantillon fut essayé, minutieusement examiné : les uns étaient collés, les autres sans colle ; ils étaient étiquetés depuis trois francs jusqu'à dix francs par rame ; les uns étaient d'une pureté métallique, les autres doux comme du papier de Chine, il y en avait de toutes les nuances possibles du blanc. Des juifs examinant des diamants n'auraient pas eu les yeux plus animés que ne l'étaient ceux des Cointet et du vieux Séchard.

« Votre fils est en bon chemin, dit le gros Cointet.

— Eh bien, payez ses dettes, dit le vieux pressier.

— Bien volontiers, s'il veut nous prendre pour associés, répondit le grand Cointet.

— Vous êtes des *chauffeurs* [580] ! s'écria l'ours retiré, vous poursuivez mon fils sous le nom de Métivier, et vous voulez que je vous paye, voilà tout. Pas si bête, bourgeois !... »

Les deux frères se regardèrent, mais ils surent contenir la surprise que leur causa la perspicacité de l'avare.

« Nous ne sommes pas encore assez millionnaires pour nous amuser à faire l'escompte, répliqua le gros Cointet ; nous nous croirions assez heureux de pouvoir payer notre chiffon comptant, et nous faisons encore des billets à notre marchand.

— Il faut tenter une expérience en grand, répondit froidement le grand Cointet, car ce qui réussit dans une marmite échoue dans une fabrication entreprise sur une grande échelle. Délivrez votre fils.

— Oui, mais mon fils en liberté m'admettra-t-il comme son associé ? demanda le vieux Séchard.

— Ceci ne nous regarde pas, dit le gros Cointet. Est-ce que vous croyez, mon bonhomme, que quand vous aurez donné dix mille francs à votre fils, tout sera dit ? Un brevet d'invention coûte deux mille francs, il faudra faire des voyages à Paris ; puis, avant de se lancer dans des avances, il est prudent de fabriquer, comme dit mon frère, mille rames, risquer des cuvées entières afin de se rendre compte. Voyez-vous, il n'y a rien dont il faille plus se défier que des inventeurs.

— Moi, dit le grand Cointet, j'aime le pain tout cuit. »

Le vieillard passa la nuit à ruminer ce dilemme : Si je paye les dettes de David, il est libre, et une fois libre il n'a pas besoin de m'associer à sa fortune. Il sait bien que je l'ai roulé dans l'affaire de notre première association ; il n'en voudra pas faire une seconde. Mon intérêt serait donc de le tenir en prison, malheureux.

Les Cointet connaissaient assez le père Séchard pour savoir qu'ils chasseraient de compagnie. Donc ces trois hommes disaient : « Pour faire une société basée sur le secret, il faut des expériences ; et, pour faire ces expériences, il faut libérer David Séchard. David libéré nous échappe. » Chacun avait de plus une petite arrière-pensée. Petit-Claud se disait : « Après mon mariage, je serai franc du collier avec les Cointet ; mais jusque-là je les tiens. » Le grand Cointet se disait : « J'aimerais mieux avoir David sous clef, je serais le maître. » Le vieux Séchard se disait : « Si je paye ses dettes, mon fils me salue avec un remerciement. » Ève, attaquée, menacée par le vigneron d'être chassée de la maison, ne voulait ni révéler l'asile de son mari, ni même lui proposer d'accepter un sauf-conduit. Elle n'était pas certaine de réussir à cacher David une seconde fois aussi bien que la première, elle répondait donc à son beau-père : « Libérez votre fils, vous saurez tout. » Aucun des quatre intéressés, qui se trouvaient tous comme devant une table bien servie, n'osait toucher au festin, tant il craignait de se voir devancé ; et tous s'observaient en se défiant les uns des autres.

Quelques jours après la réclusion de Séchard, Petit-Claud était venu trouver le grand Cointet à sa papeterie.

« J'ai fait de mon mieux, lui dit-il, David s'est mis volontairement dans une prison qui nous est inconnue, et il y cherche en paix quelque perfectionnement. Si vous n'avez pas atteint à votre but, il n'y a pas de ma faute, tiendrez-vous votre promesse ?

— Oui, si nous réussissons, répondit le grand Cointet. Le père Séchard est ici depuis quelques jours, il est venu nous faire des questions sur la fabrication du papier, le vieil avare a flairé l'invention de son fils, il en veut profiter, il y a donc quelque espérance d'arriver à une association. Vous êtes l'avoué du père et du fils...

— Ayez le Saint-Esprit de les livrer, reprit Petit-Claud en souriant.

— Oui, répondit Cointet. Si vous réussissez ou à mettre David en prison ou à le mettre dans nos mains par un acte de société, vous serez le mari de Mlle de La Haye.

— Est-ce bien là votre *ultimatum*? dit Petit-Claud.

— *Yes!* fit Cointet, puisque nous parlons des langues étrangères.

— Voici le mien en bon français, reprit Petit-Claud d'un ton sec.

— Ah! voyons, répliqua Cointet d'un air curieux.

— Présentez-moi demain à Mme de Sénonches, faites qu'il y ait pour moi quelque chose de positif, enfin accomplissez votre promesse, ou je paye la dette de Séchard et je m'associe avec lui en revendant ma charge. Je ne veux pas être joué. Vous m'avez parlé net, je me sers du même langage. J'ai fait mes preuves, faites les vôtres. Vous avez tout, je n'ai rien. Si je n'ai pas de gages de votre sincérité, je prends votre jeu. »

Le grand Cointet prit son chapeau, son parapluie, son air jésuite, et sortit en disant à Petit-Claud de le suivre.

« Vous verrez, mon cher ami, si je ne vous ai pas préparé les voies?... » dit le négociant à l'avoué.

En un moment, le fin et rusé papetier avait reconnu le

danger de sa position, et vu dans Petit-Claud un de ces hommes avec lesquels il faut jouer franc jeu. Déjà, pour être en mesure et par acquit de conscience, il avait, sous prétexte de donner un état de la situation financière de Mlle de La Haye, jeté quelques paroles dans l'oreille de l'ancien consul général.

« J'ai l'affaire de Françoise, car avec trente mille francs de dot, aujourd'hui, dit-il en souriant, une fille ne doit pas être exigeante.

— Nous en parlerons, avait répondu Francis du Hautoy. Depuis le départ de Mme de Bargeton, la position de Mme de Sénonches est bien changée : nous pourrons marier Françoise à quelque bon vieux gentilhomme campagnard.

— Et elle se conduira mal, dit le papetier en prenant son air froid. Eh ! mariez-la donc à un jeune homme capable, ambitieux, que vous protégerez, et qui mettra sa femme dans une belle position.

— Nous verrons, avait répété Francis ; la marraine doit être avant tout consultée. »

À la mort de M. de Bargeton, Louise de Nègrepelisse avait fait vendre l'hôtel de la rue du Minage. Mme de Sénonches, qui se trouvait petitement logée, décida M. de Sénonches à acheter cette maison, le berceau des ambitions de Lucien et où cette scène a commencé. Zéphirine de Sénonches avait formé le plan de succéder à Mme de Bargeton dans l'espèce de royauté qu'elle avait exercée, d'avoir un salon, de faire enfin la grande dame. Une scission avait eu lieu dans la haute société d'Angoulême entre ceux qui, lors du duel de M. Bargeton et de M. de Chandour, tinrent qui pour l'innocence de Louise de Nègrepelisse, qui pour les calomnies de Stanislas de Chandour. Mme de Sénonches se déclara pour les Bargeton, et conquit d'abord tous ceux de ce parti. Puis, quand elle fut installée dans son hôtel, elle profita des accoutumances de bien des gens qui venaient y jouer depuis tant d'années. Elle reçut tous les soirs et l'emporta décidément sur Amélie de Chandour, qui se posa comme son antagoniste. Les espérances de Francis du Hautoy, qui se vit au cœur de l'aristocratie d'Angoulême, allaient jusqu'à vouloir marier Françoise avec le vieux M. de Séverac, que Mme du Brossard n'avait pu capturer pour sa fille. Le retour de Mme de Bargeton, devenue préfète d'Angoulême, augmenta les prétentions de Zéphirine pour sa bien-aimée filleule. Elle se disait que la comtesse Sixte du Châtelet userait de son crédit pour celle qui s'était constituée son champion. Le papetier, qui savait son Angoulême sur le bout du doigt, apprécia d'un coup d'œil toutes ces difficultés ; mais il résolut de se tirer de ce pas difficile par une de ces audaces que Tartuffe seul se serait permise. Le petit avoué, très surpris de la loyauté de son commanditaire en chicane, le laissait à ses préoccupations en cheminant de la papeterie à l'hôtel de la rue du Minage, où, sur le palier, les deux importuns furent arrêtés par ces mots : « Monsieur et Madame déjeunent.

— Annoncez-nous tout de même », répondit le grand Cointet.

Et, sur son nom, le dévot commerçant, aussitôt introduit, présenta l'avocat à la précieuse Zéphirine, qui déjeunait en tête à tête avec M. Francis du Hautoy et Mlle de La Haye. M. de Sénonches était allé, comme toujours, ouvrir la chasse chez M. de Pimentel.

« Voici, madame, le jeune avocat-avoué de qui je vous ai parlé, et qui se chargera de l'émancipation de votre belle pupille. »

L'ancien diplomate examina Petit-Claud, qui, de son côté, regardait à la dérobée la *belle pupille*. Quant à la surprise de Zéphirine, à qui jamais Cointet ni Francis n'avaient dit un mot, elle fut telle que sa fourchette lui tomba des mains. Mlle de La Haye, espèce de pie-grièche à figure rechignée, de taille peu gracieuse, maigre, à cheveux d'un blond fade, était, malgré son petit air aristocratique, excessivement difficile à marier. Ces mots : *père et mère inconnus* de son acte de naissance, lui interdisaient en réalité la sphère où l'amitié de sa marraine et de Francis la voulait placer. Mlle de La Haye, ignorant sa position, faisait la difficile : elle eût rejeté le plus riche commerçant de l'Houmeau. La grimace assez significative inspirée à Mlle de La Haye par l'aspect du maigre avoué, Cointet la retrouva sur les lèvres de Petit-Claud. Mme de Sénonches et Francis paraissaient se consulter pour savoir de quelle manière congédier Cointet et son protégé. Cointet, qui vit tout, pria M. du Hautoy de lui accorder un moment d'audience, et passa dans le salon avec le diplomate.

« Monsieur, lui dit-il nettement, la paternité vous aveugle. Vous marierez difficilement votre fille ; et, dans votre intérêt à tous, je vous ai mis dans l'impossibilité de reculer ; car j'aime Françoise comme on aime une pupille. Petit-Claud sait tout !... Son excessive ambition vous garantit le bonheur de votre chère petite. D'abord Françoise fera de son mari tout ce qu'elle voudra ; mais vous, aidé par la préfète qui nous arrive, vous en ferez un procureur du Roi. M. Milaud est nommé décidément à Nevers. Petit-Claud vendra sa charge, vous obtiendrez facilement pour lui la place du second substitut, et il deviendra bientôt procureur du Roi, puis président du tribunal, député... »

Revenu dans la salle à manger, Francis fut charmant pour le prétendu de sa fille. Il regarda Mme de Sénonches d'une certaine manière, et finit cette scène de présentation en invitant Petit-Claud à dîner pour le lendemain afin de causer affaires. Puis il reconduisit le négociant et l'avoué jusque dans la cour en disant à Petit-Claud que, sur la recommandation de Cointet, il était disposé, ainsi que Mme de Sénonches, à confirmer tout ce que le gardien de la fortune de Mlle de La Haye aurait disposé pour le bonheur de ce petit ange.

« Ah ! qu'elle est laide ! s'écria Petit-Claud. Je suis pris !...

— Elle a l'air distingué, répondit Cointet ; mais, si elle était belle, vous la donnerait-on ?... Hé ! mon cher, il y a plus d'un petit propriétaire à qui trente mille francs, la protection de Mme de Sénonches et celle de la comtesse du Châtelet iraient à merveille ; d'autant plus que M. Francis du Hautoy ne se mariera jamais, et que cette fille est son héritière... Votre mariage est fait !...

— Et comment ?

— Voilà ce que je viens de dire, repartit le grand Cointet en racontant à l'avoué son trait d'audace. Mon cher, M. Milaud va, dit-on, être nommé procureur du Roi à Nevers : vous vendrez votre charge, et dans dix ans vous serez garde des Sceaux. Vous êtes assez audacieux pour ne reculer devant aucun des services que demandera la cour...

— Eh bien, trouvez-vous demain, à quatre heures et demie, sur la place du Mûrier, répondit l'avoué fanatisé par les probabilités de cet avenir, j'aurai vu le père Séchard, et nous arriverons à un acte de société où le père et le fils appartiendront au Saint-Esprit des Cointet. »

Au moment où le vieux curé de Marsac montait les rampes d'Angoulême pour aller instruire Ève de l'état où se trouvait son frère, David était caché depuis onze jours à deux portes de celle que le digne prêtre venait de quitter.

Quand l'abbé Marron déboucha sur la place du Mûrier, il y trouva les trois hommes, remarquables chacun dans leur genre, qui pesaient de tout leur poids sur l'avenir et sur le présent du pauvre prisonnier volontaire : le père Séchard, le grand Cointet, le petit avoué maigrelet. Trois hommes, trois cupidités ! mais trois cupidités aussi différentes que les hommes. L'un avait inventé de trafiquer de son fils, l'autre de son client, et le grand Cointet achetait toutes ces infamies en se flattant de ne rien payer. Il était environ cinq heures, et la plupart de ceux qui revenaient dîner chez eux s'arrêtaient pour regarder pendant un moment ces trois hommes. « Que diable le vieux père Séchard et le grand Cointet ont-ils donc à se dire ?... pensaient les plus curieux. — Il s'agit sans doute entre eux de ce pauvre malheureux qui laisse sa femme, sa belle-mère et son enfant sans pain, répondait-on. — Envoyez donc vos enfants apprendre un état à Paris ! » disait un esprit fort de province.

« Hé ! que venez-vous faire par ici, monsieur le curé ? s'écria le vigneron en apercevant l'abbé Marron aussitôt qu'il déboucha sur la place.

— Je viens pour les vôtres, répondit le vieillard.

— Encore une idée de mon fils !... dit le vieux Séchard.

— Il vous en coûterait bien peu de rendre tout le monde heureux », dit le prêtre en indiquant les fenêtres où Mme Séchard montrait entre les rideaux sa belle tête.

En ce moment, Ève apaisait les cris de son enfant en le faisant sauter et lui chantant une chanson.

« Apportez-vous des nouvelles de mon fils, dit le père, ou, ce qui vaudrait mieux, de l'argent ?

— Non, dit M. Marron, j'apporte à la sœur des nouvelles du frère.

— De Lucien ?... s'écria Petit-Claud.

— Oui. Le pauvre jeune homme est venu de Paris à pied. Je l'ai trouvé chez Courtois mourant de fatigue et de misère, répondit le prêtre... Oh ! il est bien malheureux ! »

Petit-Claud salua le prêtre et prit le grand Cointet par le bras en disant à haute voix : « Nous dînons chez Mme de Sénonches, il est temps de nous habiller !... » Et à deux pas il lui dit à l'oreille : « Quand on a le petit, on a bientôt la mère. Nous tenons David...

— Je vous ai marié, mariez-moi, dit le grand Cointet en laissant échapper un sourire faux.

— Lucien est mon camarade de collège, nous étions copains !... En huit jours je saurai bien quelque chose de lui. Faites en sorte que les bans se publient, et je vous réponds de mettre David en prison. Ma mission finit avec son écrou.

— Ah ! s'écria tout doucement le grand Cointet, la belle affaire serait de prendre le brevet à notre nom ! »

En entendant cette dernière phrase, le petit avoué maigrelet frissonna.

En ce moment Ève voyait entrer son beau-père et l'abbé Marron, qui, par un seul mot, venait de dénouer le drame judiciaire.

« Tenez, Mme Séchard, dit le vieil ours à sa belle-fille, voici notre curé qui vient sans doute nous en raconter de belles sur votre frère.

— Oh ! s'écria la pauvre Ève atteinte au cœur, que peut-il donc lui être encore arrivé ! »

Cette exclamation annonçait tant de douleurs ressenties, tant d'appréhensions, et de tant de sortes, que l'abbé Marron se hâta de dire : « Rassurez-vous, madame, il vit !

— Seriez-vous assez bon, mon père, dit Ève au vieux vigneron, pour aller chercher ma mère : elle entendra ce que monsieur doit avoir à nous dire de Lucien. »

Le vieillard alla chercher Mme Chardon, à laquelle il dit : « Vous aurez à en découdre avec l'abbé Marron, qui est bon homme *quoique prêtre*. Le dîner sera sans doute retardé, je reviens dans une heure. »

Et le vieillard, insensible à tout ce qui ne sonnait ou ne reluisait pas or, laissa la vieille femme sans voir l'effet du coup qu'il venait de lui porter. Le malheur qui pesait sur ses deux enfants, l'avortement des espérances assises sur la tête de Lucien, le changement si peu prévu d'un caractère qu'on crut pendant si longtemps énergique et probe ; enfin, tous les événements arrivés depuis dix-huit mois avaient déjà rendu Mme Chardon méconnaissable. Elle n'était pas seulement noble de race, elle était encore noble de cœur, et adorait ses enfants. Aussi avait-elle souffert plus de maux en ces derniers six mois que depuis son veuvage. Lucien avait eu la chance d'être Rubempré par ordonnance du Roi, de recommencer cette famille, d'en faire revivre le titre et les armes, de devenir grand ! Et il était tombé dans la fange ! Car, plus sévère pour lui que la sœur, elle avait regardé Lucien comme perdu, le jour où elle apprit l'affaire des billets. Les mères veulent quelquefois se tromper ; mais elles connaissent toujours bien les enfants qu'elles ont nourris, qu'elles n'ont pas quittés, et, dans les discussions que soulevaient entre David et sa femme les chances de Lucien à Paris, Mme Chardon, tout en paraissant partager les illusions d'Ève sur son frère, tremblait que David n'eût raison, car il parlait comme elle entendait parler sa conscience de mère. Elle connaissait trop la délicatesse de sensation de sa fille pour pouvoir lui exprimer ses douleurs, elle était donc forcée de les dévorer dans ce silence dont sont capables seulement les mères qui savent aimer leurs enfants. Ève, de son côté, suivait avec terreur les ravages que faisaient les chagrins chez sa mère, elle la voyait passant de la vieillesse à la décrépitude, et allant toujours ! La mère et la fille se faisaient donc l'une à l'autre de ces nobles mensonges qui ne trompent point. Dans la vie de cette mère, la phrase du féroce vigneron fut la goutte d'eau qui devait remplir la coupe des afflictions, Mme Chardon se sentit atteinte au cœur.

Aussi, quand Ève dit au prêtre : « Monsieur, voici ma mère ! » quand l'abbé regarda ce visage macéré comme celui d'une vieille religieuse, encadré de cheveux entièrement blanchis, mais embelli par l'air doux et calme des femmes pieusement résignées, et qui marchent, comme on dit, à la volonté de Dieu, comprit-il toute la vie de ces deux créatures. Le prêtre n'eut plus de pitié pour le bourreau, pour Lucien, il frémit en devinant tous les supplices subis par les victimes.

« Ma mère, dit Ève en s'essuyant les yeux, mon pauvre frère est bien près de nous, il est à Marsac.

— Et pourquoi pas ici ? » demanda Mme Chardon.

L'abbé Marron raconta tout ce que Lucien lui avait dit des misères de son voyage, et les malheurs de ses derniers jours à Paris. Il peignit les angoisses qui venaient d'agiter le poète quand il avait appris quels étaient au sein de sa famille les effets de ses imprudences et quelles étaient ses appréhensions sur l'accueil qui pouvait l'attendre à Angoulême.

« En est-il arrivé à douter de nous ? dit Mme Chardon.

— Le malheureux est venu vers vous à pied, en subissant les plus horribles privations, et il revient disposé à entrer dans les chemins les plus humbles de la vie... à réparer ses fautes.

— Monsieur, dit la sœur, malgré le mal qu'il nous a fait, j'aime mon frère, comme on aime le corps d'un être qui n'est plus ; et l'aimer ainsi, c'est encore l'aimer plus que beaucoup de sœurs n'aiment leurs frères. Il nous a rendus bien pauvres ; mais qu'il vienne, il partagera le chétif morceau de pain qui nous reste, enfin ce qu'il nous a laissé. Ah ! s'il ne nous avait pas quittés, monsieur, nous n'aurions pas perdu nos plus chers trésors.

— Et c'est la femme qui nous l'a enlevé dont la voiture l'a

ramené, s'écria Mme Chardon. Parti dans la calèche de Mme de Bargeton à côté d'elle, il est revenu derrière !

— À quoi puis-je vous être utile dans la situation où vous êtes ? dit le brave curé qui cherchait une phrase de sortie.

— Eh ! monsieur, répondit Mme Chardon, plaie d'argent n'est pas mortelle, dit-on ; mais ces plaies-là ne peuvent pas avoir d'autre médecin que le malade.

— Si vous aviez assez d'influence pour déterminer mon beau-père à aider son fils, vous sauveriez toute une famille, dit Mme Séchard.

— Il ne croit pas en vous, et il m'a paru très exaspéré contre votre mari », dit le vieillard à qui les paraphrases du vigneron avaient fait considérer les affaires de Séchard comme un guêpier où il ne fallait pas mettre le pied.

Sa mission terminée, le prêtre alla dîner chez son petit-neveu Postel, qui dissipa le peu de bonne volonté de son vieil oncle en donnant, comme tout Angoulême, raison au père contre le fils.

« Il y a de la ressource avec des dissipateurs, dit en finissant le petit Postel ; mais avec ceux qui font des expériences, on se ruinerait. »

La curiosité du curé de Marsac était entièrement satisfaite, ce qui, dans toutes les provinces de France, est le principal but de l'excessif intérêt qu'on s'y témoigne. Dans la soirée, il mit le poète au courant de tout ce qui se passait chez les Séchard, en lui donnant son voyage comme une mission dictée par la charité la plus pure.

« Vous avez endetté votre sœur et votre beau-frère de dix à douze mille francs, dit-il en terminant ; et personne, mon cher monsieur, n'a cette bagatelle à prêter au voisin. En Angoumois, nous ne sommes pas riches. Je croyais qu'il s'agissait de beaucoup moins quand vous me parliez de vos billets. »

Après avoir remercié le vieillard de ses bontés, le poète lui dit : « La parole de pardon, que vous m'apportez, est pour moi le vrai trésor. »

Le lendemain, Lucien partit de très grand matin de Marsac pour Angoulême, où il entra vers neuf heures, une canne à la main, vêtu d'une petite redingote assez endommagée par le voyage et d'un pantalon noir à teintes blanches. Ses bottes usées disaient d'ailleurs assez qu'il appartenait à la classe infortunée des piétons. Aussi ne se dissimulait-il pas l'effet que devait produire sur ses compatriotes le contraste de son retour et de son départ. Mais, le cœur encore

pantelant sous l'étreinte des remords que lui causait le récit
du vieux prêtre, il acceptait pour le moment cette punition,
décidé d'affronter les regards des personnes de sa connaissance. Il se disait en lui-même : « Je suis héroïque ! » Toutes
ces natures de poète commencent par se duper elles-mêmes.
À mesure qu'il marcha dans l'Houmeau, son âme lutta entre
la honte de ce retour et la poésie de ses souvenirs. Son cœur
battit en passant devant la porte de Postel, où, fort
heureusement pour lui, Léonie Marron se trouva seule dans
la boutique avec son enfant. Il vit avec plaisir (tant sa vanité
conservait de force) le nom de son père effacé. Depuis son
mariage, Postel avait fait repeindre sa boutique, et mis au-
dessus, comme à Paris : PHARMACIE. En gravissant la rampe
de la Porte-Palet, Lucien éprouva l'influence de l'air natal, il
ne sentit plus le poids de ses infortunes, et se dit avec
délices : « Je vais donc les revoir ! » Il atteignit la place du
Mûrier sans avoir rencontré personne : un bonheur qu'il
espérait à peine, lui qui jadis se promenait en triomphateur
dans sa ville ! Marion et Kolb, en sentinelle sur la porte, se
précipitèrent dans l'escalier en criant : « Le voilà ! » Lucien
revit le vieil atelier et la vieille cour, il trouva dans l'escalier
sa sœur et sa mère, et ils s'embrassèrent en oubliant pour un
instant tous les malheurs dans cette étreinte. En famille, on
compose presque toujours avec le malheur ; on s'y fait un lit,
et l'espérance en fait accepter la dureté. Si Lucien offrait
l'image du désespoir, il en offrait aussi la poésie : le soleil
des grands chemins lui avait bruni le teint ; une profonde
mélancolie, empreinte dans ses traits, jetait ses ombres sur
son front de poète. Ce changement annonçait tant de
souffrances, qu'à l'aspect des traces laissées par la misère sur
sa physionomie, le seul sentiment possible était la pitié.
L'imagination partie du sein de la famille y trouvait au
retour de tristes réalités. Ève eut au milieu de sa joie le
sourire des saintes au milieu de leur martyre. Le chagrin
rend sublime le visage d'une jeune femme très belle. La
gravité qui remplaçait dans la figure de sa sœur la complète
innocence qu'il y avait vue à son départ pour Paris, parlait
trop éloquemment à Lucien pour qu'il n'en reçût pas une
impression douloureuse. Aussi la première effusion des
sentiments, si vive, si naturelle, fut-elle suivie de part et
d'autre d'une réaction : chacun craignait de parler. Lucien
ne put cependant s'empêcher de chercher par un regard
celui qui manquait à cette réunion. Ce regard bien compris
fit fondre en larmes Ève, et par contrecoup Lucien. Quant à

Mme Chardon, elle resta blême, et en apparence impassible. Ève se leva, descendit pour épargner à son frère un mot dur, et alla dire à Marion : « Mon enfant, Lucien aime les fraises, il faut en trouver !...

— Oh ! j'ai bien pensé que vous vouliez fêter M. Lucien. Soyez tranquille, vous aurez un joli petit déjeuner et un bon dîner aussi. »

« Lucien, dit Mme Chardon à son fils, tu as beaucoup à réparer ici. Parti pour être un sujet d'orgueil pour ta famille, tu nous as plongés dans la misère. Tu as presque brisé dans les mains de ton frère l'instrument de la fortune à laquelle il n'a songé que pour sa nouvelle famille. Tu n'as pas brisé que cela... », dit la mère. Il se fit une pause effrayante et le silence de Lucien impliqua l'acceptation de ces reproches maternels. « Entre dans une voie de travail, reprit douce-ment Mme Chardon. Je ne te blâme pas d'avoir tenté de faire revivre la noble famille d'où je suis sortie ; mais, à de telles entreprises il faut avant tout une fortune, et des sentiments fiers : tu n'as rien eu de tout cela. À la croyance, tu as fait succéder en nous la défiance. Tu as détruit la paix de cette famille travailleuse et résignée, qui cheminait ici dans une voie difficile... Aux premières fautes, un premier pardon est dû. Ne recommence pas. Nous nous trouvons ici dans des circonstances difficiles, sois prudent, écoute ta sœur : le malheur est un maître dont les leçons, bien durement données, ont porté leur fruit chez elle : elle est devenue sérieuse, elle est mère, elle porte tout le fardeau du ménage par dévouement pour notre cher David ; enfin, elle est devenue, par ta faute, mon unique consolation.

— Vous pouviez être plus sévère, dit Lucien en embras-sant sa mère. J'accepte votre pardon, parce que ce sera le seul que j'aurai jamais à recevoir. »

Ève revint ; et, à la pose humiliée de son frère, elle comprit que Mme Chardon avait parlé. Sa bonté lui mit un sourire sur les lèvres, auquel Lucien répondit par des larmes réprimées. La présence a comme un charme, elle change les dispositions les plus hostiles entre amants comme au sein des familles, quelques forts que soient les motifs de mécontente-ment. Est-ce que l'affection trace dans le cœur des chemins où l'on aime à retomber ? Ce phénomène appartient-il à la science du magnétisme ? La raison dit-elle qu'il faut ou ne jamais se revoir, ou se pardonner ? Que ce soit au raisonne-ment, à une cause physique ou à l'âme que cet effet appartienne, chacun doit avoir éprouvé que les regards, le geste, l'action d'un être aimé retrouvent chez ceux qu'il a le plus offensés, chagrinés ou maltraités, des vestiges de tendresse. Si l'esprit oublie difficilement, si l'intérêt souffre encore, le cœur, malgré tout, reprend sa servitude. Aussi, la pauvre sœur, en écoutant jusqu'à l'heure du déjeuner les confidences du frère, ne fut-elle pas maîtresse de ses yeux quand elle le regarda, ni de son accent quand elle laissa parler son cœur. En comprenant les éléments de la vie littéraire à Paris, elle comprit comment Lucien avait pu succomber dans la lutte. La joie du poète en caressant l'enfant de sa sœur, ses enfantillages, le bonheur de revoir son pays et les siens, mêlé au profond chagrin de savoir David caché, les mots de mélancolie qui échappèrent à Lucien, son attendrissement en voyant qu'au milieu de sa détresse sa sœur s'était souvenue de son goût quand Marion servit les fraises ; tout, jusqu'à l'obligation de loger le frère prodigue et de s'occuper de lui, fit de cette journée une fête. Ce fut comme une halte dans la misère. Le père Séchard lui-même fit rebrousser aux deux femmes le cours de leurs sentiments, en disant : « Vous le fêtez, comme s'il vous apportait des mille et des cents !...

— Mais qu'a donc fait mon frère pour ne pas être fêté ?... » s'écria Mme Séchard jalouse de cacher la honte de Lucien.

Néanmoins, les premières tendresses passées, les nuances du vrai percèrent. Lucien aperçut bientôt chez Ève la différence de l'affection actuelle et de celle qu'elle lui portait jadis. David était profondément honoré, tandis que Lucien était aimé *quand même*, et comme on aime une maîtresse malgré les désastres qu'elle cause. L'estime, fonds nécessaire à nos sentiments, est la solide étoffe qui leur donne je ne sais quelle certitude, quelle sécurité dont on vit, et qui manquait entre Mme Chardon et son fils, entre le frère et la sœur. Lucien se sentit privé de cette entière confiance qu'on aurait eue en lui s'il n'avait pas failli à l'honneur. L'opinion écrite par d'Arthez sur lui, devenue celle de sa sœur, se laissa deviner dans les gestes, dans les regards, dans l'accent. Lucien était plaint ! mais, quant à être la gloire, la noblesse de la famille, le héros du foyer domestique, toutes ces belles espérances avaient fui sans retour. On craignit assez sa légèreté pour lui cacher l'asile où vivait David. Ève, insensible aux caresses dont fut accompagnée la curiosité de Lucien qui voulait voir son frère, n'était plus l'Ève de l'Houmeau pour qui, jadis, un seul regard de Lucien était un ordre irrésistible. Lucien parla de réparer ses torts, en se vantant de pouvoir sauver David. Ève lui répondit : « Ne t'en mêle pas, nous avons pour adversaires les gens les plus perfides et les plus habiles. » Lucien hocha la tête, comme s'il eût dit : « J'ai combattu des Parisiens... » Sa sœur lui répliqua par un regard qui signifiait : « Tu as été vaincu. »

« Je ne suis plus aimé, pensa Lucien. Pour la famille comme pour le monde, il faut donc réussir. » Dès le second jour, en essayant de s'expliquer le peu de confiance de sa mère et de sa sœur, le poète fut pris d'une pensée non pas haineuse, mais chagrine. Il appliqua la mesure de la vie parisienne à cette chaste vie de province, en oubliant que la médiocrité patiente de cet intérieur sublime de résignation était son ouvrage : « Elles sont bourgeoises, elles ne peuvent pas me comprendre », se dit-il en se séparant ainsi de sa sœur, de sa mère et de Séchard qu'il ne pouvait plus tromper ni sur son caractère, ni sur son avenir.

Ève et Mme Chardon, chez qui le sens divinatoire était éveillé par tant de chocs et tant de malheurs, épiaient les plus secrètes pensées de Lucien, elles se sentirent mal jugées et le virent s'isolant d'elles. « Paris nous l'a bien changé ! » se dirent-elles. Elles recueillaient enfin le fruit de l'égoïsme qu'elles avaient elles-mêmes cultivé. De part et d'autre, ce léger levain devait fermenter, et il fermenta ; mais principalement chez Lucien qui se trouvait si reprochable. Quant à Ève, elle était bien de ces sœurs qui savent dire à un frère en faute : « Pardonne-moi *tes* torts... » Lorsque l'union des âmes a été parfaite comme elle le fut au début de la vie entre Ève et Lucien, toute atteinte à ce beau idéal du sentiment est mortelle. Là où des scélérats se raccommodent après des coups de poignard, les amoureux se brouillent irrévocablement pour un regard, pour un mot. Dans ce souvenir de la quasi-perfection de la vie du cœur se trouve le secret de séparations souvent inexplicables. On peut vivre avec une défiance au cœur, alors que le passé n'offre pas le tableau d'une affection pure et sans nuages ; mais, pour deux êtres autrefois parfaitement unis, la vie, quand le regard, la parole exigent des précautions, devient insupportable. Aussi les grands poètes font-ils mourir leurs Paul et Virginie au sortir de l'adolescence. Comprendriez-vous Paul et Virginie brouillés ?... Remarquons, à la gloire d'Ève et de Lucien, que les intérêts, si fortement blessés, n'avivaient point ces blessures : chez la sœur irréprochable, comme chez le poète en faute, tout était sentiment ; aussi le moindre malentendu, la plus petite querelle, un nouveau mécompte dû à Lucien pouvait-il les désunir ou inspirer une de ces querelles qui brouillent irrévocablement les familles. En fait d'argent tout s'arrange ; mais les sentiments sont impitoyables.

Le lendemain Lucien reçut un numéro du journal d'Angoulême et pâlit de plaisir en se voyant le sujet d'un des premiers *Premiers-Angoulême*[581] que se permit cette estimable feuille qui, semblable aux Académies de province, en fille bien élevée, selon le mot de Voltaire, ne faisait jamais parler d'elle.

« Que la Franche-Comté s'enorgueillisse d'avoir donné le jour à Victor Hugo, à Charles Nodier et à Cuvier ; la Bretagne, à Chateaubriand et à Lamennais ; la Normandie à Casimir Delavigne : la Touraine, à l'auteur d'*Eloa*[582] ; aujourd'hui, l'Angoumois, où déjà sous Louis XIII l'illustre Guez, plus connu sous le nom de Balzac, s'est fait notre compatriote, n'a plus rien à envier ni à ces provinces ni au Limousin, qui a produit Dupuytren, ni à l'Auvergne, patrie de Montlosier[583], ni à Bordeaux, qui a eu le bonheur de voir naître tant de grands hommes ; nous aussi, nous avons un poète ! l'auteur des beaux sonnets intitulés *Les Marguerites* joint à la gloire du poète celle du prosateur, car on lui doit également le magnifique roman de *L'Archer de Charles IX*. Un jour nos neveux seront fiers d'avoir pour compatriote Lucien Chardon, un rival de Pétrarque !!!... » Dans les journaux de province de ce temps, les points d'admiration ressemblaient aux *hurra* par lesquels on accueille les *speech* des *meeting*[584] en Angleterre. « Malgré ses éclatants succès à Paris, notre jeune poète s'est souvenu que l'hôtel de Bargeton avait été le berceau de ses triomphes, que l'aristocratie angoumoisine avait applaudi, la première, à ses poésies ; que l'épouse de M. le comte du Châtelet, préfet de notre département, avait encouragé ses premiers pas dans la carrière des Muses, et il est revenu parmi nous !... L'Houmeau tout entier s'est ému quand, hier, notre Lucien de Rubempré s'est présenté. La nouvelle de son retour a produit partout la plus vive sensation. Il est certain que la ville d'Angoulême ne se laissera pas devancer par l'Houmeau dans les honneurs qu'on parle de décerner à celui qui, soit dans la Presse, soit dans la Littérature, a représenté si glorieusement notre ville à Paris. Lucien, à la fois poète religieux et royaliste, a bravé la fureur des partis ; il est venu, dit-on, se reposer des fatigues d'une lutte qui fatiguerait des athlètes plus forts encore que des hommes de poésie et de rêverie.

« Par une pensée éminemment politique, à laquelle nous applaudissons, et que Mme la comtesse du Châtelet a eue, dit-on, la première, il est question de rendre à notre grand poète le titre et le nom de l'illustre famille des Rubempré, dont l'unique héritière est Mme Chardon, sa mère. Rajeunir ainsi, par des talents et par des gloires nouvelles, les vieilles familles près de s'éteindre est, chez l'immortel auteur de la Charte, une nouvelle preuve de son constant désir exprimé par ces mots : *union et oubli*.

Notre poète est descendu chez sa sœur, Mme Séchard. »

À la rubrique d'Angoulême se trouvaient les nouvelles suivantes :

« Notre préfet, M. le comte du Châtelet, déjà nommé gentilhomme ordinaire de la Chambre de S. M., vient d'être fait conseiller d'État en service extraordinaire.

« Hier toutes les autorités se sont présentées chez M. le préfet.

« Mme la comtesse Sixte du Châtelet recevra tous les jeudis.

« Le maire de l'Escarbas, M. de Nègrepelisse, représentant de la branche cadette des d'Espard, père de Mme du Châtelet, récemment nommé comte, pair de France, et commandeur de l'ordre royal de Saint-Louis, est, dit-on, désigné pour présider le grand collège électoral d'Angoulême aux prochaines élections[585]. »

« Tiens », dit Lucien à sa sœur en lui apportant le journal. Après avoir lu l'article attentivement, Ève rendit la feuille à Lucien d'un air pensif. « Que dis-tu de cela ?... lui demanda Lucien étonné d'une prudence qui ressemblait à de la froideur.

— Mon ami, répondit-elle, ce journal appartient aux Cointet, ils sont absolument les maîtres d'y insérer des articles, et ne peuvent avoir la main forcée que par la Préfecture ou par l'Évêché. Supposes-tu ton ancien rival, aujourd'hui préfet, assez généreux pour chanter ainsi tes louanges ? Oublies-tu que les Cointet nous poursuivent sous le nom de Métivier et veulent sans doute amener David à les faire profiter de ses découvertes ?... De quelque part que vienne cet article, je le trouve inquiétant. Tu n'excitais ici que des haines, des jalousies ; on t'y calomniait en vertu du proverbe : *Nul n'est prophète en son pays*, et voilà que tout change en un clin d'œil !...

— Tu ne connais pas l'amour-propre des villes de province, répondit Lucien. On est allé dans une petite ville du Midi recevoir en triomphe, aux portes de la ville, un jeune homme qui avait remporté le prix d'honneur au grand concours, en voyant en lui un grand homme en herbe !

— Écoute-moi, mon cher Lucien, je ne veux pas te sermonner, je te dirai tout dans un seul mot : ici défie-toi des plus petites choses.

— Tu as raison », répondit Lucien surpris de trouver sa sœur si peu enthousiaste.

Le poète était au comble de la joie de voir changer en un triomphe sa mesquine et honteuse rentrée à Angoulême.

« Vous ne croyez pas au peu de gloire qui nous coûte si cher ! » s'écria Lucien après une heure de silence pendant laquelle il s'amassa comme un orage dans son cœur.

Pour toute réponse, Ève regarda Lucien, et ce regard le rendit honteux de son accusation.

Quelques instants avant le dîner, un garçon de bureau de la préfecture apporta une lettre adressée à M. Lucien Chardon et qui parut donner gain de cause à la vanité du poète que le monde disputait à la famille.

Cette lettre était l'invitation suivante :

M. le comte Sixte du Châtelet et Mme la comtesse du Châtelet prient M. Lucien Chardon de leur faire l'honneur de dîner avec eux le quinze septembre prochain.

R. S. V. P.

À cette lettre était jointe cette carte de visite :

LE COMTE SIXTE DU CHATELET

Gentilhomme ordinaire de la Chambre du Roi,
Préfet de la Charente,
Conseiller d'État.

« Vous êtes en faveur, dit le père Séchard, on parle de vous en ville comme d'un grand personnage... On se dispute entre Angoulême et l'Houmeau à qui vous tortillera des couronnes... »

« Ma chère Ève, dit Lucien à l'oreille de sa sœur, je me retrouve absolument comme j'étais à l'Houmeau le jour où je devais aller chez Mme de Bargeton : je suis sans habit pour le dîner du préfet. »

« Tu comptes donc accepter cette invitation ? » s'écria Mme Séchard effrayée.

Il s'engagea, sur la question d'aller ou de ne pas aller à la préfecture, une polémique entre le frère et la sœur. Le bon sens de la femme de province disait à Ève qu'on ne doit se montrer au monde qu'avec un visage riant, en costume complet, et en tenue irréprochable ; mais elle cachait sa vraie pensée : « Où le dîner du préfet mènera-t-il Lucien ? Que peut pour lui le grand monde d'Angoulême ? Ne machine-t-on pas quelque chose contre lui ? »

Lucien finit par dire à sa sœur avant d'aller se coucher : « Tu ne sais pas quelle est mon influence : la femme du préfet a peur du journaliste ; et d'ailleurs dans la comtesse du Châtelet il y a toujours Louise de Nègrepelisse ! Une femme qui vient d'obtenir tant de faveurs peut sauver David ! Je lui dirai la découverte que mon frère vient de faire, et ce ne sera rien pour elle que d'obtenir un secours de dix mille francs au ministère. »

À onze heures du soir, Lucien, sa sœur, sa mère et le père Séchard, Marion et Kolb furent réveillés par la musique de la ville à laquelle s'était réunie celle de la garnison et trouvèrent la place du Mûrier pleine de monde. Une sérénade fut donnée à Lucien Chardon de Rubempré par les jeunes gens d'Angoulême. Lucien se mit à la fenêtre de sa sœur, et dit au milieu du plus profond silence, après le dernier morceau : « Je remercie mes compatriotes de l'honneur qu'ils me font, je tâcherai de m'en rendre digne ; ils me pardonneront de ne pas en dire davantage : mon émotion est si vive que je ne saurais continuer.

— Vive l'auteur de *L'Archer de Charles IX !*... — Vive l'auteur des *Marguerites !* — Vive Lucien de Rubempré ! »

Après ces trois salves, criées par quelques voix, trois couronnes et des bouquets furent adroitement jetés par la croisée dans l'appartement. Dix minutes après, la place du Mûrier était vide, le silence y régnait.

« J'aimerais mieux dix mille francs, dit le vieux Séchard qui tourna, retourna les couronnes et les bouquets d'un air profondément narquois. Mais vous leur avez donné des marguerites, ils vous rendent des bouquets : vous faites dans les fleurs.

— Voilà l'estime que vous faites des honneurs que me décernent mes concitoyens ! s'écria Lucien dont la physiono-mie offrit une expression entièrement dénuée de mélancolie et qui véritablement rayonna de satisfaction. Si vous connaissiez les hommes, papa Séchard, vous verriez qu'il ne se rencontre pas deux moments semblables dans la vie. Il n'y a qu'un enthousiasme véritable à qui l'on puisse devoir de semblables triomphes !... Ceci, ma chère mère et ma bonne sœur, efface bien des chagrins. » Lucien embrassa sa sœur et sa mère comme l'on s'embrasse dans ces moments où la joie déborde à flots si larges qu'il faut la jeter dans le cœur d'un ami. (Faute d'un ami, disait un jour Bixiou, un auteur ivre de son succès embrasse son portier.) « Eh bien, ma chère enfant, dit-il à Ève, pourquoi pleures-tu ?... Ah ! c'est de joie... »

« Hélas ! dit Ève à sa mère avant de se recoucher et quand elles furent seules, dans un poète il y a, je crois, une jolie femme de la pire espèce...

— Tu as raison, répondit la mère en hochant la tête. Lucien a déjà tout oublié non seulement de ses malheurs, mais des nôtres. »

La mère et la fille se séparèrent sans oser se dire toutes leurs pensées.

Dans les pays dévorés par le sentiment d'insubordination sociale caché sous le mot *égalité,* tout triomphe est un de ces miracles qui ne va pas, comme certains miracles d'ailleurs, sans la coopération d'adroits machinistes. Sur dix ovations obtenues par des hommes vivants et décernées au sein de la patrie, il y en a neuf dont les causes sont étrangères au glorieux couronné. Le triomphe de Voltaire sur les planches du Théâtre-Français [586] n'était-il pas celui de la philosophie de son siècle ? En France on ne peut triompher que quand tout le monde se couronne sur la tête du triomphateur. Aussi les deux femmes avaient-elles raison dans leurs pressentiments. Le succès du grand homme de province était trop antipathique aux mœurs immobiles d'Angoulême pour ne pas avoir été mis en scène par des intérêts ou par un machiniste passionné, collaborations également perfides. Ève, comme la plupart des femmes d'ailleurs, se défiait par sentiment et sans pouvoir se justifier à elle-même sa défiance. Elle se dit en s'endormant : « Qui donc aime assez ici mon frère pour avoir excité le pays ?... Les Marguerites ne sont d'ailleurs pas encore publiées, comment peut-on le féliciter d'un succès à venir ?... »

Ce triomphe était en effet l'œuvre de Petit-Claud. Le jour où le curé de Marsac lui annonça le retour de Lucien, l'avoué dînait pour la première fois chez Mme de Sénonches, qui devait recevoir officiellement la demande de la main de sa pupille. Ce fut un de ces dîners de famille dont la solennité se trahit plus par les toilettes que par le nombre des convives. Quoique en famille, on se sait en représentation, et les intentions percent dans toutes les contenances. Françoise était mise comme en étalage. Mme de Sénonches avait arboré les pavillons de ses toilettes les plus recherchées. M. du Hautoy était en habit noir. M. de Sénonches, à qui sa femme avait écrit l'arrivée de Mme du Châtelet qui devait se montrer pour la première fois chez elle et la présentation officielle d'un prétendu pour Françoise, était revenu de chez M. de Pimentel. Cointet, vêtu de son plus bel habit marron à coupe ecclésiastique, offrit aux regards un diamant de six mille francs sur son jabot, la vengeance du riche commerçant sur l'aristocratie pauvre. Petit-Claud, épilé, peigné, savonné, n'avait pu se défaire de son petit air sec. Il était impossible de ne pas comparer cet avoué maigrelet, serré dans ses habits, à une vipère gelée ; mais l'espoir augmentait si bien la vivacité de ses yeux de pie, il mit tant de glace sur sa figure, il se gourma si bien, qu'il arriva juste à la dignité d'un petit procureur du Roi ambitieux. Mme de Sénonches avait prié ses intimes de ne pas dire un mot sur la première entrevue de sa pupille avec un prétendu, ni de l'apparition de la préfète, en sorte qu'elle s'attendit à voir ses salons pleins. En effet, M. le préfet et sa femme avaient fait leurs visites officielles par cartes, en réservant l'honneur des visites personnelles comme un moyen d'action. Aussi l'aristocratie d'Angoulême était-elle travaillée d'une si énorme curiosité, que plusieurs personnes du camp de Chandour se proposèrent de venir à l'hôtel Bargeton, car on s'obstinait à ne pas appeler cette maison l'hôtel de Sénonches. Les preuves du crédit de la comtesse du Châtelet avaient réveillé bien des ambitions ; et d'ailleurs on la disait tellement changée à son avantage que chacun voulait en juger par soi-même. En apprenant de Cointet, pendant le chemin, la grande nouvelle de la faveur que Zéphirine avait obtenue de la préfète pour pouvoir lui présenter le futur de la chère Françoise, Petit-Claud se flatta de tirer parti de la fausse position où le retour de Lucien mettait Louise de Nègrepelisse.

M. et Mme de Sénonches avaient pris des engagements si lourds en achetant leur maison, qu'en gens de province ils ne s'avisèrent pas d'y faire le moindre changement. Aussi, le premier mot de Zéphirine à Louise fut-il, en allant à sa rencontre, quand on l'annonça : « Ma chère Louise, voyez..., vous êtes encore ici chez vous !... en lui montrant le petit lustre à pendeloques, les boiseries et le mobilier qui jadis avaient fasciné Lucien.

— C'est, ma chère, ce que je veux le moins me rappeler », dit gracieusement Mme la préfète en jetant un regard autour d'elle pour examiner l'assemblée.

Chacun s'avoua que Louise de Nègrepelisse ne se ressemblait pas à elle-même. Le monde parisien où elle était restée pendant dix-huit mois, les premiers bonheurs de son mariage qui transformaient aussi bien la femme[587] que Paris avait transformé la provinciale, l'espèce de dignité que donne le pouvoir, tout faisait de la comtesse du Châtelet une femme qui ressemblait à Mme de Bargeton comme une fille de vingt ans ressemble à sa mère. Elle portait un charmant bonnet de dentelles et de fleurs négligemment attaché par une épingle à tête de diamant. Ses cheveux à l'anglaise lui accompagnaient bien la figure et la rajeunissaient en en cachant les contours. Elle avait une robe en foulard, à corsage en pointe, délicieusement frangée et dont la façon due à la célèbre Victorine faisait bien valoir sa taille. Ses épaules, couvertes d'un fichu de blonde[588], étaient à peine visibles sous une écharpe de gaze adroitement mise autour de son cou trop long. Enfin elle jouait avec ces jolies bagatelles dont le maniement est l'écueil des femmes de province : une jolie cassolette pendait à son bracelet par une chaîne ; elle tenait dans une main son éventail et son mouchoir roulé sans en être embarrassée. Le goût exquis des moindres détails, la pose et les manières copiées de Mme d'Espard révélaient en Louise une savante étude du faubourg Saint-Germain. Quant au vieux Beau de l'Empire, le mariage l'avait avancé comme ces melons qui, de verts encore la veille, deviennent jaunes dans une seule nuit. En retrouvant sur le visage épanoui de sa femme la verdeur que Sixte avait perdue, on se fit, d'oreille à oreille, des plaisanteries de province, et d'autant plus volontiers que toutes les femmes enrageaient de la nouvelle supériorité de l'ancienne reine d'Angoulême ; et le tenace intrus dut payer pour sa femme. Excepté M. de Chandour et sa femme, feu Bargeton, M. de Pimentel et les Rastignac, le salon se trouvait à peu près aussi nombreux que le jour où Lucien y fit sa lecture, car Mgr l'évêque arriva suivi de ses grands vicaires. Petit-Claud, saisi par le spectacle de l'aristocratie angoumoisine, au cœur de laquelle il désespérait de se voir jamais quatre mois auparavant, sentit sa haine contre les classes supérieures se calmer. Il trouva la comtesse Châtelet ravissante en se disant : « Voilà pourtant la femme qui peut me faire nommer substitut ! » Vers le milieu de la soirée, après avoir causé pendant le même temps avec chacune des femmes en variant le ton de son entretien selon l'importance de la personne et la conduite qu'elle avait tenue à propos de sa fuite avec Lucien, Louise se retira dans le boudoir avec Monseigneur. Zéphirine prit alors le bras de Petit-Claud, à qui le cœur battit, et l'amena vers ce boudoir où les malheurs de Lucien avaient commencé, et où ils allaient se consommer.

« Voici M. Petit-Claud, ma chère, je te le recommande d'autant plus vivement que tout ce que tu feras pour lui profitera sans doute à ma pupille.

— Vous êtes avoué, monsieur ? dit l'auguste fille des Nègrepelisse en toisant Petit-Claud.

— Hélas ! oui, *madame la comtesse.* (Jamais le fils du tailleur de l'Houmeau n'avait eu, dans toute sa vie, une seule fois, l'occasion de se servir de ces trois mots ; aussi sa bouche en fut-elle comme pleine.) Mais, reprit-il, il dépend de madame la comtesse de me faire tenir debout au parquet. M. Milaud va, dit-on, à Nevers...

— Mais, reprit la comtesse, n'est-on pas second, puis premier substitut ? je voudrais vous voir sur-le-champ premier substitut... Pour m'occuper de vous et vous obtenir cette faveur, je veux quelque certitude de votre dévouement à la Légitimité, à la Religion, et surtout à M. de Villèle.

— Ah ! madame, dit Petit-Claud en s'approchant de son oreille, je suis homme à obéir absolument au Roi.

— C'est ce qu'il *nous* faut aujourd'hui, répliqua-t-elle en se reculant pour lui faire comprendre qu'elle ne voulait plus rien s'entendre dire à l'oreille. Si vous convenez toujours à Mme de Sénonches, comptez sur moi, ajouta-t-elle en faisant un geste royal avec son éventail.

— Madame, dit Petit-Claud à qui Cointet se montra en arrivant à la porte du boudoir, Lucien est ici.

— Eh bien, monsieur ?... répondit la comtesse d'un ton qui eût arrêté toute espèce de parole dans le gosier d'un homme ordinaire.

— Madame la comtesse ne me comprend pas, reprit Petit-Claud en se servant de la formule la plus respectueuse, je veux lui donner une preuve de mon dévouement à sa personne. Comment madame la comtesse veut-elle que le grand homme qu'elle a fait soit reçu dans Angoulême ? Il n'y a pas de milieu : il doit y être un objet ou de mépris ou de gloire. »

Louise de Nègrepelisse n'avait pas pensé à ce dilemme, auquel elle était évidemment intéressée, plus à cause du passé que du présent. Or, des sentiments que la comtesse portait actuellement à Lucien dépendait la réussite du plan conçu par l'avoué pour mener à bien l'arrestation de Séchard.

« Monsieur Petit-Claud, dit-elle en prenant une attitude de hauteur et de dignité, vous voulez appartenir au Gouvernement, sachez que son premier principe doit être de ne jamais avoir eu tort, et que les femmes ont encore mieux que les gouvernements l'instinct du pouvoir et le sentiment de leur dignité.

— C'est bien là ce que je pensais, madame, répondit-il vivement en observant la comtesse avec une attention aussi profonde que peu visible. Lucien arrive ici dans la plus grande misère. Mais, s'il doit y recevoir une ovation, je puis aussi le contraindre, à cause de l'ovation même, à quitter Angoulême où sa sœur et son beau-frère David Séchard sont sous le coup de poursuites ardentes... »

Louise de Nègrepelisse laissa voir sur son visage altier un léger mouvement produit par la répression même de son plaisir. Surprise d'être si bien devinée, elle regarda Petit-Claud en dépliant son éventail, car Françoise de La Haye entrait, ce qui lui donna le temps de trouver une réponse.

« Monsieur, dit-elle avec un sourire significatif, vous serez promptement procureur du Roi... »

N'était-ce pas tout dire sans se compromettre ?

« Oh ! madame, s'écria Françoise en venant remercier la préfète, je vous devrai donc le bonheur de ma vie. » Elle lui dit à l'oreille en se penchant vers sa protectrice par un petit geste de jeune fille : « Je serais morte à petit feu d'être la femme d'un avoué de province... »

Si Zéphirine s'était ainsi jetée sur Louise, elle y avait été poussée par Francis, qui ne manquait pas d'une certaine connaissance du monde bureaucratique.

« Dans les premiers jours de tout avènement, que ce soit celui d'un préfet, d'une dynastie ou d'une exploitation, dit l'ancien consul général à son amie, on trouve les gens tout feu pour rendre service ; mais ils ont bientôt reconnu les inconvénients de la protection, et deviennent de glace. Aujourd'hui Louise fera pour Petit-Claud des démarches que, dans trois mois, elle ne voudrait plus faire pour votre mari.

— Madame la comtesse pense-t-elle, dit Petit-Claud, à toutes les obligations du triomphe de notre poète ? Elle devra recevoir Lucien pendant les dix jours que durera notre engouement. »

La préfète fit un signe de tête afin de congédier Petit-Claud, et se leva pour aller causer avec Mme de Pimentel qui montra sa tête à la porte du boudoir. Saisie par la nouvelle de l'élévation du bonhomme de Nègrepelisse à la pairie, la marquise avait jugé nécessaire de venir caresser une femme assez habile pour avoir augmenté son influence en faisant une quasi-faute.

« Dites-moi donc, ma chère, pourquoi vous vous êtes donné la peine de mettre votre père à la Chambre haute, dit la marquise au milieu d'une conversation confidentielle où elle pliait le genou devant la supériorité de *sa chère* Louise.

— Ma chère, on m'a d'autant mieux accordé cette faveur que mon père n'a pas d'enfants, et votera toujours pour la couronne ; mais, si j'ai des garçons, je compte bien que mon aîné sera substitué au titre, aux armes et à la pairie de son grand-père... »

Mme de Pimentel vit avec chagrin qu'elle ne pourrait pas employer à réaliser son désir de faire élever M. de Pimentel à la pairie une mère dont l'ambition s'étendait sur les enfants à venir.

« Je tiens la préfète, disait Petit-Claud à Cointet en sortant, et je vous promets votre acte de société... Je serai dans un mois premier substitut, et vous, vous serez maître de Séchard. Tâchez maintenant de me trouver un successeur pour mon étude, j'en ai fait en cinq mois la première d'Angoulême...

— Il ne fallait que vous mettre à cheval », dit Cointet presque jaloux de son œuvre.

Chacun peut maintenant comprendre la cause du triomphe de Lucien dans son pays. À la manière de ce roi de France qui ne vengeait pas le duc d'Orléans[589], Louise ne voulait pas se souvenir des injures reçues à Paris par Mme de Bargeton. Elle voulait patronner Lucien, l'écraser de sa protection et s'en débarrasser *honnêtement*. Mis au fait de toute l'intrigue de Paris par les commérages, Petit-Claud avait bien deviné la haine vivace que les femmes portent à l'homme qui n'a pas su les aimer à l'heure où elles ont eu l'envie d'être aimées.

Le lendemain de l'ovation qui justifiait le passé de Louise de Nègrepelisse, Petit-Claud, pour achever de griser Lucien et s'en rendre maître, se présenta chez Mme Séchard à la tête de six jeunes gens de la ville, tous anciens camarades de Lucien au collège d'Angoulême. Cette députation était envoyée à l'auteur des *Marguerites* et de *L'Archer de Charles IX* par ses condisciples, pour le prier d'assister au banquet qu'ils voulaient donner au grand homme sorti de leurs rangs.

« Tiens, c'est toi, Petit-Claud ! s'écria Lucien.

— Ta rentrée ici, lui dit Petit-Claud, a stimulé notre amour-propre, nous nous sommes piqués d'honneur, nous nous sommes cotisés, et nous te préparons un magnifique repas. Notre proviseur et nos professeurs y assisteront ; et, à la manière dont vont les choses, nous aurons sans doute les autorités.

— Et pour quel jour ? dit Lucien.

— Dimanche prochain.

— Cela me serait impossible, répondit le poète, je ne puis accepter que pour dans dix jours d'ici... Mais alors ce sera volontiers...

— Eh bien, nous sommes à tes ordres, dit Petit-Claud ; soit, dans dix jours. »

Lucien fut charmant avec ses anciens camarades, qui lui témoignèrent une admiration presque respectueuse. Il causa pendant environ une demi-heure avec beaucoup d'esprit, car il se trouvait sur un piédestal et voulait justifier l'opinion du pays : il se mit les mains dans les goussets, il parla tout à fait en homme qui voit les choses de la hauteur où ses concitoyens l'ont mis. Il fut modeste, et bon enfant, comme un génie en déshabillé. Ce fut les plaintes d'un athlète fatigué des luttes à Paris, désenchanté surtout, il félicita ses camarades de ne pas avoir quitté leur bonne province, etc. Il les laissa tout enchantés de lui. Puis, il prit Petit-Claud à part et lui demanda la vérité sur les affaires de David, en lui reprochant l'état de séquestration où se trouvait son beau-frère. Lucien voulait ruser avec Petit-Claud. Petit-Claud s'efforça de donner à son ancien camarade cette opinion que lui, Petit-Claud, était un pauvre petit avoué de province, sans aucune espèce de finesse. La constitution actuelle des sociétés, infiniment plus compliquée dans ses rouages que celle des sociétés antiques, a eu pour effet de subdiviser les facultés chez l'homme. Autrefois, les gens éminents, forcés d'être universels, apparaissaient en petit nombre et comme des flambeaux au milieu des nations antiques. Plus tard, si les facultés se spécialisèrent, la qualité s'adressait encore à l'ensemble des choses. Ainsi un homme *riche en cautèle*, comme on l'a dit de Louis XI, pouvait appliquer sa ruse à tout ; mais aujourd'hui, la qualité s'est elle-même subdivisée. Par exemple, autant de professions, autant de ruses différentes. Un rusé diplomate sera très bien joué, dans une affaire, au fond d'une province, par un avoué médiocre ou par un paysan. Le plus rusé journaliste peut se trouver fort niais en matière d'intérêts commerciaux, et Lucien devait être et fut le jouet de Petit-Claud. Le malicieux avocat avait naturellement écrit lui-même l'article où la ville d'Angoulême, compromise avec son faubourg de l'Houmeau, se trouvait obligée de fêter Lucien. Les concitoyens de Lucien venus sur la place du Mûrier étaient les ouvriers de l'imprimerie et de la papeterie des Cointet, accompagnés des clercs de Petit-Claud, de Cachan, et de quelques camarades de collège. Redevenu pour le poète le *copain* du collège, l'avoué pensait avec raison que son camarade laisserait échapper, dans un temps donné, le secret de la retraite de David. Et si David périssait par la faute de Lucien, Angoulême n'était pas tenable pour le poète. Aussi, pour mieux assurer son influence, se posa-t-il comme l'inférieur de Lucien.

« Comment n'aurais-je pas fait pour le mieux ? dit Petit-Claud à Lucien. Il s'agissait de la sœur de mon *copain ;* mais, au Palais, il y a des positions où l'on doit périr. David m'a demandé, le premier juin, de lui garantir sa tranquillité pendant trois mois ; il n'est en danger qu'en septembre, et encore ai-je su soustraire tout son avoir à ses créanciers ; car je gagnerai le procès en Cour royale ; j'y ferai juger que le privilège de la femme est absolu, que, dans l'espèce, il ne couvre aucune fraude... Quant à toi, tu reviens malheureux, mais tu es un homme de génie... (Lucien fit un geste comme d'un homme à qui l'encensoir arrive trop près du nez.) Oui, mon cher, reprit Petit-Claud, j'ai lu *L'Archer de Charles IX,* et c'est plus qu'un ouvrage, c'est un livre ! La préface n'a pu être écrite que par deux hommes : Chateaubriand ou toi ! »

Lucien accepta cet éloge, sans dire que cette préface était de d'Arthez. Sur cent auteurs français, quatre-vingt-dix-neuf eussent agi comme lui.

« Eh bien, ici l'on n'avait pas l'air de te connaître, reprit Petit-Claud en jouant l'indignation. Quand j'ai vu l'indifférence générale, je me suis mis en tête de révolutionner tout ce monde. J'ai fait l'article que tu as lu...

— Comment, c'est toi qui !... s'écria Lucien.

— Moi-même !... Angoulême et l'Houmeau se sont trouvés en rivalité, j'ai rassemblé des jeunes gens, tes anciens camarades de collège, et j'ai organisé la sérénade d'hier ; puis, une fois lancés dans l'enthousiasme, nous avons lâché la souscription pour le dîner. " Si David se cache, au moins Lucien sera couronné ! " me suis-je dit. J'ai fait mieux, reprit Petit-Claud, j'ai vu la comtesse Châtelet, et je lui ai fait comprendre qu'elle se devait à elle-même de tirer David de sa position, elle le peut, elle le doit. Si David a bien réellement trouvé le secret dont il m'a parlé, le gouvernement ne se ruinera pas en le soutenant, et quel genre pour un préfet d'avoir l'air d'être pour moitié dans une si grande découverte par l'heureuse protection qu'il accorde à l'inventeur ! On fait parler de soi comme d'un administrateur éclairé... Ta sœur s'est effrayée du jeu de notre mousqueterie judiciaire ! elle a eu peur de la fumée... La guerre au Palais coûte aussi cher que sur les champs de bataille ; mais David a maintenu sa position, il est maître de son secret : on ne peut pas l'arrêter, on ne l'arrêtera pas !

— Je te remercie, mon cher, et je vois que je puis te confier mon plan, tu m'aideras à le réaliser. » Petit-Claud regarda Lucien en donnant à son nez en vrille l'air d'un point d'interrogation. « Je veux sauver Séchard, dit Lucien avec une sorte d'importance, je suis la cause de son malheur, je réparerai tout... J'ai plus d'empire sur Louise...

— Qui, Louise ?...

— La comtesse Châtelet !... » (Petit-Claud fit un mouvement.) « J'ai sur elle plus d'empire qu'elle ne le croit elle-même, reprit Lucien ; seulement, mon cher, si j'ai du pouvoir sur votre gouvernement, je n'ai pas d'habits... »

Petit-Claud fit un autre mouvement comme pour offrir sa bourse.

« Merci, dit Lucien en serrant la main de Petit-Claud. Dans dix jours d'ici, j'irai faire une visite à Mme la préfète, et je te rendrai la tienne. »

Et ils se séparèrent en se donnant des poignées de main de camarades.

« Il doit être poète, se dit en lui-même Petit-Claud, car il est fou. »

« On a beau dire, pensait Lucien en revenant chez sa sœur ; en fait d'amis, il n'y a que les amis de collège.

— Mon Lucien, dit Ève, que t'a donc promis Petit-Claud
pour lui témoigner tant d'amitié ? Prends garde à lui !

— À lui ? s'écria Lucien. Écoute, Ève, reprit-il en
paraissant obéir à une réflexion, tu ne crois plus en moi, tu
te défies de moi, tu peux bien te défier de Petit-Claud ; mais,
dans douze ou quinze jours, tu changeras d'opinion »,
ajouta-t-il d'un petit air fat...

Lucien remonta dans sa chambre, et y écrivit la lettre
suivante à Lousteau.

« Mon ami, de nous deux, moi seul puis me souvenir du
billet de mille francs que je t'ai prêté : mais je connais trop
bien, hélas ! la situation où tu seras en ouvrant ma lettre,
pour ne pas ajouter aussitôt que je ne te les redemande pas
en espèces d'or ou d'argent ; non, je te les demande en
crédit, comme on les demanderait à Florine en plaisir. Nous
avons le même tailleur, tu peux donc me faire confectionner
sous le plus bref délai un habillement complet. Sans être
précisément dans le costume d'Adam, je ne puis me
montrer. Ici, les honneurs départementaux dus aux illustrations parisiennes m'attendaient, à mon grand étonnement.
Je suis le héros d'un banquet, ni plus ni moins qu'un député
de la Gauche ; comprends-tu maintenant la nécessité d'un
habit noir ? Promets le payement ; charge-t'en, fais jouer la
réclame ; enfin trouve une scène inédite de Don Juan avec
M. Dimanche[590], car il faut m'endimancher à tout prix. Je
n'ai rien que des haillons : pars de là ! Nous sommes en
septembre, il fait un temps magnifique ; *ergo,* veille à ce que
je reçoive, à la fin de cette semaine, un charmant habillement du matin : petite redingote vert bronze foncé, trois
gilets, l'un couleur soufre, l'autre de fantaisie, genre écossais, le troisième d'une entière blancheur ; plus, trois
pantalons *à faire des femmes,* l'un blanc étoffe anglaise,
l'autre nankin, le troisième en léger casimir noir ; enfin un
habit noir et un gilet de satin noir pour soirée. Si tu as
retrouvé une Florine quelconque, je me recommande à elle
pour deux cravates de fantaisie. Ceci n'est rien, je compte
sur toi, sur ton adresse : le tailleur m'inquiète peu. Mon
cher ami, nous l'avons maintes fois déploré : l'intelligence
de la misère qui, certes, est le plus actif poison dont soit
travaillé l'homme par excellence, le Parisien ! cette intelligence dont l'activité surprendrait Satan, n'a pas encore
trouvé le moyen d'avoir à crédit un chapeau ! Quand nous
aurons mis à la mode des chapeaux qui vaudront mille

francs, les chapeaux seront possibles ; mais jusque-là, nous devrons toujours avoir assez d'or dans nos poches pour payer un chapeau. Ah ! quel mal la Comédie-Française nous a fait avec ce : *Lafleur, tu mettras de l'or dans mes poches !* Je sens donc profondément toutes les difficultés de l'exécution de cette demande : joins une paire de bottes, une paire d'escarpins, un chapeau, six paires de gants, à l'envoi du tailleur ! C'est demander l'impossible, je le sais. Mais la vie littéraire n'est-elle pas l'impossible mis en coupe réglée ?... Je ne te dis qu'une seule chose : opère ce prodige en faisant un grand article ou quelque petite infamie, je te quitte et décharge de ta dette. Et c'est une dette d'honneur, mon cher, elle a douze mois de carnet : tu en rougirais, si tu pouvais rougir. Mon cher Lousteau, plaisanterie à part, je suis dans des circonstances graves. Juges-en par ce seul mot : la Seiche est engraissée, elle est devenue la femme du Héron, et le Héron est préfet d'Angoulême. Cet affreux couple peut beaucoup pour mon beau-frère que j'ai mis dans une situation affreuse, il est poursuivi, caché, sous le poids de la lettre de change !... Il s'agit de reparaître aux yeux de Mme la préfète et de reprendre sur elle quelque empire à tout prix. N'est-ce pas effrayant à penser que la fortune de David Séchard dépende d'une jolie paire de bottes, de bas de soie gris à jour (ne va pas les oublier), et d'un chapeau neuf !... Je vais me dire malade et souffrant, me mettre au lit comme fit Duvicquet[591], pour me dispenser de répondre à l'empressement de mes concitoyens. Mes concitoyens m'ont donné, mon cher, une très belle sérénade. Je commence à me demander combien il faut de sots pour composer ce mot : *mes concitoyens*, depuis que j'ai su que l'enthousiasme de la capitale de l'Angoumois avait eu quelques-uns de mes camarades de collège pour boute-en-train.

Si tu pouvais mettre aux *Faits-Paris* quelques lignes sur ma réception, tu me grandirais ici de plusieurs talons de botte. Je ferais d'ailleurs sentir à la Seiche que j'ai, sinon des amis, du moins quelque crédit dans la Presse parisienne. Comme je ne renonce à rien de mes espérances, je te revaudrai cela. S'il te fallait un bel article de fond pour un recueil quelconque, j'ai le temps d'en méditer un à loisir. Je ne te dis plus qu'un mot, mon cher ami : je compte sur toi, comme tu peux compter sur celui qui se dit :

« Tout à toi,

« LUCIEN DE R. »

« *P.-S.* — Adresse-moi le tout par les diligences, bureau restant. »

Cette lettre, où Lucien reprenait le ton de supériorité que son succès lui donnait intérieurement, lui rappela Paris. Pris depuis six jours par le calme absolu de la province, sa pensée se reporta vers ses bonnes misères, il eut des regrets vagues, il resta pendant toute une semaine préoccupé de la comtesse Châtelet ; enfin, il attacha tant d'importance à sa réapparition que, quand il descendit, à la nuit tombante, à l'Houmeau chercher au bureau des diligences les paquets qu'il attendait de Paris, il éprouvait toutes les angoisses de l'incertitude, comme une femme qui a mis ses dernières espérances sur une toilette et qui désespère de l'avoir.

« Ah ! Lousteau ! je te pardonne tes trahisons », se dit-il en remarquant par la forme des paquets que l'envoi devait contenir tout ce qu'il avait demandé.

Il trouva la lettre suivante dans le carton à chapeau.

                                          « Du salon de Florine.

          « Mon cher enfant,

« Le tailleur s'est très bien conduit ; mais, comme ton profond coup d'œil rétrospectif te le faisait pressentir, les cravates, le chapeau, les bas de soie à trouver ont porté le trouble dans nos cœurs, car il n'y avait rien à troubler dans notre bourse. Nous le disions avec Blondet : il y aurait une fortune à faire en établissant une maison où les jeunes gens trouveraient ce qui coûte peu de chose. Car nous finissons par payer très cher ce que nous ne payons pas. D'ailleurs, le grand Napoléon, arrêté dans sa course vers les Indes, faute d'une paire de bottes, l'a dit : *Les affaires faciles ne se font jamais !* Donc tout allait, excepté ta chaussure... Je te voyais habillé sans chapeau ! gileté sans souliers, et je pensais à t'envoyer une paire de mocassins qu'un Américain a donnés par curiosité à Florine. Florine a offert une masse de quarante francs à jouer pour toi. Nathan, Blondet et moi, nous avons été si heureux en ne jouant plus pour notre compte que nous avons été assez riches pour emmener la Torpille[592], l'ancien rat de des Lupeaulx, à souper. Frascati nous devait bien cela. Florine s'est chargée des acquisitions ; elle y a joint trois belles chemises. Nathan t'offre une canne. Blondet, qui a gagné trois cents francs, t'envoie une chaîne d'or. Le rat y a joint une montre en or, grande comme une pièce de quarante francs qu'un imbécile lui a donnée et qui ne va pas : « *C'est de la pacotille, comme ce qu'il a eu !* » nous a-t-elle dit. Bixiou, qui nous est venu trouver au *Rocher de Cancale*, a voulu mettre un flacon d'eau de Portugal dans l'envoi que te fait Paris. Notre premier comique a dit : « *Si cela peut faire son bonheur, qu'il le soit !...* » avec cet accent de basse-taille et cette importance bourgeoise qu'il peint si bien[593]. Tout cela, mon cher enfant, te prouve combien l'on aime ses amis dans le malheur. Florine, à qui j'ai eu la faiblesse de pardonner, te prie de nous envoyer un article sur le dernier ouvrage de Nathan. Adieu, mon fils ! Je ne puis que te plaindre d'être retourné dans le bocal d'où tu sortais quand tu t'es fait un vieux camarade de

« Ton ami

« ÉTIENNE L. »

« Pauvres garçons ! ils ont joué pour moi ! » se dit-il tout ému.

Il vient des pays malsains ou de ceux où l'on a le plus souffert des bouffées qui ressemblent aux senteurs du paradis. Dans une vie tiède le souvenir des souffrances est comme une jouissance indéfinissable. Ève fut stupéfaite quand son frère descendit dans ses vêtements neufs ; elle ne le reconnaissait pas.

« Je puis maintenant m'aller promener à Beaulieu, s'écriat-il ; on ne dira pas de moi : Il est revenu en haillons ! Tiens, voilà une montre que je te rendrai, car elle est bien à moi ; puis, elle me ressemble, elle est détraquée.

— Quel enfant tu es !... dit Ève. On ne peut t'en vouloir de rien.

— Croirais-tu donc, ma chère fille, que j'aie demandé tout cela dans la pensée assez niaise de briller aux yeux d'Angoulême, dont je me soucie comme de cela ! dit-il en fouettant l'air avec sa canne à pomme d'or ciselée. Je veux réparer le mal que j'ai fait, et je me suis mis sous les armes. »

Le succès de Lucien comme élégant fut le seul triomphe réel qu'il obtint, mais il fut immense. L'envie délie autant de langues que l'admiration en glace. Les femmes raffolèrent de lui, les hommes en médirent, et il put s'écrier comme le chansonnier : « *Ô mon habit, que je te remercie*[594] *!* » Il alla mettre deux cartes à la préfecture et fit également une visite à Petit-Claud, qu'il ne trouva pas. Le lendemain, jour du banquet, les journaux de Paris contenaient tous, à la rubrique d'Angoulême, les lignes suivantes :

« ANGOULÊME. — Le retour d'un jeune poète dont les débuts ont été si brillants, de l'auteur de *L'Archer de Charles IX*, l'unique roman historique fait en France sans imitation du genre de Walter Scott, et dont la préface est un événement littéraire, a été signalé par une ovation aussi flatteuse pour la ville que pour M. Lucien de Rubempré. La ville s'est empressée de lui offrir un banquet patriotique. Le nouveau préfet, à peine installé, s'est associé à la manifestation publique en fêtant l'auteur des *Marguerites*, dont le talent fut si vivement encouragé à ses débuts par Mme la comtesse Châtelet. »

En France, une fois l'élan donné, personne ne peut plus l'arrêter. Le colonel du régiment en garnison offrit sa musique. Le maître d'hôtel de la Cloche, dont les expéditions de dindes truffées vont jusqu'en Chine et s'envoient dans les plus magnifiques porcelaines, le fameux aubergiste de l'Houmeau, chargé du repas, avait décoré sa grande salle avec des draps sur lesquels des couronnes de laurier entremêlées de bouquets faisaient un effet superbe. À cinq heures quarante personnes étaient réunies là, toutes en habit de cérémonie. Une foule de cent et quelques habitants, attirés principalement par la présence des musiciens dans la cour, représentait les concitoyens.

« Tout Angoulême est là ! » dit Petit-Claud en se mettant à la fenêtre.

« Je n'y comprends rien, disait Postel à sa femme, qui vint pour écouter la musique. Comment ! le préfet, le receveur général, le colonel, le directeur de la Poudrerie, notre député, le maire, le proviseur, le directeur de la fonderie de Ruelle, le président, le procureur du Roi, M. Milaud, toutes les autorités viennent d'arriver !... »

Quand on se mit à table, l'orchestre militaire commença par des variations sur l'air de *Vive le Roi, vive la France !* qui n'a pu devenir populaire. Il était cinq heures du soir. À huit heures un dessert de soixante-cinq plats, remarquable par un Olympe en sucreries surmonté de la France en chocolat, donna le signal des toasts.

« Messieurs, dit le préfet en se levant, au Roi !... à la Légitimité ! N'est-ce pas à la paix que les Bourbons nous ont ramenée que nous devons la génération de poètes et de penseurs qui maintient dans les mains de la France le sceptre de la littérature !...

— Vive le Roi ! » crièrent les convives, parmi lesquels les ministériels étaient en force.

Le vénérable proviseur se leva.

« Au jeune poète, dit-il, au héros du jour, qui a su allier à la grâce et à la poésie de Pétrarque, dans un genre que Boileau déclarait si difficile, le talent du prosateur !

— Bravo ! Bravo !... »

Le colonel se leva.

« Messieurs, au Royaliste ! car le héros de cette fête a eu le courage de défendre les bons principes !

— Bravo ! » dit le préfet, qui donna le ton aux applaudissements.

Petit-Claud se leva.

« Tous les camarades de Lucien à la gloire du collège d'Angoulême, au vénérable proviseur qui nous est si cher, et à qui nous devons reporter tout ce qui lui appartient dans nos succès !... »

Le vieux proviseur, qui ne s'attendait pas à ce toast, s'essuya les yeux. Lucien se leva : le plus profond silence s'établit, et le poète devint blanc. En ce moment le vieux proviseur, qui se trouvait à sa gauche, lui posa sur la tête une couronne de laurier. On battit des mains. Lucien eut des larmes dans les yeux et dans la voix.

« Il est gris, dit à Petit-Claud le futur procureur du Roi de Nevers.

— Ce n'est pas le vin qui l'a grisé, répondit l'avoué.

— Mes chers compatriotes, mes chers camarades, dit enfin Lucien, je voudrais avoir la France entière pour témoin de cette scène. C'est ainsi qu'on élève les hommes et qu'on obtient dans notre pays les grandes œuvres et les grandes actions. Mais, voyant le peu que j'ai fait et le grand honneur que j'en reçois, je ne puis que me trouver confus et m'en remettre à l'avenir du soin de justifier l'accueil d'aujourd'hui. Le souvenir de ce moment me rendra des forces au milieu de luttes nouvelles. Permettez-moi de signaler à vos hommages celle qui fut et ma première muse et ma protectrice et de boire aussi à ma ville natale : donc à la belle comtesse Sixte du Châtelet et à la noble ville d'Angoulême.

— Il ne s'en est pas mal tiré, dit le procureur du Roi, qui hocha la tête en signe d'approbation ; car nos toasts étaient préparés, et le sien est improvisé. »

A dix heures les convives s'en allèrent par groupes, David Séchard, entendant cette musique extraordinaire, dit à Basine : « Que se passe-t-il donc à l'Houmeau ?

— L'on donne, répondit-elle, une fête à votre beau-frère Lucien...

— Je suis sûr, dit-il, qu'il aura dû regretter de ne pas m'y voir ! »

À minuit Petit-Claud reconduisit Lucien jusque sur la place du Mûrier. Là Lucien dit à l'avoué : « Mon cher, entre nous c'est à la vie, à la mort.

— Demain, dit l'avoué, l'on signe mon contrat de mariage, chez Mme de Sénonches, avec Mlle Françoise de La Haye, sa pupille ; fais-moi le plaisir d'y venir ; Mme de Sénonches m'a prié de t'y amener, et tu y verras la préfète, qui sera très flattée de ton toast, dont on va sans doute lui parler.

— J'avais bien mes idées, dit Lucien.

— Oh ! tu sauveras David !

— J'en suis sûr », répondit le poète.

En ce moment David se montra comme par enchantement. Voici pourquoi. Il se trouvait dans une position assez difficile : sa femme lui défendait absolument et de recevoir Lucien et de lui faire savoir le lieu de sa retraite, tandis que Lucien lui écrivait les lettres les plus affectueuses en lui disant que sous peu de jours il aurait réparé le mal. Or Mlle Clerget avait remis à David les deux lettres suivantes en lui disant le motif de la fête dont la musique arrivait à son oreille.

« Mon ami, fais comme si Lucien n'était pas ici ; ne t'inquiète de rien, et grave dans ta chère tête cette proposition : notre sécurité vient tout entière de l'impossibilité où sont tes ennemis de savoir où tu es. Tel est mon malheur que j'ai plus de confiance en Kolb, en Marion, en Basine, qu'en mon frère. Hélas ! mon pauvre Lucien n'est plus le candide et tendre poète que nous avons connu. C'est précisément parce qu'il veut se mêler de tes affaires et qu'il a la présomption de faire payer nos dettes (par orgueil, mon David !...) que je le crains. Il a reçu de Paris de beaux habits et cinq pièces d'or dans une belle bourse. Il les a mises à ma disposition, et nous vivons de cet argent. Nous avons enfin un ennemi de moins : ton père nous a quittés, et nous devons son départ à Petit-Claud, qui a démêlé les intentions du père Séchard et qui les a sur-le-champ annihilées en lui

disant que tu ne ferais plus rien sans lui ; que lui, Petit-
Claud, ne te laisserait rien céder de ta découverte sans une
indemnité préalable de trente mille francs : d'abord quinze
mille pour te liquider, quinze mille que tu toucherais dans
tous les cas, succès ou insuccès. Petit-Claud est inexplicable
pour moi. Je t'embrasse comme une femme embrasse son
mari malheureux. Notre petit Lucien va bien. Quel spectacle que celui de cette fleur qui se colore et grandit au milieu
de nos tempêtes domestiques ! Ma mère, comme toujours,
prie Dieu et t'embrasse presque aussi tendrement que

« TON ÈVE. »

Petit-Claud et les Cointet, effrayés de la ruse paysanne du
vieux Séchard, s'en étaient, comme on voit, d'autant mieux
débarrassés que ses vendanges le rappelaient à ses vignes de
Marsac.

La lettre de Lucien, incluse dans celle d'Ève, était ainsi
conçue :

« Mon cher David, tout va bien. Je suis armé de pied en
cap ; j'entre en campagne aujourd'hui, dans deux jours
j'aurai fait bien du chemin. Avec quel plaisir je t'embrasserai
quand tu seras libre et quitte de mes dettes ! Mais je suis
blessé, pour la vie et au cœur, de la défiance que ma sœur et
ma mère continuent à me témoigner. Ne sais-je pas déjà que
tu te caches chez Basine ? Toutes les fois que Basine vient à
la maison, j'ai de tes nouvelles et la réponse à mes lettres. Il
est d'ailleurs évident que ma sœur ne pouvait compter que
sur son amie d'atelier. Aujourd'hui je serai bien près de toi
et cruellement marri de ne pas te faire assister à la fête que
l'on me donne. L'amour-propre d'Angoulême m'a valu un
petit triomphe qui, dans quelques jours, sera entièrement
oublié, mais où ta joie aurait été la seule de sincère. Enfin,
encore quelques jours, et tu pardonneras tout à celui qui
compte pour plus que toutes les gloires du monde d'être

« Ton frère,

« LUCIEN. »

David eut le cœur vivement tiraillé par ces deux forces,
quoiqu'elles fussent inégales ; car il adorait sa femme, et son
amitié pour Lucien s'était diminuée d'un peu d'estime. Mais
dans la solitude la force des sentiments change entièrement.

L'homme seul, et en proie à des préoccupations comme celles qui dévoraient David, cède à des pensées contre lesquelles il trouverait des points d'appui dans le milieu ordinaire de la vie. Ainsi, en lisant la lettre de Lucien au milieu des fanfares de ce triomphe inattendu, il fut profondément ému d'y voir exprimé le regret sur lequel il comptait. Les âmes tendres ne résistent pas à ces petits effets du sentiment, qu'ils estiment aussi puissants chez les autres que chez eux. N'est-ce pas la goutte d'eau qui tombe de la coupe pleine ?... Aussi, vers minuit, toutes les supplications de Basine ne purent-elles empêcher David d'aller voir Lucien.

« Personne, lui dit-il, ne se promène à cette heure dans les rues d'Angoulême, on ne me verra pas, l'on ne peut pas m'arrêter la nuit ; et, dans le cas où je serais rencontré, je puis me servir du moyen inventé par Kolb pour revenir dans ma cachette. Il y a d'ailleurs trop longtemps que je n'ai embrassé ma femme et mon enfant. »

Basine céda devant toutes ces raisons assez plausibles, et laissa sortir David, qui criait : « Lucien ! » au moment où Lucien et Petit-Claud se disaient bonsoir. Et les deux frères se jetèrent dans les bras l'un de l'autre en pleurant. Il n'y a pas beaucoup de moments semblables dans la vie. Lucien sentait l'effusion d'une de ces amitiés *quand même*, avec lesquelles on ne compte jamais et qu'on se reproche d'avoir trompées. David éprouvait le besoin de pardonner. Ce généreux et noble inventeur voulait surtout sermonner Lucien et dissiper les nuages qui voilaient l'affection de la sœur et du frère. Devant ces considérations de sentiment, tous les dangers engendrés par le défaut d'argent avaient disparu.

Petit-Claud dit à son client : « Allez chez vous, profitez au moins de votre imprudence, embrassez votre femme et votre enfant ! et qu'on ne vous voie pas ! »

« Quel malheur ! se dit Petit-Claud, qui resta seul sur la place du Mûrier. Ah ! si j'avais là Cérizet... »

Au moment où l'avoué se parlait à lui-même le long de l'enceinte en planches faite autour de la place où s'élève orgueilleusement aujourd'hui le Palais de Justice, il entendit cogner derrière lui sur une planche, comme quand quelqu'un cogne du doigt à une porte.

« J'y suis, dit Cérizet dont la voix passait entre la fente de deux planches mal jointes. J'ai vu David sortant de l'Houmeau. Je commençais à soupçonner le lieu de sa retraite, maintenant j'en suis sûr, et sais où le pincer ; mais, pour lui tendre un piège, il est nécessaire que je sache quelque chose des projets de Lucien, et voilà que vous les faites rentrer. Au moins restez là sous un prétexte quelconque. Quand David et Lucien sortiront, amenez-les près de moi : ils se croiront seuls, et j'entendrai les derniers mots de leur adieu.

— Tu es un maître diable ! dit tout bas Petit-Claud.

— Nom d'un petit bonhomme, s'écria Cérizet, que ne ferait-on pas pour avoir ce que vous m'avez promis ! »

Petit-Claud quitta les planches et se promena sur la place du Mûrier en regardant les fenêtres de la chambre où la famille était réunie et pensant à son avenir comme pour se donner du courage ; car l'adresse de Cérizet lui permettait de frapper le dernier coup. Petit-Claud était un de ces hommes profondément retors et traîtreusement doubles, qui ne se laissent jamais prendre aux amorces du présent ni aux leurres d'aucun attachement après avoir observé les changements du cœur humain et la stratégie des intérêts. Aussi avait-il d'abord peu compté sur Cointet. Dans le cas où l'œuvre de son mariage aurait manqué sans qu'il eût le droit d'accuser le grand Cointet de traîtrise, il s'était mis en mesure de le chagriner ; mais, depuis son succès à l'hôtel de Bargeton, Petit-Claud jouait franc jeu. Son arrière-trame, devenue inutile, était dangereuse pour la situation politique à laquelle il aspirait. Voici les bases sur lesquelles il voulait asseoir son importance future. Gannerac et quelques gros négociants commençaient à former dans l'Houmeau un comité libéral qui se rattachait par les relations du commerce aux chefs de l'Opposition. L'avènement du ministère Villèle, accepté par Louis XVIII mourant, était le signal d'un changement de conduite dans l'Opposition, qui, depuis la mort de Napoléon, renonçait au moyen dangereux des conspirations[595]. Le parti libéral organisait au fond des provinces son système de résistance légale : il tendit à se rendre maître de la matière électorale, afin d'arriver à son but par la conviction des masses. Enragé libéral et fils de l'Houmeau, Petit-Claud fut le promoteur, l'âme et le conseil secret de l'Opposition de la basse ville, opprimée par l'aristocratie de la ville haute. Le premier il fit apercevoir le danger de laisser les Cointet disposer à eux seuls de la presse dans le département de la Charente, où l'Opposition devait avoir un organe, afin de ne pas rester en arrière des autres villes.

« Que chacun de nous donne un billet de cinq cents francs

à Gannerac, il aura vingt et quelque mille francs pour acheter l'imprimerie Séchard, dont nous serons alors les maîtres en en tenant le propriétaire par un prêt », dit Petit-Claud.

L'avoué fit adopter cette idée, en vue de corroborer ainsi sa double position vis-à-vis de Cointet et de Séchard, et il jeta naturellement les yeux sur un drôle de l'encolure de Cérizet pour en faire l'homme dévoué du parti.

« Si tu peux découvrir ton ancien bourgeois et le mettre entre mes mains, dit-il à l'ancien prote de Séchard, on te prêtera vingt mille francs pour acheter son imprimerie, et probablement tu seras à la tête d'un journal. Ainsi, marche. »

Plus sûr de l'activité d'un homme comme Cérizet que de celle de tous les Doublon du monde, Petit-Claud avait alors promis au grand Cointet l'arrestation de Séchard. Mais depuis que Petit-Claud caressait l'espérance d'entrer dans la magistrature, il prévoyait la nécessité de tourner le dos aux Libéraux, et il avait si bien monté les esprits à l'Houmeau que les fonds nécessaires à l'acquisition de l'imprimerie étaient réalisés. Petit-Claud résolut de laisser aller les choses à leur cours naturel.

« Bah ! se dit-il, Cérizet commettra quelque délit de presse, et j'en profiterai pour montrer mes talents... »

Il alla vers la porte de l'imprimerie et dit à Kolb qui faisait sentinelle : « Monte avertir David de profiter de l'heure pour s'en aller, et prenez bien vos précautions ; je m'en vais, il est une heure... »

Lorsque Kolb quitta le pas de la porte, Marion vint prendre sa place. Lucien et David descendirent, Kolb les précéda de cent pas en avant et Marion les suivit de cent pas en arrière. Quand les deux frères passèrent le long des planches, Lucien parlait avec chaleur à David.

« Mon ami, lui dit-il, mon plan est d'une excessive simplicité ; mais comment en parler devant Ève, qui n'en comprendrait jamais les moyens ? Je suis sûr que Louise a dans le fond du cœur un désir que je saurai réveiller, je la veux uniquement pour me venger de cet imbécile de préfet. Si nous nous aimons, ne fût-ce qu'une semaine, je lui ferai demander au ministère un encouragement de vingt mille francs pour toi. Demain je reverrai cette créature dans ce petit boudoir où nos amours ont commencé, et où, selon Petit-Claud, il n'y a rien de changé : j'y jouerai la comédie. Aussi, après-demain matin, te ferai-je remettre par Basine un petit mot pour te dire si j'ai été sifflé... Qui sait, peut-être seras-tu libre... Comprends-tu maintenant pourquoi j'ai voulu des habits de Paris ? Ce n'est pas en haillons qu'on peut jouer le rôle de jeune premier. »

À six heures du matin, Cérizet vint voir Petit-Claud.

« Demain, à midi, Doublon peut préparer son coup ; il prendra notre homme, j'en réponds, lui dit le Parisien : je dispose de l'une des ouvrières de Mlle Clerget, comprenez-vous ?... »

Après avoir écouté le plan de Cérizet, Petit-Claud courut chez Cointet.

« Faites en sorte que ce soir M. du Hautoy se soit décidé à donner à Françoise la nue-propriété de ses biens, vous signerez dans deux jours un acte de société avec Séchard. Je ne me marierai que huit jours après le contrat ; ainsi nous serons bien dans les termes de nos petites conventions : *donnant donnant*. Mais épions bien ce soir ce qui se passera chez Mme de Sénonches entre Lucien et Mme la comtesse du Châtelet, car tout est là... Si Lucien espère réussir par la préfète, je tiens David.

— Vous serez, je crois, garde des Sceaux, dit Cointet.

— Et pourquoi pas ? M. de Peyronnet l'est bien », dit Petit-Claud qui n'avait pas encore tout à fait dépouillé la peau du libéral [596].

L'état douteux de Mlle de La Haye lui valut la présence de la plupart des nobles d'Angoulême à la signature de son contrat. La pauvreté de ce futur ménage marié sans corbeille avivait l'intérêt que le monde aime à témoigner ; car il en est de la bienfaisance comme des triomphes : on aime une charité qui satisfait l'amour-propre. Aussi la marquise de Pimentel, la comtesse du Châtelet, M. de Sénonches et deux ou trois habitués de la maison firent-ils à Françoise quelques cadeaux dont on parlait beaucoup en ville. Ces jolies bagatelles réunies au trousseau préparé depuis un an par Zéphirine, aux bijoux du parrain et aux présents d'usage du marié, consolèrent Françoise et piquèrent la curiosité de plusieurs mères qui amenèrent leurs filles. Petit-Claud et Cointet avaient déjà remarqué que les nobles d'Angoulême les toléraient l'un et l'autre dans leur Olympe comme une nécessité : l'un était le régisseur de la fortune, le subrogé-tuteur de Françoise ; l'autre était indispensable à la signature du contrat comme le pendu à une exécution ; mais le lendemain de son mariage, si Mme Petit-Claud conservait le droit de venir chez sa marraine, le mari s'y voyait difficile-

ment admis, et il se promettait bien de s'imposer à ce monde
orgueilleux. Rougissant de ses obscurs parents, l'avoué fit
rester sa mère à Mansle où elle s'était retirée, il la pria de se
dire malade et de lui donner son consentement par écrit.
Assez humilié de se voir sans parents, sans protecteurs, sans
signature de son côté, Petit-Claud se trouvait donc très
heureux de présenter dans l'homme célèbre un ami acceptable, et que la comtesse désirait revoir. Aussi vint-il prendre
Lucien en voiture. Pour cette mémorable soirée, le poète
avait fait une toilette qui devait lui donner, sans contesta-
tion, une supériorité sur tous les hommes. Mme de
Sénonches avait d'ailleurs annoncé le héros du moment, et
l'entrevue des deux amants brouillés était une de ces scènes
dont on est particulièrement friand en province. Lucien était
passé à l'état de *Lion :* on le disait si beau, si changé, si
merveilleux, que les femmes de l'Angoulême noble avaient
toutes une velléité de le revoir. Suivant la mode de cette
époque à laquelle on doit la transition de l'ancienne culotte
de bal aux ignobles pantalons actuels, il avait mis un
pantalon noir collant. Les hommes dessinaient encore leurs
formes au grand désespoir des gens maigres ou mal faits ; et
celles de Lucien étaient *apolloniennes.* Ses bas de soie gris à
jour, ses petits souliers, son gilet de satin noir, sa cravate,
tout fut scrupuleusement tiré, collé pour ainsi dire sur lui.
Sa blonde et abondante chevelure frisée faisait valoir son
front blanc, autour duquel les boucles se relevaient avec une
grâce cherchée. Ses yeux, pleins d'orgueil, étincelaient. Ses
petites mains de femme, belles sous le gant, ne devaient pas
se laisser voir dégantées. Il copia son maintien sur celui de
de Marsay, le fameux dandy parisien, en tenant d'une main
sa canne et son chapeau qu'il ne quitta pas, et il se servit de
l'autre pour faire des gestes rares à l'aide desquels il
commenta ses phrases. Lucien aurait bien voulu se glisser
dans le salon, à la manière de ces gens célèbres qui, par une
fausse modestie, se baisseraient sous la porte Saint-Denis.
Mais Petit-Claud, qui n'avait qu'un ami, en abusa. Ce fut
presque pompeusement qu'il amena Lucien jusqu'à Mme de
Sénonches au milieu de la soirée. À son passage, le poète
entendit des murmures qui jadis lui eussent fait perdre la
tête, et qui le trouvèrent froid : il était sûr de valoir, à lui
seul, tout l'Olympe d'Angoulême.

« Madame, dit-il à Mme de Sénonches, j'ai déjà félicité
mon ami Petit-Claud, qui est de l'étoffe dont on fait les
gardes des Sceaux, d'avoir le bonheur de vous appartenir,

quelque faibles que soient les liens entre une marraine et sa filleule (ce fut dit d'un air épigrammatique très bien senti par toutes les femmes qui écoutaient sans en avoir l'air). Mais, pour mon compte, je bénis une circonstance qui me permet de vous offrir mes hommages. »

Ce fut dit sans embarras et dans une pose de grand seigneur en visite chez de petites gens. Lucien écouta la réponse entortillée que lui fit Zéphirine, en jetant un regard de circumnavigation dans le salon, afin d'y préparer ses effets. Aussi put-il saluer avec grâce et en nuançant ses sourires Francis du Hautoy et le préfet qui le saluèrent ; puis il vint enfin à Mme du Châtelet en feignant de l'apercevoir. Cette rencontre était si bien l'événement de la soirée, que le contrat de mariage où les gens marquants allaient mettre leur signature, conduits dans la chambre à coucher, soit par le notaire, soit par Françoise, fut oublié. Lucien fit quelques pas vers Louise de Nègrepelisse ; et, avec cette grâce parisienne, pour elle à l'état de souvenir depuis son arrivée, il lui dit assez haut : « Est-ce à vous, madame, que je dois l'invitation qui me procure le plaisir de dîner après-demain à la préfecture ?...

— Vous ne la devez, monsieur, qu'à votre gloire, répliqua sèchement Louise un peu choquée de la tournure agressive de la phrase méditée par Lucien pour blesser l'orgueil de son ancienne protectrice.

— Ah ! madame la comtesse, dit Lucien d'un air à la fois fin et fat, il m'est impossible de vous amener l'homme s'il est dans votre disgrâce. » Et, sans attendre de réponse, il tourna sur lui-même en apercevant l'évêque, qu'il salua très noblement. « Votre Grandeur a été presque prophète, dit-il d'une voix charmante, et je tâcherai qu'elle le soit tout à fait. Je m'estime heureux d'être venu ce soir ici, puisque je puis vous présenter mes respects. »

Lucien entraîna Monseigneur dans une conversation qui dura dix minutes. Toutes les femmes regardaient Lucien comme un phénomène. Son impertinence inattendue avait laissé Mme du Châtelet sans voix ni réponse. En voyant Lucien l'objet de l'admiration de toutes les femmes ; en suivant, de groupe en groupe, le récit que chacune se faisait à l'oreille des phrases échangées où Lucien l'avait comme aplatie en ayant l'air de la dédaigner, elle fut pincée au cœur par une contraction d'amour-propre.

« S'il ne venait pas demain, après cette phrase, quel scandale ! pensa-t-elle. D'où lui vient cette fierté ? Mlle des

Touches serait-elle éprise de lui ?... — Il est si beau ! — On
dit qu'elle a couru chez lui, à Paris, le lendemain de la mort
de l'actrice !... Peut-être est-il venu sauver son beau-frère, et
s'est-il trouvé derrière notre calèche à Mansle, par un
accident de voyage. Ce matin-là, Lucien nous a singulièrement toisés, Sixte et moi. »

Ce fut une myriade de pensées, et, malheureusement pour
Louise, elle s'y laissait aller en regardant Lucien qui causait
avec l'évêque comme s'il eût été le roi du salon : il ne saluait
personne et attendait qu'on vînt à lui, promenant son regard
avec une variété d'expression, avec une aisance digne de de
Marsay, son modèle. Il ne quitta pas le prélat pour aller
saluer M. de Sénonches, qui se fit voir à peu de distance.

Au bout de dix minutes, Louise n'y tint plus. Elle se leva,
marcha jusqu'à l'évêque et lui dit : « Que vous dit-on donc,
Monseigneur, pour vous faire si souvent sourire ? »

Lucien se recula de quelques pas pour laisser discrètement Mme du Châtelet avec le prélat.

« Ah ! madame la comtesse, ce jeune homme a bien de
l'esprit !... il m'expliquait comment il vous devait toute sa
force...

— Je ne suis pas ingrat, moi, madame !... dit Lucien en
lançant un regard de reproche qui charma la comtesse.

— Entendons-nous, dit-elle en ramenant à elle Lucien
par un geste d'éventail, venez avec Monseigneur, par ici !...
Sa Grandeur sera notre juge. » Et elle montra le boudoir en y
entraînant l'évêque.

« Elle fait faire un drôle de métier à Monseigneur », dit
une femme du camp Chandour assez haut pour être
entendue.

« Notre juge !... dit Lucien en regardant tour à tour le
prélat et la préfète, il y aura donc un coupable ? »

Louise de Nègrepelisse s'assit sur le canapé de son ancien
boudoir. Après y avoir fait asseoir Lucien à côté d'elle et
Monseigneur de l'autre côté, elle se mit à parler. Lucien fit à
son ancienne amie l'honneur, la surprise et le bonheur de ne
pas écouter. Il eut l'attitude, les gestes de la Pasta dans
Tancredi quand elle va dire : *O patria !...* Il chanta sur sa
physionomie la fameuse cavatine *del Rizzo*[597]. Enfin, l'élève
de Coralie trouva moyen de se faire venir un peu de larmes
dans les yeux.

« Ah ! Louise, comme je t'aimais ! lui dit-il à l'oreille sans
se soucier du prélat ni de la conversation au moment où il vit
que ses larmes avaient été vues par la comtesse.

— Essuyez vos yeux, ou vous me perdriez, ici, encore une fois, dit-elle en se retournant vers lui par un aparté qui choqua l'évêque.

— Et c'est assez d'une, reprit vivement Lucien. Ce mot de la cousine de Mme d'Espard sécherait toutes les larmes d'une Madeleine. Mon Dieu !... j'ai retrouvé pour un moment mes souvenirs, mes illusions, mes vingt ans et vous me les... »

Monseigneur rentra brusquement au salon, en comprenant que sa dignité pouvait être compromise entre ces deux anciens amants. Chacun affecta de laisser la préfète et Lucien seuls dans le boudoir. Mais un quart d'heure après, Sixte, à qui les discours, les rires et les promenades au seuil du boudoir déplurent, y vint d'un air plus que soucieux et trouva Lucien et Louise très animés.

« Madame, dit Sixte à l'oreille de sa femme, vous qui connaissez mieux que moi Angoulême, ne devriez-vous pas songer à Mme la préfète et au gouvernement.

— Mon cher, dit Louise en toisant son éditeur responsable d'un air de hauteur qui le fit trembler, je cause avec M. de Rubempré de choses importantes pour vous. Il s'agit de sauver un inventeur sur le point d'être victime des manœuvres les plus basses, et vous nous y aiderez... Quant à ce que ces dames peuvent penser de moi, vous allez voir comment je vais me conduire pour glacer le venin sur leurs langues. »

Elle sortit du boudoir appuyée sur le bras de Lucien, et le mena signer le contrat en s'affichant avec une audace de grande dame.

« Signons ensemble ?... » dit-elle en tendant la plume à Lucien.

Lucien se laissa montrer par elle la place où elle venait de signer, afin que leurs signatures fussent l'une auprès de l'autre.

« Monsieur de Sénonches, auriez-vous reconnu M. de Rubempré ? » dit la comtesse en forçant l'impertinent chasseur à saluer Lucien.

Elle ramena Lucien au salon, elle le mit entre elle et Zéphirine sur le redoutable canapé du milieu. Puis, comme une reine sur son trône, elle commença, d'abord à voix basse, une conversation évidemment épigrammatique à laquelle se joignirent quelques-uns de ses anciens amis et plusieurs femmes qui lui faisaient la cour. Bientôt Lucien, devenu le héros d'un cercle, fut mis par la comtesse sur la vie de Paris dont la satire fut improvisée avec une verve incroyable et semée d'anecdotes sur les gens célèbres, véritables friandises de conversation dont sont excessivement avides les provinciaux. On admira l'esprit comme on avait admiré l'homme. Mme la comtesse Sixte triomphait si patemment de Lucien, elle en jouait si bien en femme enchantée de son instrument, elle lui fournissait la réplique avec tant d'à-propos, elle quêtait pour lui des approbations par des regards si compromettants, que plusieurs femmes commencèrent à voir dans la coïncidence du retour de Louise et de Lucien un profond amour victime de quelque double méprise. Un dépit avait peut-être amené le malencontreux mariage de Châtelet, contre lequel il se faisait alors une réaction.

« Eh bien, dit Louise à une heure du matin et à voix basse à Lucien avant de se lever, après-demain, faites-moi le plaisir d'être exact... »

La préfète laissa Lucien en lui mimant une petite inclination de tête excessivement amicale, et alla dire quelques mots au comte Sixte qui cherchait son chapeau.

« Si ce que Mme du Châtelet vient de me dire est vrai, mon cher Lucien, comptez sur moi, dit le préfet en se mettant à la poursuite de sa femme qui partait sans lui, commc à Paris. Dès ce soir, votre beau-frère peut se regarder comme hors d'affaire.

— M. le comte me doit bien cela », répondit Lucien en souriant.

« Eh bien, nous sommes *fumés* [598]... », dit Cointet à l'oreille de Petit-Claud témoin de cet adieu.

Petit-Claud, foudroyé par le succès de Lucien, stupéfait par les éclats de son esprit et par le jeu de sa grâce, regardait Françoise de La Haye dont la physionomie, pleine d'admiration pour Lucien, semblait dire à son prétendu : Soyez comme votre ami.

Un éclair de joie passa sur la figure de Petit-Claud.

« Le dîner du préfet n'est que pour après-demain, nous avons encore une journée à nous, dit-il, je réponds de tout. »

« Eh bien, mon cher, dit Lucien à Petit-Claud à deux heures du matin en revenant à pied : je suis venu, j'ai vu, j'ai vaincu ! Dans quelques heures, Séchard sera bien heureux. »

« Voilà tout ce que je voulais savoir », pensa Petit-Claud. « Je ne te croyais que poète et tu es aussi Lauzun [599], c'est être deux fois poète », répondit-il en lui donnant une poignée de main qui devait être la dernière.

« Ma chère Ève, dit Lucien en réveillant sa sœur, une bonne nouvelle ! Dans un mois David n'aura plus de dettes !...

— Et comment ?

— Eh bien, Mme du Châtelet cachait sous sa jupe mon ancienne Louise ; elle m'aime plus que jamais, et va faire faire un rapport au ministère de l'Intérieur par son mari, en faveur de notre découverte !... Ainsi, nous n'avons pas plus d'un mois à souffrir, le temps de me venger du préfet et de te [600] rendre le plus heureux des époux. » (Ève crut continuer un rêve en écoutant son frère.) « En revoyant le petit salon gris où je tremblais comme un enfant, il y a deux ans ; en examinant ces meubles, les peintures et les figures, il me tombait une taie des yeux ! comme Paris vous change les idées.

— Est-ce un bonheur ?... dit Ève en comprenant enfin son frère.

— Allons, tu dors, à demain, nous causerons après déjeuner », dit Lucien.

Le plan de Cérizet était d'une excessive simplicité. Quoiqu'il appartienne aux ruses dont se servent les huissiers de province pour arrêter leurs débiteurs, et dont le succès est hypothétique, il devait réussir ; car il reposait autant sur la connaissance des caractères de Lucien et de David que sur leurs espérances. Parmi les petites ouvrières dont il était le Don Juan et qu'il gouvernait en les opposant les unes aux autres, le prote des Cointet, pour le moment en service extraordinaire, avait distingué l'une des repasseuses de Basine Clerget, une fille presque aussi belle que Mme Séchard, appelée Henriette Signol, et dont les parents étaient de petits vignerons vivant dans leur bien à deux lieues d'Angoulême, sur la route de Saintes. Les Signol, comme tous les gens de la campagne, ne se trouvaient pas assez riches pour garder leur unique enfant avec eux, et ils l'avaient destinée à entrer en maison, c'est-à-dire à devenir femme de chambre. En province, une femme de chambre doit savoir blanchir et repasser le linge fin. La réputation de Mme Prieur, à qui Basine succédait, était telle, que les Signol y mirent leur fille en apprentissage en y payant pension pour la nourriture et le logement. Mme Prieur appartenait à cette race de vieilles maîtresses qui, dans les provinces, se croient substituées aux parents. Elle vivait en famille avec ses apprenties, elle les menait à l'église et les surveillait consciencieusement. Henriette Signol, belle brune bien découplée, à l'œil hardi, à la chevelure forte et longue, était blanche comme sont blanches les filles du Midi, de la blancheur d'une fleur de magnolia. Aussi Henriette fut-elle une des premières grisettes que visa Cerizet ; mais comme elle appartenait à d'*honnêtes cultivateurs* elle ne céda que vaincue par la jalousie, par le mauvais exemple et par cette phrase séduisante : « Je t'épouserai ! » que lui dit Cérizet, une fois qu'il se vit second prote chez MM. Cointet. En apprenant que les Signol possédaient pour quelque dix ou douze mille francs de vignes et une petite maison assez logeable, le Parisien se hâta de mettre Henriette dans l'impossibilité d'être la femme d'un autre. Les amours de la belle Henriette et du petit Cérizet en étaient là quand Petit-Claud lui parla de le rendre propriétaire de l'imprimerie Séchard, en lui montrant une espèce de commandite de vingt mille francs qui devait être un licou. Cet avenir éblouit le prote, la tête lui tourna, Mlle Signol lui parut un obstacle à ses ambitions, et il négligea la pauvre fille. Henriette, au désespoir, s'attacha d'autant plus au petit prote des Cointet qu'il semblait la vouloir quitter. En découvrant que David se cachait chez Mlle Clerget, le Parisien changea d'idées à l'égard d'Henriette, mais sans changer de conduite ; car il se proposait de faire servir à sa fortune l'espèce de folie qui travaille une fille quand, pour cacher son déshonneur, elle doit épouser son séducteur. Pendant la matinée du jour où Lucien devait reconquérir sa Louise, Cérizet apprit à Henriette le secret de Basine, et lui dit que leur fortune et leur mariage dépendaient de la découverte de l'endroit où se cachait David. Une fois instruite, Henriette n'eut pas de peine à reconnaître que l'imprimeur ne pouvait être que dans le cabinet de toilette de Mlle Clerget, elle ne crut pas avoir fait le moindre mal en se livrant à cet espionnage ; mais Cérizet l'avait engagée déjà dans sa trahison par ce commencement de participation.

Lucien dormait encore lorsque Cérizet, qui vint savoir le résultat de la soirée, écoutait dans le cabinet de Petit-Claud le récit des grands petits événements qui devaient soulever Angoulême.

« Lucien vous a bien écrit un petit mot depuis son retour ? demanda le Parisien après avoir hoché la tête en signe de satisfaction quand Petit-Claud eut fini.

— Voilà le seul que j'aie, dit l'avoué, qui tendit une lettre où Lucien avait écrit quelques lignes sur le papier à lettre dont se servait sa sœur.

— Eh bien, dit Cérizet, dix minutes avant le coucher du soleil, que Doublon s'embusque à la Porte-Palet, qu'il cache ses gendarmes et dispose son monde, vous aurez notre homme.

— Es-tu sûr de *ton* affaire ? dit Petit-Claud en examinant Cérizet.

— Je m'adresse au hasard, dit l'ex-gamin de Paris, mais c'est un fier drôle, il n'aime pas les honnêtes gens.

— Il faut réussir, dit l'avoué d'un ton sec.

— Je réussirai, dit Cérizet. C'est vous qui m'avez poussé dans ce tas de boue, vous pouvez bien me donner quelques billets de banque pour m'essuyer... Mais, monsieur, dit le Parisien en surprenant une expression qui lui déplut sur la figure de l'avoué, si vous m'aviez trompé, si vous ne m'achetez pas l'imprimerie sous huit jours... Eh bien, vous laisserez une jeune veuve, dit tout bas le gamin de Paris en lançant la mort dans son regard.

— Si nous écrouons David à six heures, sois à neuf heures chez M. Gannerac, et nous y ferons ton affaire, répondit péremptoirement l'avoué.

— C'est entendu : vous serez servi, *bourgeois !* » dit Cérizet.

Cérizet connaissait déjà l'industrie qui consiste à laver le papier et qui met aujourd'hui les intérêts du fisc en péril. Il lava les quatre lignes écrites par Lucien, et les remplaça par celles-ci, en imitant l'écriture avec une perfection désolante pour l'avenir social du prote.

« Mon cher David, tu peux venir sans crainte chez le préfet, ton affaire est faite ; et d'ailleurs, à cette heure-ci, tu peux sortir, je viens au-devant de toi, pour t'expliquer comment tu dois te conduire avec le préfet.

« Ton frère,

« LUCIEN. »

À midi, Lucien écrivit une lettre à David, où il lui apprenait le succès de la soirée, il lui donnait l'assurance de la protection du préfet qui, dit-il, faisait aujourd'hui même un rapport au ministre sur la découverte dont il était enthousiaste. Au moment où Marion apporta cette lettre à Mlle Basine, sous prétexte de lui donner à blanchir les chemises de Lucien, Cérizet, instruit par Petit-Claud de la probabilité de cette lettre, emmena Mlle Signol et alla se promener avec elle sur le bord de la Charente. Il y eut sans doute un combat où l'honnêteté d'Henriette se défendit pendant longtemps, car la promenade dura deux heures. Non seulement l'intérêt d'un enfant était en jeu, mais encore tout un avenir de bonheur, une fortune ; et ce que demandait Cérizet était une bagatelle, il se garda bien d'ailleurs d'en dire les conséquences. Seulement le prix exorbitant de ces bagatelles effrayait Henriette. Néanmoins, Cérizet finit par obtenir de sa maîtresse de se prêter à son stratagème. A cinq heures, Henriette dut sortir et rentrer en disant à Mlle Clerget que Mme Séchard la demandait sur-le-champ. Puis, un quart d'heure après la sortie de Basine, elle monterait, cognerait au cabinet et remettrait à David la fausse lettre de Lucien. Après, Cérizet attendait tout du hasard.

Pour la première fois depuis plus d'un an, Ève sentit se desserrer l'étreinte de fer par laquelle la Nécessité la tenait. Elle eut de l'espoir enfin. Elle aussi ! elle voulut jouir de son frère, se montrer au bras de l'homme fêté dans sa patrie, adoré des femmes, aimé de la fière comtesse du Châtelet. Elle se fit belle et se proposa de se promener à Beaulieu, après le dîner, au bras de son frère. A cette heure, tout Angoulême, au mois de septembre, se trouve à prendre le frais.

« Oh ! c'est la belle Mme Séchard, dirent quelques voix en voyant Ève.

— Je n'aurais jamais cru cela d'elle, dit une femme.

— Le mari se cache, la femme se montre, dit Mme Postel assez haut pour que la pauvre femme l'entendît.

— Oh ! rentrons, j'ai eu tort », dit Ève à son frère.

Quelques minutes avant le coucher du soleil, la rumeur que cause un rassemblement s'éleva de la rampe qui descend à l'Houmeau. Lucien et sa sœur, pris de curiosité, se dirigèrent de ce côté, car ils entendirent quelques personnes qui venaient de l'Houmeau parlant entre elles, comme si quelque crime venait d'être commis.

« C'est probablement un voleur qu'on vient d'arrêter... Il est pâle comme un mort », dit un passant au frère et à la sœur en les voyant courir au-devant de ce monde grossissant.

Ni Lucien ni sa sœur n'eurent la moindre appréhension. Ils regardèrent les trente et quelques enfants ou vieilles femmes, les ouvriers revenant de leur ouvrage qui précédaient les gendarmes dont les chapeaux bordés brillaient au milieu du principal groupe. Ce groupe, suivi d'une foule d'environ cent personnes, marchait comme un nuage d'orage.

« Ah ! dit Ève, c'est mon mari !

— David ! cria Lucien.

— C'est sa femme ! dit la foule en s'écartant.

— Qui donc t'a pu faire sortir ? demanda Lucien.

— C'est ta lettre, répondit David pâle et blême.

— J'en étais sûre », dit Ève qui tomba roide évanouie.

Lucien releva sa sœur, que deux personnes l'aidèrent à transporter chez elle, où Marion la coucha. Kolb s'élança pour aller chercher un médecin. À l'arrivée du docteur, Ève n'avait pas encore repris connaissance. Lucien fut alors forcé d'avouer à sa mère qu'il était la cause de l'arrestation de David, car il ne pouvait pas s'expliquer le quiproquo produit par la lettre fausse. Lucien, foudroyé par un regard de sa mère qui y mit sa malédiction, monta dans sa chambre et s'y enferma.

En lisant cette lettre écrite au milieu de la nuit et interrompue de moments en moments, chacun devinera par les phrases jetées comme une à une toutes les agitations de Lucien.

« Ma sœur bien-aimée, nous nous sommes vus tout à l'heure pour la dernière fois. Ma résolution est sans appel. Voici pourquoi : Dans beaucoup de familles, il se rencontre un être fatal qui, pour la famille, est une sorte de maladie. Je suis cet être-là pour vous. Cette observation n'est pas de moi, mais d'un homme qui a beaucoup vu le monde. Nous soupions un soir entre *amis*, au *Rocher de Cancale*. Entre les mille plaisanteries qui s'échangent alors, ce diplomate nous dit que telle jeune personne qu'on voyait avec étonnement rester fille *était malade de son père*. Et alors, il nous développa sa théorie sur les maladies de famille. Il nous expliqua comment, sans telle mère, telle maison eût prospéré, comment tel fils avait ruiné son père, comment tel père avait détruit l'avenir et la considération de ses enfants. Quoique soutenue en riant, cette thèse sociale fut en dix minutes appuyée de tant d'exemples que j'en restai frappé. Cette vérité payait tous les paradoxes insensés, mais spirituellement démontrés, par lesquels les journalistes s'amusent entre eux, quand il ne se trouve là personne à mystifier. Eh

bien, je suis l'être fatal de notre famille. Le cœur plein de
tendresse, j'agis comme un ennemi. À tous vos dévouements, j'ai répondu par des maux. Quoique involontairement porté, le dernier coup est de tous le plus cruel.
Pendant que je menais à Paris une vie sans dignité, pleine de
plaisirs et de misères, prenant la camaraderie pour l'amitié,
laissant de véritables amis pour des gens qui voulaient et
devaient m'exploiter, vous oubliant et ne me souvenant de
vous que pour vous causer du mal, vous suiviez l'humble
sentier du travail, allant péniblement mais sûrement à cette
fortune que je tentais si follement de surprendre. Pendant
que vous deveniez meilleurs, moi je mettais dans ma vie un
élément funeste. Oui, j'ai des ambitions démesurées, qui
m'empêchent d'accepter une vie humble. J'ai des goûts, des
plaisirs dont la souvenance empoisonne les jouissances qui
sont à ma portée et qui m'eussent jadis satisfait. Ô ma chère
Ève, je me juge plus sévèrement que qui que ce soit, car je
me condamne absolument et sans pitié pour moi-même. La
lutte à Paris exige une force constante, et mon vouloir ne va
que par accès : ma cervelle est intermittente. L'avenir
m'effraye tant, que je ne veux pas de l'avenir, et le présent
m'est insupportable. J'ai voulu vous revoir, j'aurais mieux
fait de m'expatrier à jamais. Mais l'expatriation, sans
moyens d'existence, serait une folie, et je ne l'ajouterai pas à
toutes les autres. La mort me semble préférable à une vie
incomplète ; et, dans quelque position que je me suppose,
mon excessive vanité me ferait commettre des sottises.
Certains êtres sont comme des zéros, il leur faut un chiffre
qui les précède, et leur néant acquiert alors une valeur
décuple. Je ne puis acquérir de valeur que par un mariage
avec une volonté forte, impitoyable. Mme de Bargeton était
bien ma femme, j'ai manqué ma vie en n'abandonnant pas
Coralie pour elle. David et toi vous pourriez être d'excellents
pilotes pour moi ; mais vous n'êtes pas assez forts pour
dompter ma faiblesse qui se dérobe en quelque sorte à la
domination. J'aime une vie facile, sans ennuis ; et, pour me
débarrasser d'une contrariété, je suis d'une lâcheté qui peut
me mener très loin. Je suis né prince. J'ai plus de dextérité
d'esprit qu'il n'en faut pour parvenir, mais je n'en ai que
pendant un moment, et le prix dans une carrière parcourue
par tant d'ambitieux est à celui qui n'en déploie que le
nécessaire et qui s'en trouve encore assez au bout de la
journée. Je ferais le mal comme je viens de le faire ici, avec
les meilleures intentions du monde. Il y a des hommes-

chênes, je ne suis peut-être qu'un arbuste élégant, et j'ai la prétention d'être un cèdre. Voilà mon bilan écrit. Ce désaccord entre mes moyens et mes désirs, ce défaut d'équilibre annulera toujours mes efforts. Il y a beaucoup de ces caractères dans la classe lettrée à cause des disproportions continuelles entre l'intelligence et le caractère, entre le vouloir et le désir. Quel serait mon destin ? je puis le voir par avance en me souvenant de quelques vieilles gloires parisiennes que j'ai vues oubliées. Au seuil de la vieillesse, je serai plus vieux que mon âge, sans fortune et sans considération. Tout mon être actuel repousse une pareille vieillesse : je ne veux pas être un haillon social. Chère sœur, adorée autant pour tes dernières rigueurs que pour tes premières tendresses, si nous avons payé cher le plaisir que j'ai eu à te revoir, toi et David, plus tard vous penserez peut-être que nul prix n'était trop élevé pour les dernières félicités d'un pauvre être qui vous aimait !... Ne faites aucune recherche ni de moi, ni de ma destinée : au moins mon esprit m'aura-t-il servi dans l'exécution de mes volontés. La résignation, mon ange, est un suicide quotidien, moi je n'ai de résignation que pour un jour, je vais en profiter aujourd'hui... »

« Deux heures.

« Oui, je l'ai bien résolu. Adieu donc pour toujours, ma chère Ève. J'éprouve quelque douceur à penser que je ne vivrai plus que dans vos cœurs. Là sera ma tombe..., je n'en veux pas d'autre. Encore adieu !... C'est le dernier de ton frère.

« LUCIEN. »

Après avoir écrit cette lettre, Lucien descendit sans faire aucun bruit, il la posa sur le berceau de son neveu, déposa sur le front de sa sœur endormie un dernier baiser trempé de larmes, et sortit. Il éteignit son bougeoir au crépuscule, et, après avoir regardé cette vieille maison une dernière fois, il ouvrit tout doucement la porte de l'allée ; mais, malgré ses précautions, il éveilla Kolb qui couchait sur un matelas à terre dans l'atelier.

« *Qui fa là ?...* s'écria Kolb.

— C'est moi, dit Lucien, je m'en vais, Kolb.

— *Vus auriez mieux vait te ne chamais fenir*, se dit Kolb à lui-même, mais assez haut pour que Lucien l'entendît.

— J'aurais bien fait de ne jamais venir au monde,

répondit Lucien. Adieu, Kolb, je ne t'en veux pas d'une pensée que j'ai moi-même. Tu diras à David que ma dernière aspiration aura été un regret de n'avoir pu l'embrasser. »

Lorsque l'Alsacien fut debout et habillé, Lucien avait fermé la porte de la maison, et il descendait vers la Charente, par la promenade de Beaulieu, mis comme s'il allait à une fête, car il s'était fait un linceul de ses habits parisiens et de son joli harnais de dandy. Frappé de l'accent et des dernières paroles de Lucien, Kolb voulut aller savoir si sa maîtresse était instruite du départ de son frère et si elle en avait reçu les adieux ; mais, en trouvant la maison plongée en un profond silence, il pensa que ce départ était sans doute convenu, et il se recoucha.

On a, relativement à la gravité du sujet, écrit très peu sur le suicide, on ne l'a pas observé. Peut-être cette maladie est-elle inobservable. Le suicide est l'effet d'un sentiment que nous nommerons, si vous voulez, l'*estime de soi-même*, pour ne pas le confondre avec le mot *honneur*. Le jour où l'homme se méprise, le jour où il se voit méprisé, le moment où la réalité de la vie est en désaccord avec ses espérances, il se tue et rend ainsi hommage à la société devant laquelle il ne veut pas rester déshabillé de ses vertus ou de sa splendeur. Quoi qu'on en dise, parmi les athées (il faut excepter le chrétien du suicide), les lâches seuls acceptent une vie déshonorée. Le suicide est de trois natures : il y a d'abord le suicide qui n'est que le dernier accès d'une longue maladie et qui certes appartient à la pathologie ; puis le suicide par désespoir, enfin le suicide par raisonnement. Lucien voulait se tuer par désespoir et par raisonnement, les deux suicides dont on peut revenir ; car il n'y a d'irrévocable que le suicide pathologique : mais souvent les trois causes se réunissent, comme chez Jean-Jacques Rousseau[601]. Lucien, une fois sa résolution prise, tomba dans la délibération des moyens, et le poète voulut finir poétiquement. Il avait d'abord pensé tout bonnement à s'aller jeter dans la Charente ; mais, en descendant les rampes de Beaulieu pour la dernière fois, il entendit par avance le tapage que ferait son suicide, il vit l'affreux spectacle de son corps revenu sur l'eau, déformé, l'objet d'une enquête judiciaire : il eut, comme quelques suicides[602], un amour-propre posthume. Pendant la journée passée au moulin de Courtois il s'était promené le long de la rivière et avait remarqué, non loin du moulin, une de ces nappes rondes, comme il s'en trouve dans les petits cours d'eau, dont l'excessive profondeur est accusée par la tranquillité de la surface. L'eau n'est plus ni verte, ni bleue, ni claire, ni jaune ; elle est comme un miroir d'acier poli. Les bords de cette coupe n'offraient plus ni glaïeuls, ni fleurs bleues, ni les larges feuilles du nénuphar, l'herbe de la berge était courte et pressée, les saules pleuraient autour, assez pittoresquement placés tous. On devinait facilement un précipice plein d'eau. Celui qui pouvait avoir le courage d'emplir ses poches de cailloux devait y trouver une mort inévitable, et ne jamais être retrouvé. « Voilà, s'était dit le poète en admirant ce joli petit paysage, un endroit qui vous met l'eau à la bouche d'une noyade. »

Ce souvenir lui revint à la mémoire, au moment où il atteignit l'Houmeau. Il chemina donc vers Marsac, en proie à ses dernières et funèbres pensées, et dans la ferme intention de dérober ainsi le secret de sa mort, de ne pas être l'objet d'une enquête, de ne pas être enterré, de ne pas être vu dans l'horrible état où sont les noyés quand ils reviennent à fleur d'eau. Il parvint bientôt au pied d'une de ces côtes qui se rencontrent si fréquemment sur les routes de France, et surtout entre Angoulême et Poitiers. La diligence de Bordeaux à Paris venait avec rapidité, les voyageurs allaient sans doute en descendre pour monter cette longue côte à pied. Lucien, qui ne voulut pas se laisser voir, se jeta dans un petit chemin creux et se mit à cueillir des fleurs dans une vigne. Quand il reprit la grande route, il tenait à la main un gros bouquet de *sedum*, une fleur jaune qui vient dans le caillou des vignobles, et il déboucha précisément derrière un voyageur vêtu tout en noir, les cheveux poudrés, chaussé de souliers en veau d'Orléans à boucles d'argent, brun de visage, et couturé comme si, dans son enfance, il fût tombé dans le feu. Ce voyageur, à tournure si patemment ecclésiastique, allait lentement et fumait un cigare. En entendant Lucien qui sauta de la vigne sur la route, l'inconnu se retourna, parut comme saisi de la beauté profondément mélancolique du poète, de son bouquet symbolique et de sa mise élégante. Ce voyageur ressemblait à un chasseur qui trouve une proie longtemps et inutilement cherchée[603]. Il laissa, en style de marine, Lucien arriver, et retarda sa marche en ayant l'air de regarder le bas de la côte. Lucien, qui fit le même mouvement, y aperçut une petite calèche attelée de deux chevaux et un postillon à pied.

« Vous avez laissé courir la diligence, monsieur, vous perdrez votre place, à moins que vous ne vouliez monter

dans ma calèche pour la rattraper, car la poste va plus vite
que la voiture publique », dit le voyageur à Lucien en
prononçant ces mots avec un accent très marqué d'espagnol
et en mettant à son offre une exquise politesse.

Sans attendre la réponse de Lucien, l'Espagnol tira de sa
poche un étui à cigares, et le présenta tout ouvert à Lucien
pour qu'il en prît un.

« Je ne suis pas un voyageur, répondit Lucien, et je suis
trop près du terme de ma course pour me donner le plaisir
de fumer...

— Vous êtes bien sévère envers vous-même, repartit
l'Espagnol. Quoique chanoine honoraire de la cathédrale de
Tolède, je me passe de temps en temps un petit cigare. Dieu
nous a donné le tabac pour endormir nos passions et nos
douleurs... Vous me semblez avoir du chagrin, vous en avez
du moins l'enseigne à la main, comme le triste dieu de
l'hymen[604]. Tenez ?... tous vos chagrins s'en iront avec la
fumée... »

Et le prêtre retendit sa boîte en paille avec une sorte de
séduction, en jetant à Lucien des regards animés de charité.

« Pardon, mon père, répliqua sèchement Lucien, il n'y a
pas de cigares qui puissent dissiper mes chagrins... »

En disant cela, les yeux de Lucien se mouillèrent de
larmes.

« Oh ! jeune homme, est-ce donc la providence divine qui
m'a fait désirer de secouer par un peu d'exercice à pied le
sommeil dont sont saisis au matin tous les voyageurs, afin
que je pusse, en vous consolant, obéir à ma mission ici-
bas ?... Et quels grands chagrins pouvez-vous avoir à votre
âge ?

— Vos consolations, mon père, seraient bien inutiles :
vous êtes Espagnol, je suis Français ; vous croyez aux
commandements de l'Église, moi je suis athée...

— *Santa Virgen del Pilar*[605] !... vous êtes athée, s'écria le
prêtre en passant son bras sous celui de Lucien avec un
empressement maternel. Eh ! voilà l'une des curiosités que
je m'étais promis d'observer à Paris. En Espagne, nous ne
croyons pas aux athées... Il n'y a qu'en France, où, à dix-
neuf ans, on puisse avoir de pareilles opinions.

— Oh ! je suis un athée au complet ; je ne crois ni en
Dieu, ni à la société, ni au bonheur. Regardez-moi donc
bien, mon père ; car, dans quelques heures, je ne serai
plus... Voilà mon dernier soleil !... dit Lucien avec une sorte
d'emphase en montrant le ciel.

— Ah! çà, qu'avez-vous fait pour mourir? qui vous a condamné à mort?

— Un tribunal souverain, moi-même!

— Enfant! s'écria le prêtre. Avez-vous tué un homme? l'échafaud vous attend-il? Raisonnons un peu? Si vous voulez rentrer, selon vous, dans le néant, tout vous est indifférent ici-bas. » (Lucien inclina la tête en signe d'assentiment.) « Eh bien, vous pouvez alors me conter vos peines?... Il s'agit sans doute de quelques amourettes qui vont mal?... » (Lucien fit un geste d'épaules très significatif.) « Vous voulez vous tuer pour éviter le déshonneur, ou parce que vous désespérez de la vie? eh bien, vous vous tuerez aussi bien à Poitiers qu'à Angoulême, à Tours aussi bien qu'à Poitiers. Les sables mouvants de la Loire ne rendent pas leur proie...

— Non, mon père, répondit Lucien, j'ai mon affaire. Il y a vingt jours, j'ai vu la plus charmante rade où puisse aborder dans l'autre monde un homme dégoûté de celui-ci...

— Un autre monde... vous n'êtes plus athée.

— Oh! ce que j'entends par l'autre monde, c'est ma future transformation en animal ou en plante...

— Avez-vous une maladie incurable?

— Oui, mon père...

— Ah! nous y voilà, dit le prêtre, et laquelle?

— La pauvreté. »

Le prêtre regarda Lucien en souriant et lui dit avec une grâce infinie et un sourire presque ironique : « Le diamant ignore sa valeur.

— Il n'y a qu'un prêtre qui puisse flatter un homme pauvre qui s'en va mourir!... s'écria Lucien.

— Vous ne mourrez pas, dit l'Espagnol avec autorité.

— J'ai bien entendu dire, reprit Lucien, qu'on dévalisait les gens sur la route, je ne savais pas qu'on les y enrichît.

— Vous allez le savoir, dit le prêtre après avoir examiné si la distance à laquelle se trouvait la voiture leur permettait de faire seuls encore quelques pas. Écoutez-moi, dit le prêtre en mâchonnant son cigare, votre pauvreté ne serait pas une raison pour mourir. J'ai besoin d'un secrétaire, le mien vient de mourir à Barcelone. Je me trouve dans la situation où fut le baron de Goërtz, le fameux ministre de Charles XII, qui arriva sans secrétaire dans une petite ville en allant en Suède, comme moi je vais à Paris [606]. Le baron rencontra le fils d'un orfèvre, remarquable par une beauté qui ne pouvait certes pas valoir la vôtre... Le baron de Goërtz trouve à ce jeune

homme de l'intelligence, comme moi je vous trouve de la
poésie au front ; il le prend dans sa voiture, comme moi je
vais vous prendre dans la mienne ; et, de cet enfant
condamné à brunir des couverts et à fabriquer des bijoux
dans une petite ville de province comme Angoulême, il fait
son favori, comme vous serez le mien. Arrivé à Stockholm, il
installe son secrétaire et l'accable de travaux. Le jeune
secrétaire passe les nuits à écrire ; et, comme tous les grands
travailleurs, il contracte une habitude, il se met à mâcher du
papier. Feu M. de Malesherbes faisait, lui, des camouflets [607] et il en donna, par parenthèse, un à je ne sais quel
personnage dont le procès dépendait de son rapport. Notre
beau jeune homme commence par du papier blanc, mais il
s'y accoutume et passe aux papiers écrits qu'il trouve plus
savoureux. On ne fumait pas encore comme aujourd'hui.
Enfin le petit secrétaire en arrive, de saveur en saveur, à
mâchonner des parchemins et à les manger. On s'occupait
alors, entre la Russie et la Suède, d'un traité de paix que les
États imposaient à Charles XII, comme en 1814 on voulait
forcer Napoléon à traiter de la paix. La base des négociations
était le traité fait entre les deux puissances à propos de la
Finlande ; Goërtz en confie l'original à son secrétaire ; mais,
quand il s'agit de soumettre le projet aux États, il se
rencontrait cette petite difficulté, que le traité ne se trouvait
plus. Les États imaginent que le ministre, pour servir les
passions du Roi, s'est avisé de faire disparaître cette pièce, le
baron de Goërtz est accusé, son secrétaire avoue alors avoir
mangé le traité... On instruit un procès, le fait est prouvé, le
secrétaire est condamné à mort. Mais, comme vous n'en êtes
pas là, prenez un cigare, et fumez-le en attendant notre
calèche. »

Lucien prit un cigare et l'alluma, comme cela se fait en
Espagne, au cigare du prêtre en se disant : « Il a raison, j'ai
toujours le temps de me tuer. »

« C'est souvent, reprit l'Espagnol, au moment où les
jeunes gens désespèrent le plus de leur avenir, que leur
fortune commence. Voilà ce que je voulais vous dire, j'ai
préféré vous le prouver par un exemple. Ce beau secrétaire,
condamné à mort, était dans une position d'autant plus
désespérée que le roi de Suède ne pouvait pas lui faire grâce,
sa sentence ayant été rendue par les États de Suède ; mais il
ferma les yeux sur une évasion. Le joli petit secrétaire se
sauve sur une barque avec quelques écus dans sa poche, et
arrive à la cour de Courlande, muni d'une lettre de

recommandation de Goërtz pour le duc, à qui le ministre suédois expliquait l'aventure et la manie de son protégé. Le duc place le bel enfant comme secrétaire chez son intendant. Le duc était un dissipateur, il avait une jolie femme et un intendant, trois causes de ruine. Si vous croyiez que ce joli homme, condamné à mort pour avoir mangé le traité relatif à la Finlande, se corrige de son goût dépravé, vous ne connaîtriez pas l'empire du vice sur l'homme ; la peine de mort ne l'arrête pas quand il s'agit d'une jouissance qu'il s'est créée ! D'où vient cette puissance du vice ? est-ce une force qui lui soit propre, ou vient-elle de la faiblesse humaine ? Y a-t-il des goûts qui soient placés sur les limites de la folie ? Je ne puis m'empêcher de rire des moralistes qui veulent combattre de pareilles maladies avec de belles phrases !... Il y eut un moment où le duc, effrayé du refus que lui fit son intendant à propos d'une demande d'argent, voulut des comptes, une sottise ! Il n'y a rien de plus facile que d'écrire un compte, la difficulté n'est jamais là. L'intendant confia toutes les pièces à son secrétaire pour établir le bilan de la liste civile de Courlande. Au milieu de son travail et de la nuit où il le finissait, notre petit mangeur de papier s'aperçoit qu'il mâche une quittance du duc pour une somme considérable : la peur le saisit, il s'arrête à moitié de la signature, il court se jeter aux pieds de la duchesse en lui expliquant sa manie, en implorant la protection de sa souveraine, et l'implorant au milieu de la nuit. La beauté du jeune commis fit une telle impression sur cette femme qu'elle l'épousa lorsqu'elle fut veuve. Ainsi, en plein dix-huitième siècle, dans un pays où régnait le blason, le fils d'un orfèvre devint prince souverain... Il est devenu quelque chose de mieux !... Il a été régent à la mort de la première Catherine, il a gouverné l'impératrice Anne et voulut être le Richelieu de la Russie. Eh bien, jeune homme, sachez une chose : c'est que si vous êtes plus beau que Biren, moi je vaux beaucoup plus, quoique simple chanoine, que le baron de Goërtz. Ainsi, montez ! nous vous trouverons un duché de Courlande à Paris, et, à défaut de duché, nous aurons toujours bien la duchesse. »

L'Espagnol passa la main sous le bras de Lucien, le força littéralement à monter dans sa voiture, et le postillon referma la portière.

« Maintenant parlez, je vous écoute, dit le chanoine de Tolède à Lucien stupéfait. Je suis un vieux prêtre à qui vous pouvez tout dire sans danger. Vous n'avez sans doute encore mangé que votre patrimoine ou l'argent de votre maman. Vous aurez fait votre petit trou à la lune, et nous avons de l'honneur jusqu'au bout de nos jolies petites bottes fines... Allez, confessez-vous hardiment, ce sera absolument comme si vous vous parliez à vous-même. »

Lucien se trouvait dans la situation de ce pêcheur de je ne sais quel conte arabe, qui, voulant se noyer en plein Océan, tombe au milieu de contrées sous-marines et y devient roi. Le prêtre espagnol paraissait si véritablement affectueux que le poète n'hésita pas à lui ouvrir son cœur ; il lui raconta donc, d'Angoulême à Ruffec, toute sa vie, en n'omettant aucune de ses fautes, et finissant par le dernier désastre qu'il venait de causer. Au moment où il terminait ce récit, d'autant plus poétiquement débité que Lucien le répétait pour la troisième fois depuis quinze jours, il arrivait au point où, sur la route, près de Ruffec, se trouve le domaine de la famille de Rastignac, dont le nom, la première fois qu'il le prononça, fit faire un mouvement à l'Espagnol.

« Voici, dit-il, d'où est parti le jeune Rastignac qui ne me vaut certes pas, et qui a eu plus de bonheur que moi.

— Ah !

— Oui, cette drôle de gentilhommière est la maison de son père. Il est devenu, comme je vous le disais, l'amant de Mme de Nucingen, la femme du fameux banquier. Moi, je me suis laissé aller à la poésie ; lui, plus habile, a donné dans le positif... »

Le prêtre fit arrêter sa calèche, il voulut, par curiosité, parcourir la petite avenue qui de la route conduisait à la maison et regarda tout avec plus d'intérêt que Lucien n'en attendait d'un prêtre espagnol[608].

« Vous connaissez donc les Rastignac ?... lui demanda Lucien.

— Je connais tout Paris, dit l'Espagnol en remontant dans sa voiture. Ainsi, faute de dix ou douze mille francs, vous alliez vous tuer. Vous êtes un enfant, vous ne connaissez ni les hommes, ni les choses. Une destinée vaut tout ce que l'homme l'estime, et vous n'évaluez votre avenir que douze mille francs ; eh bien, je vous achèterai tout à l'heure davantage. Quant à l'emprisonnement de votre beau-frère, c'est une vétille. Si ce cher M. Séchard a fait une découverte, il sera riche. Les riches n'ont jamais été mis en prison pour dettes. Vous ne me paraissez pas fort en Histoire. Il y a deux Histoires : l'Histoire officielle, menteuse qu'on enseigne, l'Histoire *ad usum delphini*[609] ; puis l'Histoire secrète, où sont les véritables causes des événements, une Histoire honteuse. Laissez-moi vous raconter, en trois mots, une autre historiette que vous ne connaissez pas. Un ambitieux, prêtre et jeune, veut entrer aux affaires publiques, il se fait le chien couchant du favori, le favori d'une reine ; le favori s'intéresse au prêtre, et lui donne le rang de ministre en lui donnant place au Conseil. Un soir, un de ces hommes qui croient rendre service (ne rendez jamais un service qu'on ne vous demande pas !) écrit au jeune ambitieux que la vie de son bienfaiteur est menacée. Le roi s'est courroucé d'avoir un maître, demain le favori doit être tué s'il se rend au palais. Eh bien, jeune homme, qu'auriez-vous fait en recevant cette lettre ?...

— Je serais allé sur-le-champ avertir mon bienfaiteur, s'écria vivement Lucien.

— Vous êtes bien encore l'enfant que révèle le récit de votre existence, dit le prêtre. Notre homme s'est dit : Si le roi va jusqu'au crime, mon bienfaiteur est perdu ; je dois avoir reçu cette lettre trop tard ! Et il a dormi jusqu'à l'heure où l'on tuait le favori...

— C'est un monstre ! dit Lucien qui soupçonna chez le prêtre l'intention de l'éprouver.

— Tous les grands hommes sont des monstres, celui-là s'appelle le cardinal de Richelieu, répondit le chanoine, et son bienfaiteur a nom le maréchal d'Ancre [610]. Vous voyez bien que vous ne connaissez pas votre histoire de France. N'avais-je pas raison de vous dire que l'HISTOIRE enseignée dans les collèges est une collection de dates et de faits, excessivement douteuse d'abord, mais sans la moindre portée. À quoi vous sert-il de savoir que Jeanne d'Arc a existé ? En avez-vous jamais tiré cette conclusion que, si la France avait alors accepté la dynastie angevine des Plantagenêts, les deux peuples réunis auraient aujourd'hui l'empire du monde, et que les deux îles où se forgent les troubles politiques du continent seraient deux provinces françaises ?... Mais avez-vous étudié les moyens par lesquels les Médicis, de simples marchands, sont arrivés à être grands-ducs de Toscane ?

— Un poète, en France, n'est pas tenu d'être un bénédictin, dit Lucien.

— Eh bien, jeune homme, ils sont devenus grands-ducs, comme Richelieu devint ministre. Si vous aviez cherché dans l'Histoire les causes humaines des événements, au lieu d'en apprendre par cœur les étiquettes, vous en auriez tiré des préceptes pour votre conduite. De ce que je viens de prendre au hasard dans la collection des faits vrais résulte cette loi : Ne voyez dans les hommes, et surtout dans les femmes, que des instruments ; mais ne le leur laissez pas voir. Adorez comme Dieu même celui qui, placé plus haut que vous, peut vous être utile, et ne le quittez pas qu'il n'ait payé très cher votre servilité. Dans le commerce du monde, soyez enfin âpre comme le juif et bas comme lui ; faites pour la puissance tout ce qu'il fait pour l'argent. Mais aussi n'ayez pas plus de souci de l'homme tombé que s'il n'avait jamais existé. Savez-vous pourquoi vous devez vous conduire ainsi ?... Vous voulez dominer le monde, n'est-ce pas ? il faut commencer par obéir au monde et le bien étudier. Les savants étudient les livres, les politiques étudient les hommes, leurs intérêts, les causes génératrices de leurs actions. Or le monde, la société, les hommes pris dans leur ensemble, sont fatalistes ; ils adorent l'événement. Savez-vous pourquoi je vous fais ce petit cours d'histoire ? c'est que je vous crois une ambition démesurée...

— Oui, mon père !

— Je l'ai bien vu, reprit le chanoine. Mais en ce moment vous vous dites : Ce chanoine espagnol invente des anecdotes et pressure l'Histoire pour me prouver que j'ai eu trop de vertu... » (Lucien se prit à sourire en voyant ses pensées si bien devinées.) « Eh bien, jeune homme, prenons des faits passés à l'état de banalité, dit le prêtre. Un jour la France est à peu près conquise par les Anglais, le Roi n'a plus qu'une province. Du sein du peuple deux êtres se dressent : une pauvre jeune fille, cette même Jeanne d'Arc dont nous parlions ; puis un bourgeois nommé Jacques Cœur. L'une donne son bras et le prestige de sa virginité, l'autre donne son or : le royaume est sauvé. Mais la fille est prise !... Le Roi, qui peut racheter la fille, la laisse brûler vive. Quant à l'héroïque bourgeois, le roi le laisse accuser de crimes capitaux par ses courtisans, qui font curée de tous ses biens[611]. Les dépouilles de l'innocent, traqué, cerné, abattu par la justice, enrichissent cinq maisons nobles... Et le père de l'archevêque de Bourges sort du royaume, pour n'y jamais revenir, sans un sou de ses biens en France, n'ayant d'autre argent à lui que celui qu'il avait confié aux Arabes, aux Sarrasins en Égypte. Vous pouvez dire encore : Ces exemples sont bien vieux, toutes ces ingratitudes ont trois cents ans d'Instruction publique, et les squelettes de cet âge-là sont fabuleux. Eh bien, jeune homme, croyez-vous au dernier demi-dieu de la France, à Napoléon ? Il a tenu l'un de ses généraux dans sa disgrâce, il ne l'a fait maréchal qu'à contrecœur, jamais il ne s'est servi de lui volontiers. Ce maréchal se nomme Kellermann. Savez-vous pourquoi ?... Kellermann a sauvé la France et le premier consul à Marengo[612] par une charge audacieuse qui fut applaudie au milieu du sang et du feu. Il ne fut même pas question de cette charge héroïque dans le bulletin. La cause de la froideur de Napoléon pour Kellermann est aussi la cause de la disgrâce de Fouché, du prince de Talleyrand[613] : c'est l'ingratitude du roi Charles VII, de Richelieu, l'ingratitude...

— Mais, mon père, à supposer que vous me sauviez la vie et que vous fassiez ma fortune, dit Lucien, vous me rendez ainsi la reconnaissance assez légère.

— Petit drôle, dit l'abbé souriant et prenant l'oreille de Lucien pour la lui tortiller avec une familiarité quasi royale, si vous étiez ingrat avec moi, vous seriez alors un homme fort, et je plierais devant vous ; mais vous n'en êtes pas encore là, car, simple écolier, vous avez voulu passer trop tôt maître. C'est le défaut des Français dans votre époque. Ils ont été gâtés tous par l'exemple de Napoléon. Vous donnez votre démission parce que vous ne pouvez pas obtenir l'épaulette que vous souhaitez... Mais avez-vous rapporté tous vos vouloirs, toutes vos actions à une idée ?...

— Hélas ! non, dit Lucien.

— Vous avez été ce que les Anglais appellent *inconsistent*, reprit le chanoine en souriant.

— Qu'importe ce que j'ai été, si je ne puis plus rien être ! répondit Lucien.

— Qu'il se trouve derrière toutes vos belles qualités une force *semper virens*[614], dit le prêtre en tenant à montrer qu'il savait un peu de latin, et rien ne vous résistera dans le monde. Je vous aime assez déjà... » (Lucien sourit d'un air d'incrédulité.) « Oui, reprit l'inconnu en répondant au sourire de Lucien, vous m'intéressez comme si vous étiez mon fils, et je suis assez puissant pour vous parler à cœur ouvert, comme vous venez de me parler. Savez-vous ce qui me plaît de vous ?... Vous avez fait en vous-même table rase, et vous pouvez alors entendre un cours de morale qui ne se fait nulle part ; car les hommes, rassemblés en troupe, sont encore plus hypocrites qu'ils ne le sont quand leur intérêt les oblige à jouer la comédie. Aussi passe-t-on une bonne partie de sa vie à sarcler ce que l'on a laissé pousser dans son cœur pendant son adolescence. Cette opération s'appelle acquérir de l'expérience. »

Lucien, en écoutant le prêtre, se disait : « Voilà quelque vieux politique enchanté de s'amuser en chemin. Il se plaît à faire changer d'opinion un pauvre garçon qu'il rencontre sur le bord d'un suicide, et il va me lâcher au bout de sa plaisanterie... Mais il entend bien le paradoxe, et il me paraît tout aussi fort que Blondet ou que Lousteau. » Malgré cette sage réflexion, la corruption tentée par ce diplomate sur Lucien entrait profondément dans cette âme assez disposée à la recevoir, et y faisait d'autant plus de ravages qu'elle s'appuyait sur de célèbres exemples. Pris par le charme de cette conversation cynique, Lucien se raccrochait d'autant plus volontiers à la vie qu'il se sentait ramené du fond de son suicide à la surface par un bras puissant. En ceci, le prêtre triomphait évidemment. Aussi, de temps en temps, avait-il accompagné ses sarcasmes historiques d'un malicieux sourire.

« Si votre façon de traiter la morale ressemble à votre manière d'envisager l'Histoire, dit Lucien, je voudrais bien savoir quel est en ce moment le mobile de votre apparente charité ?

— Ceci, jeune homme, est le dernier point de mon prône, et vous me permettrez de le réserver, car alors nous ne nous quitterons pas aujourd'hui, répondit-il avec la finesse d'un prêtre qui voit sa malice réussie.

— Eh bien, parlez-moi morale ? dit Lucien qui se dit en lui-même : Je vais le faire poser.

— La morale, jeune homme, commence à la loi, dit le prêtre. S'il ne s'agissait que de religion, les lois seraient inutiles : les peuples religieux ont peu de lois. Au-dessus de la loi civile, est la loi politique. Eh bien, voulez-vous savoir ce qui, pour un homme politique, est écrit sur le front de votre dix-neuvième siècle ? Les Français ont inventé, en 1793, une souveraineté populaire qui s'est terminée par un empereur absolu. Voilà pour votre histoire nationale. Quant aux mœurs : Mme Tallien et Mme de Beauharnais ont tenu la même conduite[615], Napoléon épouse l'une, fait d'elle votre impératrice, et n'a jamais voulu recevoir l'autre, quoiqu'elle fût princesse. Sans-culotte en 1793, Napoléon chausse la couronne de fer[616] en 1804. Les féroces amants de *l'Égalité ou la Mort* de 1792 deviennent, dès 1806, complices d'une aristocratie légitimée par Louis XVIII. À l'étranger, l'aristocratie, qui trône aujourd'hui dans son faubourg

Saint-Germain, a fait pis : elle a été usurière, elle a été marchande, elle a fait des petits pâtés, elle a été cuisinière, fermière, gardeuse de moutons. En France donc, la loi politique aussi bien que la loi morale, tous et chacun ont démenti le début au point d'arrivée, leurs opinions par la conduite, ou la conduite par les opinions. Il n'y a pas eu de logique, ni dans le gouvernement, ni chez les particuliers. Aussi n'avez-vous plus de morale. Aujourd'hui, chez vous, le succès est la raison suprême de toutes les actions, quelles qu'elles soient. Le fait n'est donc plus rien en lui-même, il est tout entier dans l'idée que les autres s'en forment. De là, jeune homme, un second précepte : ayez de beaux dehors ! cachez l'envers de votre vie, et présentez un endroit très brillant. La discrétion, cette devise des ambitieux, est celle de notre Ordre[617], faites-en la vôtre. Les grands commettent presque autant de lâchetés que les misérables ; mais ils les commettent dans l'ombre et font parade de leurs vertus : ils restent grands. Les petits déploient leurs vertus dans l'ombre, ils exposent leurs misères au grand jour : ils sont méprisés. Vous avez caché vos grandeurs et vous avez laissé voir vos plaies. Vous avez eu publiquement pour maîtresse une actrice, vous avez vécu chez elle, avec elle ; vous n'étiez nullement répréhensible, chacun vous trouvait l'un et l'autre parfaitement libres ; mais vous rompiez en visière aux idées du monde et vous n'avez pas eu la considération que le monde accorde à ceux qui obéissent à ses lois. Si vous aviez laissé Coralie à ce M. Camusot, si vous aviez caché vos relations avec elle, vous auriez épousé Mme de Bargeton, vous seriez préfet d'Angoulême et marquis de Rubempré. Changez de conduite ? mettez en dehors votre beauté, vos grâces, votre esprit, votre poésie. Si vous vous permettez de petites infamies, que ce soit entre quatre murs. Dès lors vous ne serez plus coupable de faire tache sur les décorations de ce grand théâtre appelé le monde. Napoléon appelle cela : *laver son linge sale en famille*. Du second précepte découle ce corollaire : tout est dans la forme. Saisissez bien ce que j'appelle la Forme. Il y a des gens sans instruction qui, pressés par le besoin, prennent une somme quelconque, par violence, à autrui ; on les nomme criminels et ils sont forcés de compter avec la justice. Un pauvre homme de génie trouve un secret dont l'exploitation équivaut à un trésor, vous lui prêtez trois mille francs (à l'instar de ces Cointet qui se sont trouvé vos trois mille francs entre les mains et qui vont dépouiller votre beau-frère), vous le tourmentez de manière à vous faire céder tout ou partie du secret, vous ne comptez qu'avec votre conscience, et votre conscience ne vous mène pas en cour d'assises. Les ennemis de l'ordre social profitent de ce contraste pour japper après la justice et se courroucer au nom du peuple de ce qu'on envoie aux galères un voleur de nuit et de poules dans une enceinte habitée, tandis qu'on met en prison à peine pour quelques mois un homme qui ruine des familles en faisant une faillite frauduleuse, mais ces hypocrites savent bien qu'en condamnant le voleur les juges maintiennent la barrière entre les pauvres et les riches, qui, renversée, amènerait la fin de l'ordre social ; tandis que le banqueroutier, l'adroit capteur de successions, le banquier qui tue une affaire à son profit ne produisent que des déplacements de fortune. Ainsi, la société, mon fils, est forcée de distinguer, pour son compte, ce que je vous fais distinguer pour le vôtre. Le grand point est de s'égaler à toute la Société. Napoléon, Richelieu, les Médicis s'égalèrent à leur siècle. Vous, vous vous estimez douze mille francs !... Votre Société n'adore plus le vrai Dieu, mais le Veau d'or ! Telle est la religion de votre Charte, qui ne tient plus compte, en politique, que de la propriété. N'est-ce pas dire à tous les sujets : Tâchez d'être riches [618] ?... Quand, après avoir su trouver légalement une fortune, vous serez riche et marquis de Rubempré, vous vous permettrez le luxe de l'honneur. Vous ferez alors profession de tant de délicatesse, que personne n'osera vous accuser d'en avoir jamais manqué, si vous en manquiez toutefois en faisant fortune, ce que je ne vous conseillerais jamais, dit le prêtre en prenant la main de Lucien et la lui tapotant. Que devez-vous donc mettre dans cette belle tête ?... Uniquement le thème que voici : Se donner un but éclatant et cacher ses moyens d'arriver, tout en cachant sa marche. Vous avez agi en enfant, soyez homme, soyez chasseur, mettez-vous à l'affût, embusquez-vous dans le monde parisien, attendez une proie et un hasard, ne ménagez ni votre personne, ni ce qu'on appelle la dignité ; car nous obéissons tous à quelque chose, à un vice, à une nécessité, mais observez la loi suprême ! le secret.

— Vous m'effrayez, mon père ! s'écria Lucien, ceci me semble une théorie de grande route.

— Vous avez raison, dit le chanoine, mais elle ne vient pas de moi. Voilà comment ont raisonné les parvenus, la maison d'Autriche, comme la maison de France. Vous n'avez rien, vous êtes dans la situation des Médicis, de

Richelieu, de Napoléon au début de leur ambition. Ces gens-là, mon petit, ont estimé leur avenir au prix de l'ingratitude, de la trahison, et des contradictions les plus violentes. Il faut tout oser pour tout avoir. Raisonnons ? Quand vous vous asseyez à une table de bouillotte, en discutez-vous les conditions ? Les règles sont là, vous les acceptez[619]. »

« Allons, pensa Lucien, il connaît la bouillotte. »

« Comment vous conduisez-vous à la bouillotte ?... dit le prêtre, y pratiquez-vous la plus belle des vertus, la franchise ? Non seulement vous cachez votre jeu, mais encore vous tâchez de faire croire, quand vous êtes sûr de triompher, que vous allez tout perdre. Enfin, vous dissimulez, n'est-ce pas ?... Vous mentez pour gagner cinq louis !... Que diriez-vous d'un joueur assez généreux pour prévenir les autres qu'il a brelan carré ? Eh bien, l'ambitieux qui veut lutter avec les préceptes de la vertu, dans une carrière où ses antagonistes s'en privent, est un enfant à qui les vieux politiques diraient ce que les joueurs disent à celui qui ne profite pas de ses brelans : " Monsieur, ne jouez jamais à la bouillotte... " Est-ce vous qui faites les règles dans le jeu de l'ambition ? Pourquoi vous ai-je dit de vous égaler à la Société ?... C'est qu'aujourd'hui, jeune homme, la Société s'est insensiblement arrogé tant de droits sur les individus, que l'individu se trouve obligé de combattre la Société. Il n'y a plus de lois, il n'y a que des mœurs, c'est-à-dire des simagrées, toujours la forme. » (Lucien fit un geste d'étonnement.) « Ah ! mon enfant, dit le prêtre en craignant d'avoir révolté la candeur de Lucien, vous attendiez-vous à trouver l'ange Gabriel dans un abbé chargé de toutes les iniquités de la contre-diplomatie de deux rois (je suis l'intermédiaire entre Ferdinand VII[620] et Louis XVIII, deux grands... rois qui doivent tous deux la couronne à de profondes... combinaisons) ?... Je crois en Dieu, mais je crois bien plus en notre Ordre, et notre Ordre ne croit qu'au pouvoir temporel. Pour rendre le pouvoir temporel très fort, notre Ordre maintient l'Église apostolique, catholique et romaine, c'est-à-dire l'ensemble des sentiments qui tiennent le peuple dans l'obéissance. Nous sommes les Templiers modernes, nous avons une doctrine. Comme le Temple, notre Ordre fut brisé[621] par les mêmes raisons : il s'était égalé au monde. Voulez-vous être soldat, je serai votre capitaine. Obéissez-moi comme une femme obéit à son mari, comme un enfant obéit à sa mère, je vous garantis qu'en moins de trois ans vous serez marquis de Rubempré, vous épouserez une des plus nobles filles du faubourg Saint-Germain, et vous vous assiérez un jour sur les bancs de la pairie. En ce moment, si je ne vous avais pas amusé par ma conversation, que seriez-vous ? un cadavre introuvable dans un profond lit de vase ; eh bien, faites un effort de poésie ?... » (Là Lucien regarda son protecteur avec curiosité.) « Le jeune homme qui se trouve assis là, dans cette calèche, à côté de l'abbé Carlos Herrera, chanoine honoraire du chapitre de Tolède, envoyé secret de S. M. Ferdinand VII à S. M. le Roi de France, pour lui apporter une dépêche où il lui dit peut-être : *Quand vous m'aurez délivré*[622], *faites pendre tous ceux que je caresse en ce moment et aussi mon envoyé, pour qu'il soit vraiment secret,* ce jeune homme, dit l'inconnu, n'a plus rien de commun avec le poète qui vient de mourir. Je vous ai pêché, je vous ai rendu la vie, et vous m'appartenez comme la créature est au créateur, comme, dans les contes de fées, l'Afrite est au génie, comme l'icoglan[623] est au Sultan, comme le corps est à l'âme ! Je vous maintiendrai, moi, d'une main puissante dans la voie du pouvoir, et je vous promets néanmoins une vie de plaisirs, d'honneurs, de fêtes continuelles... Jamais l'argent ne vous manquera... Vous brillerez, vous paraderez, pendant que, courbé dans la boue des fondations, j'assurerai le brillant édifice de votre fortune. J'aime le pouvoir pour le pouvoir, moi ! Je serai toujours heureux de vos jouissances qui me sont interdites. Enfin, je me ferai vous !... Eh bien, le jour où ce pacte d'homme à démon, d'enfant à diplomate, ne vous conviendra plus, vous pourrez toujours aller chercher un petit endroit, comme celui dont vous parliez, pour vous noyer : vous serez un peu plus ou un peu moins ce que vous êtes aujourd'hui, malheureux ou déshonoré...

— Ceci n'est pas une homélie de l'archevêque de Grenade[624] ! s'écria Lucien en voyant la calèche arrêtée à une poste.

— Je ne sais pas quel nom vous donnez à cette instruction sommaire, mon fils, car je vous adopte et ferai de vous mon héritier ; mais c'est le code de l'ambition. Les élus de Dieu sont en petit nombre. Il n'y a pas de choix : ou il faut aller au fond du cloître (et vous y retrouvez souvent le monde en petit !), ou il faut accepter ce code.

— Peut-être vaut-il mieux n'être pas si savant, dit Lucien en essayant de sonder l'âme de ce terrible prêtre.

— Comment ! reprit le chanoine, après avoir joué sans

connaître les règles du jeu, vous abandonnez la partie au moment où vous y devenez fort, où vous vous y présentez avec un parrain solide... et sans même avoir le désir de prendre une revanche ! Comment, vous n'éprouvez pas l'envie de monter sur le dos de ceux qui vous ont chassé de Paris ! »

Lucien frissonna comme si quelque instrument de bronze, un gong chinois, eût fait entendre ces terribles sons qui frappent sur les nerfs.

« Je ne suis qu'un humble prêtre, reprit cet homme en laissant paraître une horrible expression sur son visage cuivré par le soleil de l'Espagne ; mais si des hommes m'avaient humilié, vexé, torturé, trahi, vendu, comme vous l'avez été par les drôles dont vous m'avez parlé, je serais comme l'Arabe du désert !... Oui, je dévouerais mon corps et mon âme à la vengeance. Je me moquerais de finir ma vie accroché à un gibet, assis à la *garrotte*[625], empalé, guillotiné, comme chez vous ; mais je ne laisserais prendre ma tête qu'après avoir écrasé mes ennemis sous mes talons. »

Lucien gardait le silence, il ne se sentait plus l'envie de faire poser ce prêtre.

« Les uns descendent d'Abel, les autres de Caïn, dit le chanoine en terminant ; moi je suis un sang-mêlé : Caïn pour mes ennemis, Abel pour mes amis, et malheur à qui réveille Caïn !... Après tout, vous êtes Français, je suis Espagnol et, de plus, chanoine !... »

« Quelle nature d'Arabe ! » se dit Lucien en examinant le protecteur que le ciel venait de lui envoyer.

L'abbé Carlos Herrera n'offrait rien en lui-même qui révélât le Jésuite ni même un religieux. Gros et court, de larges mains, un large buste, une force herculéenne, un regard terrible, mais adouci par une mansuétude de commande, un teint de bronze qui ne laissait rien passer du dedans au dehors, inspiraient beaucoup plus la répulsion que l'attachement. De longs et beaux cheveux poudrés à la façon de ceux du prince de Talleyrand donnaient à ce singulier diplomate l'air d'un évêque, et le ruban bleu liséré de blanc auquel pendait une croix d'or indiquait d'ailleurs un dignitaire ecclésiastique. Ses bas de soie noire moulaient des jambes d'athlète. Son vêtement d'une exquise propreté révélait ce soin minutieux de la personne que les simples prêtres ne prennent pas toujours d'eux, surtout en Espagne. Un tricorne était posé sur le devant de la voiture armoriée

aux armes d'Espagne. Malgré tant de causes de répulsion,
des manières à la fois violentes et patelines atténuaient l'effet
de la physionomie ; et, pour Lucien, le prêtre s'était
évidemment fait coquet, caressant, presque chat. Lucien
examina les moindres choses d'un air soucieux. Il sentit qu'il
s'agissait en ce moment de vivre ou de mourir, car il se
trouvait au second relais après Ruffec. Les dernières phrases
du prêtre espagnol avaient remué beaucoup de cordes dans
son cœur : et, disons-le à la honte de Lucien et du prêtre
qui, d'un œil perspicace, étudiait la belle figure du poète, ces
cordes étaient les plus mauvaises, celles qui vibrent sous
l'attaque des sentiments dépravés. Lucien revoyait Paris, il
ressaisissait les rênes de la domination que ses mains
inhabiles avaient lâchées, il se vengeait ! La comparaison de
la vie de province et de la vie de Paris qu'il venait de faire, la
plus agissante des causes de son suicide, disparaissait : il
allait se retrouver dans son milieu, mais protégé par un
politique profond jusqu'à la scélératesse de Cromwell.

« J'étais seul, nous serons deux », se disait-il. Plus il avait
découvert de fautes dans sa conduite antérieure, plus
l'ecclésiastique avait montré d'intérêt. La charité de cet
homme s'était accrue en raison du malheur, et il ne
s'étonnait de rien. Néanmoins Lucien se demanda quel était
le mobile de ce meneur d'intrigues royales. Il se paya
d'abord d'une raison vulgaire : les Espagnols sont généreux !
L'Espagnol est généreux, comme l'Italien est empoisonneur
et jaloux, comme le Français est léger, comme l'Allemand
est franc, comme le Juif est ignoble, comme l'Anglais est
noble. Renversez ces propositions ? vous arriverez au vrai.
Les juifs ont accaparé l'or, ils écrivent *Robert le Diable*, ils
jouent *Phèdre*, ils chantent *Guillaume Tell*, ils commandent
des tableaux, ils élèvent des palais, ils écrivent *Reisebilder*[626]
et d'admirables poésies, ils sont plus puissants que jamais,
leur religion est acceptée, enfin ils font crédit au Pape ! En
Allemagne, pour les moindres choses, on demande à un
étranger : « Avez-vous un contrat ? » tant on y fait de
chicanes. En France, on applaudit depuis cinquante ans à la
scène des stupidités nationales, on continue à porter d'inexplicables chapeaux, et le gouvernement ne change qu'à la
condition d'être toujours le même !... L'Angleterre déploie à
la face du monde des perfidies dont l'horreur ne peut se
comparer qu'à son avidité. L'Espagnol, après avoir eu l'or
des deux Indes, n'a plus rien. Il n'y a pas de pays du monde
où il y ait moins d'empoisonnements qu'en Italie, et où les

mœurs soient plus faciles et plus courtoises. Les Espagnols ont beaucoup vécu sur la réputation des Maures.

Lorsque l'Espagnol remonta dans la calèche, il dit à l'oreille du postillon : « Il me faut le train de la malle, il y a trois francs de guides [627]. » Lucien hésitait à monter, le prêtre lui dit : « Allons donc », et Lucien monta sous prétexte de lui décocher un argument *ad hominem*.

« Mon père, lui dit-il, un homme qui vient de dérouler du plus beau sang-froid du monde les maximes que beaucoup de bourgeois taxeront de profondément immorales...

— Et qui le sont, dit le prêtre, voilà pourquoi Jésus-Christ voulait que le scandale eût lieu [628], mon fils. Et voilà pourquoi le monde manifeste une si grande horreur du scandale.

— Un homme de votre trempe ne s'étonnera pas de la question que je vais lui faire !

— Allez, mon fils !... dit Carlos Herrera, vous ne me connaissez pas. Croyez-vous que je prendrais un secrétaire avant de savoir s'il a des principes assez sûrs pour ne me rien prendre ? Je suis content de vous. Vous avez encore toutes les innocences de l'homme qui se tue à vingt ans. Votre question ?...

— Pourquoi vous intéressez-vous à moi ? quel prix voulez-vous de mon obéissance ?... Pourquoi me donnez-vous tout ? quelle est votre part ? »

L'Espagnol regarda Lucien et se mit à sourire.

« Attendons une côte, nous la monterons à pied, et nous parlerons en plein vent. Le fond d'une calèche est indiscret. »

Le silence régna pendant quelque temps entre les deux compagnons, et la rapidité de la course aida, pour ainsi dire, à la griserie morale de Lucien.

« Mon père, voici la côte, dit Lucien en se réveillant comme d'un rêve.

— Eh bien, marchons », dit le prêtre en criant d'une voix forte au postillon d'arrêter.

Et tous deux ils s'élancèrent sur la route.

« Enfant, dit l'Espagnol en prenant Lucien par le bras, astu médité la *Venise sauvée* d'Otway [629] ? As-tu compris cette amitié profonde, d'homme à homme, qui lie Pierre à Jaffier, qui fait pour eux d'une femme une bagatelle, et qui change entre eux tous les termes sociaux ?... Eh bien, voilà pour le poète. »

« Le chanoine connaît aussi le théâtre », se dit Lucien en lui-même. « Avez-vous lu Voltaire ?... lui demanda-t-il.

— J'ai fait mieux, répondit le chanoine, je le mets en pratique.

— Vous ne croyez pas en Dieu ?...

— Allons, c'est moi qui suis l'athée, dit le prêtre en souriant. Venons au positif, mon petit ? reprit-il en le prenant par la taille. J'ai quarante-six ans, je suis l'enfant naturel d'un grand seigneur, par ainsi sans famille, et j'ai un cœur... Mais, apprends ceci, grave-le dans ta cervelle encore si molle : l'homme a horreur de la solitude. Et de toutes les solitudes, la solitude morale est celle qui l'épouvante le plus. Les premiers anachorètes vivaient avec Dieu, ils habitaient le monde le plus peuplé, le monde spirituel. Les avares habitent le monde de la fantaisie et des jouissances. L'avare a tout, jusqu'à son sexe, dans le cerveau. La première pensée de l'homme, qu'il soit lépreux ou forçat, infâme ou malade, est d'avoir un complice de sa destinée. À satisfaire ce sentiment, qui est la vie même, il emploie toutes ses forces, toute sa puissance, la verve de sa vie. Sans ce désir souverain, Satan aurait-il pu trouver des compagnons ?... Il y a là tout un poème à faire qui serait l'avant-scène du *Paradis perdu*[630], qui n'est que l'apologie de la Révolte.

— Celui-là serait l'Iliade de la corruption, dit Lucien.

— Eh bien, je suis seul, je vis seul. Si j'ai l'habit, je n'ai pas le cœur du prêtre. J'aime à me dévouer, j'ai ce vice-là. Je vis par le dévouement, voilà pourquoi je suis prêtre. Je ne crains pas l'ingratitude, et je suis reconnaissant. L'Église n'est rien pour moi, c'est une idée. Je me suis dévoué au roi d'Espagne ; mais on ne peut pas aimer le roi d'Espagne, il me protège, il plane au-dessus de moi. Je veux aimer ma créature[631], la façonner, la pétrir à mon usage, afin de l'aimer comme un père aime son enfant. Je roulerai dans ton tilbury, mon garçon, je me réjouirai de tes succès auprès des femmes, je dirai : " Ce beau jeune homme, c'est moi ! ce marquis de Rubempré, je l'ai créé et mis au monde aristocratique ; sa grandeur est mon œuvre, il se tait ou parle à ma voix, il me consulte en tout. L'abbé de Vermont[632] était cela pour Marie-Antoinette. "

— Il l'a menée à l'échafaud !

— Il n'aimait pas la reine !... répondit le prêtre, il n'aimait que l'abbé de Vermont.

— Dois-je laisser derrière moi la désolation ? dit Lucien.

— J'ai des trésors, tu y puiseras.

— En ce moment, je ferais bien des choses pour délivrer Séchard, répliqua Lucien d'une voix qui ne voulait plus du suicide.

— Dis un mot, mon fils, et il recevra demain matin la somme nécessaire à sa libération.

— Comment! vous me donneriez douze mille francs!...

— Eh! enfant, ne vois-tu pas que nous faisons quatre lieues à l'heure? Nous allons dîner à Poitiers. Là, si tu veux signer le pacte, me donner une seule preuve d'obéissance, elle est grande, je la veux! eh bien, la diligence de Bordeaux portera quinze mille francs à ta sœur...

— Où sont-ils? »

Le prêtre espagnol ne répondit rien, et Lucien se dit : « Le voilà pris, il se moquait de moi. » Un instant après, l'Espagnol et le poète étaient remontés en voiture silencieusement. Silencieusement, le prêtre mit la main à la poche de sa voiture, il en tira ce sac de peau fait en gibecière divisé en trois compartiments, si connu des voyageurs; il ramena cent portugaises, en y plongeant trois fois de sa large main qu'il ramena chaque fois pleine d'or.

« Mon père, je suis à vous, dit Lucien ébloui de ce flot d'or.

— Enfant! dit le prêtre en baisant Lucien au front avec tendresse, ce n'est que le tiers de l'or qui se trouve dans ce sac, trente mille francs, sans compter l'argent du voyage.

— Et vous voyagez seul?... s'écria Lucien.

— Qu'est-ce que cela! fit l'Espagnol. J'ai pour plus de cent mille écus de traites sur Paris. Un diplomate sans argent, c'est ce que tu étais tout à l'heure : un poète sans volonté[633]. »

Au moment où Lucien montait en voiture avec le prétendu diplomate espagnol, Ève se levait pour donner à boire à son fils, elle trouva la fatale lettre, et la lut. Une sueur froide glaça la moiteur que cause le sommeil du matin, elle eut un éblouissement, elle appela Marion et Kolb.

À ce mot : « Mon frère est-il sorti? » Kolb répondit : « *Oui, montame, afant le chour!*

— Gardez-moi le plus profond secret sur ce que je vous confie, dit Ève aux deux domestiques, mon frère est sans doute sorti pour mettre fin à ses jours. Courez tous les deux, prenez des informations avec prudence, et surveillez le cours de la rivière. »

Ève resta seule, dans un état de stupeur horrible à voir. Ce fut au milieu du trouble où elle se trouvait que, sur les sept heures du matin, Petit-Claud se présenta pour lui parler d'affaires. Dans ces moments-là, l'on écoute tout le monde.

« Madame, dit l'avoué, notre pauvre cher David est en prison et il arrive à la situation que j'ai prévue au début de cette affaire. Je lui conseillais alors de s'associer pour l'exploitation de sa découverte avec ses concurrents, les Cointet, qui tiennent entre leurs mains les moyens d'exécuter ce qui, chez votre mari, n'est qu'à l'état de conception. Aussi, dans la soirée d'hier, aussitôt que la nouvelle de son arrestation m'est parvenue, qu'ai-je fait ? je suis allé trouver MM. Cointet avec l'intention de tirer d'eux des concessions qui pussent vous satisfaire. En voulant défendre cette découverte votre vie va continuer d'être ce qu'elle est : une vie de chicanes où vous succomberez, où vous finirez, épuisés et mourants, par faire, à votre détriment peut-être, avec un homme d'argent, ce que je veux vous voir faire, à votre avantage, dès aujourd'hui, avec MM. Cointet frères. Vous économiserez ainsi les privations, les angoisses du combat de l'inventeur contre l'avidité du capitaliste et l'indifférence de la société. Voyons ! si MM. Cointet payent vos dettes... si, vos dettes payées, ils vous donnent encore une somme qui vous soit acquise, quel que soit le mérite, l'avenir ou la possibilité de la découverte, en vous accordant, bien entendu toujours, une certaine part dans les bénéfices de l'exploitation, ne serez-vous pas heureux ?... Vous devenez, vous, madame, propriétaire du matériel de l'imprimerie, et vous la vendrez sans doute, cela vaudra bien vingt mille francs, je vous garantis un acquéreur à ce prix. Si vous réalisez quinze mille francs, par un acte de société avec MM. Cointet, vous auriez une fortune de trente-cinq mille francs, et au taux actuel des rentes, vous vous feriez deux mille francs de rente... On vit avec deux mille francs de rente en province. Et, remarquez bien que, madame, vous auriez encore les éventualités de votre association avec MM. Cointet. Je dis éventualités, car il faut supposer l'insuccès. Eh bien, voici ce que je suis en mesure de pouvoir obtenir : d'abord, libération complète de David, puis quinze mille francs remis à titre d'indemnité de ses recherches, acquis sans que MM. Cointet puissent en faire l'objet d'une revendication à quelque titre que ce soit, quand même la découverte serait improductive ; enfin une société formée entre David et MM. Cointet pour l'exploitation d'un brevet d'invention à prendre, après une expérience faite en commun et secrètement, de son procédé de fabrication sur les bases suivantes : MM. Cointet feront tous les frais. La mise de fonds de David sera l'apport du brevet, et il aura le quart des bénéfices. Vous êtes une femme pleine de jugement et très raisonnable, ce qui n'arrive pas souvent aux très belles femmes ; réfléchissez à ces propositions et vous les trouverez très acceptables...

— Ah ! monsieur, s'écria la pauvre Ève au désespoir et en fondant en larmes, pourquoi n'êtes-vous pas venu hier au soir me proposer cette transaction ? Nous eussions évité le déshonneur, et... bien pis...

— Ma discussion avec les Cointet, qui, vous avez dû vous en douter, se cachent derrière Métivier, n'a fini qu'à minuit. Mais qu'est-il donc arrivé depuis hier soir qui soit pire que l'arrestation de notre pauvre David ? demanda Petit-Claud.

— Voici l'affreuse nouvelle que j'ai trouvée à mon réveil, répondit-elle en tendant à Petit-Claud la lettre de Lucien. Vous me prouvez en ce moment que vous vous intéressez à nous, vous êtes l'ami de David et de Lucien, je n'ai pas besoin de vous demander le secret...

— Soyez sans aucune inquiétude, dit Petit-Claud en rendant la lettre après l'avoir lue. Lucien ne se tuera pas. Après avoir été la cause de l'arrestation de son beau-frère, il lui fallait une raison pour vous quitter, et je vois là comme une tirade de sortie, en style de coulisses. »

Les Cointet étaient arrivés à leur fins. Après avoir torturé l'inventeur et sa famille, ils saisissaient le moment de cette torture où la lassitude fait désirer quelque repos. Tous les chercheurs de secrets ne tiennent pas du bouledogue, qui meurt sa proie entre les dents, et les Cointet avaient savamment étudié le caractère de leurs victimes. Pour le grand Cointet, l'arrestation de David était la dernière scène du premier acte de ce drame. Le second acte commençait par la proposition que Petit-Claud venait faire. En grand maître, l'avoué regarda le coup de tête de Lucien comme une de ces chances inespérées qui, dans une partie, achèvent de la décider. Il vit Ève si complètement matée par cet événement qu'il résolut d'en profiter pour gagner sa confiance, car il avait fini par deviner l'influence de la femme sur le mari. Donc, au lieu de plonger Mme Séchard plus avant dans le désespoir, il essaya de la rassurer, et il la dirigea très habilement vers la prison dans la situation d'esprit où elle se trouvait, en pensant qu'elle déterminerait alors David à s'associer aux Cointet.

« David, madame, m'a dit qu'il ne souhaitait de fortune

que pour vous et pour votre frère ; mais il doit vous être
prouvé que ce serait une folie que de vouloir enrichir
Lucien. Ce garçon-là mangerait trois fortunes. »

L'attitude d'Ève disait assez que la dernière de ses
illusions sur son frère s'était envolée, aussi l'avoué fit-il une
pause pour convertir le silence de sa cliente en une sorte
d'assentiment.

« Ainsi, dans cette question, reprit-il, il ne s'agit plus que
de vous et de votre enfant. C'est à vous de savoir si deux
mille francs de rente suffisent à votre bonheur, sans compter
la succession du vieux Séchard. Votre beau-père se fait,
depuis longtemps, un revenu de sept à huit mille francs,
sans compter les intérêts qu'il sait tirer de ses capitaux ; ainsi
vous avez, après tout, un bel avenir. Pourquoi vous
tourmenter ? »

L'avoué quitta Mme Séchard en la laissant réfléchir sur
cette perspective, assez habilement préparée la veille par le
grand Cointet.

« Allez leur faire entrevoir la possibilité de toucher une
somme quelconque, avait dit le loup-cervier d'Angoulême à
l'avoué quand il vint lui annoncer l'arrestation ; et lorsqu'ils
se seront accoutumés à l'idée de palper une somme, ils
seront à nous : nous marchanderons, et, petit à petit, nous
les ferons arriver au prix que nous voulons donner de ce
secret. »

Cette phrase contenait en quelque sorte l'argument du
second acte de ce drame financier.

Quand Mme Séchard, le cœur brisé par ses appréhensions
sur le sort de son frère, se fut habillée, et descendit pour
aller à la prison, elle éprouva l'angoisse que lui donna l'idée
de traverser seule les rues d'Angoulême. Sans s'occuper de
l'anxiété de sa cliente, Petit-Claud revint lui offrir le bras,
ramené par une pensée assez machiavélique, et il eut le
mérite d'une délicatesse à laquelle Ève fut extrêmement
sensible ; car il s'en laissa remercier, sans la tirer de son
erreur. Cette petite attention, chez un homme si dur, si
cassant, et dans un pareil moment, modifia les jugements
que Mme Séchard avait jusqu'à présent portés sur Petit-
Claud.

« Je vous mène, lui dit-il, par le chemin le plus long, mais
nous n'y rencontrerons personne.

— Voici la première fois, monsieur, que je n'ai pas le
droit d'aller la tête haut ! on me l'a bien durement appris
hier...

— Ce sera la première et la dernière.

— Oh ! je ne resterai certes pas dans cette ville...

— Si votre mari consentait aux propositions qui sont à peu près posées entre les Cointet et moi, dit Petit-Claud à Ève en arrivant au seuil de la prison, faites-le-moi savoir, je viendrais aussitôt avec une autorisation de Cachan qui permettrait à David de sortir ; et, vraisemblablement, il ne rentrerait pas en prison... »

Ceci dit en face de la geôle était ce que les Italiens appellent une *combinaison*. Chez eux, ce mot exprime l'acte indéfinissable où se rencontre un peu de perfidie mêlée au droit, l'à-propos d'une fraude permise, une fourberie quasi légitime et bien dressée ; selon eux, la Saint-Barthélemy est une combinaison politique.

Par les causes exposées ci-dessus, la détention pour dettes est un fait judiciaire si rare en province que, dans la plupart des villes de France, il n'existe pas de maison d'arrêt. Dans ce cas, le débiteur est écroué à la prison où l'on incarcère les inculpés, les prévenus, les accusés et les condamnés. Tels sont les noms divers que prennent légalement et successivement ceux que le peuple appelle génériquement des *criminels*. Ainsi David fut mis provisoirement dans une des chambres basses de la prison d'Angoulême, d'où, peut-être, quelque condamné venait de sortir, après avoir fait son temps. Une fois écroué avec la somme décrétée par la loi pour les aliments du prisonnier pendant un mois, David se trouva devant un gros homme qui, pour les captifs, devient un pouvoir plus grand que celui du Roi : le geôlier ! En province, on ne connaît pas de geôlier maigre. D'abord, cette place est presque une sinécure ; puis, un geôlier est comme un aubergiste qui n'aurait pas de maison à payer, il se nourrit très bien en nourrissant très mal ses prisonniers qu'il loge, d'ailleurs, comme fait l'aubergiste, selon leurs moyens. Il connaissait David de nom, à cause de son père surtout, et il eut la confiance de le bien coucher pour une nuit, quoique David fût sans un sou. La prison d'Angoulême date du Moyen Âge, et n'a pas subi plus de changements que la cathédrale. Encore appelée Maison de Justice, elle est adossée à l'ancien présidial[634]. Le guichet est classique, c'est la porte cloutée, solide en apparence, usée, basse, et de construction d'autant plus cyclopéenne qu'elle a comme un œil unique au front, dans le judas par où le geôlier vient reconnaître les gens avant d'ouvrir. Un corridor règne le long de la façade au rez-de-chaussée, et sur ce corridor ouvrent plusieurs chambres dont les fenêtres hautes et garnies de hottes tirent leur jour du préau. Le geôlier occupe un logement séparé de ces chambres par une voûte qui sépare le rez-de-chaussée en deux parties, et au bout de laquelle on voit, dès le guichet, une grille fermant le préau. David fut conduit par le geôlier dans celle des chambres qui se trouvait auprès de la voûte, et dont la porte donnait en face de son logement. Le geôlier voulait voisiner avec un homme qui, vu sa position particulière, pouvait lui tenir compagnie.

« C'est la meilleure chambre », dit-il en voyant David stupéfait à l'aspect du local.

Les murs de cette chambre étaient en pierre et assez humides. Les fenêtres très élevées avaient des barreaux de fer. Les dalles de pierre jetaient un froid glacial. On entendait le pas régulier de la sentinelle en faction qui se promenait dans le corridor. Ce bruit monotone comme celui de la marée vous jette à tout instant cette pensée : « On te garde ! tu n'es plus libre ! » Tous ces détails, cet ensemble de choses agit prodigieusement sur le moral des honnêtes gens. David aperçut un lit exécrable ; mais les gens incarcérés sont si violemment agités pendant la première nuit, qu'ils ne s'aperçoivent de la dureté de leur couche qu'à la seconde nuit. Le geôlier fut gracieux, il proposa naturellement à son détenu de se promener dans le préau jusqu'à la nuit. Le supplice de David ne commença qu'au moment de son coucher. Il était interdit de donner de la lumière aux prisonniers, il fallait donc un permis du procureur du Roi pour exempter le détenu pour dettes du règlement qui ne concernait évidemment que les gens mis sous la main de justice. Le geôlier admit bien David à son foyer, mais il fallut enfin le renfermer, à l'heure du coucher. Le pauvre mari d'Ève connut alors les horreurs de la prison et la grossièreté de ses usages qui le révolta. Mais, par une de ces réactions assez familières aux penseurs, il s'isola dans cette solitude, il s'en sauva par un de ces rêves que les poètes ont le pouvoir de faire tout éveillés. Le malheureux finit par porter sa réflexion sur ses affaires. La prison pousse énormément à l'examen de conscience. David se demanda s'il avait rempli ses devoirs de chef de famille ? quelle devait être la désolation de sa femme ? pourquoi, comme le lui disait Marion, ne pas gagner assez d'argent pour pouvoir faire plus tard sa découverte à loisir ?

« Comment, se dit-il, rester à Angoulême après un pareil

éclat ? Si je sors de prison, qu'allons-nous devenir ? où irons-nous ? » Quelques doutes lui vinrent sur ses procédés. Ce fut une de ces angoisses qui ne peut être comprise que par les inventeurs eux-mêmes ! De doute en doute, David en vint à voir clair à sa situation, et il se dit à lui-même ce que les Cointet avaient dit au père Séchard, ce que Petit-Claud venait de dire à Ève : « En supposant que tout aille bien, que sera-ce à l'application ? Il me faut un brevet d'invention, c'est de l'argent !... Il me faut une fabrique où faire mes essais en grand, ce sera livrer ma découverte ! Oh ! comme Petit-Claud avait raison ! » (Les prisons les plus obscures dégagent de très vives lueurs.) « Bah ! dit David en s'endormant sur l'espèce de lit de camp où se trouvait un horrible matelas en drap brun très grossier, je verrai sans doute Petit-Claud, demain matin. »

David s'était donc bien préparé lui-même à écouter les propositions que sa femme lui apportait de la part de ses ennemis. Après qu'elle eut embrassé son mari et se fut assise sur le pied du lit, car il n'y avait qu'une chaise en bois de la plus vile espèce, le regard de la femme tomba sur l'affreux baquet mis dans un coin et sur les murailles parsemées de noms et d'apophtegmes écrits par les prédécesseurs de David. Alors, de ses yeux rougis, les pleurs recommencèrent à couler. Elle eut encore des larmes après toutes celles qu'elle avait versées, en voyant son mari dans la situation d'un criminel.

« Voilà donc où peut mener le désir de la gloire !... s'écria-t-elle. Ô ! mon ange, abandonne cette carrière... Allons ensemble le long de la route battue, et ne cherchons pas une fortune rapide... Il me faut peu de chose pour être heureuse, surtout après avoir tant souffert !... Et si tu savais !... cette déshonorante arrestation n'est pas notre grand malheur !... tiens ? »

Elle tendit la lettre de Lucien que David eut bientôt lue ; et, pour le consoler, elle lui dit l'affreux mot de Petit-Claud sur Lucien.

« Si Lucien s'est tué, c'est fait en ce moment, dit David ; et si ce n'est pas fait en ce moment, il ne se tuera pas : il ne peut pas, comme il le dit, avoir du courage plus d'une matinée...

— Mais rester dans cette anxiété ?... » s'écria la sœur qui pardonnait presque tout à l'idée de la mort.

Elle redit à son mari les propositions que Petit-Claud avait soi-disant obtenues des Cointet, et qui furent aussitôt acceptées par David avec un visible plaisir.

« Nous aurons de quoi vivre dans un village auprès de l'Houmeau où la fabrique des Cointet est située, et je ne veux plus que la tranquillité ! s'écria l'inventeur. Si Lucien s'est puni par la mort, nous aurons assez de fortune pour attendre celle de mon père ; et, s'il existe, le pauvre garçon saura se conformer à notre médiocrité... Les Cointet profiteront certainement de ma découverte ; mais, après tout, que suis-je relativement à mon pays ?... Un homme. Si mon secret profite à tous, eh bien, je suis content ! Tiens, ma chère Ève, nous ne sommes faits ni l'un ni l'autre pour être des commerçants. Nous n'avons ni l'amour du gain, ni cette difficulté de lâcher toute espèce d'argent, même le plus légitimement dû, qui sont peut-être les vertus du négociant, car on nomme ces deux avarices : Prudence et Génie commercial ! »

Enchantée de cette conformité de vues, l'une des plus douces fleurs de l'amour, car les intérêts et l'esprit peuvent ne pas s'accorder chez deux êtres qui s'aiment, Ève pria le geôlier d'envoyer chez Petit-Claud un mot par lequel elle lui disait de délivrer David, en lui annonçant leur mutuel consentement aux bases de l'arrangement projeté. Dix minutes après, Petit-Claud entrait dans l'horrible chambre de David, et disait à Ève : « Retournez chez vous, madame, nous vous y suivrons... »

« Eh bien, mon cher ami, dit Petit-Claud, tu t'es donc laissé prendre ! Et comment as-tu pu commettre la faute de sortir ?

— Eh ! comment ne serais-je pas sorti ? voici ce que Lucien m'écrivait. »

David remit à Petit-Claud la lettre de Cérizet ; Petit-Claud la prit, la lut, la regarda, tâta le papier, et causa d'affaires en pliant la lettre comme par distraction, et il la mit dans sa poche. Puis l'avoué prit David par le bras, et sortit avec lui, car la décharge de l'huissier avait été apportée au geôlier pendant cette conversation. En rentrant chez lui, David se crut dans le ciel, il pleura comme un enfant en embrassant son petit Lucien, et se retrouvant dans sa chambre à coucher après vingt jours de détention dont les dernières heures étaient, selon les mœurs de la province, déshonorantes. Kolb et Marion étaient revenus. Marion apprit à l'Houmeau que Lucien avait été vu marchant sur la route de Paris, au-delà de Marsac. La mise du dandy fut remarquée par les gens de la campagne qui apportaient des denrées à la ville. Après s'être lancé à cheval sur le grand chemin, Kolb avait fini par savoir à Mansle que Lucien, reconnu par M. Marron, voyageait dans une calèche en poste.

« Que vous disais-je ? s'écria Petit-Claud. Ce n'est pas un poète, ce garçon-là, c'est un roman continuel.

— En poste, disait Ève, et où va-t-il encore, cette fois ?

— Maintenant, dit Petit-Claud à David, venez chez MM. Cointet, ils vous attendent.

— Ah ! monsieur, s'écria la belle Mme Séchard, je vous en prie, défendez bien nos intérêts, vous avez tout notre avenir entre les mains.

— Voulez-vous, madame, dit Petit-Claud, que la conférence ait lieu chez vous ? je vous laisse David. Ces messieurs viendront ici ce soir, et vous verrez si je sais défendre vos intérêts.

— Ah ! monsieur, vous me feriez bien plaisir, dit Ève.

— Eh bien, dit Petit-Claud, à ce soir, ici, sur les sept heures.

— Je vous remercie, répondit Ève avec un regard et un accent qui prouvèrent à Petit-Claud combien de progrès il avait fait dans la confiance de sa cliente.

— Ne craignez rien, vous le voyez ? j'avais raison, ajouta-t-il. Votre frère est à trente lieues de son suicide. Enfin, peut-être ce soir aurez-vous une petite fortune. Il se présente un acquéreur sérieux pour votre imprimerie.

— Si cela était, dit Ève, pourquoi ne pas attendre avant de nous lier avec les Cointet ?

— Vous oubliez, madame, répondit Petit-Claud qui vit le danger de sa confidence, que vous ne serez libre de vendre votre imprimerie qu'après avoir payé M. Métivier, car tous vos ustensiles sont toujours saisis. »

Rentré chez lui, Petit-Claud fit venir Cérizet. Quand le prote fut dans son cabinet, il l'emmena dans une embrasure de la croisée.

« Tu seras demain soir propriétaire de l'imprimerie Séchard, et assez puissamment protégé pour obtenir la transmission du brevet, lui dit-il dans l'oreille ; mais tu ne veux pas finir aux galères ?

— De quoi !... de quoi, les galères ? fit Cérizet.

— Ta lettre à David est un faux, et je la tiens... Si l'on interrogeait Henriette, que dirait-elle ?... Je ne veux pas te perdre, dit aussitôt Petit-Claud en voyant pâlir Cérizet.

— Vous voulez encore quelque chose de moi ? s'écria le Parisien.

— Eh bien, voici ce que j'attends de toi, reprit Petit-Claud. Écoute bien ! tu seras imprimeur à Angoulême dans deux mois..., mais tu devras ton imprimerie, et tu ne l'auras pas payée en dix ans !... Tu travailleras longtemps pour tes capitalistes ! et de plus tu seras obligé d'être le prête-nom du parti libéral... C'est moi qui rédigerai ton acte de commandite avec Gannerac ; je le ferai de manière que tu puisses un jour avoir l'imprimerie à toi... Mais, s'ils créent un journal, si tu en es le gérant, si je suis ici premier substitut, tu t'entendras avec le grand Cointet pour mettre dans ton journal des articles de nature à le faire saisir et supprimer... Les Cointet te payeront largement pour leur rendre ce service-là... Je sais bien que tu seras condamné, que tu mangeras de la prison, mais tu passeras pour un homme important et persécuté. Tu deviendras un personnage du parti libéral, un sergent Mercier, un Paul-Louis Courier, un Manuel au petit pied. Je ne te laisserai jamais retirer ton brevet. Enfin, le jour où le journal sera supprimé, je brûlerai cette lettre devant toi... Ta fortune ne te coûtera pas cher... »

Les gens du peuple ont des idées très erronées sur les distinctions légales du faux, et Cérizet, qui se voyait déjà sur les bancs de la cour d'assises, respira.

« Je serai, dans trois ans d'ici, procureur du Roi à Angoulême, reprit Petit-Claud, tu pourras avoir besoin de moi, songes-y !

— C'est entendu, dit Cérizet. Mais vous ne me connaissez pas : brûlez cette lettre devant moi, reprit-il, fiez-vous à ma reconnaissance. »

Petit-Claud regarda Cérizet. Ce fut un de ces duels d'œil à œil où le regard de celui qui observe est comme un scalpel avec lequel il essaye de fouiller l'âme, et où les yeux de l'homme qui met alors ses vertus en étalage sont comme un spectacle.

Petit-Claud ne répondit rien ; il alluma une bougie et brûla la lettre en se disant : « Il a sa fortune à faire ! »

« Vous avez à vous une âme damnée », dit le prote.

David attendait avec une vague inquiétude la conférence avec les Cointet : ce n'était ni la discussion de ses intérêts ni celle de l'acte à faire qui l'occupait ; mais l'opinion que les fabricants allaient avoir de ses travaux. Il se trouvait dans la situation de l'auteur dramatique devant ses juges. L'amour-propre de l'inventeur et ses anxiétés au moment d'atteindre au but faisaient pâlir tout autre sentiment. Enfin, sur les sept heures du soir, à l'instant où Mme la comtesse Châtelet se mettait au lit sous prétexte de migraine et laissait faire à son mari les honneurs du dîner, tant elle était affligée des nouvelles contradictoires qui couraient sur Lucien ! les Cointet, le gros et le grand, entrèrent avec Petit-Claud chez leur concurrent, qui se livrait à eux, pieds et poings liés. On se trouva d'abord arrêté par une difficulté préliminaire : comment faire un acte de société sans connaître les procédés de David ? Et les procédés de David divulgués, David se trouvait à la merci des Cointet. Petit-Claud obtint que l'acte serait fait auparavant. Le grand Cointet dit alors à David de lui montrer quelques-uns de ses produits, et l'inventeur lui présenta les dernières feuilles fabriquées, en en garantissant le prix de revient.

« Eh bien, voilà, dit Petit-Claud, la base de l'acte tout trouvée ; vous pouvez vous associer sur ces données-là, en introduisant une clause de dissolution dans le cas où les conditions du brevet ne seraient pas remplies à l'exécution en fabrique.

— Autre chose, monsieur, dit le grand Cointet à David, autre chose est de fabriquer, en petit, dans sa chambre, avec une petite forme, des échantillons de papier, ou de se livrer à des fabrications sur une grande échelle. Jugez-en par un seul fait ? Nous faisons des papiers de couleur, nous achetons, pour les colorer, des parties de couleur bien identiques. Ainsi, l'indigo pour *bleuter* nos Coquilles est pris dans une caisse dont tous les pains proviennent d'une même fabrication. Eh bien, nous n'avons jamais pu obtenir deux cuvées de teintes pareilles... Il s'opère dans la préparation de nos matières des phénomènes qui nous échappent. La quantité, la qualité de pâte changent sur-le-champ toute espèce de question. Quand vous teniez dans une bassine une portion d'ingrédients que je ne demande pas à connaître, vous en étiez le maître, vous pouviez agir sur toutes les parties uniformément, les lier, les *malaxer*, les pétrir, à votre gré, leur donner une façon homogène... Mais qui vous a garanti que sur une cuvée de cinq cents rames il en sera de même, et que vos procédés réussiront ?... »

David, Ève et Petit-Claud se regardèrent en se disant bien des choses par les yeux.

« Prenez un exemple qui vous offre une analogie quelconque, dit le grand Cointet après une pause. Vous coupez

environ deux bottes de foin dans une prairie, et vous les
mettez bien serrées dans votre chambre sans avoir laissé les
herbes jeter leur feu, comme disent les paysans ; la fermentation a lieu, mais elle ne cause pas d'accident. Vous
appuieriez-vous de cette expérience pour entasser deux mille
bottes dans une grange bâtie en bois ?... vous savez bien que
le feu prendrait dans ce foin et que votre grange brûlerait
comme une allumette. Vous êtes un homme instruit, dit
Cointet à David, concluez ?... Vous avez, en ce moment,
coupé deux bottes de foin, et nous craignons de mettre feu à
notre papeterie en en serrant deux mille. Nous pouvons, en
d'autres termes, perdre plus d'une cuvée, faire des pertes, et
nous trouver avec rien dans les mains après avoir dépensé
beaucoup d'argent. »

David était atterré. La Pratique parlait son langage positif
à la Théorie dont la parole est toujours au Futur.

« Du diable si je signe un pareil acte de société ! s'écria
brutalement le gros Cointet. Tu perdras ton argent si tu
veux, Boniface, moi je garde le mien... J'offre de payer les
dettes de M. Séchard, et six mille francs... Encore trois mille
francs en billets, dit-il en se reprenant, et à douze et quinze
mois... Ce sera bien assez de risques à courir... Nous avons
douze mille francs à prendre sur notre compte avec Métivier. Cela fera quinze mille francs ! Mais c'est tout ce que je
payerais le secret pour l'exploiter à moi tout seul. Ah ! voilà
cette trouvaille dont tu me parlais, Boniface... Eh bien,
merci, je te croyais plus d'esprit. Non, ce n'est pas là ce
qu'on appelle une affaire...

— La question, pour vous, dit alors Petit-Claud sans
s'effrayer de cette sortie, se réduit à ceci : Voulez-vous
risquer vingt mille francs pour acheter un secret qui peut
vous enrichir ? Mais, messieurs, les risques sont toujours en
raison des bénéfices... C'est un enjeu de vingt mille francs
contre la fortune. Le joueur met un louis pour en avoir
trente-six à la roulette, mais il sait que son louis est perdu.
Faites de même.

— Je demande à réfléchir, dit le gros Cointet ; moi, je ne
suis pas aussi fort que mon frère. Je suis un pauvre garçon
tout rond qui ne connais qu'une seule chose : fabriquer à
vingt sous le paroissien que je vends quarante sous. J'aperçois dans une invention qui n'en est qu'à sa première
expérience une cause de ruine. On réussira une première
cuvée, on manquera la seconde, on continuera, on se laisse
alors entraîner, et quand on a passé le bras dans ces

engrenages-là, le corps suit... » Il raconta l'histoire d'un négociant de Bordeaux ruiné pour avoir voulu cultiver les Landes sur la foi d'un savant ; il trouva six exemples pareils autour de lui, dans le département de la Charente et de la Dordogne, en industrie et en agriculture ; il s'emporta, ne voulut plus rien écouter, les objections de Petit-Claud accroissaient son irritation au lieu de le calmer. « J'aime mieux acheter plus cher une chose plus certaine que cette découverte, et n'avoir qu'un petit bénéfice, dit-il en regardant son frère. Selon moi, rien ne paraît assez avancé pour établir une affaire, s'écria-t-il en terminant.

— Enfin vous êtes venus ici pour quelque chose ? dit Petit-Claud. Qu'offrez-vous ?

— De libérer M. Séchard, et de lui assurer, en cas de succès, trente pour cent de bénéfices, répondit vivement le gros Cointet.

— Eh ! monsieur, dit Ève, avec quoi vivrons-nous pendant tout le temps des expériences ? mon mari a eu la honte de l'arrestation, il peut retourner en prison, il n'en sera ni plus ni moins, et nous payerons nos dettes... »

Petit-Claud mit un doigt sur ses lèvres en regardant Ève.

« Vous n'êtes pas raisonnables, dit-il aux deux frères. Vous avez vu le papier, le père Séchard vous a dit que son fils, enfermé par lui, avait, dans une seule nuit, avec des ingrédients qui devaient coûter peu de chose, fabriqué d'excellent papier... Vous êtes ici pour aboutir à l'acquisition. Voulez-vous acquérir, oui ou non ?

— Tenez, dit le grand Cointet, que mon frère veuille ou ne veuille pas, je risque, moi, le payement des dettes de M. Séchard ; je donne six mille francs, argent comptant, et M. Séchard aura trente pour cent dans les bénéfices ; mais écoutez bien ceci : si dans l'espace d'un an il n'a pas réalisé les conditions qu'il posera lui-même dans l'acte, il nous rendra les six mille francs, le brevet nous restera, nous nous en tirerons comme nous pourrons. »

« Es-tu sûr de toi ? dit Petit-Claud en prenant David à part.

— Oui », dit David qui fut pris à cette tactique des deux frères et qui tremblait de voir rompre au gros Cointet cette conférence d'où son avenir dépendait.

« Eh bien, je vais aller rédiger l'acte, dit Petit-Claud aux Cointet et à Ève ; vous en aurez chacun un double pour ce soir, vous le méditerez pendant toute la matinée ; puis, demain soir, à quatre heures, au sortir de l'audience, vous le

signerez. Vous, messieurs, retirez les pièces de Métivier.
Moi, j'écrirai d'arrêter le procès en Cour royale, et nous
nous signifierons les désistements réciproques. »

Voici quel fut l'énoncé des obligations de Séchard.

« ENTRE LES SOUSSIGNÉS, ETC.

« M. David Séchard fils, imprimeur à Angoulême, affirmant avoir trouvé le moyen de coller également le papier en
cuve, et le moyen de réduire le prix de fabrication de toute
espèce de papier de plus de cinquante pour cent par
l'introduction de matières végétales dans la pâte, soit en les
mêlant aux chiffons employés jusqu'à présent, soit en les
employant sans adjonction de chiffon, une Société pour
l'exploitation du brevet d'invention à prendre en raison de
ces procédés est formée entre M. David Séchard fils et
MM. Cointet frères, aux clauses et conditions suivantes... »

Un des articles de l'acte dépouillait complètement David
Séchard de ses droits dans le cas où il n'accomplirait pas les
promesses énoncées dans ce libellé soigneusement fait par le
grand Cointet et consenti par David.

En apportant cet acte le lendemain matin à sept heures et
demie, Petit-Claud apprit à David et à sa femme que Cérizet
offrait vingt-deux mille francs comptant de l'imprimerie.
L'acte de vente pouvait se signer dans la soirée.

« Mais, dit-il, si les Cointet apprenaient cette acquisition,
ils seraient capables de ne pas signer votre acte, de vous
tourmenter, de faire vendre ici...

— Vous êtes sûr du payement ? dit Ève étonnée de voir se
terminer une affaire de laquelle elle désespérait et qui, trois
mois plus tôt, eût tout sauvé.

— J'ai les fonds chez moi, répondit-il nettement.

— Mais c'est de la magie, dit David en demandant à
Petit-Claud l'explication de ce bonheur.

— Non, c'est bien simple, les négociants de l'Houmeau
veulent fonder un journal, dit Petit-Claud.

— Mais je me le suis interdit, s'écria David.

— Vous !... mais votre successeur... D'ailleurs, reprit-il,
ne vous inquiétez de rien, vendez, empochez le prix, et
laissez Cérizet se dépêtrer des clauses de la vente, il saura se
tirer d'affaire.

— Oh ! oui, dit Ève.

— Si vous vous êtes interdit de faire un journal à

Angoulême, reprit Petit-Claud, les bailleurs de fonds de Cérizet le feront à l'Houmeau. »

Ève, éblouie par la perspective de posséder trente mille francs, d'être au-dessus du besoin, ne regarda plus l'acte d'association que comme une espérance secondaire. Aussi M. et Mme Séchard cédèrent-ils sur un point de l'acte social qui donna matière à une dernière discussion. Le grand Cointet exigea la faculté de mettre en son nom le brevet d'invention. Il réussit à établir que, du moment où les droits utiles de David étaient parfaitement définis dans l'acte, le brevet pouvait être indifféremment au nom d'un des associés. Son frère finit par dire : « C'est lui qui donne l'argent du brevet, qui fait les frais du voyage, et c'est encore deux mille francs ! qu'il le prenne en son nom ou il n'y a rien de fait. » Le loup-cervier triompha donc sur tous les points. L'acte de société fut signé vers quatre heures et demie. Le grand Cointet offrit galamment à Mme Séchard six douzaines de couverts à filets et un beau châle Ternaux [635], en manière d'épingles [636], pour lui faire oublier les éclats de la discussion ! dit-il. À peine les doubles étaient-ils échangés, à peine Cachan avait-il fini de remettre à Petit-Claud les décharges et les pièces ainsi que les trois terribles effets fabriqués par Lucien, que la voix de Kolb retentit dans l'escalier, après le bruit assourdissant d'un camion [637] du bureau des Messageries qui s'arrêta devant la porte.

« *Montame ! montame ! quince mile vrancs !...* cria-t-il, *enfoyés te Boidiers* (Poitiers) *en frai archant, bar mennessier Licien...*

— Quinze mille francs ! s'écria Ève en levant les bras.

— Oui, madame, dit le facteur en se présentant, quinze mille francs apportés par la diligence de Bordeaux qui en avait sa charge, allez ! J'ai là deux hommes en bas qui montent les sacs. Ça vous est expédié par M. Lucien Chardon de Rubempré... Je vous monte un petit sac de peau dans lequel il y a, pour vous, cinq cents francs en or, et vraisemblablement une lettre. »

Ève crut rêver en lisant la lettre suivante :

« Ma chère sœur, voici quinze mille francs.

« Au lieu de me tuer, j'ai vendu ma vie. Je ne m'appartiens plus, je suis plus que le secrétaire d'un diplomate espagnol, je suis sa créature.

« Je recommence une existence terrible. Peut-être aurait-il mieux valu me noyer.

« Adieu. David sera libre, et, avec quatre mille francs, il pourra sans doute acheter une petite papeterie et faire fortune.

« Ne pensez plus, je le veux, à

« Votre pauvre frère,

« LUCIEN. »

« Il est dit, s'écria Mme Chardon qui vint voir entasser les sacs, que mon pauvre fils sera toujours fatal, comme il l'écrivait, même en faisant le bien. »

« Nous l'avons échappé belle! s'écria le grand Cointet quand il fut sur la place du Mûrier. Une heure plus tard, les reflets de cet argent auraient éclairé l'acte, et notre homme se serait effrayé. Dans trois mois, comme il nous l'a promis, nous saurons à quoi nous en tenir. »

Le soir, à sept heures, Cérizet acheta l'imprimerie et la paya, en gardant à sa charge le loyer du dernier trimestre. Le lendemain Ève avait remis quarante mille francs au receveur général, pour faire acheter, au nom de son mari, deux mille cinq cents francs de rente. Puis elle écrivit à son beau-père de lui trouver à Marsac une petite propriété de dix mille francs pour y asseoir sa fortune personnelle.

Le plan du grand Cointet était d'une simplicité formidable. Du premier abord, il jugea le collage en cuve impossible. L'adjonction de matières végétales peu coûteuses à la pâte de chiffon lui parut le vrai, le seul moyen de fortune. Il se proposa donc de regarder comme rien le bon marché de la pâte, et de tenir énormément au collage en cuve. Voici pourquoi. La fabrication d'Angoulême s'occupait alors presque uniquement des papiers à écrire dits Écu, Poulet, Écolier, Coquille, qui, naturellement, sont tous collés. Ce fut longtemps la gloire de la papeterie d'Angoulême. Ainsi, la spécialité, monopolisée par les fabricants d'Angoulême depuis longues années, donnait gain de cause à l'exigence des Cointet ; et le papier collé, comme on va le voir, n'entrait pour rien dans sa spéculation. La fourniture des papiers à écrire est excessivement bornée, tandis que celle des papiers d'impression non collés est presque sans limites. Dans le voyage qu'il fit à Paris pour y prendre le brevet à son nom, le grand Cointet pensait à conclure des affaires qui détermineraient de grands changements dans son mode de fabrication. Logé chez Métivier, Cointet lui donna des instructions pour enlever, dans l'espace d'un an, la fourniture des journaux

aux papetiers qui l'exploitaient, en baissant le prix de la rame à un taux auquel nulle fabrique ne pouvait arriver, et promettant à chaque journal un blanc et des qualités supérieures aux plus belles *sortes* employées jusqu'alors. Comme les marchés des journaux sont à terme, il fallait une certaine période de travaux souterrains avec les administrations pour arriver à réaliser ce monopole ; mais Cointet calcula qu'il aurait le temps de se défaire de Séchard pendant que Métivier obtiendrait des traités avec les principaux journaux de Paris, dont la consommation s'élevait alors à deux cents rames par jour. Cointet intéressa naturellement Métivier, dans une proportion déterminée, à ces fournitures, afin d'avoir un représentant habile sur la place de Paris, et ne pas y perdre du temps en voyages. La fortune de Métivier, l'une des plus considérables du commerce de la papeterie, a eu cette affaire pour origine. Pendant dix ans, il eut, sans concurrence possible, la fourniture des journaux de Paris. Tranquille sur ses débouchés futurs, le grand Cointet revint à Angoulême assez à temps pour assister au mariage de Petit-Claud dont l'étude était vendue, et qui attendait la nomination de son successeur pour prendre la place de M. Milaud, promise au protégé de la comtesse Châtelet. Le second substitut du procureur du roi d'Angoulême fut nommé premier substitut à Limoges, et le garde des Sceaux envoya un de ses protégés au parquet d'Angoulême, où le poste de premier substitut vaqua pendant deux mois. Cet intervalle fut la lune de miel de Petit-Claud. En l'absence du grand Cointet, David fit d'abord une première cuvée sans colle qui donna du papier à journal bien supérieur à celui que les journaux employaient, puis une seconde cuvée de papier vélin magnifique, destiné aux belles impressions, et dont se servit l'imprimerie Cointet pour une édition du paroissien du Diocèse. Les matières avaient été préparées par David lui-même, en secret, car il ne voulut pas d'autres ouvriers avec lui que Kolb et Marion.

Au retour du grand Cointet, tout changea de face, il regarda les échantillons des papiers fabriqués, il en fut médiocrement satisfait.

« Mon cher ami, dit-il à David, le commerce d'Angoulême, c'est le papier Coquille. Il s'agit, avant tout, de faire de la plus belle Coquille possible à cinquante pour cent au-dessous du prix de revient actuel. »

David essaya de fabriquer une cuvée de pâte collée pour Coquille, et il obtint un papier rêche comme une brosse, et où la colle se mit en grumeleaux [638]. Le jour où l'expérience fut terminée et où David tint une des feuilles, il alla dans un coin, il voulait être seul à dévorer son chagrin ; mais le grand Cointet vint le relancer, et fut avec lui d'une amabilité charmante, il consola son associé.

« Ne vous découragez pas, dit Cointet, allez toujours ! je suis bon enfant, et je vous comprends, j'irai jusqu'au bout !... »

« Vraiment, dit David à sa femme en revenant dîner avec elle, nous sommes avec de braves gens, et je n'aurais jamais cru le grand Cointet si généreux ! »

Et il raconta sa conversation avec son perfide associé.

Trois mois se passèrent en expériences. David couchait à la papeterie, il observait les effets des diverses compositions de sa pâte. Tantôt il attribuait son insuccès au mélange du chiffon et de ses matières, et il faisait une cuvée entièrement composée de ses ingrédients. Tantôt il essayait de coller une cuvée entièrement composée de chiffons. Et poursuivant son œuvre avec une persévérance admirable, et sous les yeux du grand Cointet de qui le pauvre homme ne se défiait plus, il alla, de matière homogène en matière homogène, jusqu'à ce qu'il eût épuisé la série de ses ingrédients combinés avec toutes les différentes colles. Pendant les six premiers mois de l'année 1823, David Séchard vécut dans la papeterie avec Kolb, si ce fut vivre que de négliger sa nourriture, son vêtement et sa personne. Il se battit si désespérément avec les difficultés, que c'eût été pour d'autres hommes que les Cointet un spectacle sublime, car aucune pensée d'intérêt ne préoccupait ce hardi lutteur. Il y eut un moment où il ne désira rien que la victoire. Il épiait avec une sagacité merveilleuse les effets si bizarres des substances transformées par l'homme en produits à sa convenance, où la nature est en quelque sorte domptée dans ses résistances secrètes, et il en déduisit de belles lois d'industrie, en observant qu'on ne pouvait obtenir ces sortes de créations qu'en obéissant aux rapports ultérieurs des choses, à ce qu'il appela la seconde nature des substances. Enfin, il arriva, vers le mois d'août, à obtenir un papier collé en cuve, absolument semblable à celui que l'industrie fabrique en ce moment, et qui s'emploie comme papier d'épreuve dans les imprimeries ; mais dont les *sortes* n'ont aucune uniformité, dont le collage n'est même pas toujours certain. Ce résultat, si beau en 1823, eu égard à l'état de la papeterie, avait coûté dix mille francs, et David espérait résoudre les dernières difficultés du problème. Mais il se répandit alors dans Angoulême et dans l'Houmeau de singuliers bruits : David Séchard ruinait les frères Cointet. Après avoir dévoré trente mille francs en expérience, il obtenait enfin, disait-on, de très mauvais papier. Les autres fabricants effrayés s'en tenaient à leurs anciens procédés ; et, jaloux des Cointet, ils répandaient le bruit de la ruine prochaine de cette ambitieuse maison. Le grand Cointet, lui, faisait venir les machines à fabriquer le papier continu, tout en laissant croire que ces machines étaient nécessaires aux expériences de David Séchard. Mais le jésuite mêlait à sa pâte les ingrédients indiqués par Séchard, en le poussant toujours à ne s'occuper que du collage en cuve, et il expédiait à Métivier des milliers de rames de papier à journal.

Au mois de septembre, le grand Cointet prit David Séchard à part ; et, en apprenant de lui qu'il méditait une triomphante expérience, il le dissuada de continuer cette lutte.

« Mon cher David, allez à Marsac voir votre femme et vous reposer de vos fatigues, nous ne voulons pas nous ruiner, dit-il amicalement. Ce que vous regardez comme un grand triomphe n'est encore qu'un point de départ. Nous attendrons maintenant avant de nous livrer à de nouvelles expériences. Soyez juste ? voyez les résultats. Nous ne sommes pas seulement papetiers, nous sommes imprimeurs, banquiers, et l'on dit que vous nous ruinez... » (David Séchard fit un geste d'une naïveté sublime pour protester de sa bonne foi.) « Ce n'est pas cinquante mille francs de jetés dans la Charente qui nous ruineront, dit le grand Cointet en répondant au geste de David, mais nous ne voulons pas être obligés, à cause des calomnies qui courent sur notre compte, de payer tout comptant, nous serions forcés d'arrêter nos opérations. Nous voilà dans les termes de notre acte, il faut y réfléchir de part et d'autre. »

« Il a raison ! » se dit David, qui, plongé dans ses expériences en grand, n'avait pas pris garde au mouvement de la fabrique.

Et il revint à Marsac, où, depuis six mois, il allait voir Ève tous les samedis soir et la quittait le mardi matin. Bien conseillée par le vieux Séchard, Ève avait acheté, précisément en avant des vignes de son beau-père, une maison appelée la Verberie, accompagnée de trois arpents de jardin et d'un clos de vignes enclavé dans le vignoble du vieillard. Elle vivait avec sa mère et Marion très économiquement, car elle devait cinq mille francs restant à payer sur le prix de cette charmante propriété, la plus jolie de Marsac. La maison, entre cour et jardin, était bâtie en tuffeau blanc, couverte en ardoise et ornée de sculptures que la facilité de tailler le tuffeau permet de prodiguer sans trop de frais. Le joli mobilier venu d'Angoulême paraissait encore plus joli à la campagne, où personne ne déployait alors dans ces pays le moindre luxe. Devant la façade du côté du jardin, il y avait une rangée de grenadiers, d'orangers et de plantes rares que le précédent propriétaire, un vieux général, mort de la main de M. Marron, cultivait lui-même. Ce fut sous un oranger, au moment où David jouait avec sa femme et son petit Lucien, devant son père, que l'huissier de Mansle apporta lui-même une assignation des frères Cointet à leur associé pour constituer le tribunal arbitral devant lequel, aux termes de leur acte de société, devaient se porter leurs contestations. Les frères Cointet demandaient la restitution des six mille francs et la propriété du brevet ainsi que les futurs contingents [639] de son exploitation, comme indemnité des exorbitantes dépenses faites par eux sans aucun résultat.

« On dit que tu les ruines ! dit le vigneron à son fils. Eh bien, voilà la seule chose que tu aies faite qui me soit agréable. »

Le lendemain, Ève et David étaient à neuf heures dans l'antichambre de M. Petit-Claud, devenu le défenseur de la veuve, le tuteur de l'orphelin, et dont les conseils leur parurent les seuls à suivre. Le magistrat reçut à merveille ses anciens clients, et voulut absolument que M. et Mme Séchard lui fissent le plaisir de déjeuner avec lui.

« Les Cointet vous réclament six mille francs ! dit-il en souriant. Que devez-vous encore sur le prix de la Verberie ?

— Cinq mille francs, monsieur, mais j'en ai deux mille…, répondit Ève.

— Gardez vos deux mille francs, répondit Petit-Claud. Voyons, cinq mille !… il vous faut encore dix mille francs pour vous bien installer là-bas… Eh bien, dans deux heures, les Cointet vous apporteront quinze mille francs… »

Ève fit un geste de surprise.

« … Contre votre renonciation à tous les bénéfices de l'acte de société que vous dissoudrez à l'amiable, dit le magistrat. Cela vous va-t-il ?…

— Et ce sera bien légalement à nous ? dit Ève.

— Bien légalement, dit le magistrat en souriant. Les Cointet vous ont fait assez de chagrins, je veux mettre un terme à leurs prétentions. Écoutez, aujourd'hui je suis magistrat, je vous dois la vérité. Eh bien, les Cointet vous jouent en ce moment; mais vous êtes entre leurs mains. Vous pourriez gagner le procès qu'ils vous intentent, en acceptant la guerre. Voulez-vous être encore au bout de dix ans à plaider ? On multipliera les expertises et les arbitrages, et vous serez soumis aux chances des avis les plus contradictoires... Et, dit-il en souriant, je ne vous vois point d'avoué pour vous défendre ici, mon successeur est sans moyens. Tenez, un mauvais arrangement vaut mieux qu'un bon procès...

— Tout arrangement qui nous donnera la tranquillité me sera bon, dit David.

— Paul ! cria Petit-Claud à son domestique, allez chercher M. Ségaud, mon successeur !... Pendant que nous déjeunerons, il ira voir les Cointet, dit-il à ses anciens clients, et dans quelques heures vous partirez pour Marsac, ruinés, mais tranquilles. Avec dix mille francs, vous vous ferez encore cinq cents francs de rente, et, dans votre jolie petite propriété, vous vivrez heureux ! »

Au bout de deux heures, comme Petit-Claud l'avait dit, Me Ségaud revint avec des actes en bonne forme signés des Cointet, et avec quinze billets de mille francs.

« Nous te devons beaucoup, dit Séchard à Petit-Claud.

— Mais je viens de vous ruiner, répondit Petit-Claud à ses anciens clients étonnés. Je vous ai ruinés, je vous le répète, vous le verrez avec le temps; mais je vous connais, vous préférez votre ruine à une fortune que vous auriez peut-être trop tard.

— Nous ne sommes pas intéressés, monsieur, nous vous remercions de nous avoir donné les moyens du bonheur, dit Mme Ève, et vous nous en trouverez toujours reconnaissants.

— Mon Dieu ! ne me bénissez pas !... dit Petit-Claud, vous me donnez des remords; mais je crois avoir aujourd'hui tout réparé. Si je suis devenu magistrat, c'est grâce à vous; et si quelqu'un doit être reconnaissant, c'est moi... Adieu. »

Avec le temps, l'Alsacien changea d'opinion sur le compte du père Séchard; qui, de son côté, prit l'Alsacien en affection en le trouvant comme lui sans aucune notion des lettres ni de l'écriture, et facile à griser. L'ancien ours apprit à l'ancien cuirassier à gérer le vignoble et à en vendre les produits, il le forma dans la pensée de laisser un homme de tête à ses enfants ; car, dans ses derniers jours, ses craintes furent grandes et puériles sur le sort de ses biens. Il avait pris Courtois le meunier pour son confident.

« Vous verrez, lui disait-il, comme tout ira chez mes enfants, quand je serai dans le trou. Ah ! mon Dieu, leur avenir me fait trembler. »

En 1829, au mois de mars, le vieux Séchard mourut, laissant environ deux cent mille francs de biens au soleil, qui, réunis à la Verberie, en firent une magnifique propriété très bien régie par Kolb depuis deux ans.

David et sa femme trouvèrent près de cent mille écus en or chez leur père. La voix publique, comme toujours, grossit tellement le trésor du vieux Séchard, qu'on l'évaluait à un million dans tout le département de la Charente. Ève et David eurent à peu près trente mille francs de rente, en joignant à cette succession leur petite fortune ; car ils attendirent quelque temps pour faire l'emploi de leurs fonds, et purent les placer sur l'État à la révolution de juillet. Alors seulement, le Département de la Charente et David Séchard surent à quoi s'en tenir sur la fortune du grand Cointet. Riche de plusieurs millions, nommé député, le grand Cointet est pair de France, et sera, dit-on, ministre du Commerce dans la prochaine combinaison. En 1842, il a épousé la fille d'un des hommes d'État les plus influents de la dynastie, Mlle Popinot, fille de M. Anselme Popinot, député de Paris, maire d'un arrondissement[640].

La découverte de David Séchard a passé dans la fabrication française comme la nourriture dans un grand corps. Grâce à l'introduction de matières autres que le chiffon, la France peut fabriquer le papier à meilleur marché qu'en aucun pays de l'Europe. Mais le papier de Hollande, selon la prévision de David Séchard, n'existe plus. Tôt ou tard il faudra sans doute ériger une Manufacture royale de papier, comme on a créé les Gobelins, Sèvres, la Savonnerie et l'Imprimerie royale, qui jusqu'à présent ont surmonté les coups que leur ont portés de vandales bourgeois.

David Séchard, aimé par sa femme, père de deux fils et d'une fille, a eu le bon goût de ne jamais parler de ses tentatives, Ève a eu l'esprit de le faire renoncer à la terrible vocation des inventeurs, ces Moïse dévorés par leur buisson d'Horeb[641] Il cultive les lettres par délassement, mais il mène la vie heureuse et paresseuse du propriétaire faisant valoir. Après avoir dit adieu sans retour à la gloire, il s'est bravement rangé dans la classe des rêveurs et des collectionneurs ; il s'adonne à l'entomologie, et recherche les transformations jusqu'à présent si secrètes des insectes que la science ne connaît que dans leur dernier état.

Tout le monde a entendu parler des succès de Petit-Claud comme procureur général, il est le rival du fameux Vinet de Provins[642], et son ambition est de devenir premier président de la Cour royale de Poitiers.

Cérizet, condamné souvent pour délits politiques, a fait beaucoup parler de lui. Le plus hardi des enfants perdus du parti libéral, il fut surnommé le Courageux-Cérizet. Obligé par le successeur de Petit-Claud de vendre son imprimerie d'Angoulême, il chercha sur la scène de province une existence nouvelle que son talent comme acteur pouvait rendre brillante. Une jeune première le força d'aller à Paris y demander à la science des ressources contre l'amour, et il essaya d'y monnayer la faveur du parti libéral[643].

Quant à Lucien, son retour à Paris est du domaine des *Scènes de la vie parisienne*.

1835-1843.

NOTES

1. Cette Préface a disparu des éditions suivantes.

2. Idée fondamentale de *La Comédie humaine* conçue comme un inventaire méthodique des diverses « classes » (au sens des naturalistes) observables dans l'état actuel de la société.

3. *Profil de marquise* est le titre donné à *Étude de femme* (1830), lors de sa publication dans les *Scènes de la vie parisienne* en 1835. *L'Interdiction* est de 1836. *La Haute Banque* paraîtra en 1838 sous le titre *La Maison Nucingen*. *La Peau de chagrin* avait été publiée en 1831.

4. On en a comptabilisé, en fait, près de deux mille cinq cents.

5. *Louis Lambert* (1832) avait été augmenté successivement en 1833 et 1835 ; à *L'Enfant maudit* (1831), Balzac ajouta en 1836 une deuxième partie ; *Le Chef-d'œuvre inconnu* (1831) a été refait en 1837.

6. Cette Préface a disparu des éditions suivantes.

7. Pièce de vers violemment satirique, où les alexandrins alternent avec les octosyllabes.

8. « Corrige les mœurs en riant » : devise de la comédie, imaginée au XVIIᵉ siècle par le poète Santeul.

9. Cette pièce fut créée en 1825.

10. Dans son article *De la camaraderie littéraire*, paru dans la *Revue de Paris* en octobre 1829, où il vise le Cénacle de Victor Hugo.

11. *La Camaraderie ou la courte échelle* de Scribe (1837).

12. Publié en 1835-1836. Gautier avait 24 ans.

13. En 1661, après la mort de Mazarin. On appelle « lit de justice » le trône du Roi lorsqu'il présidait une séance solennelle du Parlement de Paris. C'est à cette occasion que le jeune monarque se serait écrié : « L'État, c'est moi ! »

14. Des éditions pirates, généralement fabriquées en Belgique, mettaient en circulation des volumes composés sur le texte pré-original publié en feuilleton.

15. On appelait ainsi, à Athènes, ceux qui dénonçaient les voleurs de figues. Par extension : dénonciateurs hypocrites.

16. En 1836, l'apparition du roman-feuilleton dans *La Presse* d'Émile de Girardin (*La Vieille Fille* de Balzac en est le premier exemple) a accentué la dépendance de la production intellectuelle à l'égard des journaux et de ceux qui en disposent.

17. En mars 1839, *Le Corsaire* avait attaqué le libraire Charpentier qui, pour lutter contre la contrefaçon belge, republiait certains titres (dont *Le Médecin de campagne*) en format compact et bon marché. Charpentier déposa plainte et gagna son procès.

18. Celui qu'en 1836 Balzac avait intenté à Buloz, coupable d'avoir communiqué à une revue russe les placards du *Lys dans la vallée*. Balzac le gagna, mais Buloz avait été soutenu par des « confrères » comme Dumas, Soulier, Sue, Janin...

19. L'Hypanis est un fleuve de Scythie. L'allusion exacte nous échappe.

20. Exhalaisons d'acide carbonique.

21. La Préface n'existe que dans cette édition.

22. Paru en 1839.

23. Il s'agit en définitive du *Député d'Arcis*, publié en 1847.

24. Aucun de ces projets ne fut réalisé.

25. Gérard dans *Le Curé de village* (1841).

26. Balzac contredit ce qu'il vient d'affirmer sur l'autonomie de sa troisième partie, peut-être pour complaire acrobatiquement à la fois aux lecteurs qui en ont pris connaissance dans le cadre général de *La Comédie humaine*, dans l'édition Dumont et dans le feuilleton de *L'État...*

27. Lapsus : 1837.

28. Dans *Le Cabinet des Antiques*. *Ursule Mirouët* date de 1842.

29. Un député de Saône-et-Loire, Chapuys de Montlaville, dans un discours à la Chambre des députés (13 juin 1843), avait reproché au gouvernement la fiscalité excessive qui obligeait les journaux à chercher des moyens supposés immoraux pour racoler des lecteurs. Il avait en particulier cloué au pilori *Le Messager*, où venait de paraître *La Muse du département*. Réaction de Balzac à l'attaque de ce « brave Auvergnat » (*sic*) : « Ça m'a fait rire ; la Chambre des députés devenant juge des œuvres littéraires est une de ces bouffonneries qui ne se voient qu'en France » (lettre à Mme Hanska, 18 juin 1843).

30. Cf. la IVe Satire de Juvénal.

31. D'Eugène Sue, publiés en feuilleton en 1842-1843.

32. On prétend que Charles Quint dut acheter le silence de celui qu'on nommait « le fléau des princes », et qui passe pour avoir inventé le chantage littéraire.

33. En 1762.

34. Cette dédicace n'apparaît que dans l'édition Furne. Balzac avait pensé dédier son œuvre successivement à Jean de Margonne (chez qui il l'avait commencée, à Saché, en 1837), puis à Berlioz (à qui il dédiera finalement *Ferragus*). Balzac et Hugo se connaissaient au moins depuis 1828 ; les jugements de Balzac sur le poète sont plus que nuancés. D'après R. Bismut (*Illusions perdues et Ruy Blas, ou un aspect insoupçonné des relations entre Balzac et V. Hugo. Les Lettres romanes,* août 1981), dans *Ruy Blas*, joué en 1838, Hugo aurait transposé quelques détails venus des *Deux Poètes* ; Balzac dépité se serait vengé dans *Un grand homme de province à Paris* en faisant des emprunts à *Ruy Blas* (le héron, le faux billet de Cérizet, l'hispanisation de Vautrin).

35. C'est à dix-sept ans que Raphaël peignit le *Saint Nicolas de Tolentino* qui commença sa réputation ; W. Pitt fut appelé au ministère à vingt-trois ans (1782).

36. La presse en fonte de Stanhope, qui permettait d'imprimer la forme d'un seul coup, fut introduite d'Angleterre en France dans les premières années de la Restauration (en 1826, dans son activité d'imprimeur, Balzac en a utilisé plusieurs). C'est en 1819 que Gannal remplaça les *balles* (tampons de laine ou de crin couverts de cuir) par des rouleaux en matière élastique. L'imprimerie Séchard n'est évidemment pas à la pointe de l'innovation technologique.

37. Où l'on fabrique le papier depuis le XVIIe siècle.

38. Dès la fin du XVIIIe siècle, le marbre fixe avait été remplacé par des plaques de fonte montées sur des chariots mobiles. Balzac se contredira d'ailleurs plus loin : Séchard possède bien de telles plaques.

39. Ici comme partout, Balzac veut sauver le souvenir de quelque chose qui a disparu sous le choc du progrès : la presse mécanique a été mise au point dès 1813 par Frédéric Koenig. Elle sera remplacée par la rotative.

40. La famille Elzevir était établie à Leyde, La Haye, Utrecht et Amsterdam aux XVIe et XVIIe siècles ; Christophe Plantin à Anvers au XVIe siècle ; Alde Manuce, chef d'une dynastie d'imprimeurs vénitiens, fonda en 1490 une imprimerie que rendirent célèbres ses éditions *princeps* des chefs-d'œuvre grecs et latins ; le premier Didot fut François (1689-1757), suivi de ses deux fils qui rendirent leur maison illustre : le manuscrit montre qu'ici Balzac songe à Firmin Didot, petit-fils du fondateur, dont les ateliers représentent alors le *nec plus ultra* de la qualité et de la technique.

41. *Imprimeur* signifie donc ici : pressier, dont le travail purement manuel s'accommode très bien de l'analphabétisme. A moins que Balzac ne veuille ironiquement faire allusion à l'ignorance des imprimeurs en général et de Séchard en particulier.

42. Dans le manuscrit, comte de Granlieu ; en 1837 et 1839, comte de Marsay, originaire du pays de Foix. Dans l'édition Furne, Balzac introduit le comte de Maucombe, qui vient des *Mémoires d'une jeune mariée* (où il est le père de Louise de l'Estorade). — Dans la préface du *Lys dans la vallée*, Balzac évoque certain futur « éloquent député de la Restauration », qui, devenu imprimeur sous la Révolution, « gagnait trois francs en tirant le décret qui le condamnait à mort ».

43. Celui qui surveille le travail dans l'imprimerie.

44. Au sens strict, tout ce qui s'ajoute aux frais de main-d'œuvre ; plus largement : bénéfices.

45. Boîte divisée en compartiments, où sont rangés les caractères d'imprimerie.

46. Les liards (valant le quart d'un sou) étaient en cuivre.

47. Balzac, qui a adopté la « cognomologie » de Sterne, ne manque jamais de donner à ses personnages des noms significatifs ou symboliques, dans lesquels s'exprime une personnalité ou un destin.

48. « De l'extrémité des avenues, on aperçoit des ours enivrés de raisins, qui chancellent sur les branches des ormeaux » (prologue d'*Atala*).

49. L'un des plus gros caractères d'imprimerie, utilisé pour le *canon* de la messe.

50. Moines que la tradition représente comme volontiers paillards. Balzac avait indiqué, puis rayé sur les placards : « frère Jean des Entomeures », qui confirme le caractère rabelaisien du personnage.

51. Dans le haut quartier d'Angoulême. Balzac avait été trois fois l'hôte à Angoulême de ses amis Carraud (1831, 1832, mai 1833). Il demanda à Zulma des renseignements topographiques pour se rafraîchir la mémoire ; elle lui fit parvenir un plan, dont il compléta les indications en utilisant des guides.

52. Nous dirions aujourd'hui : *plafond*.

53. « Étoffes qu'on attache vers le chevet et vers les pieds du lit pour accompagner les grands rideaux ; il ne se dit plus qu'en parlant des lits à l'ancienne mode » (Littré).

54. Le mobilier.

55. Les montants qui soutiennent la presse.

56. Sur le tympan, un cadre de bois recouvert d'un morceau de parchemin ou de soie, on place la feuille à imprimer. La frisquette est un mince châssis tendu d'une feuille de papier, dans laquelle est découpée une ouverture découvrant seulement la surface à imprimer, et articulé avec le tympan.

57. Durée d'usage.

58. Personnage réel, installé rue Chanoinesse à Paris.

59. Ce caractère sert de mesure typographique.

60. Caractères arrondis par un long usage.

61. La bâtarde est à jambages pleins, à liaisons arrondies ; la ronde a des

caractères courts, ronds et perpendiculaires ; la coulée est liée et penchée.

62. Personnage réel, installé à Paris rue Garancière, et dont Balzac avait racheté le fonds en 1827.

63. Les diverses familles de caractères.

64. La ramette est un châssis sans barre, pour composer les ouvrages d'une seule page (affiches, etc.). Ais : planches de bois.

65. La clientèle.

66. Après l'impression, on place les feuilles sous une presse qui lisse leur verso.

67. Petits travaux (prospectus, faire-part, étiquettes...).

68. Type de l'almanach annuel (simple, double ou triple), destiné à un lectorat populaire. Il remonte au XVIIe siècle et a continué à être diffusé jusque dans le dernier quart du XIXe.

69. Faubourg industriel et commerçant d'Angoulême, au bord de la Charente, dans la ville basse.

70. Emploi adverbial. On en verra d'autres exemples.

71. Paies hebdomadaires.

72. Trois en réalité : douze kilomètres, que l'avare vieillard parcourt bien entendu à pied.

73. Le vin nouveau, chez Rabelais.

74. Participant aux massacres des détenus politiques dans les prisons de Paris, du 2 au 6 septembre 1792.

75. Le manuscrit porte : le Docteur **Bianchon**. Mais celui-ci ne soutiendra sa thèse qu'en février 1820... Il est le disciple préféré de Desplein, « le plus grand chirurgien des temps anciens et modernes » (*Pierrette*), chirurgien à l'Hôtel-Dieu, professeur à la Faculté, chirurgien du Roi ; on pense générale-ment qu'en l'imaginant Balzac s'est inspiré de Dupuytren (mort en 1835).

76. Balzac a pu emprunter ce nom à Alberthe de Rubempré, qui fut la maîtresse de Delacroix et de Stendhal.

77. Aujourd'hui rue de Paris. Il s'y trouvait, à l'époque où Balzac visita Angoulême, la pharmacie Évangélista, qu'il a pu remarquer.

78. Le Prophète disait de sa première femme Khadidja : « Elle était vieille et aveugle, mais elle a cru en moi quand personne n'y croyait. »

79. On attendrait *sauvèrent*.

80. Ce mot semble signifier ici : interversion.

81. « Maintenant et toujours et pour les siècles des siècles » : clausule obligée de nombreuses prières de la messe.

82. Dans son épopée parodique *Le Lutrin*.

83. Balzac se peint évidemment lui-même ; comparer avec la description donnée par Théophile Gautier dans *Portraits contemporains*.

84. La référence semble plus fantasmatique qu'archéologique : le Bacchus indien est barbu...

85. Dans le manuscrit, David revenait de Paris en 1818. Balzac a oublié qu'il a ensuite reculé ce retour à la fin 1819. Sur les nombreux flottements de la chronologie interne, cf. J. Gaulmier, *Monde balzacien et monde réel, Note sur Illusions perdues*, in *Balzac and the XIXth century, Studies presented to Herbert J. Hunt*, Leicester Univesity Press, 1972.

86. Berzélius (1779-1848), chimiste suédois, institua la notation chimique par symboles et développa la théorie de l'électrolyse. Davy (1778-1829), chimiste anglais, inventa la lampe de sûreté pour les mineurs.

87. Chénier, guillotiné en 1794, ne fut révélé qu'en 1819 par H. de Latouche. Une seconde édition des *Poésies* parut en 1820. Balzac admirait Chénier, en qui il voyait le poète de l'amour ; il l'a lu avec ferveur et émoi, aussi bien avec Mme de Berny en 1822 qu'avec Mme Hanska en 1833.

88. À six kilomètres au nord d'Angoulême. Cet établissement fonctionna de 1750 jusqu'à la dernière guerre.

89. Balzac reprend dans ce développement des idées déjà émises dans *La*

Fleur des pois et *Les Jeunes Gens*, deux ébauches de 1834-1835, d'où sortira *La Vieille Fille*.

90. Comme souvent, pour créer un « effet de réel », Balzac mêle à des personnages vivants un personnage fictif (Canalis, que nous retrouverons, substitué à Jouy dans le Furne corrigé). Aignan était académicien et Soumet, auteur de *La Divine Épopée*, lui succéda ; Tissot, journaliste libéral de même qu'Étienne ; d'Avrigny, dramaturge ; Michaud, fondateur de la *Biographie universelle*.

91. Nom de certains magistrats municipaux, sous l'Ancien Régime, dans le midi de la France.

92. La *substitution*, abolie en 1792, consistait à désigner un héritier à qui le légataire direct était tenu de transmettre la succession.

93. Sous l'Ancien Régime, droits à acquitter au seigneur chaque fois que se vendait une terre de sa mouvance.

94. Le manuscrit montre que Balzac l'avait appelée successivement *Champ-d'ours*, *Chandour* et *d'Espard*. Le nom de *Chandour* passera à sa rivale.

95. C'est-à-dire fabriquant de l'eau-de-vie.

96. Maître de chapelle et pédagogue connu (1745-1819).

97. Pour A. Adam, cette éducation rappelle de près celle de G. Sand telle qu'elle l'évoque dans *Histoire de ma vie* (p. X de son édition).

98. Dans les éditions antérieures à Furne, on lit : *pyramidalisaient*.

99. La Restauration avait fait fusiller, le 27 septembre 1815, les deux généraux jumeaux César et Constantin Faucher, coupables d'avoir suivi Napoléon pendant les Cent-Jours. Le roman *Ipsiboé* ne sera publié qu'en 1823 : Balzac anticipe ; de même pour l'*Anaconda* (1822). Lavalette avait été condamné à mort pour la même raison que les frères Faucher : son épouse réussit à le faire évader déguisé en femme, la veille de son exécution (20 décembre 1815).

100. Ali, pacha de Janina (Albanie), se révolta contre le sultan en 1821 ; il fut pris et tué en 1822. Les sacs jetés dans le Bosphore sont des éléments obligés du fantasme oriental des Romantiques depuis Byron (*Le Giaour*, traduit en 1820) et V. Hugo (*Clair de lune*, dans *Les Orientales*, 1829).

101. Lady Stanhope, nièce de Pitt, partit vers 1810 pour l'Orient, où elle mena une existence d'aventure et de mystère. Lamartine ne manqua pas d'aller la voir.

102. L'ordre des sœurs de Sainte-Camille a été fondé sous l'Empire. La peste désola Barcelone en août 1821.

103. C'est-à-dire les Mamelouks (en 1811). Sujet illustré par Horace Vernet au Salon de 1819.

104. Fête donnée dans un établissement public où l'on danse.

105. Le manuscrit porte *Sainte-Croix* : c'était un aide de camp de Masséna. A. Adam (*éd. cit.* p. X) retrouve dans cette histoire une allusion à Victor de Metternich, dont la liaison avec Mme de Castries (le grand échec sentimental de Balzac en 1833) avait été brisée par la mort.

106. En 1819 avaient paru, du premier, *Recherches philosophiques* et, du second, *Du Pape*.

107. Ce préfet de l'Empire avait été nommé directeur général des Contributions indirectes par la Restauration.

108. En Arabie, sur la mer Rouge. Balzac écrit *imann*.

109. C'est-à-dire en 1817 (sur cette odyssée, cf. *La Duchesse de Langeais*).

110. Peut-être Miroir aîné, organiste mort en 1851.

111. Ce mot persan, popularisé par le poème homonyme de Byron, signifie *païen* et servait aux Turcs à désigner tout homme non musulman, et en particulier chrétien.

112. Parce qu'il avait octroyé la Charte. Quant à *La Quotidienne*, c'était pourtant l'organe des ultras.

113. Au sud-ouest du Sahara. Le cauris est un coquillage blanc servant de monnaie en Inde et en Afrique noire.

114. Chateaubriand, causant avec un député, lui aurait parlé de l'*Ode sur la mort du duc de Berry* (1820) comme de l'œuvre d'un « enfant sublime ». Mais il semble établi que Chateaubriand n'a écrit ce mot nulle part, qu'il s'est défendu à plusieurs reprises de l'avoir prononcé, qu'il serait en réalité de Soumet, mais couramment attribué à Chateaubriand par l'opinion publique en 1821-1822.

115. Le manuscrit évoque « *La Muse* journal poétique de ce temps » : *La Muse française*, fondé par E. Deschamps, Soumet, Hugo, Vigny, organe des jeunes poètes romantiques, monarchistes et religieux, ne commença à paraître qu'en juillet 1823.

116. Chatterton s'empoisonna à dix-sept ans (1770), en proie à la misère et ulcéré de n'avoir pas été reconnu. Le drame homonyme de Vigny est de 1835.

117. Dans *Il Matrimonio segreto* de Cimarosa (1792).

118. Balzac peut songer à une Mme de Saint-Surin, égérie angoumoisine qu'il connaissait par les récits de ses amis Carraud : son mari, impuissant, avait un quart de siècle de plus qu'elle. Venue à Paris, elle y tenait salon. On a d'elle une lettre de 1833 où elle demande à Balzac de soutenir son protégé, Lysias Moutardier (!), poète quadragénaire — et marié —, professeur au collège d'Angoulême...

119. Évangile selon saint Matthieu, V, 22 : « ... quiconque dit à son frère : crétin, il en répondra au sanhédrin ». Ce mot araméen signifie : tête vide, sans cervelle.

120. Abat-jour.

121. Détail qui renverrait encore à Mme de Castries, selon A. Adam.

122. « Ces doigts nous obligent à prévoir une trahison future » (Jean-Pierre Richard, *Études sur le romantisme*, Seuil, 1970, p. 34).

123. Balzac avait pu entendre cette expression lors de son récent voyage à Vienne en mai-juin 1835.

124. Encore un détail renvoyant à Henriette de Castries, qui se faisait appeler Marie par Balzac.

125. Ces *Vers écrits sur un album* sont de Balzac et avaient paru dans les *Annales romantiques* de 1828.

126. Manuscrit : *prosopopées*.

127. Molière était fils de tapissier ; Racine de contrôleur de grenier à sel ; Rousseau et Beaumarchais, d'horlogers ; Voltaire et Massillon, de notaires ; Diderot, de coutelier. Le manuscrit ajoute après ces noms : « elle parla des pilules qui se trouvaient dans les armes des Médicis ».

128. Le nom de ce poète (1671-1741) n'est peut-être pas choisi au hasard, car il était fils d'un cordonnier ; il témoigne en tout cas chez le proviseur d'un goût suranné.

129. De Mme de Staël (1807).

130. Le dernier et le plus aimé des fils de Jacob.

131. Par n'importe quelle voie.

132. A. Adam cite (*loc. cit.*, p. X) un témoignage de 1836, selon lequel Balzac disait lui-même : « Je ne suis plus ni frère, ni fils, ni ami, je suis un cerveau [...] Il faut que les autres existences concourent à la mienne. »

133. Homme politique, surnommé « le Démosthène de l'Angleterre » (1748-1806).

134. Allusion à la scène fameuse où Marius, banni de Rome, erre en méditant sur les ruines de Carthage (88 av. J.-C.).

135. Néologisme pour *la casuistique*.

136. Cet homme d'État et général athénien (400-317 av. J.-C.) combattait les projets belliqueux de Démosthène, qui l'appelait « la cognée » de ses discours.

137. C'est-à-dire du Celte, du Gaulois. Allusion à la théorie d'Augustin

Thierry, qu'on retrouve évoquée dans *Le Cabinet des Antiques*, selon laquelle le peuple de France descendrait des Gaulois, et la noblesse des envahisseurs francs.

138. Balzac avait pensé d'abord à des expressions plus « techniques » : « tout concassé » (manuscrit) ; « son esprit est lévigé par un pilon inconnu » (premières épreuves).

139. Indifféremment *lotos* ou *lotus*.

140. Voir l'analyse de cette phrase dans L. Frappier-Mazur, *L'Expression métaphorique dans La Comédie humaine*, Klincksieck, 1976 (pp. 51-52).

141. Entre 1830 et 1836, Balzac a plusieurs fois noté le projet (non réalisé) d'écrire un texte sous ce titre.

142. Il y a dans *La Comédie humaine* deux frères Keller, banquiers parisiens, qui reparaissent souvent. Leur nom remplace à partir de l'édition Furne celui de *Chennessy*, où R. Chollet reconnaît en écho le négociant en cognac Hennessy (couleur locale charentaise...).

143. C'est-à-dire inégal. L'origine de l'expression est obscure et controversée.

144. Étoffe de soie chinoise. Balzac écrit *lampasse*, phonétiquement.

145. Tempes.

146. Mme Bacciochi (grande-duchesse de Toscane), d'après le manuscrit.

147. Chez Proust, le duc de Guermantes, lui aussi, repasse son carnet de bons mots avant les grands dîners.

148. Cette phrase a été ajoutée dans le Furne corrigé, pour préparer un événement qui jouera occultement un rôle important dans *Les Souffrances d'un inventeur*.

149. Littéralement : le coiffait d'un béguin (bonnet d'enfant).

150. Les parents d'Eugène, qu'ils ont, en se saignant aux quatre veines, envoyé à Paris depuis trois ans (cf. *Le Père Goriot*).

151. Dont *Le Barbier de Séville* a été donné à Paris fin 1819.

152. Latinisme : panoramique, à laquelle rien n'échappe alentour.

153. C'est-à-dire les bâillements contagieux.

154. *Genèse* VIII, 8 : « Alors Noé lâcha d'auprès de lui la colombe pour voir si les eaux avaient diminué à la surface du sol. La colombe, ne trouvant pas un endroit où poser ses pattes, revint vers lui dans l'arche... »

155. C'est-à-dire *silence*.

156. Élégie à Fondat (2, v. 78).

157. Comme le précédent, ce poème est de Balzac et a paru dans les *Annales romantiques* de 1828. Il aurait été dédié à une fille de Mme de Berny, en 1824 : déclaration à accueillir avec prudence, puisque adressée à la jalouse Mme Hanska. Pour achever de la rassurer, Balzac écrit à l'Étrangère, en revoyant la dédicataire vingt ans plus tard : « ... c'est bien *illusions perdues* !... Une vraie pomme cuite à la place de la rose du Bengale » (*Lettres à Mme Hanska*, éd. du Delta, t. II, p. 405).

158. C'est-à-dire cette énigme. Le manuscrit porte : « N'est-ce pas prodigieusement amphigourique... »

159. C'est en 1760, 1762 et 1763 que furent publiés par Macpherson les prétendus poèmes gaéliques d'Ossian, où le romantisme naissant puisa à pleines mains.

160. Écho de Molière, *Tartuffe* (v. 380).

161. Petit-fils de Cham, fondateur de l'empire babylonien, « fort chasseur devant le Seigneur » (*Genèse*, X, 9).

162. Dans *Ivanhoé*.

163. Allusion au v. 173 du livre II des *Géorgiques* : « Salve, magna parens frugum » (Salut, grande mère des fruits...).

164. *Combien j'ai douce souvenance...* Cette romance parut en 1806 dans *Le Mercure* et fut reprise en 1826 dans *Les Aventures du dernier Abencérage*.

165. C'est bien ce que Balzac écrit (et non *pointant,* comme on a cru bon parfois de le corriger).

166. En réalité Saint-Cybard.

167. Caresse à distance à *Ève* Hanska.

168. À partir d'ici, le Furne corrigé insère dans *Les Deux Poètes,* sans le modifier pour l'essentiel, tout un développement technique primitivement placé dans *Les Souffrances de l'inventeur.*

169. Balzac écrit *il fallait,* sans corriger l'imparfait exigé par le contexte des *Souffrances de l'inventeur,* mais impraticable ici.

170. Le lecteur non plus ! L'édition Furne donne : *grand-raisin,* changé en *Pot* (nom d'un certain papier) sur le Furne corrigé. En déplaçant ce passage de la IIIe à la Ire partie, Balzac oublie que le « papier Pot » n'apparaît que plus tard dans les explications de David.

171. L'exposé historico-technique qui suit est extrêmement documenté. Sur les sources de Balzac, cf. J.-H. Donnard, *La Vie économique et les classes sociales dans l'œuvre de Balzac,* A. Colin, 1961, pp. 262-268, et R. Chollet, *Introduction* à son édition de la Bibliothèque de la Pléiade, pp. 95 sq.

172. Balzac mélange le Dr Faust et Johannes Fust, un associé de Gutenberg à Mayence. Laurens Coster, de Haarlem (mort en 1484), aurait utilisé comme caractères mobiles des lettres taillées dans le bois.

173. De 1750, et inventé non par A. Didot, mais par Baskerville. Quant au papier continu, on en fabriquait en France dès les années 1810.

174. « Malheur aux vaincus ! » Mot du Gaulois Brennus après le sac de Rome (388 av. J.-C.).

175. Fourier ne semble pas avoir été correcteur ; mais Pierre Leroux fut bien correcteur, puis prote en 1822-1823, en particulier chez Didot. Saint-Simon connaissait très bien les Didot.

176. Plutôt *broussonnetia,* d'après son « inventeur » le botaniste Broussonnet.

177. Personnages réels. On retrouve le second dans *L'Interdiction.*

178. On attendait *votre. Ton* vient de la IIIe partie, où David et Ève sont mariés.

179. C'est ici que, dans le Furne corrigé, s'opère la suture avec le texte de l'édition Furne, après le « collage » du long développement technique emprunté à la IIIe partie.

180. C'est-à-dire que les fleurs ont fait place sans encombre aux grains de raisin.

181. Balzac utilise ce terme comme synonyme de *pièces,* dont la contenance varie selon les régions.

182. La fabrication des tonneaux.

183. Le père Séchard, dans son avarice, ou Balzac, dans sa distraction, s'embrouillent dans la chronologie : David est rentré de Paris fin 1819 ; et nous ne sommes ici qu'en été 1821. Nous ne relèverons plus par la suite les incohérences de détail de ce type.

184. De même, Mme de Berny disait à Honoré : « Vous êtes une fleur venue sur du fumier... »

185. Dans une page du manuscrit de Saché, réutilisée autrement et ailleurs, ce roman s'intitule *Le Prévôt de Paris.*

186. Toutes les éditions, et le Furne corrigé, donnent ici l'impossible *précipite.*

187. Dans le roman de Swift (*Les Voyages de Gulliver,* 1726).

188. Balzac écrit : *opiniâtrément,* qui s'employa jusqu'à la fin du siècle.

189. Laure de Noves, l'inspiratrice de Pétrarque.

190. De reproche.

191. Dans la Bible (*Nombres*), le prophète Balaam dispute avec son ânesse, qui voit un ange lui barrant le chemin, tandis que lui ne l'aperçoit pas.

192. Qui avait fondé à Sybaris un Institut dont les élèves devaient commencer par observer un silence de plusieurs années.

193. Furne imprime *amis*, qui est visiblement une coquille.

194. Une erreur du typographe, jamais corrigée, a répété ici dans toutes les éditions le mot *passion*, au lieu d'indiquer *intérêt*, comme Balzac l'avait expressément voulu.

195. Respectivement à environ vingt-cinq et quarante-cinq kilomètres au nord d'Angoulême.

196. Après qu'il eut tué Clytemnestre et Egisthe pour venger son père Agamemnon.

197. Coton ordinaire.

198. Le conquistador espagnol (1485-1547), célèbre par ses campagnes du Mexique.

199. Rappelons que c'est seulement dans l'édition Furne que le second acte de la trilogie commence ici. Dans l'édition originale d'*Illusions perdues* (Werdet, 1837), le récit de ce qui n'est pas encore la première partie continue sans solution de continuité.

200. Cf. *L'Interdiction*. Elle avait refusé de suivre son mari qui voulait rompre avec sa société pour réparer la lointaine spoliation d'où provenait sa fortune.

201. Aujourd'hui rue Cambon.

202. Antérieurement à Furne, on lisait *septembre* au lieu de juin, ce qui s'accorde mieux avec les vendanges...

203. Rue Montorgueil, un des hauts lieux de l'élégance et de la gastronomie.

204. Rue de Chartres, près du Louvre.

205. Allusion à la fable de La Fontaine, *Le Singe et le Dauphin* (IV, 7).

206. Opéra de Salieri (1784). Il ne s'agit donc pas d'une prestigieuse première, mais de la reprise d'un ouvrage du répertoire; l'essentiel est évidemment dans le symbolisme du titre et du sujet.

207. Encore une grande table, au Palais-Royal.

208. Le verbe archaïque *gaber* est attesté par Littré au sens de « moquer, railler ». La possible racine latine *gaudere* explique dans quelle acception Balzac l'emploie souvent : se réjouir, être dans l'allégresse.

209. La « vestignomonie » balzacienne a été finement analysée (et sur Lucien en particulier) par R. Kempf, *Sur le corps romanesque*, Seuil, 1968.

210. Commis.

211. Petit groom.

212. Balzac confond cette comtesse (mère du maréchal) avec son frère, qui tomba dans une embuscade tendue par le père de Sophie-Dorothée de Zeel, son amie d'enfance (fin du XVIIIe siècle).

213. Personnage reparaissant et important de *La Comédie humaine*. En 1821, Félicité des Touches, riche et bien apparentée, règne à Paris sur un salon fréquenté par tout ce qui a du talent dans la littérature, la science et les arts. — Le manuscrit, en indiquant « poète éminent depuis peu couronné par l'Académie », semble ici renvoyer à Delphine Gay (future Mme de Girardin), qui recevra en 1822 — à dix-huit ans — un prix académique pour un poème sur *Les Sœurs de Sainte-Camille*.

214. Personnage reparaissant. Cousine de Diane de Maufrigneuse, elle avait épousé un richissime receveur général et possédait un hôtel rue du Bac. Veuve en 1822, elle se remariera avec le comte Octave de Camps.

215. Malgré ce qui a été dit plus haut sur l'absence de la bonne compagnie en juin, « tout Paris » est là. La vraisemblance compte moins que l'initiation (manquée) de Lucien. Cette scène a été étudiée par P. Michot, *Le Spectacle est dans la salle (Balzac et l'opéra)* in *Littérature et Opéra*, Presses Universitaires de Grenoble, 1987.

216. Très lancée dans le monde grâce à sa fortune et à son nom, Mme de

Sérizy avait une vie sentimentale assez agitée. Seul le salon Grandlieu lui restait fermé. Dans *Splendeurs et misères des courtisanes*, elle concevra une folle passion pour Lucien.

217. Cf. *La Duchesse de Langeais*. Désespérée par Montriveau, la duchesse s'est faite carmélite dans un couvent espagnol.

218. Qui sont amants depuis l'année précédente (cf. *Le Père Goriot*).

219. Personnage reparaissant. Réputée l'une des duchesses napoléoniennes les plus dévouées aux Bourbons.

220. Cf. *Le Lys dans la vallée*.

221. Le nom de Canalis n'apparaît que dans Furne. Dans les éditions de 1837 et 1839, on évoque ses traits ultérieurs : « façons byroniennes », « prétentions impériales », « plénitude de lui-même », ce qui, pour A. Adam, renvoie à un mixte de Lamartine, Hugo, Vigny. Pour la liaison avec Mme de Chaulieu, cf. *Modeste Mignon*.

222. La duchesse de Duras. Mais *Ourika* ne paraîtra qu'en 1824.

223. *S'est marié*, disait le manuscrit, ce qui renverrait à Lamartine, dont le mariage, plus ou moins imposé par une admiratrice anglaise, avait fort amusé Balzac en 1820.

224. Cf. *Étude de femme*.

225. Le marquis est député de la droite. *Étude de femme* nous apprend qu'on le surnommait « le temps couvert »...

226. Rue de Richelieu. C'est aussi chez lui que s'habillera Julien Sorel.

227. Respectivement rue de Richelieu et galerie de pierre du Palais-Royal.

228. De la Concorde. La Restauration lui avait rendu son nom d'origine.

229. La promenade élégante aux Champs-Élysées et au bois de Boulogne.

230. Les travaux, commencés en 1806, avaient été interrompus en 1814.

231. L'accusateur du Tribunal révolutionnaire sous la Terreur.

232. Au Palais-Royal, galerie de pierre.

233. Aujourd'hui rue Victor-Cousin.

234. C'est là que s'achevait *Illusions perdues* en 1837 (Werdet) et en 1839 (Charpentier). Ici commence donc *Un grand homme de province à Paris* dans l'édition Souverain de 1839.

235. Son restaurant était une institution pour les étudiants en médecine et en droit. Balzac l'avait fréquenté en 1824-1825, du temps de ses débuts difficiles sous le nom d'Horace de Saint-Aubin.

236. Elle reliait la rue de La Harpe à la place de la Sorbonne.

237. C'est-à-dire une promesse non tenue, comme la charte octroyée par Louis XVIII.

238. Un vin catholique est baptisé...

239. Populairement, une liqueur chaude composée de café, de sucre et d'eau-de-vie ou de rhum.

240. Prénommé *Émile* sur le manuscrit. Le prote et l'imprimerie Balzac se nommait Lousteau. On a voulu voir en Lousteau à la fois Sandeau, Latouche, Janin, Étienne Béquet (journaliste aux *Débats*).

241. Comme le docteur Émile Regnault, ami de Sandeau, de G. Sand, de Balzac, et qui servira pour le personnage de Bianchon.

242. Entre le boulevard Saint-Germain actuel et la rue Saint-André-des-Arts.

243. *Les Vêpres siciliennes* sont de 1819.

244. Acteurs du Théâtre-Français. Fleury ne jouait plus en 1821.

245. Le roman de Ducange ne paraîtra qu'en 1823 ; l'ouvrage de Kératry datait de 1818.

246. En fait, elle avait fait son apparition dès les dernières années du XVIIIe siècle.

247. Ce dialogue hermétique au profane met aux prises un libraire-fabricant (Pollet, l'éditeur de Ducange) et un libraire-commissionnaire. Nous empruntons les explications suivantes à R. Chollet « Le fabricant propose à

Vidal et Porchon 500 exemplaires d'un ouvrage qu'il vient de sortir, un roman en 4 vol. in-12 sans doute, qui se vend 12 francs chez le libraire détaillant ; il n'en demande que 5 francs et offre en outre deux exemplaires gratuits pour chaque douzaine fournie. Vidal et Porchon recevront donc 584 exemplaires. D'où ce prix de 4,20 francs... Le fabricant ne perçoit guère que le tiers du prix de vente chez le détaillant. Ces précisions sont rigoureusement exactes » (Bibliothèque de la Pléiade, p. 1233).

248. *Agathe ou le Petit Vieillard de Calais*, 1819. Grâce à leurs voyageurs les libraires-commissionnaires contrôlaient la diffusion en province, et contraignaient les libraires-fabricants à des rabais ruineux en feignant de privilégier leurs concurrents.

249. Jusqu'alors, Louis-Benoît Picard s'était essentiellement occupé de théâtre.

250. Il est parfaitement exact que Pollet, à partir de 1822, payait fort cher Ducange pour en avoir l'exclusivité. Cela le conduira à la faillite en 1830. Balzac le connaissait bien, puisque c'est lui qui en 1822 avait publié *Le Vicaire des Ardennes* et *Le Centenaire* (signés Horace de Saint-Aubin).

251. Personnage imaginaire, évidemment inspiré du réel *Pigoreau*, installé comme lui près de Saint-Germain-l'Auxerrois, et que Balzac avait approché. Dans sa célèbre lettre à Salvagnoli sur *Le Rouge et le Noir* (octobre-novembre 1832), Stendhal évoque les « petits romans in-12 pour femmes de chambre », « imprimés chez M. Pigoreau », « où le héros est toujours parfait et d'une beauté ravissante, fait *au tour* et avec de grands yeux *à fleur de tête* ».

252. Que Pigoreau aurait été.

253. Balzac parle ici en son propre nom (cf. *Sur Catherine de Médicis*). On reconnaît dans ces idées l'influence saint-simonienne du groupe de Buchez, hostile au protestantisme comme favorisant l'anarchie.

254. Qui avait lancé à la fin du XVIIIe siècle la vogue des « romans noirs », réédités avec succès en France entre 1819 et 1822.

255. De même, dans *Vie et malheurs de Horace de Saint-Aubin*, de Sandeau, l'éditeur qui s'intéresse à *La Dernière Fée*, arrivé chez Horace avec l'idée de lui en proposer 1 500 livres, à la vue de son dénuement, ne lui en offre finalement que 300 francs.

256. « Pro captu lectoris habent sua fata libelli » (Terentianus Maurus). Le destin des livres dépend de la capacité de leur lecteur. Ici : les livres ont leur destin.

257. Cf. la lettre de Balzac à Thomassy (avril-mai 1823 ; *Correspondance*, Garnier, t. I, p. 218) : « *Wann-Chlore* dont on m'offre devinez quoi ? 600 francs !... j'aimerais mieux aller labourer la terre avec mes ongles que de consentir à une pareille infamie. »

258. Portraitiste à la mode (1756-1831). La ressemblance avec Bonaparte rapproche d'Arthez de Buchez, l'inspirateur du Cénacle dont il sera question plus loin.

259. Entre la rue de la Sorbonne et la rue Saint-Jacques.

260. Il a brûlé en 1799 et 1818. L'anecdote reste obscure.

261. « Le génie n'est autre chose qu'une plus grande aptitude à la patience », mot attribué à Buffon par Hérault de Séchelles dans son *Voyage à Montbard*.

262. Vers de Ducis.

263. C'est précisément dans cette rue que Buchez rassembla autour de lui, en 1816, un groupe amical et philosophique.

264. Cf. *La Messe de l'athée* (1836).

265. Thérèse Levasseur, la compagne, puis, vingt-cinq ans plus tard, l'épouse de Jean-Jacques.

266. Fagot de quatre ou cinq bûches liées ensemble.

267. Jeu de cartes.

268. L'héroïne éponyme du roman ɑe Richardson (1749).

269. Balzac a lui-même longuement nourri ce projet, dont on trouve trace de 1825 à 1836. Dans sa critique de W. Scott, d'Arthez expose d'ailleurs les idées balzaciennes.

270. Rue des Fossés-Saint-Germain-des-Prés.

271. Le manuscrit indique : *Machiavel*. Comme d'Arthez, Balzac, avant d'aborder les œuvres d'imagination, s'était consacré à des études philosophiques (1818-1820) : « ... ce fut pendant les années 1818, 1819 et 1820, que M. de Balzac, réfugié dans un grenier près de la bibliothèque de l'Arsenal, travailla sans relâche à comparer, analyser, résumer les œuvres que les philosophes et les médecins de l'Antiquité, du Moyen Âge et des deux siècles précédents avaient laissées sur le cerveau de l'homme » (*Introduction aux Études philosophiques*, rédigée par F. Davin en 1834).

272. Image biblique de la purification (cf. *Isaïe* VI, 6).

273. Le mot *Cénacle* a été emprunté aux deux cercles romantiques animés en 1824 et 1826 par Nodier et Hugo, mais ici il s'agit de tout autre chose. Dans les années 1820-1822, de nombreuses sociétés plus ou moins ésotériques s'étaient formées à Paris. Pour les sources d'inspiration de Balzac ici, on se reportera à l'article de B. Tolley (*The Cenacle of Balzac's Illusions perdues*, *French Studies*, octobre 1961), qui a montré tout ce qu'il doit au groupe de réflexion animé par Buchez et qui, sous des formes diverses, fonctionna jusqu'en 1831. Lié à l'origine au carbonarisme, il fut essentiellement marqué par l'influence de Saint-Simon (dont il s'éloigna en 1831), mais aussi de Ballanche et de Lamennais. Balzac était familier avec les idées du groupe (auquel il n'appartenait pas) : cn 1828, c'est lui qui imprimait *Le Gymnase*, organe proche de Buchez; en 1830, il dirige le *Feuilleton des journaux politiques* où s'expriment Buchez et ses amis. Sur tout ce que le Cénacle doit à Pierre Leroux, cf. l'ouvrage d'O. Nishio indiqué dans la Bibliographie. — Le manuscrit montre qu'à l'origine les membres du Cénacle ne devaient être que cinq : d'Arthez, Bianchon, Meyraux, Lambert, Chrestien.

274. Louis Lambert (cf. le roman homonyme) avait quitté Paris en 1820 pour lutter contre les premières atteintes de la folie.

275. Balzac semble avoir ici pensé à Pierre Leroux, qui publiera *De l'Humanité* en 1840.

276. On a suggéré comme pilotis possible de ce personnage Ary Scheffer, dont le frère appartenait au même groupe carbonariste que Buchez rue des Quatre-Vents.

277. A. Adam (*éd. cit.*, pp. XXVI-XXVII) a pensé pour ce personnage au journaliste royaliste Jean-Toussaint Merle, qui dirigea le théâtre de la Porte-Saint-Martin et épousa l'actrice Marie Dorval.

278. Évidemment d'après le docteur *Meyranx*, mort en 1832, coauteur d'un mémoire sur l'organisation des mollusques qui mettait en cause les conceptions de Cuvier (tenant d'une « science étroite et analyste »). Geoffroy Saint-Hilaire le présenta à l'Académie des sciences en 1830, et Goethe salua son triomphe sur Cuvier dans le dernier article qu'il écrivit.

279. On a pensé pour lui à Armand Carrel, le chef du parti républicain (mort en 1836), et encore à Buchez (Donnard, *op. cit.*, pp. 105-109). Mais il s'agit surtout d'une figure idéale.

280. Buchez et ses amis firent paraître fin 1831 un journal intitulé *L'Européen*.

281. Lors de l'émeute républicaine des 5-6 juin 1832, consécutive à l'enterrement du général Lamarque.

282. Version du manuscrit : « sa fédération n'était pas la République, elle menaçait beaucoup plus l'Europe ».

283. Comme Saint-Simon.

284. Par allusion au groupe de jeunes poètes animé par Ronsard.

285. Molière, *L'Étourdi* (I, 11) : « Quand nous serons à dix, nous ferons une croix ! »

286. Elle parut de 1819 à 1833 et était d'un niveau remarquable. Cf. F. Rude, *Stendhal et la Revue encyclopédique*, in *Stendhal et la presse, Recherches et travaux de l'U.E.R. de Lettres de l'Université de Grenoble III*, hors série n° 4, 1986.

287. Drame en cinq actes et en vers (1790).

288. Dans *La Rabouilleuse* (1841-1842), Balzac décrira plus longuement les bureaux du même journal, en les situant tout près, rue du Sentier. Par inadvertance, il parlera plus bas des factions de Lucien rue du Sentier.

289. Chaque feuille imprimée doit recevoir le sceau de cette administration, qui perçoit une taxe.

290. Le manuscrit indique : *la Montessu* (danseuse de l'Opéra). Mariette, danseuse fictive, reparaîtra dans *La Rabouilleuse* comme maîtresse de Philippe Bridau.

291. Balzac avait eu à se plaindre pour le même motif de la *Revue de Paris* en 1832-1833. Le rédacteur en chef, qui est aussi actionnaire, touche 5 francs par colonne et donne moins aux journalistes, en ne payant ni les titres ni les blancs.

292. C'est-à-dire des plus grandes lumières de l'opposition. Le journal se situe nettement à gauche.

293. Roman du vicomte d'Arlincourt, paru en 1821 (dix éditions en moins de trois ans). Son style inimitable (et ici par Balzac imité) lui avait valu le surnom d' « inversif vicomte » ; c'était l'une des têtes de Turc des libéraux.

294. C'est-à-dire ayant sur leur couvercle, en caractères minuscules, le texte de la Charte.

295. Laquelle ne devait sortir en réalité qu'en novembre 1822.

296. Figurante du théâtre de la Gaîté, dont *La Rabouilleuse* nous apprendra qu'elle est la maîtresse de Giroudeau.

297. Napoléon, souvent désigné ainsi par prudence sous la Restauration.

298. Le canon.

299. Tragédie d'Arnault, dont la première représentation (22 mars 1817) déclencha de très violentes bagarres entre les forces de l'ordre et les bonapartistes. On se battit avec des cannes de bambou qu'on appela des *germanicus*.

300. Le manuscrit précise : « du *Courrier des Théâtres* ». Titre réel, à partir de 1823.

301. *Sic*. Emploi transitif peu courant.

302. Qui ne fait son apparition qu'en 1830.

303. C'est en 1823, plutôt qu'en 1821, que les deux camps en présence s'opposeront sur des positions tranchées. Sur le romantisme royaliste et le romantisme libéral, cf. P. Bénichou, *Le Sacre de l'écrivain*, 1750-1830, Corti, 1985 (2e éd.), chapitre VII.

304. Ce sonnet était traditionnellement attribué à Charles Lassailly (lui aussi journaliste et poète plus ou moins famélique, fils de pharmacien lui aussi, monté d'Orléans, et qui deviendra fou en 1840. Il avait écrit un long poème intitulé *Illusions…*) mais T. Bodin a montré (*Au ras des pâquerettes, Année balzacienne 1989*) qu'il avait été entièrement réécrit par Balzac.

305. Ce sonnet est de Delphine de Girardin.

306. Sonnet de Charles Lassailly.

307. Ce sonnet est de Théophile Gautier.

308. Place de l'Odéon, à clientèle élégante.

309. Les trois premiers produits ont été créés par le fictif César Birotteau (cf. *Grandeur et Décadence…*, 1837). Finot avait organisé le succès de l'Huile céphalique grâce à un matraquage de réclame dans la presse. La *Mixture brésilienne* est une drogue réelle contre les maladies vénériennes ; Balzac en avait imprimé le prospectus.

310. Et non *militaires*, comme l'imprime A. Adam. Une éruption miliaire, terme de pathologie, désigne une élevure à la peau dont le volume ne dépasse

pas celui d'un grain de millet. C'est donc une affection assez bénigne, mais il semble que Balzac veuille au contraire désigner ici un phénomène violent (une forte publication de prospectus).

311. Légende chinoise qui a inspiré une pièce à Gozzi et un opéra à Puccini : il s'agit de deviner l'énigme proposée par la princesse pour pouvoir l'épouser ; quiconque échoue est mis à mort. Les *Mille et un jours* de Pétis de la Croix avaient paru en 1710-1712.

312. Chroniques des événements du jour dans la capitale.

313. C'est-à-dire à gauche, à droite et au centre-droit.

314. Le manuscrit porte *Saint-Jean-Verdelin* (qui évoque *Saint-Marc-Girardin*), rayé par *Félicien Vernou* et ajoute : « qui fait déjà de la politique au *Courrier* et qui s'apprête à passer dans un journal ministériel. » *Le Courrier français* était animé par Benjamin Constant. Merlin a toujours deux fers au feu : rédacteur au petit journal libéral, il travaille aussi pour ce qui pourrait être *Le Journal des Débats*.

315. L'image s'impose tout naturellement à Balzac qui vient d'évoquer le destin de Manon Lescaut.

316. La déploration.

317. L'ouvrage de Senancour avait paru en 1804 ; il ne devait trouver son public (toujours restreint) qu'à la faveur d'une réédition en 1833.

318. Déformation du proverbe « le temps est un grand maître ». Minette est une actrice réelle.

319. Du nom de son inventeur (un dispositif à ressort et piston y amène l'huile à la mèche).

320. Inventeur d'un briquet au phosphore.

321. Sous ce titre devait paraître en 1828 une chronique en deux volumes de Charles Dussillet, écrivain dolois.

322. Peut-être *Symbolik und Mythologie der alten Völker* de Creutzer, traduit à partir de 1825.

323. Où un barrage retenait les cadavres.

324. Peut-être l'*Histoire et procès complet des assassins de Fualdès*, par Latouche, publié en 1818, et purement repris du *Sténographe parisien*.

325. Se frappe avec ses bras pour se réchauffer.

326. Tableau de Girodet (1791).

327. Usurier du *Marchand de Venise* de Shakespeare.

328. *Débouquer*, en termes de marine, c'est sortir des bouches ou canaux qui séparent des îles.

329. Le duc d'Orléans, pour payer ses dettes, avait fait construire de 1781 à 1784, sur trois côtés du jardin du Palais-Royal ; le quatrième était occupé par des installations provisoires.

330. Feuille imprimée servant d'enveloppe.

331. Illustre traiteur.

332. Sous le Consulat et l'Empire.

333. Cet ouvrage de Jean Vatout parut en 1820 avec grand succès ; la fille royale était la Charte elle-même. Vatout devint bibliothécaire du duc d'Orléans et suivit Louis-Philippe en exil.

334. Qui créa la galerie d'Orléans.

335. Collections de vues d'optique des villes et sites du monde.

336. En 1814, contre les Alliés.

337. *Smarra* et *Jean Sbogar* de Nodier (1821, 1818) ; *Peter Schlemihl* de Chamisso ; *Jocko* est tiré des *Lettres inédites sur l'instinct des animaux* de Pougens (1824).

338. En tout cas, ils existaient sous la Restauration : on a vu Lucien chez Blosse.

339. Le fictif Dauriat s'inspire de libraires réels : Renduel et surtout Ladvocat, l'éditeur de Lamartine, dont on reconnaît les bagues, le tutoiement et le cabriolet.

340. Le manuscrit montre les tâtonnements de Balzac, qui a d'abord écrit Claude Vignon, et pensé au *Mercure de France*, à *La Minerve* (libéraux), puis au *Conservateur* (monarchiste).

341. L'expression renvoie directement à Jules Janin, l'étoile du *Journal des Débats*.

342. Le manuscrit indique : *Le Mercure de France*. Ce titre avait été interdit en 1818 ; une tentative pour le reprendre avait échoué en 1820.

343. *La Minerve française* (libérale) parut de février 1818 à mars 1820. Elle n'existe donc plus au moment où Lucien est présenté à Dauriat. Eymery était son premier éditeur. *Le Conservateur*, animé par Chateaubriand, avait eu la même durée que *La Minerve*. Peut-être Balzac veut-il parler du *Conservateur littéraire*, dirigé par V. Hugo, qui fut publié de 1819 à mars 1821 (donc disparu aussi à la date de l'action romanesque).

344. Sur ce personnage impossible à ramener à un modèle unique, cf. Patrick Berthier : *Nathan, Balzac et La Comédie humaine*, in *L'Année balzacienne*, 1971.

345. Ce sont les quatre plus influents critiques sous l'Empire.

346. On attendrait *elle*.

347. Ce nom remplace celui de Lamartine à partir de l'édition Furne.

348. Scribe, Leclercq, Jay et Jouy, écrivains chargés de lester de « réalité » les fictifs Blondet, Vignon, Vernou et Lousteau, confirment la couleur libérale de la feuille désormais contrôlée par Dauriat. Le manuscrit y ajoute Fiévée, immanquablement appelé par Leclercq, de notoriété publique son amant.

349. L'empereur des Turcs.

350. Louis Panckoucke publia entre 1817 et 1821 les 25 volumes de *Victoires et conquêtes des Français*. De 1820 à 1827, les fils Baudoin (et non Baudouin) publièrent les 55 volumes des *Mémoires relatifs à la Révolution française*. Les *Chefs-d'œuvre des théâtres étrangers* parurent en 25 volumes chez Ladvocat entre 1821 et 1823.

351. De Byron.

352. L'abbé Delille, poète des *Jardins* (1780).

353. Le vicomte d'Arlincourt payait les critiques pour parler de ses livres, et passait pour en acheter lui-même des exemplaires afin de donner artificiellement l'impression du succès.

354. Le général Foy était l'un des meilleurs orateurs parlementaires du parti libéral. Les *Mémoires sur les Cent-Jours* de Constant parurent d'abord dans *La Minerve française* en 1819.

355. En septembre 1830. Potemkine était le favori de Catherine de Russie.

356. Ce théâtre, inauguré en avril 1821, ne devait jamais présenter plus de deux acteurs parlants. Il ferma en juillet 1823 et fut démoli. Le fictif Vignol remplace dans Furne corrigé le réel Bouffé, acteur comique, émule du célèbre Potier.

357. L'Ambigu était tout proche du Panorama-Dramatique, sur le boulevard du Temple, de même que la Gaîté, spécialisée dans le mélodrame ; la Porte-Saint-Martin drainait un large public.

358. C'est seulement en novembre 1822 que le Panorama-Dramatique donna *Bertram ou le Pirate*, mélodrame tiré de la tragédie de Maturin, que Nodier avait traduite l'année précédente.

359. Quotidien ultra.

360. Le manuscrit indique : « *La Gazette* et *Le Miroir* ». Lousteau collabore au *Miroir des Spectacles*, feuille d'opposition qui parut de février 1821 à juin 1823.

361. *Coralie* dans le manuscrit. Florville, actrice réelle du Panorama-Dramatique.

362. L'opéra de Rossini. Giuditta Pasta y remporta des triomphes inoubliables dans le rôle-titre.

363 Dans les *Années de voyage de Wilhelm Meister*.

364. Qui se trouve en réalité au Vatican !

365. Titre d'un vieux traité des bonnes manières à l'usage des enfants.

366. Ce dernier (Cardot) n'apparaît que dans Furne. Il a commencé à exister en 1842 dans *Un début dans la vie*.

367. *Trois cents*, attendrait-on.

368. Fin 1821, ces lois existent déjà : c'est après l'assassinat du duc de Berry que la censure avait été rétablie, ainsi que l'autorisation préalable.

369. C'est-à-dire en publiant ce qu'on n'appelle pas encore les « prières d'insérer », émanant des éditeurs.

370. Le manuscrit précise : « au *Constitutionnel* ».

371. C'est ce que fera Villèle en 1824 au prix de 2 millions : ne pouvant supprimer les journaux, on les achète (*La Foudre, L'Oriflamme, Le Drapeau blanc, La Gazette de France, Le Journal de Paris*).

372. Pour modèle principal de Finot, on a proposé Amédée Pichot, directeur de *La Revue de Paris*. Balzac, qui n'avait pas eu à s'en féliciter dans les années 1832-1833, règle quelques comptes avec lui.

373. La célèbre actrice de la Comédie-Française était en pleine activité et ne fit ses adieux qu'en 1841, à 62 ans.

374. Dont le *Dictionnaire historique et critique* (1697) a servi de référence à tous les philosophes du XVIIIe siècle.

375. Rue Rohan.

376. Camusot deviendra député, baron et pair de France (*Le Cousin Pons*).

377. Deux actrices réelles. Mlle Fleuriet mourut en 1823, à dix-neuf ans.

378. Ramener à la raison (sens vieilli).

379. La presse libérale fit des gorges chaudes de l'anecdote de Louis XVIII disant « Entrez, Zoé » au chancelier Dambray qui avait frappé à la porte de son cabinet ; le monarque l'avait pris pour sa favorite Zoé du Cayla et Dambray avait été « cru Zoé ».

380. Allusion à l'histoire connue du corsaire Antoine Fuet qui, aux Antilles, à court de mitraille, chargea ses canons de pièces d'or portugaises (fin du XVIIIe siècle).

381. En 1835, c'est Bouffé qui campa le père Grandet dans *La Fille de l'Avare*, adaptation théâtrale du roman de Balzac.

382. Ce nom évoque celui de Frédéric de Courcy, abondant auteur de vaudevilles.

383. Aujourd'hui rue Amelot.

384. Méchante allusion au métier de Camusot, qui se sert de l'aune pour mesurer les soieries qu'il vend.

385. C'est-à-dire : vous vous disputez pour quelque chose qui ne vous reviendra pas.

386. Fournisseur du comte d'Artois.

387. Ce personnage fictif est employé par de nombreux personnages de *La Comédie humaine*.

388. Ce nom remplace celui de *Maria* à partir de l'édition Furne. Tullia, née Claudine Chaffaroux, épousera du Bruel (cf. *Un prince de la bohème*).

389. Célèbre courtisane grecque.

390. Protecteur de Tullia.

391. R. Chollet a montré (pp. 75-77 de son édition de la Bibliothèque de la Pléiade) que cette espagnolade peut avoir pour modèles d'innombrables pièces du même genre jouées sous la Restauration. Quant à l'article de Lucien, il pastiche le style de Jules Janin, dont le compte rendu de *La Peau de chagrin*, paru dans *L'Artiste* du 14 août 1831, commençait ainsi : « Vous entendez un grand bruit ; on entre, on sort, on se heurte, on crie, on hurle, on joue, on s'enivre, on est fou, on est fat... » etc.

392. Le manuscrit porte : *torches*.

393. Là où sont placés les claqueurs, souvent appelés « chevaliers du lustre ».

394. On pense à la danse des sœurs Elssler dans *Le Diable boiteux*, ballet de... Coraly (1836). *L'Artiste*, sous la plume vraisemblablement de Janin, rendit compte des charmes de Fanny dans le boléro. En 1838, on avait prêté à Balzac le projet d'épouser l'une des sœurs Elssler.

395. Exactement comme Janin avec son premier feuilleton dramatique dans *Les Débats*.

396. Écho de Piron, *La Métromanie* (II, 11) : « Le bon sens du maraud quelquefois m'épouvante. »

397. On attendrait plutôt *exploiteur*.

398. Le vicomte d'Arlincourt et le vicomte Sosthène de La Rochefoucauld, l'ineffable directeur des Beaux-Arts (en 1824), qui fit allonger les robes des danseuses de l'Opéra et mettre des feuilles de vigne en papier sur les tableaux du Louvre.

399. Au début de 1820, le chancelier Pasquier avait semblé soutenir la droite, mais dans la discussion du budget de 1821, son attitude suscita les critiques des ultras.

400. La luxure.

401. Après une liaison de quinze années, Mme de Montcornet épousera Blondet en 1837 (*Les Paysans*).

402. Dans ses *Maximes et pensées de Napoléon*, c'est à l'Empereur que Balzac fait dire (maxime 436) : « La France ne mourra que de Paris. »

403. Qui jouait Jocrisse sur un tréteau du Boulevard du Temple.

404. Anecdote racontée par Aulu-Gelle dans ses *Nuits attiques* et reprise par Diderot (*Paradoxe sur le comédien*) : un certain Paulus, jouant le rôle d'Électre, parut sur la scène en embrassant non pas l'urne censée contenir les cendres d'Oreste, mais celle qui renfermait les cendres de son propre fils récemment décédé.

405. Parce que le peuple était fatigué de l'entendre toujours nommer « le Juste » (ve siècle av. J.-C.).

406. Babel (avec sa confusion de langues) est le nom hébreu de Babylone.

407. Alcool à 90°.

408. Le mercure.

409. Célèbre caricaturiste et lithographe (1792-1845).

410. Comme les aruspices de l'Antiquité, lisant le destin dans les entrailles des victimes.

411. Comme chez Homère et Platon réunis.

412. Pliant sans dossier.

413. Recueil de contes. Le manuscrit indique que Balzac avait d'abord songé aux *Mille et Une Nuits*. On pense évidemment à *La Dernière Fée*, que Balzac avait publié (sous le nom d'Horace de Saint-Aubin) chez Barba en 1823.

414. Rue Neuve-des-Petits-Champs.

415. C'est Suzanne, l'ancienne ouvrière blanchisseuse de fin chez Mme Cardot à Alençon (*La Vieille Fille*).

416. Femmes légères exerçant leurs talents dans le quartier de l'église Notre-Dame de Lorette. Le mot apparaît vers 1840.

417. Le manuscrit ajoute *et Saint-Siméon stylite*.

418. Manuscrit : *la République ?*

419. C'est ce mot même que Balzac applique à Hugo, après avoir été déçu que le dédicataire d'*Illusions perdues* l'eût laissé attaquer dans un journal par l'un de ses protégés (*Lettres à Mme Hanska*, t. II, pp. 114-115).

420. Se morfondent.

421. C'est-à-dire prenant des airs supérieurs.

422. Dont le héros s'amuse à dresser les habitants de sa petite ville les uns contre les autres (1817).

423. C'est-à-dire qu'il hait la (ou plutôt *sa*) femme.

424. Nouveau théâtre, boulevard Bonne-Nouvelle, consacré surtout au vaudeville.

425. Indemnité que perçoit un artiste à chaque représentation, en plus du salaire fixe.

426. Pris pour un jobard (une dupe).

427. C'est-à-dire à revendre (alors qu'on les a reçus gratis en service de presse).

428. Comme le lapin de La Fontaine. Ces jeux de mots font bien évidemment penser à Janin, que sa versatilité et ses retournements de veste avaient fait surnommer *Janus*.

429. Frère de Joseph, ancien militaire, bonapartiste notoire et de moralité douteuse.

430. « Eh bien nous nous verrons seul à seul chez Barbin » (Molière, *Les Femmes savantes*, III, 3). Barbin était un célèbre libraire du XVIIᵉ siècle.

431. L'Opéra, rue Le Peletier depuis que l'ancien (rue de Richelieu) avait été démoli à la suite de l'assassinat du duc de Berry (1820) ; les Italiens, rue Favart ; l'Opéra-Comique, rue Feydeau.

432. Le Vaudeville (rue de Chartres), les Variétés (boulevard Montmartre), le Gymnase.

433. C'est à partir de Furne corrigé que ce nom imaginaire remplace celui d'une actrice réelle, Jenny Vertpré.

434. Le Cirque-Olympique des frères Franconi, faubourg du Temple ; Bobino (ou Théâtre du Luxembourg), rue Madame ; les Funambules, boulevard du Temple, à côté de la salle où se produisait la célèbre Mme Saqui, danseuse de corde.

435. Député, le comte Beugnot s'était pourtant signalé en 1819 par son énergique défense de la liberté de la presse. Mayrinhac, député de droite, directeur général de l'agriculture et du commerce, cible favorite du *Figaro*.

436. Balzac écrit dans la *Monographie de la presse parisienne* : « Le *Constitutionnel*, sous la Restauration, avait fait du canard une arme politique. Il avait son fameux carton aux curés, qui contenait des refus de sépulture, et des récits de tracasseries faites aux curés libéraux, *qui n'ont jamais existé...* »

437. Franklin n'est pas l'auteur de la première anecdote et a inventé la seconde. Balzac les a dénichées dans le *Dictionnaire philosophique* de Voltaire, qu'il a d'ailleurs mal lu.

438. R. Chollet cite (p. 62 de son édition) un *Tarif des journaux* de mai 1822 : « Pour louer une tragédienne sifflée, soupière d'argent ; pour vanter un chanteur qui fausse, pendule de salon [...]. Pour les débutants à prôner, on se contentera d'une caisse de vin de Bordeaux ou d'un panier de vin de Champagne. »

439. Ce mot désigne d'abord un genre de singe, puis un être fort laid.

440. La même mésaventure serait arrivée en 1912 au manuscrit de *Du côté de chez Swann*, proposé en vain par Proust à la NRF : sa gouvernante Céleste prétendit reconnaître, au retour du paquet, le nœud très particulier qu'elle avait fait en l'expédiant... Autre temps, mêmes mœurs ?

441. Mort en 1771.

442. V. Cousin avait été destitué en 1820 de sa chaire d'histoire de la philosophie moderne, qu'il ne retrouvera — avec un grand éclat — qu'en 1828. C'est lui qui a introduit en France certains concepts kantiens ; Balzac avait suivi ses cours lorsqu'il avait vingt ans.

443. Dans une lettre à Custine du 10 février 1839 (donc au moment où il écrit *Un grand homme de province à Paris*), Balzac reprend à son compte cette opposition entre littérature *idée* et littérature *imagée*, de même que dans son grand article de la *Revue parisienne* sur *La Chartreuse de Parme* (25 septembre 1840).

444. Tous plus ou moins liés au parti libéral. Duval était le chef des

classiques au théâtre ; Villemain avait été révoqué de ses fonctions de professeur ; quoique chantre de la religion, Baour-Lormian attaquait les romantiques radicaux.

445. Obtenu par ruse.

446. Un délit ne peut être jugé deux fois.

447. En fait, les cabinets littéraires existaient à Paris dès avant la Révolution, et l'annonce payante avait ses tarifs dès 1824 dans *Le Feuilleton littéraire* auquel collaborait Balzac.

448. *Les Quatre Stuarts* (1828).

449. Les cabinets de lecture, surveillés par la police, n'osaient souvent pas proposer les ouvrages réputés « dangereux ».

450. Au forfait, à la remise du manuscrit, sans percevoir de droits d'auteur sur chaque exemplaire vendu.

451. Qu'il vient pourtant d'achever ! Mais le manuscrit s'arrêtait à « tardez... ».

452. D'Aladin dans *Les Mille et Une Nuits*.

453. De Casimir Delavigne (1818-1819), publiées chez Ladvocat avec un énorme succès.

454. *Manlius Capitolinus*, tragédie de Lafosse (1698), remise à la mode par l'interprétation de Talma.

455. Région de Bolivie riche en mines d'argent.

456. Futur époux de Mme du Val-Noble.

457. Le séquestrer.

458. La cible des attaques.

459. À l'angle du boulevard du Temple et de la rue Charlot.

460. C'était la robe blanche garnie d'une petite bande de pourpre que portaient jusqu'à la puberté les enfants des patriciens romains.

461. Blondet collabore aux *Débats* (royaliste), et s'est entendu avec un journaliste libéral, qui a fait contre Nathan un article dans *Le Mercure* ; lequel a fourni à Blondet le prétexte de répondre dans *Les Débats*.

462. Blondet, royaliste et romantique, détruit point par point l'argumentation qu'avait d'abord suggérée Lousteau, libéral et classique.

463. Ce nom n'apparaît que dans Furne. Auparavant : *Victor Hugo*.

464. Dans *La Nouvelle Héloïse*.

465. Mot créé par Aristote, désignant la force par laquelle un objet passe d'un premier état à un second. Ici, le mot semble pris au simple sens d'abstraction.

466. Lexique du violon : le « démanché » désigne la virtuosité des doigts de la main gauche tout au long de la touche.

467. Oh honte !

468. Évangile selon saint Matthieu, IV, 8-11.

469. Adèle Dupuis brillait au firmament du mélodrame ; c'était l'actrice de prédilection de Pixerécourt. Du Petit-Méré, vaudevilliste, dirigea l'Odéon. Mlle Millot jouait à la Gaîté.

470. À la suite de la publication de son roman *Valentine ou le Pasteur d'Uzès*, où il évoquait la Terreur blanche, il avait été condamné à cinq mois de prison pour outrage à la morale publique et provocation à la guerre civile (1821).

471. Drame joué en 1819 à l'Ambigu.

472. On appelait ainsi les claqueurs depuis la création du *Germanicus* d'Arnault, où les soldats de Néron étaient chargés d'entraîner le public à applaudir.

473. Commis (fictif) au ministère des Finances, célèbre pour ses charges. Il quittera sa place en 1824, pour se consacrer à la caricature. Ce personnage est largement inspiré par Henry Monnier.

474. Cf. *La Rabouilleuse*.

475. À comparer avec celle de *La Peau de chagrin* (1831).

476. À Rome, quand le triomphateur montait sur son char au Capitole, il était accompagné d'un esclave chargé de l'insulter pour lui rappeler la fragilité des grandeurs humaines.

477. Faisons l'expérience sur un être sans valeur.

478. Anecdote déformée, trouvée chez Chamfort : il s'agit du marquis de Chastellux qui, ayant vu sa femme occupée d'un jeune et bel étranger, lui faisait des reproches ; le marquis de Genlis lui dit alors : « Passez, passez, bonhomme, on vous a donné. »

479. C'est ainsi que Balzac fut ironiquement couronné par Alphonse Karr lors d'un dîner chez le libraire Werdet en 1836.

480. Parodie du « Que la terre te soit légère ! » rituellement prononcé dans l'Antiquité en répandant une libation sur une tombe.

481. En Hollande, local public et populaire où l'on boit en écoutant de la musique. Le mot était déjà vieilli.

482. Le philosophe et historien napolitain Vico (1668-1743) a publié son œuvre maîtresse *Principi di una scienza nuova* en 1725 ; Michelet la traduira sous le titre *Principes de la philosophie de l'Histoire* en 1827. Du philosophe socialiste Fourier, le premier ouvrage (*Théorie des quatre mouvements et des destinées générales*) avait paru en 1808 ; le second (*Le Nouveau Monde industriel*) paraîtra en 1822 ; sur le « flirt fouriériste » de Balzac après 1840, cf. P. Barbéris, *Mythes balzaciens*, A. Colin, 1972, pp. 307 sq.

483. François Chabot, membre de la Législative, mort en 1794 ; il attaquait violemment le pouvoir. Balzac fait allusion ici à un épisode vécu : en 1824, il avait écrit sur commande, en la signant D..., une brochure prônant le rétablissement du droit d'aînesse, tout en collaborant au libéral *Feuilleton littéraire.*

484. Tous détails renvoyant à Balzac lui-même pendant sa période de splendeur en 1835-1836.

485. Secrétaire général du ministère des Finances, personnage fictif et reparaissant (cf. *Les Employés*), qui semble inspiré par Lingay, secrétaire de la Présidence du Conseil, chargé des rapports avec la presse.

486. En effet : en 1830, il sera comte, député, secrétaire général de la Présidence du Conseil et conseiller intime du Roi.

487. La comtesse de Montcornet.

488. Ici, et souvent dans le roman, la chronologie est problématique : Villèle vient au pouvoir en décembre 1821, tout de suite après la démission de Richelieu.

489. Il épousera Mme de Rochefide (*Béatrix*).

490. Il sera comte et trois fois ministre.

491. Il fut en réalité fondé le 1er août de cette année.

492. C'est dans Furne corrigé que le nom de Canalis remplace celui de « M. Hugo ». Les *Nouvelles Méditations* de Lamartine paraîtront en septembre 1823.

493. La brutalité pédagogique de Frédéric-Guillaume Ier à l'égard de son fils est restée légendaire.

494. A pour antécédent *libraires.*

495. *La Tour du Nord* fait penser à *La Tour du Bog* de Legay (1820) ; *Le Marchand de Bénarès* mélange *Le Marchand forain* (indiqué par le manuscrit : roman de Legay, 1819) et *La Fiancée de Bénarès*, de Philarète Chasles (1824), *Tekeli*, à la fois mélodrame de Pixérécourt (1803) et roman anonyme publié chez Dupont (1828). Lecointe et Durey ont publié deux traductions de Galt en 1823 (*Sir André Wylie*) et 1824 (*Les Lairds de Grippy*).

496. Assassins à gages.

497. Seule l'affaire Maubreuil est historique : Maubreuil fut jugé en 1817 pour avoir mis la main sur l'or et les bijoux de la reine de Westphalie dont il avait pour mission de s'assurer au nom de l'État. Le prince Galathione

apparaît épisodiquement dans *La Comédie humaine*, et la succession Pombreton est expliquée dans *La Vieille Fille*.

498. Ce mot, qui désigne un quadrupède carnassier (du genre du lynx), a pris le sens d' « homme d'argent rapace ».

499. *Les Plus Excellens Bastiments de France* (1576).

500. Construit en 1800 et donnant sur le boulevard Montmartre.

501. Cf. la devise que Louis XIV avait fait inscrire sur ses canons : « ultima ratio regum », l'argument suprême des rois.

502. Tous les usuriers de *La Comédie humaine*.

503. Célèbre maison de jeu, au coin de la rue de Richelieu et du boulevard des Italiens.

504. Cf. *Le Jardinier et son seigneur* (*Fables*, IV, 4).

505. *La Foudre* parut de mars 1821 à novembre 1823. *Le Drapeau blanc*, créé en 1819, dura — avec des éclipses — jusqu'en 1830.

506. Martainville dirigeait *Le Drapeau blanc* ; Auger, secrétaire perpétuel de l'Académie française, auteur le 24 avril 1824 d'un célèbre discours antiromantique (cf. Stendhal, *Racine et Shakespeare II*, 1825) ; Destains, rédacteur au *Drapeau blanc*, puis directeur de *La Gazette de France*.

507. Homme juste et ferme dans son propos (Horace, *Odes*, III, 3).

508. Plutôt Gille : personnage du théâtre de la Foire, incarnant la niaiserie.

509. Ce membre de la Garde nationale avait refusé d'expulser de la Chambre le député libéral Manuel. Mais cet épisode n'interviendra qu'en 1823.

510. Jouy écrivit des livrets d'opéra, des tragédies (*Sylla*, 1822, jouée avec succès par Talma) et toute la série des *Hermites* (*de la Chaussée d'Antin, de la Guyane, en province, en prison...*).

511. *Se donner une culotte* semble signifier : se payer une saoulerie.

512. Ajout (ensuite supprimé) du manuscrit : « Les petits journaux libéraux inventèrent alors la fameuse ronde dansée aux cris de : *Enfoncé Racine !* »

513. Ce sonnet est de Charles Lassailly ; à partir de l'édition Furne, il en remplace un autre, qui était de Delphine de Girardin.

514. Cavaliers postés en sentinelle et qui reviennent promptement signaler ce qu'ils ont découvert.

515. En 1815. Il fut effectivement en butte à cette accusation, qui donne la mesure des haines suscitées par ce polémiste ultra.

516. Il faudrait *ils*.

517. Allusion à Chateaubriand, qui passa à l'opposition en juin 1824 après avoir perdu le ministère des Affaires étrangères. La « Doctrine » peut renvoyer au *Globe*, à ses débuts saint-simoniens influencés par P. Leroux.

518. Célèbres soprano, contralto, ténor et basse qui s'illustrèrent principalement dans les opéras de Rossini.

519. Montagne de Thessalie, consacrée à Apollon et aux Muses.

520. Léontine Fay, née en 1811, joua la comédie dès l'âge de cinq ans.

521. Par son pseudonyme ambigu de *Camille* Maupin. Le personnage (au moins dans *Béatrix*) est largement inspiré par G. Sand.

522. L'anecdote qui suit semble historique et met en scène Mme du Cayla (favorite du Roi) et la femme du garde des Sceaux, la comtesse de Serre. Celle-ci protesta auprès de Balzac qui, dans l'édition Furne, atténua quelque peu (l'édition originale parlait du « billet de cuisinière » envoyé par elle à Louis XVIII).

523. Le comte d'Artois, futur Charles X.

524. Aujourd'hui des Italiens.

525. Toile forte et gommée, employée pour les doublures.

526. Rue de l'Ancienne-Comédie (c'est-à-dire des Fossés-Saint-Germain). Cet établissement n'a rien à voir avec le « grand » *Rocher*.

527. Avoué fictif et reparaissant. C'est lui que, dans *Splendeurs et misères*

des courtisanes, Lucien chargera d'acquérir la terre ancestrale nécessaire à un riche mariage.

528. Réunions populaires où l'on chantait le dimanche.

529. Sur les « sources » de cet épisode, et son « mélange inextricable d'invention et d'imitation », R. Chollet fait le point dans son *Introduction* (éd. cit., pp. 46-49). D'après les *Souvenirs de la vie littéraire* de Werdet, il advint à Maurice Alhoy, l'un des fondateurs du *Figaro.* Dans *La Peau de chagrin* (1830), l'antiquaire avait déjà demandé à Raphaël : « Vous trouvez-vous obligé de composer des flons-flons pour payer le convoi de votre maîtresse ? »

530. C'est seulement dans la seconde moitié du siècle que le passeport intérieur tombera en désuétude.

531. Voiture publique et bon marché qui fait le service dans la banlieue parisienne.

532. Là encore, la chronologie interne du roman s'avère plus que problématique.

533. C'est sur ce mot (suivi de l'indication : « Aux Jardies, décembre 1838, Paris, mai 1839 ») que se terminait dans l'édition originale *Un grand homme de province à Paris.* Le texte de l'édition Dumont commence ici.

534. Tirelire.

535. Médicament qu'on applique localement à l'extérieur (par exemple, onguents ou cataplasmes).

536. Cet emploi comme adjectif est rare, mais attesté.

537. Ce mot régional désigne une vieille barque où l'on conserve le poisson.

538. Saint Luc.

539. Ce financier (fils de papetier) acheta aux papeteries du Poitou et de l'Angoumois leur production de deux ans, fit courir le bruit d'une hausse et revendit aussitôt à des maisons de Tours et de Nantes. Profit : 300 000 francs.

540. Comme de nombreux journalistes, Balzac se moque de l'amphigouri kantien, mis à la mode par les cours de Victor Cousin.

541. Ces histoires font partie du vieux fonds médiéval de colportage. La légende du Juif-Errant est connue depuis le XIIIe siècle : il est condamné à parcourir sans trêve le monde pour avoir insulté le Christ montant au Calvaire. L'histoire de Robert le Diable est elle aussi du XIIIe siècle : ce chevalier, victime innocente d'une faute de sa mère, s'arrache à l'influence diabolique et finit comme un saint après avoir expié ses débordements en s'offrant aux humiliations réservées à l'insensé qu'il feint d'être, et défendu par trois fois, sous un déguisement, l'Empire contre les Turcs. La légende languedocienne de Maguelonne et de Pierre de Provence remonte au XIIe siècle et a été mise en roman au XVe.

542. Populairement : trompera.

543. C'est-à-dire un remplaçant pour le service militaire.

544. C'est-à-dire à tout mélanger, puisque le bas de casse ne contient que les caractères minuscules.

545. Lunettes à verres teintés.

546. Plutôt quarante : Louis-Sébastien Mercier a publié son ouvrage en 1781.

547. C'est ici que, dans l'édition Furne, se trouvait le développement sur l'histoire du papier que Balzac a « remonté » ensuite dans *Les Deux Poètes.*

548. R. Chollet fait le point sur la documentation (consciencieuse) de Balzac dans son *Introduction* (*éd. cit.,* pp. 93-96).

549. *Phragmites* en réalité.

550. Il fit fonctionner son métier à tisser en 1806.

551. Antoine Graindorge avait au XVIe siècle inventé l'art de figurer sur la toile des fleurs et des carreaux ; Jean Rouvet imagina à la même époque le flottage du bois sur les rivières ; Josse Vanrobais établit au XVIIe siècle une manufacture de draps à Abbeville ; Jean Althen, fils d'un gouverneur persan,

fut enlevé, vendu comme esclave, s'échappa en France et introduisit en 1760 la culture de la garance dans la région d'Avignon.

552. C'est beaucoup plus tard que ce peintre, né en 1815, se fit une spécialité des tableaux militaires ou historiques. Balzac lui demanda plusieurs illustrations pour *La Comédie humaine*.

553. Acte par lequel, faute de paiement d'une lettre de change, billet à ordre ou autre effet de commerce, on déclare que le débiteur sera responsable de tous frais et préjudices.

554. Pour décrire l'engrenage judiciaire qui va broyer David, Balzac n'a qu'à se souvenir de ses propres mésaventures en 1836-1837 : le libraire Werdet, qui avait souscrit des effets à ordre de William Duckett avec l'aval de garantie de Balzac, fait faillite, Duckett se retourne contre Balzac, qui doit se cacher pour éviter la prison pour dettes, voit son tilbury saisi, etc. D'autre part, il s'est renseigné sur les infinies ressources de la procédure auprès de son ami, l'avoué Gavault, qui le conseillait dans ses affaires.

555. Allusion aux *Précieuses ridicules* de Molière et au jeu de mots (bien en situation ici) sur *amarante, de ma rente*, etc.

556. Quatrième, en fait (et ainsi de suite).

557. Célèbre basse. Stendhal fait chanter cette chanson au signor Geronimo dans *Le Rouge et le Noir* (I, 23).

558. Fermentation qui élimine dans les plantes ce qui est impropre à l'usage textile.

559. Le « pourrissage » qui complétait le rouissage.

560. Absolument pas, mais embastillé après avoir été condamné à être brûlé vif. — En octobre 1833, Balzac a eu le projet d'aller à Saintes, pour étudier le site des *Souffrances d'un inventeur*, dont le héros devait être Bernard Palissy. Ni le voyage ni le texte ne furent réalisés.

561. Sur le mythe cannibalique du « pélican à rebours », qui, redoutant d'être dévoré par son fils, choisit de l'affamer, cf. L. Frappier-Mazur, *op. cit.*, pp. 274-275.

562. Laissé.

563. Terme typographique : c'est l'action d'imprimer le verso de la feuille dont le recto est déjà imprimé. Le vieux Séchard veut dire qu'il n'y aura jamais un autre David.

564. Balzac n'a jamais su résister au plaisir de la phonétique tudesque (cf. le sabir du baron de Nucingen dans *Splendeurs et misères des courtisanes*).

565. Au XVIe siècle.

566. Fabius « le temporisateur » (275-203 av. J.-C.), célèbre par sa lutte contre Annibal, qu'il battit à Cannes en 216.

567. Nom d'une cour de justice anciennement établie entre les clercs du Parlement de Paris, pour juger leurs différends. Par extension : tous les professionnels du droit.

568. Un millier vaut mille livres.

569. Réclamerez à.

570. La Chambre des Pairs essayait justement de remédier à ce problème au moment où Balzac terminait son roman (cf. J.-H. Donnard, *op. cit.*, pp. 268-269).

571. Ce personnage reparaît dans *La Muse du département*.

572. C'est-à-dire pour vous remettre la part des biens de la communauté qui revient à chacun des époux quand elle est dissoute.

573. La répartition du prix des biens d'un débiteur entre ses créanciers.

574. On ne peut arrêter le débiteur entre le coucher et le lever du soleil.

575. Erreur de Balzac. Paris est soumis au même régime que la province.

576. Déesse des jardins et des fruits.

577. Fabricant de boisseaux et autres instruments de ménage en bois.

578. *Sic*. Erreur non corrigée.

579. Il faut sans doute lire : *savoir*.

580. Pendant les guerres de Vendée, les chauffeurs brûlaient les pieds de leurs prisonniers.

581. Par analogie avec les *Premiers-Paris* (éditoriaux).

582. Alfred de Vigny (1824).

583. Homme politique et publiciste, fameux pour ses *Mémoires à consulter sur un système religieux, politique et tendant à renverser la religion, la société et le trône* (1826), où il dénonça les abus du parti-prêtre et des Jésuites.

584. L'anglais balzacien est approximatif...

585. Il y avait un double vote depuis 1820 : les électeurs payant 300 francs d'imposition votaient dans le cadre de l'arrondissement pour élire 258 députés ; et le quart des électeurs les plus imposés du département votaient en outre dans le cadre du « grand collège électoral » pour élire 172 députés supplémentaires.

586. Voltaire y fut couronné après la représentation de sa tragédie *Irène* (1778).

587. Cette notation nous semble infirmer celle de Félicien Marceau, selon laquelle « coucher avec Châtelet, ce doit être comme coucher avec rien » (*Balzac et son monde*, Gallimard, 1986, p. 101). Mme de Bargeton est arrivée vierge à son second mari ; elle ne l'est plus.

588. Dentelle de soie.

589. Louis XII.

590. Molière, *Dom Juan* (IV, 3) : Dom Juan berne son créancier M. Dimanche en le payant de mots.

591. Critique qui succéda à Geoffroy au *Journal des Débats*.

592. C'est-à-dire Esther Van Gobseck, celle-là même qui vivra un grand amour, conclu par le suicide, avec Lucien (cf. *Splendeurs et misères des courtisanes*). Rappelons que ce personnage existe dès 1838 dans *La Torpille*. *Rat* signifie « jeune protégée ».

593. Phrase typiquement prud'hommesque par sa solennité burlesque (rappelons que Bixiou s'inspire largement d'Henry Monnier).

594. Vers légèrement déformé de l'*Épître à mon habit* de Sedaine.

595. Villèle fut appelé en décembre 1821 et Louis XVIII ne mourut qu'en septembre 1824. Ce ne fut pas la mort de Napoléon (5 mai 1821) qui marqua la fin des conspirations, mais plutôt l'exécution des quatre sergents de La Rochelle en septembre 1822.

596. Avocat bordelais, Peyronnet se distinguait par son mauvais ton et ses idées particulièrement réactionnaires. C'est à lui que revient la trouvaille de la « loi de justice et d'amour » (projet de censurer la presse, 1826).

597. Plutôt *dei risi* : le fameux air *Di tanti palpiti* que Rossini écrivit, selon la tradition, pendant qu'on lui préparait un plat de riz.

598. Perdus.

599. Maréchal de France, célèbre par la passion qu'il sut inspirer à Mlle de Montpensier (1633-1723).

600. Toutes les éditions donnent *le*, ce qui peut se justifier par l'ironie à l'égard de Châtelet cocufié, mais nous proposons de lire *te*, qui nous paraît beaucoup plus vraisemblable : rendre à Ève son mari sauvé.

601. On croyait assez communément qu'il s'était suicidé.

602. Ici au sens de : celui qui se suicide (cf. homicide, parricide...)

603. Chez Proust cette rencontre obsède le baron de Charlus, qui essaie de la revivre avec le narrateur : cf. notre étude *Marcel et Charlus Herrera*, in *Balzac. Illusions perdues*. Études réunies par F. van Rossum-Guyon, Groningue, C.R.I.N., 1988.

604. Le sedum (ou orpin) passait auprès des Anciens pour avoir des vertus aphrodisiaques. On représentait le dieu Hymen comme un jeune homme couronné de fleurs, tenant une torche et le voile jaune appelé *flammeum* dont le parait la fiancée.

605. Sainte Vierge du Pilier ! (de Saragosse).

606. L'histoire que Carlos Herrera va raconter à Lucien est très librement inspirée d'éléments historiques. Biren (1690-1772) avait été le secrétaire du baron de Goertz, ministre des Finances de Charles XII, décapité en 1719; puis favori d'Anne, duchesse de Courlande, qu'il n'épousa pas mais qui, devenue impératrice, le fit duc de Courlande. À la mort d'Anne, il prit la régence. Balzac avait donné une première version de l'épisode dans l'*Album historique et anecdotique* qu'il avait composé, imprimé et publié en 1827.

607. M. de Malesherbes, président de la Cour des Aides et directeur de la Librairie, ami des philosophes, guillotiné en 1794. Faire des camouflets, c'est envoyer à la figure de quelqu'un des bouffées de fumée à l'aide d'un cornet de papier enflammé.

608. Il a connu Rastignac quand il était Vautrin, pensionnaire comme lui de la pension Vauquer rue Neuve-Sainte-Geneviève à Paris, en 1819 (cf. *Le Père Goriot*). Ce passage émouvait spécialement le baron de Charlus : « C'est si beau, le moment où Carlos Herrera demande le nom du château devant lequel passe sa calèche : c'est Rastignac, la demeure du jeune homme qu'il a aimé autrefois. Et l'abbé alors de tomber dans une rêverie que Swann appelait, ce qui était bien spirituel, la *Tristesse d'Olympio* de la pédérastie » (*À la recherche du temps perdu*, *Sodome et Gomorrhe*, II, GF Flammarion, 1987, p. 225). Et Proust de commenter : « De tels effets ne sont guère possibles que grâce à cette admirable invention de Balzac d'avoir gardé les mêmes personnages dans tous ses romans. Ainsi un rayon détaché du fond de l'œuvre, passant sur toute une vie, peut venir toucher, de sa lueur mélancolique et trouble, cette gentilhommière de Dordogne et cet arrêt des deux voyageurs » (*Sainte-Beuve et Balzac*, in *Contre Sainte-Beuve*, Bibliothèque de la Pléiade, p. 274).

609. À l'usage du dauphin, c'est-à-dire édulcorée.

610. Concini, favori de Marie de Médicis, fut massacré sur ordre de Louis XIII le 24 avril 1617.

611. Jacques Cœur a été condamné en 1453.

612. Le 14 juin 1800.

613. Tous deux en 1815, auprès de Louis XVIII revenu.

614. Toujours forte.

615. C'est-à-dire des plus légères. Mme Tallien a été l'une des grandes Bacchantes du Directoire.

616. Des rois lombards.

617. On comprend qu'il appartient à la Compagnie de Jésus.

618. C'est justement en 1843 (le 1er mars) que Guizot avait donné le mot d'ordre : « Enrichissez-vous par le travail et l'économie. »

619. C'est exactement ce que Stendhal a déjà fait dire, dans *La Chartreuse de Parme* (1839), par la Sanseverina à son neveu Fabrice (chap. VI). Sur la bouillotte comme modèle du jeu politique, cf. L. Frappier-Mazur, *op. cit.*, p. 138.

620. Il avait pris possession du trône d'Espagne en 1814.

621. L'ordre des Jésuites avait été aboli par le Pape en 1773 et rétabli en 1814.

622. Ferdinand VII lutte sourdement contre le régime constitutionnel qui lui a été imposé. L'expédition française pour le rétablir dans ses droits absolus (le « chef-d'œuvre diplomatique » de Chateaubriand) aura lieu en 1823.

623. L'afrite est un démon inférieur, l'icoglan un officier du palais.

624. Dans *Gil Blas de Santillane* (Lesage), l'archevêque de Grenade compose des homélies qui sentent l'apoplexie.

625. Furne imprime *garrot*, ce qui n'est pas satisfaisant, car en espagnol le mot *garrote* est masculin, tandis qu'en français *garrotte* (mort par strangulation) est bien féminin.

626. L'opéra *Robert le Diable*, de Meyerbeer, est de 1831 ; la tragédienne Rachel s'illustrait dans le rôle de Phèdre en 1843 ; les *Reisebilder (Tableaux de*

voyage) de Heine ont paru en 1826-1830. Rappelons que nous sommes censés être en septembre 1822 !

627. Pourboire.

628. Interprétation personnelle ! Jésus a dit : « Il est inévitable que les scandales arrivent, mais malheur à celui par qui ils arrivent ! » (Luc, XVII). Peut-être Carlos fait-il allusion à la parole selon laquelle Jésus est venu apporter sur la terre non pas la paix, mais la division (Luc, XII, 51).

629. Tragédie de 1685, empruntée à *La Conjuration des Espagnols contre Venise* de Saint-Réal. Ce doit être l'une des lectures favorites de Carlos, qui l'a déjà évoquée devant Rastignac chez maman Vauquer (*Le Père Goriot*).

630. Publié en 1667 par Milton.

631. M. Milner (*L'Année balzacienne*, 1963, p. 331) a proposé la correction : *animer*.

632. L'abbé Vermond, précepteur de l'archiduchesse, l'accompagna en France quand elle devint reine. Ses conseils la poussaient dans le sens autoritaire.

633. On apprendra dans *Splendeurs et misères des courtisanes* que Jacques Collin, alias Vautrin, évadé pour la deuxième fois du bagne de Rochefort, après avoir tué dans une embuscade le véritable Carlos Herrera et usurpé son identité, dupa une pénitente de Barcelone qui lui avait révélé en confession détenir un trésor dû à un crime qu'elle avait commis : il prétendit le remettre aux ayants droit, mais s'enfuit en France avec lui.

634. Tribunal qui, en certains cas et pour certaines sommes, jugeait en dernier ressort.

635. Ternaux avait établi des manufactures de drap ; dans *D'un nouveau complot contre les industriels* (1825), Stendhal ironise sur son introduction en France de la chèvre tibétaine.

636. Petit cadeau d'usage offert à la femme ou à la fille de celui avec qui on vient de conclure une affaire.

637. Charrette à roue basse.

638. Mot non attesté (petits grumeaux).

639. C'est-à-dire les bénéfices à venir.

640. Ce personnage, qui commence comme caissier chez César Birotteau, sera ministre du Commerce, comte et pair de France.

641. Vocation de Moïse : révélation de Dieu dans le buisson ardent (*Exode*, 3).

642. Personnage imaginaire (cf. *Pierrette*).

643. Nommé sous-préfet par le gouvernement de Juillet, destitué trois mois après, il continuera à évoluer dans des activités journalistiques et financières douteuses (cf. *Les Petits Bourgeois*).

ANTHOLOGIE CRITIQUE

L'intelligence, la facilité à versifier, l'institution des lycées impériaux et le succès des *Méditations* ont été fatals à Lucien de Rubempré, comme l'intelligence, la volonté, le séminaire et le destin de Bonaparte ont été fatals à Julien Sorel. Rubempré et Julien Sorel ont été l'un et l'autre intoxiqués par la quantité de pensée mise en circulation dans leur siècle. Mais il y a pour chaque époque un aspect viril et un aspect féminin de la même pensée. Cette distinction essentielle que les historiens omettent de faire et qui explique souvent bien des malentendus à partir de la même attitude initiale, illustre la signification différente de ces deux destinées. Julien Sorel est intoxiqué par la lignée virile de la pensée du XIXe siècle, le culte de l'énergie, de la révolte, la haine du mensonge, le souvenir du temps des hommes : Rubempré est intoxiqué par des poisons féminins, la poésie, le romantisme, la vanité, il est prêt à s'accommoder de tout pourvu qu'on lui assure une position. Il y a d'immenses différences entre ces deux destinées : du mépris lucide de Julien Sorel pour son temps à l'éblouissement de paysanne pervertie qu'éprouve Lucien de Rubempré. Il y a aussi d'immenses différences humaines qu'il n'est pas besoin de dire, car ce n'est pas notre dessein de comparer les deux personnages. Mais l'un et l'autre sont victimes de cette même inondation de la pensée; et l'un, rageur, obstiné, s'imagine qu'il franchira les digues invisibles et qu'il retiendra assez longtemps son souffle pour que la poursuite de l'ennemi soit vaine, l'autre ne voit rien, et ne distingue pas à fleur d'eau les barrages qui subsistent et canalisent. Mais tous les deux sont séduits par la même carrière apparemment ouverte à tous, par la même voix qui leur dit : Paris est à toi. Le véritable mal du siècle fut peut-être seulement la possibilité de devenir préfet.

Mais le vrai sujet de Balzac, c'est l'étude de cet appareil monstrueux qui s'est implanté dans l'organisme social pour gérer cette masse de pensée en suspension, l'alimenter, la faire fermenter, la répandre et lui donner de la virulence, en maintenir et en augmenter le degré d'alcool, en jouer comme d'une force nouvelle :

cuve dont les ingénieurs s'intoxiquent et se gangrènent, mais qu'on vénère comme une source de fortune, de pouvoir et de jouissances. C'est l'usine qui nous est montrée. On dénombre les conduites, les manomètres, les mixages, on nous fait respirer les vapeurs délétères. Et d'abord on nous fait voir ce que sont devenus les manipulateurs, on parcourt les ateliers comme les salles d'un hôpital : pareils aux mineurs, ils ont tous une silicose. Mais cette maladie professionnelle n'est qu'un trait de mœurs. Le mal qu'ils font est bien plus grave que ces œdèmes qui se développent en eux. Et Balzac nous fait apercevoir les connexions de l'argent et de la pensée, c'est-à-dire les diverses formes de spéculation fondées sur la manipulation de la pensée. On gagne de l'argent en *vendant* de la pensée, et cette pensée, selon Balzac, c'est un alcool, un « trois-six cérébral » comme il dit, qui est peut-être nécessaire à la vie, mais qui devrait être inoculé avec précautions, dosé avec soin, appliqué avec prudence comme l'excitant le plus fécond, mais aussi le plus dangereux. Au contraire, la spéculation *pousse* son produit, crée le besoin de sa drogue, cherche à la rendre toujours plus excitante et toujours plus nécessaire. Elle se soucie peu de ce que l'organisme peut supporter. Elle étend son marché, ce qui veut dire qu'elle cherche à répandre et à exacerber dans le corps social tout entier la passion de juger, de discuter et de revendiquer. La spéculation sur la pensée a donc pour résultat d'introduire dans l'organisme social un poison que celui-ci ne peut plus éliminer et en même temps de corrompre, en les prenant pour instruments, ceux qui sont l'élite de la nation et qui devraient avoir pour mission de la guider et de lui faire comprendre son temps. Ces deux malheurs se rejoignent et se complètent, la prostitution de l'élite intellectuelle n'étant pas moins grave que l'abêtissement de la nation par les excès de l'information et de la publicité.

On comprend alors la gravité de l'avertissement que Balzac a voulu donner. On peut, certes, goûter *Illusions perdues* en n'y voyant qu'une pittoresque description de la vie littéraire sous la Restauration. Mais je crois qu'on n'en voit toute la portée qu'en le rattachant aux préoccupations majeures de Balzac et à sa manière de poser tout le problème social. Ainsi compris, *Illusions perdues* n'est plus seulement une description des coulisses du journalisme. Le roman dénonce un « mal du siècle » bien plus grave et bien plus pernicieux que la neurasthénie romantique. Il explique comment l'intelligence de la nation s'effémine et se pervertit dans les jeux des sophistes. La virilité de la pensée, le pouvoir de dominer et de conduire, la vocation de *docteur* qui est celle du véritable écrivain se perdent dans ce byzantinisme. Le pouvoir même de la vérité se dilue entre les impostures. Finalement, l'armature intellectuelle de la nation disparaît ; l'élite ne peut plus rendre le service qui répond à sa fonction, elle n'est plus capable d'aider le pays à prendre conscience de lui-même. Une nation soumise à d'innombrables et contradictoires pressions intellectuelles, énervée par le scepticisme, n'a plus le sentiment de son existence collective ; elle ne sait plus ce qu'elle est, elle ne sait plus où elle va. Après un siècle et demi, on n'a pas dépassé *Illusions perdues,* on n'a même pas réussi à le refaire. Nulle part on n'a montré plus durement la vanité des idoles et l'immense fatigue, l'écœurement et l'indifférence de ceux qui préparent chaque jour ce grand brouet fétide dont on nourrit notre jobardise et notre frivolité.

Maurice BARDÈCHE,
Une lecture de Balzac,
Les Sept Couleurs, 1964 (pp. 140-142).

Composé de jeunes gens qui attendent tout de la vie, le Cénacle doit bien avoir une opinion, opinion négative et de condamnation d'abord, et tout naturellement, mais aussi et surtout opinion positive sur ce que devrait être le monde futur. Les Treize étaient d'un opportunisme pratique qui tranchait joyeusement parfois sur les demi-mesures et les prudences bourgeoises, mais leur « pensée » était singulièrement dépourvue d'avenir. Les étudiants du Cénacle, eux, veulent construire une vie digne d'estime et qu'ils puissent juger avec leur conscience. Ils mettent en commun pour cela, et en attendant, leur jeunesse et leur amitié ; ils se prêtent de l'argent, des idées, etc. C'est l'aspect élémentaire de leur communauté. Mais surtout ils vivent ensemble pour un idéal. Lequel ? Jamais peut-être Balzac n'a mieux fait vivre en termes romanesques et non de mythe, par conséquent en termes de réalité, l'absence d'unité dans la société et dans la pensée. Tous ces jeunes gens sont d'opinion différente. D'Arthez est monarchiste, Michel Chrestien républicain, Bianchon matérialiste. Cependant, tous s'aiment et s'estiment comme si l'avenir qu'ils attendent devait accomplir enfin la synthèse de toutes les vérités aujourd'hui dispersées et hostiles. Chacun a en partie raison, et c'est au-delà de toutes les divisions que se referont l'homme et la société. Le spiritualisme unitaire de d'Arthez, l'égalitarisme démocratique de Michel Chrestien, le réalisme scientifique de Bianchon, le gentilhomme picard et le carabin, tout aura sa place, tout devrait avoir sa place dans une politique qui serait une politique, dans une science qui serait une science. Lorsque Michel Chrestien est tué à Saint-Merry, on comprend bien qu'il meurt pour quelque chose de plus vaste que la République immédiate, celle de Carrel, qu'il meurt pour d'Arthez, pour Lucien aussi, même, pour tous, pour quelque chose qui appartient à tous. Aussi tous ses amis vont-ils retirer son cadavre de l'église sanglante et vont-ils l'inhumer en hommage non à une étroite république impuissante ou politicienne mais à une grande idée, très vague, dont on sait seulement qu'elle se trouve « en avant » et qu'elle unira sans les mutiler tous les aperçus contradictoires de l'homme d'aujourd'hui sur son destin. Nulle synthèse définitive ne saurait encore valablement s'opposer au désordre, ou, si l'on veut, à l'ordre régnant. Ou plutôt toute synthèse ne saurait à l'heure actuelle avoir qu'une valeur critique. L'unité est encore à venir, à trouver et à faire. N'oublions pas que Louis Lambert lui aussi a fait partie du Cénacle, Lambert qui cherchait de toutes ses forces à élucider le mystère de la volonté, de cette volonté qui fait le lien entre la matière et l'esprit, cette volonté qui fait l'unité de la vie. Et la volonté, n'est-ce pas ce qui fait l'unité de ce Cénacle, comme une grande force d'unification ? Aussi le Cénacle est-il comme une préfiguration, comme la cellule mère de la société à naître. Tourné vers tous les possibles, il est cimenté par une exigence plus que par un dessein précis. C'est pourquoi il n'a rien d'un syndicat d'ambitieux. Lucien, qui veut réussir et vite, ne pourra jamais s'intégrer réellement à ces jeunes gens qui ne cèdent au monde que dans les limites de la nécessité la plus élémentaire : une traduction à faire, des leçons à donner, ce qu'il faut pour vivre. Il faut pour cela une tête de fer, des désirs de plus haute volée que ceux qui travaillent Lucien. Ainsi Lucien trahira, partira rejoindre la fête du siècle. Les autres continueront.

Mais continueront vers quoi ? Le Cénacle, ne pouvant continuer dans la société, continuera dans *La Comédie humaine*. Le Cénacle est condamné à l'échec puisque rien dans le monde en train de se faire ne correspond, peu ou prou, à ses ambitions, puisque le processus historique en cours, processus non de décadence, mais ayant pour lui tout un avenir, ne va pas dans le sens de ses exigences. Le Cénacle est d'une admirable fidélité, d'une solidarité à toute épreuve ; lors de l'enlèvement de la dépouille de Michel Chrestien, le dévouement sans phrases de ses amis par sa silencieuse efficacité n'est pas sans évoquer les Treize. Mais ces jeunes gens n'iront pas plus loin que leur ferveur et que leur amitié. Michel Chrestien mourra pour rien sur une barricade, tué par « la balle de quelque négociant ». Louis Lambert finit fou. D'Arthez ne réalisera aucun de ses nobles objectifs et n'aura droit pour toute apothéose qu'à l'amour assagi de la princesse de Cadignan. Bianchon réussira, mais seul, et sans changer en quoi que ce soit la vie. Le monde dont rêvait et que postulait le Cénacle n'est jamais venu au jour et c'est pourquoi le Cénacle s'est dispersé, et si d'Arthez est devenu célèbre, Balzac ne montrera jamais cette célébrité ; il ne la fera pas vivre comme il a fait vivre la réussite de Rastignac, et l'on doit y voir une compensation mythique donnée par le romancier à l'écrivain comme revanche sur la réalité. D'Arthez célèbre continuera à vivre cloîtré (« l'existence de Daniel d'Arthez est entièrement consacrée au travail, il ne voit la Société que par échappées, elle est pour lui comme un rêve ») : à se réserver, à se garder d'un monde impur.

C'est encore et toujours le thème de *La Peau de chagrin*. Riche et connu, d'Arthez ne cédera pas aux objurgations « réalistes » de Rastignac :

« Comment [...] quand on porte *tranché de gueules et d'or à un bezan et un tourteau de l'un en l'autre*, ne fait-on pas briller ce vieil écu picard sur une voiture ? Vous avez trente mille livres de rente et les produits de votre plume, vous avez justifié votre devise, qui forme

le calembour tant recherché par nos ancêtres : ARS, THE*saurusque*
virtus, et vous ne vous promenez pas au bois de Boulogne ! Nous
sommes dans un siècle où la vertu doit se montrer. »

Un certain besoin d'au-delà et d'absolu reste insatisfait en cet
homme qui incarnait tout le Cénacle, et il se retrouvera avec Diane
de Maufrigneuse devenue princesse de Cadignan, femme à qui le
plaisir, on l'a vu, n'a pas apporté le bonheur, dans l'admiration
posthume de Michel Chrestien, le seul au fond qui ait été jusqu'au
bout, le seul qui ait fait tout ce qui était possible. « La monarchie et
la république sont les deux seules formes de gouvernement qui
n'étouffent pas les beaux sentiments », dira la princesse, et lorsqu'elle ajoutera « les républicains sont encore plus absolus dans
leurs idées que nous autres absolutistes », on comprendra bien qu'il
s'agit de tout autre chose que d'une banale histoire d'amour. Michel
Chrestien est mort pour quelque chose qui fait vivre, pour quelque
chose par quoi les hommes échappent à leur solitude, qui les grandit
et dont la qualité se fait aisément et immédiatement reconnaître par
tous ceux qui ont quelque peu cherché. Le porte-drapeau du
Cénacle est un mort, et lui seul sans doute s'est parfaitement
réconcilié avec lui-même, s'est totalement retrouvé. La villa de
Genève où d'Arthez vit avec sa princesse, ce n'est plus, bien sûr, la
mansarde, c'est quand même un peu, à l'écart du monde, le Cénacle
qui continue, morose et désillusionné, mais cherchant toujours à
préserver, sous forme de souvenirs cette fois, ce qui l'avait autrefois
fait vivre. Ce n'est plus la cellule mère d'un monde à naître, c'est ce
qui reste d'une ambition manquée, de quelque chose que le monde
n'était pas prêt à recevoir. Le Cénacle n'a pas fait lever la pâte et l'on
sait bien qu'un levain d'idéal ne suffit pas dans un monde soumis à
des lois objectives auxquelles ne peuvent rien ni la candeur ni la
bonne volonté. D'Arthez n'a pas réussi à rejoindre lui non plus. Et
comment pourrait-on rejoindre dans un monde qui n'est pas une
communauté et qui, surtout, n'est pas à la veille d'en devenir une ?

Pierre BARBÉRIS,
Le Monde de Balzac,
Arthaud, 1973 (pp. 447-449).

Dans chacun des tableaux de la seconde partie, le narrateur s'est
ingénié à introduire dans sa prose une espèce de réflexivité qui nous
permet de déceler les illusions trompeuses. Les questions qui se
posent à propos du roman de d'Arthez sont précisément celles que
le narrateur lui-même a constamment à résoudre. La plainte de
Lousteau sort des entrailles d'un narrateur qui a atteint ce point —
Illusions perdues — après avoir passé par des épreuves analogues,
tout en les transcendant. Le caractère sordide de la Galerie de Bois

ou des coulisses du Panorama-Dramatique est décrit de façon telle que se trouve accentué l'écart entre l'objet de la description et la manière dont il est décrit. Dans ces cas-là, la voix narrative refuse clairement d'accepter ce qu'elle décrit. Elle se refuse à être ce qu'elle décrit. Ces réalités rebutantes doivent être évoquées, mais *Illusions perdues* les englobe en même temps qu'elle les transcende. Dans chaque cas nous entendons la voix de la *Pensée* qui proteste contre la prostitution de l'instrument même qui la fait exister. En outre la voix de la Pensée proteste contre l'idée que la réalité est immuable et identifiable. Elle proteste partout — au Cénacle, dans la Galerie de Bois, au Panorama-Dramatique — contre le réalisme naïf, contre la monétisation des mots. Le monde qui nous est montré est une salle tapissée de miroirs — monde où la vertu n'a jamais pénétré et d'où l'art est exclu. Où que nous nous tournions le processus comparatif conduit à des simulacres : signes sans répondants vérifiables, qu'il s'agisse des personnes de l'histoire ou de nous, lecteurs. Dire que la seconde partie d'*Illusions perdues* est un défi à la mimésis ne signifie pas pour autant qu'elle s'envole dans les nues de l'imaginaire; mais plutôt qu'elle brave les normes d'un jugement à priori chez ses personnages et du discours objectif en soi. De toute évidence, le fait même que nous voyons des illusions en tant qu'illusions implique une prise de position de la part du narrateur. Que le point de vue soit omniscient n'implique pas qu'il soit nécessairement cohérent, et nous avons constaté suffisamment de contradiction et de paradoxe dans la façon dont il manipule ses matériaux pour comprendre qu'il se trouve lui aussi déconcerté par les problèmes de la narration. Bien que nous n'ayons aucun doute pour déterminer où vont ses sympathies parmi les valeurs représentées par les divers personnages, il n'offre pas de solutions toutes simples. Les méchants ne sont pas punis de façon tranchée, ni les bons récompensés : il se trouve fasciné par eux tous. Le narrateur suggère que le monde qu'il évoque est rempli de mal, et pourtant il s'abstient de suggérer des solutions. Il s'emploie à montrer, à juxtaposer, à mettre en question, à attendre — processus qui caractérise tous les narrateurs sensibles aux exigences de la *Pensée*. Pour lui comme pour ses personnages, croire à une réalité immuable et à un système de valeurs universellement acceptable peut constituer la plus grande de toutes les illusions.

Martin KANES,
Balzac's Comedy of Words,
Princeton University Press, 1975
(pp. 250-251. Trad. de Renée Dénier).

ORIENTATION BIBLIOGRAPHIQUE

I. — *Éditions*

Antoine ADAM : Introduction et notes, Garnier, 1956.
Maurice BARDÈCHE : Préface, in *Œuvres complètes* de Balzac, Club de l'honnête homme, 1956 (t. 7).
Roland CHOLLET : Introduction et notes, in *La Comédie humaine*, Bibliothèque de la Pléiade, 1977 (t. V).

II. — *Ouvrages*

Pierre BARBÉRIS : *Balzac et le mal du siècle*, Gallimard, 1970 (t. I); *Mythes balzaciens*, A. Colin, 1972; *Le Monde de Balzac*, Arthaud, 1973.
COLLECTIF : *Balzac. Illusions perdues*. Études réunies par Françoise Van Rossum-Guyon, Groningue, C.R.I.N., 1988.
Dieter HORNIG : *Aspekte des Französischen Desillusionsromans*, Vienne/Cologne/Graz, Bühlau, 1981.
Suzanne JEAN-BÉRARD : *La Genèse d'un roman de Balzac : Illusions perdues*, A. Colin, 1961 (2 vol.).
Martin KANES : *Balzac's Comedy of Words*, Princeton University Press, 1975.
Nicole MOZET : *La Ville de province dans l'œuvre de Balzac*, Sedes/Cdu, 1982.
Osamu NISHIO : *La Signification du Cénacle dans la Comédie humaine de Balzac*, Tokyo, France Tosho, 1980.

III. — *Articles*

George HOLOCH : *A reading of Illusions perdues. The Romanic Review*, novembre 1978.
Jacques NEEFS : *Illusions perdues : représentations de l'acte romanesque*, in *Le Roman de Balzac*. Études réunies par Roland Le Huenen et Paul Perron, Didier, 1980.
Françoise Van ROSSUM-GUYON : *La marque de l'auteur : l'exemple balzacien d'Illusions perdues*, Bruxelles, *Degrés*, n°s 49-50, printemps-été 1987.

CHRONOLOGIE

(Cette chronologie a été établie par André LORANT.)

1799 : Naissance, à Tours, le 20 mai, d'Honoré Balzac, fils du « citoyen Bernard-François Balzac » et de la « citoyenne Anne-Charlotte-Laure Sallambier, son épouse ». Le premier-né du ménage, Louis-Daniel Balzac, né le 20 mai 1798, nourri par sa mère, meurt à trente-trois jours, le 22 juin suivant. Honoré sera mis en nourrice à Saint-Cyr-sur-Loire jusqu'à l'âge de quatre ans. Il aura deux sœurs : Laure, née en 1800, et Laurence, née en 1802 ; un frère, Henri, né en 1807.

1804 : Il entre à la pension Le Guay, à Tours.

1807 : Il entre, le 22 juin, au collège des Oratoriens de Vendôme, où il passera six ans d'internat.

1813 : Il quitte Vendôme, le 22 avril 1813. En été, il est placé pour quelques mois comme pensionnaire dans l'institution Ganser, à Paris.

1814 : Pendant l'été, il fréquente le collège de Tours. En novembre, il suit sa famille à Paris, 40, rue du Temple au Marais (actuel n° 122).

1815 : Il fréquente deux institutions du quartier du Marais, l'institution Lepître, puis, à partir d'octobre, l'institution Ganser et suit vraisemblablement les cours du lycée Charlemagne.

1816 : En novembre, il s'inscrit à la Faculté de Droit, et entre, comme clerc, chez Mᵉ Guillonnet-Merville, avoué, rue Coquillière.

1818 : Il quitte, en mars, l'étude de Mᵉ Guillonnet-Merville pour entrer dans celle de Mᵉ Passez, notaire, ami de ses parents et qui habite la même maison, rue du Temple. Il rédige des *Notes sur l'immortalité de l'âme*.

1819 : Vers le 1ᵉʳ août, Bernard-François Balzac, retraité de l'administration militaire, se retire à Villeparisis avec sa famille. Le 16 août, Louis Balssa, frère de Bernard-François, accusé d'avoir assassiné une fille de ferme, est guillotiné à Albi. Honoré, bachelier en droit depuis le mois de janvier, obtient de rester à Paris pour devenir homme de lettres. Installé dans un modeste logis mansardé, 9, rue Lesdiguières, près l'Arsenal, il y compose une tragédie, *Cromwell*, qui ne sera ni jouée ni publiée de son vivant.

1820 : Il commence *Falthurne et Sténie*, deux récits qu'il n'achèvera pas. Le 18 mai, il assiste au mariage de sa sœur Laure avec Eugène Surville, ingénieur des Ponts et Chaussées. Ses parents donnent congé rue Lesdiguières pour le 1ᵉʳ janvier 1821.

1821 : Il commence *Sténie*, autre récit qui restera inachevé. Le 1ᵉʳ septembre sa sœur Laurence épouse M. de Montzaigle.

1822 : Début de sa liaison avec Laure de Berny, âgée de quarante-cinq ans, dont il a fait la connaissance à Villeparisis l'année précédente ; elle sera pour lui la plus vigilante et la plus dévouée des amies. Pendant l'été, il séjourne à Bayeux, en Normandie, avec les Surville. Ses parents emménagent avec lui à Paris, dans le Marais, rue du Roi-Doré. En collaboration avec Auguste Lepoitevin *dit* de l'Égreville, il publie, sous le pseudonyme de lord R'Hoone, *L'Héritière de Birague*, « par A. de Viellerglé et lord R'Hoone » ; *Jean-Louis* et *Clotilde de Lusignan*, « par lord R'Hoone » ; *Le Centenaire* et *Le Vicaire des Ardennes*, parus la même année, sont signés Horace de Saint-Aubin. Il commence *Wann-Chlore*, rédige un mélodrame, *Le Nègre*, laisse une nouvelle inachevée : *Une heure dans ma vie*.

1823 : Au cours de l'été, séjour en Touraine. *La Dernière Fée*, par Horace de Saint-Aubin.

1824 : Vers la fin de l'été, ses parents ayant regagné Villeparisis, il s'installe rue de Tournon.
Annette et le criminel, par Horace de Saint-Aubin, publié chez Émile Buissot, libraire, rue Pastourelle, n° 3, au Marais (avril). Le roman sera réédité, dans une version édulcorée, dans les *Œuvres complètes d'Horace de Saint-Aubin*, en 1836, chez Souverain, sous le titre *Argow le Pirate*. Sous l'anonymat : *Du droit d'aînesse ; Histoire impartiale des Jésuites*.

1825 : Associé avec Urbain Canel, il réédite les œuvres de Molière et de La Fontaine. En avril, bref voyage à Alençon. Début des relations avec la duchesse d'Abrantès. Sa sœur Laurence meurt le 11 août. *Wann-Chlore*, par Horace de Saint-Aubin. Sous l'anonymat : *Code des gens honnêtes*.

1826 : Le 1ᵉʳ juin, il obtient un brevet d'imprimeur. Associé avec Barbier, il s'installe rue des Marais-Saint-Germain (aujourd'hui rue Visconti). Au cours de l'été, sa famille abandonne Villeparisis pour se fixer à Versailles.

1827 : Le 15 juillet, avec Laurent et Barbier, il crée une société pour l'exploitation d'une fonderie de caractères d'imprimerie.

1828 : Au début du printemps, Balzac s'installe 1, rue Cassini, près de l'Observatoire. Ses affaires marchent mal : il doit les liquider et contracter de lourdes dettes. Il revient à la littérature : du 15 septembre à la fin d'octobre, il séjourne à Fougères, chez le général de Pommereul, pour préparer un roman sur la chouannerie.

1829 : Balzac commence à fréquenter les salons : il est reçu chez Sophie Gay, chez le baron Gérard, chez Mme Hamelin, chez la princesse Bagration, chez Mme Récamier. Début de la correspondance avec Mme Zulma Carraud qui, mariée à un commandant d'artillerie, habite alors Saint-Cyr-l'École. Le 19 juin, mort de Bernard-François Balzac.

En mars a paru, avec la signature Honoré Balzac, *Le Dernier Chouan ou La Bretagne en 1800* qui, sous le titre définitif *Les Chouans*, sera le premier roman incorporé à *La Comédie humaine*. En décembre, *Physiologie du mariage*, « par un jeune célibataire ».

1830 : Balzac collabore à la *Revue de Paris*, à la *Revue des Deux Mondes*, ainsi qu'à divers journaux : le *Feuilleton des Journaux politiques*, *La Mode*, *La Silhouette*, *Le Voleur*, *La Caricature*. Il adopte la particule et commence à signer « de Balzac ». Avec Mme de Berny, il descend la Loire en bateau (juin) et séjourne, pendant l'été, dans la propriété de la Grenadière, à Saint-Cyr-sur-Loire. À l'automne, il devient un familier du salon de Charles Nodier, à l'Arsenal.

Premières « *Scènes de la vie privée* » : *La Vendetta ; Les Dangers de l'inconduite (Gobseck) ; Le Bal de Sceaux ; Gloire et Malheur (La Maison du Chat-qui-pelote) ; La Femme vertueuse (Une double famille) ; La Paix du ménage*. Parmi les premiers « contes philosophiques » : *Les Deux Rêves, L'Élixir de longue vie...*

1831 : Désormais consacré comme écrivain, il travaille avec acharnement, tout en menant, à ses heures, une vie mondaine et luxueuse, qui ranimera indéfiniment ses dettes. Ambitions politiques demeurées insatisfaites.

La Peau de chagrin, roman philosophique. Sous l'étiquette « Contes philosophiques » : *Les Proscrits ; Le Chef-d'Œuvre inconnu...*

1832 : Entrée en relations avec Mme Hanska, « l'Étrangère », qui habite le château de Wierzchownia, en Ukraine. Il est l'hôte de M. de Margonne à Saché (où il a fait et fera d'autres séjours) ; puis des Carraud, qui habitent maintenant Angoulême. Il est devenu l'ami de la marquise de Castries, qu'il rejoint en août à Aix-les-Bains et qu'il suit en octobre à Genève : désillusion amoureuse. Au retour, il passe trois semaines à Nemours auprès de Mme de Berny. Il a adhéré au parti néo-légitimiste et publié plusieurs essais politiques.

La Transaction (Le Colonel Chabert). Parmi de nouvelles « *Scènes de la vie privée* » : *Les Célibataires (Le Curé de Tours)* et cinq « scènes » distinctes qui seront groupées plus tard dans *La Femme de trente ans.* Parmi de nouveaux « contes philosophiques » : *Louis Lambert.* En marge de la future *Comédie humaine* : premier dixain des *Contes drolatiques.*

1833 : Début d'une correspondance suivie avec Mme Hanska. Il la rencontre pour la première fois en septembre à Neufchâtel et la retrouve à Genève pour la Noël. Liaison secrète avec Maria du Fresnay, née Daminois. Contrat avec Mme Béchet pour la publication, achevée par Werdet, des *Études de mœurs au XIXᵉ siècle* qui, de 1833 à 1837, paraîtront en douze volumes et qui sont comme une préfiguration de *La Comédie humaine* (I à IV : « *Scènes de la vie privée* » ; V à VIII : « *Scènes de la vie de province* » ; IX à XII : « *Scènes de la vie parisienne* »). *Le Médecin de campagne.* Parmi les premières « *Scènes de la vie de province* » : *La Femme abandonnée; La Grenadière; L'Illustre Gaudissart; Eugénie Grandet* (décembre).

1834 : Retour de Suisse en février. Le 4 juin naît Maria du Fresnay, sa fille présumée. Nouveaux développements de la vie mondaine : il se lie avec la comtesse Guidoboni-Visconti.
La Recherche de l'absolu. Parmi les premières « *Scènes de la vie parisienne* » : *Histoire des Treize* (I. *Ferragus*, 1833. II. *Ne touchez pas la hache* [*La Duchesse de Langeais*], 1833-1834. III. *La Fille aux yeux d'or*, 1834-1835).

1835 : Une édition collective d'*Études philosophiques* (1835-1840) commence à paraître chez Werdet. Au printemps, Balzac s'installe en secret rue des Batailles, à Chaillot. Au mois de mai, il rejoint Mme Hanska, qui est avec son mari à Vienne, en Autriche ; il passe trois semaines auprès d'elle et ne la reverra plus pendant huit ans.
Le Père Goriot (1834-1835). *Melmoth réconcilié. La Fleur des pois (Le Contrat de mariage). Séraphîta.*

1836 : Année agitée. Le 20 mai naît Lionel-Richard Guidoboni-Visconti, qui est peut-être son fils naturel. En juin, Balzac gagne un procès contre la *Revue de Paris* au sujet du *Lys dans la vallée.* En juillet, il doit liquider *La Chronique de Paris,* qu'il dirigeait depuis janvier. Il va passer quelques semaines à Turin ; au retour, il apprend la mort de Mme de Berny, survenue le 27 juillet.
Le Lys dans la vallée. L'Interdiction. La Messe de l'Athée. Facino Cane. L'Enfant maudit (1831-1836). *Le Secret des Ruggieri (La Confidence des Ruggieri), Argow le Pirate* (2ᵉ édition d'*Annette et le criminel*), constituant les t. VII et VIII des *Œuvres complètes d'Horace de Saint-Aubin.*

1837 : Nouveau voyage en Italie (février-avril) : Milan, Venise, Gênes, Livourne, Florence, le lac de Côme. *La Vieille Fille. Illusions perdues* (début). *César Birotteau.*

1838 : Séjour à Frapesle, près d'Issoudun, où sont fixés désormais les Carraud (février-mars) ; quelques jours à Nohant, chez George Sand. Voyage en Sardaigne et dans la péninsule Italienne (avril-mai). En juillet, installation aux Jardies, entre Sèvres et Ville-d'Avray.
La Femme supérieure (Les Employés). *La Maison Nucingen*. Début des futures *Splendeurs et Misères des courtisanes (La Torpille)*.

1839 : Balzac est nommé, en avril, président de la Société des Gens de Lettres. En septembre-octobre, il mène une campagne inutile en faveur du notaire Peytel, ancien codirecteur du *Voleur*, condamné à mort pour meurtre de sa femme et d'un domestique. Activité dramatique : il achève *L'École des ménages* et *Vautrin*. Candidat à l'Académie française, il s'efface, le 2 décembre, devant Victor Hugo, qui ne sera pas élu.
Le Cabinet des antiques. *Gambara*. *Une fille d'Ève*. *Massimilla Doni*. *Béatrix ou les Amours forcés*. *Une princesse parisienne (Les Secrets de la princesse de Cadignan)*.

1840 : *Vautrin*, créé le 14 mars à la Porte-Saint-Martin, est interdit le 16. Balzac dirige et anime la *Revue parisienne*, qui aura trois numéros (juillet-août-septembre) ; dans le dernier, la célèbre étude sur *La Chartreuse de Parme*. En octobre, il s'installe 19, rue Basse (aujourd'hui la « Maison de Balzac », 47, rue Raynouard).
Pierrette. *Pierre Grassou*. *Z. Marcas*. *Les Fantaisies de Claudine (Un prince de la bohème)*.

1841 : Le 2 octobre, traité avec Furne et un consortium de librairies pour la publication de *La Comédie humaine*, qui paraîtra avec un *Avant-propos* capital, en dix-sept volumes (1842-1848) et un volume posthume (1855). *Le Curé de village* (1839-1841). *Les Lecamus (Le Martyr calviniste)*.

1842 : Le 19 mars, création, à l'Odéon, des *Ressources de Quinola*. *Mémoires de deux jeunes mariées*. *Albert Savarus*. *La Fausse Maîtresse*. *Autre étude de femme*. *Ursule Mirouët*. *Un début dans la vie*. *Les Deux Frères (La Rabouilleuse)*.

1843 : Juillet-octobre : séjour à Saint-Pétersbourg, auprès de Mme Hanska, veuve depuis le 10 novembre 1841 ; retour par l'Allemagne. Le 26 septembre, création, à l'Odéon, de *Paméla Giraud*.
Une ténébreuse affaire. *La Muse du département*. *Honorine*. *Illusions perdues*, complet en trois parties (I. *Les Deux Poètes*, 1837. II. *Un grand homme de province à Paris*, 1839. III. *Les Souffrances de l'inventeur*, 1843).

1844 : *Modeste Mignon*. *Les Paysans* (début). *Béatrix* (II. *La lune de miel*). *Gaudissart II*.

1845 : Mai-août : Balzac rejoint à Dresde Mme Hanska, sa fille Anna et le comte Georges Mniszech ; il voyage avec eux en Allemagne, en France, en Hollande et en Belgique. En octobre-novembre, il retrouve Mme Hanska à Châlons et se rend avec elle à Naples. En décembre, seconde candidature à l'Académie française.

Un homme d'affaires. Les Comédiens sans le savoir.

1846 : Fin mars : séjour à Rome avec Mme Hanska ; puis la Suisse et le Rhin jusqu'à Francfort. Le 13 octobre, à Wiesbaden, Balzac est témoin au mariage d'Anna Hanska avec le comte Mniszech. Au début de novembre, Mme Hanska met au monde un enfant mort-né, qui devait s'appeler Victor-Honoré.

Petites Misères de la vie conjugale (1845-1846). *L'Envers de l'histoire contemporaine* (premier épisode). *La Cousine Bette.*

1847 : De février à mai, Mme Hanska séjourne à Paris, tandis que Balzac s'installe rue Fortunée (aujourd'hui rue Balzac). Le 28 juin, il fait d'elle sa légataire universelle. Il la rejoint à Wierzchownia en septembre.

Le Cousin Pons. La Dernière Incarnation de Vautrin (dernière partie de *Splendeurs et Misères des courtisanes*).

1848 : Rentré à Paris le 15 février, il assiste aux premières journées de la Révolution. *La Marâtre* est créée, en mai, au Théâtre historique ; *Mercadet*, reçu en août au Théâtre-Français, n'y sera pas représenté. À la fin de septembre, il retrouve Mme Hanska en Ukraine et reste avec elle jusqu'au printemps de 1850.

L'Initié, second épisode de *L'Envers de l'histoire contemporaine.*

1849 : Deux voix à l'Académie française le 11 janvier (fauteuil Chateaubriand) ; deux voix encore le 18 (fauteuil Vatout). La santé de Balzac, déjà éprouvée, s'altère gravement : crises cardiaques répétées au cours de l'année.

1850 : Le 14 mars, à Berditcheff, il épouse Mme Hanska. Malade, il rentre avec elle à Paris le 20 mai et meurt le 18 août. Sa mère lui survit jusqu'en 1854 et sa femme jusqu'en 1882. Son frère Henri mourra en 1858 ; sa sœur Laure en 1871.

1854 : Publication posthume du *Député d'Arcis,* terminé par Charles Rabou.

1855 : Publication posthume des *Paysans,* terminés sur l'initiative de Mme Honoré de Balzac. Édition, commencée en 1853, des *Œuvres complètes* en vingt volumes par Houssiaux, qui prend la suite de Furne comme concessionnaire (I à XVIII. *La Comédie humaine.* XIX. *Théâtre.* XX. *Contes drolatiques*).

1856-1857 : Publication posthume des *Petits Bourgeois,* roman terminé par Charles Rabou.

1869-1876 : Édition définitive des *Œuvres complètes* de Balzac en vingt-quatre volumes chez Michel Lévy, puis Calmann-Lévy. Parmi les « *Scènes de la vie parisienne* » sont réunies pour la première fois les quatre parties de *Splendeurs et Misères des courtisanes.*

TABLE

GF — TEXTE INTÉGRAL — GF

1/2047-IX-1995. — Imp. B.C.I., St-Amand (Cher).
N° d'édition : 16360. — Septembre 1990. — Printed in France.